本书为2012年度国家社会科学基金项目『以词调为中心的唐宋词体与词史研究』（12BZW035）结项成果，结项证书号：20182344，鉴定等级：优秀

# 唐宋词调研究

刘尊明 著

《望江南》《浣溪沙》
《菩萨蛮》《杨柳枝》
《渔父》《临江仙》
《酒泉子》《南乡子》
《更漏子》《南歌子》
《竹枝》《水调歌头》
《鹧鸪天》《念奴娇》
《满江红》《蝶恋花》
《西江月》《沁园春》
……

凤凰出版社

图书在版编目（CIP）数据

唐宋词调研究 / 刘尊明著. -- 南京 : 凤凰出版社,
2019.11
ISBN 978-7-5506-3042-0

Ⅰ. ①唐… Ⅱ. ①刘… Ⅲ. ①唐宋词—诗词研究
Ⅳ. ①I207.23

中国版本图书馆CIP数据核字(2019)第263615号

| | |
|---|---|
| 书　　名 | 唐宋词调研究 |
| 著　　者 | 刘尊明 |
| 责任编辑 | 王清溪 |
| 出版发行 | 凤凰出版社(原江苏古籍出版社)<br>发行部电话025-83223462 |
| 出版社地址 | 南京市中央路165号,邮编:210009 |
| 出版社网址 | http://www.fhcbs.com |
| 照　　排 | 南京凯建图文制作有限公司 |
| 印　　刷 | 南通印刷总厂有限公司<br>南通市通州经济开发区朝霞路180号,邮编:226300 |
| 开　　本 | 718×1005毫米　1/16 |
| 印　　张 | 40.25 |
| 字　　数 | 616千字 |
| 版　　次 | 2019年11月第1版　2019年11月第1次印刷 |
| 标准书号 | ISBN 978-7-5506-3042-0 |
| 定　　价 | 168.00元 |

(本书凡印装错误可向承印厂调换,电话:0513-80237871)

# 目　录

# 表格目录

# 前　言

词学研究已经历了一千余年的发展演变，而词调始终是词学研究所关注和包含的一个重要层面和组成部分。这是因为词是一种音乐文学的体式，代表词体文学发展阶段和鼎盛时期的唐宋词，主要是以先曲后词、依调填词的方式创作出来的，也多是以歌、舞、乐、词相结合的形态进行传播接受的，此时的词调即歌曲，来源于唐宋燕乐系统的音乐曲调；即使是宋以后的词已脱离了音乐歌唱，演变为一种以长短句为主体的特殊形态的格律诗体和抒情韵文，词的创作也仍然是依调填词，只不过此时词所依之调已非唐宋词所配合的歌曲之调，而是由唐宋词调凝固下来的代表词的形式格律的所谓"词牌"。可见，词调既与属于音乐艺术的曲调及其调高、调式、节奏、旋律、声情等范畴相联系，又与属于文学形式的歌词及其形体、句式、字声、用韵、声律等范畴相联系。因此，词调研究对于词学研究来讲，不仅是一个无法回避也不容忽略的课题，而且也是一项任务艰巨而意义重要的工程。

## 一　历代词调研究的历史与现状

历代以至当代的词学研究，对词调既有长期的关注和涉猎，也取得了较为丰硕可喜的研究成果。

早在唐五代，伴随着曲子词的兴起和流行，就已经出现对相关音乐曲调的记载和考察。如《隋书》①、《旧唐书》②、《通典》③,皆属正史类史书和政书,都设置了有关音乐的专志和专章,对隋唐时代创制和流行的新声、杂曲、歌曲、舞曲等,都有记载和考察;其中,《隋书·音乐志下》记乐正白明达于龟兹乐部所创"新声"中,即有《斗百草》、《十二时》等曲,后来唐宋词中即有同名词调,或许与隋曲有渊源关系。又如《教坊记》④、《羯鼓录》⑤、《乐府杂录》⑥,则属私家撰著的音乐类杂史笔记,也记载和考察了以教坊曲为主体的数百曲之多的隋唐燕乐曲调;其中,《教坊记》详细记载了初盛唐教坊曲名共 343 曲,包括杂曲名 286 曲,大曲名 57 曲,唐五代词中约有 70 余个词调名称应即来源于初盛唐教坊曲,宋词中亦有少量词调名称与唐教坊曲名相同,盖亦不无渊源关系。此外,《羯鼓录》记载了一百多个曲名,多属羯鼓曲或用于羯鼓演奏之曲,一部分与唐教坊曲名相同,如《春光好》、《破阵子》、《婆罗门》等,都成为了唐五代词调。至于《乐府杂录》,所载曲调虽不多,但对《安公子》、《离别难》、《夜半乐》、《雨霖铃》、《还京乐》、《望江南》、《杨柳枝》等共计 13 曲的源流本事则有所记载和叙录,对后人考察和探讨词调名称及其源流也有所启示。

到了宋代,词的创作达到繁荣鼎盛的高峰,对词调的关注和研究也进一步地加强和展开。作为我国第一部断代典制体史书,王溥所编撰的《唐会要》第三十三至三十四卷为音乐类,其中"诸乐"条记载了"太常梨园别教院教法曲乐章"等 12 曲,以及天宝十三载"太常署供奉曲名及改诸乐名"凡十四宫调 212 曲⑦,其中一部分曲调即演变为词调,对于考察唐宋词调音乐与胡乐、词调与宫调之关系,也颇有价值。此外,王应麟所编大型类书《玉海》卷一百零三至一百一十为音乐类,对唐宋"乐章"的记载较为详细⑧,其中有关宋代"乐章"的部分,成为元脱脱等编撰《宋史·乐志》的重要资料来源⑨,对于考察宋代词调音乐也颇有

---

① 魏征:《隋书》卷十三至卷十五《音乐志》,北京:中华书局 1994 年版。

② 刘昫:《旧唐书》卷二十八至卷三十一《音乐志》,北京:中华书局 1987 年版。

③ 杜佑:《通典》卷一四一至一四七《论乐》,北京:中华书局 1988 年版。

④ 崔令钦:《教坊记》,北京:中华书局 2012 年版。

⑤ 南卓:《羯鼓录》,上海:古典文学出版社 1957 年版。

⑥ 段安节:《乐府杂录》,上海:古典文学出版社 1957 年版。

⑦ 王溥:《唐会要》卷三十三,北京:中华书局 1990 年版,中册,第 614—618 页。

⑧ 王应麟:《玉海》卷一〇六《音乐·乐章》,《文渊阁四库全书》本。

⑨ 脱脱等:《宋史》卷一二六至卷一四二《乐志》,北京:中华书局 1985 年版。

帮助。至于北宋郭茂倩所编《乐府诗集》①，将上古至唐五代的乐府歌辞分为十二大类，卷六十一至七十八为《杂曲歌辞》，卷七十九至八十二为《近代曲辞》，其中一部分作品即与唐五代曲子词有交叉现象，如《竹枝》、《杨柳枝》、《浪淘沙》、《纥那曲》、《潇湘神》、《忆江南》等，其总序、分序和题解中所包含的曲调资料对于考察词调渊源亦可资参考。

宋代还出现了论音乐的专书，它就是北宋陈旸主持编纂的《乐书》，《四库全书》编入经部乐类。全书共二百卷，前九十五卷为“驯义”，主要摘录《礼记》、《周礼》、《仪礼》、《诗经》、《尚书》、《论语》、《孟子》等经典乐论；后一百五卷为“乐图论”，论述十二律、五声、八音、历代乐章、乐舞、杂乐、百戏等，对前代和当时的雅乐、俗乐、胡乐及乐器均有考述。在卷一五七至一八四共二十八卷中，不仅有对曲调命名缘由的探讨，对唐宋乐舞的考察，而且还记载了北宋时期大量的曲名，如卷一五七记载了北宋创制和流行的属于教坊曲性质的曲调凡二十八调共 270 名，还记载了“因旧曲造新声者凡五十八曲”②，宋词中的《倾杯乐》、《朝中措》、《瑞鹧鸪》、《引驾回》等调，应即来源于北宋所创制的这些教坊曲。

最值得注意的是，在南宋初期还出现了王灼《碧鸡漫志》这部专论词与音乐的词学著作。全书共分五卷，卷一总论乐歌，描述古初至唐宋声歌之演变；卷二专论唐宋词，评论唐末至南渡词人数十家；卷三至卷五考辨曲调命名及源流，凡考《霓裳羽衣曲》、《凉州曲》、《伊州》、《甘州》、《胡渭州》、《六么》、《兰陵王》、《虞美人》、《安公子》以至《杨柳枝》、《麦秀两岐》共 29 个曲调，多为唐宋词调③。可见此书虽以“漫志”命名，却并非一般的笔记杂著，而既是一部有关声歌、词乐、词调的音乐文献，也是一部评词、品词、话词的词话著作④。比之此前的史志、乐书和类书等著作，王灼对曲名和词调的考察，已置放于中国古代音乐文学的历史背景之中，除了一般的记曲名、话本事之外，还关注到曲调命名、创制源流以及宫调声情等多方面的内容，为宋以后的词调研究构筑了最基本的理论模式。

在宋代兴起和流行的其他笔记和词话著作中，也涉及对词调的记载和论

---

① 郭茂倩：《乐府诗集》，北京：中华书局 1993 年版。
② 陈旸：《乐书》卷一五七，《文渊阁四库全书》本。
③ 王灼：《碧鸡漫志》，岳珍《碧鸡漫志校正》（修订本），北京：人民文学出版社 2015 年版。
④ 唐圭璋：《词话丛编》，收录王灼《碧鸡漫志》全书。北京：中华书局 1986 年版。

述。如沈括《梦溪笔谈》卷五、卷六为“乐律”类，即略涉《霓裳羽衣曲》、《虞美人》等曲名的记载和考证，也论及曲中“和声”、“声与曲”、“声与意”的关系等问题①。此外，李清照在《词论》中批评了北宋词坛诸名家用调作词“不协音律”的弊端②；黄昇在《花庵词选》的评点中，论及“唐词多缘题”、“尔后渐变，去题远矣”的创作现象③，对词调本意和演变已有所关注；杨守斋《作词五要》也论及创作要注意词调声情，强调“第一要择腔”、“第二要择律”④；张炎的《词源》不仅在卷上专论词乐，考述宋代俗乐宫调的音阶，详细列出八十四调的谱字，而且在卷下还论及“音谱”、“拍眼”、“制曲”、“令曲”等内容⑤，亦多与词调相关联。

唐宋的词调研究虽然还处于初起和发展阶段，较为零散，规模不大，但筚路蓝缕，开启之功，自不可没。

在宋以后的元明清各代，对曲名和词调的记载与考辨，在公私编著的正史、杂史、笔记、类书等各类著述中仍得以沿袭，但更专门的研究则转移到乐书、诗论、词话、词谱等著作之中了。

元人周德清在所撰《中原音韵》这部北曲韵书中，涉及对六宫十一调凡十七宫调声情的归纳和揭示，皆以四字语来加以概括和总结，如仙吕(宫)之“清新绵邈”、南吕宫之“感叹伤悲”、大石调“风流酝藉”、小石调“旖旎妩媚”等⑥，为唐宋词调的宫调声情研究提供了参考资料。在周德清之前，燕南芝庵在所撰《唱论》中，也从歌唱方面对这十七种宫调的声情进行了描述和概括，与周德清所论基本一致⑦。

有关唐宋曲名和词调的记载、考证和论述，在明代杨慎《词品》、郎瑛《七修类稿》、胡震亨《唐音癸籤》、“沈天羽词论”等著述中⑧，比之宋代又略有拓展和进步。更为重要的是，明代开始关注词调的文字格律和词体谱式，启动了对词谱的整理和编纂工作，先后出现了周瑛编《词学筌蹄》、张綖编《诗余图谱》、徐师曾

① 沈括：《梦溪笔谈》卷五，成都：巴蜀书社 1995 年版，第 35—49 页。
② 胡仔：《苕溪渔隐丛话后集》卷三十三引录，北京：人民文学出版社 1981 年版，第 254 页。
③ 黄昇：《花庵词选·唐宋诸贤绝妙词选》卷一，沈阳：辽宁教育出版社 1997 年版，第 21 页。
④ 杨守斋：《作词五要》，附《词源》后，《词话丛编》本，第 267 页。
⑤ 张炎：《词源》，《词话丛编》本。
⑥ 周德清：《中原音韵》“正语作词起例”，台北：艺文印书馆 1979 年版，第 110 页。
⑦ 燕南芝庵：《唱论》，陶宗仪《南村辍耕录》卷二十七引录，北京：中华书局 1997 年版，第 338 页。
⑧ 杨慎：《词品》，《词话丛编》本；“沈天羽词论”，载王又华编《古今词论》，《词话丛编》本；郎瑛：《七修类稿》，《续修四库全书》本；胡震亨《唐音癸籤》，上海：上海古籍出版社 1981 年版。

编《诗余谱》、程明善编《啸余谱》等[①],为清代词律、词谱整理研究的发展繁兴打下了基础。

与清词创作的"中兴"局面相适应,清代的词学研究在词调研究和整理方面也取得了更丰硕的成果。这首先体现在有更多的词话词学著作展开了对词调的考察和探讨,比之此前历代的词调研究,既有广度的拓展,也有深度的加强。其中较为突出的成果,约有十数种之多。

如明末清初毛先舒所撰《填词名解》[②],便颇为引人注目。这是一部专门考释词调名称的词学专著,按小令、中调、长调的分类,对 318 个词调名称进行了考释,主要考释其命名与别名,也略及宫调与格律。此书于考证虽然并不精细,有些还颇为简略,也有不少讹误,另外其编撰目的也主要是为填词创作提供参考,具有工具书性质,但是其专以词调名称为研究对象,仍不失理论启示和方法论意义。又如沈雄所编辑的《古今词话》[③],共八卷,分"词话"、"词品"、"词辨"、"词评"四部分,各二卷,分类辑录唐五代以来话词、品词、辨词、论词之资料,亦多涉词调考证与论述,而"词辨"二卷则专门考辨词调,共计 119 调,与毛先舒《填词名解》前后呼应,亦堪称后来居上。其他如毛奇龄《西河词话》、李渔《窥词管见》、刘体仁《七颂堂词绎》、邹祗谟《远志斋词衷》、田同之《西圃词说》、吴衡照《莲子居词话》、宋翔凤《乐府余论》、谢元淮《填词浅说》、杜文澜《憩园词话》、谢章铤《赌棋山庄词话》、沈增植《菌阁琐谈》、张德瀛《词徵》、陈锐《袌碧斋词话》等[④],亦多有对词调的探讨和论述,除了考释调名、辨析体式之外,在词曲比较、声律探求等方面又有所拓展与加强。

清代词调研究的成就更主要地体现在对词律、词谱的整理和归纳方面。明代对词谱的整理和编撰数量有限,质量也不高,尚属草创。清代对词律、词谱的整理编修规模更大,成就也更高。私修者当首推康熙年间万树所编《词律》二十卷[⑤],所收以唐宋词调为主,略及金元词调,共计 638 调,1180 余体。不仅在修

① 周瑛:《词学筌蹄》,《续修四库全书》本;张綖:《诗余图谱》,《四库全书存目丛书》本;徐师曾:《诗余谱》,原为《文体明辨》之附录,又收入程明善辑《啸余谱》,《四库全书存目丛书》本。
② 毛先舒:《填词名解》,查继超辑《词学全书》本,吴熊和点校,北京:书目文献出版社 1986 年版。
③ 沈雄:《古今词话》,《词话丛编》本。
④ 以上毛奇龄《西河词话》等清代词话十三种,俱据《词话丛编》本。
⑤ 万树:《词律》,上海:上海古籍出版社 1984 年版,影印本。

谱观念和编纂体例上比之前人有了进步，而且搜罗范围更广，收调数量增多，在句读、体段、声律的考订方面也多有创获。其后，杜文澜作《词律校勘记》二卷，徐本立撰《词律拾遗》八卷，对《词律》的失误既有所匡正，也在词调词体方面有所拾补。晚清秦巘所编《词系》二十四卷①，则是《词律》之后又一部重要的私修词谱著作，既对《词律》之阙误有所补正，也改进了《词律》等以字数多少排序的老套，创为按时代先后排列词调的新例，为词调史研究提供了启示。至于官修词谱，自当以康熙年间王奕清等奉敕编修的《钦定词谱》为代表了②。此书共四十卷，共收 826 调，2306 体，所收词调更为宏富，所列词体更为完备，编排体例也更为合理，在调名缘起、名称异同、创制源流、声律谱式等各个方面，考辨也更为精审。尽管还存在有关词调与词体、诗词与词曲等观念上的模糊，重文字格律而忽略词曲配合，对有些创调始词的考订也有阙误，但是既为官修成果，又有前人万树《词律》等书为铺垫，以及御命编辑《历代诗余》为前奏，再加上国家图书资料的支撑和集体编撰的力量，自然后来居上，仍堪称明清以来词谱整理研究的集大成之作。

二十世纪以来的词学既形成专门的学科，更走上现代化的学术进程，在词调研究方面也取得了超越古代的突出成就。在进入二十一世纪以来，已相继有学者对二十世纪以来的词调研究进行回顾与总结。如林钟勇撰述“词调研究的现况”，认为“前贤对词调的探索，主要立足在整体面上，去连结讨论相关的问题。它包括了词调与音乐、词调与用韵、词调与声情、词调与体制，以及词调的由来等五个方面”③，并简要列述了五个方面的代表性成果，包括著作和论文，而以论文为主，著作主要有林玫仪《词学考诠》(台北：联经出版事业公司 1987 年版)、罗忼烈《词曲论稿》(香港：中华书局 1977 年版)、梅应运《词调与大曲》(香港：新亚研究所 1961 年版)、张梦机《词律探源》(台北：文史哲出版社 1981 年版)等。又如田玉琪亦撰“词调研究现状述评”，主要从五个方面进行了概括和评述④。其一为“考察词调

① 秦巘：《词系》，邓魁英、刘永泰整理，北京：北京师范大学出版社 2010 年版。
② 王奕清等：《钦定词谱》(简称《词谱》)，北京：中国书店出版社 2010 年版，影印本。
③ 林钟勇：《宋人择调之翘楚：〈浣溪沙〉》“绪论”，台北：万卷楼图书股份有限公司 2002 年版，第 3 页。
④ 田玉琪：《词调史研究》“引言”，北京：人民出版社 2012 年版。

渊源”，主要成果有任半塘《教坊记笺订》、《敦煌曲初探》、《敦煌歌辞总编》①，对唐教坊曲名和敦煌歌辞曲名进行了较为全面细致的考订与探源；吴熊和《唐宋词通论》专设《词调》一章②，对词调来源进行了六个方面的考察；此外，吴藕汀《词名索引》、潘慎《中华词律辞典》等③，对词调的索引和探源也有所贡献。其二为“总结词律”，主要成果有潘慎《中华词律辞典》、谢映先《中华词律》等④，所收历代词调超过千调，体式更多达数千。其三为“考察词调的音乐特性”，主要包括词调与宫调的关系、词调的音乐结构、词调的唱法等层面，代表性的成果主要有：夏敬观《词调溯源》、刘崇德《燕乐新说》、郑孟津《宋词音乐研究》、洛地《词乐曲唱》等⑤。其四为“考察词调与曲牌的关系”，代表性成果主要有：王国维《宋元戏曲史》、李昌集《中国古代散曲史》、俞为民《宋元南戏考论续编》等⑥。其五为“研究词调的声情与运用”，代表性成果主要有：龙榆生《词学十讲》、吴熊和《唐宋词通论》、陶然《金元词通论》等⑦。

需要略做补充的是，在进入二十一世纪以来的十多年里，有关词调研究又取得了新的进展，这主要表现在三个方面：

其一是词调史研究，从宏观的层面和历时的视角来考察和勾勒词谱编纂史、词调发展史。主要有两部代表性成果，即江合友的《明清词谱史》、田玉琪的《词调史研究》。江著为明清词谱的整理编纂撰史立传，在对明清时期编著的数十种词谱词韵著作进行编年考订和叙录的基础上，勾勒其发展历程及相互关系，总结其编纂特征与词学成就，对明清以来词学研究中与词调相关的“图谱

① 任半塘：《教坊记笺订》，北京：中华书局 2012 年版；《敦煌曲初探》，上海：上海文艺联合出版社 1954 年版；《敦煌歌辞总编》，上海：上海古籍出版社 2006 年版。

② 吴熊和：《唐宋词通论》，北京：商务印书馆 2003 年版。

③ 吴藕汀：《词名索引》(增补本)，北京：中华书局 2006 年版；潘慎等：《中华词律辞典》，长春：吉林人民出版社 2005 年版。

④ 谢映先：《中华词律》(增订本)，长沙：湖南大学出版社 2010 年版。

⑤ 夏敬观：《词调溯源》，上海：商务印书馆 1931 年版；刘崇德：《燕乐新说》，合肥：黄山书社 2003 年版；郑孟津：《宋词音乐研究》，北京：中国文史出版社 2004 年版；洛地：《词乐曲唱》，北京：人民音乐出版社 1995 年版。

⑥ 王国维：《宋元戏曲史》，天津：百花文艺出版社 2002 年版；李昌集《中国古代散曲史》，上海：华东师范大学出版社 1991 年版；俞为民：《宋元南戏考论续编》，北京：中华书局 2004 年版。

⑦ 龙榆生：《词学十讲》，北京：北京出版社 2005 年版；陶然：《金元词通论》，上海：上海古籍出版社 2001 年版。

学”做出了开拓①。田著则分上下编，上编为“历代词调史研究”，为唐宋金元明清各代词调的发展和演变勾勒总体的轮廓和宏观的轨迹；下编为“历代词调考析”，对数以千计的各代词调进行考辨与简析，“力图做单个词调小史”②，堪称第一部较系统地研究词调史的词学专著。

其二是分调研究，即选取常用词调或一些有特色的单个词调为对象进行分调考察和专题研究。这方面的专著主要以林钟勇对《浣溪沙》的研究为代表(上文已引录)，全书选取宋代词坛创作数量最多的《浣溪沙》一调，并前后贯穿唐五代词和金元词，从主题演变、格律形式、用韵特征、名家名作等多个层面进行全面深入的考察和探讨，堪称新世纪以来最早也是颇有创获的一部唐宋词分调研究的专著。其他成果则多为单篇论文，涉及《河传》、《诉衷情》、《南歌子》、《浪淘沙》、《洛阳春》、《渔歌子》、《更漏子》、《虞美人》、《生查子》、《临江仙》、《西江月》、《念奴娇》、《沁园春》、《满江红》、《水调歌头》、《调笑》、《杨柳枝》等十余个词调③。它们有些只是就某个方面进行考证，但也有不少是分调进行专题研究，已经从整体上突破了古人对词调考辨的格局和境界。

其三是用调研究，即以因用调创调而著称或较有建树的词人为对象进行用调成就和特征的考察和研究。这方面的研究专著极为少见，在二十世纪的词学研究中，有关词人用调方面的考察主要散见于作家作品的研究中。新世纪以来，对词人用调的观照和考察逐渐引起关注，如田玉琪《词调史研究》中即列有“词人与词调”一章④，虽然只涉及柳永和苏轼两家的用调，论述也未能全面深入地展开，但是已带有“用调史”研究的理论意识和方法论启示。此外，还有一些单篇论文涉及对柳永、苏轼、秦观、陆游等宋词大家和名家用调的考察和探讨⑤，

---

① 江合友:《明清词谱史》，上海:上海古籍出版社 2008 年版。

② 田玉琪:《词调史研究・引言》，第 13 页。

③ 参见林钟勇《宋人择调之翘楚:〈浣溪沙〉》“绪论”，第 6—8 页。按:近年来分调研究方面的单篇论文又有所增加，限于篇幅，兹不一一列举。

④ 田玉琪:《词调史研究》，第五章，第 233—256 页。

⑤ 田玉琪:《柳永用调究竟有多少》，《中国韵文学刊》2003 年第 2 期；刘尊明:《从用调与创意看苏轼的词史地位:以〈浣溪沙〉、〈水调歌头〉、〈念奴娇〉为例》，《文艺研究》2007 年第 5 期；曹辛华:《论秦观词调选、用特点及其意义》，《北京大学学报》2012 年第 5 期；朱惠国:《论〈放翁词〉的用调特色》，《文学遗产》2016 年第 5 期；苏怡充、刘尊明:《柳永、周邦彦、姜夔三家词用调的比较分析》，《乐山师范学院学报》2017 年第 5 期。

也涉及对唐、宋、金、明各断代词坛用调情况的统计与分析①。

## 二 唐宋词调研究的构想与探索

从以上回顾和梳理可见,历代以至当代词学研究在词调研究的各个方面已多有涉及,且取得了较为丰富多样的研究成果。但是,我们也看到,历代词调研究还存在分散性、随意性、实用性等问题,词学意识不够突出,理论体系有欠完整,研究方法较为单一。

词调既是词体文学和词学研究的重要组成部分,唐宋词又是词史发展和创作鼎盛的典范代表,那么,对唐宋词调展开全面深入的研究,就是词学研究回归词体本位的必然要求,也是促使唐宋词研究更上层楼的重要途径。正是在这样的研究背景和学术理念下,我们产生了对唐宋词调研究的新构想,并且进行了大胆的探索,也取得了初步的成果。

本课题成果的理论构想和创新特色主要体现在两个方面:

### (一)融合词调、词体与词史研究的"三维立体"论

唐宋词既然主要是依调填词的产物,词体的形成和变化,词史的发展和演进,也就都与词调的性质和特征相关联;换言之,词调的创制与繁衍、运用与演变,也都会对词体和词史产生作用和影响。因此,我们对唐宋词调的研究,就力图突破长期以来多只就词调论词调,或偏重于创作和欣赏的实用功能来归纳词律词谱的模糊意识和狭小格局,而将词调放置在词体演进与词史发展的理论体系和宏观视野中来进行考察与探索;无论是统计分析各断代词坛的词调运用与演变,还是观照和探讨具体词人用调与创调的特征和成就,以及对各种常用词调的创作与演变进行分调考辨与论述,我们都努力以词调为线索和中心加以贯穿和勾连,目的是为了观照和探讨词体与词史的发展演变。这样,我们对唐宋词调研究的构想和尝试便具有了一种词体意识与词史视野,致力于形成一种融合词调、词体与词史的"三维立体"的研究格局。

---

① 田玉琪:《论金词的用调》,《江苏大学学报》2009 年第 6 期;刘尊明、李志丽:《唐五代词调和用调的统计与分析》,《黄冈师范学院学报》2011 年第 4 期;刘尊明、杨东林:《宋代词人词调运用的定量分析》,《中国文化研究》2012 年第 1 期;刘尊明、范晓燕:《宋代词调及用调的统计与分析》,《齐鲁学刊》2012 年第 4 期;王靖懿、张仲谋:《论明词用调对宋词的继承与新变》,《江海学刊》2015 年第 3 期。

（二）兼顾定量、用调与分调研究的“三管齐下”式

历代的词调研究虽以唐宋词为主体，但多以记载、考证、辨析、评点、归纳为主要方法和特征，极少运用统计和定量分析的研究方法；明清人所编词律词谱等著作所收词调虽然以唐宋词调为多，但也包含少量金元词调，而且限于敦煌曲子词尚未发掘以及各断代词总集尚未编纂，故亦存在不少遗漏之调。二十世纪以来的唐宋词调研究，虽然各断代词总集已陆续编纂问世，但是有关唐宋词调定量分析方面的研究仍然极为少见；至于用调与分调研究虽然取得了一定的成果，但是往往较为分散，缺少系统性。有鉴于此，我们对唐宋词调的研究便引进了定量分析的方法，通过对唐宋词坛和词人用调和创调数量的统计分析，来观照和考察唐宋词用调和创调的总体风貌、主要特征和演变规律，并为进一步地定性分析提供思路启示和数据支撑；在此基础上，我们进一步从用调和分调两大途径展开对唐宋词调的定性分析，选取有代表性的词人做用调的个案考察，选取最具典范性的金曲名调做分调的词史研究。因为词调的功能和特征是在创作实践中得到实现和表现的，那么考察最擅长创调用调的词人的创作实践，也就是词调研究的最有效的途径之一；词既是依调填词，不同时代的不同个体都可以选取同一词调进行创作，这就形成了词调越好创作数量就越多的奇观，那么选取那些金曲名调来做分调词体与词史的考察，也应该是词调研究的另一有效途径。既做到定量分析与定性分析相结合，又将用调研究与分调研究统一起来，这样，我们对唐宋词调的研究便突破了以定性分析为主导的传统方法，形成了“三管齐下”的研究模式。

本课题研究的基本框架和核心内容主要表现在三个方面：

（一）唐宋词坛和词人用调与创调的统计分析

首先，我们致力于对唐宋词坛和词人的用调与创调进行数量统计、调名考订和定量分析，从宏观视角、整体风貌、基本特征、主要成就等层面，对唐宋词调的创制运用和发展演变进行考察和体认（第一至第三章）。

在利用二十世纪以来所编纂的《全唐五代词》、《全宋词》等断代词总集，并参考吸收清人所编《词律》、《词谱》及今人辑佚考证成果的基础上，我们对唐五代和两宋词坛词人的用调和创调数据进行了更全面、更准确的考订和统计，列出《唐五代词调及其创作数量一览表》、《唐五代词人用调综合一览表》、《唐五代

词人首见创调一览表》、《宋词用调分期分类总统计表》、《宋代词坛常用词调简况一览表》、《宋代主要词人用调排行一览表》、《宋代全部词人首见创调一览表》共七种统计表格，获得了一整套有关唐宋词调的数据资料，为唐宋词调的定量分析以及唐宋词体与词史的定性分析提供了有力的数据支撑。我们的考订和统计结果是：唐五代词坛共创用163调(指词调正名，不计同调异名)，两宋词坛共创用897调，唐五代两宋词坛所用词调总计为1060调，去除宋词沿用唐五代词的75调，唐宋用调总数仍多达985调；如果计入400余首的失调名之作，则唐宋词实际用调总数当在千调以上。每个词调至少具有一种体式，有的词调则多达数十种异体，这样，成千个词调、数千种词体，既反映了唐宋词的繁荣景象，也构成了中国古代诗歌体式的壮丽奇观。

在数据统计的基础上，我们对唐宋词调进行了多层面的定量分析，所获得的认识也是颇为新颖而丰富的。唐五代词坛每调作词在10首以上的词调共计34调，排名前10位的“金曲词调”依次是：《望江南》、《浣溪沙》、《菩萨蛮》、《杨柳枝》、《渔父》、《临江仙》、《酒泉子》、《南乡子》、《更漏子》、《南歌子》、《竹枝》，共11个词调；宋代词坛每调作词在10首以上的词调共计200调，其中“十大金曲”依次为：《浣溪沙》、《水调歌头》、《鹧鸪天》、《念奴娇》、《菩萨蛮》、《满江红》、《蝶恋花》、《西江月》、《临江仙》、《沁园春》。这为我们进一步从事唐宋词分调研究指明了方向。唐五代有姓名可考或题署姓氏的词人共计81人，用调在10调以上的词人共18人，用调最多的是敦煌词(51调)，其他用调大家有冯延巳、孙光宪、韦庄、毛文锡、欧阳炯、李煜、温庭筠、和凝、顾敻、李珣等；唐五代参与创调的有姓名可考的词人共计38人，另有敦煌词和无名氏，亦以敦煌词创调数量最多(48调)，其他创调大家和名家有温庭筠、冯延巳、毛文锡、和凝、欧阳炯、李白、刘禹锡、韦庄、尹鹗等。宋代词人共计1500人，另有作词达1590首的无名氏人数不详；用调数量在10调以上的词人共计199人，排名前10位的“用调十大家”依次是：柳永、吴文英、陈允平、周邦彦、辛弃疾、张炎、贺铸、张先、曹勋、赵长卿、刘辰翁、仇远、周密、苏轼(柳永、吴文英并列第一，曹勋、赵长卿、刘辰翁、仇远并列第八)，共计14人；宋代参与创调的词人除无名氏外共计182人，排名前10位的“创调十大家”依次为：柳永、周邦彦、张先、曹勋、欧阳修、姜夔、贺铸、吴文英、黄庭坚、晁端礼、晏殊、苏轼、万俟咏(欧阳修、姜夔并列第五，黄庭坚、晁端礼并列第八,苏轼、万俟咏并列第十),共计 13 人。这就为我们下一步展开词人用调的专题研究提供了启示。

我们的定量分析还从多方面显示出唐宋词用调和创调的主要特征与总体成就。唐五代词调多来源于初盛唐教坊曲,以小令短调为主体,也开始了对长调慢词的尝试;用调和创调都呈逐代递增之趋势,敦煌民间词的用调和创调早在盛唐时期便形成了一个小高潮,而文人词则迟至晚唐、五代才趋于发展繁兴。宋代词坛用调创调的基础更深厚,队伍更壮大,词调更完备,词体更丰富;宋代词坛的用调和创调轨迹都呈倒“U”形,用调至南渡和中兴时期形成最高峰,而创调的高峰则出现在北宋承平时代和变革时代;在两宋所用 897 调中,沿用唐五代词旧调者只有 75 调,为宋代首见和创始的新调则多达 822 调;在宋代词人创用的新调中,长调慢词的数量更占据了超越小令和中调的绝对优势,显示了宋词用调在词体上不断开拓创新的卓越成就。

### (二) 唐宋重要词人用调与创调的特征与成就

其次,我们选取了宋代词坛在用调和创调上具有典范性和代表性的四位词人,即柳永、苏轼、周邦彦和无名氏来进行个案研究,统计分析他们用调创调的数量,考察探讨他们用调创调的特征与成就,总结评估他们用调创调的得失及其对宋代词体演进和词史发展做出的贡献(第四至第七章)。

柳永是两宋词坛的大家之一,更以擅长创用词调和大力创作慢词长调而著称。因此,我们对宋代词人用调的个案研究,柳永便首当其冲。我们考订统计出柳永 213 首词作共用 142 调,与南宋的吴文英并列两宋用调排行榜的第一名。柳永采用唐五代至宋初的旧词调只有 16 调,其余 126 调皆为首见和创始于柳永的新调,其创调之多,两宋无人能及;首见柳永而得到宋词继承的常用词调为 78 调,另有 48 调为孤调,孤调数虽然不少,但 78 调的流行反映了柳永对宋代词调发展繁衍所做出的巨大贡献;从所用词调体式来看,小令仅占 22 调,中调为 40 调,长调有 80 调,若计入中调里的一部分慢词,则柳永用调和创调中的长调慢词更多达 90 调左右,在两宋词人中亦名列前茅,柳永对长调慢词所做出的开拓创新于数量上即得到了有力的昭显。柳永虽然不无对唐五代宋初旧词调的继承,但他更注重对新词调的开拓和创制。柳永在词调上的创新,主要是通过以下两条途径来完成的:其一是依旧曲名另翻或自创新声,其二是采用北宋新声或自创新调。长调、慢词是柳永词在用调上的主要特色，也是柳永词最突出的创作成就。柳永慢词长调的特征与成就，主要表现在宫调之开拓、词体之创新、声律之谐美等各个方面。柳永对长调慢词的大力创制和开拓创新，不仅开拓了词的形式体制，提高了词的艺术技巧，而且丰富了词的表现领域，使词体突破了狭小的小令之路，进入了更恢宏开阔的艺术境界。总而言之，柳永对长调慢词的实践，对宋代词人的创作和宋代词史的发展都有开启和铺垫之功。

苏轼因“以诗为词”而受到宋人“要非本色”“不协音律”一类的批评，东坡词的用调特色和成就也就长期被遮蔽和忽略了。我们的统计分析显示，东坡所创作的 363 首词作共用 76 调，犹能跻身宋代词人用调排行榜前 10 名的末位；首见和创始于东坡词的新调共计 11 调，在宋代创用新调的词人队伍中亦占得第一方阵的末位，其中尤以《贺新郎》、《醉翁操》、《哨遍》等调对两宋词坛的影响最为深远。我们的考察探讨还表明，在词的创作实践中，苏轼不仅有对唐宋已经成熟的旧词调的广泛沿用和发展丰富，尤以《浣溪沙》、《江城子》、《定风波》、《蝶恋花》等调的成就最为突出，而且还有对北宋刚刚流行的新声词调的大胆采撷和尝试创新，如对《归朝欢》、《雨中花慢》、《鹧鸪天》、《鹊桥仙》、《卜算子》等调的运用；他既为当时的词坛提供了一批首见和创始的新词调，也用富于“创意”的名篇杰作促使一批北宋新声成为两宋歌坛的金曲名调，而尤以《念奴娇》、《水调歌头》、《水龙吟》、《满江红》、《满庭芳》、《沁园春》、《八声甘州》等慢词长调最为杰出；东坡并非以“创调”而擅名，但他在“用调”和“创意”上的成就却帮助他建树起崇高的词史地位和不朽的词坛丰碑。

周邦彦不仅是宋代词史上堪与苏轼、辛弃疾媲美并肩的大家，而且更以“创调之才多”而著称，他与柳永、姜夔、吴文英齐名，既对柳永的用调加以继承和推进，更下开姜、吴二家用调之先声与法度，从而奠定了在两宋词史上的独特地位。清真作词共 186 首，却运用了 110 个词调，仅次于柳永、吴文英、陈允平(柳、吴并列第一)，而排名前三甲；其中继承唐宋词旧调占 58 调，为清真首见和创调占 52 调；虽然用调和创调总数都不及柳永，但清真所创新调却有 48 调都得到了两宋词坛的继承和采用，孤调只有 3 调，其成功率和流行性在两宋词人中无人能及；小令占 33 调，中调为 19 调，长调有 58 调，中调里另有慢词 2 调，亦以长调慢词占多数;在长调慢词的创制中,清真既对柳永刚刚起步的犯调曲做出了拓展,而且也在三叠体、双拽头体等词体形式上做出了进一步的探索与创新,创造出《兰陵王》、《西河》等三叠体的名作,《瑞龙吟》、《双头莲》等双拽头体的新调;此外,清真词用调和创调的宫调声情也更趋繁复多彩,声律用韵也愈加谐美精严,故清真用调对两宋词坛产生了深远的影响,清真亦成为两宋词人追和次韵作品最多的词人。

之所以选择宋代无名氏词做个案研究,是因为两宋无名氏共创作了1590首的巨量词作,而他们的创作成就却长期被忽略;当我们把他们当作一个由群体组成的特殊作者来看待时,无名氏在用调创调上的贡献不仅并不逊色于有名氏词人,而且还能拓展和丰富我们对宋代词调与词史的研究与认识。我们经过考订和统计所获得的数据是:两宋无名氏词共用306调,其中沿用唐宋词旧调共计186调,可考为无名氏首用和创始的新调共120调,其用调总数连柳永等人也无法相比,其创调总数也不过仅次于柳永而已;虽然所创用的120个新调中有77调沦为了孤调,但仍有43个词调得到了两宋词坛的继承和沿用;小令占48调,中调占18调,长调占47调,另有残句体式不详者占7调,不仅各体兼备,而且长调慢词与小令短调也大体平衡;大致创作于北宋时期的词调约为101调,可能创作于南宋时期的词调约为19调,可见宋代无名氏对新词调的创制以北宋时期最为活跃,这与两宋文人词的用调史和整个宋代词调发展史正好相互印合。此外,我们的考察和探讨表明,宋代无名氏还创制和贡献了一批咏梅专曲,尤其是在大曲、舞曲、曲破、转踏等歌舞剧曲的创制和运用方面也做出了重要贡献;无名氏词在用调和创调上的特征和成就,还表现在多采用民间新声、多赋咏词调本意、歌舞兼融、雅俗共赏、灵活多样等各个方面。总之,两宋无名氏词的用调和创调既形成与有名氏文人词的互补与对应,其词史意义和词学价值也就不言而喻。

### (三)唐宋金曲名调的发展演变及其创作成就

其三,我们以《望江南》、《鹧鸪天》、《满江红》这三个唐宋词坛的金曲名调为对象来进行分调研究,一为唐宋词坛"第一调",一为宋词小令"金曲",一为宋词长调"金曲",通过考察和分析三调的词调渊源、体式特征、发展历程、题材表现、艺术风格,来探寻分调词史的研究模式,建构词调、词体与词史"三维立体"的研究格局(第八至第十章)。

我们首先选取了《望江南》这个小令词调,这不仅因为它是唐宋词坛创作数量突破千首的"第一调",而且还因为它可以将唐五代至两宋的词调发展史和创作史勾连起来。早在唐五代《望江南》就作词751首,其中《兵要望江南》720首堪称奇观;两宋词坛也作词251首,唐宋《望江南》共计1002首,在唐宋词调作品数量排行榜上名列第一。《望江南》一调应来源于盛唐教坊曲,以敦煌民间词的创作为最早,文人词则以白居易为先导;它具有单双片兼具、轻便灵活的体式特征,三段式的独特结构,感叹伤悲、风流酝藉等丰富声情。它的创作早在中晚唐即形成第一个高峰,经五代宋初的短暂低沉,至北宋再度中兴,南宋依然繁盛不减。在内容题材的表现上,以风土类歌咏最为本色,由咏江南风物延伸到咏各地风情、咏他人与自咏;应用性歌诀的创作也颇有特色,主要分为兵机要诀、佛道义理、诙谐戏语三种类型;而以人生类咏叹最具思想意义和审美价值,从离情别绪到家国哀思,最为深婉动人。艺术风格也多姿多彩,感叹伤悲、清新俊爽、流丽疏快、风流酝藉、诙谐滑稽,各擅其胜,美不胜收。

《鹧鸪天》一调以703首的创作数量名列两宋"十大金曲"排行榜第3位,仅次于《浣溪沙》、《水调歌头》2调,而实为宋代小令第二大"金曲"词调。《浣溪沙》已有专门研究,那么要进一步做宋词小令的分调词史研究,《鹧鸪天》也就是最好的选择了。《鹧鸪天》的创调或与在唐代广为传唱的教坊曲《山鹧鸪》有渊源关系,另与唐五代《望远行》及宋词《瑞鹧鸪》体式相近。在词体上,《鹧鸪天》为双片体,与七律相近,唯于下片换头摊破句法作两个三字句,与《浣溪沙》、《菩萨蛮》等唐宋小令"金曲"相类似,既有近体诗的整齐风貌,又比近体诗更为摇曳多姿。此调以风流酝藉为擅胜,又兼具清怨感伤等多种声情。参与《鹧鸪天》创作的词人多达169人,另有无名氏之作,而以晏几道(19首)和辛弃疾(63首)成就和影响最为突出,另有柳永、欧阳修、苏轼、黄庭坚、贺铸、李清照、朱敦儒、姜夔、吴文英等大家名家。此调创始于北宋前期,至北宋中后期渐趋兴盛,入南宋而形成最高峰。在内容题材的表现上,以祝颂词、交游词数量较多,而以闺情、艳情、节序、咏怀、咏物、写景、闲适、隐逸等类成就较为突出。在艺术表现上,《鹧鸪天》不仅擅长运用丰富的意象创造优美的意境,而且还具有风流酝藉、沉郁悲壮、清新活泼、超然闲淡、典雅富丽等多种风格特征。

《满江红》既是宋词"十大金曲"的第 6 曲，也是宋词"四大长调"的第 3 调。《水调歌头》、《念奴娇》、《沁园春》这三大长调都已有所研究，而《满江红》的研究则极为薄弱。因此，以《满江红》为例来做宋词长调的分调研究，也就势在必行了。宋代《满江红》共计 551 首，在创作数量上仅次于《水调歌头》、《念奴娇》而超过《沁园春》。《满江红》一调首见柳永词，当采自北宋民间新声，其本意应以表现江上风情为主，或亦融入了战争的内容，盖为一支高亢豪壮之曲。与《望江南》、《鹧鸪天》等小令金曲体式较为稳定不同，《满江红》具有二十多种异体，堪称唐宋词调中体式繁复多样的典范之一。《满江红》属于比较典型的"慢曲""慢词"的类型，具有对称和谐而又富于变化的音乐体式特征；也具有很突出的整散结合、奇偶相生、灵活多变、摇曳多姿的形体格律特征；还具有融谐婉与拗怒为一体、宽严相济、富于变化的声情特征和韵律美感。《满江红》的创作也经历了一个不断发展繁兴的历程，北宋凡 11 人 21 首，南渡凡 15 人 21 首，南宋共计 150 人 458 首，另有时代不详 8 人 9 首，无名氏 42 首；《满江红》创作的奠基时代在北宋，其发展之新变则出现在南渡，至南宋而达到繁盛之顶峰。比之《望江南》、《鹧鸪天》等小令金曲，《满江红》在内容题材的表现上也有着更为广泛丰富的开拓创新，而以咏怀、怀古、军旅、闺情、艳情、羁旅、闲适、隐逸、哲理、交游、咏物、节序、写景、人物、祝颂等类成就尤为突出。在艺术风格的表现上，《满江红》虽然以慷慨悲壮之风最为著称，但也创造了清新绵邈、闲淡超逸等多种艺术风格。

# 第一章　唐五代词调和用调的统计与分析

词的创作方式绝大多数都是“先曲后词”、“依调填词”，处于词史初期阶段的唐五代词的创作尤其如此。因此，不仅“调”对于“词”具有先决作用，而且通过对词调数量的统计和用调情况的分析，我们也能对词人的创作与词史的演进获得一种切实有效的观照与认识。

唐五代是词史的初始阶段和发展时期，因此要考察唐宋词调和词史的发展和演变，我们必须从唐五代词调开始。我们首先需要做的工作，当然是对唐五代词调数据和词人用调情况进行统计和分析。这里我们先从唐五代词坛用调数据及其用调成就的统计、考订和分析入手。

## 第一节　唐五代词坛用调的统计与分析

鉴于唐五代词作为词史起源和发展阶段的性质特征，不仅对唐五代词一代总集的编纂是一项非常艰难的工作，而且对唐五代词作和词调的统计也会面临一些困难。关于对唐宋词调的统计和研究，吴熊和先生曾有所论述：“唐宋两代究竟创制了多少个词调，尚没有完善的统计。清康熙二十六年(1687)，宜兴万树作《词律》二十卷，共收词调六百六十调，一千一百八十余体。嗣后徐本立作《词律拾遗》八卷，补录词调一百六十五调，四百九十五体；杜文澜作《词律补遗》一卷，又补录词调五十调。康熙五十四年(1715)，王奕清等奉命作《钦定词谱》

四十卷，共收词调八百二十调，二千三百零六体（间收元人小令）。……现在由于敦煌曲子词的发现，和《全宋词》、《全金元词》的编定，可据以补充的词调为数亦不少。我们完全有条件编出一部胜于《词律》、《词谱》的唐宋词调总谱来，可收词调总在一千个以上。”①吴先生根据清人所编《词律》《词谱》的统计数据，结合二十世纪敦煌曲子词的发掘整理以及《全宋词》等总集的编纂出版，提出了编纂一部新的唐宋词调总谱的设想，并预计唐宋词调总数在一千个以上。吴先生有关唐宋词调总谱编纂的设想正在为当代词学研究实施着②，而吴先生对唐宋词调总数在一千个以上的预计也正在得到印证③。

## 一　唐五代词坛用调数量的统计

关于对唐五代词调数量的统计，历代乃至二十世纪以来的词学研究虽然也做了一些工作，但正如吴熊和先生所言，尚不准确与完善。好在新编《全唐五代词》已于二十世纪末编纂出版，这就为我们统计分析唐五代词调和用调提供了文献基础。兹以《全唐五代词》“正编”为依据④，对唐五代所用词调进行检索和统计，列表如下：

**表 1－1　唐五代词调及其创作数量一览表**

| 序号 | 词调名称 | | 唐代创作数量 | | | | | 五代创作数量 | | | | 敦煌词 | 合计 | 总计 |
|---|---|---|---|---|---|---|---|---|---|---|---|---|---|---|
| | 正名/异名 | | 初 | 盛 | 中 | 晚 | 合计 | 西蜀 | 南唐 | 其他 | 合计 | | | |
| 1 | 望江南 * | 望江南 | | | | 728 | 728 | | 2 | 1 | 3 | 7 | 738 | 751 |
| | | 望江梅 | | | | | | | 2 | | 2 | | 2 | |

① 吴熊和：《唐宋词通论》，第三章第一节，第 76—77 页。

② 参见田玉琪、陈水云、江合友主编：《词体声律研究与词谱编纂》，国家社科基金重大项目“词体声律研究与词谱重修”(15ZDB072)阶段成果，石家庄：河北人民出版社 2017 年版；田玉琪编著：《北宋词谱》，北京：中华书局 2018 年版。

③ 据笔者考订与统计，唐五代词坛所用词调凡 163 调（正名），宋代词坛所用词调凡 897 调（正名），唐宋词坛所用词调共计 1060 调，去其重复（宋词沿用唐五代词调 75 调），唐宋词坛所用词调总数为 985 调，已接近一千调；另有 414 首失调名之作（唐五代词 32 首，宋词 382 首）未计入用调的统计数据，亦有少量作品属同调异体或同名异调尚待进一步考辨，则唐宋词坛实际用调总数当在千调以上。

④ 曾昭岷、曹济平、王兆鹏、刘尊明编著：《全唐五代词》，北京：中华书局 1999 年第 1 版，2008 年第 2 次印刷。按，此书分正、副编，正编共四卷，收唐五代性质明确的词作，包括敦煌曲子词，共 1961 首；副编三卷，收唐五代属诗属词性质难以确考或尚存歧异的作品，以及宋元人依托唐五代人物鬼仙词，共 847 首。笔者对唐五代词调的统计，主要以《全唐五代词 · 正编》为依据，另从副编补入 3 首。

**续表**

| 序号 | 词调名称 | | 唐代创作数量 | | | | | 五代创作数量 | | | | 敦煌词 | 合计 | 总计 |
|---|---|---|---|---|---|---|---|---|---|---|---|---|---|---|
| | 正名/异名 | | 初 | 盛 | 中 | 晚 | 合计 | 西蜀 | 南唐 | 其他 | 合计 | | | |
| 1 | 望江南＊ | 忆江南 | | | 5 | | 5 | | | | | | 5 | 751 |
| | | 梦江南 | | | | 4 | 4 | 2 | | | 2 | | 6 | |
| 2 | 浣溪沙＊/山花子 | | | | | 8 | 8 | 62 | 5 | 2 | 69 | 19 | 96 | 96 |
| 3 | 菩萨蛮＊/子夜歌① | | | 2 | | 23 | 25 | 28 | 14 | 3 | 45 | 16 | 86 | 86 |
| 4 | 杨柳枝＊ | 杨柳枝 | | | 23 | 30 | 53 | 5 | 10 | | 15 | 1 | 69 | 82 |
| | | 柳枝② | | | | | | 6 | | 3 | 9 | | 9 | |
| | | 新添声杨柳枝 | | | | 4 | 4 | | | | | | 4 | |
| 5 | 渔父 | 渔父 | | | 21 | | 21 | 5 | 2 | 1 | 8 | | 29 | 70 |
| | | 拨棹歌 | | | 39 | | 39 | | | | | | 39 | |
| | | 渔父引＊ | | | | | | | | 2 | 2 | | 2 | |
| 6 | 临江仙＊/谢新恩 | | | | | | | 24 | 9 | 3 | 36 | 3 | 39 | 39 |
| 7 | 酒泉子＊ | | | | | 6 | 6 | 21 | 6 | | 27 | 4 | 37 | 37 |
| 8 | 南乡子＊ | | | | | | | 25 | 3 | | 28 | | 28 | 28 |
| 9 | 更漏子/更漏长＊ | | | | | 7 | 7 | 15 | 5 | | 20 | | 27 | 27 |
| 10 | 南歌子＊ | | | | | 10 | 10 | 8 | | | 8 | 9 | 27 | 27 |
| 11 | 竹枝/竹枝词③ | | | | 15④ | 9 | 24 | 2 | | | 2 | | 26 | 26 |
| 12 | 清平乐＊ | | | 5 | | 8 | 13 | 6 | 4 | | 10 | | 23 | 23 |
| 13 | 虞美人＊ | | | | | | | 15 | 6 | 1 | 22 | 1 | 23 | 23 |
| 14 | 女冠子＊ | | | | | 4 | 4 | 18 | | | 18 | | 22 | 22 |
| 15 | 河传/怨王孙⑤ | | | | | 7 | 7 | 12 | | 1 | 13 | | 20 | 20 |

① 《子夜歌》一名，仅见南唐李煜词，乃《菩萨蛮》之异名。《全唐五代词》第760页。

② 唐五代《杨柳枝》词多为七言四句的齐言体，晚唐温庭筠、裴诚有“新添声”《杨柳枝》，然体式仍为七言四句；五代张泌《柳枝》一词，于每句后各添三字句，遂成40字长短句；另有敦煌词《杨柳枝》一篇，于每句后亦各添一句，唯所添各句字数不同，或四言、或五言。敦煌词及张泌词性质相近，盖因和声而添字，主体不变，故属同调异体。宋词此调皆为添字杂言体，有多种异名，仍与《杨柳枝》为同调。

③ 晚唐袁逢（2首）、刘瞻（1首）共3首，名《竹枝词》。《全唐五代词》第136、146页。

④ 刘禹锡《竹枝》词，《全唐五代词》正编收10首，兹补录副编1首，共11首。中唐另有白居易4首。

⑤ 晚唐韦庄《怨王孙》1首，实为《河传》之异名。《全唐五代词》第172页。按：宋代另有李清照、姚宽《怨王孙》，乃《忆王孙》之异名。唐圭璋编：《全宋词》，北京：中华书局1986年版，第929、1482页。

**续表**

| 序号 | 词调名称 正名/异名 | | 唐代创作数量 初 | 盛 | 中 | 晚 | 合计 | 五代创作数量 西蜀 | 南唐 | 其他 | 合计 | 敦煌词 | 合计 | 总计 |
|---|---|---|---|---|---|---|---|---|---|---|---|---|---|---|
| 16 | 浪淘沙 1 | 浪淘沙 * | | | 15 | | 15 | | | | | | 15 | 17 |
| | | 浪涛沙① | | | | 2 | 2 | | | | | | 2 | |
| 17 | 谒金门 * | | | | | 3 | 3 | 7 | 3 | | 10 | 4 | 17 | 17 |
| 18 | 采桑子② | | | | | | | 1 | 15 | 1 | 17 | | 17 | 17 |
| 19 | 生查子 * | | | | | | | 15 | | | 15 | 2 | 17 | 17 |
| 20 | 蝶恋花/鹊踏枝 * | | | | | | | | 15 | | 15 | 2 | 16 | 17 |
| 21 | 荷叶杯 * | | | | | 5 | 5 | 9 | | | 9 | | 14 | 14 |
| 22 | 江城子 | | | | | 2 | 2 | 7 | | 5 | 12 | | 14 | 14 |
| 23 | 应天长 | | | | | 2 | 2 | 5 | 6 | | 11 | | 13 | 13 |
| 24 | 定风波 * | | | | | | | 8 | | | 8 | 5 | 13 | 13 |
| 25 | 渔歌子/鱼歌子 * | | | | | | | 8 | | | 8 | 4 | 12 | 12 |
| 26 | 捣练子 | 捣练子令 | | | | | | | 3 | 1 | 4 | 8 | 12 | 12 |
| 27 | 木兰花 * | 木兰花 | | | | 1 | 1 | 6 | | 2 | 8 | | 9 | 12 |
| | | 玉楼春 | | | | | | | 2 | | 2 | | 2 | |
| | | 失调名 | | | | | | | | | | 1 | 1 | |
| 28 | 感皇恩 1 | 感皇恩 * | | | | | | 1 | | | 1 | 4 | 5 | 11 |
| | | 小重山 | | | | 1 | 1 | 3 | | 2 | 5 | | 6 | |
| 29 | 天仙子 * | | | | 7 | 7 | | | 2 | 2 | 2 | 11 | 11 | 11 |
| 30 | 抛球乐 2 | 抛球乐 * | | | | | | | 8 | | 8 | 2 | 10 | 11 |
| | | 莫思归 | | | | | | | 1 | | 1 | | 1 | |
| 31 | 喜迁莺/鹤冲天③ | | | | | 2 | 2 | 4 | 4 | 1 | 9 | | 11 | 11 |
| 32 | 古调笑 | 转应词 | | | 1 | | 1 | | | | | | 1 | 10 |
| | | 调笑 | | | 2 | | 2 | | | | | | 2 | |
| | | 宫中调笑 | | | 4 | | 4 | | | | | | 4 | |
| | | 三台令 | | | | | | | 3 | | 3 | | 3 | |

① 晚唐皇甫松《浪涛沙》2 首,即《浪淘沙》之异名。《全唐五代词》第 90、91 页。

② 崔令钦:《教坊记》,“曲名”中有《杨下采桑》,“大曲名”中亦有《采桑》,第 19 页、21 页。五代后晋和凝、后蜀花蕊夫人、南唐冯延巳和李煜所作《采桑子》,或来源于唐教坊曲。

③ 南唐冯延巳《鹤冲天》1 首,乃《喜迁莺》异名,与宋词《鹤冲天》为异调。《全唐五代词》第 693 页。

**续表**

| 序号 | 词调名称 正名/异名 | | 唐代创作数量 初 | 盛 | 中 | 晚 | 合计 | 五代创作数量 西蜀 | 南唐 | 其他 | 合计 | 敦煌词 | 合计 | 总计 |
|---|---|---|---|---|---|---|---|---|---|---|---|---|---|---|
| 33 | 定西番＊ | | | | | 5 | 5 | 4 | | | 4 | 1 | 10 | 10 |
| 34 | 春光好＊ | | | | | | | 8 | | 2 | 10 | | 10 | 10 |
| 35 | 玉楼春 | | | | | | | 9 | | | 9 | | 9 | 9 |
| 36 | 三台＊ | 三台 | | | 2 | | 2 | | | | | | 2 | 8 |
| | | 宫中三台 | | | 2 | | 2 | | | | | | 2 | |
| | | 江南三台 | | | 4 | | 4 | | | | | | 4 | |
| 37 | 巫山一段云＊ | | | | | 2 | 2 | 6 | | | 6 | | 8 | 8 |
| 38 | 喜秋天＊ | | | | | | | | | | | 8 | 8 | 8 |
| 39 | 苏幕遮＊/苏莫遮 | | | | | | | | | | | 8 | 8 | 8 |
| 40 | 诉衷情2＊ | | | | | | | 7 | | | 7 | | 7 | 7 |
| 41 | 何满子2＊ | | | | | | | 5 | | 2 | 7 | | 7 | 7 |
| 42 | 醉花间＊/谢新恩 | | | | | | | 2 | 5 | | 7 | | 7 | 7 |
| 43 | 抛球乐1＊ | | | | 2 | 2 | 4 | | 2① | | | | 6 | 6 |
| 44 | 思越人 | | | | | | | 4 | | | 4 | 2 | 6 | 6 |
| 45 | 河渎神＊ | | | | | 3 | 3 | 3 | | | 3 | | 6 | 6 |
| 46 | 如梦令 | 宴桃源 | | | 3 | | 3 | | | | | | 3 | 5 |
| | | 忆仙姿 | | | | | | | 1 | 1 | 2 | | 2 | |
| 47 | 西江月＊ | | | | | | | 2 | | | 2 | 3 | 5 | 5 |
| 48 | 甘州子＊ | | | | | | | 5 | | | 5 | | 5 | 5 |
| 49 | 相见欢＊/乌夜啼② | | | | | | | 2 | 3 | | 5 | | 5 | 5 |
| 50 | 醉公子＊ | | | | | | | 4 | | 1 | 5 | | 5 | 5 |
| 51 | 后庭花＊ | | | | | | | 5 | | | 5 | | 5 | 5 |
| 52 | 破阵子＊ | | | | | | | | 1 | | 1 | 4 | 5 | 5 |
| 53 | 诉衷情1＊ | | | | | 3 | 3 | 2 | | | 2 | | 5 | 5 |

① 南唐徐铉《抛球乐》2首，《全唐五代词》录入副编，实与刘禹锡、皇甫松词为同调，兹补入正编。

② 南唐李煜《乌夜啼》2首，乃《相见欢》之异名。李煜另有《乌夜啼》，与《相见欢》为异调。《全唐五代词》第750、767、742页。

续表

| 序号 | 词调名称<br>正名/异名 | 唐代创作数量<br>初 | 盛 | 中 | 晚 | 合计 | 五代创作数量<br>西蜀 | 南唐 | 其他 | 合计 | 敦煌词 | 合计 | 总计 |
|---|---|---|---|---|---|---|---|---|---|---|---|---|---|
| 54 | 长相思 * | | | 3 | | 3 | | 2 | | 2 | | 5 | 5 |
| 55 | 归国遥 1 * | | | | 5 | 5 | | | | | | 5 | 5 |
| 56 | 回波乐 * /回波词 | 4 | | | | 4 | | | | | | 4 | 4 |
| 57 | 遐方怨 * | | | | 2 | 2 | 2 | | | 2 | | 4 | 4 |
| 58 | 满宫花 | | | | | | 4 | | | 4 | | 4 | 4 |
| 59 | 西溪子 * | | | | | | 4 | | | 4 | | 4 | 4 |
| 60 | 柳含烟 * | | | | | | 4 | | | 4 | | 4 | 4 |
| 61 | 阮郎归/醉桃源 | | | | | | | 4 | | 4 | | 4 | 4 |
| 62 | 望远行 * | | | | | | 2 | 1 | | 3 | 1 | 4 | 4 |
| 63 | 凤归云 * (81 字等) | | | | | | | | | | 4 | 4 | 4 |
| 64 | 望月婆罗门 * ① | | | | | | | | | | 4 | 4 | 4 |
| 65 | 斗百草词 | | | | | | | | | | 4 | 4 | 4 |
| 66 | 何满子词 * | | | | | | | | | | 4 | 4 | 4 |
| 67 | 献忠心 1：献忠心 * | | | | | | | | | | 2 | 2 | 4 |
| | 献忠心 1：献衷心 | | | | | | 2 | | | 2 | | 2 | |
| 68 | 思帝乡 * | | | | 3 | 3 | 1 | | | 1 | | 4 | 4 |
| 69 | 上行杯 * | | | | 2 | 2 | 2 | | | 2 | | 4 | 4 |
| 70 | 清平调 | | 3 | | | 3 | | | | | | 3 | 3 |
| 71 | 谪仙怨/广谪仙怨 | | | 1 | 2 | 3 | | | | | | 3 | 3 |
| 72 | 感恩多 * | | | | 1 | 1 | 2 | | | 2 | | 3 | 3 |
| 73 | 中兴乐 | | | | | | 3 | | | 3 | | 3 | 3 |
| 74 | 八拍蛮 * | | | | | | 3 | | | 3 | | 3 | 3 |
| 75 | 风流子 * | | | | | | 3 | | | 3 | | 3 | 3 |
| 76 | 阿曹婆词 | | | | | | | | | | 3 | 3 | 3 |
| 77 | 剑器词 | | | | | | | | | | 3 | 3 | 3 |

① 《教坊记》"曲名"载《望月婆罗门》，第 19 页。敦煌词 4 首，原卷题"咏月婆罗门曲子四首"，每首起句皆冠以"望月"二字，盖盛唐之作，当即用唐教坊曲《望月婆罗门》。参见《全唐五代词》第 863 页。

**续表**

| 序号 | 词调名称 | 唐代创作数量 | | | | | 五代创作数量 | | | | 敦煌词 | 合计 | 总计 |
|---|---|---|---|---|---|---|---|---|---|---|---|---|---|
| | 正名/异名 | 初 | 盛 | 中 | 晚 | 合计 | 西蜀 | 南唐 | 其他 | 合计 | | | |
| 78 | 长相思 1 * | | | | | | | | | | 3 | 3 | 3 |
| 79 | 归国遥 2 * | | | | | | | 3 | | 3 | | 3 | 3 |
| 80 | 连理枝 | | 2 | | | 2 | | | | | | 2 | 2 |
| 81 | 浪淘沙(令) * | | | | | | | 2 | | 2 | | 2 | 2 |
| 82 | 拨棹子 * | | | | | | 2 | | | 2 | | 2 | 2 |
| 83 | 纥那曲 | | | 2 | | 2 | | | | | | 2 | 2 |
| 84 | 潇湘神 | | | 2 | | 2 | | | | | | 2 | 2 |
| 85 | 摘得新 * | | | | 2 | 2 | | | | | | 2 | 2 |
| 86 | 采莲子 * | | | | 2 | 2 | | | | | | 2 | 2 |
| 87 | 怨回纥 | | | | 2 | 2 | | | | | | 2 | 2 |
| 88 | 玉蝴蝶 | | | | 1 | 1 | 1 | | | 1 | | 2 | 2 |
| 89 | 蕃女怨 | | | | 2 | 2 | | | | | | 2 | 2 |
| 90 | 乐游曲 | | | | | | | | 2 | 2 | | 2 | 2 |
| 91 | 贺明朝 | | | | | | 2 | | | 2 | | 2 | 2 |
| 92 | 赤枣子 * | | | | | | 2 | | | 2 | | 2 | 2 |
| 93 | 薄命女 | | | | | | | 1 | 1 | 2 | | 2 | 2 |
| 94 | 望梅花 * | | | | | | 1 | | 1 | 2 | | 2 | 2 |
| 95 | 甘州遍 | | | | | | 2 | | | 2 | | 2 | 2 |
| 96 | 赞普子 * /赞浦子 | | | | | | 1 | | | 1 | 1 | 2 | 2 |
| 97 | 纱窗恨 * | | | | | | 2 | | | 2 | | 2 | 2 |
| 98 | 恋情深 * | | | | | | 2 | | | 2 | | 2 | 2 |
| 99 | 金错刀 | | | | | | | 2 | | 2 | | 2 | 2 |
| 100 | 洞仙歌 1 * (76 字等) | | | | | | | | | | 2 | 2 | 2 |
| 101 | 柳青娘 * | | | | | | | | | | 2 | 2 | 2 |
| 102 | 内家娇(106 字等) | | | | | | | | | | 2 | 2 | 2 |
| 103 | 拜新月 * ①(84 字等) | | | | | | | | | | 2 | 2 | 2 |

① 敦煌写本《云谣集》载《拜新月》2 首，一赋游子思妇，一颂国泰时清，皆涉及拜月风俗，合本意，盖盛唐之作；其一 84 字，用平韵，其二 86 字，用仄韵，句法有同有异。田玉琪《词调史研究》作同名异调，第 320 页。兹姑订为同调异体，为孤调。宋词另有《拜星月慢》。

续表

| 序号 | 词调名称<br>正名/异名 | 唐代创作数量 | | | | | 五代创作数量 | | | | 敦煌词 | 合计 | 总计 |
|---|---|---|---|---|---|---|---|---|---|---|---|---|---|
| | | 初 | 盛 | 中 | 晚 | 合计 | 西蜀 | 南唐 | 其他 | 合计 | | | |
| 104 | 献忠心 2 * /失调名 | | | | | | | | | | 2 | 2 | 2 |
| 105 | 忆江南(59 字) | | | | | | | 2 | | 2 | | 2 | 2 |
| 106 | 忆秦娥 | | 1 | | | 1 | | | | | | 1 | 1 |
| 107 | 好时光 | | 1 | | | 1 | | | | | | 1 | 1 |
| 108 | 步虚词 | | | | 1 | 1 | | | | | | 1 | 1 |
| 109 | 望远行 1 * | | | | 1 | 1 | | | | | | 1 | 1 |
| 110 | 离别难 1 * | | | | 1 | 1 | | | | | | 1 | 1 |
| 111 | 何满子 1 * | | | | 1 | 1 | | | | | | 1 | 1 |
| 112 | 思帝乡 1 * | | | | 1 | 1 | | | | | | 1 | 1 |
| 113 | 八六子(90 字) | | | | 1 | 1 | | | | | | 1 | 1 |
| 114 | 泰边陲 * | | | | 1 | 1 | | | | | | 1 | 1 |
| 115 | 卜算子慢(89 字) | | | | 1 | 1 | | | | | | 1 | 1 |
| 116 | 一叶落 | | | | | | | | 1 | 1 | | 1 | 1 |
| 117 | 阳台梦 | | | | | | | | 1 | 1 | | 1 | 1 |
| 118 | 歌头(136 字) | | | | | | | | 1 | 1 | | 1 | 1 |
| 119 | 麦秀两岐 * | | | | | | | | 1 | 1 | | 1 | 1 |
| 120 | 解红 | | | | | | | | 1 | 1 | | 1 | 1 |
| 121 | 风光好 | | | | | | | | 1 | 1 | | 1 | 1 |
| 122 | 离别难 2 * (87 字) | | | | | | 1 | | | 1 | | 1 | 1 |
| 123 | 三字令 | | | | | | 1 | | | 1 | | 1 | 1 |
| 124 | 凤楼春 * | | | | | | 1 | | | 1 | | 1 | 1 |
| 125 | 黄钟乐 * | | | | | | 1 | | | 1 | | 1 | 1 |
| 126 | 甘州曲 | | | | | | 1 | | | 1 | | 1 | 1 |
| 127 | 醉妆词 | | | | | | 1 | | | 1 | | 1 | 1 |
| 128 | 望江怨 | | | | | | 1 | | | 1 | | 1 | 1 |
| 129 | 胡蝶儿 | | | | | | 1 | | | 1 | | 1 | 1 |
| 130 | 赞成功 | | | | | | 1 | | | 1 | | 1 | 1 |
| 131 | 接贤宾(59 字) | | | | | | 1 | | | 1 | | 1 | 1 |
| 132 | 月宫春 | | | | | | 1 | | | 1 | | 1 | 1 |

**续表**

| 序号 | 词调名称 | 唐代创作数量 | | | | | 五代创作数量 | | | | 敦煌词 | 合计 | 总计 |
|---|---|---|---|---|---|---|---|---|---|---|---|---|---|
| | 正名/异名 | 初 | 盛 | 中 | 晚 | 合计 | 西蜀 | 南唐 | 其他 | 合计 | | | |
| 133 | 杏园芳 | | | | | | 1 | | | 1 | | 1 | 1 |
| 134 | 金浮图(94 字) | | | | | | 1 | | | 1 | | 1 | 1 |
| 135 | 秋夜月(84 字) | | | | | | 1 | | | 1 | | 1 | 1 |
| 136 | 洞仙歌(令)*(85 字) | | | | | | 1 | | | 1 | | 1 | 1 |
| 137 | 乌夜啼* | | | | | | | 1 | | 1 | | 1 | 1 |
| 138 | 忆秦娥 1 | | | | | | | 1 | | 1 | | 1 | 1 |
| 139 | 朝天子/思越人 | | | | | | | 1 | | 1 | | 1 | 1 |
| 140 | 偷声木兰花/上行杯 | | | | | | | 1 | | 1 | | 1 | 1 |
| 141 | 瑞鹧鸪/舞春风* | | | | | | | 1 | | 1 | | 1 | 1 |
| 142 | 芳草渡 | | | | | | | 1 | | 1 | | 1 | 1 |
| 143 | 点绛唇 | | | | | | | 1 | | 1 | | 1 | 1 |
| 144 | 贺圣朝* | | | | | | | 1 | | 1 | | 1 | 1 |
| 145 | 寿山曲 | | | | | | | 1 | | 1 | | 1 | 1 |
| 146 | 水调 | | | | | | | 1 | | 1 | | 1 | 1 |
| 147 | 一斛珠 | | | | | | | 1 | | 1 | | 1 | 1 |
| 148 | 渔家傲 | | | | | | | 1 | | 1 | | 1 | 1 |
| 149 | 鱼游春水(88 字) | | | | | | | | 1 | 1 | | 1 | 1 |
| 150 | 后庭宴 | | | | | | | | 1 | 1 | | 1 | 1 |
| 151 | 扑蝴蝶 | | | | | | | | 1 | 1 | | 1 | 1 |
| 152 | 宫怨春 | | | | | | | | | | 1 | 1 | 1 |
| 153 | 别仙子 | | | | | | | | | | 1 | 1 | 1 |
| 154 | 送征衣*(59 字) | | | | | | | | | | 1 | 1 | 1 |
| 155 | 郑郎子词 | | | | | | | | | | 1 | 1 | 1 |
| 156 | 怨春闺 | | | | | | | | | | 1 | 1 | 1 |
| 157 | 还京乐* | | | | | | | | | | 1 | 1 | 1 |
| 158 | 山花子* | | | | | | | | | | 1 | 1 | 1 |
| 159 | 倾杯乐 **A***(110 字) | | | | | | | | | | 1 | 1 | 1 |
| 160 | 倾杯乐 **B***(109 字) | | | | | | | | | | 1 | 1 | 1 |
| 161 | 竹枝子 1* | | | | | | | | | | 1 | 1 | 1 |

续表

| 序号 | 词调名称<br>正名/异名 | 唐代创作数量 初 | 盛 | 中 | 晚 | 合计 | 五代创作数量 西蜀 | 南唐 | 其他 | 合计 | 敦煌词 | 合计 | 总计 |
|---|---|---|---|---|---|---|---|---|---|---|---|---|---|
| 162 | 竹枝子 2 * | | | | | | | | | | 1 | 1 | 1 |
| 163 | 献忠心 3 * | | | | | | | | | | 1 | 1 | 1 |
| | 失调名 | | | | | | | 3 | 1 | 4 | 28 | 32 | 32 |
| 总计 | **163 调(正名)** | **1** | **6** | **13** | **44** | **64** | **77** | **45** | **31** | **153** | **51** | **268 调次** | |
| | **202 调(异名)** | **4** | **14** | **146** | **920** | **1084** | **458** | **172** | **51** | **681** | **199** | **1964 首** | |

说明:

1. 表中于调名后标“ * ”号者,表示与唐教坊曲同名,应该是采用唐教坊曲为词调,或来源于唐教坊曲;

2. 调名后标示数字或字母者(少数括注“令”字后缀),是对同名异调的区分,如《浪淘沙1》与《浪淘沙(令)》、《洞仙歌 1》与《洞仙歌(令)》、《抛球乐 1》与《抛球乐 2》、《倾杯乐 A》与《倾杯乐 B》等,皆属此类;

3. 调名下标波浪线者,指篇幅在 59 字至 90 字的中调;其中一部分标双波浪线者,指中调里字数在 80 字以上接近长调的作品,如《凤归云》(81 字等)、《拜新月》(84 字)等;调名标下划线(即横线)者,指字数在 91 字以上的长调或慢词,其中《卜算子慢》(89 字)、《八六子》(90 字)2 调,字数虽不到 91 字,但从调名或词体判断应属慢词,故亦标下划线,归入长调慢词一类;调名下未做标示者,皆为字数在 58 字以内的小令;

4. 各词调在创制和流行过程中多有一调多名、同调异名等现象,各种版本的词集在著录时调名不尽统一,此表对词调名的题写乃以《全唐五代词》为依据,主要以通用名为正名,列录异名。

## 二　唐五代词调名称异同的考订

以上我们以《全唐五代词·正编》为依据,对唐五代词所用词调数量进行了统计和列表,其中既涉及一调多名或同调异名的情况,也包括同名异调的现象。下面,我们即对表中所涉及的调名异同及其归类分属等问题,略做考订。

### (一)同调异名之考订

同调异名在两宋词坛乃至宋以后的词坛上都是一个较普遍的现象,在唐五代词调的运用中已有所表现。从总体上看,唐五代词同调异名的词调总数并不是很多,只有 31 调有异名,各调的异名多者四五个,一般只有一两个;大多数异名清晰可辨,有的情况则相对复杂一些。下面,我们即择其显著者加以考订与分辨。

(1)《山花子》与《浣溪沙》

《全唐五代词·正编》共收《山花子》3首,计和凝词2首,敦煌词1首。其中五代后晋和凝2首,句式、用韵皆与《浣溪沙》杂言体相同,即《浣溪沙》之同调异名;敦煌词的体式虽与《浣溪沙》杂言体相同,皆为"7773"句式双片体,然用韵不同,《浣溪沙》杂言体用平韵,而敦煌词《山花子》用仄韵。《山花子》与《浣溪沙》并见于唐崔令钦所著《教坊记》"曲名"中①,当属二调。兹以和凝《山花子》2首为《浣溪沙》之异名,而以敦煌词《山花子》1首另列一调②。可见,《山花子》在唐五代既是《浣溪沙》一调的异名,又与作为《浣溪沙》异名的《山花子》为同名异调。

(2)《渔父》与《拨棹歌》、《渔父引》

《教坊记》"曲名"中载《渔父引》一名(第19页),未载《渔父》;载《拨棹子》一名(第20页),未载《拨棹歌》。《全唐五代词·正编》载《渔父》29首、《拨棹歌》39首、《渔父引》2首,共70首,当为同调异名之作。

中唐初张志和首唱《渔父》词5首,其兄张松龄及无名氏和作16首,体式皆同七绝,唯第三句变为三言两句,所用曲调应为唐教坊曲《渔父引》,而简称《渔父》,或别名《渔歌》③。西蜀欧阳炯等和南唐李煜所作《渔父》共8首,皆同张志和词体。中唐后期,船子和尚释德诚作《拨棹歌》39首,其中3首为七绝体,36首为长短句,与张志和等《渔父》词体相同,盖亦用《渔父引》之调,因其多为泛舟华亭、吴江间所歌咏,故别名《拨棹歌》④。五代后梁间(国别不详),李梦符作《渔父引》2首,亦为七绝体,盖用唐教坊曲之本名。兹姑订《渔父》为正名,而以《拨棹歌》、《渔父引》为同调之异名。又,五代西蜀尹鹗另有《拨棹子》词2首,皆双片61字,为长短句体,盖用唐教坊曲为词调,与释德诚《拨棹歌》为《渔父引》之

---

① 崔令钦:《教坊记》,第18、20页。

② 参见《全唐五代词》校语,第470—471页,第866页。

③ 李德裕《玄真子渔歌记》云:"德裕顷在内庭,伏睹宪宗皇帝写真,求访玄真子《渔歌》,叹不能致。"张惠民《宋代词学资料汇编》引录,汕头:汕头大学出版社1993年版,第187页。

④ 释德诚所作《拨棹歌》未见唐五代文献记载,至北宋后期吕益柔始为发现整理并书写刻石,元代法忍寺坦上人辑为《船子和尚拨棹歌》,收入《机缘录》。据考证,其中绝句体3首在五代时已有传诵,至北宋亦有禅师化用,黄庭坚更有《诉衷情》词隐括"千尺丝纶直下垂"一首。至于长短句体36首,黄庭坚诗中曾多次化用其中一首"不见全牛可下刀"之句,可见其在北宋元丰年间已有流传。尽管如此,今人对《拨棹歌》中36首长短句是否为释德诚所作仍有怀疑,或推测为北宋人所拟托。参见伍晓蔓、周裕锴:《唱道与乐情:宋代禅宗渔父词研究》,北京:中国社会科学出版社2014年版,第119—126页。

异名者不同。

(3)《谢新恩》与《临江仙》、《醉花间》

《全唐五代词·正编》据吕远刻本《南唐二主词》,收录李煜《谢新恩》词共 6 首,原本注云:“以下六词墨迹在孟郡王家。”考唐五代文献及唐宋传词,均无《谢新恩》一调,则李煜此调,或为异名。诸家各本对李煜词集的校订,于此调或作《临江仙》,或作《醉花间》。兹经考订,前 5 首属《临江仙》,末首应为《醉花间》。“秦楼不见吹箫女”一词篇制完整,即用《临江仙》常体,仅下片换头减一字为小异。“庭空客散人归后”、“春光镇在人空老”2 首,仅残存上片,原本合为一词,然于两片结句皆注“下阙”,且两片用韵不同,应分为 2 首;其中“春光镇在人空老”一词,阙第三句(七言句)。“樱花落尽阶前月”一词篇制虽完整,然与《临江仙》常体有别,两片首尾句式句法大体相同,惟少中间的七言一句一韵,盖属减句而成,当仍属同调异体。“樱花落尽春将困”一词,与“樱花落尽阶前月”一词体式相同,惟原本于第三句下注“下阙十二字”,所阙者乃下片换头二句,以“樱花落尽阶前月”一词相校,正为七言一句、五言一句,恰好为十二字。可见这 2 首体式一样,皆与常体《临江仙》有所不同,乃因减句所致,说明并非讹误或脱漏,仍可视为同调异体。另有一首为残句,仅残存七言一句,诸家各本或考订为“春光镇在人空老”一词所阙第三句。最后一词,“冉冉秋光留不住”一篇,与《临江仙》体式差异甚大,诸家多校订为《醉花间》,与冯延巳词属同调异体①。

(4)《更漏子》与《更漏长》

《教坊记》“曲名”中载《更漏长》一名(第 18 页)。敦煌写卷伯 3994 卷载《更漏子》“金鸭香”一词,据《花间集》为温庭筠“玉炉香”词,只有几个字的异文;伯 3994 卷又载《更漏长》“三十六宫夜永”一词,据《花间集》乃欧阳炯词,只末句略有异文,然《花间集》调名作《更漏子》。又《花间集》载欧阳炯《更漏子》共 2 首,体式基本与温庭筠词相同,应为同调异体。由敦煌写本可见,晚唐五代《更漏子》词当来源于《教坊记》所载教坊曲《更漏长》,应为同调之异名。因晚唐五代以来文人词多以《更漏子》为通用名,而《更漏长》的本名反而晦昧不显了,只在敦煌写卷中得以保留,兹亦订《更漏子》为正名,而对其与教坊曲的关系略做说明。

---

① 参见《全唐五代词》李煜《谢新恩》词后校勘与考辨,第 761—763 页。

(5)《鹊踏枝》与《蝶恋花》

《鹊踏枝》为唐教坊曲名，载《教坊记》“曲名”中(第 19 页)。敦煌词 2 首及冯延巳词 14 首，调名皆作《鹊踏枝》，敦煌写卷“鹊”字或写作“雀”字，唯李煜词作《蝶恋花》。宋词则以《蝶恋花》为通用名，另有《凤栖梧》等异名，而于其本名反弃而不用了。李煜词的调名作《蝶恋花》，或为宋人在为李煜词编集时依宋代用法而题写。兹姑依宋代通用名而订此调正名为《蝶恋花》，而略叙其出自唐教坊曲《鹊踏枝》之原委及其演变源流。

(6)《渔歌子》与《鱼歌子》

《教坊记》“曲名”中载《鱼歌子》一名(第 20 页)。敦煌写本《云谣集》及别卷所载《鱼歌子》共 4 首，调名正与《教坊记》所载相同。然《花间集》所载五代西蜀文人词共 8 首，调名皆作《渔歌子》。盖此调本名《鱼歌子》，“鱼”与“渔”通，或民间“鱼”“渔”不分，后来文人词乃以《渔歌子》为通用名。兹姑订《渔歌子》为正名。又，《渔歌子》皆为“337336”句式的双叠体，与《渔父》单片词的体式甚异，因调名相近，故历代或混为一调，实则属异调。

(7)《木兰花》与《玉楼春》

《木兰花》为唐教坊曲名，载《教坊记》“曲名”中(第 18 页)。敦煌写卷“十年五岁相看过”一词，原卷失调名，任半塘《敦煌歌辞总编》据词为七言八句、咏木兰花故事等特点，考补调名为《木兰花》，写本时代在昭宗大顺三年(892)，应为晚唐之作，盖早于韦庄等人词①。晚唐五代韦庄、欧阳炯、魏承班等人所作，有七言八句两片的齐言体，也有将上片或两片的第一句或第三句(或两句同时)变为三言二句的杂言体。《玉楼春》一调晚出，五代顾夐、牛峤、欧阳炯、魏承班有作，皆为七言八句两片的齐言体，与《木兰花》齐言体基本相同，然实为二调，唐五代词并不相混。二者的区别主要在于，《木兰花》(齐言体)以两片各四句三仄韵、两片皆以平起(两片首句第二字为平声)、不换韵不减韵为正体；《玉楼春》以两片各四句三仄韵、两片皆以仄起(两片首句第二字为仄声)、不换韵不减韵为正体②。唯南唐冯延巳、李煜《玉楼春》各一词，实为《木兰花》，或为宋人编集时相

① 任半塘：《敦煌歌辞总编》，第 539 页。

② 参见《全唐五代词》欧阳炯《玉楼春》词后注释，第 462 页。另参王兆鹏、刘尊明主编：《宋词大辞典·词谱》，南京：凤凰出版社 2003 年版，第 107 页。

混。宋代于二调多相混同，然依唐五代词的声律予以考辨，仍能区分。兹订南唐冯延巳、李煜《玉楼春》为《木兰花》之异名，而以欧阳炯等所作《玉楼春》共 9 首另列一调。

(8)《感皇恩》与《小重山》

《感皇恩》一调为唐教坊曲名，载《教坊记》"曲名"中(第 18 页)。敦煌写本载此调词共 4 首，皆赋调名本意，任半塘先生订为联章体一组，考证作于盛唐①，应为创始之作。其中"四海天下及诸州"2 首，皆双片 57 字平韵体；"四海清平遇有年"2 首，乃双片 58 字平韵体。另有五代西蜀张格残句 1 首(仅残存 3 句 11 字)，盖与敦煌词为同调。然唐末五代韦庄、和凝、薛昭蕴、毛熙震所作《小重山》共 6 首，实与敦煌写卷《感皇恩》双片 58 字词的体式相同，应为《感皇恩》之异名。至宋代，此调则以《小重山》为通用名，仅张先 3 首仍用《感皇恩》旧名；而宋代另有贺铸等人所作《感皇恩》，乃双片 67 字体，实与唐敦煌词为同名异调②。为便于区分，兹姑以《感皇恩 1》为唐五代词调正名，以《小重山》为其异名；至于宋词，则分列《小重山》(119 首)、《感皇恩 2》(108 首)为二调。

(9)《古调笑》与《调笑》、《宫中调笑》、《转应词》

此调唐五代词共 10 首，有多种异名。盖首见中唐韦应物词 2 首，载《尊前集》，名《调笑》；《乐府诗集》卷八二所录，名《宫中调笑》；《韦江州集》卷十作《调啸词》。与韦应物同时，戴叔伦有作，载《乐府诗集》卷八二，名《转应词》；王建亦有 4 首，载《尊前集》，名《宫中调笑》。南唐冯延巳作词 3 首，名《三台令》。此调最早盖来源于酒筵行令，故名《调笑》或《调啸》。从中唐韦、戴、王所作来看，内容皆为咏物，所咏之物有胡马、河汉、边草、团扇、蝴蝶等，盖为酒令所规定的内容。这一特点至南唐冯延巳犹为遵奉，所咏亦为春色、明月等意象。全篇为单片小令形式，主要由二字和六字的偶言句式组成，每句押韵，句短韵密，亦合酒令特点。首二句为二字叠韵，第六、七句又倒叠第五句末二字为韵，形成回环转接之势，故又名《转应词》。盖起于市井，又传之宫廷，故又有《宫中调笑》之名。此调于宋代犹有流传，苏轼、苏辙、吕南公所作，名《调笑令》，又名《调啸》，即与唐五代词为同调。然宋代另有《调笑》，亦名《调笑令》，皆为"转踏"之词，用于队

① 任半塘：《敦煌歌辞总编》，第 683—684 页。

② 参见田玉琪：《词调史研究》，第 316 页。

舞，与诗相互递转，以演唱故事，体式亦与唐五代词不同，盖为宋代新声之调。宋人为了区分唐宋同名之二调，黄昇《唐宋诸贤绝妙词选》卷一选录唐王建词，调名因作《古调笑》①。《词谱》卷二亦收《古调笑》一调，以与宋代《调笑令》相区别②。

(10)《如梦令》与《宴桃源》、《忆仙姿》

《尊前集》载白居易《宴桃源》3 首，体式与后来《如梦令》相同。其调名之取义，或源于六朝时仙凡艳遇一类传说故事。白词内容皆写恋情，与调名本意相合，应为首见之作或创调始词。《尊前集》又载后唐庄宗李存勗《忆仙姿》，即《宴桃源》之体式；其词亦写恋情，首句云"曾宴桃源深洞"，即咏"宴桃源"本意，应为《宴桃源》之别名。此调于唐五代共传词 5 首，除白词和庄宗词之外，另有南唐冯延巳词，名《如梦令》，盖宋人编集时依宋代通用名而题写，《全唐五代词》改作《忆仙姿》，或许更为属实③。至北宋，苏轼是第一个创作此调的词人，其词序云："元丰七年十二月十八日，浴泗州雍熙塔下，戏作《如梦令》阕。此曲本唐庄宗制，名《忆仙姿》，嫌其名不雅，故改为《如梦令》。盖庄宗作此词，卒章云：'如梦，如梦，和泪出门相送。'因取以为名云。"④苏轼为此调改名，使调名更为婉雅，遂成宋代此调通用名，固属成功之举；然苏轼以为此调乃庄宗所首创，则并未经过严谨考证，因为他是大家名人，故其说影响极为深远。长期以来，人们多依苏轼的记载，以为此调创始于李存勗，而怀疑白居易词有误，实则与事实不符。宋胡仔曾对此有所考辨，在引录东坡之言后，又引录《古今词话》云："后唐庄宗修内苑，掘得断碑，中有字三十二曰(略)。庄宗使乐工入律歌之，名曰《古记》。"最后胡仔云："但《词话》所记，多是臆说，初无所据，故不可信，当以坡言为正。"⑤胡仔以为宋杨湜《古今词话》所记不可信，而以东坡所记为正言，盖亦属武断。今人或据《古今词话》所记，而推测"所谓庄宗之词实乃古调，并非庄宗制作，其词或为始词，产生于白氏之前"⑥，聊备一说。但《尊前集》既录作庄宗词，当不无凭

---

① 黄昇：《花庵词选·唐宋诸贤绝妙词选》卷一，第 3 页。

②《词谱》卷二，第 27 页。

③《全唐五代词》校云："原作《如梦令》。此调本唐庄宗制，名《忆仙姿》，宋苏轼嫌其名不雅，改为《如梦令》，唐五代词中应无有此名，据改。"第 704 页。

④《全宋词》，第 311 页。

⑤ 胡仔：《苕溪渔隐丛话后集》卷三十九"长短句"条，第 326 页。

⑥ 田玉琪：《词调史研究》，第 323 页。

据。我们更倾向于认为,此词即为庄宗所作,所谓出自“修内苑掘得断碑”不过是传闻罢了,或为庄宗自玄其说以增添其神秘色彩,亦未可知。

(11)《思越人》与《朝天子》

《思越人》一调不见《教坊记》曲名所载。据五代蜀人何光远记载:“《思越人》者,亡吴之曲。故胡曾咏史诗曰:‘吴王恃霸弃雄才,贪向姑苏醉渌醅。不觉钱塘江上月,一宵西送越兵来。’”①谓为“亡吴之曲”,或悠远不实,然证之唐五代传词多咏西施故事,则此曲创始或以吴越争霸历史为背景,表现对西子的缅怀之情,应为中晚唐以来新创之调。《词谱》卷九收此调,注云:“调见《花间集》。按孙光宪词,‘馆娃宫外春深’,又‘魂消目断西子’,张泌词,‘越波堤下长桥’,俱咏西子事,故名《思越人》。与《鹧鸪天》词别名《思越人》者不同。”(第149页)揭示调名本义,应属可信。又据记载,前蜀后主王衍时,“内臣严凝月等竞唱《后庭花》、《思越人》”②;乾德五年(923)三月上巳,宴怡神亭,“(王)衍自执板,唱《霓裳羽衣》及《后庭花》、《思越人》曲”③。可见《思越人》一曲于前蜀时曾传唱一时。今存唐五代词,以敦煌词2首为早,双片51字,用平韵,写男女之情,犹合本义,乃晚唐之作④。五代西蜀张泌、鹿虔扆、孙光宪(2首)所作共4首,俱载《花间集》,与敦煌词属同调异体。唯五代南唐冯延巳《思越人》一词,双片45字,赋闺情,与敦煌词及花间词之《思越人》体式甚异,应为同名异调⑤。此词或收入北宋晁补之《晁氏琴趣外篇》卷六,调名《朝天子》⑥,《词谱》卷六亦以此词作《朝天子》(第94页)。兹姑订冯延巳《思越人》一调之正名为《朝天子》,即冯延巳《思越人》为《朝天子》之异名,以与敦煌词及花间词之《思越人》相区分。《朝天子》一调在宋代犹有创作,而《思越人》一调入宋则未见传续,仅作为《鹧鸪天》一调之异名而存在。

(12)《上行杯》与《偷声木兰花》

《上行杯》为唐教坊曲名,载《教坊记》曲名中(第19页)。从调名意义看,盖来源于酒筵行令之歌唱。唐五代词有晚唐韦庄和五代孙光宪各2首,内容皆赋

---

①② 何光远:《鉴诫录》卷七“亡国音”条,《丛书集成初编》本,上海:商务印书馆1935年版,第46页。

③ 张唐英:《蜀梼杌》卷上,王文才、王炎《蜀梼杌校笺》本,成都:巴蜀书社1999年版,第178页。

④ 参见任半塘:《敦煌歌辞总编》,第329—330页。

⑤ 任半塘亦以冯延巳《思越人》与敦煌词和花间词属“同名异调,另是一格”,《敦煌歌辞总编》第330页。

⑥ 参见《全唐五代词》,第705页。

送别劝饮，正与调名本意相合。当首见韦庄词，皆双片41字，用上去声韵；孙光宪词稍晚出，双片38、39字，以平韵为主，间用仄韵，下片句式亦略异，与韦词仍属同调异体。另有南唐冯延巳《上行杯》一词，赋闺情，非本意，双片50字，为"7747"句式之双叠体，与韦庄、孙光宪此调4首体式甚异，应为同名异调。《词谱》卷八以冯词为《偷声木兰花》，注云："此调亦本于《木兰花令》，前后段第三句减去三字，另偷平声，故云'偷声'。若《减字木兰花》，前后起句四字，则又从此调减去三字耳。"（第136页）即于《木兰花》减字偷声，另翻新调。兹姑依《词谱》，以冯延巳《上行杯》为《偷声木兰花》之异名。此调入宋，另有张先、谢薖作词共4首，皆名《偷声木兰花》。柳永又因《木兰花》而另创《减字木兰花》，比《偷声木兰花》更流行。

(13)《舞春风》与《瑞鹧鸪》

《教坊记》"大曲名"中载《舞春风》一名（第22页）。此调唐五代词仅见南唐冯延巳词之孤篇，为七言八句双片体，与七律体同。宋词《瑞鹧鸪》有齐言体与杂言体之分，齐言体有苏轼等人所作共50余首，即与冯词《舞春风》体式相同；杂言体皆创自柳永，有64字之中调、86字之慢词等。《词谱》卷十二收《瑞鹧鸪》一调，于齐言体即首列冯延巳词（第205页）。兹姑依《词谱》，以《瑞鹧鸪》为正名，以《舞春风》为别名。

**（二）同名异调之分辨**

对于调名相同而词体不同的作品，历来多做同调异体处理。然而有些同调的异体差别甚大，已超出同调异体的性质，视为同名异调则更为合理。这种同名异调现象在唐五代词中也有所表现，兹亦考辨如下。

(1)《浪淘沙》二调

《浪淘沙》为唐教坊曲名，载《教坊记》"曲名"中（第18页）。此调唐五代传词共有19首，但实属二调。中晚唐刘禹锡、白居易、皇甫松所作《浪淘沙》共17首，皆为七言四句体式，内容皆赋咏调名本意，往往以江浪淘沙起兴，或感悟人生，或歌咏爱情，声情轻快，风格清新，有民歌风味。另有南唐李煜所作杂言体《浪淘沙》2首，双片54字，为"54774"句式之双叠体，与中晚唐刘禹锡等所作齐言体《浪淘沙》体式迥异，当为同名异调。李煜词，各本《南唐二主词》多作《浪淘沙令》。宋人所作多用李煜词调，或亦名《浪淘沙令》，又有《卖花声》等异名；宋词另有《浪淘沙慢》，为长调慢词。《词谱》卷一、卷十分列《浪淘沙》和《浪淘沙令》二调，以中晚唐齐言体《浪淘沙》属唐教坊曲，以李煜所作《浪淘沙令》为“因旧曲名另创新声”(第15、175页)。今人或以为中晚唐刘禹锡等所作《浪淘沙》非属教坊曲，而以李煜词当源于教坊曲①，可备一说。笔者认为，中唐刘、白之作或采自民歌之调，然《教坊记》“曲名”中亦多有来自民间的歌调，其中《浪淘沙》亦应来自民歌；刘、白离盛唐时代较近，他们所作的《浪淘沙》应与教坊曲来源相同；至于李煜词，《词谱》虽以为是另创新声，然亦不能排除与唐教坊旧曲的联系。为便于区分，姑订齐言体为《浪淘沙1》，以杂言体为《浪淘沙令》。对于其他同名异调，亦采用于调名后加数字或字母等方式，以为区分。

(2)《抛球乐》二调

《抛球乐》为唐教坊曲名，载《教坊记》曲名中(第17页)。此调唐五代传词共17首，亦应分属二调。中唐刘禹锡所作2首，为五言六句之单片齐言体；晚唐皇甫松词2首，仍以五言为主，唯于第二句下添三字句，乃重叠前句末三字，形成杂言体。可见皇甫松词虽略有变化，但仍与刘禹锡词属同调异体。南唐徐铉2首，亦五言六句，与刘禹锡词体式完全相同。敦煌词2首，皆单片六句，其一全为七言句，其一则于第五句变为五言，形成杂言体。任半塘推断敦煌词为盛唐之作②，田玉琪则归为中晚唐作品③。可见敦煌词的时代虽略有分歧，但其体式与刘禹锡、皇甫松所作差异较大，难以订为同调异体，当属同名异调。南唐冯延巳此调共9首(其一名《莫思归》)，体式即同敦煌词杂言体，当属同调。兹姑区分为二调，以刘禹锡、皇甫松、徐铉词为《抛球乐1》，以敦煌词及冯延巳词为《抛球乐2》。

(3)《诉衷情》二调

《诉衷情》为唐教坊曲名，载《教坊记》“曲名”中(第19页)。此调唐五代词共12首，虽同为小令，但体式并不相同。晚唐温庭筠、韦庄(2首)及五代西蜀顾敻(2首)所作共5首，当以温词为首见，单片33字，句短韵密，以平韵为主，间入仄韵；韦庄及顾敻词句式用韵虽略有变化，但与温词属同调异体。另有西蜀魏

---

① 田玉琪：《词调史研究》，第326—327页。
② 任半塘：《敦煌歌辞总编》，第263—264、267—270页。
③ 田玉琪：《词调史研究》，第327页。

承班(5 首)、毛文锡(2 首)所作共 7 首,则为双片 41 字,体式用韵皆与单片词不同。《词谱》卷二收此调,仅分为同调之两体①,实有未妥。兹区分为二调,以单片体为《诉衷情 1》,以双片体为《诉衷情 2》。宋词另有《诉衷情》(一名《诉衷情令》)、《诉衷情近》,又皆与唐五代词不同,盖新翻之调②。

(4)《何满子》三调

《教坊记》"曲名"中载《河满子》一名(第 20 页)。据唐白居易《听歌六绝句 · 何满子》诗云:"世传满子是人名,临就刑时曲始成。一曲四调歌八叠,从头便是断肠声。"自注云:"开元中,沧州有歌者何满子,临刑进此曲以赎死,上竟不免。"(《白氏长庆集》卷三十五,《文渊阁四库全书》本)则知此曲乃以人名为曲名,为盛唐开元时歌者何满子所创制,《教坊记》盖误记为《河满子》也。白居易所作为七绝诗,乃咏听歌《何满子》。此调唐五代传词共 12 首,实可分为三种同名异调。晚唐薛逢始以此调作词,为五言四句体;五代和凝及毛文锡等 7 首,为六言六句单片或双叠体;敦煌写本《何满子词》4 首,为七言四句体,任半塘录作大曲词,考订为盛唐之作③。兹姑区分为三调,以薛逢词为《何满子 1》,以和凝等人词为《何满子 2》,于敦煌词则依原卷所题作《何满子词》。

(5)《望远行》二调

《望远行》为唐教坊曲名,载《教坊记》曲名中(第 20 页)。此调唐五代词共 5 首,应分属二调。敦煌写卷一词,赋征战边塞,颂和平时政,犹合本意,盖盛唐之作④。此词双片 54 字,用平韵,上片句式为"7677",下片句式为"33777"。西蜀李珣(2 首)和南唐李璟词共 3 首,多写离别相思,亦合本意,双片 53 字、55 字,仅上片第二句、下片第三句或为七言,或为六言,与敦煌词为同调异体。另有晚唐韦庄一词,赋咏离别闺情,亦合本意;唯双片 60 字,上片句式为"7575",下片句式为"3367755",两片各用一平韵,与敦煌词及李珣、李璟词体式不同。《词谱》卷十一收此调,虽区分唐五代词属令词,宋代柳永等人词为慢词,然于韦庄词则仅列为令词调之"又一体";然《词谱》于韦庄词注云:"此词前后段换韵,前

---

① 《词谱》卷二于《诉衷情》注云:"按《花间集》此调有两体,单调者,或间入一仄韵,或间入两仄韵,韦庄、顾夐、温庭筠三词略同;双调者,全押平韵,毛文锡、魏承班二词略同。"第 29 页。

② 参见田玉琪《词调史研究》,第 332 页。

③ 任半塘:《敦煌歌辞总编》,第 1684—1685、1689—1692 页。

④ 任半塘:《敦煌歌辞总编》,第 480 页。

段第二句、第四句，各五字，后段结多五字两句，与诸家不同，无可参校。”①可见韦庄此词实已超出同调异体的范畴，应属因旧曲而另翻新调。兹区分为二调，于敦煌词仍用本名，姑以韦庄词为《望远行 1》。韦庄此调为孤调，敦煌词及李璟等人词所用之调入宋亦成绝响，宋词此调已另为长调慢词之新声。

(6)《长相思》二调

《长相思》为唐教坊曲名，载《教坊记》曲名中(第 19 页)。此调唐五代词共 8 首，实分属二调。中唐白居易作词 2 首，咏相思恋情，与调名本意相合，盖首见之作。词属双片 36 字小令，为“3375”句式之双叠体。吴二娘及南唐冯延巳、李煜等所作共 3 首，与白词为同调。另有敦煌词 3 首，为联章组词，赋咏三种商旅遭遇，盖亦为中唐之作；然体式与白居易等所作迥异，乃双片 44 字，上片五言四句，下片句式为“7665”。兹区分为二调，以敦煌词为《长相思 1》，乃孤调；于白居易等所作仍用本名，此调在宋代仍然流行；宋代另有柳永等人所作《长相思》9 首，为长调慢词。

(7)《归国遥》二调

此调为唐教坊曲名，载《教坊记》曲名中(第 18 页)。唐五代词共 8 首，宜分属二调。盖首见温庭筠 2 首，赋离别相思之情，犹合本意；双片 42 字，用入声韵，上片句式为“2765”，下片句式为“6565”。韦庄词 3 首，上片首句变为三言句，与温词为同调异体。另有南唐冯延巳词 3 首，双片 34 字，上片句式为“377”，下片句式为“737”，体式与温、韦词差异甚大，应为同名异调。兹区分为二调，以温、韦词为《归国遥 1》，以冯词为《归国遥 2》。

(8)《献忠心》三调

此调为唐教坊曲名，载《教坊记》曲名中(第 18 页)。敦煌词共 5 首，其中“臣远涉山水”和“蓦却多少云水”2 首，原载伯 2506 卷，双片 68 字、69 字，为联章组词，内容写番将投顺唐朝，皆以“献忠心”三字结尾，应为创调始词，或来源于边夷之曲。词中多用“唐化”、“中华”、“唐国”、“大唐”等语，且“国”字乃用武周时新字，盖为盛唐之作②。“时清海晏”、“百花竞发”2 首，原载斯卷 2607 号，题“御制”、“御制曲子”，失调名，任半塘等考补调名为《献忠心》，以“御制”为制

---

① 《词谱》卷十一，第 194 页。

② 参见任半塘：《敦煌歌辞总编》，第 673—679 页。

曲而非作词，词的内容仍赋咏调名本意，歌颂唐帝国“时清海晏”，盖亦为盛唐之作；“时清海晏”一词为全篇，乃双片 75 字，“百花竞发”一词多有阙文，或为同调异体，然与“臣远涉山水”2 首体式并不相同，应为同名异调。另有“自从黄巢作乱”一词，赋战乱播迁，咏思君恋阙，犹合本意，盖晚唐之作①；然此词乃双片 63 字，体式又与上述二调不同。五代西蜀欧阳炯、顾敻《献衷心》各 1 首，赋咏恋情，与敦煌词“臣远涉山水”2 首为同调异体，盖以歌颂之调为情恋之曲，故易“忠”为“衷”。兹区分为三调，以敦煌词“臣远涉山水”2 首及欧阳炯等 2 首共 4 首，为《献忠心 1》，以敦煌词“时清海晏”2 首为《献忠心 2》，以敦煌词“自从黄巢作乱”为《献忠心 3》；后二调皆为孤调，前一调虽有欧阳炯等人的“变调”之作，但此调在宋代亦成绝响。

(9)《思帝乡》二调

此调为唐教坊曲名，载《教坊记》曲名中(第 18 页)。此调唐五代词共 5 首，应分属二调。盖首见晚唐温庭筠，单片 36 字，结拍云“唯有阮郎春尽，不归家”，犹合本意。晚唐韦庄 2 首，单片 33、34 字，与温词属同调异体；五代孙光宪一词，与温词体式相同。另有晚唐昭宗李晔一词，孙光宪《北梦琐言》卷十五记其创作本事，乃天复三年昭宗播迁华州途中所作，以冻雀为喻，写播迁之悲，声情凄怨②；单片 26 字，句式为“7766”，与温词体式迥异，应为同名异调，盖因旧曲另创新调。兹区分为二调，于温庭筠等人词 4 首仍用本名，于李晔词为《思帝乡 1》，乃唐五代孤调；温庭筠等《思帝乡》一调，入宋亦不见采用。

(10)《洞仙歌》二调

此调为唐教坊曲名，载《教坊记》曲名中(第 19 页)。调名盖取义于神仙传说或仙道故事。敦煌写本《云谣集》载《洞仙歌》2 首，描写征夫思妇题材，非赋本意，盖盛唐之作；双片 76、74 字，三声通叶，为孤调。另有后蜀孟昶词，赋咏与花蕊夫人避暑摩诃池情事，犹合本意；双片 85 字，用上去声韵，与敦煌词体式不同，或为因旧曲另翻新声。宋词此调即多用孟昶体调，欧阳修等或名《洞仙歌令》；另有柳永、晁补之所作，为慢词长调。兹区分为二调，以敦煌词名《洞仙歌 1》，于孟昶词仍用本名。

---

① 参见任半塘：《敦煌歌辞总编》，第 461—462 页。

② 孙光宪：《北梦琐言》卷十五“朱令公为昭宗拢马”条，北京：中华书局 2002 年版，第 294 页。

(11)《忆江南》二调

此调中唐白居易等所作，为 27 字单片体，句式为“35775”，三平韵，实为《望江南》之异名。中晚唐五代之《望江南》《梦江南》《望江梅》词，皆同其体。另有敦煌词《望江南》之 54 字双叠体。宋词此调多为双叠体。然南唐冯延巳《忆江南》2 首，皆为双片 59 字，上片句式为“74477”，下片句式为“74577”，上下片各两仄韵，两平韵，与《望江南》双叠体迥异，应为同名异调。兹区分为二调，以白居易等《忆江南》为《望江南》异名，以冯延巳《忆江南》单列一调，为孤调。

(12)《忆秦娥》二调

此调唐五代词仅见盛唐李白、南唐冯延巳各 1 首，然体式并不相同。李白词双片 46 字，用入声韵，上片句式为“37344”，下片句式为“77344”，两片第三句皆重叠前句末三字，形成叠韵。冯延巳词为双片 38 字，亦用入声韵，上片句式为“3527”，下片句式为“7527”，两个二字句皆用叠字，体式与李白词甚异。《词谱》卷五收此调，以李白词为创始，列冯延巳词为“又一体”，注云：“此词前后段起句与李白词同，唯第二句各减二字，第三句各减一字，第四、五句各减一字，只作七字一句。此体仅见《阳春集》，无别首可校。”(第 87 页)既以冯词为依李白词减字而成，又谓其体式无别词可校，则已难以视为同调异体，应属依旧曲另翻新声①。兹姑区分为二调，于李白词仍用本名，以冯词为《忆秦娥 1》。宋词此调多沿用李白词体式，而张先、毛滂词乃与冯词为同调异体，另有欧阳修词为孤调。

(13)《离别难》二调

此调为唐教坊曲名，载《教坊记》曲名中(第 19 页)。此调唐五代词仅见 2 首，分别为晚唐封特卿、五代薛昭蕴所作。封词为小令，五言四句体，写离别，赋本意，应为此调首见或创始之作，盖用唐教坊曲；薛词凡 87 字，近于长调，赋离别相思，亦属调名本意，盖因唐教坊曲而另翻新声。兹区分为二调，以封词为《离别难 1》，以薛词为《离别难 2》，皆为孤调。宋代另有柳永作词，双片 112 字，乃长调慢词，亦为孤调。

(14)《倾杯乐》二调

此调为唐教坊曲名，载《教坊记》曲名中(第 19 页)。敦煌写本《云谣集》载

---

① 参见田玉琪：《词调史研究》，第 311、358 页。

《倾杯乐》词共2首，皆为长调，其一110字，其二109字，用韵皆三声通协，近于曲体，然所写内容并不一样，体式也不相同。任半塘《敦煌歌辞总编》考订其作于盛唐，而以为属"同调异体"："《倾杯乐》二辞字句表面虽皆无残阙，而经详细比勘，相异者竟有十二处之多，无从逐一弥缝牵合，惟有认为'同调异体'，各行其是。但对所谓'同调'关系，依然重视。"①既承认词体相异之处甚多，仍然订为"同调异体"就有些勉强了。田玉琪《词调史研究》则作同名异调处理，而归为中晚唐之作，并推断说："细味《云谣集杂曲子》中《倾杯乐》二词，一首写婚前求媒，一首写婚后受骗上当，或为大曲不同片断演唱故事之体，三声通协之用韵，亦与宋代大曲歌词用韵方式相同。"②兹姑依田著分为二调，名之为《倾杯乐A》、《倾杯乐B》，而仍依任著订为盛唐之作。唐另有长孙无忌等创制《倾杯曲》等，未见传词。宋代另有柳永等《倾杯乐》曲词，亦分属多种宫调，且多为同名异调。

(15)《竹枝子》二调

此调亦为唐教坊曲名，载《教坊记》曲名中(第20页)，与中唐刘禹锡等依巴歈民歌所作《竹枝》词不同。敦煌写本《云谣集》载《竹枝子》2首，一首57字，一首64字，体式声律不同。任半塘《敦煌歌辞总编》推测为中唐之作③；田玉琪《词调史研究》亦归为中晚唐之作，而作同名异调，并推断云："按以《竹枝子》名调者，《云谣集杂曲子》中一首写婚前，一首写婚后，或为大曲不同片断歌词演唱故事。"④然《竹枝子》并非大曲名，此2首是否属大曲片断，难以详考。兹姑从田著，分列为《竹枝子1》、《竹枝子2》二调。

## 三　唐五代词坛用调的定量分析

以上我们以《全唐五代词》"正编"所收词作为依据，对唐五代词坛所用词调数量进行了统计与考辨。下面，我们即对这些统计数据进行定量分析，以了解和观照唐五代词用调的基本情况和主要特征与成就。

### (一) 唐五代词的用调总数及创作成就

首先，我们对唐五代词用调总数及其用调成就和特征获得了更确切的数据

① 任半塘：《敦煌歌辞总编》，第199—200、208页。
② 参见田玉琪：《词调史研究》，第340、341页。
③ 任半塘：《敦煌歌辞总编》，第150页。
④ 田玉琪：《词调史研究》，第341页。

与认识。

我们以《全唐五代词》正编所收作品为范围，以通用的“正名”为依据，检索、考订和统计唐五代词用调总数共计 163 调；若计入同调异名，唐五代词用调总数则多达 202 调。如果我们将以敦煌词为主体的凡 32 首“失调名”之作也纳入进来，即敦煌词失调名之作共 28 首（不计少量失调名之作已考补调名者），文人词失调名之作共 4 首，虽然部分作品为残篇断句，但也有不少作品篇制较为完整，从体式判断，所用词调至少有十数调之多；另外，《全唐五代词·副编》以及《敦煌歌辞总编》等文献中，还有部分作品属诗属词有待进一步甄别考辨，如《全唐诗》所录张说《舞马词》6 首、《乐府诗集》所载无名氏《柘枝词》、《石州》、《回纥》、《塞姑》等作，《酉阳杂俎》所载段成式等《闲中好》，以及敦煌写卷所载《十二时》、《五更转》等作，《全唐五代词》皆入副编，亦达十数调至数十调之多①。那么，我们完全有理由估计或推断唐五代词实际用调总数（指词调正名）约在 200 调左右。与唐宋词用调总数约近 1000 调的数字相比，唐五代词用调总数虽只占了约五分之一的比重，自然难以称盛，但就唐五代词处于词史发展的初期阶段本身而言，其成就还是相当显著的。

唐五代词用调的成就和意义，我们还可以从源流演变的视角及其相关数据获得确切的体认。在隋末至初、盛唐之际创制和流行的所谓“教坊曲”共有 343 名②。长期以来，唐教坊曲一直被视为唐宋词调之渊薮，我们于唐五代词调的统计与考订，便使其得到了有力的印证。在唐五代词所用 163 调中，即有 94 调与唐崔令钦《教坊记》所著录的教坊曲名相同（统计表中调名后标“ * ”号者），其中有 15 调为同名异调；如果不计 15 个同名异调，亦有 79 调与唐教坊曲名相同；实际上，15 个同名异调亦很难详考是否与唐教坊曲无关，因此我们也视同采用唐教坊曲或渊源于唐教坊曲。这样，唐五代词调采用或渊源于唐教坊曲的数量，就占到唐教坊曲总数的 27.4%，而占唐五代词用调总数的比例更高达 57.66%。可见，唐五代词所用词调的一半略多是选用当时流行的教坊曲，另有

① 田玉琪《词调史研究》下编《历代词调考析》，于唐五代词调除了依据《全唐五代词》正编之外，亦从《全唐五代词》副编以及《乐府诗集》、《敦煌歌辞总编》等总集中，补入上文所述《舞马词》等，共计约 21 调。第 307—337 页。因这些作品的性质尚存争议，故本文未计入唐五代词调的统计数据，姑存疑俟考。

② 崔令钦《教坊记》著录唐教坊曲名 324 个，其中“曲名”278 个、“大曲名”46 个。任半塘《教坊记笺订》考补唐教坊曲名 19 个（杂曲名 6，大曲名 13），故唐教坊曲总数凡 343 名。

不到一半的词调则突破了教坊曲的范畴,其中相当一部分词调应该就是唐五代词人的创制,或选用了当时民间流行的音乐曲调。

唐五代词坛对于词调的繁衍和发展所做出的贡献也不容忽视。从词体来看,唐五代词所用词调乃以小令占绝对多数,共有 122 调、1839 首(另有失调名 32 首体式不详),但也创制和运用了一定数量的中长调。其中长调或慢词共有 7 调 8 首,即统计表中调名下标下划线者,计敦煌词《内家娇》2 首(104、96 字),《倾杯乐 A》(110 字)、《倾杯乐 B》(109 字)各 1 首,李存勖《歌头》1 首(136 字),尹鹗《金浮图》1 首(94 字),钟辐《卜算子慢》1 首(89 字),杜牧《八六子》1 首(90 字)①。又有中调词凡 34 调共 85 首,即统计表中调名下标波浪线者,其中《凤归云》(4 首)、《拜新月》(2 首)、《秋夜月》、《离别难 2》、《鱼游春水》、《洞仙歌(令)》凡 6 调 10 首(标双波浪线者),字数都在 80 字以上,甚至达 87、88 字之多,亦较近于长调或慢词。如将这部分词调计入,则唐五代所创制和运用的长调或慢词已达约 13 调凡 18 首的数量,已较为可观。此外,钟辐所作《卜算子慢》明确标示为"慢"词,李存勖《歌头》盖来源于大曲之摘遍,《倾杯乐》等 10 余调都出现了同名异调的现象,还有较多的同调异体以及联章体、问答体等表现形式的出现,都显示了唐五代词在创调和用调方面所具有的开创性和丰富性的成就与特征,这些对宋代词调的发展繁荣应当都具有铺垫和启示作用。

从唐五代词调的运用率或流行性来看,其对词调演进和宋词发展也产生了重要的影响。在唐五代所用 163 个词调中,虽在唐五代有多人多首之作,具有一定的运用率和流行性,然宋代词人未予采用,或宋代词调属同名异调者,凡 24 调。如《女冠子》在唐五代曾风行一时,共有 22 首词作流传,但宋代柳永等《女冠子》7 首则为长调,已属同名异调,盖借旧曲名而另翻新声。唐五代仅见一人单篇零章或数首之作,而宋代词人无有采用者、或宋词属同名异调者,凡 62 调。如《甘州子》仅见五代顾敻 5 首,为联章组词,唐五代及两宋皆无他人之作,即为孤调。前者于唐五代词坛并非孤调,但未能得到宋代词人的继承采用;后者则于唐五代词坛或唐宋词坛皆为孤调。这两种类型的词调相加,总计为 86 调,在唐五代曾经风行一时或昙花一现,而入宋即成绝响和古典,其数量已超过唐五

① 杜牧《八六子》虽只有 90 字,但用韵较疏,近于慢词;且宋人晁补之此调为 91 字,已是长调。故归为长调慢词。

代词用调总数的一半有余。但是我们也应该看到,唐五代词调仍有 75 调得到了宋代词坛的继承和采用(另有 2 调与宋词重出互见),其中还有相当一部分成为了宋代的金曲名调,如《浣溪沙》、《菩萨蛮》、《临江仙》、《蝶恋花》、《望江南》、《西江月》、《南歌子》、《南乡子》、《木兰花》等,都有多达数百首的作品产生,呈现出远比唐五代词坛更为辉煌的创作成就。可见唐五代词坛在用调和创调上,仍然为宋代词调和词史的发展鼎盛做出了重要铺垫。

### (二) 唐五代词的用调分布与发展历程

其次,我们也理清了唐五代词调在各个历史时期或地域的分布数据和发展线索。

从我们对《全唐五代词》正编所收作品的统计数据来看,唐五代词用调共计 268 调次,作词凡 1964 首;除去敦煌民间词的用调凡 51 调次共计 199 首词作之外,其他 217 调次共计 1765 首词作皆为唐五代有名氏文人所作(含少量无名氏词);其中,唐代文人词用调凡 64 调次,作词共 1084 首,按初、盛、中、晚四期来分布,分别为 1 调 4 首、6 调 14 首、13 调 146 首、44 调 920 首。可见初、盛唐时期共 18 首词作只用到 7 个词调,也就是说在一个半世纪的时间里,只有 7 首歌曲被用来填词歌唱,显然与繁荣的社会时代和丰富的文化生活不相匹配。至中唐,所用词调数量已比初、盛唐翻了约一番,作品也大有增加;至晚唐,无论用调总数还是词作总数都出现激增,形成唐五代文人词发展的第一个高峰。尽管在晚唐文人词所用 44 调共 920 首词作中,题名易静所撰《兵要望江南》一调就占了 720 首,但此期其他文人所作仍然有 44 调 200 首之多,亦远远超出初、盛、中唐三个时期文人词的用调总数和作品总数。从词调运用和词作数量的对应关系及其双线演进之中,我们也看到了文人词在唐代的各个时期逐步走向发展兴盛的清晰轨迹。五代十国时期的文人词所用词调凡 153 调次,词作 681 首,虽然作品总数不及唐代文人词(1084 首),但创调数量和用调调次却超出唐代文人词(64 调次)甚多。五代文人词用调的具体分布是:西蜀 77 调、458 首;南唐 45 调、172 首;其他(含后晋、后唐、闽、吴越等朝代或国度以及不详者)31 调、51 首。可见,五代文人词的用调和创作,乃以西蜀和南唐两域的数量为最多,其集中代表了五代文人词甚至是整个唐五代文人词在词调的创制和运用上的最高成就,这与西蜀词和南唐词在唐五代词坛和词史上的整体成就和地位也正好是相对应的。

（三）唐五代词的金曲名调及用调分级

再次，我们也从各词调作词数量的统计上获得了一份唐五代词调的排行榜。

排名前 10 位的词调依次是：《望江南》、《浣溪沙》、《菩萨蛮》、《杨柳枝》、《渔父》、《临江仙》、《酒泉子》、《南乡子》、《更漏子》、《南歌子》、《竹枝》，共 11 个词调。之所以有 11 个词调，乃因为《更漏子》、《南歌子》并列第 9 位。我们可以将这 11 个词调称为唐五代词坛和歌坛上的“十大金曲”。唐五代词人运用这“十大金曲”创作的歌词作品达 1269 首，占整个唐五代词总量（1964 首）的 64.61%，占整个唐五代具词调名的作品总数（1932 首）的比例更是高达 65.68%。《望江南》一调以 751 首的巨量作品，高居唐五代“十大金曲”之榜首，远远超出其他词调，这一现象特别值得注意。除了题名为晚唐易静所作《兵要望江南》720 首之外，还有敦煌民间词和其他文人词共计 31 首，说明 720 首《兵要望江南》的出现绝非偶然。以下《浣溪沙》（96 首）、《菩萨蛮》（86 首）、《杨柳枝》（82 首）、《渔父》（70 首）4 调，被用来填词歌唱的作品也都在 70 首以上至 100 首之内，这在唐五代词坛上也是非常显著的例子。以下《临江仙》、《酒泉子》、《南乡子》、《更漏子》、《南歌子》、《竹枝》共 6 调，也各有 26 首至 39 首之多的歌词作品传世。尤其是《浣溪沙》、《菩萨蛮》、《临江仙》3 调，不仅在唐五代的歌坛上异常流行，而且也是宋代词坛上创作成果特别丰硕的三大小令金曲，作品都在 400 多首以上；《南乡子》、《南歌子》、《渔父》3 调，在宋代也各有百首以上至 200 多首的作品传世。

我们可以按每个词调被用来“依调填词”的作品数量的多少，将唐五代词调分为三个层级。第一层级：即每调作词在 10 首以上者，可称之为“高频词调”。属于这个“高频”层级的词调共有 34 调，占唐五代词调总数（163 调）的 20.85%。除了上述“十大金曲”（11 调）之外，还有 23 调，每调作品也都在 10 首以上、23 首以内。其中，《浪淘沙 1》、《女冠子》、《河传》、《抛球乐 2》、《荷叶杯》、《应天长》、《捣练子》、《天仙子》、《定西番》、《古调笑》、《春光好》共 11 调，主要在唐五代流行，至宋代则作品寥寥；而《清平乐》、《虞美人》、《谒金门》、《采桑子》、《生查子》、《蝶恋花》、《江城子》、《定风波》、《渔歌子》、《木兰花》、《喜迁莺》、《感皇恩1》(宋词通用名为《小重山》)共12调,则不仅在唐五代流行,在宋代每调也都有百数十首甚至数百首之多的词作产生,尤其是《蝶恋花》一调更以508首的创作数量成为宋代词调的“十大金曲”之一,说明这些词调都具有穿越历史时空的不朽魅力。第二层级:即每调作品在2首以上、10首以内者,姑称之为“中频词调”。属于这个“中频”层级的词调共计71调,占唐五代词调总数的43.55%。这个层级的词调占据了唐五代词调总数近一半的高比例,反映了这些词调在唐五代歌坛与词坛流行性与尝试性兼具的特色。其中一部分词调为孤调,仅在唐五代词坛流行一时,入宋未能得到沿用。但是其中也有像《西江月》、《如梦令》、《长相思》、《阮郎归》、《苏幕遮》等调,在唐五代作品还较少,而入宋之后却非常流行、成为常用词调。第三层级:即每调只有1首歌词作品者,姑称之为“低频词调”。属于这个层级的词调共计58调,占唐五代词调总数的35.58%。这种1调只有1首词作的现象,在数量上占唐五代词用调总数的三分之一略强,其中有相当一部分为孤调,只在唐五代词坛昙花一现,说明唐五代词的创作在词调运用上还存在较普遍的偶发性、随意性和尝试性等因素和特点。但是在这个层级的词调中,也有少数例外的情况,如《洞仙歌》,在唐五代仅见敦煌词2首和后蜀后主孟昶1首,敦煌词成为了孤调,而孟昶所用体调却得到了宋人的继承,共创作了150首词作。又如《忆秦娥》,在唐代仅见李白之作,在五代亦仅见南唐冯延巳孤篇,属同名异调,而此调在宋代却创作了139首词作,主要采用的是李白词的体调,这与李白的影响力自然是分不开的。

## 第二节　唐五代词人用调的统计与分析

词坛是由群体构筑的,群体又是由个体组成的。因此,对唐五代词调和用调的考察,除了对唐五代词坛整体用调数据和用调成就进行统计和分析之外,我们还需要对唐五代词人用调创调的情形和特征进行考察和描述。对唐五代词人用调创调的研究,我们要做的工作固然很多,但首先仍然需要从数据统计和定量分析入手,以便从宏观视野和整体风貌了解和观照唐五代词人用调创调的创作成就及其词史意义。

## 一　唐五代词人用调数量的统计

在第一节，我们已以词调为依据，对唐五代整个词坛的用调数量及其创作成果进行了统计列表；这里我们再进一步以作家为依据，对唐五代词人用调及创调的数据进行检索、考订与统计，兹列表如下：

**表 1-2　唐五代词人用调综合一览表**

| 序号 | 词人姓名 | 词人时代 | 词调数量（调） | 词作数量（首） | 小令 | 中调 | 长调慢词 | 失调名 | 首见之调 | 仅见之调 | 创调总数 |
|---|---|---|---|---|---|---|---|---|---|---|---|
| 1 | 沈佺期 | 初唐 | 1 | 1 | 1 | | | | | | |
| 2 | 杨廷玉 | 初唐 | 1 | 1 | 1 | | | | 1 | | 1 |
| 3 | 李景伯 | 初唐 | 1 | 1 | 1 | | | | | | |
| 4 | 优人 | 初唐 | 1 | 1 | 1 | | | | | | |
| 5 | 李隆基 | 盛唐 | 1 | 1 | 1 | | | | | 1 | 1 |
| 6 | 李白 | 盛唐 | 5 | 13 | 5 | | | | 4 | 1 | 5 |
| 7 | 敦煌词 1① | 盛唐 | 26 | 72 | 14 | 11 | 1 | | 14 | 11 | 25 |
| 8 | 戴叔伦 | 中唐 | 1 | 1 | 1 | | | | | | |
| 9 | 刘长卿 | 中唐 | 1 | 1 | 1 | | | | 1 | | 1 |
| 10 | 韦应物 | 中唐 | 2 | 4 | 2 | | | | 2 | | 2 |
| 11 | 张志和 | 中唐 | 1 | 5 | 5 | | | | 1 | | 1 |
| 12 | 无名氏 1② | 中唐 | 1 | 15 | 1 | | | | | | |
| 13 | 张松龄 | 中唐 | 1 | 1 | 1 | | | | | | |
| 14 | 王建 | 中唐 | 2 | 10 | 2 | | | | | | |
| 15 | 释德诚 | 中唐 | 1 | 39 | 1 | | | | | | |
| 16 | 刘禹锡 | 中唐 | 7 | 40③ | 7 | | | | 4 | 1 | 5 |

---

① 敦煌词皆为唐五代民间无名氏之作，作者应为若干人，分属唐五代各个时期；唐五代另有少量无名氏之作，作者应包括文人在内。为便于区分，兹姑以“敦煌词”指称唐五代民间无名氏词，按时代区分为“敦煌词 1”至“敦煌词 5”，分别指盛唐、中唐、晚唐、五代和时代不详之作者。

② 《全唐五代词》正编所录无名氏词凡 31 首，略依时代排列，兹姑订为 10 人，分别标为“无名氏 1”至“无名氏 10”，以示区分。“无名氏 1”指中唐与张志和同时并唱和其《渔父》的词人，应为 3 人，每人各和 5 首，兹姑以“无名氏 1”指代。

③ 《全唐五代词》正编录刘禹锡词 39 首，兹从副编补入《竹枝》1 首，共计 40 首。第 999 页。

**续表**

| 序号 | 词人姓名 | 词人时代 | 词调数量（调） | 词作数量（首） | 小令 | 中调 | 长调慢词 | 失调名 | 首见之调 | 仅见之调 | 创调总数 |
|---|---|---|---|---|---|---|---|---|---|---|---|
| 17 | 白居易 | 中唐 | 6 | 28 | 6 | | | | 3 | | 3 |
| 18 | 吴二娘 | 中唐 | 1 | 1 | 1 | | | | | | |
| 19 | 卢贞 | 中唐 | 1 | 1 | 1 | | | | | | |
| 20 | 敦煌词 2 | 中唐 | 19 | 44 | 12 | 5 | 2 | | 7 | 9 | 16 |
| 21 | 滕迈 | 晚唐 | 1 | 1 | 1 | | | | | | |
| 22 | 窦弘馀 | 晚唐 | 1 | 1 | 1 | | | | | | |
| 23 | 李德裕 | 晚唐 | 1 | 1 | 1 | | | | 1 | | 1 |
| 24 | 韩琮 | 晚唐 | 1 | 1 | 1 | | | | | | |
| 25 | 杜牧 | 晚唐 | 1 | 1 | | | 1 | | 1 | | 1 |
| 26 | 无名氏 2① | 晚唐 | 1 | 1 | 1 | | | | | | |
| 27 | 李忱 | 晚唐 | 1 | 1 | 1② | | | | | 1 | 1 |
| 28 | 皇甫松 | 晚唐 | 9 | 22 | 9 | | | | | 3 | 3 |
| 29 | 温庭筠 | 晚唐 | 18 | 69 | 18 | | | | 11 | 1 | 12 |
| 30 | 裴諴 | 晚唐 | 2 | 5 | 2 | | | | | | |
| 31 | 薛逢 | 晚唐 | 1 | 1 | 1 | | | | | 1 | 1 |
| 32 | 袁郊 | 晚唐 | 1 | 2 | 1 | | | | | | |
| 33 | 薛能 | 晚唐 | 1 | 18 | 1 | | | | | | |
| 34 | 刘瞻 | 晚唐 | 1 | 1 | 1 | | | | | | |
| 35 | 路岩 | 晚唐 | 1 | 1 | 1 | | | | 1 | | 1 |
| 36 | 钟辐 | 晚唐 | 1 | 1 | | | 1 | | 1 | | 1 |
| 37 | 韦庄 | 晚唐 | 21 | 54 | 20 | 1 | | | 4 | 1 | 5 |
| 38 | 司空图 | 晚唐 | 1 | 1 | 1 | | | | | | |
| 39 | 康骈 | 晚唐 | 1 | 1 | 1 | | | | | | |
| 40 | 韩偓 | 晚唐 | 1 | 2 | 1 | | | | | | |

① “无名氏 2”指《菩萨蛮》“牡丹含露真珠颗”的作者，宋章渊《稿简赘笔》记载为晚唐宣宗时人所作。参见《全唐五代词》第 87 页。

② 晚唐宣宗李忱《泰边陲》一词仅存五言一句，体式不详，姑订为小令。

**续表**

| 序号 | 词人姓名 | 词人时代 | 词调数量（调） | 词作数量（首） | 小令 | 中调 | 长调慢词 | 失调名 | 首见之调 | 仅见之调 | 创调总数 |
|---|---|---|---|---|---|---|---|---|---|---|---|
| 41 | 张曙 | 晚唐 | 1 | 1 | 1 | | | | | | |
| 42 | 李晔 | 晚唐 | 3 | 5 | 3 | | | | 1 | 1 | 2 |
| 43 | 封特卿 | 晚唐 | 1 | 1 | 1 | | | | | 1 | 1 |
| 44 | 易静 | 晚唐 | 1 | 720 | 1 | | | | | | |
| 45 | 无名氏 4① | 晚唐 | 1 | 8 | 1 | | | | | | |
| 46 | 无名氏 8② | 晚唐 | 1 | 1 | 1 | | | | 1 | | 1 |
| 47 | 敦煌词 3 | 晚唐 | 10 | 20 | 7 | 3 | | | 3 | 3 | 6 |
| 48 | 李梦符 | 五代/其他 | 1 | 2 | 1 | | | | | | |
| 49 | 伊用昌 | 五代/其他 | 1 | 1 | 1 | | | | | | |
| 50 | 李存勗 | 五代/其他 | 4 | 4 | 3 | | 1 | | | 3 | 3 |
| 51 | 陈金凤 | 五代/其他 | 1 | 2 | 1 | | | | | 1 | 1 |
| 52 | 和凝 | 五代/其他 | 16 | 28 | 15 | 1 | | | 4 | 2 | 6 |
| 53 | 欧阳炯 | 五代/西蜀 | 20 | 47 | 16 | 4 | | | 4 | 2 | 6 |
| 54 | 魏承班 | 五代/西蜀 | 10 | 21 | 9 | 1 | | | | 1 | 1 |
| 55 | 王衍 | 五代/西蜀 | 2 | 2 | 2 | | | | | 2 | 2 |
| 56 | 张格 | 五代/西蜀 | 1 | 1 | 1 | | | | | | |
| 57 | 庾传素 | 五代/西蜀 | 1 | 1 | 1 | | | | | | |
| 58 | 薛昭蕴 | 五代/西蜀 | 8 | 19 | 7 | 1 | | | 1 | 1 | 2 |
| 59 | 牛峤 | 五代/西蜀 | 13 | 32 | 13 | | | | | 1 | 1 |
| 60 | 张泌 | 五代/西蜀 | 13 | 28 | 13 | | | | | 1 | 1 |
| 61 | 毛文锡 | 五代/西蜀 | 21 | 32 | 18 | 3 | | | 6 | 5 | 11 |
| 62 | 牛希济 | 五代/西蜀 | 5 | 12 | 5 | | | | | | |
| 63 | 顾敻 | 五代/西蜀 | 16 | 55 | 14 | 2 | | | 1 | 1 | 2 |

① 宋刘斧《青琐高议》后集卷五载《隋炀帝海山记》，录炀帝《望江南》词 8 首，皆双片体，应为《海山记》小说作者所依托。《海山记》各本多题唐无名氏撰，或题唐韩偓撰。兹姑订《望江南》8 首为晚唐无名氏作。参见《全唐五代词》考辨，第 787 页。

② 宋陈模《怀古录》卷中等载无名氏《醉公子》一词，皆谓“唐人词”，兹姑订为晚唐之作，早于薛昭蕴等词。参见《全唐五代词》之考辨，第 793 页。

**续表**

| 序号 | 词人姓名 | 词人时代 | 词调数量（调） | 词作数量（首） | 小令 | 中调 | 长调慢词 | 失调名 | 首见之调 | 仅见之调 | 创调总数 |
|---|---|---|---|---|---|---|---|---|---|---|---|
| 64 | 鹿虔扆 | 五代/西蜀 | 4 | 6 | 4 | | | | | | |
| 65 | 阎选 | 五代/西蜀 | 7 | 10 | 6 | 1 | | | | | |
| 66 | 尹鹗 | 五代/西蜀 | 12 | 17 | 8 | 3 | 1 | | 3 | 2 | 5 |
| 67 | 毛熙震 | 五代/西蜀 | 13 | 29 | 12 | 1 | | | 1 | | 1 |
| 68 | 李珣 | 五代/西蜀 | 15 | 54 | 13 | 2 | | | | | |
| 69 | 刘侍读 | 五代/西蜀 | 1 | 1 | 1 | | | | | | |
| 70 | 欧阳彬 | 五代/西蜀 | 1 | 1 | 1 | | | | | | |
| 71 | 孙光宪 | 五代/西蜀 | 29 | 84 | 27 | 2 | | | 1 | 1 | 2 |
| 72 | 孟昶 | 五代/西蜀 | 2 | 2 | 1 | 1 | | | 1 | | 1 |
| 73 | 花蕊夫人 | 五代/西蜀 | 1 | 1 | 1 | | | | | | |
| 74 | 许岷 | 五代/西蜀 | 1 | 2 | 1 | | | | | | |
| 75 | 文珏 | 五代/西蜀 | 1 | 1 | 1 | | | | | | |
| 76 | 韩熙载 | 五代/南唐 | | 1 | | | | 1① | | | |
| 77 | 冯延巳 | 五代/南唐 | 34 | 112 | 31 | 3 | | | 9 | 3 | 12 |
| 78 | 成彦雄 | 五代/南唐 | 1 | 10 | 1 | | | | | | |
| 79 | 杨花飞 | 五代/南唐 | 1 | 1 | 1 | | | | 1 | | 1 |
| 80 | 李璟 | 五代/南唐 | 3 | 4 | 3 | | | | | | |
| 81 | 李煜 | 五代/南唐 | 20 | 40 | 18 | 2 | | 2 | 3 | | 3 |
| 82 | 卢绛 | 五代/南唐 | 1 | 1 | 1 | | | | | | |
| 83 | 徐铉② | 五代/南唐 | 1 | 2 | 1 | | | | | | |
| 84 | 无名氏 3③ | 五代/南唐 | 1 | 1 | 1 | | | | 1 | | 1 |
| 85 | 陶穀 | 五代/其他 | 1 | 1 | 1 | | | | 1 | | 1 |

① 韩熙载存词仅 1 首，失调名，只七言二句，体式不详。另有李煜失调名 2 首、钱俶失调名 1 首、敦煌词失调名 28 首，共计失调名 32 首，皆不计入用调数量之统计。

② 徐铉《抛球乐》2 首，《全唐五代词》录入副编，考辨谓“其句式格律与正编所录刘禹锡词调相同，似属词作”；兹补入。参见《全唐五代词》第 1079 页。

③ “无名氏 3”指《渔家傲》作者，词仅单片，北宋释文莹《玉壶清话》卷九《李先主传》引录，谓“一渔者”“唱于金陵凡半年”，兹姑订为南唐人。参见《全唐五代词》第 780—782 页。

续表

| 序号 | 词人姓名 | 词人时代 | 词调数量（调） | 词作数量（首） | 小令 | 中调 | 长调慢词 | 失调名 | 首见之调 | 仅见之调 | 创调总数 |
|---|---|---|---|---|---|---|---|---|---|---|---|
| 86 | 徐昌图 | 五代/其他 | 3 | 3 | 3 | | | | | | |
| 87 | 钱俶 | 五代/其他 | 1 | 2 | 1 | | | 1 | | | |
| 88 | 林楚翘 | 五代/其他 | 1 | 1 | 1 | | | | | | |
| 89 | 顾卞 | 五代/其他 | 1 | 1 | 1 | | | | | | |
| 90 | 无名氏 5① | 五代/其他 | 1 | 1 | | 1 | | | 1 | | 1 |
| 91 | 无名氏 6② | 五代/其他 | 1 | 1 | | 1 | | | | 1 | 1 |
| 92 | 无名氏 7③ | 五代/其他 | 1 | 1 | | 1 | | | 1 | | 1 |
| 93 | 无名氏 9④ | 五代/其他 | 1 | 1 | 1 | | | | | | |
| 94 | 无名氏 10⑤ | 五代/其他 | 1 | 1 | 1 | | | | | | |
| 95 | 敦煌词 4 | 五代/其他 | 4 | 4 | 4 | | | | 1 | | 1 |
| 96 | 敦煌词 5 | 时代不详 | 7 | 59 | 7 | | | 28 | | | |
| **总计** | **有名氏 81 人** | **敦煌词/无名氏 15 人** | **468 调次** | **1964 首** | **315 调次** | **50 调次** | **7 调** | **32 首** | **101 调** | **62 调** | **163 调** |

说明：仅见之调即孤调 62 调，指唐五代至宋代词坛均不见他人采用继承之调；在首见之调 101 调中，有 24 调在唐五代并非孤调，但入宋之后未能得到宋人的采用。

---

① “无名氏 5”指《鱼游春水》作者，宋胡仔《苕溪渔隐丛话后集》卷三九引《复斋漫录》及《古今词话》，一谓政和中一中贵人使越州回，得之古碑阴；一记东都防河卒得之石刻，为“唐人语”。《全宋词》录为宋无名氏词。兹姑从《全唐五代词》，订为五代无名氏词。参见《全唐五代词》第 789 页。

② “无名氏 6”指《后庭宴》作者，宋陈岩肖《庚溪诗话》卷下引录，谓宣政间修洛阳大内掘碑所得，未言作者时代。明杨慎《词品》卷一等谓“唐人作”。兹姑从《全唐五代词》，订为五代无名氏词。参见《全唐五代词》第 790 页。

③ “无名氏 7”指《扑蝴蝶》作者，宋胡仔《苕溪渔隐丛话后集》卷三九载录，谓“旧词高雅”“不知谁作”。明温博《花间集补》录作唐人词。《全宋词》录作宋无名氏词，又录作晏几道词。《全唐五代词》录以存疑，兹姑订为五代之作。参见《全唐五代词》第 792 页。

④ “无名氏 9”指《菩萨蛮》“晓来误入桃源洞”词作者。《全宋词》录作陈师道词，《全唐五代词》据《唐词纪》录以存疑。兹姑订为五代之作。参见《全唐五代词》第 794 页。

⑤ “无名氏 10”指《捣练子》“云染幕”词作者，《词鹄初编》卷三署“五代无名氏”，《全唐五代词》录以存疑。第 795 页。

**表 1-3　唐五代词人首见创调一览表**

| 序号 | 词人 | 词调名称 | 词作数量 | 词作字数 | 词体 | 唐词总数 | 宋词总数 | 创调总数 | 备　　注 |
|---|---|---|---|---|---|---|---|---|---|
| 1 | 杨廷玉 | 回波乐 * | 1 | 25 | A | 4 | 0 | 1 | 盖作于武后时①;宋无作 |
| 2 | 李隆基 | 好时光 | 1 | 45 | A | 1 | 0 | 1 | 孤调;宋无作 |
| 3 | 李白 | 清平乐 * | 5 | 46 | A | 23 | 360 | 5 | 应制词;宋词1首为异调 |
| | | 连理枝 | 2 | 35 | A | 2 | 8 | | 单片;宋词双片 |
| | | 菩萨蛮 * | 2 | 44 | A | 86 | 607 | | 敦煌词或同时作② |
| | | 清平调 | 3 | 28 | A | 3 | 0 | | 七言四句,孤调;宋无作 |
| | | 忆秦娥 | 1 | 46 | A | 1 | 135 | | 冯延巳异调;宋有异调 |
| 4 | 敦煌词1 | 凤归云 * | 4 | 81、84 | B | 4 | 0 | 25 | 宋柳永词为异调 |
| | | 洞仙歌1 * | 2 | 76、74 | B | 2 | 0 | | 孟昶及宋词为异调 |
| | | 破阵子 * | 4 | 61 | B | 5 | 21 | | 李煜词62字 |
| | | 内家娇 | 2 | 104、96 | C | 2 | 1 | | 宋柳永词为同调 |
| | | 拜新月 * | 2 | 84、86 | B | 2 | 0 | | 李端有作,为五言四句③;宋《拜星月》为异调 |
| | | 苏幕遮 * | 8 | 62、63 | B | 8 | 32 | | 原写《苏莫遮》,"五台山曲子"6首,或作大曲④ |
| | | 赞普子 * | 1 | 44 | A | 2 | 0 | | 一名《赞浦子》;宋无作 |
| | | 宫怨春 | 1 | 76 | B | 1 | 0 | | 孤调;宋无作 |
| | | 献忠心 *1 | 2 | 68、69 | B | 4 | 0 | | 欧阳炯等名《献衷心》 |

---

① 据唐张鹭《朝野佥载》卷二云:"周长安年初……又苏州嘉兴令杨廷玉,则天之表侄也。贪狠无厌,著词曰(略)。"《丛书集成初编》本,北京:中华书局1985年新版,第20页。杨廷玉既为武则天表侄,其词有句云"阿姑婆见作天子",则必作于武则天在位之时,即武则年垂拱元年至长安四年(685—704)之间。应稍早于沈佺期等人于中宗朝内宴时所作,其作地应在苏州嘉兴,而非宫内。田玉琪《词调史研究》以此调始见沈佺期,似有疑问。第308页。

② 敦煌写卷"枕前发尽千般愿"一词,任半塘考订写本时代在德宗贞元年间,作词时代盖进入天宝之际,则与李白词大致同时或相先后。另有"朱明节近樱桃熟"等4首,任著亦推断为盛唐之作。《敦煌歌辞总编》,第328、635、656页。

③ 此调敦煌词2首,体式基本相同,仅下片句式略有参差,姑订为同调异体。田玉琪《词调史研究》作同名异调,第320页。李端《拜新月》为五言四句,《全唐五代词》入副编,第986页。

④ 敦煌写本题作"五台山曲子",6首为一组,标"第一""第二"等序号,任半塘《敦煌歌辞总编》卷七收录,与《阿曹婆词》、《斗百草词》、《何满子词》、《剑器词》共5套,皆订为大曲,第1671—1703页。按:此数调虽为成套结构,但每首体式相同,或为同调联章。参见田玉琪《词调史研究》,第312—313页。

**续表**

| 序号 | 词人 | 词调名称 | 词作数量 | 词作字数 | 词体 | 唐词总数 | 宋词总数 | 创调总数 | 备　注 |
|---|---|---|---|---|---|---|---|---|---|
| 4 | 敦煌词1 | 献忠心＊2 | 2 | 75 | B | 2 | 0 | 25 | 一首残阙;宋无作 |
| | | 望月婆罗门＊ | 4 | 34 | A | 4 | 0 | | 原题"咏月婆罗门曲子" |
| | | 斗百草词 | 4 | 31 | A | 4 | 0 | | 或作大曲;宋词为异调 |
| | | 阿曹婆词 | 3 | 51 | A | 3 | 0 | | 或作大曲;宋无作 |
| | | 何满子词 | 4 | 28 | A | 4 | 0 | | 或作大曲;宋无作;唐五代薛逢等作,为异调 |
| | | 剑器词 | 3 | 40 | A | 3 | 0 | | 或作大曲;宋无作 |
| | | 定风波＊ | 5 | 60、59 | B | 13 | 87 | | 联章体;宋另有慢词 |
| | | 谒金门＊ | 2 | 45、44 | A | 17 | 235 | | 咏道士谒金门 |
| | | 望远行＊ | 1 | 54 | A | 5 | 0 | | 韦庄、柳永等词为异调 |
| | | 感皇恩＊1 | 4 | 57、58 | A | 11 | 119 | | 晚唐、宋词名《小重山》;宋词《感皇恩》为异调② |
| | | 鹊踏枝＊ | 1 | 59 | B | 17 | 508 | | 宋词通用名《蝶恋花》③ |
| | | 别仙子 | 1 | 79 | B | 1 | 0 | | 孤调,宋无作 |
| | | 生查子＊ | 2 | 50 | A | 17 | 181 | | 五言八句,双片 |
| | | 酒泉子＊ | 2 | 49、50 | A | 37 | 22 | | 敦煌词另2首时代不详;温庭筠等作为同调异体④ |
| | | 临江仙＊ | 2 | 64① | A | 39 | 486 | | 或订始见牛希济⑤;宋另有引、慢词 |
| | | 浣溪沙＊ | 1 | 48、49 | A | 96 | 848 | | 敦煌词共19首⑥;宋另有慢词 |
| **合计** | **4** | | **85** | | | | | **32** | **初盛唐4人/32调** |

① 此调唐五代词多为58字体,另有54字等体,少量为59字、60字,当属小令;敦煌写卷"岸阔临江帝宅赊"一词为64字,乃因添加衬字和叠句所致。另首为56字。故订此调体式仍属小令。

② 宋词《感皇恩》共108首,双片67字体,盖首见贺铸,与唐敦煌词《感皇恩》小令(晚唐五代至宋代改名《小重山》)为同名异调。另有张先《感皇恩》3首,实为《小重山》,盖用敦煌词之古名。

③ 田玉琪《词调史研究》以此调首见冯延巳,第357页。兹据《敦煌歌辞总编》订为盛唐作,第317页。

④ 田玉琪《词调史研究》以敦煌词和温庭筠词为同名异调,以宋人此调为沿用敦煌词体,温词体调入宋无作。第330页。按,温庭筠及五代词人此调之作,40字至45字,与敦煌词体略有出入,仍属同调异体。

⑤ 敦煌词此调共3首,任半塘《敦煌歌辞总编》考订"岸阔临江帝宅赊"、"不处嚣尘千万年"2首作于盛唐,另首时代不详,兹从之。第407—408页。田玉琪《词调史研究》以此调始见牛希济,第347页。

⑥ 此调敦煌词皆48字等杂言体,即于两片末尾各添三言等短句。其中"倦却诗书上钓船"一词,任半塘《敦煌歌辞总编》考订为盛唐之作,兹从之。第409页。《云谣集》2首,任著亦推订为盛唐之作,兹从田玉琪《词调史研究》归为中唐。第340页。另有韦庄等作,已晚于敦煌词,多为42字齐言体。

续表

| 序号 | 词人 | 词调名称 | 词作数量 | 词作字数 | 词体 | 唐词总数 | 宋词总数 | 创调总数 | 备注 |
|---|---|---|---|---|---|---|---|---|---|
| 5 | 刘长卿 | 谪仙怨 | 1 | 48 | A | 3 | 0 | 1 | 窦弘馀等作《广谪仙怨》 |
| 6 | 韦应物 | 三台* | 2 | 24 | A | 8 | 6 | 2 | 又名《宫中三台》等 |
| | | 古调笑 | 2 | 32 | A | 10 | 6 | | 宋另有《调笑令》异调 |
| 7 | 张志和 | 渔父* | 5 | 27 | A | 70 | 100 | 1 | 盖本为教坊曲《渔父引》，又名《渔歌》《拨棹歌》 |
| 8 | 刘禹锡 | 竹枝 | 11① | 28 | A | 26 | 0 | 5 | 又名《竹枝词》，七言四句；《全宋词》未收此调 |
| | | 纥那曲 | 2 | 20 | A | 2 | 0 | | 五言四句体，孤调 |
| | | 浪淘沙*1 | 9 | 28 | A | 17 | 0 | | 宋词此调为杂言体 |
| | | 潇湘神 | 2 | 27 | A | 2 | 14 | | 句式“33777” |
| | | 抛球乐*1 | 2 | 30 | A | 6 | 0 | | 徐铉词为同调②；宋无作 |
| 9 | 白居易 | 杨柳枝* | 10 | 28 | A | 82 | 21 | 3 | 宋词皆添字杂言体 |
| | | 长相思* | 2 | 36 | A | 5 | 113 | | 另有敦煌词3首为异调 |
| | | 宴桃源 | 3 | 33 | A | 5 | 196 | | 后唐庄宗词名《忆仙姿》；宋词通用名《如梦令》③ |
| 10 | 敦煌词2 | 望江南* | 1 | 54 | A | 751 | 251 | 16 | 又名《忆江南》等，有单、双片二体④；宋词多双片 |
| | | 长相思*1 | 3 | 44 | A | 3 | 0 | | 孤调，与白居易词不同⑤ |
| | | 西江月* | 3 | 51、52 | A | 5 | 498 | | 盖中唐作⑥；宋另有慢词 |

① 刘禹锡《竹枝》词，《全唐五代词》正编收10首，副编收1首；兹计入副编所收1首，共为11首。

② 徐铉《抛球乐》2首，《全唐五代词》录入副编，实与刘禹锡、皇甫松词为同调，兹补入。

③ 白居易及李存勗词皆载《尊前集》，实为同调。后人多依苏轼记载，以庄宗词为创始，因疑白词为伪作。实则此调当以白词为创始，庄宗词首句云“曾宴桃源深洞”，即赋《宴桃源》调名本意，盖用此调而改名《忆仙姿》。《古今词话》记庄宗词乃修内苑时从断碑所得，或以为乃“古词”，实不无杜撰或故作神秘之嫌，即使为“古词”，应亦晚于白词。兹仍以白词为创调。

④ 此调敦煌词凡7首，皆名《望江南》，盖用唐教坊曲，5首皆为双片，2首为单片；任半塘考订“敦煌郡”一词作于大历九年(774)，早于白居易等作《忆江南》(838)。《敦煌歌辞总编》第446—447页。田玉琪以此调始见白居易《忆江南》，《词调史研究》第324页。兹从任著，以敦煌词为首见，作于中唐初期。

⑤ 此调敦煌词3首为联章体，赋咏三种客旅悲剧，非赋本意，与白居易等词为异调，或非属唐教坊曲，盖另倚新声。伯4017卷写本时代在顺宗永贞元年(805)，盖中唐之作。参见《敦煌歌辞总编》第596页。

⑥ 敦煌词3首为联章，赋女伴月夜游江，较合本意，姑订为中唐之作，早于五代欧阳炯词。宋代吕渭老等另有慢词。参见田玉琪《词调史研究》，第338页。

**续表**

| 序号 | 词人 | 词调名称 | 词作数量 | 词作字数 | 词体 | 唐词总数 | 宋词总数 | 创调总数 | 备　注 |
|---|---|---|---|---|---|---|---|---|---|
| 10 | 敦煌词2 | 天仙子＊ | 2 | 68 | A | 11 | 29 | 16 | 载《云谣集》①;韦庄等词皆单片;宋词皆双片 |
| | | 竹枝子＊1 | 1 | 57 | A | 1 | 0 | | 载《云谣集》,孤调② |
| | | 竹枝子＊2 | 1 | 64 | B | 1 | 0 | | 载《云谣集》,孤调 |
| | | 柳青娘＊ | 2 | 62、64 | B | 2 | 0 | | 载《云谣集》③ |
| | | 抛球乐＊2 | 2 | 40、42 | A | 11 | 2 | | 与刘禹锡等词为异调④ |
| | | 倾杯乐＊A | 1 | 110 | C | 1 | 0 | | 《云谣集》原载2首,体式各异⑤;宋词为异调 |
| | | 倾杯乐＊B | 1 | 109 | C | 1 | 0 | | |
| | | 喜秋天＊ | 8 | 44、46 | A | 8 | 0 | | 《云谣集》2首,别卷联章5首,残篇1首⑥ |
| | | 定西番＊ | 1 | 35 | A | 10 | 3 | | 原卷"番"作"蕃"⑦ |
| | | 山花子＊ | 1 | 48 | A | 1 | 0 | | 孤调;与《浣溪沙》别名不同⑧ |
| | | 送征衣＊ | 1 | 59 | B | 1 | 0 | | 盖中唐作⑨;宋词为长调 |
| | | 郑郎子词 | 1 | 28 | A | 1 | 0 | | 杂言体,盖中唐作⑩ |
| | | 捣练子 | 8 | 54/27 | A | 12 | 22 | | 联章体⑪;宋另有异调 |
| **合计** | **6人** | | **88** | | | | | **28** | **中唐6人/28调** |

① 任半塘《敦煌歌辞总编》归为"五陵情事"类,订为盛唐之作,因第2首两片用韵不同,故分为单片2首。第122—126页。兹姑订为中唐之作,早于晚唐韦庄等作,于体式亦订为小令。

② 此调2首,任半塘考订作于中唐,《敦煌歌辞总编》第150页。田玉琪归为中晚唐,第341页。兹从任著。

③ 任半塘《敦煌歌辞总编》归为"五陵风情"类,推订为盛唐之作。第198页。兹姑订为中唐之作。

④ 任半塘《敦煌歌辞总编》归为"五陵情事"类,推订作于盛唐。第263—264页。田玉琪《词调史研究》疑非早期之作,归为中晚唐。第327页。兹从田著,姑订为中唐之作。

⑤《云谣集》载此调2首,皆长调,三声通叶,然体式不同,任半塘《敦煌歌辞总编》考订为盛唐之作。第199—208页。田玉琪《词调史研究》订为同名异调,归为中晚唐之作。第341页。兹姑订为中唐之作。

⑥ 此调《云谣集》2首,任半塘订为单片4首;别卷载联章5首,按五更递转赋七夕风情;又残篇1首,有"频为送征衣"句;任半塘以词中有"捣练""送征衣"等句,推订为盛唐之作。《敦煌歌辞总编》第286—287页。兹姑订皆作于中唐。

⑦ 词写赴番宣召,末句作"定西蕃",乃赋咏本意,应为创调始词。姑订为中唐所作,早于温庭筠等。参见任半塘《敦煌歌辞总编》,第454—455页。

⑧ 此调与《浣溪沙》杂言体别名《山花子》者不同,姑订为中唐之作。参见《敦煌歌辞总编》第359页。

⑨ 此词赋恋情与相思,田玉琪《词调史研究》归为中晚唐词,第341页。兹姑订为中唐作。

⑩ 此词载斯6537卷,写本在宪宗元和间(818),兹姑订为中唐作。参见《敦煌歌辞总编》第401—402页。

⑪ 原载伯2809卷、伯3718卷等,分两组,一组2首,双片54、56字;一组6首,单片27字等。兹姑订创作时代在中唐。参见《敦煌歌辞总编》第572页。

续表

| 序号 | 词人 | 词调名称 | 词作数量 | 词作字数 | 词体 | 唐词总数 | 宋词总数 | 创调总数 | 备注 |
|---|---|---|---|---|---|---|---|---|---|
| 11 | 李德裕 | 步虚词 | 1 | 54 | A | 1 | 6 | 1 | 宋词皆名《桂殿秋》,单片27字① |
| 12 | 杜牧 | 八六子 | 1 | 90 | C | 1 | 10 | 1 | 近于长调,盖慢词 |
| 13 | 李忱 | 泰边陲 * | 1 | 5 | A | 1 | 0 | 1 | 残句,盖小令;孤调 |
| 14 | 皇甫松 | 摘得新 * | 2 | 26 | A | 2 | 0 | 3 | 孤调;宋无作 |
| | | 采莲子 * | 2 | 28 | A | 2 | 0 | | 每句后有和声二字②;宋有《采莲令》,为长调 |
| | | 怨回纥 | 2 | 40 | A | 2 | 0 | | 五言八句体;宋无作 |
| 15 | 温庭筠 | 更漏子 * | 6 | 46 | A | 27 | 60 | 12 | 教坊曲名《更漏长》;宋另有长调慢词 |
| | | 归国遥 * 1 | 5 | 42、43 | A | 5 | 1 | | 宋词名《归平遥》;冯延巳等词为异调 |
| | | 南歌子 * | 7 | 23 | A | 27 | 261 | | 有双片体;宋词皆双片 |
| | | 河渎神 * | 3 | 49 | A | 6 | 1 | | 宋词仅见辛弃疾词 |
| | | 女冠子 * | 2 | 41 | A | 22 | 0 | | 宋另为长调慢调 |
| | | 玉蝴蝶 | 1 | 41 | A | 2 | 0 | | 宋另为长调慢词 |
| | | 遐方怨 * | 2 | 32 | A | 4 | 0 | | 五代有双叠体;宋无作 |
| | | 诉衷情 * 1 | 1 | 33 | A | 5 | 0 | | 毛文锡等词为异调;宋词亦为同名异调 |
| | | 思帝乡 * | 1 | 36 | A | 4 | 0 | | 李晔词为异调;宋无作 |
| | | 河传 | 3 | 55 | A | 20 | 26 | | 别名《怨王孙》等 |
| | | 蕃女怨 | 2 | 31 | A | 2 | 0 | | 孤调;宋无作 |
| | | 荷叶杯 | 3 | 23 | A | 14 | 1 | | 韦庄双片50字;宋双片 |
| 16 | 薛逢 | 何满子 1 | 1 | 20 | A | 1 | 0 | 1 | 五言四句体,孤调 |

①《全唐五代词》载李德裕《步虚词》为双片54字双叠体,而宋词此调皆为27字单片体,则李德裕此调或应作单片2首。此外,唐代以《步虚词》为名者,陈羽、刘禹锡等6首,为七绝体;顾况等25首,为五律体;皎然1首,五言十二句,吴筠10首,五言十四句,皆五古体。其中七绝体,或为曲子词,《全唐五代词》录入《副编》,兹姑存疑俟考。

② 宋郭茂倩《乐府诗集》卷五十《清商曲辞》收《采莲曲》,载梁武帝等至唐人所作数十首,有多种体式,其中包括七言四句的绝句体。田玉琪以为《采莲曲》即《采莲子》,且以王昌龄2首为此调首见之作。参见《词调史研究》,第312页。

续表

| 序号 | 词人 | 词调名称 | 词作数量 | 词作字数 | 词体 | 唐词总数 | 宋词总数 | 创调总数 | 备　注 |
|---|---|---|---|---|---|---|---|---|---|
| 17 | 路岩 | 感恩多＊ | 1 | 10 | A | 3 | 0 | 1 | 残句;牛峤2首39字等 |
| 18 | 钟辐 | 卜算子慢 | 1 | 88 | C | 1 | 3 | 1 | 慢词;宋有小令240首 |
| 19 | 韦庄 | 应天长 | 2 | 50 | A | 13 | 2 | 5 | 宋另有长调慢词22首 |
| | | 望远行＊1 | 1 | 60 | B | 1 | 0 | | 孤调;与敦煌词等为异调 |
| | | 江城子 | 2 | 35 | A | 14 | 191 | | 皆单片;宋词多双片,另有慢词2首 |
| | | 喜迁莺 | 2 | 47 | A | 11 | 20 | | 别名《鹤冲天》;宋词另有《鹤冲天》及慢词 |
| | | 上行杯＊ | 2 | 41 | A | 4 | 0 | | 冯延巳词为异调;宋无作 |
| 20 | 李晔 | 巫山一段云＊ | 2 | 46 | A | 8 | 7 | 2 | 宋柳永等为同调 |
| | | 思帝乡＊1 | 1 | 26 | A | 1 | 0 | | 句式为“7766”;孤调 |
| 21 | 封特卿 | 离别难＊1 | 1 | 20 | A | 1 | 0 | 1 | 五言四句,孤调 |
| 22 | 敦煌词3 | 渔歌子＊ | 4 | 52、50 | A | 12 | 8 | 6 | 原写《鱼歌子》,为唐教坊曲名;盖晚唐作① |
| | | 献忠心＊3 | 1 | 63 | B | 1 | 0 | | 孤调,盖晚唐之作② |
| | | 木兰花＊ | 1 | 56 | A | 12 | 308 | | 盖晚唐作,早于文人词③ |
| | | 思越人 | 2 | 51 | A | 6 | 0 | | 盖晚唐作,早于文人词④ |
| | | 怨春闺 | 1 | 75 | B | 1 | 0 | | 与《思越人》同时;孤调 |
| | | 还京乐＊1 | 1 | 64 | B | 1 | 0 | | 孤调⑤;宋词为长调慢词 |
| 23 | 无名氏8 | 醉公子＊ | 1 | 40 | A | 5 | 1 | 1 | 盖晚唐作,为创调 |
| **合计** | **13** | | **72** | | | | | **36** | **晚唐13人/36调** |

① 敦煌词此调4首,其中《云谣集》载2首,任半塘《敦煌歌辞总编》归为“五陵情事”类,订为盛唐作。第271页。田玉琪《词调史研究》以李珣词为首见。第351页。兹姑订为晚唐之作,早于五代文人词。

② 敦煌词此调共5首,另4首皆为盛唐之作,分属二调。此首任半塘考订为晚唐之作。《敦煌歌辞总编》第461页。兹从之。田玉琪考订此词与盛唐词为同名异调,《词调史研究》第337页。兹从之。

③ 原失调名,任半塘考补调名为《木兰花》,作于晚唐,早于韦庄等人。《敦煌歌辞总编》第538—539页。

④ 此调2首载伯2748卷,写本在大中四年前(850),盖晚唐作。参见《敦煌歌辞总编》第329页。

⑤ 原载列1465卷,题“曲子还京洛”,或即为唐教坊曲《还京乐》。原卷连写,末有残阙,姑作1首,不分片,订为中调。任半塘分作联章单片4首,归道家类,未编年。《敦煌歌辞总编》第1031页。田玉琪《词调史研究》归入中晚唐,第341页。兹姑订为晚唐之作。宋周邦彦等6首,为长调慢词。

续表

| 序号 | 词人 | 词调名称 | 词作数量 | 词作字数 | 词体 | 唐词总数 | 宋词总数 | 创调总数 | 备注 |
|---|---|---|---|---|---|---|---|---|---|
| 24 | 李存勗 | 一叶落 | 1 | 31 | A | 1 | 0 | 3 | 盖自度曲;孤调 |
| | | 阳台梦 | 1 | 49 | A | 1 | 0 | | 孤调;宋解昉词为异调 |
| | | 歌头 | 1 | 136 | C | 1 | 0 | | 盖大曲摘遍;孤调 |
| 25 | 陈金凤 | 乐游曲 | 2 | 27 | A | 2 | 0 | 1 | 孤调;似《渔父》体 |
| 26 | 欧阳炯 | 三字令 | 1 | 48 | A | 1 | 1 | 6 | 宋向子諲词为同调异体 |
| | | 南乡子 * | 8 | 28/27 | A | 28 | 205 | | 李珣 17 首为同调异体,冯延巳 3 首,一为双叠 |
| | | 贺明朝 | 2 | 61 | B | 2 | 0 | | 孤调;宋无作 |
| | | 凤楼春 * | 1 | 77 | B | 1 | 0 | | 孤调;宋无作 |
| | | 赤枣子 * | 1 | 27 | A | 2 | 3 | | 宋仅见游九言 3 首 |
| | | 春光好 * | 8 | 41 | A | 10 | 28 | | 宋词名《愁倚阑》等① |
| 27 | 和凝 | 采桑子 | 1 | 44 | A | 17 | 176 | 6 | 宋词别名《丑奴儿》等 |
| | | 望梅花 * | 1 | 38 | A | 2 | 0 | | 孙光宪同调;宋词异调 |
| | | 麦秀两岐 * | 1 | 64 | B | 1 | 0 | | 孤调;宋无作 |
| | | 解红 | 1 | 27 | A | 1 | 0 | | 孤调;金词为长调 |
| | | 何满子 * 2 | 2 | 37/36 | A | 7 | 12 | | 与薛逢及敦煌词不同;尹鹗等及宋词为双叠体 |
| | | 薄命女 | 1 | 39 | A | 2 | 0 | | 冯延巳词同调;宋无作 |
| 28 | 魏承班 | 黄钟乐 * | 1 | 64 | B | 1 | 0 | 1 | 孤调;宋无作 |
| 29 | 王衍 | 甘州曲 | 1 | 29 | A | 1 | 0 | 2 | 孤调;宋无作 |
| | | 醉妆词 | 1 | 22 | A | 1 | 0 | | 孤调;宋无作 |
| 30 | 薛昭蕴 | 离别难 * 2 | 1 | 87 | B | 1 | 0 | 2 | 孤调;另有封特卿小令、柳永慢词 |
| | | 相见欢 * | 1 | 36 | A | 5 | 45 | | 李煜等别名《乌夜啼》等 |
| 31 | 牛峤 | 望江怨 | 1 | 35 | A | 1 | 0 | 1 | 孤调;宋无作 |
| 32 | 张泌 | 胡蝶儿 | 1 | 40 | A | 1 | 0 | 1 | 孤调;宋无作 |

① 欧阳炯词载《尊前集》,第一首开篇云"天初暖,日初长,好春光",即赋本意,应为首见之作。田玉琪以此调始见和凝,似有未当。《词调史研究》第 345 页。

续表

| 序号 | 词人 | 词调名称 | 词作数量 | 词作字数 | 词体 | 唐词总数 | 宋词总数 | 创调总数 | 备　注 |
|---|---|---|---|---|---|---|---|---|---|
| 33 | 毛文锡 | 赞成功 | 1 | 62 | B | 1 | 0 | 11 | 孤调;宋无作 |
| | | 纱窗恨 * | 2 | 41 | A | 2 | 0 | | 孤调;宋无作 |
| | | 柳含烟 * | 4 | 45 | A | 4 | 0 | | 孤调;宋无作 |
| | | 醉花间 * | 2 | 41 | A | 7 | 0 | | 冯延巳 4 首,李煜《谢新恩》同调异体①;宋无作 |
| | | 西溪子 * | 1 | 33 | A | 4 | 0 | | 牛峤等同调;宋无作 |
| | | 接贤宾 | 1 | 59 | B | 1 | 1 | | 宋柳永名《集贤宾》,117 字,乃同调加一叠 |
| | | 甘州遍 | 2 | 63 | B | 2 | 0 | | 孤调;宋无作 |
| | | 月宫春 | 1 | 49 | A | 1 | 4 | | 宋词别名《月中行》 |
| | | 恋情深 * | 2 | 42 | A | 2 | 0 | | 孤调;宋无作 |
| | | 诉衷情 * 2 | 2 | 41 | A | 7 | 0 | | 魏承班 5 首同调;与温庭筠等词及宋词为异调 |
| | | 中兴乐 | 1 | 41 | A | 3 | 0 | | 牛希济词 42 字,李珣词加一叠为 84 字;宋无作 |
| 34 | 顾夐 | 甘州子 * | 5 | 33 | A | 5 | 0 | 2 | 孤调;宋无作 |
| | | 玉楼春 | 4 | 56 | A | 9 | 20 | | 牛峤等为同时稍晚作;与《木兰花》不同 |
| 35 | 尹鹗 | 满宫花 | 1 | 50 | A | 4 | 1 | 5 | 宋许棐词名《满宫春》 |
| | | 杏园芳 | 1 | 45 | A | 1 | 0 | | 孤调;宋无作 |
| | | 拨棹子 * | 2 | 61 | B | 2 | 2 | | 宋黄庭坚等为同调 |
| | | 金浮图 | 1 | 94 | C | 1 | 0 | | 孤调;宋无作 |
| | | 秋夜月 | 1 | 84 | B | 1 | 1 | | 宋柳永词为同调,82 字 |
| 36 | 毛熙震 | 后庭花 * | 3 | 44 | A | 5 | 3 | 1 | 宋词名《玉树后庭花》 |
| 37 | 孙光宪 | 八拍蛮 * | 1 | 28 | A | 3 | 1 | 2 | 阎选 2 首;宋仇远 1 首 |
| | | 风流子(令) * | 3 | 34 | A | 3 | 0 | | 孤调;宋词为长调 |

① 冯延巳此调 4 首,双片 50 字,与毛文锡词主体部分相同,唯上片开头及下片结尾句式略有不同,盖添字添句而成。上片开头毛词为三言两句,冯词添 1 字,合为七言一句;下片毛词为五言四句,冯词则于第四句添 2 字成七言,又添三言两句。兹仍订为同调异体。田玉琪《词调史研究》作同名异调,第 357 页。

**续表**

| 序号 | 词人 | 词调名称 | 词作数量 | 词作字数 | 词体 | 唐词总数 | 宋词总数 | 创调总数 | 备　注 |
|---|---|---|---|---|---|---|---|---|---|
| 38 | 冯延巳 | 瑞鹧鸪 | 1 | 56 | A | 1 | 58 | 12 | 原名《舞春风》,宋词以《瑞鹧鸪》为通用名 |
| | | 归国遥 * 2 | 3 | 34 | A | 3 | 5 | | 与温庭筠等词为异调;宋词别名《归国谣》等 |
| | | 芳草渡 | 1 | 55 | A | 1 | 7 | | 欧阳修别名《系裙腰》;宋另有长调慢词 |
| | | 阮郎归 | 3 | 47 | A | 4 | 183 | | 冯词原名《醉桃源》,宋词多名《阮郎归》 |
| | | 点绛唇 | 1 | 41 | A | 1 | 392 | | 宋词皆为同调 |
| | | 贺圣朝 * | 1 | 47 | A | 1 | 15 | | 宋无名氏另有慢词 |
| | | 偷声木兰花 | 1 | 50 | A | 1 | 4 | | 冯词原名《上行杯》,与韦庄等词为异调,宋张先等名《偷声木兰花》 |
| | | 忆秦娥 1 | 1 | 38 | A | 1 | 3 | | 与李白词异;宋张先等为同调异体 |
| | | 忆江南 | 2 | 59 | B | 2 | 0 | | 与白居易等词为《望江南》别名不同;孤调 |
| | | 朝天子 | 1 | 45 | A | 1 | 4 | | 原名《思越人》,与敦煌词等异;宋词名《朝天子》 |
| | | 金错刀 | 2 | 54 | A | 2 | 0 | | 孤调;宋无作 |
| | | 寿山曲 | 1 | 60 | B | 1 | 0 | | 孤调;宋无作 |
| 39 | 陶穀 | 风光好 | 1 | 36 | A | 1 | 1 | 1 | 宋仅见无名氏词 |
| 40 | 孟昶 | 洞仙歌(令) | 1 | 85 | B | 1 | 150 | 1 | 与敦煌词异①;宋词别名《洞仙歌令》;另有慢词 |
| 41 | 杨花飞 | 水调 | 1 | 7 | A | 1 | 0 | 1 | 残句②;宋词为长调慢词 |

① 孟昶此词,宋赵闻礼《阳春白雪》卷二据石刻收录,应属可信;清人或疑为南宋人伪托,然并无确切证据。参见《全唐五代词》此词考辨,第 733 页。

② 此调相传为隋炀帝创制,入唐有大曲和杂曲。大曲有无名氏《水调歌》11 首,载《乐府诗集》卷七十九,乃以杜甫、韩翃等五、七言绝句诗入唱,盖流行于中唐后,属选诗入唱性质。杂曲所歌,有敦煌写卷所载《水调词》七言八句一篇,任半塘以后四句用韵不同,分作 2 首,斯卷写本在宪宗元和十四年(819),盖为中唐之作(参见《敦煌歌辞总编》第 399—400 页)。另有晚唐吴融《水调》1 首,载《乐府诗集》卷七十九,亦七绝体;南唐陈陶《水调词》10 首,载《万首唐人绝句》,亦七绝体。杨花飞为南唐乐工,所歌《水调》,仅残存七言一句,盖为七绝体。《全唐五代词》正编仅收录杨花飞残句,余皆收入副编。实则此调当以敦煌词为首见,吴融、陈陶、杨花飞所作盖为同调。

续表

| 序号 | 词人 | 词调名称 | 词作数量 | 词作字数 | 词体 | 唐词总数 | 宋词总数 | 创调总数 | 备　　注 |
|---|---|---|---|---|---|---|---|---|---|
| 42 | 李煜 | 乌夜啼 * | 1 | 47 | A | 1 | 33 | 3 | 与《相见欢》别名不同 |
| | | 一斛珠 | 1 | 57 | A | 1 | 141 | | 宋词多名《醉落魄》等 |
| | | 浪淘沙 * | 2 | 54 | A | 2 | 187 | | 与齐言词不同,别名《浪淘沙令》等;宋另有慢词 |
| 43 | 敦煌词 4 | 虞美人 | 1 | 58 | A | 23 | 308 | 1 | 盖五代作,早于文人词① |
| 44 | 无名氏 3 | 渔家傲 | 1 | 31 | A | 1 | 309 | 1 | 盖南唐人;单片,宋词多为双叠,亦有单片 |
| 45 | 无名氏 5 | 鱼游春水 | 1 | 88 | B | 1 | 8 | 1 | 得之古碑,姑属五代;与《全宋词》互见 |
| 46 | 无名氏 6 | 后庭宴 | 1 | 60 | B | 1 | 0 | 1 | 得之古碑,姑属五代;孤调,宋无作 |
| 47 | 无名氏 7 | 扑蝴蝶 | 1 | 77 | B | 1 | 9 | 1 | 宋人谓“旧词”,姑属五代;与《全宋词》互见 |
| **合计** | **24** | | **111** | | | | | **67** | **五代 24 人/67 调** |
| **总计** | **47** | **有名氏 38** | **356** | | | | | **163** | **A:122;B:34;C:7** |

说明:词体栏中所标英文字母,A代表小令,B代表中调,C代表长调慢词。

## 二　唐五代词人用调的定量分析

唐五代词坛究竟有多少词人参与了用调和创调,唐五代词人用调和创调的数量多少、分布如何,产生了哪些用调创调的大家和名家,取得了怎样的创作成就,又表现出哪些用调特征,具有什么词史意义,这些,都值得我们去做深入细致的研究。这里,我们仍从定量分析入手,通过对以上两种表格所列唐五代词人用调创调的相关数据的定量分析,考察和观照唐五代词人用调创调的总体风貌及其成就与意义。

① 原载伯3994卷,名《鱼美人》,“鱼”盖“虞”之讹。原卷两片皆用平韵,分属两部,任半塘分作单片联章2首;咏海棠,兼及美人,犹合本意;任半塘考同卷抄欧阳炯《更漏长》等词,以为此词盖同时之作,应早于顾敻、李煜等同调词。《敦煌歌辞总编》第610页。兹姑据任著,订为五代初期之作。田玉琪以毛文锡词为此调始见之作,《词调史研究》第352页。

（一）用调队伍及其分类分布

首先，我们可以通过统计数据对唐五代词人的用调队伍及其分类分布进行定量分析。

在“表1－2”中，我们统计所得唐五代词坛参与用调和创调的词人总计96人，其中有姓名姓氏及其身份可考的词人为81人，包括初唐中宗朝优人、中唐吴二娘、后蜀花蕊夫人等，皆在其列；另有15人为敦煌词和无名氏。其中无名氏按时代和创作区分为10人，实际可能不止10人。如“无名氏1”指代中唐时唱和张志和《渔父》的词人，盖为参与宴饮和交游的士大夫文人，共唱和15首，应为3人所作，每人唱和5首。敦煌词虽亦为无名氏之作，但身份性质皆属民间词人，故与一般无名氏相区别。《全唐五代词》正编收录敦煌词共199首，其作者本属群体，自非一人，兹姑按时代和性质区分为5人，包括盛唐、中唐、晚唐、五代和时代不详之作者。如果将敦煌词和无名氏作者属于多人群体的因素考虑进来，那么我们对唐五代词人队伍的估计应该在百人以上，唐五代词坛所创用的163个词调，就是出自这个约百人的词人队伍。

从阶层和身份来看，唐五代词人的用调队伍主要以士大夫文人为主体和骨干，但也包括了较为广泛多样的阶层和身份的作者。上有帝王和宰臣，如唐明皇李隆基、唐宣宗李忱、唐昭宗李晔、后唐庄宗李存勗、前蜀后主王衍、后蜀后主孟昶、南唐二主、韦庄、冯延巳等；下有平民贱工，如中宗朝优人、南唐乐工杨花飞等；旁及僧道和隐逸，如中唐释德诚、南唐时“渔者”等；还有不同阶层的女性词人，如中唐江南名姬吴二娘、五代闽后陈金凤、后蜀后主妃花蕊夫人等；至于敦煌词的民间作者更包括征夫思妇、乐工歌妓、番将边民、佛子医生、商旅隐逸等形形色色之人。可见，唐五代词调的创制和运用具有较广泛深厚的文化土壤和民间基础，唐五代词创调和用调成就的取得，乃是由以士大夫文人为主体包括帝王后妃、乐工歌妓、僧道隐逸等词人群体共同完成的。

就整个唐五代词人队伍的时代分布来看，初唐4人；盛唐3人，其中敦煌民间词姑以1人计；中唐13人，其中敦煌民间词姑以1人计，另含“无名氏1”；晚唐27人，其中敦煌民间词姑以1人计，另含“无名氏2”、“无名氏4”、“无名氏8”，以及《兵要望江南》720首的题名作者易静；五代48人，其中敦煌民间词姑以1人计，另含“无名氏3”、“无名氏5”、“无名氏6”、“无名氏7”、“无名氏9”、“无名氏 10”；另有敦煌民间词 7 调 31 首及失调名 28 首共 59 首，时代不详，姑以 1 人计。总起来看，唐代词人共 47 人，与五代词人共 48 人相比大致相当，然唐代拥有长达 289 年的历史，五代十国仅有半个多世纪的时间，则五代词人队伍之壮大仍超出于唐代。分开来看，因敦煌民间词的实际作者无法确考，则唐代文人词的创作队伍大致呈现出从初盛唐至中晚唐逐期壮大的趋势；五代文人词则以西蜀和南唐两域为中心，共计 32 人，而尤以西蜀词人居多，占 23 人，南唐仅占 9 人；另有 15 人则分属其他国度或地域，而敦煌民间词则不详国度或地域。

### （二）用调层级及其大家名家

其次，我们还可以从用调层级方面，来观照唐五代词人及其大家名家的用调成就。

我们可以按用调数量的多少，将唐五代词人分成三个大的层级，即只用 1 调者，为最低层级，姑称之为“低调”层级；用调在 2 调以上 10 调以下者，为中等层级，姑称之为“中调”层级；用调在 10 调以上者，则属于高等层级，姑称之为“高调”层级。

统计显示，只用 1 调者，即属于“低调”层级的词人，共 58 人，占唐五代词人总数(约 96 人)的 60.41%。在这个层级中，唐代词人占 34 人，五代词人占 24 人，可见唐代“低调”词人更多一些。除了易静的《兵要望江南》用 1 调而作词多达 720 首之外，以 1 调而作词在 2 首以上者还有张志和(5 首)、“无名氏 1”(15 首)、释德诚(39 首)、薛能(18 首)、成彦雄(10 首)、韩偓等 5 人(皆 2 首)，其余 47 人皆只用 1 调作词 1 首。可见，半数以上的词人只是选用了 1 个词调来创作，而且绝大多数人(81%)只是写出了孤零零的 1 首歌词，其中还包括一些残篇断句，明显可见其偶尔染指的性质，故大多皆成就不高，影响不大。但从词调的创制和运用方面来考察，仍有一些值得关注之处：

其一，晚唐之际易静用《望江南》一调来演绎“兵要”，而且写出 720 首的巨量作品，既反映了《望江南》这个词调在当时的流行性，也必然进一步推动该词调创作的兴盛；

其二，中唐张志和兄弟以及同时代无名氏文人们用《渔父》一调所进行的唱和，不仅开唐宋隐逸词之先河，而且在当时形成了一种唱和创作的风气，一时流播，影响甚大，其意义和价值也应给予充分肯定；

其三,杜牧《八六子》、钟辐《卜算子慢》2 调,为现存唐五代词中除敦煌词之外极少见的文人所作长调慢词,它们与敦煌词中的同类词调相参证,反映了慢词长调在唐五代的兴起状态和早期特征。此外,《回波乐》一调在初唐宫廷的异常流行,也值得关注和探讨。

属于"中调"层级的词人,即用调在 2 调以上 10 调以内者,共 18 人,占唐五代词人总数的 18.75%。从时代分布来看,唐代占 8 人,五代占 10 人,大体均衡;唐代 8 人,从盛唐到中、晚唐皆有,盛唐仅 1 人,而以中唐居多(4 人),晚唐其次(3 人);五代 10 人,则以西蜀词人为多(6 人),南唐(1 人)及其他词人则较少(后唐、闽、敦煌词各 1 人)。我们发现,在用调数量处于中等水平的词人中,虽然"大家"并不多,仅有李白 1 人跻身"唐五代十大词人"之列(排名第 8 位)①,但"名家"却增多了,如中唐的刘禹锡、白居易,晚唐的皇甫松,"花间词人"薛昭蕴、鹿虔扆,南唐中主李璟等,皆在此列。我们明显可以看出,从中唐的刘禹锡、白居易开始,到晚唐的皇甫松、西蜀的薛昭蕴,不仅词作数量开始增多,而且在词调的运用方面也有了较大的突破;不仅大胆采用了一些来自民间的风俗歌调如《杨柳枝》、《竹枝》、《采莲子》等,而且也逐渐扩大了对流行歌曲的选用范围,如《望江南》、《长相思》、《浪淘沙》、《抛球乐》、《摘得新》、《天仙子》、《浣溪沙》、《临江仙》、《谒金门》、《女冠子》等各类新曲调,都已被用来填词歌唱。用调的增多,正是唐五代词的创作开始走向发展兴盛的一个重要标志。

属于"高调"层级的词人,即用调在 10 调以上者,共 18 人,占唐五代词人总数的 18.75%。我们发现,唐五代"十大词人",除李白 1 人在"中调"层级外,其余 9 人皆在这个"高调"层级中(敦煌词按盛唐、中唐、晚唐用调数量分成了 3 人)。除敦煌词、李煜、冯延巳之外,其他 7 人也皆为"花间词人"中的"名家"。我们发现,这些"大家""名家"用调数量多与作词数量多,正好是成正比例的。就用调数量的多少来排名,依次是:敦煌词(51 调)、冯延巳(34 调)、孙光宪(29 调)、韦庄(21 调)、毛文锡(21 调)、欧阳炯(20 调)、李煜(20 调)、温庭筠(18 调)、和凝(16 调)、顾敻(16 调)、李珣(15 调)、牛峤(13 调)、张泌(13 调)、毛熙震(13 调)、尹鹗(12 调)、魏承班(10 调)。单就文人词的创作来看,冯延巳则以 34 调

① 唐五代"十大词人"依次为:李煜、温庭筠、敦煌词、冯延巳、韦庄、孙光宪、李珣、李白、顾敻、欧阳炯。参见刘尊明:《唐五代词人历史地位的定量分析》,载《社会科学战线》2011 年第 3 期。

共 112 首而排名第 1,平均每调作词也多达 3. 29 首。可见冯延巳不仅是唐五代作词数量最多的词人,而且也是用调数量最多的词人。以下孙光宪 29 调 84 首,调均 2. 89 首;韦庄 21 调 54 首,调均 2. 57 首;欧阳炯 20 调 47 首,调均 2. 35 首;李煜 20 调 38 首,调均 1. 9 首;温庭筠 18 调 69 首,调均 3. 83 首;顾夐 16 调 55 首,调均 3. 43 首;李珣 15 调 54 首,调均 3. 6 首;牛峤 13 调 32 首,调均 2. 46 首;张泌 13 调 28 首,调均 2. 15 首;毛熙震 13 调 29 首,调均 2. 23 首;魏承班 10 调 21 首,调均 2. 1 首。这 11 人用调都在 10 个以上,平均每调作词都在 2 首以上,其中温庭筠、顾夐、李珣 3 人平均每调作词皆在 3 首以上,尤其是温庭筠达到了平均每调作词 3. 83 首的最高比例,反映了他们在词调运用上所做出的积极努力和重要贡献,及其所具备的稳定性、规范性、成熟性等特征,这是值得我们进一步关注和探讨的。另有毛文锡、和凝、尹鹗 3 人,平均每调作词皆在 1. 5 首左右(1. 52、1. 75、1. 41),也就是说平均每调作词的比例较低,然而其用调数量占其作品数量的比例却很高,这也从一个侧面体现了他们在创作中对词调选用的多样性、丰富性和尝试性等特征。就时代分布来看,敦煌词以盛唐、中唐用调最多,至晚唐、五代而不断递减;就文人词的用调大家和名家来看,唐代仅有温庭筠、韦庄 2 人,五代则占了 13 人,可见“高调”词人以五代占了绝对的多数,反映了唐五代文人词的用调在晚唐才趋于多样与丰富,至五代则走向发展兴盛的事实。

### (三) 首见创调及其代表作家

再次,我们还可以从首见词调或创调方面,来对唐五代词人的用调成就进行定量分析。

我们由“表 1 - 3”的统计可见,唐五代词坛所创用的 163 个词调,主要首见或创始于 47 个词人之手,其中有名氏词人共计 38 人,其余 9 人则为敦煌词民间作者(姑按时代分为 4 人)和其他无名氏词人(姑按时代分为 5 人)。可见在唐五代约百人的词人队伍中,有近半数的词人都有首见词调的创作,或者说约有一半的词人参与了创调的工作。唐五代词人首见创调的时代分布如下:初盛唐共 4 人 32 调,有名氏占 3 人 7 调,敦煌词姑计 1 人,占 25 调;中唐共 6 人 28 调,有名氏占 5 人 12 调,敦煌词姑计 1 人,占 16 调;晚唐共 13 人 36 调,有名氏占 11 人 29 调,敦煌词姑计 1 人,占 6 调,另有无名氏 1 人 1 调;五代共 24 人 67

调，有名氏占 19 人 62 调，敦煌词 1 人 1 调，另有无名氏 4 人 4 调。可见整个唐代有首见词调或创调的词人总数为 23 人，包括敦煌词 3 人和无名氏 1 人，有名氏词人则只有 19 人；五代十国时期有首见词调或创调的词人总数则为 24 人，其中有名氏词人为 19 人，另有敦煌词 1 人和无名氏 4 人，虽然绝对数量与唐代大体平衡，但从相对性来看仍然显示出五代词人所做出的重要贡献。然而从首见创调的总数来看，唐代却占 96 调，五代只有 67 调，这要归功于唐代敦煌词的民间作者，他们所贡献的 48 个新词调，有 47 调被考订创制于唐代，几乎占到唐代首见创调总数的一半。

唐五代词人首见创调按数量的多少亦可分为三个层级：

第一层级为名列前茅的重要作家，姑以首见创调在 5 调以上为标准，正好有 10 位词人：敦煌词 48 调（首见 25 调/孤调 23 调）[①]、温庭筠 12 调（11/1）、冯延巳 12 调（9/3）、毛文锡 11 调（6/5）、和凝 6 调（4/2）、欧阳炯 6 调（4/2）、李白 5 调（4/1）、刘禹锡 5 调（4/1）、韦庄 5 调（4/1）、尹鹗 5 调（3/2）。其中唐代占 4 人，五代占 5 人，大体旗鼓相当。除了敦煌民间词这个带有群体性的创调“大户”外，就文人词而论，温庭筠、冯延巳、毛文锡 3 人排在第一方阵，都有多达 12 调、11 调的首见创调。其中温庭筠的表现尤为突出，他不仅是晚唐之际第一个大力作词的文人，而且在词体定型、声律规范、艺术风格等各方面，都为唐宋文人词的发展奠定了基础，以致被后人尊奉为“花间鼻祖”。就唐五代词人的用调来看，温庭筠不但首见创调多，而且被采用率也最高，其中《更漏子》、《河传》、《南歌子》3 调更成为唐五代和两宋的流行词调和常用词调，仅有《蕃女怨》一调成为孤调。冯延巳首见创调的总数虽然与温庭筠相同，且孤调率略高，但流行率也不低，尤其是《阮郎归》、《点绛唇》、《舞春风》（即后来《瑞鹧鸪》）3 调，在入宋之后也成为常用词调。和凝以下 6 人盖同属第二方阵，首见创调数量都在 6 调、5 调。其中李白、刘禹锡、韦庄 3 人正好分别为盛、中、晚唐三个时期的代表，而李白身处盛唐的开创性、刘禹锡承前启后的过渡性、韦庄与温庭筠和西蜀词坛的呼应性，都颇为突出；李白所创始的《菩萨蛮》、《清平乐》、《忆秦娥》3 调，韦庄所创始的《江城子》等调，影响皆极为深远，都成为了唐宋词坛的金曲名调；另外，和凝、欧阳炯、尹鹗 3 人皆属“花间词人”，与毛文锡等同为五代词坛创用词调的

---

① “表 1－3”将敦煌词的首见创调作者按时代分为 4 人，标以“敦煌词 1”至“敦煌词 4”，这里合为 1 人。

中坚力量，由和凝创始的《采桑子》、欧阳炯创始的《南乡子》等调，在唐宋词坛也都颇为流行。

第二层级为处于中游的次要作家，首见创调都在 3 调、2 调之间，正好也是 10 人：白居易（首见 3 调/孤调 0 调）、皇甫松（0/3）、李存勗（0/3）、李煜（3/0）、韦应物（2/0）、李晔（1/1）、王衍（0/2）、薛昭蕴（1/1）、顾敻（1/1）、孙光宪（1/1）。这个层级的词人首见创调虽然都不多，且不少都成为了孤调，但其中白居易创始的《杨柳枝》、《长相思》、《宴桃源》（即后来的《忆仙姿》、《如梦令》）3 调，李煜所创始的《浪淘沙（令）》（与中唐刘禹锡等齐言体《浪淘沙》不同）、《乌夜啼》、《一斛珠》（宋词多名《醉落魄》）等调，也各具魅力，或风行一时，或经久不衰。

第三层级为排列末位的一般作家，首见创调的数量都只有 1 调，共 24 人（含无名氏 5 人，未计敦煌词）。虽然都是偶尔染指，且多为孤调，但其中首见晚唐杜牧、钟辐的《八六子》、《卜算子慢》2 调，乃唐五代文人词中最早的慢词之调，既与盛唐与中唐之际敦煌民间词中的长调慢词形成呼应，也对五代和宋代慢词长调的创作有所影响；此外，中唐张志和创始的《渔父》一调不仅在中晚唐词坛异常流行，而且还对日本词坛和两宋词坛产生了深远的影响；后蜀后主孟昶创始的《洞仙歌（令）》（与敦煌词为异调）、南唐无名氏（一渔者）创始的《渔家傲》2 调，入宋以后也都成为了颇具特色的名调，各有数百首之多的作品产生和流传。

**（四）敦煌词创调成就及意义**

最后，我们还需要对敦煌词的用调创调及其成就与意义进行定量分析。

《全唐五代词》正编收录敦煌写卷所载唐五代民间词共计 199 首，在第一节“表 1－1”中，我们单列“敦煌词”一栏，考订和统计了敦煌词各调的创作数量，所用词调共计 51 调，另有失调名 28 首用调数量不详。在这一节“表 1－2”和“表 1－3”中，我们则对敦煌词的用调和创调按时代进行了考订和统计。我们姑且将敦煌词区分为 5 人，“敦煌词 1”至“敦煌词 4”分别指可以考订为盛唐、中唐、晚唐、五代各个时期的敦煌词作者，“敦煌词 5”指时代难以详考及失调名之作的敦煌词作者。除去 7 调 31 首、失调名 28 首共计 59 首难以详考创作时代之外，其余 44 调 140 首的创作时代皆大致可考。先从敦煌词各期用调数量来看，盛唐 26 调，中唐 19 调，晚唐 10 调，五代 4 调，时代不详 7 调，共计用调 66 调次，除去重复，实用 51 调。如果计入失调名之作，敦煌词所用词调应在 60 调以上。

即使以51调共171首来计算,敦煌词平均每调作词亦多达3.35首,已相当可观。再从首见创调的数量来看,在敦煌词所用51调中,可考订属于敦煌词首见和创调者共计48调,只有《菩萨蛮》、《南歌子》、《杨柳枝》3调为有名氏文人首见创调,可见敦煌词作为民间词在用调上所具有的开创性特征也非常突出。即使是《菩萨蛮》此调,敦煌词中也至少有2首作品被考订为盛唐之作,大致与李白词同时。再从敦煌词用调创调的体式数量和分布来看,虽然仍以小令之调居多,但在盛唐和中晚唐之际,已出现了一定数量的中调,如盛唐有11调,中唐有5调,晚唐有3调,总计19调,已远远超出同期有名氏文人词对中调的采用。尤其值得注意的是,在唐五代产生的长调慢词不过约7调8首,即使加上字数篇幅在80字以上者,也不过约13调18首,而敦煌词中的长调慢词则有《内家娇》(2首)、《倾杯乐A》、《倾杯乐B》各1首共3调4首,另有《凤归云》(4首)、《拜新月》(2首)2调6首字数篇幅亦在80字以上,接近长调慢词,共计达5调10首,多创作于盛唐或中唐之际,可见敦煌词已占了唐五代词坛为数不多的长调慢词的相当大的比重,而且远远早于晚唐五代钟辐等文人词的创作。

为了从宏观视野和整体层面来进行观照,我们姑且将敦煌词合并为一个民间词人的群体,那么从用调创调的数据统计上,我们至少可以看到敦煌词三个方面的创作成就和词史意义:其一,敦煌词尽管只是被保存和发掘于西北一隅的唐五代民间词的代表,但仍然显示了其作为民间词人群体的优势,其用调和创调总数都远远超过唐五代任何一位有名氏的个体词人的用调和创调总数,而名列唐五代词人用调创调排行榜的首位;其二,我们发现,敦煌词的用调和创调都以盛、中唐时期的数量居多,至晚唐、五代而不断递减,正好与唐五代文人词的用调轨迹和发展态势形成反差与对照,实际上正是整个唐五代词坛民间词先行于文人词、文人词接续于民间词的双向词史轨迹的真实写照;其三,敦煌词早在盛唐至中唐前后就已经出现了一定数量的长调或慢词,对晚唐五代以来至北宋前期慢词长调的发展兴盛也起到了铺垫和引领作用,其词史意义亦不容忽略。

# 第二章　宋代词坛所用词调的统计与分析

词是一种新型的音乐文学形式，经过唐五代民间词的创作和文人词的发展，词的音韵格律等形体规范已基本形成，词以长短句为主体的形体特征及其由音乐所陶铸的以娱乐抒情见长的文学特性也逐步显露出来。正因为如此，从晚唐到五代，词体文学便越来越多地引起文人们的兴趣与爱好，词的创作开始渐渐走上发展兴盛的道路。但是在整个唐五代时期，词体的发展毕竟有限，再加上唐诗光芒的掩映，词体文学的发展也就受到了较大的限制与影响。这从唐五代词调的运用方面即可得到体现。隋唐音乐文化在融和南北、中外、雅俗音乐文化的基础上达到了空前繁荣的境界，燕乐曲调大量创制并广为流行，但是词的创作实践却较为滞后，实际被用作填词歌唱的燕乐曲调并不太多。据我们以《全唐五代词》正编为范围进行的考订与统计，整个唐五代词坛所用词调正名(通用名)共计 163 调，加上同调异名的词调，也不过 202 调左右；即使计入《全唐五代词》副编等文献中所收部分尚存疑问的作品，整个唐五代词所用词调总数也不过在 200 调上下。从唐五代所用词调的形式来看，大多为体制短小简便的“小令”或“令曲”；以双片体居多，有些还是单片体；长短句的杂言体虽已占据主流，但齐言体的形式也占有相当大的比重。二十世纪初发掘的敦煌曲子词中虽已出现《内家娇》、《倾杯乐》等少量长调慢曲，加之中晚唐以来文人词中出现的《卜算子慢》(钟辐)、《八六子》(杜牧)、《歌头》(李存勗)、《金浮图》(尹鹗)等数调，整个唐五代词所用长调慢曲也不过在 13 调左右(参见第一章)。小令的体式也就决定了唐五代词在思想内容和艺术风貌上,呈现出相对“小”与“狭”的格局与气象。

与唐五代相比,宋代的音乐文化不仅有更大的繁荣,而且有更新的风采。除了继承唐五代创制和流行的燕乐曲调这笔宝贵的音乐文化遗产之外,宋代的燕乐新声更是层出不穷。尤其是在仁宗朝至徽宗朝约一个世纪的时期里,随着市民阶级的成长壮大和城市文化的发展兴盛,市井新声腾涌竞起,极大地推动了整个社会的音乐文化迅速走向繁荣发达。加之宋代教育的全面发展,精通音乐能度曲制谱的文人越来越多,尤其是像柳永这样的热爱音乐艺术的专业化词人的大量涌现和倾力创造,宋代燕乐曲调的总数不仅大大超越了前代,而且曲调的体制更为丰富多样,令、引、近、慢,大小长短,堪称琳琅满目,各呈异彩;不仅传统的小令体式在唐五代的基础上更趋精美成熟,而且新兴的长调慢曲尤为新颖多姿;不仅音乐曲调的表现功能更为全面多样,而且音韵格律及方法技巧等形式规范也更为稳定精妙。于是词调大盛,众体兼备矣!而宋词的繁荣气象和绚丽风采,也由词调数量之多、体式之富而得到有力的凸显。

对宋代词调的考察和研究既是一个系统的工程,也是一项艰巨的工作。我们首先需要做的事情即是对宋代词坛所用词调的数据进行全面准确的统计与分析,以期从词调的创制和运用这个独特的视角,对宋词的繁荣风貌和发展历史获得一些新的观照与体认。

## 第一节　宋代词坛所用词调数量的统计

根据《全宋词》计算机检索系统的统计,整个宋代词坛共用词调 1384 个,其中词调正名为 922 个[①]。这是由电脑检索软件统计所得出的数据,固然可供参考;然而鉴于宋代词人在使用词调的过程中往往存在同调异名及同名异调、历代词学典籍在收录宋词作品时也常常出现混淆或讹误,《全宋词》以及《全宋词》计算机检索系统在编纂整理及编制程序的过程中也未能一一加以校正和考订等情况,因此以上数据并不准确。

有鉴于此,我们多年来对宋词所用词调进行了较为全面细致的检索、考辨

① 据南京师范大学张成等编制的《全宋词计算机检索系统》和《全宋词索引》软件和光盘。

与校订工作,获得了有关宋代词调的更全面更准确的统计数据。我们对宋代词调的检索统计,除了依据唐圭璋先生编纂的《全宋词》的各种版本之外,还参考吸收了《全唐五代词》副编卷三"宋元人依托唐五代人物鬼仙词"中有关吕岩词的考订成果,以及二十世纪后期以来出版的《全宋词》"增订注释"本的相关成果①,作品既有所补充,数据也得到了更新。

## 一　宋代词调总量的统计

我们通过较为全面细致的检索和考订工作,对宋代词坛所用词调的总体成果和基本风貌,获得了一系列的具体数据,兹列表如下:

**表 2-1　宋词用调分期分类总统计表**

| 序号 | 时代分期 | 词人数量/人 | 词作数量/首 | 词调数量/调 | 小令数量/调 | 中调数量/调 | 长调数量/调 | 大曲曲破/调 | 体式不详/调 | 失调名/首 | 首见调数/调 | 孤调数量/调 | 创调总数/调 |
|---|---|---|---|---|---|---|---|---|---|---|---|---|---|
| 1 | 北宋 A | 11 | 32 | 21 | 16 | 1 | 4 | | | | 9 | 1 | 10 |
| 2 | 北宋 1 | 67 | 1014 | 480 | 226 | 115 | 138 | 1 | | 8 | 141 | 87 | 228 |
| 3 | 北宋 2 | 182 | 3159 | 1356 | 669 | 327 | 359 | 1 | | 56 | 152 | 74 | 226 |
| 4 | 南渡 3 | 238 | 3623 | 1643 | 877 | 319 | 444 | 3 | | 24 | 31 | 60 | 91 |
| 5 | 南宋 4 | 224 | 5788 | 2326 | 1198 | 458 | 667 | 3 | | 19 | 29 | 46 | 75 |
| 6 | 南宋 5 | 379 | 3358 | 1681 | 616 | 215 | 849 | 1 | | 19 | 9 | 34 | 43 |
| 7 | 南宋 6 | 185 | 2307 | 1251 | 388 | 180 | 683 | 0 | | 14 | 0 | 19 | 19 |
| 8 | 不详 | 161 | 244 | 204 | 54 | 35 | 115 | 0 | | 6 | 0 | 4 | 4 |
| 9 | 小说词 | 35 | 47 | 39 | 29 | 5 | 5 | 0 | | 4 | 0 | 2 | 2 |
| 10 | 仙鬼词 | 18 | 89 | 35 | 20 | 5 | 9 | 1 | | 3 | 0 | 4 | 4 |
| 11 | 无名氏 | | 1590 | 306 | 120 | 64 | 113 | 3 | 6 | 235 | 43 | 77 | 120 |
| | **总计** | **1500人** | **21251首** | **9342调次** | **4213调次** | **1724调次** | **3386调次** | **13调** | **6调** | **388首** | **414调** | **408调** | **822调** |

说明:关于宋词时代分期的划分,主要分为北宋、南渡、南宋三大时段,"北宋 A",指北宋初期(约半个多世纪);"北宋 1",指北宋承平时代(1017—1067);"北宋 2",指北宋变革时代(1068—1125);"南渡 3",指北、南宋之交的战乱时代(1110—1162);"南宋 4",指南宋中兴时

① 朱德才主编:《增订注释全宋词》,北京:文化艺术出版社 1997 年版;周笃文、马兴荣主编:《全宋词评注》,北京:学苑出版社 2011 年版。

代(1163—1207);“南宋 5”,指南宋苟安时代(1208—1265);“南宋 6”,指南宋亡国时代(1252—1310)①。“小说词”,指《全宋词》所收“宋人话本小说中人物词”;“仙鬼词”,指《全宋词》所收“宋人依托神仙鬼怪词”。“不详”者,主要指《全宋词》第五册所收词人,年里生平皆无考,或多属南宋时代,因难以归属哪一具体时期,姑单列一类。“无名氏”,非指一人,具体人数难以详考,只有部分作品和用调可考订时代,姑单列一类,视为特殊作者。

## 二　宋代常用词调的统计

两宋词坛所用词调总数共计 897 调(正名)。鉴于数量巨大、篇幅有限,我们难以将全部宋代词调的统计数据都详细地列表呈现,兹将每调作词在 10 首以上的宋代常用词调的有关统计数据列表如下:

**表 2-2　宋代词坛常用词调简况一览表**

(以各调作词数量多少为序,数量相同者以创调时代为序)

| 序号 | 词调正名 | 词作数量 | 词调体式 | 创调时代/作者 | 备注 |
|---|---|---|---|---|---|
| 1 | 浣溪沙 | 847 | A | 唐/敦煌词 | 有多种异名,有齐、杂言二体,另有慢词 |
| 2 | 水调歌头 | 764 | C | 宋/刘潜 | 唐有《水调》小令;95 字;曾布有大曲词 |
| 3 | 鹧鸪天 | 703 | A | 宋/柳永 | 夏竦词与无名氏词互见②;另有互见数首 |
| 4 | 念奴娇 | 620 | C | 宋/沈唐 | 别名《酹江月》等,大石调,100 字 |
| 5 | 菩萨蛮 | 607 | A | 唐/李白 | 同时有敦煌词;罗志仁 1 首为长调慢词 |
| 6 | 满江红 | 551 | C | 宋/柳永 | 柳词 4 首,仙吕宫,93 字等;姜夔改用平韵;补辑南宋祝允哲 1 首③ |
| 7 | 蝶恋花 | 508 | B | 唐/敦煌词 | 原名《鹊踏枝》;宋多名《蝶恋花》,60 字;赵令畤有鼓子词,史浩入《花舞》大曲④ |
| 8 | 西江月 | 498 | A | 唐/敦煌词 | 盖创始于中唐;宋无名氏等 2 首为慢词 |
| 9 | 临江仙 | 486 | B | 唐/敦煌词 | 盖创始于盛唐⑤,60 字等;柳永有引、慢词 |

① 参见王兆鹏:《唐宋词史论》,第一章第一节。北京:人民文学出版社 2000 年版,第 7—50 页。

② 田玉琪:《词调史研究》,以此调首见夏竦,第 368 页。按:《全宋词》收此词,于夏竦和无名氏互见,校语引刘克庄记载,以为当作无名氏词,“殆非夏竦作”,第 9 页。兹订此调以柳永为创始。

③ 二十世纪八十年代后期,学术界发现《须江郎峰祝氏族谱》,载有宋祝允哲《满江红·和岳元帅述怀》一词。参见周少雄《祝氏谱及岳飞〈满江红〉词考议》等文,载《文学遗产》1988 年第 5 期等。

④ 赵令畤商调《蝶恋花》一套 10 首,敷演唐元稹《莺莺传》传奇,属鼓子词形式,乃用同调联唱,并未改变其歌曲性质。史浩以《蝶恋花》入其所撰《花舞》大曲(即队舞曲)中演唱,只用单片,共 10 首,仍属词调性质。另有王义山所撰队舞《乐语》一套,共唱《蝶恋花》11 首,皆双片,亦属词体。

⑤ 田玉琪《词调史研究》以此调始见西蜀牛希济,第 347 页。兹以敦煌词为创始。参见任半塘《敦煌歌辞总编》,第 408 页。

续表

| 序号 | 词调正名 | 词作数量 | 词调体式 | 创调时代/作者 | 备注 |
|---|---|---|---|---|---|
| 10 | 沁园春 | 444 | C | 宋/张先 | 别名《洞庭春色》等,115 字等 |
| 11 | 减字木兰花 | 442 | A | 宋/柳永 | 仙吕调,44 字;别名《木兰花减字》、《减兰》 |
| 12 | 贺新郎 | 439 | C | 宋/苏轼 | 初名《贺新凉》,115 字;别名《乳燕飞》 |
| 13 | 点绛唇 | 392 | A | 唐/冯延巳 | 唐词仅见冯词;北宋始流行 |
| 14 | 清平乐 | 360 | A | 唐/李白 | 宋无名氏《清平令破子》为异调 |
| 15 | 满庭芳 | 352 | C | 宋/毕大节 | 早于晏几道等作①;中吕宫,95 字 |
| 16 | 水龙吟 | 313 | C | 宋/欧阳修 | 别名《鼓笛慢》等;越调,102 字 |
| 17 | 渔家傲 | 309 | B | 唐/无名氏 | 别名《渔家傲引》等;欧阳修等有鼓子词;史浩入《采莲舞》等;多双片,62 字 |
| 18 | 木兰花 | 308 | A | 唐/敦煌词 | 宋人多混同《玉楼春》,兹加考订甄别,多属《木兰花》;另列《玉楼春》共 20 首 |
| 19 | 虞美人 | 308 | A | 唐/敦煌词 | 盖创始于五代初,早于文人词 |
| 20 | 好事近 | 301 | A | 宋/宋祁 | 宋祁词应早于张先等②;仙吕宫,45 字 |
| 21 | 南歌子 | 261 | A | 唐/温庭筠 | 别名《南柯子》等 |
| 22 | 朝中措 | 259 | A | 宋/欧阳修 | 送别词,盖创调 |
| 23 | 望江南 | 251 | A | 唐/敦煌词 | 别名《忆江南》等;宋词多为双叠体 |
| 24 | 卜算子 | 240 | A | 宋/张先 | 另有唐钟辐等《卜算子慢》 |
| 25 | 谒金门 | 235 | A | 唐/敦煌词 | 盖创始于盛唐;别名《出塞》《闻鹊喜》等 |
| 26 | 踏莎行 | 218 | A | 宋/寇准 | 赋本意,盖创调,58 字;欧阳修另有慢词 |
| 27 | 南乡子 | 205 | A | 唐/欧阳炯 | 唐词多单片,宋词皆双片 |
| 28 | 如梦令 | 196 | A | 唐/白居易 | 初名《宴桃源》,别名《忆仙姿》等 |
| 29 | 江城子 | 191 | B | 唐/韦庄 | 别名《江神子》;宋词多双叠,70 字 |
| 30 | 蓦山溪 | 189 | B | 宋/欧阳修 | 别名《蓦溪山》等;82 字等 |
| 31 | 柳梢青 | 188 | A | 宋/仲殊 | 题"吴中",盖创调,49 字;多南宋作③ |

① 孔凡礼《全宋词补辑》卷首收毕大节《满庭芳》2 首,于作者小传云:"据词中'南唐重赋,一旦俱蠲'云云,大节当为宋初人。"第 1 页。田玉琪《词调史研究》以此调始见晏几道,第 417 页。

② 田玉琪《词调史研究》以此调首见张先,第 400 页。按:张先此调乃与郑獬唱和,在熙宁二年冬至三年春(1069—1070),两年后郑獬(1022—1070)就去世了,时张先值八十高龄(990—1078),而宋祁(998—1061)此时已去世八、九年了,则此调当以宋祁词为首见。

③ 田玉琪《词调史研究》以此调始见王庭珪,第 458 页。按:王庭珪词题"和张元晖清明",应非创调。

续表

| 序号 | 词调正名 | 词作数量 | 词调体式 | 创调时代/作者 | 备注 |
|---|---|---|---|---|---|
| 32 | 浪淘沙(令) | 187 | A | 唐/李煜 | 与中唐齐言调异;另有柳永等慢词7首 |
| 33 | 阮郎归 | 183 | A | 唐/冯延巳 | 初名《醉桃源》,宋词多名《阮郎归》 |
| 34 | 鹊桥仙 | 183 | A | 宋/欧阳修 | 别名《蕙香囊》等;柳永1首为慢词 |
| 35 | 生查子 | 181 | A | 唐/敦煌词 | 创始于盛唐;多为齐言体,少量杂言体 |
| 36 | 采桑子 | 176 | A | 唐/和凝 | 别名《丑奴儿》等;李清照《添字丑奴儿》等为同调异体;另有吴文英等慢词7首 |
| 37 | 木兰花慢 | 160 | C | 宋/柳永 | 南吕调,101字;调名或无“慢”字 |
| 38 | 诉衷情(令) | 154 | A | 宋/晏殊 | 与唐词异调;康与之等名《诉衷情令》;贺铸等有别名;另有柳永等《诉衷情近》 |
| 39 | 洞仙歌(令) | 150 | B | 唐/孟昶 | 84字等,与敦煌词异调;欧阳修等名《洞仙歌令》,《词谱》属令;另有柳永等慢词 |
| 40 | 一斛珠 | 141 | A | 唐/李煜 | 宋词多名《醉落魄》,别名《怨春风》等 |
| 41 | 摸鱼儿 | 139 | C | 宋/欧阳修 | 别名《买陂塘》《摸鱼子》等,116字 |
| 42 | 青玉案 | 138 | B | 宋/贺铸 | 贺铸别名《横塘路》,67字等 |
| 43 | 忆秦娥 | 135 | A | 唐/李白 | 冯延巳等为异调;别名《秦楼月》等 |
| 44 | 八声甘州 | 126 | C | 宋/柳永 | 盖以旧翻新,仙吕调,97字;别名《甘州》 |
| 45 | 瑞鹤仙 | 120 | C | 宋/黄庭坚 | 隐括《醉翁亭记》,同押“也”字,102字 |
| 46 | 小重山 | 119 | A | 唐/敦煌词 | 敦煌词名《感皇恩》,五代以来改名《小重山》,张先仍用原名;宋另有《感皇恩》 |
| 47 | 齐天乐 | 116 | C | 宋/周邦彦 | 宋教坊大曲有此名;正宫,102字;有方千里等和词;梦窗等宫调同 |
| 48 | 长相思 | 113 | A | 唐/白居易 | 另有柳永等9首为慢词 |
| 49 | 感皇恩2 | 108 | B | 宋/贺铸 | 67字等,与唐词异调 |
| 50 | 醉蓬莱 | 107 | C | 宋/柳永 | 宋教坊新曲,词颂圣祝寿,林钟商,97字 |
| 51 | 导引 | 102 | A | 宋/和岘 | 多为50字体,少量100字体,乃小令加一叠,仍属同调;多为无名氏作 |
| 52 | 霜天晓角 | 101 | A | 宋/林逋 | 别名《霜天晓月》等;史浩《剑舞》大曲唱之,与词调同体 |
| 53 | 渔父 | 100 | A | 唐/张志和 | 别名《渔父词》等,张炎别名《渔歌子》;补入吕岩《渔父词》18首,乃宋人依托 |

续表

| 序号 | 词调正名 | 词作数量 | 词调体式 | 创调时代/作者 | 备注 |
|---|---|---|---|---|---|
| 54 | 眼儿媚 | 91 | A | 宋/阮阅 | 别名《秋波媚》等;多为南宋词① |
| 55 | 喜迁莺(慢) | 89 | C | 宋/蔡挺 | 调名多无"慢"字,张元幹、姜夔加"慢"字,103 字等;另有小令调 20 首 |
| 56 | 定风波 | 87 | B | 唐/敦煌词 | 62 字等;宋另有柳永等《定风波慢》 |
| 57 | 声声慢 | 87 | C | 宋/晁补之 | 初名《胜胜慢》,97 字,贺铸另有别名 |
| 58 | 祝英台近 | 84 | B | 宋/王琪 | 王琪残篇,应早于苏轼②;77 字 |
| 59 | 少年游 | 81 | A | 宋/柳永 | 柳词 10 首,赋本意,盖创调;林钟商,50、51 字;张先词注双调;另有慢词 |
| 60 | 汉宫春 | 78 | C | 宋/张先 | 96 字;《高丽史・乐志》注"慢"③ |
| 61 | 永遇乐 | 76 | C | 宋/柳永 | 歌颂圣世,盖创调,注歇指调,104 字 |
| 62 | 调笑令 | 74 | A | 宋/黄庭坚 | 黄词名《调笑歌》,或名《调笑》,与唐《古调笑》不同,38 字,多为转踏词,用于队舞,诗词递转,同调联唱 |
| 63 | 千秋岁 | 71 | B | 宋/张先 | 仙吕调,72 字;另有《千秋岁引》7 首 |
| 64 | 风入松 | 66 | B | 宋/晏几道 | 74、76 字等;沈瀛入套曲《醉乡曲》 |
| 65 | 一剪梅 | 62 | B | 宋/周邦彦 | 清真词本集不载,宫调不详,赋本意,为创调,58 字;宋词多为 60 字 |
| 66 | 更漏子 | 60 | A | 唐/温庭筠 | 另有杜安世、贺铸 2 首为长调慢词 |
| 67 | 行香子 | 60 | B | 宋/张先 | 宫调不详,66 字;另有无名氏慢词 1 首 |
| 68 | 瑞鹧鸪 | 58 | A | 唐/冯延巳 | 初名《舞春风》;《高丽史・乐志》载队舞《献仙桃》唱此调;另有柳永等词为异调 |
| 69 | 桃源忆故人 | 56 | A | 宋/欧阳修 | 别名《转声虞美人》、《虞美人影》等 |
| 70 | 一落索 | 54 | A | 宋/张先 | 初名《玉联环》,双调,47 字;欧阳修等别名《玉连环》、《洛阳春》等④ |

① 田玉琪《词调史研究》以此调首见李德载,第 454 页。按:阮阅为神宗元丰八年(1085)进士,其词结尾云"也应似旧,盈盈秋水,淡淡春山",乃赋本意,当为创调,应早于李德载;李词非赋本意,盖晚出。

② 田玉琪《词调史研究》以此调始见苏轼,第 423 页。

③ [朝鲜]郑麟趾撰:《高丽史》卷七十一《乐志》二,明景泰二年朝鲜活字本,《四库全书存目丛书》史部第 160 册,济南:齐鲁书社 1996 年版。

④ 田玉琪《词调史研究》以此调始见欧阳修《一落索》,第 405 页。按:欧阳修此调 2 首,另首名《洛阳春》,皆赋闺情。张先此调 3 首,皆名《玉联环》,即连环不绝之意,词赋送别与伤春,合本意;其一有句云"不须都爱洛城春",欧阳修词别名《洛阳春》,或取意于此。姑订此调创始于张先。

续表

| 序号 | 词调正名 | 词作数量 | 词调体式 | 创调时代/作者 | 备注 |
|---|---|---|---|---|---|
| 71 | 唐多令 | 51 | B | 宋/辛弃疾 | 初名《糖多令》,别名《南楼令》,60字 |
| 72 | 风流子 | 50 | C | 宋/秦观 | 110字等,与唐小令异调;别名《内家娇》 |
| 73 | 武陵春 | 47 | A | 宋/张先 | 双调,48字;贺铸别名《花想容》 |
| 74 | 最高楼 | 47 | B | 宋/毛滂 | 82字等;《梅苑》无名氏等词或同时作 |
| 75 | 相见欢 | 45 | A | 唐/薛昭蕴 | 别名《乌夜啼》《西楼子》等 |
| 76 | 忆王孙 | 43 | A | 宋/李重元 | 赋本意,盖创调,31字;谢克家等有作,别名《忆君王》《豆叶黄》《独脚令》等 |
| 77 | 夜行船 | 42 | A | 宋/张先 | 初名《夜厌厌》,赋本意,盖创调,小石调,55字;《词律》混入《雨中花》 |
| 78 | 杏花天 | 42 | A | 宋/朱敦儒 | 赋春景相思,盖创调,54字等;无名氏词乃《念奴娇》;另有曹勋慢词 |
| 79 | 烛影摇红 | 41 | C | 宋/周邦彦 | 据《能改斋漫录》卷十七,乃于《忆故人》小令别撰腔,96字;梦窗词注大石调 |
| 80 | 雨中花(慢) | 39 | C | 宋/张才翁 | 原调无"慢"字,苏轼始名"慢";沈唐词为残篇,或首见;宋另有《雨中花令》 |
| 81 | 望海潮 | 38 | C | 宋/柳永 | 咏杭州风物,为创调,仙吕调,107字 |
| 82 | 画堂春 | 38 | A | 宋/张先 | 赋本意,盖创调,49字;王诜名《画堂春令》;史浩《采莲舞》大曲唱此调 |
| 83 | 醉花阴 | 35 | A | 宋/舒亶 | 合本意,盖创调,52字;别名《醉春风》 |
| 84 | 花心动 | 34 | C | 宋/阮逸女 | 赋本意,盖创调,104字;《高丽史·乐志》无名氏词注"慢" |
| 85 | 恋绣衾 | 34 | A | 宋/朱敦儒 | 赋羁旅,54字,盖作于南宋;余皆南宋词 |
| 86 | 乌夜啼 | 33 | A | 唐/李煜 | 欧阳修名《圣无忧》,贺铸名《乌啼月》 |
| 87 | 御街行 | 33 | B | 宋/柳永 | 无名氏名《御阶行》;76字等 |
| 88 | 惜双双 | 33 | A | 宋/张先 | 中吕宫,54字,别名《惜分飞》《惜芳菲》等;《词律》《词谱》收《惜分飞》 |
| 89 | 多丽 | 33 | C | 宋/聂冠卿 | 别名《绿头鸭》,140字等 |
| 90 | 昭君怨 | 33 | A | 宋/苏轼 | 盖源于琴曲,朱敦儒名《洛妃怨》 |
| 91 | 选冠子 | 33 | C | 宋/张景修 | 李甲改名《过秦楼》,别名《惜余春慢》《苏武慢》等,113字等 |

续表

| 序号 | 词调正名 | 词作数量 | 词调体式 | 创调时代/作者 | 备注 |
| --- | --- | --- | --- | --- | --- |
| 92 | 兰陵王 | 33 | C | 宋/周邦彦 | 盖笛曲,越调,三叠 130 字;有和词 |
| 93 | 苏幕遮 | 32 | B | 唐/敦煌词 | 首见盛唐,62 字;无名氏名《鬓云松令》 |
| 94 | 桂枝香 | 31 | C | 宋/王安石 | 《高丽史·乐志》无名氏词注“慢”,101 字 |
| 95 | 解连环 | 31 | C | 宋/周邦彦 | 赋恋情,盖创调,商调,106 字;《梅苑》无名氏名《望梅》,北宋作,应晚于周词 |
| 96 | 天仙子 | 29 | B | 唐/敦煌词 | 盖创始于中唐之际,双片 68 字;另有皇甫松等 34 字单片体;宋词皆双叠体 |
| 97 | 促拍满路花 | 29 | B | 宋/柳永 | 仙吕调,83 字等;欧阳修等名《满路花》,别名《满园花》《雨中花》等 |
| 98 | 高阳台 | 29 | C | 宋/王观 | 赋春愁,盖创调,100 字等,别名《庆春泽》;《词谱》以刘镇词为正体,注为慢词 |
| 99 | 春光好 | 28 | A | 唐/欧阳炯 | 41 字等,别名《愁倚阑令》《愁倚阑》等 |
| 100 | 玉蝴蝶(慢) | 28 | C | 宋/柳永 | 柳词 5 首,仙吕调,99 字;梦窗词注夷则商;调名或加“慢”,《词谱》作慢词 |
| 101 | 夜游宫 | 27 | A | 宋/秦观 | 57 字,贺铸别名《念彩云》《新念别》 |
| 102 | 琐窗寒 | 27 | C | 宋/周邦彦 | 初名《锁窗寒》,别名《月下笛》等;越调,99 字;《词谱》另列《月下笛》为一调 |
| 103 | 河传 | 26 | A | 唐/温庭筠 | 唐词皆小令;宋词部分 60 字等;别名《怨王孙》等;史浩《采莲舞》大曲唱此调 |
| 104 | 燕归梁 | 26 | A | 宋/晏殊 | 赋本意,盖创调;51 字等 |
| 105 | 六州歌头 | 26 | C | 宋/刘潜 | 盖大曲摘遍,143 字等,通押,句短声切;李冠 2 首,其一与刘潜互见 |
| 106 | 万年欢 | 26 | C | 宋/王安礼 | 盖大曲摘遍,98、100 字等;另有《高丽史·乐志》无名氏 4 首,盖曲破 |
| 107 | 忆旧游 | 26 | C | 宋/周邦彦 | 盖创调,注越调,102 字;赵以夫名“慢” |
| 108 | 二郎神 | 25 | C | 宋/柳永 | 盖用唐教坊曲名,注林钟商,104 字;徐伸等名《转调二郎神》,为同调 |
| 109 | 步蟾宫 | 24 | A | 宋/黄庭坚 | 别名《折丹桂》等,陆凝之《夜游宫》、魏了翁《玉楼春》实此调;以 58 字为主,山谷及韩淲 2 首 59 字,乃加衬字 |

续表

| 序号 | 词调正名 | 词作数量 | 词调体式 | 创调时代/作者 | 备注 |
|---|---|---|---|---|---|
| 110 | 宴清都 | 23 | C | 宋/周邦彦 | 中吕宫,102字;有方千里等和词;梦窗词注中吕调;程垓名《四代好》 |
| 111 | 探春令 | 23 | A | 宋/赵佶 | 赋本意,盖创调,51字;多为南宋词 |
| 112 | 酒泉子 | 22 | A | 唐/敦煌词 | 盖创始于盛唐;宋词为同调,49、45字 |
| 113 | 应天长(慢) | 22 | C | 宋/柳永 | 原名无“慢”字,与唐小令异调,林钟商,93字;《词谱》注为慢词;宋另有小令 |
| 114 | 殢人娇 | 22 | B | 宋/柳永 | 赋本意,盖创调;林钟商,67字等 |
| 115 | 江城梅花引 | 22 | B | 宋/王观 | 咏江梅,为创调;别名《江梅引》《梅花引》《明月引》等,85字 |
| 116 | 扫花游 | 22 | C | 宋/周邦彦 | 赋本意,盖创调,双调,95字;原名《扫地花》,一名《扫地游》,多名《扫花游》 |
| 117 | 捣练子 | 21 | A | 唐/敦煌词 | 盖首见中晚唐,单片27字,双叠54字;宋词皆单片;另有无名氏等作为异调 |
| 118 | 破阵子 | 21 | B | 唐/敦煌词 | 盖创始于盛唐;61、62字 |
| 119 | 十二时1 | 21 | C | 宋/和岘 | 军乐鼓吹曲,125字等;多为无名氏作,其中2首62字,乃长调一半;另有异调数种 |
| 120 | 迎春乐 | 21 | A | 宋/无名氏 | 载《高丽史·乐志》,赋早春,属本意,应为创调,52字,盖北宋初或前期词①;柳永、张先、欧阳修等作多赋相思恋情,唯晏殊词合本意 |
| 121 | 雨中花(令) | 21 | A | 宋/晏殊 | 原调无“令”,张先等加“令”字②;51字等;赵长卿等《夜行船》即此调;周紫芝乃裁截慢词平韵词,另翻新调 |
| 122 | 一丛花 | 21 | B | 宋/张先 | 南吕宫,78字;原名有“令”,宋词多省称 |
| 123 | 天香 | 21 | C | 宋/王观 | 别名《伴云来》等,宋末甚流行,96字 |
| 124 | 疏影 | 21 | C | 宋/姜夔 | 自度曲,仙吕宫,咏梅,110字;张炎咏荷,别名《绿意》;彭元逊名《解珮环》 |

---

① 《词谱》卷九收此调,首列柳永词,注谓“此体始于晏词,因晏词换头八字,宋人无照此填者”,因取柳词作谱。第157页。然柳永、张先、欧阳修等所作,多赋相思恋情,皆与本意不合。《高丽史·乐志》所载无名氏此调注“令”字,开篇即写“神州丽景春先到,看看是、韶光早”,正赋本意,当为创调始词。原书所载《迎春乐令》之后,又有《浪淘沙令》、《御街行令》,皆可考为柳永所作。据此,这首无名氏《迎春乐令》当为宋初人或柳永同时代人所作,亦可能为柳永等人佚词。晏殊词虽亦赋本意,盖晚于无名氏词。

② 田玉琪《词调史研究》以此调始见张先,第399页。按:张先《雨中花令》乃赠妓词,似非创始。晏殊此调咏采莲,合本意,盖为创始。《词谱》卷九收此调,亦以晏殊词为始见,第154页。

**续表**

| 序号 | 词调正名 | 词作数量 | 词调体式 | 创　调时代/作者 | 备　　注 |
|---|---|---|---|---|---|
| 125 | 杨柳枝 | 20 | A | 唐/刘禹锡 | 唐词多为28字齐言体,亦有添字杂言体;宋词皆40字杂言体,别名《贺圣朝影》《艳声歌》等;《词谱》名《添声杨柳枝》 |
| 126 | 喜迁莺(令) | 20 | A | 唐/韦庄 | 别名《鹤冲天》;张元幹等加“令”字;宋另有《鹤冲天》新调 |
| 127 | 玉楼春 | 20 | A | 唐/顾夐 | 宋词与《木兰花》多混同,兹甄别为二调 |
| 128 | 法曲献仙音 | 20 | C | 宋/柳永 | 别名《法曲第二》《献仙音》等,91、92字等;另有曹勋《法曲》大曲词11首 |
| 129 | 琴调相思引 | 20 | A | 宋/周邦彦 | 本集不载,与贺铸词为异调;别名《相思引》《玉交枝》《长相思》等;46、49字 |
| 130 | 隔浦莲 | 20 | B | 宋/周邦彦 | 大石调,73字;陆游等名“近”“近拍” |
| 131 | 绛都春 | 20 | C | 宋/丁仙现 | 赋本意,为创调;100、98字 |
| 132 | 真珠帘 | 20 | C | 宋/无名氏 | 郑元佐注《断肠诗集》引“古词”,残二句,赋闺情,合本意,盖北宋作;另有陆游等作101字 |
| 133 | 太常引 | 20 | A | 宋/无名氏 | 载《梅苑》,50字,北宋作,余皆南宋词① |
| 134 | 六幺令 | 19 | C | 宋/柳永 | 盖源于大曲,仙吕调,94字 |
| 135 | 宝鼎现 | 19 | C | 宋/刘弇 | 别名《三段子》,三片157、158字;《梅苑》无名氏词亦北宋作 |
| 136 | 玉漏迟 | 19 | C | 宋/韩嘉彦 | 94字,多为南宋作,梦窗注夷则商 |
| 137 | 六州1 | 18 | C | 宋/和岘 | 军乐鼓吹曲,129字等;多无名氏作,其中61字2首,乃长调之一段 |
| 138 | 清商怨 | 18 | A | 宋/欧阳修 | 赋本意,盖创调,43字;别名《伤情怨》《关河令》等 |
| 139 | 新荷叶 | 18 | B | 宋/赵抃 | 原名《折新荷引》,多省“引”,82字 |
| 140 | 庆清朝慢 | 18 | C | 宋/王观 | 题“踏青”,盖创调;97字,调名多省“慢” |
| 141 | 哨遍 | 18 | C | 宋/苏轼 | 盖源于琴曲或大曲;苏词2首,203、202字,平仄不拘,通叶;另有辛词等 |
| 142 | 渡江云 | 18 | C | 宋/周邦彦 | 小石调,别名“三犯”,盖犯调曲,100字 |

① 田玉琪《词调史研究》以此调始见丘崈,第491页。按:丘崈(1135—1209)为南宋中前期词人,《梅苑》无名氏乃北宋人,则此调自当以北宋无名氏为创始。

续表

| 序号 | 词调正名 | 词作数量 | 词调体式 | 创调时代/作者 | 备注 |
|---|---|---|---|---|---|
| 143 | 婆罗门引 | 18 | B | 宋/曹组 | 与《婆罗门令》异,76字;《梅苑》无名氏词亦北宋作,姑订首见曹组;余多南宋词 |
| 144 | 秋蕊香 | 17 | A | 宋/晏殊 | 或源于大曲,48字;另有引、慢 |
| 145 | 品令2 | 17 | B | 宋/黄庭坚 | 66字等,与欧阳修、周邦彦等作不同 |
| 146 | 一萼红 | 17 | C | 宋/无名氏 | 《花草粹编》卷十二引《雅词》,赋本意,108字,盖北宋作;另有姜夔等16首① |
| 147 | 归朝欢 | 16 | C | 宋/柳永 | 赋恋情,非本意,104字;别名《归朝歌》 |
| 148 | 金人捧露盘(引) | 16 | B | 宋/贺铸 | 名《天宁乐》《凌歊引》,注正名《铜人捧露盘引》,81、79字;曾觌等多名《金人捧露盘》,别名《上西平》《上平西》,多南宋作;另有晁端礼慢词 |
| 149 | 庆春宫 | 16 | C | 宋/周邦彦 | 越调,102字;别名《庆宫春》;有和词 |
| 150 | 凤凰台上忆吹箫 | 16 | C | 宋/无名氏 | 载《高丽史·乐志》,名《忆吹箫》,注"慢",96字,北宋作;多名《凤凰台上忆吹箫》② |
| 151 | 贺圣朝 | 15 | A | 唐/冯延巳 | 张先注双调,47字等;另有无名氏慢词等 |
| 152 | 西河 | 15 | C | 宋/周邦彦 | 盖源于唐教坊曲,大石调,三叠105、104字;有和词;梦窗词注小石调 |
| 153 | 大酺 | 15 | C | 宋/周邦彦 | 盖源于唐教坊曲;越调,133字;有和词 |
| 154 | 东风第一枝 | 15 | C | 宋/无名氏 | 载《梅苑》卷三,为创调,100字,北宋作;余多南宋词 |
| 155 | 莺啼序 | 15 | C | 金/王喆 | 赋本意,盖创调;四叠,240字;南宋后期高似孙、吴文英等有作,盖自金传入南方③ |

① 《词谱》卷三十五收此调,注云:"此调有平韵、仄韵两体,平韵者,见姜夔词;仄韵者,见《乐府雅词》,因词有'未教一萼,红开鲜蕊'句,取以为名。"首列姜夔词,为平韵之正体,以《乐府雅词》无名氏词为"又一体",注云:"此调押仄声韵者,只有此词,见《雅词拾遗》,系北宋人作,与姜词押平韵者不同,采入以备一体。"无名氏词载《花草粹编》卷十二,注出《雅词》,然今本《乐府雅词》未载此词,或为散佚之作,《词谱》据以考订为北宋人作,不为无据。盖姜夔于无名氏词后改押平韵,又于局部摊破句法而已,与其作平韵《满江红》类似,当仍属同调异体。

② 田玉琪《词调史研究》以此调始见晁补之,第439页。按:晁词题"自金乡之济至羊山迎次膺",乃后期所作,非赋本意,应非创调。无名氏词咏离别相思,合本意,应为创始之作,早于晁词。

③ 《莺啼序》一调,于南宋后期词坛始有创作,或以《阳春白雪》所收高似孙词为首见,或以吴文英为创始;兹订金王喆(王重阳)为创调,高似孙或为南宋最早依此调填词者。参见左洪涛《〈莺啼序〉词调新考》,载《中国韵文学刊》2005年第4期;另参田玉琪《词调史研究》,第521页。

续表

| 序号 | 词调正名 | 词作数量 | 词调体式 | 创调时代/作者 | 备注 |
|---|---|---|---|---|---|
| 156 | 潇湘神 | 14 | A | 唐/刘禹锡 | 龚大明“山居”4首,原失调名,实即此调;黄公绍10首,题“端午竞渡棹歌”,27字 |
| 157 | 倦寻芳慢 | 14 | C | 宋/王雱 | 赋伤春,盖创调;调名“慢”,宋词多省称;95字等,多南宋作 |
| 158 | 七娘子 | 14 | B | 宋/黄大临 | 《能改斋漫录》载本事,盖创调;60字等;贺铸别名《鸳鸯语》 |
| 159 | 绮罗香 | 14 | C | 宋/无名氏 | 郑元佐注《断肠诗集》引“古词”残句,盖北宋作①;余皆南宋后期词,104字 |
| 160 | 荔枝香 | 13 | B | 宋/柳永 | 本唐教坊曲,盖以旧翻新,76字等;周邦彦等名《荔枝香近》 |
| 161 | 于飞乐 | 13 | B | 宋/张先 | 高平调,73字,调名有“令”,宋词多省称 |
| 162 | 人月圆 | 13 | A | 宋/王诜 | 赋本意,盖创调;48字;调名或加“令” |
| 163 | 摊破南乡子 | 13 | B | 宋/黄庭坚 | 黄词名《转调丑奴儿》,别名《丑奴儿》《摊破丑奴儿》《促拍丑奴儿》等;唯程垓名《摊破南乡子》,62字,兹订为正名② |
| 164 | 意难忘 | 13 | C | 宋/周邦彦 | 赋本意,盖创调,中吕宫,92字;有和词 |
| 165 | 玲珑四犯 | 13 | C | 宋/周邦彦 | 犯调曲,赋恋情,盖创调,大石调,98字;姜夔等2首为同名异调 |
| 166 | 暗香 | 13 | C | 宋/姜夔 | 自度曲,仙吕宫,咏梅,97字;别名《红情》 |
| 167 | 探芳信 | 13 | B | 宋/杨炎正 | 初名《玉人歌》,多名《探芳信》,别名《探芳新》《探芳讯》,88、89字等,皆南宋作③ |

① 田玉琪《词调史研究》以此调始见史达祖,第502页。按:史达祖词咏春雨,非赋本意,似非创调。无名氏词载郑元佐注《断肠诗集》卷五,称引为“古词”,残存二句云“酒醒后、一枕清风,梦断处、半窗残月”,盖咏闺情,合本意,应为北宋作或南宋初期作,早于史达祖等南宋后期词人。

②《词谱》卷十四收《摊破南乡子》,首列程垓词,注云:“此词前后段一、二、三句,近《南乡子》,与《丑奴儿》无涉。自宋黄庭坚集误刻《丑奴儿》,元好问仿其体,加以‘促拍’二字,《词律》相沿,遂编入《丑奴儿》体。今照《乐府雅词》改定。此调以此词为正体,宋元人俱如此。”以赵长卿词为“又一体”。第245页。兹据《词谱》,以《摊破南乡子》为正名,包括黄庭坚《转调丑奴儿》、《丑奴儿》,曾乾曜《丑奴儿》,向滈、赵长卿《摊破丑奴儿》,刘辰翁、邓剡《促拍丑奴儿》,赵长卿《似娘儿》,徐去非《锦被堆》,无名氏《庆灵椿》,皆为同调异名。参见王兆鹏、刘尊明主编:《宋词大辞典·词谱》,《摊破南乡子》条,第352—353页。

③ 吴文英《探芳新》,《词谱》二十三作《高平探芳新》,以为梦窗自制高平调曲(第400页)。实则吴文英此词标注林钟羽,即高平羽,仍属羽声,与吴文英《探芳信》5首注夹钟羽同为羽声,且字句韵主体皆同,仅有局部小异,乃摊破句法、句式分合不同所致,当仍属同调异体。

续表

| 序号 | 词调正名 | 词作数量 | 词调体式 | 创调时代/作者 | 备注 |
|---|---|---|---|---|---|
| 168 | 何满子 2 | 12 | B | 唐/和凝 | 唐词单片 37、36 字,又有双叠体;宋词皆 74 字双叠体,多名《河满子》 |
| 169 | 滴滴金 | 12 | A | 宋/李遵勖 | 调名指菊花,50 字等;欧词偶句各减一字 |
| 170 | 两同心 | 12 | B | 宋/柳永 | 赋本意,为创调,大石调,68 字;另有黄庭坚等人词 |
| 171 | 极相思 | 12 | A | 宋/太尉夫人 | 调名有"令",49 字,据《墨客挥犀》,盖作于仁宗时;余多南宋作 |
| 172 | 留春令 | 12 | A | 宋/晏几道 | 赋伤春,盖创调,50 字 |
| 173 | 醉太平 | 12 | A | 宋/米芾 | 38 字,平韵;另有无名氏等 2 首为异调 |
| 174 | 垂丝钓 | 12 | B | 宋/周邦彦 | 商调,67 字;吴文英名"近",多南宋作 |
| 175 | 花犯 | 12 | C | 宋/周邦彦 | 犯调曲,小石词,102 字;有方千里和词;周密名《绣鸾凤花犯》 |
| 176 | 解语花 | 12 | C | 宋/周邦彦 | 高平调,100 字;有和词 |
| 177 | 塞翁吟 | 12 | C | 宋/周邦彦 | 大石调,93 字,余皆南宋作 |
| 178 | 传言玉女 | 12 | B | 宋/晁冲之 | 赋京都上元,74 字;多为南宋词 |
| 179 | 三姝媚 | 12 | C | 宋/史达祖 | 赋相思,盖创调,99 字;梦窗注夷则商 |
| 180 | 新雁过妆楼 | 12 | C | 宋/吴文英 | 赋本意,为创调,99 字;别名《瑶台聚八仙》《八宝妆》,皆南宋作 |
| 181 | 捣练子 1 | 12 | A | 宋/无名氏 | 载《梅苑》卷五,北宋作,早于李石、沈瀛等,38 字,与唐词 27 字等体不同 |
| 182 | 宴春台 | 11 | C | 宋/张先 | 赋本意,盖创调;仙吕宫,98 字;调名有"慢",余皆省称,别名《夏初临》等 |
| 183 | 霜叶飞 | 11 | C | 宋/沈唐 | 赋本意,盖创调,110 字;别名《斗婵娟》 |
| 184 | 梅花引 | 11 | C | 宋/刘均国 | 载《梅苑》,赋本意,为创调,114 字;《梅苑》无名氏 1 首,盖同时作。贺铸 3 首,盖晚出;57 字 3 首,乃用长调之一段 |
| 185 | 石州慢 | 11 | C | 宋/贺铸 | 原名《石州引》,盖源于大曲,102 字;别名《石州词》;张元幹等多名《石州慢》 |
| 186 | 瑞龙吟 | 11 | C | 宋/周邦彦 | 盖笛曲,大石调,三片 133 字;多南宋作 |

**续表**

| 序号 | 词调正名 | 词作数量 | 词调体式 | 创调时代/作者 | 备注 |
|---|---|---|---|---|---|
| 187 | 撷芳词 | 11 | B | 宋/无名氏 | 载《古今词话》,谓政和间从宫中传出,因撷芳园而名调,两结无叠字,54 字;别名《玉珑璁》《钗头凤》《折红英》《惜分钗》等,多于两结加三叠字,60 字 |
| 188 | 东坡引 | 11 | A | 宋/袁去华 | 此调盖为追忆东坡而作;49、58 字等;皆南宋作,多于两结加叠句 |
| 189 | 秋夜雨 | 11 | A | 宋/吴潜 | 吴词 7 首,52 字,序云用“古词”韵,古词已佚;另有蒋捷 4 首,皆南宋作 |
| 190 | 八六子 | 10 | C | 唐/杜牧 | 创始于晚唐,90 字;柳永等有作,91 字至 86 字等,盖慢词 |
| 191 | 锦堂春 | 10 | C | 宋/柳永 | 赋恋情,盖创调,林钟商,101 字等;《词谱》误作《雨中花慢》;程珌词乃《锦帐春》 |
| 192 | 剔银灯 | 10 | B | 宋/柳永 | 仙吕(宫),74 字;另有范仲淹等作 |
| 193 | 品令 1 | 10 | A | 宋/欧阳修 | 50 字等,与黄庭坚、周邦彦等作不同 |
| 194 | 夜合花 | 10 | C | 宋/晁补之 | 赋本意,盖创调,97 字,多南宋作 |
| 195 | 忆少年 | 10 | A | 宋/晁补之 | 孙道绚《少年游》、朱敦儒《十二时》即此调,康与之名“令”,46 字等 |
| 196 | 惜奴娇 | 10 | B | 宋/贺铸 | 72 字等,盖源于大曲;另有大曲曲破词 |
| 197 | 秋霁 | 10 | C | 宋/曾纡 | 赋本意,盖创调,105 字等,余皆南宋词 |
| 198 | 探春慢 | 10 | C | 宋/田为 | 赋本意,盖创调,原无“慢”;余皆南宋作,多名“慢”,102、103 字 |
| 199 | 解佩令 | 10 | B | 宋/无名氏 | 载《高丽史·乐志》,66 字,咏佳人情思,盖创调,北宋作,早于晏几道等① |
| 200 | 霓裳中序第一 | 10 | C | 宋/姜夔 | 为大曲摘遍,注商调,101 字,皆南宋作 |

说明:表中词调名后添加数字,或括注“令”、“引”、“近”、“慢”等字,皆用以区分同名异调;词调体式栏中的字母,A 指小令(58 字以内),B 指中调(59—90 字),C 指长调(91 字以上)。

① 田玉琪《词调史研究》以此调始见晏几道,第 418 页。按:晏词赋宫怨,似非创调;同期张伯端词,赋修炼之术,亦非创始;另有王庭珪等作,已多属南渡及南宋词人。

## 三　宋代一般词调的统计

在宋词所使用的897调中，每调作词在10首以下2首以上的词调共有276调，属于使用频率不高的一般词调。限于篇幅，我们难以像常用词调那样详细列表呈现，姑以用调数量和时代为序，汇列各调调名如下①：

（一）每调作词9首者，共15调：

扑蝴蝶B(唐/无名氏)；尉迟杯C、安公子C、长相思(慢)C(柳永)；好女儿令B(欧阳修)；华胥引B、解蹀躞B、红林檎近B、玉烛新C、夜飞鹊C(周邦彦)；海棠春A、昼锦堂C、金盏子[慢]C(宋/无名氏)；//三登乐B(范成大)；徵招C(姜夔)；

（二）每调作词8首者，共14调：

连理枝B(唐/李白)；渔歌子A(唐/敦煌词)；一寸金C(柳永)；看花回(慢)C(欧阳修)；瑶台第一层C(赵顼)；梦玉人引B(李甲)；侧犯B、氐州第一C、南浦1C(周邦彦)；粉蝶儿B(毛滂)；燕山亭C(赵佶)；采桑子慢B(蔡伸)；早梅芳(近)B(宋/无名氏)；鱼游春水B(唐/无名氏、宋/无名氏)；

（三）每调作词7首者，共24调：

巫山一段云A(唐/李晔)；芳草渡A(唐/冯延巳)；浪淘沙(慢)C、尾犯1C、斗百花B、凤衔杯B、雨霖铃C、夏云峰C、梁州令A(柳永)；相思儿令A、塞垣春C(张先)；千秋岁引B(李冠)；端正好A(杜安世)；忆故人A(王诜)；三部乐C(苏轼)；六丑C、绮寮怨C、芰荷香C(周邦彦)；奉禋歌C、风中柳[令]B(宋/无名氏)；//太清歌A(史浩)；四犯剪梅花C(刘过)；扬州慢C、长亭怨慢C(姜夔)；

（四）每调作词6首者，共23调：

三台A、古调笑A(唐/韦应物)；步虚词A(唐/李德裕)；凤凰阁B(柳永)；离亭宴B(张先)；胡捣练A、望仙门A(晏殊)；踏青游B(王诜)；青门饮C(黄裳)；上林春慢C(晁端礼)；薄幸C、醉春风B(贺铸)；还京乐(慢)C、品令3A、拜星月C、玉团儿A(周邦彦)；沙塞子A(周紫芝)；苍梧谣A(蔡伸)；十月梅C、西地锦

① 按：调名后括注各调之首见和创调词人；“//”用以划分北宋和南宋。其他调名后的数字和字母等，用法皆同“表1-1”。

A、大圣乐 C、孤鸾 C(宋/无名氏);//亭前柳 A(朱雍);

(五) 每调作词 5 首者,共 35 调:

归国遥 2A(唐/冯延巳);望汉月 A①、黄莺儿 C、玉女摇仙佩 C、女冠子 3C、洞仙歌(慢)C、瑞鹧鸪 2B、倾杯乐 1C、忆帝京 C、红窗迥 A(柳永);碧牡丹 B(张先);折红梅 C(吴感);凤箫吟 C(韩缜);引田乐引 B(晏几道);惜黄花 B(许将);瑶池月 C(黄裳);鼓笛令 A(黄庭坚);金盏倒垂莲 C(晁端礼);无闷 C(丁注);金明池 C(刘弇);丹凤吟 C、西平乐 2C、蕙兰芳引 B、丁香结 C、倒犯 C、绕佛阁 C(周邦彦);惜黄花慢 C(田为);折丹桂 A(王之道);惜馀妍 C(曹邍)②;侍香金童 B、月上海棠 B、金菊对芙蓉 C(宋/无名氏);//国香 C(曹勋);柘枝令 A(史浩);金蕉叶 2A(袁去华);

(六) 每调作词 4 首者,共 41 调:

月宫春 A(唐/毛文锡);偷声木兰花 A、朝天子 A(唐/冯延巳)③;越江吟 A(苏易简);甘草子 A(寇准);昼夜乐 C、鹤冲天 B、菊花新 A、尾犯 2C、柳初新 B、引驾行 C、望远行(慢)C、击梧桐 C、长寿乐 C、迷神引 B(柳永);合宫歌 C(赵祯)、蜡梅香 C(吴师孟);声声令 B(章楶)、花发沁园春 C(王诜);望远行 2B、下水船 B(黄庭坚);茶瓶儿 A(李元膺);四园竹 B(周邦彦);千年调 B(曹组);醉思仙 B、握金钗 B(吕渭老);双雁儿 A(朱敦复);聒龙谣 C(朱敦儒);降仙台 C、六州 3C、月华清[慢]C(宋/无名氏);//曲江秋 C(扬无咎);秋蕊香(慢)C(曹勋);曲游春 C(康与之);宜男草 A(范成大);锦帐春 A(丘崈);惜红衣 C、凄凉犯 C(姜夔);龙山会 C(赵以夫);瑶华 C(吴文英);一枝春 C(杨缵);

(七) 每调作词 3 首者,共 42 调:

卜算子慢 B(唐/钟辐);后庭花 A(唐/毛熙震);忆秦娥 1A(唐/冯延巳);雪

---

① 田玉琪《词调史研究》以此调始见李遵勗,第 369 页。按:李遵勗词咏菊,非赋本意;另有晏殊、欧阳修等作,赋春咏花,似皆非创调。柳永词咏月兼赋离别相思,首句三叠“明月”,结句云“千里清光又依旧,奈夜永、厌厌人绝”,正合本意,当为创调始词,或用唐教坊曲《忆汉月》旧名而另翻新声。

②《词谱》卷二十二收《露华》一调,注云有仄韵、平韵二体,周密词用平韵,调名《露华慢》;以王沂孙二词制谱,为仄韵体;以周密词参校,而不及曹邍词。第 390—391 页。田玉琪《词调史研究》以此调始见周密,第 511 页。按:此调当以曹邍词为创始,周密词题“次张岫云韵”,盖非创调。

③ 冯延巳词原名《上行杯》,与韦庄等作甚异,宋张先等名《偷声木兰花》,即同冯词体调;又冯词原名《思越人》,与唐词同名之调相异,宋词《朝天子》即同其调,贺铸等别名《天门谣》。

梅香C(宋/无名氏)①、笛家弄C、金蕉叶1B、采莲令C、西平乐1C、诉衷情近B、十二时(慢)C、倾杯乐5C、合欢带C、过涧歇近B、竹马子C、红窗听A、透碧霄C(柳永);庆金枝A、恨春迟A、喜朝天C、青门引A(张先);盐角儿A(欧阳修);虞神歌C(范祖禹);遍地花A(晁端礼);安平乐(慢)C(刘弇);金凤钩A(贺铸);凤来朝A(周邦彦);春从天上来C(张继先);锦缠道B(江衍);别瑶姬慢B(万俟咏);明月逐人来B(李持正);飞雪满群山C(蔡伸);百宜娇C(吕渭老);桂华明A(关注);双头莲2C、踏歌B、与团圆A(宋/无名氏);//月上海棠慢C(曹勋);转调踏莎行B(曾觌);红窗怨A(王质);八归C、淡黄柳B(姜夔);城头月A(马天骥);

(八)每调作词2首者,共82调:

抛球乐2A(唐/敦煌词);应天长(令)A(唐/韦庄);拨棹子B(唐/尹鹗);阳关引B(寇准);满朝欢C、定风波(慢)C、慢卷绌C、佳人醉B、破阵乐C、留客住C、凤归云2C、驻马听C、戚氏C、小镇西B、塞孤C(柳永);少年游慢B、谢池春慢C、剪牡丹C、劝金船C(张先);撼庭秋A、山亭柳B(晏殊);惜芳时A(欧阳修);更漏子(慢)C、杜韦娘C(杜安世);映山红慢C(元绛);望梅花2B(蒲宗孟);忆闷令A(晏几道);撼庭竹B、落梅慢C(王诜)②;翻香令A(苏轼);十二时2C(范祖禹);归田乐令A(黄庭坚);黄鹂绕碧树C、脱银袍B、黄河清C、舜韶新C、吴音子(慢)C、寿星明C(晁端礼);怨三三A、簇水近B(贺铸);楚宫春慢C、柳垂金A(仲殊);红罗袄A、芳草渡(慢)C、大有C、浣溪沙慢C、青房并蒂莲C(周邦彦);上林春令A(毛滂);八宝妆C(刘焘);向湖边C(江纬);忆瑶姬C(曹组);卓牌儿(慢)C、快活年近拍B(万俟咏);江神子慢C(田为);春晓曲A(朱敦儒);远朝归C(赵耆孙);恨来迟A(王灼);西江月慢C、百宝妆C、泛兰舟B、玉楼人A、寻梅B、五彩结同心C、潇湘静C、夏日宴黉堂C、醉太平1A、爱月夜眠迟[慢]C、惜花春起早[慢]C(宋/无名氏);//彩鸾归令A(张元幹);阳春C、玉抱肚C(扬

① 此调宋词仅3首,柳永1首、无名氏2首。《词谱》卷二十三收此调,以柳词为正体,以无名氏词为"又一体",第405页。田玉琪《词调史研究》亦以此调始见柳永,第370页。然柳词赋羁旅相思,非合本意,难为创调。无名氏词2首并载《梅苑》卷四,皆赋调名本意,应为创调始词,盖为宋初或与柳永同时代人所作;且无名氏"冻云深"一词,与柳永词用韵完全相同,向以为乃无名氏次韵柳词,实则当为柳永追和次韵无名氏词。

② 王诜词原名《落梅风》,107字;《梅苑》无名氏词名《落梅慢》,与王诜词为同调;《梅苑》另载无名氏《落梅风》,46字,乃小令,为孤调。为便于区分,兹订《落梅慢》为长调《落梅风》词之正名。

无咎)；雪狮儿 C(程垓)；伊州三台 A(赵师侠)；冉冉云 B(卢炳)；清波引 B、玲珑四犯 1C、角招 C(姜夔)；双双燕 C、步月 C(史达祖)；西子妆慢 C(吴文英)；梅子黄时雨 C(张矩)；湘灵瑟 A(宋/无名氏)。

此外，宋代仅见一人作词单首或数首的词调，共 408 调，历代多称为孤调或僻调，我们皆归之为孤僻之调；至于宋代创作的大曲或队舞等歌舞曲中所用曲调，凡可考订为采用词调或新创词调者，已皆计入宋代词调的统计数据，另有与词调不同的大曲、曲破及套曲之调，共 13 调，亦皆为孤调。限于篇幅，兹不一一列举，留待下文定量分析时再做说明与描述。

## 第二节　宋代词坛用调创调的定量分析

在对宋代词坛用调创调的总数据和各项具体数据进行检索、考订和统计之后，我们接下来要做的工作便是对这些统计数据进行定量分析，以观照和体认宋词在用调创调上所表现出的历史风貌、创作成就及其词史意义。

### 一　宋词用调创调的总体风貌与成就

宋代词调或唐宋词调究竟有多少数量，过去我们并无确切的统计数据，多半是依据明清人所编“词律”、“词谱”一类著作，大致知道约有 800 多调。清康熙二十六年(1687)，万树以一人之力编撰《词律》二十卷，共收词调 660 调[①]；晚清时徐本立编《词律拾遗》八卷，补调 165 个，又杜文澜编《词律补遗》一卷，补调 50 个[②]；康熙五十四年(1715)，王奕清等奉命编撰《钦定词谱》四十卷，共收词调 820 调[③]。《词律》《词谱》所收词调虽主要以唐宋词为采录范围，但也间收元人小令，还收录了一些存在争议的词调，部分词调的考订也有失误，因此实际可信的唐宋词调也不过 800 余调。

由于二十世纪初敦煌曲子词的发掘整理，以及《全宋词》、《全唐五代词》等断代词总集的编纂出版，我们今天对唐宋词调的收集、整理和考订，也就有了清

① 万树：《词律》，上海：上海古籍出版社 1984 年版，影印本。
② 徐本立：《词律拾遗》，杜文澜：《词律补遗》，与《词律》合刻本。
③ 王奕清等：《钦定词谱》(简称《词谱》)，北京：中国书店出版社 2010 年版，影印本。

人所不能比拟的文献基础和优越条件。从我们的考订与统计数据来看，唐五代词坛所用词调（正名）共计163调（参见第一章），宋代词坛所用词调（正名）共计897调；唐宋词坛所用词调总数相加，已达1060调；除去宋代词坛沿用唐五代创调的75个词调①，唐宋词坛所用词调总数也仍然还有985调之多；如果考虑到唐宋词中还有数百首失调名之作，以及唐宋文献中尚有一些作品是否属于词作和词调还有待进一步甄别与考辨等因素，则我们完全有依据推断，唐宋词坛实际所用词调的数量当在一千调以上。即使就目前我们所考订统计的985调而论，已超出清人所编《词律》《词谱》达一百余调，充分显示了唐宋词坛用调创调的辉煌成就。

有关唐五代词调、宋代词调以及唐宋词调总数据的获得，不仅有力地彰显了唐宋词史发展演变的历史进程，而且也使我们对宋词的繁荣气象和创作成就获得了一个新视角的体认。从统计数据可见，宋词所用词调的总数为897调，比唐五代词所用词调总数163调，翻了约5.5倍；换言之，在唐宋词坛所用约一千个词调中，宋代词调占了约五分之四强的高比例，而唐五代词调只占了约五分之一弱的小比例。在宋代所用897个词调中，除去沿用唐五代词的75个旧词调之外，为宋代首见和创始的新词调则达822调之多；换言之，宋代词坛所用的897个词调中，继承旧词调只占了约8.36%的较小比例，而创用新词调却占了约91.63%的极大比例。唐五代词史的初期性质和宋代词坛的繁盛局面，于所用词调总数的对比中即可获得确切的体现。不仅如此，我们所获得的这个宋代词调以及唐宋词调的总数据，还可以进一步弥补清人所编《词律》《词谱》的缺陷与不足。我们完全可以在此基础上，编纂出一部数量更庞大、体式更精确的唐宋词谱来。因此，有关宋代词调的统计与考订，无论是对于唐宋词调词谱的重新整理与研究，还是对于唐宋词史研究的进一步深入与拓展，应该都是具有不容忽视的理论意义与实践价值的。

为了从用调创调的视角来观照宋代词调发展和词史演进的轨迹，我们在全面细致地考订和统计宋代词调的基础上，还专门制作了“表2-1”，即“宋词用调分期分类总统计表”。从用调数量和调次数据来看，宋代词坛的用调轨迹大致

① 另有《扑蝴蝶》、《鱼游春水》2调，唐无名氏与宋无名氏互见，《全唐五代词》与《全宋词》两收，这里暂不计入宋词采用唐五代词调的数据之中。

呈现为一个倒"U"形状，从北宋初期的岑寂冷落到北宋承平时代的突飞猛进，经由北宋变革时代至南渡动乱时代再到南宋中兴时代，一步步达至繁荣鼎盛的高峰，之后在南宋苟安时代至亡国易代之际，又逐渐滑落下来。至于宋代词坛的创调轨迹，虽然大致与用调轨迹相近，亦略呈倒"U"形状，但是区别也是非常明显的，那就是宋词创调的高峰主要出现在北宋承平时代和变革时代，从南渡至南宋便一步步走向平缓与低落。

在"宋词用调分期分类总统计表"中，我们对宋词用调的体式也进行了分类和分期的考订与统计。可以看出，从北宋初期一直到南宋中兴时代，小令短调的用调数量和调次都要超出于中调和长调；但是在南宋的最后两个时期，却呈现出长调超出于小令和中调的发展态势。如"南宋5"（苟安时代），小令、中调、长调的用调数量分别为：616调、215调、849调；又如"南宋6"（亡国前后），小令、中调、长调的用调数量分别为：388调、180调、683调。可见，这两个时期宋词用调在体式上都显现出长调远远超出小令和中调的创作现象。如果单看三类词调体式在各个时期的运用数量，虽然小令、中调也呈现出逐期增多的趋势，但都以南宋中兴时期为最高峰值，后两个时期的用调数量则跌落下来；唯独长调的用调数量不仅逐期递增的表现特别突出，而且其最高峰值出现在南宋苟安时代，即使是在亡国易代之际略有跌落，也仍然超出于南宋中兴时代之前的各个时期的用调数量，反映了宋代长调慢词发展演进的强劲后力。另外，据我们对宋词所用897调的词体的分类统计，除大曲等调13调和体式不详6调之外，小令调约占279调，中调约占194调，长调约占405调，可见长调的数量已超出小令和中调甚多；如果将中调里的一部分慢词也计入进来，则宋词长调慢词的总数量，几乎是小令和中调之和了，差不多占到宋词用调总数约一半稍弱的比例，长调慢词在宋代的繁盛景象也得到了有力的凸显。

我们还注意到，在宋代创用的822个新调中，虽然有408调成为昙花一现的孤调，值得我们去做进一步的考察和探讨，但是414调得到采用和流行，也仍然显示了宋词创调的价值和意义。至于宋代无名氏词共用306调，其中创用新调120调，对宋词用调创调所做出的贡献，也格外引人注目！

## 二　宋词"十大金曲"的定位与评估

我们的统计数据显示，依据被创作的歌词数量来排列，宋词使用频率最高的词调，取其前10名依次为:《浣溪沙》、《水调歌头》、《鹧鸪天》、《念奴娇》、《菩萨蛮》、《满江红》、《蝶恋花》、《西江月》、《临江仙》、《沁园春》。这10个词调每个词调都有多达数百首的歌词产生，其中作品数量最少的《沁园春》一调，也有444首歌词的创作，而《浣溪沙》一调则以847首词作数量而高居宋代词调排行榜的首位。这10个词调堪称宋代词调的“十大金曲”！宋代词坛以“十大金曲”创作的歌词作品共计6028首，占宋词作品总数(21251)的比例达28.36%①，几近三分之一，平均每调作词达602.8首，其创作成就之高、历史贡献之大，自是其他词调所无法比拟的，其于宋代词调演进之意义、与宋代词史繁荣之关系，亦不言而喻。

在宋词“十大金曲”中，我们发现，小令与长调的比例、继承与创新的关系，大致呈现出比较均衡的态势，也显现了对立统一的规律。其中《浣溪沙》、《鹧鸪天》、《菩萨蛮》、《西江月》4调，词作皆在58字以内，属于小令的体式;《蝶恋花》1调，词作大多为60字体(仅史浩《花舞》大曲所唱《蝶恋花》11首为小令单片30字体)，则属于中调的范围;《临江仙》1调，词作主要有58字与60字两种体式，则属于小令与中调兼体的类型。实际上，这6调皆可归入与长调慢词相对应的“令曲”“令词”的范围。《水调歌头》、《念奴娇》、《满江红》、《沁园春》4调，则皆属于长调慢词的范畴。总起来看，在宋词“十大金曲”中，属于小令体式的词调略多于长调，这种情形也大致符合宋代词调运用与分布的整体情形，反映了小令短小轻便的体式在创作和传播等方面比之长调慢词略具优势的特征。在宋词“十大金曲”中，有5调皆来源于唐五代词调，这就是《浣溪沙》、《菩萨蛮》、《蝶恋花》、《西江月》、《临江仙》。这5调在唐五代词坛上也属于常用词调，其中《浣溪沙》、《菩萨蛮》、《临江仙》3调，则分别排列于“唐五代十大金曲”的第2、3、6位，《蝶恋花》(唐五代词调多题名为《鹊踏枝》)和《西江月》2调的排名虽相对靠后一些，但也分别位于唐五代词调排行榜的第20名和第47名，仍属于唐五代常用词调之列(参见第一章)。这5调皆属小令体，它们能在宋代词坛上跻身“十大金曲”之列，一方面反映了这5个小令词调所具有的穿越历史时空的音乐魅力与体式特色，另一方面也从音乐与词调的继承层面反映了宋词的繁荣鼎盛与唐

① 笔者对宋词作品总数的统计，吸收了几种增订注释本《全宋词》的相关成果，也从《全唐五代词》副编中补入了少量宋人依托唐五代人物鬼仙词等，但搜集未尽，可能尚有遗漏。

五代词的发展铺垫之间的密切关系。尤其值得我们注意的是，在宋词“十大金曲”中，虽然《菩萨蛮》、《临江仙》2调的排名比在“唐五代十大金曲”中略有降低（分别由第3、第6位降至第5、第9位），而《浣溪沙》1调却上升到排名第1位，《蝶恋花》、《西江月》2调更是上升到排名第7、第8位，反映了这3个小令词调在宋代词坛比之在唐五代词坛更趋流行的演变特征，也体现了宋代词人在小令体式的运用方面所付出的努力和取得的成就。在继承唐五代词调的基础上，宋代词人也做出了进一步的开拓创新，《鹧鸪天》这个小令词调以及《水调歌头》等4支长调，便是“十大金曲”中为宋人所创始和首用的新词调。可以看出，在创制和运用新调方面，宋代词人更多地偏向于长调慢词，这也是宋代词调在创新方面所取得的主要成就所在。

## 三　宋代词坛常用词调的分布与贡献

我们可以从整体上将宋代词坛所用897个词调（正名）按作品数量的分布划分为三大类型，即“常用词调”、“一般词调”和“孤僻词调”。我们姑且取每调作词数量在10首以上、且每调至少有两位以上词人创作的词调为“常用词调”，如第一节“表2-2”所示，共计200调；以每调作词在10首以下2首以上，且每调至少有二位以上词人创作的词调为“一般词调”，如第一节第三小节所列，共计276调；以仅见一人作词单首或数首的词调为“孤僻词调”，共计408调，另有大曲、曲破、套曲等调13调，亦为孤调，共计421调。

对宋代词坛所用200个常用词调，我们还可以进一步细分为三个层级。第一层级，即上文所述“十大金曲”，每调作词数量皆达数百首之多，它们堪称宋代词坛最流行最顶级的“金曲”词调；第二层级，即作词在100首以上的词调，共计43调，即“表2-2”所列序号11至序号53的词调，我们姑且称之为“高频词调”；第三层级，即存词在100首以下10首以上的词调，共计147调，即“表2-2”所列序号54以下的词调，我们姑且称之为“中频词调”。

我们对宋代词调的数量分布所做的三大类型的划分，以及对宋代常用词调所分的三个层级，也许并不特别科学与严密，这样做只是为了便于比较、归纳和分析。我们发现了一个突出而有趣的现象，即宋代常用词调的总数只有200调，仅占宋词用调总数（897）22.29%的比例，远远赶不上“一般词调”（276）和

“孤僻词调”(421)数量之大(697)及其所占宋词用调总数比例之高(77.7%);但是,宋代词人却用这 200 个常用词调,创作出 18988 首词作,占宋词作品总数的比例高达 89.35%,平均每调作词多达 94.94 首。换言之,在今存 21000 余首宋词作品中(总计约 21251 首),接近 90%的作品都是用以上 200 个常用词调来创作的,其余的作品只有 2263 首,除去“失调名”之作 382 首,剩下 1881 首才是用其他 697 个“一般词调”和“孤僻词调”来创作的。因此,我们对宋词创作成就的评估,或者说对宋词繁荣气象的体认,在很大程度上都与这些常用词调有关。我们甚至可以说,宋词绝大多数的名篇佳作都是由这些常用词调创作出来的,宋词的主要创作成就和艺术风貌也体现在由这些常用词调创作的作品中。

我们还发现,宋代词调词体的丰富与完备,在以上常用词调中也得到了充分证明。从“十大金曲”来看,长调慢词只占了 4 调的比例,而小令则占了 6 调的相对优势。但从 200 个常用词调的整体情形来看,小令占 79 调,中调占 42 调,长调占 79 调,不仅长调数量与小令数量完全相等,而且还显现出中、长调超过并压倒小令的发展态势;如果计入中调里的部分慢词之调,则宋代常用词调中的慢词长调实际上已超出小令短调的数量,反映出宋词在词调运用上所取得的开拓业绩及其所呈现的阔大气象。从词调命名及其体式分类来看,宋代常用词调已是令、引、近、慢等应有尽有,可谓众调兼备;犯调、转调、歌头、摘遍、序曲等琳琅满目,堪称曲体繁富;还出现了大量的同调异体以及部分同名异调的情况,这些都反映出宋代词调体式更趋丰富多彩与繁复多变的发展轨迹和用调特征。

宋代 200 个常用词调在继承与创新方面,正如在“十大金曲”中的表现一样,也体现了对立统一的规律与特征。在唐五代创制和运用的 163 个词调中,被宋词加以采用和继承的词调共计 75 调。就宋代 200 个常用词调来看,其中继承和沿用唐五代词旧调的只占了 45 调,其余 155 调则皆为宋代词坛所首见和创始的新调。在继承唐五代词旧调的 45 调中,除了《浣溪沙》、《菩萨蛮》、《蝶恋花》、《西江月》、《临江仙》这 5 个小令名调都跻身于宋词“十大金曲”之列以外,《望江南》、《渔父》、《南乡子》、《南歌子》、《清平乐》、《虞美人》、《谒金门》、《采桑子》、《江城子》、《木兰花》等小令名调也都得到了进一步发展繁兴,此外像《定风波》、《苏幕遮》、《渔家傲》等在唐五代还并不十分流行的中调,在宋代也得到了发扬光大，尤其是创始于晚唐杜牧的《八六子》这支长调慢曲，在宋代也得到了柳永、秦观等共10位词人的继承和采用，而且从北宋前期一直到南宋后期代不乏人。由此可见，宋代在继承唐五代词调方面也取得了非常卓越的成就；换言之，唐五代词坛为宋词所贡献的45个常用词调，对于宋代词调繁衍和词史发展也具有十分重要的意义。在宋代200个常用词调中，有少量词调如《风流子》、《喜迁莺》、《应天长》、《诉衷情》等，虽与唐五代词调名称相同但并非同调同体，实际上已是对唐五代旧词调加以改制翻创，或者是借旧曲名另创新声的新词调。可见，宋代词坛在面对唐五代词调这宗音乐文化遗产时，一方面继承和采用了一部分有生命力的流行词调，另一方面则对部分旧词调加以改制和创新，使这些古典名曲在新时代焕发出更绚烂的艺术光彩；更为重要的是，宋代词人一方面扬弃了大量已经过时的唐五代旧词调，另一方面则大力创制和运用了一大批"新声"词调。在首见和创始于宋代的155个常用词调中，柳永、周邦彦各贡献了22调；张先(13)、欧阳修(8)、黄庭坚(5)、贺铸(5)、晏殊(4)、王观(4)、苏轼(3)、晁补之(3)、姜夔(3)等，也各有创获，而无名氏也创用了10个新调；从时代分布来看，这些首见和创始的新调大多出现在北宋词坛上，只有姜夔等少数词人的创调属于南宋时代，也与宋词用调创调的总体风貌和发展历程相契合。正因为宋代词坛在用调上很好地处理了继承与创新的辩证关系，尤其是在常用词调的运用和创制上成果卓著，所以为宋词的创作和发展提供了更新颖多样的词调形式，既有深厚的用调根基，又有丰富的创调成果，这是宋词走向繁荣鼎盛的一个重要因素。

## 四　宋代词坛一般词调的构成及价值

除了包括"十大金曲"在内的200个常用词调之外，宋代词坛还有一批数量更庞大的一般词调(276)和孤僻词调(421)，共计697调，我们姑且将这两种类型的词调统称为"低频词调"。这里，我们先对宋代词坛一般词调进行定量分析。

从总体来看，两宋词坛作词在2首以上至10首以下的所谓一般词调多达276调，已超出宋代常用词调总数200调甚多。其运用率和流行性虽然难以与每调作词在10首以上甚至多达数十首、数百首的常用词调相比，但也与单人单首或数首的孤僻之调不可同日而语。尽管这 276 个一般词调创作的作品总数只有 1182 首,只占宋词作品总数约 5.56%的较小比例,平均每调作词也只有约 4.28 首,都和常用词调存在较大的差距,但是,它们仍然从整体上丰富了宋代词调的体式,活跃了宋代歌坛的气氛,也一定程度地体现了宋人创制新词调的热情与活力,其为宋代词调繁衍和词体发展所做出的贡献也是不容忽视的。

首先,我们注意到,在宋代词坛所使用的 276 个一般词调中,只有 17 调是继承采用唐五代词中的古曲与旧调,其余 259 调都为宋代词坛所创用的新声与时调;可见在数量更大的一般词调的运用中,宋代词坛既兼顾了对旧词调的继承与发扬,也体现了特别鲜明突出的开拓性和创新性。在继承旧调方面,虽然以小令短调为主,但是也采用了创始于唐末钟辐的《卜算子慢》这一慢词之调,而且是由柳永和张先二人相继采用的,对宋代长调慢词的发展和兴盛当具有铺垫和推动作用。另外,从《鱼游春水》一调来看,宋代无名氏词乃得之古碑或石刻,盖为五代无名氏旧作,因曲谱不传,徽宗命大晟府填腔,取词中句名调①,遂使这一古词有了新声,并得到张元幹、卢祖皋、吴泳等多位文人的采用,在发掘旧词翻制新调方面也做出了贡献。从创用新调来看,259 个新调占了宋代一般词调总数(276)的 93.84%高比例,也占了宋词创用新调总数(822)31.5%的较高比例,其贡献也是相当突出的。在一般词调的首见和创始方面,柳永贡献了 54 调,居功第一;周邦彦也有 28 调,紧随其后;张先(13)、姜夔(10)、晁端礼(9)、贺铸(5)、晏殊(4)、欧阳修(4)、黄庭坚(4)等,也各有成果;另外,无名氏也有 32 个新调,其成就堪与柳永、周邦彦相比;这些创调较多的作者多属北宋时代,南宋仅有姜夔一人较为突出,即使是无名氏的创调,也以北宋占了绝对多数,与前述常用词调的情形一样,反映了宋词创调以北宋为主的创作成就和发展轨迹。

其次,我们也发现,宋代一般词调在曲式词体的构成和分布上,呈现出长调慢词的数量占绝对优势的发展趋向。其中,小令为 69 调,中调为 63 调,长调为 144 调;不仅中调与小令的数量基本持平,而且长调的数量竟然是小令的两倍有余;如果计入中调里的部分慢词作品,则宋代一般词调中长调慢词的数量将更为增多。之所以出现这种情形,既与宋代一般词调继承采用唐五代小令旧调较

① 无名氏此词,《苕溪渔隐丛话后集》、《能改斋漫录》等书有本事记载,《全唐五代词》《全宋词》两收。参见《全唐五代词》此词之考辨,第 789 页。

少、而以宋代首见和创始的新调占绝对多数有关,也反映了宋代词坛所创用的一般新调偏重于长调慢词的发展趋向。当然我们也应该看到,在宋代所创用的大量长调慢词之中,也有相当一部分词调的艺术表现较为平常,带有一定的开拓性与尝试性,或因其他因素的影响,使它们未能进入常用词调的行列,从而沦落为一般词调。

再次,我们也看到,在宋代一般词调的创作中既包含了一批富于创造性的自度曲和犯调曲,也不乏名篇佳作。从一般词调的创调来看,北宋柳永、周邦彦的贡献固然名列前茅,而南宋姜夔的自度曲也颇为突出,其中《扬州慢》、《长亭怨慢》、《淡黄柳》、《惜红衣》、《凄凉犯》、《徵招》、《角招》等,都被收入《白石道人歌曲》卷五、卷六的"自度曲"或"自制曲"中①;即使是无名氏,也贡献了一批咏梅专曲及其他富于创意的新声;其中既有源于大曲的《氐州第一》、《梁州令》、《清波引》等调,用于队舞演唱的《金盏子[慢]》、《太清歌》、《柘枝令》等调,还有数量不少的犯调曲,如柳永的《尾犯》,周邦彦的《六丑》、《侧犯》、《倒犯》,刘过的《四犯剪梅花》,姜夔的《凄凉犯》、《玲珑四犯》、《八归》等,皆属宫调相犯或词调相犯的犯调曲,反映了宋代词人在一般词调的创用方面所具有的创新意识和开拓精神。此外,在宋代一般词调中,也产生了不少脍炙人口的经典之作,如柳永的《雨霖铃》、晏殊的《山亭柳》、周邦彦的《六丑》、赵佶的《燕山亭》、姜夔的《扬州慢》、史达祖的《双双燕》等,便是其中的代表作。

## 五 宋代词坛孤僻词调的概况及意义

在宋代词坛上,每调作词仅限于单人单首或单人数首的孤僻词调还有 408 调,另有大曲等调 13 调,亦为孤调,总计达 421 调之多。与同属于低频词调的一般词调相比,孤僻词调的使用频率更低,作词数量更少,似乎没有什么成就和意义。然而,既然宋代孤僻词调的数量如此庞大,不仅远远超出于常用词调和一般词调,而且几乎占了宋词用调总数(897)近一半的比例(46.93%),那么我们对这一事实存在就不能回避。下面,我们即对宋代孤僻词调的概况及其意义略做分析与评述。

我们可以把宋代词坛的孤僻词调大致分为四种类型:

---

① 参见夏承焘:《姜白石词编年笺校》目录,上海:上海古籍出版社 1981 年版,第 11—12 页。

第一类，是继承唐五代词旧调的孤僻之调，共 13 调。其中，《赤枣子》、《内家娇》、《三字令》、《集贤宾》、《秋夜月》、《风光好》6 调，在唐五代亦属孤调；其余《定西番》、《河渎神》、《归国遥 1》、《荷叶杯》、《满宫花》、《八拍蛮》、《醉公子》7 调，在唐五代并非孤调，有些甚至还比较流行，而入宋却成了孤调；此外，《定西番》、《赤枣子》2 调虽各有 3 首，但各为一人所作(张先、游九言)，姑仍属孤调。

第二类，是为宋代首见和创始的孤僻之调，虽然每调有 2 首以上不等的数量，但是作者皆为一人，无他人所作，姑仍属孤调，共计 46 调。其中无名氏《九张机》两套 20 首，盖属同时同人所作，属同调联唱的转踏词；李弥逊《十样花》7 首，盖分咏十种花卉，因以名调，乃属联章组词，唯仅存 7 首；张继先《度清霄》6 首述道情，吴文英《惜秋华》5 首赋重九、七夕等节令，黄裳《宴琼林》4 首分咏木香、上元、东湖春日、牡丹，王安石《甘露歌》3 首咏梅等，皆属联章组词形式；《高丽史・乐志》所载无名氏《小抛球乐令》4 首，乃《抛球乐》队舞或舞曲所歌，史浩《折花三台》4 首，亦出自他所作《花舞》舞曲或队舞；其他 3 首、2 首之作，或为组词联章，或内容相关，或为同时前后之作，皆出自一人之手，姑皆属孤调。限于篇幅，兹不一一列举具体调名。

第三类，是为宋代首见和创始、且皆仅见单人单首的孤僻之调，共计 349 调。这类孤调数量最多，而且从北宋前期至南宋后期的各个时段都有分布，以北宋占多数，约 195 调，南宋约占 145 调，另有时代不详者约 9 调。就词人而言，则以柳永这类孤调最多，共 39 调；其他如欧阳修 9 调、张先 10 调、贺铸 7 调、万俟咏 7 调、曹勋 23 调、姜夔 8 调、吴文英 12 调，这类孤调的数量也都不少；此外，两宋无名氏所留下的这类孤调也多达约 68 调，其中属于北宋所作者约 52 调，属于南宋所作者约 16 调。

第四类，是首见且仅见于宋代的大曲、曲破或套曲之调，各调皆出自不同作者，有些调名虽与杂曲同名，但性质和体式却并不相同，共计 13 调。其中大曲约占 7 调，曲破、套曲盖各约 3 调。曹勋的《法曲》“道情”11 首、董颖的《薄媚》“西子词”10 首、史浩的《采莲》“寿乡词”8 首、曾布的《水调歌头》7 首，此 4 调，皆为有明确标注、结构较为完整的宋代大曲，内容或宣述道情，或赋咏历史，或祝寿颂圣，或敷演人物，都带有叙事功能和说唱特征，与同名的杂曲之调或大曲摘遍如《法曲献仙音》、《薄媚摘遍》、《采莲令》及《水调歌头》，在曲体性质和功能特征方面都颇有不同。至于《六幺》,原题“王子高《六幺》大曲”,出自《集注分类东坡先生诗》卷四《芙蓉城诗》赵次公注,盖属《六幺》大曲词,应为北宋之作,演唱时人王迥(字子高)与仙人周瑶英游芙蓉城的传说故事,唯仅存残句,已难睹全貌①。另有宋洪迈《夷坚乙志》卷十三所载“巫山神女”所作《惜奴娇》“大曲一篇,凡九阕”,虽有序号及内容标示,但并未标注大曲的结构名称,或出自南宋人之依托②。此外,北宋刘几《梅花曲》3 首,以王安石咏梅七律三诗度曲,《词谱》卷四十录作大曲③。《高丽史·乐志》所载无名氏《惜奴娇》6 首,原注“曲破”,属于与大曲相近的一种特殊曲体,这套无名氏《惜奴娇》曲破词,与“巫山神女”所作《惜奴娇》大曲并不相同。《高丽史·乐志》于《惜奴娇》曲破后又载《万年欢》4 首,每首字数体式并不相同,盖亦属“曲破”性质④。此外,南宋葛长庚有《菊花新》9 首,据胡忌考证为曲破一套,内容虽宣述道情,但以深秋季节为背景,仍吻合“菊花新”调意;全套同用“齐微”韵,语意连贯,平仄通叶,结构声律都近似大曲⑤。另有沈瀛《野庵曲》10 首、《醉乡曲》3 首,杨万里《归去来兮引》8 首,大致皆属套曲形式⑥。此外,《高丽史·乐志》所载无名氏《献仙桃》、《寿延长》、《五羊仙》、《抛球乐》等队舞,史浩所作《采莲舞》、《太清舞》、《柘枝舞》、《花舞》、《剑舞》、《渔父舞》等舞曲,王义山《乐语》等队舞或套曲,无名氏等《调笑令》转踏,其中所唱曲词皆为词调,已计入各词调的数据统计之中,兹不重复统计。

由上述统计分析可见,宋代词坛数量如此庞大的孤僻词调,除了 13 调是继承唐五代旧调之外,其余约 408 调皆为宋代首见和创调。这一历史事实和创作现象,一方面反映了宋词用调创调所具有的普遍性、广泛性和创造性,说明宋代词调的繁衍和演进具有非常深厚的群众基础和文化土壤;另一方面,也反映了宋词用调创调还带有一定的偶发性、尝试性、不稳定性和不成熟性等因素。这些孤调的出现虽如惊鸿一瞥或昙花一现,但它们的存在并非没有价值和意义。

---

①《全宋词》,第 3601 页。此外,宋张舜民《画墁录》、朱彧《萍洲可谈》卷一,亦记时人以王子高故事唱入《六幺》,有“奇俊王家郎”之句,盖亦《六幺》大曲中残句。《宋元笔记小说大观》本,上海:上海古籍出版社 2001 年版,第二册,第 1555、2299 页。

② 周笃文、马兴荣主编:《全宋词评注》,第十卷,第 876 页。

③《词谱》卷四十,第 741 页。

④《高丽史》卷七十一《乐志》二,第 697—699 页。

⑤ 胡忌:《菊花新曲破:胡忌学术论文集》,北京:中华书局 2008 年版,第 16—26 页。

⑥ 参见胡忌:《沈瀛〈竹斋词〉中的套曲》,《菊花新曲破:胡忌学术论文集》,第 3—15 页。

我们不仅从中看到了大量的自度曲或创调曲，欣赏到美不胜收的词调名称，领略了丰富多彩的词体形式，而且还认识到宋代词调与大曲和舞曲等音乐形式、宋代歌坛与队舞和说唱等曲艺形式之间的密切关系；虽然大曲、曲破及套曲等曲体形式与歌曲、杂曲并不相同，但是这些曲体形式既广泛地采用了流行歌曲和词调来演唱，也为歌坛和词苑贡献了一批以歌头或摘遍等名称及形式出现和存在的歌曲和词调，像《水调歌头》、《六州歌头》、《万年欢》等，还成为了宋代词坛的金曲名调，其词史意义自不言而喻。

# 第三章　宋代词人用调创调的统计与分析

唐宋词调主要来源于唐宋燕乐曲调，虽然这些燕乐曲调并非都是由词人创制的，但它们被用来填词歌唱却主要是由词人来完成的，有些词人也有“自度曲”等形式的创调。因此作为唐宋词创作主体的词人对于词调的运用情况如何，也是非常值得我们关注和探讨的。

在前一章，我们主要就宋代词坛用调创调的总体数据和整体风貌进行了统计与分析，而较少涉及具体词人用调创调的层面。那么宋代每个词人用调数量多少、词调体式如何、有无创调、有何特色等等，这些数据和情况既需要我们去检索与统计，更值得我们去考察与分析。这一章，我们即尝试以宋代词人为对象，来统计和分析他们用调创调的具体数据和基本情况，并藉此观照宋代词人对宋代词调繁衍和词史发展所做出的贡献与成就。

## 第一节　宋代词人用调创调的数据统计

据笔者检索统计，宋代词坛有姓名可考以及题署姓氏的词人共计 1500 人，另有无名氏未计入其中。宋代无名氏共作词 1590 首，其作者自非一人，即使以每人作词 10 首计，其作者亦有百数十人之多，如果计入无名氏，则宋词的作者当在 1600 人以上。即使只就有姓名可考和题署姓氏的 1500 名作者来看，宋代词人队伍比之唐五代词人阵容已大大扩展和壮大，那么宋代词人的用调数量自然也会大幅度地增涨与上升。因此,我们首先需要做的一件重要而基础的工作,就是对宋代词人用调和创调的数量加以检索、考订与统计。

## 一　宋代词人用调数量的统计

我们已对全部宋代词人每人用调的具体数据做出了检索、考订与统计,所获得的数据是:宋代词人用调在 10 调以上者,共 199 人;用调在 2—9 调者,共 448 人;仅用 1 调者,共 813 人;另有仅存 1 首作品且失调名者,共 40 人,难以详考词调名称及用调数量等,只能归入失调名一类,且不计入宋代词人用调数量的统计之中。由于数量巨大,篇幅有限,我们难以将全部宋代词人的用调数据都列表呈现,这里姑且先以用调在 10 个以上的词人为主要对象,列表如下:

**表 3-1　宋代主要词人用调排行一览表**

(依用调总数多少及时代先后排序,无名氏附后)

| 排序 | 词人姓名 | 词人时代 | 词作数量 | 词调数量 | 小令 | 中调 | 长调 | 大曲等调 | 体式不详 | 失调名 | 首见之调 | 仅见之调 | 创调总数 |
|---|---|---|---|---|---|---|---|---|---|---|---|---|---|
| 1 | 柳　永 | 北宋 1 | 213 | 142 | 22 | 40 | 80 | | | 1 | 76 | 48 | 124 |
| 2 | 吴文英 | 南宋 5 | 341 | 142 | 33 | 19 | 90 | | | 1 | 3 | 13 | 16 |
| 3 | 陈允平 | 南宋 6 | 209 | 121 | 33 | 25 | 63 | | | | | 1 | 1 |
| 4 | 周邦彦 | 北宋 2 | 186 | 110 | 33 | 19 | 58 | | | 1 | 49 | 3 | 52 |
| 5 | 辛弃疾 | 南宋 4 | 629 | 100 | 46 | 27 | 27 | | | | 1 | 1 | 2 |
| 6 | 张　炎 | 南宋 6 | 302 | 99 | 29 | 16 | 54 | | | | | 1 | 1 |
| 7 | 贺　铸 | 北宋 2 | 283 | 92 | 40 | 29 | 23 | | | 2 | 10 | 9 | 19 |
| 8 | 张　先 | 北宋 1 | 165 | 89 | 54 | 20 | 15 | | | | 25 | 14 | 39 |
| 9 | 曹　勋 | 南渡 3 | 183 | 84 | 18 | 14 | 51 | 1 | | 1 | 3 | 23 | 26 |
| 10 | 赵长卿 | 南宋 4 | 339 | 84 | 43 | 23 | 18 | | | | | 3 | 3 |
| 11 | 刘辰翁 | 南宋 6 | 354 | 84 | 32 | 14 | 38 | | | | | | |
| 12 | 仇　远 | 南宋 6 | 120 | 84 | 43 | 12 | 29 | | | | | 2 | 2 |
| 13 | 周　密 | 南宋 6 | 153 | 78 | 21 | 8 | 49 | | | 1 | | 4 | 4 |
| 14 | 苏　轼 | 北宋 2 | 363 | 76 | 40 | 19 | 17 | | | 9 | 6 | 5 | 11 |
| 15 | 朱敦儒 | 南渡 3 | 246 | 75 | 45 | 14 | 16 | | | | 4 | 3 | 7 |
| 16 | 晁补之 | 北宋 2 | 167 | 74 | 27 | 19 | 28 | | | 1 | 3 | 2 | 5 |

续表

| 排序 | 词人姓名 | 词人时代 | 词作数量 | 词调数量 | 小令 | 中调 | 长调 | 大曲等调 | 体式不详 | 失调名 | 首见之调 | 仅见之调 | 创调总数 |
|---|---|---|---|---|---|---|---|---|---|---|---|---|---|
| 17 | 扬无咎 | 南渡 3 | 177 | 74 | 35 | 14 | 25 | | | | 3 | 6 | 9 |
| 18 | 晁端礼 | 北宋 2 | 142 | 73 | 26 | 18 | 29 | | | 1 | 9 | 6 | 15 |
| 19 | 张元干 | 南渡 3 | 185 | 72 | 37 | 13 | 22 | | | | 1 | 1 | 2 |
| 20 | 黄庭坚 | 北宋 2 | 192 | 71 | 35 | 22 | 14 | | | 3 | 9 | 6 | 15 |
| 21 | 蔡　伸 | 南渡 3 | 175 | 68 | 39 | 15 | 14 | | | | 3 | 1 | 4 |
| 22 | 程　垓 | 南宋 4 | 157 | 68 | 33 | 22 | 13 | | | | 1 | 4 | 5 |
| 23 | 方千里 | 南宋 5 | 93 | 68 | 17 | 14 | 37 | | | | | | |
| 24 | 杨泽民 | 南宋 5 | 92 | 67 | 17 | 12 | 38 | | | | | | |
| 25 | 史达祖 | 南宋 4 | 112 | 66 | 21 | 12 | 33 | | | | 3 | 5 | 8 |
| 26 | 吴　潜 | 南宋 5 | 256 | 66 | 31 | 13 | 22 | | | | 1 | | 1 |
| 27 | 欧阳修 | 北宋 1 | 242 | 65 | 46 | 13 | 6 | | | | 12 | 9 | 21 |
| 28 | 陆　游 | 南宋 4 | 145 | 65 | 36 | 13 | 16 | | | 1 | | 1 | 1 |
| 29 | 史　浩 | 南渡 3 | 182 | 64 | 27 | 16 | 20 | 1 | | | 2 | 5 | 7 |
| 30 | 吕渭老 | 南渡 3 | 134 | 61 | 27 | 16 | 18 | | | | 3 | 3 | 6 |
| 31 | 赵彦端 | 南宋 4 | 158 | 60 | 36 | 11 | 13 | | | | | 2 | 2 |
| 32 | 石孝友 | 南宋 4 | 154 | 58 | 38 | 12 | 8 | | | | | | |
| 33 | 高观国 | 南宋 4 | 108 | 57 | 28 | 9 | 20 | | | | | | |
| 34 | 蒋　捷 | 南宋 6 | 94 | 57 | 18 | 12 | 27 | | | | | 2 | 2 |
| 35 | 姜　夔 | 南宋 4 | 87 | 56 | 17 | 10 | 29 | | | | 13 | 8 | 21 |
| 36 | 王之道 | 南渡 3 | 186 | 55 | 24 | 9 | 22 | | | | 1 | 1 | 2 |
| 37 | 毛　滂 | 北宋 2 | 204 | 54 | 35 | 13 | 6 | | | | 3 | 2 | 5 |
| 38 | 晏几道 | 北宋 2 | 260 | 52 | 35 | 14 | 3 | | | | 4 | 4 | 8 |
| 39 | 周紫芝 | 南渡 3 | 156 | 52 | 29 | 15 | 8 | | | | 1 | 1 | 2 |
| 40 | 张孝祥 | 南宋 4 | 224 | 52 | 33 | 9 | 10 | | | | | 1 | 1 |
| 41 | 韩　淲 | 南宋 4 | 197 | 52 | 31 | 13 | 8 | | | | | 1 | 1 |
| 42 | 曾　觌 | 南宋 4 | 104 | 50 | 28 | 11 | 11 | | | | 1 | | 1 |
| 43 | 袁去华 | 南宋 4 | 99 | 49 | 23 | 10 | 16 | | | | 2 | 3 | 5 |
| 44 | 赵师侠 | 南宋 4 | 154 | 49 | 33 | 8 | 8 | | | | 1 | 1 | 2 |

续表

| 排序 | 词人姓名 | 词人时代 | 词作数量 | 词调数量 | 小令 | 中调 | 长调 | 大曲等调 | 体式不详 | 失调名 | 首见之调 | 仅见之调 | 创调总数 |
|---|---|---|---|---|---|---|---|---|---|---|---|---|---|
| 45 | 张　镃 | 南宋 4 | 86 | 48 | 25 | 10 | 13 | | | 1 | | | |
| 46 | 赵以夫 | 南宋 5 | 68 | 48 | 6 | 2 | 40 | | | | 1 | 2 | 3 |
| 47 | 陈　亮 | 南宋 4 | 74 | 47 | 21 | 15 | 11 | | | | | 3 | 3 |
| 48 | 黄　机 | 南宋 5 | 96 | 46 | 26 | 6 | 14 | | | | | | |
| 49 | 陈　著 | 南宋 6 | 121 | 45 | 16 | 11 | 18 | | | | | | |
| 50 | 秦　观 | 北宋 2 | 90 | 44 | 23 | 9 | 12 | | | 3 | 2 | 2 | 4 |
| 51 | 杜安世 | 北宋 1 | 84 | 42 | 26 | 11 | 5 | | | | 3 | 4 | 7 |
| 52 | 向子諲 | 南渡 3 | 176 | 42 | 30 | 6 | 6 | | | | | | |
| 53 | 魏了翁 | 南宋 5 | 189 | 42 | 23 | 8 | 11 | | | | | | |
| 54 | 刘克庄 | 南宋 5 | 266 | 42 | 17 | 8 | 17 | | | | | | |
| 55 | 丘　崈 | 南宋 4 | 81 | 41 | 19 | 13 | 9 | | | | 1 | 1 | 2 |
| 56 | 侯　寘 | 南渡 3 | 96 | 40 | 22 | 10 | 8 | | | | | 1 | 1 |
| 57 | 卢祖皋 | 南宋 4 | 96 | 40 | 19 | 6 | 15 | | | | | | |
| 58 | 李弥逊 | 南渡 3 | 94 | 39 | 18 | 9 | 12 | | | | | 1 | 1 |
| 59 | 晏　殊 | 北宋 1 | 140 | 37 | 27 | 10 | 0 | | | 1 | 8 | 4 | 12 |
| 60 | 李之仪 | 北宋 2 | 96 | 37 | 24 | 9 | 4 | | | | | | |
| 61 | 曹　冠 | 南宋 4 | 63 | 37 | 15 | 9 | 13 | | | | | 1 | 1 |
| 62 | 王沂孙 | 南宋 6 | 68 | 36 | 7 | 2 | 27 | | | 1 | | | |
| 63 | 范成大 | 南宋 4 | 113 | 35 | 22 | 8 | 5 | | | | 2 | | 2 |
| 64 | 李清照 | 南渡 3 | 52 | 34 | 19 | 7 | 8 | | | 4 | | | |
| 65 | 卢　炳 | 南渡 3 | 63 | 34 | 21 | 5 | 8 | | | | 1 | | 1 |
| 66 | 韩元吉 | 南宋 4 | 82 | 34 | 21 | 4 | 9 | | | | | | |
| 67 | 吕胜己 | 南宋 4 | 89 | 34 | 21 | 7 | 6 | | | | | | |
| 68 | 葛长庚 | 南宋 5 | 135 | 34 | 11 | 7 | 15 | 1 | | | | 1 | 1 |
| 69 | 李曾伯 | 南宋 5 | 202 | 34 | 10 | 5 | 19 | | | | | | |
| 70 | 谢　逸 | 北宋 2 | 62 | 33 | 26 | 7 | | | | | | | |
| 71 | 王　质 | 南宋 4 | 76 | 33 | 16 | 8 | 9 | | | 2 | 1 | 2 | 3 |
| 72 | 汪　莘 | 南宋 4 | 68 | 33 | 17 | 5 | 11 | | | | | | |

**续表**

| 排序 | 词人姓名 | 词人时代 | 词作数量 | 词调数量 | 小令 | 中调 | 长调 | 大曲等调 | 体式不详 | 失调名 | 首见之调 | 仅见之调 | 创调总数 |
|---|---|---|---|---|---|---|---|---|---|---|---|---|---|
| 73 | 汪元量 | 南宋 6 | 52 | 33 | 15 | 6 | 12 | | | | | 2 | 2 |
| 74 | 康与之 | 南渡 3 | 43 | 32 | 17 | 5 | 10 | | | 1 | 1 | 2 | 3 |
| 75 | 王千秋 | 南宋 4 | 73 | 32 | 16 | 6 | 10 | | | | | | |
| 76 | 洪　适 | 南宋 4 | 138 | 32 | 18 | 5 | 9 | | | | | | |
| 77 | 张　辑 | 南宋 5 | 44 | 32 | 15 | 3 | 14 | | | | | | |
| 78 | 方　岳 | 南宋 5 | 91 | 32 | 10 | 6 | 16 | | | | | | |
| 79 | 赵　鼎 | 南渡 3 | 45 | 31 | 20 | 4 | 7 | | | | | | |
| 80 | 叶梦得 | 南渡 3 | 103 | 30 | 12 | 6 | 12 | | | | | | |
| 81 | 郭应祥 | 南宋 4 | 129 | 30 | 23 | 4 | 3 | | | | | | |
| 82 | 管　鉴 | 南宋 4 | 68 | 29 | 19 | 6 | 4 | | | | | | |
| 83 | 仲　殊 | 北宋 2 | 77 | 28 | 17 | 5 | 6 | | | 7 | 3 | 1 | 4 |
| 84 | 马子严 | 南宋 4 | 29 | 28 | 10 | 8 | 10 | | | | | | |
| 85 | 王　炎[2] | 南宋 4 | 52 | 28 | 19 | 5 | 4 | | | | | | |
| 86 | 刘　过 | 南宋 4 | 78 | 28 | 10 | 7 | 11 | | | | 1 | 2 | 3 |
| 87 | 沈端节 | 南宋 4 | 45 | 26 | 16 | 5 | 5 | | | | | | |
| 88 | 李处全 | 南宋 4 | 47 | 26 | 17 | 3 | 6 | | | | | | |
| 89 | 陈三聘 | 南宋 4 | 72 | 26 | 18 | 5 | 3 | | | | | | |
| 90 | 洪咨夔 | 南宋 5 | 44 | 26 | 13 | 4 | 9 | | | | | | |
| 91 | 万俟咏 | 北宋 2 | 29 | 25 | 9 | 4 | 12 | | | 1 | 4 | 7 | 11 |
| 92 | 张继先 | 北宋 2 | 56 | 25 | 11 | 6 | 8 | | | | 1 | 2 | 3 |
| 93 | 刘一止 | 南渡 3 | 42 | 25 | 12 | 5 | 8 | | | | | 2 | 2 |
| 94 | 向　滈 | 南宋 4 | 43 | 25 | 18 | 4 | 3 | | | | | | |
| 95 | 刘学箕 | 南宋 4 | 38 | 25 | 14 | 5 | 6 | | | | | | |
| 96 | 曹　组 | 北宋 2 | 37 | 24 | 11 | 9 | 4 | | | 1 | 3 | | 3 |
| 97 | 王庭珪 | 南渡 3 | 43 | 24 | 14 | 7 | 3 | | | | | 1 | 1 |
| 98 | 张　榘 | 南宋 5 | 50 | 24 | 7 | 4 | 13 | | | | | | |
| 99 | 葛胜仲 | 南渡 3 | 82 | 23 | 13 | 7 | 3 | | | | | | |
| 100 | 葛立方 | 南渡 3 | 39 | 23 | 13 | 2 | 8 | | | | | | |

**续表**

| 排序 | 词人姓名 | 词人时代 | 词作数量 | 词调数量 | 小令 | 中调 | 长调 | 大曲等调 | 体式不详 | 失调名 | 首见之调 | 仅见之调 | 创调总数 |
|---|---|---|---|---|---|---|---|---|---|---|---|---|---|
| 101 | 毛　开 | 南宋 4 | 42 | 23 | 10 | 3 | 10 | | | | | | |
| 102 | 黄　昇 | 南宋 5 | 39 | 23 | 13 | 3 | 7 | | | | | | |
| 103 | 戴复古 | 南宋 5 | 46 | 23 | 13 | 3 | 7 | | | | | | |
| 104 | 赵　文 | 南宋 6 | 31 | 23 | 3 | 5 | 15 | | | | | | |
| 105 | 何梦桂 | 南宋 6 | 47 | 23 | 5 | 5 | 13 | | | | | | |
| 106 | 黄　裳 | 北宋 2 | 53 | 22 | 1 | 6 | 15 | | | | 2 | 1 | 3 |
| 107 | 张　抡 | 南宋 4 | 122 | 22 | 17 | 2 | 3 | | | | | | |
| 108 | 黄人杰 | 南宋 4 | 48 | 22 | 9 | 6 | 7 | | | | | | |
| 109 | 姚述尧[2] | 南宋 4 | 69 | 22 | 16 | 3 | 3 | | | | | | |
| 110 | 刘　壎 | 南宋 6 | 30 | 22 | 10 | 3 | 9 | | | | | | |
| 111 | 赵必𤩪 | 南宋 6 | 31 | 22 | 5 | 3 | 14 | | | | | | |
| 112 | 陈德武 | 南宋 6 | 64 | 22 | 6 | 4 | 12 | | | | | | |
| 113 | 王安中 | 北宋 2 | 55 | 21 | 12 | 5 | 4 | | | 1 | | 1 | 1 |
| 114 | 李流谦 | 南宋 4 | 25 | 21 | 11 | 6 | 4 | | | | | | |
| 115 | 韩　玉 | 南渡 3 | 28 | 21 | 8 | 8 | 5 | | | | | 1 | 1 |
| 116 | 张　纲 | 南渡 3 | 35 | 20 | 10 | 5 | 5 | | | | | | |
| 117 | 李　石 | 南渡 3 | 39 | 20 | 14 | 2 | 4 | | | | | | |
| 118 | 刘　镇[2] | 南宋 5 | 26 | 20 | 6 | 5 | 9 | | | | | | |
| 119 | 杨冠卿 | 南宋 4 | 36 | 20 | 15 | 2 | 3 | | | | | | |
| 120 | 杨炎正 | 南宋 4 | 38 | 20 | 11 | 4 | 5 | | | | 1 | | 1 |
| 121 | 吴则礼 | 北宋 2 | 39 | 19 | 11 | | 8 | | | | | 2 | 2 |
| 122 | 王　灼 | 南渡 3 | 21 | 19 | 16 | 2 | 1 | | | | 1 | | 1 |
| 123 | 赵善括 | 南宋 4 | 49 | 19 | 10 | | 9 | | | | | | |
| 124 | 沈　瀛 | 南宋 4 | 99 | 19 | 10 | 3 | 4 | 2 | | | | 2 | 2 |
| 125 | 吴　泳 | 南宋 5 | 37 | 19 | 6 | 7 | 6 | | | | | | |
| 126 | 程　珌 | 南宋 5 | 43 | 19 | 5 | 1 | 13 | | | | | | |
| 127 | 黎廷瑞 | 南宋 6 | 32 | 19 | 8 | 5 | 6 | | | | | | |
| 128 | 陈师道 | 北宋 2 | 54 | 18 | 14 | 3 | 1 | | | | | | |

**续表**

| 排序 | 词人姓名 | 词人时代 | 词作数量 | 词调数量 | 小令 | 中调 | 长调 | 大曲等调 | 体式不详 | 失调名 | 首见之调 | 仅见之调 | 创调总数 |
|---|---|---|---|---|---|---|---|---|---|---|---|---|---|
| 129 | 李　纲 | 南渡 3 | 54 | 18 | 4 | 5 | 9 | | | | | 1 | 1 |
| 130 | 朱　雍 | 南渡 3 | 20 | 18 | 9 | | 9 | | | | 1 | | 1 |
| 131 | 仲　并 | 南渡 3 | 35 | 18 | 12 | 1 | 5 | | | | | | |
| 132 | 许　棐 | 南宋 5 | 20 | 18 | 18 | | | | | | | | |
| 133 | 翁元龙 | 南宋 5 | 20 | 18 | 8 | 2 | 8 | | | | | | |
| 134 | 舒　亶 | 北宋 2 | 51 | 17 | 13 | 3 | 1 | | | 1 | 1 | 1 | 2 |
| 135 | 朱淑真 | 南渡 3 | 25 | 17 | 13 | 2 | 2 | | | 1 | | | |
| 136 | 吕本中 | 南渡 3 | 27 | 17 | 14 | 2 | 1 | | | | | | |
| 137 | 沈　蔚 | 北宋 2 | 22 | 17 | 7 | 7 | 3 | | | | | | |
| 138 | 廖行之 | 南宋 4 | 41 | 17 | 7 | 5 | 5 | | | | | | |
| 139 | 刘仙伦 | 南宋 4 | 31 | 17 | 4 | 5 | 8 | | | | | | |
| 140 | 李彭老 | 南宋 6 | 22 | 17 | 7 | 3 | 7 | | | 1 | | | |
| 141 | 彭元逊 | 南宋 6 | 20 | 17 | 6 | 2 | 9 | | | | | 2 | 2 |
| 142 | 吕　岩 | 不详① | 62 | 17 | 10 | 2 | 5 | | | 2 | | 2 | 2 |
| 143 | 赵子发 | 北宋 2 | 17 | 16 | 15 | 1 | | | | | | | |
| 144 | 姜特立 | 南宋 4 | 21 | 16 | 9 | 3 | 4 | | | | | | |
| 145 | 吴礼之 | 南宋 4 | 20 | 16 | 8 | 5 | 3 | | | 1 | | | |
| 146 | 严　仁 | 南宋 5 | 30 | 16 | 8 | 2 | 6 | | | | | | |
| 147 | 王安石 | 北宋 2 | 29 | 15 | 11 | 2 | 2 | | | | 1 | 1 | 2 |
| 148 | 王　观 | 北宋 2 | 29 | 15 | 8 | 4 | 3 | | | 1 | 4 | 2 | 6 |
| 149 | 陈　克 | 南渡 3 | 55 | 15 | 13 | 2 | | | | | | | |
| 150 | 王之望 | 南渡 3 | 26 | 15 | 9 | 2 | 4 | | | | | | |
| 151 | 京　镗 | 南宋 4 | 43 | 15 | 2 | 2 | 11 | | | | | | |
| 152 | 林正大 | 南宋 4 | 41 | 15 | 3 | 3 | 9 | | | | | | |
| 153 | 李莱老 | 南宋 6 | 17 | 15 | 8 | 2 | 5 | | | | | | |

① 吕岩之词，皆宋元人依托，具体时代难以详考。《全宋词》附录《宋人依托神仙鬼怪词》收吕岩词 11 首，"订补附记"补录 4 首，共 15 首。第 3858、3906 页。兹据《全唐五代词》副编补录 47 首，第 1285—1345 页。

**续表**

| 排序 | 词人姓名 | 词人时代 | 词作数量 | 词调数量 | 小令 | 中调 | 长调 | 大曲等调 | 体式不详 | 失调名 | 首见之调 | 仅见之调 | 创调总数 |
|---|---|---|---|---|---|---|---|---|---|---|---|---|---|
| 154 | 王　诜 | 北宋 2 | 18 | 14 | 5 | 4 | 5 | | | 3 | 6 | 1 | 7 |
| 155 | 米　芾 | 北宋 2 | 17 | 14 | 11 | 2 | 1 | | | | 1 | | 1 |
| 156 | 谢　懋 | 南渡 3 | 14 | 14 | 7 | 3 | 4 | | | | | | |
| 157 | 胡　铨 | 南渡 3 | 16 | 14 | 11 | 3 | | | | | | | |
| 158 | 程大昌 | 南宋 4 | 47 | 14 | 7 | 3 | 4 | | | | | | |
| 159 | 洪　瑹 | 南宋 4 | 116 | 14 | 7 | 2 | 5 | | | | | | |
| 160 | 李廷忠 | 南宋 4 | 15 | 14 | 6 | 2 | 6 | | | | | | |
| 161 | 刘子寰 | 南宋 5 | 19 | 14 | 4 | 1 | 9 | | | | | | |
| 162 | 赵崇嶓 | 南宋 5 | 20 | 14 | 7 | 1 | 6 | | | | | | |
| 163 | 李昴英 | 南宋 5 | 30 | 14 | 4 | 1 | 9 | | | | | | |
| 164 | 王　奕 | 南宋 6 | 27 | 14 | 2 | 3 | 9 | | | | | | |
| 165 | 赵令畤 | 北宋 2 | 38 | 13 | 9 | 3 | 1 | | | 1 | | | |
| 166 | 谢　薖 | 北宋 2 | 17 | 13 | 8 | 3 | 2 | | | | | | |
| 167 | 王以宁 | 南渡 3 | 32 | 13 | 6 | 4 | 3 | | | | | | |
| 168 | 邓　肃 | 南渡 3 | 46 | 13 | 10 | 3 | | | | | | | |
| 169 | 宋先生 | 南宋 4 | 22 | 13 | 8 | 4 | 1 | | | | | | |
| 170 | 胡翼龙 | 南宋 5 | 13 | 13 | 6 | 1 | 6 | | | | | | |
| 171 | 刘将孙 | 南宋 6 | 21 | 13 | 3 | 2 | 8 | | | | | | |
| 172 | 赵　佶 | 北宋 2 | 14 | 12 | 5 | 2 | 5 | | | 1 | 2 | 1 | 3 |
| 173 | 苏　庠 | 南渡 3 | 23 | 12 | 11 | 1 | | | | | | | |
| 174 | 陈与义 | 南渡 3 | 18 | 12 | 9 | 3 | | | | | | | |
| 175 | 葛　郯 | 南宋 4 | 30 | 12 | 3 | 3 | 6 | | | | | | |
| 176 | 李　吕 | 南宋 4 | 18 | 12 | 5 | 4 | 3 | | | | | 1 | 1 |
| 177 | 赵善扛 | 南宋 4 | 14 | 12 | 4 | 4 | 4 | | | | | | |
| 178 | 赵闻礼 | 南宋 5 | 14 | 12 | 3 | 4 | 5 | | | | | | |
| 179 | 邓　剡 | 南宋 6 | 13 | 12 | 3 | 2 | 7 | | | | | | |
| 180 | 詹　玉 | 南宋 6 | 13 | 12 | 2 | | 10 | | | | | | |
| 181 | 魏夫人 | 北宋 2 | 14 | 11 | 7 | 4 | | | | | | | |

**续表**

| 排序 | 词人姓名 | 词人时代 | 词作数量 | 词调数量 | 小令 | 中调 | 长调 | 大曲等调 | 体式不详 | 失调名 | 首见之调 | 仅见之调 | 创调总数 |
|---|---|---|---|---|---|---|---|---|---|---|---|---|---|
| 182 | 李　祁 | 北宋2 | 14 | 11 | 9 | 1 | 1 | | | | | | |
| 183 | 米友仁 | 南渡3 | 19 | 11 | 8 | 2 | 1 | | | | | | |
| 184 | 黄公度 | 南渡3 | 15 | 11 | 7 | 3 | 1 | | | | | | |
| 185 | 利　登 | 南宋5 | 13 | 11 | 4 | 2 | 5 | | | 1 | | | |
| 186 | 谭宣子 | 南宋5 | 13 | 11 | 3 | 6 | 2 | | | | | 3 | 3 |
| 187 | 王义山 | 南宋6 | 30 | 11 | 1 | 3 | 7 | | | 5 | | | |
| 188 | 黄公绍 | 南宋6 | 30 | 11 | 4 | 1 | 6 | | | | | | |
| 189 | 陈　瓘 | 北宋2 | 24 | 10 | 4 | 4 | 2 | | | 2 | | | |
| 190 | 李　邴 | 南渡3 | 12 | 10 | 4 | 1 | 5 | | | | | | |
| 191 | 曾　协 | 南渡3 | 14 | 10 | 5 | 2 | 3 | | | | | | |
| 192 | 朱　熹 | 南宋4 | 19 | 10 | 7 | | 3 | | | | | | |
| 193 | 刘光祖 | 南宋4 | 11 | 10 | 6 | 2 | 2 | | | | | | |
| 194 | 李　壁 | 南宋4 | 10 | 10 | 8 | 1 | 1 | | | | | | |
| 195 | 俞国宝 | 南宋4 | 13 | 10 | 2 | 3 | 5 | | | | | | |
| 196 | 孙惟信 | 南宋5 | 11 | 10 | 4 | 1 | 5 | | | 1 | | | |
| 197 | 张　枢 | 南宋5 | 12 | 10 | 4 | 1 | 5 | | | 2 | | | |
| 198 | 奚　淢 | 南宋5 | 10 | 10 | | 1 | 9 | | | | | 1 | 1 |
| 199 | 华　岳 | 南宋5 | 18 | 10 | 5 | 2 | 3 | | | | | | |
| | **合　计** | | **16380** | **6644** | **3108** | **1329** | **2202** | **5** | **0** | **68** | **305** | **269** | **574** |
| | **无名氏** | | **1590** | **306** | **120** | **64** | **113** | **3** | **6** | **235** | **43** | **77** | **120** |
| | **总　计** | | **17970首** | **6950调次** | **3228调次** | **1393调次** | **2315调次** | **8调** | **6调** | **303首** | **348调** | **346调** | **694调** |

说明：表中有关宋代词人时代分期的划分，参考吸收了相关著作的研究成果①；少数词人生卒年代不详者，则依据《全宋词》收录顺序及其他相关资料以确定其大致年代；部分词人有跨代现象，则依其主要生活创作年代以订其时代归属。

① 参见王兆鹏：《唐宋词史论》第一章第一节《流变论 · 从代群分期看宋词的流变》，北京：人民文学出版社 2000 年版；王兆鹏、刘尊明主编：《宋词大辞典 · 词人》，南京：凤凰出版社 2003 年版；曾枣庄主编：《中国文学家大辞典 · 宋代卷》，北京：中华书局 2004 年版；肖鹏：《宋词通史》，南京：凤凰出版社 2013 年版。

## 二 宋代词人创调数量的统计

宋代词人所用的 897 个词调,虽有对唐五代词旧调的继承和采用,但数量极少(75 调),绝大多数词调(822)都是由宋人首用和创调的。因此,在对宋代词人用调数量进行统计和排名之后,我们还需要对宋代词人的创调数据进行考订和统计。虽然在上一小节的“表 3 - 1”中,已经涉及用调 10 调以上主要词人的创调数量的统计,但是还不够完整和全面。我们已对有首见之调和创调的全部宋代词人的相关数据进行了检索与统计,除无名氏创用 120 个新词调之外,另有共 182 位有名氏的宋代词人参与了对新词调的首用和创制,兹列表如下:

**表 3 - 2 宋代全部词人首见创调一览表**

(按时代先后分期排列,时代不详及无名氏附后)

| 序号 | 词人 | 时代 | 词作数量 | 用调总数 | 创调总数 | 首见调数 | 孤调数量 | 小令调数 | 中调调数 | 长调调数 | 大曲等调 | 体调不详 |
|---|---|---|---|---|---|---|---|---|---|---|---|---|
| 1 | 和 岘 | 北宋 A | 3 | 3 | 3 | 3 | | | | 3 | | |
| 2 | 苏易简 | 北宋 A | 1 | 1 | 1 | 1 | | 1 | | | | |
| 3 | 毕大节 | 北宋 A | 2 | 1 | 1 | 1 | | | | 1 | | |
| 4 | 寇 准 | 北宋 A | 5 | 5 | 3 | 3 | | 2 | 1 | | | |
| 5 | 潘 阆 | 北宋 A | 11 | 2 | 1 | | 1 | 1 | | | | |
| 6 | 林 逋 | 北宋 A | 3 | 3 | 1 | 1 | | 1 | | | | |
| **合计** | **6 人** | **北宋 A** | **25** | **15** | **10** | **9** | **1** | **5** | **1** | **4** | | |
| 7 | 聂冠卿 | 北宋 1 | 1 | 1 | 1 | 1 | | | | 1 | | |
| 8 | 李遵勖 | 北宋 1 | 2 | 2 | 1 | 1 | | 1 | | | | |
| 9 | 柳 永 | 北宋 1 | 213 | 142 | 124 | 76 | 48 | 11 | 38 | 75 | | |
| 10 | 张 先 | 北宋 1 | 165 | 89 | 39 | 25 | 14 | 17 | 11 | 11 | | |
| 11 | 晏 殊 | 北宋 1 | 140 | 37 | 12 | 8 | 4 | 8 | 4 | | | |
| 12 | 关 咏 | 北宋 1 | 1 | 1 | 1 | | 1 | | | 1 | | |
| 13 | 刘 潜 | 北宋 1 | 3 | 2 | 2 | 2 | | | | 2 | | |
| 14 | 李 冠 | 北宋 1 | 5 | 3 | 1 | 1 | | | 1 | | | |
| 15 | 宋 祁 | 北宋 1 | 7 | 5 | 1 | 1 | | 1 | | | | |
| 16 | 吴 感 | 北宋 1 | 1 | 1 | 1 | 1 | | | | 1 | | |

**续表**

| 序号 | 词人 | 时代 | 词作数量 | 用调总数 | 创调总数 | 首见调数 | 孤调数量 | 小令调数 | 中调调数 | 长调调数 | 大曲等调 | 体调不详 |
|---|---|---|---|---|---|---|---|---|---|---|---|---|
| 17 | 欧阳修 | 北宋 1 | 242 | 65 | 21 | 12 | 9 | 12 | 5 | 4 | | |
| 18 | 王　琪 | 北宋 1 | 13 | 3 | 1 | 1 | | | 1 | | | |
| 19 | 解　昉 | 北宋 1 | 2 | 2 | 1 | | 1 | 1 | | | | |
| 20 | 沈　唐 | 北宋 1 | 7 | 6 | 3 | 2 | 1 | | | 3 | | |
| 21 | 杜安世 | 北宋 1 | 84 | 42 | 7 | 3 | 4 | 3 | 1 | 3 | | |
| 22 | 赵　抃 | 北宋 1 | 1 | 1 | 1 | 1 | | | 1 | | | |
| 23 | 刘　几 | 北宋 1 | 4 | 2 | 2 | | 2 | | | 1 | 1 | |
| 24 | 元　绛 | 北宋 1 | 2 | 2 | 1 | 1 | | | | 1 | | |
| 25 | 刘　述 | 北宋 1 | 1 | 1 | 1 | | 1 | 1 | | | | |
| 26 | 赵　祯 | 北宋 1 | 1 | 1 | 1 | 1 | | | | 1 | | |
| 27 | 蔡　挺 | 北宋 1 | 1 | 1 | 1 | 1 | | | | 1 | | |
| 28 | 王益柔 | 北宋 1 | 1 | 1 | 1 | | 1 | 1 | | | | |
| 29 | 曾　巩 | 北宋 1 | 1 | 1 | 1 | | 1 | | | 1 | | |
| 30 | 韩　缜 | 北宋 1 | 1 | 1 | 1 | 1 | | | | 1 | | |
| 31 | 阮逸女 | 北宋 1 | 1 | 1 | 1 | 1 | | | | 1 | | |
| 32 | 太尉夫人 | 北宋 1 | 1 | 1 | 1 | 1 | | 1 | | | | |
| **合计** | **26 人** | **北宋 1** | **901** | **414** | **228** | **141** | **87** | **57** | **62** | **108** | **1** | |
| 33 | 王安石 | 北宋 2 | 29 | 15 | 2 | 1 | 1 | 1 | | 1 | | |
| 34 | 吴师孟 | 北宋 2 | 1 | 1 | 1 | 1 | | | | 1 | | |
| 35 | 蒲宗孟 | 北宋 2 | 1 | 1 | 1 | 1 | | | 1 | | | |
| 36 | 张才翁 | 北宋 2 | 1 | 1 | 1 | 1 | | | | 1 | | |
| 37 | 章　楶 | 北宋 2 | 2 | 2 | 1 | 1 | | | 1 | | | |
| 38 | 方　资 | 北宋 2 | 1 | 1 | 1 | | 1 | | 1 | | | |
| 39 | 晏几道 | 北宋 2 | 260 | 52 | 8 | 4 | 4 | 5 | 2 | 1 | | |
| 40 | 王　观 | 北宋 2 | 29 | 15 | 6 | 4 | 2 | | 3 | 3 | | |
| 41 | 王安礼 | 北宋 2 | 3 | 3 | 2 | 1 | 1 | | | 2 | | |
| 42 | 曾　布 | 北宋 2 | 8 | 2 | 1 | | 1 | | | | 1 | |
| 43 | 王　诜 | 北宋 2 | 18 | 14 | 7 | 6 | 1 | 2 | 2 | 3 | | |

续表

| 序号 | 词人 | 时代 | 词作数量 | 用调总数 | 创调总数 | 首见调数 | 孤调数量 | 小令调数 | 中调调数 | 长调调数 | 大曲等调 | 体调不详 |
|---|---|---|---|---|---|---|---|---|---|---|---|---|
| 44 | 苏　轼 | 同上 | 363 | 76 | 11 | 6 | 5 | 5 | 2 | 4 | | |
| 45 | 许　将 | 北宋 2 | 2 | 2 | 1 | 1 | | | 1 | | | |
| 46 | 陈　慥 | 北宋 2 | 1 | 1 | 1 | | 1 | | | 1 | | |
| 47 | 舒　亶 | 北宋 2 | 51 | 17 | 2 | 1 | 1 | 1 | 1 | | | |
| 48 | 范祖禹 | 北宋 2 | 5 | 4 | 3 | 2 | 1 | | | 3 | | |
| 49 | 丁仙现 | 北宋 2 | 1 | 1 | 1 | 1 | | | | 1 | | |
| 50 | 黄　裳 | 北宋 2 | 53 | 22 | 3 | 2 | 1 | | | 3 | | |
| 51 | 王　雱 | 北宋 2 | 1 | 1 | 1 | 1 | | | | 1 | | |
| 52 | 张景修 | 北宋 2 | 2 | 2 | 1 | 1 | | | | 1 | | |
| 53 | 黄大临 | 北宋 2 | 3 | 2 | 1 | 1 | | | 1 | | | |
| 54 | 黄庭坚 | 北宋 2 | 192 | 71 | 15 | 9 | 6 | 5 | 7 | 3 | | |
| 55 | 晁端礼 | 北宋 2 | 142 | 73 | 15 | 9 | 6 | 2 | 2 | 11 | | |
| 56 | 李元膺 | 北宋 2 | 9 | 7 | 1 | 1 | | 1 | | | | |
| 57 | 赵　项 | 北宋 2 | 1 | 1 | 1 | 1 | | | | 1 | | |
| 58 | 丁　注 | 北宋 2 | 1 | 1 | 1 | 1 | | | | 1 | | |
| 59 | 刘　弇 | 北宋 2 | 8 | 8 | 3 | 3 | | | | 3 | | |
| 60 | 秦　观 | 北宋 2 | 90 | 44 | 4 | 2 | 2 | 2 | | 2 | | |
| 61 | 米　芾 | 北宋 2 | 17 | 14 | 1 | 1 | | 1 | | | | |
| 62 | 李　甲 | 北宋 2 | 9 | 9 | 5 | 1 | 4 | | 2 | 3 | | |
| 63 | 贺　铸 | 北宋 2 | 283 | 92 | 19 | 10 | 9 | 2 | 12 | 5 | | |
| 64 | 仲　殊 | 北宋 2 | 77 | 28 | 4 | 3 | 1 | 3 | | 1 | | |
| 65 | 晁补之 | 北宋 2 | 167 | 74 | 5 | 3 | 2 | 1 | | 4 | | |
| 66 | 周邦彦 | 北宋 2 | 186 | 110 | 52 | 49 | 3 | 7 | 9 | 36 | | |
| 67 | 李　廌 | 北宋 2 | 4 | 4 | 1 | | 1 | 1 | | | | |
| 68 | 孔　夷 | 北宋 2 | 3 | 3 | 1 | | 1 | | | 1 | | |
| 69 | 阮　阅 | 北宋 2 | 6 | 6 | 1 | 1 | | 1 | | | | |
| 70 | 晁冲之 | 北宋 2 | 16 | 9 | 1 | 1 | | | 1 | | | |
| 71 | 毛　滂 | 北宋 2 | 204 | 54 | 5 | 3 | 2 | 2 | 2 | 1 | | |

续表

| 序号 | 词人 | 时代 | 词作数量 | 用调总数 | 创调总数 | 首见调数 | 孤调数量 | 小令调数 | 中调调数 | 长调调数 | 大曲等调 | 体调不详 |
|---|---|---|---|---|---|---|---|---|---|---|---|---|
| 72 | 刘　焘 | 北宋 2 | 12 | 5 | 1 | 1 | | | | 1 | | |
| 73 | 韩嘉彦 | 北宋 2 | 1 | 1 | 1 | 1 | | | | 1 | | |
| 74 | 吴则礼 | 北宋 2 | 39 | 19 | 2 | | 2 | 1 | | 1 | | |
| 75 | 王安中 | 北宋 2 | 55 | 21 | 1 | | 1 | 1 | | | | |
| 76 | 张继先 | 北宋 2 | 56 | 25 | 3 | 1 | 2 | 1 | | 2 | | |
| 77 | 江　衍 | 北宋 2 | 1 | 1 | 1 | 1 | | | 1 | | | |
| 78 | 江　纬 | 北宋 2 | 1 | 1 | 1 | 1 | | | | 1 | | |
| 79 | 曹　组 | 北宋 2 | 37 | 24 | 3 | 3 | | | 2 | 1 | | |
| 80 | 万俟咏 | 北宋 2 | 29 | 25 | 11 | 4 | 7 | 1 | 2 | 8 | | |
| 81 | 田　为 | 北宋 2 | 7 | 5 | 3 | 3 | | | | 3 | | |
| 82 | 赵　佶 | 北宋 2 | 14 | 12 | 3 | 2 | 1 | 2 | | 1 | | |
| 83 | 江致和 | 北宋 2 | 1 | 1 | 1 | | 1 | | 1 | | | |
| 84 | 袁　绹 | 北宋 2 | 2 | 2 | 1 | | 1 | | 1 | | | |
| 85 | 赵耆孙 | 北宋 2 | 1 | 1 | 1 | 1 | | | | 1 | | |
| 86 | 权无染 | 北宋 2 | 5 | 4 | 1 | | 1 | 1 | | | | |
| 87 | 刘　濬 | 北宋 2 | 1 | 1 | 1 | | 1 | | | 1 | | |
| **合计** | **55 人** | **北宋 2** | **2512** | **991** | **226** | **152** | **74** | **49** | **57** | **119** | **1** | |
| 88 | 曾　纡 | 南渡 3 | 9 | 8 | 1 | 1 | | | | 1 | | |
| 89 | 刘一止 | 南渡 3 | 42 | 25 | 2 | | 2 | | | 2 | | |
| 90 | 王庭珪 | 南渡 3 | 43 | 24 | 1 | | 1 | | 1 | | | |
| 91 | 朱敦复 | 南渡 3 | 1 | 1 | 1 | 1 | | 1 | | | | |
| 92 | 朱敦儒 | 南渡 3 | 246 | 75 | 7 | 4 | 3 | 6 | | 1 | | |
| 93 | 周紫芝 | 南渡 3 | 156 | 52 | 2 | 1 | 1 | 1 | 1 | | | |
| 94 | 李　纲 | 南渡 3 | 54 | 18 | 1 | | 1 | | 1 | | | |
| 95 | 莫　蒙 | 南渡 3 | 5 | 3 | 1 | | 1 | | 1 | | | |
| 96 | 李持正 | 南渡 3 | 2 | 2 | 1 | 1 | | | 1 | | | |
| 97 | 刘均国 | 南渡 3 | 1 | 1 | 1 | 1 | | | | 1 | | |
| 98 | 蔡　伸 | 南渡 3 | 175 | 68 | 4 | 3 | 1 | 2 | 1 | 1 | | |

续表

| 序号 | 词人 | 时代 | 词作数量 | 用调总数 | 创调总数 | 首见调数 | 孤调数量 | 小令调数 | 中调调数 | 长调调数 | 大曲等调 | 体调不详 |
|---|---|---|---|---|---|---|---|---|---|---|---|---|
| 99 | 王　灼 | 南渡3 | 21 | 19 | 1 | 1 | | 1 | | | | |
| 100 | 潘　汾 | 南渡3 | 6 | 6 | 1 | | 1 | | | 1 | | |
| 101 | 李重元 | 南渡3 | 4 | 1 | 1 | 1 | | 1 | | | | |
| 102 | 花仲胤妻 | 南渡3 | 2 | 1 | 1 | | 1 | 1 | | | | |
| 103 | 李弥逊 | 南渡3 | 94 | 39 | 1 | | 1 | 1 | | | | |
| 104 | 张元幹 | 南渡3 | 185 | 72 | 2 | 1 | 1 | 2 | | | | |
| 105 | 吕渭老 | 南渡3 | 134 | 61 | 6 | 3 | 3 | 1 | 2 | 3 | | |
| 106 | 林季仲 | 南渡3 | 1 | 1 | 1 | | 1 | | | 1 | | |
| 107 | 王之道 | 南渡3 | 186 | 55 | 2 | 1 | 1 | 1 | | 1 | | |
| 108 | 董　颖 | 南渡3 | 12 | 3 | 1 | | 1 | | | | 1 | |
| 109 | 冯时行 | 南渡3 | 13 | 9 | 1 | | 1 | 1 | | | | |
| 110 | 李　鼐 | 南渡3 | 10 | 8 | 1 | | 1 | 1 | | | | |
| 111 | 扬无咎 | 南渡3 | 177 | 74 | 9 | 3 | 6 | 3 | 2 | 4 | | |
| 112 | 曹　勋 | 南渡3 | 183 | 84 | 26 | 3 | 23 | 1 | 1 | 23 | 1 | |
| 113 | 史　浩 | 南渡3 | 182 | 64 | 7 | 2 | 5 | 6 | | | 1 | |
| 114 | 关　注 | 南渡3 | 3 | 3 | 1 | 1 | | 1 | | | | |
| 115 | 康与之 | 南渡3 | 43 | 32 | 3 | 1 | 2 | 1 | | 2 | | |
| 116 | 侯　寘 | 南渡3 | 96 | 40 | 1 | | 1 | | 1 | | | |
| 117 | 朱　雍 | 南渡3 | 20 | 18 | 1 | 1 | | 1 | | | | |
| 118 | 韩　玉 | 南渡3 | 28 | 21 | 1 | | 1 | | 1 | | | |
| 119 | 卢　炳 | 南渡3 | 63 | 34 | 1 | 1 | | | 1 | | | |
| **合计** | **32人** | **南渡3** | **2196** | **921** | **91** | **31** | **60** | **33** | **14** | **41** | **3** | |
| 120 | 曾　觌 | 南宋4 | 104 | 50 | 1 | 1 | | | 1 | | | |
| 121 | 赵彦端 | 南宋4 | 158 | 60 | 2 | | 2 | | 1 | 1 | | |
| 122 | 李　吕 | 南宋4 | 18 | 12 | 1 | | 1 | 1 | | | | |
| 123 | 洪　迈 | 南宋4 | 6 | 6 | 1 | | 1 | | | 1 | | |
| 124 | 袁去华 | 南宋4 | 99 | 49 | 5 | 2 | 3 | 2 | 2 | 1 | | |
| 125 | 曹　冠 | 南宋4 | 63 | 37 | 1 | | 1 | 1 | | | | |

**续表**

| 序号 | 词人 | 时代 | 词作数量 | 用调总数 | 创调总数 | 首见调数 | 孤调数量 | 小令调数 | 中调调数 | 长调调数 | 大曲等调 | 体调不详 |
|---|---|---|---|---|---|---|---|---|---|---|---|---|
| 126 | 陆　游 | 南宋 4 | 145 | 65 | 1 | | 1 | | | 1 | | |
| 127 | 范成大 | 南宋 4 | 113 | 35 | 2 | 2 | | | 2 | | | |
| 128 | 王　质 | 南宋 4 | 76 | 33 | 3 | 1 | 2 | 1 | 1 | 1 | | |
| 129 | 沈　瀛 | 南宋 4 | 99 | 19 | 2 | | 2 | | | | 2 | |
| 130 | 杨万里 | 南宋 4 | 15 | 7 | 1 | | 1 | | | | 1 | |
| 131 | 张孝祥 | 南宋 4 | 224 | 52 | 1 | | 1 | | 1 | | | |
| 132 | 丘　崈 | 南宋 4 | 81 | 41 | 2 | 1 | 1 | 2 | | | | |
| 133 | 赵长卿 | 南宋 4 | 339 | 84 | 3 | | 3 | | 3 | | | |
| 134 | 崔敦诗 | 南宋 4 | 2 | 2 | 1 | | 1 | | | 1 | | |
| 135 | 辛弃疾 | 南宋 4 | 629 | 100 | 2 | 1 | 1 | 1 | 1 | | | |
| 136 | 程　垓 | 南宋 4 | 157 | 68 | 5 | 1 | 4 | 1 | 4 | | | |
| 137 | 汪梅溪① | 南宋 4 | 1 | 1 | 1 | | 1 | | 1 | | | |
| 138 | 赵师侠 | 南宋 4 | 154 | 49 | 2 | 1 | 1 | 2 | | | | |
| 139 | 陈　亮 | 南宋 4 | 74 | 47 | 3 | | 3 | | 1 | 2 | | |
| 140 | 杨炎正 | 南宋 4 | 38 | 20 | 1 | 1 | | | 1 | | | |
| 141 | 刘　过 | 南宋 4 | 78 | 28 | 3 | 1 | 2 | 1 | | 2 | | |
| 142 | 姜　夔 | 南宋 4 | 87 | 56 | 21 | 13 | 8 | 3 | 5 | 13 | | |
| 143 | 韩　淲 | 南宋 4 | 197 | 52 | 1 | | 1 | | | 1 | | |
| 144 | 高似孙 | 南宋 4 | 4 | 3 | 1 | 1 | | | | 1② | | |
| 145 | 史达祖 | 南宋 4 | 112 | 66 | 8 | 3 | 5 | | | 8 | | |
| **合计** | **26 人** | **南宋 4** | **3073** | **1043** | **75** | **29** | **46** | **15** | **24** | **33** | **3** | |
| 146 | 葛长庚 | 南宋 5 | 135 | 34 | 1 | | 1 | | | | 1 | |

---

①《花草粹编》卷八收汪梅溪《南州春色》一词，注出《辍耕录》，列程正伯（程垓）后，盖南宋词。《历代诗余》卷五十录作汪莘词，金绳武本《花草粹编》卷十六作王十朋词；《全宋词》于汪、王二家皆不录，列入王十朋存目词，亦未收作汪梅溪词；《全金元词》《全明词》皆不录。田玉琪《词调史研究》作王十朋词，第 485 页。《词谱》卷十九录作汪梅溪词，盖以其出自《辍耕录》，故谓为元人，第 338 页。兹姑录作汪梅溪词，与程垓同属中兴时期，仍存疑俟考。

②《莺啼序》一调，创始于金王喆（1112—1170），即全真教创始人王重阳，后传入南宋，南宋后期词人作《莺啼序》共 15 首，姑订高似孙词为南宋词坛此调首见之作。

续表

| 序号 | 词人 | 时代 | 词作数量 | 用调总数 | 创调总数 | 首见调数 | 孤调数量 | 小令调数 | 中调调数 | 长调调数 | 大曲等调 | 体调不详 |
|---|---|---|---|---|---|---|---|---|---|---|---|---|
| 147 | 陈　晔 | 南宋 5 | 4 | 4 | 1 | | 1 | | 1 | | | |
| 148 | 周端臣 | 南宋 5 | 9 | 8 | 3 | | 3 | | | 3 | | |
| 149 | 赵以夫 | 南宋 5 | 68 | 48 | 3 | 1 | 2 | | | 3 | | |
| 150 | 吴　潜 | 南宋 5 | 256 | 66 | 1 | 1 | | 1 | | | | |
| 151 | 黄孝迈 | 南宋 5 | 4 | 3 | 1 | | 1 | | | 1 | | |
| 152 | 马天骥 | 南宋 5 | 1 | 1 | 1 | 1 | | 1 | | | | |
| 153 | 吴文英 | 南宋 5 | 341 | 142 | 16 | 3 | 13 | 1 | 1 | 14 | | |
| 154 | 李霜涯 | 南宋 5 | 1 | 1 | 1 | | 1 | 1 | | | | |
| 155 | 冯伟寿 | 南宋 5 | 6 | 6 | 4 | | 4 | | | 4 | | |
| 156 | 柴　望 | 南宋 5 | 13 | 8 | 1 | | 1 | | | 1 | | |
| 157 | 杨　缵 | 南宋 5 | 3 | 3 | 2 | 1 | 1 | | | 2 | | |
| 158 | 张　矩 | 南宋 5 | 12 | 3 | 1 | 1 | | | | 1 | | |
| 159 | 奚　淢 | 南宋 5 | 10 | 10 | 1 | | 1 | | | 1 | | |
| 160 | 曹　邍 | 南宋 5 | 6 | 6 | 1 | 1 | | | | 1 | | |
| 161 | 谭宣子 | 南宋 5 | 13 | 11 | 3 | | 3 | | 3 | | | |
| 162 | 杜龙沙 | 南宋 5 | 4 | 4 | 1 | | 1 | 1 | | | | |
| 163 | 廖莹中 | 南宋 5 | 2 | 2 | 1 | | 1 | | | 1 | | |
| **合计** | **18 人** | **南宋 5** | **888** | **360** | **43** | **9** | **34** | **5** | **5** | **32** | **1** | |
| 164 | 陈允平 | 南宋 6 | 209 | 121 | 1 | | 1 | | | 1 | | |
| 165 | 周　密 | 南宋 6 | 153 | 78 | 4 | | 4 | | 1 | 3 | | |
| 166 | 蒲寿宬 | 南宋 6 | 18 | 4 | 1 | | 1 | 1 | | | | |
| 167 | 彭元逊 | 南宋 6 | 20 | 17 | 2 | | 2 | | | 2 | | |
| 168 | 汪元量 | 南宋 6 | 52 | 33 | 2 | | 2 | | | 2 | | |
| 169 | 姚云文 | 南宋 6 | 9 | 9 | 2 | | 2 | | | 2 | | |
| 170 | 仇　远 | 南宋 6 | 120 | 84 | 2 | | 2 | 2 | | | | |
| 171 | 蒋　捷 | 南宋 6 | 94 | 57 | 2 | | 2 | | | 2 | | |
| 172 | 张　炎 | 南宋 6 | 302 | 99 | 1 | | 1 | 1 | | | | |
| 173 | 黄子行 | 南宋 6 | 6 | 5 | 1 | | 1 | | | 1 | | |

续表

| 序号 | 词人 | 时代 | 词作数量 | 用调总数 | 创调总数 | 首见调数 | 孤调数量 | 小令调数 | 中调调数 | 长调调数 | 大曲等调 | 体调不详 |
|---|---|---|---|---|---|---|---|---|---|---|---|---|
| 174 | 罗志仁 | 南宋 6 | 7 | 7 | 1 | | 1 | | | 1 | | |
| **合计** | **11 人** | **南宋 6** | **990** | **514** | **19** | | **19** | **4** | **1** | **14** | | |
| 175 | 胡浩然 | 不详 | 5 | 5 | 2 | | 2 | | | 2 | | |
| 176 | 吴　奕 | 不详 | 1 | 1 | 1 | | 1 | | | 1 | | |
| 177 | 蔡士裕 | 不详 | 2 | 2 | 1 | | 1 | 1 | | | | |
| **合计** | **3 人** | **不详** | **8** | **8** | **4** | | **4** | **1** | | **3** | | |
| 178 | 苏小娘 | 不详 | 1 | 1 | 1 | | 1 | | | 1 | | |
| 179 | 萧　回 | 不详 | 1 | 1 | 1 | | 1 | | 1 | | | |
| **合计** | **2 人** | **不详** | **2** | **2** | **2** | | **2** | | **1** | **1** | | |
| 180 | 吕　岩 | 不详 | 62 | 17 | 2 | | 2 | 2 | | | | |
| 181 | 巫山神女 | 不详 | 9 | 1 | 1 | | 1 | | | | 1 | |
| 182 | 琴　精 | 不详 | 1 | 1 | 1 | | 1 | | | 1 | | |
| **合计** | **3 人** | **不详** | **72** | **19** | **4** | | **4** | **2** | | **1** | **1** | |
| | **无名氏** | | **1590** | **306** | **120** | **43** | **77** | **47** | **16** | **48** | **3** | **6** |
| **总计** | **182 人** | | **12257 首** | **4593 调次** | **822 调** | **414 调** | **408 调** | **218 调** | **181 调** | **404 调** | **13 调** | **6 调** |

说明:“表 3－2”有关词调体式的分类统计,指宋代词人首见创调的体式数量,而非指其全部用调的体式数量。又,“南宋 6”以下时代不详的首见创调作者分四种类型:胡浩然以下 3 人,载《全宋词》末尾部分,虽有姓名,但年里时代皆不详;苏小娘、萧回 2 人,为《全宋词》所附《宋人话本小说中人物词》,时代不详;吕岩以下 3 人,为《全宋词》所附《宋人依托神仙鬼怪词》,时代亦无考;无名氏词有一部分作品可考创作年代,而作为整体的作者则难以归属具体时代。

## 第二节　宋代词人用调创调的定量分析

以上我们对宋代词人用调和创调两方面的数量都进行了检索、考订和统计,所获得的数据究竟具有怎样的意义和启示,还需要我们做进一步的定量分析和定性探讨。有关定性分析和专题研究我们将在后面陆续展开,这里先做定量分析。

## 一　宋代词人用调的定量分析

从“表3－1”的统计数据来看，宋代使用词调在10个以上的词人共计199人。我们对他们的排名，主要依据用调数量（指词调正名）的多少来排序，用调数量多者排列在前，用调数量少者排列在后；用调数量相同者，则姑依时代先后排序。鉴于无名氏乃是一个集合体的特殊性，故不参与个体作家用调数量及地位的排名，姑附于表格之末位，以资参考。

下面，我们即以用调在10调以上的199位宋代主要词人为重点对象，对他们在运用词调方面的数据进行定量分析，以观照他们在词调运用上的特色、成就与地位。

### （一）宋代词人用调的层级分布与总体风貌

我们可以从词调运用的层面将宋代词人划分为三个大的层级：第一层级，即“表3－1”所列199位用调在10个以上的词人，我们姑且称之为宋词用调的重要词人或代表作家；其中排名在前10位的，我们可以称之为宋词用调“十大家”；其他词人我们可以称之为宋词用调“众名家”。第二层级，为上文未列表的用调在10调以下的词人，共计1301人（不含无名氏），我们姑且称他们为宋词用调的一般词人或普通作者；其中用调在2—9调者凡448人，我们姑且称之为“低调词人”；只用1调者凡813人，另有仅见失调名孤篇的40人，共853人，我们姑且称之为“独调作者”。第三层级，即无名氏，这是一个佚失姓名的词人的集合体，其中应该包括一部分文人作者和一部分民间词人，他们共用词调凡306个，鉴于他们的特殊性，我们姑且把他们视为宋词作者中的一个独特群体或特殊作者。

词是依词调而创作的，一般而言，词人使用的词调多，相应地词作数量也会多，只有极少数词人只用少量词调创作了较多的歌词作品；而我们考察和评估一个词人创作成就的大小，通常也能从他们的作词数量和用调数量上获得体认。就宋代用调在10个以上的199位词人来看，虽然只占到宋词作者总数（1500）13.26%的较小比例，但他们所使用的词调却多达6644调次，占了全部宋代词人所用9342调次（参见第二章第一节）71.11%的较高比例；他们共创作了16380首词作，占宋词作品总数（21251）的比例更高达77.07%；他们共创用了574个新词调,占宋词创用新调总数(822)的比例也高达约69.8%。因此,我们完全有理由把他们视为代表宋词主要成就的重要词人与优秀作家。事实上,我们发现,除了范仲淹、岳飞等一小部分用调数量和作品数量不多而较有成就和影响的名家词人之外,绝大多数为历代所公认的宋词“大家”和“名家”都包含在这199个用调在10个以上的词人队伍之中,其中排名在前的“十大家”,尤其值得我们关注(参见下文)。用调在2—9调的448个“低调词人”,虽然在宋词作者总数中占据了约三分之一的比例(29.86%),但是除了一小部分较有特色、成就和影响的词人,如潘阆、范仲淹、宋祁、岳飞等人之外,绝大多数词人皆成就有限,称他们为“低调词人”,应该是恰如其分的。至于只用了1调的853个“独调词人”,尽管他们占宋词作者总数的比例高达56.86%,但他们绝大多数人不仅“独调”,而且在作品数量上也往往是“独一无二”,这些“独调”“独词”也大多默默无闻,因此仅从词调的运用来看,接近宋词作者总人数约达57%的作者实际上多是偶尔染指者。需要说明的是,尽管我们对数量巨大的第二层级的共1301位宋代词人用调的总体成就和词史地位的评价并不高,但也不能完全抹杀他们对宋代词调发展和词史演进所做出的贡献;他们作为个体词人的用调数量虽然不多,但他们构成了一个庞大的作者群体,反映了宋代词人用调所具有的深厚广泛的群众基础;在宋代词人所创用的822个新调中,有128调出自这些一般词人和普通作者;尤其是在448个“低调词人”中,既不乏对金曲名调的采用,也产生和涌现了一些名篇佳作,需要我们进一步去做披沙拣金式的发掘和考察工作。

至于“无名氏”这个特殊群体,他们不仅用调数量多,而且也颇有特色和贡献,是非常值得我们做专门考察和探讨的。在这里,我们只能略做定量分析。我们的统计显示,宋代无名氏所用词调共计306调,创作歌词凡1590首,其中失调名之作235首难以一一详考其调名。若以1人计,无名氏的用调数量和作词数量都超出了宋代任何一个有名氏词人,若进入排名,无名氏当位居第一!在他们所用的306调中,除了继承和采用唐宋已有的旧词调之外,也首用和创始了120个新词调,显示出超越一般个体词人的开拓性和创造力。从所用词调体式看,小令120调,中调64调,长调113调,另有大曲调3调,体式不详者6调;长调之数几乎与小令相等,如果计入中调里的一部分慢词,则长调慢词的数量实际上已超出小令短调。这也反映了宋代无名氏在词调的运用方面众调兼备、丰富多彩的特色和成就。

### （二）宋代词人用调“十大家”的地位评估

根据“表 3 - 1”的统计，依据用调数量的多少及时代的先后，并参考词调数量与词作数量之比例等因素来排名，宋词用调“十大家”的排名及其重要地位也就凸显出来了。排名前 10 位的词人依次是：柳永(142)、吴文英(142)、陈允平(121)、周邦彦(110)、辛弃疾(100)、张炎(99)、贺铸(92)、张先(89)、曹勋、赵长卿、刘辰翁、仇远(84)、周密(78)、苏轼(76)。可见，宋代词人用调排名前 10 位的“大家”实际上包括了 14 人，其中柳永与吴文英 2 人同以 142 调并列第 1 名，曹勋、赵长卿、刘辰翁、仇远 4 人同以 84 调并列第 8 名，我们姑且统称他们为宋代词人用调“十大家”。“十大家”所用词调共计 1385 调次，占用调在 10 调以上的 199 人所用调次总数(6644)的 20.84%；他们共创作了 3840 首词作，占用调在 10 调以上的 199 位宋代重要词人创作总数(16380)的 23.44%，占整个宋词作品总数(21251)的 18.06%；他们所首用或创始的词调共计 302 调，占宋代词人创用新调总数(822)的 36.73%。仅从数量和比例来看，“十大家”在词调运用上所取得的成就和地位，是完全可以用“以一当十”甚至“以一当百”来形容和概括的。

我们对宋词用调“十大家”的定位，主要是以他们运用词调的总数量为依据的。可以看出，“十大家”中用调在 100 调以上的就有柳永、吴文英、陈允平、周邦彦、辛弃疾 5 家，以下张炎、贺铸、张先 3 家的用调数量也都在 90 调左右，曹勋以下 4 家用调总数也都达 84 调之多，居于末二位的周密和苏轼也各为 78 调和 76 调。我们发现，“十大家”用调数量的名列前茅，与他们词作成果之丰硕恰好是呈正比的。“十大家”作词数量都在 100 首以上，最少者是仇远的 120 首，最多者是辛弃疾的 629 首；他们每人平均用调多达 98.92 调，平均作词也多达 274.28 首，平均每调作词则约为 2.77 首。用调数量和作词数量之多，平均值之高，是他们创作成果丰硕和词史地位突出的一个重要表现；而其用调数量与词作数量比值之低(平均每调作词数量少)，则反映了他们在词调运用方面所具有的热情和付出的努力。在宋词用调“十大家”中，除了陈允平、曹勋、赵长卿、仇远、周密 5 人的创作成就和词史地位较低一些之外，其他 9 家则都属于历代公认的宋词“大家”与“名家”。由此可见，词调运用的数量与成就如何，应该也是衡量宋词“大家”与“名家”的一个重要指标。

我们的统计也列出了宋词用调“十大家”的时代分布。可以看出，在两宋三大时期六个时代中均有“十大家”的身影，其中北宋承平时代和变革时代各占 2 家和 3 家，共 5 家，即柳永、张先、苏轼、周邦彦、贺铸；南渡战乱时代占 1 家，即曹勋；南宋中兴时代占 2 家，即辛弃疾和赵长卿；南宋苟安时代占 1 家，即吴文英；南宋亡国时代占 5 家，即陈允平、张炎、刘辰翁、仇远、周密。从总体分布来看，“十大家”中南宋词人略多于北宋词人，而以南宋最后两个时代的词人居多，因为这是宋代词史的发展走向集成与总结的时期，吴文英、张炎、陈允平、刘辰翁、仇远、周密这 6 位用调“大家”之所以相继出现在此期，与宋代词调在前几个时期的繁荣和铺垫当是密切相关的。我们看到，处在这两个时代的词人在创调数量上已是越来越少，而他们却有了更好的条件和基础对前代词调加以集成和运用。如吴文英共用调 142 个，在两宋词坛上与北宋承平时代的柳永并列用调之首位，但他创用的新调却只有 16 个，可见他对新词调的运用和创制已明显低于北宋和南渡时代的用调“大家”；其他如陈允平、张炎、仇远、周密 4 人，创用新调则只在 1 调或 2 调之数，周密也只有 4 调，刘辰翁甚至没有创用新调。陈允平是南宋次韵周邦彦词的一个典型代表，他虽然在用调总数上超过了周邦彦，但他的用调基本不出周词之范围，表现出一种极端的模仿学习周词的倾向，他之所以能跻身宋词用调“十大家”，主要是因为他对周词大范围的次韵创作，而他之所以不能成为宋代词坛上的优秀词人，大概也正因为他缺少了创新的精神和独特的个性。至于张炎，虽是宋末词坛之殿军，也是两宋词史上的著名词人和词论家，但他在词调的运用上显然已缺少了创造激情和创新条件，而表现出更突出的继承和总结的特征。至于辛弃疾，乃是南宋中兴时代运用词调的“大家”之一，他虽创用了 2 个新调，但他的成就并不体现在创调上，而是表现在对已有词调的大量采用和大力创作上。与辛弃疾同时的赵长卿，虽然作词数量和用调数量也都很多，但他创用的新调也只有 3 个，而且其创作成就也远不及辛弃疾。

若从用调成就和词史贡献来看，北宋 5 位“大家”包括南渡词人曹勋的表现则更为突出。柳永虽以 142 调的总数而与吴文英并列宋词用调排行榜第一位，但就用调成就和影响而言，柳永实际上堪称宋词用调之“领袖”。在他所运用的142个词调中，只有18调是继承和沿用唐五代的旧词调，而为他所首用或创始的新词调则多达124调。历代词学研究已公认柳永是宋代词史上第一个大力创作长调慢词的词人，我们的统计数字显示，柳永所用142调中，长调共80调，中调凡40调，小令仅22调，即使不计入他所用中调里一部分慢词之调，柳永所用慢词长调的数量也已是他所用小令的3.63倍。长调慢词超过小令短调是从柳永开始的，这一改变对于宋词的走向繁荣鼎盛是具有重要意义的。这一点在我们所定位的宋词用调“十大家”身上也得到了印证。可以看到，除柳永之外，另有周邦彦、曹勋、吴文英、陈允平、刘辰翁、张炎、周密7家，在词调体式上也都表现出长调慢词超过小令短调的特色与成就。张先是与柳永大致同时而略晚的宋词名家，他的创作成就也体现在词调运用上，这一点似乎未能引起历代词学研究者应有的注意。我们的统计显示，张先不仅以89调的用调数量排列在前10名以内，而且还以39个新调紧随柳永和周邦彦之后，高居宋代词人创调排行榜的第3位。在用调的创新性方面，张先也非常值得关注和探讨。贺铸是北宋后期一位兼具婉约与豪放词风的著名词人，他在词调的运用方面不仅总数多达92调，而且也有19调之多的创调。周邦彦是结束北宋开启南宋的词坛大家，一向以“创调之才”和格律精严而著称，对此我们的统计数据也给予了有力的支持。周邦彦不仅以110调的用调数量名列“十大家”的前三甲，而且还创用了52个新调，在创调方面的名次和成就仅次于柳永。尤其值得注意的是同处于北宋变革时代的苏轼，过去我们看到和肯定的多是苏轼开拓题材、革新词风的成就，对他在词调和体式方面的作为往往不够重视，甚至是贬抑和否定。笔者此前曾以《浣溪沙》《水调歌头》《念奴娇》三调的创作为例，考察和评述苏轼用“创意”带动“用调”、以经典之作推动词调流行和词史发展的成绩①，现在我们的统计数据进一步显示，苏轼不仅以76调的用调数量跻身宋代词人用调“十大家”的末位，而且还有11个创用的新调，说明他在词调的运用上也体现了一定的创新精神。曹勋为南渡时期宫廷词人之代表，其词多应制之作，创作成就并不高，但他在词调运用上却有超过一般词人之处，不仅用调总数达到了84调之

① 刘尊明：《从用调与创意看苏轼的词史地位——以〈浣溪沙〉〈水调歌头〉〈念奴娇〉为例》，载《文艺研究》2007年第5期。

多,而且为他所首用或创制的新词调也多达 26 调,另外还有大曲 1 调,只是这些词调大多为孤调,故成就和影响多不及其他用调"大家",甚至不及一些用调总数少于他的著名词人(如用调"众名家"中的姜夔、史达祖等人)。

### (三) 宋代词人用调"众名家"的成就分析

"十大家"共 14 名词人之外,用调在 10 调以上的宋代重要词人还有 185 人,我们姑且将他们定位为宋词用调"众名家"。

我们发现,为历代学者和读者所公认的宋词"大家"和"名家",如晏殊、欧阳修、晏几道、秦观、黄庭坚、晁补之、李之仪、王安石、晁端礼、仲殊、赵令畤、李清照、朱淑真、朱敦儒、张元干、叶梦得、康与之、毛滂、周紫芝、向子諲、陆游、张孝祥、范成大、姜夔、陈亮、刘过、万俟咏、扬无咎、史达祖、高观国、戴复古、刘克庄、王沂孙、蒋捷、汪元量等,绝大多数都在这份宋词用调"众名家"的榜单之中。他们用调共计 5259 调次,占用调在 10 调以上的 199 位宋代重要词人所用调次总数(6644)的 79.15%;他们所创作的作品共计 12540 首,占用调在 10 调以上的 199 位宋代重要词人创作总数(16380)的 76.55%,占整个宋词作品总数(21251)的 59%;他们所首用或创始的新调共计 273 调,占用调在 10 调以上的 199 位宋代重要词人所用新调总数(575)的 47.47%,占整个宋词创调总数(822)的 33.21%。因此,无论就整个宋代词人的用调成就而论,还是就用调在 10 调以上的宋代重要词人群体而论,这 185 位用调"名家"都堪称宋代词调运用中除"十大家"之外最核心的队伍,最中坚的力量。

就宋词用调"众名家"的时代分布来看,185 人中除宋人依托吕岩 1 人难以归属具体时代外,其他 184 人的时代分布大致如下:北宋承平时代 3 人;北宋变革时代 29 人;南渡战乱时代 41 人;南宋中兴时代 60 人;南宋苟安时代 32 人;南宋亡国时代 19 人。与"十大家"中南宋词人略多于北宋相比,"众名家"中的南宋词人总数为 111 人(未计南渡词人),是北宋用调"名家"总数(32 人)的 3.46 倍,已占据了绝对优势;如果计入南渡词人,南宋词坛用调"名家"的阵容将更为壮观。这反映了南宋"名家"词人在词调运用上所取得的超越于北宋"名家"词人的总体成就。这与整个南宋时代词人队伍的壮大和创作成果的丰硕大致是相一致的。

我们发现,宋词用调"众名家"最集中地出现在南宋中兴时代。这个时代不仅产生了“十大家”中的辛弃疾、赵长卿 2 位“大家”，而且还涌现了 60 位“名家”。就中兴时代的这 60 位“名家”来看，他们不仅占宋词用调“众名家”总数的比例达到了 32.43%，成为宋词用调队伍中的一支重要力量，而且他们对前三个时代的宋代词调的大量运用以及对一部分新词调的创用（共 65 调），也显示了他们在宋代词调史上所留下的不朽功绩。就用调和创调而言，南宋中兴时代成就最为卓著的词人当推姜夔。在“表 3 - 1”所列宋代主要词人运用词调排行榜中，姜夔虽然只有 56 调的总数量而未能跻身“十大家”之列，但他的词作总数也只有 87 首，平均每调作词达 2.71 首，与“十大家”比并不逊色；更为重要的是，姜夔所用长调多达 29 调，已超过了他所用小令（17 调）和中调（10 调）的总和（27 调）；另外他还创用了 21 个新调，其中大多是他的“自度曲”，而且大多得到了后人的采用。从“自度曲”的创作成就及其对词调史的影响来看，姜夔的地位实际上是超越“十大家”中的陈允平、赵长卿、刘辰翁、仇远等人的。南宋中兴时代另一位重要的用调“名家”是史达祖，他不仅有 66 调的用调总数，而且以 33 个长调和 8 个创调，显示了他在长调和新调的运用和创制等方面所做出的贡献。此外，南宋中兴时代在词调的运用和创制方面有所建树和具备特色的词人，还有程垓、陆游、袁去华、赵师侠、陈亮、丘崈、范成大、王质、洪适、马子严、刘过、沈瀛等，也值得关注。

北宋两个时代的用调“名家”虽然只有 32 人（承平时代 3 人、变革时代 29 人），但是从用调创调的总体成就和词史影响来看，却有着超越其他时代的突出表现。如活动于北宋承平时代的欧阳修、晏殊、杜安世 3 人，都属于宋代词坛的“大家”与“名家”（杜安世名气较低一些），他们不仅有较为可观的用调数量和词作数量，而且在新调的创用上也各有 21 调、12 调和 7 调，共计 40 调；在长调的运用上，欧阳修和杜安世也各有 6 调和 5 调的创作。这些表现都堪称对柳永和张先在词调运用上的回应与支持，其词史意义是不容忽略的。至于变革时代的用调诸“名家”，不仅集中了秦观、黄庭坚、晏几道、晁补之、晁端礼、李之仪、王安石、仲殊、毛滂、万俟咏等一大批宋词“大家”和“名家”，而且他们在词调的运用上也一定程度地体现了变革时代的革新成就和创造精神。这从创用新调的数量上即可得到印证。这一时期的用调“名家”创用的新调总数共计 100 调，超过了其他各个时期的用调“名家”，其中晁端礼、黄庭坚、晏几道、万俟咏、王观、王诜等人，首用或创制的新调都在10调左右或10调以上，其他如晁补之、毛滂、仲殊、赵佶等人，也都有所表现和贡献。

南渡时期的用调“名家”共计41人，在人数上仅次于南宋中兴时代，却超过了北宋两个时代和南宋后期的两个时代。我们看到，在这个时期的用调“名家”中，既不乏李清照这样的“大家”，也有朱敦儒、张元幹、周紫芝、向子諲、康与之、朱淑真等“名家”；就新调的运用和创制而言，此期出现的新调共有52个，仅次于北宋变革时代和南宋中兴时代，其中扬无咎、朱敦儒、蔡伸、史浩、吕渭老、康与之等人在新调的创制和运用上表现得更为突出。至于南宋苟安时代、亡国时代，用调“名家”的总人数已逐步减少(32人、19人)，虽然不乏刘克庄、戴复古、蒋捷、王沂孙、汪元量等“名家”词人，在用调上尚不乏后劲，但创调之力已明显不足(各有8调、6调)，仅赵以夫、谭宣子、汪元量等人，稍有成就和特色，其他则表现平平，兹不赘述。

## 二　宋代词人创调的定量分析

宋代词人用调的主要成就表现在创用新调上。以上我们主要以用调在10调以上的199位重要词人为对象和范围，对宋代词人用调的总体成就和基本风貌进行了定量分析；其中虽然涉及创调的层面，但是一来不够全面完整，二来观照考察的视角也有所不同；因此，我们有必要对宋代词人的创调数据做进一步的定量分析，以了解宋代词人的创调成就及其词史贡献。

### （一）宋代词人首见创调的层级划分与总体成就

在前文“表3－2”中，我们已对全部宋代词人首见创调的数据做出了检索与统计。除无名氏外，有姓名可考或题署姓氏的有首见创调的宋代词人共计182人；若计入创用新调达120调之多的无名氏，估计宋代实际参与创用新调的词人当在200人以上。就整个宋代词坛约1500人的作者队伍来看，有创调的词人虽然只占约12%的较小比例，但是他们却创用了822个新调，占整个宋词用调总数(897)的比例高达91.63%，其对宋代词调创新和词史发展所做出的贡献也就得到了有力的凸显。

“表3－2”对宋代创调词人的统计数据主要是按时代先后排列的，我们可以在此基础上按创调数量的多少进行层级划分和名次排列。大致亦分四个层级：

第一层级，创用新调在 10 调以上者，共计 13 人，正好排名前十位，姑且称之为“创调十大家”；第二层级，创用新调在 2—9 调者，共计 61 人，姑且称之为“创调众名家”；第三层级，创用新调仅为 1 调者，共计 108 人，姑且称之为“创调一般作者”；第四层级，即无名氏，作者人数难以详考，姑且视之为“创调特殊作者”。

“创调十大家”共包括 13 位词人，按创调数量的多少依次为：柳永(124)、周邦彦(52)、张先(39)、曹勋(26)、欧阳修、姜夔(21)、贺铸(19)、吴文英(16)、黄庭坚、晁端礼(15)、晏殊(12)、苏轼、万俟咏(11)。其中，柳永、周邦彦、张先名列宋代词人“创调十大家”前三名，柳永与周邦彦一向以精通音律、擅长创调而著称，我们的统计数据正好给予了有力的印证和支持；而张先创调的业绩却多被忽略，值得我们加以重视。欧阳修与姜夔皆以 21 调的创调数量并列第 5 名，对姜夔这个擅长“自度曲”的词人来说，这个数据和排名并不意外，而欧阳修能与姜夔并列，当令我们刮目相看。黄庭坚与晁端礼既为同时词人，亦皆以 15 调的创调数量并列第 8 名，表现也较为突出，这对于曾被任命为大晟府协律郎的晁端礼来说固属正常，而黄庭坚的创调成就则多被遮蔽了。苏轼与万俟咏则同以 11 调的创调数量并列第 10 名，虽然忝列末位，但并不以创调而著称的苏轼能与曾供职大晟府的万俟咏并列，其成就已相当不俗。另外，固守小令传统的晏殊能以 12 个新调跻身第 9 名，也应该引起我们的关注。其他如曹勋、贺铸、吴文英，皆以用调和创调而擅胜，他们能分别排列第 4、6、7 名，也就不足为奇了。“十大家”共 13 位词人创用新调的总数为 382 调，占宋词新调总数的比例为 46.47%，几近半壁江山，其成就和贡献也就不言而喻了。

“创调众名家”共包括 61 位词人，即：扬无咎(9 调)；晏几道、史达祖(皆 8 调)；杜安世、王诜、朱敦儒、史浩(皆 7 调)；王观、吕渭老(皆 6 调)；李甲、晁补之、毛滂、袁去华、程垓(皆 5 调)；秦观、仲殊、蔡伸、冯伟寿、周密(皆 4 调)；和岘、寇准、沈唐、范祖禹、黄裳、刘弇、张继先、曹组、田为、赵佶、康与之、王质、赵长卿、陈亮、刘过、周端臣、赵以夫、谭宣子(皆 3 调)；刘潜、刘几、王安石、王安礼、舒亶、吴则礼、刘一止、周紫芝、张元幹、王之道、赵彦端、范成大、沈瀛、丘崈、辛弃疾、赵师侠、杨缵、彭元逊、汪元量、姚云文、仇远、蒋捷、胡浩然、吕岩

(皆2调)①。可以看出，这些“创调众名家”中，包含了一大批宋代词坛的“大家”和“名家”，如辛弃疾、秦观、晏几道3人皆为宋词“十大词人”中的成员；其他如王安石、王观、晁补之、毛滂、朱敦儒、周紫芝、张元幹、袁去华、范成大、陈亮、刘过、史达祖、周密、蒋捷等，皆为宋代词坛排名较为靠前的“名家”词人②。他们的创作成就和词史地位的取得，虽然与创调并不完全成正比，但他们都有创调的努力和开拓，这是与他们在宋代词坛上的成就和地位相契合的。如辛弃疾作为宋代词坛名列前茅的大家，其创作成就和词史地位主要表现在对“苏辛”豪放词风的壮大和“辛派”词人阵营的建树，其用调成就也主要表现在对唐宋已有词调的广泛运用和大力创作，但他却创用了《唐多令》和《王孙信》2个新调，仍然显示了他旺盛的创造力和鲜明的创新性。又比如晏几道，历代多被视为与其父同属固守小令词体的保守派的代表，但他也贡献了8个新调，而且《泛清波摘遍》还属于大曲摘遍的长调慢词，可见他在用调上也并非故步自封。由这61位词人所创用的新调共计212调，占宋代词人创用新调总数(822)的比例也达25.79%，已占四分之一，其成就和贡献也是相当突出的了。

至于108位“创调一般作者”，虽然都只创用了孤零零的一个新调，108调的创调占宋代词人创调总数(822)的比例也只有13.13%，但是并非没有意义和价值。其中既有林逋、李纲、陆游、张孝祥、葛长庚、吴潜、张炎等宋词“大家”和“名家”，而且也不乏金曲名调，如《满庭芳》(毕大节)、《好事近》(宋祁)、《霜天晓角》(林逋)、《踏莎行》(寇准)、《眼儿媚》(阮阅)、《喜迁莺慢》(蔡挺)、《祝英台近》(王琪)、《醉花阴》(舒亶)、《花心动》(阮逸女)、《多丽》(聂冠卿)等，皆为宋代词坛的新声名曲和常用词调。此外，无名氏作为“创调特殊作者”，他们为宋代词坛贡献了120个新调，占宋代词人创调总数的比例也达到了14.59%，已超越了上述“一般作者”；与有名氏词人相比，其创调数量仅次于柳永，而超越了包括周邦彦在内的其他所有创调“大家”和“名家”，进一步显示了民间群体的力量和成就。就人数来看，宋代词坛创调的“一般作者”和“特殊作者”的阵容更为庞大，虽然带有一定的偶发性和尝试性，但是也充分反映了宋代词人创用新调所具有的普

① 吕岩首见创调《梧桐影》、《六么令》2调，均为小令，皆宋人依托，亦俱为孤调；其中《六么令》一词为单片30字体，与柳永等所作双片94字体不同，应为同名异调，姑订为《六么令1》。

② 参见刘尊明、王兆鹏：《唐宋词的定量分析》，北京：北京大学出版社2012年版，第124—152页。

遍性和群体性。宋代词调的繁兴、词体的演进和词史的发展，应该是由少量的“大家”和中量的“名家”，与众多的“一般作者”和“特殊作者”，齐力创新，共同合作，而达到和完成的。

（二）宋代词人首见创调的时代分布与发展历程

为了显示宋代词人创调的发展历程，我们在“表3-2”中对宋代词人创调的统计，特意按时代先后顺序分期排列，这样时代分布既历历可见，发展轨迹也得到了清晰的呈现。总体来看，两宋词人的创调分布以北宋数量最多，其中有名氏创调共464调，无名氏创调共120调中，大致可考属北宋创调者约101调，属南宋创调者约19调，则北宋有名氏和无名氏词人的创调总数共达565调之多，占宋词创调总数(822)的比例高达68.73%；虽然南宋词人词作以及南宋用调总数都远远超出了北宋，但南宋创调的总数却只有257调(含无名氏19调等)，只占宋词创调总数31.26%的较小比例，个中原因，值得我们进一步探究。从演进轨迹来看，宋词创调从北宋初期的迟缓低落，至北宋承平时代和变革时代，相继形成两座高峰，大致双峰并峙，前后映照；至南渡前后，虽有北宋创调惯性的推动，但仍然显现滑落的趋势；经中兴时代至苟安时代直到亡国易代之际，虽然不乏创调，延续不断，然而大体仍然画出了逐步递减衰落的轨迹。

在北宋初期约半个多世纪的时间里，宋代词坛尚呈现一片冷清寥落的景象，却仍有6人共10调的创调成果，为宋代词调的拓展和繁衍拉开了序幕。和岘为《导引》、《六州》、《十二时》3支军乐鼓吹曲作词，毕大节首用长调《满庭芳》，林逋创用小令《霜天晓角》，日后都成为了宋代词坛的新声名曲和常用词调；寇准一个人就创用了《甘草子》、《阳关引》、《踏莎行》3个新调，前两调虽然较为冷僻，但《踏莎行》却很快就流行起来，以218首的作品数量名列宋代词调排行榜的第26位。

北宋承平时代是宋代词人创调的第一个高潮，也是两宋各个时期创调的最高峰。此期共有26位词人创用新调228调，占宋代词人创用新调总数的比例高达约27.73%，发展之迅速，成果之丰硕，令人惊叹。这与整个北宋承平时代社会文化繁荣、燕乐曲调流行、市井新声鼎沸的背景和土壤密切相关。就26人的创调队伍来看，平均每人创调8.76调，这也是两宋各个时期词人创调最高的平均值。就数量分布和排名来看，此期创调的主要成果则集中在5位词人身上，他们就是柳永(124)、张先(39)、欧阳修(21)、晏殊(12)、杜安世(7)；柳永一人的创调数量不仅占了北宋承平时代创调总数的一半有余，而且也是整个两宋词坛创调的第一大家！张先、欧阳修、晏殊、杜安世 4 人的创调数量既各有等差，与柳永的距离也较大，但他们却形成了对柳永的有力呼应，从而为整个宋代词调的繁兴和词体的演进开拓出广阔的前景，并产生了极其深远的词史影响。此外，参与这个时期创调的作者除了柳永、张先等较专业化的词人之外，既有帝王(赵祯)、宰臣(晏殊、欧阳修、宋祁)，还有女性作者(阮逸女、太尉夫人)，反映了北宋承平时代词人创调所具有的深广根基。

北宋变革时代是宋词创调的又一座丰碑，与北宋承平时代的创调成就相比，可谓旗鼓相当，前后辉映。此期共有 55 位词人创用了 226 个新调，创调总数仅比前一时期少了 2 调，但创调词人则不仅比前一时期翻了一番，而且也是两宋各个时期创调人数最多的一代；226 个新调占宋代词人创用新调总数的比例也达到了 27.49%，仅比前一时期低了约 0.2 个百分点。就每人创调的平均值来看，此期平均每人创调约 4.1 首，也比前一时期低了约一半。但是，若从参与创调的词人队伍更为壮大的视角来看，北宋变革时代亦堪称两宋创调之巅峰。此期词人的创调格局大致与宋词的风格流派和发展进程恰相契合和同步，主要以两大创作阵营和风格流派的词人为主体：一是以苏轼为领袖的苏门词人群体，一是以周邦彦为代表的大晟词人群体。从数量的分布及成就来看，周邦彦以创用 52 调成为此期创调之翘楚，也是整个两宋词坛仅次于柳永的“创调大家”，他创用的新调尤其是慢词长调对两宋词坛产生了极其深远的影响。贺铸则以 19 调的成绩名列此期创调第二名，从文学渊源和风格流派来看，贺铸则属于与苏门词人有所交际的词坛名家，他所创用的新调如《青玉案》等也成为宋词的流行名曲和常用词调。晁端礼(15)、万俟咏(11)、田为(3)等在创调上亦各有建树，他们皆属大晟词人群体，与周邦彦形成呼应。此期另一引人注目的创调阵营则属苏门词人群，苏轼(11)、黄庭坚(15)都各有两位数的创调成果，堪与大晟词人媲美；晁补之(5)、秦观(4)也紧随苏门师友，各有创调；王诜(7)、毛滂(5)、仲殊(4)等皆与苏门交往密切，也有不俗的表现。此期游离于两大阵营的创调词人，还有晏几道(8)、王观(6)、李甲(5)、范祖禹、黄裳、刘弇、张继先、曹组、赵佶(皆 3 调)等，亦不乏创获。

南渡词坛仍有 34 人创用了 94 个新调,虽比北宋前两个时期大有跌落,但仍延续了前两个时期的创调惯性,而高出于南宋的各个时期,反映了时局震荡和文化变迁对词坛的影响及其对创调的需求。此期曹勋虽以 26 调高居创调榜首,但因其创调多属应制之作、谀颂之声,故多沦为孤僻之调(23 调),影响并不大。此期的创调名家还有扬无咎(9)、朱敦儒、史浩(7)、吕渭老(6)、蔡伸(4)、康与之(3)等,都各有贡献;此外,刘一止、周紫芝、张元干、王之道、赵彦端等,也各有 2 调的创获。

南宋中兴时代共有 24 人创用了 72 个新调,比南渡词坛的创调又有所滑落;尤其与同期词坛所形成的用调高峰相比,创调的乏力则更为突出,反映了宋词创调自南渡以来持续走低的发展趋势,也反映了南渡词坛在用调上已逐步进入饱和、集成和收束阶段的发展规律。正因为如此,此期姜夔能有 21 调的创调,而且以"自度曲"擅胜,多数创调也得到了流行,则极为难能可贵。此外,史达祖(8)、袁去华、程垓(5)、王质、赵长卿、陈亮、刘过(3)、范成大、沈瀛、丘崈、辛弃疾、赵师侠(2)等人,在创调上也都有所贡献。

南宋最后两个时期,各有 18 人 43 个创调、11 人 19 个创调,在继续下滑的历程中仍然有精彩闪现,而且延续不断。这两个时期的创调名家只有吴文英一人最为突出和耀眼,处在南宋后期的不利时段中,他仍有 16 调的创调业绩,与其他各个时段的创调大家和名家相比,并不逊色多少。其他如周密、冯伟寿(皆 4 调)、周端臣、赵以夫、谭宣子(皆 3 调)、杨缵、汪元量、蒋捷、仇远(皆 2 调)等创调,已大多沦为昙花一现的孤调。此外,少数年代不详的词人、小说人物、仙鬼人物中虽略有创调,但数量极少(共 10 调),且后两类多属依托之作,已不足为观。倒是无名氏创用了 120 个新调,多数属北宋新声,少量盖南宋以来创调,形成对两宋有名氏词人创调的一个补充,反映了宋代民间创调的成绩,留待后面做专题探讨。

### (三) 宋代词人首见创调的体式分类与创体成就

在"表 3 - 2"中,我们还对宋代词人的创调体式进行了分类统计,以呈现和反映宋代词人对词体发展演进所做出的成就与贡献。

从总数据来看,两宋词人所创用的 822 个新调中,小令占 218 调,中调占 181 调,长调占 404 调,另有大曲等调 13 调和体式不详 6 调。可见,宋代词调曲体丰富，众调兼备，于两宋词人所创用的822个新调中，得到了鲜明的呈现。同时，我们还看到，在宋代词人的创调中，长调的数量已超出了小令和中调之和，几乎比小令和中调各多出一倍的数量；如果将中调与长调相加，共计585调，则中长调的数量更是小令的2.68倍；如果将中调里的一部分字数在80字以上的慢词剥离出来，则长调慢词的数量将进一步增加。我们由此获得的认识和结论是：尽管两宋词坛以小令短调创作的小令作品的总数要多于长调慢词，在作品数量最多的两宋“十大金曲”中，《浣溪沙》、《鹧鸪天》、《菩萨蛮》、《蝶恋花》、《西江月》、《临江仙》这6调皆属小令或令曲，属于长调慢词的只有《水调歌头》、《念奴娇》、《满江红》、《沁园春》4调，两宋词人运用小令短调的调次也略多于长调慢词；但是在两宋词人所创用的822个新调中，长调慢词的数量却占据了半壁江山的明显优势，而排列在“十大金曲”中的《水调歌头》、《念奴娇》、《满江红》、《沁园春》4个慢词长调，也都是由北宋初期和前期的词人所首创的，宋代词人继承唐五代慢词长调不过只有《卜算子慢》、《八六子》等寥寥数调，而由宋代词人创用的慢词长调却多达404调，可见宋代词人创调的主要业绩表现在长调慢词上，长调慢词的创用对于宋代词调的繁兴和词体的演进也具有极其重要的词史意义和词学价值。

从分期来看，除了北宋初期创调中小令数量略多于长调之外，其他各期的长调数量都超出于小令。北宋承平时代共创用228调，小令57调，中调62调，长调108调，另有大曲1调，第一次改写了唐五代至北宋初期小令占绝对优势的词体格局；虽然大多数创调词人仍以小令为多，但柳永第一个大力创用长调慢词，在他所创用的124个新调中，小令仅11调，中调为38调，而长调却多达75调，格局豁然变大，风气由此畅开。此期张先、欧阳修、杜安世的创调虽仍以小令和中调为多，但于长调的创用也各有11调、4调、3调的贡献；其他如沈唐(3调)、刘潜(2调)以及吴感等十余人，虽然创调数量不多，却皆属长调慢词。

北宋变革时代共创用226调，小令49调，中调57调，长调119调，另有大曲1调，继续保持和拓展了承平时代所开创的词体格局。其中，周邦彦以创用36个长调居功第一；此外，晁端礼(11)、万俟咏(8)、贺铸(5)、苏轼、晁补之(各4调)、王观、王诜、范祖禹、黄裳、黄庭坚、刘弇、李甲、田为(各3调)、王安礼、秦观、张继先(各2调)，也各有长调的创用。

南渡词坛共创用 94 调,小令 33 调,中调 16 调,长调 42 调,另有大曲等 3 调,长调的优势也随着整体创调的滑落而有所减弱。曹勋以创用 23 个长调而名列前茅,扬无咎(4)、吕渭老(3)、刘一止、康与之(各 2 调),也略有贡献。

南宋中兴时代共创用 72 调,小令 15 调,中调 22 调,长调 32 调,大曲等调 3 调,创调的总量仍在下滑,但长调的创用却有所振起。姜夔一人就创用了 13 个长调,中调里亦不乏慢词,他以“自度曲”的形式对南宋词调创新和词体丰富做出了较大的贡献。此外,史达祖也创用了 8 个长调,引人注目;其他如陈亮、刘过等辛派词人,于长调的创用也有斩获。

南宋苟安时代共创用 43 调,小令和中调各 5 调,长调 32 调,另有大曲 1 调,创调的总数比前一时期又有跌落,但创用长调的数量却与前一时期相等。吴文英创用了 14 个长调,比上期的姜夔略有增加,成为宋词创调最后的一抹光彩。其他如冯伟寿、周端臣、赵以夫、杨缵等,虽有长调的创用,但都影响不大。

南宋亡国时代共创用 19 调,小令 4 调,中调 1 调,长调 14 调,虽然已是强弩之末,但仍显示出对长调的偏重。此期对长调的创用,主要是由周密(3)、彭元逊、汪元量、姚云文、蒋捷(各 2 调)等人完成的,和前几个时期相比,已失去了创调的“大家”,周密不过略微突出而已。

此外,两宋无名氏共创用 120 调,小令 47 调,中调 16 调,长调 48 调,另有大曲 3 调,体式不详 6 调,词体既丰富多样,长调亦略多于小令。至于词人时代不详及宋人依托之作者中,也略有长调的创用,兹不赘述。

以上仅就宋代词人用调创调的相关数据略做定量分析,聊以窥见宋代词人用调创调之总体风貌与主要成就。至于对宋代词调和用调做定性分析与个案研究,则有待下文进一步展开与深入。

# 第四章　柳永对词调的开创及其贡献

柳永是两宋词坛的大家之一，更以擅长创用词调和大力创作慢词长调而著称。对柳词的评价，历代词学虽多有批评其浅近卑俗、浮靡淫艳之论，但对柳词精通音律、创新词调之功则给予了高度一致的揭示和认同。如早在北宋后期，李之仪在回顾词史发展时就指出：唐末五代以来"大抵以《花间集》中所载为宗，然多小阕，至柳耆卿始铺叙展衍，备足无余"①，便点明了柳永对慢词长调的开拓之功。又如李清照评柳永亦云"虽协音律，而辞语尘下"，尽管不满其词风尘俗，却指出了其"协音律"的特征，尤其是还高度肯定了柳永"变旧声作新声"的创调之功②。至南宋，人们对柳词在用调协律上的成就也多致好评："其词格固不高，而音律谐婉。"③"又能择声律谐美者用之。"④"柳耆卿音律甚协，句法亦多有好处。"⑤从清代至近代，词学批评中又进一步强化了柳永对慢词长调的开创之功，认为"慢词当始耆卿"⑥，"长调自以周、柳、苏、辛为最工"⑦，推许"屯田为北宋创调名家"⑧。

---

① 李之仪：《跋吴思道小词》，张惠民《宋代词学资料汇编》，第 200 页。
② 胡仔：《苕溪渔隐丛话后集》卷三十三引录，第 254 页。
③ 陈振孙：《直斋书录解题》卷二十一，上海：上海古籍出版社 2006 年版，第 616 页。
④ 王灼：《碧鸡漫志》卷二，岳珍《碧鸡漫志校正》（修订本），第 28 页。
⑤ 沈义父：《乐府指迷》，《词话丛编》本，第 278 页。
⑥ 宋翔凤：《乐府余论》，《词话丛编》本，第 2499 页。
⑦ 王国维：《人间词话 · 删稿》，与《蕙风词话》合册，北京：人民文学出版社 1984 年版，第 227 页。
⑧ 蔡嵩云：《柯亭词论》，《词话丛编》本，第 4911 页。

二十世纪以来,海内外学术界对柳永词的研究虽然取得了丰硕的成果,对柳永所用词调及其慢词创作也多有涉及,但是还缺少以柳永词的用调创调为视角的系统而深入的专题研究。有鉴于此,我们在参考借鉴前人时贤已有研究成果的基础上,拟对柳永词的用调成就及其对词体词史发展所做出的贡献,进行更全面深入的考察与探讨。

## 第一节　柳永词用调的统计与定量分析

要对柳永词的用调特征和成就及其地位和影响进行全面深入的考察与探讨,我们首先必须要对柳永词用调的基本面貌和详细数据进行全面考察与准确统计。过去对柳永词牌和慢词的研究,或做概括描述,或做比较分析,往往缺少数据统计和定量分析,或虽有统计而不够全面准确,都妨碍了柳永词用调研究的系统性和准确性。有鉴于此,我们以《全宋词》所收柳永词为依据,再参考历代各家对柳永《乐章集》的整理校注成果,对柳永全部词作及其所用词调的各种数据进行检索、统计和考订,并在此基础上进行定量分析,既藉以展现柳永词用调的基本风貌和总体成就,也为下文的定性分析提供基础和启示。

### 一　柳永词用调的数据统计

柳永有词的专集《乐章集》,大致在柳永去世后的北宋中后期即得以编集传世,南宋著名藏书家陈振孙所著《直斋书录解题》于“歌辞类”中,即著录《乐章集》九卷,为长沙刘氏书坊所刻《百家词》本[①]。明代以来,《乐章集》有多种版本得到传存,直至晚清民国时期,朱祖谋以清毛扆校正、劳权传抄的三卷加续添曲子一卷本为底本,共计 206 首,并参校其他各本,刻入《彊村丛书》[②],成为二十世纪以来柳词的通行之本。《全宋词》即据《彊村丛书》本收录柳永词,另外补辑 7 首(含失调名残句 1 首),共计 213 首。《乐章集》所收词作皆按宫调编排,只有《全宋词》补辑 7 首宫调不详。今人整理校注的《乐章集》主要有两种:一为薛瑞

① 陈振孙:《直斋书录解题》卷二十一,第 616、629 页。
② 朱孝臧辑校:《彊村丛书》,上海:上海书店出版社、扬州:江苏广陵古籍刻印社 1989 年版,影印本。

生《乐章集校注》①，二为陶然、姚逸超《乐章集校笺》②，所录柳词数量与《全宋词》基本相同。

下面，我们即以《全宋词》为依据，并参考两种《乐章集》校注本，主要从柳永词调所属宫调、各调词作的数量和体式、用调的不同类型三个大的方面，对柳永全部词作的用调情况和各种数据进行全面细致的检索、考订和统计，兹列表如下：

**表 4－1　柳永词用调一览表**

（依《全宋词》著录顺序，按宫调排列）

| 序号 | 调名 | 宫调 | 首数 | 字数 | 体式 | 首见 | 仅见 | 已见 | 备注 |
|---|---|---|---|---|---|---|---|---|---|
| 001 | 黄莺儿 | 正宫 | 1 | 96 | C | ● | | | 词咏莺，赋本意，盖创调。宋词共5首，王诜等4首，属同调。《词律》（简称《律》）卷十四、《词谱》（简称《谱》）卷二四俱收，《谱》注“即咏黄莺儿，取以为名” |
| 002 | 玉女摇仙佩 | 正宫 | 1 | 139 | C | ● | | | 调名盖源于仙女解佩赠郑交甫之故事。题“佳人”，合本意，盖创调。宋词共5首，另有晁端礼等4首。《律》二十、《谱》三八俱收。薛本订为自制曲 |
| 003 | 雪梅香 | 正宫 | 1 | 94 | C | | | √ | 《梅苑》无名氏2首咏梅，赋本意，盖创调。宋词共3首，柳词赋羁旅相思，非本意，与无名氏第二首同韵，盖次其韵。据此知无名氏盖与柳永为同时人。《律》十四、《谱》二三俱收。薛本订为自制曲，编庆历四年秋（1044）作；陶本订淮楚之什，或作于真州 |
| 004 | 尾犯1③ | 正宫 | 1 | 94 | C | ● | | | 赋羁旅相思，犯调曲。赵以夫等6首为同调。柳词别首入林钟商，为异调。《律》十四收，《谱》二三列为正体。薛本订为自制曲，编咸平六年(1003) |

① 薛瑞生：《乐章集校注》（增订本），北京：中华书局2012年版。以下简称“薛本”。

② 陶然、姚逸超：《乐章集校笺》，上海：上海古籍出版社2016年版。以下简称“陶本”。

③ 柳永《尾犯》共2首，一入正宫，94字；一入林钟商，98字，宫调、声情和体式皆有所不同，应属同名异调，姑分列为二调，以《尾犯1》、《尾犯2》相区分。其他调名后标示数字者，亦属同名异调。参见田玉琪《词调史研究》，第370页。

**续表**

| 序号 | 调名 | 宫调 | 首数 | 字数 | 体式 | 首见 | 仅见 | 已见 | 备注 |
|---|---|---|---|---|---|---|---|---|---|
| 005 | 早梅芳(慢)① | 正宫 | 1 | 105 | C |  | ★ |  | 写都市,颂功业,非本意,盖倚声。与吕渭老等《早梅芳近》为异调。《词律拾遗》五、《谱》三三作《早梅芳慢》。陶本考为投赠杭守孙沔之作,在至和元年至嘉祐元年间(1054—1056) |
| 006 | 斗百花(近拍) | 正宫 | 3 | 81 | B | ● |  |  | 写宫怨、闺情与欢爱,非本意,盖倚声。宋词共7首,仲殊名《斗百花近拍》。《谱》十九列为正体和"又一体"。薛本编宫怨词作于庆历七年或八年(1047—1048) |
| 007 | 甘草子 | 正宫 | 2 | 47 | A |  |  | √ | 首见寇准词,咏早春。柳词联章,赋秋景闺情。宋词共4首,另有扬无咎词。《律》四收柳词,《谱》六列为异体。薛本编庆历四年(1044)秋作 |
| 008 | 送征衣2 | 中吕宫 | 1 | 121 | C |  | ★ |  | 唐教坊曲名,敦煌词1首59字。柳词颂圣祝寿,非本意,盖变旧曲为新声,或另倚新曲。《律》二十、《谱》三六俱收。薛本编庆历元年至二年间(1041—1042),陶本编景祐元年(1034) |
| 009 | 昼夜乐 | 中吕宫 | 2 | 98 | C | ● |  |  | 赋闺情与艳情,合本意,盖创调。宋词共4首,另有黄庭坚等作。《律》十五、《谱》二六俱收,《谱》谓"创自柳永" |
| 010 | 柳腰轻② | 中吕宫 | 1 | 82 | B |  | ★ |  | 咏妓舞容,合本意,盖创调。《律》十二、《谱》十六俱收。《谱》注"因词有'英英妙舞腰肢软……'句,取以为名" |

① 柳永用调除《木兰花慢》在调名后标明"慢"外,另有一部分词调往往与令曲名称相同而实为慢词调。为便于区分同名的令、慢词调,凡有依据为慢词调者,则于调名后括注"慢"字或径加"慢"字。

②《词谱》卷十九于柳永《柳腰轻》词后注云:"调近《柳初新》,但《柳初新》调前后段第六句押韵,此不押韵;又柳词所注宫调不同,自应各为一体。"第331页。柳永《柳初新》一调,入大石调,兹分列为二调。

**续表**

| 序号 | 调名 | 宫调 | 首数 | 字数 | 体式 | 首见 | 仅见 | 已见 | 备　注 |
|---|---|---|---|---|---|---|---|---|---|
| 011 | 西江月 | 中吕宫<br>不详 | 1<br>1 | 50 | A | | | √ | 唐教坊曲名，有唐词 5 首、宋词 498 首。《乐章集》1 首，赋闺情；辑佚 1 首，咏狎妓，宫调不详。《谱》八以柳词为正体 |
| 012 | 倾杯乐 1①<br>(禁漏花深) | 仙吕宫 | 1 | 106 | C | ● | | | 唐教坊曲名，有敦煌词 2 首，体调不同。柳词赋元宵皇都风情，与唐词异调，盖用宋代新声。此词曾传高丽。另有扬无咎等 4 首为同调。《谱》三二列为“又一体” |
| 013 | 笛家弄(慢) | 仙吕宫 | 1 | 125 | C | ● | | | 赋清明，忆旧游，盖因闻笛曲而作，或为创调。宋词共 3 首，朱雍词次韵柳词。《律》二十、《谱》三六俱收，《谱》名《笛家》，注一名《笛家弄慢》 |
| 014 | 倾杯乐 2<br>(皓月初圆) | 大石调 | 1 | 116 | C | | ★ | | 赋恋情相思，非本意，盖倚声。另首大石调词体式声情不同，为异调。《律》七、《谱》三二列为“又一体” |
| 015 | 迎新春 | 大石调 | 1 | 105 | C | | ★ | | 赋元宵，颂太平，合本意，盖创调。《律》十八、《谱》三二俱收 |
| 016 | 曲玉管 | 大石调 | 1 | 105 | C | | ★ | | 唐教坊曲名，盖笛曲，无唐词。柳词赋羁旅相思，非本意，三声通叶，盖变旧曲为新声，或另倚新曲。《律》十八、《谱》三三俱收，《谱》谓为双拽头体。薛本编庆历三年(1043)秋作 |
| 017 | 满朝欢 | 大石调 | 1 | 101 | C | ● | | | 赋游乐，忆旧欢，非本意，盖倚声，为变调。另仅见无名氏 1 首，为同调异体。《律》十九、《谱》二九俱收。薛本编庆历元年(1041)重回汴京作 |

① 柳永《倾杯乐》、《倾杯》、《古倾杯》共 8 首，分属不同宫调，体式声律亦多不同，兹分列为同名异调共 6 种，于调名后标示数字以为区分。参见田玉琪《词调史研究》，第 371 页。

**续表**

| 序号 | 调名 | 宫调 | 首数 | 字数 | 体式 | 首见 | 仅见 | 已见 | 备 注 |
|---|---|---|---|---|---|---|---|---|---|
| 018 | 梦还京 | 大石调 | 1 | 79 | B | | ★ | | 写别恨,忆旧情,羁旅中相思入梦之作,合本意,盖创调。《律》十一分两片,《谱》十八作三片。薛本订为自制曲 |
| 019 | 凤衔杯 | 大石调 | 2 | 63 | B | ● | | | 赋咏得瑶卿书信诗简,引起思念,联章体,非本意,盖倚声。宋词共7首,另有晏殊等作。《律》八、《谱》十二俱首列晏词,以柳词为"又一体"。薛本以瑶卿为柳妻。陶本注瑶卿为歌妓,订为景祐三年(1036)后游宦吴越时作 |
| 020 | 鹤冲天 | 大石调<br>黄钟宫 | 2 | 84<br>86 | B | ● | | | 唐词小令《喜迁莺》别名《鹤冲天》。柳词一赋离别相思,一咏落榜激愤,盖变旧曲为新声,宫调不同,体式相近。宋词共4首,另有杜安世等作。《律》十二、《谱》二一俱收。薛本谓自制曲,编黄钟宫词大中祥符元年(1008)落第作 |
| 021 | 受恩深 | 大石调 | 1 | 86 | B | | ★ | | 咏菊,非本意,盖倚声。《词律拾遗》三、《谱》二一俱收,一作《爱恩深》 |
| 022 | 看花回 | 大石调 | 2 | 67<br>68 | B | | ★ | | 一咏叹人生,盖晚年作;一歌咏游乐,盖早年作。合本意,盖创调。另有欧阳修等长调慢词。《律》十、《谱》十五俱收,《谱》注"琴曲有《看花回》,调名本此" |
| 023 | 柳初新(慢) | 大石调 | 1 | 81 | B | ● | | | 写新春,贺及第,盖创调。另有晁端礼等3首。《律》十二、《谱》九俱收,《谱》注一名《柳初新慢》。薛本编景祐元年(1034)及第作,陶本考为贺人及第作 |
| 024 | 两同心 | 大石调 | 2 | 68 | B | ● | | | 赋欢爱与相思,合本意,盖创调。宋词共12首,杜安世等作为同调异体,用三声叶,晏词用平韵。《律》十作"又一体",《谱》十六列为正体 |

续表

| 序号 | 调名 | 宫调 | 首数 | 字数 | 体式 | 首见 | 仅见 | 已见 | 备注 |
|---|---|---|---|---|---|---|---|---|---|
| 025 | 女冠子1(慢) | 大石调 | 1 | 112 | C |  | ★ |  | 唐教坊曲名,唐词为小令。柳词赋相思,盖以旧曲另翻新声。另2首为同名异调。《律》三、《谱》四俱列小令调后,《谱》注长调始于柳永,一名《女冠子慢》 |
| 026 | 木兰花<br>玉楼春<br>木兰花令 | 林钟商<br>大石调<br>仙吕调 | 7<br>5<br>1 | 56 | A |  |  | √ | 《木兰花》为唐教坊曲名,《玉楼春》见《花间集》,唐词体式相近,而实为二调。至宋多混同一调。柳词共13首,实同为《木兰花》。词多颂时、咏妓、咏物。陶本考"昭华""凤楼"2首作于大中祥符五年(1012),记真宗斋醮事 |
| 027 | 金蕉叶1 | 大石调 | 1 | 62 | B | ● |  |  | 赋宴乐,以酒杯名命调,合本意,盖创调。晁端礼、仲殊各1首为同调;另有袁去华等小令为异调。《律》四、《谱》十四俱收,《谱》注"此调始自柳永,因词有'金蕉叶泛金波霁'句,取以为名" |
| 028 | 惜春郎 | 大石调 | 1 | 49 | A |  | ★ |  | 咏歌妓,赋恋情,合本意,盖创调。《词律拾遗》一、《谱》七俱收 |
| 029 | 传花枝 | 大石调 | 1 | 101 | C |  | ★ |  | 调名盖起于酒令游戏。词咏平生才情,自负自嘲,合本意,盖创调。其词曾传高丽,载《高丽史·乐志》,名《转花枝》。《律》《谱》皆未收,盖嫌其词俗 |
| 030 | 雨霖铃(慢) | 双调 | 1 | 102 | C | ● |  |  | 唐教坊曲名,无唐词。柳词赋离别相思,盖借旧曲另翻新声。其词曾传高丽,《高丽史·乐志》注"慢"。宋词共7首。《律》一八收黄裳词,《谱》三一列为正体 |
| 031 | 定风波慢1 | 双调 | 1 | 105 | C |  | ★ |  | 唐教坊曲名,唐词59至62字,属令词。柳永赋羁旅相思,盖变旧曲为新声;另首宫调体式不同,为同名异调。《律》九附列令词调后,《谱》二八收《定风波慢》,作"又一体"。薛本编庆历六年(1046)春作;陶本考为宦游中思乡忆内之作 |

续表

| 序号 | 调名 | 宫调 | 首数 | 字数 | 体式 | 首见 | 仅见 | 已见 | 备注 |
|---|---|---|---|---|---|---|---|---|---|
| 032 | 尉迟杯(慢) | 双调 | 1 | 105 | C | ● | | | 以酒器名调,赋男女欢爱,非本意,盖倚声。宋词共 9 首,万俟咏名《尉迟杯慢》。梦窗词宫调同,清真词入大石调。《谱》三三列为仄韵正体 |
| 033 | 慢卷䌷 | 双调 | 1 | 111 | C | ● | | | 赋相思,犹合本意,盖创调。另见李甲 1 首。《律》十九、《谱》三五俱收。薛本订为自制曲,编咸平六年(1003)作 |
| 034 | 征部乐 | 双调 | 1 | 105 | C | | ★ | | 唐教坊曲有《征步郎》,无唐词;柳词追忆与歌妓恋情,盖变旧曲为新声,或另倚新曲。《律》十八、《谱》三四俱收。陶本考为登第前作 |
| 035 | 佳人醉 | 双调 | 1 | 71 | B | ● | | | 赋月夜思念佳人,犹合本意,盖创调。另仅见刘弇 1 首。《律》十、《谱》十六俱收。薛本订为自制曲 |
| 036 | 迷仙引 1 | 双调 | 1 | 83 | B | | ★ | | 调名盖源于阮肇遇仙故事。柳词咏妓情,为代言,合本意,盖创调。另有关咏长调词,乃同名异调。《律》十二、《谱》二十俱收。薛本订为自制曲 |
| 037 | 御街行 | 双调 | 2 | 76 | B | ● | | | 一写郊祀,祝圣寿,合本意,盖创调,《高丽史·乐志》注"令";一赋恋情。宋词共 33 首,另有范仲淹等作。《律》十一、《谱》十八俱列为正体和"又一体"。薛本订为自制曲,编前首作于庆历元年(1041),陶本考为天禧元年(1017)正月作 |
| 038 | 归朝欢 | 双调 | 1 | 104 | C | ● | | | 赋羁旅思归,犹合本意,盖创调。宋词共 16 首,另有张先等作。《律》十八收张先词,《谱》三二列为正体。薛本订为自制曲,编景德元年(1004)游湘作 |

续表

| 序号 | 调名 | 宫调 | 首数 | 字数 | 体式 | 首见 | 仅见 | 已见 | 备　注 |
|---|---|---|---|---|---|---|---|---|---|
| 039 | 采莲令 | 双调 | 1 | 91 | C | ● | | | 唐教坊曲有《采莲子》，唐词为小令。柳词盖用宋《采莲》大曲摘遍。另有史浩、无名氏各1首。《律》十三、《谱》二二俱收。薛本编庆历三年(1043)秋作，陶本考为自润州赴汴京途中作 |
| 040 | 秋夜月 | 双调 | 1 | 82 | B | | | √ | 《尊前集》载五代尹鹗1首，84字，为创调；宋词仅见柳词，赋恋情，为同调异体。《律》十二、《谱》二一俱收 |
| 041 | 巫山一段云 | 双调 | 5 | 46 | A | | | √ | 唐教坊曲名，有唐词。柳词赋游仙，盖为道场斋醮和圣节宴集演唱道曲而作。陶本考证作于大中祥符六年(1013) |
| 042 | 婆罗门令 | 双调 | 1 | 86 | B | | ★ | | 唐教坊曲有《望月婆罗门》，有敦煌词4首，为小令。柳词赋恋情，盖用宋婆罗门队舞曲。曹组等《婆罗门引》，为异调。《律》十一、《谱》二一俱收 |
| 043 | 法曲献仙音<br>法曲第二 | 小石调 | 1<br>1 | 91<br>87 | C | ● | | | 《宋史·乐志》载法曲部仅有二曲，即道调宫《望瀛》、小石调《献仙音》。《法曲第二》即《法曲献仙音》。柳词赋恋情，宫调声情皆同，为同调异体。宋词共20首，周邦彦词入大石调。另有曹勋《法曲·道情》，为大曲词。《律》十三、《谱》二二俱收，《谱》列周词为正体 |
| 044 | 西平乐1<br>(慢) | 小石调 | 1 | 101 | C | ● | | | 《填词名解》记古清商曲有此名。柳词盖变旧曲为新声，或倚新曲，赋暮春风物，追忆旧欢，用仄韵。晁补之、朱雍各1首为同调。周邦彦另翻新曲，为异调，吴文英等名《西平乐慢》。《律》十七、《谱》三十俱列柳词为正体 |

**续表**

| 序号 | 调名 | 宫调 | 首数 | 字数 | 体式 | 首见 | 仅见 | 已见 | 备　注 |
|---|---|---|---|---|---|---|---|---|---|
| 045 | 凤栖梧(蝶恋花) | 小石调 | 3 | 60 | B | | | √ | 唐教坊曲名《鹊踏枝》,有敦煌词和冯延巳词;李煜词名《蝶恋花》。宋词共508首,以《蝶恋花》为正名。柳词皆赋恋情与艳情。薛本多编为青少年时作 |
| 046 | 秋蕊香引 | 小石调 | 1 | 60 | B | | ★ | | 盖源于大曲,或为亡妓作。另有晏殊等《秋蕊香》17首为小令,曹勋等3首为长调慢词。《拾遗》二、《谱》十三俱收,《谱》注"自度曲";薛本订为悼亡妻,编景德二至四年(1005—1007)作 |
| 047 | 一寸金 | 小石调 | 1 | 108 | C | ● | | | 调名比喻宝贵,词赋蜀中形胜,颂扬勉励,犹合本意,盖创调。宋词共8首,周邦彦等词为同调。《律》十九收周词,《谱》三四首列柳词。薛本订为自制曲,编庆历四年(1044)作,颂益州太守蒋堂;陶本疑庆历三年送蒋堂自杭移蜀作 |
| 048 | 永遇乐(慢) | 歇指调 | 2 | 104 | C | ● | | | 祝寿颂圣,投赠颂政,合本意,盖创调。宋词共76首,晁补之入越调。一名《永遇乐慢》。《谱》三二列柳词为别体。前首薛本编庆历元年或二年(1041—1042)作,陶本编景祐元年作(1034);后首薛本编庆历七年(1047)赠知苏州滕宗谅作,陶本疑为景祐四年投知苏州蒋堂作 |
| 049 | 卜算子慢 | 歇指调 | 1 | 89 | B | | | √ | 首见晚唐钟辐词,名"慢"。柳词原名《卜算子》,盖简称,实慢词。宋词共3首。《律》三、《谱》二一俱列柳词为正体。薛本编庆历四年(1044)秋作 |
| 050 | 鹊桥仙(慢) | 歇指调 | 1 | 87 | B | | ★ | | 盖创调于欧阳修,咏七夕,赋本意,为小令体,宋词共183首。柳词赋羁旅相思,犹合本意,盖以令曲另翻新声。《律》八、《谱》十二俱收,《谱》注谓柳词"盖慢词体"。薛本编景德二年(1005)作 |

续表

| 序号 | 调名 | 宫调 | 首数 | 字数 | 体式 | 首见 | 仅见 | 已见 | 备注 |
|---|---|---|---|---|---|---|---|---|---|
| 051 | 浪淘沙(慢) | 歇指调 | 1 | 135 | C | ● | | | 唐教坊曲名,唐词为小令。柳词三叠,盖以旧曲名另翻新声。宋词共7首,吴文英等名《浪淘沙慢》。《律》十三、《谱》三七俱作《浪淘沙慢》。薛本订为自制曲,编景德元年(1004)远游作 |
| 052 | 夏云峰(慢) | 歇指调 | 1 | 91 | C | ● | | | 赋夏日宴饮,犹合本意,盖创调。曾传高丽,调名注"慢"。张元幹等6首为同调。《律》十三、《谱》二二俱作正体 |
| 053 | 浪淘沙令(浪淘沙) | 歇指调 | 1 | 52 | A | | | √ | 唐教坊曲名《浪淘沙》,唐词杂言体54字。柳词咏舞妓,于两片首句各减1字。此词曾传高丽,注"令"。宋词共187首。《律》一列为正体,《谱》十列为别体 |
| 054 | 荔枝香(近) | 歇指调 | 1 | 76 | B | ● | | | 《新唐书·礼乐志》记为玄宗幸骊山时梨园法部所奏新曲,适南方进荔枝,因以名曲,无唐词。柳词赋寻芳猎艳,或倚旧曲,或另采新声。另有周邦彦等12首,多名"近",梦窗词入大石调。《谱》十八分两体,首列柳词体 |
| 055 | 倾杯乐3(古倾杯)(倾杯) | 林钟商 | 2 | 108<br>110 | C | | ★ | | 一赋羁旅,一赋离别,非本意,盖倚旧曲或新声。宫调体式相近,为同调异体。《律》七、《谱》三二俱收。薛本编咸平六年(1003)、景祐三年(1036)作 |
| 056 | 破阵乐 | 林钟商 | 1 | 133 | C | ● | | | 唐教坊曲名,有声诗辞,另有《破阵子》令词。柳词写禊饮盛宴与京都风情,非本意,盖另采新声。另仅见张先1首。《律》二十、《谱》三七俱列为正体。薛本编庆历元年或二年(1041—1042)在汴京作;陶本考为大中祥符或天禧年间作,咏金明池游宴 |

续表

| 序号 | 调名 | 宫调 | 首数 | 字数 | 体式 | 首见 | 仅见 | 已见 | 备注 |
|---|---|---|---|---|---|---|---|---|---|
| 057 | 双声子 | 林钟商 | 1 | 103 | C |  | ★ |  | 调名或指双声叠韵。柳词怀古咏史,有用双声叠韵,盖创调。《律》十八、《谱》三二俱收。薛本订为自制曲,编庆历六年(1046)秋作于苏州 |
| 058 | 阳台路 | 林钟商 | 1 | 97 | C |  | ★ |  | 此调盖源于巫山神女故事。柳词赋羁旅、忆前欢,犹合本意,盖创调。《律》十四、《谱》二四俱收。薛本订为自制曲,编景德元年(1004)远游作 |
| 059 | 内家娇 | 林钟商 | 1 | 105 | C |  |  | √ | 唐敦煌词 2 首,注林钟商,106 字等。宋仅见柳词,为同调,改叶仄韵,赋暮春风情,羁旅思归。刘弇、刘辰翁各 1 首,乃《风流子》异名。《拾遗》五、《谱》三四俱收。薛本编景德二年(1005)作 |
| 060 | 二郎神(慢) | 林钟商 | 1 | 104 | C | ● |  |  | 唐教坊曲名,源于神话人物,无唐词。柳词赋七夕风情,犹合本意,盖以旧翻新,或另创新声。一名《二郎神慢》。宋词共 17 首。《谱》三二列为正体 |
| 061 | 醉蓬莱(慢) | 林钟商 | 1 | 97 | C | ● |  |  | 宋教坊新声,柳永应制,颂圣祝寿,歌咏太平。曾传高丽,调名注“慢”。宋词共 106 首。《律》十五仅收吕渭老词;《谱》二五列为正体。薛本编庆历二年(1042)作,陶本考至和三年(1056)作 |
| 062 | 宣清 | 林钟商 | 1 | 115 | C |  | ★ |  | 调名意不详。词赋羁旅忆旧。《律》十三、《谱》三六俱收。薛本订为自制曲 |
| 063 | 锦堂春(慢) | 林钟商 | 1 | 100 | C | ● |  |  | 赋恋情相思,犹合本意,盖创调。宋词共 10 首。《律》五、《谱》二九收《锦堂春慢》,以葛立方、司马光词为正体;《谱》二六误以柳词作《雨中花慢》。薛本编景德元年(1004)作 |

续表

| 序号 | 调名 | 宫调 | 首数 | 字数 | 体式 | 首见 | 仅见 | 已见 | 备　注 |
|---|---|---|---|---|---|---|---|---|---|
| 064 | 定风波慢 2 | 林钟商 | 1 | 99 | C | ● | | | 词赋闺情,盖倚新声,为慢词。另仅见无名氏 1 首。《律》九、《谱》二八俱收。薛本编景德元年(1004)代妻作闺怨 |
| 065 | 诉衷情近 | 林钟商 | 2 | 75 | B | ● | | | 唐教坊曲有《诉衷情》,唐词皆小令体;柳词赋羁旅相思,合本意,盖以旧曲名另翻新声。晁补之 1 首为同调。《律》二、《谱》十七俱列为正体。薛本编"景阑昼永"词作于景德元年(1004) |
| 066 | 留客住 | 林钟商 | 1 | 97 | C | ● | | | 唐教坊曲名,无唐词。柳词赋羁旅,犹合本意,盖以旧翻新,或自创新声。另仅见周邦彦词。《律》十四收作异体,《谱》二六首列柳词。薛本编景德元年(1004)作;陶本考为监晓峰盐场时作,在宝元二年至庆历二年间(1039—1042) |
| 067 | 迎春乐 | 林钟商 | 1 | 53 | A | | | √ | 《高丽史・乐志》无名氏词,赋本意,盖创调。宋词共 21 首,柳词赋离别相思,非本意。《律》六作"又一体",《谱》九列为正体,注始于晏殊① |
| 068 | 隔帘听 | 林钟商 | 1 | 74 | B | | ★ | | 唐教坊曲名,无唐词。柳词赋隔帘听琵琶,合本意,或倚旧曲,或另翻新声。《律》十一、《谱》十七俱收 |
| 069 | 凤归云 1 | 林钟商 | 1 | 119 | C | | ★ | | 唐教坊曲名,敦煌词 4 首,78、81 字等。柳词追怀京都游乐,犹合本意,盖以旧翻新,或自创新调。柳词另首为同名异调。《律》十七、《谱》二九俱列为异体。薛本编庆历三年(1043)春作 |

①《词谱》卷九收《迎春乐》一调,首列柳永词,注云:"此体始于晏词,因晏词换头八字,宋人无照此填者,故取此词作谱。"第 157 页。田玉琪《词调史研究》以此调首见柳永,第 392 页。《高丽史・乐志》卷七十二收无名氏《迎春乐令》一词,赋本意,当为创调;此词下又收《浪淘沙令》、《御街行令》,皆可考为柳永词,则《迎春乐令》应为宋初人或与柳永同时人作。第 704 页。晏殊词亦赋本意,盖晚于无名氏词。

续表

| 序号 | 调名 | 宫调 | 首数 | 字数 | 体式 | 首见 | 仅见 | 已见 | 备注 |
| --- | --- | --- | --- | --- | --- | --- | --- | --- | --- |
| 070 | 抛球乐 3 | 林钟商 | 1 | 188 | C | | ★ | | 唐教坊曲名,唐词为小令体。宋代队舞有《抛球乐》,另有夹钟商曲。柳词赋游览与宴乐,合本意,盖以旧曲名另翻新声,或采宋代新声。《律》一、《谱》二皆附列令词调后作"又一体" |
| 071 | 集贤宾(接贤宾) | 林钟商 | 1 | 117 | C | | | √ | 首见五代毛文锡《接贤宾》,59 字。宋代仅见柳词,于毛词加一叠而成,仍属同调异体。为狎妓词,盖早年作。《律》九、《谱》十三俱作《接贤宾》异体 |
| 072 | 殢人娇 | 林钟商 | 1 | 67 | B | ● | | | 赋离别相思,合本意,盖创调。宋词共 22 首。《律》九、《谱》十五收此调,皆不列柳词。薛本订为自制曲,编庆历三年(1043)春离京贬苏州作 |
| 073 | 思归乐 | 林钟商 | 1 | 56 | A | | ★ | | 古乐府有此名,歌辞为五言四句体。柳词赋宴饮思归,合本意,盖以旧曲名另翻新声。《律》八、《谱》十二俱收。薛本作自制曲,编至和元年(1054)作 |
| 074 | 应天长(慢) | 林钟商 | 1 | 93 | C | ● | | | 唐词为小令体。柳永变为长调,盖以旧曲名另翻新声。宋词共 22 首。《谱》八附令词后,注"慢词始于柳永" |
| 075 | 合欢带 | 林钟商 | 1 | 105 | C | ● | | | 词咏妓,赋本意,盖创调。宋词共 3 首。《律》十八列为异体,《谱》三三首列柳词。薛本编庆历元年(1041)作 |
| 076 | 少年游 | 林钟商 | 10 | 50<br>51<br>52 | A | ● | | | 多赋羁旅相思与艳情,有"贪迷恋、少年游"句,盖创调①。宋词共 81 首。《律》五、《谱》八俱列为异体。薛本订为自制曲,编"长安古道"等词庆历三年(1043)作,编"铃斋无讼"词皇祐五年(1053)赠孙沔作 |

① 《词谱》卷八收《少年游》一调,首列晏殊词,注云:"调见《珠玉集》,因词有'长似少年时'句,取以为名。"第 133 页。田玉琪《词调史研究》驳《词谱》之说,以为"少年游"的名称不始于晏殊,唐诗已用之,而以此调始见杨亿。第 367—368 页。按:晏殊词庆寿,杨亿词咏梅,皆非本意,俱难为创调。

续表

| 序号 | 调名 | 宫调 | 首数 | 字数 | 体式 | 首见 | 仅见 | 已见 | 备　注 |
|---|---|---|---|---|---|---|---|---|---|
| 077 | 长相思(慢) | 林钟商 | 1 | 103 | C | ● | | | 唐教坊曲名,唐词为小令。柳词题“京妓”,赋艳情,合本意,盖另翻新声。秦观等 8 首为同调。《律》二附列小令调后,《谱》三一作《长相思慢》,列为正体。薛本编庆历元年(1041)回汴京作 |
| 078 | 尾犯 2 | 林钟商 | 1 | 98 | C | ● | | | 赋羁旅,为犯调曲,与另首正宫词为异调。晁补之等 3 首为同调。《律》十四列为异体,《谱》二三列为正体 |
| 079 | 驻马听 | 林钟商 | 1 | 93 | C | ● | | | 赋离别相思,非本意,盖倚声。另仅见沈瀛 1 首,盖同调异体。《律》十三、《谱》二三俱收。薛本编咸平六年作(1003) |
| 080 | 诉衷情(令) | 林钟商 | 1 | 44 | A | | | √ | 唐教坊曲名,唐词有 33 字、37 字各体。宋词共 154 首,44 字,与唐词异调,盖首见晏殊,乃另翻新声。柳词赋闺情离恨,亦合本意。《谱》二、五分收《诉衷情》《诉衷情令》为二调,未列柳词 |
| 081 | 戚氏① | 中吕调 | 1 | 212 | C | ● | | | 赋羁旅兼咏怀,声情感伤,三叠,盖创调。另仅有苏轼词 1 首。《律》二十、《谱》三九俱收。薛本编庆历三年秋作(1043) |
| 082 | 轮台子 1 | 中吕调 | 1 | 114 | C | | ★ | | 词赋羁旅,盖用边曲,或自创新声。另首 141 字,宫调同,体式异,盖同名异调。《律》十九、《谱》三六俱收。薛本订为自制曲,编庆历五年(1045)作 |

① 薛本于《外编・柳永作品辑佚》,据清陈廷焯《白雨斋词话》卷六,辑柳永《戚氏》残句 5 句 29 字,各本皆无。据陶本附注,此数句为清林玫与彭孙遹唱和之词,非柳词佚句。陶本下册,第 815 页。

续表

| 序号 | 调名 | 宫调 | 首数 | 字数 | 体式 | 首见 | 仅见 | 已见 | 备注 |
|---|---|---|---|---|---|---|---|---|---|
| 083 | 引驾行 | 中吕调<br>仙吕调 | 2 | 100<br>125 | C | ● | | | 赋羁旅、离别，犹合本意，盖创调。句式多同，惟仙吕调词添一小节，仍为同调。晁补之2首为同调。《律》七、《谱》十俱作别体。薛本订为自制曲，编中吕调词作于咸平六年（1003），仙吕调词庆历六年（1046）作；陶本亦考中吕调词为自汴京南行赴吴越时作 |
| 084 | 望远行（慢） | 中吕调<br>仙吕调 | 2 | 105<br>106 | C | ● | | | 唐教坊曲名，唐词皆小令体。柳词赋闺情离恨，犹合本意，盖以旧曲名另翻新声，或自创新调。另首咏雪，宫调不同，体式相近。陈德武、无名氏各1首为同调。另有黄庭坚等4首为中调，乃同名异调。《律》七、《谱》十一俱附列小令后，《谱》注此调慢词始自柳永中吕调词。薛本编中吕调词作于景德元年（1004），另首作于庆历五年（1045） |
| 085 | 彩云归 | 中吕调 | 1 | 100 | C | | ★ | | 《宋史·乐志》载仙吕调有此名，为教坊大曲。柳词赋相思，合本意，或用大曲摘遍，或自创新曲。《律》十六、《谱》二九俱收。薛本编庆历八年（1048）作 |
| 086 | 洞仙歌（慢） | 中吕调<br>仙吕调<br>般涉调 | 3 | 126<br>123<br>121 | C | ● | | | 唐教坊曲名，唐词有敦煌词及孟昶词，皆中调，为同名异调。宋词150首，与孟昶词同调，一名《洞仙歌令》。柳词为长调，赋恋情与羁旅，盖另翻新声。宫调三种，皆属羽声，体式相近，为同调异体。晁补之2首为同调。《律》十二、《谱》二九俱列为异体，《谱》注柳词“实慢词”。薛本编般涉调词作于新婚后，仙吕调词作于庆历六年（1046），陶本订自京赴江南作 |

续表

| 序号 | 调名 | 宫调 | 首数 | 字数 | 体式 | 首见 | 仅见 | 已见 | 备　注 |
|---|---|---|---|---|---|---|---|---|---|
| 087 | 离别难（慢） | 中吕调 | 1 | 112 | C | | ★ | | 唐教坊曲名，唐词有五言四句体、薛昭蕴87字体。柳词变为长调，伤逝悼亡，合本意，盖以旧曲名另翻新声，或自创新调。一作《离别难慢》。《律》十三、《谱》二一俱列为异体。薛本谓悼亡前妻，作于景德二至四年间（1005—1007） |
| 088 | 击梧桐 | 中吕调 | 1 | 108 | C | ● | | | 南唐顾闳中有《明皇击梧桐图》，调名当指弹琴。词赋恋情，盖倚新声。另有李甲等3首。《律》十九、《谱》三四俱收 |
| 089 | 夜半乐 | 中吕调 | 2 | 144<br>145 | C | | ★ | | 唐教坊曲名，无唐词。柳词赋羁旅，盖以旧翻新，或另倚新曲；三叠，宫调同。《律》二十、《谱》三八俱列。薛本编咸平六年（1003）、景德元年（1004）作 |
| 090 | 祭天神1 | 中吕调 | 1 | 84 | B | | ★ | | 赋羁旅怀旧，非本意，盖倚新声。另首入歇指调，为同名异调。《律》十二、《谱》二一俱列，《谱》注二词句读各异，因调名相同而类列。薛本订为自制曲，编景德元年（1004）远游江浙时作 |
| 091 | 过涧歇近 | 中吕调 | 2 | 80 | B | ● | | | 赋羁旅与离别，盖创调。宫调体式皆同。另仅见晁补之1首。《律》十二仅列晁词，《谱》十九列为正体。薛本编"淮楚"词景祐四年（1037）赴泗州判官任时作 |
| 092 | 安公子1（近） | 中吕调 | 1 | 80 | B | | ★ | | 始有隋曲，又为唐教坊曲名，无唐词。《碧鸡漫志》卷四考唐曲已佚，宋传"中吕调有《安公子近》"，则柳词为"近"曲。赋羁旅，盖以旧翻新，或另倚新曲。另有般涉调2首为慢词。《律》十二、《谱》十九俱收。薛本编景德元年作（1005） |

**续表**

| 序号 | 调名 | 宫调 | 首数 | 字数 | 体式 | 首见 | 仅见 | 已见 | 备　注 |
|---|---|---|---|---|---|---|---|---|---|
| 093 | 菊花新 | 中吕调 | 1 | 52 | A | ● | | | 《齐东野语》卷十六云："其谱则教坊都管王公谨所作也。"柳词赋艳情，盖倚新声。另有张先等 3 首。葛长庚 9 首为曲破词。《谱》九以张词为正体 |
| 094 | 轮台子 2 | 中吕调 | 1 | 141 | C | | ★ | | 赋羁旅，盖用边曲，或自创新声。与另首为同名异调。《律》十九仅列另首，《拾遗》六补录此首；《谱》三六俱列。薛本订为自制曲，编庆历五年(1045)作 |
| 095 | 望汉月<br>(忆汉月) | 平调 | 1 | 51 | A | ● | | | 唐教坊曲名《忆汉月》，无唐词。柳词名《望汉月》，咏月并赋离别，或另创新调。宋词共 5 首，李遵勖咏菊，非本意；欧阳修等多赋春咏花，亦非本意。《律》五、《谱》八俱作《忆汉月》，以柳词为别体 |
| 096 | 归去来 | 平调<br>中吕调 | 2 | 49<br>52 | A | | ★ | | 俱为羽声调，平调词赋元宵游乐，结云"歌筵罢、且归去"，中吕调词赋离恨，结云"休惆怅、好归去"，皆合本意，盖为创调。《律》五、《谱》七俱收 |
| 097 | 燕归梁 | 平调<br>中吕调 | 2 | 50<br>52 | A | | | √ | 首见晏殊词，宋词共 26 首。柳词属羽声调，赋恋情，为同调。《律》五、《谱》九俱列为异体。薛本订为自制曲，编平调词景德元年(1004)作 |
| 098 | 八六子 | 平调 | 1 | 91 | C | | | √ | 首见唐杜牧词，90 字，平韵。宋词共 10 首，为同调。柳词赋恋情，改押仄韵。《律》十三、《谱》二二皆不列柳词。薛本编咸平六年(1003)作 |
| 099 | 长寿乐 | 平调<br>般涉调 | 2 | 113 | C | ● | | | 《宋史・乐志》载太宗制曲有此名，属仙吕调。柳词宫调不同，体式相近；一咏狎妓，一写游乐，非赋本意，盖即用太宗制曲。另有李清照、苏氏词(互见)。《律》十二、《谱》二十俱收 |

**续表**

| 序号 | 调名 | 宫调 | 首数 | 字数 | 体式 | 首见 | 仅见 | 已见 | 备　注 |
|---|---|---|---|---|---|---|---|---|---|
| 100 | 望海潮 | 仙吕调 | 1 | 107 | C | ● | | | 咏钱塘胜景，赋本意，盖创调。宋词共 38 首，沈唐等作为同调。《律》十九仅列秦观词，《谱》三四以柳词为正体。薛本编皇祐五年(1053)投献杭守孙沔作；陶本订为至和元年(1054)中秋作 |
| 101 | 如鱼水 | 仙吕调 | 2 | 93<br>97 | C | | ★ | | 赋都市风物与游乐，盖倚新声，或为创调。宫调同，体式相近。《律》十四、《谱》二三俱收。薛本编"帝里"词大中祥符五年(1012)作，"轻霭"词宝元元年(1038)在颍州作，陶本考作于杭州 |
| 102 | 玉蝴蝶(慢) | 仙吕调 | 5 | 99 | C | ● | | | 始见唐温庭筠，为小令。柳词多赋羁旅、游乐、艳情等，盖以旧翻新，或为创调。宋词共 28 首。《律》三附小令后，《谱》四列为异体，谓长调始于柳永，一名《玉蝴蝶慢》。薛本编"望处"词景德元年(1004)作；"渐觉"词宝元元年(1038)作，"误入"词庆历元年(1041)作 |
| 103 | 满江红 | 仙吕调 | 4 | 93<br>96<br>91 | C | ● | | | 赋羁旅与恋情，盖倚新声。宫调相同，用仄韵，为同调异体。宋词共 551 首。《律》十三列为异体，《谱》二二以"暮雨"词列为正体。陶本考"暮雨"词作于景祐元年(1034)至二年间在睦州任职时；余 3 首，薛本多编早年作 |
| 104 | 八声甘州(慢) | 仙吕调 | 1 | 97 | C | ● | | | 共用八韵，故名八声，盖用大曲摘遍。宋词共 126 首。《谱》二五列为正体，注"乃慢词"。薛本编景德元年(1004)作 |
| 105 | 临江仙(慢) | 仙吕调 | 1 | 93 | C | | ★ | | 赋离恨，为长调，盖用大曲摘遍，或以旧曲另翻新声。《律》八附列令词调后，《谱》二三作《临江仙慢》。曾传高丽，名"慢"。薛本编景德元年(1004)作 |

续表

| 序号 | 调名 | 宫调 | 首数 | 字数 | 体式 | 首见 | 仅见 | 已见 | 备注 |
| --- | --- | --- | --- | --- | --- | --- | --- | --- | --- |
| 106 | 竹马子(竹马儿) | 仙吕调 | 1 | 103 | C | ● | | | 调名或指青梅竹马。词赋羁旅追怀,非本意,盖倚新声。宋词共 3 首,叶梦得词名《竹马儿》。《谱》三一收《竹马儿》,以柳词为正体。薛本订为自制曲,编景德元年(1004)作 |
| 107 | 小镇西 | 仙吕调 | 1 | 79 | B | ● | | | 唐教坊曲有《镇西乐》、《镇西子》二名,无唐词。柳词赋恋情,盖翻旧曲为新声,或另倚新曲。另仅见蔡伸词《镇西》1 首。《律》十一收《镇西》,首列蔡词,以柳词为异体;《谱》十六收《小镇西犯》,以《小镇西》、《镇西》皆列为异体 |
| 108 | 小镇西犯 | 仙吕调 | 1 | 71 | B | | ★ | | 赋春游,为《小镇西》犯调,两片前半句式用原调,后四句则犯用别调。《谱》十六与《小镇西》列为同调异体;《律》十一列《镇西》调后,注“此调因题有犯字,必非《镇西》全体”。薛本订为自制曲,编景德二年(1005)作 |
| 109 | 迷神引 | 仙吕调<br>中吕调 | 2 | 97 | C | ● | | | 唐教坊曲有《迷神子》,无唐词。柳词皆赋羁旅相思,盖以旧翻新,或另创新曲。另有晁补之等 2 首。《律》十六仅列晁词,《谱》二五以柳词为正体。薛本订为自制曲,编中吕调词景德元年作(1004),仙吕调词庆历五年(1045)作 |
| 110 | 促拍满路花 | 仙吕调 | 1 | 83 | B | ● | | | 咏佳人,赋恋情,盖倚新声。宋词共 29 首,秦观改用仄韵。《律》十二收《满路花》,注或名“促拍”,以柳词为异体;《谱》二十列柳词为正体 |
| 111 | 六幺令 | 仙吕调 | 1 | 94 | C | ● | | | 唐教坊大曲有《绿腰》,本《录要》,为琵琶曲,后讹为《六幺》,无唐词。柳词赋羁旅相思,盖以旧曲翻新声,或另倚新曲。宋词共 19 首。《律》十四仅收李琳词,《谱》二三列为正体。薛本编景德元年(1004)作 |

**续表**

| 序号 | 调名 | 宫调 | 首数 | 字数 | 体式 | 首见 | 仅见 | 已见 | 备　注 |
|---|---|---|---|---|---|---|---|---|---|
| 112 | 剔银灯 | 仙吕调 | 1 | 75 | B | ● | | | 写春景与游乐，盖倚新声。宋词共10首。《谱》十七首列为正体。薛本谓自制曲 |
| 113 | 红窗听 | 仙吕调 | 1 | 53 | A | ● | | | 赋恋情，犹合本意，盖创调。另仅见晏殊2首。《律》七收《红窗睡》，注又名《红窗听》；《谱》十收《红窗听》，仅列晏词。薛本订为自制曲，编景祐元年（1034）初中进士别续弦夫人时作 |
| 114 | 临江仙 | 仙吕调 | 1 | 58 | A | | | √ | 唐教坊曲名，唐词皆令词。宋词共486首。陶本疑为景祐三年（1036）在睦州作；薛本编嘉祐三年（1058）在京作 |
| 115 | 凤归云2 | 仙吕调 | 1 | 102 | C | ● | | | 羁旅咏怀，与唐敦煌词为异调，盖以旧曲翻新声，或自创新调。另仅见赵以夫1首。柳词另首入林钟商，为同名异调。《律》十七、《谱》二九俱首列此词。薛本编庆历七年（1047）秋作 |
| 116 | 女冠子2（慢） | 仙吕调 | 1 | 111 | C | | ★ | | 写夏景，赋宴乐，非本意，与唐教坊曲小令不同，亦与另首大石调词异，盖亦翻旧曲为新声。《律》三、《谱》四俱列小令后，《谱》注长调始于柳永，一名《女冠子慢》。薛本编景德元年（1004）作 |
| 117 | 玉山枕 | 仙吕调 | 1 | 113 | C | | ★ | | 写秋景，颂时政，非本意，盖倚新声。《律》十九、《谱》三六俱收。薛本订为自制曲，编景祐三年（1036）秋作；陶本谓“似为投赠某郡守之作” |
| 118 | 减字木兰花 | 仙吕调 | 1 | 44 | A | ● | | | 乃于《木兰花》小令齐言体减字变韵，翻成新调。赋闺情离恨，盖为创始。宋词共442首，张先入林钟商。另有张先等《偷声木兰花》4首，为异调。《律》七仅收吕渭老词，《谱》五仅列欧词。薛本编景德二年（1005）作 |

续表

| 序号 | 调名 | 宫调 | 首数 | 字数 | 体式 | 首见 | 仅见 | 已见 | 备注 |
|---|---|---|---|---|---|---|---|---|---|
| 119 | 甘州令 | 仙吕调 | 1 | 78 | B |  | ★ |  | 唐教坊有大曲《甘州》,杂曲《甘州子》,唐词有《甘州子》等小令。柳词盖以旧曲另翻新声。《律》一、《谱》十八俱收 |
| 120 | 西施 | 仙吕调 | 3 | 72<br>71 | B |  | ★ |  | 咏西施,赋本意,盖创调。另2首咏妓等。《律》十、《谱》十六俱收。薛本编庆历七年(1047)或八年作,另2首景德元年(1004)、庆历二年(1042)作 |
| 121 | 河传 | 仙吕调 | 2 | 57 | A |  |  | √ | 本隋曲,唐词始见温庭筠,为小令。宋词共26首,为同调异体。《律》六、《谱》十一俱列为异体。薛本编“淮岸”词景祐四年(1037)作于泗州任上 |
| 122 | 郭郎儿近拍(郭郎儿近) | 仙吕调 | 1 | 73 | B |  | ★ |  | 《乐府杂录》“傀儡子”条记郭郎为俳优名。柳词名“近拍”,盖源于戏弄与大曲。《律》十一、《谱》十七俱收 |
| 123 | 透碧霄 | 南吕调 | 1 | 112 | C | ● |  |  | 唐教坊曲名有《透碧空》,无唐词。柳词颂太平,赋游乐,盖创调。另有查荎、曹勋各1首。《律》十九、《谱》三五俱列。薛本编庆历元年(1041)作 |
| 124 | 木兰花慢 | 南吕调 | 3 | 101 | C | ● |  |  | 唐教坊曲有《木兰花》,唐词为小令。柳词赋羁旅相思、都市节令风情,盖翻旧为新,或另创新调。宋词共160首。《谱》二九以“拆桐花”词为正体,“倚危楼”词为异体。薛本编“倚危楼”词景德二年(1005)作,“古繁华”词庆历三年(1043)赠苏州太守作,陶本考为景祐五年(1038)赠知苏州柳植作 |

续表

| 序号 | 调名 | 宫调 | 首数 | 字数 | 体式 | 首见 | 仅见 | 已见 | 备　注 |
|---|---|---|---|---|---|---|---|---|---|
| 125 | 临江仙引 | 南吕调 | 3 | 74 | B |  | ★ |  | 此为“引”曲，与《临江仙》小令为异调。柳永另有此调慢词。盖源于大曲，或以旧曲翻为新声。词赋羁旅、相思，咏荷花，宫调体式皆同。《律》八附列小令调后；《谱》十六列为二体。薛本编“渡口”词景德元年(1004)作；“上国”词庆历六年(1046)作 |
| 126 | 瑞鹧鸪 1（慢） | 南吕调 | 2 | 88<br>86 | B |  | ★ |  | 首见南唐冯延巳《舞春风》，为七言八句体，宋词易名《瑞鹧鸪》，共 59 首。柳词一咏歌妓，一写都市、颂功业，为杂言体，接近长调慢词，盖以旧曲另翻新声，或自创调。柳永另有般涉调 64 字词，为同名异调。《律》八、《谱》十二俱附小令后，《谱》注为“慢词体”。薛本、陶本皆编“吴会风流”词为上杭守作 |
| 127 | 忆帝京 | 南吕调 | 1 | 71 | B | ● |  |  | 赋离别，犹合本意，盖创调。另有黄庭坚等 4 首。《律》十列黄词，《谱》十六列为正体。薛本编咸平六年(1003)作 |
| 128 | 塞孤 | 般涉调 | 1 | 95 | C | ● |  |  | 《乐府诗集》卷八十收《塞姑》，为六言四句体。柳词咏羁旅相思，盖另创新调。另仅见朱雍词，题“次柳耆卿韵”。《律》一收《塞姑》，附列柳词；《谱》一收《塞姑》，《谱》二三收《塞孤》，以柳词为正体。薛本编景德二年(1005)作 |
| 129 | 瑞鹧鸪 2 | 般涉调 | 2 | 64 | B | ● |  |  | 与齐言体及慢词体皆不同，盖以旧曲翻为新调。一咏梅，一怀古，宫调体式相同。晏殊 2 首为同调。《律》八未收，《谱》十二附小令调后，注云“摊破句读，自度新声”。薛本编年于景德元年(1004)、庆历七年(1047)作 |

续表

| 序号 | 调名 | 宫调 | 首数 | 字数 | 体式 | 首见 | 仅见 | 已见 | 备注 |
|---|---|---|---|---|---|---|---|---|---|
| 130 | 安公子 2<br>(慢) | 般涉调 | 2 | 106<br>105 | C | ● | | | 赋羁旅离别,盖以旧翻新,或另倚新曲。另有杜安世等 7 首。柳永另有中吕调词为异调。《律》十二、《谱》十九俱收。薛本编"梦沉"词咸平六年(1003)作,"远岸"词庆历五年(1045)作 |
| 131 | 倾杯乐 4<br>(倾杯)<br>(水乡天气) | 黄钟羽 | 1 | 108 | C | | ★ | | 与仙吕宫、大石调、林钟商等调不同。赋羁旅,盖以旧曲另翻新声,或倚新曲。《律》七、《谱》三二俱列为异体 |
| 132 | 倾杯乐 5<br>(倾杯)<br>(金风淡荡) | 大石调 | 1 | 107 | C | ● | | | 与仙吕宫、林钟商、黄钟羽及另首大石调不同。赋羁旅,盖以旧翻新,或倚新曲。另有张先 2 首为同调。《律》七、《谱》三二俱列为异体 |
| 133 | 倾杯乐 6<br>(倾杯)<br>(鹜落霜洲)<br>(楼锁轻烟) | 散水调 | 2 | 104 | C | | ★ | | 散水调即歇指调,与仙吕宫、林钟商、黄钟羽、大石调词皆不同。赋羁旅相思,宫调句式相同,为同调。《律》七首列"楼锁"词,以另首为异体;《谱》三二首列此二词,注谓"宫调同,句读亦同"。薛本编"楼锁"词景德元年(1004)作,"鹜落"词庆历四年(1044)秋作 |
| 134 | 祭天神 2 | 歇指调 | 1 | 86 | B | | ★ | | 赋恋情,非本意,盖倚新声。与中吕调词体式不同,为同名异调。《律》十二、《谱》二一俱列为异体 |
| 135 | 鹧鸪天 | 平调 | 1 | 55 | A | ● | | | 唐教坊曲有《山鹧鸪》,无唐词。此调或源于《山鹧鸪》,又与《望远行》《瑞鹧鸪》体式相近。夏竦词应为无名氏作。柳词赋离恨,声情相合,盖创调。宋词共 703 首,另有宋祁、欧阳修等作。《律》八、《谱》十一俱未列柳词。薛本订为自制曲,编咸平六年(1003)作 |

续表

| 序号 | 调名 | 宫调 | 首数 | 字数 | 体式 | 首见 | 仅见 | 已见 | 备　注 |
|---|---|---|---|---|---|---|---|---|---|
| 136 | 梁州令 | 中吕宫 | 1 | 55 | A | ● | | | 唐教坊有《凉州》大曲，无唐词。柳词赋离恨，盖以旧翻新。宋词共 7 首，晁补之等名“叠韵”，于小令加一叠，仍属同调。《律》六、《谱》八俱列为异体 |
| 137 | 清平乐 | 越调 | 1 | 46 | A | | | √ | 首见唐李白，唐词共 26 首，宋词共 360 首。《律》四、《谱》五俱收，未列柳词 |
| 138 | 爪茉莉 | 不详 | 1 | 82 | B | | ★ | | 调名不详，或倚新声，或为创调。此为辑佚词，题“秋夜”，赋相思离恨。《律》十二、《谱》十九俱收 |
| 139 | 女冠子 3（慢） | 不详 | 1 | 107 | C | ● | | | 此为辑佚词，一作康与之词。题“夏景”，赋离恨，盖亦为慢词，与大石调、仙吕调皆不同，盖以旧曲翻新声，或另倚新声。另有李邴等 4 首为同调。《律》三、《谱》四俱录作康词。薛本附录作“伪词”；陶本附录作柳永逸词 |
| 140 | 十二时（慢） | 不详 | 1 | 130 | C | ● | | | 始有隋曲，唐为太常供奉曲。敦煌写本有此调之作，多依十二时辰定格联章歌唱。宋有鼓吹曲，有和岘等人词。柳词为辑佚词，题“秋夜”，赋离恨，犹合本意，盖创调。宋词共 3 首，朱雍名《十二时慢》。《律》二十仅列柳词，分三叠；《谱》三七收《十二时慢》，列柳词为正体。薛本、陶本俱收为辑佚词 |
| 141 | 红窗迥 | 不详 | 1 | 55 | A | ● | | | 赋春景，非本意，盖倚新声。此亦辑佚词。另有周邦彦 1 首、曹豳 1 首、无名氏 2 首，字数体式略异，声情相近，姑属同调异体①。《律》八、《谱》十俱以周词为正体，入“仙吕”调。薛本收为辑佚词，订为自制曲，陶本入附录存目词 |

① 田玉琪《词调史研究》订为同名异调，以柳词、周词、曹词分为三调（第 392 页），兹订为同调异体。

**续表**

| 序号 | 调名 | 宫调 | 首数 | 字数 | 体式 | 首见 | 仅见 | 已见 | 备　注 |
|---|---|---|---|---|---|---|---|---|---|
| 142 | 凤凰阁 | 不详 | 1 | 68 | B | ● | | | 赋离恨，非本意，盖倚新声。此亦辑佚词。另有赵师侠等5首为同调。《律》十收赵师侠等作，《谱》十五以柳词为正体。薛本收为辑佚词，订为自制曲；陶本亦附录为逸词 |
| | 失调名 | 不详 | 1 | 6 | | | | | 辑佚词，调名、宫调及体式等皆不详。薛本录入辑佚词，陶本入附录存目词 |
| **总计** | **142** | **16** | **213** | | | **76** | **48** | **18** | **按：词体栏中，A指小令（≤58字）：22调；B指中调（59—90字）：40调；C指长调（≥91字）：80调** |

说明：一、"失调名"1首，仅1句6字，调名、字数、体式等皆不详，未计入用调统计数据。二、薛本、陶本所附少量辑佚词及存目词，如《金人捧露盘》1调2首等，难以确考是否属柳永所作，姑亦存疑不计。

## 二　柳永词用调的定量分析

从以上所列柳永词用调一览表可见，柳永词总计213首，共用142调，分属16宫调（散水调即歇指调）；其中属于柳永采用唐五代至宋初已经流行的旧调只有18调，首见柳永而得到宋词继承的常用词调为76调，仅见柳永词而无宋代词人采用的孤调占48调；从所用词调体式来看，小令仅占22调，中调为40调，长调有80调。这些用调数据究竟有何意义，还需要我们做定量分析。

### （一）柳永沿用唐宋已见词调的定量分析

"已见词调"是指调名已见于唐五代宋初词人运用的词调，多属唐五代旧调，少量为北宋初期和前期刚刚流行的新声。从上表统计可知，柳永所用已见词调共计18调（40首），只占柳永所用词调总数（142调）12.6%的比例，说明柳永所用词调虽有对唐五代旧调和宋初新调的继承，但所占比例却极小。兹将这18调的调名列录如下：

雪梅香、甘草子（2首）、西江月（2首）、木兰花（含《玉楼春》、《木兰花令》,13首)、秋夜月#(82字)、巫山一段云(5首)、凤栖梧#(3首)、卜算子慢#(89字)、浪淘沙令、内家娇、迎春乐、集贤宾、诉衷情(令)、燕归梁(2首)、八六子、临江仙、河传(2首)、清平乐。

首先,从柳永所用已见词调的时代分布来看,仅有5调为宋初及北宋前期新见词调,即《甘草子》、《诉衷情(令)》、《燕归梁》、《雪梅香》、《迎春乐》5调,其余13调皆为唐五代旧调。可见柳永所用已见词调以唐五代旧调为主,沿用宋初词调仅占极小的比例。

其次,从柳永所用已见词调的体式分类来看,多为小令调,共11调(31首),中调占3调(调名后标#者,5首),长调占4调(即调名标下划线者,4首);《卜算子慢》从字数看虽属中调,而实为慢词;另有《秋夜月》(82字)虽属中调,但字数接近长调,也具有慢词特征,应可归入长调慢词一类。可以看出柳永对已见词调的继承虽多为小令调,但唐五代及宋初有限的几个慢词长调(约13调左右)柳永便采用了近一半,这也反映出柳永即使在采用唐五代旧词调时也表现出对慢词长调的重视。

其三,从柳永所用已见词调的作品数量来看,18调共作词40首,平均每调作词只有2.2首,其作词总数占柳词总数的比例也只有18.7%。另外,每调只有单篇作品的共有11调,作词2首的只有《甘草子》、《西江月》、《燕归梁》、《河传》4调,作词3首的只有《凤栖梧》,作词5首的只有《巫山一段云》,作词多达13首的也只有《木兰花》。说明柳永采用唐五代至宋初已有词调的作词数量既不多,创作成就也比较有限。

（二）柳永词仅见之“孤调”的定量分析

“仅见词调”是指仅见于柳词而无唐宋其他词人创作的词调,或虽有唐宋其他词人创作而柳词与之为同名异调的词调。这种仅见某一人创作单篇或零星作品的词调,一般称“孤调”,或称“僻调”。

首先,从数量和比例来看,柳词中这种仅见的孤调共有48调(59首),占柳永所用词调总数(142调)的比例为33.8%,已达三分之一的比重,占柳词创用新调总数(124调)的比例更高达38.7%,说明柳词孤调之多。在以用调和创调而著称的宋代词人中,周邦彦共用110调,创用新调52调,仅有3调为孤调;姜夔共用56调,创用新调21调,孤调有8调;吴文英共用142调,创用新调16调,孤调为 13 调。在与柳永同时的著名词人中，张先共用 89 调，创用新调 39 调，孤调有 14 调；欧阳修共用 65 调，创用新调 21 调，孤调为 9 调；晏殊共用 37 调，创用新调 12 调，孤调为 4 调。这些词人所用孤调的数量都比柳永少，除了欧词和吴词孤调占其创调总数的比例高出柳词外，其他词人的孤调比例都没有超过柳词。柳词孤调数量之多，既反映了柳永大胆用调、积极创调等方面的创作成就，也一定程度地反映了柳词用调或曲高和寡，或失之俗艳等方面的瑕疵。

其次，从词调源流和性质来看，柳词所用 48 个孤调大致可分为三种类型：

一是无唐宋音乐文献记载为曲名且无唐宋其他人作词而仅见柳词者，约有 17 调(20 首)。它们是：

> 柳腰轻#(82 字)、迎新春、梦还京#、受恩深#(86 字)、惜春郎、传花枝、双声子、阳台路、宣清、轮台子 1、轮台子 2、祭天神 1#(84 字)、如鱼水(2 首)、玉山枕、西施#(3 首)、祭天神 2#(86 字)、爪茉莉#(82 字)。

这类词调一部分可考为柳永自创的新调，另有一部分当为柳永采用北宋“新声”来填词。

二是虽有唐宋音乐文献记载为曲名却无唐宋其他人作词而仅见柳词者，约有 9 调(10 首)。它们是：

> 曲玉管、征部乐、隔帘听#、思归乐、彩云归、夜半乐(2 首)、安公子(近)#、小镇西犯#、郭郎儿近拍#。

这些词调多数与唐教坊曲名相同或相近，少数或源于唐宋大曲或戏弄，但都没有其他唐宋人填词和词作流传，其中一部分词调也有可能是柳永借旧曲名而翻制的新声。

三是虽有唐五代或宋词作品传世但柳词与之不同而属于同名异调者，约有 22 调(29 首)。它们是：

> 早梅芳(慢)、送征衣 2、倾杯乐 2、倾杯乐 3(2 首)、倾杯乐 4、倾杯乐 6(2 首)、看花回#(2 首)、女冠子(慢)1、女冠子(慢)2、定风波慢 1、迷仙引 1#(83 字)、婆罗门令#(86 字)、秋蕊香引#、鹊桥仙(慢)#(87 字)、凤归云 1、抛球乐(慢)、离别难(慢)、归去来(2 首)、临江仙(慢)、甘州令#、临江仙引#(3 首)、瑞鹧鸪(慢)1#(2 首，88、86 字)。

这类词调大多数属于唐五代或宋代虽另有同名词调之作，却往往多为小令，只有极少数为中长调，而柳词却为长调慢词，即属于典型的"变旧声作新声"，形成较突出的同名异调现象。只有少量词调如《看花回》(67、68 字)、《迷仙引 1》(83 字)、《秋蕊香引》(60 字)，柳词为"引"曲或中调，而欧阳修等人的《看花回》皆为长调，关咏《迷仙引 2》变为长调，晏殊等《秋蕊香》多为小令，而曹勋等《秋蕊香(慢)》变为慢词；另有《归去来》一调柳词为小令，而杨万里《归去来兮引》属于套曲(或大曲)。

其三，从柳词所用孤调的体式分类来看，属于小令的仅有 3 调 4 首，属于中调的占 19 调 25 首，属于长调的共 26 调 30 首，仍以长调为主体，占其孤调总数的比例为 54.1%。在属中调的 19 调中，字数在 80 字以上的词调有 10 调，这 10 调在字数篇幅上比较接近长调，多数也具有慢词的特征，除掉《安公子(近)》、《迷仙引 1》、《婆罗门令》3 调外，其余 7 调若计入长调慢词，则柳词所用孤调中的长调慢词已多达 33 调，占其孤调总数的比例更高达 68.7%。另外，在中调里也具有丰富多样的词体形式，不仅有《迷仙引 1》、《秋蕊香引》、《临江仙引》、《郭郎儿近拍》等"引""近"之曲，而且还有《小镇西犯》这样的"犯"调，甚至还有字数多达 86 字的《婆罗门令》。这些都反映了柳永大力开拓长调慢词及其探索词调体式的用调特色和创作实践。

其四，从柳词孤调的作词数量来看，48 调共作词 59 首，平均每调作词仅 1.2 首，说明这些孤调的创作绝大多数都是零章单篇，只有少量词调作词在 2 首或 3 首，明显带有选调或创调的尝试与探索的色彩和性质。当然，这 59 首孤调之词，占柳词总数(213 首)的比例达 27.6%，已超出柳词沿用唐五代旧调和宋初新调作词的数量和比例，值得关注和探讨。

### (三) 柳永词首见之常用词调的定量分析

"首见词调"是指首见于柳词且有宋人继作的常用词调或流行词调，共计 76 调(113 首)，占柳永所用词调总数(142)的比例达 53.5%，占柳词创用新调总数(124)的比例更高达 61.3%。这是柳词用调和创调的主要成就所在。

首先，从词调源流和性质来看，这类词调又可细分为以下三种类型：

一是无唐宋音乐文献记载为曲名且无唐五代宋初人词作而首见于柳词者，共计 39 调(60 首)。它们是：

黄莺儿、玉女摇仙佩、尾犯1、斗百花#(3首,81字)、昼夜乐(2首)、笛家弄(慢)、满朝欢、凤衔杯#(2首)、柳初新(慢)#(81字)、两同心#(2首)、金蕉叶#、尉迟杯(慢)、慢卷䌷、佳人醉#、御街行#(2首)、归朝欢、一寸金、永遇乐(2首)、夏云峰(慢)、锦堂春(慢)、殢人娇#、合欢带、少年游(10首)、尾犯2、驻马听、戚氏、引驾行(2首)、击梧桐、过涧歇近#(2首)、菊花新、望海潮、满江红(4首)、竹马子、促拍满路花#(83字)、剔银灯#、红窗听、忆帝京#、红窗迥、凤凰阁#。

这些既无文献记载又不见前人作词而首见于柳词的新词调,占了柳词用调相当大的比重,其中一部分就是出自柳永的自度曲,另一部分则是柳永采用当时的新声曲。

二是虽有唐宋音乐文献记载为曲名却无唐五代宋初人填词而首见柳词者,共计16调(20首)。它们是:

雨霖铃(慢)、法曲献仙音(2首,含《法曲第二》)、西平乐(慢)1、荔枝香#、二郎神、醉蓬莱(慢)、留客住、望汉月、长寿乐(2首)、小镇西#、迷神引(2首)、六幺令(94字)、透碧霄、安公子(慢)(2首)、鹧鸪天、梁州令。

这些词调皆有唐五代宋初音乐曲调的渊源,多数都与唐教坊曲名相同或相近,如《雨霖铃》、《二郎神》、《留客住》、《安公子》等,都与唐崔令钦《教坊记》所载教坊曲名和大曲名相同;《望汉月》、《小镇西》、《迷神引》、《透碧霄》、《六幺令》、《梁州令》等,也与《教坊记》所记《忆汉月》、《镇西乐》及《镇西子》、《迷神子》、《透碧空》、《绿腰》、《凉州》等曲名相近,或有渊源关系;而《荔枝香》为唐玄宗幸骊山时梨园法部小音声所奏新曲,《法曲献仙音》则为宋初所传法曲仅有的二曲之一,《长寿乐》为宋太宗制曲之一,《醉蓬莱》为宋仁宗时教坊所奏新声,也都见诸唐宋史志的记载。柳永这类词调虽然调名见诸记载或有渊源可考,但因为没有前人作词,无从勘比,实际上完全沿用旧调的可能性极小,多数应为以旧翻新,或另创新声。

三是虽沿用了唐五代宋初调名却翻制为新声或另创新调且首见于柳词者,共计21调(33首)。它们是:

倾杯乐1、鹤冲天#(2首,84、86字)、采莲令(91字)、浪淘沙(慢)、破阵乐、定风波慢 2、诉衷情近(2 首)、应天长(慢)、长相思(慢)、望远行(慢)(2 首)、洞仙歌(慢)(3 首)、玉蝴蝶(慢)(5 首)、八声甘州、凤归云 2、减字木兰花、木兰花慢(3 首)、塞孤、瑞鹧鸪 2#(2 首)、倾杯乐 5、女冠子(慢)3、十二时(慢)。

这类词调虽皆有唐五代宋初词作出现和流传,但多为小令或中调,柳永则多将它们翻制为长调慢词,或将小令翻为减字变韵的异调,如《减字木兰花》;或将小令变为"近"曲,如《诉衷情近》;或将令曲衍为长调,如《采莲令》;即使是原为中调或令曲的《洞仙歌(令)》、《凤归云》,柳词也完全变成了长调慢词。由于词体改变甚大,这类与唐五代词同名的词调应该在音乐曲调的改变上也很大,同样属于"变旧声作新声",甚至完全是自创新声,只不过借用了旧曲名或偶然同名而已。

其次,从柳永首见而得到宋人继承的新调的数量来看,76 调的总数在宋代词人中独占鳌头。以宋代擅长用调和创调的著名词人为例,周邦彦创用新调共 52 调,只有 3 调为孤调,首见 48 调都得到了宋人的采用,虽然流行率高于柳永,而总数却远远不及柳永。姜夔创用新调共 21 调,8 调为孤调,首见 13 调得到了宋人的采用;吴文英创用新调共 16 调,13 调为孤调,只有首见 3 调得到了宋人的采用,都无法与柳永相比。同时代的张先(25)、欧阳修(12)、晏殊(8)三人首见词调的数量和比例,也都比柳永大为逊色。柳词创用新调的成就及其对宋代词史发展的影响,于首见词调的数量上也就得到了有力的凸显。

其三,从柳永首见词调的体式分类来看,小令调只有 8 调(17 首),中调占 18 调(27 首),长调多达 50 调(69 首)。其中《六幺令》、《采莲令》2 调虽标有"令"字后缀,但字数篇幅已达到长调的范围,姑归入长调慢词一类。另外,还有《鹤冲天》等 5 调在篇幅上也超过了 80 字,若将这部分词调也计入的话,则柳永首见词调中的中长调或慢词调更多达 56 调,柳永大力创作长调慢词的特征和成就即昭然可见。另外,在首见词调中,柳永对"令"、"引"、"近"、"慢"以及"犯"等各种音乐曲调体式都有尝试与实践,其中还表现出较丰富多样的用调特征,如调名及宫调相同而词体不同、调名及词体相同而宫调不同、宫调不同而词体亦异等等,都体现了柳永在用调上富于开拓创新的精神。

其四,柳永首见词调 76 调共作词 113 首,平均每调作词为 1.48 首,其用调总数和作词总数都已远远超出其沿用旧调和孤调的数量，其每调作词的平均数量也已高出其孤调的作词比率，说明柳永对这些新词调的创作付出了更多的努力和实践。另外，113 首的作品数量，占柳词作品总数的比例也高达 53.1%，代表了柳词创作成果和用调成就的主体部分。

(四) 柳永词用调整体成就的定量分析

关于柳永用调的整体成就和基本特色，我们可以在上文所做分类考察和定量分析的基础上，总结出以下四个方面的认识或结论：

第一，从用调总数量来看，柳永用调共计 142 调，在两宋词人中成就最为卓著。北宋词人中用调较多的除柳永外，还有张先(89 调)和周邦彦(110 调)，但他们的用调数量都比不上柳永。柳永不仅是北宋用调最多的词人，而且在整个宋代词人群体中，柳永用调数量也与南宋的吴文英并列第一。然而考虑到柳永处于北宋前期而吴文英处于南宋后期，一为开创局面，一为集成总结，则柳永在创用词调上对两宋词人所起的示范作用，对宋代词调的开拓、丰富和发展所做出的历史贡献，以及在宋代词史和词调史上所占据的突出地位，都是吴文英以及周邦彦等人所无法比拟的。

第二，从用调来源及性质来看，柳永用调也体现出继承与创新兼备而以创新为主的成就与特色。柳永所用的 142 调中，完全沿用唐五代宋初的词调(调名词体都相同者)只有 18 调，只占柳永所用词调总量 12.6%的小比例；而首见和仅见于柳永词的常用调和孤调共有 124 调，占了柳永所用词调总量 87.3%的高比例，柳词用调虽不无继承但重在开拓创新的特色也就不言而喻。在柳永首用和仅见的词调中，无唐宋文献记载且无前人作词者总计 56 调(39+17)，占柳永创用新调总数的比例为 45.2%，占柳永用调总数的比例为 39.4%，这些词调多属柳永自创新调，或采用北宋新声；即使是虽有唐宋文献记载为曲名却无前人作词而首见和仅见柳词的 25 调(16+9)，以及虽有唐五代宋初人作词而柳词首见和仅见之作却与之为同名异调的 43 调(21+22)，也大多为"变旧声作新声"，或自创新调，或另倚新曲。这些也都体现了柳永用调以创新开拓为主体的创作实践。

第三，从词调的体式来看，柳词用调体现了体式丰富多样而以长调慢词为主体的鲜明特色。柳永用调 142 调中，小令只占 22 调(15.49%)，中调为 40 调

(28.16%),长调却多达 80 调(56.33%);如果将一部分 80 字以上的慢词及篇幅接近长调的词调也计入的话,则柳永长调慢词的数量更是多达 92 调(参见下文)。历代词学评论多以慢词创始于柳永,称柳永是第一个大力创作长调慢词的词人,这于统计数据和定量分析上便得到了确切的印证。在两宋词人中,吴文英也以多用慢词长调而著称,共计 90 调,然吴文英所用 90 个慢词长调多属对北宋以来慢词长调的继承,而柳永所用慢词长调则多有他自己的创调和创始,实不可同日而语。即使是以"创调之才"而著称的周邦彦,其所用长调慢词的总数也不过 58 调,若计入中调里的《蓦山溪(慢)》、《芳草渡(慢)》2 调,总计 60 调,亦逊色于柳永。除了大量创制和采用慢词长调外,柳永用调中还体现了更为丰富多样的体式特征,仅从词调名称所用后缀语或前置语来看,就有"令"、"引"、"近"及"近拍"、"慢"、"犯"、"促拍"、"减字"等多种,几乎囊括了绝大多数的曲类与词体;在同一词调名称下,柳词还时常出现令、引(或近)、慢兼具的情况,如《临江仙》就有令、引、慢三调,又如《木兰花》亦有齐言调、减字调和慢词调三种,等等。此外,柳永所用词调分属 16 种宫调,又有着宫调相同而词体亦同、宫调相同而词体不同、宫调不同而词体相同等多种现象,柳词中同名异调、同调异体之多,也表现得比其他词人更为突出。这些都彰显出了柳永在用调上的独特性与丰富性。

第四,从用调数量和作词数量的比率来看,柳词创作也显现出更注重创调用调的意识与实践。柳词共用 142 调,作词 212 首(不计失调名残句 1 首),平均每调作词为 1.49 首。每调作词的平均值越低,越说明作者对创调与用调的重视。拿与柳永同时的三位著名词人来比较,晏殊作词总数为 140 首,用调总数为 37 调,平均每调作词 3.78 首;张先作词总数为 165 首,用调总数为 89 调,平均每调作词 1.85 首;欧阳修作词总数为 242 首,用调总数为 65 调,平均每调作词 3.72 首,都高出柳永很多。再拿两宋以创调用调而著称的大家来比较,周邦彦平均每调作词 1.68 首(110 调/185 首,另有失调名 1 首未计);姜夔平均每调作词 1.55 首(56 调/87 首);吴文英平均每调作词 2.39 首(142 调/340 首,另有失调名 1 首未计),也都高出于柳永。古今词论多称柳永善于用调,为"创调名家"①,这于数据统计和定

① 蔡嵩云:《柯亭词论》:"屯田为北宋创调名家。""柳词胜处(略),为后起清真、梦窗诸家所取法,信为创调名家。"《词话丛编》本,第 4911 页。

量分析中也得到了印证。

## 第二节 柳永词继承与创新的用调成就

从第一节的数据统计和定量分析已知，柳永词在用调上既有继承也有创新，以创新占主导地位，继承只占次要地位。那么，柳永究竟继承了唐五代宋初哪些已有的词调，为什么选择这些词调，又表现了怎样的特征？柳永对新词调的创用又是通过哪些途径和方法来完成的，这些新词调有哪些属于柳永自己的创制，又有哪些属于采用北宋新声？以上问题都需要我们去做进一步深入细致的考察和分析，在研究过程中我们对柳永词在用调上继承和创新两方面的创作成就都将获得更加全面准确的认识。

### 一 柳永词在用调上的继承特征

柳永所用 142 个词调中，调名与唐五代及北宋初期和前期词调完全相同、体式也基本一样的词调共有 18 调，其中唐五代词调占 13 调，北宋初期和前期词调只有 5 调。在唐五代产生和流行的旧词调不过 163 调(参见第一章)，宋初约半个多世纪里产生和流行的新词调不过 10 调，与柳永同时的北宋前期词坛所创用的新调总计 228 调，排除柳永一个人所创用的 124 个新调外，由其他同期词人所创用的新调则不过只有 104 调①，总计在柳永之前的唐五代和宋初及其同时代的北宋前期产生和流行的可供其采用的词调数量约有 270 余调。柳永只继承了其中的 18 调，所占比例只有 6.5%。可见柳永继承唐五代及北宋已有词调数量既少，则成就也就有限。

首先，柳永对唐五代及北宋词调的沿用和继承，与这些词调本身所具有的流行性以及北宋前期词坛现状有关。

宋初和北宋前期的词坛主要承袭了唐五代的词风，宋人多继承唐五代词调来创作，大部分词人仍以创作令词为主。总体来看，柳永之前的宋初词坛甚至

---

① 据笔者考订与统计，柳永之前的北宋初期词人所用新词调，有和岘 3 调、苏易简 1 调、寇准 3 调、潘阆 1 调、林逋 1 调、毕大节 1 调，共 6 人 10 调；与柳永同时的北宋前期词人创用新调共 26 人 228 调，除柳永创用新调 124 调外，由其他词人创用的新调不过 104 调，其中张先 39 调、欧阳修 21 调、晏殊 12 调、杜安世 7 调、沈唐 3 调，刘潜 2 调、刘几 2 调，其余聂冠卿、李遵勖等 18 人皆仅 1 调(参见第三章)。

是柳永所在的当代词坛创新较少,仍以继承为主。柳永选择继承的这些词调应该与它们在晚唐五代到宋初的流行程度和词坛现状有关。

兹以《木兰花》为例来加以考察和分析。《木兰花》为唐教坊曲名,大致在晚唐之际开始用于填词,至五代结束共作词12首,包括敦煌民间词、韦庄等人花间词、李煜等南唐词,既有七言八句形式整齐的齐言体,也有以齐言体为主的杂言体,形成一个创作的小高潮。比《木兰花》稍晚,在五代花间词人中又产生了《玉楼春》一调,共作词9首,皆为七言八句的齐言体,虽与《木兰花》齐言体形式相近,但平仄声韵并不相同,实为二调。大致在五代末至宋初,这两个词调开始混同起来。宋初和北宋前期,宋人或以《木兰花》、《木兰花令》为名,或以《玉楼春》为名,掀起了一个创作的新高潮。如晏殊作《木兰花》共11首,欧阳修作《玉楼春》共34首(其中31首实皆为《木兰花》),张先作《木兰花》共10首(其中2首实为《玉楼春》)。在柳永所用唐五代旧调中,以《木兰花》作词数量最多,共计13首(含《玉楼春》5首、《木兰花令》1首),应该就是受这种创作风气影响的结果。

其他如《临江仙》、《浪淘沙》、《蝶恋花》、《清平乐》、《河传》、《巫山一段云》等,也都是唐五代以来的流行词调,其中,《临江仙》(39首)、《清平乐》(23首)在唐五代词调排行榜上分别居第六和第十二名(参见第一章)。入宋以后,除了《河传》一调外,其余各调的流行性得到延续,并受到了一些名家大家的青睐。值得注意的是,一些在唐五代创作较少的词调,到了宋代也受到了词人的关注。如《西江月》一调在唐五代仅存词5首,入宋后柳永作词2首,张先作词3首,尤其是张伯端创作了25首,也就促使该词调在宋代词坛上流行起来,并最终以498首的数量在宋词"十大金曲"中名列第八位,更成为宋词小令的第五大金曲(参见第二章)。

在柳永沿用和继承的唐五代及北宋已有词调中,虽然以唐五代的古典旧曲占多数,但产生于宋初或北宋前期的几个流行新调也值得关注。《甘草子》是由柳永的前辈词人寇准所创用的一个小令新调,赋咏早春风情,大概因为它的新颖清丽引起了柳永的关注,他采用此调作词2首,皆写暮秋风景和离愁别恨,成为宋代前期采用此调的第二人。此调宋词仅3人作词4首,另有扬无咎"秋暮"1首,与柳永互见重出,则柳永很可能是继寇准创调之后唯一的继承人。《诉衷情(令)》和《燕归梁》则是由柳永同辈词人晏殊创始的两个小令新调,《诉衷情

(令)》盖属由唐五代的同名词调翻制的新声,《燕归梁》的优美意境也给人耳目一新之感,柳永采用这两个小令新调来赋咏恋情,大概出于早期追逐新声的审美选择和用调需要。尤其值得关注的是,柳永还采用了应由北宋前期无名氏创调的两个新调,即《迎春乐》和《雪梅香》,一为小令,一为长调。关于《迎春乐》一调,一向或以晏殊为创始,或归柳永为首见,然柳词以及张先、欧阳修词多赋恋情,与本意并不相合,实则此调当以《高丽史·乐志》所载无名氏《迎春乐令》为创调。这首无名氏词既赋调名本意,当为创调始词。《高丽史·乐志》所载"唐乐"中的无名氏词曲皆为北宋之作,其中可考知作者的即有柳永、晏殊、欧阳修等人词达 15 首之多;原书于《迎春乐令》之下另录《浪淘沙令》、《御街行令》,即可考为柳永之作。据此,则这首无名氏《迎春乐令》当为宋初或与柳永同时代人所作,柳永等盖采倚此调新声以咏恋情。《雪梅香》一调宋词仅见 3 首,除柳永词外,另有无名氏 2 首,历来亦多以柳永为首见,然柳词赋羁旅相思,与本意不合,当非创调。无名氏 2 首并载《梅苑》卷四,皆描写雪梅,赋咏本意,应为创调始词。《梅苑》所载除少量唐五代词外,多为北宋咏梅之作。其中"冻云深"一词,与柳永词用韵完全相同,向以为乃无名氏次韵柳词,实则当为柳永次韵无名氏咏梅词原调以赋咏羁旅相思。据此,则无名氏此调 2 首既为创调始词,又有柳永次韵之作,当作于柳永之前或同时。这是一个慢词长调,柳永对它的采用,说明了柳永对长调慢词大力开拓和创新的基础和背景,即他除了继承唐五代的一小部分长调慢词的遗产之外,也开始关注和吸收北宋前期尚处于萌生状态的长调慢词的流行新声了。

柳永选择继承的唐五代宋初词调,还与这些词调的体式及其在唐五代宋初的发展现状密切相关。在柳永沿用的 18 调中,令词调占了 12 调,中长调和慢词调只占 6 调,令词调则占了柳永沿用唐五代宋初词调数量的三分之二。唐五代在词调的运用上本以小令为主,长调慢词还寥寥无几。北宋初期距离唐五代时间不长,因此唐五代以小令为主的词体和以婉约艳丽为胜的词风继续在宋初词坛上沿袭和蔓延,柳永生活在北宋前期,耳濡目染,自然也会受到唐五代词体和词风的影响,故他选用一部分唐五代宋初流行词调来创作,也就是非常自然的事情了。此外,柳永所继承的唐五代宋初词调中以令词调为主,这也恰恰反映出了宋初乃至北宋前期词坛令词短调发展兴盛而慢词长调发展缓慢的现实状况。

其次，柳永对唐五代宋初词调的沿用和继承，大多出现在其早年或出仕之前的创作中，与其冶游狭邪经历或漫游羁旅生活有关，也是柳永词早期创作接受唐五代词影响的表现。

参考薛本和陶本的笺注与考订，我们发现，柳永采用唐五代宋初词调之作(共 40 首)，可以确切编年的虽只有少数作品，却多属早年之作。如《玉楼春》5首中的前 4 首，大致都创作于宋真宗大中祥符五年(1012)前后，或赋咏真宗斋醮之事，或投赠重臣丁谓①，都带有纪时颂圣、歌功颂德的性质，乃柳永早年应举求仕期间所作。柳永早年和出仕前多出入于青楼妓馆，多与歌妓舞女交往并应歌作词，更有着长期漫游和羁旅的生活体验，其早期词的创作也受到晚唐五代词风的影响，这在其采用唐五代词调所创作的大多数难以编年的作品中，从内容题材和艺术风貌上都有所体现，这些作品也大多属于他年轻时或出仕前的产物。如《甘草子》2 首，一写“秋暮”，一写“秋尽”，皆关合闺情，盖为漫游羁旅中作，与宋初寇准此调首见词咏“春早”正好印合与呼应。又如《西江月》2 首，一写闺情，一咏狎妓，声情欢悦，词风艳丽，也应为早年冶游生活的写照。又如《木兰花》4 首，分咏“心娘”、“佳娘”、“酥娘”、“虫娘”，皆为咏妓词，反映柳永与歌妓的交往与恋情。薛本考订云：“四阕《木兰花》均为咏妓词，且第三阕有‘坐中少年暗消魂’句，作年虽莫可详考，但柳词多写实，当作于少年时期。”②又如《凤栖梧》3 首，皆写恋情与艳情。“帘内清歌帘外宴”一词，全篇描写隔帘听歌的情景，结拍二句云：“坐上少年听未惯，玉山将倒肠先断。”薛本考订“作于少年时期”，“当为听家姬之歌，随大人应私人之宴”，“显为初出茅庐情景，起码年龄不会大到十三四岁以后”③。薛本将此词编年于宋真宗咸平三年(1000)柳永十四岁所作，冠于柳永编年词之首，或许有些过早，但推订此词为柳永青少年时期的作品，应该不会有太大问题。“伫倚危楼风细细”一词，是柳永《凤栖梧》一调之名作，薛本编订为景德元年(1005)柳永远游思归之作，虽并无确切证据，但为柳永早年漫游或羁旅中所作，则是可信的。至于“蜀锦地衣丝步障”一词，亦为“狎妓词”，

① 陶然、姚逸超：《乐章集校笺》上册，第 139、144、147、151 页。

② 薛瑞生：《乐章集校注》(增订本)，第 420 页。

③ 薛瑞生：《乐章集校注》(增订本)，第 3 页。

“当为出仕前之作”①。其他如《浪淘沙令》咏舞妓，《集贤宾》描写与妓女虫虫的恋情，《河传》“翠深红浅”一词亦咏妓，《卜算子慢》、《内家娇》、《诉衷情令》、《燕归梁》、《八六子》、《清平乐》等词，亦多写离别相思与羁旅思归，声情妩媚，词风绮丽，与唐五代花间词风比较接近，反映了柳永词早期创作的内容题材和风格特征，其选用唐五代宋初已经流行的词调来创作，也就不足为奇了。

其三，柳永对唐五代宋初词调的沿用和继承，也体现出与其创作实践相一致的选择性和创新性，取得了一定的创作成就，为其创用新调打下了基础。

柳永对唐五代宋初已有词调的继承以小令为主，固然是受唐五代宋初词坛风气和创作现状的影响，但他对唐五代以及北宋前期刚刚兴起的寥寥可数的几个慢词长调的采用，则显示了柳永在继承中有所开拓创新的文学意识与创作实践。如《内家娇》一调，虽然可考当创调于盛唐教坊，但《教坊记》“曲名”中却未予记载，亦不见唐五代文人作词，而幸赖二十世纪初敦煌写本《云谣集》的发掘，方显现盛唐民间词作 2 首，题注宫调为林钟商，且皆为 90 余字至 100 余字的长调慢词。清人编《词律》《词谱》尚不及获见敦煌词，故所收此调仅以柳词为例。实际上，柳永此词也是宋人所作此调的唯一篇章。柳永此词亦入林钟商，体式也与敦煌词基本相同，只是敦煌词用平韵，柳永改用仄韵(上去声)，仍属同调异体。可见柳永对此调的采用，当是对唐五代民间长调慢词的继承，说明此调很可能在北宋的市井民间犹有流传。又如《接贤宾》一调，此前仅见五代尹鹗作词一篇，犹为 59 字的短篇令词，而柳永将它加一叠，扩展为 117 字的长调，虽仍属同调异体，却显现了创新的尝试。又如《八六子》、《卜算子慢》这两支慢词长调，在晚唐五代仅各见杜牧、钟辐孤篇之作，也是柳永在北宋前期首先加以采用的，尤其是《八六子》一调，经柳永加以继承和发扬，后来才得以在秦观手中创作出千古传诵的名篇。至于柳永对北宋前期无名氏《雪梅香》这支慢词长调的采用和次韵，既显示了柳永对北宋前期慢词长调新声的格外关注，也反映了他大胆接受和尝试的创新精神。

在唐五代宋初词坛仅有的十余个慢词长调中，柳永不仅有采用，而且有翻制，可见柳永对长调慢词给予了相当多的关注。为何柳永如此重视长调慢词

① 薛瑞生：《乐章集校注》(增订本)，第 385 页。

呢？这应该与唐宋词史的发展历程和柳永的创作实践相关。从唐五代到宋初，词坛上都被小令主宰，长调慢词屈指可数。令词篇幅有限，无法让词人洋洋洒洒地写景以及淋漓尽致地抒情。到了柳永登上词坛的北宋真宗至仁宗时期，宋代社会的经济和文化渐趋发展繁荣，人们对音乐文化的需求也不断增强，从市井民间便兴起了一批燕乐新声，这些新声曲调多为慢曲和长调，而慢曲长调的创制和流行也就促进了长调慢词创作的发展与开拓。常常流连市井坊曲且精通音律的柳永，由于歌妓舞女的请求以及其自身创作的需要，也就有较多机会接触和关注这些长调慢曲，并大胆地选择了长调慢曲来进行尝试创作。由于宋初文人极少创作长调慢词，因此柳永无法向宋初的词人借鉴到更多的创作经验，于是他便把目光投放到了唐五代词调上。可见，柳永在继承唐五代宋初词调时就注意到了令词体式的局限，当上层社会文人满足于用旧调来创作令词时，柳永却主动寻求慢词长调来改变令词“虽好却小”的不足。柳永沿用和继承唐五代宋初慢词长调，在当时词坛上是一种大胆创新之举，正是他的这种做法，使宋词摆脱了令词一统天下的束缚，走上了改革创新之路。这种对唐五代宋初长调慢词的继承和借鉴，为后来柳永大力开拓创用新的长调慢词积累了经验，做出了铺垫。

即使是对唐五代旧词调的沿用，柳永也体现出在继承中有所创新的特征。一是在字数上有所增、减。如《浪淘沙令》，唐词杂言体 54 字，柳永词在两片首句各减 1 字，形成减字异体。二是在用韵上有所变化。如晚唐杜牧《八六子》押平韵，柳永词却改为押仄韵(上去声韵)。三是在句式上有所变化。如《秋夜月》，尹鹗词两片句式较为整齐：

四／三三四／六四／三三四／二／六；四／三三四／六四／三三四／二、六。

柳永词两片句式则略有参差：

四／三、六／三七／三三六／六；四／五五／六四／四五／四四。

实际上基本句式相同，部分句式出现分合不同的“摊破”现象，仍在音律允许的范围之内，属同调异体。

## 二　柳永词在用调上的创新成就

宋初及北宋前期的一百多年间，经济发展，社会稳定，都市繁荣，市民阶层兴起并不断发展壮大,导致了市民文学蓬勃发展。一方面,宋初词坛上虽然主要承袭唐五代词风,但由于宋代社会经济的繁荣发展,篇幅有限的令词已经难以反映丰富多彩的社会生活;另一方面,经过晚唐五代这个时期,令词无论是形式或内容都发展到了瓶颈期,难有新的突破。在这样的历史条件下,精通音乐而又富有创新精神的柳永就成为了宋词改革的弄潮儿。

柳永对宋词发展的贡献有很多方面,其中一项就是对词调进行开拓创新。众所周知,任何新事物的出现都不是一蹴而就的,而是经过了长时期的酝酿和准备。新词调的出现也不例外。从柳永对唐五代宋初词调的继承中,可发现柳永对唐五代词调的继承并不是盲目和随意的,而是有目的性和选择性的。这种有目的有选择地继承唐五代词调的创作,正是柳永对词调进行创新的基础。

柳永在词调上的创新,主要是通过以下两条途径来完成的:

（一）依旧曲名另翻或自创新声

柳永在词调上的创新是在继承唐五代曲调和词调的基础上进行的。不管是对唐五代已用于创作的词调的继承,还是对尚未用于填词的唐教坊曲的采用,柳永往往只是借用了唐五代的曲调名称和词调名称,或者说仅仅是名称相同,而词的曲调和体式实际上已经焕然一新,这就是李清照所说的“变旧声作新声”。因此,我们把柳永这部分虽沿用唐五代旧曲名或旧调名,但体式已与唐五代词不同或唐五代尚未填词的词调,看作是柳永在词调上的一大创新。这又分以下两种情况:

一是虽沿用唐五代宋初词调旧名,却翻制为词体迥然不同而属于同名异调的新声。

从第一节所做的数据统计和定量分析可见,虽有唐五代宋初人作词而柳词首见和仅见之作却与之迥然不同当为同名异调者共计 43 调,便主要属于这种类型,应该大多为“变旧声作新声”,或为自创新调(约 14 调),或为另倚新曲(约 29 调)。

这种“新声”与“旧声”的不同,在词乐和曲谱已经不传的今天,我们通过词作体式的比较也能得到体认。因为唐宋词是倚声填词的产物,词的篇制体式发生了较大的变化,说明它所依凭的音乐曲调也有了较大的改变,已经超出了同调异体的范围。兹举例以做分析。如《定风波》与《定风波慢》:

暖日闲窗映碧纱。小池清水浸晴霞。数树海棠红欲尽。争忍。玉闺深掩过年华。　　独凭绣床方寸乱。肠断。泪珠穿破脸边花。邻舍女郎相借问。音信。教人羞道未还家。——欧阳炯(《全唐五代词》P464)①

自春来、惨绿愁红，芳心是事可可。日上花梢，莺穿柳带，犹压香衾卧。暖酥消，腻云亸。终日厌厌倦梳裹。无那。恨薄情一去，音书无个。　　早知恁么。悔当初、不把雕鞍锁。向鸡窗、只与蛮笺象管，拘束教吟课。镇相随，莫抛躲。针线闲拈伴伊坐。和我。免使年少，光阴虚过。——柳永(《全宋词》P29)②

《定风波》为唐教坊曲名，有敦煌民间词即赋"定风波"本意，为创始之作，然体式还不够规范稳定。《词谱》卷十四收此调，列五代欧阳炯词为正体，双片62字，仍属令词调，宋代张先词即名《定风波令》。然柳永此词调名虽同为《定风波》，却与唐五代词的体式迥然不同，《词谱》卷二十八收《定风波慢》一调，即首列柳永此词，为双片100字的长调，注云："此调创自此词"，"此《定风波慢》词虽押两短韵，实与《定风波令》不同"。③ 从两片各保留了一个二字短韵句的形式来看，慢词调或与令词调仍有某些音乐曲调方面的渊源关系，当属翻旧声为新声。然柳永此词所写内容为闺思恋情，与调名本意并不相符，似非创调始词，或为柳永对北宋市井新声的采用，《词谱》以为是柳永自创，未必可信。这类词调还有《早梅芳(慢)》、《送征衣2》、《斗百花》等，共约29调，盖属于柳永对北宋翻旧为新之曲的首次采用和倚声填词，其意义仍不容忽视。

又如《长相思》与《长相思慢》：

汴水流。泗水流。流到瓜洲古渡头。吴山点点愁。　　思悠悠。恨悠悠。恨到归时方始休。月明人倚楼。——白居易(P74)

画鼓喧街，兰灯满市，皎月初照严城。清都绛阙夜景，风传银箭，露叆金茎。巷陌纵横。过平康款辔，缓听歌声。凤烛荧荧。那人家、未掩香屏。　　向罗绮丛中，认得依稀旧日，雅态轻盈。娇波艳冶，巧笑依然，有意相迎。墙头马上，漫迟留、难写深诚。又岂知、名宦拘检，年来减尽风

①② 本书所引词作主要出自《全唐五代词》(中华书局2008年版)、《全宋词》(中华书局1965年版)，为节约篇幅，以下仅注页码。

③《词谱》卷二十八，第496页。

情。——柳永(P33)

六朝时有《长相思》乐府歌辞,其体式以五言句为主。唐代《长相思》为教坊曲名,中唐白居易、刘禹锡依此曲填词唱和,均为小令杂言双叠体式,并得到了宋词的继承。唐代另有敦煌写本《长相思》联章词3首,体式与白居易等人所作不同,盖为同名异调。宋初林逋等人所作《相思令》即与白居易词为同调。然柳永此词虽亦名《长相思》,却是103字的长调,体式已与36字的小令完全不同。《词谱》卷三十一收《长相思慢》一调,即首列柳词为正体,则柳词所倚之声实为慢词调也。柳永此词题曰"京妓",描写与汴京平康歌妓的恋情,内容与调名本意相合。据此推断,柳永此词虽借用了《长相思》这个已有的旧曲名称,而实际上当属于柳永自创的慢词新声。由柳永开创的这支慢词新调在宋代也得到了沿袭,虽然总计只有9首作品,但秦观、贺铸、周邦彦等著名词人都有采用,可见柳永的这个创调还是具有一定影响力的。这类词调还有《鹊桥仙(慢)》、《抛球乐(慢)、《应天长(慢)》、《望远行(慢)》、《诉衷情近》、《鹤冲天》等,共约14调,属于柳永借旧曲名自创新声,是柳永创调成果的一部分。

柳永依旧曲名翻制的新调,又可分为以下四种类型:

首先,柳永多将唐五代宋初的小令或中调翻制为慢词长调,或首次采用北宋翻旧为新的慢词长调,共计约23调。如《送征衣》、《女冠子》、《定风波》、《浪淘沙》、《抛球乐》、《应天长》、《长相思》、《望远行》、《玉蝴蝶》、《临江仙》、《木兰花》、《离别难》、《凤归云》、《洞仙歌》等,在唐五代宋初原先皆为比较流行的小令或中调,柳永则将它们翻制为长调慢词,或首次采用了这些盖属北宋翻旧为新的慢词长调。甚至在同一调名下,柳永还能翻制出多种长调慢词。如《女冠子》一调,唐五代词为41字的小令,而柳词3首分别为112、111、107字的长篇,不仅与唐五代词体迥异,而且每篇体式并不相同,实为三种同名异调。同样的情形在《定风波》、《凤归云》两调的创作中也有表现。

其次,柳永亦将唐五代宋初的小令翻制为中调,或首次采用北宋翻旧为新的中调曲,共计约9调。如《鹤冲天》、《婆罗门令》、《鹊桥仙》、《诉衷情近》、《甘州令》、《临江仙引》、《秋蕊香引》、《瑞鹧鸪1》、《瑞鹧鸪2》,唐五代宋初词多为小令,而柳词则翻制为中调。其中有些仍属令曲,如《婆罗门令》、《甘州令》,仍用"令"字为词调后缀语,但篇幅已变为86字、78字,属于中调,甚至接近长调了。

又如《鹊桥仙》,盖创始于与柳永同时的欧阳修,为 56 字的小令,而柳永则变为 87 字,《词谱》卷十二将柳词附列于《鹊桥仙》令词调末尾,注云:“此词句韵与《鹊桥仙令》不同,盖慢词体也,因调名同,故为类列,亦无宋词别首可校。”①则柳永此词从字数篇幅看属于中调,而从曲调音律看则属于慢词,应该是柳永在欧阳修小令调的基础上另翻新声。此外,柳永以唐五代宋初小令旧曲名翻制的中调,他于调后明确标示为“近”、“引”的,就有《诉衷情近》、《临江仙引》、《秋蕊香引》3 调,这是介于“令”与“慢”之间的曲体形式。与柳永同时的晏殊等人所作《诉衷情》、《秋蕊香》皆为小令,柳永另翻新调,故加上“近”、“引”以示区别。

第三,唐五代宋初原为长调慢词,柳永亦同样翻制为长调慢词,或首次采用北宋翻旧为新的慢词长调,共计约 7 调。如《倾杯乐》原为唐教坊曲名,有敦煌写本词 2 首,亦皆为 110 字、109 字的长调慢词。然柳永所作同调名词共 8 首,不仅使用了《倾杯乐》、《古倾杯》、《倾杯》等多种名称,而且还分属不同的宫调,有 106、116、108、110、107、104 字等不同篇制,体式声律也不相同,实可分为六种同名异调。鉴于《倾杯乐》从唐至宋一直有多种曲调广为流行,据《宋史·乐志》所载,宋太宗因旧曲造新声中即有多种宫调的《倾杯乐》,则柳永所作《倾杯乐》或为采用宋初因旧曲所造新声,或为柳永依旧曲名另翻新调。又如《十二时》,宋初属军乐鼓吹曲,和岘等人所作皆为 125 字等长调,体式多不相同,分属多种同名异调。柳永所作亦为 130 字的长调,但与和岘等所作鼓吹曲词并不相同,《词谱》卷三十七收《十二时慢》,即首列柳词为正体,则柳词属慢词,盖依旧曲名另翻新声。

第四,唐五代宋初原为小令,柳永另翻新调亦为小令者,只有 1 调,即《减字木兰花》。《木兰花》原为唐教坊曲名,唐五代词多为七言八句两片的齐言小令体,至宋代亦广泛流行,并多与《玉楼春》一调混同。柳永不仅借此旧曲名成功地翻制出《木兰花慢》的慢词新声,而且在小令调的基础上通过减字、换韵等手法,另创《减字木兰花》的小令新调,并使它以 442 首的创作数量成为两宋小令金曲之一,名列宋代词调排行榜第十一位(参见第二章)。这不仅是柳永以旧翻新的创调中唯一的一例以小令另翻小令,而且也是柳永创调中最成功的范例之一。

---

①《词谱》卷十二,第 211 页。

二是用无人作词的唐宋教坊曲或其他曲调来创作，且为首见或仅见柳词的新调。

唐教坊曲演变为词调，在唐五代已经出现了（参见第一章）。在唐教坊曲（包括宋教坊曲等）转变为宋代词调的用调实践中，柳永做出了突出的贡献。

柳永是宋代用未经填词的唐教坊曲来创作的第一人。来自唐五代宋初教坊曲及其他曲调或具有这些曲调渊源，但无唐宋人创作而首见或仅见于柳词的词调，共有 25 调（见第一节统计分析）。柳永之前，宋初词坛上没有人采用尚无传词的唐教坊曲（包括宋初教坊新声）来创作，与柳永同时代或稍后的几位大词人如晏殊、欧阳修等，多是继承唐五代已经流行的词调，采用北宋新声和自创新调都很有限，更别说采用未经创作过的唐教坊曲来填词了。北宋前期的词坛上，张先是仅次于柳永所用词调较多的一个词人，但他多采北宋新声或自为创调，也很少有对唐教坊曲的挖掘。因此，柳永不仅开创了宋代采用无人作词的唐教坊曲来填词的先例，而且还是北宋前期采用唐教坊曲来填词最多的词人。

在将这些唐宋教坊曲转变为宋词调的过程中，柳永做出了多方面的探索。这种努力除了体现在用调的数量上，还体现在其他方面。

首先，体现在创制的类型上。在这 25 调中，既有自创新调，亦有另倚新声。其中赋咏本意，盖属柳永依唐教坊曲等旧曲名自创新调者，约有 9 调，即《隔帘听》、《思归乐》、《彩云归》、《雨霖铃》、《二郎神》、《留客住》、《望汉月》、《迷神引》、《透碧霄》。举《望汉月》为例。唐代有教坊曲名《忆汉月》，无唐词创作，北宋前期李遵勖、柳永、晏殊词皆名《望汉月》，欧阳修、杜安世词又名《忆汉月》。但是从调名与词意来看，李遵勖词咏菊，晏殊词咏柳，皆与调名本意无关，唯独柳永词咏明月，抒别情，所以我们有理由认为这个词调是柳永根据唐教坊曲旧曲名另创的新调。这也符合清邹祗谟在《远志斋词衷》中所说："大率古人由词而制调，故命名多属本意。后人因调而填词，故赋寄率离原词，曰填，曰寄，通用可知。"[①]其余 16 调，多非赋咏本意，或难以详考，盖为柳永采用唐教坊旧曲或北宋新声，如《曲玉管》、《夜半乐》等，或为柳永开发唐教坊旧曲以入词调；而《醉蓬莱》则为柳永用仁宗时教坊新进曲以应制填词；其他如《安公子（近）》、《安公子（慢）》、《小镇西犯》、《郭郎儿近拍》、《长寿乐》、《六么令》、《鹧鸪天》等，应多为北

---

① 邹祗谟：《远志斋词衷》，《词话丛编》本，第 649 页。

宋新声。

其次，体现在词调的体式上。在这 25 调中，长调慢词共 15 调，中调有 6 调，小令只有 4 调，可见柳永对于尚未转化为词调的唐代教坊曲或其他曲调的挖掘和采用，主要以长调慢词或中长调为主体。另外，这些词调中还有“犯”、“近”等曲调体式，如《小镇西犯》、《安公子(近)》、《郭郎儿近拍》等。其中，《小镇西犯》一调，与柳永《小镇西》一样，或与唐教坊曲名《镇西乐》、《镇西子》有渊源关系，但此调既加上“犯”的后缀语，则显然是柳永对不同宫调相犯的尝试和探索。又如《安公子》一调，虽然最早为隋代曲名，唐代又演变为教坊曲，但并无唐五代人作词。《词谱》卷十九收此调，注云：“《碧鸡漫志》云：‘据《理道要诀》，唐时《安公子》在太簇角，今已不传。其见于世者，中吕调有《安公子近》，般涉调有《安公子慢》。’按柳永‘长川波潋滟’词，自注中吕调；‘远岸收残雨’词，自注般涉调。”①可见属于唐教坊曲的《安公子》已经不传，柳永《安公子》2 首，正好一属“近”体，一属“慢”词，所采用的应是在唐教坊曲的基础上翻制的新声，而且体现了柳永对同调名下不同曲体的开拓与探索。

其三，体现在词调的结构上。如《曲玉管》一调，为唐教坊曲名，盖为笛曲，然唐五代无人作词。柳永用此调填词，为 105 字的长调，分三片，第一、二片的字数相同，被称为“双曳头”，一名“双拽头”。兹录全词如下：

> 陇首云飞，江边日晚，烟波满目凭阑久。立望关河萧索，千里清秋。忍凝眸。
>
> 杳杳神京，盈盈仙子，别来锦字终难偶。断雁无凭，冉冉飞下汀洲。思悠悠。
>
> 暗想当初，有多少、幽欢佳会，岂知聚散难期，翻成雨恨云愁。阻追游。每登山临水，惹起平生心事，一场消黯，永日无言，却下层楼。② (P17)

《词谱》卷三十三收此调，虽分为两片，但注云：“此词前段，截然两对，即《瑞龙吟》调所谓双拽头也。”③这样的结构在柳永《乐章集》中并不多见，而且也是宋

---

①《词谱》卷十九，第 323 页。按：据岳珍《碧鸡漫志校正》卷四“安公子”条云：“其见于世者，中吕调有近，般涉调有令。”与《词谱》所引略异。第 78 页。

② 按：本书中引录词作，分片多以空格表示。如涉及对词体的分析，为便于比较，每片各分一段。

③《词谱》卷三十三，第 616 页。

词中最早出现的“双曳头”体。

依旧曲另翻新声，是词调发展过程中一个最基本的途径，因为在创制新调的初期，新调的出现离不开对旧调的继承。由于词是一种音乐性和文学性相结合的文学样式，唐宋时代主要是在歌宴酒席上演唱的，因此词的音乐性在那个时代尤为重要，而词的音乐性又体现在词调(曲调)上。所以，在词还未真正发展成熟和词调还不够完备之前，采用旧曲名来翻制新调，是词体和词调发展中不可避开的一条途径，对唐五代词人来说是如此，对北宋前期的柳永来说也是如此。况且，在当时名家词手都守卫着唐五代词调的那“一亩三分地”时，柳永却走出去另辟天地，这既是冒险，也是开拓创新。柳永不仅将唐教坊曲进一步发扬光大，而且拓宽了词调的创制来源，丰富了词调的表现领域，促进了词体的发展演变，也为后人对词调和词史的开拓创新提供了借鉴经验。

（二）采用北宋新声或自创新调

柳永登上词坛之时，宋朝经过近百年的休养生息，社会呈现出全面发展繁荣的景象，尤其是城市经济的发展达到了前所未有的水平，从而促使以追求享乐为主的市民文学兴起。词既满足了上层社会士大夫文人浅斟低唱的审美雅趣，又符合民间娱乐场所的消费需要，从而成为宋代最具代表性的雅俗共赏的文学样式。为了满足社会各阶层人们的消费心理，社会上“新声”迭出，新曲的不断翻新，曲调的越来越流行，就需要更多的歌词来配合演唱。在这样的时代背景下，柳永这个精通音律、善于填词、流连于歌楼酒馆的文人自然就引人注目了。据宋叶梦得《避暑录话》卷三记载：“柳永字耆卿，为举子时多游狭邪，善为歌辞。教坊乐工每得新腔，必求永为辞，始行于世，于是声传一时。”①当柳永科举考试失利之后，不得不选择与乐工歌妓合作的创作道路，从而成为宋代第一个专业填词的文人。

柳永在词调上创新的第二个途径，就是采用北宋新声填词或自己创制新调。然而，因为缺乏具体确切的音乐曲谱和相关资料，无法一一详考哪些是柳永采用当时的流行歌曲来填词，哪些是柳永自创的新声词调，这也是历代至当今学者一直在探讨的问题。据我们统计，《词谱》中注明是“创自”柳永的词调，只有《两同心》、《昼夜乐》、《定风波慢》3 调，有 14 调是标注“始于”、“始自”柳永

---

① 叶梦得：《避暑录话》卷三，《宋元笔记小说大观》本，上海：上海古籍出版社 2001 年版，第 2628 页。

者,它们是:《玉蝴蝶(慢)》、《女冠子(慢)》、《应天长(慢)》、《集贤宾》(即《接贤宾》)、《一寸金》、《透碧霄》(以上6调皆标注“始于”)、《望远行(慢)》、《鹊桥仙(慢)》、《金蕉叶》、《看花回》、《荔枝香》、《促拍满路花》、《西平乐(慢)1》、《竹马儿》(以上8调皆标注“始自”),唯有《秋蕊香引》1调,标注为柳永“自度曲”,总计约18调;另有标注仅见柳词“无别首可校”者,约有37调,其中亦多有同时标注“始自”或“始于”柳永者。今人论宋词曲调来源和构成,其中一类为“采自市井俗乐及依式创制者”,认为“此类词调,以柳永《乐章集》中为最多。现在虽无从为之辨析,然就耆卿生平考之,集中如《慢卷䌷》、《雪梅香》、《黄莺儿》、《夜半乐》、《昼夜乐》、《斗百花》等词,多于歌楼娼院中倚声试作者,其为当年市井习用之曲,或类似的制作,殆无可疑”①。另有学者考订或推断为“创自柳永”或“柳永创调”者约有24调②。可见历代以来各家对柳永创调和所用新声的认识和结论并不一致。

从我们对柳永用调所做的数据统计和定量分析可见,在柳永所用142调中,除去完全继承和沿用唐五代宋初已有词调18调外,其余124调皆属首见和仅见于柳词的新调;在柳永所用新调中,属于唐五代宋初教坊等曲名且已有人填词而柳词却与之为同名异调者占43调,虽属唐五代宋初教坊等曲名却无人填词而首见或仅见柳永填词者占25调,两项相加共计68调,固然多属“变旧声作新声”,但正如上文已考察分析的那样,其中亦不乏采用北宋新声者,如《定风波慢》等;或属柳永自创的新调,如《长相思慢》等。我们的考订固然多属根据词作内容和形式所做的比较和推测,但实际上,也有极少量词调有明确的文献记载为来自北宋教坊的新声曲,如《醉蓬莱》即为一例。据宋人记载:

> 柳三变,景祐末登进士第,少有俊才,尤精乐章,后以疾更名永,字耆卿。皇祐中,久困选调,入内都知史某爱其才而怜其潦倒,会教坊进新曲《醉蓬莱》,时司天台奏:“老人星见。”史乘仁宗之悦,以耆卿应制。耆卿方冀进用,欣然走笔,甚自得意,词名《醉蓬莱慢》。③

可见《醉蓬莱》即为仁宗朝“教坊新进曲”,而柳永是第一个为它填词的

① 薛砺若:《宋词通论》第五章《宋代乐曲概论》,上海:上海书店1985年版,第57页。
② 参见田玉琪:《词调史研究》,第369—393页。
③ 王辟之:《渑水燕谈录》卷八,北京:中华书局1997年版,第106页。

作者。

然而柳永用调中属于采用北宋新声或自创新调者,当更集中地体现在不见于唐五代宋初文献记载和传词而首见和仅见柳词的56调中。在参考前辈时贤有关研究成果的基础上,我们可以从柳永这56调词的题材内容的表现、词意与调名的关系、声情相合的程度等方面来略做考察和推断。

首先,赋咏本意、声情相合者,当多为柳永的创调始词。这类词调共计约34调,即:《柳腰轻》、《迎新春》、《梦还京》、《惜春郎》、《传花枝》、《双声子》、《阳台路》、《轮台子1》、《轮台子2》、《西施》(以上10调为孤调)、《黄莺儿》、《玉女摇仙佩》、《昼夜乐》、《笛家弄》、《柳初新(慢)》、《两同心》、《金蕉叶》、《慢卷䌷》、《佳人醉》、《御街行》、《归朝欢》、《一寸金》、《永遇乐》、《夏云峰》、《锦堂春(慢)》、《殢人娇》、《合欢带》、《少年游》、《戚氏》、《引驾行》、《过涧歇近》、《望海潮》、《红窗听》、《忆帝京》。从调名本意和词作内容来看,大致主要包括以下三大类:

第一类,咏物、咏妓、写闺思、赋恋情,应为柳永游乐、狎妓及其婚恋生活的反映。约有15调,所占比例约为44%。如《黄莺儿》,以鸟名为调名,而词的内容正咏黄莺:"园林晴昼春谁主。暖律潜催,幽谷暄和,黄鹂翩翩,乍迁芳树。"词所表现的题材内容与词调名称的本意正相符合,声情亦欢悦明快,应为柳永自创新调,且首为填词。又如《柳腰轻》,调名盖以柳喻人,形容佳人之纤腰如柳枝般轻盈,而柳词正咏舞妓:"英英妙舞腰肢软。章台柳、昭阳燕。"亦为赋咏调名本意,或取词句词意为调名,当属创调始词无疑。又如《两同心》,全篇追忆前欢,结尾写道"想别来,好景良时,也应相忆",从对面写来,也正合"两同心"的词名本意,也应该属于创调始词。又如《玉女摇仙佩》,调名盖取意于郑交甫遇仙女解佩相赠的传说①,柳词写道:

> 飞琼伴侣,偶别珠宫,未返神仙行缀。取次梳妆,寻常言语,有得几多姝丽。拟把名花比。恐旁人笑我,谈何容易。细思算、奇葩艳卉,惟是深红浅白而已。争如这多情,占得人间,千娇百媚。　　须信画堂绣阁,皓月清风,忍把光阴轻弃。自古及今、佳人才子,少得当年双美。且恁相偎倚。未消得、怜我多才多艺。愿奶奶、兰心蕙性,枕前言下,表余深意。为盟誓。

① 曾慥:《类说》卷三《列仙传》"汉江解佩"条:"郑交甫游汉江,见二女佩两明珠,交甫悦之,不知其神人也,下请其佩。女解佩与交甫,行数十步,女忽不见。"《文渊阁四库全书》本。

今生断不孤鸳被。(P13)

此词题曰“佳人”,用仙女许飞琼来比拟,描写“佳人才子”之恋情,与调名所取意的仙凡相恋故事亦相契合,为创调始词应无疑义。此词历来多被认为是咏妓词,描写柳永与歌妓的恋情,唯薛注本虽考订此调“为柳永自制曲”,却认为“此曲因咏其妻之美,又用许飞琼典,故名”①,聊备一说。

第二类,赋咏羁旅、都市与节令,咏史、怀古及咏怀,应为柳永漫游和游宦生活的反映。约有 14 调,所占比例约为 41%。如《少年游》,《词谱》卷八以此调创始于晏殊②,今人或以杨亿词为首见③。杨亿(974—1020)与柳永为同时而略早,然其词咏梅,与调名无关,盖倚声之作,而很难被认定为创调始词。晏殊词结句虽云“长似少年时”,但全篇乃写景祝寿,希冀长生,与调名本意并不相符。柳永不仅是北宋前期以《少年游》作词最多(共 10 首)的词人,而且其词作多赋羁旅、相思与艳情,与其长期漫游羁旅的人生经历正相符合。且看其中的两首:

日高花榭懒梳头。无语倚妆楼。修眉敛黛,遥山横翠,相对结春愁。王孙走马长楸陌,贪迷恋、少年游。似恁疏狂,费人拘管,争似不风流。(P33)

长安古道马迟迟。高柳乱蝉栖。夕阳岛外,秋风原上,目断四天垂。归云一去无踪迹,何处是前期。狎兴生疏,酒徒萧索,不似去年时。(P32)

前一首虽赋闺情,而关合的对象正是“疏狂”“风流”的“少年游”;后一首正面描写旅途生活,虽然“狎兴生疏”,犹可见“少年游”情怀。则《少年游》一调当为柳永在早年漫游和羁旅中的创调。《归朝欢》、《戚氏》、《轮台子》、《引驾行》、《过涧歇近》等,亦属此类。其他如《迎新春》赋元宵风情,《笛家弄》赋清明游赏,《夏云峰》赋夏日宴饮等,往往将都市、节令与游乐交融在一起,与调名本意亦相契合,当亦属创调之作;《双声子》、《西施》,咏姑苏古迹、吴越历史、西施故事,盖柳永漫游或游宦中自创新调;至于《传花枝》一调,盖出于酒筵传花行令,柳词自述平生才艺,兼咏自负自嘲情怀,可能即为柳永在宴饮娱乐时所创新调。

① 薛瑞生《乐章集校注》(增订本),第 15 页。

② 《词谱》卷八:“调见《珠玉集》,因词有‘长似少年时’句,取以为名。”第 133 页。

③ 田玉琪:《词调史研究》,第 367 页。

第三类，歌咏时政、描写繁华、颂圣祝寿、投赠干谒，应为柳永应举、求仕与为官时期的创作。共约5调，所占比例约为15%。如《御街行》一调，范仲淹词题"秋日怀旧"，抒写离别相思之情，非关本意，当非创调。柳词2首，一首写恋情，而另首颂圣祝寿，正合调名本意。其词云：

燔柴烟断星河曙。宝辇回天步。端门羽卫簇雕阑，六乐舜韶先举。鹤书飞下，鸡竿高耸，恩霈均寰寓。　　赤霜袍烂飘香雾。喜色成春煦。九仪三事仰天颜，八彩旋生眉宇。椿龄无尽，萝图有庆，常作乾坤主。(P22)

此词题作"圣寿"，陶本引吴熊和先生之考证，编年于宋真宗天禧元年(1017)正月作，"既是'天书'降世十周年，又是真宗六十大寿，柳永作《御街行》以献"；描写真宗郊祀祭天，还京后御宫殿正门，大赦天下，又在宫中接受群臣称贺，"全词所述，就是郊礼三个阶段依次进行的过程"①。此时柳永正三十出头，尚未出仕。而薛本编年于庆历元年(1041)，考订为"盖因写御楼肆赦，而御楼又面对御街，故取以为名"②。虽然考订略有分歧，编年有所出入，但为歌颂之作，出自柳永创调，则无疑异。其他如《永遇乐》2首，一为祝寿颂圣，一为投赠颂扬，词意声情皆合，自是创调；《柳初新(慢)》描写春景，贺人及第，亦合本意，当亦为创调；《望海潮》、《一寸金》皆为投赠地方官之作，虽一写杭州风物，一赋蜀中形胜，但都寓含歌功颂德之意，亦皆为词曲相合、歌咏本意的创调始词。

其次，非赋本意、声情并不相符，或难以详考调名意义者，当为柳永采用北宋新声。这类词调共约22调，即：《受恩深》、《宣清》、《祭天神1》、《祭天神2》、《如鱼水》、《玉山枕》、《爪茉莉》(以上7调为孤调)、《斗百花》、《满朝欢》、《凤衔杯》、《尉迟杯》、《驻马听》、《击梧桐》、《菊花新》、《满江红》、《竹马子》、《剔银灯》、《红窗迥》、《凤凰阁》、《促拍满路花》、《尾犯1》、《尾犯2》。

举《击梧桐》为例。南唐画家顾闳中有《明皇击梧桐图》，则此调的取意当谓弹琴，盖以梧桐指代琴，击指弹拨。宋杨湜《古今词话》记柳词创作本事云：

柳耆卿尝在江淮惓一官妓，临别，以杜门为期。既来京师，日久未还，妓有异图，耆卿闻之怏怏。会朱儒林往江淮，柳因作《击梧桐》以寄之曰：

---

① 陶然、姚逸超：《乐章集校笺》，第209页。

② 薛瑞生：《乐章集校注》(增订本)，第204页。

"香靥深深，孜孜媚媚，雅格奇容天与。自识伊来，便有怜才心素。临歧再约同欢，定是都把身心相许。又恐恩情易破难成，未免千般思虑。 近日书来，寒暄而已，苦没刀刀言语。便认得听人教当，拟把前言轻负。见说兰台宋玉，多才多艺善词赋。试与问朝朝暮暮，行云何处去。"妓得此词，遂负□竭产，泛舟来辇下，遂终身从耆卿焉。[①]

虽然有本事记载，但从词赋恋情来看，内容与调名本意并没有什么关涉，似乎并非创调始词，应该是柳永对北宋新声的采用。

又如《受恩深》，仅见柳词，内容咏菊，与调名本意无关，自非创调，当亦为采倚北宋新声之作。其他各调多属此类，兹不赘述。至于《宣清》、《爪茉莉》等，调名不详，姑亦存疑俟考。

## 第三节 柳永对慢词、长调的开拓之功

长调、慢词是柳永词在用调上的主要特色，也是柳永词最突出的创作成就。柳永对长调慢词的大力创制和开拓创新，不仅开拓了词的形式体制，提高了词的艺术技巧，而且丰富了词的表现领域，使词体突破了狭小的小令之路，进入了更恢宏开阔的艺术境界。柳永对长调慢词的实践，对宋代词人的创作和宋代词史的发展都有开启和铺垫之功。"如果没有柳永对慢词的探索创造，后来的苏轼、辛弃疾等人或许只能在小令世界里左冲右突，而难以创造出像《水调歌头》(明月几时有)、《念奴娇・赤壁怀古》、《水龙吟・登建康赏心亭》那样的慢词篇章。"[②]长调慢词是柳永对词体和词史做出的最大贡献，这一点已得到了古今词学的公认。

由于现有的研究大多聚焦于柳永长调慢词的内容题材、表现手法等创作层面，于长调慢词的用调及其形式体制方面的研究却较为薄弱，因此我们拟从柳永词用调出发，对柳永大力开拓创新长调慢词的艺术成就做进一步的考察与探讨。

---

① 杨湜：《古今词话》"柳永"条，《词话丛编》本，第25—26页。
② 袁行霈主编：《中国文学史》(第三卷)，北京：高等教育出版社2002年版，第40页。

## 一　慢词、长调的定义及其发展

慢词，是指依据慢曲子填写的词。慢词的出现首先与慢曲子有关。根据音乐节奏的快慢疾徐，唐宋时代已把乐曲、歌曲或曲子分为慢曲子和急曲子。唐代已出现了大量的急、慢曲子，现存的敦煌琵琶谱中就发现有多种“慢曲子”。唐时的慢曲子多摘自大曲，因此又称“慢遍”，如王建《宫词》所咏：“巡吹慢遍不相和，暗数看谁曲较多。”①宋代慢曲随着市井新声的流行而更趋发展繁盛，南宋以后慢曲的创制仍延续不断。

关于慢曲的性质和特征，宋末张炎于《词源》卷下总结说：“慢曲不过百余字，中间抑扬高下，丁、抗、掣、拽，有大顿、小顿、大住、小住、打、掯等字。真所谓上如抗，下如坠，曲如折，止如槁木，倨中矩，句中钩，累累乎端如贯珠之语，斯为难矣。”②可见，慢曲在音乐上变化多样，繁复曲折，更利于表达人们复杂丰富的情感。慢曲因为节奏变慢，所以曲调会较长，依据慢曲填的词也随之字数增多，篇制加大。《词源》所谓“慢曲不过百余字”，就是指的依据慢曲填写的歌词的字数篇幅大致在百字左右或百字以上。这样，慢曲、慢词，也就与长调联系在一起了。

所谓“长调”，主要为明清以来依照词作字数来划分词调时出现的概念名称。一般以 58 字以内为小令，59 字至 90 字为中调，91 字以上为长调。由于词乐和曲谱的失传，从曲调上来分辨“令”“慢”或“急”“慢”已变得十分困难，故从字数篇制上划分调类和词体，大体将“令词”与“慢词”对举，以“慢词长调”合称，或“长调慢词”并举，也就成为了约定俗成的较适用的方法。

慢曲的出现促使着慢词的产生，而慢词的产生也就是长调的出现。对于慢词何时出现，清宋翔凤在《乐府余论》中说：“按词自南唐以后，但有小令。其慢词盖起于宋仁宗朝。中原息兵，汴京繁庶，歌台舞席，竞赌新声。耆卿失意无俚，流连坊曲，遂尽收俚俗语言，编入词中，以便伎人传习。一时动听，散播四方。其后东坡、少游、山谷辈，相继有作，慢词遂盛。……余谓慢词，当始耆

① 彭定求等编：《全唐诗》卷三〇二，上海：上海古籍出版社 1986 年版，缩印本，第 762 页。
② 张炎：《词源》，《词话丛编》本，第 256 页。

卿。”①宋翔凤认为慢词起于北宋仁宗朝、始于柳永，这种观点从宏观上来看是基本正确的，但从严格意义上来讲是有问题的。

宋王灼《碧鸡漫志》卷五考证说：“今大石调《念奴娇》，世以为天宝间所制曲，予固疑之。然唐中叶渐有今体慢曲子。”②王灼虽然对宋代大石调《念奴娇》一调“世以为天宝间所制曲”的说法持怀疑态度，但他以为中唐以来就已经开始出现“今体慢曲子”，则是符合历史的。晚唐钟辐就创作了《卜算子慢》，此词始见《花草粹编》卷八，题“寄妓青奴”，署名“江南钟辐”，《全唐诗》卷八九一收录，注云咸通末“为苏州院巡”之钟辐作(P2168)。这首词可能是最早从调名上标“慢”字的文人慢词。此外，调名虽没有注明“慢”字，但可能是根据慢曲子填词，并在字数上远多于令词的唐五代词调，也被后人归为长调慢词者，还有敦煌曲子词《倾杯乐》(2 首，110、109 字，为同名异调)、《内家娇》(2 首，106、96 字)、《凤归云》(4 首，81、84 字等)、《拜新月》(2 首，84、86 字)等调；文人所作有晚唐杜牧《八六子》(90 字)，后唐庄宗李存勗《歌头》(136 字)，花间词人尹鹗《金浮图》(94 字)、《秋夜月》(84 字)，李珣《中兴乐》(84 字)，薛昭蕴《离别难》(87 字)等。总计唐五代出现的长调慢词约有 13 调(参见第一章)，字数都在 80 字以上，甚至多达 110 字；尤其是以敦煌写本曲子词数量为多，而且多创作于盛唐时代，比晚唐五代文人的长调慢词早了数百年。这 10 余调慢词长调在数量上与唐五代词中的小令相比虽然微不足道，但是正因为这些慢词长调的创作既丰富了词的体式，也为柳永创制慢词长调提供了学习和借鉴的样本，从而为慢词长调在宋代的发展繁荣做出了铺垫。

入宋以后，由于宋初词坛承袭唐五代以小令创作为主的传统，大多数文人主要致力于小令的创作。最早涉及长调创作的是和岘，他的《导引》、《六州》、《十二时》，虽然是“开宝元年南郊鼓吹歌曲”，但对于宋代长调慢词的创作可谓开启先河。继和岘后，聂冠卿也创作了一首长达 140 字的长调慢词，即《多丽·李良定公席上赋》，这是聂冠卿唯一传世之作。这两位词人避开小令词，而转向创作长调慢词，不仅在当时词坛上是一种大胆创新之举，也因此开启了宋代长调慢词的创作风气。慢词长调虽在唐五代兴起，但到宋初仍处于停滞不前的状

---

① 宋翔凤：《乐府余论》，《词话丛编》本，第 2499 页。

② 王灼：《碧鸡漫志》卷五，岳珍《碧鸡漫志校正》(修订本)，第 93 页。

态，直到随后的柳永登上词坛，才使慢词长调得到大力开拓，并使宋词的发展走上了一条繁荣之路。

## 二　柳永慢词长调的考订与比较

在探讨柳永慢词长调的创作成就之前，我们要先弄清柳永词中有哪些词调是长调慢词。

尽管长调并不都是慢词，慢词也不一定都是长调，但是这种情况毕竟只占极小的比例。一般来说，慢词字多调长，因此从总体而言，将慢词长调并举还是合理可行的做法。小令由于调短字少，其曲调多数是急曲子，因此按照明清人的观点，把 58 字以内的词调词作归为令词或小令，并无太大问题。这样，我们对柳永慢词的考订便主要集中在中调和长调上。我们希望通过对柳永词中的中长调的考察，力图理清柳永慢词与中长调的关系。

### （一）长调及其慢词

柳永词中 91 字以上的长调、慢词共有 80 调，103 首作品(参见第一节一览表)。兹将这些词调汇列如下：

黄莺儿、玉女摇仙佩、雪梅香、尾犯 1、早梅芳(慢)、送征衣 2、昼夜乐(2 首)、倾杯乐 1、笛家弄(慢)、倾杯乐 2、迎新春、曲玉管、满朝欢、女冠子(慢)1、传花枝、雨霖铃(慢)、定风波慢 1、尉迟杯(慢)、慢卷紬、征部乐、归朝欢、采莲令、法曲献仙音(2 首)、西平乐(慢)1、一寸金、永遇乐(慢)(2 首)、浪淘沙(慢)、夏云峰(慢)、倾杯乐 3(2 首)、破阵乐、双声子、阳台路、内家娇、二郎神(慢)、醉蓬莱(慢)、宣清、锦堂春(慢)、定风波慢 2、留客住、凤归云 1、抛球乐 3、集贤宾、应天长(慢)、合欢带、长相思(慢)、尾犯 2、驻马听、戚氏、轮台子 1、引驾行(2 首)、望远行(慢)(2 首)、彩云归、洞仙歌(慢)(3 首)、离别难(慢)、击梧桐、夜半乐(2 首)、轮台子 2、八六子、长寿乐(2 首)、望海潮、如鱼水(2 首)、玉蝴蝶(慢)(5 首)、满江红(4 首)、八声甘州(慢)、临江仙(慢)、竹马子、迷神引(2 首)、六么令、凤归云 2、女冠子(慢)2、玉山枕、透碧霄、木兰花慢(3 首)、塞孤、安公子(慢)2(2 首)、倾杯乐 4、倾杯乐 5、倾杯乐 6(2 首)、女冠子(慢)3、十二时(慢)。

这些 91 字以上的长调，虽然在柳永《乐章集》中只有《木兰花慢》一调在调名后明确加上了"慢"字，但根据宋代其他词人所用词调名称，或见诸宋代文献记载，以及《词谱》等书所收属于慢词者，共有 27 调之多(标下划线者)，我们于调名后括注"慢"字或径加"慢"字，这部分长调慢词基本确定无疑；其他数十调虽然没有在调名上标示"慢"字，但从篇幅、句式和声韵等方面来考察和判断，应该也皆属慢词性质，我们一并归为柳永创作的长调慢词，大致也没有什么问题。

**（二）中调里的慢词**

柳永词 40 个中调里 80 字以上属于慢词或接近长调者[①]，约有 12 调，14 首作品。兹将这部分词调汇列如下：

> 柳腰轻(82 字)、鹤冲天(86 字等，2 首)、受恩深(86 字)、<u>柳初新(慢)</u>(81 字)、秋夜月(82 字)、婆罗门令(86 字)、<u>卜算子慢</u>(89 字)、<u>鹊桥仙(慢)</u>(87 字)、祭天神 1(84 字)、<u>瑞鹧鸪(慢)1</u>(88 字等，2 首)、祭天神 2(86 字)、爪茉莉(82 字)。

在这些词调中，有 4 调明确可考属于慢词调(标下划线者)。《卜算子》在柳永词集中虽未加"慢"字，且只有 89 字，但实与晚唐钟辐所作《卜算子慢》为同调，《词谱》卷二十一收《卜算子慢》一调，即首列柳词为正体。《鹊桥仙》虽与欧阳修创调的小令同名，但长达 87 字，且与令词体式迥异，《词谱》卷十二收此调，分为两体，末尾附列柳词为"又一体"，注云："此词句韵与《鹊桥仙令》不同，盖慢词体也，因调名同，故为类列，亦无宋词别首可校。"[②]则"两体"当为两调，柳词当属慢词调。《瑞鹧鸪》2 首长达 88 字、86 字，与同名的七言八句小令及柳永等 64 字的中调都不同，《词谱》卷十二虽将柳词附列于小令调后，却于调名下注柳词属"慢词体"[③]。《柳初新》一调，柳永及晁端礼等人所作虽皆无"慢"字，但南宋周密所载《天基圣节排当乐次》云："第十二盏，觱篥起《柳初新慢》。"[④]可见此调曾传至南宋，乃为慢曲。《婆罗门令》调名后虽带"令"字后缀，但长达 86 字，已非

---

① 村上哲见：《宋词研究 · 唐五代北宋篇》第二章《张子野词论》第二节"仁宗朝的词牌"："慢词与小令的分界应该划在哪里，问题很多。现在假如看一看八十字以上的词在上述四人的作品中占有多大数量……"在比较柳永、晏殊、张先、欧阳修四家词牌时，将 80 字以上的词作纳入慢词的考察范围。杨铁婴等译，上海：上海古籍出版社 2012 年版，第 156 页。

② 《词谱》卷十二，第 211 页。

③ 《词谱》卷十二，第 205 页。

④ 周密：《武林旧事》卷一，杭州：浙江人民出版社 1984 年版，第 14 页。

常接近于长调。其他《鹤冲天》、《受恩深》、《祭天神》等,字数亦皆颇近长调。因此,我们把这 12 调亦归入柳永长调慢词之中来加以考察,应该还是有理有据的。

另外,在柳永 80 字左右的中调里还包括一小部分"引""近"之曲,如《诉衷情近》(75 字 2 首)、《郭郎儿近拍》(73 字)、《临江仙引》(73 字 3 首)、《斗百花(近拍)》(81 字 3 首)①、《迷仙引 1》(83 字)、《过涧歇近》(80 字)、《安公子(近)》(80 字)、《促拍满路花》(83 字)数调,皆在调名上标明属"引""近"或"近拍""促拍"之曲;另有少量虽未加标示而字数接近于 80 字者,如《御街行》(76 字 2 首)、《小镇西》(79 字)、《梦还京》(79 字)等,或亦为"引""近"之曲。"引""近"为介于"令"与"慢"之间的曲体,有些"引""近"更接近于"令",如柳永另有《秋蕊香引》(60 字),即与小令相近;而有些又接近于长调慢词,如柳永的《迷仙引》等即属此类,另有关咏的同名异调《迷仙引》便是 123 字的长调,柳永另有《迷神引》2 首,亦为 97 字的长调。据杨荫浏考论:"今存以'近'字题名的曲牌,大都比慢曲为短,节奏或用散板,或用加赠板或不加赠板的一板三眼,其节奏还是偏于慢的。"②可见,如果我们将柳永中调里一部分 80 字左右的"引""近"之曲约 11 调,也纳入慢词中来,似乎未为不可;但为了更严密审慎起见,还是姑且不计入这部分词调。

尽管如此,我们将以上两项考订数据相加,柳永创作的属于比较可信的长调慢词共计 92 调(80+12)、117 首(103+14),已是相当可观的数字。这么多的长调慢词的创作成果,在柳永之前是没有的,整个唐五代宋初也不过 10 余调慢词长调。那么,与柳永同时代的词人,是否也像柳永一样热衷于慢词长调的创作呢?通过比较柳永与同时代的晏殊、张先、欧阳修慢词长调的创作情况,我们便更能看出柳永大力开拓长调慢词的卓越成就。

**表 4-2　柳永与同时代著名词人慢词长调比较一览表**

| 词　　人 | 柳永 | 晏殊 | 张先 | 欧阳修 |
|---|---|---|---|---|
| 词调总数 | 142 | 37 | 89 | 65 |
| 词作总数 | 213 | 140 | 165 | 242 |

① 孔凡礼:《全宋词补辑》收仲殊《斗百花近拍》,与柳永词为同调,可见此调属"近"曲。第 11 页。
② 杨荫浏:《中国古代音乐史稿》,北京:人民音乐出版社 1981 年版,第 289 页。

续表

| 词　　人 | 柳永 | 晏殊 | 张先 | 欧阳修 |
|---|---|---|---|---|
| 慢词长调数量 | 92 | 1① | 17② | 8③ |
| 慢词长调作品 | 117 | 3 | 19 | 9 |
| 首用慢词长调数量 | 87 | 1 | 12 | 6 |
| 慢词长调与词调总数之比 | 64.7% | 2.7% | 19.1% | 12.3% |
| 慢词长调作品与词作总数之比 | 54.9% | 2.1% | 11.5% | 3.7% |
| 首用慢词长调与词调总数之比 | 61.2% | 2.7% | 13.4% | 9.2% |
| 首用慢词长调与慢词长调总数之比 | 94.5% | 100% | 70.5% | 75% |

从以上一览表中的比较数据可见，与柳永同时的晏殊、张先、欧阳修三位词坛大家，在长调慢词的创作上都远远不及柳永。其中，张、欧二家虽然仍以小令调为主体，但是已经采用了一些慢词长调来创作。有些是采用唐五代和柳永创始的慢词长调，如张先所用《卜算子慢》、《归朝欢》、《破阵乐》、《倾杯乐》、《满江红》，欧阳修所用《醉蓬莱》、《梁州令（叠韵）》，而多数则为他们首用和创始的慢词新声，如《沁园春》、《汉宫春》、《摸鱼儿》、《鼓笛慢》（即《水龙吟》）等。可见他们在长调慢词的创作上也表现出继承与开拓兼顾的意识与实践，既一定程度地受到了柳永的影响，也不无对柳永的响应与支持。然而从总体来看，他们所用慢词长调的数量却仍与柳永有相当大的差距。至于贵为“太平宰相”的晏殊，则明显表现出固守小令传统格局的立场，不仅在思想观念上对柳永“针线闲拈伴伊坐”一类的词调词作（《定风波慢》）表示不满④，而且在创作实践上几乎摒弃了对慢词长调的采用。在比较之中，柳永对长调慢词的大力开拓创新之功，也就得到了更为有力的凸显。

① 晏殊词中没有 91 字以上的长调，仅有《拂霓裳》一调 3 首篇幅达到了 82、83 字，姑归入长调慢词类中。此调为唐教坊曲名，无唐词；宋代女弟子舞队有《拂霓裳》，晏词盖用舞队曲填词，为孤调。

② 张先词长调只有 14 调 16 首，另有《谢池春慢》（90 字）、《卜算子慢》（89 字）、《少年游慢》（84 字）3 调皆标明为慢曲，且字数都在 84 字以上至 90 字，故一并归入长调慢词。

③ 欧阳修词长调仅有 6 调，另有《踏莎行慢》虽只有 83 字，却标明为慢曲；又有《蓦山溪》为 82 字体，姑归入慢词。另有《洞仙歌令》2 首（82、84 字）、《满路花》1 首（84 字，即《促拍满路花》），应非慢词。

④ 张舜民：《画墁录》：“柳三变既以词忤仁庙，吏部不放改官。三变不能堪，诣政府。晏公曰：‘贤俊作曲子么？’三变曰：‘只如相公亦作曲子。’公曰：‘殊虽作曲子，不曾道“彩线慵拈伴伊坐”。’柳遂退。”《宋元笔记小说大观》本，第二册，第 1553 页。

## 三　柳永慢词长调的特征与成就

在北宋前期的词坛和词史上，柳永堪称第一个对词风和词体做出革新开拓的大家和巨擘。对柳词的革新开拓之功，历代词学批评和研究多聚焦于其内容题材的拓展，如尤工于羁旅行役，擅写都市风情、节令风俗、太平气象，多写男女恋情和艳情等；也多集中于其艺术风格和表现手法的创新，如雅俗共赏，以俗为美，铺叙展衍，以赋为词等。以上所言柳词两个主要方面的艺术成就的取得，实与其对长调慢词的大力创作有关；而柳永慢词长调的创作成就的取得，也与其在用调上即词调形式方面的特征和建树有关。对于后者，历代词学研究较为薄弱，我们拟在这个方面有所深入和加强。

### （一）宫调之开拓

柳永之所以能大力创作长调慢词、在用调上取得突出成就，与他酷爱音乐、精通音律的禀赋和才能有关，这一点见诸历代文献的记载，固毋庸质疑。然而由于音乐曲谱的散佚失传，对柳词用调在音乐音律上的特征，我们已经难以复原和获睹其本来面貌了。尽管如此，由于柳永《乐章集》保存了按宫调编排的体例，则为我们认识柳永词调音乐之特点提供了线索。

所谓宫调，是中国古代乐律学中的一个名称，指音乐曲调的调高与调式及其相互关系，也就是现代乐曲的乐调。宫调由七音与十二律组合而成，七音为宫、商、角、徵、羽、变宫、变徵，表示一定调式的调高，是音阶的主音；十二律为黄钟、大吕、太簇、夹钟、姑洗、仲吕、蕤宾、林钟、夷则、南吕、无射、应钟，指调式，表示一定的音阶关系。以宫音乘十二律称为宫，即十二宫；以其余商、角等六音乘十二律称为调，得七十二调，合成八十四宫调。但唐宋词调所用宫调乃为燕乐二十八调系统，又称俗乐二十八调。因为唐宋燕乐是用琵琶定律的，琵琶只有四弦，代表宫、商、角、羽四音，每弦即每音有七调，故共得二十八宫调，即宫七调、商七调、角七调、羽七调，又称七宫、七商、七角、七羽。至南宋词调所用则仅剩七宫、十二调共十九宫调了①。

柳永的《乐章集》是现存唐宋人词集中第一部按宫调来编排的别集，说明其词调都是有宫调归属的，其用调也具有鲜明的协音合律的特征。从第一节的统

① 参见施议对：《词与音乐关系研究》第七章，北京：中国社会科学出版社 1985 年版，第 173—179 页。

计表可见，柳词 213 首中除《全宋词》辑佚的 7 首宫调不详外，其余 206 首共用 16 宫调；除越调（七商之一）仅有小令《清平乐》1 首之外，其余 15 宫调皆有长调慢词。兹列录其长调慢词所属宫调如下：

(1) 正宫（即正黄钟宫，为黄钟宫之俗名，七宫之一）：共 7 调 10 首，长调慢词为 5 调 5 首：黄莺儿、玉女摇仙佩、雪梅香、尾犯 1、早梅芳（慢）；

(2) 中吕宫（夹钟宫之俗名，七宫之一）：共 5 调 6 首，长调慢词占 3 调 4 首：送征衣 2、昼夜乐（2 首）、柳腰轻；

(3) 仙吕宫（夷则宫之俗名，七宫之一）：共 2 调 2 首，皆为长调慢词：倾杯乐 1、笛家弄（慢）；

(4) 大石调（太簇商之俗名，七商之一）：共 17 调 24 首，长调慢词占 10 调 10 首：倾杯乐 2、倾杯乐 5（倾杯）、迎新春、曲玉管、满朝欢、鹤冲天（“闲窗漏永”）、受恩深、柳初新（慢）、女冠子（慢）1、传花枝；

(5) 双调（中吕商之俗名，七商之一）：共 13 调 18 首，长调慢词占 9 调 9 首：雨霖铃（慢）、定风波慢 1、尉迟杯、慢卷䌷、征部乐、归朝欢、采莲令、秋夜月、婆罗门令；

(6) 小石调（林钟商之俗名，七商之一）：共 5 调 8 首，长调慢词占 3 调 4 首：法曲献仙音（法曲第二）（2 首）、西平乐（慢）1、一寸金；

(7) 歇指调（南吕商之俗名，即唐之水调，又名散水调，七商之一）：共 9 调 11 首，长调慢词占 7 调 9 首：永遇乐（慢）（2 首）、卜算子慢、鹊桥仙（慢）、浪淘沙（慢）、夏云峰（慢）、祭天神 1、倾杯乐 6（2 首）①；

(8) 林钟商（即商调，无射商之俗名，七商之一）：共 27 调 44 首，长调慢词占 19 调 20 首：倾杯乐 3（古倾杯、倾杯）（2 首）、破阵乐、双声子、阳台路、内家娇、二郎神（慢）、醉蓬莱（慢）、宣清、锦堂春（慢）、定风波慢 2、留客住、凤归云 1、抛球乐 3、集贤宾、应天长（慢）、合欢带、长相思（慢）、尾犯 2、驻马听；

(9) 中吕调（黄钟羽之俗名，七羽之一）：共 16 调 19 首，长调慢词占 12 调 13 首：戚氏、轮台子 1、轮台子 2、引驾行（其一）、望远行（慢）（其一）、彩云归、洞仙

---

① 柳永《乐章集》所载《倾杯》“鹜落霜洲”、《倾杯乐》“楼锁轻烟”2 首，皆属“散水调”。《词谱》卷三十二注云：“此词《乐章集》属林钟商，又注‘散水调’。按《册府元龟》，唐改南吕商为散水调，即水调，俗呼中管林钟商也。”据此，则散水调即水调，又名歇指调，皆为南吕商之改名及俗名。

歌(慢)(其一)、离别难(慢)、击梧桐、夜半乐(2首)、祭天神2、迷神引(其一);

(10) 平调(即正平调,太簇羽之俗名,七羽之一):共6调6首,长调慢词占2调2首:八六子、长寿乐(其一);

(11) 仙吕调(中吕羽之俗名,七羽之一):共27调38首,长调慢词占15调23首:望海潮、如鱼水(2首)、玉蝴蝶(慢)(5首)、满江红(4首)、洞仙歌(慢)(其二)、引驾行(其二)、望远行(慢)(其二)、八声甘州(慢)、临江仙(慢)、竹马子、迷神引(其二)、六么令、凤归云2、女冠子(慢)2、玉山枕;

(12) 南吕调(即高平调,姑洗羽之俗名,七羽之一):共5调10首,长调慢词占3调6首:透碧霄、木兰花慢(3首)、瑞鹧鸪(慢)(2首);

(13) 般涉调(南吕羽之俗名,七羽之一):共5调7首,长调慢词占4调5首:塞孤、洞仙歌(慢)(其三)、安公子(慢)(2首)、长寿乐(其二);

(14) 黄钟羽(一曰羽调、黄钟调,林钟羽之俗名,七羽之一):仅1调1首,为长调慢词:倾杯乐4(倾杯);

(15) 黄钟宫(无射宫之俗名,即黄钟为商之宫,七宫之一):仅1调1首,为长调慢词:鹤冲天("黄金榜上")。

可见,柳永长调慢词所用宫调涉及宫七调中的四调,即正宫、中吕宫、仙吕宫、黄钟宫;商七调中的五调,即大石调、小石调、双调、歇指调、林钟商;羽七调中的六调,即中吕调、平调、仙吕调、南吕调、般涉调、黄钟羽。除了角七调未用之外,燕乐二十八调中有一半多的宫调之曲都得到了柳永的采用,范围已是相当广泛。在宋代词人用调中,柳永也是采用宫调最多者,北宋后期的周邦彦,南宋的姜夔、吴文英等人(皆14宫调),所用宫调都不及柳永之多。柳永慢词长调涉及的宫调之多,说明其词调所属调高调式之丰富多样,其音乐表现及声情特征之多姿多彩。虽然词乐曲谱已散佚不传,柳词所用各宫调的长调慢词究竟在音乐曲调上有着怎样的开拓创新和丰富多彩,我们已难以详考,但从古代文献有关宫调声情的记载以及对柳永词调词作的比勘中,我们依然能窥见一斑,领略一二。

首先,柳永长调慢词分属15种宫调,从总体上表现出其用调在音乐曲调的声情和风格方面的多姿多彩。

元周德清认为"大凡声音,各应于律吕",对于元曲所用六宫、十一调共计十七宫调的曲调所表现的声情特征及音乐风格，他曾各有揭示和概括："仙吕宫清新绵邈，南吕宫感叹伤悲，中吕宫高下闪赚，黄钟宫富贵缠绵，正宫惆怅雄壮，道宫飘逸清幽；大石风流酝藉，小石旖旎妩媚，高平条畅滉漾，般涉拾掇坑堑，歇指急并虚歇，商角悲伤婉转，双调健捷激袅，商调凄怆怨慕，角调呜咽悠扬，宫调典雅沉重，越调陶写冷笑。"①由于元曲所用宫调与宋词宫调有着较密切的渊源传承关系，因此，周氏所描状的十七宫调的音乐声情特征，对于我们理解柳永各宫调的长调慢词的音乐风采还是有所帮助的。比如正宫的"惆怅雄壮"，仙吕宫的"清新绵邈"，大石调的"风流酝藉"，小石调的"旖旎妩媚"，双调的"健捷激袅"，商调的"凄怆怨慕"等等，揆之柳词，还是基本相合的。

其次，从柳永长调慢词各种宫调的词作来看，在词体和声情上也表现出灵活多样、丰富多彩的艺术风貌。

(1) 有同调名之作所属宫调相同而声情和词体亦相近相同而属同调异体者。如《昼夜乐》2 首、《法曲献仙音》2 首、《永遇乐(慢)》2 首、《夜半乐》2 首、《如鱼水》2 首、《玉蝴蝶(慢)》5 首、《满江红》4 首、《木兰花慢》3 首、《瑞鹧鸪(慢)》2 首、《安公子(慢)》2 首、《倾杯乐 3》2 首、《倾杯乐 6》2 首，皆属此类。这反映了同一宫调的词调在音乐表现上的相对一致性和规范性。

(2) 有同调名之作所属宫调虽然相同而声情不同、词体亦异实属同名异调者。如《倾杯乐 2》"皓月初圆"词、《倾杯乐 5》(《倾杯》)"金风淡荡"词同属大石调，《轮台子 1》、《轮台子 2》同属中吕调，但其词体和声情却各不相同。这应该属于同名异调，而并非是由宫调的弹性和张力所造成的。

(3) 也有同调名之作分属不同宫调而声情和词体亦各不相同实属同名异调者。如《尾犯》、《鹤冲天》、《祭天神》、《凤归云》、《女冠子(慢)》等调，都各有 2 首或 3 首词作，但它们既分属于不同的宫调，声情和词体也差异甚大。因此我们也把它们视为同名异调，而在调名后标上数字以示区别。尤其是《倾杯乐》一调共有 8 首词作，却分属五种不同的宫调，可划分为六种同名异调。这种不同宫调下的同名异调现象的出现，应该与宫调在音乐上的不同表现有关。

---

① 周德清：《中原音韵》"正语作词起例"，第 110 页。按：原文作"仙吕调清新绵邈"，"调"当为"宫"之误，因其首列为六宫，自"大石"以下方为十一调。施议对：《词与音乐关系研究》第七章，所引即作"仙吕宫清新绵邈"。第 176 页。

(4) 还有同调名之作虽分属不同宫调而声情和词体却相同或相近而属同调者。如《引驾行》2 首、《迷神引》2 首、《长寿乐》2 首、《望远行(慢)》2 首、《洞仙歌(慢)》3 首,都分属不同的宫调,但它们在词体和声情上都相同或相近,属于同调异体。这种情形下宫调对词调的声情和词体似乎并没有造成实质性的差异,其中有的可能是因为宫调相近,如《洞仙歌(慢)》3 首虽分属中吕调、仙吕调、般涉调,但三调皆属羽声调,故词体和声情基本相同;另外也可能是因为宫调的作用有时主要表现在演奏或歌唱方面,而对词调声情和体式的影响并不那么直接和重要。

(5) 柳永长调慢词在宫调上所体现出的开拓创新,我们还可以从其对犯调的运用上获得体认。据宋罗烨记载:“耆卿居京华,暇日遍游妓馆。所至,妓者爱其有词名,能移宫换羽;一经品题,声价十倍。”又云:“花前月下,随意遣词,移宫换羽,词名由是盛传,天下不朽。”①所谓“能移宫换羽”,就是指善于用“犯调”。这是乐曲转移宫调的一种特殊方式,一般指曲调内部或曲调之间的调高或调式转换,因为它已越出本宫调音阶的范围或改变了本宫调音阶的主音,侵犯了另一宫调或本宫调原音阶的主音,故称“犯调”或“犯声”。唐代乐曲虽已出现“犯声”,如“《剑器》入《浑脱》,始为犯声之始”②,但唐五代词中尚未出现犯调的现象。柳永乃是第一个运用犯调填词的词人。《乐章集》所载犯调都在调名上明确标示了“犯”字,如《小镇西犯》、《尾犯》。柳永有《小镇西》词,为 79 字的中调词,属仙吕调,即中吕羽,为羽声曲;其《小镇西犯》则变为 71 字,虽同属仙吕调的羽声曲,但运用了犯声,可能犯商调或角调,因此词体也发生了变化,遂演变成一个新的词调。《词谱》卷十六云:“按《乐章集》,此名《小镇西犯》,前段第一、二、三句,后段第一、二、三、四句,与《镇西》词同,以下句读俱异。”③可见二调两片后半部分句式的不同,正是由犯调所造成的。柳永还在长调慢词中运用犯调。如《尾犯》2 首,虽皆为长调,一为 94 字,一为 98 字,字数篇幅相近;但一属正宫,为宫七调之一,一属林钟商,为商调曲,故词体和声情也发生了较多的变化,难以视为同调异体,而应属同名异调。从调名看,盖因犯调发生在词调尾

① 罗烨:《醉翁谈录·丙集》卷二,《全宋笔记》第九编八册,郑州:大象出版社 2018 年版,第 220—221 页。
② 陈旸:《乐书》卷一六四“犯调”条,《文渊阁四库全书》本。
③《词谱》卷十六,第 278 页。

部,故名《尾犯》。《尾犯 1》本调既属正宫,当为宫犯商;《尾犯 2》本调既属林钟商,或为商犯羽。从词作看,二词虽同赋羁旅与相思,但前者声情较为激荡劲健,与周德清所概括的“正宫惆怅雄壮”大致相符;后者声情则较为感伤凄切,与周德清所揭示的“商调凄怆怨慕”亦较契合。柳永所用犯调虽然不多,但具有开创意义,对后来周邦彦、姜夔、吴文英等人的犯调创作起到了引领和示范作用。

**(二)词体之创新**

柳永长调慢词在词体上的创新特色和艺术成就,也表现得非常鲜明突出。词是倚声依调的产物,词体与词调关系密切。柳永既大力创作长调慢词,也就为宋词带来了比小令更为新颖多姿、更富于艺术表现力的新词体,从而拓展出宋词的一片新天地和新风采。

词体包括篇章、片段、句式、句法、字声、韵律等各个方面,是一种较之诗体更为复杂多样的综合体。小令在词体上比较接近诗体,而柳永大力创作长调慢词,便创造和展现出词体的新景观。从篇章片段的划分和组合来看,词体主要分为单片、双片、三叠、四叠这几种主要的结构体式,而以双片体占绝大多数。唐五代及北宋初期的小令主要为单片体和双片体,柳永所创作的长调慢词不仅以双片体为主,而且还创制出多种三叠体,对于词体的发展做出了重要的开拓和贡献。

首先,柳永长调慢词在双片体的结构形式上做出了丰富多样的开拓。

(1) 有两片句式结构完全相同的“双叠体”。如《昼夜乐》:

> 洞房记得初相遇。便只合、长相聚。何期小会幽欢,变作离情别绪。况值阑珊春色暮。对满目、乱花狂絮。直恐好风光,尽随伊归去。
>
> 一场寂寞凭谁诉。算前言、总轻负。早知恁地难拚,悔不当时留住。其奈风流端正外,更别有、系人心处。一日不思量,也攒眉千度。(P15)

两片词体除下片第五句少押一韵外,其余句式句法完全相同,表明词调所依据的两段音乐曲调完全相同,后一段曲调乃是前一段曲调的重复,这种曲调一般称之为“重头曲”。依据重头曲创作的双叠体,在唐五代小令中已多有呈现,而柳永却将它运用到长调慢词中。《昼夜乐》乃是柳永创制的新调,曲用重头,词体亦为双叠,在重复和对称中呈现出和谐之美。柳永长调慢词中属于这种重头曲的双叠体,还有《柳腰轻》、《受恩深》、《归朝欢》、《双声子》、《留客住》、

《应天长(慢)》、《合欢带》、《安公子(慢)》等多调。

(2) 有两片开头不同而其他句式结构相同的"换头体"。如《醉蓬莱》:

渐亭皋叶下,陇首云飞,素秋新霁。华阙中天,锁葱葱佳气。嫩菊黄深,拒霜红浅,近宝阶香砌。玉宇无尘,金茎有露,碧天如水。

正值升平,万几多暇,夜色澄鲜,漏声迢递。南极星中,有老人呈瑞。此际宸游,凤辇何处,度管弦清脆。太液波翻,披香帘卷,月明风细。(P25)

除上片第一句和换头二句不同外(标下划线句),其他句式皆同(标波浪线句)。这表明歌词所依据的曲调在两段的开头有所不同,其他部分则相同,一般称之为"换头曲"。换头曲在唐五代小令词的创作中也已经出现,而柳永则用换头曲来创作长调慢词,使长调慢词在整饬对称之中又多了一些灵动与新颖。其他如《木兰花慢》、《采莲令》、《长寿乐》、《如鱼水》、《瑞鹧鸪(慢)》、《玉山枕》、《六么令》等调,皆属此体。

(3) 有两片前半部分句式结构不同而后半部分相同的"半叠体"。如《满江红》:

暮雨初收,长川静、征帆夜落。临岛屿、蓼烟疏淡,苇风萧索。几许渔人飞短艇,尽载灯火归村落。遣行客、当此念回程,伤漂泊。

桐江好,烟漠漠。波似染,山如削。绕严陵滩畔,鹭飞鱼跃。游宦区区成底事,平生况有云泉约。归去来、一曲仲宣吟,从军乐。(P41)

我们姑且称这种词体为"半叠体",它表明歌词所依据的曲调一半不同而一半相同,这堪称柳永对长调慢词体的新开拓。比之换头体,其曲调在音乐表现上既有重复又有创新,从而创造出更富于变化的新词体。

当然,柳永长调慢词中还有不少两片句式各不相同的双片体,其所依据的音乐曲调在结构和旋律上又各不相同,由其赋形的词体自然也各具风貌了,兹不一一叙述。

其次,柳永在长调慢词的创作中对三叠体做出了重要的创新与建树。

三叠(即三片)的词体在唐五代直至北宋前期的小令和长调慢词中都还没有出现,柳永堪称开创者。首见柳词或由柳永所开创的三叠体共有 7 调 8 首,即《梦还京》、《安公子(近)》、《浪淘沙(慢)》、《戚氏》、《十二时(慢)》、《曲玉管》、

《夜半乐》(2首)。

(1) 中调词里的三叠体

柳永对三叠体的运用,在属于"引""近"曲一类的中调词里即有尝试。如《梦还京》一词,即为79字的中调,其曲调当属"引""近"一类,《词律》卷十一分为两片,以"悄无寐"句属上片,"追悔当初"句以下为下片①,《词谱》卷十八分作三片,注云:"按《乐章集》及《花草粹编》俱作两段,今依《词纬》订定。"②《词系》卷九则云:"此调不应分三叠,或当于'容易'句分段。"③兹引录《词谱》分片如下:

夜来匆匆饮散,攲枕背灯睡。酒力全轻,醉魂易醒,风揭帘栊,梦断披衣重起。

悄无寐。追悔当初,绣阁话别太容易。日许时、犹阻归计。

甚况味。旅馆虚度残岁。想娇媚。那里独守鸳帏静,永漏迢迢,也应暗同此意。

属于"引""近"曲的中调词分三叠者在两宋词坛上还极为少见,此调究竟是双片还是三叠也存在不同意见,即使是三叠体,似乎也是柳永的尝试之作。另外,《安公子(近)》亦为80字的中调"近"曲,此词不仅为三叠体,而且还属于"双拽头"体(参见下文)。

(2) "双拽头"之开创

除《梦还京》、《安公子(近)》2调2首之外,其他5调6首皆为长调慢词的三叠体,历代的体认和划分则基本相同,并无太大疑义。其中,《曲玉管》一调则属于三叠体中的"双拽头"体。兹引录全词如下:

陇首云飞,江边日晚,烟波满目凭阑久。立望关河萧索,千里清秋。忍凝眸。

杳杳神京,盈盈仙子,别来锦字终难偶。断雁无凭,冉冉飞下汀洲。思悠悠。

暗想当初,有多少、幽欢佳会,岂知聚散难期,翻成雨恨云愁。阻追游。每登山临水,惹起平生心事,一场消黯,永日无言,却下层楼。(P17)

---

①《词律》卷十一,第272页。

②《词谱》卷十八,第317页。

③《词系》卷九,第三册,第490页。

此词《全宋词》录作三叠体，是有充分理由和依据的。《词谱》卷三十三虽只分作两片，但注云："此词前段，截然两对，即《瑞龙吟》调，所谓双拽头也。"①《词系》卷九分为三叠，注云："此是双拽头格。'陇首'至'凝眸'与'杳杳'至'悠悠'句，平仄相同，'一望关河'二句，或上六下四，或上四下六，一气贯下，原可不拘。"②所谓"双拽头"，又名"双曳头"，即三叠体中前两叠句式和声律相同的词体，前两叠较短，犹如双头，后一叠较长，恰似身子，故有此名。"双拽头"词体的出现，当然与词调的音乐体式和结构有关。《曲玉管》虽为唐教坊曲旧名，但并不见唐五代人填词，宋代亦仅见柳词，当为柳永借旧曲名另翻新声，无论于曲于词都堪称一种新颖别致的突破与开创。

柳永对"双拽头"体的创制并非偶一为之，除了《曲玉管》这一慢词长调之外，他还在中调的"近"曲中运用了"双拽头"体，如《安公子(近)》。此词《词谱》卷十九虽只分为两片，但注谓"前后段句读参差"③；《词律》卷十二虽亦分为两片，但注云："此调当作三叠，'长川'至'如染'，'驱驱'至'情厌'，字句相同，宜分为两段，所谓双拽头也。"④《词系》卷七亦从《词律》，分为三片，且云"据《碧鸡漫志》当加'近'字"⑤。夏批亦云："当是双拽头，于'驱驱'再分一段。"⑥兹引录《词系》分片如下：

> 长川波潋滟。楚乡淮岸迢递，一霎烟汀雨过，芳草青如染。
>
> 驱驱携书剑。当此好天好景，自觉多愁多病，行役心情厌。
>
> 望处旷野沉沉，暮云黯黯。行侵夜色，又是急桨投村店。认去程将近，舟子相呼，遥指渔灯一点。

应该说这是一首比较典范的"双拽头"体，《词系》等划分为三叠是有理据的。此外，《夜半乐》一调 2 首皆为长达 144 字、146 字的三叠体，各本所录并无歧异，然是否为"双拽头"则意见并不一致。《词谱》卷三十八收此调，未注明为"双拽头"体；《词律》卷二十收此调，虽未言是"双拽头"体，但注云"此调三叠，首

---

① 《词谱》卷三十三，第 616 页。
② 《词系》卷九，第三册，第 487 页。
③ 《词谱》卷十九，第 323 页。
④ 《词律》卷十二，第 275 页。
⑤ 《词系》卷七，第三册，第 413 页。
⑥ 夏敬观：手批《彊村丛书》本《乐章集》，引自陶然、姚逸超《乐章集校笺》，第 491 页。

段‘渡万壑’以下，与中段‘残日’以下同”①，可见前二叠大部分句式相同。实际上前二叠首三句也大体相同，第一叠首三句为“冻云黯淡天气，扁舟一叶，乘兴离江渚”，第二叠首三句为“望中酒旆闪闪，一簇烟村，数行霜树”，仅第三句少一字而已。因此，《词系》卷七收此调，即以柳词为“双拽头”，而且认为：“词之双拽头体始此。”②词中“双拽头”体是否以柳永此词为最早，尚待考证，然订柳永此调为“双拽头”体，还是有道理的。

可见柳永无论是对三叠体还是其中的“双拽头”的创制和运用，都达到了一定的数量，而且在中调“近曲”和长调慢词中均有表现，应该是有明确的思想意识为指导的，既具有探索性，也具有连续性。

(3)“双拽尾”之奇观

还值得一提的是，柳永在长调慢词中还创造了一种与“双拽头”相类似而又有所不同的新词体。请看其《十二时(慢)》：

> 晚晴初，淡烟笼月，风透蟾光如洗。觉翠帐、凉生秋思。渐入微寒天气。败叶敲窗，西风满院，睡不成还起。更漏咽、滴破忧心，万感并生，都在离人愁耳。
>
> 天怎知、当时一句，做得十分萦系。夜永有时，分明枕上，觑着孜孜地。烛暗时酒醒，元来又是梦里。
>
> 睡觉来、披衣独坐，万种无憀情意。怎得伊来，重谐云雨，再整余香被。祝告天发愿，从今永无抛弃。(P55)

此词《全宋词》只分为两片，即以“天怎知”句以下为下片。然《词律》卷二十、《词谱》卷三十七皆分为三叠，《词系》卷十不仅分为三叠，而且指出：“后二段字句全合，与双拽头体同，但各家词中罕见，从无双拽尾之名。”③双叠的体式结构不是发生在前半部分，而是位于后半部分，从而形成类似“双拽尾”的奇观。在北宋后期周邦彦的创作中也出现过这种类似的词体，当是受到柳永的影响。

---

①《词律》卷二十，第452页。

②《词系》卷七，第三册，第429页。

③《词系》卷十，第三册，第560页。

此外,《浪淘沙(慢)》[①]、《戚氏》这2调,也都属于三叠体,只是与“双拽头”、“双拽尾”不同,它们在三叠的体式上各不相同,又表现出柳永对三叠体的创造所具有的多样性与变化性特征。

三叠体既开拓了词体,双拽头亦创造了奇观,更重要的是它们带来了词体的解放、结构的多样和功能的扩大,为宋词提供了更有利的抒写工具和表现形式。自柳永以后,周邦彦等人所创制的三叠体和双拽头的词调和词体才逐渐增多,其词史意义实不容忽略。

(三)声律之谐美

柳词在宋代传播接受之广泛深远实首屈一指,无人可比。宋人推寻其原因,除了多归究为柳词“骫骳从俗,天下咏之”[②],即以浅近俗艳取胜之外,也注意到柳词用调上“声律谐美”的特征[③],只不过后人在接受和评论时往往多聚焦于前者而遮蔽了后者。事实上,如果柳词只是一味地俗艳是不可能传之久远的,柳词之所以广为传诵,与其用调上的协音合律、声律上的谐婉流美是密切相关的。这种声律谐美的特征在柳永长调慢词的创作中又表现得尤其鲜明突出。

词调声律的谐美是为了配合音乐曲调的谐美。柳永在用调上尤其是对长调慢曲新声的运用上,既能择音律谐婉流美之曲而用之,则必然会在作词时于字声平仄、句式句法、声律协韵等方面全力配合,以达合乐协律、快耳美听之效果。柳词声律之谐美,我们固然可以从字、句、韵,包括修辞手法、表现技巧等各个方面进行局部的细微的考察,然而声律之美在具体词调词作中又往往是一种多元的综合的呈现,因此,我们拟选取柳永一些富有代表性的名篇佳作来加以分析和体认。

我们先看《雨霖铃》:

寒蝉凄切。对长亭晚,骤雨初歇。都门帐饮无绪,留恋处、兰舟催发。执手相看泪眼,竟无语凝噎。念去去、千里烟波,暮霭沉沉楚天阔。　多情自古伤离别。更那堪、冷落清秋节。今宵酒醒何处,杨柳岸、晓风残月。

---

① 此调各本多作两片,兹据《词系》等订作三叠体。《词律》卷一收周邦彦词,注云:“按此词各刻俱作两段,而《词综》于‘西楼残月’分段,作三叠,必有所据。”第76页。《词系》卷十收柳词,注云:“照周词当于‘恰到如今’下分第三段。”第三册,第546页。

② 陈师道:《后山诗话》,何文焕《历代诗话》本,北京:中华书局1981年版,第311页。

③ 王灼:《碧鸡漫志》卷二,岳珍《碧鸡漫志校正》(修订本),第28页。

此去经年，应是良辰、好景虚设。便纵有、千种风情，更与何人说。(P21)

这是柳永长调慢词的代表作之一，在宋代即被举为足以抗衡东坡《念奴娇》豪放词的婉约名篇，而历代的传播接受也将它推上了柳词经典的首位。此词赋咏离别与恋情，以擅长铺叙刻划而著称，委婉与酣畅兼而有之。历代的欣赏和评论多集中在其铺叙手法和名句意境等方面。若从音律和声情的角度来看，此调在宫调上属双调，揆之柳词，在感伤中犹有沉郁之风、激切之气，与周德清所描状的"双调健捷激袅"的声情特征还是有相近之处的。从字、句、韵的运用来看，此词多用双声、叠韵和叠字，如"寒蝉"、"凄切"、"留恋"、"冷落"、"清秋"、"无绪"、"无语"、"风情"、"去去"、"沉沉"，对于增强声律的谐婉起到了很好的作用；运用领字句，且多以去声为领字，如"对长亭晚"、"念去去、千里烟波"、"更那堪、冷落清秋节"等句，以及七言折腰句法的运用，如"留恋处、兰舟催发"、"杨柳岸、晓风残月"、"便纵有、千种风情"等，也带来了跌宕多姿的声律之美；选用短促劲切的入声韵，以配合这支以感伤为主质的双调曲，也增强了拗峭怨抑的声情之美。

我们再看《八声甘州》：

对潇潇、暮雨洒江天，一番洗清秋。渐霜风凄惨，关河冷落，残照当楼。是处红衰翠减，苒苒物华休。惟有长江水，无语东流。　　不忍登高临远，望故乡渺邈，归思难收。叹年来踪迹，何事苦淹留。想佳人、妆楼颙望，误几回、天际识归舟。争知我、倚阑干处，正恁凝愁。(P43)

《八声甘州》为规范的八韵慢词调，柳永也为此调创制出最优秀的开山之作。苏东坡曾反对"世言柳耆卿曲俗"的一面之辞，即举此词"霜风凄紧"(一作"凄惨")三句为例，发为"此语于诗句，不减唐人高处"之论①。近代王国维亦云："若屯田之《八声甘州》，东坡之《水调歌头》，则伫兴之作，格高千古，不能以常调论也。"②我们试从声律谐美方面来加以分析。首先，此词对领字句的运用相当成功，堪称经典。全篇八韵，两片各四韵，形成较规整的韵律和节奏。为配合这种词调音律，柳永几乎于每韵都以领字开篇，依次为"对"、"渐"、"是处"、"惟

① 赵令畤：《侯鲭录》卷七"东坡云柳耆卿词不俗"条，北京：中华书局2002年版，第183页。
② 王国维：《人间词话・删稿》，第227—228页。

有”、“不忍”、“叹”、“想”、“争知我”，多用一字领起，且多用响亮的去声字，又穿插二字、三字领起的句式，形成一种既排比匀称又跌宕起伏的节奏与韵律；尤其是以“渐”字领起三个四字句，不仅意境开阔，也颇增气势和声情之美，宜为东坡称赏，今人亦赞曰：“音节悲抗，如江天闻笛，古戍吹笳。”①其次，对双声、叠韵、叠字的运用也很精彩。如开篇以“潇潇”写“暮雨”，如闻其声，极俊爽之致；又如以“苒苒”形容“物华休”，如见其形，亦添妩媚之姿。其他如“清秋”、“霜风”、“冷落”、“渺邈”、“阑干”等双声叠韵字词的运用，也颇增声情的婉畅谐美。邵祖平评此词云：“清壮顿挫，情声跌宕。”②于此词的风格特征和声情之美的揭示，可谓兼顾并至。

又如《木兰花慢》：

> 拆桐花烂漫，乍疏雨、洗清明。正艳杏烧林，缃桃绣野，芳景如屏。倾城。尽寻胜去，骤雕鞍绀幰出郊坰。风暖繁弦脆管，万家竞奏新声。
> 盈盈。斗草踏青。人艳冶、递逢迎。向路傍往往，遗簪坠珥，珠翠纵横。欢情。对佳丽地，信金罍罄竭玉山倾。拚却明朝永日，画堂一枕春酲。(P48)

《木兰花慢》是《乐章集》原本唯一标明为“慢”的词调，应该是柳永借小令旧曲名创制的慢词新声。柳永以此调共作词 3 首，此为其中最著名的一篇，也是柳词赋咏都市节令风情的名作。此词声律的谐美除了依然擅长用领字句和双声叠韵及叠字之外，又表现出一个新特色，即对短韵的运用。宋末沈义父对此已有总结：“词中多有句中韵，人多不晓。不惟读之可听，而歌时最要叶韵应拍，不可以为闲字而不押。如《木兰花慢》云‘倾城，尽寻胜去’，‘城’字是韵。又如《满庭芳》过处‘年年，如社燕’，‘年’字是韵。其他皆可类晓。”③所举《木兰花慢》词句，即为柳永此词上片中间的一处二字短韵，所举《满庭芳》短韵则为周邦彦此调换头之句。元人吴师道则进一步指出：“《木兰花慢》，柳耆卿清明词，得音调之正。盖‘倾城’、‘盈盈’、‘欢情’，于第二字中有韵。”④可见柳永此调实有三

① 俞陛云：《唐五代两宋词选释》，上海：上海古籍出版社 1985 年版，第 149 页。
② 邵祖平：《词心笺评》，上海：复旦大学出版社 2007 年版，第 54 页。
③ 沈义父：《乐府指迷》，《词话丛编》本，第 283 页。
④ 吴师道：《吴礼部词话》，《词话丛编》本，第 291 页。

处用到短韵，分别在两片的中间和换头的地方，于声情和韵律上生出一种回环跌宕之美。柳词此调 3 首，都在这三处用到了二字短韵，说明他是有意为之。蔡嵩云亦有论述："《木兰花慢》，有句中韵三处，如柳屯田作清明一首(略)，均作一顿，极有姿致。两字押韵，一称短韵，因在句中，又称藏韵，最能发调。稼轩作四首，则此三处均不押韵，不足为训。故《古今词话》谓《木兰花慢》惟屯田得音调之正也。又前后遍中间暗韵下，若接以去平去上四字，二结六字句两句，若上句配以去上平平去上，音节流美，更为动听。填此调如致力此数者，所作必极沉郁顿挫、荡气回肠之能事。"①对柳永此词得音调之正、收声律之美的分析和总结，更为细致。句中短韵虽然在唐五代小令词中已有出现，但仅限于《定风波》、《南乡子》等少数词调。柳永则在慢词长调中大量运用短韵。据笔者统计，柳永用短韵的词调多达 19 调 29 首，多为长调慢词，其中《木兰花慢》3 首、《玉蝴蝶(慢)》5 首、《洞仙歌(慢)》3 首、《望远行(慢)》2 首、《引驾行》2 首、《定风波慢》2 首等，都在一调多词的创作中运用了短韵，既表现了柳永对句中用短韵的自觉追求与拓展，也有力地增强了柳词合乐协律的声韵之美，并对两宋词调词体的发展产生了深远的影响。

通过以上数例的综合分析，我们可以概括总结出柳永长调慢词在用调上取得声律谐美效果的几个重要特征：其一是善于选腔择调，即宋人所云"能择声律谐美者用之"，使词情与声情相合相谐。如选用具有"健捷激袅"声情的"双调"《雨霖铃》来抒写清秋节中的离情别绪，创用具有"条畅滉漾"声情的"南吕调"(即高平调)《木兰花慢》来赋咏京都清明的节序风情，择用属于"仙吕调"而别具西北边地音乐声情特征的《八声甘州》来描写羁旅行役和登高怀远，都能做到曲与调合，声与情谐。其二是句法灵活多样，而尤以对领字句、折腰句等句法的运用最具开拓创新意义。领字句多用响亮的去声字，以收发调振起、勾连排比之功效；而折腰句的结构变化和穿插运用，也带来了跌宕起伏的节奏和韵律。如《八声甘州》、《雨霖铃》等佳作，都堪称善于锤炼句法的典范，此外，句法的灵活运用在其他一些长调慢词的名篇中也都有很精彩的表现。其三是善用字声和协韵，以增强声律的婉畅流美。具体表现在三个方面：一是多用双声、叠韵和

① 蔡嵩云：《柯亭词论》，《词话丛编》本，第 4915 页。

叠字①,二是善用句中短韵,三是注重入声韵的运用。以上所概括的三个重要特征在柳永长调慢词的创作中都有着很普遍而突出的表现,有的作品略有侧重,而大多数作品往往综合为用,呈现出整体性的声律之美。这大概也正是形成“凡有井水饮处即能歌柳词”的文学传播现象的一个重要原因吧。

## 第四节　柳永词用调的历史地位和影响

柳永词在用调上究竟具有怎样的词史地位,柳永所用词调在两宋词坛上又产生了什么样的影响,这也是我们研究柳永词用调最后需要探讨和回答的问题。

### 一　历代词话论柳词用调的地位和影响

关于柳词用调尤其是柳永长调慢词在宋代词史上的成就和地位,历代词论已有所体认和抉发。宋人对柳词虽多有“浅近卑俗”、“骫骳从俗”、“词语尘下”之类的指斥(已见前文引录),但也相当一致地记载和反映了柳词“人多称之”②、“传播四方”③、“凡有井水饮处,即能歌柳词”的流行情势④;虽然也有人指出柳永善于“变旧声作新声”、“又能择声律谐美者用之”、“音律谐婉,语言妥帖”、“音律甚协,句法亦多有好处”(已见前文引录),甚至有佚名氏“《离骚》寂寞千年后,《戚氏》凄凉一曲终”的评赞⑤,涉及柳永在用调音乐和声律上的特色与成就,但都比较零散和浮泛,还没有上升到用调的理论层面和词史高度来认识。

清代以至近代,对柳词用调尤其是柳永慢词的观照和评价逐渐有所深入和提高。如清人宋翔凤有一段词话,专论柳永对慢词的开创之功:“按词自南唐以后,但有小令。其慢词盖起宋仁宗朝。中原息兵,汴京繁庶,歌台舞席,竞赌新

---

① 梁丽芳:《柳永及其词之研究》,第二部分第四章《柳词的节奏与连贯性》:“《乐章集》中的双声共有六十对,合共出现差不多二百次之多。”“叠韵用得比较少,只有四十多对,合共出现约一百多次。”“柳永的叠字用得比较多,也比较出色。他一共用了九十九对不同的叠字,合共出现了二百六十九次之多。”香港:三联书店香港分店1985年版,第74页。

② 胡仔:《苕溪渔隐丛话后集》卷三十九引《艺苑雌黄》,第319页。

③ 吴曾:《能改斋漫录》卷十六,上海:上海古籍出版社1984年版,第480页。

④ 叶梦得:《避暑录话》卷三,《宋元笔记小说大观》本,第2628页。

⑤ 王灼:《碧鸡漫志》卷二引“前辈云”,岳珍《碧鸡漫志校正》(修订本),第28页。

声。耆卿失意无俚,流连坊曲,遂尽收俚俗语言,编入词中,以便伎人传习。一时动听,散播四方。其后东坡、少游、山谷辈,相继有作,慢词遂盛。……柳词曲折委婉,而中具浑沦之气。虽多俚语,而高处足冠群流,倚声家当尸而祝之。如竹垞所录,皆精金粹玉。以屯田一生精力在是,不似东坡辈以余事为之也。耆卿蹉跎于仁宗朝,及第已老,其年辈实在东坡之前。先于耆卿,如韩稚圭、范希文,作小令,惟欧阳永叔间有长调。罗长源谓多杂入柳词,则未必欧作。余谓慢词,当始耆卿矣。"①其对慢词的创始和发展所做的简略勾勒虽有局部上的不够准确之处,但大体属实;最重要的是对柳永在慢词发展史上的卓越成就和先锋地位,给予了高度肯定和具体论定。

清末词坛大家郑文焯,不仅称誉柳永"自是北宋倚声家妍手",而且也充分论定了柳永在长调慢词发展史上的成就和地位:"盖自南唐二主及正中后,得词体之正者,惟《乐章集》可谓专诣已。以前此作者,所谓长短句,皆属小令。至柳三变乃演赞其未备,而曲尽其变,岂得以工为俳体而少之?尝论乐府原于燕乐,故词者,声之文也,情之华也,非娴于声,深于情,其文必不足以达之。三者具而后可以言工,不綦难乎?求之两宋,清真外,微耆卿其谁欤?"②又云:"屯田则宋专家,其高浑处不减清真,长调尤能以沉雄之魄,清劲之气,写奇丽之情,作挥绰之声。"③既肯定了柳永开拓长调慢词之功,也概括了柳词声情合一的特征,尤其是长调所具有的气魄与声情之美,并将柳永推尊为与周邦彦相颉颃的用调大家。

到了近现代,王国维和蔡嵩云等对柳永长调慢词的创作也有进一步的关注和评论。王国维不仅以"伫兴之作,格高千古"评价柳永对《八声甘州》这一慢词长调的创制,而且也从宏观上指出"长调自以周、柳、苏、辛为最工"(已见前文引录)。蔡嵩云更有多处论述柳永为"创调名家"及其慢词创作的成就和地位。如云:"宋初慢词,犹接近自然时代,往往有佳句而乏佳章。自屯田出而词法立,清真出而词法密,词风为之丕变。"又云:"屯田为北宋创调名家,所为词,得失参半。其倡楼信笔之作,每以俳体为世诟病,万不可学。至其佳词,则章法精严,

---

① 宋翔凤:《乐府余论》,《词话丛编》本,第 2499 页。

② 郑文焯:《大鹤山人词话》卷一《乐章集》批语,孙克强、杨传庆辑校,天津:南开大学出版社 2009 年版,第 17 页。

③ 郑文焯:《大鹤山人词话》卷二《论词书·与张玉田》,第 219 页。

极离合顺逆贯串映带之妙，下开清真、梦窗词法。”①既从慢词发展史的角度肯定了柳永树立词法、开启后来的创建之功和词史地位，也不讳言其失误之处和弊病所在。

至于二十世纪以来的词学研究，则对柳永长调慢词的开创之功和词史地位已多有探讨，且形成共识，兹不赘述。下面，我们拟从柳词用调对两宋词坛的影响这个过去有所忽略的层面，来进一步考察和论定柳永用调的词史地位。

## 二　柳永词用调对两宋词坛的深远影响

柳永共用 142 个词调，除去 18 调为沿用唐五代宋初旧调外，有 124 调皆为首见和创始于柳永的新调；在 124 个新调中，尽管有 48 调为仅见柳词的孤调，但仍有 76 调得到了两宋词人的继承和沿用。由此可见柳永用调的成功率和流行率还是相当之高的，其对宋代词调繁衍和词史发展所产生的深远影响亦昭然若揭。

### （一）柳永首见之调和创调在两宋词坛的创作数量

首见柳词或为柳永创始的 76 个新调，在两宋词坛得到运用的具体情况究竟如何，哪些词调对两宋词坛的影响更大，各调具体的流行走势和创作情况又如何，我们可以通过两宋词人采用这些词调的作词数量的统计和分析来获得体认。

我们可以按各调创作数量的多少来进行统计和分析，亦藉此观照柳永用调在两宋词坛的流行情况及其对两宋词坛产生的深远影响。这些词调大致可分成三个大的层级：

(1) 创作数量在 100 首以上的词调，共 6 调：

鹧鸪天：宋词共 703 首，柳永词 1 首，其他词人 702 首；

满江红：宋词共 551 首，柳永词 4 首，其他词人 547 首；

减字木兰花：宋词共 442 首，柳永词 1 首，其他词人 441 首。

木兰花慢：宋词共 160 首，柳永词 3 首，其他词人 157 首；

八声甘州：宋词共 126 首，柳永词 1 首，其他词人 125 首；

---

① 蔡嵩云：《柯亭词论》，《词话丛编》本，第 4902、4911 页。

醉蓬莱:宋词共107首,柳永词1首,其他词人106首;

(2) 创作数量在10首至99首的词调,共16调:

少年游:宋词共81首,柳永词10首,其他词人71首;

永遇乐(慢):宋词共76首,柳永词2首,其他词人74首;

望海潮:宋词共38首,柳永词1首,其他词人37首;

御街行:宋词共33首,柳永词2首,其他词人31首;

促拍满路花:宋词共29首,柳永词1首,其他词人28首;

玉蝴蝶(慢):宋词共28首,柳永词5首,其他词人23首;

二郎神(慢):宋词共25首,柳永词1首,其他词人24首;

殢人娇:宋词共22首,柳永词1首,其他词人21首;

应天长(慢):宋词共22首,柳永词1首,其他词人21首;

法曲献仙音:宋词共20首,柳永词2首,其他词人18首;

六么令:宋词共19首,柳永词1首,其他词人18首;

归朝欢:宋词共16首,柳永词1首,其他词人15首;

荔枝香(近):宋词共13首,柳永词1首,其他词人12首;

两同心:宋词共12首,柳永词2首,其他词人10首;

锦堂春(慢):宋词共10首,柳永词1首,其他词人9首;

剔银灯:宋词共10首,柳永词1首,其他词人9首。

(3) 创作数量在2首至9首的词调,共54调:

尉迟杯(慢):9首(1+8);长相思(慢):9首(1+8);安公子(慢):9首(2+7);雨霖铃(慢):7首(1+6);一寸金:8首(1+7);尾犯1:7首(1+6);浪淘沙(慢):7首(1+6);夏云峰(慢):7首(1+6);斗百花(近):7首(3+4);凤衔杯:7首(2+5);梁州令:7首(1+6);凤凰阁:6首(1+5);黄莺儿:5首(1+4);玉女摇仙佩:5首(1+4);倾杯乐1:5首(1+4);洞仙歌(慢):5首(3+2);望汉月:5首(1+4);忆帝京:5首(1+4);女冠子(慢)3:5首(1+4);瑞鹧鸪2:5首(2+3);红窗迥:5首(1+4);长寿乐:4首(2+2);昼夜乐:4首(2+2);鹤冲天:4首(2+2);柳初新(慢):4首(1+3);尾犯2:4首(1+3);引驾行:4首(2+2);望远行(慢):4首(2+2);击梧桐:4首(1+3);菊花新:4首(1+3);迷神引:4首(2+2);倾杯乐5:3首(1+2);笛家弄(慢):3首(1+2);金蕉叶1:3首(1+2);采莲

令:3 首(1+2);西平乐(慢)1:3 首(1+2);诉衷情近:3 首(2+1);合欢带:3 首(1+2);竹马子:3 首(1+2);红窗听:3 首(1+2);透碧霄:3 首(1+2);十二时(慢):3 首(1+2);满朝欢:2 首(1+1);慢卷䌷:2 首(1+1);佳人醉:2 首(1+1);破阵乐:2 首(1+1);定风波慢 2:2 首(1+1);留客住:2 首(1+1);驻马听:2 首(1+1);戚氏:2 首(1+1);过涧歇近:2 首(1+1);小镇西:2 首(1+1);凤归云 2:2 首(1+1);塞孤:2 首(1+1)。

首先,柳永首见之调和创调以第一层级的 6 调最为流行,对两宋词坛的创作产生的影响也最大。其中只有《鹧鸪天》、《减字木兰花》2 调为小令调,其余《满江红》、《木兰花慢》、《八声甘州》、《醉蓬莱》4 调皆为慢词长调,可见柳永用调仍以慢词长调的影响为最显著。柳永不仅自己在这 4 个慢词长调中写出了名篇佳作,而且也带动了宋代词坛对这 4 个慢词长调创作的兴盛繁荣,以至于每调都出现了数百首之多的词作,涌现出了大量的名家名作;尤其是《满江红》一调更以 551 首的创作数量成为两宋“十大金曲”之一,在两宋“四大长调”中位列第三,虽略逊《水调歌头》和《念奴娇》两调,却跻身《沁园春》之前。至于《鹧鸪天》和《减字木兰花》虽属小令调,但经柳永创始或翻制之后,其对两宋词坛的影响和贡献也同样巨大而卓著。柳永对这两个小令调的创作虽然都是单篇作品,而且并非经典杰作,但他在曲调上做出了翻制和创新,创造出简洁而又富于变化的词体形式,故自其产生之日起便在两宋词坛上迅速流行开来,以至于出现了多达 700 余首和 400 余首的作品数量;尤其是《鹧鸪天》一调还跻身于两宋“十大金曲”的第三名,《减字木兰花》一调在宋代常用词调排行榜中也名列第十一位(参见第二章)。

其次,柳永首见之调和创调中第二层级的 16 调在两宋词坛也较为流行,对宋词创作也产生了较大影响。其中小令及中调占 8 调,而长调慢词仍占了 8 调的多数。小令及中调以《少年游》、《御街行》较为流行,而长调慢词则以《永遇乐》、《望海潮》为名曲。如《永遇乐》乃柳永创调,柳词两首虽为颂圣祝寿、投赠交游之作,但柳永却奠定了此调在音律、声情和词体形式上的特征与美感,故仍吸引了不少宋代词人来创作。除柳永外,两宋词人采用此调共创作了 74 首词作,其中还涌现出不少名篇杰作,如苏轼“明月如霜”燕子楼词、李清照“落日熔金”元夕词、辛弃疾“千古江山”怀古词等。又如《望海潮》一调,柳永不仅写出了天下传诵的杰作,而且也带动了宋代词人对这个词调的创作热情,秦观、晁端礼、晁补之等都有创作,秦观一人就写出了 4 首作品,且不乏名篇。

其三,柳永首见之调和创调中第三层级的 54 调,虽然两宋词人作词数量并不多,但其对两宋词调繁衍和词史发展的意义和作用仍不容忽略。其中长调慢词多达 40 调,如《尉迟杯(慢)》、《长相思(慢)》、《一寸金》、《浪淘沙(慢)》等调,都得到了周邦彦等人的采用,且一直沿袭到南宋后期。至于《雨霖铃》一调,柳永用其创作出了最经典的名作,王安石也采用此调来创作,遗憾的是宋人所作此调数量不多,且别无佳作,也许是柳永创调之词过于优秀的缘故吧。

据我们统计,宋代词作数量在 10 首以上的常用词调共有 200 调(参见第二章),而柳永首见之调和创调被宋代词人采用且创作数量在 10 首以上的常用词调或金曲名调就有 23 调,所占比例已达约 11.5%。在宋代庞大的作家群体中,仅柳永一人就为两宋词坛贡献了这么多优秀的词调,其地位和影响自不言而喻。

### (二)柳永首见之调和创调对两宋词人创作的影响

据我们统计,采用和继承柳永首见之调和创调进行创作的两宋词人,有姓名可考的作者即多达 400 余人,另有无名氏则难以确考其具体人数,仅从这一点来看,柳词用调惠及两宋词人之广泛,影响两宋词坛之深远,已可见一斑。

在柳永首见之调和创调中,得到 30 个以上词人共同采用的词调共有 10 调;得到 10 个以上 30 个以下词人采用的词调亦有 9 调,其余 50 余调的采用人数大多在 10 人以下。尤其是像《鹧鸪天》、《满江红》、《减字木兰花》等金曲名调,每调的创作数量既多达数百首,其作者队伍也非常庞大。如《鹧鸪天》一调的作者即多达 160 人,《满江红》一调的作者更多达 180 人,与两宋约 1500 人的作者队伍相比,所占比例已超过 10%。其他如《减字木兰花》的作者亦有 110 多人,《木兰花慢》、《八声甘州》等调的作者也有 70 余人、50 余人等。虽然这并不全是柳永的功劳,但柳永对这些词调的创始之功及其深远影响则不可忽视。

那么,柳永用调对宋代哪些词人产生了较大影响呢?我们经过检索统计,得出宋代词人继承柳永用调在 7 调以上的词人如下(共计 31 人):

(1) 晁补之:用 21 调;

(2) 吴文英:用 19 调;

(3) 晁端礼:用 16 调;

(4) 周邦彦:用 15 调;

(5) 陈允平:用 14 调;

(6) 苏轼:用 13 调;

(7) 欧阳修:用 11 调;

(8) 黄庭坚、曹勋、扬无咎、蒋捷:用 10 调;

(9) 秦观、贺铸、张元幹、方千里、杨泽民、张炎:用 9 调;

(10) 袁去华、杜安世、晏几道、黄裳、赵鼎、蔡伸、叶梦得、吕渭老、张孝祥、赵长卿、赵以夫、仇远:用 8 调;

(11) 晏殊、张先:用 7 调。

可见这 31 位词人在用调上受到柳永用调的影响较大。我们对这 31 位词人做进一步分析,发现这些词人大致处于三个时期:

一是北宋前期与柳永同时的晏殊、张先、欧阳修三人。这三人与柳永的时代相同,因此他们清楚地了解到柳永创调在当时社会和词坛的流行情况。柳永首见之调和创调多为北宋"新声",这些"新声"的出现,一定程度上会对词人产生吸引力。这三人中,欧阳修用了柳永创调中的 11 调,晏殊和张先都用了 7 调;晏殊所用多为小令调,而张先和欧阳修则令慢调兼具;既直接受到柳永的影响,也形成对柳永用调的响应。

二是主要活动于神宗、哲宗和徽宗时期的一批词人,包括以苏轼为中心的苏门词人群和以周邦彦为领袖的大晟词人群。上述排名中,苏轼和"苏门四学士"中的秦观、黄庭坚、晁补之都榜上有名。"苏门四学士"中晁补之是沿用柳永创调最多的词人,黄庭坚、秦观对柳永长调慢词的继承也多有贡献,连不以作词擅胜的张耒也用了 3 个首见于柳永的词调来创作。此外,晏几道和贺铸因与苏门词人有交往,他们也选用了不少柳永的创调来创作。苏轼在创作中虽做出对柳词的革新和超越,但他在用调上也明显受到柳永的影响,既受益于柳永的创调,也在柳词用调的基础上做出了开拓与创新,对柳词用调的进一步流行与繁荣起到了重要的桥梁作用和推动效应。苏轼乃是柳永之后用《满江红》这个慢词长调创作数量最多的词人,他一共创作了 5 首《满江红》,不仅数量超出柳永,而且题材多样,内容丰富,风格雄健,在元祐词坛上显得非常突出,为此调在南宋后的流行起到了很大的推动作用。苏轼对柳永所首用的一些有特色的慢词长调以及小令词调也都进行了大胆的尝试和广泛的运用。如对《永遇乐》、《八声甘州》、《戚氏》等慢词长调，苏轼都是继柳永之后最早加以运用的重要词人，而且写出了能与柳词媲美甚至超越柳词的杰作，其中《戚氏》一调除柳永首创之外，仅有苏轼续作一篇。又如对《减字木兰花》一调，苏轼一人就创作了 28 首词作，对这个小令词调在宋代词坛的流行也做出了重要贡献。除苏门词人群外，北宋后期词坛上还涌现出了另一批作者群体，即以周邦彦为首的大晟词人群。这些大晟词人也对柳永的首用调给予了相当多的关注和采用。这可能是由于柳永采用和创始的词调是当时社会上“新声”的来源之一，能自度曲的周邦彦和晁端礼等人需从柳永的用调中吸取灵感，来创制“大晟新声”。因此，柳永词对大晟词人多有影响，如王灼即指出，作为大晟词人的晁端礼、万俟咏“源流从柳氏来”①。大晟词人中周邦彦可能受到柳永词的影响最大，近人蔡嵩云《柯亭词话》云：“周词渊源，全自柳出。其写情用赋笔，纯是屯田家法。”②首先，周邦彦采用柳永创调有 15 调，它们是《少年游》、《燕归梁》、《促拍满路花》、《浪淘沙(慢)》、《应天长(慢)》、《六幺令》、《减字木兰花》、《满江红》、《尉迟杯(慢)》、《法曲献仙音》、《长相思慢》、《一寸金》、《荔枝香》、《留客住》、《红窗迥》，占其用调总数的比例高达 13.6%，说明柳永用调对周邦彦所产生的影响是不容小觑的。其次，在周邦彦继承柳永的 15 调中，大多为慢词长调，可见周邦彦对柳永用调的继承亦以长调慢词为主；同时，周邦彦又吸收柳永以赋为词的手法加以改进，使长调慢词的结构和手法呈现出更加曲折变化的风姿和法度，使长调慢词的发展达到更成熟精美的艺术境界。

三是南渡词人及南宋后期词人，有张元幹、张孝祥、赵鼎、叶梦得、吴文英、方千里、杨泽民、陈允平、张炎、蒋捷等。柳永用调在南宋得到较多词人的运用，大致有两个主要因素：首先，这可能与南宋词人并不着力于创制新调有关。总的来说，南宋词人多处于动荡和偏安的社会环境中，他们历经时代的变迁，创作心理也随之发生变化，从而更加倾向于使用旧调来填词。即使他们当中不乏姜夔、吴文英这样精通音律的词人，所作的自度曲也只是在亲朋好友中流传。因

---

① 王灼：《碧鸡漫志》卷二，岳珍《碧鸡漫志校证》(修订本)，第 27 页。

② 蔡嵩云：《柯亭词论》，《词话丛编》本，第 4912 页。

此,旧调成为了他们创作的主要来源,故自北宋以来即广泛流传的柳永创调便得以在南宋继续发挥其影响力。其次,这或许与柳永所用慢词长调经周邦彦等人改造后更有利于铺叙和抒情有关。经统计,上述南宋词人所用柳永创调中约有三分之二是慢词长调。在动荡和偏安的社会环境下,南宋词人们接受了柳永创调中经周邦彦改造之后更富于表现力的长调慢词,他们中很多人又受到了周邦彦词的影响,最有代表性的是方千里、杨泽民、陈允平三人对周词的大量追和次韵。这三人所采用的柳永词调与周邦彦对柳永词调的继承基本一致。另外,南宋后期吴文英也采用了 19 个柳永的创调,可能也是因为他"深得清真之妙"①,而柳永创调直至南宋后期仍得到大量采用,亦可见其影响之深远。

另外,继承柳永词调在 7 调以下 5 调以上的词人,约有 60 余人;还有 240 余名词人则多是采用了柳永创调中的零星单个的词调来创作,似乎成就和影响并不大。这部分作者身份各异,范围甚广,有公侯将相,如王安石等;有隐逸之人,如南山居士等;还有一部分女词人,如青楼女子苏小小,公侯夫人苏氏等。虽然这些词人创作数量不多,但因为他们各种各样的身份,更加反映出柳永用调对当时社会和词坛的影响是多么广泛深远。纵观整个宋代,从北宋前期的晏殊、张先、欧阳修,到元祐时期的苏轼、苏门词人、周邦彦等,以及宋末词坛的大家名家词人吴文英、张炎等,不管是否精通音律,是否能自度曲,这些宋代词人的创作或多或少都受到了柳永用调的影响,柳永用调尤其是其大量创制的长调慢词在宋代词史和词调史上的地位,也就因此得到了非常有力的显现与印证。

① 沈义父:《乐府指迷》,《词话丛编》本,第 278 页。

# 第五章　苏轼在用调上的开拓与创新

历来论苏轼词的创作成就和词史贡献，主要着眼于东坡的“以诗为词”、开拓词境、创新词风、升华词品等创作层面和宏观视野，而很少关注他对词调的运用；就词调运用的研究来看，历来也多局限于柳永“第一个大力创作慢词”、周邦彦“创调之才多”、姜夔擅长“自度曲”等认识层面和探索领域，而东坡则因受到宋人“要非本色”“不协音律”一类的批评，从而遮蔽了人们对东坡词用调特色和成就的关注。实际上，苏轼对唐宋词坛的革新和开拓，乃是体现在内容与形式两方面的，而用调虽属形式范畴，却与内容密切相关。此前，笔者曾从“用调”与“创意”的辩证关系来考察苏轼的词史地位，只不过探讨的范围仅局限于《浣溪沙》《水调歌头》《念奴娇》三调而已①。近些年来，笔者对苏轼词的用调情况又有进一步涉猎与考察，所获得的认识与成果又有较大的深化与丰富。事实是，在词的创作实践中，苏轼不仅有对唐宋已经成熟的旧词调的广泛沿用和发展丰富，而且还有对北宋刚刚流行的新声词调的大胆采撷和尝试创新；他既为当时的词坛提供了一批首见和创始的新词调，也用富于“创意”的名篇杰作促使一批北宋新声成为两宋歌坛的金曲名调；东坡并非以“创调”而擅名，但他在“用调”上的成就却帮助他建树起崇高的词史地位和不朽的词坛丰碑。

---

① 刘尊明：《从用调与创意看苏轼的词史地位：以〈浣溪沙〉〈水调歌头〉〈念奴娇〉为例》，载《文艺研究》2007 年第 5 期。

## 第一节　苏轼词用调的统计考订与定量分析

我们首先需要对苏轼词的用调进行统计、考订与定量分析，以观照东坡词用调的基本情况和主要成就。

在宋代词人中，东坡乃以创作激情高涨、创作成果丰硕而著称，他一生创作并流传下来的词作共计 363 首，仅次于辛弃疾的 629 首，而名列宋词作品数量排行榜第 2 名。一般情况下，一个词人的词作数量多，相应地他所用词调的数量也会多。但并非所有词人的用调数量都与词作数量成正比，对于那些精通音律富于创调之才的词人如柳永、周邦彦、姜夔等人来讲，其所用词调数量占词作数量之比例往往要高出于一般词人；换言之，这类词人的词作数量虽不是特别多，但他们的用调数量却很多，因此词调数量与词作数量的比值反而较低(平均每调作词数量少)。那么，苏轼用调数量究竟有多少，在两宋词人用调排行榜中占据什么名次，用调数量与词作数量的比值是多少，用调的类型主要分哪几种，各种类型的用调数量和特征如何，其中小令、中调、长调各类体式各占多少，与其他相关词人相比较情况又如何，则需要我们进行统计与分析，这也是我们考察和探讨东坡词用调成就的基础。

### 一　苏轼词用调数量的统计

历代流传以及今人编辑的东坡词集有多种版本，所收作品略有参差①。兹以《全宋词》为依据，并参照各本东坡词集，对苏轼词用调及词作进行统计，列表如下：

**表 5－1　苏轼词用调一览表**

| 序号 | 词调名称 | 首数 | 字数 | 体式 | 唐调 | 宋调 | 首见 | 备　　注 |
|---|---|---|---|---|---|---|---|---|
| 01 | 水龙吟 | 6 | 102 | 长调 | | √ | | 首见欧阳修《鼓笛慢》；宋词 313 首。东坡为第二位作者 |
| 02 | 满庭芳 | 6 | 95 | 长调 | | √ | | 当首见宋初毕大节词；宋词 352 首。东坡为较早作者 |

① 参见保苅佳昭：《历代苏轼年谱、词集苏词一览表(修订版)》，收入《新兴与传统：苏轼词论述》，上海：上海古籍出版社 2005 年版，第 233—272 页。

续表

| 序号 | 词调名称 | 首数 | 字数 | 体式 | 唐调 | 宋调 | 首见 | 备　　注 |
|---|---|---|---|---|---|---|---|---|
| 03 | 水调歌头 | 5 | 95 | 长调 |  | √ |  | 盖首见刘潜词;宋词 764 首,大曲词 7 首。东坡盖为第四作者,残句 1 首 |
| 04 | 满江红 | 5 | 93<br>94 | 长调 |  | √ |  | 首见柳永词 4 首;宋词 551 首。东坡为第四作者 |
| 05 | 归朝欢 | 1 | 104 | 长调 |  | √ |  | 首见柳永、张先各 1 首;宋词 16 首。东坡为第三作者 |
| 06 | 念奴娇 | 2 | 100 | 长调 |  | √ |  | 首见沈唐词 1 首,宋词 620 首;东坡为第二作者 |
| 07 | 雨中花慢 | 3 | 97<br>98 | 长调 |  | √ |  | 盖首见张才翁;宋词 39 首。东坡为第三作者,1 首存疑 |
| 08 | 沁园春 | 2 | 114 | 长调 |  | √ |  | 首见张先,宋词 444 首;东坡为第四作者,补辑 1 首① |
| 09 | 劝金船 | 1 | 88 | 长调 |  | √ |  | 盖首见张先,92 字;宋词仅 2 首,东坡词为减字体,仍属长调 |
| 10 | 一丛花 | 1 | 78 | 中调 |  | √ |  | 首见张先《一丛花令》;宋词 21 首。东坡为第二作者 |
| 11 | 木兰花令 | 6 | 56 | 小令 | √ |  |  | 即《木兰花》。唐词 12 首,宋词 308 首。东坡另 5 首,姑存疑不计 |
| 12 | 西江月 | 15 | 50 | 小令 | √ |  |  | 唐词 5 首,宋词 498 首。东坡词 2 首存疑 |
| 13 | 临江仙 | 14 | 60 | 中调 | √ |  |  | 唐词 39 首,宋词 486 首。东坡改前韵 1 首,《全宋词》未收,他本或收,姑存疑不计 |
| 14 | 渔家傲 | 6 | 62 | 中调 | √ |  |  | 盖首见南唐无名氏 1 首,为单片,仅见;宋词 309 首,多为双片 |
| 15 | 鹧鸪天 | 3 | 55 | 小令 |  | √ |  | 当首见柳永,宋词 703 首;东坡为北宋重要作者,1 首存疑 |
| 16 | 少年游 | 3 | 51 | 小令 |  | √ |  | 当首见柳永;宋词 83 首 |
| 17 | 定风波 | 11 | 62 | 中调 | √ |  |  | 唐词 13 首,宋词 87 首。东坡残 2 首 |
| 18 | 南乡子 | 17 | 56 | 小令 | √ |  |  | 唐词 28 首,宋词 205 首 |
| 19 | 南歌子 | 19 | 52 | 小令 | √ |  |  | 唐词 27 首,宋词 261 首 |
| 20 | 好事近 | 3 | 45 | 小令 |  | √ |  | 当首见宋祁,宋词 301 首,东坡为较早作者 |

①《沁园春》“情若连环”1 首,历代各本东坡词集皆不载。《全宋词》亦未收。明万历刊本《重编东坡先生外集》卷八十三收录,孔凡礼《全宋词补辑》据以补录,今人编年笺注本亦多收录。

续表

| 序号 | 词调名称 | 首数 | 字数 | 体式 | 唐调 | 宋调 | 首见 | 备注 |
|---|---|---|---|---|---|---|---|---|
| 21 | 鹊桥仙 | 2 | 56 | 小令 |  | √ |  | 首见欧阳修，宋词183首，东坡为早期重要作者 |
| 22 | 望江南 | 2 | 54 | 小令 | √ |  |  | 唐词751首；宋词251首 |
| 23 | 卜算子 | 2 | 44 | 小令 |  | √ |  | 首见张先；宋词240首，东坡为早期重要作者 |
| 24 | 瑞鹧鸪 | 2 | 56 | 小令 | √ |  |  | 唐仅见冯延巳《舞春风》1首；宋词57首，名《瑞鹧鸪》；另有同名异调 |
| 25 | 十拍子 | 1 | 62 | 中调 | √ |  |  | 即《破阵子》，唐词5首，宋词21首 |
| 26 | 清平乐 | 1 | 46 | 小令 | √ |  |  | 唐词23首，宋词359首 |
| 27 | 昭君怨 | 1 | 40 | 小令 |  |  | √ | 有乐府诗，为琴曲；宋词盖亦琴曲。首见东坡词，宋词共33首 |
| 28 | 戚氏 | 1 | 214 | 长调 |  | √ |  | 首见柳永；宋词仅2首 |
| 29 | 醉蓬莱 | 1 | 97 | 长调 |  | √ |  | 首见柳永，宋词107首，东坡为第四作者 |
| 30 | 贺新郎 | 1 | 115 | 长调 |  |  | √ | 盖东坡创调，宋词共439首 |
| 31 | 洞仙歌 | 2 | 84<br>83 | 中调 | √ |  |  | 敦煌词2首，后蜀孟昶1首，为同名异调；宋词150首，与孟词同调；另有慢词5首 |
| 32 | 八声甘州 | 1 | 97 | 长调 |  | √ |  | 首见柳永，宋词共126首。东坡为第三作者 |
| 33 | 三部乐 | 1 | 98 | 长调 |  |  | √ | 首见东坡词，宋词共7首 |
| 34 | 阮郎归 | 4 | 47 | 小令 | √ |  |  | 唐词4首，宋词183首；东坡1首与黄庭坚互见 |
| 35 | 江城子 | 12 | 70 | 中调 | √ |  |  | 唐词14首；宋词191首。东坡1首或存疑；1首《全宋词》未收，他本或作互见词，姑不计 |
| 36 | 蝶恋花 | 15 | 60 | 中调 | √ |  |  | 唐词17首，名《鹊踏枝》；宋词508首，多名《蝶恋花》。东坡3首或存疑；1首《全宋词》入存目，姑不计 |
| 37 | 采桑子 | 1 | 44 | 小令 | √ |  |  | 唐词17首，宋词176首；另有慢词8首 |
| 38 | 千秋岁 | 2 | 71 | 中调 |  | √ |  | 首见张先，宋词71首；东坡盖第三作者。另有《千秋岁引》7首 |
| 39 | 苏幕遮 | 1 | 62 | 中调 | √ |  |  | 唐词8首，宋词32首 |

续表

| 序号 | 词调名称 | 首数 | 字数 | 体式 | 唐调 | 宋调 | 首见 | 备注 |
|---|---|---|---|---|---|---|---|---|
| 40 | 永遇乐 | 2 | 104 | 长调 | | √ | | 首见柳永,宋词 76 首,东坡为第四作者 |
| 41 | 行香子 | 7 | 66 | 中调 | | √ | | 首见张先,宋词 60 首;东坡为早期作者,亦两宋作品最多作者 |
| 42 | 菩萨蛮 | 22 | 44 | 小令 | √ | | | 唐词 86 首,宋词 607 首。东坡词 2 首互见 |
| 43 | 生查子 | 1 | 40 | 小令 | √ | | | 唐词 17 首,宋词 181 首 |
| 44 | 翻香令 | 1 | 56 | 小令 | | | √ | 东坡创调,另仅见邬虑 1 首 |
| 45 | 乌夜啼 | 1 | 48 | 小令 | √ | | | 唐词仅李煜 1 首,宋词 33 首 |
| 46 | 虞美人 | 7 | 56 | 小令 | √ | | | 唐词 23 首,宋词 309 首。东坡 1 首互见,2 首或存疑;1 首《全宋词》入存目,姑不计 |
| 47 | 河满子 | 1 | 74 | 中调 | √ | | | 即《何满子》。唐词 12 首,分 3 调;宋词 12 首,同唐双片体 |
| 48 | 哨遍 | 2 | 203<br>202 | 长调 | | | √ | 盖源自大曲或琴曲。首见东坡词;宋词共 18 首 |
| 49 | 点绛唇 | 7 | 41 | 小令 | √ | | | 唐词仅 1 首,宋词 392 首;东坡词 2 首与秦观互见 |
| 50 | 殢人娇 | 3 | 68<br>69 | 中调 | | √ | | 首见柳永 1 首,晏殊 3 首;宋词 22 首,东坡为第三作者 |
| 51 | 诉衷情 | 3 | 44 | 小令 | | √ | | 宋词 154 首,与唐词异调,首见晏殊;东坡词 1 首互见 |
| 52 | 更漏子 | 1 | 46 | 小令 | √ | | | 唐词 27 首,宋词 60 首,另有慢词 |
| 53 | 华清引 | 1 | 45 | 小令 | | | √ | 盖琴曲,仅见东坡词,孤调 |
| 54 | 桃源忆故人 | 1 | 48 | 小令 | | √ | | 首见欧阳修 3 首,张先 1 首,宋词 56 首,东坡为第三作者 |
| 55 | 一斛珠 | 5 | 57 | 小令 | √ | | | 唐词仅见李煜 1 首;宋词 141 首,多名《醉落魄》。东坡 2 首互见 |
| 56 | 谒金门 | 3 | 45 | 小令 | √ | | | 唐词 17 首,宋词 236 首 |
| 57 | 如梦令 | 5 | 33 | 小令 | √ | | | 唐词 5 首,名《宴桃源》《忆仙姿》,宋词 196 首,东坡始改名 |
| 58 | 阳关曲 | 3 | 28 | 小令 | | | √ | 唐名《渭城曲》,以王维七绝诗入唱,为声诗。宋仅见苏词,即用唐曲,孤调,傅本等皆收,诗集亦收,盖声诗,姑存疑 |

**续表**

| 序号 | 词调名称 | 首数 | 字数 | 体式 | 唐调 | 宋调 | 首见 | 备注 |
|---|---|---|---|---|---|---|---|---|
| 59 | 减字木兰花 | 28 | 44 | 小令 | | √ | | 首见柳永,宋词442首;沈瀛48首,东坡数量居第二,1首互见 |
| 60 | 浣溪沙 | 46 | 42 | 小令 | √ | | | 唐词96首,宋词849首。东坡词数量第一,1首存疑;1首《全宋词》入存目,他本或收,姑不计 |
| 61 | 双荷叶 | 1 | 46 | 小令 | √ | | | 即《忆秦娥》,唐五代仅见李白、冯延巳各1首,为同名异调;宋词135首,调同李白;张先等3首调同冯词,欧阳修1首为孤调 |
| 62 | 皂罗特髻 | 1 | 81 | 中调 | | | √ | 调名取意于发髻名,东坡创调,咏采菱拾翠两小鬟,孤调 |
| 63 | 调笑令 | 2 | 32 | 小令 | √ | | | 唐词10首,宋词6首,调同唐词,东坡2首皆与苏辙互见;宋另有《调笑令》74首,与唐词异调 |
| 64 | 荷华媚 | 1 | 60 | 中调 | | | √ | 东坡创调,咏荷拟人,孤调 |
| 65 | 青玉案 | 1 | 67 | 中调 | | √ | | 首见贺铸,宋词138首;东坡词次贺铸韵,为较早作者 |
| 66 | 天仙子 | 1 | 68 | 中调 | √ | | | 唐词11首,多单片,敦煌词2首双片;宋词29首,皆双片体 |
| 67 | 画堂春 | 1 | 49 | 小令 | | √ | | 首见张先1首,另王诜1首,宋词38首,东坡盖为第三作者 |
| 68 | 占春芳 | 1 | 46 | 小令 | | | √ | 东坡创调,咏花,孤调 |
| 69 | 浪淘沙 | 1 | 54 | 小令 | √ | | | 唐词19首,有齐、杂言二调;宋词187首,皆杂言体;另有慢词7首 |
| 70 | 祝英台近 | 1 | 77 | 中调 | | √ | | 当首见王琪《祝英台》,为残句;宋词84首,东坡为第二作者,始名《祝英台近》 |
| 71 | 渔父 | 4 | 25 | 小令 | √ | | | 唐词共70首,与《渔歌子》异调;宋词《渔父》100首;东坡4首,各本多不收,盖《渔歌子》变体 |
| 72 | 醉翁操 | 1 | 91 | 长调 | | | √ | 琴曲,首见东坡词,宋词5首 |
| 73 | 导引 | 2 | 50 | 小令 | | √ | | 首见和岘,宋词102首。东坡2首载文集,各本多不收 |
| 74 | 瑶池燕 | 1 | 51 | 小令 | | √ | | 即《越江吟》,首见苏易简,宋词4首;东坡词与廖正一互见 |

续表

| 序号 | 词调名称 | 首数 | 字数 | 体式 | 唐调 | 宋调 | 首见 | 备　　注 |
|---|---|---|---|---|---|---|---|---|
| 75 | 踏青游 | 1 | 82 | 中调 |  | √ |  | 首见王诜,宋词 6 首;东坡词作于晚年贬海南时,晚于王诜 |
| 76 | 踏莎行 | 2 | 58 | 小令 |  | √ |  | 首见寇准,宋词 218 首;东坡 1 首互见,1 首或存疑 |
|  | 无愁可解 | 1 | 108 | 长调 |  | √ |  | 仅见 1 首,孤调。各本多作东坡词。《全宋词》入存目,录为陈慥词。姑存疑不计 |
|  | 意难忘 | 1 | 92 | 长调 |  | √ |  | 首见周邦彦,宋词 13 首。东坡 1 首,他本或收,《全宋词》入存目,作程垓词,兹从之 |
|  | 清平调 | 3 | 28 | 小令 | √ |  |  | 仅见唐李白 3 首。东坡 3 首,《全宋词》等皆未收,一本补录,盖误收,姑存疑不计 |
|  | 失调名 | 9 |  |  |  |  |  | 皆残句,1 首为补辑,调名及体式皆不详,故不计入用调总数 |
| **总计** |  | **354** |  |  | **33** | **32** | **11** | **小令:40;中调:19;长调:17** |

## 二　苏轼词用调及词作考订

从上文的统计列表中可以看出,不仅《全宋词》所收苏轼词存在一部分作品与其他词人互见并存的现象,而且今人整理编年笺注的几种重要的东坡词集所收词调词作又各有参差与分歧。因此,我们需要对这部分词调词作有所辨别与考订。

### (一)互见与存疑之作(33 首)

《全宋词》及今人整理笺注各本东坡词集所收互见词共有 18 首,其中《全宋词》录作互见词者凡 14 首,他本或有分歧者,则姑从《全宋词》,计入东坡词;另有 4 首,《全宋词》于东坡词入存目,他本或录为东坡词,亦姑从《全宋词》,不计入东坡词。存疑之作共 15 首,其中《全宋词》收录而他本或不收或存疑者凡 14 首,皆姑从《全宋词》,计入东坡词;《全宋词》未收而他本或收者仅 1 首,亦姑从《全宋词》,不计入东坡词。兹叙录考订如下:

1.《阮郎归》"歌停檀板舞停鸾"1 首:历代各本东坡词皆不载,《全宋词》据《全芳备祖后集》卷二十八"茶"门补录,校云:"案此首别作黄庭坚词,见《豫章黄先生词》。"于苏轼、黄庭坚两收(第333、402页)。今人编年笺注各本东坡词多不收,唯薛注本录作东坡词①。则此词当为黄庭坚作,兹姑从《全宋词》作互见词,仍计入东坡词。

2.《江城子》"银涛无际卷蓬瀛"1首,《全宋词》于苏轼入存目,另录为叶梦得词;薛注本亦不收;石唐注本虽收而存疑②;邹王注本作互见词③。兹从《全宋词》,不计入东坡词。

3.《蝶恋花》"玉碗冰寒消暑气"1首,宋元各本东坡词不载,明本多收录,石唐注本亦收;《全宋词》入存目,录作晏殊词。兹从《全宋词》,不计入东坡词。

4.《菩萨蛮》"娟娟侵鬓妆痕浅"1首,《全宋词》据《唐宋诸贤绝妙词选》卷二录作谢绛词,又据曾慥本《东坡词·拾遗》录为苏轼词(第115、321页);邹王注本亦作互见词。则此词难以详考作者归属,兹从《全宋词》作互见词。

5.《菩萨蛮》"湿云不动溪桥冷"1首,历代各本东坡词皆不载,《全宋词》于苏轼、朱淑真两收(第332、1407页);《宋词互见考》以为"当以作朱词为是"④;薛注本收录,石唐注本不收,邹王注本作误入苏集词。则此词盖为朱淑真作,兹姑从《全宋词》作互见词。

6.《虞美人》"归心正似三月草"1首,各本东坡词皆收录,《全宋词》于苏轼、无名氏两收(第306、3773页),所收无名氏词,乃出自《翰墨大全》丙集卷三。则此词当为东坡作,《翰墨大全》所录,盖即东坡词而佚失姓名者。

7.《虞美人》"落花已作风前舞"1首,宋元各本不载,明本多收录,石唐注本亦收;《全宋词》入存目,录为叶梦得词(第335、776页);薛注本不收,邹王注本作误入苏集词。兹从《全宋词》,不计入东坡词。

8.《点绛唇》"醉漾轻舟""月转乌啼"2首,各本东坡词多收录,《全宋词》于苏轼、秦观两收(第308、467页);邹王注本亦入互见词。兹从《全宋词》作互见词。

9.《诉衷情》"海棠珠缀一重重"1首,历代各本东坡词皆收录,《全宋词》于晏殊、苏轼两收(第98、309页);邹王注本亦入互见词。兹从《全宋词》作互

---

① 薛瑞生:《东坡词编年笺证》,西安:三秦出版社1998年版。

② 石声淮、唐玲玲:《东坡乐府编年笺注》,台北:华正书局1993年版。

③ 邹同庆、王宗堂:《苏轼词编年校注》,北京:中华书局2002年版。

④ 唐圭璋:《词学论丛》,上海:上海古籍出版社1986年版,第290页。

见词。

10.《醉落魄》(即《一斛珠》)“醉醒醒醉”1 首,历代各本东坡词多收录,黄庭坚《醉落魄》词序有“或传是东坡词,非也,疑是王仲甫作”之语,明毛晋刻《东坡词》因据以删之;《全宋词》于王仲甫、苏轼两收(第 271、310 页)。兹从《全宋词》作互见词。

11.《醉落魄》“苍头华发”1 首,历代各本东坡词皆收录,《全宋词》于苏轼、黄庭坚两收(第 310、404 页)。此词明宁州祠堂本《豫章黄先生词》收录,故今人整理本《山谷词》据以收入“补遗”①。则此词属苏属黄,亦难遽断,兹从《全宋词》作互见词。

12.《减字木兰花》“凭谁妙笔”1 首,历代各本东坡词皆不载;《全宋词》据《苕溪渔隐丛话后集》卷三十七引《古今词话》录作苏轼词,于上片注为苏轼作,于下片注为仲殊作;又据同书同卷所引《复斋漫录》收为刘泾词,于上片注为刘泾作,于下片注为仲殊作(第 332、371 页);石唐注本不收,薛注本收录,邹王注本亦入互见词。则此词乃多人合作而成,唯合作者究竟为苏轼与仲殊还是刘泾与仲殊,宋胡仔所引《古今词话》和《复斋漫录》二书所记各持一说,虽胡仔指斥《古今词话》为“妄言”,“当以《复斋》为正也”②,但所属仍难遽断,兹姑依《全宋词》作互见词。

13.《浣溪沙》“晚菊花前敛翠蛾”1 首,《全宋词》入存目词,录为朱敦儒词(第 336、864 页);薛注本不收,邹王注本亦作误入苏集词,仅石唐注本录作东坡词。兹从《全宋词》,不计入东坡词。

14.《调笑令》“渔父”“归雁”2 首,历代各本东坡词皆收录,《全宋词》于苏轼、苏辙两收,校云:“此二首别见苏辙《栾城集》卷十三”,“此二首又作苏轼词,见曾慥本《东坡词》卷下,未知孰是”(第 319、355 页)。兹从《全宋词》作互见词。

15.《瑶池燕》“飞花成阵”1 首,宋元本不收,明本收录;《全宋词》据《侯鲭录》卷三补录为苏轼词,又据《乐府雅词 · 拾遗》卷上录为廖正一词,调名《瑶池宴令》(第 331、453 页)。石唐注本、薛注本皆收录,邹王注本亦入互见词。兹从《全宋词》作互见词。

---

① 马兴荣、祝振玉校注:《山谷词》,上海:上海古籍出版社 2001 年版,第 271 页。

② 胡仔:《苕溪渔隐丛话后集》卷三十七,第 298 页。

16.《踏莎行》“山秀芙蓉”1首，历代各本皆不载；《全宋词》于苏轼、贺铸两收（第333、507页）。石唐注本、薛注本皆录作东坡词，邹王注本据钟振振校注《东山词》之考订①，作误入苏集词。则此词盖贺铸作，兹姑从《全宋词》作互见词。

17.《雨中花慢》“邃院重帘何处”1首，宋元本不载，明本或收录，《全宋词》据毛本收录，石唐注本、薛注本亦收录，邹王注本入存疑词。兹从《全宋词》，计入东坡词。

18.《西江月》“马趁香微路远”、“碧雾轻笼两凤”2首，历代各本皆不载，《全宋词》据《回文类聚》卷四、杨金本《草堂诗余》卷上补录（第333、334页）。薛注本皆收录，邹王注本收“马趁香微路远”1首，于“碧雾轻笼两凤”1首录作存疑词，石唐注本皆不录。兹从《全宋词》，计入东坡词。

19.《临江仙》“九十日春都过了”1首，下片首句为“阆苑先生须自责”，历代各本多收录，《全宋词》收录；薛注本、邹王注本并收，皆编年于熙宁九年知密州作；元本、石唐注本不收。同调另一首，题“惠州改前韵”，即改密州之作下片五句为“我与使君皆白首……”，元本及石唐注本录此首，《全宋词》不收；薛注本、邹王注本则并收，编年于绍圣三年贬惠州作。两词上片皆同，然下片不同，或应两收。兹姑从《全宋词》，存疑不计。

20.《鹧鸪天》“罗带双垂画不成”1首，历代各本皆不载，《全宋词》据《词林万选》卷四补录（第334页）。薛注本收录，石唐注本不录，邹王注本录作存疑词。兹从《全宋词》，计入东坡词。

21.《江城子》“腻红匀脸衬檀唇”1首，宋元本不载，明毛本等收录，《全宋词》、石唐注本、薛注本并录，唯邹王注本入存疑词。兹从《全宋词》，计入东坡词。

22.《蝶恋花》“记得画屏初会遇”、“雨霰疏疏经泼火”、“蝶懒莺慵春过半”3首，宋元本不载，明毛本等收录，《全宋词》、石唐注本、薛注本并录，唯邹王注本入存疑词。兹从《全宋词》，计入东坡词。

23.《虞美人》“冰肌自是生来瘦”“深深庭院清明过”2首，宋元本不载，明本收录，《全宋词》、石唐注本、薛注本并录，唯邹王注本入存疑词。兹从《全宋词》，

① 钟振振校注：《东山词》卷一，上海：上海古籍出版社1989年版，第75页。

计入东坡词。

24.《浣溪沙》“山色横侵蘸晕霞”1首，历代各本多收录，《全宋词》、石唐注本、薛注本并录，唯邹王注本入存疑词。兹从《全宋词》，计入东坡词。

25.《导引》2首，历代各本皆不载，《全宋词》据东坡文集补录，薛注本亦收，石唐注本不录，邹王注本作误入苏集词。兹从《全宋词》，计入东坡词。

26.《踏莎行》“这个秃奴”1首，历代各本不载，《全宋词》据《事林广记》癸集卷十三补录(第333页)；薛注本收录，石唐注本不收，邹王注本入存疑词。兹姑从《全宋词》，计入东坡词。

（二）误收或存疑之调(10首)

其中《玉楼春》4首，应为乐府和古诗；《木兰花令》1首，乃以白居易古诗歌之，东坡只略改起首二句，当属声诗，且不宜归属东坡创作；《清平调》3首，乃七绝诗以入歌，亦属声诗。此3调之作，应皆属误收。《意难忘》1首，应为程垓作。唯《无愁可解》1首，各本东坡词皆收录，《全宋词》录为陈慥作，尚存分歧与疑问。兹叙录考订如下：

1.《玉楼春》“春云阴阴雪欲落”等4首，历代各本东坡词皆不载，《全宋词》亦不收，唯薛注本补录，其考证云：“此首及以下三首，各本均不载。因《诗集》载此四首原题《四时词四首》，故录出并以《玉楼春》名之。”(第305页)此4首，宋王十朋《东坡诗集注》卷三十二收入“乐府”类中，题为《四时词》[①]。《东坡诗集注》此卷所收多为乐府诗，包括《醉翁操》、《竹枝歌》、《竹枝词》等作，历代各本东坡词集皆未收录，今人编年笺注东坡词集及《全宋词》多只收录《醉翁操》，乃依琴曲填词，于《竹枝歌》《竹枝词》等作则未予收录，盖乐府或声诗。《四时词》4首，《东坡诗集注》既编入乐府类，而李之仪《四时词拟徐陵用今体次东坡旧韵》4首，亦编入其诗集七言古诗类中[②]，当属乐府诗和七言古诗性质，《全宋词》等各本皆未收录，独薛注本录作《玉楼春》词，盖误收，姑存疑不计。

2.《木兰花令》“乌啼鹊噪昏乔木”1首，历代各本东坡词皆不载，《全宋词》亦未收，邹王注本录作《木兰花令》，薛注本录作《玉楼春》，石唐注本录作《瑞鹧鸪》。据宋胡仔《苕溪渔隐丛话前集》卷二十一记载：“东坡云：与郭生游寒溪，主

---

① 王十朋：《东坡诗集注》，《文渊阁四库全书》本。
② 李之仪：《姑溪居士后集》卷四，《文渊阁四库全书》本。

簿吴亮置酒，郭生善作挽歌，酒酣发声，坐为凄然。郭生言恨无佳词，因改乐天《寒食诗》歌之，坐客有泣者。其词曰：'乌啼鹊噪昏乔木，清明寒食谁家哭。风吹旷野纸钱飞，古墓累累春草绿。棠梨花映白杨路，尽是死生离别处。冥寞重泉哭不闻，萧萧暮雨人归去。'每句杂以散声。"[①]苏轼此篇，清查慎行《苏诗补注》卷四十八注云："慎按：白居易《寒食野望吟》起句云：'丘墟郭门外，寒食谁家哭。'先生所改，止此二句。又'白杨路'，乐天诗作'白杨树'，余皆同。"[②]白诗原载《白氏长庆集》卷十二"感伤"类中，为杂言古体，首二句为五言，余六句皆七言[③]。可见此篇乃东坡改白乐天古体诗以应歌，仅添首句七字及次句二字，与依调隐括作词并不同，当属声诗性质，且著作权亦应归属白乐天；又此篇虽曾入歌，但所歌究竟用何曲调，并无明确记载，故诸家所订调名亦不同。兹从《全宋词》，姑存疑不计。

3.《无愁可解》"光景百年"1 首，两宋仅见此词，为孤调。历代各本东坡词集皆收录，《词律》《词谱》亦作东坡词，《词律》且谓"此坡公自度曲"[④]。石唐注本、邹王注本亦收录。《全宋词》于苏轼词入存目，据《山谷题跋》卷九等所记，另录为陈慥词(第 354 页)；薛注本亦不录。然邹王注本谓"山谷题跋，未必可信"，以为此词"作东坡词近是"(第 503 页)。则此调作者尚存分歧与疑问，兹姑从《全宋词》作陈慥词，暂不计入东坡词。

4.《意难忘》"花拥鸳房"1 首，历代各本东坡词多不收，仅明毛本录之，石唐注本据收。《全宋词》于东坡词入存目，另录为程垓词。薛注本不收，邹王注本亦作误入苏集词。兹从《全宋词》等作程垓词，不计入东坡词。

5.《清平调》"陌上花开蝴蝶飞"3 首，载宋王十朋《东坡诗集注》卷七，题为《陌上花三首》，引云："游九仙山，闻里中儿歌《陌上花》。吴越王妃每岁春必归临安，王以书遗妃曰：'陌上花开，可缓缓归矣。'吴人用其语为歌，含思宛转，听之凄然。而其词鄙野，为易之云。"(《文渊阁四库全书》本)又东坡《江城子》"玉人家在凤凰山"词序云："钱塘人好唱《陌上花》缓缓曲，余尝作数绝以纪其事矣。"(《全宋词》第 299 页)可见东坡此 3 首乃七绝诗，或以《陌上花》歌之，盖为

① 胡仔：《苕溪渔隐丛话前集》卷二十一，北京：人民文学出版社 1981 年版，第 140 页。

② 查慎行：《苏诗补注》卷四十八，王友胜校点，南京：凤凰出版社 2013 年版，下册，第 1415 页。

③ 白居易：《白氏长庆集》卷十二，《文渊阁四库全书》本。

④ 万树：《词律》卷十九，第 418 页。

声诗;历代各本东坡词及《全宋词》皆不收,惟明卓人月编《古今词统》卷三录作《清平调引》①,薛注本据以补录,盖属误收。兹从《全宋词》等本,不计入东坡词。

## 三　苏轼词用调的定量分析

从上文的统计和考订可见,尽管《全宋词》所录苏轼词 363 首中有少量作品存在与他人互见等疑问,今人整理的几种重要的苏轼词编年笺注本,于东坡词或有删削,或有增补,所收作品数量和用调数量也略有参差,但出入主要存在于少数词调具体作品的数量上,于用调总数上差别却很小。这样,我们据《全宋词》检索统计所得,苏轼词用调总数共计 76 调,还是非常真实可信的。下面,我们试对"表 5－1"中的各项统计数据略做定量分析,以了解东坡词的用调概况和主要成就。

首先,苏轼词以 76 调的总数,在两宋词人用调排行榜中排第 14 位,名居前列。

笔者已对宋代词人用调情况进行定量分析,列出排行一览表(参见第三章)。为便于比较分析,兹将排名前列及相关重要词人用调数据节录如下:

**表 5－2　宋代主要词人用调排行表**

| 排序 | 姓名 | 词人时代 | 词作数量 | 词调数量 | 调词之比 | 小令 | 中调 | 长调 | 大曲等调 | 失调名 | 首见之调 | 仅见之调 | 创调总数 |
|---|---|---|---|---|---|---|---|---|---|---|---|---|---|
| 1 | 柳　永 | 北宋 | 213 | 142 | 1.50 | 22 | 40 | 80 | | 1 | 76 | 48 | 124 |
| 2 | 吴文英 | 南宋 | 341 | 142 | 2.40 | 33 | 19 | 90 | | 1 | 3 | 13 | 16 |
| 3 | 陈允平 | 南宋 | 209 | 121 | 1.72 | 33 | 25 | 63 | | | | 1 | 1 |
| 4 | 周邦彦 | 北宋 | 186 | 110 | 1.69 | 33 | 19 | 58 | | 1 | 49 | 3 | 52 |
| 5 | 辛弃疾 | 南宋 | 629 | 100 | 6.29 | 45 | 28 | 27 | | | 1 | 1 | 2 |
| 6 | 张　炎 | 南宋 | 302 | 99 | 3.05 | 39 | 16 | 54 | | | | 1 | 1 |
| 7 | 贺　铸 | 北宋 | 283 | 92 | 3.07 | 40 | 29 | 23 | | 2 | 10 | 9 | 19 |
| 8 | 张　先 | 北宋 | 165 | 89 | 1.85 | 54 | 20 | 15 | | | 25 | 14 | 39 |
| 9 | 曹　勋 | 南渡 | 183 | 84 | 2.17 | 18 | 14 | 51 | 1 | 1 | 3 | 23 | 26 |

① 卓人月编、徐士俊评:《古今词统》卷三,沈阳:辽宁教育出版社 2000 年版,第 14 页。

续表

| 排序 | 姓名 | 词人时代 | 词作数量 | 词调数量 | 调词之比 | 小令 | 中调 | 长调 | 大曲等调 | 失调名 | 首见之调 | 仅见之调 | 创调总数 |
|---|---|---|---|---|---|---|---|---|---|---|---|---|---|
| 10 | 赵长卿 | 南宋 | 339 | 84 | 4.03 | 43 | 23 | 18 | | | | 3 | 3 |
| 11 | 刘辰翁 | 南宋 | 354 | 84 | 4.21 | 32 | 14 | 38 | | | | | |
| 12 | 仇　远 | 南宋 | 120 | 84 | 1.42 | 43 | 12 | 29 | | | | 2 | 2 |
| 13 | 周　密 | 南宋 | 153 | 78 | 1.96 | 21 | 8 | 49 | | | | 4 | 4 |
| 14 | 苏　轼 | 北宋 | 363 | 76 | 4.77 | 40 | 19 | 17 | | 9 | 6 | 5 | 11 |
| 16 | 晁补之 | 北宋 | 167 | 74 | 2.25 | 27 | 19 | 28 | | 1 | 3 | 2 | 5 |
| 20 | 黄庭坚 | 北宋 | 192 | 71 | 2.70 | 34 | 22 | 14 | | 3 | 9 | 6 | 15 |
| 27 | 欧阳修 | 北宋 | 242 | 65 | 3.72 | 46 | 13 | 6 | | | 12 | 9 | 21 |
| 35 | 姜　夔 | 南宋 | 87 | 56 | 1.55 | 17 | 10 | 29 | | | 13 | 8 | 21 |
| 38 | 晏几道 | 北宋 | 260 | 52 | 5.00 | 35 | 14 | 3 | | | 4 | 4 | 8 |
| 50 | 秦　观 | 北宋 | 90 | 44 | 2.04 | 23 | 9 | 12 | | 3 | 2 | 2 | 4 |
| 59 | 晏　殊 | 北宋 | 140 | 37 | 3.78 | 27 | 10 | 0 | | 1 | 8 | 4 | 12 |
| 64 | 李清照 | 南渡 | 52 | 34 | 1.52 | 19 | 7 | 8 | | 4 | | | |

名列前茅排在苏轼之前的共有13位词人，苏轼以76调排在第14位。若计入前面13位词人出现的并列名次，则东坡用调总数实际排列在第10名。虽不能与吴文英、柳永、周邦彦、辛弃疾等创调名家和用调大户相比，却也超出了一大批两宋词坛的大家和名家词人。用调总数排在苏轼之后的宋代大家和名家词人主要有：朱敦儒(75调)、晁补之、扬无咎(皆74调)、晁端礼(73调)、张元幹(72调)、黄庭坚(71调)、史达祖、吴潜(皆66调)、欧阳修、陆游(皆65调)、蒋捷(57调)、姜夔(56调)、晏几道、张孝祥(皆52调)、秦观(44调)、刘克庄(42调)、晏殊(37调)、王沂孙(36调)、李清照(34调)等，其中以擅长"自度曲"而著称的姜夔已排名第35位，而追求词"别是一家"的李清照则已位居第64名。从词调与词作的比值来看，东坡每调平均作词为4.77首，即每调作词约在5首以内，虽不能与柳永、周邦彦、姜夔等以创调擅胜的词人平均每调作词在1首半至2首之间相比，但与同时的晏几道和南宋的辛弃疾相比，东坡在用调上依然显示了非常积极的态势和勇于开拓的精神。尤其是用调总数能跻身两宋词人用调排行榜的第14位(或第10名)，表明东坡词在用调上所做出的努力和实践还是

非常突出的，其对词调史的发展所做出的贡献与所产生的影响也是不容忽视的。

其次，苏轼词的用调体现了继承与创新并重的特征，而开拓创新的表现尤为突出。

我们可以把苏轼词的用调分为三大类型，即沿用唐五代旧调、采用宋代新调、首见或创调。沿用唐五代旧调共计 33 调，采用宋代新调共计 32 调，首见或创调共计 11 调(其中《阳关曲》1 调姑且存疑)。可以看出，苏轼沿用唐五代旧调和采用宋代新调的数量基本相等，反映了东坡词在用调上继承与创新互重并行的用调特征与创作实践。从其所沿用的唐五代旧调来看，虽然有约一半的词调(16 调)每调只创作了一两首零星的作品，却也有另一半的词调(17 调)每调都创作了多首作品(4 首以上)，其中作品数量较多的词调有《木兰花令》(6 首)、《西江月》(15 首)、《临江仙》(14 首)、《定风波》(11 首)、《南乡子》(17 首)、《南歌子》(19 首)、《江城子》(12 首)、《蝶恋花》(15 首)、《菩萨蛮》(22 首)、《虞美人》(7 首)、《如梦令》(5 首)等，尤其是《浣溪沙》一调多达 46 首，使东坡成为唐宋词坛创作此调作品数量最多的第一人。这些词调都是唐五代以来的流行词调，东坡采用这些已经较为成熟的旧曲名调来进行大量的创作，而且都做出了开拓深化，写出了不少名篇佳作，对词调史的发展亦功不可没。就苏轼所采用的宋代新兴词调来看，大多都是在北宋前期出现不久、运用并不广泛的新声慢曲，有不少都只有柳永、张先、欧阳修等少数前辈词人或同时代词人有过创作，如《水龙吟》、《念奴娇》这两支宋代词坛上长调慢词的“金曲”，前者首见欧阳修，后者首见沈唐，东坡都是第二位作者；其他如《满庭芳》、《水调歌头》、《满江红》、《沁园春》、《永遇乐》、《八声甘州》等长调慢词的“金曲”，东坡都是早期作者之一；甚至像《戚氏》这样的多达 214 字的长调，除柳永作词一首之外，两宋词坛继作者亦仅见东坡一人一词。东坡不仅在采用宋代新声词调方面体现出大胆创新的精神，而且对推动这些新声慢曲的流行和繁荣也做出了重要贡献，以上很多宋代新声之调都是在东坡创作出经典名篇之后才成为经典名曲的。另外，从东坡首见词调或创始之调来看，11 调的数量既不容小觑，于破除东坡不懂音律的偏见也颇有意义。其中，除《阳关曲》究竟属声诗或词调尚存疑问、《三部乐》是否为东坡创调难以详考之外，《贺新郎》《翻香令》《华清引》《皂罗特髻》《荷华媚》《占春芳》6 调，应皆为东坡所创调；《昭君怨》《哨遍》《醉翁操》3 调，或皆来源于琴曲与大曲，而《醉翁操》则堪称东坡为琴曲填词的典范之例；虽然有《华清引》等 5 调为仅见于东坡词的孤调，但另有《贺新郎》等 6 调都得到了宋代词人的采用，尤其是《贺新郎》一调还成为了两宋词坛长调慢词的“金曲”之一。如果将东坡所采用的宋代新调与东坡首见或创始的新调相加，其总数达 43 调之多，已超出其对唐五代旧调的采用数量，更反映了东坡词在用调上开拓创新的突出成就。总之，相比于北宋前期和同时代的词坛和词人，苏轼虽不能与大量采用北宋市井新声的柳永相比，却并不逊色于张先、欧阳修这两位婉约阵营的代表词人在用调上新旧兼顾的表现，更超越了固守传统的前辈大家晏殊、同时代的婉约名家晏几道，以及被当时词坛推为本色代表的苏门弟子秦观等人。

第三，苏轼词的用调还体现了形体丰富多样的特征，而中长调的运用已相当突出。

苏轼所处的词坛，虽然前有柳永大力创作长调慢词，张先、欧阳修也做出了一定的回应，但小令依然占据主体地位，中长调尤其是长调慢词仍然不够流行，直到周邦彦出现，才进一步改变了这种不平衡现状，将长调慢词的创作推上发展繁兴之路。在词调词体发展演变的这个历史过程中，苏轼实际上起到了承前启后的过渡作用，长期以来，认为东坡词“不协律”的偏见恰恰遮蔽了我们对东坡用调成就的认识。从“表 5－2”的统计数据来看，东坡词的用调在曲式词体的表现上已呈现出各体兼备、形式多样的特征。从所用调名来看，已兼具“令”“引”“近”“慢”各种曲调体式。有些词调从名称的运用上来看，是东坡首次加上标示曲调体制的名称的。如《木兰花》一调，唐五代至北宋多不加后缀，东坡词则标示“令”字；又如《如梦令》一调，唐五代原名《宴桃源》、《忆仙姿》，东坡嫌其不雅，为之改名，亦加后缀“令”字；又如《雨中花》一调，在北宋前期实有令、慢二调，而宋人所作于调名多不加区别，苏轼则首先加上“慢”字；又如《祝英台》一调，盖首见王琪之作，仅存残篇，苏轼为第二位作者，则于调名加“近”字，成为后来此调通用名；至于东坡词首见或创调之作，如《翻香令》、《华清引》、《哨遍》、《醉翁操》、《三部乐》等，也多加“令”“引”“遍”等标示。可以看出，东坡对曲调词体的性质和分类是有着较自觉而清晰的认识的，说明东坡并非不懂音律。从各种曲式词体的用调数量来看，虽然小令仍有 40 调之多，但中调(19)和长调(17)

相加亦达 36 调，已显现出中长调与小令基本平衡的态势。从“表 5 - 2”可见，东坡在中长调的运用上，虽不能与之前的柳永、其后的周邦彦等人相比，却与之前的张先、同时的黄庭坚等人旗鼓相当，而更超出了前辈晏殊、欧阳修，同时的晏几道、秦观等人。尤其值得注意的是，在东坡所用的各种体调中，体现了非常鲜明突出的尝试探索的色彩和开拓创新的精神。如其所沿用的唐五代旧调虽多为小令，却既有对《浣溪沙》《菩萨蛮》《西江月》等小令名调的大力创作，也有对《定风波》《江城子》《蝶恋花》《洞仙歌》等中调名曲的进一步推进，还有对《如梦令》的雅化，对《渔父》的翻制等。在东坡所采用或创始的宋代新调中，既不乏《翻香令》《华清引》等首见或创始的小令，而更以中长调或长调慢曲居多；既有对《减字木兰花》等小令新调的大力创作，也有对《一丛花》《千秋岁》《行香子》《殢人娇》《祝英台近》等中调新曲的运用，更采用了《水调歌头》《念奴娇》《水龙吟》《满庭芳》《满江红》《沁园春》《八声甘州》《醉蓬莱》《永遇乐》等一大批新兴的长调慢曲，还有对《皂罗特髻》《贺新郎》等中长调和慢曲的创制，为《昭君怨》《哨遍》《醉翁操》等琴曲填词，都反映了东坡词用调众体兼备、丰富多彩的特征与贡献，其对词调史发展所产生的作用和影响当不言而喻。

有关东坡词用调的成就与意义，我们将在下文做进一步的定性分析与深入探讨，而从统计数据所做的定量分析中，我们已然领略到了东坡词用调的基本风貌与主要成就。

## 第二节　苏轼词首见词调和创调的词史价值

历代词话和词学批评谈到知音精律、擅长“创调”“度曲”，多推许柳永、周邦彦、姜夔、吴文英等人，皆属婉约词风和格律词派的代表，而对于自称“唱曲”不如人并开创“豪放”词风的苏轼，则多有“不协音律”“不入腔”一类的批评①，对东坡知音协律一面的表现也就有所遮蔽。至于二十世纪以来的词学研究，为了突出和肯定苏轼革新词风的功绩，对东坡词“突破音律”一面的表现似乎又有所夸

① 胡仔：《苕溪渔隐丛话前集》卷四十二引《遁斋闲览》云：“苏子瞻尝自言平生有三不如人，谓着棋、饮酒、唱曲也。然三者何用如人？子瞻之词虽工，而多不入腔，正以不能唱曲耳。”又《苕溪渔隐丛话后集》卷三十三引《复斋漫录》载“晁无咎《评本朝乐章》”：“东坡词，人谓多不协音律，然居士词横放杰出，自是曲中缚不住者。”第 284 页、第 253 页。

大。然而无论是批评还是肯定,笼统持论或泛泛而论者多,往往仅限于少数的个别的作品案例,而缺少对东坡词用调创调这个具体层面的细致深入的研究。事实是,在苏轼所用的 76 个词调中,首见词调和创调即达 11 调之多,说明东坡词在用调上并非只是沿用前人已经用过的旧调,也有首次采用别人还未运用的新调,甚至是出自东坡之手的首创之调。这一节,我们即拟对东坡词中的首见词调和创调加以考察,既以此探讨和观照东坡词在用调和创调上的成就与价值,亦藉以消解和破除长期以来人们对东坡不懂音乐不协律一类的偏见或误解。

## 一　苏轼首见词调和创调的统计分析

历代编辑及今人整理的各本东坡词,所收词调和词作数量略有出入。兹以《全宋词》所收为依据,并参照各本所录,对东坡词中首见词调进行考订与统计,所得东坡词首见词调共计 11 调,词作凡 14 首,列表如下:

表 5－3　东坡词首见词调一览表

| 序号 | 词调名称 | 首数 | 字数 | 体式 | 编　年 | 备　注 |
|---|---|---|---|---|---|---|
| 1 | 华清引+ | 1 | 45 | 小令 | 治平元年/1064 | 东坡创调,或属琴曲;游骊山作,为孤调 |
| 2 | 荷华媚+ | 1 | 60 | 中调 | 熙宁五年/1072 | 东坡创调,咏荷拟人,为贾耘老小妾双荷叶作,亦孤调,作于倅杭时期 |
| 3 | 昭君怨 | 1 | 40 | 小令 | 熙宁七年/1074 | 乐府诗有琴曲歌辞等;东坡始词,盖用晚唐新翻琵琶曲,倅杭作;宋词共 33 首 |
| 4 | 占春芳+ | 1 | 46 | 小令 | 熙宁七年/1074 | 东坡创调,咏花,为孤调,倅杭作 |
| 5 | 哨遍 | 2 | 203<br>202 | 长调 | 元丰五年/1082<br>元祐三年/1088 | 盖大曲或琴曲;一隐括《归去来兮辞》,贬黄州作;一题"春词";宋词共 18 首 |
| 6 | 醉翁操 | 1 | 91 | 长调 | 元丰五年/1082 | 琴曲,东坡始词,作于黄州;宋词共 5 首 |
| 7 | 皂罗特髻+ | 1 | 81 | 中调 | 元丰六年/1083 | 调名取意于髻名,东坡创调,咏采菱拾翠两小鬟,为孤调,作于黄州 |

续表

| 序号 | 词调名称 | 首数 | 字数 | 体式 | 编　年 | 备　注 |
|---|---|---|---|---|---|---|
| 8 | 贺新郎+ | 1 | 115 | 长调 | 绍圣二年/1095 | 东坡创调,或名《贺新凉》,或谓古曲;为朝云作,作于惠州;宋词共439首 |
| 9 | 三部乐 | 1 | 98 | 长调 | 绍圣三年/1096 | 首见东坡,调名盖取意于乐曲分部;咏朝云病重,作于惠州;宋词共7首 |
| 10 | 翻香令+ | 1 | 56 | 小令 | 不详 | 东坡创调,盖前期作;另仅见郘虑1首 |
| 11 | 阳关曲 | 3 | 28 | 小令 | 熙宁十年/1077<br>元丰元年/1078 | 盖用唐声诗调,宋词仅见东坡3首,似亦属以诗入唱,各本东坡词皆收,姑存疑 |

以上一览表对东坡词首见词调的排列,主要依据创作年代先后顺序,其中9调之作皆可考创作年代,唯《翻香令》1调之作难以确考创作年代,故列于一览表的末尾。又有《阳关曲》1调3首,或亦列为东坡首见词调,“此调仅苏轼三词”①,实则此调当仍用唐代《渭城曲》旧曲。唐代《渭城曲》仅见王维之作,乃当时乐工歌妓以王维《送元二使安西》七绝诗入唱,属声诗性质,而非曲子词,唐五代亦无其他人以此调填词。东坡所作《阳关曲》3首,宋王十朋收入《东坡诗集注》,题曰《阳关词三绝》,注云:“次公:三诗各自说事,惟是皆可歌之,故曰‘阳关三绝’。……意者三诗先生皆以《阳关》歌之,乃聚为一处,标其题曰《阳关三绝》。”②三首作品分别题曰《答李公择》、《中秋月》、《赠张继愿》,第一首为熙宁十年(1077)正月在济南作,后二首乃熙宁十年中秋及元丰元年(1078)在徐州作③。苏轼《书彭城观月诗》亦云:“余十八年前中秋夜,与子由观月彭城,作此诗,以《阳关》歌之。今复此夜宿于赣上,方迁岭表,独歌此曲,聊复书之……”④乃苏轼绍圣元年(1094)中秋南贬途中,为其十八年前在徐州所作《中秋月》一诗写的题跋。可见东坡《阳关曲》3首应亦属以诗入唱,而非严格意义上的依调填词,惟因

① 田玉琪:《词调史研究》,第422页。
② 王十朋:《东坡诗集注》卷十二,《文渊阁四库全书》本。
③ 参见邹同庆、王宗堂:《苏轼词编年校注》,第191、210、253页。
④ 张志烈等主编:《苏轼全集校注 · 文集十》,石家庄:河北人民出版社2010年版,第7690页。

历代各本东坡词及《全宋词》皆收入此调，姑附录于一览表末尾，仍存疑俟考。另有《祝英台近》1调，或以为“此调始见《东坡词》”①，实则当以王琪的残篇词为首见②，故未计入东坡首见词调之统计。

从一览表可见，东坡首见词调涉及各种曲调体式，其中小令4调4首，即《华清引》、《昭君怨》、《占春芳》、《翻香令》；中调2调2首，即《荷华媚》、《皂罗特髻》；长调4调5首，即《哨遍》(2首)、《醉翁操》、《贺新郎》、《三部乐》，反映出曲体丰富而以中长调为主的用调特征。属于东坡自制或创调者共约6调，即一览表中调名右上角标“＋”的词调，占东坡首见词调约六成的比例；大致为东坡采用唐宋已有的旧曲或新调，包括对大曲及琴曲的采用，共4调，约占四成的比例，亦可见东坡在用调上所体现的开拓创新精神。东坡首见词调最早出现在英宗治平元年(1064)东坡二十九岁时，而从熙宁至元丰年间，东坡首见词调或创调越来越多，一直延续到南贬惠州的绍圣年间，则又反映了东坡首见词调或创调所具有的一惯性与普遍性。仅由数据统计与定量分析，我们已能大略了解东坡首见词调的基本风貌，至于东坡首见词调所体现的创作成就及其价值意义，还有待我们做进一步的考察与探讨。

## 二　苏轼首见词调和创调的编年考订

对东坡词的注释虽从南宋前期就已经出现，但是对东坡词的编年则晚至清人王文诰撰著《苏文忠公诗编注集成总案》时才略有措手，直至民国年间朱祖谋辑校《彊村丛书·东坡乐府》时才初步展开，然而朱氏对东坡词的编年亦承袭王文诰《总案》所考，以东坡词的创作始于神宗熙宁五年壬子(1072)倅杭时。此后海内外研治东坡词者多宗朱说，从而形成苏词创作晚于苏诗苏文的普遍看法。直至二十世纪九十年代以来，几家校注东坡词的学者始在编年上有所突破。本

① 田玉琪：《词调史研究》，第423页。

② 王琪生卒年虽不详，但其为王珪(1019—1085)从兄，应比王珪年长；王琪喜为诗，与杨亿、欧阳修多有唱和，大致与欧阳修(1007－1072)为同时人。王琪《祝英台》一词为残篇，仅存“可堪妒柳羞花，下床都懒，便瘦也教春知道”三句，正与《祝英台近》两片结拍句式相同。王琪此词作年无考，从残句看，内容乃咏闺情，与调名本意相合，当作于其早年或前期，应为此调首见之作。苏轼乃此调第二位作者，其词调名作《祝英台近》，盖作于熙宁六年(1073)，此时王琪应已去世，则东坡此调之作当晚于王琪无疑。关于东坡此词编年，参见朱祖谋辑校《东坡乐府》，《彊村丛书》本，第209页。

文对东坡首见词调的考订,便参考和借鉴了诸家对东坡词的编年成果①。

从上文统计列表“编年”一栏中可见,东坡词首见词调的创作年代大多是可考的。我们大致可以把东坡首见词调的创作历程分为三个时期:前期(熙宁年间,含熙宁前),中期(元丰年间,含元祐间),后期(绍圣年间)。除《阳关曲》1调存疑外,前期首见词调约5调5首,中期首见词调为3调4首,后期首见词调有2调2首。可见东坡首见词调的运用或创制贯穿东坡一生,有其连续性和一致性,并非零星的表现或偶发的现象。下面试对东坡首见词调分期进行编年考订。

**(一)东坡前期首见词调(5调5首)**

1.《华清引》

此调为仅见东坡词之孤调,也是东坡词首见词调中编年最早的一例。此调之作,宋元以来各本东坡词集皆予收录,性质及作者皆无歧疑。朱注本未予编年,其他各本皆编年于英宗治平元年甲辰(1064)十二月,为东坡“罢凤翔府签判,返京,过长安,游骊山作”(邹王注本第3页)。结合苏轼三过骊山的人生行踪,参证东坡《游骊山三绝句》的同题创作,各家对东坡此调之作的编年,应该是真实可信的。在石唐注本、邹王注本中,《华清引》一调皆处在编年词的卷首;在薛注本中,早于《华清引》一调的编年词,亦仅有《浣溪沙》一调1首、《南歌子》一调3首,前调编年于仁宗嘉祐五年庚子(1060),后调编年于嘉祐八年癸卯(1063),但学界对这两调之作的编年尚存疑问,则《华清引》一调在薛注本中仍属编年最早的可信之例。

2.《荷华媚》

此调亦为仅见东坡词的孤调,宋元以来各本东坡词集亦皆收录,并无疑问。各本多未编年,仅邹王注本编年于“熙宁五年壬子(1072)十二月,作于湖州”(第18页)。所据乃孔凡礼《苏轼年谱》卷十一:苏轼于此年十二月至湖州,“晤邵迎、

---

① 二十世纪词学界对苏轼词集编年笺注的重要成果,主要有以下几种:朱祖谋《彊村丛书》本《东坡乐府》;龙榆生《东坡乐府笺》,其中移录了朱祖谋的编年校注,上海:上海古籍出版社2009年版;石声淮、唐玲玲《东坡乐府编年笺注》;薛瑞生《东坡词编年笺证》;邹同庆、王宗堂《苏轼词编年校注》(后三种已见第一节注释)。对以上诸本的参考引用,以下分别简称为朱注本、龙笺本、石唐注本、薛注本、邹王注本,并随文括注页码。

贾收"，"尝赋《双荷叶》《荷花媚》赠收妾双荷叶"①。而孔《谱》所考，又出自宋吴聿《观林诗话》所记："东坡名贾耘老之妾为双荷叶，初不晓所谓。他日，传赵德麟家所收泉南老人《杂记》，记此事云：'两髻并前如双荷叶，故以名之。'如荷叶髻，见温飞卿词'裙拖安石榴，髻亸偏荷叶'。"②可见贾收（字耘老）有妾名双荷叶，乃东坡为之取名也；据泉南老人（即东坡）所撰《杂记》自叙命名含义，乃因其妾"两髻并前如双荷叶"之故。邹王注本在孔《谱》基础上，又引东坡《答贾耘老书》及《和邵同年戏赠贾收秀才二首》等诗文为参证，说明贾耘老晚年娶年轻貌美的小妓双荷叶为妾，故东坡形诸赋咏，发为戏谑，以考订东坡《双荷叶》《荷华媚》二词创作之时地背景皆同，都是东坡熙宁五年倅杭期间至湖州时为贾收之妾而作，颇有根据。

3.《昭君怨》

此调以东坡词为首见，两宋共传词 33 首，其余 32 首皆为北宋后期至南宋词人所作。东坡此调之作，各本皆收录无遗，且均编年于熙宁七年甲寅（1074）二月，乃东坡倅杭最后一年早春游金山遇柳子玉赠别之作。因宋傅藻《东坡纪年录》、清王文诰《苏文忠公诗编注集成总案》卷十一皆有明确记载，故各本依从，并无疑问。

4.《占春芳》

此调亦为仅见东坡词的孤调，宋元各本东坡词不载，明以来各本予以补录。宋何薳《春渚纪闻》卷六《东坡事实》中"书明光词"条云："蒋子有家藏先生于吴笺上手书一词，是为余杭通守时字，云（略）。既不知曲名，常以问先生门下士，及伯达与仲虎叔平诸孙，皆云未之见也。又不知'兼合明光'是何等事，或云是酴醾也。"③何薳为北宋后期人，其笔记完整地记载了东坡的这首词，当属可信。遗憾的是何薳未能记载此词所用曲名，虽曾访求东坡门下士人及苏轼子孙④，但盖因东坡已离世，故皆已不得其详。明陈耀文编《花草粹编》卷三，盖据宋人笔记收录东坡此词，并加上了《占春芳》的调名，明以来各本东坡词亦据以补录此

---

① 孔凡礼：《苏轼年谱》，北京：中华书局 1998 年版，第 235 页。

② 吴聿：《观林诗话》，丁福保辑《历代诗话续编》，北京：中华书局 1986 年版，上册第 120 页。

③ 何薳：《春渚纪闻》卷六，北京：中华书局 1983 年版，第 88 页。

④ 苏迈（1059—？），字伯达，苏轼长子。苏符（1086—1156），字仲虎，苏迈次子。苏箕（生卒年不详），字叔平，苏迈第三子。参见孔凡礼《苏轼年谱》下册，第 1426—1429 页。

词。至于此调之作的创作时代，各本多未编年，仅邹王注本“姑编熙宁七年(1074)春”(第57页)，倅杭时作，其所据即宋何薳《春渚纪闻》所记，应属持论有据。

5.《翻香令》

此调两宋仅见东坡和南宋郚虡词各一篇，各本东坡词皆予收录。各本虽无编年，但从词赋女子焚香属闺情题材、情调风格偏于婉曲香媚来看，似非东坡中后期所作，姑系于早期。

**(二) 东坡中期首见词调(3调4首)**

6.《哨遍》(2首)

此调两宋共传词18首，多为南宋词。东坡词共2首，各本皆予收录。“为米折腰”一词有自序，乃隐括陶渊明《归去来兮辞》，因有东坡自序为据，各本多编年于元丰五年壬戌(1082)三月或五月，惟薛注本编年于元丰四年(1081)八、九月间，虽略有出入，然同为东坡贬谪黄州期间所作；“睡起画堂”一篇题为“春词”，各本多未编年，仅邹王注本编年于元祐三年戊辰(1088年)春作于汴京(第592页)，亦属可信。

7.《醉翁操》

此调本属琴曲，乃东坡为当时琴师所谱琴曲填写的歌词，是东坡词首见词调中继《哨遍》之后的又一长调。此调宋词共5首，除东坡创始外，还得到了北宋郭祥正、南宋楼钥(2首)和辛弃疾三位词人的沿用。此曲与词之创制缘起与经过，因有东坡词自序、时人题跋及笔记所记，事实和情形都非常清晰可信。然而宋元明各本东坡词皆不收此调之作，至清代《词律》卷十三、《词谱》卷二十二方收《醉翁操》为词调，民国时朱祖谋辑《彊村丛书·东坡乐府》始据以补录。朱注云：“案《词谱》云：‘此本琴曲，所以苏词不载，自辛稼轩编入词中，后遂沿为词调。’今遵此说补编。”(第229页)《全宋词》及今人笺注本亦皆据朱注本收录《醉翁操》，各本多编年于元丰五年壬戌(1082)十二月作于黄州，与《哨遍》隐括词为同年之作，仅晚半年多时间。

8.《皂罗特髻》

此调体式为双片中调，两宋词坛仅见东坡之作，虽为孤调，然各本东坡词皆予收录，并无疑问。关于调名及词题“采菱拾翠”四字，历来多有晦昧未解之处，至于创作本事和创制时间，各本亦多付之阙如；惟刘崇德《苏词编年考》考订“采菱拾翠者，乃苏轼两小鬟也”，“词当在菱、翠发遣后而作，故编元丰六年(1083)”①，作于黄州，应属持论有据，故邹王注本亦据以编年。

**（三）东坡后期首见词调(2调2首)**

9.《贺新郎》

此调既属长调慢词之体，亦为两宋名曲之一，两宋共传词439首。从现存作品来看，东坡为第一作者，历代各本东坡词皆予收录，并无歧异；其后依此调作词者有叶梦得、周紫芝等人，已属南渡词人，皆晚于东坡②，则此调首见东坡词，为东坡所创始，事实非常清楚。

然而关于此调本事及创制时间，则有多种记载和说法，颇有分歧。或云为杭州官妓秀兰而作，或云为东坡侍妾榴花而作，或云为东坡侍妾朝云而作；一说倅杭时作，一说守杭时作，一说贬海南时作。其中，为杭妓秀兰而作一说，出自宋杨湜《古今词话》之附会，宋胡仔已有驳辩；晚年于岭外为侍妾榴花而作一说，出自宋陈鹄《耆旧续闻》所记陆辰州听晁以道所言，薛注本即参考其说，而编年于元祐五年庚午(1090)东坡知杭州时为侍妾榴花作(第533页)，可备一说。刘崇德《苏词编年考》一文，则考订乃东坡南贬惠州时为侍妾朝云而作，编年于绍圣二年乙亥(1095)初夏(或绍圣三年丙子初夏)③，邹王注本亦采用刘说予以编年，应更为可信。

10.《三部乐》

此调是东坡首见词调中的第4个长调，各本东坡词皆收录无遗。此调宋词共7首，北宋另有周邦彦1首，晚于东坡词，其余皆为南宋之作。

至于东坡此调之词的创作年代，朱注本、石唐注本未予编年，薛注本编订于熙宁七年甲寅(1074)东坡倅杭时，与《减字木兰花·赠小鬟琵琶》一词同时，盖

---

① 刘崇德:《苏词编年考》，载《河北大学学报》1984年第3期，第68页。

② 叶梦得《贺新郎》一词为此调名篇之一，其作年历代有三说：一、作于绍圣元年(1094)十八岁时；二、绍圣四年(1097)初登第调润州丹徒尉任上为仪真歌妓作；三、晚年家居作。今人多考证为早期作品，姑系年于绍圣元年作。参见蒋哲伦《石林词笺注》，上海：上海古籍出版社2014年版，第4—5页。笔者认为，以叶词编年于绍圣元年十八岁时作，似乎过早。此说虽出自叶氏裔孙，然观其意在替乃祖为歌妓作此词之说进行回护与辩解，则不足为信；且考叶词北宋之作可编年者多在徽宗时期，仅此词为孤例，亦有可疑。故本文不采此说，仍以东坡词为此调创始，以叶词作于东坡词后。

③ 刘崇德:《苏词编年考》，第73—74页。

为年仅十二岁的小鬟朝云而作，以为“不脱香艳体”（第 94 页）。然“赠小鬟琵琶”一词，各本皆未编年，是否为朝云而作，尚有疑问；且《三部乐》一词写美人染疾已深，词情凄切，似与朝云早年情事不合。邹王注本编年于绍圣三年丙子（1096）五、六月间，作于惠州，其考下片“何事散花却病，维摩无疾”等语，与《殢人娇·赠朝云》上片“白发苍颜，正是维摩境界，空方丈、散花何碍”相类，当亦赠朝云之作。《殢人娇》词作于绍圣二年五月；细味《三部乐》词，系写朝云病重时情事，当在上词之后。朝云绍圣三年七月病死于惠州，则此词当为东坡在朝云死前病重时所作，应在五、六月间（第 780 页）。邹王注本的考订，当更为真实可信。

## 三　苏轼首见词调和创调的创制探源

既然以上所列所考东坡词中首见词调既无著作权之歧疑，创作年代亦大多确切可定，那么，这些首见于东坡词中的词调具体的创制情形又如何，是东坡自己创制的新调始词，还是东坡首次采用唐宋已有的旧曲或新声依调填词，这正是我们需要进一步加以探讨的问题。

### （一）东坡首创的新调

属于东坡首创或自制的创调共计 6 调，即《华清引》、《荷华媚》、《占春芳》、《翻香令》、《皂罗特髻》、《贺新郎》。其中前 4 调皆为小令，后 2 调则属中调和长调，可见东坡创调对于各种体式皆有尝试与努力。虽然有 4 调皆为仅见东坡词之孤调，但《翻香令》和《贺新郎》2 调都得到了宋代词人的沿用，尤其是《贺新郎》一调还成为两宋词坛长调慢词的名曲之一，乃东坡创调最成功的范例。对东坡首创新调的考订与探源，我们可以从调名含义、词曲配合、声情特征以及相关本事记载等多方面进行，实际上皆有迹可循。

《华清引》作于英宗治平元年（1064），乃可考为东坡最早的创调。《词谱》卷五收此调，注云：“词赋华清旧事，因以名调。”[①]邹王注本亦云：“《华清引》词牌为苏轼首创，因词赋华清旧事而得名。本词主旨，系咏玄宗与杨贵妃游骊山事，当为作者游骊山时有感而作。”（第 4 页）皆以为此调乃东坡自制或首创。从词作内容与调名含义相合、词作赋咏调名本意的角度来看，考订《华清引》一调为东

---

①《词谱》卷五，第 84 页。

坡所创始，应属可信。也有人认为"按'华清'非为大曲，此调以'引'为名，或为琴曲"①，然唐宋音乐文献及史志中皆不见此曲之记载，历代琴谱琴曲中亦不载此名，宋词亦无同调之作，则此调仍以东坡自创的可能性更大。

《荷华媚》可考创作于熙宁五年(1072)，是东坡倅杭时至湖州为贾收小妾双荷叶所作，其为东坡自制的新调，因有相关本事记载和诗文印证，再加上词曲相合，亦确切无疑。《词谱》卷十三收此调，注云："调见东坡词集，即赋题本意也。"(第 230 页)所谓"赋题本意"，即指词作内容与调名本意相合，多是创调始词的表现特征。邹王注本亦云："《荷花媚》则是苏轼自创的曲调，盖因荷花(喻指双荷叶)'天然''风流'，'红红白白'，'夭邪无力'，美丽而'媚'人，故名《荷花媚》。"又云："苏轼借咏荷以咏人，词中用廋语戏谑调侃贾收。"(第 19 页)更明确认为此调为东坡所首创，咏荷即是咏人，且带有一定的艳丽情调和娱乐调笑的性质。

《占春芳》大致亦为熙宁七年(1074)春东坡倅杭时所作。尽管宋何薳《春渚纪闻》卷六所记东坡此词佚失了调名，至明陈耀文编《花草粹编》卷三始补调名，故《全宋词》校语怀疑这个调名"殆出杜撰"②，但揆之东坡此词的内容题材属于咏花之作，且开篇三句为"红杏了，夭桃尽，独自占春芳"，则以"占春芳"三字为调名，实在是契合无间，原作所用调名或即为《占春芳》，而词作咏酴醾花(或云梨花)于春末独占芳时，即是赋咏调名本意。《词律》卷四收东坡此调，注云："此体他无作者，想因第三句为题名。"③《词谱》卷六亦云："苏轼咏梨花制此调，取词中第三句为名。"(第 94 页)亦皆以为此调即为东坡创制。

《翻香令》虽难以确考创作年代，但大致为东坡早期所作似乎没有多大问题。南宋前期傅幹《注坡词》卷十二收此词，注云："此词苏次言传于伯固家，云老人自制腔名。"④伯固即苏坚，与苏轼多有唱和，则傅注记此词传于苏坚家，当属可信；其云此调为东坡"自制腔名"，应亦有据。《词谱》卷十二收此调，注云："此调始自苏轼，取词中第二句'惜香爱把宝钗翻'句为名。"(第 212 页)亦订此调为东坡首创，取词中第二句为调名。从内容来看，"这首词咏一个妇女焚香，

① 田玉琪：《词调史研究》，第 422 页。

② 《全宋词》校云："案此首出《春渚纪闻》卷六，原不著调名。《花草粹编》卷三始以为《占春芳》，殆出杜撰。"第 326 页。

③ 《词律》卷四，第 133 页。

④ 傅幹：《注坡词》卷十二，刘尚荣校证，成都：巴蜀书社 1993 年版，第 346 页。

羞怯地希望香气留得长久，以象征她的幸福绵绵”(石唐注本第 514 页)，而且上片次句即为“惜香更把宝钗翻”(《词谱》“更”作“爱”)，赋咏调名本意的特征极为明显，当确然无疑地属于创调始词。

《皂罗特髻》盖元丰六年(1083)东坡谪居黄州时所作，乃东坡创调中颇为独特的一例。宋傅幹《注坡词》卷十二仅收录此词上片，缺佚下片，于调名未予注解。龙笺本始注调名曰：“易大厂云：‘皂罗特髻，为宋代村姑髻名。’录以待考。”(第 463 页)邹王注本引宋高承《事物纪原》卷三《冠冕首饰部·特髻》、孟元老《东京梦华录》卷三《相国寺内万姓交易》等所记，进一步考释云：“皂罗特髻是古代用黑色薄质丝织品(即皂罗)制作的髻，供妇女头饰用。古称为‘编’，汉以后称‘假髻’。”(第 499 页)《词谱》卷十九收此调，注云：“词中有‘髻鬟初合’句，亦赋题也。”(第 326 页)则调名取意于古代妇女一种髻鬟发饰，而词作内容描写和表达东坡对采菱、拾翠两小鬟的回忆与怀念，所赋内容亦与调名相切合，应属东坡之创调。

《贺新郎》一词的创作本事和创制时代虽有歧异，当以绍圣初(1095—1096)东坡南贬惠州时为朝云而作更为可信，但此调为东坡首创则几无疑问。关于调名，宋杨湜《古今词话》记云：“子瞻之作，皆纪目前事，盖取其沐浴新凉，曲名《贺新凉》也。后人不知之，误为《贺新郎》，盖不得子瞻之意也。”胡仔所驳杨氏所记本事“可笑者三”，即为有关曲名之说，并提出：“此词腔调寄《贺新郎》，乃古曲名也。”①然披检唐宋及唐前各种典籍文献，却并无有关《贺新郎》为古曲名的记载，胡仔亦未指明出处，不知其何所据也。倒是从词作内容及声情来看，全篇所写即属初夏风物情事，上片写初夏午后清幽之景及女主人公晚来沐浴困眠情景，下片咏榴花以比况女主人公之幽独情怀与高洁品格，风格清丽幽雅，声情婉曲缠绵，且词中又有“晚凉新浴”之句，与《贺新凉》的曲名正相契合。则杨湜所记东坡此调创作本事，虽出穿凿附会，但所记此调初名《贺新凉》，为东坡首创，应非无据。《词谱》卷三十六收此调，虽然“因苏词后段‘花前对酒’句少一字，且格调未谐”，不以东坡词为正体而仅列为“又一体”，但却不得不承认“此调始自苏轼”(第 677 页)。

---

① 胡仔：《苕溪渔隐丛话后集》卷三十九，第 327—328 页。

### （二）东坡首用的新调

在东坡首见词调中，虽难以确考为东坡创调但仍可考为东坡首用的新调，共有4调，即《昭君怨》、《哨遍》、《醉翁操》、《三部乐》。其中除《昭君怨》为小令外，其余皆属长调。《醉翁操》乃东坡为同时琴师所谱琴曲填词，因有东坡自序记载，固确凿无疑；《昭君怨》或有古琴曲之远源，但为采用晚唐五代以来新翻琵琶曲的可能性更大；《哨遍》或为大曲之摘遍曲，或亦疑为琴曲；《三部乐》盖为宋代教坊乐工创制的新声长调，也不无东坡自创的可能性。

《昭君怨》一调的创制源头，一般多追溯到汉代的《明君》一曲。主要有两种记载，一谓王昭君出塞，“汉人怜其远嫁，为作此歌”①；一谓“王昭君初适匈奴，在路愁怨，遂于马上弹琵琶以寄其恨，至今传之，谓之《昭君怨》”②。宋郭茂倩编《乐府诗集》卷二十九《相和歌辞》类，载晋石崇至唐李端等人所作《王明君》、《王昭君》、《昭君叹》、《明君词》凡45首；同书卷五十九《琴曲歌辞》类，又载汉王嫱至唐张祜等人所作《昭君怨》、《明妃怨》凡8首③。盖《明君》自汉以来一者演变为相和歌，一者相沿为琴曲。宋僧居月所撰《琴曲谱录》一书，所载“中古琴弄名”中即有《昭君怨》，注为“明妃制”④。唐五代词中虽无《昭君怨》一调，但花间词人牛峤《西溪子》一词写道：“捍拨双盘金凤。蝉鬓玉钗摇动。画堂前，人不语。弦解语。弹到昭君怨处，翠蛾愁。不抬头。”⑤所咏为琵琶演奏，从“弹到昭君怨处”一句来看，《昭君怨》似为琵琶之曲。又北宋张先《定西番·执胡琴者九人》一词亦咏琵琶演奏，其结拍云：“听尽昭君幽怨，莫重弹。”（《全宋词》第79页）句中似乎也嵌有《昭君怨》的曲名。因此，我们推测，苏轼所首用为词调的《昭君怨》应该是一首琵琶曲，大致产生于晚唐五代之际，或许与汉以来的《昭君怨》琴曲有渊源关系，很可能是在旧曲基础上翻制的新声，在晚唐五代至北宋初期用于琵琶演奏，而东坡是第一个将它用为词调的词人。《词律》卷三、《词谱》卷三所收此调，皆以万俟咏词为正体，而不以东坡词制谱，实非正本探源之举。

---

① 杜佑撰：《通典·乐五》卷一百四十五“杂歌曲”条，《文渊阁四库全书》本。

② 祝穆编：《古今事文类聚续集》卷二十二，《文渊阁四库全书》本。

③ 郭茂倩编：《乐府诗集》卷二十九、卷五十九，第424—434页，第853—855页。

④ 释居月：《琴曲谱录》，元陶宗仪编《说郛》卷一百，《文渊阁四库全书》本。释居月为钱塘人，《琴曲谱录》所录皆北宋及以前琴曲，盖北宋人。参见章华英《宋代古琴音乐研究》，北京：中华书局2013年版，第306页。

⑤《全唐五代词》，第513页。

《哨遍》一调，乃元丰五年(1082)东坡谪居黄州时所作，东坡既有词序叙其创作缘起，又有《与朱康叔书》(十三)记载云："旧好诵陶潜《归去来》，常患其不入音律，近辄微加增损，作《般涉调哨遍》。"①在调名前标示了宫调名"般涉调"。明代毛本于调名作《稍遍》，词末注云："其词盖世所谓'般瞻'之《稍遍》也。般瞻，龟兹语也，华言写五声，盖羽声也。于五音之次为第五。今世作'般涉'，误矣。《稍遍》三叠，每叠加促，字当为'稍'，读去声也。作'哨'或作'涉'，皆非是。"②指出此调原为属羽声宫调的三叠曲，释宫调名源自龟兹语"般瞻"，于"稍"则解为"加促"，盖谓每叠逐渐急促之意。《词律》卷二十收此调名《稍遍》，而注"稍"一作"哨"(第455页)；《词谱》卷三十九收《哨遍》，而注"或作《稍遍》"(第717页)。实际上，"哨"乃唐大曲段落结构之一名。据宋沈括《梦溪笔谈》卷五"乐律一"记载："元稹《连昌宫词》有'逡巡大遍凉州彻'。所谓'大遍'者，有序、引、歌、䍤、嗺、哨、催、攧、衮、破、行、中腔、踏歌之类，凡数十解。每解有数叠者，裁截用之，则谓之'摘遍'。今人大曲，皆是裁用，悉非'大遍'也。"③其中"哨"处于"嗺"与"催"之间，大致属于唐大曲三段式结构的中段，即属于"缓拍器乐曲或歌舞曲"的范围④。至于"遍"，更为大曲结构及大曲歌辞常用名，如"排遍""衮遍"等；而由大曲裁截为词调者，有《泛清波摘遍》、《薄媚摘遍》、《换遍歌头》等。由此观之，《哨遍》或当来自大曲"哨"之一"遍"。惟原大曲之名称与体制如何，为何时何人所创，已难详考，大致为北宋之作。今人"或疑为琴曲"⑤，从两首东坡词的内容看，一者隐括陶潜《归去来兮辞》，一者题为"春词"，又从句式句法亦多散化不拘来看，皆与《醉翁操》琴曲词较为相近。

《醉翁操》与《哨遍》"为米折腰"一词为同年稍晚之作。据东坡词序记载，其创制缘起与经过大致如下：始者太常博士沈遵慕欧阳修文名，往游滁州，创琴曲《醉翁吟》，"然有其声而无其辞"；稍后"(醉)翁虽为作歌，而与琴声不合"；醉翁"又依《楚辞》作《醉翁引》"，然亦非琴曲之词；三十年后，醉翁及沈遵皆已辞世，

① 张志烈等主编：《苏轼全集校注 · 文集九》，第十八册，第6482页。
② 毛晋辑：《东坡词》，《宋六十名家词》本，上海：上海古籍出版社1989年版，影印本，第66—67页。
③ 沈括：《梦溪笔谈》卷五《乐律一》，第41页。
④ 参见王小盾：《唐大曲及其基本结构类型》，载《隋唐音乐及其周边》，上海：上海音乐学院出版社2012年版，第267页。
⑤ 田玉琪：《词调史研究》，第422页。

又有庐山道人崔闲，“乃谱其声，而请于东坡居士以补之云”①，“然后声词皆备”②。披检欧阳修所作，有《赠沈遵》，一名《赠沈博士歌并序》，又有《赠沈博士歌》，一名《醉翁吟》，内容虽皆歌咏沈遵作琴曲及醉翁听弹琴之事，然体式皆属古诗，而并非琴词③。可见，在东坡之前，并没有人为《醉翁操》的琴曲作词，东坡是为《醉翁操》的琴曲作词的第一人。然而囿于宋代以前琴曲歌辞多属古乐府的传统观念，东坡的《醉翁操》一词却没有被收入词集中，而是被收入诗集中④。直至南宋辛弃疾以此调入词集，方完成了《醉翁操》由琴曲入词调的演变历程。

至于《三部乐》，盖绍圣三年（1096）东坡南贬惠州时为病重的朝云而作。《词谱》卷二十六收此调，注云：“调见东坡词。按《唐书·礼乐志》：明皇分乐为二部，堂下立奏谓之立部伎，堂上坐奏谓之坐部伎，又酷爱法曲，选坐部伎子弟三百教于梨园，为法曲部。三部之名，疑出于此。”（第 471 页）以为此调之名，盖取意于唐代音乐之三部分类。然《宋史·乐志》记真宗朝乐曲亦云：“又法曲、龟兹、鼓笛三部，凡二十有四曲。”⑤则宋代音乐亦有三部分类之名。又据宋徐兢撰《宣和奉使高丽图经》卷六载，高丽王咸宁节庆典，亦“用南北三部乐”⑥。则“三部乐”之名至徽宗朝仍见使用，并传至高丽国。考唐五代史志及《教坊记》等音乐文献并未记录《三部乐》之曲名，唐五代亦无此调之传词，则此曲盖属北宋出现的长调新声，或为教坊乐工创制，东坡用以填词；或为东坡创调，亦有可能。

## 四　苏轼首见词调和创调的价值评估

属于东坡首用与创调的词调虽然只有 10 调（另有《阳关曲》1 调存疑），数量并不算多，与擅长创调和自度曲的柳永、周邦彦、姜夔等人相比尚有差距，却也超出了许多大家和名家词人。更为重要的是，从东坡首见词调的创作中，我们不仅能获得对东坡所具有的音乐文学修养及其词学观念的重新认识，而且还能体认到东坡在用调上所表现出的开拓创新精神及其对宋代词调发展所做出的

① 苏轼：《醉翁操》词序，《全宋词》，第 331 页。
② 苏轼：《醉翁操》石刻本自序，参见石唐注本附录“石刻苏文忠公真迹”，第 229 页。
③ 刘德清等：《欧阳修诗编年笺注》，北京：中华书局 2012 年版，第三册，第 1250 页，第 1419 页。
④ 王十朋：《东坡诗集注》卷三十二“乐府”类收《醉翁操》，编于诗集末尾。《文渊阁四库全书》本。
⑤ 脱脱等：《宋史》卷一四二《乐志》十七，第十册，第 3356 页。
⑥ 徐兢：《宣和奉使高丽图经》卷六，《文渊阁四库全书》本。

贡献,其词史意义和词学价值实在不容忽略与低估。

首先,东坡首见词调和创调的数量,在宋代词人创调排行榜中居于较前列的位置,体现出东坡对宋代词调发展所做出的突出贡献。

笔者对宋代词人创调情况进行了全面检索与初步考订,所得统计数据如下:两宋共有 182 位有姓名可考的词人有首见词调和创调,若计入难以详考具体人数的无名氏的创作,两宋首见词调和创调总数共计约 822 调,其中首见词调为 414 调,孤调为 408 调;除无名氏首见和创调占 120 调外,其余 702 调皆为有名氏词人创作,人均首见和创调约为 3.85 调。可见,东坡首见和创调 10 调的数量,已远远超出人均值,为人均值的 2.59 倍,东坡首见和创调的成就和地位已昭然可见。就具体词人来看,两宋首见词调和创调数量在 10 调以上排名在东坡之前的词人依次为:柳永 124 调(首见 76;孤调 48)、周邦彦 52 调(43;9)、张先 39 调(25;14)、曹勋 26 调(3;23)、欧阳修 21 调(12;9)、姜夔 21 调(13;8)、贺铸 19 调(10;9)、吴文英 16 调(3;13)、黄庭坚 15 调(9;6)、晁端礼 15 调(9;6)、晏殊 12 调(8;4)、万俟咏 11 调(4;7),共计 12 人,东坡则以 10 调(6;4)名列第 13 位。如果我们以首见词调在 10 调(含 10 调)以上为宋代词人创调的第一方阵的话,则东坡正好排列在这一方阵的末尾;如果以首见词调在 2 调以上 10 调以下(含 10 调)为宋代词人创调的第二方阵(共 61 人),那么东坡则赫然处在第二方阵的领头位置,不仅超过了第二方阵的 60 位词人,而且将首见和创调仅为 1 调的第三方阵(共 109 人)远远抛在身后,更遑论还有许多没有首见和创调的大家及名家词人。因此,就具体词人首见和创调的排名来看,东坡也依然处在较前列较突出的位置,东坡对宋代词调发展做出的重要贡献也就不言而喻。

其次,东坡的首见词调和创调,既体现了东坡具有一定的音乐文学修养和才能,也反映了东坡注重合乐协律的词学观念及创作实践。

对东坡词"多不协音律""多不入腔"的批评从宋代就开始产生,这一者是因为东坡尝自言"唱曲"不如人,二者也因为东坡在革新词风中也确有不受音律束缚的表现,尽管宋人已有为东坡辩护者,但长期以来形成的误区或偏见却一直未能完全消除。从东坡首见词调和创调的创作中我们可以获知:东坡既有知音识律的修养与才能,也有追求合乐协律的意识与努力。

从《华清引》这一可考为东坡最早的创调中,我们看到的是,作为东坡进入词坛的早期之作，它不仅显示了以游览名胜和赋咏历史开其端的创作趋势，而且从词调创制的命名，到词作内容的表现，也正体现了词曲相合、缘题而赋的音乐文学特征。此后，东坡在熙宁年间的首见词调，无论是《荷华媚》、《占春芳》以及《翻香令》的创调，还是对《昭君怨》这支有着古琴曲渊源的琵琶曲的首次采用，也都显现了词曲相合、声情谐婉的音乐文学特征，以及东坡词的早期创作所带有的娱乐性质和艳丽色彩。从《昭君怨》一调的运用来看，词赋送别，以"桓伊三弄"的笛声起兴，以渲染气氛，与此调声情正相契合；词体分两片，每片四句，每两句一换韵，属于四换韵的体式，必是由曲调音律所决定的，故宋人填此调亦多遵为正格。这些都体现了东坡择调而用、倚声填词、注重音律与声情的创作特征。到了元丰年间以来，伴随着东坡人生仕途的变化及其革新词风的展开，东坡的用调和创调也进入到对长调慢词的探索与开拓阶段，但我们看到，无论是对《哨遍》这支大曲摘遍曲或琴曲的采用，还是为当时琴家所谱琴曲《醉翁操》首次填词，甚至是东坡自创《贺新郎》一调，都体现了对合乐协律的追求。从东坡的词序以及给朋友书信的叙述中，我们知道，东坡之所以隐括陶渊明《归去来兮辞》以作为《哨遍》一调的歌词，除了心灵的相通和审美的认同之外，还有一个重要的原因和动机，那就是"常患其不入音律"(《与朱康叔书》)，"有其词而无其声"，"使就音律"，"使家僮歌之"(《哨遍》词序)，说明东坡对新词调的采用和创作，是以较自觉的合乐协律的音乐文学观念意识为支撑的。这在东坡沿用唐宋已有的旧曲或新声的创作实践中也多有表现，如其隐括韩愈《听颖师弹琴》一诗入《水调歌头》一词，其词序在记叙与欧阳修讨论"琴诗何者最善"之后云："建安章质夫家善琵琶者，乞为歌词。余久不作，特取退之词，稍加隐括，使就声律，以遗之云。"(《全宋词》第280页)不仅反映了东坡对琴曲与琵琶曲的分辨，而且也揭示了他隐括韩诗入词"使就声律"的意识与目的。这样的例子还有不少，兹不一一列举。回到首见词调，在《醉翁操》的词序中，东坡在赞赏沈遵所创琴曲"节奏疏宕，而音指华畅，知琴者以为绝伦"之后亦感叹道："然有其声而无其辞，翁(指欧阳修)虽为作歌，而与琴声不合；又依《楚词》作《醉翁引》，好事者亦倚其辞以制曲，虽粗合韵度，而琴声为词所绳约，非天成也。"(《全宋词》第331页)则可见东坡对琴曲歌词的创作有着更高的艺术追求，那就是词与声的配合要达到自然"天成"的境界。在石刻本《醉翁操》词序中，东坡更详叙云："有庐山道人崔闲,(沈)遵客也,妙于琴理,常恨此曲无词,乃谱其声,请于东坡居士以补其缺,然后声词皆备,遂为琴中绝妙。……方补词间,(崔闲)为弦其声,居士倚其声,顷刻而就,无所点窜。"(引自石唐注本第 229 页)同样表达了东坡对"声词皆备"的"琴中绝妙"境界的审美追求,同时也显示了东坡对自己"倚其声"而填词的创作充满了自信与肯定。此后在《跋〈醉翁操〉后》一文中东坡又写道:"二水同器,有不相入;二琴同手,有不相应。今沈君信手弹琴,而与泉合;居士纵笔作诗,而与琴会,此必有真同者矣。"①则东坡亦自诩其《醉翁操》达到了"与琴会""有真同"的审美高度。

其三,在首见词调和创调中,东坡也表现出勇于探索、不断开拓的创新精神,既为宋代词坛贡献了有特色的新调,也对宋代词调的发展产生了深远的影响。

东坡采用"以诗为词"的手段对宋代词坛和词风进行了积极大胆的开拓与革新,这种创新精神在东坡词的用调和创调中也同样有所表现。就沿用已有词调方面而言,他曾嫌后唐庄宗李存勖《忆仙姿》调名不雅,故改名为《如梦令》(《全宋词》第 311 页),从而成为此调最流行的通用名;他欣赏中唐张志和《渔父》词"极清丽","恨其曲度不传,故加数语,令以《浣溪沙》歌之"②,实际上不单是对《渔父》词的隐括,还表现了对两个词调所做的"嫁接"尝试;他所作的《渔父》词 4 首,分咏"渔父饮""渔父醉""渔父醒""渔父笑"(《全宋词》第 330 页),句式为"三三、六、七六",与张志和《渔父》一调并不相同,实际上是对《渔歌子》一调的翻制,只取其单片,并在句式上略有变化。此调历来多被视作《渔父》或《渔歌子》的同调异体③,实际上也未尝不可以列为东坡的翻新或创调。这些都反映了东坡在用调方面的探索与创新之举。

在首见词调和创调中,东坡的开拓创新也有较突出的表现。最典型的例子莫过于为琴曲《醉翁操》填词了。琴曲虽古已有之,但长期以来多被视为雅正之声或高雅之乐,而与俗乐俚曲区别开来。宋以前琴曲歌辞的创作也与唐代以来曲子词的依调填词不同,故琴曲歌辞多被视为古乐府,如宋郭茂倩编《乐府诗

---

① 《苏轼全集校注 · 文集十》,第十九册,第 8047 页。

② 傅幹:《注坡词》卷十,刘尚荣校证,第 268 页。

③ 王兆鹏、刘尊明主编:《宋词大辞典》"渔歌子"条:"此调正体宋词无有作者,唯苏轼误以此调为《渔父》,变化顾夐、孙光宪词之一片,为又一体,单片 25 字,五句三仄韵。"第 324 页。

集》卷五十七至卷六十即收《琴曲歌辞》四卷，其中作品便皆与曲子词有别。宋人虽仍有琴曲歌辞的创作，但实际上皆为仿古之什，而没有人能把琴曲作为娱乐抒情的歌曲来依调填词。然而东坡却打破了这种僵化的格局，大胆地将琴曲纳入流行歌曲的范畴，开创了为琴曲填词、以琴曲入词调的新局面。这与东坡对宋代琴曲发展的认识及其勇于开拓革新的词学思想是分不开的。在《杂书琴事十首》中有《琴非雅声》一篇，东坡写道："世以琴为雅声，过矣。琴正古之郑、卫耳。今世所谓郑、卫者，乃皆胡部，非复中华之声。自天宝中坐立部与胡部合，自尔莫能辨者。或云：今琵琶中有独弹，往往有中华郑、卫之声，然亦莫能辨也。"①可见东坡已不囿于"琴为雅声"的传统观念，而认识到唐宋以来琴乐琴曲的发展已走上了胡汉融合、雅俗莫辨之路，一些贴近现实生活而抒情性很强的琴曲实际上已与通俗的流行歌曲没有太大的区别了。正是基于这样的认识和观念，东坡既曾将韩愈的《听颖师弹琴》一诗隐括入《水调歌头》一调中来歌唱，又首次采用了《昭君怨》、《哨遍》等琴曲或琵琶曲来填词，而《醉翁操》一调则无疑堪称东坡最经典的琴曲词。黄庭坚《跋子瞻〈醉翁操〉》评以"超轶绝尘"，曾巩《跋〈醉翁操〉》亦以"调与琴协"论之，近人郑文焯《手批东坡乐府》亦云："读此词，髯苏之深于律可知。"（引自邹王注本第 457、458 页）可见东坡这首琴曲词不仅表现了清雅超逸的艺术风格，而且也达到了"与琴协""深于律"的艺术高度。

此外，东坡《哨遍》"为米折腰"一词，不仅进一步发展了他此前已经有所尝试的隐括词体的创作，被宋末张炎在《词源》卷下评为"《哨遍》一曲，隐括《归去来辞》，更是精妙，周、秦诸人所不能到"②，而且也为宋代词坛贡献了一支颇有特色的新长调，成为宋词体式最长的三大长调之一（另二调为《莺啼序》和《戚氏》），引发了宋人另外 16 首同调之作的创作，其开拓之功亦不可没。至于《皂罗特髻》虽为孤调，且不无香艳之风，但词中七次叠用"采菱拾翠"四字，似乎并非只是"游戏为之"，或许与曲调体式有关③，也可能是为了加强回环往复的艺术效果而有意为之，当亦属东坡在创调中的探索之举。而东坡创调中影响最为深远者当推《贺新郎》这个慢词长调。此前，东坡虽然已经写出了《水调歌头》、《念

---

①《苏轼全集校注·文集十》，第十九册，第 8029 页。

② 张炎：《词源》卷下"杂论"，《词话丛编》本，第 267 页。

③《词律》卷十二注云："叠用'采菱拾翠'字，凡七句，或此调格应如此，或是坡仙游戏为之，未可考也。"第 278 页。《词谱》卷十九亦云："想其体例应然，填者依之。"第 326 页。

奴娇》、《水龙吟》、《满江红》、《沁园春》、《八声甘州》等长调慢词的名篇佳作，但那些词调都是采用前人或时人已创制之调，大概正是因为有了深厚的艺术积淀，所以东坡才能首创出《贺新郎》这支优秀的长调。早在南宋前期，胡仔就已高度评赞说："东坡此词，冠绝古今，托意高远。"①历代论者亦评曰"词旨词品，高绝卓绝"②，"婉曲缠绵，耐人寻味不尽"③。正是因为有东坡如此优秀的创调杰作的引领，所以《贺新郎》此调才在东坡身后的南宋形成一个创作高潮，共以 439 首的创作数量成为两宋词坛的金曲名调之一。

## 第三节　苏轼慢词长调开拓创新的创作成就

关于词调词体的发展演变，历代词论已大致形成慢词长调创始于柳永、成熟于清真的共识。如北宋后期李之仪论唐宋词的演变云："至唐末，遂因其声之长短句，而以意填之，始一变以成音律。大抵以《花间集》中所载为宗，然多小阕。至柳耆卿，始铺叙展衍，备足无余。"④稍后李清照亦云："逮至本朝，礼乐文武大备，又涵养百余年，始有柳屯田永者，变旧声，作新声，出《乐章集》，大得声称于世。"⑤二家所论，对柳永的肯定便主要是指柳词在慢词长调上的开创之功。至清代，宋翔凤更明确提出"其慢词盖起宋仁宗朝"、"余谓慢词，当始耆卿矣"⑥；至近现代，夏敬观又进一步强化了这种观点："故慢词始成于耆卿，大成于清真。"⑦尽管王国维亦有"长调自以周、柳、苏、辛为工"之评⑧，将苏轼长调(慢词)的创作与柳永、周邦彦、辛弃疾诸大家相提并论，但长期以来由于受传统词论有关东坡词"多不协音律"一类批评的影响，词学界对东坡词的研究既较少涉及东坡词的词调和用调这个层面，对东坡在慢词长调的创作方面所取得的艺术成就及其词史贡献的研究也较为薄弱。有鉴于此，这一节，我们拟对这一论题做进

① 胡仔：《苕溪渔隐丛话后集》卷三十九，第 327 页。
② 陈世焜：《云韶集》卷二，引自邹王注本，第 775 页。
③ 黄苏：《蓼园词选》，程千帆主编《清人选评词集三种》本，济南：齐鲁书社 1988 年版，第 132 页。
④ 李之仪：《跋吴思道小词》，张惠民《宋代词学资料汇编》，第 200 页。
⑤ 胡仔：《苕溪渔隐丛话后集》卷三十三引录，第 254 页。
⑥ 宋翔凤：《乐府余论》，《词话丛编》本，第 2499 页。
⑦ 夏敬观：《吷庵词评》，葛渭君《词话丛编补编》，北京：中华书局 2013 年版，第五册，第 3446 页。
⑧ 王国维：《人间词话 · 删稿》，第 227 页。

一步的考察与探讨,以期对东坡词的研究有所补益和推进。

## 一　苏轼慢词长调的统计分析

要考察和探讨东坡长调慢词的创作成就,我们首先需要对东坡词用调的各项数据包括其慢词长调的数量进行检索、考订与统计。

笔者以《全宋词》为依据,参照今人整理校注的各本东坡词集,已对东坡词用调数量进行检索、考订与统计,所得统计数据如下:东坡存词共 363 首,用调总数为 76 调,另有失调名残句 9 首用调不详,其中小令占 40 调,中调有 19 调,慢词长调凡 17 调(参见第一节)。这里我们只就东坡词所用慢词长调的各项统计数据列表如下,以资定量分析。

**表 5-4　苏轼慢词长调一览表**

| 序号 | 词调名称 | 首数 | 字数 | 编年 | 沿用 | 首见 | 备　注 |
|---|---|---|---|---|---|---|---|
| 01 | 劝金船 | 1 | 88 | 1074 | √ | | 杨绘创调,原作佚;仅见张先、东坡和韵各 1 首,熙宁七年作 |
| 02 | 永遇乐 | 2 | 104 | 1074<br>1078 | √ | | 柳永创调,东坡为第四位作者,作于熙宁七年、元丰元年 |
| 03 | 沁园春 | 2 | 114 | 1074 | √ | | 首见张先,东坡为第四作者,1 首熙宁七年作,1 首作年不详 |
| 04 | 雨中花慢 | 3 | 97<br>98 | 1075/1078<br>1096 | √ | | 首见张才翁,东坡为第三作者,作于熙宁八年、元丰元年、绍圣三年 |
| 05 | 满江红 | 5 | 93<br>94 | 1076/1081<br>1082/1085 | √ | | 首见柳永,东坡为第四作者,作于熙宁九年(2 首)、元丰四年、元丰五年、元丰八年 |
| 06 | 水调歌头 | 5 | 95 | 1076/1077<br>1082/1083 | √ | | 盖首见刘潜,东坡为第四作者,作于熙宁九年、十年,元丰五年、六年,残句 1 首不详 |
| 07 | 水龙吟 | 6 | 102 | 1080、1081<br>1082、1084 | √ | | 首见欧阳修,东坡次之,作于元丰三年、四年、五年(2)、七年(2) |
| 08 | 哨遍 | 2 | 203<br>202 | 1082<br>1088 | | √ | 盖大曲摘遍或琴曲,首见东坡词,作于元丰五年、元祐三年 |

续表

| 序号 | 词调名称 | 首数 | 字数 | 编年 | 沿用 | 首见 | 备　注 |
|---|---|---|---|---|---|---|---|
| 09 | 念奴娇 | 2 | 100 | 1082 | √ |  | 首见沈唐，东坡次之，作于元丰五年（七月及中秋） |
| 10 | 醉蓬莱 | 1 | 97 | 1082 | √ |  | 首见柳永，东坡为第四作者，元丰五年重九作 |
| 11 | 满庭芳 | 6 | 95 | 1082、1083<br>1084、1085<br>1087 | √ |  | 盖首见毕大节，东坡乃较早作者，作于元丰五年、六年、七年（2）、八年，元祐二年 |
| 12 | 醉翁操 | 1 | 91 | 1082 |  | √ | 宋琴曲，东坡始词，元丰五年作 |
| 13 | 八声甘州 | 1 | 97 | 1091 | √ |  | 首见柳永，陈偕次之，东坡第三，元祐六年作 |
| 14 | 戚氏 | 1 | 214 | 1094 | √ |  | 绍圣元年正月作，另仅见柳永1首 |
| 15 | 归朝欢 | 1 | 104 | 1094 | √ |  | 首见柳永，张先次之，东坡第三，绍圣元年七月作 |
| 16 | 贺新郎 | 1 | 115 | 1095 |  | √ | 东坡创调，绍圣二年夏惠州作 |
| 17 | 三部乐 | 1 | 98 | 1096 |  | √ | 首见东坡，绍圣三年夏惠州作 |

需要说明的是，按照明清以来对词调词体的习惯划分，词作篇幅在 58 字以内的属小令，59 字至 90 字者为中调，91 字以上者属长调。至于慢词，历代并无严格统一的界定，大致本指旋律节奏较为舒缓的慢曲之词，因字数篇幅一般较多较长，故与长调形成一种大体的对应关系，以致习惯用法上往往“长调慢词”连称，或“慢词长调”并举。本文对东坡慢词长调的甄别和统计，基本遵循传统观念和习惯分类，字数篇幅都在 91 字以上，唯有《劝金船》一调略有特殊，兹稍做考订与说明。此调两宋传词仅见张先与东坡各一篇，张词题云“流杯堂唱和翰林主人元素自撰腔”，苏词题云“和元素韵自撰腔命名”（《全宋词》第 82 页、282 页），可知此调乃杨绘（字元素）“自撰腔”，然创调原作已佚，张、苏二人皆为“唱和”、“和韵”之作；从两篇传词来看，句读大体相同，然用韵不同，则原作或为二篇，盖一者留别张先，一者送别东坡，故张、苏各为和韵也；二篇和韵之作与原作应为同时或先后之作，张词为 92 字体，属长调类型，苏词为 88 字体，与张词相比，乃于两片第五、六句各减 1 字，故东坡词与张先词实为同调异体，其所用

之调当仍属长调性质。

现在，我们来根据以上统计数据对东坡慢词长调创作的基本情况略做定量分析。

首先，就东坡词用调的分类及其所占比例来看，东坡对慢词长调已颇为重视。在东坡所用 76 调共 354 首(另有失调名 9 首)词作中，小令共 40 调 231 首，占其用调总数和词作总数的比例分别为 52.6%和 65.2%；中调共 19 调 82 首，所占比例分别为 25%和 23.1%；慢词长调共 17 调 41 首，所占比例分别为 22.3%和 11.5%。可见东坡用调虽然仍以小令之调为主，以令词作品居多，但慢词长调已大致与中调数量相近，而中长调之和已基本接近小令调的总数；如果把一部分接近长调慢词的中调作品，如《洞仙歌》(84、83 字 2 首)、《皂罗特髻》(81 字)、《踏青游》(82 字)，共 3 调 4 首，也计入慢词长调中来，则东坡慢词长调的数量已达 20 调之多，已超出中调的数量，而恰为小令调总数的一半。可以看出，东坡词的创作在用调上已然显现出对慢词长调相当重视的态度，慢词长调在东坡词创作中已占据不可忽视的分量和地位。

其次，就调与词的比值或每调作词的平均数量来看，东坡对慢词长调的创作则显现出侧重用调和探索的特征。东坡小令调与词作的比值为 1:5.77，即小令每调平均作词 5.77 首；中调与词作的比值为 1:4.31，即中调每调平均作词 4.31 首；慢词长调与词作的比值为 1:2.41，即长调慢词每调平均作词 2.41 首。可以看出东坡在运用唐宋已有的小令或中调时每调作词数量较多，尤其是像《浣溪沙》一调竟作词达 46 首之多，成为唐宋词坛以此调作词最多的“第一人”，可见其创作重心在作词而非创调，反映出东坡对旧词调的驾轻就熟和大量创作；而东坡慢词长调每调作词的数量明显减少，最多者如《水龙吟》《满庭芳》每调 6 首，其次《水调歌头》《满江红》每调 5 首，再次《雨中花慢》一调 3 首、《念奴娇》《永遇乐》《沁园春》《哨遍》每调 2 首，其余 8 调皆每调 1 首，则又明显反映出东坡在慢词长调的创作方面更注重选调用调的倾向及其开拓探索的特征。

其三，与其前及同时代著名词人所作慢词长调的数量和比例相参较，东坡的成就和地位也相当突出。北宋前期著名词人主要有柳永、晏殊、张先、欧阳修 4 人，其中以柳永慢词长调数量最多，91 字以上的长调共计 80 调 103 首，若计入中调里 80 字以上的慢词约 12 调 14 首，总计 92 调 117 首；张先以 17 调 19 首居其次，欧阳修以8调9首列第三；而晏殊则没有91字以上的长调作品，仅有《拂霓裳》1调3首篇幅达到了82、83字，接近于慢词长调（参见第四章第三节）。在与苏轼同时或稍后的北宋中后期著名词人中，周邦彦长调慢词的数量最多，共58调67首，若计入中调里的《蓦山溪（慢）》、《芳草渡（慢）》2调2首，共计60调69首（参见第六章）；晁端礼以29调49首居其次，晁补之以28调48首列第三，贺铸以23调29首排第四，苏轼则以17调41首排第五；以下黄庭坚14调21首、秦观12调21首、晏几道3调5首等（参见第三章）。从慢词长调占所用词调总数的比例来看，东坡（22.3%）与前期4人相比，虽与柳永（64.7%）差距较大，却超出了欧阳修（12.3%）、张先（19.1%）和晏殊（2.7%）；与同期的著名词人相比，东坡也高于黄庭坚（19.7%）和晏几道（5.7%）。从每调作词的比值来看，东坡则以平均每调作词2.41首的比值高于其他北宋著名词人（多在1.13至1.75之间），反映出东坡虽不以创调著称，却对每个慢词长调的创作付出了比其他著名词人更多的实践与探索。可以看出，无论是从长调慢词的用调数量还是词作数量以及所占比例来看，苏轼都处在从前期柳永、张先的大力开创，到中后期黄庭坚、秦观、晁补之、晁端礼、贺铸、周邦彦的蔚然兴盛的过渡期与转折点上，不仅比其师长辈词人晏殊、欧阳修等人做出了更多的开拓与贡献，而且也带动了苏门词人的普遍响应和共同实践，其成就、地位和影响也就昭然可见。

## 二　苏轼慢词长调的发展历程

东坡所作长调慢词共17调41首，除《沁园春》"情若连环"1首、《水调歌头》残句1首共2首作年不详之外，其余各调作品的创作年代皆可考定。参照历代各家对苏轼词的编年考订成果，我们大致可以将东坡长调慢词创作的发展演变历程分为三个大的时期：以"乌台诗案"前为前期（神宗熙宁七年至元丰二年），以贬谪黄州中为中期（元丰三年至七年），以贬谪黄州后为后期（元丰七年至哲宗元祐、绍圣年间）。可以看出，从熙宁七年（1074）秋冬之际东坡三十九岁罢杭州通判任时创作《劝金船》《永遇乐》等词开始，到绍圣二、三年间（1095—1096）东坡以六十花甲之年南贬惠州时创作《贺新郎》《三部乐》等词截止，东坡长调慢词的创作长达22年之久，既贯穿了东坡人生最重要的中晚年阶段，也覆盖了东坡词创作的各个时期，与其人生起伏和创作嬗变息息相关。

### （一）前期的探索：从唱和到咏怀

贬谪黄州前，是东坡长调慢词创作的前期，主要集中在宋神宗熙宁后期至元丰初期，即熙宁七年至十年（1074—1077）、元丰元年至二年（1078—1079），前后约6年时间。此时东坡正值40岁左右的年纪，从杭州通判任满直至知密州、徐州二任结束，所作长调慢词共计6调10首，即《劝金船》1首、《永遇乐》1首、《沁园春》1首、《雨中花慢》2首、《满江红》2首、《水调歌头》2首。此期是东坡长调慢词创作的初始阶段，东坡表现出积极尝试的态度和不断探索的精神，从唱和应酬开始，走向抒情言志之路。

熙宁七年（1074）九月，倅杭任满即将赴密州担任知州的苏轼，在杭州以一曲《劝金船》开始了他对长调词的创作。这首长调的创作，乃是在与杨绘、张先的唱和中出现的。此时张先已是声名卓著的词坛老人，仍以85岁之高龄参与后辈词人之交游唱和。杨绘（1027—1088）也比东坡年长近10岁，此时新知杭州，为东坡上司。然杨绘知杭不久，即被擢升为翰林学士，而苏轼亦相继接到移知密州之任命。正是在这样的背景下，杨绘设宴，并创调填词，既与苏轼饯别，亦以留别张先等人，而张先、苏轼亦各有唱和①。杨绘原唱已佚，此调宋词仅见张先、苏轼和韵之作各一篇。此时苏轼年辈资历既晚且浅，于词坛亦属新秀，在这次宴饮唱和活动中，苏轼应是抱着向前辈学习的心态，具有尝试长调词创作的性质。故东坡此调之作艺术水准尚为平平，在当时词坛并未引起多大关注。

同年十一月，苏轼在赴密州途经海州时又写下了《永遇乐》“寄孙巨源”一词。这是东坡所作长调慢词的第二首作品，距离作《劝金船》不到两个月，可见东坡对长调慢词的创作兴趣已有进一步增加。这支创始于柳永的长调慢曲，为两宋常用词调之一。东坡这首赠寄之作，内容仍赋交际友情，在艺术表现上已较《劝金船》更为成熟，但尚非名篇。与此同时稍晚，东坡又写出了《沁园春》“赴密州早行马上寄子由”一词。《沁园春》盖创始于北宋前期的张先，为宋词四大慢词长调之一。这是东坡在短短两个月左右的时间里所用的第三个慢词长调，据词题可知乃东坡由海州赴密州途中寄赠弟弟苏辙之作。与前两调在应酬唱和中所作不同，《沁园春》乃东坡在宦游羁旅途中所写，虽不无模仿柳永羁旅行

① 关于《劝金船》的创作背景，各家考订或有出入，兹据日本学者保苅佳昭《苏轼与杨绘有关之词》所考，收入《新兴与传统——苏轼词论述》，第219页。

役词的痕迹,但追忆兄弟情谊,抒写用世之志和行藏矛盾,由应酬唱和转入抒情言志,于词境词艺皆有所拓展与提高,可谓东坡长调慢词崭露头角之作。

熙宁八年(1075),东坡在知密州任上写下了《雨中花慢》"今岁花时深院"一词。《雨中花慢》是北宋前期刚出现的一个新调,东坡于雨中置酒赏牡丹,故选用此调以为歌咏,内容及声情正与本调相合。这是东坡近一年来所运用的第四个慢词长调,数量在不断增加,择调的范围也越来越广,而且都是北宋中前期刚刚流行起来而创作数量并不多的新声词调。

熙宁九年(1076)东坡在密州任上共写下了 3 首长调慢词,掀起了一个创作的小高潮。其一是《满江红》"天岂无情"一词,题"正月十三日,雪中送文安国还朝"。《满江红》亦为两宋长调慢词四大金曲之一,此前仅有柳永等三人有作,苏轼却创作了 5 首作品,为北宋此调创作数量最多者。这首词借送别以抒情咏怀,虽在内容题材上比柳永等人有所开拓,但毕竟具有交游酬赠性质,形式上亦处于尝试阶段,故成就并不太高,算不得名作。其二是《满江红·东武会流杯亭》,描写上巳节令风情,饶有清新俊逸之致,已经开始显现东坡词的个性风采。南宋初胡仔所举东坡佳词杰作,即有此篇①。其三为《水调歌头》丙辰中秋词,这首中秋词既代表了东坡词清雄高旷的艺术风范,也奠定了东坡词的历史地位。《水调歌头》居宋词慢词长调四大金曲之冠,在苏轼之前,仅有刘潜、尹洙与苏舜钦三人寥寥数首,苏轼却一共创作了 5 首,除残句 1 首外,4 首都堪称佳词杰作,而尤以此篇被推为中秋词之冠②,堪称东坡词最经典的代表作之一③。

熙宁十年(1077)至元丰元年(1078),苏轼在知徐州任上,又分别写下了《水调歌头》"安石在东海"、《永遇乐》"明月如霜"、《雨中花慢》"邃院重帘"④,共 3 首长调慢词。虽然没有创用新调,却表现出东坡对已经运用过的三支长调的进一步探索与实践。《水调歌头》和韵苏辙中秋词,继续沿袭了丙辰中秋词抒情言志的特征和清旷达观的词风;而尤以《永遇乐》赋燕子楼情事一词最为精彩,不仅

① 胡仔:《苕溪渔隐丛话后集》卷二十六:"子瞻佳词最多,其间杰出者,如……。凡此十余词,皆绝去笔墨畦径间,直造古人不到处,真可使人一唱而三叹。"所举共 12 首,其中长调慢词占 8 首,包含这首《满江红》。第 192 页。

② 胡仔:《苕溪渔隐丛话后集》卷三十九:"中秋词,自东坡《水调歌头》一出,余词尽废。"第 321 页。

③ 王兆鹏等:《宋词排行榜》,东坡这首《水调歌头》名列第四位。北京:中华书局 2012 年版,第 11 页。

④《雨中花慢》"邃院重帘"一词,宋元各本东坡词多未收,今人各种笺注本多未编年,此据薛注本编年,第 218 页。

比熙宁七年的同调送别词有了开拓创新,而且也成为东坡长调慢词的代表作之一,胡仔所举十余首东坡词名篇杰作中亦有此首。

可以看出,贬谪黄州前,东坡于长调慢词的创作虽尚处于尝试探索阶段,但却表现出越来越浓厚的创作兴趣,不断开拓创新的发展态势,尤其是创作出《水调歌头》中秋词、《永遇乐》燕子楼词、《满江红》流杯亭词等名篇杰作,已走上抒情言志的创作道路,奠定了清雄旷达的艺术风格,其创作成就已不容小觑。

(二) 中期的辉煌:处逆境而高歌

贬谪黄州是东坡长调慢词创作的中期,从元丰三年(1080)正月初贬黄州至元丰七年(1084)四月离开黄州,前后虽只有不到 5 年的时间,东坡所创作的长调慢词却多达 8 调 16 首,即《满江红》2 首、《水调歌头》2 首、《水龙吟》4 首、《哨遍》1 首、《念奴娇》2 首、《醉蓬莱》1 首、《满庭芳》3 首、《醉翁操》1 首。前 2 调已见于前期,后 6 调则皆为东坡贬谪黄州中新用之调,其中《哨遍》《醉翁操》2 调又皆为首见东坡词之新调。贬谪黄州时期堪称东坡长调慢词创作成就最辉煌的鼎盛时期,年届半百处在人生低谷和仕途逆境中的东坡,却大量运用慢词长调唱出了清雄旷逸的风调和豪放激越的歌声,不仅开拓出长调慢词的崭新境界,而且也刷新了宋代词坛的艺术风采。

元丰三年(1080)十一月,贬谪黄州将近一年的苏轼,以一曲《水龙吟》开始了他在逆境中的长调慢词创作。这首词题作"赠赵晦之吹笛侍儿",其创作缘起为时知藤州的赵昶以丹砂馈赠谪居黄州的东坡,东坡因报以蕲笛,并赋《水龙吟》词以赠昶善吹笛侍儿①。《水龙吟》这支宋代长调慢词中的名曲,创始于欧阳修《鼓笛慢》,东坡乃第二位作者,而且他一人就创作了 6 首,也是北宋运用此调创作数量最多的词人。此词虽然为咏笛寄赠之作,但又另辟借咏物以寄托的新境界,在艺术表现上也甚见功力,而且词风亦以清丽舒徐见胜,都反映出东坡在长调慢词创作上的不断开拓与探索,为其贬黄时期长调慢词的创作导夫先路。

元丰四年(1081)春,谪黄第二年的东坡又写出了《水龙吟 · 次韵章质夫杨花词》。这首咏杨花词既是东坡婉约词的杰作之一,以清丽谐婉的风格而擅胜,也是两宋咏物词的经典之作,还是次韵超过原唱的艺术典范。可以看出,经过知密、徐时期的探索积累以及贬黄第一年的铺垫转折,东坡的这首杨花词已达

① 此词题序,历代各本有所出入,各本编年,亦有分歧,此据邹王注本编年,第 299 页。

到了更高的艺术水准。大致在同年春季,东坡还写出了《满江红·寄鄂州朱使君寿昌》一词[①],在柳永之后对《满江红》慷慨豪壮一面的风格又有所掘发。

元丰五年(1082),是东坡长调慢词创作大爆发的一年,他一共写下了 10 首长调慢词,也达到了东坡长调慢词乃至整个东坡词创作的艺术顶峰。仅仅在新年伊始的正月,东坡就相继写出了《水调歌头》"昵昵儿女语"和《水龙吟》"小舟横截春江"各一篇;前者隐括韩愈《听颖师弹琴》诗以赠"章质夫家善琵琶者"[②],既开创长调慢词中隐括体之先河,又以沉雄跌宕之气韵刷新了《水调歌头》的艺术风格;后者借扁舟渡江回望栖霞楼闻前太守楼中歌舞宴乐的梦境描写,来抒发和表现词人谪居黄州时复杂幽隐的内心世界,"空灵中杂以凄丽","有苍波浩渺之致"[③],反映了东坡长调慢词创作进一步个性化与多元化的特征。约在此年暮春,东坡又为罢官东川归鄱阳而路过黄州的董钺夫妇写下了《满江红》"忧喜相寻"一词[④]。虽是奉和董钺原韵而作,却借感佩和歌咏董钺夫妇的患难事迹与乐观精神,折射出东坡贬黄时期的人生体验和旷达襟怀,而且又拓展出《满江红》一调的清刚之美与旷逸之风。到了仲夏五月,东坡又写下了《哨遍》"为米折腰"一词,全篇隐括陶渊明《归去来兮辞》,既反映了东坡贬谪时期对陶渊明的认同,也是继《水调歌头》隐括韩愈琴诗之后对隐括词体的进一步探索。这年秋天则堪称东坡长调慢词创作的巅峰之季,在他所写的 5 首作品中,除《水龙吟》"小沟东接长江"一篇继续沿用前面已经运用的长调外,他又相继采用了《念奴娇》、《醉蓬莱》、《满庭芳》三个新的慢词长调,而且各有创获。《满庭芳》亦为宋词长调名曲之一,东坡虽非此调创始人,但他却是早期作者之一,而且也是北宋词坛作此调数量最多(6 首)的词人之一。"蜗角虚名"一首为东坡所作 6 首中最早的一篇[⑤],感慨人生,议论说理,别是一番风致。《醉蓬莱》则为北宋前期教坊新声,首见柳永词,东坡此词乃重九赠别黄州太守徐君猷之作,在柳词之后也做出了开拓创新。最为震撼词坛的是,东坡在七月既望和八月十五约一个月之内,相

---

① 此词诸本编年亦略有参差,有元丰四年秋、元丰四年冬、元丰五年夏等几种,兹从保苅佳昭《苏轼词编年考》,收入《新兴与传统——苏轼词论述》,第 196 页。

② 此词诸本编年有元丰三年、四年及元祐二年诸说。兹据薛注本,第 326 页。

③ 郑文焯:《大鹤山人词话》卷一,第 47 页。

④ 此词薛注本编年于元丰四年辛酉(1081)八九月间,兹从朱注本编年,第 209 页。

⑤ 此词诸本多编元丰五年,然未考订季节与背景。此据保苅佳昭《苏轼词编年考》,"是元丰五年七月六日,在武昌的王文甫家所作",《新兴与传统——苏轼词论述》,第 170 页。

继用《念奴娇》这个此前只有沈唐写过一篇的长调新曲，写下了千古绝唱“赤壁词”和堪与《水调歌头》媲美的“中秋词”；尤其是“赤壁怀古”一词，不仅建树起东坡豪放清雄词风的最高典范，也将东坡长调慢词的创作推上最高峰。到了十二月，东坡则写下了《醉翁操》这首本年度的收官之作，此词描写山水清音之美和琴声雅韵之妙，兼赋醉翁事迹，声情流美轻快，词风清雅超逸，其意义不仅在于又首用了一个新长调，而且更在于开创了为琴曲填词、以琴曲入词调的词史先例。

元丰六年(1083)，东坡长调慢词的创作势头在高潮之后继续延展。仲夏五月，他写下了第二篇《满庭芳》，赋咏一个“黄人谓之王先生”的人物事迹及其交往情谊，借以寄托人生情怀，颇有苍茫遒健之风。到了十一月，东坡又写出了《水调歌头》“快哉亭作”一词，题咏黄州快哉亭，流利畅快，清雄阔大，对该调意境和词风又有新的开拓。元丰七年(1084)四月，东坡以一篇情真意切、蕴藉有致的《满庭芳》“归去来兮”告别黄州，也为他逆境中的长调歌咏暂时画上了一个休止符号。

(三) 后期的拓展：在跌宕中演进

黄州谪居生涯结束后，东坡长调慢词的创作也进入了后期。从元丰七年(1084)初夏离开黄州后，东坡又经历了从哲宗元祐年间(1086—1093)的仕途腾达至绍圣年间(1094—1097)再度南贬的大起大落，前后历时约 12 年之久，与其坎坷跌宕的仕途人生相呼应，其长调慢词的创作也表现出进一步拓展与深化的特征与成就。此期东坡所作长调慢词也多达 10 调 13 首，即《满庭芳》3 首、《水龙吟》2 首、《满江红》1 首、《哨遍》1 首、《雨中花慢》1 首、《八声甘州》1 首、《戚氏》1 首、《归朝欢》1 首、《贺新郎》1 首、《三部乐》1 首。前 5 调已见前两期的创作，后 5 调则为东坡后期新用之调，其中《贺新郎》为东坡首创之新调，《三部乐》亦为首见东坡词之新调。

从元丰七年四月离开黄州到元丰八年十二月抵达汴京，在这一年八个月的时间里，东坡从量移汝州到改知登州再到以礼部郎中召还，辗转于江淮及密州、登州等地，期间共写下 5 首长调慢词，即《水龙吟》2 首、《满庭芳》2 首、《满江红》1 首，虽然皆非名篇杰作，但内容或咏征鸿形迹，或赋仙道故事，或写岁末与朋友游山话旧，或写蒙恩放还时的内心情怀，或写召拜入朝时对兄弟情谊的追忆及其仕途感慨,词风或凄清,或飘逸,或轻快,或沉郁,表现出从中期向后期转折的过渡特征或演变痕迹。

元祐年间(1086—1093)虽是东坡仕途最为显赫的时期,但他的长调慢词创作却只有寥寥3首,即《满庭芳》、《哨遍》、《八声甘州》各一篇。《满庭芳》"香叆雕盘"一词,盖元祐二年夏天东坡在朝任翰林学士时参与王诜西园雅集之作①,写宴乐歌舞情景,情事香艳,词风婉媚,透露出向词体本色回归的演变迹象。《哨遍·春词》乃元祐三年春东坡在京之作②,写春日景象与游乐风情,描写细腻,章法严密,声情以悠扬婉丽为主,而末尾议论感慨,犹不失挥洒之笔和豪逸之气。《八声甘州》"寄参寥子"一词则作于元祐六年(1091),乃东坡元祐四年出知杭州后以翰林学士承旨召还时别参寥之作;既择用了首见于柳永词的这一著名的新长调,也写出了堪与柳词媲美的名篇杰作,全词意境浑成,气象雄杰,对柳永此调凄清旷远之风又有所拓展。至此,东坡于长调慢词的创作又略呈振起与复兴的态势。

元祐八年(1093)哲宗亲政后,东坡便结束了在朝的政治生涯,于九月离京,出知定州(古中山国,今河北定县)。绍圣元年(1094)正月,东坡在定州,因宴会上歌者歌《戚氏》并索词,东坡"与客方论穆天子事,颇讶其虚诞,遂资以应之"③,写下了自柳永创始这一长调之后两宋仅见的第二首《戚氏》词。东坡词演绎神仙故事,颇有奇丽清逸之风,虽为宴饮娱乐之作,固有应歌逞才性质,然反映东坡慕柳比柳之心理,犹可见也,似乎也折射出东坡此时有感于仕途人生变化无常的微妙心理。

绍圣元年四月,在出知定州仅半年后,东坡便被落两学士,改知英州;六月,赴英州途中,又接连降任落职,再贬宁远军节度副使,惠州安置,从而拉开了晚年贬谪岭海的序幕,东坡长调慢词的创作也进入到晚年的结获期。七月,东坡过九江,与苏坚别,写下了《归朝欢·和苏坚伯固》一词。这是东坡在贬惠途中采用的一个首见于柳永的新长调,抒写贬谪途中与好友的离别,沉郁悲凉的声情正好与欢快愉悦的调名形成强烈的反差与反讽,而峭拔奇丽的景色与梦境的

---

① 此词邹王注本编订为熙宁十年(1077)春作于汴京。兹从薛注本系年于元祐二年六月,第500页。

② 此词诸本多未编年,此据邹王注本编年,第592页。

③ 吴曾:《能改斋漫录》卷十七"乐府·东坡戚氏词",第500页。

描写，又带有清刚劲健之风，处逆境而高歌的东坡风采又开始回归。

绍圣二年和三年(1095—1096)，谪居惠州的东坡相继写下了皆与朝云有关的《贺新郎》、《三部乐》、《雨中花慢》共 3 首长调慢词，其中《三部乐》为首见东坡词的新调，而《贺新郎》更是东坡创制的名曲。《三部乐》乃为追随东坡贬居惠州而病重的侍妾朝云而作①，《雨中花慢》则为朝云病逝后的悼亡之词②，虽不无温馨幽艳的回忆，但更充溢着凄丽悲婉的声情。至于《贺新郎》的创作时地和本事虽有分歧，但以作于贬居惠州时更为可信③。词中既写伊人所居幽僻之环境与晚浴困卧之形象，又借赋咏榴花以象喻其孤洁之芳心与坚贞之品格，同时也寄托了再遭贬谪的"东坡心事"④，而东坡也以这首"冠绝古今，托意高远"的杰作为其长调慢词的创作画上了绚丽的句号⑤。

## 三 苏轼慢词长调的创作成就

东坡词的创作成就主要体现在以"以诗为词"为鲜明标志的对宋代词坛和词风所做出的革新开拓上。就整体而言，东坡对宋词的革新开拓之功固然是不分小令短调与慢词长调的，而是体现在对所有词调词体的创作上，然而考虑到小令短调在形式格律上更接近于诗体，东坡对小令短调的运用也以沿用唐宋旧调为主，以及宋人对东坡"不协音律"一类批评似乎多指向其慢词长调或"豪放"之作，则东坡的"以诗为词"及其对宋词的革新开拓在慢词长调的创作上又有着更突出的表现。因此，从局部而言，考察东坡慢词长调的创作成就，对于更全面更准确地观照和探讨东坡词的创作成就和词史地位，当亦有所裨益。那么东坡在慢词长调的创作上究竟取得了怎样的艺术成就呢？王国维"长调自以周、柳、苏、辛为工"之论(前文已引录)，虽然肯定了苏轼长调慢词创作名列前茅、跻身大家的艺术成就与词史地位，但并未做具体的论述。对此，我们试从以下五个

① 薛注本编此词为熙宁七年(1074)倅杭作。兹从邹王注本编在绍圣三年五、六月间作于惠州，第 780 页。

② 薛注本编此词为元丰元年(1078)守徐作。兹从邹王注本系于绍圣三年七月作于惠州，第 782 页。

③ 此词作年有倅杭时作、守杭时作、贬海南作等多种，有为杭妓作、为榴花作、为朝云作诸说。薛注本编年于元祐五年(1090)守杭时为侍妾榴花作，可备一说。兹从邹王注本系于绍圣二年(或三年)夏作于惠州，第 767 页。

④ 陈世焜：《云韶集》卷二："情节相生，笔致婉曲。东坡笔墨自有东坡心事。"引自邹王注本，第 775 页。

⑤ 胡仔：《苕溪渔隐丛话后集》卷三十九："东坡此词，冠绝古今，托意高远。"第 328 页。

方面来观照和探讨东坡慢词长调的创作成就。

**(一)提高词品,厥功甚伟**

词最早在唐五代民间发展和流行的时候,与歌谣等民间艺文形式一样,抒情言志、写景叙事,原是无施不可的,并未形成艳科的格局,也无人鄙视它,其地位和品格也就本无所谓卑下。“词为艳科”或成为“娱宾遣兴”的“小道”“小词”,词的品格和地位趋向卑下,乃是词从民间走向城市和文人,尤其是晚唐五代以来《花间集》出现以后的事情。在苏轼之前,虽然有范仲淹、王安石等人在提高词品方面有所作为,但毕竟零散单薄,不成气候。至东坡出现,始于词品的提高做出卓越的贡献。对此,宋金时人实已有所体认与揭示,如胡寅云:“及眉山苏氏,一洗绮罗香泽之态,摆脱绸缪宛转之度,使人登高望远,举首高歌,而逸怀浩气,超然乎尘垢之外,于是《花间》为皂隶,而柳氏为舆台矣。”①又如王灼云:“东坡先生非醉心于音律者,偶尔作歌,指出向上一路,新天下耳目,弄笔者始知自振。”②又如刘辰翁云:“词至东坡,倾荡磊落,如诗如文,如天地奇观,岂与群儿雌声学语较工拙!”③又如元好问云:“自东坡一出,性情之外,不知有文字,真有‘一洗万古凡马空’气象。虽时作宫体,亦岂可以宫体概之!”④这些评价都突破了时人对东坡词的批评之声,充分肯定了东坡对正大高远的新词品的建树之功;虽是就东坡词的创作整体而论,但包括他的慢词长调在内则是不言而喻的。吴熊和先生论东坡提高词品云:“苏轼‘以诗为词’,他把词家‘缘情’与诗人‘言志’两者很好结合起来,文章道德与儿女私情,于是并见乎词。他的《念奴娇》(大江东去)、《水调歌头》(明月几时有)这些逸怀浩气的词,在词中树堂堂之阵,立正正之旗,词品与人品得到了高度的统一和融合。就是写闺情的词,也品格特高,如他的《贺新郎》(略)。‘待浮花浪蕊都尽,伴君幽独’,可与杜甫《佳人》‘天寒翠袖薄,日暮倚修竹’的格调比高。”⑤举例则皆为东坡慢词长调的代表作,说明东坡在提高词品方面其慢词长调所做出的贡献更为高标卓著。很明显,东坡对词品的提高,与他“以诗为词”、拿词来和诗一样地抒情言志是分不开的。如果说,在

① 胡寅:《向芗林酒边集后序》,《斐然集》卷十九,《文渊阁四库全书》本。
② 王灼:《碧鸡漫志》卷二,岳珍《碧鸡漫志校正》(修订本),第 29 页。
③ 刘辰翁:《辛稼轩词序》,《须溪集》卷六,《文渊阁四库全书》本。
④ 元好问:《新轩乐府引》,引自吴熊和《唐宋词通论》,第 201 页。
⑤ 吴熊和:《唐宋词通论》,第 201 页。

东坡的小令短调中还有一定数量的艳情之作和游戏之篇,那么在东坡慢词长调的创作中,除了《雨中花慢》"邃院重帘何处"一词、《沁园春》"情若连环"一词等极少篇章属于赋咏恋情或闺情之外,则几乎摒弃了艳情之作和游戏之笔,而更多地灌注了以士大夫文人为创作主体和抒情形象的思想情感、襟怀品格、审美趣味和人生哲理,不纤弱,不颓废,不浮靡,不淫艳,而是或气象恢宏,或境界阔大,或托意高远,或蕴藉深厚,故其慢词长调在艺术品格上也就自然得到了前所未有的整体性的提高与升华。

**（二）开拓词境,成就卓著**

清刘熙载评曰:"东坡词颇似老杜诗,以其无意不可入,无事不可言也。"①尽管其以东坡词比老杜诗,推尊东坡词在内容题材的表现上达到了无施不可的境界,似乎有些夸大其辞;尽管今人或亦指出,东坡词中所表现的一些具有开拓创新意义的内容题材,在唐五代敦煌民间词中以及在北宋前期少数文人词中已经初露端倪;尽管我们也承认,东坡词不仅难比老杜诗,即使与东坡诗相比,在内容题材的表现上也不无差距;但是,认为东坡"以诗为词"的革新,在词境的创造和拓展上,做出了比前人更集中更突出的整体成就,则已成共识。东坡对词境的创造性表现,一方面是向外部世界开拓,从广度上扩大词表现社会生活的空间和领域,另一方面则向内心世界开掘,从深度上加强词的抒情性和个性化特征。在词境的开拓上,东坡的小令短调固然以作品数量众多、内容题材更为广泛丰富而著称,而东坡的慢词长调虽然只有 17 调 41 首,却也取得了以少胜多、纵横驰骋的突出成就,其艺术贡献和词史意义丝毫不逊色于小令短调;甚至可以说,在"以诗为词"的开拓创新、艺术境界的阔大深远等方面,东坡的慢词长调更掩盖和超越了小令短调的光彩和魅力。

就东坡 17 调 41 首慢词长调的整体创作来看,其内容题材的表现涉及宴饮、交游、唱和、酬赠、节令、游赏、怀古、咏怀、羁旅、送别、友情、咏物、写景、恋情、闺情、悼亡、梦幻、仙道等多种类别,在十数调数十首作品中能有如此琳琅满目的题材内容的抒写,则不仅超出了北宋中前期张先、欧阳修、王安石等人慢词长调的表现范围,甚至也突破了以大力创作慢词长调而著称的柳永的艺术格局。

---

① 刘熙载:《艺概》卷四《词概》,上海:上海古籍出版社 1982 年版,第 108 页。

如果我们再分别从创作场域、描写对象、抒情形象等方面来加以细致考察，则东坡慢词长调的创作更表现出向士大夫文人的日常生活和情感世界集中开掘的趋势和特征。我们几乎看不到东坡慢词长调创作的场域或背景是青楼妓馆、歌楼舞榭的迹象，即使不无在“花间”、“尊前”一类环境下的赋咏与歌唱，那也是以士大夫文人的交游聚会、宴饮游赏为范围，如《劝金船》一词，为熙宁七年东坡赴密州之任前参加杨绘在杭州流杯堂（一作中和堂）举行的饯别宴会的唱和之作；又如《满庭芳》“香叆雕盘”一词，乃元祐二年东坡在朝任翰林学士时参加驸马都尉王诜举办的著名的“西园雅集”之作；而更多的创作场合和背景则指向与士大夫文人的仕途人生相关联的广阔空间，如官府、驿舍、旅途、家园以及山水自然和古迹历史。他已不再像柳永等人的慢词长调那样多为乐工歌妓而制作，并多以歌妓舞女、女性生活、男女之情为描写对象，而是转向以士大夫文人的生活和人生为主要表现内容，故其描写对象和抒情主人公既以词人自己为中心，亦旁及仕途人生中的同僚、师长、朋友、兄弟、妻妾，乃至历史上的英雄、豪杰、帝王、神仙、僧道、文士、诗人，以及现实生活中的邻里、儿童、父老等各种普通人物。除了《贺新郎》、《三部乐》、《雨中花慢》三词为描写和悼念侍妾朝云，另有《雨中花慢》、《沁园春》、《满庭芳》等少数篇章涉及女性和佳人之外，东坡慢词长调的描写对象和抒情主人公已然转变成以男性的士大夫文人为主体了，这就改变了自“花间词”以来直至柳永的《乐章集》多以女性形象和男女之情为表现对象的传统格局，堪称对词的表现内容和艺术境界的一次极大的解放与扩展。

兹略举三例如下：

楚山修竹如云，异材秀出千林表。龙须半剪，凤膺微涨，玉肌匀绕。木落淮南，雨晴云梦，月明风袅。自中郎不见，桓伊去后，知孤负、秋多少。

闻道岭南太守，后堂深、绿珠娇小。绮窗学弄，梁州初遍，霓裳未了。嚼徵含宫，泛商流羽，一声云杪。为使君洗尽，蛮风瘴雨，作霜天晓。——《水龙吟》（P277）

小沟东接长江，柳堤苇岸连云际。烟村潇洒，人闲一哄，渔樵早市。永昼端居，寸阴虚度，了成何事。但丝莼玉藕，珠粳锦鲤，相留恋，又经岁。

因念浮丘旧侣，惯瑶池、羽觞沉醉。青鸾歌舞，铢衣摇曳，壶中天地。飘堕人间，步虚声断，露寒风细。抱素琴，独向银蟾影里，此怀难寄。——《水

龙吟》(P330)

归去来兮，吾归何处，万里家在岷峨。百年强半，来日苦无多。坐见黄州再闰，儿童尽、楚语吴歌。山中友，鸡豚社酒，相劝老东坡。　　云何。当此去，人生底事，来往如梭。待闲看，秋风洛水清波。好在堂前细柳，应念我、莫剪柔柯。仍传语，江南父老，时与晒渔蓑。——《满庭芳》(P278)

第一首《水龙吟》，元本题作“赠赵晦之吹笛侍儿”，乃元丰三年十一月东坡谪居黄州时所作。据孔凡礼《苏轼年谱》考证：“赵昶(晦之)知藤州，轼简昶忧南方兵事。昶在藤馈丹砂，报以蕲笛，赋《水龙吟》赠昶侍儿。”①可见其创作背景乃是基于东坡与赵昶作为士大夫文人共同的仕途遭遇及其相互的问答馈赠，其实东坡此时只是“闻道”而并不认识这个岭南太守后堂中的“吹笛侍儿”，所以这首词寄赠的真正对象乃是“吹笛侍儿”背后的主人岭南太守赵昶，故词篇虽以咏笛及吹笛侍儿为题材，而主题却在于“为使君洗尽，蛮风瘴雨，作霜天晓”，寄托的则是一份超逸旷达的思想情怀。故张炎评此词“清丽舒徐，高出人表”②，而胡仔所列东坡十余首“杰出”的“佳词”中，也有这首“咏笛词”③。

第二首《水龙吟》，亦为元丰五年东坡谪居黄州时所作。此词虽在东坡慢词长调中并非杰作，但在刻画贬居黄州时期的风物人情和日常生活，抒写闲居无成抑郁难伸的内心情怀方面，亦情景逼真，饶有风致。上片不仅写小沟、长江、柳堤、苇岸之自然风物，亦写烟村之潇洒与渔市之哄闹，以及丝莼玉藕、珠粳锦鲤的江城物产和日常饮食，颇有生活气息。而下片抒写对“浮丘旧侣”的思念，当指参寥子等方外友人与东坡的友情，所谓“谪居以来……释、老数公，乃复千里致问，情义之厚，有加于平日”④，用以烘托映衬其谪居情怀，亦复真切动人，意境深远。

至于第三首《满庭芳》，东坡有序云：“元丰七年四月一日，余将去黄移汝，留别雪堂邻里二三君子。会李仲览自江东来别，遂书以遗之。”将其创作背景和时地揭示得清清楚楚，也鲜明地体现了东坡慢词长调的创作与其仕途人生的密切

---

① 孔凡礼：《苏轼年谱》卷十九，上册，第 492 页。
② 张炎：《词源》卷下“杂论”，《词话丛编》本，第 267 页。
③ 胡仔：《苕溪渔隐丛话后集》卷二十六，第 192 页。
④ 苏轼：《与参寥子》之二，张志烈等主编：《苏轼全集校注·文集九》，第十八册，第 6706 页。

关系。从题材内容来看,这不过是一首抒写离别的作品,然而东坡此词所写的离别却并非一般的男女离别,而是与谪居五年之久的黄州江城、东坡雪堂及其朋友、乡亲的离别;词中既充满了对仕途人生的万千感慨和透彻参悟,更体现了对谪居黄州的日常生活和普通人物的细致书写与无限感怀;邻里君子、山中社友、儿童、父老,人物都平凡而纯朴;楚语吴歌、鸡豚社酒、细柳柔柯、渔网蓑笠,风物皆普通而真切。此词在东坡慢词长调中也算不得杰作,一向并未受到特别重视,但这种切近于士大夫文人仕途人生及其日常生活的抒写视角和表现内容,堪称对"花间"小令和柳永慢词的有力突破和拓展。

由抒情扩展到言志,将情与志的抒写更紧密地结合起来,并以议论和理趣入词,提升词的思想高度,深化词的哲理意蕴,堪称东坡"以诗为词"拓展词境的一个鲜明特征。这种创作倾向和艺术成就,既是从其慢词长调崭露头角的,也是以其慢词长调最为卓著的。如作于熙宁七年(1074)的《沁园春》"赴密州早行马上寄子由"一词写道:

> 孤馆灯青,野店鸡号,旅枕梦残。渐月华收练,晨霜耿耿,云山摛锦,朝露漙漙。世路无穷,劳生有限,似此区区长鲜欢。微吟罢,凭征鞍无语,往事千端。　　当时共客长安,似二陆初来俱少年。有笔头千字,胸中万卷,致君尧舜,此事何难。用舍由时,行藏在我,袖手何妨闲处看。身长健,但优游卒岁,且斗尊前。(P282)

此词上片写赴密州早行情景,尚带有模仿柳永羁旅行役词的迹象,但下片追忆兄弟当年客游京师的经历,尤其是抒写青年时代的人生志向和经历仕途挫折后的复杂心理,即事而发,慨然有感,则带有了较明显的言志成分和议论色彩,便在柳永羁旅词的基础上拓展出言志说理的新境界。两年后在密州所作的《水调歌头》"明月几时有"中秋词中,同样是出处行藏的矛盾,悲欢离合的体验,手足之情的感怀,苏轼则在驰想于天上人间的广袤时空中,将这种对人生哲理的体认、以议论入词的创作,推进到一种融理入情、情理浑然的新高度。即使是在徐州所作的《永遇乐》赋燕子楼这样带有艳丽情事的梦幻词,东坡也善于通过梦幻与联想来咏怀和说理,"将佳人、倦客、芸芸众生相联系,使历史、现实与未来相沟通,概括出'古今如梦,何曾梦觉,但有旧欢新怨'的哲理警句,既表达了深刻的人生空漠感,又流露出自己要摒弃欢怨之情超越如梦人生的情怀。结尾二句设想后人登黄楼凭吊自己，也如自己今天凭吊关盼盼一样，揭示出生生灭灭、转古成今的自然规律，使自己从悲哀的感情漩涡中解脱出来，于是词意升华到超旷放达的高境”①。到了贬谪黄州时期，苏轼对于人生的参悟更加丰富深刻，其词中的理趣也进一步升华，达到与其生命相融、与其性情合一的至高境界。这在他此期所作《念奴娇》、《水调歌头》、《满江红》、《满庭芳》、《哨遍》等慢词长调中都有精彩的表现。如《满庭芳》写道：

蜗角虚名，蝇头微利，算来着甚干忙。事皆前定，谁弱又谁强。且趁闲身未老，尽放我、些子疏狂。百年里，浑教是醉，三万六千场。　思量。能几许，忧愁风雨，一半相妨。又何须，抵死说短论长。幸对清风皓月，苔茵展、云幕高张。江南好，千钟美酒，一曲满庭芳。（P278）

这是元丰五年七月东坡贬谪黄州时到武昌王文甫家饮酒所作，既表达了对名利和得失的嘲讽与鄙弃，也抒发了对世俗和生死的自适与超越。全篇虽以议论为主，但不乏精切生动的比喻，亦有真率激越的抒情，堪称情理相融，境界高远。又如《水调歌头·快哉亭作》：

落日绣帘卷，亭下水连空。知君为我，新作窗户湿青红。长记平山堂上，攲枕江南烟雨，渺渺没孤鸿。认得醉翁语，山色有无中。　一千顷，都镜净，倒碧峰。忽然浪起，掀舞一叶白头翁。堪笑兰台公子，未解庄生天籁，刚道有雌雄。一点浩然气，千里快哉风。（P279）

这首赋咏黄州快哉亭词属于东坡的“杰作”之一，作于元丰六年六月。全篇以写景为主，在雄奇阔大的自然境界中议论说理，既嘲笑宋玉“雌雄之风”的议论“未解庄生天籁”，更揭示词人从大自然中所体悟的人生哲理：只要胸中葆有“一点浩然气”，就能享受人生“千里快哉风”！这正是东坡谪居黄州时心态和襟怀的写照，于是词的艺术境界也就在哲理中得到了有力的提升。又如《念奴娇》中秋词：

凭高眺远，见长空万里，云无留迹。桂魄飞来光射处，冷浸一天秋碧。玉宇琼楼，乘鸾来去，人在清凉国。江山如画，望中烟树历历。　我醉拍

① 陶文鹏：《苏轼诗词艺术论·论东坡哲理词》，上海：上海古籍出版社2001年版，第184—185页。

手狂歌，举杯邀月，对影成三客。起舞徘徊风露下，今夕不知何夕。便欲乘风，翻然归去，何用骑鹏翼。水晶宫里，一声吹断横笛。（P330）

这首中秋词也写于元丰五年东坡谪居黄州时，与同调“赤壁词”写于同时同地，堪称姊妹篇，所不同的是“赤壁词”借凭吊古迹、追怀历史以咏叹人生、阐发哲理，而此词则是一首节令词，除了描写中秋节令的自然风情之外，词人更运用了游仙的艺术形式，融入了浪漫的神话传说，调动了缥缈的艺术想像，创造了一个“水晶宫”般的神奇世界，借以象喻和寄托词人所追求的美好生活和高洁情怀，而词境也达到了超逸清旷、充满哲思理趣的审美高度，故被后人推为堪与《水调歌头》“明月几时有”相媲美的中秋词的第二杰作。

**（三）革新词风，贡献巨大**

东坡对宋词的革新成果，还体现在对词风的创新与丰富上。这既是他追求“自是一家”的美学风貌的表现，也是他采取“以诗为词”的创作手段的产物。对词风的创新与对词境的拓展相生相伴，相呼相应，共同体现和奠定了东坡在宋代词史上所取得的伟大成就和神圣地位。在这个方面，东坡慢词长调的成就和贡献亦掩抑了其小令短调的光彩。

东坡革新宋代词风的最大贡献和鲜明标志，就是对“豪放”词风的创新和建树。尽管此前的词坛不无刚健、豪壮一类词风的端倪，但真正自觉追求和创建“豪放”词风者则非东坡莫属。尽管东坡最早创作且自诩为“颇壮观”的是《江城子·密州出猎》这首小令，但从时人的记载评述以及对词史词风的影响力来看，《念奴娇·赤壁怀古》则不啻为东坡最典范的豪放词，而且堪称宋词经典中的经典。

大江东去，浪淘尽、千古风流人物。故垒西边，人道是、三国周郎赤壁。乱石穿空，惊涛拍岸，卷起千堆雪。江山如画，一时多少豪杰。　遥想公瑾当年，小乔初嫁了，雄姿英发。羽扇纶巾，谈笑间、樯橹灰飞烟灭。故国神游，多情应笑我，早生华发。人间如梦，一尊还酹江月。（P282）

怀古题材在唐诗中已有精彩表现，在唐五代至北宋前期的词坛上不过偶尔涉及，而明确以“怀古”为词题者则首见东坡，其“以诗为词”的创作思路清晰可见。东坡写此词时的人生境遇和精神风貌并非意气风发，而沉潜于词中的内心情感也似乎难言豪放。此词之所以被时人和后人奉为东坡最经典的豪放词,就在于词人用主要篇幅描绘的“大江东去”“江山如画”的自然景象,充满了摧枯拉朽、激荡人心的生命活力,所追忆的三国豪杰周郎“雄姿英发”“羽扇纶巾”的形象和“谈笑间”破敌建功的伟业,又是那样青春热烈、豪迈潇洒,具有无法抗拒的审美魅力!当壮丽阔大的自然物象与清雄英发的历史人物融为一体的时候,它所生成的雄奇之境、阳刚之气和豪迈之风,也就淹没了词人一己的忧郁、低沉、感叹与悲伤。自然江山、历史豪杰与自我心灵三者的水乳交融,便创造了这篇空前绝后的豪放经典和宋词绝唱。宋胡仔评赞曰:“东坡‘大江东去’《赤壁词》,语意高妙,真古今绝唱!”[①]金元好问亦云:“词才百许字,而江山人物无复余蕴,宜其为乐府绝唱!”[②]“绝唱”之誉,苏词当之无愧!

东坡对宋代词风的革新成就,还突出地体现在对“清雄”风格的创造上。以气象恢弘、气势豪迈、境界开阔、意境壮丽为主质的豪放词,虽是东坡所开创的最引人注目最具革命性的新词风,但这类作品数量并不多,而东坡更多的词作则体现了一种“清雄”之风。这是一种融合豪与婉、兼济刚与柔而以清丽、雄奇为特质的新风格。《水调歌头》中秋词就是这类词风的最典范之作:

> 明月几时有,把酒问青天。不知天上宫阙,今夕是何年。我欲乘风归去,又恐琼楼玉宇,高处不胜寒。起舞弄清影,何似在人间。　　转朱阁,低绮户,照无眠。不应有恨,何事长向别时圆。人有悲欢离合,月有阴晴圆缺,此事古难全。但愿人长久,千里共婵娟。(P280)

此词之所以被宋人和后人誉为中秋词的第一名篇[③],固然因为词中所表达的“忠爱之言,恻然动人”[④],所抒写的旷达胸怀代表了东坡的人生风范,所阐发的人生哲理也特别能给人启示,另外当也与此词所创造的清雄风格密切相关。词人驰骋浪漫飘逸之想,引领磊落浩然之气,出入天上与人间,交融自然与人生,把中秋月夜描绘得那样清丽而雄阔,把内心情怀刻画得如此委婉真切,“尤

① 胡仔:《苕溪渔隐丛话前集》卷五十九,第411页。

② 元好问:《题闲闲书赤壁赋后》,引自《苏轼词编年校注》,中册,第409页。

③ 胡仔:《苕溪渔隐丛话后集》卷三十九云:“中秋词自东坡《水调歌头》一出,余词尽废。”第321页。杨慎评点《草堂诗余》卷四云:“东坡中秋词,《水调歌头》第一,此词(指《念奴娇》“凭高眺远”)第二。”引自《苏轼词编年校注》,中册,第428页。

④ 董毅:《续词选》卷一,引自《苏轼词编年校注》,上册,第178页。

觉空灵蕴藉”①，既有“大开大阖”的“奇逸之笔”②，又能做到“清空中有意趣”③，与《江城子·密州出猎》和《念奴娇·赤壁怀古》等豪放词杰作虽同属阳刚壮丽之美，而又别具清雄奇丽之风。

苏轼革新宋代词风的另一重要贡献，是建树了独具个性特征的“旷逸”之风。这是一种与豪放、清雄有别，融铸旷达与飘逸为一体，以旷达、洒落为基调，以通脱、超逸为风神的一种新词风。这种旷逸之风在东坡词中数量既多，表现较为普遍，也特别能代表东坡的个性特征和人生风范。早在知密州时所作《沁园春》早行词和《水调歌头》中秋词中，面对坎坷不遇的人生和行藏出处的矛盾，东坡就已表现出乐观旷达的精神，并与激越之调、潇洒之致相结合，呈现为旷放、清旷或高旷的风姿。又如前举《满庭芳》“蜗角虚名”一词，虽然议论色彩较重，却亦颇有旷逸之风，“使功名兢进之徒读之可以解体，达观恬淡之士歌之可以娱生”④。即使在《念奴娇·赤壁怀古》这首典范的豪放词中，也穿插和渗透着“人间如梦，一尊还酹江月”的旷放因素。尽管这种旷逸之风在东坡小令短调中也颇有体现，但东坡慢词长调的贡献仍然显得特别突出。

东坡慢词长调的创作除了参与开创和建树“豪放”“清雄”“旷逸”的新词风之外，对传统的以“婉约”为主体的旧词风的改造与丰富也取得了重要成果。《水龙吟》“次韵章质夫杨花词”便是代表作之一：

> 似花还似非花，也无人惜从教坠。抛家傍路，思量却是，无情有思。萦损柔肠，困酣娇眼，欲开还闭。梦随风万里，寻郎去处，又还被、莺呼起。
>
> 不恨此花飞尽，恨西园、落红难缀。晓来雨过，遗踪何在，一池萍碎。春色三分，二分尘土，一分流水。细看来，不是杨花点点，是离人泪。(P277)

以咏物题材入词，在唐五代敦煌民间词中已有发端，至北宋风气渐开，以咏花鸟名物为多，风格也多偏于婉约。章词原唱即为一首典型的婉约词，将柳絮与莺燕蜂蝶、兰帐玉人、章台金鞍等名物意象联缀在一起，写得婉媚绮丽，犹是“柳七郎风味”。东坡次韵之作，虽然仍将杨花与佳人叠映在一起，而是花是人，

---

① 刘熙载：《艺概》卷四《词曲概》，第121页。

② 王闿运：《湘绮楼词选》前编，郑文焯：《手批东坡乐府》，引自《苏轼词编年校注》，上册，第181页。

③ 张源：《词源》卷下“意趣”，《词话丛编》本，第261页。

④ 陈秀明：《东坡诗话录》引《玉林词选》，《苏轼词编年校注》，中册，第461页。

已浑然莫辨，做到了虚实结合，形神兼备；尤其重要的是，词人对杨花的刻画更突出其飘零沦落的命运和不舍探寻的精神，并灌注了词人深切真挚的怜惜叹赏之情，已剥落了香艳柔媚的情调，增添了清丽纯真的风采。宋人评曰："东坡和之，若豪放不入律吕，徐而视之，声韵谐婉，便觉质夫词有织绣工夫。晁叔用云：'东坡如毛嫱、西施，净洗却面，而与天下妇人斗好，质夫岂可比耶！'"[①]正指出了东坡词以清丽改造绮艳而又不失谐婉的特征所在。

**（四）创用词调，意义非凡**

东坡在慢词长调的创作上更注重"创意"，在提高词品、开拓词境、刷新词风等各方面所取得的卓越成就，既如上文所述，亦已得到历代词学的认同。然而东坡慢词长调在"用调"上的特色与建树，历代词学则缺少全面细致的探讨，而以批评指摘居多，似乎有失客观公允。实则东坡于慢词长调的创作虽不以"创调"而著称，却既不乏创调之例，又在采调用调、协律变律等方面多有创获，其成就和意义也非同一般。

首先，东坡在慢词长调上已有自己的创调。

在首见东坡词的 4 个慢词长调中，《贺新郎》一调即为东坡所首创。有关此调的创作本事和时间，宋杨湜《古今词话》所记东坡守杭时为官妓秀兰所作之说或出穿凿附会，但其所解"子瞻之作，皆纪眼前事，盖取其沐浴新凉，曲名《贺新凉》也。后人不知之，误为《贺新郎》"[②]，当不为无据。参据古今记载和考证，此词当为东坡于绍圣初年南贬惠州时为侍妾朝云所作，词赋其晚凉新浴情景，并咏榴花象喻其高洁情怀，词意与曲名正相吻合，具有较明显的创调始词的特征。《词谱》收《贺新郎》一调，亦谓"此调始自苏轼"[③]。虽然东坡对此调的创制在声律上还未能做到尽善尽美，《词律》《词谱》皆不取东坡词为正体，但东坡此词却以寄托深远的创意和婉曲缠绵的妙境而冠绝一时，有力地带动了此调的流行，使此调共以 439 首传词而成为两宋慢词长调的"金曲"之一[④]。

其次，东坡词中另有首见的慢词长调共 3 调，即《哨遍》、《醉翁操》、《三部

---

① 朱弁：《曲洧旧闻》卷五，北京：中华书局 2002 年版，第 158 页。
② 胡仔：《苕溪渔隐丛话后集》卷三十九引《古今词话》，第 327 页。
③《词谱》卷三十六，第 677 页。
④ 在宋代常用词调综合排行榜上，《贺新郎》居第 12 位；在宋代慢词长调排行榜上，《贺新郎》继《水调歌头》、《念奴娇》、《满江红》、《沁园春》之后排列在第 5 位。

乐》。

其中《哨遍》一调，东坡之前既不见文献记载，也无唐宋人词作，东坡乃第一个用此调填词的作者。东坡此调共 2 首，其一作于元丰五年谪居黄州时，隐括陶渊明《归去来兮辞》；其二作于元祐三年在朝为翰林学士时，题曰“春词”。考唐宋大曲又名“大遍”，其段落结构中亦有“哨”之一名，则《哨遍》一调当来自大曲，或亦疑为琴曲。尽管不一定是东坡创调，但自东坡首次采用之后，这个二百余字的长调便在宋代词坛流行起来，两宋共传词 18 首，除东坡 2 首外，另有王安中、曹冠、辛弃疾等十数人作词凡 16 首，东坡对宋词长调的繁衍所起到的推动作用，自不言而喻。《醉翁操》一词与《哨遍》隐括词为同年稍后同地之作，其性质为琴曲词。此琴曲首创于北宋前期的太常博士沈遵，以滁州琅琊山水和醉翁事迹为题材，然无人为之作词；三十年后，庐山道人崔闲妙于琴乐，又重谱此曲，东坡遂首为填词。有关《醉翁操》其曲与词之创作本事和背景，因见诸东坡词序以及时人跋语，记载详尽，事实和性质皆清晰无疑。惟囿于琴曲多属高雅音乐的传统观念，故历代各本东坡词集多不收此调之词。然东坡首次大胆为流行琴曲填词，遂创宋代以琴曲入词调之先例，相继者有郭祥正、楼钥、辛弃疾等人，而至南宋，此调终于得以编入稼轩词集中，东坡的创新探索之功，亦不可掩没。至于《三部乐》这一长调，虽然无法确定是否为东坡创调，然东坡首用此调填词，则并无疑问。此词乃东坡绍圣三年南贬惠州时为病重的侍妾朝云而作，声情哀婉凄艳，催人泪下。此调两宋共传词 7 首，除东坡外，另有周邦彦、陈亮、吴文英等人有作；此调能得到以创调和格律而著称的周邦彦、吴文英等人的沿用，东坡用调的影响亦可见一斑。

其三，东坡也创造性地采用了一批尚属新声性质的慢词长调。

在东坡所用 17 个慢词长调中，除上述首见和创始于东坡的 4 调外，另有 13 调属于沿用北宋前期开始流行的新声词调。其中以首见或创调于柳永者最多，凡 6 调，即《永遇乐》、《满江红》、《醉蓬莱》、《八声甘州》、《戚氏》、《归朝欢》；其他首见于毕大节、张先、欧阳修、刘潜、张才翁、沈唐、杨绘凡 7 人各 1 调，即《满庭芳》、《沁园春》、《水龙吟》、《水调歌头》、《雨中花慢》、《念奴娇》、《劝金船》。毕大节盖北宋初期人，杨绘为北宋中后期与东坡同时人，其余张先等 5 人皆为早于东坡之北宋中前期人。可见东坡对已有慢词长调的采用从宋初到同时代皆有分布，而以北宋前期为主，以首见柳永为多。除了《劝金船》、《戚氏》二调的运用出于唱和的限制与应歌的需要而别无选择之外，应该说其他各调的运用都体现了东坡在选调用调上的主观能动性及开拓创新的精神。

在北宋前期，以柳永对慢词长调的开创居功甚伟、影响最大，所以东坡采用首见和创始于柳永的慢词长调也最多，但东坡并不是盲目地追从，而是有选择地运用，其中既折射了东坡对柳词所取的学习与继承的创作心理，更反映了东坡对柳词突破与超越的艺术成就。对《满江红》、《八声甘州》、《归朝欢》三调的运用，主要体现了东坡在继承中创新的成果。柳永对这三调的运用，已奠定了其各自清丽、高远、凄凉的声情与风格特征，尤其是《八声甘州》一调的创作，曾被东坡推赏为“不减唐人高处”①，而东坡更在此基础上进一步发掘和创造出清雄、旷放、沉郁的风调与意境；而于《满江红》一调的声情和格调的开拓贡献最大，此调之所以能成为宋代慢词长调的四大金曲之一，成为后代豪放词人所喜用和擅长的一大名调，与东坡对此调的创造性运用是分不开的。对《永遇乐》、《醉蓬莱》、《戚氏》三调的运用，东坡则完全突破了柳永以来的风调与声情。《永遇乐》首见柳永词 2 首，一祝贺仁宗圣寿，一献颂苏州太守，皆赋咏本调，声情欢悦，盖为柳永创调。稍后有解昉、王仲甫各 1 首，解词题“春情”，王词咏梅，仍不脱柳词的欢愉情调。东坡盖为此调第四位作者，共作词 2 首，“长忆别时”一首题“寄孙巨源”，是东坡赴知密州途中追忆与孙洙分别情景之作，声情风格已变得凄清感伤，堪称对柳词本调的第一次“变奏”；“明月如霜”一首作于知徐州任上，赋燕子楼情事，化实为虚，如梦似幻，高华沉深兼而有之，达到了情、景、理水乳交融的艺术高度，则对柳永等人词从内容到风格都做出了突破和创新，堪称对本调的再度“变调”，并因此而成为杰作名篇。《醉蓬莱》一调为北宋前期教坊创制的新声，柳永首为填词，内容颂圣祝寿，声情富丽清雅；其后欧阳修词咏艳情，变得俚俗轻艳；韦骧词题“廷评庆寿”，亦为祝寿词。东坡盖为此调第四位作者，其词乃谪居黄州时重阳节赠别太守徐君猷之作，既抒朋友离别情谊，亦咏节令风俗和人生感怀，不悲亦不喜，沉挚而清旷，也对柳永以来此调本意和声情做出了突破与创新。至于《戚氏》这支长调，两宋仅见柳词和苏词各一篇，东坡向柳永学习及其与柳词竞胜的创作心理，于此调的运用亦可窥一斑。此调柳词叙

① 赵令畤：《侯鲭录》卷七，第 183 页。

写登临悲秋，羁旅感怀，声情感伤沉郁，风格凄丽悲凉，当时即有“《离骚》寂寞千年后，《戚氏》凄凉一曲终”之评①；而东坡此词则为宴饮应歌之作，故赋咏穆天子会西王母之传说故事，声情愉悦欢快，风格洒脱飘逸，亦属“变调”之作。

在采用北宋初期以来流行的其他慢词长调时，东坡的择调意向和审美选择也主要指向的是那些高亢之调、清越之声，而对那些声情风格豪婉兼具、亦刚亦柔的富于弹性和张力的曲调，东坡则着力开掘了其豪放、清雄、旷逸、洒脱、空灵等方面的声情与风调。如《水调歌头》这支来自大曲摘遍的长调，无论是以刘潜与黄庭坚互见的边塞词为创始，还是以苏舜钦、尹洙的沧浪亭唱和词为更早，都表现出高亢清越的声情，飘逸洒脱的风格。东坡很早就敏锐地注意到这支奇特的新声长调，在知密州时就第一次采用它写出了令“余词尽废”的“中秋绝唱”，此后在知徐州、贬黄州期间，东坡又相续用此调写出了另一首中秋唱和词、快哉亭词及隐括韩愈《听颖师弹琴》词，将此调清雄高旷、空灵蕴藉的风格意境发挥得淋漓尽致。《水调歌头》之所以能成为宋词长调中的第一金曲，东坡当居首功。又如《沁园春》一调，在张先、韦骧的早期创作中，或寄赠，或祝颂，其声情风格特征并不突出，而经由东坡写出“赴密州早行”一词之后，其挥洒扬厉、豪迈俊爽的风格特征也就得到了发掘和突显，从而成为宋词四大长调金曲之一。至于《水龙吟》一调，欧阳修的首见之作不过是一首风情绮丽婉媚的恋情词，东坡作为第二位作者，却相继写出了 6 首词作，除了咏杨花的次韵词继承了此调流美婉约一面的声情格调之外，更发掘了此调清丽舒徐、空灵飘逸、俊爽高旷等方面的风格情调，亦使此调成为两宋长调名曲之一(排名第 7)。又如《满庭芳》一调，盖首见于宋初的毕大节，为祝寿词；张伯端、则禅师词，皆以牧牛喻禅境；陈偕 2 首，一题“西湖”，一题“送春”；晏几道词，为追念西楼歌女而作；秦观词，或写恋情，或赋游乐；黄庭坚词，或咏茶，或赠妓；其中又尤以秦观早年所写蓬莱阁恋情词最为传诵，主要以声情流美、风格绮丽而擅胜。东坡大致为此调的第八位作者，共作词 6 首，或表现仕途，或咏叹人生，或阐发哲理，或刻画人物，或描写雅集，有叙有议，情理兼融，在绮丽婉媚之外，又别开旷达、遒劲、慷慨之风，亦使此调成为两宋长调名曲之一(排名第 6)。最典范的例子当推《念奴娇》一调，沈唐的首见之作，写春暮风景，赋离别相思，声情妩媚，风格婉丽，盖与本调相合。东

① 王灼：《碧鸡漫志》卷二，岳珍《碧鸡漫志校正》(修订本)，第 28 页。

坡作为此调的第二位作者，说明他对此调亦高度关注，且独具慧眼。他用此调共作词2首，一题“赤壁怀古”，一题“中秋”，声情激越高亢，风格豪放清雄，堪称对此调本意的突破与“变声”，或者是向此调原本就具有的高亢声情的“回归”。《念奴娇》能成为宋词长调第二名曲，亦数东坡贡献最大。

东坡词在宋代即受到“不协音律”一类的批评，由于词乐的失传，后人对东坡词究竟如何“不协音律”往往不得其解，故多从东坡慢词长调中突破声律方面进行解释与辨析，见仁见智，多无定论。从以上的考察和分析中我们可以看到，东坡在慢词长调的运用中往往表现出对其本调声情和风格的突破与创新，这种带有“变调”、“变声”或“变奏”性质的表现，或许正是东坡词（主要为其慢词长调）蒙受“不协音律”一类诟病的关键或症结所在。事实上，东坡在运用慢词长调中所表现出的这种对本调声情风格的变化与突破，虽然以开拓创新的成果为主导，但也并非没有失误之处。如对《戚氏》一调的运用，因出于酒筵应歌的需要，仓促之间随声写就，敷演神仙故事而成，虽见敏思俊才，却于择调上声情不合，正犯了所谓“哀声而歌乐词”的忌讳[①]。此调于东坡之后便成绝响，固然与其三叠长调的难度有关，而东坡此词的不够成功恐怕也是原因之一。

**（五）推进词律，颇有建树**

宋人除批评东坡词“不协音律”之外，另有“句读不葺之诗”[②]、“长短句中诗”、“移诗律作长短句”等议论[③]，应该主要针对的是东坡的慢词长调。那么东坡慢词长调在属于歌词文学层面的声律体式方面究竟有怎样的表现与成就呢？是否不合、不守“声律”呢？于“声律”有无建树、创获呢？对此，参考历代词学有关考察和探讨，我们认为：东坡慢词长调在声律上亦颇有建树，于词律有推进之功。

首先，属于东坡词首见与创调的慢词长调具有相当的典范性。

对此，我们可以从《词律》《词谱》的收录来加以考察和观照。作为清代两部较权威的归纳词的格律谱式的集成之作，二书于唐宋词调的收录往往不是以创始的作品为标的，而是多取最具代表性的词作为“正体”，以体式有所变化的作

① 沈括：《梦溪笔谈》卷五“乐律一”，第43页。

② 胡仔：《苕溪渔隐丛话后集》卷三十三引，第254页。

③ 王灼：《碧鸡漫志》卷二引录时人的评论：“或曰：‘长短句中诗也。’”“今少年妄谓东坡移诗律作长短句。”岳珍《碧鸡漫志校正》（修订本），第26、28页。

品为"又一体"。在首见与创调于东坡的4个慢词长调中,除《贺新郎》被列为"又一体"外,其余《哨遍》、《醉翁操》、《三部乐》3调皆被列为"正体",说明东坡在这些慢词长调的创作中是具有声律体式的典范性的。如《醉翁操》一调乃为琴曲填词,故东坡采用平韵,而且是"以元寒删先四韵同用"①,句短韵密,加上句法的散文化,表现出轻快流美的声情,空灵跌宕的风姿,便很好地体现了与琴曲相合的声律特征。郑文焯评曰:"读此词,髯苏之深于律可知。"②赞东坡此词"深于律",应非谀美之辞。南宋辛弃疾作此调,即以东坡词为范式,"辛词以东冬江三韵同用,犹遵古韵"③。又如《哨遍》一调,《词律》《词谱》皆以东坡隐括陶渊明《归去来兮辞》一篇为"正体",以其"春词"一首为"又一体",另以王安中、曹冠、刘克庄、辛弃疾等人词各为"又一体"。东坡此调2首,在声律体式上"用三声叶韵","又其体颇近散文,平仄往往不拘"④,"春词"一首又有减韵和部分句法的变化,这些表现特征应与此调来自大曲或琴曲有关。东坡在词序中交待他隐括陶辞的缘起和目的,是因为"有其词而无其声",是为了"使就声律"、"使家童歌之",可见他具有较明确的合乐可歌、协律而作的自觉意识,而事实上东坡此调声情洒脱,风格清新,也很好地达到了声词契合的艺术效果。正因为如此,东坡此调不仅获得了历代词论的好评,如"《哨遍》一曲,隐括《归去来辞》,更是精妙,周、秦诸人所不能到"⑤,"东坡《归去词》特胜,不特其音律之谐也"⑥,而且其三声叶韵的声律特征也得到了两宋词人的遵循。至于《贺新郎》一调,《词律》《词谱》之所以不以东坡词列为"正体",主要是因为下片第八句作七言句,而后来常用体式则作上三下五句法的八字句;另外,东坡此词局部字声平仄也与常用体式略有不同,如被《词谱》所指"俱作拗体"的两片第四句"手弄生绡白团扇"、"秾艳一枝细看取",字声平仄分别作"仄仄平平仄平仄"、"平仄仄平仄仄仄",又如下片第八句"花前对酒不忍触",连用五仄声,都表现出拗峭不谐的声情。尽管如此,东坡此词对于入声韵的运用、字声间用"拗体"以及句式参差的变化,都奠定了

---

①《词谱》卷二十二,第385页。
② 郑文焯:《大鹤山人词话》卷一,第55页。
③《词谱》卷二十二,第385页。
④《词谱》卷三十九,第717页。
⑤ 张炎:《词源》卷下"杂论",《词话丛编》本,第267页。
⑥ 杨慎评点:《草堂诗余》卷五,引自《苏轼词编年校注》,中册,第393页。

此调怨而不怒、哀而不伤的声情特征，沉郁跌宕、清越高远的艺术风韵，所以《词谱》仍不得不以东坡此词列为重要的别体之一；而东坡此体也得到了南宋叶梦得、韩淲等人的继承，如被列为正体的叶梦得词两片第四句亦用"拗体"，韩淲词于下片第八句亦为七言句。可见东坡此调并非是不守"正体"声律，而是作为创调表现出了独特个性，虽然并非尽善尽美，却仍然显示了东坡词的创调之功及其协律特性。

其次，东坡采用已有的慢词长调时对声律的突破也是符合声律规则的。

被宋人及后人视为东坡"以诗为词"、"不协音律"重要表征的作品，应该主要是《念奴娇》、《水龙吟》等长调之作。如《念奴娇》"正体"，上片前五句作"四，五，四。七，六"句式，下片第二三句作"四，五"句式、第四五句作"七，六"句式、第七八句作"四，五"句式，而东坡"赤壁词"则分别作"四，三、六。四，三、六"句式，"五，四"句式，"四，三、六"句式，"五，四"句式。实际上，东坡所做的这种句式的改变，是在符合词调乐句和词体结构的范围内进行的，与乐句对应的词句的字数和长度并没有改变，只是句式的分合略有变化，这是符合声律规则的，也不会影响词调的歌唱。东坡这样做，并非他不懂词调的音乐和声律，而是为了更好地表达思想感情和艺术风格的需要。东坡所作另一首《念奴娇》中秋词，便与创始于沈唐而后来成为此调正体的句式完全符合，《词谱》即以东坡这首中秋词为"正体"，而以"赤壁词"为"又一体"。实际上《词谱》完全应该以首见的沈唐词列为"正体"，之所以列第二作者的东坡中秋词为"正体"，大致主要是有鉴于东坡此词的艺术成就；即使是被列为"又一体"的"赤壁词"的句式句法，也得到了南宋词人包括以精通音律而著称的姜夔的局部采用，说明东坡"赤壁词"对《念奴娇》词调声律的突破原是合乎法度的创新之举。另一经常被引述的例证，即《水龙吟》杨花词结尾句式的变化，正体作"三，六，四"句式，《全宋词》即依正体断句为"细看来，不是杨花点点，是离人泪"，但另有一些版本则按语意读作"细看来、不是杨花，点点是、离人泪"，实际上也是合乎声律规则的句式变化。此外，在《满江红》、《水调歌头》、《醉蓬莱》等调的创作中，东坡也都有句式或用韵等方面的变化，被《词谱》列为"又一体"。

其三，东坡在慢词长调的运用上也表现出声律精严的一面。

东坡在慢词长调运用方面所表现出的声律精严一面的特征和成就，长期受到遮蔽和忽略，虽然有少数学者曾指出这一点，但并未受到普遍的关注和认同。实际上，东坡在这个方面的表现是值得深入挖掘的，也是应该予以肯定的。

东坡在慢词长调的创作中已表现出分辨和谨守四声、注重运用去声字和领字等较为精细的声律特征。如《八声甘州》一调，首见柳永词，陈偕继作，但陈偕并没有很好地领会和发扬柳词所奠定的声律风格特征，东坡却做到了后来居上，青胜于蓝。兹录全词如下：

> 有情风、万里卷潮来，无情送潮归。问钱塘江上，西兴浦口，几度斜晖。不用思量今古，俯仰昔人非。谁似东坡老，白首忘机。　记取西湖西畔，正暮山好处，空翠烟霏。算诗人相得，如我与君稀。约他年、东还海道，愿谢公、雅志莫相违。西州路，不应回首，为我沾衣。(P297)

《词谱》卷二十五收此调，以柳永词为正体。东坡这首"寄参寥子"词，虽然在题材和风格上对柳词做出了突破和创新，"寄伊郁于豪宕"①，被誉为"词境至此观止"的杰作②，但是东坡此词在声律上却与柳词保持高度一致。这主要表现在两个方面：其一是表现出分辨和谨守平上去入四声的声律倾向③。比较苏词和柳词，全篇 97 字，有 79 字的字声平仄都与柳词相同，而且是平对平、上对上、去对去，甚至是入对入。如柳词"冉冉物华休"句，东坡词作"俯仰昔人非"，字声平仄完全相同，其中"物"与"昔"皆为入声字；又如柳词"叹年来踪迹"句，东坡词作"算诗人相得"，字声平仄皆作"去平平平入"，三声非常分明。即使是 18 处字声的不同(上文标下划线的字)，也是符合声律规则的。比如这些平仄不同的字多处于句首，如柳词"一番洗清秋"，东坡词作"无情送潮归"，"一"字为入声，"无"字为平声，但因在句首，可以不计；况且"一"字亦可以入代平，则东坡于此处用平声"无"字，亦无不可；另外有一些字皆同属仄声，只是未严格区分上去入三声而已。可见东坡于慢词长调的创作不仅具有"协律"的特征，而且还表现出比较精严的意识。其二是对去声字和领字句的成功运用。如柳词中"对"、"渐"、"是处"、"惟有"、"不忍"、"望"、"叹"、"想"等字词，皆属领字，且多用去声，形成跌宕高远的声情特征。东坡对此颇有领会和发扬，除开篇首句"有"字略有

---

① 陈廷焯：《白雨斋词话》卷八，北京：人民文学出版社 1983 年版，第 219 页。
② 郑文焯：《大鹤山人词话》卷一，第 53 页。
③ 参见田玉琪：《词调史研究》，第 248 页。

欠缺外，其余“问”、“不用”、“谁似”、“记取”、“正”、“算”、“约”、“愿”等字，皆属领字，而且多用去声字作领字，所产生的艺术效果丝毫不逊色于柳词。

东坡对于慢词长调声律的完善与定型也做出了贡献。举《永遇乐》一调为例。《词谱》卷三十二收此调，共分七体，而首列东坡“明月如霜”燕子楼词为正体，注云：“此调押仄韵者，以此词为正体，宋词俱如此填。若晁词之前段结句六字折腰，柳词两首及张词、无名氏词之句读异同，皆变格也。”[①]实际上，此调首创于柳永(2 首)，其后作者有解昉、王仲甫，《词谱》不以柳词作谱，也不以其他精于声律的词人之作为例，而是选取东坡燕子楼词来作谱，且奉为“正体”，可见东坡对此调所起到的规范与定型作用。如果说前三位作者共 4 首词作在句读声律上还略有参差，那么此调到了东坡笔下，其所作两篇的体式已变得非常严整精致，将此调的句读、声律完全定型下来。这主要表现在五个方面：(一)两片第八句字声皆作平平仄仄，改变了柳词还不够定型的声律(一作平仄平平，一作平平平仄)；(二)在柳永等人还存在异体的情况下，于两片第十句皆作七言句，句法呈上三下四结构，字声为仄平平、平平仄仄，形成常用模式；(三)谨守柳词上片结尾六言句后四字仄平平仄的声律，下片结尾四言句柳词皆作平平仄仄，而东坡词皆作仄平仄仄，更为抑扬顿挫；(四)上片起句第二字用入声字，多为时人和后人沿用；(五)两片起二句、第四五句和第七八句，柳永等人还只是偶尔用对偶，东坡则多用对偶句，亦为东坡对此调歌词在修辞技巧上的加强与提升，也得到了后人的继承。

东坡所用慢词长调往往一调多词，尤其是像《满江红》、《水调歌头》、《水龙吟》、《满庭芳》四调，每调都达 5 首、6 首之多；与柳词的一调多体的突出现象相比，东坡一调多词则呈现出更精严更稳定的声律特征。如《满江红》，东坡之前，柳永、张先、张昪三位词人共作词 6 首，其中一半用入声韵，一半用上去声韵，而东坡此调 5 首则全用入声韵，对于建树此调高亢激越的声情和慷慨豪放的风格，当起到了重要作用。又如《水调歌头》，东坡之前，刘潜、尹洙等人词已于上片第五六句、下片第六七句偶尔间叶两仄韵，但并不普遍；东坡用此调作词 5 首，除一篇为残句外，其余 4 首有 3 首都插入了仄韵，尤其是中秋词一篇，“我欲乘风归去，又恐琼楼玉宇”、“人有悲欢离合，月有阴晴圆缺”四句，各叶两仄韵，

① 《词谱》卷三十二，第 589 页。

说明东坡对此调于平韵中夹叶仄韵的声律特点是有独特领会的,而事实上东坡这首中秋词于两片之中各穿插两仄韵,也的确起到了丰富词调声情的艺术效果,使得此词的声律情韵更加跌宕多姿。正因为如此,这种夹叶仄韵的体式,在黄庭坚、晁端礼、贺铸、叶梦得、辛弃疾等人《水调歌头》的创作中也得到了继承。又如《水龙吟》,此调虽创始于欧阳修《鼓笛慢》,但东坡则是继欧阳修之后北宋用此调作词最多的词人,他一共作词 6 首,对于此调体式声律的发展创新和成熟定型,都做出了突出的贡献。其一,东坡在欧词之外开创了上片以七言一句、六言一句开篇的新体式。《词谱》卷三十收此调,共列二十五体,即首列东坡"露寒烟冷蒹葭老"一词为正体,注云:"此调句读最为参差,今分立二谱,起句七字,第二句六字者,以苏轼词为正格;起句六字,第二句七字者,以秦观词为正格。"① 其二,东坡在此调句式声律的表现上也达到了既灵活丰富又精严稳定的艺术高度。如两片的第九十句,欧词分别作"便直饶、更有丹青妙手","暗消魂,但觉鸳衾凤枕",上片为上三下六句法的九字一句,下片作三言一句、六言一句,句式还不够定型;东坡则形成五言一句、四言一句的基本定式,只有咏杨花词下片"细看来,不是杨花点点",及另首下片"抱素琴,独向银蟾影里"两处,用欧词句式。又如两片的第三句至第八句共六句两韵,皆为四言句式,东坡也很好地继承和保持了欧词的这一基本定式。另外,两片结尾句,上结作六字折腰句,如"知孤负、秋多少",字声皆作平(或仄)平仄、平(或仄)平仄;下结为四字句,如"作霜天晓",节奏为一二一,字声作仄平平仄,6 首也保持高度的一致。《词谱》总结云:"此调前后段第三句至第八句,例作四字句,前后段第九句五字,第十句四字,前结六字折腰,后结四字。宋人精于审音,添字、减字、摊破句法,悉中律吕。其谱不传,填者但以苏词、秦词为式可也。"② 也指出和肯定了东坡此调在声律上所具有的典范性。

①② 《词谱》卷三十,第 537 页。

# 第六章　周邦彦的创调及其词史地位

周邦彦为北宋后期一位极负盛名的词人，也是宋代词史上堪与苏轼、辛弃疾媲美并肩的大家。周邦彦著有词的专集《清真集》，又名《片玉集》等，在南宋即出现多种批注本，流传下来的即有陈元龙集注的《详注周美成词片玉集》①。《全宋词》所收周邦彦词共 186 首，包含失调名残篇 1 首。其创作数量虽不能与苏、辛相比，而词艺之高、法度之精、传播之广、影响之远却有过之而无不及。《宋史·文苑传》云："清真好音乐，能自度曲，制乐府长短句，词韵清蔚，传于世。"②即揭示了周邦彦精通音乐、擅长度曲创调的词学成就。王国维在抱憾清真"创意之才少"的同时，也高度肯定了他"创调之才多"的成就与贡献③。清真词善于创调，音律谐婉，格律精工，法度严密，尤其将长调慢词的发展推上成熟精美的艺术高度，对宋代词调和词体的发展产生了深远的影响，不仅在创作上受到以方千里、杨泽民、陈允平三家为主体的追和次韵，而且在歌坛上也赢得了从北宋后期直至宋末经久不衰的喜爱与传唱。在善于创调和用调这个方面，周邦彦则又与柳永、姜夔、吴文英三家齐名并驱，既对柳永的用调加以继承和推进，更下开姜、吴二家用调之先声与法度，从而奠定了清真在两宋词史上的独特地位。

---

① 陈元龙集注：《详注周美成词片玉集》，吴昌绶、陶湘辑《景刊宋金元明本词》本，上海：上海古籍出版社 1989 年版；福建省文史研究馆编《宋元闽刻精华》本，福州：福建人民出版社 2008 年版；朱祖谋辑《彊村丛书》本。

② 脱脱等：《宋史》卷四百四十《文苑·周邦彦传》，第三十七册，第 13126 页。

③ 王国维：《人间词话》，第 206 页。

学术界关于周邦彦用调这方面的研究虽有涉及,也取得了一定的成果,但尚缺少全面深入的专题研究。有鉴于此,我们拟在这个方面有所弥补和加强,旨在通过对周邦彦用调的考察与探讨,以观照和体认周邦彦的创调成就及其词史地位。

## 第一节　清真词用调数据的统计与分析

清真词共用多少词调,哪些词调属于同调异名,哪些词调又为同名异调,各调创作数量多少、词体如何,继承了多少前人的词调,又创用了多少新调,既需要我们进行数据统计,也有待我们加以定量分析。

### 一　清真词用调的数据统计

要考察清真词的用调,我们首先需要全面准确地统计和考订周邦彦用调的数量。兹以《全宋词》为基础,参考罗忼烈《清真集笺注》[①]、孙虹《清真集校注》等成果[②],对清真词用调进行检索、考订与统计,列表如下:

**表 6-1　周邦彦词用调一览表**

| 序号 | 调名/数量 | 宫调 | 首数 | 字数 | 词体 | 已见 | 首见 | 备　　注 |
|---|---|---|---|---|---|---|---|---|
| 001 | 瑞龙吟 | 大石调 | 1 | 133 | C | | ● | 盖笛曲,亦犯调曲,大石调与正平调相犯。双拽头体。赋章台感旧,非本意。宋词共 11 首,梦窗词注黄钟商(俗名大石调),方千里、杨泽民、陈允平皆次韵。《词律》(简称《律》)卷二十未收周词,《词谱》(简称《谱》)卷三九列为正体 |
| 002 | 琐窗寒<br>月下笛 | 越调 | 2 | 99<br>98 | C | | ● | 《锁窗寒》咏寒食,赋本意,盖创调。换头用短韵。宋词共 21 首,梦窗词注无射商(俗名越调),三家皆次韵。《月下笛》为集外词,与《琐窗寒》体式宫调同,盖因赋闻笛而别名。《律》十五、《谱》二七俱另列,宋词共 6 首 |

① 罗忼烈:《清真集笺注》,上海:上海古籍出版社 2008 年版。以下简称罗笺本。
② 孙虹校注、薛瑞生订补:《清真集校注》,北京:中华书局 2007 年版。以下简称孙注本。

续表

| 序号 | 调名/数量 | 宫调 | 首数 | 字数 | 词体 | 已见 | 首见 | 备　　注 |
|---|---|---|---|---|---|---|---|---|
| 003 | 风流子(慢) | 大石调 | 2 | 110<br>110 | C | √ | | 首见秦观,与唐令词为异调,盖翻旧曲为新声。宋词共 50 首,梦窗词宫调同,三家皆次韵 |
| 004 | 渡江云 | 小石调 | 1 | 100 | C | | ● | 非赋本意,盖倚新声。换头用短韵,用三声叶。宋词共 18 首,梦窗等调名"三犯",盖犯调曲。梦窗词注中吕商(俗名小石调),三家皆次韵。《谱》二八列为正体 |
| 005 | 应天长(慢) | 商调 | 1 | 98 | C | √ | | 首见柳永,与唐令词为异调,林钟商(商调)。宋词共 22 首,梦窗词宫调同,三家皆次韵 |
| 006 | 荔枝香近 | 歇指调 | 2 | 75<br>74 | B | √ | | 首见柳永,歇指调。宋词共 13 首,梦窗词注大石调,三家皆次韵 |
| 007 | 还京乐 | 大石调 | 1 | 103 | C | | ○ | 唐教坊曲名,敦煌词 1 首。周词非赋本意,盖借旧曲另翻新声。宋词共 6 首,梦窗词宫调同,三家皆次韵。《谱》三一列为正体 |
| 008 | 扫花游<br>(扫地花) | 双调 | 1 | 95 | C | | ● | 原名《扫地花》,赋本意,盖创调。宋词共 22 首,多名《扫花游》。梦窗词宫调同,三家皆次韵。《谱》二四作《扫地游》,列为正体 |
| 009 | 解连环 | 商调 | 1 | 106 | C | | ● | 赋本意,盖创调。宋词共 31 首,《梅苑》无名氏《望梅》2 首为北宋作,余皆南宋词;梦窗词宫调同,三家皆次韵。《谱》三四首列柳永词(实为《梅苑》无名氏词),以周词为别体 |
| 010 | 玲珑四犯 | 大石调 | 1 | 98 | C | | ● | 犯调曲,犯四调,盖创调。宋词共 15 首,姜夔词注双调,为异调。三家皆次韵。《律》十五首列,《谱》二七注"此调创自周邦彦" |
| 011 | 丹凤吟 | 越调 | 1 | 114 | C | | ● | 赋相思,非本意,盖倚声。宋词共 5 首,梦窗词宫调同,三家皆次韵。《谱》三六列为正体 |

**续表**

| 序号 | 调名/数量 | 宫调 | 首数 | 字数 | 词体 | 已见 | 首见 | 备　　注 |
|---|---|---|---|---|---|---|---|---|
| 012 | 满江红 | 仙吕(宫) | 1 | 93 | C | √ | | 首见柳永,入仙吕调。罗忼烈笺注本作仙吕宫。宋词共551首,于湖词注仙吕调,梦窗词注仙吕宫,三家皆次韵。《谱》二二首列柳词 |
| 013 | 瑞鹤仙 | 高平调<br>不详 | 2 | 102 | C | √ | | 盖首见黄庭坚,隐括《醉翁亭记》,独木桥体。周词另首宫调不详,为清真集外词。宋词共120首,梦窗词注“林钟羽,俗名高平调”,三家皆次韵。《谱》三一注“此调始自北宋,应以周词为正体” |
| 014 | 西平乐(慢)2 | 小石调 | 1 | 137 | C | | ○ | 与柳永101字仄韵小石调词同名异调,盖另翻新声。宋词共5首,梦窗词宫调同,三家皆次韵。《谱》三十分两体,以柳词为仄韵正体,以周词为平韵正体,注“一名《西平乐慢》” |
| 015 | 浪淘沙(慢) | 商调<br>不详 | 2 | 133<br>133 | C | √ | | 首见柳永,与唐小令词为异调,注歇指调。宋词共7首,周词另首宫调不详,为集外词。梦窗词注商调。三家皆次韵,调名“慢”。《律》一首列周词,谓“精绽悠扬,真千秋绝调”,《谱》三七列为“又一体”,俱作《浪淘沙慢》 |
| 016 | 忆旧游(慢) | 越调 | 1 | 102 | C | | ● | 赋本意,盖创调,换头用短韵。宋词共26首,梦窗词未注宫调,三家皆次韵。《谱》三十列为正体,注“调始清真乐府,一名《忆旧游慢》” |
| 017 | 蓦山溪(慢) | 大石调<br>不详/2 | 3 | 82 | B | √ | | 首见欧阳修。周词宫调不详2首为集外词。宋词共189首,于湖词宫调同,方、杨二家次韵。《谱》十九列为“又一体”。《御定曲谱》卷六“大石调慢词”下有此调,盖“慢”曲 |
| 018 | 少年游 | 黄钟(宫)<br>商调/1 | 4 | 50<br>51 | A | √ | | 首见柳永,入林钟商(商调)。宋词共81首,张先分入双调、林钟商。周词3首注黄钟,罗笺本作黄钟宫。三家皆次韵 |

续表

| 序号 | 调名/数量 | 宫调 | 首数 | 字数 | 词体 | 已见 | 首见 | 备注 |
|---|---|---|---|---|---|---|---|---|
| 019 | 秋蕊香 | 双调 | 1 | 48 | A | √ | | 首见晏殊,小令,宋词共17首。另有柳永《秋蕊香引》孤调、曹勋等慢词。三家皆次韵 |
| 020 | 渔家傲 | 般涉调 | 2 | 62 | B | √ | | 首见南唐无名氏词,单片。宋词309首,多为双片。张先、张孝祥词宫调同。三家皆次韵 |
| 021 | 南乡子 | 商调/1<br>不详/4 | 5 | 56<br>56 | A | √ | | 唐教坊曲,唐词有单片、双片体,句中用短韵。周词宫调不详4首为集外词。宋词共205首,张先入中吕宫,于湖词注双调。三家皆次韵 |
| 022 | 望江南 | 大石调 | 2 | 54 | A | √ | | 唐教坊曲,唐词共751首,南吕宫,有单片、双片体。宋词共251首,张先注南吕宫。三家皆次韵 |
| 023 | 浣沙溪<br>(浣溪沙) | 黄钟(宫)<br>不详/4 | 10 | 42 | A | √ | | 唐教坊曲,唐词有齐杂言二体,皆小令。宋词共847首。周词6首注"黄钟",罗笺本作黄钟宫;4首宫调不详。清真另有慢词。张先入中吕宫,于湖词注黄钟宫。三家皆次韵 |
| 024 | 迎春乐 | 双调 | 3 | 52 | A | √ | | 首见《高丽史・乐志》无名氏。宋词共21首,柳永入林钟商,张先入小石调。三家皆次韵 |
| 025 | 点绛唇 | 仙吕(宫) | 4 | 41 | A | √ | | 首见冯延巳。宋词共392首,周词注仙吕,罗笺本作仙吕宫,于湖词注仙吕调。三家皆次韵 |
| 026 | 一落索 | 双调 | 2 | 46 | A | √ | | 首见张先,名《玉联环》,注双调。宋词共54首,又名《玉连环》等。三家皆次韵 |
| 027 | 垂丝钓 | 商调 | 1 | 67 | B | | ● | 非赋本意,盖采新声,句韵短促。宋词共12首,梦窗词宫调同。方、陈二家次韵 |
| 028 | 满庭芳<br>(锁阳台) | 中吕(宫)<br>不详/3 | 4 | 95 | C | √ | | 盖首见宋初毕大节。宋词共352首。中吕词用短韵,罗笺本作中吕宫,三家皆次韵;集外词3首别名《锁阳台》,不注宫调 |

续表

| 序号 | 调名/数量 | 宫调 | 首数 | 字数 | 词体 | 已见 | 首见 | 备　　注 |
|---|---|---|---|---|---|---|---|---|
| 029 | 隔浦莲(近拍) | 大石调 | 1 | 73 | B | | ● | 非赋本意,盖倚新声,用短韵。宋词共20首,或名“近”“近拍”,梦窗词宫调同。三家皆次韵。《律》十一、《谱》十七俱作《隔浦莲近拍》,皆以周词为正体 |
| 030 | 法曲献仙音 | 大石调 | 1 | 92 | C | √ | | 首见柳永,小石调。宋词共20首,白石、梦窗词宫调同。三家皆次韵 |
| 031 | 过秦楼(选冠子) | 大石调 | 1 | 111 | C | √ | | 首见张景修《选冠子》,李甲等别名《过秦楼》。宋词共33首,又名《选官子》、《苏武慢》、《惜余春慢》等。梦窗词宫调同,三家皆次韵 |
| 032 | 侧犯 | 大石调 | 1 | 77 | B | | ● | 犯调曲,盖创调,上片两处用短韵。宋词共8首,三家皆次韵。《谱》十八列为正体,注“此调创自周邦彦” |
| 033 | 塞翁吟 | 大石调 | 1 | 93 | C | | ● | 非赋本意,盖为倚声。宋词共12首,梦窗词宫调同。三家皆次韵。《谱》二二仅列周词 |
| 034 | 苏幕遮 | 般涉调 | 1 | 62 | B | √ | | 唐教坊曲,有敦煌词8首。宋词共32首。三家皆次韵 |
| 035 | 诉衷情(令) | 商调/2<br>不详/1 | 3 | 44 | A | √ | | 首见晏殊,与唐教坊曲小令词为异调。宋词共154首。周词宫调不详者为集外词。柳永词、于湖词宫调皆同。三家皆次韵 |
| 036 | 华胥引 | 黄钟(宫) | 1 | 86 | B | | ● | 赋秋怀离思,盖倚声。罗笺本作黄钟宫。宋词共9首,三家皆次韵。《谱》二一收列 |
| 037 | 宴清都 | 中吕(宫) | 1 | 102 | C | | ● | 赋秋怀相思,盖倚声。罗笺本作中吕宫。宋词共23首,梦窗词注“夹钟羽,俗名中吕调”。三家皆次韵。《谱》三十列为正体 |
| 038 | 四园竹 | 小石调 | 1 | 77 | B | | ● | 一名《西园竹》,赋相思,非本意,盖倚声。宋词共4首,三家皆次韵。《律》十一、《谱》十八皆列为正体 |

续表

| 序号 | 调名/数量 | 宫调 | 首数 | 字数 | 词体 | 已见 | 首见 | 备注 |
| --- | --- | --- | --- | --- | --- | --- | --- | --- |
| 039 | 齐天乐(慢) | 正宫 | 1 | 102 | C | | ● | 盖用宋教坊大曲摘遍,周密记“天基圣节乐次”有《齐天乐慢》。题“秋思”,犹合本意。宋词共116首,白石、梦窗词皆注黄钟宫(俗名正宫)。三家皆次韵。《谱》三一列为正体 |
| 040 | 木兰花<br>玉楼春<br>木兰花令 | 高平调<br>仙吕(宫)<br>大石调/4<br>不详/1 | 7 | 56 | A | √ | | 唐教坊曲名,唐词与《玉楼春》为二调。宋词二调多混同,多为《木兰花》,共308首,《玉楼春》仅20首。周词《玉楼春》5首,即《木兰花》,其一注“仙吕”,罗笺本作仙吕宫。《木兰花令》为集外词,宫调不详。柳永词分入大石调、林钟商、仙吕调。三家皆次韵 |
| 041 | 霜叶飞 | 大石调 | 1 | 111 | C | √ | | 首见沈唐。宋词共11首。梦窗词宫调同,三家皆次韵。《谱》三五列为正体 |
| 042 | 蕙兰芳引 | 仙吕(宫) | 1 | 84 | B | | ● | 赋秋怨相思,合本意,盖创调。罗笺本作仙吕宫。宋词共5首,梦窗词注林钟商(歇指调),三家皆次韵。《律》十二、《谱》二一俱收列 |
| 043 | 塞垣春 | 大石调 | 1 | 96 | C | √ | | 首见张先,未注宫调。宋词共7首,三家皆次韵。《律》十四、《谱》二五俱列周词为正体。《谱》二八另列《采绿吟》,以为周密自度曲,实据周密词序,虽有“翻谱”,不过“数字”,当仍属同调异体 |
| 044 | 丁香结 | 商调 | 1 | 99 | C | | ● | 赋秋感怀,非本意,盖倚声。宋词共5首,梦窗词宫调同,三家皆次韵。《谱》二七收列 |
| 045 | 氐州第一 | 商调 | 1 | 102 | C | | ○ | 《历代诗余》卷七八注云:“唐乐府有《氐州歌第一》,盖歌头也,调名取此。”盖源于唐大曲。宋词共8首,三家皆次韵。《谱》三一列为正体,注“一名《熙州摘遍》” |

续表

| 序号 | 调名/数量 | 宫调 | 首数 | 字数 | 词体 | 已见 | 首见 | 备注 |
|---|---|---|---|---|---|---|---|---|
| 046 | 解蹀躞 | 商调 | 1 | 75 | B | | ● | 蹀躞乃佩带上饰物,词赋羁旅相思,犹合本意,盖创调。宋词共 9 首,梦窗词宫调同,三家皆次韵。《律》十一、《谱》十七俱列为正体 |
| 047 | 庆春宫 | 越调 | 1 | 102 | C | | ● | 赋秋怨相思,非本意。宋词共 16 首,梦窗词宫调同,三家皆次韵。《谱》三十列为正体 |
| 048 | 醉桃源(阮郎归) | 大石调 | 2 | 47 | A | √ | | 首见冯延巳,名《醉桃源》,与李煜互见,名《阮郎归》。宋词共 183 首,多名《阮郎归》,张先分入大石调、仙吕调。三家皆次韵 |
| 049 | 夜游宫 | 般涉调不详/1 | 3 | 57 | A | √ | | 始见秦观。宋词共 27 首。周词宫调不详者为集外词。于湖词亦注般涉调。三家皆次韵 |
| 050 | 红林檎近 | 双调 | 2 | 79 | B | | ● | 林檎为树木名,词咏梅,非本意。宋词共 9 首,三家皆次韵。《谱》十八仅列周词一体 |
| 051 | 伤情怨<br>关河令<br>(清商怨) | 林钟(商)<br>(商调)<br>不详 | 2 | 42 | A | √ | | 首见欧阳修,以《清商怨》为正名。周词《伤情怨》注林钟,盖林钟商(商调),罗笺本作林钟宫(南吕宫)。《关河令》为集外词,宫调不详。宋词共 18 首,三家皆次韵 |
| 052 | 满路花/2<br>归去难/1<br>(促拍满路花) | 仙吕(宫) | 3 | 83 | B | √ | | 首见柳永,名《促拍满路花》,平韵,仙吕调。秦观改仄韵。周词盖省称,又别名《归去难》。罗笺本作仙吕宫。宋词共 29 首,三家皆次韵 |
| 053 | 解语花 | 高平调 | 1 | 100 | C | | ● | 唐明皇喻杨贵妃为解语花,盖调名所自。词赋元宵,非本意。宋词共 12 首,梦窗词注林钟羽(俗名高平调),三家皆次韵。《谱》二八首列秦观词,实为明张綖作 |

续表

| 序号 | 调名/数量 | 宫调 | 首数 | 字数 | 词体 | 已见 | 首见 | 备注 |
|---|---|---|---|---|---|---|---|---|
| 054 | 六幺令 | 仙吕(宫) | 1 | 94 | C | √ |  | 首见柳永,盖源自唐大曲,仙吕调。罗笺本作仙吕宫。梦窗词注夷则宫(俗名仙吕宫)。宋词共19首,三家皆次韵 |
| 055 | 倒犯 | 仙吕调(宫) | 1 | 103 | C |  | ● | 犯调曲,盖仙吕(宫)调犯双调。罗笺本作仙吕宫。宋词共5首,梦窗词注夹钟商(俗名双调),三家皆次韵。《谱》三十列为正体 |
| 056 | 大酺 | 越调 | 1 | 133 | C |  | ○ | 唐教坊曲有《大酺乐》,无唐词。周词盖借旧曲名另创新声。题“春雨”,咏怀,非本意。宋词共15首,梦窗词宫调同,三家皆次韵。《谱》三七列为正体 |
| 057 | 玉烛新 | 双调 | 1 | 101 | C |  | ● | 调名盖出《尔雅》:“四时和谓之玉烛。”题“梅花”,盖创调。宋词共9首,梦窗词宫调同,方、杨二家次韵。《谱》二九列为正体 |
| 058 | 花犯 | 小石调 | 1 | 102 | C |  | ● | 犯调曲,题“梅花”,盖创调。宋词共12首,梦窗词宫调同,周密名《绣鸾凤花犯》,三家皆次韵。《谱》三十列为正体 |
| 059 | 丑奴儿(采桑子) | 大石调<br>不详/2 | 3 | 44 | A | √ |  | 唐教坊有大曲《采桑》、杂曲《杨下采桑》,首见五代和凝词,名《采桑子》。宋词共183首,别名《丑奴儿》。周词宫调不详2首为集外词。张先词入双调,于湖词注大石调。三家皆次韵 |
| 060 | 水龙吟(慢) | 越调 | 1 | 102 | C | √ |  | 首见欧阳修,名《鼓笛慢》,盖笛曲。宋词共313首,于湖词、梦窗词宫调同,三家皆次韵 |
| 061 | 六丑 | 中吕(宫) | 1 | 140 | C |  | ● | 犯调曲,犯六调,皆声之美而难歌者,因以高阳氏六子才而丑比之,盖创调。罗笺本作中吕宫。宋词共7首,三家皆次韵。《谱》三八列为正体 |

续表

| 序号 | 调名/数量 | 宫调 | 首数 | 字数 | 词体 | 已见 | 首见 | 备注 |
|---|---|---|---|---|---|---|---|---|
| 062 | 虞美人 | 正宫<br>不详/1 | 6 | 56 | A | √ | | 唐教坊曲,盖首见敦煌词。宋词共311首,周词宫调不详1首为集外词。张先入中吕调;于湖词注正宫。三家皆有次韵 |
| 063 | 兰陵王(慢) | 越调 | 1 | 130 | C | | ● | 始于北齐军中歌舞《兰陵王入阵曲》,唐为舞曲。龙榆生《清真词叙论》疑为"大晟府因旧曲创新声之一",或出清真新创。据《碧鸡漫志》、《樵隐笔录》,为笛曲,声犯正宫,一名《兰陵王慢》、《渭城三叠》。咏柳赋别,用短韵。宋词共33首,三家皆次韵。《谱》三七以此调始于秦观(明张綖作),注以周词为正体 |
| 064 | 蝶恋花 | 商调/5<br>不详/5 | 10 | 60 | B | √ | | 唐教坊曲名《鹊踏枝》,首见敦煌词。宋词共508首,柳词入小石调,张先入林钟商。周词宫调不详5首为集外词。三家皆次韵 |
| 065 | 三部乐 | 商调 | 1 | 99 | C | √ | | 首见苏轼。宋词共7首,梦窗词注"黄钟商,俗名大石调"。方、杨二家次韵 |
| 066 | 西河(慢) | 大石调<br>不详 | 2 | 105<br>104 | C | | ● | 《碧鸡漫志》卷五"西河长命女"条云:"又别出大石调《西河慢》,声犯正平。"盖源出唐《西河》曲。宋词共15首。周词题"金陵怀古",三叠;宫调不详者为集外词。梦窗词注小石调。三家皆次韵。《律》十八、《谱》三四列为正体 |
| 067 | 菩萨蛮 | 正平调 | 1 | 44 | A | √ | | 唐教坊曲,首见敦煌词,《尊前集》注中吕宫。宋词共608首,张先词入中吕宫、中吕调,于湖词注正平调。三家皆次韵 |
| 068 | 品令3 | 商调 | 1 | 56 | A | | ○ | 盖借旧曲另翻新声,与欧阳修、黄庭坚、李廌词俱为同名异调。宋词共6首,三家皆次韵。《律》五、《谱》九俱作"又一体" |

续表

| 序号 | 调名/数量 | 宫调 | 首数 | 字数 | 词体 | 已见 | 首见 | 备注 |
|---|---|---|---|---|---|---|---|---|
| 069 | 黄鹂绕碧树 | 双调 | 1 | 97 | C | √ | | 首见晁端礼。周词题"春情",为同调异体。宋词仅见晁、周各1首,三家无次韵。《律》十五、《谱》二五仅列周词一体 |
| 070 | 绮寮怨 | 中吕(宫) | 1 | 104 | C | | ● | 盖闺怨之曲,赋相思,合本意,盖创调。罗笺本作中吕宫。宋词共7首,陈允平次韵。《律》十八、《谱》三三俱列为正体 |
| 071 | 拜星月(慢) | 高平调 | 1 | 102 | C | | ○ | 唐教坊曲名《拜新月》,有敦煌词。周词与唐词为异调,题"秋思",犹合本意,盖另翻新声。宋词共6首,梦窗等调名"慢",注林钟羽(俗名高平调),陈允平次韵。《谱》三三列为正体 |
| 072 | 尉迟杯(慢) | 大石调 | 1 | 105 | C | √ | | 首见柳永,入双调。宋词共9首,万俟咏调名"慢",梦窗词注"夹钟商,俗名双调"。陈允平次韵。《谱》三三列为"又一体" |
| 073 | 绕佛阁 | 大石调 | 1 | 100 | C | | ● | 题"旅情",非赋本意,盖倚声之作。宋词共5首,梦窗词宫调同,陈允平次韵。《谱》二八仅列周词一体 |
| 074 | 一寸金 | 小石调 | 1 | 108 | C | √ | | 首见柳永,小石调。宋词共8首,梦窗词宫调同,陈允平次韵。《律》十九、《谱》三四俱收 |
| 075 | 如梦令 | 中吕(宫) | 2 | 33 | A | √ | | 首见唐白居易,名《宴桃源》,又名《忆仙姿》,苏轼改名《如梦令》。宋词共196首。罗笺本作中吕宫,陈允平次韵 |
| 076 | 月中行(月宫春) | 不详 | 1 | 50 | A | √ | | 首见毛文锡《月宫春》。周词别名《月中行》,未注宫调。宋词共4首,陈允平次韵 |
| 077 | 意难忘 | 中吕(宫) | 1 | 92 | C | | ● | 赋相思,合本意,盖创调。罗笺本作中吕宫。宋词共13首,陈允平次韵。《律》十三列为正体,《谱》二二仅列苏轼词一体,实为程垓作 |

**续表**

| 序号 | 调名/数量 | 宫调 | 首数 | 字数 | 词体 | 已见 | 首见 | 备注 |
|---|---|---|---|---|---|---|---|---|
| 078 | 定风波 | 商调 | 1 | 60 | B | √ | | 唐教坊曲,首见敦煌词。宋词共 87 首,张先入双调,于湖词注商调,陈允平次韵 |
| 079 | 红罗袄 | 大石调 | 1 | 53 | A | | ○ | 唐教坊曲名,无唐词。周词题“秋悲”,赋相思,犹合本意,盖另创新调。宋词仅 2 首,陈允平次韵。《律》七、《谱》十俱收列 |
| 080 | 夜飞鹊(慢) | 道宫 | 1 | 106 | C | | ● | 赋离别,合本意,盖创调。宋词共 9 首,卢祖皋名《夜飞鹊慢》,梦窗词注黄钟商,陈允平次韵。《律》十九《谱》三四俱列为正体 |
| 081 | 早梅芳(近) | 正宫 | 2 | 82 | B | √ | | 《梅苑》无名氏词咏“雪梅”,盖为创调,与柳永慢词为异调。吕渭老名《早梅芳近》。宋词共 8 首,周词赋离别相思,非本意。陈允平次韵。《律》十二作《早梅芳近》,列为“又一体”,《谱》十九列为正体 |
| 082 | 凤来朝 | 越调 | 1 | 50 | A | | ● | 题“佳人”,赋恋情,犹合本意,盖创调。宋词共 3 首,陈允平次韵。《谱》九仅列周词 |
| 083 | 芳草渡(慢) | 双调 | 1 | 89 | B | | ○ | 赋离别,犹合本意,与冯延巳等小令为异调,盖另翻新声。《谱》十一收此调,谓“慢词始自周邦彦”,另仅见陈允平次韵 1 首 |
| 084 | 感皇恩 | 大石调 | 1 | 68 | B | √ | | 首见贺铸,与唐教坊曲敦煌词 57 字小令为异调。宋词共 108 首。张先 3 首同唐词调。陈允平次韵 |
| 085 | 玉团儿 | 双调 | 2 | 52 | A | | ● | 咏佳人,合本意,盖创调。宋词共 6 首,周词 2 首皆为集外词。《律》七、《谱》十俱收列 |
| 086 | 粉蝶儿慢 | 不详 | 1 | 96 | C | | ◎ | 集外词,孤调,与《粉蝶儿》相异。赋春景,盖创调。用短韵。《律》十、《谱》二六俱收列 |

续表

| 序号 | 调名/数量 | 宫调 | 首数 | 字数 | 词体 | 已见 | 首见 | 备注 |
|---|---|---|---|---|---|---|---|---|
| 087 | 红窗迥 | 仙吕(宫) | 1 | 58 | A | √ | | 首见柳永,宫调不详,55字。宋词共5首,周词为集外词,与柳词盖属同调异体。罗笺本作仙吕宫。《律》八、《谱》十俱收列 |
| 088 | 念奴娇 | 大石调 | 1 | 100 | C | √ | | 首见沈唐,宋词共620首。周词为集外词。于湖词注大石调,白石词入双调 |
| 089 | 燕归梁 | 高平调 | 1 | 51 | A | √ | | 首见晏殊,宋词共26首。柳词入平调、中吕调,张先词、于湖词皆高平调。周词为集外词 |
| 090 | 南浦 | 中吕(宫) | 1 | 104 | C | | ○ | 唐教坊曲有《南浦子》,无唐词。宋词共8首,另有孔夷1首为异调。周词为集外词,赋离别相思,合本意,盖借旧曲另翻新声,为创调。罗笺本作中吕宫。《谱》三三列为"又一体" |
| 091 | 醉落魄(一斛珠) | 中吕(宫) | 1 | 57 | A | √ | | 首见李煜,名《一斛珠》。宋词共141首,多名《醉落魄》。张先入林钟商、高平调,于湖词注仙吕调。周词为集外词,《全宋词》据毛扆校汲古阁本《片玉词》补注"中吕",盖中吕宫 |
| 092 | 留客住 | 不详 | 1 | 94 | C | √ | | 首见柳永,入林钟商。宋词仅2首,周词为集外词,未注宫调 |
| 093 | 长相思(慢) | 高调(高平) | 1 | 103 | C | √ | | 首见柳永,注林钟商(商调),与唐小令为异调。宋词共9首,周词为集外词,《片玉集抄补》注"高调",盖高平调(羽声) |
| 094 | 看花回(慢) | 越调 | 2 | 101<br>102 | C | √ | | 首见欧阳修,为长调,盖慢词,与柳永大石调67字词为异调。宋词共10首,周词为集外词,《片玉集抄补》注越调 |
| 095 | 无闷 | 不详 | 1 | 101 | C | √ | | 首见丁注,宋词共5首。周词为集外词 |

**续表**

| 序号 | 调名/数量 | 宫调 | 首数 | 字数 | 词体 | 已见 | 首见 | 备注 |
|---|---|---|---|---|---|---|---|---|
| 096 | 琴调相思引 | 不详 | 1 | 46 | C |  | ● | 盖琴曲,赋相思,合本意,与贺铸73字词为异调。宋词共20首,别名《相思引》、《玉交枝》等。周词为集外词 |
| 097 | 青房并蒂莲 | 不详 | 1 | 102 | C |  | ● | 题“维扬怀古”,为集外词。或作王沂孙词,《全宋词》两收,仅见2首,略有异文 |
| 098 | 青玉案 | 不详 | 1 | 67 | B | √ |  | 首见贺铸。宋词共138首,周词为集外词,王国维疑为伪作。于湖词注正平调 |
| 099 | 一剪梅 | 不详 | 1 | 58 | A |  | ● | 咏梅,盖创调。为集外词。宋词共62首。《律》九列为“又一体”,《谱》十四列为正体 |
| 100 | 鹊桥仙令(鹊桥仙) | 歇指调 | 1 | 56 | A | √ |  | 首见欧阳修。柳永慢词为孤调。宋词183首皆小令。周词为集外词,《片玉集抄补》注歇拍,盖歇指调。于湖词注仙吕调、中吕调 |
| 101 | 花心动 | 双调 | 1 | 104 | C | √ |  | 首见阮逸女,宋词共34首,宫调不详。周词为集外词,《片玉集抄补》注双调 |
| 102 | 双头莲(慢) | 双调 | 1 | 102 | C |  | ◎ | 写秋景,赋相思,盖创调,亦孤调。为双拽头体。另有小令和长调。集外词,《片玉集抄补》注双调。《谱》三一收列,注“慢曲子” |
| 103 | 大有 | 小石调 | 1 | 99 | C |  | ● | 集外词,《片玉集抄补》注小石调。另仅见潘希白1首。《律》十五收列周词,《谱》二七仅列潘词,注“此调始自周邦彦”,因词欠雅驯,故采潘词 |
| 104 | 减字木兰花 | 不详 | 1 | 44 | A | √ |  | 首见柳永,宋词共442首,柳词入仙吕调,张先入林钟商,于湖词注仙吕调。周词为集外词 |
| 105 | 南柯子(南歌子) | 不详 | 2 | 52<br>54 | A | √ |  | 《南歌子》为唐教坊曲名,唐词有单双片两体。宋词260首,别名《南柯子》,多为双片体,周词为集外词 |
| 106 | 长相思 | 不详 | 4 | 36 | A | √ |  | 唐教坊曲,唐词为小令。宋词共113首,另有慢词9首。周词为集外词 |

续表

| 序号 | 调名/数量 | 宫调 | 首数 | 字数 | 词体 | 已见 | 首见 | 备注 |
|---|---|---|---|---|---|---|---|---|
| 107 | 万里春 | 不详 | 1 | 46 | A |  | ◎ | 集外词，孤调。赋相思，首句云“千红万翠”，合本意，盖创调。《律》四、《谱》五俱收 |
| 108 | 鹤冲天（喜迁莺） | 不详 | 2 | 47 | A | √ |  | 首见韦庄，咏进士及第，故名《喜迁莺》，冯延巳别名《鹤冲天》。唐词皆小令，入黄钟宫。宋词107首，为小令；柳永等《鹤冲天》4首为同名异调。周词为集外词，即《喜迁莺》 |
| 109 | 浣溪沙慢 | 不详 | 1 | 93 | C |  | ● | 集外词，《苕溪渔隐丛话前集》卷五十九引首二句，谓“古词”。另仅见马子严1首。《律》三、《谱》二三俱收 |
| 110 | 烛影摇红 | 不详 | 1 | 96 | C |  | ● | 据吴曾《能改斋漫录》卷十七，乃依王诜《忆故人》小令另撰新腔，翻为长调。各本多误作王诜词，清真集亦失载。宋词共42首，同周词；另有贺铸等6首与王诜同调。梦窗词7首注大石调。《谱》七列为“又一体” |
|  | 失调名 | 不详 | 1 | 14 | 不详 |  |  | 七言二句，宋韩彦直《橘录》卷中“金橘”条引，盖咏橘 |
| **110调** | **185首** | **14宫调** |  |  |  | **58** | **52** | **A=小令：33调，82首；B=中调：19调，36首；C=长调：58调，67首。长调+慢词=60调69首（中调《蓦山溪》、《芳草渡》2调为慢词）** |

说明：

1. 以上一览表主要以《全宋词》所收周邦彦词为依据，其中《清真集》所失收的少量作品或存在疑问，仍计入统计数据。孙校本与《全宋词》所收数量相合，唯未收失调名残句1首，不影响对用调数量的统计。对于罗笺本《附录词》中一部分为《全宋词》所不收的存疑作品，姑且不计入统计数据。

2. 对于词调名称则取正名（通用名），对清真词少量词调用别名者，则括注正名，并在备注栏中说明。对于少量同名异调，则在调名后标注数字以示区分，如《西平乐（慢）2》、《品令3》。对于一部分词调的曲体，除原作标明者外，凡有其他宋人作品标明或《词谱》等书考订其性质者，则括注“令”、“近”、“近拍”、“慢”等字，以便区分与分析。

3. 在清真首见词调中，标“○”号者，表示虽与唐五代北宋曲名或调名相同而实为翻新之调或同名异调者；标“◎”号者，表示为仅见周词而无人沿用的孤调。

4. “备注”栏则简述撮录各调源流、创制、宫调、体式，以及每调两宋作词数量、《词律》《词谱》收录情况等，以为考察分析之参考。

## 二　清真词用调的定量分析

从统计一览表可见，清真词凡 186 首（含失调名残句 1 首），共用 110 个词调，各调作词数量、所属宫调、词体分布、用调情况等，都各有具体的数据。那么这些数据背后有何意义，换言之，从这些统计数据中能看出清真用调具有怎样的风貌、特征与成就，我们可以先做一番定量分析，以为后面进一步地定性分析和深入考察做铺垫。

首先，清真用调总数在两宋词人中名列前茅。从用调总数来看，清真以 110 调的总数位居两宋词人用调排行榜的第 4 名，仅次于柳永、吴文英（皆 142 调）、陈允平（121 调）三人，而超越了辛弃疾（100）、张炎（99）、贺铸（92）、张先（89）、姜夔（56）等一大批大家和名家词人（参见第二章），表明清真对宋代词调发展繁荣做出了重要贡献。

其次，清真在用调上更注重创调和选调。清真词凡 186 首中除失调名残句 1 首外，共运用了 110 个词调，平均每个词调作词为 1.68 首；也就是说，清真平均不到两首词就要换用一个词调。从上文列表可以看出，清真每调作词在两首以上者并不多，每调作词最多者仅为 10 首，只有《浣溪沙》、《蝶恋花》2 调，此外《木兰花》7 首、《虞美人》6 首、《南乡子》5 首，《少年游》、《点绛唇》、《长相思》、《满庭芳》各 4 首，《蓦山溪（慢）》、《迎春乐》、《诉衷情（令）》、《夜游宫》、《丑奴儿》（即《采桑子》）、《（促拍）满路花》各 3 首，几乎皆为沿用唐五代北宋旧调，而且多为小令和中调，只有《满庭芳》、《蓦山溪（慢）》2 调为长调、慢词。虽然在清真沿用的旧调中也有一些每调作词只有 1、2 首的词调，但我们看到在清真首用和创调的 52 调中，除了《琐窗寒》、《西河（慢）》、《红林檎近》、《玉团儿》4 调每调 2 首外，其余 48 调皆为一调一词。与两宋用调大家相比，柳永 212 首词作（不计失调名残句 1 首）共用 142 调，平均每调作词约 1.49 首；吴文英 340 首词作（不计失调名残句 1 首）共用 142 调，平均每调作词约 2.39 首；辛弃疾 629 首词作共用 100 调，平均每调作词约 6.29 首；姜夔 87 首词作共用 56 调，平均每调作词约 1.55 首。可见清真词用调与词作的比值仅略高于柳永和姜夔这两位创调名家，却远低于吴文英和辛弃疾这两位用调大家。在作词与用调的关系上，清真更注重创调和选调的特征也就表现得非常鲜明突出，亦可证清真“创调之才多”实非虚言。

其三,清真词用调做到了继承与创新并重。清真继承和沿用唐五代至北宋中前期已有词调凡58调,首见清真词或为清真创始的新调凡52调,继承旧调的比例略高于创用新调的比例。表面看起来,清真在用调上的创新程度似乎不如柳永那么高,柳永共用142调,创用新调共124调,占其用调总数的比例高达87.3%,而周邦彦创用新调的比例则只占47.2%。然而考虑到柳永处于北宋前期,他所面对的词调"遗产"只有唐五代北宋前期的二百多调,而周邦彦处于北宋后期,经北宋前期柳永、晏殊、张先、欧阳修四大家的开创和北宋中期苏轼和苏门词人的拓展,周邦彦所面对的词调"库存"已大为扩展和丰富,其创用新调仍能与继承旧调保持基本平衡,其开拓创新之功实属卓著不凡,除了稍逊色于柳永之外,两宋词坛则无人能比。兹将两宋词人创用新调在10调以上的词人列表如下:

**表6-2　两宋词人创用新调10调以上一览表**

| 词　人 | 用调总数 | 新调数量 | 比例/% | 词　人 | 用调总数 | 新调数量 | 比例/% |
|---|---|---|---|---|---|---|---|
| 柳　永 | 142 | 124 | 87.3 | 晏　殊 | 37 | 12 | 32.4 |
| 张　先 | 89 | 39 | 43.8 | 欧阳修 | 65 | 21 | 32.3 |
| 苏　轼 | 76 | 11 | 14.4 | 黄庭坚 | 71 | 15 | 21.1 |
| 晁端礼 | 73 | 15 | 20.5 | 贺　铸 | 92 | 19 | 20.6 |
| 周邦彦 | 110 | 52 | 47.2 | 万俟咏 | 25 | 11 | 44.0 |
| 曹　勋 | 84 | 26 | 30.9 | 姜　夔 | 56 | 21 | 37.5 |
| 吴文英 | 142 | 16 | 11.2 | | | | |

可见清真创用新调的数量和比例不仅超过了与柳永同时的晏、张、欧三大家,也超过了与他同时以及南宋的各位大家和名家,其创调成就实在堪与柳永相媲美。

其四,清真词用调也体现了体式多样而以长调慢词为主的创作业绩。清真词所用110个词调中,小令33调(82首),中调19调(36首),长调58调(67首),所占比例分别为30%、17.3%、52.7%。若计入中调里的《蓦山溪》、《芳草渡(慢)》2调,周邦彦的长调慢词的总数则为60调(69首),所占比例已达54.54%,已超出其小令和中调相加之和,其长调慢词总数之多,比例之高,在两宋词人中亦位居前列，仅次于柳永(92 调)、吴文英(90 调)、陈允平(63 调)。与之前的柳永用调相比，小令的比例增高了约一倍，中调的比例却下降了约 11%，长调慢词的比例则相差不大，只不过低了约 10.24%。至于南宋后期的吴文英，所用长调虽多达 90 调，但多为对北宋以来慢词长调的继承，出自梦窗创调者并不多，故其成就和影响实不能与柳永、周邦彦相比；陈允平所用长调数量虽略多于清真几调，但陈允平用调则多属对清真词的追和次韵，更较少开拓创新。清真用调还体现了对丰富多样的曲式词体的开拓与创新。如其中调词里，即有《荔枝香近》、《隔浦莲(近拍)》、《华胥引》(86 字)、《蕙兰芳引》(84 字)、《红林檎近》、《(促拍)满路花》(83 字等)、《早梅芳(近)》(82 字)等“引”、“近”之曲，有些与长调、慢词已较为接近。而在长调慢词的创制中，清真既对柳永刚刚起步的犯调曲做出了拓展，如《侧犯》、《倒犯》、《花犯》、《渡江云》(三犯)、《玲珑四犯》、《六丑》(犯六调)等皆属犯调曲，而且也在三叠体、双拽头体等词体形式上做出了进一步的探索与创新，创造出《兰陵王》、《西河》等三叠体的名作，以及《瑞龙吟》、《双头莲(慢)》等双拽头体的新调。

其五，清真词创用新调的成功率最高。在首见清真词或为清真创调的 52 个新调中，无人沿用和继承的孤调只有 3 调，即《粉蝶儿慢》、《双头莲(慢)》和《万里春》3 调，其余 49 调都得到了两宋词人的采用，其孤调率之低，流行率之高，在两宋词人创调中堪称翘楚。在以创调而著称的词人中，柳永创用新调虽多达 124 调，而孤调却占了 48 调；姜夔创用新调 21 调，孤调也占了 8 调；吴文英创用新调 16 调，孤调更多达 13 调，都无法与周邦彦比肩。从孤调的数量统计和比较中，清真词在创调上的成就和地位得到了有力的凸显和印证。

## 第二节　清真词对唐宋已有词调的继承

与柳永对唐五代北宋前期词调的继承仅有 18 调 40 首，占其用调总数和词作总数的比例分别为 12.6% 和 18.7% 的数据相比，周邦彦对前人包括同时代人已有词调的沿用和采用则达到了 58 调 129 首的数量，占其用调总数和词作总数的比例分别为 52.7% 和 69.7%，可见清真词用调在继承上做出了比柳永更多的实践和努力。因此，在探讨清真创调成就之前，我们有必要对清真继承前人已有词调的创作有所考察。

## 一 对唐五代词调的继承

唐五代词调总数不过在一百多调,而且多是令曲短调。到周邦彦创作的北宋后期,这些词调已至少经历了一百多年的历史,有的则甚至长达二三百年的历史,可谓"古曲""旧调"。然而这些唐五代词调却有相当一部分继续在北宋词坛上流行,尤其是经过以二晏为代表的词坛名家的相继坚守和发扬,不少唐五代的令曲短调更焕发出新的光彩,以至成为宋代词坛的常用词调和"金曲""名调"。这对清真词的创作在用调择调上自然也会产生一定的影响。从周邦彦沿用前人已有词调的58调来看,其中出自唐五代词调者即有19调(66首),占其沿用前人词调总数的比例为32.8%。兹列录如下:

| | | | | |
|---|---|---|---|---|
| 浣溪沙(10) | 蝶恋花(10) | 木兰花(7) | 虞美人(6) | 南乡子(5) |
| 点绛唇(4) | 长相思(4) | 采桑子(3) | 渔家傲(2) | 望江南(2) |
| 阮郎归(2) | 如梦令(2) | 南歌子(2) | 喜迁莺(2) | 苏幕遮 |
| 菩萨蛮 | 月宫春 | 定风波 | 一斛珠 | |

首先,周邦彦对唐五代词调的继承皆为小令短调。其中《蝶恋花》、《渔家傲》、《苏幕遮》、《定风波》4调,虽然字数篇幅皆在60字左右,属于中调的范围,但从曲式词体来看,仍属令曲令词性质。其他15调则完全属于令曲和小令的范畴。上列19调中,无一调为慢词长调。清真所作长调慢词中,只有《拜星月(慢)》、《还京乐》、《风流子(慢)》、《芳草渡(慢)》等几调,与唐五代调名或曲名相同或相近,但要么与唐五代词体不同,要么唐五代并无作词,乃属翻旧为新或同名异调(参见下文)。可见周邦彦对唐五代词调的继承主要以小令短调为重心,唐五代仅有的10余个慢词长调至清真时代已成流风逸响,已不再引起清真的关注和采用。

其次,周邦彦所采用的唐五代旧调多为古典名曲。其中《望江南》、《浣溪沙》、《菩萨蛮》、《虞美人》、《蝶恋花》(唐五代调名《鹊踏枝》)、《南乡子》、《木兰花》这些词调,不仅是唐五代词坛的金曲名调,如《浣溪沙》、《菩萨蛮》2调各有96首、86首的创作,尤其是《望江南》更有多达751首的传词,而且这些词调到了宋代词坛仍然流行,创作数量多在数百首以上,尤其是《浣溪沙》、《菩萨蛮》、《蝶恋花》3调更跻身于两宋十大金曲名调之列，分别排名第一、第五、第七位，其他《点绛唇》、《渔家傲》、《虞美人》、《南歌子》、《望江南》、《木兰花》、《南乡子》、《如梦令》、《阮郎归》、《采桑子》、《一斛珠》、《长相思》等各调，也都排名在50位以内，只有《苏幕遮》(32首)、《定风波》(87首)2调的创作数量略少一些。可见周邦彦对这些唐五代词调的采用与宋代词人群体的审美选择是一致的，也是时代风气和词坛风尚的反映，堪称对唐五代词调优秀遗产的继承与发扬。只有《月宫春》一例有些特别，此调唐五代仅见"花间词人"毛文锡作词一阕，周邦彦为第二位作者，其词别名《月中行》，实与毛词为同调。此调堪称周邦彦对唐五代"旧调"与"僻调"的发掘，两宋除周邦彦外，另仅有韩淲、吴文英、陈允平沿用和次韵，共存词4首，虽然数量不多，于发掘旧调和丰富词坛仍有意义。

其三，周邦彦所用唐五代旧调每调作词数量较多。从以上统计中我们看到，除《苏幕遮》、《菩萨蛮》等5调每调作词仅为单篇作品之外，其余14调每调作词都在2首以上，《浣溪沙》、《蝶恋花》2调甚至达10首之多。从调与词的比值来看，每调平均作词为3.47首，不仅比整个清真词每调作词1.68首的比值翻了一番，而且尤其高出于清真创用新调或其慢词长调几乎一调一词的比例。这一方面反映了清真对唐五代旧调的继承，其重心主要在歌词的创作，另一方面也说明清真对这些仍在流行的古典名曲的采用驾轻就熟，得心应手。大概正因为如此，周邦彦在应歌之时、交游之际或感发之中，往往会采用这些已经成熟而且熟悉的旧调，甚至还出现其创用新调和长调慢词中绝无仅有的组词形式，如《蝶恋花》10首，其中5首用韵相同，即为咏柳组词。

其四，周邦彦对唐五代旧调的采用也不乏开拓与名作。虽然周邦彦沿用唐五代旧调的创作从整体上看成就并不很高，但在声律的精美、技艺的创新、词风的拓展等方面仍有可取之处，并留下了少量名篇佳作。如《望江南》其一：

歌席上，无赖是横波。宝髻玲珑敧玉燕，绣巾柔腻掩香罗。人好自宜多。　　无个事，因甚敛双蛾。浅淡梳妆疑见画，惺忪言语胜闻歌。何况会婆娑。(P615)

这首小词宋本题作“咏妓”，罗笺本以为“此等艳词出于少作以付声妓”①，内容上虽无可取，但艺术上却颇有特点。清陈廷焯评曰：“艳词至美成，一空前人，独辟机杼。如此词下半阕，不用香泽字面，而姿态更饶，浓艳益至，此美成独绝处也。”②可见清真青少年时代作词从学习“花间”“艳词”入手，即已表现出非凡的才情，艳而不淫，以姿态风韵取胜。

又如《苏幕遮》：

> 燎沈香，消溽暑。鸟雀呼晴，侵晓窥檐语。叶上初阳干宿雨。水面清圆，一一风荷举。　　故乡遥，何日去。家住吴门，久作长安旅。五月渔郎相忆否。小楫轻舟，梦入芙蓉浦。（P603）

此词下片咏怀，固然“风致绝佳，亦见先生胸襟恬淡”③，而上片咏荷，亦“真能得荷花之神理者”④。其他如《蝶恋花》“月皎惊乌栖不定”、《浣溪沙》“楼上晴天碧四垂”、《木兰花》“桃溪不作从容住”等，亦皆为历代传诵的名篇佳作。清陈廷焯评曰：“美成小令，于温、韦、晏、欧外，别开境界，遂为南宋诸名家所祖。”⑤便指出了清真小令在继承唐五代北宋前期词体词风的基础上又有所开拓创新的创作成就。

## 二　对北宋词调的采用

除了继承唐五代的“古典名曲”之外，生活在北宋后期的周邦彦比之柳永在用调上就有了更大的采择空间，这就是对北宋前期前辈词人及北宋中后期同时代词人已用词调的采用。采用哪位词人的词调多，如何运用，这些择调用调情况便包含了周邦彦本人的偏好因素和审美选择。经统计，周邦彦采用北宋词坛已有词调共计 39 调（63 首），涉及 15 位词人的用调（包含阮逸女和无名氏），占其沿用前人已有词调总数的比例达 67.2%，比其对唐五代旧调的采用（19 调/32.8%）翻了一番有余。兹列表如下：

---

① 罗忼烈：《清真集笺注》，第 14 页。

② 陈廷焯：《词则 · 闲情集》卷一，上海：上海古籍出版社 1984 年版（影印本），下册，第 902 页。

③ 陈廷焯：《云韶集》，引自罗忼烈《清真集笺注》，第 64 页。

④ 王国维：《人间词话》，第 207 页。

⑤ 陈廷焯：《词则 · 大雅集》卷二，上册，第 70 页。

**表 6－3　清真词采用北宋词人已有词调一览表**

| 词　人 | 采调/作词 | 词调名称/作词数量 |
| --- | --- | --- |
| 柳　永 | 14/21 | 应天长(慢)、荔枝香近＃/2、满江红、浪淘沙(慢)/2、少年游＊/4、法曲献仙音、促拍满路花＃/3、六幺令、尉迟杯(慢)、一寸金、红窗迥＊、留客住、长相思(慢)、减字木兰花＊ |
| 欧阳修 | 5/9 | 蓦山溪(慢)/3、清商怨＊(周词别名《伤情怨》《关河令》)/2、鼓笛慢(即《水龙吟》)、看花回(慢)/2、鹊桥仙＊ |
| 晏　殊 | 3/5 | 秋蕊香＊、诉衷情(令)＊/3、燕归梁＊ |
| 张　先 | 2/3 | 玉联环(即《一落索》)＊/2、塞垣春 |
| 沈　唐 | 2/2 | 霜叶飞、念奴娇 |
| 秦　观 | 2/5 | 风流子(慢)/2、夜游宫＊/3 |
| 贺　铸 | 2/2 | 感皇恩＃、青玉案＃ |
| 毕大节 | 1/4 | 满庭芳/4 |
| 张景修 | 1/1 | 选冠子(周词别名《过秦楼》) |
| 苏　轼 | 1/1 | 三部乐 |
| 黄庭坚 | 1/2 | 瑞鹤仙/2 |
| 丁　注 | 1/1 | 无闷 |
| 晁端礼 | 1/1 | 黄鹂绕碧树 |
| 阮逸女 | 1/1 | 花心动(慢) |
| 无名氏 | 2/5 | 迎春乐＊/3；早梅芳(近)＃/2 |

### （一）对柳永用调的继承

从一览表可见，周邦彦采用柳永创调最多，共 14 调(21 首)，占其采用北宋已有词调总数的比例为 35.8%。单从词调数量上来看，周邦彦对柳永的偏好和学习十分明显，两人之间在用调上有较清晰的源流传承关系。从词调性质或体式来看，《少年游》、《红窗迥》、《减字木兰花》3 调为小令(调名后标“＊”者)，《荔枝香近》、《促拍满路花》2 调为中调(调名后标“＃”者)，其余 9 调则皆为慢词长调(调名标下划线者)，既可见周邦彦对柳永用调的继承在词调体式上较为丰富多样，又凸显出以长调慢词为重心的创作特征。

首先，周邦彦对柳永首创的小令词调的继承值得关注。

兹以《少年游》一调为例。据《全宋词》所载，此调早期作者共有杨亿、柳永、张先、晏殊、欧阳修五位，究竟谁为创始，一向存在分歧。按生年排序，杨亿在前

(974生),比柳永(约987)、张先(990)、晏殊(991)出生都早。然杨亿《少年游》咏梅,写江南雪景,与“少年游”的调名本意无关,自非创调之作。《词谱》卷八以晏殊词为正体,注云:“调见《珠玉集》,因词有‘长似少年时’句,取以为名。”①实则晏词赋家人为其祝寿,末句“长似少年时”不过是希冀长生不老之意,并非“少年游”的本意,《词谱》取为创调,并不可信。张先此调共4首,一赋“井桃”,一题“渝州席上和韵”,一写离别相思,一写探花赏春,皆非创调。至于欧阳修,虽亦以此调作词5首,然多赋恋情与艳情,亦无创调迹象。实则此调当创始于柳永。柳永此调共作词10首,在两宋词人中数量最多,可见他对此调的偏爱,这当与他一生多游冶和羁旅的经历有关。柳词10篇之中,4首写冶游,2首写思念,2首赋闺怨,2首赋羁旅。冶游、羁旅、思念、闺怨这几种题材,或叙当下情事,或从词人视角落笔,或从女性心事着墨,皆是以“少年游”为叙事线索和情感出发点。其中“日高花榭懒梳头”一词,写冶游风情,有“贪迷恋、少年游”之句,正赋咏调名本意,应为创调始词。

《少年游》一调在北宋前期因柳永的大量创作以及晏、张、欧几家的追随而风行一时,之后晏几道、苏轼等人亦有续作,对此调的流行又有所推进。周邦彦对《少年游》这一词调,也表现出了与柳永一样的偏好,共写下4首词作,既是北宋中后期以此调作词最多的词人之一,在清真词中也是作词数量较多的词调之一。兹录清真词如下:

> 南都石黛扫晴山。衣薄耐朝寒。一夕东风,海棠花谢,楼上卷帘看。而今丽日明如洗,南陌暖雕鞍。旧赏园林,喜无风雨,春鸟报平安。(P599)
>
> 朝云漠漠散轻丝。楼阁淡春姿。柳泣花啼,九街泥重,门外燕飞迟。而今丽日明金屋,春色在桃枝。不似当时,小桥冲雨,幽恨两人知。(P599)
>
> 并刀如水,吴盐胜雪,纤手破新橙。锦幄初温,兽烟不断,相对坐调笙。低声问向谁行宿?城上已三更。马滑霜浓,不如休去,直是少人行。(P606)

① 《词谱》卷八,第133页。

檐牙缥缈小倡楼。凉月挂银钩。聒席笙歌，透帘灯火，风景似扬州。

当时面色欺春雪，曾伴美人游。今日重来，更无人问，独自倚阑愁。（P615）

就题材内容而言，类别与柳词相似，既有流连妓馆的冶游之作，也有客居荆州的怀旧之篇，而且怀旧是以少年情意作今夕对比，如“不似当时，小桥冲雨，幽恨两人知”，如“曾伴美人游”，如“檐牙缥缈小倡楼”。与柳永写《少年游》相比较，柳词或直写冶游情景，或以之对比当下的羁旅苦况，周词也是如出一辙。其中最为人熟知和传诵的是纯写冶游的“并刀如水”一阕。此词虽于内容题材上并无开拓创新之处，却以“意思幽微，篇章奇妙”①、“丽极而清，清极而婉”②，成为清真词的代表作之一。从体式来观察，其余三阕的句式格律皆原封不动地沿用柳永的词作，唯独这一首则采用杨亿、晏殊此调的体式，体现出一定的变化性。对《少年游》一调的采用，可视作周邦彦继承柳永词调的一个缩影。

其次，周邦彦为柳永创调的发掘和推广做出了贡献。

柳永所用所创的词调中，有相当一部分成了孤调，没有得到后人的继承。在周邦彦继承柳永的 14 调之中，《荔枝香近》、《应天长(慢)》、《一寸金》、《浪淘沙(慢)》、《法曲献仙音》、《红窗迥》、《留客住》7 调，周邦彦都是继柳永创调或首见之后的第二作者。也即是说，在柳永创调之后数十年中，这 7 调都无人采用，周邦彦堪称对柳永用调和创调的重新发掘和推广。其中，《一寸金》两宋共存词 8 首，除柳、周各 1 首外，另仅有南宋词人所作 6 首；《浪淘沙(慢)》两宋共存词 7 首，除柳永 1 首、周邦彦 2 首外，亦仅见南宋吴文英和方、杨、陈三家次韵各 1 首；《红窗迥》两宋作词共 5 首，除柳、周各 1 首外，另仅见曹豳 1 首和无名氏 2 首；《留客住》更是仅见柳永和周邦彦各 1 首，并无他人作词。尽管如此，周邦彦对继承和推广柳永词调、活跃和丰富两宋词坛用调所做出的努力和贡献，仍不容忽略。另有 2 调，经周邦彦沿用后在两宋词坛较为流行。其一是《应天长(慢)》，此调在唐五代为小令，经柳永翻制为长调慢词之后，在北宋后期和南宋词坛共作词 21 首，周邦彦起到了重要的“二传”作用；其二为《法曲献仙音》，此调虽首见柳永填词(2 首)，但体式尚不够稳定，或有讹误，经周邦彦续作之后，于

---

① 《古今词论》引毛稚黄评语，《词话丛编》本，第 609 页。

② 谭评《词辨》，引自罗忼烈《清真集笺注》，第 4 页。

句式声律上略有变化，使此调更趋定型精稳，故清真以后 17 首宋词则多依周体。

另有《促拍满路花》、《六么令》、《尉迟杯(慢)》、《长相思(慢)》4 调，周邦彦亦为柳永创调和首见之后北宋词坛上的重要作者。《促拍满路花》两宋共存词 29 首，除柳永首见之外，同时的欧阳修，其后的黄裳和秦观各有采用，周邦彦大致为第 5 位作者，但他作词 3 首，为北宋此调作词最多者，其余皆为南渡及南宋之作。《六么令》两宋共存词 20 首，柳永首用之后沿用此调者有晏几道、贺铸和周邦彦，大致为同时代人，姑以周邦彦为第 4 位作者，其余则皆为南渡和南宋词人。《尉迟杯(慢)》和《长相思(慢)》2 调，两宋存词皆为 9 首，柳永首用或创调之后，周邦彦大致亦皆为第 4 位作者，其余两位作者各为贺铸、晁补之和秦观、贺铸，基本上为同时代人，只有秦观略早一点。以上 4 调，周邦彦虽然没有担任"二传手"，但亦皆为早期作者之一，而且因为得到了南宋三家的追和次韵，对这些词调的沿用和传承也起到了比其他同时代词人更重要的作用和影响。

至于《满江红》和《减字木兰花》2 调，虽然皆为柳永首用和创调后两宋最流行的金曲名调之一，但周邦彦起到的传承作用并不显著，而主要以苏轼等人的影响为最大，兹不赘述。

总体而言，周邦彦对柳永词调的继承和传扬虽然做出了贡献，也产生了一定的影响，但成就并不那么卓越。用当代流行音乐的话语来表述，周邦彦并不能算是非常出色的编曲人。在当代流行音乐界，作曲人和编曲人未必是同一人，而后者的任务是在原有的旋律基础上，对乐曲进行加工润色，使之声情效果更加丰富明显。在这方面，周邦彦并未取得很大的成功，原因就在于从词作内容、风格、句式、声律上来看，周邦彦沿用柳永词调，多未改其旋律，亦未变其声情。在原调本不流行的情况下，即使周邦彦采用过，但旋律声情依旧，该调也难以走红。尤其重要的是，周邦彦对柳永用过和首创的这些词调，并没有能像苏轼那样在内容题材和艺术风格上都做出突破和创新，写出"新天下耳目"的杰作佳篇，以"创意"带动用调。

#### （二）对其他词人用调的采用

除柳永外，周邦彦对北宋前期其他词人的用调也有采用，其中以采用欧阳修、张先、晏殊用调为较多，另外也涉及毕大节、沈唐的用调。

柳永之外，周邦彦沿用欧阳修的词调数量亦达 5 调(9 首)，即《蓦山溪(慢)》(3 首)、《清商怨》(2 首)、《鼓笛慢》(即《水龙吟》)、《看花回(慢)》(2 首)、《鹊桥仙》。其中长调慢词占 3 调，小令占 2 调，仍以长调慢词为重心。小令中的《鹊桥仙》、长调慢词中的《水龙吟》、《蓦山溪(慢)》，皆为两宋词坛上的名曲，周邦彦能加以采用，既是受流行风尚的影响，也能见出其眼光的敏锐。只是周邦彦对这些词调的采用并无什么突破与建树，不过是一节链条、一个过客而已。倒是《看花回(慢)》一调，两宋存词仅 8 首，在欧阳修首创之后，北宋词坛上的继承者只有黄庭坚和周邦彦，周邦彦没有采用柳永创调的《看花回》小令，而是选择了欧阳修创调的慢词，既可见出其对慢词长调的关注，也对此调的传承起到了一定的推进作用。周邦彦对晏殊用调的继承虽有 3 调，但皆为小令，且无所创新。对张先用调的采用只有 2 调，《玉联环》盖创始于张先，宋词别名《玉连环》、《洛阳春》等，而以《一落索》为通用名，乃小令调，两宋虽然较为流行，但周邦彦并无多大贡献；倒是《塞垣春》为长调，两宋虽然仅存词 7 首，但周邦彦乃张先创调后的第二位作者，对此调起到了“二传”作用。

周邦彦对北宋前期前辈词人用调的继承，还涉及毕大节和沈唐二人。《满庭芳》一调，两宋共存词 352 首，北宋中前期有张伯端、则禅师、陈偕、晏几道等人作词，似皆非创调。《全宋词补辑》首录毕大节此调 2 首，皆为祝寿词，以其人盖宋初作者，则此调当以毕大节为首见和创始。然此调在两宋词坛的流行，当以苏轼功劳最著，他不仅是北宋以此调作词最多的词人之一(与黄庭坚、秦观皆作词 6 首)，而且创作出多首名篇佳作，在内容题材和艺术风格上都做出了开拓创新。周邦彦对此调的采用，当亦受到东坡词的影响，他用此调作词 4 首，而且创作出了“风老莺雏”的名作，对此调在南宋的进一步走向流行与繁兴，也起到了重要的铺垫作用。至于沈唐，周邦彦则采用了他首用和创始的《念奴娇》、《霜叶飞》2 调，皆为慢词长调。《念奴娇》为宋词长调慢词的四大金曲之一，沈氏的创始之作为与调名本意和声情相合的婉约之作，苏轼则用此调创制出“赤壁怀古”和中秋词这两阕逸怀浩气的豪放之篇，之后黄庭坚追摹东坡豪放之风，而仲殊又稍稍回归婉约之风。周邦彦盖为此调的第 5 位作者，其词写春景，赋相思，清雅婉丽，则显然是对沈唐原调本色的回归。《霜叶飞》亦为长调慢词，两宋仅存词 11 首，沈唐之外有黄裳续作，周邦彦盖为第 3 位作者，对这一慢词长调在南宋的创作亦有所影响。

周邦彦对北宋中后期与他大致时代相同或相近的词人用调亦有采用,主要涉及苏轼、秦观、黄庭坚以及贺铸、晁端礼等人,另有张景修、丁注、阮逸女、无名氏。虽然采调数量较少,多为一调、两调,呈现较零散和偶发的状态,但仍能看出周邦彦对以苏轼为领袖的元祐词坛用调的关注,以及对刚刚产生的以慢词为主的长调新声的采用。

尽管苏轼的词风与清真风范并不相侔,但从用调来看,周邦彦一定关注到了东坡的开拓与创新,其对《念奴娇》、《满庭芳》等调的采用,或许就是受到了东坡创新的感召或刺激。同时,周邦彦也采用了首见东坡或为东坡创调的《三部乐》一调,成为东坡之后的第二位作者,使此调在南宋得以延续,相继有陈亮(2首)、方千里、杨泽民、吴文英作词。从这一点来看,清真也算得上是东坡的知音。

周邦彦对首见黄庭坚《瑞鹤仙》一调的采用,也值得关注。此调颇具影响力,在宋代词坛上共创作了120首作品。山谷此调之作乃创为"独木桥体",全篇同押"也"字韵,隐括欧阳修《醉翁亭记》。兹引录全词如下:

> 环滁皆山也。望蔚然深秀,琅琊山也。山行六七里,有翼然泉上,醉翁亭也。翁之乐也。得之心、寓之酒也。更野芳佳木,风高日出,景无穷也。
> 游也。山肴野蔌,酒冽泉香,沸筹觥也。太守醉也。喧哗众宾欢也。况宴酣之乐、非丝非竹,太守乐其乐也。问当时、太守为谁,醉翁是也。(P415)

在北宋中后期的词坛上,以此调作词者除黄庭坚外,另一位作者就是周邦彦,其余作者则皆为南渡和南宋词人。周词共2首,句式声律比山谷词略有变化,乃属同调异体,兹亦引录如下:

> 悄郊原带郭。行路永,客去车尘漠漠。斜阳映山落。敛余红、犹恋孤城栏角。凌波步弱。过短亭、何用素约。有流莺劝我,重解绣鞍,缓引春酌。　不记归时早暮,上马谁扶,醒眠朱阁。惊飙动幕。扶残醉,绕红药。叹西园、已是花深无地,东风何事又恶。任流光过却。犹喜洞天自乐。(P598)

暖烟笼细柳。弄万缕千丝，年年春色。晴风荡无际，浓于酒、偏醉情人调客。阑干倚处，度花香、微散酒力。对重门半掩，黄昏淡月，院宇深寂。

愁极。因思前事，洞房佳宴，正值寒食。寻芳遍赏，金谷里，铜驼陌。到而今、鱼雁沉沉无信，天涯常是泪滴。早归来，云馆深处，那人正忆。(P627)

关于《瑞鹤仙》一调的创始尚存分歧与疑问。以时代论，当以黄庭坚词为首见和创始，然黄词不载《山谷词》，《全宋词》乃据《诗人玉屑》卷二十一辑录，今人整理本《山谷词》则附为“存疑”词①，甚至有人怀疑为“赝作”，而以此调“当为大晟府所制新声”②。《词谱》卷三十一收此调，共列十六体，首列清真“悄郊原带郭”一词，注云：“此调始自北宋，应以周词为正体，但南宋人填此调者，悉同史词。”(第558页)亦以周词另首列为“又一体”，而不及山谷词。考宋代史志虽有徽宗政和间群鹤翔舞一类的记载，但并未记载创制《瑞鹤仙》曲调之事；且周邦彦所作此调2首，皆赋咏游乐与相思，与词调本意并不相符，很难认为是创调始词；另外，周词第二首亦不载《清真集》，故亦有疑问。倒是山谷词隐括欧阳修《醉翁亭记》，盖以瑞鹤比醉翁，隐含祝颂之意，与调名本意则较为相合。因此，笔者认为此调即使不是山谷创调，首见山谷则是可信的。《词谱》谓“南宋人填此调者悉同史词”，实际上史达祖词即主要沿用山谷词体。尽管如此，因山谷词用的是“独木桥体”，对此调声韵的建树尚有不足，周邦彦则改押入声韵，于句式声律又有新的探索，其创建之功亦不可没。

周邦彦还采用了首见秦观的《夜游宫》、《风流子(慢)》2调，前者为小令，两宋共存词27首，后者为慢词，两宋共存词50首，周邦彦在其中也起到了一定的传承作用。周邦彦对贺铸用调的采用主要有《感皇恩》、《青玉案》2调，皆为令曲中调。除此之外，周邦彦还有对与他同属大晟词人的晁端礼所创新调《黄鹂绕碧树》的采用，以及对张景修、丁注、阮逸女、无名氏用调的采用，其中《选冠子》、《花心动(慢)》、《迎春乐》等调较为流行，其余各调则作者不多，兹不一一赘述。

---

① 马兴荣、祝振玉校注：《山谷词》，第274页。

② 张春义：《大晟府及其乐词通考》，北京：中国社会科学出版社2017年版，第290页。

## 第三节 清真词创用新调的特征与成就

周邦彦词作里最具特征和成就的词调还是首见和创始于清真的新调，我们姑且称之为“清真新调”。这部分词调共计52调，虽然比清真继承唐五代北宋已有词调数量(58调)略少数调，创作的作品数量也只有56首，远远不及前者多(129首)，但是清真新调却是周邦彦用调创调主要成就之所在，清真词的艺术风范和词史地位也主要是由这些新调和创调所奠定的。

### 一 清真新调的分类考订

清真词共创用52个新调，各调具体数据和详情，已见第一节统计表格。这里汇列52调的调名如下，以做分类考订：

瑞龙吟、琐窗寒(2首)、渡江云、还京乐、扫花游、解连环、玲珑四犯、丹凤吟、西平乐(慢)2、忆旧游(慢)、垂丝钓#、隔浦莲(近拍)#、侧犯#、塞翁吟、华胥引#、宴清都、四园竹#、齐天乐(慢)、蕙兰芳引#、丁香结、氐州第一、解蹀躞#、庆春宫、红林檎近#(2首)、解语花、倒犯、大酺、玉烛新、花犯、六丑、兰陵王(慢)、西河(慢)(2首)、品令3*、绮寮怨、拜星月(慢)、绕佛阁、意难忘、红罗袄*、夜飞鹊(慢)、凤来朝*、芳草渡(慢)、玉团儿*(2首)、粉蝶儿慢、南浦、琴调相思引*、青房并蒂莲、一剪梅*、双头莲(慢)、大有、万里春*、浣溪沙慢、烛影摇红

#### (一)清真新调的分类特征

从上面汇列的调名可见，清真新调所涉及的词体，小令有7调(即调名后标*号者)，共8首作品；中调有8调(即调名后标#号者)，共9首作品；长调慢词有37调(即调名标下划线者)，共39首作品。从这个统计数据中，我们可以体认到清真新调在用调和创调上的两个基本特征。

其一，清真新调的重心在创调和择调，而不在作词。52调共作词56首，平均每调作词只有1.07首，几乎就是一调一词，远低于清真用调总数与词作总数的比值，更低于其沿用唐五代北宋已有词调的平均作词比值。无论是小令调还是引、近曲抑或是长调慢词，除了有4调作词在2首外，其余48调皆为一调一

词,说明清真对新调的创用有着不断更换的频率和不停探索的努力,而不是满足于用少量词调来创制多首歌词,这正是一个富于"创调之才"的词人所具有的态度与风范。

其二,清真创调既令、引、近、慢诸体兼备,更注重长调慢词。清真并没有摒弃具有悠久传统和独特魅力的小令短调,尽管他对小令调的运用主要表现在对唐五代北宋"古典名曲"和时代新声的继承方面,但他也首次创用了 7 个小令新调;虽然这 7 个小令新调多数并不流行,少数甚至成为了孤调和僻调,但仍有《一剪梅》、《琴调相思引》2 调成为了两宋词坛的常用词调,而尤以《一剪梅》更具特色。清真所创用的 8 个中调虽然数量也不多,却多属"引""近"之曲,其中《蕙兰芳引》(84 字)、《华胥引》(86 字)等调还比较接近长调,另有《侧犯》属于犯调曲,则可见清真对中调的创用既颇费心力,亦较有创获。当然清真创用新调的重心和业绩主要在长调慢词,37 调占其创用新调总数的比例高达 71.2%,已足以说明问题。

（二）清真新调的创制考订

清真新调 52 调中,有哪些属于清真创调,又有哪些为清真采用新声,在参考有关资料的同时,结合对清真作品的分析,我们还是可以做出初步考订的。

属于清真自创之调包括翻旧为新的创调,共有约 27 调,占清真新调总数已达约 52%的比例。其中,小令占 6 调,中调占 3 调,长调慢词占 18 调,仍以长调慢词占多数(66.6%)。兹汇列 27 调如下:

琐窗寒(月下笛)、扫花游、解连环、忆旧游(慢)、玲珑四犯、侧犯 #、倒犯、花犯、六丑、解蹀躞 #、玉烛新、绮寮怨、意难忘、夜飞鹊(慢)、凤来朝 *、芳草渡(慢)、玉团儿 *、南浦、琴调相思引 *、一剪梅 *、双头莲(慢)、万里春 *、粉蝶儿慢、红罗袄 *、蕙兰芳引 #、兰陵王(慢)、烛影摇红

其余 25 调难以详考,姑且归为清真对北宋中后期新声之调包括翻旧为新之曲的采用,其中也可能还含有出自清真之手的创调。下面试举例以做考订。

先看《琐窗寒》一调。

《词谱》卷二十七收此调,注云:"一名《锁寒窗》,调见《片玉集》,盖寒食词也。因词有'静锁一庭愁雨'及'故人剪烛西窗语'句,取以为名。"[1]周词赋咏寒

① 《词谱》卷二十七,第 484 页。

食节风情，有“正店舍无烟，禁城百五”等句，又有“静锁一庭愁雨”及“故人剪烛西窗语”等句，正是赋咏调名本意，曲词相符，自当是创调始词。《词谱》卷二十七又另列《月下笛》为一调，注云：“调始周邦彦《片玉词》，因词有‘凉蟾莹彻’及‘静倚官桥吹笛’句，取以为名。”[①]词作内容赋咏月下闻笛，亦与调名本意契合，盖创调无疑。唯此调实与《琐窗寒》为同调异名。如清戈载《宋七家词选》录此词，调名即作《琐窗寒》，注云：“此调诸本皆作《月下笛》，细按之，实是《锁窗寒》也。换头与结句稍异，乃一调而异体者。”《词系》卷十七在引录戈载之语后亦云：“此词体格实与《锁窗寒》无二。”“抑题是《月下闻笛》，遂致传讹，均未可知。”[②]《宋词大辞典》亦云：“《全宋词》收此调作品凡六首，其中四首换头句为五字，叶二字短韵，与《琐窗寒》同，可见宋人知二调名异而实同也。”[③]

再看《玲珑四犯》一调。

《词谱》卷二十七收此调，注云：“此调创自周邦彦《清真集》，方千里、杨泽民、陈允平俱有和词。姜夔又有自度黄钟商曲，与周词句读迥别，因调名同，故亦类列。”[④]此为犯调曲，共犯四调，故名“四犯”。犯调有宫调相犯，有词调相犯。宫调相犯多在两种宫调间进行，此调名“四犯”，当是词调相犯，唯所犯四调究竟为哪四调，已难详考。“玲珑”乃形容此曲虽犯四调，仍然结构精巧。此词别本题作“春思”，内容写春景，赋相思，罗笺本考订云：“此首似为重返汴京赠旧欢之作，以花譬人，不即不离。……绮艳满纸，亦不外沧桑之感耳。”[⑤]则情思亦玲珑巧妙也。调名含义明确，词曲甚合，亦当为创调始词。

又如《侧犯》一调。

《词谱》卷十八收此调，注云：“陈旸《乐书》云：唐自天后末年《剑气》入《浑脱》，始为犯声。明皇时乐人孙处秀善吹笛，好作犯声，时人以为新意而效之，因有犯调。姜夔词注云：唐人乐书以宫犯羽者为侧犯。此调创自周邦彦，调名或本于此。”[⑥]此亦犯调曲，《词谱》订为周邦彦创调，当属可信。证之清真另有《玲

---

① 《词谱》卷二十七，第 480 页。

② 《词系》卷十七，第四册，第 913 页。

③ 王兆鹏、刘尊明主编：《宋词大辞典 · 词谱》，第 115 页。

④ 《词谱》卷二十七，第 481 页。

⑤ 罗忼烈：《清真集笺注》，第 165 页。

⑥ 《词谱》卷十八，第 313 页。

珑四犯》等犯调曲，又宋元人记载清真词亦多谓清真能自度曲，以“顾曲”“周郎”“移宫换羽”称之或自诩，则此调盖亦为清真创用的犯曲新调。其他《倒犯》、《花犯》等调，亦属此类。

又如《六丑》一调。

据南宋周密《浩然斋雅谈》卷下记载：“既而朝廷赐酺，师师又歌《大酺》、《六丑》二解。上顾教坊使袁祹，问祹，曰：‘此起居舍人新知潞州周邦彦作也。’问《六丑》之义，莫能对。急召邦彦问之，对曰：‘此犯六调，皆声之美者，然绝难歌。昔高阳氏有子六人，才而丑，故以比之。’”①可见此调亦为犯调曲，且犯六调，应亦为六种词调的融合，而六调皆为声之美而绝难歌者，故以昔高阳氏六子才而丑比之。周邦彦此词赋咏蔷薇花，为清真词名作之一，从词作内容并不能解知调名本意，难怪徽宗君臣及教坊使袁祹皆莫能晓。周邦彦既能揭示此调犯曲性质，又能解答以“六丑”为调名的含义和典故，则此调出自清真创调，亦确然可信。

再举《兰陵王(慢)》一调为例。

北齐时即有《兰陵王入阵曲》，乃出自军中歌舞，至唐代教坊仍有《兰陵王》软舞曲。清真越调《兰陵王》词，咏柳感怀，盖因旧曲另创新声。据宋毛幵《樵隐笔录》记载：“绍兴初，都下盛行周清真咏柳《兰陵王慢》，西楼南瓦皆歌之，谓之《渭城三叠》。以周词凡三换头，至末段声尤激越，唯教坊老笛师能倚之以节歌者。其谱传自赵忠简家，忠简于建炎丁未九日南渡，泊舟仪真江口，遇宣和大晟乐府协律郎某，叩获九重故谱，因令家伎习之，遂流传于外。”②可见清真此词在南渡初曾盛传一时，其曲谱乃赵鼎在渡江时从大晟府某协律郎处获得，既以笛伴奏节歌，应为笛曲。又据《碧鸡漫志》卷四云：“今越调《兰陵王》凡三段二十四拍，或曰遗声也。此曲声犯正宫。……又有大石调《兰陵王慢》，殊非旧曲。”③清真词属越调，凡三叠，与王灼所记越调《兰陵王》相符，则亦为犯调曲，或有旧曲之遗声。龙榆生《清真词叙录》云：“此越调《兰陵王》，疑为当时大晟府因旧曲创新声之一，而又谓为‘九重故谱’，则非坊曲流行之曲可知。其词虽叙离情，而以

① 周密：《浩然斋雅谈》卷下，北京：中华书局2010年版，第59页。
② 毛幵：《樵隐笔录》，引自罗忼烈《清真集笺注》，第197页。
③ 王灼：《碧鸡漫志》卷四“兰陵王”条，岳珍《碧鸡漫志校正》(修订本)，第74页。

声之激越，读之使人慷慨。”[1]罗笺本考订云：“此词当是重和元年春，自徽猷阁待制提举大晟府出知真定府时，留别汴京故旧之作。”[2]据此，则此调或为清真任职大晟府时以旧翻新的创调。

对于词作内容与调名本意不合，似非创调始词者，或因缺少资料、难以详考创作本事者，则姑且归为清真采用北宋中后期新声之调，兹不一一考述。

## 二　清真新调的宫调运用

我们可以从宫调的运用及其声情的表现方面，来体认周邦彦创用新调的特征与成就。

宫调标示的是词调所属音乐曲调的调高调式，不同的宫调在演奏和歌唱等方面往往表现出不一样的声情特征，会对词调词体产生一定的作用和影响。因此，词集按宫调编排，或在各个词调下标示所属宫调，乃是精通音乐、擅长音律的词人的一大表现特征和显著标志。

宋代词人虽多至一千五百人，但真正精通音乐和音律的并不多。就多数词人来说，未必尽谙乐律，作词也就难以尽依音乐曲谱。这种情形到了南宋后期更为普遍，故宋末张炎《词源·杂论》说：“今词人才说音律，便以为难。”[3]沈义父《乐府指迷》亦云：“腔律岂必人人皆能按箫填谱。”又云：“近世作词者，不晓音律。”[4]可见到了宋末之际词乐已散佚殆尽，大多数词人已不晓音律，只能依前人所创词调的文字声律来作词。所以，在整个宋代词人中，词集能按宫调编排，词调能注明宫调的，实属凤毛麟角，周邦彦便是其中的佼佼者。不仅史传记载周邦彦精通音乐，而且清真亦以“顾曲周郎”自诩；尤其值得注意的是，周邦彦所处的时代正是北宋徽宗朝以大晟乐为标志的音乐文化再度繁荣的时期，而且周邦彦还曾担任大晟府提举官，对创制大晟燕乐新调新谱做出了重要贡献。在宋代编辑传刻至今的各种词的总集和别集中，只有寥寥几种反映了宫调情况：《金奁集》是按宫调编排的，《尊前集》于调下间注宫调；柳永的《乐章集》、张先的《张子

---

① 龙榆生：《清真词叙论》，《龙榆生词学论文集》，上海：上海古籍出版社 1997 年版，第 321 页。
② 罗忼烈：《清真集笺注》，第 201 页。
③ 张炎：《词源》卷下，《词话丛编》本，第 265 页。
④ 沈义父：《乐府指迷》，《词话丛编》本，第 280 页、282 页。

野词》是按宫调编排的;张孝祥《于湖先生长短句》于目录中标注宫调;姜夔《白石道人歌曲》于自度曲标注宫调,吴文英《梦窗词》亦间注宫调。周邦彦的词集虽未按宫调分类编排,但今传宋本陈元龙《详注周美成词片玉集》则于各调标注宫调,这就为我们考察清真词调所用宫调及其声情特征提供了珍贵的资料。

### (一)清真词调所用宫调的统计分析

周邦彦所用词调及其创用新调在宫调方面的情况如何,我们首先需要进行统计分析。兹以《全宋词》为依据,并参照宋本《片玉集》以及今人罗忼烈《清真集笺注》等,对周邦彦用调所属宫调统计列表如下:

**表 6-4　周邦彦用调所属宫调一览表**

| 宫调俗名 | 宫调正名 | 沿用旧调(词调/首数) | 创用新调(词调/首数) | 总计(调/首) |
|---|---|---|---|---|
| 仙吕(宫) | 夷则宫 | 满江红、点绛唇*/4、玉楼春(木兰花)*、促拍满路花#/3、六幺令、红窗迥* | 蕙兰芳引#、倒犯 | 8/13 |
| 中吕(宫) | 夹钟宫 | 满庭芳、如梦令*/2、一斛珠* | 宴清都、六丑、绮寮怨、意难忘、南浦 | 8/9 |
| 黄钟(宫) | 无射宫 | 少年游*/3、浣溪沙*/6 | 华胥引# | 3/10 |
| 正宫 | 黄钟宫 | 虞美人*/5、早梅芳(近)#/2 | 齐天乐(慢) | 3/8 |
| 道宫 | 中吕宫 | | 夜飞鹊(慢) | 1/1 |
| 大石调 | 太簇商<br>黄钟商 | 风流子(慢)/2、蓦山溪(慢)、望江南*/2、法曲献仙音、过秦楼(选冠子)、玉楼春(木兰花)*/4、霜叶飞、塞垣春、醉桃源(阮郎归)*/2、采桑子*、尉迟杯(慢)、感皇恩#、念奴娇① | 瑞龙吟、还京乐、玲珑四犯、隔浦莲(近拍)#、侧犯#、塞翁吟、西河(慢)、绕佛阁、红罗袄* | 22/28 |
| 小石调 | 林钟商<br>中吕商 | 一寸金 | 渡江云、西平乐(慢)、四园竹#、花犯、大有 | 6/6 |

① 《念奴娇》1首,不载宋本《片玉集》,明毛晋汲古阁本《片玉词》卷下、清王鹏运《四印斋所刻词》本《清真集外词》收录,不注宫调;明吴讷《唐宋名贤百家词》本《片玉集抄补》注"大石"调;罗忼烈《清真集笺注》入"附录词",参见其"附记",第315页。

续表

| 宫调俗名 | 宫调正名 | 沿用旧调(词调/首数) | 创用新调(词调/首数) | 总计(调/首) |
|---|---|---|---|---|
| 越调 | 黄钟商<br>无射商 | 水龙吟、看花回(慢)/2① | 琐窗寒(月下笛)/2、丹凤吟、庆春宫、忆旧游(慢)、大酺、兰陵王、凤来朝＊ | 9/11 |
| 商调(林钟商) | 无射商<br>夷则商 | 应天长(慢)、浪淘沙(慢)、少年游＊、南乡子＊、诉衷情＊/2、蝶恋花＃/5、三部乐、定风波＃、伤情怨(清商怨)＊② | 解连环、垂丝钓＃、丁香结、氐州第一、解蹀躞＃、品令3＊ | 15/20 |
| 歇指调 | 南吕商<br>林钟商 | 荔枝香近＃/2、鹊桥仙(令)＊ | | 2/3 |
| 双调 | 中吕商<br>夹钟商 | 秋蕊香＊、迎春乐＊/3、一落索＊2、黄鹂绕碧树、花心动 | 扫地花(扫花游)、红林檎近＃/2、玉烛新、芳草渡(慢)、玉团儿＊/2③、双头莲(慢) | 11/16 |
| 高平调 | 姑洗羽<br>林钟羽 | 瑞鹤仙、木兰花＊、燕归梁＊、长相思(慢)④ | 解语花、拜星月(慢) | 6/6 |
| 般涉调 | 南吕羽<br>黄钟羽 | 渔家傲＃/2、苏幕遮＃、夜游宫＊/2 | | 3/5 |
| 正平调 | 太簇羽<br>中吕羽 | 菩萨蛮＊ | | 1/1 |
| **总计** | | **53调/89首(《木兰花》分属三种宫调,《少年游》分属两种宫调)** | **45调/48首** | **98/137** |

①《看花回(慢)》2首,宋本《片玉集》不载,罗忼烈《清真集笺注》入"附录词","附记"云:"见毛本卷下,二首,《集外词》、《抄补》亦收。……《抄补》注'越调'。"第318页。

②《伤情怨》载宋本《片玉集》卷六,注"林钟"。罗忼烈笺注本校云:"本名《清商怨》,又名《关河令》。陈本注'林钟',当指林钟宫,俗名南吕宫,唱感叹伤悲者是也。"第212页。然考北宋词人所注词调之宫调多用俗名,宋本《片玉集》亦如此,则此调所注"林钟",当指"林钟商",又名"商调",皆为俗名,其正名北宋称"无射商",南宋又称"夷则商"。据周德清《中原音韵》所揭示,"南吕宫感叹伤悲","商调凄怆怨慕",声情有相近之处,揆之周词,皆为契合。兹姑考订此调属"林钟商"(即商调)。

③《玉团儿》2首,宋本《片玉集》不载,其中"铅华淡伫新妆束"一词,毛本《片玉词》卷上、四印斋本《清真集外词》、《百家词》本《片玉集抄补》收录,然不注宫调;"妍姿艳态腰如束"一词,仅见《片玉集抄补》,次前首之后,用韵相同,注"双调"。据此,前首应属同一宫调,兹予补注。参见罗忼烈《清真集笺注》"附录词"之"附记",第293、294页。

④《长相思(慢)》,宋本《片玉集》不载,毛本《片玉词》卷下、四印斋本《清真集外词》、《百家词》本《片玉集抄补》收录,调名作《长相思慢》,《片玉集抄补》注"高调",盖"高平调"。参见罗忼烈《清真集笺注》"附录词"之"附记",第317页。

关于表中的宫调名称以及对周邦彦词所用宫调的考订，需要略加说明的有以下几点：

其一，“仙吕”为两种宫调的名称。在燕乐二十八调中，“仙吕”一属宫调，即“仙吕宫”，为七宫之一，乃用俗名，其正名为夷则宫；一属羽调，即“仙吕调”，为七羽之一，亦用俗名，其正名北宋称“中吕羽”，南宋称“夷则羽”。宋本《片玉集》所注皆为“仙吕”，仅《倒犯》一调注“仙吕调”。罗忼烈《清真集笺注》于宋本《片玉集》所注“仙吕”，皆笺订为“仙吕”宫，兹姑从其说。又据《词系》卷十七《倒犯》注云：“《九宫大成》入南词仙吕宫正曲。”又注《蕙兰芳引》：“《九宫大成》入南词仙吕宫引。”①南词中此二调皆入仙吕宫，应与宋代词调有渊源关系，以此订周邦彦此二调属仙吕宫，盖有据焉。

其二，“中吕”亦为多种宫调的名称。一属“中吕宫”，用俗名，其正名为“夹钟宫”，乃燕乐二十八调七宫之一；一为“中吕调”，亦用俗名，其正名北宋称“黄钟羽”，南宋称“夹钟羽”，为七羽之一。另外，在七商中又有“中吕商”，为北宋之名，俗名“双调”，南宋称“夹钟商”。宋本《片玉集》所注皆为“中吕”，罗忼烈《清真集笺注》皆笺订为“中吕”宫，兹亦从其说。然《词系》卷十八收《绮寮怨》一调，注云：“戈载《翠微花馆词》云：黄钟羽一解，起调、毕曲皆用南吕，以羽声生于南吕也。又名中吕调。”②则可见清戈载词集中有此调，注谓“黄钟羽”，其俗名即“中吕调”，属羽调曲。据此，周邦彦此调所注“中吕”，亦有可能为七羽之一的“中吕调”，姑存疑俟考。

其三，“黄钟”亦为多种宫调的名称。七商中的“黄钟商”，为北宋之名，俗名“越调”，南宋称“无射商”；七羽中北宋正名“黄钟羽”，俗名“中吕调”，南宋称“夹钟羽”；七羽中还有“黄钟调”，即“黄钟羽”，一曰“羽调”，皆俗名，其正名北宋称“林钟羽”，南宋称“无射羽”。在七宫中“黄钟”亦有两种，一名“黄钟宫”，俗名“正宫”，即“正黄钟宫”；另一种即“无射宫”，俗名“黄钟商”，即黄钟为商之宫。宋本《片玉集》所注“黄钟”之调，罗忼烈《清真集笺注》皆笺订为“黄钟”宫，兹亦从之。

从以上统计列表可见，清真词标注宫调者，共 98 调 137 首。其中《木兰花》

---

①《词系》卷十七，第四册，第 889、898 页。

②《词系》卷十八，第五册，第 943 页。

分见三种宫调(仙吕宫、大石调、高平调),《少年游》分见两种宫调(黄钟宫、商调),这两调虽然各分属两种和三种不同宫调,但词调体式并无不同,故仍属同调。去其重复,清真词标示宫调者实为95调,凡137首,共用14种宫调。

清真词另有29调48首词作未标注宫调,其中14调(28首)已见清真其他同调词作标示宫调,或属相同宫调;其余15调(20首)皆不见清真其他词作标示宫调,其中有6调(8首)见诸其他唐宋词人标注宫调,可资参考;则清真词中未标注宫调且难以详考属何宫调者只有9调(12首),另有失调名残句1首,宫调亦不详。由此可见,清真今传共110调凡186首词作运用宫调的覆盖面或可知宫调者已达到相当高的比例。

在清真词标示宫调的95调中,有50调(不计重复)89首为沿用唐宋已有词调,另有45调48首则为清真创用的新调。清真所用的宫调总数,比北宋前期的柳永只少2个,而与南宋的姜夔、吴文英所用宫调总数相等,实际上也反映了两宋词调所用宫调的历史情形和大致范围。就清真创用的新调来看,在清真词所用全部14个宫调中,除歇指调、般涉调、正平调3个宫调阙如之外,另外11个宫调皆有运用和分布,即分属五宫、六调。七宫用到五宫,即仙吕(宫)、中吕(宫)、黄钟(宫)、正宫、道宫,而以中吕(宫)之调最多,共有5个词调皆属中吕(宫);七商亦用到五商,即大石调、小石调、越调、商调、双调,每种宫调所用词调都达5调、6调、7调之多,而以属大石调的词调为最多,共9调;七羽只用到高平调,仅有2个词调。在清真创用的52个新调56首作品中,只有7调8首宫调不详。即使就11宫调来看,清真创用新调所属宫调也已达到了较大的范围和数量,其成就和贡献亦堪与柳永、姜夔、吴文英媲美并肩。

### (二)清真新调所用宫调的声情特征

清真创用新调所用的11宫调究竟具有怎样的声情特征,我们可以参照元代周德清在《中原音韵》里的描述来加以体认。周德清对传承于宋代词曲的元代南北曲所用“六宫十一调共计十七宫调”的声情都有概括,其中即包含清真创用新调所属的11宫调,其声情各为:“仙吕宫清新绵邈”,“中吕宫高下闪赚”,“黄钟宫富贵缠绵”,“正宫惆怅雄壮”,“道宫飘逸清幽”,“大石风流酝藉”,“小石旖旎妩媚”,“高平条畅滉漾”,“双调健捷激袅”,“商调凄怆怨慕”,“越调陶写冷笑”。①

---

① 周德清:《中原音韵》,第110页。

我们大致可以把周邦彦创用新调所用的宫调分为三个层级:第一层级是大石调、越调,分别有 9 个词调和 7 个词调,用调数量最多,皆为商声曲;第二层级是商调、双调、中吕宫、小石调,分别有 6 个词调和 5 个词调,用调数量亦不少,除中吕宫属宫声曲之外,其他亦多属商声曲;第三层级是仙吕宫、高平调、正宫、黄钟宫、道宫,都只有 1、2 个零星的词调,多属宫声调或羽声曲。

可以看出,周邦彦创用新调所挑选和运用的宫调,大致以六商之曲和五宫之调为主体,与其所表达的思想内容和声情韵致还是比较契合的。具体而言,诸如大石调的"风流酝藉"、小石调的"旖旎妩媚"一类曲风声情,与清真词中的艳词、情词这类题材的作品正相契合;抒发闲愁幽思也是清真词的内容之一,善于融化前人诗句写景造境,尤其"言情体物,穷极工巧"①,也是清真词的重要特征,因此"清新绵邈"的仙吕宫调、"陶写冷笑"的越调商声也得到了较多运用;当然,清真词也有寄寓自身宦游情绪,融入飘蓬辗转之感,以及在风波纷纭的党派斗争中谨慎委婉地表达自己的政治立场和观点,但这种慨叹哀愁的经历体验既不似苏轼那般大起大落和强烈深刻,更不如南渡词人、南宋词人尤其是遗民词人那般,或激荡家国情仇的长嗟,或暗含难以言喻的巨痛,所以周邦彦在宫调的选择上偏向"凄怆怨慕"的商调,加之"高下闪赚"的中吕宫,以表达若隐若现的顿挫之情和弦外之音。

### (三)清真新调所用犯调及声情特征

周邦彦运用精熟的音乐表现手段和声律技巧为宋代词调注入了更多新鲜血液,其不单单表现在择取多个宫调创制声情特色不同的词调,还表现在对同一词调运用了多个宫调以及多个词调相互融合的"犯调"。在曲调内部或曲调之间进行调高或调式的转换,因为它已超出本宫调音阶的范围或改变了本宫调音阶的主音,从而"侵犯"了另一宫调或本宫调原音阶的主音,故称"犯调"或"犯声"。另外,将几个不同曲调或词调的乐句或词句联结组合为一个新的曲调或词调,也属于"犯调"的一种特殊形式。犯调这一特殊技巧既可以实现在同一个曲调或词调内部的变调与变奏,也可以实现不同曲调或词调之间的融合与嫁接,促使乐曲和词调在调高调式、旋律节奏、声律结构等方面发生微妙变化,产生出另一种曲风与词体,如果运用得当,丰富曲调和词调形式与声情之余,还能

① 王国维:《人间词话》,第 206 页。

为听众带来更多层次的听觉享受和审美体验。

犯调无疑是一种高级的作曲创调技巧，就是在通晓音律的词家当中也属罕见。经过“移宫换羽”的词调，有相当一部分直接在词调名称上标明，如柳永的《尾犯》(实分《尾犯 1》《尾犯 2》)、《小镇西犯》，但创调数量居两宋第一的柳永，能考证为犯调词曲的却寥寥无几。周邦彦作为著名创调词家，创调数量上虽不及柳永，但犯调的数量却远多于柳永，仅以“犯”字为调名的就有《倒犯》、《侧犯》、《花犯》、《玲珑四犯》4 个词调。除此 4 调之外，周邦彦创用新调中没有在调名上标注“犯”字，却有文献资料记载属于犯调的还有以下几个：

《西河》：据《碧鸡漫志》卷五，“大石调《西河慢》，声犯正平，极奇古”①。

《瑞龙吟》：据《唐宋诸贤绝妙词选》卷七，“今按：此词自‘章台路’至‘归来旧处’是第一段，自‘黯凝伫’至‘盈盈笑语’是第二段，此谓之‘双拽头’，属正平调。自‘前度刘郎’以下，即犯大石，系第三段。至‘归骑晚’以下四句，再归正平”②。

《兰陵王》：据《碧鸡漫志》卷四，“今越调《兰陵王》……此曲声犯正宫，管色用大凡字、大一字、勾字，故亦名《大犯》”③。

《渡江云》：据《全宋词》所录，吴文英此调别名《渡江云三犯》，注“中吕商，俗名小石调”(P2784)，与清真此调所注宫调完全相同；陈允平、周密此调又名《三犯渡江云》(P3109、3268)，其中周密词用韵与清真词完全相同，当为次韵清真之作。三人皆为南宋后期追摹清真词风与声律的代表，都以“三犯”标注此调，可证周邦彦《渡江云》当亦属三犯之调。

《六丑》：据周密《浩然斋雅谈》，“(宋徽宗)问《六丑》之义，莫能对。急召邦彦问之，对曰：‘此犯六调，皆声之美者，然绝难歌’”④。

周邦彦所创用的这些属于犯调的词调加起来一共有 9 个。《倒犯》一调，《全宋词》据宋本《片玉集》标注为“仙吕调”(P609)，罗笺本订作“仙吕(宫)”(P80)，《词系》云：“《九宫大成》入仙吕宫正曲。”又云：“《清真集》作《吉了犯》。所谓《倒犯》者，自是所犯之调颠倒于其间也。”⑤虽未揭明究竟所犯何调，但“颠

① 王灼：《碧鸡漫志》卷五“西河长命女”条，岳珍《碧鸡漫志校正》(修订本)，第 107 页。

② 黄昇：《花庵词选·唐宋诸贤绝妙词选》卷七，第 103 页。

③ 王灼：《碧鸡漫志》卷四，岳珍《碧鸡漫志校正》本(修订本)，第 74 页。

④ 周密：《浩然斋雅谈》卷下，第 59 页。

⑤《词系》卷十七，第四册，第 889 页。

倒”相犯的解读,亦可见清真犯调手段形式之多样。吴文英此调注“夹钟商,俗名双调”①,有学者指出:“双调与仙吕调皆为上字住,此调名《倒犯》,或为仙吕调犯双调。”②亦可备一说。《侧犯》本为大石调,属商调之曲,依姜夔《凄凉犯》词序所云,“可相犯者有羽调之平调”③。《西河》乃大石调犯正平调;《瑞龙吟》前二叠本属正平调,于第三叠犯大石调,复归正平调,三次转换,或与《三犯渡江云》相类;《兰陵王》属越调犯正宫。以上为清真犯调略可考者。另有《花犯》,本小石调,犯何调则难以详考;《玲珑四犯》本大石调,所犯四调亦难详考;《渡江云》本小石调,犯何调不详;《六丑》本中吕宫,所犯六调亦不详。

但是犯调未必尽是宫调相犯,也有一种犯调是词调相犯,即将其他词调美听的乐段、词句裁入本调之中。“宫调相犯是运用变调变奏的方法创制新调,词调相犯则不过利用原有旧调,将其美听的乐段、字句组合成曲。”“词调相犯者,在乐律上当与南北曲集曲之法相同。词调相犯比宫调相犯更为自由。宫调相犯超过三犯、四犯难以成曲。词调相犯则可以多至六犯、八犯。”④《六丑》应当就是属于词调相犯者,所谓“此犯六调”,即从六个词调中取乐段“声之美者”。尽管不是宫调相犯,但这种“集曲”式的犯调也不是胡乱拼凑,也有技术含量在内,非精通音律者则不能为,所以才“绝难歌”也。

这些词调在声律和声情上也体现了犯调的特色。如《西河(慢)》“金陵怀古”一词,龙榆生先生分析云:“这个适宜怀古的曲调,音节是凄壮沉郁的。它有许多平仄拗怒的句子……上声韵越来越多,情调也就随着越来越低抑。这是一个悲多于壮的长调,但声情还是郁勃的。”⑤正合上引王灼所描述的“极奇古”的犯调特征。再举《瑞龙吟》一词为例。该调属于双拽头体,第一叠和第二叠两个短片在句式、字数上完全相同,平仄、声韵也大体一致。据宋黄昇《唐宋诸贤绝妙词选》的注解,此调之双拽头在宫调上本属正平调。正平调一名平调,乃用俗名,其正名北宋称太簇羽,南宋称中吕羽,属羽调曲。从《中原音韵》对同属羽调曲的高平调“条畅滉漾”的声情特征的揭示来看,正平调的宫调声情大致与其相

---

① 吴蓓:《梦窗词汇校笺释集评》,杭州:浙江古籍出版社 2007 年版,第 274 页。
② 田玉琪:《词调史研究》,第 446 页。
③ 参见田玉琪:《词调史研究》,第 443 页。
④ 吴熊和:《唐宋词通论》,第 112、113 页。
⑤ 龙榆生:《词曲概论》,北京:北京出版社 2009 年版,第 222 页。

仿。从周词这两叠所写内容情感来看，第一叠以描写春景作为铺垫，第二叠则触景生情，开始进入追忆之中，故两叠的声情也显得较为纡徐和婉。“第三叠方仔细叙述本事，妙在吞吐回环，欲言又止，神味无穷。”①故在第三叠周邦彦运用了犯调，由双拽头的正平调犯入大石调，带来“风流酝藉”的声情特征。至第三叠煞尾四句，探访结束，叙事终止，又接写春色，以景结情，在宫调上则由大石调再归正平调，给人余音袅袅之感。

周邦彦较多地创用犯调，增加一调之中的宫调种类和词乐变化，融入更多的音乐技巧，使词调声情更丰富，声律更谐美，堪称清真词创调特色和成就的一大体现。

## 三　清真新调的词体建树

北宋前期的柳永在创用新调尤其在长调慢词的创作中，对词体的发展和繁兴已做出了较为丰富多样的创新与开拓，而处于北宋后期以“集大成”著称的周邦彦，在承接柳永的开创和苏门词人的拓展的基础上，其创用的新调对词体的形式和法度又有进一步的创新与建树，达到更稳定成熟、浑成精工的艺术高度。对此，宋人已有所体认与揭示：“美成词多用唐人诗语，隐括入律，浑然天成，长调尤善铺叙，富艳精工，词人之甲乙也。”②“凡作词，当以清真为主。盖清真最为知音，且无一点市井气。下字运意，皆有法度。”③下面，我们即以清真所创用的新调为范围，对其在词体方面的建树及其特征略做考察与探讨。

### （一）清真新调的词体分类统计

在周邦彦所创用的 52 个新调中，从词体分类来看，主要有以下五类：既有三叠体，也有犯调体；令、引、近、慢各体兼备，而以双片体的慢词长调为主体。

(1) 三叠体(共 4 调 5 首)：

1.《瑞龙吟》(双拽头)；2.《兰陵王》(双拽尾)；3.《西河》(2 首，双换头)；4.《双头莲(慢)》(双拽头)。

其中，“双拽头”体 2 调 2 首，“双拽尾”体 1 调 1 首，“双换头”体 1 调 2 首。5

① 俞平伯：《读词偶得·清真词释》中卷，北京：人民文学出版社 2000 年版，第 113 页。
② 陈振孙：《直斋书录解题》卷二十一，第 618 页。
③ 沈义父：《乐府指迷》，《词话丛编》本，第 277 页。

调皆注宫调，俱属长调慢词。惟《双头莲(慢)》1 调为孤调，其余 3 调都得到了宋代(主要是南宋)词人的继承，而尤以《兰陵王》较为流行。

(2) 犯调体(共 9 调 10 首)：

1.《瑞龙吟》；2.《兰陵王》；3.《西河(慢)》(2 首)；4.《渡江云》(三犯)；5.《玲珑四犯》；6.《侧犯》；7.《倒犯》；8.《花犯》；9.《六丑》(六犯)。

其中，前 3 调 4 首皆三叠体，《西河》第二首未注宫调，盖同属犯调；后 6 调 6 首皆双片体，调名多标明为犯调；惟《侧犯》(77 字)为中调，余皆长调慢词，都得到了宋代词人的采用。

(3) 长调双片体(共 27 调 28 首)：

1.《琐窗寒》(2 首，一名《月下笛》)；2.《还京乐》；3.《扫花游》；4.《解连环》；5.《丹凤吟》；6.《西平乐(慢)2》；7.《忆旧游》；8.《塞翁吟》；9.《宴清都》；10.《齐天乐(慢)》；11.《丁香结》；12.《氐州第一》；13.《庆春宫》；14.《解语花》；15.《大酺》；16.《玉烛新》；17.《绮寮怨》；18.《拜星月(慢)》；19.《绕佛阁》；20.《意难忘》；21.《夜飞鹊(慢)》；22.《粉蝶儿慢》；23、《南浦》；24.《青房并蒂莲》；25.《大有》；26.《浣溪沙慢》；27.《烛影摇红》。

其中，《拜星月(慢)》1 调，《词律》以为当分四叠；《粉蝶儿慢》、《青房并蒂莲》、《浣溪沙慢》、《烛影摇红》4 调不注宫调，《粉蝶儿慢》且为孤调；其余各调皆注宫调，都得到了宋代词人的沿用，而尤以《齐天乐(慢)》、《烛影摇红》最为流行，其他如《琐窗寒》、《扫花游》、《解连环》、《忆旧游》、《宴清都》等调也多有创作。

(4) 中调双片体(共 9 调 10 首)：

1.《垂丝钓》；2.《隔浦莲(近拍)》；3.《华胥引》；4.《四园竹》；5.《蕙兰芳引》；6.《解蹀躞》；7.《红林檎近》(2 首)；8.《芳草渡(慢)》；9.《侧犯》。

各调皆注宫调，都得到了宋代词人的采用，以《隔浦莲(近拍)》较为流行，其余各调创作不多。其中，《芳草渡(慢)》(89 字)为慢词调，《侧犯》(77 字)为犯调(已见上文所列犯调体)。

(5) 小令双片体(共 7 调 8 首):

1.《品令 3》;2.《红罗袄》;3.《凤来朝》;4.《玉团儿》(2 首);5.《琴调相思引》;6.《一剪梅》;7.《万里春》。

前 4 调皆注宫调,后 3 调不注宫调;《万里春》为孤调,其余各调都得到了宋代词人的采用,而尤以《一剪梅》最为流行,《琴调相思引》也多有创作。

**(二) 清真新调对三叠体的创造**

周邦彦所创用的新调属于三叠体的只有 4 调 5 首,即使加上沿用柳永创调的《浪淘沙慢》1 调 2 首①,也不及柳永创用词调中三叠体数量之多(共 7 调 8 首),但周邦彦继柳永之后仍对三叠体的创造做出了拓展与深化,使这种属于慢词长调的三叠体在形体上达到了更丰富多样、更精工成熟的艺术高度。

首先,清真新调对三叠体中的"双拽头"又有进一步精工与丰富的创造。《瑞龙吟》一调最为典范,兹引录其全词如下:

章台路。还见褪粉梅梢,试花桃树。愔愔坊陌人家,定巢燕子,归来旧处。

暗凝伫。因念个人痴小,乍窥门户。侵晨浅约宫黄,障风映袖,盈盈笑语。

前度刘郎重到,访邻寻里,同时歌舞。唯有旧家秋娘,声价如故。吟笺赋笔,犹记燕台句。知谁伴、名园露饮,东城闲步。事与孤鸿去。探春尽是,伤离意绪。官柳低金缕。归骑晚,纤纤池塘飞雨。断肠院落,一帘风絮。(P595)

此词在今传宋元刻本《片玉集》、《清真集》中皆置于卷首,实为压卷之作。此词不仅属于三叠体,而且前两叠又是"双拽头";此调还运用了犯调,不仅从双拽头的正平调犯入第三叠的大石调,而且于第三叠煞尾部分又复归正平调。无论于创调或创体,此词都堪称典范之作。三叠体中的双拽头体在柳永词中已有开创,但柳词的运用还不够精熟。周邦彦则将双拽头体运用到十分精工典丽的

① 《词律》卷一于《浪淘沙》小令调后收《浪淘沙慢》,首列周邦彦二词,于"晓阴重"一词后注云:"精绽悠扬,真千秋绝调。……又按此词各刻俱作两段,而《词综》于'西楼残月'分段作三叠,必有所据。"第 76 页。

境界。从句式句法来看,此词前二叠的双拽头,皆以三字短韵开篇,下接两韵则均以六四的偶言句式组成,与开头的奇言短句形成对应,颇收奇偶相生之效;而偶言两韵又富于变化,一作六四句式,且各以“还见”、“因念”二字领起,一作六四四句式,于整饬中不乏流丽。从字声平仄来看,大体相间相对,两叠几乎完全对应,和婉有致;尤其在领字句和结拍句等紧要处更为精细,如两处领字皆为平去之声,两结拍的尾二字一作去去、一作去上,而穿插“愔愔”、“盈盈”的叠字,更增谐美之感。此外,对偶句的运用,甚至运用句中自对,也使词体更显精工典丽。第三叠篇幅加长,抒情更浓,句式句法又富于变化,而韵律声情亦趋于跌宕起伏。又据《词系》卷十八注云:“《历代诗余》云:此调或分三叠或分四段。若于‘低金缕’为第三段,合末段为第四段,则为四叠体。”[①]从《唐宋诸贤绝妙词选》注释此词结拍四句从大石调复归正平调来看,分为四叠也不为无据,则周邦彦可谓在四叠体中成功地运用了“双拽头”。

清真新调中属于三叠体“双拽头”的还有《双头莲(慢)》一调,全词如下:

一抹残霞,几行新雁,天染云断,红迷阵影,隐约望中,点破晚空澄碧。助秋色。

门掩西风,桥横斜照,青翼未来,浓尘自起,咫尺凤帏,合有人相识。叹乖隔。

知甚时恣与,同携欢适。度曲传觞,并鞯飞辔,绮陌画堂连夕。楼头千里,帐底三更,尽堪泪滴。怎生向,无聊但只听消息。(P623)

此词虽不载宋元本《片玉集》、《清真集》,但明毛晋汲古阁本《片玉词》卷上收录,明吴讷《唐宋名贤百家词》本《片玉集抄录》亦收,并注宫调为“双调”,当不为无据。此调虽为孤调,但体式实属“双拽头”之三叠体。此词《词律》卷五、《词谱》卷三十一俱收,皆作双片,以“叹乖隔”三字为下片换头句,《全宋词》亦同。然郑文焯校《清真集》此词云:“调名《双头莲》,当为双曳头曲,以‘助秋色’三字属上,为第一段;以‘叹乖隔’句属上,为第二段。分两排起调,揆之句法、字数、平侧,悉无少异,惟‘合有人相识’句‘人’字上疑脱一‘个’字。考宋本柳耆卿词

① 《词系》卷十八,第五册,第950页。

《曲玉管》一阕,起排亦分两排,即以三字句结,是调正合。”①《词律》因前段用韵甚疏,疑有讹脱,然《词谱》从文法甚顺而信其无误,视为慢曲子的表现特征。郑文焯疑第二叠第六句盖脱一“个”字,还是可信的。尽管略有讹脱,与《瑞龙吟》相比不够特别精严,但无论从调名取意还是词体结构来看,订此调为“双拽头”三叠体都是颇有理据的。

其次,清真新调中的三叠体还有“双拽尾”、“双换头”等多种形式的创造。

我们先以《兰陵王》一调为例,兹移录全词如下:

柳阴直。烟里丝丝弄碧。隋堤上、曾见几番,拂水飘绵送行色。登临望故国。谁识。京华倦客。长亭路,年去岁来,应折柔条过千尺。

闲寻旧踪迹。又酒趁哀弦,灯照离席。梨花榆火催寒食。愁一箭风快,半篙波暖,回头迢递便数驿。望人在天北。

凄恻。恨堆积。渐别浦萦回,津堠岑寂。斜阳冉冉春无极。念月榭携手,露桥闻笛。沉思前事,似梦里,泪暗滴。(P611)

《兰陵王》既是周邦彦依旧曲翻制的名调,也是清真词杰作之一。此调不仅运用了犯调,而且在三叠体的创制上也颇有特点。第一叠字数稍多于后二叠,且句式亦与后二叠不同;后二叠前面绝大部分的句式句法都相同(标波浪线部分),连领字句法和对偶句式都一样,惟第三叠于换头第二字藏短韵,又两结之句式亦略有不同(标下划线句子),盖第三叠结尾减二字并摊破句法所致。《词系》于此词第三叠结拍作“沉思前事似梦里,泪暗滴”②,上句作七言一句,正与第二叠此句相同,惟不押韵,且下句少二字而已。这种三叠体,与柳永的《十二时(慢)》一调较为接近,类似于“双拽尾”的特殊体式。

我们再来看《西河(慢)》一调,兹引录“金陵(怀古)”一词如下:

佳丽地。南朝盛事谁记。山围故国绕清江,髻鬟对起。怒涛寂寞打孤城,风樯遥度天际。

断崖树,犹倒倚。莫愁艇子曾系。空馀旧迹郁苍苍,雾沉半垒。夜深月过女墙来,赏心东望淮水。

---

① 郑文焯:《大鹤山人词话》,第61页。

②《词系》卷十八,第五册,第949页。

酒旗戏鼓甚处市。想依稀、王谢邻里。燕子不知何世。入寻常、巷陌人家，相对如说兴亡，斜阳里。(P612)

此调周词共2首，体式完全相同，而以“金陵怀古”一词尤为杰出与传诵。此词不仅是被王灼《碧鸡漫志》称为“极奇古”的犯调词(大石调与正平调相犯)，而且在三叠体的创造上也颇有创新。三叠的每一叠字数篇幅大致相近，形成比较匀称的体式结构，然匀称之中又富于细微变化。前二叠类似于双叠体，惟第一叠开头为三言一句，第二叠换头则为三言两句，其余句式句法完全相同。第三叠的句式句法又与前二叠颇为不同。总起来看，此调很像三叠体中的“双拽头”，只不过前二叠为换头体，可名之为三叠体中的“双换头”。

(三) 清真新调对双片体的建树

清真所创用的新调中没有单片的小令体，除了少量的三叠体外，以双片体占绝对多数。清真新调对双片体的创制和运用，既涵盖了令、引、近、慢各种曲式与词体，也运用了宫调相犯和词调相犯的形式与技巧；此外，我们发现，清真新调中的双片体属于两片形式完全相同的双叠体只占极少数，而更多的双片体则是各具风姿，反映了周邦彦对双片体的创造做出了更丰富多样、更细致精工的探索与建树。

(1) 双叠体(4调5首)

清真新调中的双叠体只有4调5首，即：《一剪梅》*、《琴调相思引》*、《玉团儿》*(2首)、《烛影摇红》。前3调皆为小令，只有《烛影摇红》为长调。

双叠体在词体上的表现为两片的句式句法和平仄声律完全相同或大体一致，它配合和运用的是重头的曲调，即两段乐曲完全一样，形成回环复沓、整齐对称的结构特征和声律美感。双叠体在唐五代的小令中已经出现和定型，至北宋更得到了普遍的运用，并进一步延伸到长调慢词的创作之中。周邦彦所创用的新调中对双叠体的运用以小令调为主而兼及长调，这与唐宋词调和词体的发展历史是相符合的。尽管如此，周邦彦对双叠体的运用还是表现出一定的创新特色。兹举《一剪梅》为例(P623)：

一剪梅花万样娇。斜插梅枝，略点眉梢。轻盈微笑舞低回，何事尊前拍误招。

夜渐寒深酒渐消。袖里时闻玉钏敲。城头谁恁促残更，银漏何如，且慢明朝。

此词以咏梅领起，故取首句开头三字为调名，当为清真创调。自北宋末期至南渡以后，此调渐趋流行，并形成了每片皆为“七/四四/七四四”句式的双叠体定式。但清真创调之作在双叠的体式上却略有参差，上片结拍作七言一句，与下片结拍四言二句略有不同，而下片第二句亦作七言一句，也与上片此处作四言二句略有出入。整体来看，此调在乐曲上当属重头曲，只是周邦彦创调时在词体上略加变化而已，虽然没有后来的定式那样严整精密，但也别有参差灵动之姿。此词《全宋词》据明吴讷《唐宋名贤百家词》本《片玉集抄补》收录，当为清真之创调始词，而明毛晋汲古阁本《片玉词》卷上所收，上片结拍作“何事尊前，拍手误招”，下片第二句作“袖里时闻，玉钏轻敲”，已与此调的常用体式相同，盖为清真此词在南宋以来流传的异文别本①。此调宋词共62首，多数皆为南宋之作，其中只有蔡伸、曹勋、李石等人的少量作品在两片的第二句或两结仍作七言句，当是对周邦彦创调词体的继承。

又如《烛影摇红》这一长调，据宋人记载，此调乃周邦彦应徽宗之命，在王诜《忆故人》小令的基础上加一叠而成，既“别撰腔”，又有“增损”②，从而另成新调。这种由小令旧曲翻制为长调新声的现象在北宋前期柳永等人的创作中已经出现，周邦彦对此亦有贡献，《烛影摇红》便是其以旧翻新的双叠体长调中的一个典型例证。

(2) 换头体(5调5首)

清真新调中的换头体共有5调5首，即：《庆春宫》、《解语花》、《意难忘》、《南浦》、《解蹀躞》#。前4调皆为长调，只有《解蹀躞》为中调。

比之双叠体，换头体所配合的曲调在两段的开头部分有所变化，其余部分曲式相同，故形成两起句式不同而主体句式重叠对称的词体特征，别具整齐而不失跌宕的风姿。在唐五代北宋词坛小令调双片换头体发展的基础上，清真新

---

① 《全宋词》所据《唐宋名贤百家词》乃为传抄本，原藏北京图书馆。近人林坚之(大椿)据天津藏本加以重新编次刊行，名曰《百家词》，其中《片玉集抄补》所录《一剪梅》一词，已与毛晋汲古阁本《片玉词》文本相同，盖林氏据毛本等做了校改。天津：天津古籍书店1992年影印本，第506页。

② 吴曾：《能改斋漫录》卷十七《乐府》类“烛影摇红”条：“王都尉有《忆故人》词云(略)。徽宗喜其词意，犹以不丰容宛转为恨，遂令大晟府别撰腔，周美成增损其词，而以首句为名，谓之《烛影摇红》。”第496页。

调对换头体的创制主要向中长调延伸,而以长调慢词为主体。如《意难忘》,即属典型的换头体,上片首韵为四字句,下片首韵变为六字句,其余句式句法全同,连领字句、对偶句、折腰句都一一对应。《南浦》亦属两片首句不同的换头体①。《庆春宫》、《解语花》二调,则属换头体中的另一种形式,上片前三句用一韵,而下片前三句变换句式,且多押一韵,从第四句以下两片句式句法和平仄声韵皆同。至于《解蹀躞》一调,又属另一种特殊的"换头"体式,兹引录全词如下:

候馆丹枫吹尽,面旋随风舞。夜寒霜月,飞来伴孤旅。还是独拥秋衾,梦馀酒困都醒,满怀离苦。

甚情绪。深念凌波微步。幽房暗相遇。泪珠都作,秋宵枕前雨。此恨音驿难通,待凭征雁归时,带将愁去。(P606)

《词律》卷十一收录此调,首列周邦彦此词,注谓"'夜寒'下,与后'泪珠'下同"②,指上片第三句以下与下片第四句以下句式相同,而以上片首二句与下片首三句不同。若按《词律》的体认与划分,《解蹀躞》一调与上述《庆春宫》、《解语花》二调实属同一种换头体式。然而仔细辨析我们就会发现,《解蹀躞》的两片除下片首韵三字一句之外,其余句式全同,惟下片第二句押韵与上片略异。如果不计下片首句,此词便是一首双叠词。换言之,下片首句就像是在一首双叠词的换头处另外添加的一句。从这一特点来看,我们似乎可以将这种特殊形式称之为"添头"体③。但从基本特征来看,"添头"与"换头"仍然比较接近,所以我们把《解蹀躞》一调归入换头体一类中加以论述,姑且视为一种特殊的换头体。这种特殊的词体虽然在柳永的创作中已经出现,如《小镇西犯》即属一例,但在两宋词调中并不多见,周邦彦的创作无疑对这种词体的发展起到了进一步推动的作用。

(3) 半叠体(4调4首)

所谓半叠体,是指两片词体有一半的句式是对应重叠的,而另一半的句式

① 《全宋词》据明吴讷《唐宋名贤百家词》本《片玉集抄补》所录《南浦》一词,上片结拍三句之第一句"菡萏里风"为四言句,而下片为"恨无凤翼身"五言句,略有参差;又,下片次句作"甚顿作天涯,经岁羁旅"五四句式,与上片"向晚来、扁舟稳下南浦"九言一句亦有出入。兹据《词谱》卷三十三,上片此句作"菡萏袅风斜",下片次句作"甚顿作、天涯经岁羁旅"(第620页),与上片相合,全篇遂属换头体。

② 《词律》卷十一,第263页。

③ 参见田玉琪:《词调史研究》,第46页。

却并不相同。比之双叠体和换头体,半叠体进一步扩大了双片体句式形体相异部分的比例,带来了词调词体半同半异、亦同亦异的新风貌。早在北宋前期柳永所创始的《满江红》这一长调金曲之中,半叠体即已得到创造与运用,而周邦彦则在这个方面做出了进一步的探索与开拓。

清真新调中属于半叠体者共有4调4首,即:《品令3》*、《万里春》*、《华胥引》#、《浣溪沙慢》。小令、中调和长调慢词,各有分布。兹举《万里春》一调为例,词云:

> 千红万翠。簇定清明天气。为怜他、种种清香,好难为不醉。
>
> 我爱深如你。我心在、个人心里。便相看、老却春风,莫无些欢意。(P627)

此词虽然宋元本《片玉集》、《清真集》皆不载,被明毛晋汲古阁本《片玉词》卷上收录,且为孤调,但从词作内容与调名关联来看,应为创调之作,且为较典型的半叠体。又如《品令3》一词(P612):

> 夜阑人静。月痕寄、梅梢疏影。帘外曲角栏干近。旧携手处,花发雾寒成阵。
>
> 应是不禁愁与恨。纵相逢难问。黛眉曾把春衫印。后期无定。断肠香销尽。

此词《词谱》卷九所收周词,上结作"花雾寒成阵"五言句,无"发"字。从扬无咎、方千里、杨泽民、陈允平四人和韵词来看,两结皆作五言句,则周词上结作六言者,盖衍一"发"字。此词两片前二句之句式不同,后三句之句式相同,亦属半叠体。除了在小令调中创制半叠体外,周邦彦还将半叠体进一步运用到中调和长调慢词中,如《华胥引》双片86字,已接近长调,《浣溪沙慢》则为长调慢词。我们发现在清真新调所用半叠体的4调中,重叠的部分都发生在后半部分,只是重叠与不重叠部分的比例并非截然相等,往往重叠的句式略多于非重叠的部分。

(4) 部分重叠体(22调24首)

以上所述清真新调中的双片体属于两片体式完全相同的双叠体、主体相同的换头体、一半相同的半叠体,三种词体相加的总数也不过13调14首,而两片只有部分体式重叠的词体却占了大多数,共计达22调24首之多。这种部分重

叠的体式又有着丰富多样的表现形式,我们大致可以分为四种类型:

(甲) 换头异尾体(8/9)

此体的特征表现在两片的开头和结尾部分句式不同,中间对应部分的句式重叠,结构相同。这种体式共计 8 调 9 首:《琐窗寒》(2 首,一名《月下笛》)、《扫花游》、《解连环》、《忆旧游》、《宴清都》、《齐天乐(慢)》、《玉烛新》、《粉蝶儿慢》。无小令、中调,皆为长调慢词。兹举《琐窗寒》一词为例:

> 暗柳啼鸦,单衣伫立,小帘朱户。桐花半亩,静锁一庭愁雨。洒空阶、夜阑未休,故人剪烛西窗语。似楚江暝宿,风灯零乱,少年羁旅。
>
> 迟暮。嬉游处。正店舍无烟,禁城百五。旗亭唤酒,付与高阳俦侣。想东园、桃李自春,小唇秀靥今在否。到归时、定有残英,待客携尊俎。(P595)

上片起头三句皆为四字句,换头用二字短韵句,接以三字短韵一句,又接五言一句、四言一句;前结为五言一句、四言二句,后结为七言一句(折腰句法)、五言一句;上片第四、五、六、七句,与下片第五、六、七、八句,句式句法相同,平仄亦大体相同。可见此调开头、换头以及两结四个部分句式不同,表明其曲调音乐在这四个部分也各不一样,更为变化多姿;而两片中间四句的句式句法相同,则表明其两片中间部分的曲调音乐是相同的,形成重复与回环。与半叠体相比,换头异尾体重叠的范围又有所缩减,而更增强了两起两结的变化与创新。

(乙) 首尾重叠体(6/7)

此体的特征表现与上述换头异尾体正好相反,重叠的句式只出现在两片的开头或结尾,或同时出现在开头与结尾,中间或其余大部分体式并不相同。此体共计 6 调 7 首:《垂丝钓》#、《花犯》、《青房并蒂莲》、《丹凤吟》、《西平乐(慢)2》、《红林檎近》#(2 首)。以长调慢词为主,兼及中调。兹举《垂丝钓》为例:

> 缕金翠羽。妆成才见眉妩。倦倚绣帘,看舞风絮。愁几许。寄凤丝雁柱。春将暮。向层城苑路。
>
> 钿车似水,时时花径相遇。旧游伴侣。还到曾来处。门掩风和雨。梁燕语。问那人在否。(P601)[①]

---

① 《全宋词》所录此词,以"春将暮"二句属下片,又下片"梁燕语"句作"梁间燕语"。兹据《词律》卷九、《词谱》卷十五所录及分片,第 235 页,第 257 页。

两片头三句及尾二句相同，中间几句不同，属于首尾皆重叠的类型，而且重叠的句式占了一半以上的比例。但是，清真新调中此体仅有这一例，其余《丹凤吟》、《西平乐(慢)2》、《红林檎近》3调，两片都只有开头二句相同，《花犯》、《青房并蒂莲》2调，虽另有两片局部句式相同或同片相连句式重叠的现象，却皆以两结二句的重叠最为显著，而两片大部分或主体的句式结构并不相同。这种首尾重叠的词体既反映了词调音乐在开头、换头和结拍三处的复沓性，也反映了歌词形式的主体部分在节奏及声情等方面更丰富多彩的变化性。

(丙) 间隔重叠体(3/3)

所谓间隔重叠是指两片部分对应句式呈间隔性重叠，与换头异尾及首尾重叠等体式相比，重叠的部位呈散发状和间隔性，反映了词调音乐在这些部位的紧要性或呼应性，也带来了词体句式与结构更富于跌宕起伏的审美特征。这种词体共3调3首，即:《凤来朝》*、《侧犯》#、《蕙兰芳引》#。

请看《凤来朝》一词:

逗晓看娇面。小窗深、弄明未遍。爱残朱宿粉云鬟乱。最好是、帐中见。

说梦双蛾微敛。锦衾温、酒香未断。待起难舍拚。任日炙、画栏暖。(P617)

这首小令词两片各四句四仄韵，但并非双叠体，也不是换头体，而是间隔重叠体。两片的首句和第三句的句式句法皆不同，重叠的句式出现在次句和尾句，一为七言折腰句，一为六言折腰句。这种严密精致的对应与重叠，一定与词调的音乐特征有关。此词的间隔重叠正好占了约一半的比例，似乎与半叠体较为相近，但比之半叠体又多了一分新颖与灵动。《侧犯》和《蕙兰芳引》皆为中调，也都属于间隔重叠体。《蕙兰芳引》两片首句、中间三句、结尾一句相同;《侧犯》两片首句相同，上片第三四句与上结二句相同，下片第三四句与上片第三四句亦同，惟二字短韵句添一衬字略异。

(丁) 混合重叠体(5/5)

这种词体句式重叠的情形较为复杂一些，往往在一首词中混合出现两种或三种不同的重叠方式，有的同片相连句式重叠兼两片少量对应句式重叠，有的上片前后两部分呈半叠体式兼下片有间隔重叠，有的上片间隔重叠兼下片相连句式重叠或半叠，因不便归入上述某一类中，故单列一体。共有5调5首，即：《渡江云(三犯)》、《氐州第一》、《绕佛阁》、《塞翁吟》、《拜星月(慢)》。没有小令和中调，皆为长调慢词。

兹举《绕佛阁》为例，词云：

暗尘四敛。楼观迥出，高映孤馆。清漏将短。厌闻夜久，签声动书幔。桂华又满。闲步露草，偏爱幽远。花气清婉。望中迤逦，城阴度河岸。

倦客最萧索，醉倚斜桥穿柳线。还似汴堤，虹梁横水面。看浪飐春灯，舟下如箭。此行重见。叹故友难逢，羁思空乱。两眉愁、向谁舒展。(P614)

此词上片前半部分共六句(或分作五句)，与后半部分句式完全相同，形成一片之中的半叠体式。笔者以为此词宜将上片分作两叠，全词即为三叠体，前两叠即成双拽头体。然历代各本皆未分为三叠，《词律》《词谱》亦未予辨析与抉发，姑存疑俟考。下片"还似"二句，与上片"厌闻"二句及"望中"二句的句式句法相同，形成两片局部句式的对应重叠；又"看浪飐"二句，与"叹故友"二句之句式句法亦同，形成同片的间隔重叠。

其他如《塞翁吟》，上片间隔重叠，下片相连重叠，或谓应分三叠，则呈换头的三叠体；又如《拜星月(慢)》，上片第三四五句与第八九十句间隔重叠，下片前后两半大致对应重叠；或以为应分四叠，则前二片为半叠体，后二片则类似双拽尾。混合重叠体虽然数量并不多，但集中于长调慢词一类，仍然反映了清真新调在创调中富于开拓创新的特色与成就。

(5) 两片全异体(13调13首)

与上述两片体式完全相同、主体相同、部分相同的各体相比，清真创用的新调中还有两片完全相异的词体，而且多达13调13首，即：《红罗袄》*、《隔浦莲(近拍)》#、《四园竹》#、《芳草渡(慢)》、《玲珑四犯》、《倒犯》、《六丑》、《还京乐》、《丁香结》、《大酺》、《绮寮怨》、《夜飞鹊(慢)》、《大有》。不仅小令、中调和长调慢词兼具，而且还涉及多种犯调词体。

我们先看《红罗袄》这首小令词：

画烛寻欢去，羸马载愁归。念取酒东垆，尊罍虽近，采花南浦，蜂蝶须知。

自分袂、天阔鸿稀。空怀梦约心期。楚客忆江蓠。算宋玉、未必为秋悲。(P616)

此调虽为唐教坊曲名,但并无唐五代传词,而是首见于清真之作,两宋亦仅见陈允平次韵词,究竟是采用唐曲旧调还是以旧翻新,已难详考。就词体来看,虽然上片有相同句式的重叠,但两片句式完全不同。上片首二句,以五言对句开篇,应与乐句旋律节奏的相同或重复有关;接下四句,以“念”字领起四言四句,形成扇面对偶,又与一般对偶句式的重叠有所不同。上片六句,仅用二韵,声情较为疏宕;下片四句用四韵,句句用韵,声情转为急切,而换头和结句皆用折腰句法,一为七言折腰,一为八言折腰,亦增顿挫之致。可见即使是一首小令,由于两片句式和声韵的完全不同,带来的词体结构和声情特征也会更为新颖多姿和丰富多彩。

我们再来看《六丑》这首长调的犯调词:

正单衣试酒,恨客里、光阴虚掷。愿春暂留,春归如过翼。一去无迹。为问花何在,夜来风雨,葬楚宫倾国。钗钿堕处遗香泽。乱点桃蹊,轻翻柳陌。多情为谁追惜。但蜂媒蝶使,时叩窗隔。

东园岑寂。渐蒙笼暗碧。静绕珍丛底,成叹息。长条故惹行客。似牵衣待话,别情无极。残英小、强簪巾帻。终不似一朵,钗头颤袅,向人攲侧。漂流处、莫趁潮汐。恐断红、尚有相思字,何由见得。(P610)

此调既是周邦彦的创调典范,此词也是清真词中的名篇杰作。宋人记载周邦彦答徽宗召问已揭示《六丑》调名之意义:“此犯六调,皆声之美者,然绝难歌。”(已见前文引录)指出这是一个采用了六种词调之精华的犯调,虽然所犯六调为何调已难详考,但其“声之美者”我们仍能从词体上得到体认。两片虽然仍有极少量字数及结构相同的句式,如七言折腰句,如四五、五四句式等,但并不形成对应关系,上下两片几乎找不到完全对应的句式结构,而是呈现出极为丰富多彩的体式风貌。从全篇来看,句式以四、五、六、七言为主,虽无极尽参差之奇,却变化多端,颇有奇偶相生之致;多二句一韵,甚至一句一韵,韵断较密,表明声情较为急促不平,而两片中间又各以一个三句长韵加以调剂,疾徐有致,而又不乏跌宕之姿；善于运用去声字和领字，既铺叙有序，勾勒得法，也颇收声情抑扬顿挫之妙。这种体式特征所创造的声律之美，应与周邦彦创制此调时集合六种词调的精彩片断有着密切的关系。

综上所述，从总体来看，清真新调对双片词体的创造和建树不仅达上述五类八种形式之多，比之北宋前期的柳永又有进一步的丰富与拓展，而且还体现出向中长调尤其是长调慢词延伸和集中、致力于对两片不同句式结构新词体的探索与创新的发展趋势和创作实践，其"创调之才"比之柳永又有过之而无不及，更为南宋姜夔的自度曲开启了法门。姜夔《长亭怨慢》词序云："予颇喜自制曲，初率意为长短句，然后协以律，故前后阕多不同。"①姜夔将"前后阕多不同"视为其自度曲在词体上的一大特征，实际上这早在北宋后期周邦彦的创调中就已经得到了大量的运用和突出的表现。除了双片体式完全不同的 13 调 13 首之外，在部分重叠体的 22 调 24 首中"前后阕多不同"者也占绝对多数，两者相加共达 35 调 37 首，占清真新调双片体总数(48 调 51 首)的比例高达约 73%，这就很能说明问题了。

## 四　清真新调的格律精美

清真词向以法度精严、声律谐美而著称，这既体现在其继承唐五代北宋词已有的旧词调的创作中，更反映在清真首用和创制的新词调中。相对而言，清真创用的新词调数量虽然略少于其继承的旧词调，但是清真新调所体现的格律精美的特征更为突出，也更能代表和反映清真用调创调的成就与贡献。

### (一) 句法之精工

清真新调注重句式句法的锤炼，并达至精严工巧的艺术高度，这既是对词体文学性追求的加强，也是对词调音乐性配合的提升。宋末张炎在《词源》下卷曾论"句法"云："词中句法，要平妥精粹。一曲之中，安能句句高妙，只要拍搭衬副得去，于好发挥笔力处，极要用功，不可轻易放过，读之使人击节可也。"其中举例云："如美成《风流子》云：'凤阁绣帏深几许，听得理丝簧。'……此皆平易中有句法。"又论"字面"云："句法中有字面，盖词中一个生硬字用不得。须是深加

① 《全宋词》，第 2181 页。

锻炼，字字敲打得响，歌咏妥溜，方为本色语。”[1]强调句法的重要性，主张“于好发挥笔力处”即词调紧要处，“极要用功”、“深加锻炼”，而以“平妥精粹”为审美理想，即于平易妥溜中见精粹工巧。应该说，清真新调在句法的锤炼上便达到了这样的境界。

首先，清真新调句法之精工体现在对偶句的大量运用和精巧锤炼上。

北宋前期的柳永在大力创作长调慢词的时候虽然已经运用了对偶的句式句法，但还不够稳定精工。就北宋词坛来看，在长调慢词的创作中大量使用对偶句式且以属对精工、法度严密而著称的作者，当首推周邦彦。在周邦彦创用的 37 个慢词长调中，几乎绝大多数都运用了对偶的词句，其中很多使用了两联以上的对句，甚至像《琐窗寒》、《忆旧游》等调还各有两联鼎足对(又称三句对)这种少见的形式。

如《琐窗寒》及同调异名的《月下笛》：

> 暗柳啼鸦，单衣伫立，小帘朱户。
> 似楚江暝宿，风灯零乱，少年羁旅。(《琐窗寒》，P595)
> 小雨收尘，凉蟾莹彻，水光浮璧。
> 想开元旧谱，柯亭遗韵，尽传胸臆。(《月下笛》，P621)

二词所用鼎足对，第一处在上片的第一韵，处于曲调开头的关键位置，以三个四言句形成或宽泛或精工的鼎足对，有利于铺排描写；第二处则在上片的结拍，也是曲调的重要位置，皆以一字领起三个四言句，也形成鼎足对，起到收束上片开启下片的过渡作用。

又如《忆旧游》：

> 记愁横浅黛，泪洗红铅，门掩秋宵。
> 渐暗竹敲凉，疏萤照晚，两地魂销。(P599)

两联鼎足对，一在上片开头，一在上片结拍，亦皆以一字领起三个四言句，比之《琐窗寒》对仗更为工稳，结构更为严密，而用于词调起结关键处，以增强表现力，则如出一辙。

---

① 张炎：《词源》下卷“句法”条、“字面”条，《词话丛编》本，第 258、259 页。

即使是在其创用的小令新调中,周邦彦也注重对偶句的锤炼,而且颇见工巧。如《红罗袄》写道:

念取酒东垆,尊罍虽近,采花南浦,蜂蝶须知。(P616)

于小令短调中使用扇面对(又称隔句对),与《沁园春》等长调慢词运用扇面对相比,实属罕见与不易。

此外,周邦彦还往往在偶言的句式中运用句中自对(又称当句对),如《瑞龙吟》这首双拽头的三叠词中便有多例句中自对:"障风映袖"、"访邻寻里"、"吟笺赋笔";甚至在奇言句的偶言部分也运用句中自对,如"拂水飘绵送行色"、"梨花榆火催寒食"(《兰陵王》)、"酒旗戏鼓甚处市"、"乱鸦栖鸟夕阳中"(《西河》)等,皆属此类。而且我们还发现,在清真新调所用对偶句中,虽然不无在诗体中常用的奇言对句,但是以偶言对句占绝大多数,这与周邦彦"以赋为词",在词体中大量引入四言、六言的骈俪句式的创作方法是密切相关的。无论是奇言的对句还是偶言的对句,都已在词体产生之前的诗赋中得到了发展和成熟,但词体是否运用对句,在何处运用对句,除了文学修辞的需要之外,更受到词调音乐的规范。只有那些具有对称性的乐句才适合运用对偶,然而是否在这些地方运用对偶,还取决于词人是否精通音律以及对词曲配合追求的程度如何。周邦彦在其创用的新调中大量运用对偶句式,擅长锤炼对偶句法,既使其词体句式更密切地配合词调乐句,以收取更合乐协律的审美效果,也使其词作在修辞技巧的文学层面达到了更精工典范的艺术高度,从而为后世词人的依调填词所取法。

其次,清真新调句法之精工还表现在句式多变与句法精妙上。

除了对偶句的大量运用和精巧锤炼之外,清真新调还表现出句式配合灵活多变、句法构成精妙多彩的创作特征。这主要表现在句式配合的奇偶相生、长短为用,以及对领字句、折腰句等多种句法的运用上。

我们发现,在清真创用的新调中四言、六言的偶言句式占据了相当大的比重,如双拽头三叠体的《瑞龙吟》,前两叠除了开头的一个三字句外,其余五句皆为六四、六四四结构的偶言句式;同为双拽头三叠体的《双头莲(慢)》,前两叠各七句,除结拍一句为三言外,其余六句皆为偶言句,且前五句俱为四言句,只后一句为六言句。偶言句在清真创用的长调慢词中得到大量运用,形成与唐五代北宋小令词以奇言句式为主体的鲜明对比,带来了词体句式更为精工整饬的新风貌。但是清真在创用的新调中并非只是简单地加大偶言句的比重，而是注重与奇言句的巧妙搭配，形成奇偶相生、长短为用、灵活多变的句式特征，颇收疾徐有致、跌宕起伏的审美功效。如上举《瑞龙吟》、《双头莲(慢)》二调，其双拽头虽皆以偶言句为主，却又于开头或结拍各配一个三字的奇言短句，更在第三叠中穿插运用三言、五言、七言的奇言句式，以形成一种奇偶相生、长短错综的句式结构与节奏特征。又如《西河》一调，周词二首，不仅句式句法完全一致，而且还表现出很鲜明的奇偶相生的特色。如前两叠的开头句式，一为“三六”，一为“三三六”，以下二韵的句式则皆为“七四”与“七六”，皆为一奇一偶。第三叠换头为七言句，接下一句虽同为七言，但作上三下四折腰句法，仍有奇偶相生之效果；第三句为六言，形成与前面七言二句的对应与互补；结尾七言一句、六言一句、三言一句，不仅七言句仍作上三下四折腰句法，而且六言句置于七言与三言之间，仍生奇中带偶之美感。其他如《兰陵王》、《六丑》等长调慢词的名篇佳作，无不如此，上文已多有举例，兹不赘述。此外，即使是小令短调，也颇见精妙，如《玉团儿》：

> 铅华淡伫新妆束。好风韵、天然异俗。彼此知名，虽然初见，情分先熟。
>
> 垆烟淡淡云屏曲。睡半醒、生香透肉。赖得相逢，若还虚过，生世不足。(P618)

这是一首双叠体小令，每片各五句三仄韵，前二句皆为七言，后三句皆为四言，前奇后偶，正好互补；次句虽与首句同为七言，却用上三下四句法，亦是奇偶相生，增添顿挫之致。

至于清真新调的句法运用，不仅有多种创造，而且也颇见精妙。这首先表现在领字句的娴熟运用上。在上文分析对偶句时，已涉及多例以一字领起鼎足对甚至是扇面对的例子。此外在清真新调中，还有大量运用领字的单句与对句，以及用多字领起的句式。如《瑞龙吟》：

> 还见褪粉梅梢，试花桃树。
> 因念个人痴小，乍窥门户。
> 唯有旧家秋娘，声价如故。

知谁伴、名园露饮，东城闲步。（P595）

在三叠之中各有一个以二字领起四言二句的例子，最后一处更以三字领起两个四言句，既作七言折腰句法，又成四言对偶句式，可谓将领字句、折腰句、对偶句三种句法融为一体。又如《还京乐》：

触处、浮香秀色相料理。

任去远，中有万点，相思清泪。

想而今、应恨墨盈笺，愁妆照水。（P596）

这三例一在上片开头部分，一在上片结拍位置，一在下片结拍之前，分布较为匀称。第一例，《词谱》等皆作九字一句，乃以二字领起一个七言句，在节奏上于二字处形成一个小顿挫。第二例，《词系》作“任去远、中有万点相思清泪”[①]，为十一字长句，则“任去远”三字和“中有”二字似乎都兼具领起和顿挫之作用。第三例，“想而今应”四字当皆属领字，而下接两个四言对句，既不失工整，又跌宕多姿。《词谱》注云：“此词句法，多一气贯下，蝉联不断，陈、杨、方和词皆然，当是音律所寓，填者遵之。”[②]这种句法上的连贯，也与此词多用领字句有关。领字句法虽然在柳永大力创作长调慢词的时候就已经得到了运用，但周邦彦的运用则达到了更普遍更娴熟的艺术高度。

其次，清真新调对折腰句的运用也颇有创获。折腰句在唐五代小令词中已经出现，如顾夐《诉衷情》“换我心、为你心”，即属六字而可于中间折断的折腰句。周邦彦对折腰句法的运用不仅较为普遍，而且形式多样，搭配精巧。如《凤来朝》小令，于两片的次句皆用七言折腰句：“小窗深、弄明未遍。”“锦衾温、酒香未断。”于两片的结句又皆用六言折腰句：“最好是、帐中见。”“任日炙、画栏暖。”在一首小令中运用了四处折腰句法，以增加小令句式结构的变化，带来更婉转跌宕的声情特征。

清真新调对折腰句的运用以七言最多，不仅与六言折腰句等句式形成多样的搭配，而且还常常出现两句以上折腰句的排比。兹举《塞翁吟》下片为例：

忡忡。嗟憔悴、新宽带结，羞艳冶、都销镜中。有蜀纸、堪凭寄恨，等今

① 《词系》卷十八，第五册，第941页。

② 《词谱》卷三十一，第573页。

夜、洒血书词，剪烛亲封。菖蒲渐老，早晚成花，教见薰风。(P603)

中间连用四个七言折腰句，形成一种对应和排比，也就带来了诗体中整齐的七言句式所难以企及的灵动之姿与顿挫之美。

此外，清真新调还将这种折腰句法进一步拓展运用于八言、九言的长句中，也带来了长调慢词在句式句法上更新颖多彩的艺术风貌。如《拜星月(慢)》下片：

画图中、旧识春风面。谁知道、自到瑶台畔。眷恋雨润云温，苦惊风吹散。念荒寒、寄宿无人馆。重门闭、败壁秋虫叹。怎奈向、一缕相思，隔溪山不断。(P613)

在一片之中共用了四个八字的折腰句，而且两两连用，形成排比，与上文所举《塞翁吟》连用四个七言折腰句，可谓异曲同工。九言的折腰句，如《绕佛阁》云："厌闻夜久，签声动书幔。""望中迤逦，城阴度河岸。""还似汴堤，虹梁横水面。"又如《解蹀躞》云："夜寒霜月，飞来伴孤旅。""泪珠都作，秋宵枕前雨。"《全宋词》皆断作四言一句、五言一句，而《词谱》却作上四下五折腰句法，《词系》虽皆作九言句，然仍可于二字或四字处逗断。又如《玉烛新》云："芳英嫩、故把春心轻漏。""终不似、照水一枝清瘦。"(P609)亦属九言折腰句，只不过呈上三下六的句法而已。

### (二) 字声之精严

关于填词于字声平仄的运用，早在北宋末或南渡初，李清照论词即指出："盖诗文分平侧，而歌词分五音，又分五声，又分六律，又分清浊轻重。"①已强调作词对字声的要求比诗文更复杂和严密。至宋末沈义父《乐府指迷》更总结说："腔律岂必人人皆能按箫填谱，但看句中用去声字最为紧要。……其次如平声，却用得入声字替。上声字最不可用去声字替。不可以上去入，尽道是侧声，便用得，要须调停参订用之。"②尤其强调去声字的运用"最为紧要"，并概括了入声可代平声、去声不可代上声、上去入三仄须分辨参用等规律和法则。夏承焘先生论唐宋词字声的运用和演变云："大抵词自民间转入士大夫手中之后，到五代

① 胡仔：《苕溪渔隐丛话后集》卷三十三引李清照论词语，第254页。
② 沈义父：《乐府指迷》，《词话丛编》本，第280页。

温庭筠严分平仄；到北宋晏殊渐辨去声，还只严于结句；柳永分上去，更谨于入声；周邦彦用四声，变化最多，四声的用法更趋精密，但也只限于警句和结拍。到了南宋，方千里、杨泽民、陈允平诸人和周邦彦词，对于它用四声的，亦步亦趋，不敢稍有逾越。于是过于拘泥，反滋流弊。”①可见清真词对四声的用法趋于精密而又未至拘泥，具有承前启后的重要地位，这在清真创用的新调中也表现得相当突出。

首先，清真新调往往在一调的起、结及换头等紧要处，字声的运用较为精严，尤其注重去声字的运用和去上声字的搭配。如《瑞龙吟》，《词系》卷十八注云：“‘旧’、‘笑’、‘旧’、‘意’、‘院’五字去声，尤吃紧。”(P950)前两个去声字即用于双拽头的结拍，即词调音乐最紧要之处，一作“归来旧处”，一作“盈盈笑语”，与韵脚字组成去去、去上的声调，给人悠扬婉转之感。又如《花犯》，《词律》卷十七收此调虽以王沂孙词为例，而注云王词实追摹清真而作：“周、方二作，律度森然，而历览各家，无不字字摹拟，其所用诸去声，若出一手，后人何弃此程序，而自以为是乎？此篇仿美成丰度，至所用上去字十余，皆妙绝，真名词也。”(P381)指出各家作此调皆谨守清真词所用诸去声字及去上声字。杜文澜对《词律》又作补注云：“又按词中应用去上声，惟此调最多，如素靥、绀缕、岁晚、自倚、记我、浪里、卧稳、挂晚、凤冷、乍起、唤取、翠被，凡十二处，周美成、方千里等名作皆同，为此调定格，必宜恪守。”(P381)《词谱》卷三十亦注云：“《词律》论此调后段第七句‘烟浪里’三字，必须平去上，结句‘照水’二字，必须去上，细校宋词皆然，填者审之。”(P553)又如《六丑》，《词律》卷二十所收此调虽以方千里词为例，而实际仍以清真词为典范，注云：“与清真词平仄无异，篇中诸去声字俱妙，而‘占’‘易’‘离’尤吃紧。梦窗‘渐新鹅映柳’一首，亦皆相合。”(P449)《词系》卷十八收周词，亦注云：“‘暂’、‘过’、‘柳’、‘叩’、‘暗’、‘叹’、‘惹’、‘趁’、‘断’、‘见’诸去声字最吃紧。”(P954)又如《绮寮怨》，《词系》卷十八注云：“篇中用平去平者，亦不可移易。”(P943)经笔者检核发现，此词以两平夹一去声的字声组合主要发生在各句的尾三字上，共有六例，两片各有三例，其中“晓风吹未醒”(上片次句)、“叹息愁思盈”(上片结句)、“去去倦寻路程”(下片换头)、“先泪零”(下片结句)四句，皆处于词调的“吃紧”处，亦颇具抑扬顿挫的声律美。尤其是《蕙兰芳引》，

① 夏承焘：《唐宋词声调浅说》，《夏承焘集》，第八册，杭州：浙江古籍出版社、浙江教育出版社，第131页。

虽为中调引曲，但其字声精严并不逊色于长调慢词，《词律》卷十二对此有很详细的分析："莹、镜、断、对、未、更、倦、厌、但、梦、故、后、障、是、处、更、寄、旧、递、俱、夜、奈等字，俱用去声，妙绝。而'莹'下用'晚'，'厌'下用'旅'，'梦'下用'绕'，'奈'下用'枕'，俱去上；'草未'、'想故'、'写寄'，又俱上去；且用'镜'则上隔字用'点'，用'馆'则上隔字用'对'，用'管'则上隔字用'更'，此种乃词中抑扬发调之处，所以美成为词坛宗匠，而制律造腔，称再世周郎也。"(P293)此外，《词律》《词谱》《词系》所指出的清真创调中必用去声或宜用去上声者，还有多例，兹不一一举例赘述。今人从整体上考察周邦彦词"声律精审"在字声平仄上的表现特征，对于我们探讨清真创调的声律之美，亦可资参考①。可以看出，不仅历代词论家对清真词于词调"尤吃紧""最吃紧"处精辨字声，尤其严于去声字及去上声、上去声字的运用，都有很细微的体认和揭示，而且宋代词人在追和次韵清真词的创作中还加以了较严格地遵从与继承。

其次，清真新调对字声的运用也往往在领字句上特别用力，多以去声或带去声的字词为领字，以起到发调和振起的功效。对于这一点，《词律》《词谱》《词系》诸书则关注不够。上文论句法已涉及领字句，其中即多有以去声字作领字者。下面，我们再举一些例证。如《兰陵王》：

> 又酒趁哀弦，灯照离席。……愁一箭风快，半篙波暖。
> 渐别浦萦回，津堠岑寂。……念月榭携手，露桥闻笛。(P611)

在这首三叠词的后两叠中，共有四处用到了领字句，而且都是以一字领起两个四言对句的句法，其所用领字除"愁"字为平声外，其余"又"、"渐"、"念"皆为去声字。又如《玲珑四犯》：

> 是旧日潘郎，亲试春艳。……叹画阑玉砌都换。才始有缘重见。
> 但认取、芳心一点。又片时一阵，风雨恶，吹分散。(P597)

此词上下两片也各有两处领字句，分别位于上片开头和结拍及下片结尾的所谓"吃紧"处；或以一字领起四言二句，或以一字领起六言二句，或以一字领起四言

---

① 韦金满：《周邦彦词研究》，第四章《美成词之特色及其瑕疵(上)》，论周词"声律精审"在"平仄"方面的表现，共分八点："转折与起调发调仄用去声"、"句中两仄相连用去上"、"上声韵，韵上仄用去声字"、"去声韵，韵上仄用上声字"、"入声韵，韵上仄用上声字"、"平声韵，韵上仄用去声字"、"三声相连必用平去平"、"一平三仄之四字句备四声"，可资参考。台北：庄严出版社 1984 年版，第 59、71 页等。

一句、三言二句，皆以去声为领字；至于七言折腰句，也类同领字句，只不过以三字领起，字声作去去上而已。

其三，清真新调对字声运用的精严有时也表现为，在一些“吃紧”处特意运用平仄失调的拗句，以表达某种峭拔不平、沉郁跌宕的声情。如《西河》二词，便在相同位置各有两处拗句：“酒旗戏鼓甚处市”，“对此景、无限愁思”（P612）；“相对如说兴亡，斜阳里”，“尽作往来人、凄凉事”（P627）。这两处分别位于第三叠的开头和结尾，尽管二词的句式略有参差，但皆于第三叠换头运用了拗句，前首五仄字连用，后首亦作“仄仄仄、平仄平仄”的拗句；在第三叠的煞拍也是全词的结尾处，二词亦皆作拗句，前首四平连用，后首五平连用。对于这一点，《词系》卷十八曾特别加以揭示云：“篇中诸去声字及后起五仄，结尾四平，尤吃紧。”（P946）此外，《词谱》卷三十四还指出清真此调“金陵怀古”一词：“前段第二句，中段第三句，例作平平仄仄平仄，或仄平平仄平仄。”（P624）即谓“南朝盛事谁记”、“莫愁艇子曾系”二句，亦属拗句。早在南宋初期王灼就曾指出：“大石调《西河慢》，声犯正平，极奇古。”①虽是从犯调的角度指出其“极奇古”的声情特征，但对于我们理解清真此调之所以多处运用拗句，也是有所启发的。又如《忆旧游》上片第七句“凤钗半脱云鬓”，下片第八句“旧巢更有新燕”，以及下片结句“东风竟日吹露桃”（P599），亦皆为拗句。对此，《词谱》卷三十注云：“后段结句，例作拗体。”（P552）《词系》卷十八亦云：“‘凤’、‘半’、‘鬓’、‘旧’、‘更’、‘燕’六字必去声。‘脱’、‘有’二字，间有用平者。结句平平去仄平去平，各家皆然，均勿误。”（P956）不仅严用去声，而且形成拗体，当是为了更好地配合词调音乐的需要。

钱鸿瑛先生甚至指出：“论拗句，有词以来，当以清真词为最多；特别是在那些创调中，几乎俯拾即是。”并举《浪淘沙慢》和《兰陵王》为例。《浪淘沙慢》虽非清真创调，盖柳永翻旧曲为新声，但《兰陵王》则首见清真词，盖亦为清真借遗声谱新曲。钱先生分析说：“在清真《兰陵王》中，遇着对称的句子，总是拗怒与和谐的递用以取得统一。”并举词中的四言对句为例，如“酒趁哀弦，灯照离席”、“一箭风快，半篙波暖”、“别浦萦回，津堠岑寂”、“月榭携手，露桥闻笛”，皆为一

① 王灼：《碧鸡漫志》卷五“西河长命女”条，岳珍《碧鸡漫志校正》（修订本），第107页。

句平仄和谐,一句字声拗怒,或前谐后拗,或前拗后谐,形成对立中见统一的风貌①。

这种特用拗句的表现,我们还可以从清真双片中调《红林檎近》二词得到更深切的体认:

高柳春才软,冻梅寒更香。暮雪助清峭,玉尘散林塘。……呵手弄丝簧。

冷落词赋客,萧索水云乡。……(P608)

风雪惊初霁,水乡增暮寒。树杪坠飞羽,檐牙挂琅玕。……清池涨微澜。

步屧晴正好,宴席晚方欢。……(P608)

在清真创用的新调中每调作词在2首以上的极少,《红林檎近》便是其中之一例。此调2词不仅同载宋本《片玉集》,而且在词体上也表现出相当一致的精严性。以上引录的便是每首词上片的前四句,上结一句,下片开头二句,皆为五言句,尤其是两起,都运用了对偶,前起四句更像一首五言诗体。但是仔细辨别,我们便会发现,这些五言句的字声平仄并不完全符合近体诗律,其中多有拗句,而且两首相当一致。可见这并非清真不懂诗的声律,而是出于词调音律的特殊需要。对此,《词律》卷十一曾做出过非常精辟的解读:"起四句,后起二句,竟是五言古诗,甚拗。结一句亦拗。但此系美成按腔制体,有'冬初'、'雪景'二首,平仄相同,千里和之,亦一字不异。是知调格,应是如此,不可任意更改。不然,美成既苦守不变,千里又苦相模仿,何其迂拙,大逊今人之巧便乎?于此可悟词律之严。"(P274)王国维评周词云"拗怒之中,自饶和婉"②,更深刻地揭示了清真词运用拗字所产生的声律之美。

(三)韵律之精美

清真词格律之精美,除了体现在句法、字声等方面,也于韵律上有着非常精彩的表现。宋人多记载清真词"欢筵歌席,率知崇爱"③,直至宋末犹有歌妓传

① 钱鸿瑛:《周邦彦研究》第三章,第136、137页。

② 王国维:《清真先生遗事》,《唐宋词汇评》(两宋卷),第二册,第881页。

③ 刘肃:《周邦彦词注序》,《唐宋词汇评》(两宋卷),第二册,第861页。

唱;《宋史·文苑传》称其"词韵清蔚"[①],直至清代四库馆臣撰写《片玉词》提要犹赞其"下字用韵,皆有法度"[②]。下面,我们即以清真创用的新调为例,对清真词韵律之精美略做考察。

首先,我们需要对清真创用的 52 个新调的用韵情况进行分类统计。兹以清戈载编撰的《词林正韵》为依据[③],对清真新调用韵分部及数据统计如下:

(甲) 平声韵:共 14 调 15 首。

第一部,东冬钟韵:《塞翁吟》;第二部,江阳唐韵:《红林檎近》(其一)、《意难忘》、《琴调相思引》;第三部,支脂之微韵:《四园竹》、《红罗袄》、《夜飞鹊(慢)》;第七部,元寒桓韵:《红林檎近》(其二);第八部,萧宵爻豪韵:《忆旧游》、《一剪梅》;第十部,麻韵:《渡江云》、《西平乐(慢)2》;第十一部,庚耕清青韵:《庆春宫》、《绮寮怨》;第十二部,尤候韵:《青房并蒂莲》。

(乙) 上去声韵:共 29 调 30 首。

第三部,纸旨、寘至韵:《还京乐》、《花犯》、《西河(慢)》(2 首)、《万里春》;第四部,语姥、御遇韵:《瑞龙吟》、《琐窗寒》、《扫花游》、《垂丝钓》、《宴清都》、《解蹀躞》、《芳草渡(慢)》、《南浦》;第六部,轸、震韵:《丁香结》、《品令 3》;第七部,阮、愿韵:《玲珑四犯》、《齐天乐(慢)》、《拜星月(慢)》、《绕佛阁》、《凤来朝》、《粉蝶儿慢》、《烛影摇红》;第八部,篠、啸韵:《隔浦莲(近拍)》、《氐州第一》、《倒犯》;第九部,果、个韵:《浣溪沙慢》;第十部,马、祃韵:《解语花》;第十一部,梗、映韵:《侧犯》;第十二部,有、宥韵:《玉烛新》、《大有》。

(丙) 入声韵:共 10 调 11 首。

第十五部,屋沃烛韵:《蕙兰芳引》、《大酺》、《玉团儿》(2 首);第十六部,觉药铎韵:《解连环》、《丹凤吟》;第十七部,陌麦昔锡职德韵:《月下笛》(即《琐窗寒》异名)、《六丑》、《兰陵王》、《双头莲(慢)》;第十八部,黠薛叶帖韵:《华胥引》。

其次,我们再来对清真新调用韵的部类分布及其用韵特征进行分析和探讨。

第一,从韵部分类来看,清真新调的用韵涵盖了绝大多数韵部。在《词林正

① 脱脱等:《宋史》卷四百四十《文苑·周邦彦传》,第三十七册,第 13126 页。
② 永瑢等:《四库全书总目》卷一九八,北京:中华书局 1965 年版,第 1811 页。
③ 戈载:《词林正韵》,上海:上海古籍出版社 2009 年版,影印本。

韵》所归纳的十九个韵部中,清真新调的用韵除了第五部韵(平声佳、上声蟹和去声太)缺如之外,其余十八部皆有运用,可见其采韵范围之广。

第二,从韵部运用来看,清真新调既表现出整体的精严性,也表现出一定的灵活性。这主要有两种情况,其一是同部三声通叶或平仄互叶。如《四园竹》,全篇押平声支微韵,却分别于两片各叶上声纸韵"里"字和"纸"字。《词谱》卷十八注云:"此词前后段第七句各叶一仄韵。平韵四支、五微,仄韵四纸,亦即本部三声叶也。方千里、杨泽民、陈允平和词悉同。"(P312)又如《渡江云》,全篇押平声麻韵,而下片第四句"指长安日下"则通叶同部去声祃韵。又如《浣溪沙慢》,全篇押上去声果个韵,而于下片第二句通叶平声歌韵"多"字。其二是邻韵互叶。如《品令 3》,以第六部上去声轸震韵与第十一部梗映韵通叶;其他如《玲珑四犯》、《齐天乐(慢)》、《拜星月(慢)》、《绕佛阁》、《凤来朝》、《粉蝶儿慢》5 调,则皆以第七部上去声阮愿韵为主,而通叶第十四部上去声感勘韵等少量韵字;又如《华胥引》,则属第十八部与第十九部入声韵通叶。这种用韵特征既反映出清真新调在创制上依曲填词的性质,对歌唱上协律美听效果的追求,也反映出清真用韵并非一味地拘泥韵书律谱,而是注重对当时社会的日常用语和音韵规则的采撷与遵从。

第三,从平仄韵的分布来看,清真新调表现出以上去声韵为主而兼及平声韵和入声韵的特征。清真新调共用平声韵凡 14 调 15 首,入声韵凡 10 调 11 首,上去声韵凡 29 调 30 首。可见清真新调对四声韵虽然都有涉及,但以上去声韵占多数,其次为平声韵,再次为入声韵。这种用韵选择与清真词所要表现的思想感情及其艺术风格,正好是相互适应和密切配合的。

清真词以婉约的词风为主体,自然离不开对平声韵的采用。平声韵是具有开放性的声韵,既可以明亮爽朗,也可以低抑沉痛。相对而言,用于表达欢快明朗的情绪,阳声韵(即韵尾是鼻音 m、n、ng 的韵母)比阴声韵(没有韵尾的韵母)更为适合,开口呼(即没有韵头且韵腹是 ɑ、o、e 的韵母)比齐齿呼(即韵头或韵腹是 i 的韵母)更为有效。在周邦彦创调的平声韵词作当中,《意难忘》用开口呼、阳声韵的江阳韵吟咏歌妓,抒写恋情,便表现出欢悦流美的声情特征。《红林檎近》两首在题材上皆为咏物写景,是清真官溧水时宴饮娱乐、安逸消闲生活的反映,分别选用平声的江阳韵和元寒韵,也显现出舒缓流美的声情特征。相反，清真新调中其余的平声韵词，则大都属于以阴声韵或齐齿呼的韵字来抒写苦情。《忆旧游》用萧豪韵，全词9个韵脚，有7个属于齐齿呼的萧韵（宵、潇、摇、销、迢、镳、桥），属于开口呼的只有2个韵字（招、桃），便颇增"难以启齿"的委婉之意。《红罗袄》和《夜飞鹊（慢）》都是以平声支微韵抒写苦情，兼具阴声和齐齿，最能传达嗟噫之声和唏嘘之感。《四园竹》更是在平声支微韵的基础上叶以上声纸韵，亦添含蓄之致。

"入声短促，没有含蓄的余地，所以宜于表达激越峭拔的思想感情。"[①]清真虽不以豪放的词风而擅胜，但他既有羁旅客游、沉沦下僚的生活经历，也有忆旧念人、怀古伤今的人生情怀，所以在清真的创调中也就不乏对入声韵字的着意选用和精彩表现。如《兰陵王》咏柳赋别一词，其宫调是越调犯正宫，可以兼具陶写冷笑和惆怅雄壮的曲风，而其对入声陌锡职韵的运用，也收到了"声尤激越"的声情效果[②]，堪称词曲相合、情韵兼胜。又如《大酺》一词，所写内容不过是"因春雨而有感"[③]，词人却以韵字非常少的屋沃入声韵，唱出了"最奇崛"的旋律与声情[④]。

"盖去声劲而纵，上声柔而和，交济方有节奏。"[⑤]"上、去声韵适宜表达清幽峭拔、沉郁凄壮的思想感情。"[⑥]清真新调中押上去声韵的最多，自然是因为上去声韵更适宜表现清真沉郁幽峭的思想感情及其深婉浑成的艺术风格。从清真创用新调词作的内容题材来看，表现最多的是羁旅漂泊之感、忆旧念人之情、怀古伤今之思、写景体物之致；其中虽不乏风流、妩媚、欢快、明丽等声情的表现，但以幽怨、感伤、凄切、悲叹等声情为主基调。这与周邦彦在押韵上多用和善用上去声是有关的，为了与其所要表达的思想感情相契合，他有意选择了这些上去声韵。因为上去声不似平声具有开放性，又不同于入声的短促激烈，其独有的低回缠绵、余音不尽的听觉效果，也就自然而然地成为了清真创调细腻深婉

① 龙榆生：《词曲概论》，第252页。

② 毛幵：《樵隐漫录》："以周词凡三换韵，至末段声尤激越，惟教坊老笛师能倚之以节歌者。"引自罗忼烈《清真集笺注》，第197页。

③ 唐圭璋：《唐宋词简释》，上海：上海古籍出版社1999年版，第131页。

④ 王灼：《碧鸡漫志》卷二："周《大酺》、《六丑》、《兰陵王》诸曲，最奇崛。"岳珍《碧鸡漫志校正》（修订本），第28页。

⑤《词律》卷十四，杜文澜注语，第319页。

⑥ 龙榆生：《词曲概论》，第205页。

抒情的最多选择和最佳表现。

第四，清真新调在韵位的安排上亦疏密有致，长短错综，各极其妙。平仄韵的选用和搭配固然重要，韵位疏密和长短的安排对于声情的表现也起着很重要的调节变化的作用。如前举《品令 3》、《红罗袄》、《凤来朝》、《玉团儿》等小令短调多写恋情，用韵都很密集，有的甚至是句句用韵，有的则上片较疏而下片转密，都很好地表现了紧促的节奏和凄恻的声情。而在清真新创的一些长调慢词中，用韵则相对较疏朗，多为两三句一韵，有的甚至疏至三句以上才用一韵。兹举《西平乐(慢)2》为例：

> 稚柳苏晴，故溪歇雨，川迥未觉春赊。驼褐寒侵，正怜初日，轻阴抵死须遮。叹事逐孤鸿尽去，身与塘蒲共晚，争知向此，征途迢递，伫立尘沙。追念朱颜翠发，曾到处、故地使人嗟。
>
> 道连三楚，天低四野，乔木依前，临路敧斜。重慕想、东陵晦迹，彭泽归来，左右琴书自乐，松菊相依，何况风流鬓未华。多谢故人，亲驰郑驿，时倒融尊，劝此淹留，共过芳时，翻令倦客思家。(P598)

此调一名《西平乐慢》，乃慢词调也。周词用平韵，不仅与柳永此调用仄韵不同，而且体式声律亦异，盖别翻新声。全篇多用四言与六言的偶言句式，再加上多用对偶，以及平声韵的运用，形成整饬而舒缓的节奏与声律。而此词用韵之疏朗，亦颇为显著。《词律》卷十七收此调，首列柳永词，以清真词为“又一体”，于调名注云“或加‘慢’字”，于词后注云：“如此长调，只用七韵，初疑有误，乃不惟千里和词一字无讹，查梦窗所作亦字字相同，可知古人细心，不若今人自以为是也。”(P392)上片用四韵，其中三韵皆三句一韵，而第三韵则达五句之长。下片则只用三韵，每韵皆各达四句、五句、六句之疏，充分显示了节奏舒缓、声情悠长的慢曲特征。

此外，清真创用的新调也常常在开头、换头、结尾或句中等紧要之处，运用二字、三字的短韵句，有时也于句首或句中运用藏韵、叠韵等形式，以增强声韵的精丽与谐美，历来词论已有所揭示，兹不赘述。

## 第四节　清真词调的流传及其词史地位

清真词在词史上所产生的深远影响及其所占有的典范地位，历代词学已形成共识和定论，我们通过清真词的用调和创调的考察，也同样可以获得深刻的体识和有力的印证。

### 一　清真词用调的深远影响

周邦彦的用调和创调在多个方面都做出了卓越不凡的贡献，其对两宋词调繁衍和词史发展所产生的影响也是非常深远的。考察影响和地位，自然离不开传播接受。因此，我们有必要对清真所创词调在两宋的流传情况进行考察，从两宋词人对清真词调的继承沿用这一角度，来观照周邦彦在宋代词调演进和词史发展历程中所产生的影响及其词史地位。

#### （一）清真创用新调在两宋流行的统计与分析

清真所创用的 52 个新调在两宋词坛的流行和运用情况如何，我们可以通过数据统计和定量分析来获得体认。

**表 6－5　清真创用新调在宋代流行情况一览表**

| 词调名 | 体式 | 周词数量 | 宋词数量 | 其他用调词人词作数量及词人姓名 |
|---|---|---|---|---|
| 瑞龙吟 | 长调 | 1 | 11 | 7/10:方千里、杨泽民、陈允平三家和韵(陈允平 2首);吴文英 3、翁元龙、王义山、刘辰翁 |
| 琐窗寒(月下笛) | 长调 | 2 | 27 | 20/25;三家及赵必瑑和韵(和《琐窗寒》);扬无咎、程先、姜夔、张辑、苏茂一、吴文英、黄廷璹、刘辰翁、彭元逊、王沂孙 3、仇远、张炎 4、曾隶、萧允之、曾允元、彭正大(《琐窗寒》20 首;《月下笛》5 首) |
| 渡江云(三犯) | 长调 | 1 | 18 | 12/17:三家及萧元之、周密、萧允之和韵(陈允平 4首);卢祖皋、吴文英、詹玉、仇远、张炎 3、陈梦协 |
| 还京乐 | 长调 | 1 | 6 | 5/5:三家和韵;吴文英、张炎 |
| 扫花游 | 长调 | 1 | 22 | 11/21:三家及扬无咎、周密和韵(陈允平、周密各 2首,其一和韵);吴文英 5、刘辰翁、赵文、王沂孙 4、张炎 2、张半湖 |

续表

| 词调名 | 体式 | 周词数量 | 宋词数量 | 其他用调词人词作数量及词人姓名 |
|---|---|---|---|---|
| 解连环 | 长调 | 1 | 31 | 22/30:三家和韵;扬无咎、陆游2、谢懋、姜夔、高观国2、张辑、刘克庄4、吴潜、吴文英2、刘之才、奚淢、黄廷璹、王沂孙、仇远、蒋捷、张炎2、黄水村、无名氏2、善珍 |
| 玲珑四犯 | 长调 | 1 | 13 | 11/12:三家和韵;史达祖2、高观国、李从周、翁元龙、刘之才、曹邍、周密、张炎(姜夔、谭宣子词为同名异调) |
| 丹凤吟 | 长调 | 1 | 5 | 4/4:三家和韵;吴文英 |
| 西平乐(慢)2 | 长调 | 1 | 5 | 4/4:三家和韵;吴文英 |
| 忆旧游(慢) | 长调 | 1 | 26 | 15/25:三家及龙端是和韵;赵以夫2、吴文英、黄廷璹、刘辰翁、周密3、彭元逊、仇远2、张炎7、刘将孙、刘应几、彭泰翁 |
| 垂丝钓 | 中调 | 1 | 12 | 9/11:方、陈和韵;扬无咎2、赵彦端2、袁去华、丘密、杨冠卿、陈亮、吴文英 |
| 侧犯 | 中调 | 1 | 8 | 7/7:三家和韵;袁去华、姜夔、谭宣子、赵文 |
| 隔浦莲(近拍) | 中调 | 1 | 20 | 16/19:三家及吴潜、赵必瑑和韵(吴潜2);扬无咎、曾觌、赵彦端、陆游2、史达祖2、高观国、黄载、吴文英、翁元龙、赵闻礼、彭元逊 |
| 塞翁吟 | 长调 | 1 | 12 | 8/11:三家和韵;吴文英2、陈坦之、赵文2、仇远2、张炎 |
| 华胥引 | 中调 | 1 | 9 | 7/8:三家及赵必瑑和韵;奚淢、丁默、张炎2 |
| 宴清都 | 长调 | 1 | 23 | 14/22:三家及赵必瑑和韵;何籀、曹勋3、袁去华、赵善扛、程垓、卢祖皋、吴文英7、胡翼龙、黄廷璹、周密 |
| 四园竹 | 中调 | 1 | 4 | 3/3:三家和韵 |
| 齐天乐(慢) | 长调 | 1 | 116 | 62/115:三家及扬无咎和韵(陈允平3首、扬无咎2首);吕渭老、曹勋、陆游2、沈端节、李寅仲、姜夔、史达祖5、高观国3、卫元卿、张辑、刘子寰、哀长吉、李曾伯、方岳、吴文英9、翁元龙、翁孟寅2、刘澜、储泳、洪瑹、李莱老、利登、柴望2、马廷鸾、奚淢、曹邍、丁默2、王月山、黄廷璹、刘辰翁3、周密6、文天祥2、方衡、詹玉、王沂孙5、姚云文、赵必瑑2、仇远4、董嗣杲、王易简2、唐艺孙、吕同老、唐珏、蒋捷、张炎14、陈恕可2、陈深、钟辰翁、萧东父、龙紫蓬、刘天迪、尹公远、曾允元、刘学颜、赋梅、朱涣、赵师律、无名氏2 |

**续表**

| 词调名 | 体式 | 周词数量 | 宋词数量 | 其他用调词人词作数量及词人姓名 |
| --- | --- | --- | --- | --- |
| 蕙兰芳引 | 中调 | 1 | 5 | 4/4:三家和韵;吴文英 |
| 丁香结 | 长调 | 1 | 5 | 4/4:三家和韵;吴文英 |
| 氐州第一 | 长调 | 1 | 8 | 7/7:三家和韵;郑熏初、刘天游、赵文、赵功可 |
| 解蹀躞 | 中调 | 1 | 9 | 6/8:三家和韵;扬无咎 2、曹勋 2、吴文英 |
| 庆春宫 | 长调 | 1 | 16 | 13/15:三家及仇远和韵;姜夔、吴文英 2、刘澜、张枢、周密、王沂孙、王易简、陈德武、张炎 2 |
| 红林檎近 | 中调 | 2 | 9 | 4/7:三家和韵(各 2 首);袁去华 |
| 解语花 | 长调 | 1 | 12 | 10/11:三家和韵;赵以夫、刘子寰、吴文英 2、施岳、张艾、周密、张炎 |
| 倒犯 | 长调 | 1 | 5 | 4/4:三家和韵;吴文英 |
| 大酺 | 长调 | 1 | 15 | 11/14:三家和韵(陈允平 2 首);赵以夫、李曾伯、吴文英、陈著 3、刘辰翁、颜奎、周密、赵文 |
| 玉烛新 | 长调 | 1 | 9 | 8/8:方、杨及赵文和韵;扬无咎、史达祖、赵以夫、吴文英、无名氏 |
| 花犯 | 长调 | 1 | 12 | 9/11:三家和韵;吴文英 2、刘辰翁 2、周密、赵文、王沂孙、黄公绍 |
| 六丑 | 长调 | 1 | 7 | 6/6:三家和韵;吴文英、刘辰翁、彭元逊 |
| 兰陵王 | 长调 | 1 | 33 | 23/32:三家及袁去华、叶隆礼、赵必瑑和韵(陈允平 2、袁去华 2);张元幹 2、曹冠、葛郯、辛弃疾 2、张镃、史达祖、高观国 2、陈韡、葛长庚 3、李曾伯 2、李昴英、刘之才、施岳、曹邍、黄廷璹、刘辰翁 2、彭履道 |
| 西河(慢) | 长调 | 2 | 15 | 13/13:三家及吴潜、王奕和韵(和金陵怀古词);刘一止、丘密、辛弃疾、曹豳、王埜、吴文英、黄昇、张炎 |
| 品令 3 | 小令 | 1 | 6 | 5/5:三家及扬无咎和韵;刘辰翁 |
| 绮寮怨 | 长调 | 1 | 7 | 6/6:陈允平和韵;石正伦、鞠华翁、刘辰翁、赵文、赵功可 |
| 拜星月(慢) | 长调 | 1 | 6 | 5/5:陈允平和韵;吴文英、周密、彭泰翁、无名氏 |
| 绕佛阁 | 长调 | 1 | 5 | 3/4:陈允平和韵;吴文英 2、张艾 |
| 意难忘 | 长调 | 1 | 13 | 11/12:陈允平、刘埙、赵必瑑和韵;程垓、朱用之、高观国、林正大 2、何梦桂、刘辰翁、张炎 |
| 红罗袄 | 小令 | 1 | 2 | 1/1:陈允平和韵 |

续表

| 词调名 | 体式 | 周词数量 | 宋词数量 | 其他用调词人词作数量及词人姓名 |
|---|---|---|---|---|
| 夜飞鹊(慢) | 长调 | 1 | 9 | 8/8:陈允平和韵;卢祖皋、赵以夫、吴文英、胡翼龙、张艾、刘辰翁、张炎 |
| 凤来朝 | 小令 | 1 | 3 | 2/2:陈允平和韵;史达祖 |
| 芳草渡(慢) | 中调 | 1 | 2 | 1/1:陈允平和韵 |
| 玉团儿 | 小令 | 2 | 5 | 3/3:袁去华、张镃、卢炳 |
| 粉蝶儿慢 | 长调 | 1 | 1 | 0/0:为孤调;另有毛滂等《粉蝶儿》为中调 |
| 南浦 | 长调 | 1 | 8 | 5/7:史浩2、程垓、史达祖、王沂孙2、张炎(另有孔夷1首为同名异调) |
| 琴调相思引 | 小令 | 1 | 20 | 12/19:陈允平和韵;周紫芝、房舜卿、赵彦端2、袁去华2、卢祖皋2、许棐、赵与仁、汪元量、仇远、无名氏5、刘焘 |
| 青房并蒂莲 | 长调 | 1 | 2 | 1/1:王沂孙(与清真词互见,《全宋词》两收) |
| 一剪梅 | 中调 | 1 | 62 | 41/61:周紫芝、李纲、李清照、蔡伸3、郑刚中、邓肃、王之道、曹勋、李石2、黄公度、韩元吉、丘崈、赵长卿、辛弃疾5、程垓3、徐似道、石孝友、韩玉、赵师侠2、卢炳、刘仙伦、韩淲4、易祓妻、史达祖2、周文璞、葛长庚、刘克庄2、李曾伯、方岳、吴文英2、陈著、刘辰翁2、杨佥判、汪元量、黎廷瑞、醴陵士人、蒋捷2、陈德武、张炎、张幼谦、无名氏3 |
| 双头莲(慢) | 长调 | 1 | 1 | 0/0:为孤调;无名氏、陆游(2首)词为同名异调;另有赵师侠小令名《双头莲令》 |
| 大有 | 长调 | 1 | 2 | 1/1:潘希白 |
| 万里春 | 小令 | 1 | 1 | 0/0:为孤调 |
| 浣溪沙慢 | 长调 | 1 | 2 | 1/1:马子严 |
| 烛影摇红 | 长调 | 1 | 41 | 27/40:廖世美、吴亿、张抡、赵长卿、赵善扛、张镃、程珌、高观国、卢祖皋、孙维信、刘克庄、赵以夫、张榘、方岳、吴文英7、翁元龙、翁孟寅、陈著4、刘辰翁3、邓剡、刘埙、赵必瑑、仇远、张炎2、鼓峰、懒堂女子、无名氏2 |

从以上统计列表,我们可以较清晰地获知周邦彦所创用的52个新调在两宋词坛的流行和运用情况。我们可以依据每调创作数量的多少,将这些词调大致分为四个档次(括号内数字为每调词作总数,包括清真本人所作):

第一档次,30 首以上,共 5 调:齐天乐(慢)(116)、一剪梅(62)、烛影摇红(41)、兰陵王(33)、解连环(31);

第二档次,30 首以下 10 首以上,共 17 调:琐窗寒(27)、忆旧游(慢)(26)、宴清都(23)、扫花游(22)、隔浦莲(近拍)(20)、琴调相思引(20)、渡江云(三犯)(18)、庆春宫(16)、大酺(15)、西河(慢)(15)、玲珑四犯(13)、意难忘(13)、垂丝钓(12)、解语花(12)、塞翁吟(12)、花犯(12)、瑞龙吟(11);

第三档次,9 首以下 2 首以上,共 27 调:华胥引(9)、解蹀躞(9)、红林檎近(9)、玉烛新(9)、夜飞鹊(慢)(9)、侧犯(8)、氐州第一(8)、南浦(8)、六丑(7)、绮寮怨(7)、还京乐(6)、品令 3(6)、拜星月(慢)(6)、丹凤吟(5)、西平乐(慢)(5)、蕙兰芳引(5)、丁香结(5)、倒犯(5)、绕佛阁(5)、玉团儿(5)、四园竹(4)、凤来朝(3)、红罗袄(2)、芳草渡(慢)(2)、青房并蒂莲(2)、大有(2)、浣溪沙慢(2);

第四档次,孤调单首,共 3 调:粉蝶儿慢、双头莲(慢)、万里春。

首先,从总体来看,除了第四档次的 3 个孤调之外,清真创用的 52 个新调有 49 调都得到了两宋词坛的继承和沿用,其创用新调的流行率或成功率高达 94.2%,其孤调仅占约 5.8%的微小比例,这在两宋词坛上的确无人能比,充分体现了周邦彦的"创调之才",即使是创调数量最多的柳永也有数十调之多的孤调,在流行率或成功率上仍逊色于清真。

其次,清真创用新调对宋代词坛影响最大的,是第一档次的 5 个词调,两宋创作数量都在 30 首以上。其中除《一剪梅》为小令外,其余 4 调皆为长调慢词;而尤以《齐天乐(慢)》和《一剪梅》小令最为流行,《烛影摇红》、《兰陵王》、《解连环》3 调也各具特色。从创作数量来看,清真创调对两宋词坛的影响似乎并没有柳永那样深远而巨大,但其意义仍然不容低估。

其三,清真也为两宋词坛贡献了一批常用词调,这就是第二档次的 17 个词调,每调作词也都达数十首之多(10 首以上 30 首以下)。其中,令、近、慢、犯各种曲体皆有,而仍以长调慢词为主体,并包含了多个犯调曲,是清真创调之才的集中体现。

其四,清真创用新调中约占一半有余的词调(27 调)虽然也得到了两宋词坛的采用,但创作数量并不多,说明其影响力并不如另一半词调那么显著。尽管如此,在这些词调中,也是各体兼备,有一部分词调如《六丑》等,亦堪称清真创调的优秀之作。

（二）两宋词人对清真创用新调的继承与运用

从表 6－6 的统计数据，我们还可以获知两宋词坛继承清真创用新调的词人队伍及其用调情况。两宋词坛共有多少词人继承了清真新调，各采用了多少词调，填写了多少词作，这些词人的分布和用调情况如何，透过这些数据我们可以考察两宋词人对周邦彦所创新调的接受情形，对周邦彦创调的成就和地位也将获得进一步的体认与印证。

两宋继承和采用清真创调的词人共计 169 人，其中仅采用清真创调中某一调来创作的词人共计 109 人，另有 60 位词人采用清真创调都在 2 调以上，兹将这 60 位词人及其相关数据列表如下：

**表 6－6　两宋词人沿用清真新调(2 调以上)一览表**

| 序号 | 词人 | 用调数量 | 词作数量 | 序号 | 词人 | 用调数量 | 词作数量 | 序号 | 词人 | 用调数量 | 词作数量 |
|---|---|---|---|---|---|---|---|---|---|---|---|
| 1 | 陈允平 | 41 | 51 | 18 | 黄廷璹 | 6 | 6 | 35 | 张　艾 | 3 | ] |
| 2 | 方千里 | 33 | 34 | 19 | 卢祖皋 | 5 | 6 | 36 | 方　岳 | 3 | 3 |
| 3 | 杨泽民 | 32 | 33 | 20 | 姜　夔 | 5 | 5 | 37 | 奚　减 | 3 | 3 |
| 4 | 吴文英 | 30 | 63 | 21 | 翁元龙 | 5 | 5 | 38 | 张　镃 | 3 | 3 |
| 5 | 张　炎 | 18 | 47 | 22 | 曹　勋 | 4 | 7 | 39 | 曹　邃 | 3 | 3 |
| 6 | 刘辰翁 | 15 | 22 | 23 | 程　垓 | 4 | 6 | 40 | 刘之才 | 3 | 3 |
| 7 | 周　密 | 11 | 19 | 24 | 李曾伯 | 4 | 5 | 41 | 葛长庚 | 2 | 4 |
| 8 | 仇　远 | 9 | 14 | 25 | 彭元逊 | 4 | 4 | 42 | 王易简 | 2 | 3 |
| 9 | 扬无咎 | 9 | 12 | 26 | 辛弃疾 | 3 | 8 | 43 | 翁孟寅 | 2 | 3 |
| 10 | 王沂孙 | 8 | 18 | 27 | 陈　著 | 3 | 8 | 44 | 丁　默 | 2 | 3 |
| 11 | 史达祖 | 8 | 15 | 28 | 刘克庄 | 3 | 7 | 45 | 周紫芝 | 2 | 2 |
| 12 | 赵　文 | 8 | 9 | 29 | 陆　游 | 3 | 6 | 46 | 赵长卿 | 2 | 2 |
| 13 | 赵必瑑 | 8 | 9 | 30 | 赵彦端 | 3 | 5 | 47 | 赵善扛 | 2 | 2 |
| 14 | 无名氏 | 7 | 14 | 31 | 蒋　捷 | 3 | 4 | 48 | 赵师侠 | 2 | 2 |
| 15 | 高观国 | 7 | 11 | 32 | 吴　潜 | 3 | 4 | 49 | 卢　炳 | 2 | 2 |
| 16 | 袁去华 | 7 | 9 | 33 | 丘　崈 | 3 | 3 | 50 | 刘子寰 | 2 | 2 |
| 17 | 赵以夫 | 6 | 7 | 34 | 张　辑 | 3 | 3 | 51 | 胡翼龙 | 2 | 2 |

续表

| 序号 | 词人 | 用调数量 | 词作数量 | 序号 | 词人 | 用调数量 | 词作数量 | 序号 | 词人 | 用调数量 | 词作数量 |
|---|---|---|---|---|---|---|---|---|---|---|---|
| 52 | 施　岳 | 2 | 2 | 55 | 汪元量 | 2 | 2 | 58 | 萧允之 | 2 | 2 |
| 53 | 赵功可 | 2 | 2 | 56 | 詹　玉 | 2 | 2 | 59 | 彭泰翁 | 2 | 2 |
| 54 | 刘　埙 | 2 | 2 | 57 | 陈德武 | 2 | 2 | 60 | 曾允元 | 2 | 2 |

首先，两宋词坛共有 169 位词人继承了清真创用的新调，虽然比不上采用柳永创调的词人队伍那样庞大（约 400 余人），但柳永处于北宋前期，周邦彦处于北宋后期，排除时代先后因素的影响，清真新调仍能得到如此众多的词人的采用，也有力地印证了清真的创调之才以及清真创调所具有的典范意义。从词人队伍来看，既有与清真同时稍后的北宋后期词人和南渡词人，如李清照、张元幹、周紫芝、蔡伸等，更有大量的南宋词人，而且从南宋中前期一直延续到宋末，甚至在宋元易代之际还掀起了一个采用清真创调《齐天乐》等调进行唱和的小高潮；既有不少无名氏词人和准无名氏词人如易祓妻、醴陵士人、懒堂女子等，更有众多的大家名家词人；既有张元幹、辛弃疾、陆游、刘克庄、吴潜、刘辰翁等辛派词人或词风偏于豪放的词人，更有姜夔、吴文英、张炎、周密、史达祖、王沂孙等词风婉约、格律精严的词人。由此亦可见，清真创用新调对两宋词坛所产生的影响是颇为广泛而深远的。

其次，采用清真新调数量最多的词人是陈允平、方千里、杨泽民三家。三人皆为南宋后期词人，他们对周邦彦充满了崇敬和景仰之情，也对清真词采取了依词集逐首进行追和次韵的学习和继承方式。方千里次韵清真词共 93 首，杨泽民次韵清真词共 92 首，陈允平次韵清真词共 121 首；在三家次韵清真词中，便包含了对清真新调的采用，以陈允平次韵清真新调最多，共 41 调，占清真新调的比例也高达 78.8%，方、杨二家次韵清真新调也各达 33 调、32 调之多。三家对清真新调的大量采用和追和次韵，对清真新调在南宋的传播和流行当起到了一定的推动作用。

其三，吴文英对清真创调共采用了 30 调，与陈、方、杨三家共同采用的清真新调数量大致相近，词作数量却远多于三家中的任何一人，是以上词人当中采用清真新调作词数量最多的词人。鉴于吴文英亦为知音识律擅长创调的词坛名家，其对清真创调的大量采用以及在宫调声情等方面的开拓与创新，既是对周邦彦创调的认同和继承,也有力地促进了清真创调的传播与繁衍。

## 二　清真词用调的典范地位

周邦彦的用调成就和词史地位,我们还可以从清真用调及清真词所具有的典范意义上获得体认。而清真用调在宋代词坛和词史上所具有的典范性,则体现在宋代词人大量的追和次韵、清真词集版本众多、宋代词选及明清词谱广为选录等各个方面。

### (一) 宋代词人对清真词的追和次韵

追和次韵是一种特殊的创作形式,从中既可以考察后代的文学创作对前代名家名作的继承,也可以藉以观照前代的名家名作对后代的文学创作所产生的影响。周邦彦用调的典范意义及其词史地位,从两宋词人的追和次韵中便得到了有力的印证。

据笔者检索统计,在被历代词人追和次韵的 240 多位宋代词人中,以苏轼、周邦彦、辛弃疾、李清照四大家被追和次韵的作品数量最多,其中周邦彦以共 93 调 135 首原作得到历代词人共 98 人凡次韵 494 首的数量位居第二,仅次于苏轼;就宋代来看,清真词共得到了 22 位词人的次韵,仅次于苏轼(40 人次韵),但两宋词人共次韵清真词却多达 336 首,大大超出了对苏轼(102 首)、范成大(77 首)、辛弃疾(28 首)、贺铸(27 首)等人的次韵数量,为两宋被次韵最多的第一人;就两宋词人次韵清真词所涉及的原作来看,共计 84 调凡 125 首,也远远超出两宋词人次韵东坡词所涉及的原作共 25 调 33 首的数量①。在两宋词坛次韵清真词的 22 人中,共有 17 人采用了清真创用的新调;除陈、方、杨三家次韵清真新调多达 30 余调至 40 余调名列前三甲之外,另有次韵作者 14 人,即赵必𤩪(6 调 6 首)、扬无咎(3 调 3 首)、吴潜(2 调 2 首)、周密(2 调 2 首)、袁去华、叶隆礼、朱用之、萧元之、王奕、赵文、刘埙、仇远、龙端是、萧允之(各 1 调 1 首),其中扬无咎、吴潜、周密、袁去华、仇远等皆为南宋中后期著名词人,且分属婉约与豪放等不同词风词派,则可见清真创调对两宋词人的用调和创作所产生的广泛影响和切实效果。另外,从两宋次韵词对清真新调的采用来看,共涉及 42 调,已

---

① 参见刘尊明、王兆鹏:《唐宋词的定量分析》,第 290、303、314 页。按,笔者在拙著中对宋代次韵清真词作者的统计原为 19 人,遗漏了赵文、仇远、龙端是 3 人(3 首),今补入,故统计数字略有增加。

占清真新调总数的80.7%的高比例;其中得到陈允平、方千里、杨泽民三家共同追和的就有31调,而以《兰陵王(慢)》、《红林檎近》(皆6人6首)、《西河(慢)》、《渡江云(三犯)》、《隔浦莲(近拍)》(皆5人5首)、《瑞龙吟》、《琐窗寒》、《意难忘》、《扫花游》、《华胥引》、《宴清都》等(皆4人4首),被追和次韵较多,且多为长调慢词,也反映了这些词调在清真创调中的典范意义及其深远影响。

（二）宋代清真词集版本之丰富多样

清真词集版本之多、流传之广,在两宋词人中亦首屈一指。据今人考辨和统计,宋代见诸记载的各种清真词集版本至少达12种之多①,兹列表如下:

**表6-7　清真词集宋代版本一览表**

| 名　称 | 词作数量 | 所据文献 | 备　注 |
|---|---|---|---|
| 清真诗余 | 90余首 | 郑瑶《景定严州续志》、黄昇《花庵词选·唐宋诸贤绝妙词选》 | 编者不详,今佚 |
| 圈法周美成词 | 不满百首 | 张炎《词源》卷下 | 杨缵编撰,今佚 |
| 美成长短句 | 不满百首 | 毛晋《片玉词跋》 | 编者不详,今佚 |
| 注清真词2卷 | 不详 | 陈振孙《直斋书录解题》 | 宋曹杓注,今佚 |
| 三英集1卷 | 90余首 | 毛晋跋方千里《和清真词》 | 编者不详,今佚 |
| 清真集 | 不满百首 | 毛晋《片玉词跋》 | 编者不详,今佚 |
| 清真词3卷 | 120余首 | 陈振孙《直斋书录解题》 | 编者不详,今佚 |
| 详注周美成词片玉集10卷 | 127首 | 宋刻本(今藏国家图书馆);朱祖谋《彊村丛书》据此本 | 宋陈元龙注,刘肃序,署时“嘉定辛未”(1216) |
| 详注周美成词片玉集10卷 | 127首 | 陶湘《景刊宋金元明本词》 | 汲古阁藏,覆刻陈注本,涉园据此影印 |
| 清真词2卷 | 182首 | 毛晋《片玉词跋》 | 宋强焕序,淳熙庚子(1180)溧水刊本 |
| 片玉集2卷 | 180余首 | 毛晋《片玉词跋》 | 宋翻强焕本,有详注 |
| 周词集解 | 不详 | 沈义父《乐府指迷》 | 编者不详,今佚 |

词至南宋渐成案头文学,除了依靠歌唱传播,也有赖于词集的印刻。一个词人有自己的别集编刻传播,说明其有一定的创作成就和词坛地位,其词集版

① 参见吴则虞校点:《清真集》,所附《清真集参考资料·版本考辨》,北京:中华书局1981年版。

本越多,也就越能彰显其成就和地位。周邦彦个人词集单单在宋代就有 12 种版本之多,意味着清真词刻印风行,传播广泛,说明词坛和社会对清真词的需求量大,热爱者多,而受众的主体是文人墨客,是参与宋词创作的群体。名家词人的别集对于当时和后世的词人乃至一般读者而言,不仅仅是一本案头读物,同时也发挥着教科书的作用,是词人们学习用调填词的范本。特别值得我们注意的是,其一,南宋所编刻传播的清真词集,不仅在数量上有 90 余首、120 余首、180 余首三个系统,名称上有“清真诗余”(包括“清真词”、“清真集”)、“周美成词”(含“美成长短句”)、“片玉集”三个系列,而且在编辑上有合集本(如《三英集》)、“圈法”本、“详注”本、“集解”本等多种形式,这种热闹繁盛的景象在两宋词人别集中是很少见的;其二,方千里、杨泽民各追和清真词达 90 余首之多,陈允平甚至追和清真词多达 121 首,此外两宋另有多达十数人数十首之多的次韵清真词创作,当亦与清真词集的广泛传播有关。据明毛晋《和清真词跋》云:“美成当徽庙时提举大晟乐府,每制一词,名流辄依律赓唱,独东楚方千里、乐安杨泽民有《和清真全词》各一卷,或合为《三英集》行世。”①可见方、杨对清真词的追和乃是依集而和,很可能就是依据 90 余首系统的《清真诗余》本,并且被人与清真词合编为《三英集》。《三英集》中不包括陈允平的和作,盖因陈允平稍晚,但陈允平所和清真词在数量上又超出了方、杨二家,大概他所依据的乃是 120 余首的清真词集版本,而陈允平将自己追和清真词的词集命名为《西麓继周集》,其模仿学习清真词的意识和实践也更为明显和突出。这种依词集而追和次韵的创作在两宋词坛上极为罕见,既反映了清真词集在南宋极为流行的情形,也有力地印证了清真词格律精严的典范意义②。

### (三) 历代主要词选词谱对清真词的大量著录

除了词人别集,读者也可以通过词选阅读词人作品。一首词影响力的大小,主要看其传播程度以及受关注程度。前者可以通过选本的入选率得知,各种选本选录得越多,其传播接受也就越广;后者可以通过历代的评点获知,评点次数越多,证明受关注程度越高,因为评点者都是行家,没有分量的作品是不会引起他们的关注的。古人选词,或为读词习作,或为评词著书,或为乡党亲友收

---

① 毛晋:《和清真词跋》,施蛰存主编《词籍序跋萃编》,北京:中国社会科学出版社 1994 年版,第 334 页。
② 参见刘尊明、王兆鹏:《唐宋词的定量分析》,第十五章,第 394—395 页。

集作品，或为开宗立派树立楷模，选词的宗旨标准完全可以出于自己的喜好，可以曲高和寡，却终究是反映一时的审美风尚。那么，宋代的主要词选选录清真词的情况如何呢？兹统计列表如下：

**表 6－8　宋代主要词选选录清真词一览表**

| 词选名称及卷数 | 编撰者 | 录词 | 所据版本 |
|---|---|---|---|
| 梅苑 10 卷 | 黄大舆 | 1 | 《文渊阁四库全书》本 |
| 乐府雅词 3 卷拾遗 2 卷 | 曾慥 | 32 | 辽宁教育出版社 1997 年版 |
| 唐宋诸贤绝妙词选 10 卷 | 黄昇 | 17 | 辽宁教育出版社 1997 年版 |
| 草堂诗余前集 2 卷后集 2 卷 | 佚名 | 47 | 《景刊宋金元明本词》本 |
| 阳春白雪 8 卷外集 1 卷 | 赵闻礼 | 20 | 上海古籍出版社 1993 年版 |

上述词选人均入选词作数量是：《乐府雅词》人均 22 首，《唐宋诸贤绝妙词选》人均 5.7 首，《阳春白雪》人均 2.9 首。清真词在以上三种宋代重要词选中的入选篇数无不远超平均数。另外《草堂诗余》选录苏轼词 24 首、秦观词 19 首、柳永词 17 首，周邦彦的入选篇数比之多出一倍有余。宋代重要的词选只有周密的《绝妙好词》未选录周邦彦词作，但该书的选词范围只限于南宋词坛，始于张孝祥，终于仇远，不选北宋词人。清真词在宋代主要的词选当中的显赫地位亦不言而喻。

据宋末张炎《词源》记载："近代杨守斋精于琴，故深知音律，有《圈法周美成词》。"①清末郑文焯《词源斠律》云："玉田《词源》言杨守斋有《圈法美成词》，盖取词中字句融入声谱，一一点定，如《白石歌曲》之旁谱，特于其拍顿加以墨围，故云圈法耳。"②可见，宋末杨缵所撰《圈法周美成词》，已具有声谱和词谱的双重特性，既是对清真词音韵格律的总结，也为初学者提供了用调填词的范本。

至明清时期，专门的词谱面世，收录各个词调的代表作，标示格律谱式。入选词谱的作品越多，就越显示词人用调的典范性。清真词用调在明清时期的影响虽不在本文的论述范围内，但这部分数据也可列作参考。

明代著录周邦彦词的主要词谱有：

1. 张綖《诗余图谱》，收录 7 首；

2. 谢天瑞《诗余图谱补遗》，收录 31 首；

---

① 张炎：《词源》卷下，《词话丛编》本，第 267 页。

② 郑文焯：《词源斠律》，据蔡桢《词源疏证》，北京：中国书店出版社 1985 年版，影印本，第 66 页。

3. 程明善《啸余谱·诗余谱》,收录 46 首。

清代著录周邦彦词的主要词谱有:

1. 万树《词律》,收录 43 首;

2. 王奕清等《钦定词谱》,收录 84 首。

从次韵词作到别集版本,到词选录词,再到词谱录词,各方面的数量之大,超越了宋代其他词人,无不印证清真词极具范式意义,周邦彦的词史地位也从而得到了有力的彰显。正如宋末沈义父所言:“凡作词当以清真为主,盖清真最为知音,且无一点市井气,下字运意,皆有法度。”①最为知音,皆有法度,既是清真词用调的主要成就所在,也从而奠定了周邦彦在词史上的经典地位。

① 沈义父:《乐府指迷》,《词话丛编》本,第 277 页。

# 第七章　宋代无名氏词的用调与成就

《全宋词》收录两宋词人词作，有姓名可考的词人共计约 1500 人，词作约 21000 多首。在宋词灿烂繁荣的星空中，我们往往只仰慕那些耀眼夺目的巨星与明星，词学史的研究和书写也主要是为那些大家和名家列章立传，于二、三流词人则较少注目，大量作品零散的默默无闻的词人更是无人关注，遑论那些连姓名都没有留下来的无名氏呢！然而无名氏在两宋词坛上的创作成就及其历史地位实在是不容忽视的。据笔者考订和统计，两宋无名氏词共计 1590 首，所占两宋词作总数的比例高达约 7.5%。在两宋具名词人中，辛弃疾以 629 首的创作数量，高居两宋词人作品数量排行榜的首位，然而其创作数量所占两宋词作总量的比例，也不过约为 2.9%。两宋词坛上的“无名氏”当然不是一个人，而应该是由数十人甚至数百人所组成，如果拆开来，他们默默无闻、寂无声息，然而当他们组合为一个“无名氏”的群体时，他们的成就和地位、力量和影响，或许并不亚于宋代词国星空中的任何一个明星，至少应该让我们刮目相看了吧。

然而遗憾的是，在历代词集选本中我们都还能读到大量佚名或署以无名氏的词作，在二十世纪以来的词学研究中却极少有人关注宋代无名氏词的创作。本章即拟从词调的运用和创制这个层面，来观照和考察宋代无名氏词的创作成就，以期拓展和丰富我们对宋代词调与词史的研究与认识。

## 第一节　宋代无名氏词用调的定量分析

历代词学典籍虽然保存了较为丰富可观的无名氏词的创作成果,却较少有人去关注和探讨无名氏词的创作成就。除了二十世纪初在敦煌藏经洞发掘的唐五代无名氏词成为词学研究的一个热点之外,其他历代无名氏词却较少有人问津。宋词中便有大量的无名氏词作,宋代无名氏词既是宋代词坛和词史整体的一个有机组成部分,也是宋词创作与传播中的一种独特现象,因此,考察宋代无名氏词的创作现象与艺术成就,对拓展和深化宋词研究乃至整个词学研究,其意义和价值自是不言而喻的。对宋代无名氏词的研究,固然有许多层面的工作可做,但有关宋代无名氏词作品数量和词调数量的统计分析,当是基础工作之一。

### 一　宋代无名氏词用调的分类统计

笔者依据《全宋词》,对宋代无名氏词作数量和用调数据进行了全面而细致的检索、考订与统计。现将各项统计数据汇列如下。

#### （一）宋代无名氏词作总数共计 1590 首

在《全宋词》繁体修订版中,两宋无名氏词共由这样几个部分组成:《全宋词》正编收无名氏词 1536 首;《订补附记》补录 39 首;《订补续记》续补 9 首;另加孔凡礼编《全宋词补辑》辑补 6 首,总计 1590 首。在简体增订本中,以上无名氏四项作品便被集中收录在一起了。其中,具调名词作共计 1355 首,失调名词作共计 235 首。在具调名词作中,残句共 137 首,其余 1218 首皆为全篇;在失调名词作中,则只有约 14 首为全篇,其余 221 首皆为残篇断句。将具调名与失调名两项作品相加,宋代无名氏词中的整篇全章共计 1232 首,残篇断句共计 358 首。

虽然残篇断句的数量占据了宋无名氏词作总数约 22.5%的比例,但 1232 首的完整词篇,仍使宋代“无名氏”这个特殊的作者在创作数量上超过了宋代词坛上任何一个具名的“大家”或“名家”词人,有力地突显了“无名氏”作为一个独特的集体或群体为宋词的发展所做出的贡献。词作数量的巨大,也因此成为我们关注宋无名氏词创作的触发点,其学术意义自然是不容忽略的。至于残篇断句，也并非毫无价值。数百首之多的残篇断句不仅反映了宋无名氏词在民间的广泛流传和存佚情况，而且还提供了有关词的创作本事、词调运用和词体功能、词学观念等方面的考证线索和认识价值，同样值得我们去关注和探讨。

### （二）宋代无名氏所用词调总数共计 306 调

306 调这个用调总数指的是词调正名（即通用名），未计入词调异名和一调多名的数据。其中，对于部分明确可辨的同名异调，已做区分和单列，而对于个别体式差别不大或难以分辨是否属异调者，则姑作同调异体处理。

(1) 仅见无名氏用调的孤僻调共计 77 调(113 首)

兹略依《全宋词》的著录顺序汇列如下：

| | | | |
|---|---|---|---|
| ●头盏曲(残) | ●六幺(残) | ●误桃源 | ●真珠髻 |
| ●罥马索 | ●庆春泽 | ●玉梅香慢 | ●早梅香 |
| ●马家春慢 | ●春雪间早梅 | ●枕屏儿 | ●镜中人/3① |
| ●扫地舞 | ●鞓红 | ●鬓边华 | ●二色宫桃 |
| ●落梅风 | ●九张机/20 | ●绕池游 | ●啄木儿(残) |
| ●结带巾 | ◆金钱子 | ◆新水令 | ◆伊州曲 |
| ●倾杯序 | ●贺圣朝(慢) | ●转调贺圣朝 | ◆楼心月/3 |
| ●宴清堂(残) | ●金落索(残) | ◆秋千儿(残) | ●庆青春(残) |
| ●六州 4② | ◆六州 6 | ●十二时 3/2③ | ◆十二时 5 |
| ●祔陵歌 | ●永裕陵歌 | ◆花酒令 | ◆醉瑶池 |
| ◆水仙子/2 | ◆庆千秋 | ◆福寿千春 | ◆水晶帘 |
| ●献天寿[慢] | ●献天寿令 | ●金盏子令 | ●瑞鹧鸪[慢] |
| ●寿延长中腔令 | ●寿延长破字令 | ●步虚子令 | ●五羊仙破字令 |
| ●折花令 | ●小抛球乐令/4 | ●清平令破子 | ●还宫乐 |

① 陈耀文编：《花草粹编》卷四引《古今词话》载《镜中人》1 首，黄大舆编：《梅苑》卷六载《相思引》2 首，《相思引》乃《镜中人》别名，实为同调，皆北宋作，与贺铸《琴调相思引》、周邦彦等《琴调相思引》二调皆不同。《花草粹编》，保定：河北大学出版社 2007 年版；《梅苑》，《文渊阁四库全书》本。

② 《全宋词》收《六州》词共 26 首，体式多有不同，兹姑分订为 6 种同名异调，于调名后标序号以示区别。参见田玉琪：《词调史研究》，第 576 页。

③ 《全宋词》收《十二时》词共 30 首，除柳永、朱雍、彭耜各 1 首为《十二时(慢)》外，余 27 首，体式不一，兹分为 5 种同名异调。无名氏"治平时"、"太平时"2 首，皆元丰年间作，均为双片 146 字，句式大体相近，田玉琪分列二调，兹姑订为同调异体。参见田玉琪：《词调史研究》，第 580 页。

| | | | |
|---|---|---|---|
| ●清平乐 1① | ●荔子丹 | ●惜奴娇[曲破]/6 | ●万年欢[慢]/4② |
| ●太平年[慢] | ●金殿乐[慢] | ●安平乐 | ●行香子[慢] |
| ●游月宫[令] | ●倚西楼 | ●花前饮 | ◆香山会 |
| ◆惜寒梅 | ●古阳关 | ●檐前铁 | ●娇木笪 |
| ◆甘露滴乔松 | ●林钟商小品 1 | ●林钟商小品 2③ | |
| ◆花落寒窗 | ◆碧玉箫④ | | |

说明:调名前标“●”者,可考为北宋之调;调名前标“◆”者,盖南宋之调;“/”后的数字,指该调作品数量;调名下标波浪线者,指大曲、曲破、队舞、转踏等所用之调。下同。

(2) 首见无名氏用调的常用调共计 43 调(47 首)

兹亦略依《全宋词》的著录顺序汇列如下:

| | | | |
|---|---|---|---|
| ●泛兰舟 | ●十月梅 | ●双头莲 | ●忆吹箫[慢] |
| ●东风第一枝/2 | ●早梅芳 | ●雪梅香/2 | ●月上海棠 |
| ●捣练子 2 | ●太常引/2 | ●西地锦/2 | ●踏歌 |
| ●解佩令 | ●玉楼人 | ●寻梅 | ●与团圆 |
| ●鱼游春水 | ●五彩结同心 | ●侍香金童 | ●潇湘静 |
| ●夏日宴黉堂 | ●海棠春 | ●撷芳词 | ◆湘灵瑟 |
| ●真珠帘(残) | ●绮罗香(残) | ●六州 3 | ●奉禋歌 |
| ●降仙台 | ●大圣乐 | ●昼锦堂 | ●孤鸾 |
| ●金菊对芙蓉 | ●金盏子[慢] | ●月华清[慢] | ●醉太平 |
| ●风中柳[令] | ●爱月夜眠迟[慢] | ●惜花春起早[慢] | ●迎春乐[令] |
| ●西江月[慢] | ●百宝妆 | ●一萼红 | |

① 《高丽史·乐志》卷七十一“唐乐”载无名氏《清平乐》一词,56 字,不分片,用平韵,句读体式与《清平乐》常体甚异,盖同名异调,兹姑订为《清平乐 1》。《四库全书存目丛书》本,第 700 页。

② 《高丽史·乐志》所载无名氏《万年欢[慢]》共 4 首,每首字数体式不同,分别为双片 100 字、单片 49 字、双片 53 字、双片 52 字。第 698 页。今人或以为属杂曲歌词,或订为同名异调,或归为大曲。考原书紧接《惜奴娇[曲破]》后排列,盖亦属“曲破”类曲词(大曲之特殊形式)。

③ 《全宋词》据《曲律》引《乐府浑成》收录《林钟商小品》2 首,其一单片 19 字,用平韵,其二单片 21 字,用上去韵,句式声情皆有不同,兹姑分列为同名异调。参见田玉琪:《词调史研究》,第 470 页。

④ 《花落寒窗》、《碧玉箫》各 1 首,载《全宋词·订补附记》,乃据《词鹄初编》卷一、卷二补录,似有疑问,姑存疑俟考。第 3907 页。

所谓“仅见”之“孤僻调”(或简称“孤调”),即指在两宋词坛上(包括唐五代词坛)只在宋无名氏词的创作中运用过的词调,不见具名文人词的创作,而且大多数词调都为零章单篇,只有少数词调创作了多首作品。这种“仅见”某一人或个别人所作之单篇或数首作品的“孤调”,在唐宋具名文人词的创作中也多有表现,如柳永所用词调中就有数十调之多的孤调。所谓“首见”之“常用调”(或简称“常调”),即指有多人创作若干作品的常用词调中,可考订为宋无名氏首先创作或以宋无名氏词为创始的词调。这种首见之调或创始之调,在唐宋具名文人词的创作中比较容易考订,而于无名氏词的考订就困难多了。将上列两宋无名氏词用调中仅见之孤调与首见之常调两项统计数据加起来,总数为 120 调(160 首)。

另外,需要略做说明的是,在上文所列词调中,有一些调名后有“慢”“令”“曲破”等字,为《高丽史 · 乐志》原文用小字所题注,盖标示曲调音乐体式及演唱节奏特征之文字,兹加方括号“[ ]”注于调名后,以方便辨识和考察。

(3) 宋代无名氏沿用唐宋已有词调共计 186 调(1195 首)。

兹先选取作词 2 首以上的词调汇列如下:

| | | | | |
|---|---|---|---|---|
| 浣溪沙/27 | 沁园春/34 | 苏幕遮/3 | 声声慢/5 | 汉宫春/9 |
| 水龙吟/8 | 念奴娇/48 | 蓦山溪/24 | 多丽/3 | 蜡梅香/2 |
| 木兰花慢/6 | 最高楼/7 | 望远行/2 | 宝鼎现/2 | 喜迁莺/10 |
| 折红梅/4 | 满庭芳/40 | 夏云峰/2 | 庆清朝/5 | 烛影摇红/2 |
| 满江红/42 | 选冠子/2 | 望梅/2 | 洞仙歌/13 | 摸鱼儿/4 |
| 雨中花(慢)/2 | 踏青游/2 | 绛都春/2 | 千秋岁/8 | 千秋岁引/2 |
| 眼儿媚/7 | 相见欢/3 | 捣练子/12 | 鹧鸪天/6 | 小重山/8 |
| 感皇恩/5 | 忆秦娥/10 | 望江南/7 | 品令/5 | 庆金枝/2 |
| 菩萨蛮/11 | 南乡子/12 | 戛金钗/2 | 一斛珠/4 | 醉花阴/2 |
| 鹊桥仙/16 | 采桑子/11 | 武陵春/2 | 瑞鹧鸪/7 | 一落索/2 |
| 御街行/5 | 西江月/43 | 蝶恋花/11 | 春光好/3 | 玉楼春/3 |
| 木兰花/8 | 踏莎行/12 | 渔家傲/7 | 定风波/6 | 减字木兰花/23 |
| 临江仙/23 | 桃源忆故人/5 | 殢人娇/3 | 河传/3 | 七娘子/2 |

| | | | | |
|---|---|---|---|---|
| 琴调相思引/5① | 清平乐/5 | 浪淘沙/6 | 点绛唇/19 | 朝中措/11 |
| 虞美人/13 | 更漏子/6 | 如梦令/11 | 生查子/3 | 调笑令/9 |
| 南歌子/14 | 永遇乐/9 | 阮郎归/6 | 诉衷情/3 | 卜算子/11 |
| 好事近/7 | 谒金门/8 | 行香子/3 | 水调歌头/45 | 祝英台近/5 |
| 夜游宫/2 | 杨柳枝/2 | 一剪梅/3 | 柳梢青/8 | 青玉案/10 |
| 应天长/2② | 贺新郎/18 | 瑞鹤仙/11 | 长相思/10 | 红窗迥/2 |
| 醉蓬莱/7 | 秋霁/2 | 江神子/2 | 声声令/2 | 极相思(残)/2 |
| 花心动[慢]/3 | 导引/87 | 六州 1/16 | 十二时 1/18 | 合宫歌/2 |
| 虞主歌/2 | 于飞乐(残)/3 | 齐天乐/2 | 桂枝香/3 | 杏花天/2 |
| 步蟾宫/3 | 天仙子(残)/3 | 促拍满路花/3 | 万年欢/5 | 梅花引/2 |

以上所列两宋无名氏沿用唐宋已有词调作词在 2 首以上的词调共计 115 调(1103 首),另有沿用唐宋已有词调作词仅 1 首的词调凡 71 调(71 首),兹亦列录如下:

| | | | | |
|---|---|---|---|---|
| 远朝归 | 击梧桐 | 金盏倒垂莲 | 定风波慢 | 尉迟杯 |
| 尾犯 | 望远行(慢) | 望梅花 | 黄莺儿 | 锦堂春(慢) |
| 瑶台月 | 昼夜乐 | 柳初新 | 落梅慢 | 婆罗门(引) |
| 人月圆 | 燕归梁 | 瑞鹧鸪 2 | 忆少年 | 惜双双 |
| 归自谣 | 杜韦娘 | 风流子 | 醉春风 | 卓牌儿 |
| 归田乐 | 忆王孙 | 雨中花(令) | 望海潮 | 扑蝴蝶 |
| 滴滴金 | 贺圣朝 | 恋绣衾 | 霜天晓角 | 风光好 |
| 太清歌(残) | 快活年(残) | 秋蕊香(残) | 一丛花(残) | 吴音子(残) |
| 采莲令(残) | 双雁儿(残) | 粉蝶儿(残) | 拜星月(残) | 惜黄花(残) |
| 玉抱肚(残) | 十二时 2 | 锦缠道 | 金明池 | 凤凰阁 |
| 探春令 | 女冠子 | 燕山亭 | 东坡引 | 玉烛新 |

① 《梅苑》卷八载无名氏《玉交枝》3 首,《乐府雅词拾遗》卷下载无名氏《摊破浣溪沙》1 首,《翰墨大全》载无名氏《长相思》1 首,实皆为《相思引》。此调宋词共 20 首,始见周邦彦词,名《琴调相思引》,与贺铸《琴调相思引》为异调。

② 《全宋词》所收无名氏此调 2 首,一据宋杨湜《古今词话》收录,调名《驻马听》,原书记本事后注云"一名《应天长》";一据《翰墨大全》丁集卷三收录,调名《应天长》。此调唐五代词为小令,柳永始翻为长调慢词,无名氏 2 首,正与柳词为同调。《古今词话》,据《词话丛编》本,第 47 页。

| | | | | |
|---|---|---|---|---|
| 八声甘州 | 庆灵椿 | 少年游(慢) | 剔银灯 | 六州歌头 |
| 归朝欢 | 风入松 | 满朝欢 | 少年游 | 江城梅花引 |
| 糖多令 | 莫思归 | 乌夜啼 | 遍地花 | 拨棹子 |
| 霜叶飞 | | | | |

另有《十月桃》(即《十月梅》别名)、《西地锦》、《凤凰台上忆吹箫》、《玉珑璁》(即《撷芳词》别名)、《解佩令》(2)、《真珠帘》(2)、《侍香金童》、《喜团圆》、《六州3》(3)、《奉禋歌》(5)、《降仙台》(2)、《捣练子 2》共 12 调(21 首),乃沿用北宋无名氏已有词调,已见上文汇列的首见宋无名氏词用调之名单中,兹不重复统计。

## 二　宋代无名氏词用调的定量分析

以上我们对宋代无名氏词作数量和用调数量进行了分类考订与统计,下面,我们即结合以上统计数据对宋代无名氏词的用调成就与特征做些定量分析的工作。通过对这些相关的统计数据的定量分析,我们大致可以获得以下几个方面的认识与结论。

首先,宋代无名氏词的用调总数有力地突显了他们对宋代词调发展所做出的重要贡献。

两宋无名氏在其所创作的多达 1590 首的词作中运用了 306 个词调,尚不计其中多达 235 首失调名词作所用词调的数量,其用调总数已远远超出了两宋任何一个具名的大家词人或名家词人,其用调实践与创作成就也因此得到了极有力的显现。就我们对宋代具名词人所用词调总数的统计数据来看,排名前 10 位的词人依次是:柳永(142 调)、吴文英(142)、陈允平(121)、周邦彦(110)、辛弃疾(100)、张炎(99)、贺铸(91)、张先(89)、仇远(84)、曹勋(84);以下用调数量较多的著名词人还有:周密(78)、苏轼(76)、晁补之、扬无咎、朱敦儒(74)、晁端礼、张元幹(72)、黄庭坚(71)、史达祖(66)、欧阳修(65)、姜夔(56)、晏几道(52)、秦观(44)等;其中用调数量在 100 调以上的"大户"也不过只有柳永、吴文英、陈允平、周邦彦、辛弃疾 5 人,其他大家或名家词人所用词调总数都在 100 调以内,甚至如姜夔这样以精通音律、擅长自度曲而著称的名家,所用词调总数也不过 56 调(参见第三章)。可见,宋代无名氏作为一个集体或群体的代表,其所用词调总数是宋代任何一位单个的大家或名家词人都无法比拟的,他们对宋代词调发展所做出的贡献应该得到应有的肯定。

其次，宋代无名氏在词调运用上鲜明地体现了继承与创新并重的创作实践与艺术成就。

在两宋无名氏所用306个词调中，有186调是沿用唐宋已有的旧词调，所占比例高达60.8%，说明宋代无名氏在词调运用上对已经成熟的唐宋旧词调的继承是占主体的，尤其是对《浣溪沙》、《鹧鸪天》、《西江月》、《临江仙》、《减字木兰花》、《点绛唇》、《鹊桥仙》等小令名曲，以及《水调歌头》、《念奴娇》、《满江红》、《沁园春》、《贺新郎》等长调慢曲，每调之作都达数十首之多，乃是构成唐宋金曲名调创作史和发展史的一个有机组成部分。更为引人注目的是宋代无名氏对新词调的创制与运用，其中仅见于两宋无名氏词的77个孤调和首见于两宋无名氏词的43个常调，合计起来达120调之多，所占比例虽然只有39.2%，也仍然有力地显示了两宋无名氏在词调运用上的开拓之处与创新之功。两宋词坛上富于“创调之才”的大家或名家词人主要有柳永、周邦彦、姜夔等词人，其中以柳永所用新词调的数量为最多，共计约124调；其次为周邦彦，所用新词调共计约52调；姜夔所用新词调只有21调，与欧阳修相等，尚不及张先(39调)、曹勋(26调)之多(参见第三章)。可见，宋代无名氏所用新词调的数量，仅次于柳永，却远远超出周邦彦、姜夔、张先、欧阳修等一大批著名词人；尽管77个孤调的比例有些高，但这些孤调对活跃宋代歌坛的意义仍然不容忽略，而43个新调得到了宋代词坛的采用，其应用率或流行率虽难以和柳永、周邦彦等创调大家相媲美，却令许多名家词人为之逊色①，说明民间无名氏词人在创新词调方面也做出了积极的实践，取得了可观的成绩。

其三，宋代无名氏运用的新词调也体现了兼顾依调与创调而以创调为主的创作特征。

单就宋代无名氏词中首见与仅见的新词调来看，不仅体现了兼顾依调填词与创制新调的创作实践，而且也突显了大胆尝试与勇于创新的特征与成就。据

① 据笔者考订，柳永所用124个新调，有76调得到流行，48调为孤调，其流行率固然较高(61.3%)，而孤调率也不低(38.7%)；其他词人多不及柳永，只有周邦彦无人能比，其所用52个新词调，有49调得到采用，流行率高达94%，只有3个孤调，所占比例仅为6%。无名氏所用120个新调，43调得到采用，所占比例为35.8%，77调为孤调，所占比例为64.2%，流行率比柳、周稍显逊色，却超出许多大家名家词人。

笔者考订与统计，宋代无名氏所用的120个新词调中，虽然并非都出自无名氏的自度新曲或创调始词，一部分当仍属采用流行曲调的依调填词，但可考属于无名氏自度新曲或创调始词者却占据了更大的数量和比例。在仅见宋无名氏词的77个孤调中，除7调歌词残缺难以详考外，属于词曲相合、赋咏本意的创调始词约有34调，属于非赋本意而只是依调填词者约占22调，另有歌舞相兼的大曲或歌舞剧曲所用14调（亦多属创调新声），则可见属于宋无名氏自创的新声新调已占据主体。在首见宋无名氏词而为宋代词人沿用的43个常用词调中，可考属于无名氏自创新调者约占27调，属于依调填词者约有16调，亦可见属于无名氏自度新曲或创调始词的数量也占据多数。这些属于无名氏自度或创始的新调，往往与现实生活及社会文化密切相关，具有即事名篇、缘题而赋、词作内容与调名本意相互应合的创始特征。如《误桃源》、《结带巾》等调，来自对现实生活中丑恶现象的揭露和嘲讽；《玉梅香慢》、《早梅香》、《雪梅香》、《十月梅》、《东风第一枝》等调，属于咏梅曲；《庆千秋》、《福寿千春》等调，属于祝寿曲；《五彩结同心》、《与团圆》等调，多属情歌恋曲；《花酒令》、《花前饮》等调，则来自酒筵娱乐生活；《贺圣朝(慢)》、《太平年[慢]》、《金殿乐[慢]》、《还宫乐》等调，皆属歌功颂德、粉饰升平的谀颂之声；《祔陵歌》、《永裕陵歌》、《奉禋歌》、《降仙台》等调，则为宫廷乐章与鼓吹曲词。可见宋无名氏自创的新声曲调涉及多种现实生活和文化层面，题材内容相当广泛丰富。即使是难以详考为无名氏自创的新词调，也应该大多来自市井新声，或为晚唐五代至北宋的流行歌曲，宋代无名氏能采用这些曲调来填词歌唱，既反映了无名氏大胆尝试勇于创新的精神，也为宋代词调的发展繁衍做出了贡献，其中有些词调可能在宋代民间本有创作而作品已经散佚失传，而有赖于无名氏词的保存而为宋代词调的研究留下了珍贵的文献资料，其意义亦不容忽略。

其四，宋代无名氏在词调运用上也很好地表现出对丰富多样的曲体形式的追求与创造。

无论就仅见之调与首见之调还是沿用之调来看，两宋无名氏词对词调的运用都体现了小令与中长调的大体平衡，令、引、近、慢等各种曲体的丰富多样。在上文所列仅见宋无名氏用调的77个孤调中，除歌词为残句而体式不详的7个词调（调名后注“残”字者）之外，其余70个词调的体式都是明显可辨的，分别为：小令 38 调，中调 9 调，长调 23 调；在首见宋无名氏用调的 43 个常调中，小令占 10 调，中调占 9 调，长调占 24 调。总计两宋无名氏所用 120 个新词调中，小令共占 48 调，中调共占 18 调，长调共占 47 调，另有残句体式不详者占 7 调。在两宋无名氏沿用唐宋词已有的 186 个旧词调中，小令占 73 调，中调占 47 调，长调占 66 调。其中少数词调存在兼体现象，主要是由小令加一叠成长调，长调减一叠成小令，或因添字减字等所造成的同调异体，姑依其主要体式进行分类，不予重复统计。可见，宋代无名氏词的用调不仅在曲体形式上做到了自由灵活与丰富多样，而且在沿用旧词调和创制新词调方面还体现出长调与小令数量相等甚至超出小令的现象。宋代无名氏对词调体式的多样探索与丰富实践，还体现在创制和贡献了一批咏梅专曲，被南渡之际黄大舆编选的《梅苑》这部词集选录，如《寻梅》、《玉梅香慢》、《早梅香》、《落梅风》、《惜寒梅》、《春雪间早梅》等，其中如《十月梅》、《雪梅香》、《东风第一枝》、《早梅芳》等调，还得到宋代文人词的运用，成为宋代词坛上颇具个性与美感的名曲；尤其是在大曲、舞曲、曲破、转踏等歌舞剧曲的创制和运用方面，宋代无名氏也做出了重要贡献。在上文所列宋代无名氏所用 120 个新调中，用于大曲、队舞（或称舞队、舞曲）、曲破、转踏的词调约为 16 调（调名下标波浪线者，45 首），其中不仅有在民间流传的《六么》大曲残篇①，有从"九重传出"的《九张机》"转踏"词②，而且还有从北宋传入高丽被《高丽史・乐志》载录，而在中国本土已经失传的用于队舞表演的 12 调歌曲，以及属于大曲特殊形式"曲破"的《惜奴娇》和《万年欢[慢]》各一套；在《献仙桃》、《寿延长》、《五羊仙》、《抛球乐》、《莲花台》五支宫廷队舞表演中共唱 12 调歌曲，每支队舞都具有乐、舞、歌相结合的大型结构，尽管其中用于歌唱的曲调大多没能在词坛上流行开来，但仍有《金盏子[慢]》一调得到了文人词的采用，另外，像《瑞鹧鸪》、《水龙吟》这两个在唐宋词坛上的流行歌曲，也得到了《献仙桃》、《抛球乐》等宫廷队舞的歌唱。宋代无名氏所贡献的这批大曲、舞曲、曲破、转踏等

---

① 原题"王子高《六么》大曲"，《集注分类东坡先生诗》卷四《芙蓉城》诗赵次公注引录。"王子高"为人名，即王迥，《六么》为曲名，"大曲"乃标示曲体性质，仅残存二句 11 字，为北宋作。据苏轼诗引言及宋人记载，相传王迥与仙人周瑶英游芙蓉城，故时人以其事唱入《六么》大曲，赵次公所引乃大曲残句。参见王十朋《东坡诗集注》卷四，朱彧《萍州可谈》卷一。

② 曾慥编：《乐府雅词》卷上首列"转踏"词，载无名氏《集句调笑》8 首、郑仅《调笑》12 首、晁补之《调笑》7 首、无名氏《九张机》两组共 20 首，其《引》云："九重传出，以冠于篇首，诸公《转踏》次之。"《九张机》亦载于卷首，盖同属"九重传出"者。沈阳：辽宁教育出版社 1997 年版，卷首。

作品样本,既反映了宋代大曲与杂曲、歌曲与舞曲的相互联系,也揭示了在宋词发展的历程中宫廷、文人与民间的密切关系,值得我们进一步去做文本考察与定性分析的研究。

其五,宋代无名氏对新词调的创制和运用贯穿于两宋而尤以北宋时期最为活跃与突出。

在宋代无名氏所用 120 个新词调中,笔者经过初步考订,大致创作于北宋时期的词调约为 101 调(调名前标“●”者)、词作约 138 首,可能创作于南宋时期的词调约为 19 调(调名前标“◆”者)、词作约 22 首。可见,宋代无名氏对新词调的创制和运用既贯穿于整个宋代各个历史时期,而又以北宋时期的创作最为活跃,成果最为突出,这与两宋文人词的用调史和整个宋代词调发展史正好相互印合,其词史意义和词学价值也是显而易见的。

## 第二节　宋代无名氏词中孤调及其意义

在宋代无名氏词所用 120 个新调中,首见于无名氏词而为文人词所沿用的常用词调为 43 调,占宋代无名氏所用词调总数(306)的比例仅为 14%,占宋代无名氏所用新调的比例仅为 35.8%;而仅见于宋无名氏词所用“孤调”达 77 调之多,占宋代无名氏所用词调总数的比例则为 25%,占宋代无名氏所用新调的比例更高达 64%。那么,这些只在宋无名氏词的创作中运用和出现过的所谓“孤调”,具体的创制情况如何,有哪些类型和特征,对宋代词调繁衍和词体发展有何贡献和意义,这是我们研究宋代无名氏词用调首先需要加以考察的内容。

我们可以将两宋无名氏词仅用的 77 个孤调,分为四种类型:(一)采自民间的新声之调,约为 22 调;(二)赋咏本调的创始之调,约有 34 调;(三)歌舞相兼的歌舞剧曲,约有 14 调(另有始见无名氏之《金盏子[慢]》1 调亦属同类);(四)体调不详的残词之调,约有 7 调。第四类的 7 个词调为:《头盏曲》、《六么》(大曲)、《啄木儿》、《宴清堂》、《金落索》、《秋千儿》、《庆青春》,所存词作皆为残句,其体调形式难以考订,除《六么》大曲附入歌舞剧曲类加以考察外,其余姑略而不论。以下我们主要对宋代无名氏词中前三种类型的孤调分别加以考察和分析。

## 一　采自民间的新声之调

宋黄昇曾论曰:"唐词多缘题,所赋《临江仙》则言仙事,《女冠子》则述道情,《河渎神》则咏祠庙,大概不失本题之意。尔后渐变,去题远矣。"①这个论断也得到了明清以来词论家的认同和沿用。的确如此,从早期词的创作情形来看,词与曲的配合大多具有缘题而赋、赋咏本调的特征。换言之,属于创调之作或早期创作的词篇,其歌词的内容往往与词调的意义恰相应合。这种情形和特征不仅在从唐五代一直到北宋的词坛上都有着较普遍的表现,而且也表现在各个具体词调的创作演变历程中。因此,考察一个词调的若干词作究竟孰先而孰后,何为创调之作而何为依调之篇,一个重要的判断依据就是歌词的内容与词调的含义是否相互应合以及相合的程度如何。词曲相合,便是赋咏本调或缘调而赋;词曲相合的程度越高,属于创调的性质就越突出。否则,便多为后来倚调之作,而非早期创始之篇。

在宋无名氏词所用孤调中,有一部分应该是采选或沿用民间的新声之调,这从歌词内容并非赋咏调名本意这一点上即可得到证明。属于这种类型的孤调主要有:《真珠髻》、《罥马索》、《枕屏儿》、《镜中人》、《扫地舞》、《鞓红》、《二色宫桃》、《金钱子》、《新水令》、《伊州曲》、《倾杯序》、《转调贺圣朝》、《水仙子》、《水晶帘》、《荔子丹》、《行香子[慢]》②、《香山会》、《娇木笪》、《六州 4》、《六州 6》、《十二时 3》、《十二时 5》③,共计约 22 调。下面试举例进行分析。

如《真珠髻》一调,不见唐宋文献记载,其创调情形已难详考。从调名取意看,似与女性发型头饰有关,则此调的音乐内容大致是表现女性生活题材,当属描写闺情一类的曲调。然而无名氏此词题作"红梅",为咏梅词。从词作内容与调名本意的关系看,此词显然不是赋咏本调,应非创调之作。从词作形式看,全篇 105 字,双片,上片 10 句 4 仄韵,下片 10 句 5 仄韵,属于长调慢词之体制。词载南渡之际黄大舆编《梅苑》卷一。《梅苑》是一部咏梅词专题词选,据编者自序

---

① 黄昇:《花庵词选·唐宋诸贤绝妙词选》卷一,第 21 页。

②《高丽史·乐志》卷七十一《乐二·唐乐》中,收录了一批北宋词曲,在有些调名后以小字加注"慢"、"令"、"曲破"等字,盖以标示曲体类型或演唱特征,兹加方括号"[]"以示区分。

③ 对于一些调名相同而词体差异较大的词调,笔者姑考订为同名异调,在调名后标序号或用圆括号注"令""慢"以示区分。有关考订,部分参考了田玉琪《词调史研究》的相关意见。

称该书编定于己酉之冬①，即宋高宗建炎三年(1129)，所收为唐五代至北宋咏梅词，则无名氏此词当为北宋之作无疑。综上所述，大致可以推断，《真珠髻》一调盖来自北宋民间新声，其本调当为表现女性生活的闺情之曲，无名氏词乃采用其调以咏梅，属于非赋本意的倚调之作，而创调之作则散佚不传。

与《真珠髻》相类似的词调，还有《枕屏儿》、《相思引》(即《镜中人》别名)、《水晶帘》等，大致皆属描写女性生活、赋咏闺思恋情一类的曲调，但无名氏词所写或咏梅，或祝寿，很难认定为赋咏本意的创调之作，而应该属于对民间新声的采用。至于《鞓红》、《二色宫桃》等调，原为咏牡丹和宫桃之曲，无名氏词皆用以咏梅，虽题材相近，亦终非本调。

最典型的例子，莫过于《罥马索》和《扫地舞》两调了。

据宋曾公亮等撰《武经总要前集》卷六"制度三"之"诸家军营九说·绳营"记载："凡绳营，所以援马。若入敌境，刍秣不给，即须寻择水草放牧，每人给罥马索一条，入夜则为绳营，以护畜产。其制立枪为杠，凡两重，上系罥马索，连绊相续，马居营中，布官健牧人四面卫马，使不得逸出营外。"②据此可知，《罥马索》一调盖来源于民间或军营牧马生活之歌唱。此调于两宋仅见无名氏孤词，然此词载录于《梅苑》卷二，为咏梅之作，与本调之意已毫不相关，盖采用牧马之歌以为咏梅之调，内容题材虽然与本调不合，而清远激健的声情却得以保留下来。

至于《扫地舞》一调，顾名思义，应来自于扫地劳动之歌舞。唐崔令钦《教坊记》所记初唐盛教坊"曲名"中有《扫市舞》③，中唐时似曾流行，白居易哭吊杨虞卿诗有"何日重闻扫市歌"之句，注云"师皋醉后善歌扫市词"④，所谓"扫市歌""扫市词"，应即指《扫市舞》之歌与词。然唐五代并无《扫市舞》词传世。宋初潘阆有《扫市舞》词一首，歌词仅为"三三/七/三"四句之单片体⑤，或为采用唐教坊曲填词者。宋无名氏《扫地舞》词，调名虽与《扫市舞》仅一字之差，然歌词为"三/三/七/三/三/四三/三"句式之双叠体⑥，与潘词前四句句式相同而多出后

① 黄大舆：《梅苑序》云："己酉之冬，予抱疾山阳，三径扫迹，所居斋前更植梅一株，晦朔未逾，略已粲然。于是录唐以来词人才士之作，以为斋居之玩，目之曰《梅苑》……"《文渊阁四库全书》本。

② 曾公亮等：《武经总要前集》卷六，《文渊阁四库全书》本。

③ 崔令钦：《教坊记》，第18页。

④ 白居易：《哭师皋》，《白氏长庆集》卷三十，《文渊阁四库全书》本。

⑤ 沈括：《梦溪笔谈》卷二十五载潘阆《扫市舞》词，第183页。《全宋词》据沈书收录此词，第6页。

⑥ 任半塘：《教坊记笺订》云："《梅苑》所载一首有两片，而用韵不同，实系两首。"第88页。

四句,且用韵、平仄和修辞也有所不同,是否为同调已不得其详,有可能是在《扫市舞》旧曲的基础上翻制的新调。无名氏词载《梅苑》卷七,为咏梅之作,已完全逸出"扫地舞"或"扫市舞"的调名本意,说明此词亦非创调之作,不过是依调填词之篇,此调盖采用了已然流行的民间新声。

在两宋无名氏词所用孤调中,其对民间新声的采用,也包括散落民间的宫廷音乐或来自大曲的摘遍曲。如《二色宫桃》、《转调贺圣朝》等调,即带有宫廷乐曲的色彩,而《新水令》、《伊州曲》、《倾杯序》、《六州》等,或由大曲摘遍而成。

## 二　赋咏本调的创始之调

这些仅见于宋无名氏词的孤调,一部分词调正如上文所考,并非出自无名氏的创调,而是对民间新声之调的采用;而另有相当一部分词调,即如下文所考,当属赋咏本调的创调之作。这些具有创始性质的词调有:《误桃源》、《庆春泽》、《玉梅香慢》、《早梅香》、《马家春慢》、《春雪间早梅》、《鬓边华》、《落梅风》、《绕池游》、《结带巾》、《贺圣朝(慢)》、《楼心月》、《祔陵歌》、《永裕陵歌》、《花酒令》、《醉瑶池》、《庆千秋》、《福寿千春》、《还宫乐》、《清平乐 1》、《太平年[慢]》、《金殿乐[慢]》、《安平乐》、《游月宫[令]》、《倚西楼》、《花前饮》、《惜寒梅》、《古阳关》、《檐前铁》、《林钟商小品 1》、《林钟商小品 2》、《甘露滴乔松》、《花落寒窗》、《碧玉箫》,共计约 34 调。

兹先以《误桃源》一调为例。北宋张耒《明道杂志》记载了此词的创作本事:"掌禹锡学士,厚德老儒,而性涉迂滞,尝言一生读书,但得佳赋题数个,每遇差考试辄用之,用亦几尽。尝试监生,试《砥柱勒铭赋》。此铭今具在,乃唐太宗铭禹功,而掌公误记为太宗自铭其功。宋涣中第一,其赋悉是太宗自铭。韩玉汝时为御史,因章劾之。有无名子作一阕嘲之云:'砥柱勒铭赋,本赞禹功勋。试官亲处分,赞唐文。秀才冥子里,銮舆幸并汾。恰似郑州去,出曹门。''冥子里',俗谓昏也。"[①]张耒(1054—1114)为苏门四学士之一,掌禹锡(990—1068)为张耒前辈人,于真宗天禧三年(1019)进士及第,主要在仁宗朝为官,一度管勾国子监[②],则张耒所记其试监生之事当在仁宗朝。无名氏词嘲讽掌禹锡试监生出

---

① 张耒:《明道杂志》,《全宋笔记》本,第二编第七册,郑州:大象出版社 2013 年版,第 15 页。
② 曾枣庄主编:《中国文学家大辞典·宋代卷》"掌禹锡"条,第 853 页。

《砥柱勒铭赋》一题，而误记此铭为唐太宗自铭其功，因以宋涣赋取为第一名的故事，歌词内容与曲调本意正相符合。据此，我们大致可以判断，无名氏《误桃源》一词乃赋咏本调的创始之作，创作时代即在北宋仁宗朝。值得注意的是，从张耒原书所记创作本事看，明言“无名子作一阕嘲之”，即作者为无名之子（或即佚名之太学生），创作目的和内容乃为嘲讽掌公出题考试有误，作品的性质属曲子词，这些都没有疑问和歧义，但原书并未指明此阕歌词所用词调为何名。这首无名氏词除了见诸北宋张耒《明道杂志》的记载之外，在宋元其他词集和文献中均未见选录和著述，直至明代，陈耀文辑《花草粹编》卷一收此词，于作者处署出《明道杂志》，而于调名题作《梦桃源》，于词后转引了《明道杂志》所记创作本事[①]。至清代，《词谱》卷三收《误桃源》一调，仅列一体，所收词作亦注出《明道杂志》，于作者署为“无名氏”，于调名下亦引录了《明道杂志》所记本事，又于词后注明“无他首可校”[②]。探寻此词创作本事和传播源流，可见此词原始的曲调名称未能记载下来，明人陈耀文编《花草粹编》选录此词，盖据创作本事和词作内容而拟补调名为《梦桃源》，至清人编《词谱》录此词又改此调作《误桃源》，《全宋词》据《明道杂志》收此词为《误桃源》，于调名未出校语说明，盖径以《词谱》为据也。尽管《误桃源》的调名是后人所补拟，其取名盖源自东晋陶渊明《桃花源记》所写武陵渔人误入世外桃源之故事，但鉴于无名氏此词针对时事即事而作的性质，其词必为创始之作，其调亦必与其词之声情内容相印合，则《误桃源》为允当可信也。即使不是《误桃源》，也必有其他一调与之相应，为之所用也。甚至有可能，此首歌词与曲调皆为无名氏所创制，专为嘲掌公而作也。

又如《结带巾》一调，据宋龚明之《中吴纪闻》卷六“结带巾”条记载：“宣和初，予在上庠，俄有旨令士人结带巾，否则以违制论。士人甚苦之，当时有谑词云：‘头巾带，谁理会？三千贯赏钱新行条例。不得向后长垂，与胡服相类。法甚严，人尽畏。便缝阔大带向前面系。和我太学先辈，被人叫保义。’”[③]由这则本事记载可见，此词乃作于北宋徽宗宣和（1119—1125）初年，为太学士人嘲讽政府“有旨令士人结带巾”而作的“谑词”。《全宋词》据《中吴纪闻》录此词，注

① 陈耀文：《花草粹编》卷一，第 51 页。

② 《词谱》卷三，第 44 页。

③ 龚明之：《中吴纪闻》卷六，《宋元笔记小说大观》本，第 2917 页。

云:“案原无调名,此据《花草粹编》卷五。”①考原书正文虽未明记此词所用调名,但此则纪闻既题作“结带巾”,而本事记载中又重复了“结带巾”三字,歌词内容亦嘲讽“结带巾”之事,则“结带巾”三字很可能既是此则纪闻的题名,亦为此首“谑词”的调名,《花草粹编》以《结带巾》为此词的调名应该是确切可信的。由此可见,此词大致亦属赋咏本调、曲词合一的创调之作;与上述《误桃源》一调相类似,《结带巾》一调也很可能是因时事而专题创制的新曲,二调皆因具有很强的针对性和讽刺性,而未能得到宋代词人的沿用,以致成为孤调。

两宋无名氏词所用孤调中,带有明显的赋咏本调的创调性质的,还有两批较集中的典型实例,其一为《梅苑》所载一批咏梅词,即多属赋咏本调。如《玉梅香慢》、《早梅香》、《春雪间早梅》、《落梅风》、《惜寒梅》等,这些词调从名称看皆属咏梅之曲,而歌词的内容亦属咏梅,正反映了词与调合的创始特征。即使是《梅苑》所载像《庆春泽》、《马家春慢》等调被用来咏梅,大致与本调之内容声情亦相符合,也略具早期创作缘调而赋的创始特征。其二为《高丽史・乐志》所载《还宫乐》、《太平年[慢]》、《金殿乐[慢]》、《安平乐》等,皆为颂圣祝寿、歌咏升平之作,歌词内容与调名本意相合,应该都属于宫廷乐歌的性质。

此外,两宋无名氏词孤调中其他属于赋咏本调的作品也不在少数,如《事林广记》癸集卷十二所载《花酒令》词,写酒筵花酒行令的娱乐游戏,开篇即直揭“花酒”二字,结拍更唱“酒满金卮花在手,且戴花饮酒”②,毫无疑问是属于赋咏本调的创始之作;又如《花草粹编》卷四引《古今词话》所载《花前饮》词,写好天良夜花前饮酒的享乐生活和浪漫情调,有句云“告你休看书,共我花前饮”③,即取词句三字为调名,创调的性质也非常明确;又如《截江网》、《翰墨大全》等书所载《醉瑶池》、《庆千秋》、《福寿千春》等调之作④,皆为祝寿词,《汴京勼异记》卷四引《苕溪诗话》所载《倚西楼》写闺情⑤,《词谱》卷十六引《古今词话》所载《檐前铁》写羁旅等⑥,大致也都属于赋咏本调的创始之篇或早期之作,兹不一一赘述。

---

①《全宋词》,第 3667 页。
②《全宋词》,第 3736 页。
③《全宋词》,第 3839 页。
④《全宋词》,第 3762、3785、3790 页。
⑤《全宋词》,第 3836 页。
⑥《词谱》卷十六,第 283 页。

## 三　歌舞相兼的歌舞剧曲

在仅见于两宋无名氏词所用孤调中，还有一部分属于以歌舞相兼表演故事为主要特征的“歌舞剧曲”，包括“大曲”、“队舞曲”（或称“舞曲”）、“转踏”、“曲破”等多种类型。宋代大曲渊源于唐五代大曲而又有新的变化，是一种融器乐、舞蹈和歌唱为一体的结构较为复杂的大型歌舞曲，其中的歌唱部分或配合舞蹈演唱的歌词便运用了一些曲子词调，而两宋词坛流行的杂曲词调也有相当一部分来自于大曲的摘遍或裁截。“队舞”又称“舞队”，是宋代宫廷乃至地方都特别盛行的一种较大型的歌舞表演，故队舞曲又称“舞曲”。“转踏”也是一种歌舞相兼、诗词递转以演故事的艺术形式，与舞曲相类，亦多用于队舞表演。至于“曲破”，则是裁截大曲“入破”以下的急曲部分独立为用的音乐体裁。宋以来历代也多有将“队舞”、“转踏”、“曲破”等音乐体裁统称为“大曲”者，今人又有“歌舞曲”或“歌舞剧曲”之称。过去的词史研究多只注意到宋代文人词中的各类“大曲”或“歌舞曲”创作，而对于无名氏词中的同类创作却较少关注。实际上，在两宋无名氏词的创作中，用于表演故事的歌舞剧曲或各类大曲之调数量并不少，主要有：《六么》（残）、《九张机》、《献天寿[慢]》、《献天寿令》、《金盏子令》、《瑞鹧鸪[慢]》、《寿延长中腔令》、《寿延长破字令》、《步虚子令》、《五羊仙破字令》、《折花令》、《小抛球乐令》、《清平令破子》、《惜奴娇[曲破]》、《万年欢[慢]》、《金盏子[慢]》，共约 16 调。其中，前 15 调皆属仅见于无名氏词“孤调”中的大曲之调或歌舞剧曲，《六么》原题作“王子高六么大曲”，歌词仅存残句二句 11 字，其余 14 调歌词都属全篇；《九张机》为“转踏”，《惜奴娇》为“曲破”，《万年欢[慢]》盖亦属“曲破”类或大曲词，其余《献天寿[慢]》、《献天寿令》等 12 调，乃《高丽史·乐志》所载《献仙桃》、《寿延长》、《五羊仙》、《抛球乐》等五种队舞中所歌之曲，其中《金盏子[慢]》为首见无名氏而得到流行的常用之调，因同属大曲或歌舞曲，故连类及之，放在这里一起考察。

首先，值得我们关注的是被列为“转踏”的《九张机》一调两组凡 20 首作品。

原作载录于南宋初期曾慥所编《乐府雅词》卷上。《乐府雅词》为宋人选宋词的一部重要词集，正编分上中下三卷，另有《拾遗》上下二卷，自序署时“绍兴丙寅上元日”，知此书编成于绍兴十六年（1146）。自序称：“‘九重传出’，以冠于篇首;诸公《转踏》次之。”[1]按原书目录,卷上分为三类,依次为“转踏”、“大曲”、“雅词”。“转踏”一类,首收无名氏《集句调笑》8首,以下为郑彦能(郑仅)《调笑》12首、晁无咎(晁补之)《调笑》7首、无名氏《九张机》20首。“大曲”一类,仅收董颖《道宫薄媚》10首;“雅词”一类,收欧阳修等文人词。以下卷中至卷下,皆收有名氏之文人雅词;《拾遗》二卷,所收则多为无名氏词。

所谓“转踏”,是从北宋中前期开始流行的一种歌舞相兼以演故事的艺术形式。王国维《宋元戏曲史·宋之乐曲》论曰:“其歌舞相兼者,则谓之传踏(曾慥《乐府雅词》卷上),亦谓之转踏(王灼《碧鸡漫志》卷三),亦谓之缠达(《梦粱录》卷二十)。北宋之转踏,恒以一曲连续歌之。每一首咏一事,共若干首则咏若干事。然亦有合若干首而咏一事者。”“传踏之制,以歌者为一队,且歌且舞,以侑宾客。宋时有与此相似,或同实异名者,是为队舞。”“此种词前有勾队词,后以一诗一曲相间,终以放队词,则亦用七绝,此宋初体格如此。然至汴宋之末,则其体渐变。”[2]则王国维大致以“转踏”为歌舞曲,与宋代的队舞曲相似甚至是同实异名者。刘永济《宋代歌舞剧曲录要》则标举“歌舞剧曲”一名,分大曲、舞曲、曲破、法曲、鼓子词、转踏、赚词共七类,则“转踏”为“歌舞剧曲”之一种。刘书所录转踏一类作品共计九种,除《乐府雅词》所收外,另录秦观《调笑令》10首、毛滂《调笑》10首、洪适《番禺调笑》12首、洪适《渔家傲引》16首[3]。

据《乐府雅词》卷上所载,无名氏《九张机》共分为两组,第一组结构较完整,前有骈文一段云:“《醉留客》者,乐府之旧名;《九张机》者,才子之新调。凭戛玉之清歌,写掷梭之春怨。章章寄恨,句句言情。恭对华筵,敢陈口号。”下接七言四句诗一首,首二句云“一掷梭心一缕丝,连连织就九张机”,盖有解题和领起的作用。这与无名氏及郑仅等《调笑》转踏的形式完全一样,骈文即“致语”或“念语”,有时也称“勾队”,七言四句诗称“口号”,皆用于歌舞或队舞表演前的开场部分。中间唱词共11首,前9首按“一张机”至“九张机”顺序排列,与“五更转”“十二时”等民间俚曲歌调相类,盖属定格;每首词皆为32字之单片,平仄韵通押(转换),词体形式完全一样;后2首不用“九张机”之定格,各以“轻丝”“春衣”

---

① 曾慥:《乐府雅词·引》,沈阳:辽宁教育出版社1997年版,卷首。

② 王国维:《宋元戏曲史》,第33、35页。

③ 刘永济:《宋代歌舞剧曲录要》,北京:中华书局2010年版,目录第1—2页,正文第84—124页。

二字领起，内容依然是“写掷梭之春怨”，盖有收束之意，除首句少一字外，词体与前 9 首皆同。末尾又有七言四句诗一首，另缀“敛袂而归，相将好去”二句，即“放队”诗，又称“遣队”，为歌舞或队舞表演结束时的套式。后一组只有 9 首词，原题“同前”，盖承前省略了开头的致语、口号及末尾的放队。可见，无名氏这两组《九张机》共 20 首词，虽形体相同，同调叠唱，却与一般杂曲歌词的同调联章体并不相同，而是用于队舞表演中的歌唱部分，其性质为歌舞相兼，属于宋代歌舞曲或歌舞剧曲中的“转踏”一类。将《九张机》与无名氏及郑仅等文人《调笑》转踏词相比较，虽同为以一曲连续歌唱以演故事，但其间在结构类型上也略有不同：其一，《调笑》转踏乃为王国维所说“每一首咏一事，共若干首则咏若干事”，《九张机》转踏则为“合若干首而咏一事者”（见上文引录），用刘永济的分类，前者为“分咏体”，后者为“专咏体”，也正是从这一点上刘永济将《九张机》视为转踏一类中的“别体”①。其二，《调笑》转踏歌咏故事，皆以一诗配一词，诗在前，词在后，诗词内容相互关联，诗皆为七言八句体，诗之末尾二字，用作词之开头二字，形成呼应递转的鲜明特色，而《九张机》每首词前却没有七言八句诗，径以曲词按序叠唱以演故事，诗词组合递转的特色略有欠缺。这或许与《九张机》作为北宋转踏词的初期作品有关。

关于《九张机》一调，除《乐府雅词》载录无名氏两组 20 首词作之外，并不见于唐宋其他文献记载，也没有其他文人的创作，则此调的创始情形已难详考。至于《九张机》的创制年代，《高丽史·乐志》则为我们提供了较确切的史料。该书卷七十一“用俗乐节度”条记载：“文宗二十七年二月乙亥，教坊奏女弟子真卿等十三人所传《踏莎行》歌舞，请用于燃灯会，制从之。十一月辛亥，设八关会，御神凤楼观乐。教坊女弟子楚英奏新传《抛球乐》、《九张机》别伎，《抛球乐》弟子十三人，《九张机》弟子十人。”②据吴熊和考证，高丽文宗二十七年，即宋神宗熙宁五年（1072），正好紧接熙宁四年通使之后，北宋派遣的乐师已在高丽开城教成《踏莎行》、《抛球乐》、《九张机》等中国歌舞了③。《九张机》在神宗熙宁五年就传到高丽国了，当是此年来访的高丽使者回国时，教坊女弟子奉命随同东渡

① 刘永济论《九张机》云：“此曲不知作者，曾慥《乐府雅词》列入传踏一类，盖别体也。通首咏织妇春怨之情，与《调笑》传踏以一诗一词分咏一故事者异。”《宋代歌舞剧曲录要》，第 121 页。

② 《高丽史·乐志》卷七十一，第 715 页。

③ 吴熊和：《高丽唐乐与北宋词曲》，载《吴熊和词学论集》，杭州：杭州大学出版社 1999 年版，第 40 页。

高丽而传授教习的①,说明《九张机》等“转踏”曲在宋神宗熙宁年间就已在汴京教坊演唱了,其创制时间当在此时或更早,原曲应该来自市井民间的织妇之歌,而为教坊所采进和加工,并由才子翻制新词,用于歌舞或队舞表演。《高丽史·乐志》虽记载了此曲传入高丽的史实及时间,却未能将曲词记载下来;而曾慥在《乐府雅词》中予以收录时,则已延迟了约七十年左右的时间了。曾慥之所以能收录此调词曲,大概与靖康之难后宫廷乐章散佚民间有关。从以上文献资料可见,曾慥《乐府雅词·引》所谓“九重传出”者,当亦包括《九张机》一曲在内。由此看来,现存两宋转踏类曲词,当以无名氏《九张机》为最早,其他无名氏及郑仅、晁补之、秦观等《调笑》转踏则为稍后之作,影响所及,至南宋洪适等仍有创作。

其次,《高丽史·乐志》所载五支队舞曲及其所歌十余词调,也格外引人注目。

这五支队舞各有曲名曰《献仙桃》、《寿延长》、《五羊仙》、《抛球乐》、《莲花台》。原书对每支队舞的舞队人员、表演节次、形式内容都有很详细的文字记载。兹以《献仙桃》一曲为例。开头一段文字,详细规定和描述了舞队上场及表演的节次和内容:首先是舞队人员的分工和列队,包括舞队、乐官、妓人、竹竿子以及由一妓扮演的王母等;其次为“乐官奏《会八仙》引子”,竹竿子先舞蹈而入,念诵“致语口号”,乐官又奏《会八仙》引子,舞队舞蹈而进;最后是扮演王母的妓人舞蹈而进,奉仙桃盘,唱《献仙桃》“元宵嘉会”一词。以下依次奏乐、唱词、舞蹈,都有明确的文字记载。末尾部分又有一段文字,记乐官奏《千年万岁》引子,舞队回旋而舞,三匝而退;竹竿子致语(即放队),乐官奏《会八仙》引子,竹竿子舞蹈而退;王母等亦从舞蹈而退②。可见这种队舞曲体现了舞、乐、歌三者相结合,歌唱中急曲和慢曲相搭配,场面较为宏大,表演井然有序。《献仙桃》这套队舞,共唱词 7 首,所用词调依次为《献仙桃》、《献天寿[慢]》、《献天寿令[嗺子]》、《金盏子[慢]》、《金盏子令[嗺子]》、《瑞鹧鸪[慢]》、《瑞鹧鸪[慢嗺子]》。其中,

① 徐利华《〈抛球乐〉传入高丽考》一文认为:“《高丽史·乐志》中所载表演《抛球乐》的‘教坊女弟子楚英’为高丽人,而非宋朝派遣的乐工。”其说可资参考。载田玉琪等主编《词体声律研究与词谱编纂》,第 68 页。

②《高丽史·乐志》卷七十一,第 691—693 页。

《献仙桃》之体式与《瑞鹧鸪》相同,《瑞鹧鸪[慢]》亦即《瑞鹧鸪》,皆为七言八句齐言体,而《瑞鹧鸪[慢嗺子]》与《瑞鹧鸪》体式不同,盖为变调或异调。这样,此套队舞唱词所用词调,不计重复和同调异名,实际共用 6 调。其余四支队舞曲的结构形式和表演特征,与《献仙桃》大致相同。《寿延长》队舞曲共唱 2 词,调名为《中腔令》、《破字令》;《五羊仙》队舞曲亦唱 2 词,调名为《步虚子令》、《破字令》;《抛球乐》队舞曲共唱 7 词,凡用 4 调,即《折花令》、《水龙吟令》、《小抛球乐令》、《清平令破子》,除《小抛球乐令》唱词 4 首外,余 3 调各唱词 1 首;《莲花台》队舞曲亦唱 2 词,与《献仙桃》队舞曲所唱《献天寿[慢]》、《献天寿令[嗺子]》曲词皆同,盖《莲花台》队舞曲又重复演唱了这两调歌词。总计上述五支队舞曲唱词共用 14 调,除《瑞鹧鸪》(含《献仙桃》及《瑞鹧鸪[慢]》)、《水龙吟令》(即《水龙吟》)2 调已见唐宋词、《金盏子[慢]》(即《金盏子》)1 调首见无名氏词而另有宋代文人词沿用之外,其余 11 调皆仅见于无名氏队舞曲。从五支队舞曲来看,除《抛球乐》一曲为唐教坊曲名、已见唐五代小令词和柳永长调词之外,其余四曲皆不见唐宋词坛用于创作与歌唱。换言之,这五支队舞曲及曲中所用 11 调曲词在中国本土都已经失传,幸赖《高丽史·乐志》得以保存。

关于这五支队舞曲的创制时代及其传入高丽的时间,历来皆以为属北宋之作无疑,而在具体时间和细节上却略有分歧和出入。清人编《词谱》,已据《高丽史·乐志》采录中国本土已经失传的北宋词曲,注谓“按宋以大晟乐赐高丽,其乐章皆北宋人作,故《高丽史·乐志》有宋词一卷”①,乃将《高丽史·乐志》所载北宋词曲与宋徽宗朝赐高丽以大晟乐等同起来。吴熊和认为这是一种“混同”,他考证“高丽传入宋乐,绝非自大晟乐始,早在宋神宗熙宁时期,双方交流就已络绎不绝,屡见于宋人典籍”;他认为“两国的文化交流集中在宋神宗、哲宗、徽宗三朝,其中,神宗一朝尤为关键。……音乐文化交流亦以熙宁、元丰间为最盛”。《高丽史·乐志》卷七十一“用俗乐节度”条记载,在高丽文宗二十七年十一月,即宋神宗熙宁五年(1072),“教坊女弟子楚英奏新传《抛球乐》、《九张机》别伎”(已见上文引录),吴先生据以考证,认为“《抛球乐》是一种队舞大曲”,在《高丽史·乐志》所载宋代词曲中,《抛球乐》等“可能是传入时间最早的一组曲子”。对于《献仙桃》、《五羊仙》,吴先生考证说:“这两套歌舞曲在内容上都属于

---

①《词谱》卷九,《迎春乐》一调所收无名氏词后注语,第 159 页。

楚英所演奏的‘王母队歌舞’，由歌舞伎扮演西王母祝贺圣寿。”另据《惜奴娇[曲破]》及《万年欢[慢]》曲词中的祝颂之语，吴先生认为以上这些歌舞曲大致都是歌颂宋神宗之作，盖于宋神宗朝上元灯节时歌舞表演用以祝寿颂圣①。另外，也有学者虽然认为“高丽‘唐乐’主要是在北宋太宗至徽宗这150年间形成的，是北宋时候的‘新乐’”，却“把‘唐乐’传入高丽的时间确定为宋徽宗之时”，对于《献仙桃》等队舞曲，则认为是宋徽宗朝为元宵灯节和天宁圣节的祝寿活动而创制的②。

参考各种意见，我们认为，《高丽史·乐志》所记“唐乐”中的中国词曲属于北宋之作固无疑问，其传入高丽应该在宋神宗、哲宗和徽宗三朝都有发生，其作为“唐乐”被著录似乎不是一次性完成的，应该有一个集结形成的过程；即使是将“唐乐”传入高丽的最后时间确定在徽宗政和年间，也不能由此论定其中的词曲作品都是徽宗朝创作的。在《高丽史·乐志》所著录的57调共计72首北宋词曲中③，有15首词作可考定其作者，分别为柳永8首、晏殊1首、欧阳修1首、苏轼1首、李甲1首、阮逸女1首、赵企1首、晁端礼1首，其中只有赵、晁二人晚年进入徽宗朝，苏、李、阮三人皆神宗、哲宗朝词人，而柳、晏、欧三人更是真宗、仁宗朝词人，以此类推，其他57首无名氏词曲的创作年代大致与有名氏词情形相似，在北宋中前期和后期应该也都有分布。就上述大曲、转踏、队舞曲等类作品而论，《高丽史·乐志》已明确记载《九张机》、《抛球乐》传入高丽的时间是宋神宗熙宁五年，则其在中国本土的创制时间当为同时，甚至稍前或更早；至于《献仙桃》、《寿延长》、《五羊仙》等用于上元灯节表演王母祝寿的队舞曲，究竟是歌颂宋神宗，还是为宋徽宗而作，似乎难以详考与遽断，鉴于《九张机》、《抛球乐》等转踏曲及队舞曲在神宗朝已经创制并传入高丽，又鉴于《高丽史·乐志》将《抛球乐》与《献仙桃》等队舞曲排列在一起，则《献仙桃》等队舞曲或与《抛球乐》为同时及稍后之作的可能性似乎更大。

---

① 参见吴熊和：《高丽唐乐与北宋词曲》一文，《吴熊和词学论集》，第35—36页、38—42页。

② 参见王小盾：《从〈高丽史·乐志〉“唐乐”看宋代音乐》一文，《隋唐音乐及其周边：王小盾音乐学术文集》，第99—100页、第102—103页。

③《高丽史·乐志》“唐乐”著录北宋词曲共计57调72首，其中无名氏队舞曲五套共用14调凡18首(2调2首重出不计)，无名氏《惜奴娇[曲破]》1调6首(一作8首)，无名氏杂曲词共用30调凡33首，总计无名氏词曲共用44调凡57首；其中可考姓名者凡8人15首，共用15调，其中2调与无名氏词曲重出。

## 四　孤调成因与词史意义

在宋代无名氏词所用306个词调中，有186个词调为沿用唐宋已有词调，所占比例为60.8%；有120个词调为首见和仅见于宋代无名氏词的新调，所占比例为39.2%。虽然继承的比例略高于创新，但高达39.2%的创新率仍然显示了宋代无名氏词对词调创制和词史发展所做出的贡献与成就。然而在宋代无名氏词所用120个新调中，却有77个词调属于仅见于无名氏词的“孤调”，所占比例也高达64.2%；换言之，在宋代无名氏词所用120个新调中，只有43调得到了宋代词人的采用，其流行率或应用率则只有35.8%。因此，我们有必要对宋代无名氏词中孤调的形成原因及其词史意义进行探讨与揭示。

考察宋代无名氏词孤调的形成原因，大致有以下三个方面：

首先，一批宫廷歌舞大曲不利于也不适合在民间传唱和流行。《高丽史·乐志》所载《献仙桃》、《寿延长》等队舞曲，皆以队舞的形式在宫中表演，所用歌曲除少量采用流行词调如《瑞鹧鸪》、《水龙吟》等调之外，其余12调皆属队舞所有，除《金盏子[慢]》1调传入民间为文人词采用外，其他各调都没有在歌坛流行开来。《高丽史·乐志》所载《惜奴娇[曲破]》一套6首，从内容看与《献仙桃》等队舞曲相近，盖亦用于宫中表演；“曲破”为大曲特殊形式，其乐曲既有多段结构，其歌词亦有多种体式，这支“曲破”也只有其中的一段被截取出来成为词调，如贺铸等人所作《惜奴娇》10首，即与《惜奴娇[曲破]》中的第5首体式大致相同，盖用“曲破”的摘遍曲。《万年欢[慢]》一套4首，盖亦属“曲破”或大曲词，其情形大致与《惜奴娇[曲破]》相类似。至于《乐府雅词》所载《九张机》“转踏”词，内容虽写民间织妇生活与情感，却主要在宫廷表演，与队舞相类，也不利于流传，盖因靖康之难后散落民间，曾慥方有机会录入《乐府雅词》。以上这些歌舞大曲皆属宫廷所有，形式既歌舞相兼，结构亦较为宏大，其内容也主要为颂圣祝寿、歌咏升平，因此也就影响了它在民间的流行。即使是演唱文人与仙女艳遇故事的“王子高《六么》大曲”，虽属民间所有，但仍然不利于传唱，因此只留下残句，也没有以摘遍曲的形式成为词调。

其次，一批宫廷杂曲词调也难以在词坛流行。除上述宫廷歌舞大曲之外，另有一批杂曲词调也多带有宫廷乐歌的性质，如《六州》、《十二时》、《祔陵歌》、

《永裕陵歌》等调，皆属宫廷鼓吹曲，用于郊庙祭祀等仪礼活动，具有较浓厚的礼仪性质，自然不宜在社会上流行开来；又如《高丽史·乐志》所载《还宫乐》、《太平年[慢]》、《金殿乐[慢]》、《安平乐》、《行香子[慢]》、《游月宫[令]》等，亦多属带有享乐性质和富丽风情的宫廷歌曲，内容多描写宫廷生活，歌功颂德，粉饰升平，故其艺术生命力也非常有限，难以为广大民众所喜爱。

其三，一些民间歌曲词调也具有一定的艺术局限性。一是一些无名氏曲词具有一定的俚俗性和谐谑性，影响了这些曲调的生命力。如《花草粹编》卷四引《古今词话》所载《花前饮》，赋咏本意，同书卷七所载《香山会》，描写艳情，声情都较为俚俗谐谑；即使是如前文所述《误桃源》、《结带巾》之作，虽不无讽刺丑恶现象的积极意义，却也带有滑稽谐谑的游戏色彩。二是一些无名氏歌调带有较强的适用性和应用性，也不利于歌唱和流传。如《花酒令》为酒筵行令之曲，《醉瑶池》、《庆千秋》、《福寿千春》等，皆为祝寿庆贺之调，适用范围狭窄，成为孤调也就在所难免了。三是无名氏歌词的艺术水准一般不高，缺少名作，故影响力也有限。如《高丽史·乐志》所载《游月宫[令]》，敷演玄宗游月宫故事，通篇无叶韵，或为宫廷艺人即兴应急之作。这样的歌调自然会昙花一现，随生随灭。

尽管如此，我们对两宋无名氏词所用孤调的词史意义仍当给予充分肯定。这主要表现在以下两大方面：

一是创制了一批形式多样的歌舞剧曲，既对宋代词调的发展繁荣起到了推动作用，也丰富了宋代词曲的艺术形式。《高丽史·乐志》所载《献仙桃》、《寿延长》等五支队舞曲，反映了乐、舞、歌相结合的歌舞剧曲在北宋中后期的宫廷所呈现的繁荣景象，它对流行词调如《瑞鹧鸪》、《水龙吟》的采用，以及《金盏子[慢]》从队舞曲中独立为歌坛词调，也反映了宋代大曲与杂曲、歌曲与舞曲相互为用、共同发展的格局与特征；《高丽史·乐志》的著录，不仅反映了宋丽两国音乐文化交流的历史情形，而且也保存了一批在中国本土已经失传的曲词作品，形成与宋代文人大曲舞曲作品的比较与互补，其词学价值和词史意义不言而喻。《九张机》从"九重传出"，进入《乐府雅词》这部宋人词选，则不仅丰富了我们对"转踏"类曲词早期特征的认识，也反映了宋词发展历程中民间与宫廷的紧密联系与互动关系。即使是"王子高《六么》大曲"残句，对管窥宋代大曲在民间的创作和流传情况，也颇有参考意义。

二是反映了民间词曲创作的活跃状态和本真风貌。虽然是仅见于无名氏的孤调,就杂曲词调来看且多是单篇零章,却反映了以无名氏为主体的民间词曲创作异常活跃、丰富多彩、灵活自由、朴野本真的状态与风貌。如《玉梅香慢》、《早梅香》、《落梅风》等,皆属咏梅专曲;《醉瑶池》、《庆千秋》、《福寿千春》等,则属祝寿专曲;《六州》、《十二时》、《袝陵歌》等,乃专用于宫廷礼仪的鼓吹曲;而《新水令》、《伊州曲》、《倾杯序》等,或源于大曲摘遍曲;《花酒令》、《花前饮》等,盖来自酒宴令曲。说明无名氏在民间的词曲创作并不冷落单调,反而状态活跃,空间广阔,形式多样,令慢兼具。就创作类型和特征来看,赋咏本意、曲词相合的创始之调占大多数,而像《误桃源》、《结带巾》这样的即人即事而作的曲词,也颇具民间创作的真率风貌与嘲谑个性。即使是像《游月宫[令]》那样的应急之作,以及用《真珠髻》、《罥马索》、《扫地舞》等调来咏梅等,也都反映了民间词曲创作自由本真一面的风貌与特征。

## 第三节 宋代无名氏首见词调及其成就

历代音乐文献载籍以及明清以来词律词谱一类著作对唐宋词调的考订,主要以具名文人词所用词调为对象和范围,对无名氏词的用调往往关注不够甚至忽略不计。考察清人所编《词律》《词谱》,其中对无名氏词用调的采用,往往多是仅见于无名氏用调的孤调,因无具名文人之作,姑采以备调,甚至有些仅见于无名氏词的孤调还被遗漏或不予采录;对于一些有名氏和无名氏都参与创作的词调,则大多将此调的创始权归属有名氏,而多以无名氏词作为"又一体"附列其后,所谓采以备体。实际上,如果我们能够摒弃偏见和成见,对无名氏词和有名氏词一视同仁,经过细致梳理和考察,便会发现,在两宋词坛所用约九百多个词调(正名)中,无名氏词不仅贡献了 77 个不见于有名氏文人词的独一无二的孤调,而且无名氏还先于有名氏词人创制或首用了至少 43 个新调,虽与富"创调之才"的柳永、周邦彦、姜夔等著名词人相比略为逊色,却超出了词国星空中一大批耀眼的巨星和明星,其创作成就和词史意义是值得肯定的。

所谓首见或首用之调,自然是在与若干人若干首同调作品的比较中得出的。这种考证既涉及对作者时代先后以及作品创作年代的考订,也涉及对词调渊源、词曲配合等多方面内容的考察与比较。鉴于无名氏生平资料的阙失，将无名氏词与有名氏词放在一起考订其用调孰先孰后，情况既较为复杂，分辨也就自属不易。另外，即使考订出为无名氏首见或首用之新调，我们也还需要进一步考察其用调究竟属创调之作还是依调之作，并对这些属无名氏创调或首用的新调在词史上的价值和意义做出探讨与评估。尽管有很多困难，但我们通过深入细致的考察和分析所获得的成果仍然是非常可观和令人惊喜的。

## 一　宋代无名氏首见词调的考订

要对宋代无名氏词中首见词调进行考察和探讨，我们首先需要做的工作当然是甄别和考订出宋代无名氏词中究竟有哪些词调属于首见词调。我们的考订工作将主要涉及两种具体情形，并相应地采用两种不同的考证方法。第一种情形是，宋代无名氏与有名氏明显分属异代，无名氏属北宋，有名氏属南宋，自然确定无疑地以无名氏词的用调为首见和创始。对于这种情形，我们主要采用的考证方法是，依据宋代无名氏词的著录文献来确定无名氏词的创作时代，再通过与有名氏的生平与创作进行比较，以考订无名氏词是否为首见或创始之调。第二种情形是，宋代无名氏与有名氏的时代较为接近，或同属北宋某个时期，或同属南宋某个时期，或同属南渡前后时期，难以从作者生平时代的角度明确分辨其同调之作孰先孰后。对于这种情形，我们除了比勘作者的生平时代之外，还需要考察词曲配合的关系及其程度如何，以此来确定无名氏词是否属创始或首见之调。

### （一）从著录文献来考订宋代无名氏词中的首见之调

在两代词坛上为无名氏和有名氏所共同运用的词调中，有一部分是可以确切考订为以无名氏用调为首见，以有名氏用调为晚出的，因为无名氏词可考属北宋之作，而有名氏词皆为南宋作品。虽然无名氏的生平资料大多阙失无考，但我们可以通过考察著录无名氏词作的文献资料以确定其创作年代。就我们所考订的首见或创始于无名氏词的 43 个词调的文献出处来看，主要有《梅苑》、《乐府雅词》、《草堂诗余》等宋代词集选本，以及宋郑元佐注朱淑真《断肠诗集》所引无名氏“古词”、明陈耀文编《花草粹编》所引宋人词话及词集，另外还有《宋史·乐志》、《高丽史·乐志》、《能改斋漫录》、《夷坚乙志》等中外史志和宋代笔记小说，从这些文献的编纂和记载中，便可考订其所载无名氏词曲的创作时代。其中，最具代表性的文献是《梅苑》、《乐府雅词》和《高丽史·乐志》三种。黄大舆《梅苑》编成于高宗建炎三年(1129)[①]，是一部专收唐五代至北宋咏梅词的专题词集，载录于此集的无名氏词属北宋之作无疑；曾慥《乐府雅词》编成于绍兴十六年(1149)[②]，其《拾遗》二卷所收无名氏词亦多为北宋之作；《高丽史·乐志》所载"唐乐"中的词曲也都属北宋作品，而且从北宋前期到后期的作品都有载录和分布[③]；《草堂诗余》这部原为南宋书坊所编后经宋末何士信增修笺注的分类词选，所录作品亦以北宋为主[④]。载录于上述词集和史志中的无名氏词曲，如果北宋时期没有其他具名词人运用这些词调，至南宋词人方有同调之作，那么这些词调也就确凿无疑地以北宋无名氏词为创始与首见了。其他如《宋史·乐志》所载、《断肠诗集》郑元佐注所引、《花草粹编》引《古今词话》等书所选，皆有可资考证的资料与线索。

确切可考以无名氏词为首见或创始的宋代词调约有28调，即：《泛兰舟》、《十月梅》、《双头莲》、《捣练子2》、《太常引》、《踏歌》、《玉楼人》、《寻梅》；《鱼游春水》、《五彩结同心》、《潇湘静》、《夏日宴黉堂》、《海棠春》；《月华清[慢]》、《醉太平》、《爱月夜眠迟[慢]》、《惜花春起早[慢]》、《风中柳[令]》；《大圣乐》、《昼锦堂》、《孤鸾》、《金菊对芙蓉》；《真珠帘》、《绮罗香》、《一萼红》、《降仙台》、《六州3》、《奉禋歌》。其中，前8调载录于《梅苑》，次5调载录于《乐府雅词·拾遗》，又5调载录于《高丽史·乐志》，又4调载录于《草堂诗余》，末尾6调载录于宋郑元佐注《断肠诗集》引"古词"、明陈耀文《花草粹编》引《雅词》，以及《宋史·乐志》。

下面，我们试就上述各类文献所载无名氏词曲作品举例进行考订与分析。

例1：《十月梅》

此调《梅苑》卷一载无名氏"千林凋尽"一词，双片98字，用平声韵，为长调；词咏梅花，词曲相符，自属赋咏本意的创调之作，当作于北宋。《乐府雅词·拾遗》另载无名氏《十月桃》"东篱菊尽"一词，咏十月桃，与无名氏《十月梅》体式相

---

① 黄大舆编：《梅苑·序》，记编集时间为"己酉之冬"。《文渊阁四库全书》本。

② 曾慥编：《乐府雅词·引》，署时"绍兴丙寅"。

③《高丽史·乐志》卷七十一，第691—706页。

④ 吴昌绶、陶湘辑：《景刊宋金元明本词·景明洪武本草堂诗余》，上海：上海古籍出版社1989年版。

同，盖为同调，或亦为北宋之作。那么同为无名氏词的《十月梅》与《十月桃》究竟以何者为先呢？从编集来看，《乐府雅词》晚于《梅苑》约 17 年，则当以《梅苑》所载为稍早；《十月桃》应略晚于《十月梅》，盖用《十月梅》为调，因咏十月桃，故改名。此调除无名氏词 2 首外，另有李弥逊、张元幹词各 2 首，二人皆为南宋词人，调名皆作《十月桃》，然内容多为咏梅，亦可证《十月桃》当为《十月梅》之异名。《词谱》卷二十七收《十月桃》一调，列三体，以张元幹"年华催晚"咏梅一词为正体，以《乐府雅词》及《梅苑》所载无名氏词各为"又一体"[①]，秉持的乃是以文人词为中心和主体的词学观念，实非正本探源之论。从创始的角度来讲，此调应以《十月梅》为正名，以《梅苑》所载无名氏词为正体。尽管《梅苑》与《乐府雅词·拾遗》所载无名氏此调 2 词的时代较为接近，但无名氏词皆为北宋创始之作，早于南宋初期的李弥逊、张元幹二人同调词，则大体没有疑问。

例 2:《太常引》

《全宋词》录此调词作共 20 首，为双片 50 字(或 49 字)小令，用平韵；其中无名氏词 2 首，其余 18 首皆为有名氏文人词，为沈端节、丘崈、辛弃疾等共 11 人所作，皆为南宋词人，而以辛词 4 首数量最多。《词律》卷五收此调，仅列二体，以辛词为正体，以高观国词为"又一体"[②]，《词谱》卷七亦同。《词律》《词谱》皆取南宋著名词人代表作为此调作谱，今人亦以丘崈词为此调创始[③]，皆有可议与失考之处。实则此调当以北宋无名氏词为首见和创始。无名氏此调 2 首载《梅苑》卷六，乃北宋之作，其创作时代自然早于各位南宋词人，当确然无疑为此调首见或创始之作。

例 3:《五彩结同心》

此调创调本事已难详考，从调名含意看，当为情歌恋曲。此调宋词仅见 2 首，一为无名氏词，双片 109 字(一作 111 字)，用仄声韵，为长调；一为赵彦端词，双片 111 字，用平声韵，除用韵有所变化外，句式形体与无名氏词相同，当为同调。《词谱》卷三十五收此调，以赵彦端词为正体，以无名氏词(111 字)为"又一体"(P662)。今人亦以此调始见赵彦端[④]，实则此调当以无名氏词为创调。

---

① 《词谱》卷二十七，第 488—489 页。
② 《词律》卷五，第 151 页。
③ 田玉琪:《词调史研究》，第 491 页。
④ 田玉琪:《词调史研究》，第 486 页。

无名氏词载《乐府雅词·拾遗》卷上，词赋恋情，与调名本意相合，应为赋咏本调的创始之作，盖作于北宋，至迟为南渡初期作品。而赵彦端(1121—1175)则为南宋词人，绍兴八年(1138)进士，曾慥《乐府雅词》编成于绍兴十六年(1146)，未收赵词，盖赵此时尚二十余岁，或未及作此词也。又赵词题作“为渊卿寿”①，乃祝寿之词，非赋本调之意，为晚出之作更无疑矣。

例 4：《风中柳[令]》

此调有多种异名，而以《谢池春》一名较为流行。《词谱》卷十五收《谢池春》一调，卷二十二收《谢池春慢》一调，区分为二调，一属 66 字的令词，一属 90 字的慢词，甚是。然《词谱》以《谢池春》为正名，以陆游词为正体，则未能分清源流正变。实则此调当以《高丽史·乐志》所载无名氏《风中柳[令]》为正名和首见。此词为双片 65 字，用仄韵(上去声)，调名后注“令”字，内容写恋情相思，声情较为欢快妩媚，风格亦颇俚俗艳靡，大致亦合本调，为北宋之作无疑，盖来自市井民间。另有李石 1 首、陆游 3 首，调名皆作《谢池春》(李石词一作《风中柳》)，陈著 1 首，调名《卖花声》，孙夫人 1 首，调名《风中柳》(一名《玉莲花》)，皆为南宋之作，自当晚于无名氏词。

例 5：《真珠帘》

此调宋词共 20 首，为双片 101 字等长调。有名氏作者有陆游(2 首)、葛长庚、吴文英、陈著(5 首)、周密、蒋捷、张炎(2 首)等人，皆为南宋词人。其中以陆游词为早，一赋羁旅，非本意，一赋恋情，较合本调。《词谱》卷二十九收此调，首列陆游词，注谓“调见《放翁词》”，“此调始自此词”(P527)，而以周密、张炎词各为“又一体”。今人亦以此调始见陆游词②。实则此调亦当以无名氏词为首见或创始。此调无名氏词共 3 首，《癸辛杂识续集》卷上残句 1 首、《翰墨大全》1 首，时代不详，盖南宋词；而郑元佐注《断肠诗集》引残句 1 首，则可考属北宋之作。郑注《断肠诗集》前集卷二引“古《真珠帘》词”云“愿与花枝长为主”，卷九又引“古词”云“把酒祝东风，愿与花枝长为主”，后集卷五又引“古《珍珠帘》词”(同前集卷九)③，三处所引应为同调同作，皆称“古词”，而从残句内容看，亦属赋咏闺

① 《全宋词》，第 1455 页。
② 田玉琪：《词调史研究》，第 488 页。
③ 冀勤辑校：《朱淑真集注》，《断肠诗集前集》卷二、卷九，后集卷五，北京：中华书局 2013 年版，第 34、130、213 页。

情之作，甚合本调，当为早期之作或创始之作。披检郑元佐注朱淑真《断肠诗集》所引唐宋词句多称“古词”，只有少量作品标署了作者姓氏，大部分则没有标明作者，其中可考作者多为唐五代北宋词人，只有极少数为南宋前期词人，由此亦可推考其所引大部分无名氏“古词”亦当属北宋之作①。郑注所引无名氏《真珠帘》残句既称“古词”，当亦属北宋之作，自应早于陆游词②。

其他如《高丽史·乐志》所载《月华清[慢]》、《醉太平》、《爱月夜眠迟[慢]》、《惜花春起早[慢]》，《宋史·乐志》所载《降仙台》、《六州3》，《草堂诗余》所选《金菊对芙蓉》、《大圣乐》、《昼锦堂》、《孤鸾》，《花草粹编》引《雅词》所载《一萼红》、郑元佐注《断肠诗集》所引《绮罗春》诸调，亦皆为北宋无名氏首用或创始之作，早于其他南宋词人同调之词，兹不一一详述。

**（二）从词曲配合来考订宋代无名氏词中的首见之调**

在我们所考订的以无名氏词为首见或创始的43调中，除上述28调确切可考以北宋无名氏词早于南宋文人词之外，另有15调的考辨则相对显得复杂一些。在这15调中，无名氏词和有名氏词的创作年代有比较接近的情况，不再是分属北宋与南宋那样清晰，而是同属北宋或南宋的某个时期；在这种情形下，单从著录文献来考订无名氏词的创作时代已经不够用了，我们还需要进一步比较考察无名氏与有名氏同调之作的词曲关系，依据词作内容是否与调名本意相合以及词曲配合的程度如何，另外参考比较无名氏与有名氏之时代先后，以确定无名氏词与有名氏词孰为首见之作或创始之调。

通过对一些时代相近的宋代无名氏与有名氏同调之作词曲关系的比较考察，我们大致仍然可以考订出以下15调当以宋代无名氏词为首见或创调，它们是：《东风第一枝》、《早梅芳》、《雪梅香》、《月上海棠》、《西地锦》；《金盏子[慢]》、《忆吹箫[慢]》、《迎春乐[令]》、《西江月[慢]》、《百宝妆》、《解佩令》；《撷芳词》、《与团圆》；《侍香金童》、《湘灵瑟》。其中前5调载录于《梅苑》，次6调载录于

---

① 据笔者统计，《全宋词》据郑元佐《新注断肠诗集》收宋无名氏词共218首，皆为残篇断句，少数作品有调名，多数为失调名。

② 孔凡礼《朱淑真佚诗辑存及其他》一文论曰：“在宋时，做笺释工作的人，已经形成了一种大家都遵守的惯例，即：凡是笺释诗文的出处，其出处之作者及作品，一定要早于被笺释的作者和作品。”转引自《朱淑真集注》附录三《丛论》，第400页。按：关于朱淑真的生活年代，学界主要有北宋人、南渡人、南宋人三种考证意见，而以持后两种意见者为多。郑元佐注《断肠诗集》所引“古词”多为唐五代北宋之作，大致遵循了宋时的笺释惯例，也印证了朱淑真为南渡人或南宋前期人的观点。

《高丽史·乐志》,又2调载录于《花草粹编》引《古今词话》等,末2调分别载录于《乐府雅词》、《夷坚乙志》。除洪迈《夷坚乙志》这部笔记小说所载《湘灵瑟》一调可能属南宋之作外,其余《梅苑》等宋人词选以及《高丽史·乐志》所载诸调,应皆属北宋之作。下面试举例以做考辨与分析。

例6:《雪梅香》

此调今传宋词共3首,即柳永1首、无名氏2首。一向以此调首见柳永,《词律》卷十四收此调,注云:"此调惟耆卿有之,他无可考。"(P318)谓此调只有柳词,乃失考。《词谱》卷二十三首列柳词,以无名氏"岁将暮"词为"又一体"(P405)。今人考订北宋词调,亦以此调首见柳永①。然柳词赋羁旅相思,非合本意,应非创调。此调无名氏词2首俱载《梅苑》卷四,其第二首"冻云深"一词,与柳词用韵完全相同,历来皆以为无名氏次韵柳词。然事实或许正好相反。无名氏2首既载《梅苑》,属北宋词无疑;词皆咏梅,有"岁将暮"、"冻云深"、"皓彩寒辉,冷艳清香"、"六出瑶花满长空"、"小亭寒梅吐轻红"等句,正赋"雪梅香"之本意,应为创调始词。《梅苑》所收乃唐五代北宋咏梅词,其中既收有少量五代词人如孙光宪等人咏梅之作,甚至将宋初隐逸诗人林逋《山园小梅》七律诗亦收录于《瑞鹧鸪》调下,还收录了柳永及其同时或前后的杨亿、晏殊、欧阳修等人的咏梅词。那么,《梅苑》所载无名氏《雪梅香》2首很可能是宋初人所作,或北宋前期与柳永同时人所作。柳永当为追和次韵无名氏词,且以咏梅之调改赋羁旅相思。

例7:《月上海棠》

此调《全宋词》共载词8首,分别为赵佶、曹勋、陆游(2首)、姜夔、张侃、陈允平、无名氏共7人所作。《词谱》卷十六收此调,于调下注云:"此调有两体,七十字者,见《梅苑》无名氏词。金词注双调。陆游词,有'几曾传玉关遥信'句,更名《玉关遥》。九十一字者,见姜夔《白石词》,注夹钟商。曹勋词名《月上海棠慢》。"(第274页)所谓"两体",实应为两调,即一为70字之中调令词,一为91字之长调慢词。以上宋词7人8首,曹勋词明确标示调名为《月上海棠慢》,即属长调慢词,姜夔、陈允平词虽仍然沿用《月上海棠》之名,而实际上采用的是曹勋所创慢词调,其余4人5首则皆属中调令词。那么,作为中调令词的《月上海

---

① 田玉琪:《词调史研究》,第370页。

棠》一调,究竟以谁人为创始或首见呢?陆游、张侃皆为南宋词人,自然要晚于作为北宋徽宗的赵佶和《梅苑》所载应为北宋人的无名氏;惟赵佶与无名氏之时代皆属北宋,又以何者为先呢?《词谱》以《梅苑》无名氏词为此调之始见与正体,自是正确的做法。然《词谱》这样做,似乎并非完全出于对无名氏创调的肯定,而可能是因为赵佶词为残句而不便于制谱的缘故。此调创制本事已难详考,从调名取意来看,当本为咏海棠之曲。《梅苑》卷五载无名氏此调之词,内容咏梅,虽非赋咏本意,却亦与本调颇为相合,盖采用咏海棠之新声曲以咏梅,应为此调早期之作。赵佶(1082—1135)生活和统治的时代已处于北宋后期,其词仅存残句9字,据记载乃作于其即位后游幸淮浙之时,从残句内容看,非赋本意,自非创调之作,应晚于无名氏咏梅词[①]。

例8:《迎春乐[令]》

此调今传宋词共21首,北宋前期柳永、张先、晏殊、欧阳修皆有所作,秦观、贺铸、周邦彦为北宋中后期作者,扬无咎、方千里以下则为南渡和南宋词人。《词律》卷六收此调,首列秦观词,而以柳词、晏词等为"又一体",自非探源之举。《词谱》卷九首列柳词,而注谓"此体始于晏词"(P157)。今人或以此调首见柳永[②]。然考柳、张、欧此调之作,皆赋相思恋情,俱非本意,难为创调。晏词虽赋本意,或稍为晚出。此调当以无名氏词为创调。《高丽史·乐志》载无名氏此词,于调名注"令"字,《全宋词》据以收录,全词如下:

> 神州丽景春先到。看看是、韶光早。园林深处东风过,红杏里、莺声好。　　漠漠青烟远远道。触目是、绿杨芳草。莫惜醉重游,逡巡又、年华老。(P3831)

全词正赋"迎春乐"之意,应为创调始词。《高丽史·乐志》所载北宋词曲虽然皆未署名,但其中可考知姓名者仍有15首之多,包括柳永、晏殊、欧阳修、晁端礼、赵企、李甲、阮逸女等多人,而尤以柳词为多。原书所载《迎春乐[令]》之后,紧接着收录《浪淘沙[令]》、《御街行[令]》2首,即皆可考为柳永所作。据此,

---

① 赵彦卫:《云麓漫抄》卷四:"徽庙既内禅,寻幸淮浙,尝作小词,名《月上海棠》,末句云:'孟婆且与我做些方便。'隆祐保祐之功,盖谶于此。谚语谓风为孟婆,非也。段公路《北户录》云:'南方祝舡神,名曰孟姥、孟公。'"北京:中华书局1996年版,第62页。

② 田玉琪:《词调史研究》,第392页。

这首《迎春乐[令]》很可能即是北宋前期之作，其作者大致为柳永同时人，也可能为柳永或晏殊之佚词。晏词用韵与无名氏词属同部，内容与声情亦较接近，似有唱和或模拟之迹象。兹姑订无名氏为此调创始之作，而以晏词、柳词等皆为稍后晚出者。

例 9:《百宝妆》

此调今传宋词仅见 2 首，一为晁端礼作，调名为《百宝装》，双片 104 字，用平声韵，为长调；一为无名氏词，载《高丽史・乐志》，调名作《百宝妆》，双片 108 字(一作 106 字)，与晁词体式基本相同，盖为同调。《高丽史・乐志》所载无名氏《百宝妆》作于北宋无疑，而晁端礼(1046—1113)亦为北宋中后期词人，那么其所作《百宝装》与无名氏同调之作究竟孰先孰后呢？《词律》《词谱》未收此调，《词谱》卷二十七收《新雁过妆楼》一调，注云："一名《雁过妆楼》。张炎词名《瑶台聚八仙》，陈允平词名《八宝妆》。《高丽史・乐志》名《百宝妆》。"以吴文英"阆苑高寒"99 字一词为正体，以无名氏此词为"又一体"之一，注云："双调一百六字，前后段各九句四平韵。此词校'阆苑高寒'词，前后段句法，添减字数，颇极参差，录备一体，不与吴词参校。"(第 492 页)可见，《词谱》订《百宝妆》为《新雁过妆楼》别名，收无名氏词为其"又一体"，实在有些勉强。今人则以《百宝装》一调归晁端礼创始，而以无名氏词为同调异体①。晁端礼虽为北宋中后期词人，然考察其《百宝装》一词，内容写羁旅行役，并非赋咏本调，声情较为清新悠远，应非创调之作；而《高丽史・乐志》所载无名氏词，内容描写宴会上琵琶演奏，多有对妆饰的描写，如"髻云腰素，仍占绝风流"，"翠眉黛颦，无愁谩似愁"，"转步莲、徐徐卸凤钩"等，声情较为妩媚香艳，似更接近本调之意。因此，我们有理由考订无名氏《百宝妆》应早于晁端礼《百宝装》，当为此调首见或创调之作。

例 10:《与团圆》

此调又名《喜团圆》，宋词仅存 3 首，为双片 48 字、49 字小令，作者只有晏几道与无名氏。《词谱》卷七收《喜团圆》一调，注云："调见《小山乐府》，《花草粹编》无名氏词有'与个团圆'句，更名《与团圆》。"以晏几道词为正体，注云："此与《梅苑》词同，惟前段第四五句句读不同耳。……《花草粹编》无名氏词前段第三四句'孜孜觑着，算前生、只结得眼因缘'，句读虽异，因词俚不录。"仅以《梅苑》

---

① 田玉琪:《词调史研究》，第 429 页。

无名氏词为“又一体”(第118页)。今人亦以此调系于晏几道[1]。实际上,此调应以《花草粹编》无名氏词为创始。《花草粹编》卷八收《喜团圆》“危楼静锁”词,署晏几道作,下接《与团圆》“鲛绡雾縠”、“轻攒碎玉”二词,皆未署作者姓名。《与团圆》“轻攒碎玉”一词,《梅苑》卷八早已收录,调名作《喜团圆》,未署作者姓名,《花草粹编》盖据《梅苑》所录,亦不署姓名,故《全宋词》据以录作无名氏词,应属可信。至于《花草粹编》所录《与团圆》“鲛绡雾縠”一词,虽未注文献出处,今亦不见宋代载籍,然原书既编次于晏几道《喜团圆》词下、无名氏《与团圆》“轻攒碎玉”词上,未署作者姓名,当亦为同时无名氏之作,其所录亦必有所据,应无疑问。那么,此调晏几道词与无名氏词既同属北宋之作,究竟应以何人为创始,就需要进一步比较考察其词曲关系了。晏几道词咏离别,声情感伤,非赋《喜团圆》本意,难以订为创始之作;《梅苑》无名氏词咏梅,亦非赋咏本意;唯有《花草粹编》无名氏词写恋情,语言俚俗,声情艳丽,结句云“天还有意,不违人愿,与个团圆”,正赋调名本意,应为创调之作,或来自市井民间之歌唱。《词谱》以《与团圆》为别名,因嫌其“词俚”连“又一体”都不予列录,观念意识里仍显示了以文人为中心以雅正为本色的思想,实际上《与团圆》非但不是后来之“更名”,反而正是早期之本名,而“词俚”也正好透露了它的民间身份。

综上所考,尽管无名氏姓名年里不详,创作背景多模糊不清,但通过对著录文献的考证、与有名氏词的比勘、曲词关系的考察等多种途径,我们依然可以考订出属于无名氏所首用或创始的词调至少达43调的结论。事实上,我们所考订的43调可能还只是一个保守的基本数据,实际的情形可能会突破这个数字。比如还有些词调究竟首见于无名氏还是创始于有名氏,情况较为复杂,难以详考与遽断,为求审慎,姑且订为以有名氏文人词为创始或首见。如《声声慢》、《梅花引》、《远朝归》、《最高楼》、《宝鼎现》、《瑶台月》、《婆罗门引》、《醉花阴》、《醉春风》、《卓牌儿》、《玉抱肚》、《锦缠道》等约10余调之多,仍留有进一步辨别与考证的空间。尽管如此,无名氏在用调上至少已有43调早于有名氏文人词的创调或首见之调,已经足以显示他们对词调运用和词史发展所做出的成就与贡献。

---

① 田玉琪:《词调史研究》,第417页。

## 二　宋代无名氏首见词调的成就

我们既然考订出宋代无名氏词中有 43 个词调为先于有名氏文人词创制或首见的新调，那么我们就需要进一步考察和探讨这些来自宋代无名氏词中的首见词调的创调特征及其词学成就。

### （一）以赋咏本意为主体的创调特征

考察宋代无名氏词中 43 个首见词调的创制情形和词调类型，我们可以很明确地体认到其以赋咏本意为主体的创调特征，反映了宋代无名氏词在用调上注重创调与创新、兼顾择调与依调的创作实践。

在首见宋代无名氏词的 43 调中，属于词曲内容相合、赋咏本意的创调者，共约 27 调，即：《十月梅》、《东风第一枝》、《早梅芳》、《雪梅香》、《寻梅》、《鱼游春水》、《撷芳词》、《五彩结同心》、《侍香金童》、《海棠春》、《夏日宴黉堂》、《与团圆》、《湘灵瑟》、《真珠帘》、《绮罗香》、《奉禋歌》、《降仙台》、《大圣乐》、《昼锦堂》、《金盏子[慢]》、《忆吹箫慢》、《迎春乐[令]》、《月华清[慢]》、《爱月夜眠迟[慢]》、《惜花春起早[慢]》、《解佩令》、《一萼红》。属于非赋本意或词曲内容不完全相合的依调者，共约 16 调，即：《泛兰舟》、《双头莲》、《月上海棠》、《捣练子 2》、《太常引》、《西地锦》、《踏歌》、《玉楼人》、《潇湘静》、《六州 3》、《醉太平 1》、《风中柳[令]》、《西江月慢》、《百宝妆》、《孤鸾》、《金菊对芙蓉》。从比例来看，赋咏本意的创调有 27 调，所占比例高达 62.8%，非赋咏本意的依调为 16 调，所占比例只有 37.2%，也就很能说明问题了。

对于赋咏本意的创调，在上文考订宋无名氏词首见词调时，已举《十月梅》、《五彩结同心》、《与团圆》等调为例，或创为咏梅写景之新曲，或谱为情歌恋曲之新调，属于词曲相合的创调与始词的性质皆极为显明。这里我们再举《东风第一枝》为例。《全宋词》收此调凡 15 首，其中有名氏文人词凡 13 首，无名氏词仅 2 首；有名氏词人共 10 人，即王之道、曹勋、史达祖（3 首）、高观国（2 首）、张辑、黄载、赵崇霄、吴文英、周密、吴则礼（吴词见《全宋词补辑》）。《词谱》卷二十八收此调，以史达祖词为正体，以吴文英词及无名氏 2 词各为“又一体”，今人亦订此调首见曹勋词①，皆为不妥与失考。史达祖已为南宋中后期词人，其词非创始

① 田玉琪：《词调史研究》，第 481 页。

之作固无疑义;吴则礼虽为北宋末人,然其词写祝寿颂德,非赋本意,应为依调之作;曹勋为南渡词人,词题"元夕",当亦非创始;王之道词咏梅,虽合本意,然王亦为南渡词人,其词或作于南渡后,至早亦为北宋末年之作,且其词之内容不过泛咏梅花,创调的特征并不明显。实则此调当以无名氏词为创始。无名氏词2首,皆载《梅苑》卷三,原卷二词相续,内容皆咏早梅,合乎调名《东风第一枝》的含义。如第一首开篇写道:"腊雪犹凝,东风递暖,江南梅早先拆。一枝经晓芬芳,几处漏春信息。"又如第二首开篇云:"溪侧风回,前村雾散,寒梅一枝初绽。"上片结拍又写道:"异众芳,独占东风,第一点装琼苑。"赋咏调名本意、词曲相合的特征极为明显,属于创调之新曲、创始之新词,固无疑问,其为北宋之作,应早于南渡词人王之道及曹勋等人同调词,当亦属可信。其他如《早梅芳》、《寻梅》亦为咏梅新曲,《海棠春》、《一萼红》亦为咏花之调,《鱼游春水》、《撷芳词》、《夏日宴黉堂》、《金盏子[慢]》、《月华清[慢]》、《爱月夜眠迟[慢]》、《惜花春起早[慢]》,或赋游乐宴饮,或写风花雪月,《真珠帘》、《绮罗香》、《忆吹箫[慢]》、《解佩令》等,或赋闺情,或写恋情,皆为赋咏本意的创调始词,兹不一一详述。

即使是非赋本意的依调之作,词作内容与曲调本意也较为相近和大体切合,可以看出宋代无名氏词在首用词调上兼顾择调选曲、注重词与曲声情配合的主观努力与创作实践。如《梅苑》所载《泛兰舟》、《双头莲》、《月上海棠》、《太常引》、《西地锦》、《踏歌》等篇,内容皆为咏梅,并非赋咏曲调本意的创调之作,但这些曲调大致都属歌咏自然风物和游乐风情的类别和范围,而《双头莲》和《月上海棠》更是属于咏花之曲,用这些曲调来赋梅,自然都是合腔入调的了。其他如以《金菊对芙蓉》咏桂花,以《孤鸾》赋梅,以《百宝妆》描写琵琶妓演奏,以《风中柳[令]》歌咏恋情,也都属于知音识律之举,可以看出其择腔选调的痕迹、依调填词的特征。

### (二)以雅俗共赏为特色的审美风貌

如果从艺术风格和美学特征方面来考察,首见宋代无名氏词的43个词调的创作,体现出了雅与俗的两面特征和雅俗共赏的总体风貌,说明宋代无名氏词既包含佚名的士大夫文人之作,也有出自市井民间作者的创作,而后者则反映了市井民间词在用调和创作上俗艳谐谑一面的审美情趣和艺术风貌,正好与士大夫文人词的清雅委婉形成对照与互补。

在《梅苑》所收属于首见词调的咏梅词中，有不少作品即属于佚名的无名氏之作，如《泛兰舟》、《十月梅》、《双头莲》、《凤凰台上忆吹箫》、《东风第一枝》、《早梅芳》、《月上海棠》、《寻梅》等；这些作品或属创调始词的咏梅之曲，或用声情相近的新声之调来咏梅，大多应为士大夫文人之作，少量可能出自民间作者之手，主要表现出清新雅丽、俊爽峭健等词风与美感。兹举《踏歌》为例：

> 带雪。向南枝，一朵江梅坼。许多时、甚处收香白。占千葩百卉、先春色。拟莹洁。正广寒宫殿人窥隔。销魂处、画角数声彻。　　暗香浮动黄昏月。最潇洒处最奇绝。孤标迥、不与群芳列。吟赏竟连宵，痛饮无休歇。输有心牧童偷折。(P3628)

此词载《梅苑》卷六，以《踏歌》一调来咏梅，词与曲大体相近，说明作者是知音识律之人；全篇用入声韵，二字三字的短句与七言八言的长句错综为用，表现出激越峭健的声情；既以白描为主，又有典故化用，绘色拟声，渲染烘托，创造出清雅俊爽的风格；"暗香浮动黄昏月，最潇洒处最奇绝"，在化用林逋咏梅名句的基础上写出了全篇最为精警飞动的名句。此词出自士大夫文人之手，大致无疑，与朱敦儒、辛弃疾同调之作各一首相比，毫无逊色。举一能反三，一斑可窥豹。即使是《梅苑》以外的无名氏首见词调词作，也多有这方面的表现，兹不赘述。

更值得我们关注的是，在宋代无名氏词首见词调词作中还表现出异于一般文人词的艺术风貌与美感特征，那就是俗艳之风、谐谑之趣。兹举《解佩令》为例：

> 脸儿端正。心儿峭俊。眉儿长、眼儿入鬓。鼻儿隆隆，口儿小、舌儿香软。耳垛儿、就中红润。　　项如琼玉，发如云鬓。眉如削、手如春笋。奶儿甘甜，腰儿细、脚儿去紧。那些儿、更休要问。(P3833)

《解佩令》一调，宋词共 10 首，其中有名氏文人词 7 首，无名氏词 3 首。有名氏词人中以晏几道为北宋中后期词人，其余王庭珪、王千秋、史达祖等皆为南渡和南宋词人，故此调也就多被订为以晏几道为首见。实则此调当以无名氏词为创始。无名氏此调 3 首，一载《梅苑》卷七，为咏梅词，虽非赋咏本意，但作于北宋无疑，或与晏几道词时代相近；一载《翰墨大全》，为祝寿词，时代不详，盖为南宋之作；一载《高丽史·乐志》，即上文所录此词。《高丽史·乐志》所录宋代词曲皆为北宋之作，而此词赋咏香艳之情的内容也正与《解佩令》的曲调本意相合，当作于北宋中前期，为此调创始之作，早于晏几道等有名氏文人词。我们注意到，此词描写女子的形貌体态，语言俚俗，声情香艳，有意用口语，不避重复，正与宋末沈义父批评“秦楼楚馆所歌之词”的弊病相类似，“多是教坊乐工及市井做赚人所作，只缘音律不差，故多唱之，求其下语用字，全不可读”，“又一词之中颠倒重复”①，可见此词从俗艳、浅近、朴野的艺术风貌来看应出自市井民间，与文人词作的高雅精致、宫廷词章的雍容华美，正好形成鲜明对照。

我们再来看无名氏《侍香金童》一调的创作。此调宋词共 5 首，除无名氏 2 首外，另有贺铸、蔡伸、赵长卿各一篇。《词谱》卷十四以《乐府雅词·拾遗》卷上所载无名氏“宝台蒙绣”一词为创始（第 248 页），此词赋咏薰香，与本意相合，订为创调，早于贺铸等作，当为可信。我们更关注另一首无名氏之作，词云：

> 喜叶叶地，手把怀儿摸。甚恰恨、出题厮撞着。内臣过得不住脚。忙里只是，看得斑驳。　　骇这一身冷汗，都如云雾薄。比似年时头势恶。待检又还猛想度。只恐根底，有人寻着。（P3664）

关于此词的创作本事，宋胡仔《苕溪渔隐丛话后集》卷三十九引《上庠录》云：“政和元年，尚书蔡薿为知贡举，尤严挟书。是时有街市词曰《侍香金童》，方盛行，举人因其词，加改十五字，作《怀挟词》云（略）。”②据本事记载可知，此词乃北宋徽宗政和元年（1111），“举人”改“街市词”而作，用以描写和讽刺举子科举考试中夹带作弊的情形和心理，既有俚俗之风，也富谐谑之趣。我们注意到，举人所作这首《怀挟词》，实际上乃是改当时“方盛行”的一首“街市词”而成，只不过“加改十五字”，可见这首“街市词”的原文大部分仍得以保留下来。仔细揣摩这首改作，可以推想原作当是描写男女偷情幽欢之情事，故“加改十五字”后，方与举子应试怀挟作弊的情事和心理正好相合。这首“街市词”原作自然出自市井民间作者，写香艳之情虽非此调本意，却也大致契合本调，而举人改作，又赋予此调诙谐之趣和嘲谑之意，皆反映了民间词在用调上不断创新求变一面的艺

① 沈义父：《乐府指迷》“坊间歌词之病”条，《词话丛编》本，第 281 页。
② 胡仔：《苕溪渔隐丛话后集》卷三十九，第 328 页。

术风貌与审美特色。

（三）以灵活多样为特征的艺术成就

宋代无名氏首用词调不仅总数达 43 调之多，而且各调皆能得到文人词的广泛采用和继承，这本身就表明了其创作成就和词史意义之所在。在首见无名氏词的 43 调中，虽然有 12 调每调存词仅 2 首，但每调作词在 3 首以上 9 首以内者仍多达 20 调，尤其是每调作词达 10 首以上者也有 11 调，即《迎春乐[令]》21 首、《太常引》20 首、《真珠帘》20 首、《一萼红》17 首、《忆吹箫[慢]》(即《凤凰台上忆吹箫》)16 首、《东风第一枝》15 首、《绮罗香》14 首、《撷芳词》(又名《钗头凤》等)11 首、《捣练子 2》(与唐五代《捣练子》体调不同)11 首、《解佩令》10 首、《金盏子[慢]》10 首。可见这些为无名氏所创始的词调对宋代词体演进和词史发展也做出了不少的贡献，这与无名氏首用词调所具有的自由灵活、丰富多彩的形体特征和艺术追求也是分不开的。

首先，从宋代无名氏首见或创始词调的形式体制来看，既丰富多样，又表现出长调超越小令的创作倾向。其中小令占 9 调，中调为 10 调，长调达 24 调，可谓令、引、近、慢，众体兼备，而又以长调慢词占据多数，反映了无名氏创调对长调慢词所做出的突出贡献。

其次，宋代无名氏首见词调的创制途径和方法也颇为自由灵活。有借旧曲名翻制新声的同名异调，如《梅苑》卷五所载《捣练子》一调，为双片 38 字体，与唐五代词单片 27 字及双片 54 字的《捣练子》不同，已超出了同调异体的范围，属于同名异调(姑订为《捣练子 2》)；又如《高丽史 · 乐志》所载《醉太平》一调，为 46 字仄韵体，与米芾 38 字平韵体为同名异调。有以小令演为慢词者，如《高丽史 · 乐志》所载《西江月[慢]》一调；有源于大曲之调，如《草堂诗余前集》卷下所载《大圣乐》一调，或即源于宋初同名的教坊大曲；有用于队舞表演之调，如《高丽史 · 乐志》所载《金盏子[慢]》一调，即为队舞《献仙桃》所歌之曲。可见宋代无名氏在拓展丰富词调词体的创作方法上也取得了一定的成就。

其三，宋代无名氏首见词调或创调既体现了早期创作的初始风貌，也体现了不断发展丰富的演变特征，从而形成与文人词所用词调的对照与互补，对于考察词调词体发展史也具有不可忽视的价值和意义。

清人所编《词律》《词谱》对无名氏的创调重视不够，往往将创调权归属有名氏词人,而多以无名氏词列为“又一体”,而实际的情形则常常是无名氏代表了创调阶段的初始风貌,文人词体现的才是词调演变过程中的定型或变异。如《一萼红》,《词谱》卷三十五收此调,注云:“此调有平韵仄韵两体,平韵者见姜夔词;仄韵者见《乐府雅词》,因词有‘未教一萼、红开鲜蕊’句,取以为名。”(第644页)所云“见《乐府雅词》”之仄韵词,即无名氏词,原载《花草粹编》卷十二,未署作者名,注出《雅词》,《词谱》径注“见《乐府雅词》”,然今传各本《乐府雅词》中无此篇,或为佚文。《词谱》于此调首列姜夔词为平韵正体,以李彭老、刘天迪词各为“又一体”,最后列无名氏词为“又一体”,注云:“此调押仄声韵者,只有此词,见《雅词拾遗》,系北宋人作,与姜词押平韵者不同,采入以备一体。”(第646页)可见《词谱》实际上已看到此调当以无名氏词为创调,且为北宋之作,早于南宋姜夔词,却仍然首列姜夔词为正体,而以无名氏词殿后,不过是“采入以备一体”。而实际的情形则是,《一萼红》一调乃以北宋无名氏词为首见,赋本意,用仄韵,当为创调;至南宋,姜夔采用此调描写游乐风情,改用平韵,于首尾句式也略有调整和变化,遂为南宋文人词所沿用,成为一个较有特色的流行词调。而正本清源,无名氏词代表的正是此调的初始风貌。尽管《词谱》多以无名氏词列为文人词同调的“又一体”,但仍有少量词调如《月上海棠》、《侍香金童》、《撷芳词》等是以无名氏词为创始或正体的;即使是将无名氏词列为“又一体”,也同样具有与文人词调词体形成参校与互补的价值所在。

宋代无名氏词在创调和用调上也体现出不断发展丰富一面的创作实践与艺术追求,《撷芳词》一调的演变即是一个典型的例子。据宋杨湜《古今词话》记载:“政和间,京都妓之姥曾嫁伶官,常入内教舞,传禁中《撷芳词》以教其妓。‘风摇荡,雨蒙茸。翠条柔弱花头重。春衫窄。香肌湿。记得年时,共伊曾摘。　都如梦。何曾共。可怜孤似钗头凤。关山隔。晚云碧。燕儿来也,又无消息。’人皆爱其声,又爱其词,类唐人所作也。张尚书帅成都,蜀中传此词竞唱之,却于前段下添‘忆忆忆’三字,后段下添‘得得得’三字,又名《摘红英》。其所添字又皆鄙俚,岂传之者误耶?《擅芳英》之名,非擅为之,盖禁中有撷芳园、擅景园也。”[①]可见《撷芳词》一调大概创制或流行于北宋徽宗政和年间,最先盖出自后宫,以禁中有撷芳园而得名;词写闺情相思,可能出于教坊乐工歌妓或宫

① 杨湜:《古今词话》“无名氏”条,《词话丛编》本,第45—46页。

廷文人。此词本在宫中演唱，后因京师妓之姥入宫内教舞，而得以传出宫外。值得注意的是，此调后来又传入蜀中，并于两片的结尾各添三叠字，并且有了《摘红英》、《惜分钗》、《钗头凤》等多个别名。杨湜怀疑添加的三叠字"岂传之者误耶"，实际上应是民间作者及歌唱者对原调的加工与改造。正因为有了这一加工与改造，《撷芳词》一调才有了更独特的形体，更丰富的艺术表现力，也因而得到了更广泛的流行。我们发现，在《能改斋漫录》所载另一首无名氏词中，不仅调名改为了《玉珑璁》，而且两片结尾也各添加了"惜惜惜""得得得"三字，应该就是《撷芳词》变体的产物①。在文人词的创作中，吕渭老还只是于两片末尾各加二字叠句，至曾觌、陆游以后，已普遍添加三字叠句了，也反映了文人词受无名氏或民间词影响的演变过程。此外，如《侍香金童》一调，无名氏创始之调咏薰香，赋本意，而"街市词"则变为写幽欢的艳情词，至举人则改作为嘲讽舞弊的《怀挟词》，也反映了无名氏和民间词在用调上勇于创新不断丰富的艺术成就。

① 吴曾：《能改斋漫录》卷十六"玉珑璁词"条："近时有士人(原注：不欲书名)，尝于钱塘江涨桥为狭斜之游，作乐府名《玉珑璁》云(略)。"盖南宋初期文人词。第 477 页。

# 第八章　唐宋词“第一调”——《望江南》

在唐宋词坛上,《望江南》一调不仅是较早进入歌坛的一支流行歌曲,而且也是整个唐宋时期拥有歌词数量最多的一个词调。早在唐五代时期就创作了多达 751 首歌词,在两宋词坛也留下了 251 首作品,唐宋《望江南》词作总数共计 1002 首,在唐宋词调作品数量排行榜上名列第一。因此,《望江南》不仅是唐宋小令词调中的一支“金曲”,而且俨然堪称唐宋词坛“第一调”!《望江南》在唐宋词调中既有量的优势,又有质的特色,自是唐宋词分调研究必须首先面对的一个词调。

然而目前有关《望江南》的研究并未受到特别重视,系统深入的专门研究还较为薄弱,因此我们对唐宋词的分调研究就以《望江南》为首冲。本章即试从词调溯源、词体特性、发展历程、内容题材、艺术特色等几个方面,对唐宋《望江南》一调进行全面考察,力图将词调、词体与词史研究贯通起来,通过对一个词调个案的探究来观照唐宋词体的发展和词史的演进。如果说,唐宋词是由词调、词体和词史三维合成的一个有机整体,那么,作为唐宋词坛“第一调”的《望江南》便是这个整体中的一个重要环节。因此,无论是对《望江南》一调做分调词史的考察,还是通过对这一个案的考察达到对唐宋词体与词史的整体认识,应该都是具有重要意义的。

## 第一节　唐宋词坛之"第一调"

在很长的时间里,我们只能根据明清人编写的《词律》《词谱》一类的词学文献,大概地知道唐宋时代所产生的数以千计的音乐曲调中,进入流行歌坛被用来填词歌唱的词调约有 800 多个,但我们并不确切地知道唐宋时代的流行歌坛上各支歌曲具体的排行情况究竟如何,哪些词调的歌词作品的数量最多。

一直到了二十世纪后期以来,随着计算机技术的发展和运用逐步走入古籍整理研究的领域,《全宋词》计算机检索系统一类的电脑软件开始编制出来,词学界的部分学人们才开始尝试运用电脑来进行数据检索和统计分析,一些有关唐宋词的相关数据才慢慢出现在词学研究的论著上。然而由于不同研究者在研究对象和范围的选取上并不一样,所依据的各代词总集的版本亦有所不同,加之所试用的电脑检索软件在编制和校对上还不够完善,因此一些有关唐宋词的统计数据,包括唐宋词调的统计数据,也就不够精确,且有所参差。我们在对唐宋词调进行更全面准确的检索统计的基础上,才确立了《望江南》为唐宋词坛"第一调"的精确定位。

### 一　《望江南》词调排名及异名

笔者近年来在利用电脑检索软件对唐宋词调进行检索统计的基础上,又做了进一步的核查、比勘和考辨等工作,因此也就获得了有关唐宋词调运用方面更准确的新数据。对唐五代词调的检索统计,笔者乃以曾昭岷等编《全唐五代词》修订版为依据,只就《正编》所收作品为范围,所得唐五代使用频率最高的词调正名(包含同调异名),排名前 10 位的依次是:

《望江南》,751 首①;

《浣溪沙》,96 首;

《菩萨蛮》,86 首;

《杨柳枝》,82 首;

---

① 南唐冯延巳《忆江南》2 首,皆双片 59 字,10 句 8 韵,仄韵平韵转换,体式与白居易等人所作《忆江南》单片体为《望江南》之异名者不同,盖为同名异调,姑另列一调,不计入《望江南》统计数据。

《渔父》(包括《渔父引》2 首、《拨棹歌》39 首),70 首;

《临江仙》(包括《谢新恩》5 首),39 首;

《酒泉子》,37 首;

《南乡子》,28 首;

《更漏子》、《南歌子》,27 首;

《竹枝》,26 首。

共 11 个词调,其中《更漏子》与《南歌子》2 调并列第 9 名(参见第一章)。

对宋代词调的检索统计,笔者乃以繁体修订本和“简体增订本”《全宋词》为依据,所得宋代使用频率最高的词调正名(包含同调异名),排名前 10 位的依次是:

《浣溪沙》,847 首;

《水调歌头》,764 首(未计曾布大曲词 7 首);

《鹧鸪天》,703 首;

《念奴娇》,620 首;

《菩萨蛮》,607 首;

《满江红》,551 首;

《蝶恋花》,508 首;

《西江月》,498 首;

《临江仙》,486 首;

《沁园春》,444 首。

在我们的最新统计数据中,宋代《望江南》一调的词作数量总计为 251 首,名列第 23 位(参见第二章)。但是,当我们将唐五代和两宋《望江南》词的作品数量相加,所得总数共计为 1002 首,比唐宋《浣溪沙》词的作品总数(943 首)还多出 59 首。实际上,《望江南》才是唐宋词坛上传存歌词数量最多的“第一调”!

我们以《望江南》为词调正名,不仅是因为《望江南》一调见诸《教坊记》“曲名”表的记载,当属初盛唐之际教坊创制和流行的一支名曲,而且还因为在唐宋词坛上,以《望江南》为词调名的作品数量最多。属于《望江南》之同调异名的词调,还包括《忆江南》、《梦江南》、《望江梅》、《安阳好》、《南徐好》、《梦游仙》、《江南柳》、《江南好》等多种。兹依时代、按调名,列述《望江南》这一词调正名之下各种异名及作品数量如下：

唐五代(总计 751 首)：

望江南,738 首；

忆江南,5 首；

梦江南,6 首；

望江梅,2 首。

宋代(总计 251 首)：

望江南,183 首；

梦江南,13 首；

忆江南,2 首；

维扬好,1 首；

安阳好,11 首；

南徐好,10 首；

梦游仙,4 首；

江南柳,1 首；

江南好,3 首；

法驾导引,17 首；

步虚词,6 首。

唐五代《望江南》词共计 751 首,其中题名晚唐易静撰《兵要望江南》共计 720 首,另有敦煌民间词和文人词 31 首；若就时代论,作于唐代者凡 737 首,占总数的比例高达 98%,作于五代者仅 7 首,另有敦煌词 7 首,其中可考创作年代最早者在中唐初期,另有晚唐五代之作。至于宋代总计 251 首《望江南》词,北宋和南宋的数量大体相近,而以南宋略多；其中陈与义、刘克庄、刘辰翁、赵文所作《法驾导引》共 17 首,《词律》卷一、《词谱》卷二皆单列一调,兹据今人考证,订为《望江南》之异名[①]；此外,崔怀宝《忆江南》1 首,乃宋人小说依托唐五代人物词；又吕岩《梦江南》11 首,亦宋人依托唐五代神仙词,《全宋词》遗漏未收,兹据《全唐五代词·副编》卷三“宋元人依托唐五代人物鬼仙词”,补入宋代《望江南》

① 参见施蛰存:《读词四记》,《词学》第三辑,上海:华东师范大学出版社 1985 年版,第 58—62 页。另参田玉琪:《词调史研究》,第 324—325 页。

词的统计数据中。

## 二 《望江南》风行于唐宋词坛

《望江南》这一词调不仅流传至今的词作数量最多，而且词调产生也很早，流传颇广，影响甚大。对此，古代学者已有认识和论述。如明胡震亨引胡应麟《庄岳委谈》论词体起源云："世所盛行宋、元词曲，咸以昉于唐末。然实陈、隋始之。盖齐、梁月露之体，矜华角丽，固已兆端。至陈、隋二主，并富才情，俱湎声色，所为长短歌行，率宋人词中语也。炀之《春江》《玉树》等篇尤近，至《望江南》诸阕，唐、宋、元人沿袭至今，词体滥觞，实始斯际。"①又如明王世贞亦有"隋炀帝《望江南》为词祖"之论："昔人谓李太白《菩萨蛮》、《忆秦娥》，杨用修又传其《清平乐》二首，以为词祖。不知隋炀帝已有《望江南》词。"又论"词调之起"云："隋炀、李白调始生矣。然《望江南》、《忆秦娥》则以辞起调者也，《菩萨蛮》则以词按调者也。"②又如清徐釚《词苑丛谈》曰："今诗余名《望江南》外，《菩萨蛮》、《忆秦娥》称最古。"③这些记载和表述，都传达了以《望江南》为词调初起或词体滥觞的认识。尽管世传隋炀帝所作《望江南》词实为唐人或宋人所依托④，但古人对《望江南》一调在词体发生史上的认识，还是值得我们重视的。

至于历代词人骚客对《望江南》一调的异常喜爱和大力创作，也时常见诸各类文献的记载乃至他们自己作品的赋咏。如五代就有一个人称"伊风子"的异人叫伊用昌，据记载他就"爱作《望江南》词"："熊皦补阙说：顷年，有伊用昌者，不知何许人也。其妻甚少，有殊色，音律女工之事，皆曲尽其妙(略)。其夫能饮，多狂逸，时人皆呼为伊风子。多游江左庐陵宜春等诸郡，出语轻忽，多为众所殴击。爱作《望江南》词，夫妻唱和。或宿于古寺废庙间。遇物即有所咏，其词皆有旨。熊只记咏鼓词云(略)。"⑤伊用昌不仅自己"爱作"《望江南》词，而且还"夫妻唱和"，"遇物即有所咏"，说明《望江南》这个歌曲和词调一定有它独特

---

① 胡震亨：《唐音癸籤》卷十五"词曲"条，第 170 页。

② 王世贞：《艺苑卮言》，《词话丛编》本，第 385、386 页。

③ 徐釚：《词苑丛谈》卷十，据王百里《词苑丛谈校笺》，北京：人民文学出版社 1998 年版，第 594 页。

④ 刘斧《青琐高议》后集卷五，载《隋炀帝海山记》一篇，记隋炀帝作《望江南》词 8 首。据后人考证，此《望江南》词 8 首显然不是隋炀帝所作，而应是《海山记》作者所依托。然《海山记》小说作者，或以为宋人，或署作唐无名氏。《全唐五代词》录作唐无名氏词，参见词后"考辨"，第 786 页。

⑤ 李昉等：《太平广记》卷五十五《神仙》类"伊用昌"条，北京：中华书局 1986 年版，第 342 页。

的艺术魅力。又据南宋刘克庄《后村诗话》后集卷一记载:"福州仁王寺,有僧喜唱《望江南》词。一日忽题壁曰(略)。又题云:'当初只欲转头衔,转得头衔转不堪。何似仁王高阁里,倚声闲唱《望江南》。'李内翰元善每称此二绝,倦游辄曰:'吾欲唱《望江南》矣!'"①福州仁王寺僧人不仅"喜唱"《望江南》词,而且题诗赋咏,表达了对"倚声闲唱《望江南》"的诗意追求,以至于连官为翰林学士的李元善也因之受到感染②。至于晚唐之际出现以《望江南》来演绎"兵要"的非常事件,而且创作出多达 720 首的巨量作品,恐怕非"易静"一人之力所能完成。我们完全有理由推测,"易静"不过是一个集体的符号,或者说他不过做了最后的集结与整理之类的工作,而他背后很可能有着一个深厚的"民间"根基。而《兵要望江南》之所以"择调""寓声"于《望江南》,与《望江南》一调在当时的异常流行应该是分不开的。一直到明、清时期,《望江南》都非常流行,颇受文人墨客的喜爱,常常形诸赋咏,如"时时欲唱望江南"③、"新词只写望江南"④、"好辞先谱望江南"⑤,等等,这类歌咏与描写尚多,兹不赘述。

## 第二节　唐宋《望江南》词调论

作为唐宋词坛上存词数量最多的"第一调",《望江南》这一词调的音乐渊源何在,创始于何时?它又具有怎样的形体风貌和声情特征?这是我们研究唐宋《望江南》必须首先弄清楚的问题。对这些问题,学界的研究较为薄弱,笔者拟在前人时贤研究的基础上再做进一步的考察与探索⑥。

---

① 刘克庄:《后村诗话》后集卷一,吴文治《宋诗话全编》,南京:江苏古籍出版社 1998 年版,第 8384 页。

② "李内翰元善"当指翰林学士李韶。唐宋时称翰林为内翰。南宋理宗时有李韶(约 1177—约 1251),字元善,苏州吴县(今江苏苏州)人,官至翰林学士兼知制诰。参见中国历史大辞典·宋史卷编纂委员会编《中国历史大辞典·宋史卷》,上海:上海辞书出版社 1984 年版,第 191—192 页。

③ 张霔《寄怀苏州宋采城山人》诗句,清陶梁《国朝畿辅诗传》卷二十四,清道光十九年红豆树馆刻本。

④ 陈大章《曹石闾将归嘉禾出示近集赋诗为别即次其韵》诗句,《玉照亭诗钞》卷一《軥辀集一》,清乾隆九年陈师晋刻本。

⑤ 沈登岸《浣溪沙》词句,清王昶《国朝词综》卷十四,清嘉庆七年王氏三泖渔庄刻增修本。

⑥ 关于《望江南》词调研究的已有成果,参见日本学者村上哲见《〈望江南〉〈菩萨蛮〉小考》,原载《中国文学报》第十册,1959 年版,后收入《宋词研究·唐五代北宋篇》("附论一"),杨铁婴等译,上海:上海古籍出版社 2012 年版;又,曹辛华《论唐宋〈望江南〉词体的演进与意义》,收入《唐宋诗词的文体观照》,北京:中华书局 2011 年版。

## 一 《望江南》词调考源

关于《望江南》词调的音乐渊源和创始时间，历来主要有三种说法，即创始于隋炀帝，创调于李德裕，创制于开元教坊。下面，我们试一一加以考察和论证，并在此基础上提出我们的结论。

### （一）创始于隋炀帝

《望江南》一调始创于隋炀帝的说法，最早可追溯到《海山记》。这篇小说在宋人刘斧所撰辑的传奇小说集《青琐高议》后集中得以保存，其中写道：

> 又凿五湖，每湖方四十里（略）。开狭湖通五湖北海，俱通行龙凤舸。帝多泛东湖，帝因制湖上曲《望江南》八阕（略）。帝常游湖上，多令宫中美人歌唱此曲。①

《海山记》载录了隋炀帝所制"《望江南》八阕"歌词的全文，这是现存文献中所能见到的《望江南》一调最早的歌词作品。《海山记》有关隋炀帝作《望江南》词的记载，在宋代并没有受到任何关注，也许是因为宋人视《海山记》为小说而不以为然吧。然而到了明代，《海山记》所记隋炀帝作《望江南》一事，不仅得到了一些学者的认可，而且还被进一步明确为唐宋《望江南》词曲之源头。最具代表性的当数胡震亨，他在《唐音癸籤》中考"唐曲"《望江南》云：

> 《海山记》："隋炀帝为西苑，凿池泛龙凤舸，制《望江南》八阕。"后唐李德裕用其句拍，改为《谢秋娘》。刘、白亦有作。

又云：

> 李德裕镇浙西日，悼亡妓谢秋娘，用隋炀帝所作《望江南》调撰《谢秋娘》曲，后仍从本名。亦曰《梦江南》。白乐天作此词，改为《忆江南》。②

可以看出，他认为是先有隋炀帝作《望江南》词八阕，后李德裕悼亡妓词依此调并改名《谢秋娘》，同时稍后再有白居易之《忆江南》。

又如王世贞，亦以隋炀帝《望江南》为"词祖"：

---

① 刘斧：《青琐高议》后集卷三，上海：上海古籍出版社 1983 年版，第 150 页。

② 胡震亨：《唐音癸籤》卷十三"乐通二 · 唐曲"，第 132、140 页。

昔人谓李太白《菩萨蛮》、《忆秦娥》，杨用修又传其《清平乐》二首，以为词祖。不知隋炀帝已有《望江南》词。①

显然，王世贞也认为《望江南》词为隋炀帝始作，并以此为论据反驳李白之《菩萨蛮》、《忆秦娥》、《清平乐》为"词祖"的说法。

然而，《望江南》创调于隋炀帝这种说法，受到了两个方面的质疑和否定。一种是针对这八阕词双片的体制提出来的。如清万树《词律》云："此调隋炀帝有八阕。但白香山三词，晚唐袭之，皆系单调，至宋方加后叠。故知隋词乃赝作者无疑。"②认为《望江南》词调在唐代皆单片体，《海山记》所载隋炀帝词为双片体，故判断为"赝作"。实际上，认为唐五代《望江南》词皆单片体、宋代始有双片体的观点，早在宋人王灼《碧鸡漫志》卷五已有考论："予考此曲，自唐至今，皆南吕宫，字句亦同，止是今曲两段，盖近世曲子无单遍者也。"③其意盖亦指唐五代《望江南》词只有单片体者。尽管宋人直至清人有关唐五代《望江南》词无双片体的说法，被二十世纪初敦煌藏经洞发掘的几首双片的《望江南》歌词所否定了④，但隋炀帝能创制双片体的《望江南》八阕，依然是不可信的事情⑤。另一种质疑和否定是针对《海山记》本身的。明代陈耀文认为"隋时初无此调也，且曲词不类隋人语，岂其刘斧虚构为者耶？"⑥陈耀文怀疑所谓隋炀帝《望江南》词为宋刘斧"虚构为者"，盖直接将《海山记》订为刘斧之作也。实则有关《海山记》的作者，历代存在歧议，《唐人说荟》本《海山记》题作唐韩偓撰，又两种《说郛》本、《古今说海》本、《历代小史》本《海山记》，皆题作唐无名氏撰，而今人亦有北宋人作之论。《全唐五代词》于"考辨"中则认定《海山记》为晚唐人作，因录《海山记》

---

① 王世贞：《艺苑卮言》，《词话丛编》本，第 385 页。

② 万树：《词律》卷一，第 70 页。

③ 王灼：《碧鸡漫志》卷五，岳珍《碧鸡漫志校正》(修订本)，第 121 页。

④ 任二北：《敦煌曲初探》第二章《曲调考证》，论敦煌词《望江南》双叠体云："辞虽作于五代，调则早为唐或唐以前人所创无疑。顾其调在此时，已习用双叠，显为事实(略)。谓唐人无双叠《望江南》，则未免失实。"第 107 页。又，唐圭璋：《〈云谣集〉杂曲子校释》云："《词律》谓《望江南》唐时皆系单调，至宋方加后叠。徐诚庵补注《词律》，亦信其说。今唐词出，乃知万红友说之误。"收入《词学论丛》，第 750 页。

⑤ 村上哲见：《〈望江南〉、〈菩萨蛮〉小考》一文，在引录任二北《敦煌曲初探》的观点后说："敦煌出土作品中的四首，正如从任氏的考证可以看出的，乃是五代的作品，这大致无误。但是因此而就认为在唐或唐以前已经存在双调体，则似乎有些结论过早。"但尽管如此，"炀帝所作《望江南》，由于年代相距过久，亦不可信"。《宋词研究·唐五代北宋篇》"附论一"，第 299、300 页。

⑥ 陈耀文：《花草粹编》卷五，第 392 页。

所载隋炀帝《望江南》词为唐无名氏作;《全宋词》未收录《海山记》所载《望江南》词,盖亦以为唐人作也①。从记载隋炀帝创制《望江南》八阕的《海山记》作者时代的考订来看,无论是晚唐人还是北宋人,隋炀帝词乃小说作者之托名代撰均无疑矣。

歌词虽为小说作者之代撰,曲调是否为隋炀帝朝所创制呢?观《海山记》,于《望江南》曲调本身的记载则比较模糊,只于《望江南》词调前加上了"湖上曲"三字,又记隋炀帝在作《望江南》八阕之后"多令宫中美人歌唱此曲",则曲调似乎是因凿湖游湖所制,但是否为隋炀帝创制,并不明确。从现存文献资料来看,有关隋炀帝朝创制新声曲调之事虽屡见不鲜,但并未见到此时创制《望江南》曲的任何记载。因此,隋炀帝朝曾出现《望江南》一曲,我们也只能看作是《海山记》小说作者的虚构了。

**(二) 创调于李德裕**

相比于隋炀帝创始说,《望江南》一调创调于李德裕的说法则更为流行。此说见诸记载的最早文献,是晚唐段安节的《乐府杂录》:

> 《望江南》,始自朱崖李太尉镇浙西日,为亡妓谢秋娘所撰。本名《谢秋娘》,后改此名。亦曰《梦江南》。②

段安节的记载得到了宋以来不少词学文献以及其他古籍的引用,如宋王灼《碧鸡漫志》卷五云:"《望江南》,《乐府杂录》云:'李卫公为亡妓谢秋娘撰《望江南》,亦名《梦江南》。'"③又如宋郭茂倩《乐府诗集》卷八二于《近代曲辞》收白居易、刘禹锡《忆江南》词,解题云:"一曰《望江南》。《乐府杂录》曰:《望江南》本名《谢秋娘》,李德裕镇浙西,为妾谢秋娘所制。后改为《望江南》。"④二者皆直接引述《乐府杂录》的记载,并认同段氏的说法。而清代四库馆臣在为《海山记》作提要时,则以《乐府杂录》的记载为证据,来否定隋炀帝作《望江南》词:"所录炀帝诸歌,其调乃唐李德裕所作《望江南》调,段安节《乐府杂录》述其缘起甚详,大业中安有是体?"⑤

---

①《全唐五代词》卷三,第786—787页。
② 段安节:《乐府杂录》,第41页。
③ 王灼:《碧鸡漫志》卷五,岳珍《碧鸡漫志校正》(修订本),第100页。
④ 郭茂倩:《乐府诗集》卷八十二《近代曲辞四》,第1155页。
⑤ 永瑢等:《四库全书总目》卷一四三,第1216页。

另有两则材料的记载稍有不同。一是北宋太宗时所编大型类书《太平御览》，引录《乐府杂录》之文，与通行的《知不足斋丛书》本的《乐府杂录》略有异文，即于“后改此名”处，作“后进入教坊，遂改名”①。二是南宋高宗时姚宽《西溪丛语》云：“《望江南》者，朱崖李太尉镇关西日，为亡姬谢秋娘所作，后进入教坊。”②姚宽的记载应是引录《太平御览》本《乐府杂录》，而误将“镇浙西”录作了“镇关西”。

由上述可见，关于《望江南》是由李德裕《谢秋娘》改名的说法，皆源于《乐府杂录》的记载。那么，《乐府杂录》的记载是否真实可信呢？关于《乐府杂录》一书，《四库全书总目》卷一一三据其书中有“僖宗幸蜀”句，又序中有“洎从离乱，礼寺隳颓，簨簴既移，警鼓莫辨”等语，遂订该书“成于唐末”③。书中明记李德裕“镇浙西日”作《谢秋娘》，那么李德裕“镇浙西”在何时呢？考李德裕一生出镇浙西三次，第一次为长庆二年(822)九月出为浙西观察使，至太和三年(829)八月入为兵部侍郎，历时八年；第二次是太和八年(834)十月罢相，再出为浙西节度使，至次年贬袁州长史，为时仅约一年；第三次是开成元年(836)十一月复出为浙西观察使，至次年五月改淮南节度使，历时仅半年④。以第一次镇浙西为时最长。姑以李德裕第一次镇浙西时作《谢秋娘》来计算，至段安节《乐府杂录》成书时间至少有六七十年之久。然而奇怪的是，在这么长时间内，我们尚未发现有任何其他文献记载李德裕作《谢秋娘》词一事，而李德裕《谢秋娘》一词也未能流传下来。唯一的相关记载，是白居易《忆江南》词自注云：“此曲亦名《谢秋娘》，每首五句。”⑤然白居易的自注仅能说明中唐时代与白居易同时《忆江南》一调曾有《谢秋娘》之异名，并未指明《谢秋娘》为李德裕所作。我们姑且推测，段安节乃是因白词自注所提供的线索而考订《谢秋娘》为李德裕镇浙西时所作，那么，《谢秋娘》是否为《望江南》一调的“本名”呢？换言之，《望江南》一调真的是由《谢秋娘》而“改名”的吗？这里面的疑点仍然很多。

疑点之一是，段安节自述曾见过《教坊记》一书，何以不知《望江南》一曲已

① 李昉等：《太平御览》卷五六八“乐部六”，北京：中华书局1960年版，第2568页。
② 姚宽：《西溪丛语》，北京：中华书局1993年版，第87页。
③《四库全书总目》卷一一三，第972页。
④ 参见周祖譔主编：《中国文学家大辞典》(唐五代卷)，北京：中华书局1992年版，第340页。
⑤ 白居易：《白氏长庆集》卷三四，《文渊阁四库全书》本。

载于《教坊记》呢？《乐府杂录》自序云："安节以幼少即好音律，故得粗晓宫商。亦以闻见数多，稍能记忆。尝见《教坊记》，亦未周详。"①据此，他是见过《教坊记》一书的，而《教坊记》乃盛、中唐之际人崔令钦所撰，其书既略记开元教坊制度与人事，更列有一份开元教坊"曲名"及"大曲名"的名单，其中就有《望江南》一曲(参见下文)。那么段安节考述《望江南》一曲却只字不提《教坊记》，不知是何原因。是因为他觉得《教坊记》"亦未周详"而不足采信吗？还是他已经忘记了《教坊记》"曲名"表中有《望江南》一曲呢？

疑点之二是，如果《望江南》是由李德裕《谢秋娘》而改名，那么作为"本名"的《谢秋娘》为何在以后的创作中反而一直未见使用过呢？

疑点之三是，由《谢秋娘》而改名《望江南》的缘由和依据何在呢？改名的《望江南》与《教坊记》中的《望江南》有无关系呢？如果没有关系，那么作为教坊曲的《望江南》失传了吗？

疑点之四是，李德裕今存词仅《步虚词》一首，而且还存在一些疑问②，那么《谢秋娘》真的是李德裕的自度曲吗？

正因为疑点多多，故《乐府杂录》的记载也就令人难以信实。任二北先生尝试图破解其中的一些疑问，他考辨说："《太平御览》引《乐府杂录》之文，于《望江南》条作：'本名《谢秋娘》，后进入教坊，遂改名。'使此说果确，似乎《谢秋娘》先为私人之创调、创名，后入当时之教坊(绝非崔氏所记盛唐之教坊)，始被以《望江南》名。自此，'三五七七五'之长短句调，遂概用《望江南》之名以行。"任先生仅据《太平御览》所引《乐府杂录》之异文，而推断由《谢秋娘》改名的《望江南》与盛唐教坊曲《望江南》无关，似乎也难以令人信服。连他自己也有疑问："《望江南》之原调(盖指盛唐教坊曲)究竟如何，与《谢秋娘》之原名何以无人援用，均晦而不彰矣。"③对于任先生此论，日本学者村上哲见曾予以否定："从盛唐至中唐，仅半世纪有余，在此期间，在宫中音乐所——教坊中，一个曲子竟那样简单地消失了，而却将其名称冠于另一曲子之上，这是难以想象的。"因此，他倾向于认

---

① 段安节：《乐府杂录》，第 19 页。

②《全唐五代词》录李德裕《步虚词》1 首。然有关此词之作者、词调名称及体式等问题，宋人记载及历代词集之著录多有分歧。参见《全唐五代词》李德裕词后"考辨"，第 83—84 页。

③《敦煌曲初探》第五章《杂考与臆说·时代》，第 251—252 页。

为：“恐怕看作是《乐府杂录》的误记更妥当些。”①

（三）创制于开元教坊

《望江南》一调创制于开元教坊一说，以王国维的论述最具代表性。在《唐写本〈春秋后语〉背记跋》中，王国维在引述《乐府杂录》、《海山记》、《教坊记》诸书的基础上，对《望江南》一调的创始年代进行了考证。兹摘录其文如下：

> 案《乐府杂录》云（略）。德裕镇浙西在长庆四年，至太和三年入朝，凡六年（略）。世所传小说《炀帝海山记》已有炀帝所作《望江南》八首（略）。《海山记》伪书固不足信（略）。唐宋说部所谓某调创于某时某人者尤多附会。考崔令钦《教坊记》所载教坊曲三百六十五中有《望江南》、《菩萨蛮》二调。令钦时代虽不可考，然《唐书·宰相世系表》中有国子司业崔令钦，乃隋恒农太守宣度之五世孙。唐高祖至玄宗五世，宣度与高祖同时，则其五世孙令钦当在玄、肃二宗之世。其书纪事迄于开元，亦足略推其时代。据此，则《望江南》、《菩萨蛮》二词（调）开元教坊固已有之。②

对《望江南》一调记录最早且最为可靠的文献，当推盛、中唐之际崔令钦所撰《教坊记》。该书所列盛唐教坊“曲名”及“大曲名”凡 324 调中，便有《望江南》一调③。故王国维据《教坊记》考证如上，所得结论为：《望江南》一调“开元教坊固已有之”。应该说，王国维的这一论断是能够令人信服的。

此外，日本学者村上哲见在对《望江南》一调的考察中，也特别注意和重视《教坊记》的记载及其价值。他以《教坊记序》中有“玄宗”这一庙号为据，推断“《教坊记》当撰于公元 762 年玄宗驾崩以后”；他不仅据《教坊记》载有《望江南》一曲而推断《乐府杂录》之说为“误记”，而且针对任二北的疑问加以破解说：“如果将《望江南》看做盛唐以来的本名，《谢秋娘》和《忆江南》乃是根据一时流行的歌词而起的别名，而实际上始终一贯是同一个曲调，则我以为这一疑问自然迎刃而解。”④比之任二北所论，村上哲见的推断则更为合理一些，而且也进一步加

---

①《〈望江南〉、〈菩萨蛮〉小考》，《宋词研究·唐五代北宋篇》“附论一”，第 301 页。

② 王国维：《观堂集林》下册第二十一卷，北京：中华书局 1959 年版，第 1023 页。

③ 崔令钦：《教坊记》著录“曲名”凡 278 调，“大曲名”凡 46 调，共计 324 调。第 17—21 页。任半塘：《教坊记笺订》考补 19 调（杂曲 6 调、大曲 13 调），则盛唐教坊曲名总计 343 调。第 163 页。按，王国维文中记“《教坊记》所载教坊曲三百六十五”，有误。

④《宋词研究·唐五代北宋篇》，第 302 页。

强了《望江南》创制于开元教坊之说。

通过以上梳理和考察，有关《望江南》词调的创制和演变情况也就基本明朗了。我们可以做如下概括和总结：

其一，《望江南》一调既载录于崔令钦《教坊记》“曲名”表中，当为盛唐宫廷音乐机构教坊所采录或创制的一个燕乐曲调。

其二，考索盛唐教坊曲《望江南》创制之渊源，当与汉魏六朝以来大量的歌咏“江南”的乐府歌曲和诗歌有关。仅据宋郭茂倩《乐府诗集》所载，在“相和歌辞”中，就有乐府古辞《江南》及文人乐府《江南思》、《江南曲》等十数首；在“清商曲辞”中，亦有《江南弄》共 15 首。其中，东汉乐府古辞《江南》，无疑是这些以“江南”为题材的乐府诗歌的滥觞。《乐府诗集》卷二六引《乐府解题》释云：“《江南》古辞，盖美芳晨丽景，嬉游得时。”[①]盛唐教坊所采录或创制的《望江南》一曲中，应该具有六朝乐府中此类“江南”乐曲的音乐渊源，或者是在隋代及初唐以来民间所传歌咏“江南”一类歌曲的基础上加工创制而成。

其三，中唐李德裕撰《谢秋娘》一词，所依曲调应该是《望江南》，《谢秋娘》并非他创制的新曲的名称，而是他为悼亡妓所作《望江南》一词的改名。推测李德裕之所以选择《望江南》一调来作词悼念亡妓，可能有两个原因：一是他“镇浙西”之所在正属“江南”之地，亡妓谢秋娘当亦为“江南”之人，故令他很自然地想起和选择了《望江南》一调；二是《望江南》一调在音乐宫调上主要属南吕宫，有着“感叹伤悲”的声情特征[②]，故依此曲来表达悼念之情正好是声、情相符的。之所以要改名为《谢秋娘》，当然是为了表达对亡妓的悼念，突出其特殊意义。大概正因为《谢秋娘》是由《望江南》改名的，而且个性化色彩太强，不如《望江南》“本名”更具普遍意义，所以它只在李德裕笔下出现了一次，而没有得到他人的运用。尽管李德裕《谢秋娘》一词未能传存下来，但因有白居易《忆江南》词自注的佐证，以及段安节的记载，李德裕作过《谢秋娘》一词，而且可能是唐宋文人中较早依《望江南》作词者[③]，还是大致可以肯定的。

其四，白居易《忆江南》3 首，乃是现存唐宋文人词中最早依《望江南》一调作

① 郭茂倩：《乐府诗集》卷二六，第 384 页。

② 周德清：《中原音韵》，第 110 页。

③ 村上哲见：《〈望江南〉、〈菩萨蛮〉小考》云：“李德裕的该词，当写于他在浙西观察使任上的长庆二年(822)至太和三年(829)之间。”《宋词研究·唐五代北宋篇》“附论一”，第 301 页。

词的实例。据村上哲见考订,"白居易写《忆江南》词,则在被免去苏州刺史以后居住在洛阳时期,即830年前后"①。另有学者考订白居易《忆江南》"作于开成三年(838),洛阳"②,比村上哲见所考略晚了几年。可见白居易作词时代,比失传的李德裕所作《谢秋娘》可能要迟十年左右。白词3首为一组,内容正是歌咏江南游乐风情,既符合汉乐府古辞《江南》"美芳晨丽景,嬉游得时"的审美主旨,自然也是《望江南》一调的主题所在。之所以要改名为《忆江南》,乃因此组词作全从追忆的角度来写江南风情,第一首虽以"江南好"开头,却以"能不忆江南"结尾,第二、三首皆以"江南忆"三字开篇,接以"最忆是杭州"、"其次忆吴宫",皆不离一个"忆"字。浓浓的追忆之情,应该是促使白居易为此组词作命名为《忆江南》的主要原因所在,而他所依据的音乐曲调实为《望江南》。白词的例证,也印证了李德裕《谢秋娘》亦当为《望江南》之改名,而非《望江南》为《谢秋娘》之改名。

其五,晚唐皇甫松、温庭筠词皆题调为《梦江南》,而歌词形式实与之前白居易之《忆江南》、同时易静之《兵要望江南》、其后南唐李煜之《望江南》相同,即皆为单片体,"每首五句",句式皆为"三五七七五",则可知《梦江南》亦为《望江南》之异名,盖因皇甫松词有"闲梦江南梅熟日"之句而命名也。因此,晚唐《梦江南》词所依之调,与见之于《教坊记》"曲名"表的《梦江南》可能并无关系,作为盛唐教坊曲之一的《梦江南》应与《望江南》为二调,盛唐教坊曲《梦江南》因未见传词,其曲调声情如何,已不得而知。

其六,敦煌发掘的《望江南》词,《全唐五代词》著录为7首,5首为双片,2首为单片;任二北《敦煌曲校录》则著录为8首,盖将"娘子面"与"莫攀我"分作单片2首。任先生于《敦煌曲初探》考订双片体4首创作时代皆在五代,而于《敦煌歌辞总编》则对"敦煌郡"一首改订为:"其作辞时代必在甘凉肃诸州陷蕃(大历元年、公元七六六)以后数年,至迟不到德宗建中二年(公元七八一)沙州最后陷蕃之前。"③如此,则这首敦煌民间词中双片《望江南》的创作年代,比现存最早的中唐文人白居易所作单片《忆江南》词还要早了约50年以上的时间。不仅是

---

① 《宋词研究·唐五代北宋篇》"附论一",第301页。

② 谢思炜:《白居易诗集校注》卷三十四,引"朱《笺》"(朱金城《白居易集笺校》),北京:中华书局2009年版,第六册,第2598页。

③ 任半塘:《敦煌歌辞总编》卷二,第447页。

唐五代无双片体《望江南》的旧说被打破，唐代有无双片体《望江南》的疑问被消除，而且是双片体《望江南》反而出现在先，单片体《望江南》流行在后，这与敦煌词发掘之后改变了齐言体《浣溪沙》在前、杂言体《浣溪沙》在后的旧说相印证，实在堪称唐宋词史和词调史研究上的一个非常值得重视的现象。

## 二 《望江南》词体特征

《望江南》一调在唐宋歌坛上的流行，与它在歌词形体上所具有的艺术特征是有密切关系的。我们可以从以下几个方面来加以考察和分析。

### （一）简捷轻便的体式特征

在今存唐宋《望江南》达千首之多的词作中，从体式来看，主要有单调体与双调体两大类。单调体中，主要以 27 字为主体，另有 28 字、29 字、30 字等各体；双调体中，以 54 字为主体，另有 53、55 字等各体。尽管有多种体式，但皆属同调异体。

造成唐宋《望江南》同调异体的原因并不复杂，主要有两种情形：

第一种异体情形，是运用衬字或减字等方法所造成的。如敦煌曲子词《望江南》云："天上月，遥望似一团银。夜久更阑风渐紧，为奴吹散月边云。照见负心人。"①此为单片体，第二句为六字，比正体多出一字，即属添加衬字所致。又如敦煌曲子词中有一首双片的《望江南》，词云："曹公德，为国拓西边。六戎尽来作百姓，压弹河陇定羌浑。雄名远近闻。　尽忠孝，向主立殊勋。静难论兵扶社稷，恒将筹略定妖氛。愿万载作人君。"②下片的末句为六言，比正体多出一字，亦属衬字现象。又如宋人依托崔怀宝《忆江南》词云："平生无所愿，愿作乐中筝。得近玉人纤手子，砑罗裙上放娇声。便死也为荣。"③此首亦为单片体，首句为五言，比正体多出二字，亦属添加衬字之例。减字的情况，如宋赵汝茪《梦江南》词云："帘不卷，细雨熟樱桃。数点雺霞山又晚，一痕凉月酒初消。风紧絮花高。　闲处少，磨尽少年豪。昨梦醉骑白鹿，满湖春水段家桥。濯发听吹箫。"④此词为双片体，下片第三句为六字句，比正体少一字，当属减字所致，也

①《全唐五代词》，第 934 页。
②《全唐五代词》，第 868 页。
③《全唐五代词》副编卷三，第 1279 页。
④《全宋词》，第 3165 页。

可能是编集传写中脱漏了一字①。

第二种异体情形，是由重叠句式所造成的。如宋人依托吕岩所作《梦江南》11 首，皆"三三五七七五"单片 30 字的体式，与《望江南》单片体的正体相比，多出一个三字句。通过比勘，我们发现，多出的一个三字句，实际上是第二句重复第一句所造成的。换言之，即开头的一个三字句被重叠一次。据此，我们可以判断托名吕岩所作的《梦江南》11 首，应该与《望江南》属于同一词调，即 30 字体的《梦江南》实为 27 字体《望江南》之异名。另有陈与义等《法驾导引》凡 17 首，亦为《望江南》之异名，其形体亦与宋人托名吕岩之《梦江南》相同，只不过有单双片之不同，又有首二句或重叠或不重叠之出入。如陈与义有《法驾导引》3 首，第一首云："朝元路，朝元路，同驾玉华君。千乘载花红一色，人间遥指是祥云。回望海光新。"(P1068)其余二首体式皆相同。可见陈与义所作《法驾导引》与托名吕岩所作《梦江南》，歌词的体式是完全相同的，其所依词调应该就是《望江南》，所谓"法驾导引"不过是其词题或词调别名罢了。赵文《法驾导引》3 首，与陈与义词体相同，皆为单片体，首二句皆作重叠句。刘辰翁《法驾导引》共 10 首，为双叠体，两片首二句仍皆为重叠句。刘克庄此调仅一词，虽同为双片体，但两片开头的两个三字句却不作重叠句式，实际上是将重叠句变成了一个添加句，仍属同调异体。

以上所述两种异体情形，在唐宋《望江南》词作中只占极少数量。通观唐宋词坛，《望江南》一调的"正体"，即常用的、通行的体式，实际上并不复杂，主要有两种体式，即单片 27 字体和双片 54 字体；双片体即单片体的重叠。以单片为例，共五句，第二、四、五句押韵，均用平声韵。《词谱》卷一以白居易《忆江南》"江南好"一词为例，列谱如下：②

○⊙●句⊙●●○○韵◎●○○○●●句⊙○○●●○○韵○●●○○韵

江南好，风景旧曾谙。日出江花红胜火，春来江水绿如蓝。能不忆

---

① 《全宋词》简体增订本收此词，下片第三句作"昨梦醉来骑白鹿"，补一"来"字，第 4006 页。

② 《词谱》卷一，第 12 页。原文以"○"标平声，以"●"表仄声，以上半空心下半实心的圆圈表本平可仄(兹以⊙表示)，以上半实心下半空心的圆圈表本仄可平(兹以◎表示)；以"句"字、"读"字标句读，以"韵"字标押韵。

江南。

至于双片体,《词谱》以欧阳修《望江南》"江南蝶"一词为例作谱,注云:"此即单调词加一叠,其可平可仄,与单调同。"(P12)

无论是单片体还是双片体,《望江南》这一词调皆属于"小令"的体式范畴。可以看出,该调主要具有以下三个鲜明的体式特点:

第一,篇幅短小轻巧,便于记忆和传唱。单片体仅 5 句 27 字,双片体虽然比单片体多了一叠,达到了 10 句 54 字,也仍属"小令"体式。这种体式的最大好处就是轻便灵活,有利于记忆、歌唱和传诵。晚唐之际之所以会出现多达 720 首的《兵要望江南》,即与《望江南》词调体式的这一突出特点有关。《文献通考》考《兵要望江南》云:"按其书杂占行军吉凶,寓声于《望江南》词,取其易记忆。"① 即揭示了其中奥秘。

第二,句式简单而又富于变化,便于创作。从单片体来看,全篇仅有 5 句,主要由 3 字、5 字和 7 字三种句式组成,皆属奇言句式,是中国古典诗歌和乐歌中最常用的三种句式,非常容易掌握和运用;开篇用 3 字句,便于入题和定调,简单易行;接以一个 5 字句,循序渐进,承接自然;以两个 7 字句最为要紧,构成一篇最精彩之处;结以一个 5 字句,有回环照应之效果。

第三,押韵较密集,且押平声韵,构成流畅而不失婉转的节奏,响亮而又绵长的韵律,琅琅上口,悦耳动听。

### (二)灵活轻巧的对偶句法

词中的对偶句法,是历来词学家关注的对象。明俞彦云:"词中对句,须是难处。"② 词中对偶不比诗中对偶,词中对偶更有讲究,更需技巧。观《望江南》词,不但有对偶句,而且对偶之句很有特点,颇具变化。

首先,《望江南》词的对偶是声容和婉的对偶。龙榆生说:"一般词调内,遇到连用长短相同的句子而作对偶形式的,所有相当地位的字调,如果是平仄相反,那就会显示和婉的声容,相同就要构成拗怒,就等同于阴阳不调和,从而演为激越的情调。"③《望江南》第三、四句为对偶句,其格律为"仄仄平平平仄仄,平

---

① 马端临:《文献通考》卷二二一《经籍考四十八·兵书》,《文渊阁四库全书》本。

② 俞彦:《爰园词话》,《词话丛编》本,第 403 页。

③ 龙榆生:《词学十讲》,第 28 页。

平仄仄仄平平”。句子长短相同，各个相对的字调平仄相反，按龙榆生所论，显然属于前者，显示的是和婉的声容特色。以刘禹锡《忆江南》为例，“弱柳从风疑举袂，丛兰裛露似沾巾”，只看“弱柳”、“丛兰”，柔情溢于言表，便知不可能为激越情调。把词调声容按对偶句的字数和字调同异分为“和婉”、“激越”固然过于简单，但不可否认，用具体作品感知却有一定道理。《望江南》词相对位置平仄相反的对偶显示了该词和婉的特色。

然而，《望江南》三、四句对偶的情况，并非完全贯穿于唐宋词的创作实践之中。现存最早以《望江南》为调的文人词作应属白居易的《忆江南》（江南好），它与白居易其他两首“江南忆”，及刘禹锡唱酬的两首“春去也”，共同形成《望江南》词调的创作先锋。从这几首早期《望江南》词作中，可以发现他们对字数相同、平仄相反的三、四句具有对偶意识，但没有严格的对偶要求。以最著名的“江南好”一首为例，对偶句为“日出江花红胜火，春来江水绿如蓝”，从“出”对“来”，“红”对“绿”，“胜”对“如”中，可以看出关键字眼的对偶意识；但“日”与“春”，按对偶的要求来讲并不严谨，只是词性相同，“火”与“蓝”甚至从字面上看词性都不同。这种可整可宽的对偶处理，流利而不露痕迹，有对偶的位置但无对偶的严格要求，它使《望江南》词调不拘泥于格律而有更灵活的发展空间。唐五代除刘、白外，其他以《望江南》为调的文人词作中，都没有对偶的例子。直到宋代欧阳修开始，又间或有对偶句的出现。《望江南》词中七言对偶的位置往往产生名句，如“山寺月中寻桂子，郡亭枕上看潮头”（白居易）、“芳草怀烟迷水曲，密云衔雨暗城西”（周邦彦）等等。这也足以见证这种可宽可严、灵活变通的对偶句法给《望江南》词调带来的艺术生命力。

## 三　《望江南》声情探秘

唐宋词坛上流行的各个词调，其声情音貌究竟如何，由于词乐曲谱的失传，探究起来特别不易，是词调研究中的瓶颈。如清代田同之有言：“诗变而为词，词变而为曲，历世久远，声律之分合，均奏之高下，音节之缓急过度，不得尽知。”①龙榆生也表示：“要一一说明唐宋词所用曲调的声情究竟怎样，是有困难

① 田同之：《西圃词说》，《词话丛编》本，第1472页。

的。”[①]可见，词调声情研究之难是古今词学研究者的共识。《望江南》词调声情如何，也同样难于详考。如今可见之记载只有零星的材料，如宋人所记“歌《望江南》词，音调清越”[②]。然仅“清越”一词，也难以具体细致地体会《望江南》之声情。但这并不意味着词调声情研究完全不可能，我们可以试从以下两个方面来加以感知和探索。

（一）从宫调探讨声情

《望江南》所属宫调，历来有两种记载：南吕宫、大石调。南吕宫的记载可见于王灼《碧鸡漫志》卷五：“予考此曲，自唐至今，皆南吕宫，字句亦同。”[③]唐五代词标注宫调者较为少见，但宋时坊间刻本《金奁集》收温庭筠《望江南》词 2 首，即编排于南吕宫调下[④]。在宋代的一些词人别集中，也出现了按宫调编排或标注宫调的现象，其中《张子野词》于南吕宫调下便收有《江南柳》(即《望江南》)一词[⑤]。《望江南》入大石调，则主要见于宋词。北宋周邦彦《片玉集》卷三收《望江南》2 词，注大石调[⑥]，又南宋张孝祥《于湖先生长短句》卷五目录下，于《望江南》2 首亦注大石调[⑦]。

据杨荫浏所列《唐燕乐二十八调名》一览表[⑧]，可以看出，南吕宫属“七宫”中的一调，大石调属“七商”中的一调，一为宫调，一为商调，无论是从音高上看还是从乐律上看，都有较大的差距。但是，正如古人所讲，唐宋词入宫调情况是较为复杂多样的，如明末沈际飞云：“所谓宫调者，黄钟宫、南吕宫、无射宫、中吕宫、正宫、仙吕宫、歇指调、高平调、大石调、小石调、正平调、越调、商调，此十三条曲律也。以南北剧引用诗馀较之，尚有林钟宫、双调、般涉调、道宫、散水调、琴调，共一十九条。然诗馀有名同而所入之宫调则异，字数多寡亦因之异者；亦有字数多寡则异，而所入之宫调则同者。”[⑨]或云：“又有字数多寡同，而所入之宫

---

① 龙榆生：《词学十讲》，第 28 页。
② 胡仔：《苕溪渔隐丛话前集》卷五八引《夷坚志》，第 402 页。
③ 王灼：《碧鸡漫志》卷五，岳珍《碧鸡漫志校正》(修订本)，第 100 页。
④ 温庭筠等：《金奁集》，朱祖谋《彊村丛书》本，第 90 页。
⑤ 张先：《张子野词》，《丛书集成初编》本，北京：中华书局 1985 年版，第 7 页。
⑥ 陈元龙集注：《详注周美成词片玉集》卷三，福州：福建人民出版社 2008 年版，影印宋本，第 52 页。
⑦ 张孝祥：《于湖先生长短句》卷五，据吴昌绶、陶湘辑《景刊宋金元明本词》，第 729 页。
⑧ 杨荫浏：《中国古代音乐史稿》，第 261 页。
⑨ 沈雄：《古今词话·词品》上卷“按律”条引沈际飞语，《词话丛编》本，第 829 页。

调异，名亦因之异者，如《玉楼春》与《木兰花》同，而以《木兰花》歌之，即入大石调之类。”①因此，《望江南》既入南吕宫，又入大石调，这在唐宋词坛上并不是什么奇怪的现象。

首先，移调演奏的手法，在唐宋相当流行。据王灼《碧鸡漫志》考证：“今《凉州》见于世者凡七宫曲，曰黄钟宫、道调宫、无射宫、中吕宫、南吕宫、仙吕宫、高宫；不知西凉所献何宫也。然七曲中，知其三是唐曲，黄钟、道调、高宫者是也。《脞说》云：‘《西凉州》本在正宫，贞元初，康昆仑翻入琵琶玉宸宫调，初进在玉宸殿，故以命名，合众乐即黄钟也。’予谓黄钟即俗呼正宫，昆仑岂能舍正宫外别制黄钟《凉州》乎？因玉宸殿奏琵琶，因易美名，此乐工夸大之常态。而《脞说》便谓翻入琵琶玉宸宫调。新史虽取其说，止云康昆仑寓其声于琵琶，奏于玉宸殿，因号玉宸宫调，合诸乐则用黄钟宫，得之矣。”②《凉州》一曲，所入宫调竟达七个之多。不仅如此，“《伊州》见于世者，凡七商曲：大石调、高大石调、双调、小石调、歇指调、林钟商、越调，第不知天宝所制七商中何调耳。王建《宫词》云：‘侧商调里唱《伊州》。’林钟商，今夷则商也”③。据此，则《伊州》一曲传世者，同样多达“七商曲”。又如《六幺》一曲，又名《绿腰》、《录要》等，王灼考云：“今《六幺》行于世者四：曰黄钟羽，即俗呼般涉调；曰夹钟羽，即俗呼中吕调；曰林钟羽，即俗呼高平调；曰夷则羽，即俗呼仙吕调。皆羽调也。”④可见《六幺》传世者，也有四种羽调曲。不仅如此，王灼还引述了《琵琶录》所记载的一个精彩故事：“贞元中，康昆仑琵琶第一手，两市祈雨斗声乐，昆仑登东彩楼，弹新翻羽调《绿腰》，必谓无敌。曲罢，西市楼上一女郎，抱乐器云：‘我亦弹此曲，兼移在枫香调中。’下拨声如雷，绝妙入神。昆仑拜请为师。女郎更衣出，乃僧善本，俗姓段。”⑤可见，翻弹新调，移调演奏，在唐宋不是鲜见之事。杨荫浏也曾有如此结论：“唐代在经济条件有利于音乐发展的时候，有许多音乐家都熟悉宫调关系，善于在作曲中运用宫调，但又不受既定宫调的束缚，善于活用宫调——‘新声变律’、犯调、

---

① 王又华：《古今词论》引“沈天羽词论”，《词话丛编》本，第597页。
② 王灼：《碧鸡漫志》卷三，岳珍《碧鸡漫志校正》（修订本），第61页。
③ 王灼：《碧鸡漫志》卷三，岳珍《碧鸡漫志校正》（修订本），第65页。
④ 王灼：《碧鸡漫志》卷三，岳珍《碧鸡漫志校正》（修订本），第72页。
⑤ 王灼：《碧鸡漫志》卷三，岳珍《碧鸡漫志校正》（修订本），第71—72页。

移调,受到听众的欢迎,成为音乐家们所重视的表现手法。"①《望江南》词在移调演奏渐成风气的唐代兴起和发展,初为南吕宫,至宋演为大石调,是完全有可能的。

其次,从现有资料看,大石调《望江南》首见于周邦彦《片玉集》所标注,其后又见于张孝祥《于湖先生长短句》目录所标注。那么,周邦彦有没有可能把《望江南》移调于大石调呢?答案是肯定的。其一,《片玉集》中移宫犯调之举是常事。刘永济论词调同名而所入宫调有异的情况时举例云:"《虞美人》,《片玉集》入正宫,《尊前集》又入中吕调;《菩萨蛮》,《尊前集》入中吕宫,《片玉集》又入正平调。"②可见周邦彦的《片玉集》中,有多个词调皆有移换宫调的现象,不只《望江南》一例。其二,关于周邦彦,张炎《词源》有此记载:"迄于崇宁,立大晟府,命周美成诸人讨论古音,审定古调,沦落之后,少得存者。由此八十四调之声稍传。而美成诸人又复增演慢曲、引、近,或移宫换羽。"③周邦彦曾担任大晟府提举官,善于移宫换羽,增演词曲,又"集中多新声"④,曾"别撰腔"作《烛影摇红》⑤,则其新创以大石调演唱《望江南》,当是完全有可能的事情。

唐宋《望江南》词,既可用南吕宫歌唱,又演而可用大石调歌唱。那么,这两个宫调各又代表怎样的声情音容呢?周德清《中原音韵》对六宫十一调的声情做了概括,其中"南吕宫感叹伤悲","大石风流酝藉"⑥。虽然此说主要针对元曲,但刘永济认为"按德清之说虽为曲设,而宫调之理,词曲所同"⑦。则词曲的宫调之理,本来就有相似之处,可以尝试用周德清的说法来解释词调宫调声情。又梁启勋"取《片玉》、《白石》两集,择其词之标出宫调者,案诸《中原音韵》之所评","试平心静气读之,自能觉其神情韵味,逼肖宫调音节也"⑧。梁启勋从周邦

---

① 杨荫浏:《中国古代音乐史稿》,第266页。

② 刘永济:《词论》卷上《通论·宫调第三》附《调名缘起》,与《宋词声律探源大纲》合册,《刘永济集》本,北京:中华书局2010年版,第29页。

③ 张炎:《词源》卷下,《词话丛编》本,第255页。

④ 王灼:《碧鸡漫志》卷二"周贺词语意精新"条云:"江南某氏者解音律,时时度曲。周美成与有瓜葛,每得一解,即为制词,故周集中多新声。"岳珍《碧鸡漫志校正》(修订本),第31页。

⑤ 吴曾:《能改斋词话》卷十七:"王都尉有《忆故人》词云(略)。徽宗喜其词意,犹以不丰容宛转为恨,遂令大晟府别撰腔。周美成增损其词,而以首句为名,谓之《烛影摇红》。"第496页。

⑥ 周德清:《中原音韵》,第110页。

⑦ 刘永济:《词论》卷上《通论·宫调第三》,第24页。

⑧ 梁启勋:《词学》,北京:中国书店出版社1985年版,第56—58页。

彦、姜夔两人的词集中择出可以考知宫调的词作，以周德清有关各宫调的四字评语分别加以体验，认为词作的声情与周氏所说宫调的情趣韵味，大致相符。效梁氏之法，我们下面试举明确注明南吕宫的温庭筠《梦江南》一首，与注明大石调的周邦彦《望江南》一首，以做体验和分析：

千万恨，恨极在天涯。山月不知心里事，水风空落眼前花。摇曳碧云斜。——温庭筠《梦江南》(南吕宫)①

游妓散，独自绕回堤。芳草怀烟迷水曲，密云衔雨暗城西。九陌未沾泥。　桃李下，春晚未成蹊。墙外见花寻路转，柳阴行马过莺啼。无处不凄凄。——周邦彦《望江南》(大石调)②

静心读之，温庭筠"千万恨"一首写"恨极在天涯"的"飘泊之苦"，"在在堪恨，在在堪伤"③，确有"感叹伤悲"之情。周邦彦"游妓散"一词，一本题"春游"，题材虽为常见，但写来却别饶意趣，"不取繁缛似锦、游女如云的热闹场景，而写游客散去后词人独自绕堤漫步的幽趣"④，"句句摹景，句句含情，末轻点一'凄凄'，以'无处不'三字重压之，便全神俱活，而款款欲飞"⑤，也确有"风流酝藉"之致。

需要指出的是，各种宫调的乐曲或词调所体现的声貌情趣，实际上要比周德清《中原音韵》所用四字评语表达的内涵要复杂得多。而且，宫调仅用于限定乐器用音之高下，同一宫调下的不同曲调的声情也会不尽相同。同样，唐宋《望江南》词作多达千首，每首词所表现的情感特征与审美风格也不可能尽是"感叹伤悲"与"风流酝藉"(参见下文论风格)。但对《望江南》在唐宋入南吕宫与大石调这两种宫调的确认，以及对南吕宫、大石调这两种宫调声情的体验，确实有助于我们对《望江南》词调基本声情特征的把握。

### (二) 以格律寻绎声情

如前所述，古乐失传已久，要想考知《望江南》的声乐如何，确有困难。但就

---

①《全唐五代词》，第122页。

②《全宋词》，第600页。

③ 唐圭璋：《唐宋词简释》，第8页。

④ 蒋哲伦：《周邦彦选集》，开封：河南大学出版社1999年版，第170页。

⑤ 俞平伯：《读词偶得·清真词释》上卷，第79页。

如俞彦《爰园词话》所讲,“词全以调为主,调全以字之音为主”①。除了通过宫调来感知声情外,词作的“字音”也有助于我们理解其所依之词调的声容情貌。龙榆生就尝以此法分析词的表情,并认为:“就前人遗作予以参互比较,把每一曲调的句度长短、字音轻重、韵位疏密和它的整体结构弄个明白,也就可以仿佛每一曲调的声容。”②《望江南》的句度长短、韵位疏密,于上文已有所提及,下面我们主要通过《望江南》词中的字声平仄对其进行考察。

唐宋诗词的字声平仄,看似只有简单四音,但“平仄失调,即不可入调”③,可见歌词文字的平仄发音与曲调关系密切,直接关系着词与调是否和谐。《望江南》为早期兴起的词调之一,在长短、字数、押韵等词体方面与近体诗没有特别大的区别,其平仄也是遵照近体诗逢双必论的原则。这样安排的好处是利于词调的和谐。《望江南》词从总体上来说是声调和婉的。但细分到每首词作中,又可以感知到稍有差别的情趣。下面列举有歌唱之实的几首《望江南》词的字声音调加以分析:

平平上,平上去平平。入入平平平去上,平平平上入平平。平入去平平。——白居易词(“江南好”)

平去去,去入去平平。平入入平平上去,上平平入上平平。平入入平平。——温庭筠词(“千万恨”)

平去去,入去去平平。平上平平平上入,去平平上去平平。上入去平平。

平上去,平上去平平。平去去平平去上,上平平上去平平。平去入平平。——周邦彦词(“游妓散”)

经过对比,可以发现第二、第四、第五句共三个押韵句的末三字都是“仄平平”,而且仄声多用去声字,只有少量用入声或上声字。再披检《望江南》前期作品,有十之八都是这样。如此,则产生了双层功用。一来,去声(包括入声和上声)是句中重音,平声又是韵脚,《望江南》一调的音律重点自然会落在这两个部分;再者,以“去平平”为主的“仄平平”被间隔且严整地安排在三个

---

① 俞彦:《爰园词话》,《词话丛编》本,第400页。
② 龙榆生:《词学十讲》,第28页。
③ 田同之:《西圃词说》,《词话丛编》本,第1471页。

韵句的末尾，便产生了回旋照应的艺术效果，这也是《望江南》词声律委婉谐美的原因所在。

通过对比，我们还可以发现以上同为《望江南》一调的三首词平仄关系的不同：第一，白词声调 16 平 11 仄，仄声中上去声 7 字、入声 4 字；温词声调 13 平 14 仄，仄声中上去声 8 字、入声 6 字；周词两片声调皆 14 平 13 仄，上片仄声中上去声 11 字、入声 2 字（另一入声字乃以入代平），下片仄声中上去声 12 字、入声 1 字。平仄乃对立协调之声，一般来说，一词之中，平声多则舒缓绵长，仄声多则急促拗怒。以此观之，以上三首词作，以白词最为舒缓，周词亦甚委婉，而温词则较为急促。这是由具体词作表达不同情感所决定的，也正好说明歌词的字声平仄与曲调声情的密切关系。第二，除句尾两平为必须外，在其他位置上，白词两平、三平连用情况较其他两首为多。盛配对词中音节的表现和用法有所体认和揭示："二平，在句尾为一般情况，在句首为徐徐拽下或成一微波。""三平，在词中为成曼音，在句首为徐徐拽下或成一曼波。"①"徐徐拽下"表示声调有起伏和降落；"徐徐"、"微波"、"曼音"、"曼波"者，又表示音度起伏不大。白词平声字远多于仄声，且多两平、三平组合，其舒缓和谐的声情便流溢于字里行间。第三，温词去声字和入声字多。首句便连用两个去声，高音振起；句中可平可仄之处多用仄，仄声位置上又多用去声和入声；特别是前三句的字声安排，15 字中仄声多达 9 字，包含 5 个去声、3 个入声、1 个上声，给人以紧张急促之感。这种拗怒的声情，在连续句尾两平声的第四、第五两句中便得到了缓解。

综上所述，可以得出《望江南》词调的几个重要的声情特点：

一、《望江南》声调以清越、和婉为总体特色；

二、《望江南》曾入南吕宫与大石调，依宫调声情显示并经过对作品实例的体认，确有或"感叹悲伤"，或"风流酝藉"的情韵；

三、根据《望江南》歌词第二韵句对偶、三个韵句多以"去平平"结尾的格律特征，可以体认到《望江南》一调在中间部分具有对应美、在首尾部分具有回旋美的声情特征。

最后需要说明的是，在具体的创作实践和歌词作品中，《望江南》所表现的抒情特征和艺术风格则更为丰富多彩，对此，我们将在下文进行考察和

---

① 盛配：《词调词律大典》，北京：中国华侨出版社 1998 年版，第 30 页。

分析。

## 第三节　唐宋《望江南》创作论

在考察了《望江南》的词调渊源、声情特征和形体特征之后，我们将转向对唐宋《望江南》歌词创作的探讨。一是描述唐宋《望江南》歌词创作所走过的发展历程，二是分析唐宋《望江南》歌词创作所表现的内容题材和思想情感。

### 一　唐宋《望江南》词的发展历程

《望江南》一调在盛唐教坊众多曲目中脱颖而出，成为唐五代词坛最流行、创作数量最巨大的一支小令歌曲，进入两宋也依然魅力不减，深受广大词人和读者的喜爱与传诵。纵观《望江南》在唐宋词坛的发展历程，大致可以分为中晚唐、五代宋初、北宋、南宋四个时期。

**（一）中晚唐：生机勃勃的开端时期**

中唐是很多曲调演变为词调的关键时期，歌词创作也刚刚兴起。然而，中晚唐《望江南》的创作已呈现生机勃勃的面貌。

这个时期《望江南》词的创作群体由三部分组成：文人作者、民间作者、兵家作者。从现存《望江南》词作可以看到，中晚唐文人词主要有白居易、刘禹锡、皇甫松、温庭筠 4 人，作词共 9 首。这部分文人作者虽然词作不多，但几乎每首都是脍炙人口之作，是后世《望江南》词的滥觞。此期《望江南》创作数量最多的乃是题名易静撰《兵要望江南》720 首。易静其人，生卒年失考，籍贯事迹等皆不详，只知道他做过武安军左押衙，姑且称他为“兵家作者”，以与一般文人作者相区分。据考证，《崇文总目》等称“武安军左押衙易静”，而据《新唐书·方镇表》，唐僖宗光启元年(885)武安军始由钦化军改名(治所在今湖南长沙)，易静任武安军左押衙，当在唐僖宗光启元年之后，故知易静为晚唐人，则《兵要望江南》的创作年代当在晚唐、唐末之际①。另有学者对《兵要望江南》为唐人作品持怀疑

① 王兆鹏：《唐宋词史论·〈兵要望江南〉考》，第 232 页。

态度[①]，或推测为宋人之作[②]，可资参考。笔者据《全唐五代词》所收，定《兵要望江南》为晚唐易静之作。至于此期的民间作者，可考者大致有两种类型：一是无名氏词，二是敦煌词。《海山记》所载隋炀帝《望江南》8首，实为唐人或宋人所依托，《全唐五代词》录作唐无名氏词，于考辨中推断为晚唐人所依托[③]。至于敦煌写本所载《望江南》词，今人各整理本著录数量略有参差，如任半塘《敦煌歌辞总编》录为9首，而《全唐五代词·正编》则录为7首，盖前者将"莫攀我"和"娘子面"两首分录作单片体，而后者则据原卷合为一首；又前者为"失调名"一首（大丈夫汉）补调《望江南》，而后者则以为与《望江南》体式未合而仍据原卷题署"失调名"。兹姑依《全唐五代词》作7首统计。至于敦煌写本《望江南》词的创作年代，任半塘考订其中6首大致为中、晚唐时期的作品，可资参考和采信。

综上所述，中、晚唐时期由三种作者所创作的《望江南》词，共计达743首之多，占唐五代《望江南》词总数（751首）的比例高达98.9%；占唐宋《望江南》词总数（1002首）的比例也高达74.1%。中、晚唐时期《望江南》词创作之兴盛，于作品数量的统计即可得到有力之印证。

中、晚唐《望江南》词不仅数量较多，而且传播活跃。刘禹锡追和白居易《忆江南》词两首，可谓一唱一和，在中原和江南地区传为佳话，掀起波澜。不仅如此，《望江南》这支流行歌曲还远播边塞敦煌，在西北地区得到了广泛流传。在敦煌曲子词中，"《望江南》第一、第四首重见于斯5556卷，《望江南》第二首重见于伯3911、伯2809卷，第三首重见于伯3911、伯2809、斯5556卷，则诸词皆为敦煌流行最广者"[④]。《望江南》词得见于多种敦煌抄本和写卷，说明在当时当地已经传播开来并受到了人们的喜爱。

关于《望江南》词的首创之作，较普遍的看法是首见白居易。白居易《忆江

① 饶宗颐：《〈李卫公望江南〉序录》，虽否定《兵要望江南》为李靖作，然认为"《兵要》一书殊难断定其为唐人作品而随便视作唐词"，"其书之编成必在宋时"。载《词学》第九辑，上海：华东师范大学出版社1992年版，第178、179页。

② 蒋雯：《从〈兵要望江南〉的押韵特征看作者所属时代》，认为"可将其作者所属时代，晚推至宋"。《合肥师范学院学报》2010年第5期，第8页。

③《全唐五代词》于无名氏《望江南》8首后"考辨"云："任半塘等《隋唐五代燕乐杂言歌辞集》正编六亦以为'此词若非韩（偓）氏所为，至迟亦必出于晚唐人手'，姑录作唐无名氏词。"第787页。

④ 汤珺：《敦煌曲子词地域文化研究》，上海：上海古籍出版社2004年版，第21页。

南》的创作时间，王国维在《唐写本春秋后语背记跋》中认为是大和八、九年(834、835)①，《白居易年谱》否定了这种说法，认为“据《白集》之编次当作于开成三年”(838)②。《白氏长庆集》为白居易生前自编，可靠性较强，后世也多引用“开成三年”的说法。《望江南》词调在开元教坊早已出现，白居易《忆江南》的创作距《望江南》曲调的出现已百年有余。那么，这百年间，还有没有其他更早的《望江南》歌词的创作呢？

敦煌歌辞的出土给我们带来了新的发现空间，已完成的考证和笺订工作又给我们的研究带来更大的方便。其中，“敦煌郡”一阕尤其值得关注：

> 敦煌郡，四面六蕃围。生灵苦屈青天见，数年路隔失朝仪。目断望龙墀。　新恩降，草木总光晖。若不远仗天威力，河湟必恐陷戎夷。早晚圣人知。③

任半塘先生《敦煌歌辞总编》录此词，从该歌词所表现出的“路隔而失朝才数年而已，瓜沙人心依然东‘望’”的形势，以及“‘新恩’因间道而获临，咸认‘天威’既在，瓜沙暂时尚得羁縻”的心理，“验诸史乘”，认定“其作辞时代必在甘凉肃诸州陷番(大历元年、公元七六六)以后数年，至迟不到德宗建中二年(公元七八一)沙洲最后陷番之前”④。关于“敦煌郡”一首的创作时间，是任先生自我否定两次后提出来的，“起初认为是作于后晋出帝开运元年(944)曹元忠时期，后来认定当作于开运的曹议金时期”⑤，最后才有以上认定。其否定之否定的研究结果有较强的可信度与较高的参考价值。如是，则敦煌写本《望江南》“敦煌郡”一词比白居易《忆江南》至少要早约半个世纪以上。

由上考述可以推测，《望江南》一调的创作，大致在中唐大历初(766)至建中初(781)这个时期便已在西北地域开始兴起，并在敦煌一带得以广泛传播。这首敦煌词不仅是现在可考最早的一首《望江南》词，它所采用的词调当来自开元教坊，而且在体式上属于双片体，更打破了唐五代《望江南》无双片体的旧说。联系到今传敦煌《望江南》词 7 首中单片体和双片体并存的事实，我们完全有理

① 王国维：《观堂集林》，第 1023 页。
② 朱金城：《白居易年谱》，上海：上海古籍出版社 1982 年版，第 295 页。
③《全唐五代词》，第 890 页。
④ 任半塘：《敦煌歌辞总编》卷二，第 446—447 页。
⑤ 汤珺：《敦煌曲子词地域文化研究》，第 9 页。

由推论,《望江南》一调在民间初起创作时原来并非只有单片体,还有双片体,甚至是双片体更早;而到了稍后白居易等文人手中,则主要选择了单片体,并使之成为唐五代《望江南》的主要体式,直到宋代才重新接续了敦煌词的双片体;同时我们也可以对《望江南》一调在唐五代出现多种异名的情况再做推论:即在敦煌词《望江南》出现之后,李德裕镇浙西时采《望江南》一调为亡妓谢秋娘制词,而改名《谢秋娘》;白居易晚年定居洛阳时采《望江南》一调来追忆江南游宦生活,故改名《忆江南》;晚唐皇甫松等人因词写"闲梦江南"之情事,又改名《梦江南》。敦煌词之外,白居易的《忆江南》是现存文人词中最早的《望江南》之作,他不仅带动了中、晚唐文人《望江南》创作的兴盛,而且还因为他的改换词调名称,从而形成了唐宋《望江南》词调史和创作史上的另一种独特的叙写模式和抒情主线。晚唐易静 720 首"兵要"之词寄声《望江南》,这种选择本身既有力地印证了《望江南》这支流行歌曲的艺术魅力,同时也开启了唐宋《望江南》走向应用化的创作之路。

**(二)五代宋初:沉寂低迷的过渡时期**

从五代约半个世纪到宋初约六十年,即公元 907 年后梁开平元年至公元 1022 年真宗朝结束共计约一百一十余年间,是《望江南》词的创作处于沉寂低迷的过渡时期。

在五代十国约半个多世纪的时间里,《望江南》的创作由中、晚唐的异常兴盛而慢慢走向冷落沉寂。这个时期《望江南》词的作品数量总计只有 8 首,即西蜀词人牛峤《梦江南》2 首,南唐后主李煜《望江南》2 首、《望江梅》2 首,江左异人伊用昌(国度不详)《望江南》1 首,另有敦煌词《望江南》1 首①。而宋初约 60 余年间,尚未见有宋人创作的《望江南》词传世。南唐李后主的《望江南》2 首、《望江梅》2 首在创作时间上虽作于入宋之后,但在作者时代的归属上仍属五代范围,自然不能算作"宋词"。《望江南》一调在五代至宋初百年间存词仅有 8 首,与之前及之后的创作兴盛情状形成了强烈的对比,其中的原因则是可以考寻的。

---

① 任半塘:《敦煌曲初探》考订《望江南》"龙沙塞"一词作于后晋天福二年(938)、"边塞苦"一词作于后晋开运二年(945);《敦煌歌辞总编》则纠正旧说,考订二词分别作于晚唐宣宗大中十年(856)、懿宗咸通八年(867),仅"曹公德"一词作于后唐庄宗同光三年或四年间(924—925)。参见《敦煌歌辞总编》卷二,第 457、459—460、472 页。

晚唐至五代十国时期，词的创作渐成兴盛局面。就五代十国而言，各代各国统治者中都出现了写词好手，如后唐庄宗李存勖、前蜀后主王衍、后蜀后主孟昶、南唐二主等，他们热爱流行歌曲，耽于歌舞享乐，客观上对于词的发展兴盛起到了推动作用。就《望江南》一调的创作而言，南唐后主李煜一人就写出了4首作品，占到了此期《望江南》词作总数(8首)的一半。李后主之所以比其他五代十国时期的词人更多地倚声于《望江南》一调，大致正是因为《望江南》这支歌曲特别适合于抒写和寄托他的亡国之恨和故国之思吧。至于为何此期的文人作者较少择声《望江南》一调来进行创作，我们则可以从以下几个方面来进行探因。

其一，五代十国时期词的发展兴盛，为文人词的创作提供了更多的择调机会。经过中、晚唐的探索与实践、发展与演进，在五代十国分裂战乱、时事衰败的现实中，在统治者和士大夫文人沉溺声色、苟且偷安的心态下，词获得了繁衍兴盛的机运。此时，流行歌坛上创制和流行的音乐曲调更多了，可供词人依调填词的选择范围也更广了，如《江城子》、《南乡子》、《虞美人》、《临江仙》、《木兰花》、《何满子》等很多词调，都在此时形成新的流行趋势。唐宋词人选声择调，特别青睐于“新声”，而新声曲调的大量出现，自然会对《望江南》一调的运用形成竞争与冲击。

其二，《望江南》在中晚唐时期所形成的题材取向和声情特征，也与五代时期词坛以“花间词”的香艳风貌为主体的审美情趣有所不合。从题材取向上来看，《望江南》在中晚唐文人词的创作中，已逐渐形成了偏向于歌咏江南风物的特色，这与“花间词”以描写女性生活情感为主体的题材取向有所不合；尽管“花间词人”中的欧阳炯和李珣也不乏歌咏南方风物之作，而他们却选取了《南乡子》一调，而忽略了《望江南》一调，也许是《南乡子》比《望江南》更适合于歌咏南方风物的缘故吧，或者是因为二人皆生长与生活于西南之地，而淡化了他们“望江南”的创作冲动吧。从声情和风格特征来看，《望江南》偏于清越和婉、自然流利，却少艳丽、妩媚之感，与“花间”词坛趋艳嗜媚的审美心理与歌曲风格也存在一定的距离。虽然“花间词人”中的温庭筠、皇甫松也有此调的创作，但二人皆为晚唐词人，且与他们其他词调的作品相比，其《梦江南》词的声情和风格也要简约、清爽、疏淡得多。实际上，属于五代的“花间词人”中只有牛峤一人创作了

《望江南》2首，一赋"衔泥燕"，一咏"红绣被"，已开始浸染艳丽的风情。因此，像《望江南》、《浪淘沙》这类早期兴起的声情不够艳丽的词调，在"花间"香艳之风日益炽烈的背景下，一度受到冷落，也就是自然而然的事情了。

至于《望江南》一调，为何在北宋初期新的时代环境中依然呈现出沉寂的状态，其原因也不难理解。据统计，"在宋初50余年的时间里，仅有15位词人，存词46首。可见，在占宋代1/6的时间中，只有约1/90的作者，1/500的作品产生"①。由此可见，宋初词坛是整体沉寂而非《望江南》一调的沉寂，《望江南》歌词创作的沉寂只是时代潮流的一个反映。关于宋初词坛沉寂的原因，据学者们的探讨，主要有政治意识上不允许、文化心态上不接受、江南文人受歧视、南风艳曲受排斥、文化工程耗人力等原因②。毫无疑问，处于那个时代的《望江南》一调的歌词创作也是无法避开这些普遍因素的，其寂寥冷落的景象也就是可想而知的了。

五代宋初《望江南》歌词创作趋于冷落寂寥，但她能度过寒冬并在北宋再见暖春，更说明该词调具有无法抗拒和遏止的魅力和生命力。

（三）北宋：开拓创新的中兴时期

《望江南》从北宋仁宗朝开始，重新得到词人们的大力创作。一直到钦宗朝北宋结束，共有约23位词人作词约101首，包括《梅苑》所载无名氏咏梅词2首。其中单片体6首，双片体90首，另有残篇5首。这101首词作在题材类型上大致分布如下③：

**表8-1　北宋《望江南》词题材分类一览表**

| 序号 | 类型 | 数量 | 百分比 | 序号 | 类型 | 数量 | 百分比 |
|---|---|---|---|---|---|---|---|
| 1 | 风土 | 40 | 39.60 | 5 | 隐逸 | 6 | 5.94 |
| 2 | 咏物 | 16 | 15.84 | 6 | 佛理 | 4 | 3.96 |
| 3 | 道事 | 9 | 8.91 | 7 | 闲适 | 4 | 3.96 |
| 4 | 祝颂 | 8 | 7.92 | 8 | 羁旅 | 3 | 2.97 |

① 刘尊明：《唐宋词综论》，北京：中国社会科学出版社2004年版，第242页。

② 参见刘尊明：《唐宋词综论》，第242—248页；另参刘扬忠：《唐宋词流派史》，福州：福建人民出版社1999年版，第133—138页。

③ 关于宋词题材分类，参见许伯卿：《宋词题材研究·绪论》，北京：中华书局2007年版，第27—34页。

**续表**

| 序号 | 类型 | 数量 | 百分比 | 序号 | 类型 | 数量 | 百分比 |
|---|---|---|---|---|---|---|---|
| 9 | 咏怀 | 3 | 2.97 | 13 | 仕宦 | 1 | 0.99 |
| 10 | 人物 | 2 | 1.98 | 14 | 离别 | 1 | 0.99 |
| 11 | 写景 | 1 | 0.99 | 15 | 闺情 | 1 | 0.99 |
| 12 | 闲愁 | 1 | 0.99 | 16 | 哲理 | 1 | 0.99 |

需要说明的是，一首词中可以反映多种内容和情感，如可以在风土词中咏物，可以在咏物词中写离情等。以上统计表大致依据词作中表达的最主要的内容题材进行分类。

可以看出，同中晚唐及五代宋初相比，北宋《望江南》词作无论形式上还是内容上，都有了很大的变化。

首先，双片已占此时词作总数约十分之九，而单片仅占约百分之六的极小比例，双片取代了唐五代单片在《望江南》词体中的主导地位。在现存并可考的北宋词人词作中，张先是第一个以双片《望江南》填词的文人，他以其内容有别的 3 篇词作拉开了北宋《望江南》歌词创作的序幕。

其次，开始出现词题和词序，以更明确地表达和揭示词作的内容题材。北宋《望江南》词作有词题者，占此时词作总数约五分之二的比例，并有少量词作兼有词序表示创作缘由。词题和词序的运用和增加，也是北宋《望江南》创作在内容题材的拓展上所表现出的一个重要特征。

第三，有别于唐五代《望江南》歌词主要表现风土、咏物、闺情、兵要等几类题材，北宋《望江南》的题材类型得到了进一步的扩展，"表 8 - 1"的粗略分类便达到了十六种之多。从统计表可见，在北宋《望江南》歌词内容题材的分类中，排列前 5 位的分别是"风土"、"咏物"、"道事"、"祝颂"、"隐逸"，且"风土"一类高居榜首，占此时《望江南》词作总数的五分之二。根据许伯卿《宋词题材研究》的统计，这五种类型的题材在《全宋词》题材构成中分别居第 18 位、第 2 位、第 13 位、第 1 位、第 9 位①。如果说，按照《全宋词》的题材构成排序，北宋《望江南》词中的"咏物"、"祝颂"、"隐逸"三类词尚处于与宋词题材构成

① 许伯卿：《宋词题材研究》，第 37 页。

相对应的位置,那么,"风土"、"道事"这两类词作在北宋《望江南》的创作中便显得格外突出了。其中,最典型的代表如王琪一人就写下了《望江南》10 首,分咏"江南柳"、"江南酒"、"江南燕"等各色江南风情;又如僧仲殊一人就写下了 10 首《南徐好》,分咏南徐(今镇江)"瓮城"、"花山李卫公园亭"、"渌水桥"等十处人文景观;还有王安中也写下了 9 首《安阳好》,分咏安阳(今属河南)这一中原古都之历史文化与风物人情。胡云翼早年曾言宋词之弊在于"描写对象的狭隘",认为"宋词所描写的对象,不过是'别愁'、'闺情'、'恋爱'的几个方面而已"①。北宋《望江南》在内容题材的表现上却并非如此,"离别"、"闺情"皆居于倒数之位置。

第四,我们看到,与题材内容的拓展相联系,北宋词人在《望江南》的创作中也大量运用组词的形式,除上举王琪、仲殊、王安中外,另如欧阳修 3 首分别以"江南蝶"、"江南柳"开篇,当属组词形式;又如陈朴《望江南》9 首咏道教炼丹养生之术,王安石《望江南》4 首赋咏归依佛法的内容,张继先《望江南》12 首皆以"西源好"开篇,分咏龙虎山等地的奇丽风光及修道体验,也都很好地运用了组词形式,以有利于内容题材的表现。

综上所述,《望江南》在北宋仁宗朝开始进入了新的繁荣期,这时期的《望江南》创作以双片体式为主,词题、词序的增多及组词形式的运用,为内容题材的丰富和拓展提供了更有利的条件和手段,而"风土""咏物"等类词作的大量创作,成为这个时期《望江南》最为突出的题材类型。

**(四)南宋:多元并存的繁盛时期**

《望江南》的创作发展至南宋,其繁盛景象又超逸于北宋。南宋百余年间共创作《望江南》凡 150 首,其中有姓名可考的词人共 44 人,另有宋人依托吕岩(12 首)、崔怀宝(1 首)、蔡真人(1 首)、清源真君(1 首),以及宋代笔记、类书、词选等文献所载无名氏(5 首),时代难以详考,姑一并归入南宋。其中单片体共 42 首,双片体共 108 首。其内容题材的分类和数量大体如下:

---

① 胡云翼:《宋词研究》,成都:巴蜀书社 1989 年版,第 66 页。

表 8-2　南宋《望江南》词题材分类一览表

| 序号 | 类型 | 数量 | 百分比 | 序号 | 类型 | 数量 | 百分比 |
|---|---|---|---|---|---|---|---|
| 1 | 道事 | 33 | 22.00 | 11 | 隐逸 | 3 | 2.00 |
| 2 | 风土 | 18 | 12.00 | 12 | 写景 | 3 | 2.00 |
| 3 | 祝颂 | 18 | 12.00 | 13 | 闲愁 | 2 | 1.33 |
| 4 | 离别 | 13 | 8.66 | 14 | 世相 | 2 | 1.33 |
| 5 | 咏物 | 12 | 8.00 | 15 | 闺情 | 2 | 1.33 |
| 6 | 佛理 | 12 | 8.00 | 16 | 羁旅 | 2 | 1.33 |
| 7 | 咏怀 | 9 | 6.00 | 17 | 哲理 | 1 | 0.66 |
| 8 | 人物 | 7 | 4.66 | 18 | 仕宦 | 1 | 0.66 |
| 9 | 节序 | 6 | 4.00 | 19 | 神话 | 1 | 0.66 |
| 10 | 游仙 | 5 | 3.33 | | | | |

南宋《望江南》的创作与北宋相比，无论是艺术形式还是内容题材，既表现出继承与稳定的一面，又表现出嬗变与创新的一面，而丰富的题材表现，多彩的艺术风貌，则将南宋《望江南》的创作推上了又一个发展高峰。

首先，南宋《望江南》的创作队伍得到了空前的壮大。北宋参与该调创作的词人只有 23 位，南宋则壮大为 44 位，比北宋多了近一半。这个数据尚不包括无名氏以及宋人托名吕岩等作者。我们看到，从南渡开始，更多的词人开始运用《望江南》这个词调来进行创作，其中还不乏一些以"豪放"词风著称或属于"豪放"阵营的词人。如南渡初期以抗战爱国而著称的"南宋四名臣"之一的李纲，一人就写下了 11 首《望江南》；又如属于"辛派"阵营的张孝祥、刘辰翁等人，也都参与了《望江南》的创作，特别是刘辰翁一人所作就多达 21 首。此外，在南宋《望江南》的创作队伍中，扬无咎(4 首)、范成大(6 首)、戴复古(7 首)、吴潜(14 首)、吴文英(3 首)等人，也都是宋代词坛上的著名词人，他们对《望江南》的创作也各有成就。创作队伍的壮大，也从一个侧面说明了南宋《望江南》一调的流行情况。

其次，南宋《望江南》词的创作在艺术表现上也更趋稳定与多样。一方面，组词的形式依然得到了南宋词人的重视和运用，如扬无咎、戴复古、净圆、吴潜、黄公绍等人，都运用了组词的形式来创作，特别是吴潜一人就写出了 14 首歌咏"家山好"的作品，数量和规模比之北宋又有所扩大；另一方面，我们也看到了更多的词人以分散的形式来歌咏《望江南》,这对题材内容的多样化表现也是不无益处的。尽管如此,我们看到两宋共有 10 多个词人创作《望江南》组词共约 110 余首,已占两宋《望江南》词作近一半的数量,说明在白居易影响下,组词已成为《望江南》词调的一个很重要的创作形式。另外,我们发现,南宋《望江南》单片体的词作数量大为增加,说明南宋词人对《望江南》体式的运用也更加趋向于多样化。至于声情与风格特征,南宋《望江南》又有进一步的开拓与创新,可谓豪婉兼具,清艳并行,亦雅亦谐,达到了更成熟更多元的艺术境界。

最后,南宋《望江南》在题材内容上比北宋又有进一步的扩展。除了"风土"、"祝颂"、"咏物"、"佛理"等几类题材仍名列前茅之外,还出现了"节序"、"游仙"、"世相"等新的题材内容。有别于北宋"风土"词独占鳌头的局面,南宋《望江南》的题材构成和分布相对均匀,形成内容题材上的多元并存。其中,"离别"、"咏怀"、"人物"这几类题材的作品数量都有所增加。"人物"词数量的上升,是《望江南》"咏人"内容对"咏地"形式嫁接的结果,尤其是江湖词人戴复古不仅写出了 4 首以"壶山好"开头的为朋友续说平生的组词,而且还写出了 3 首以"石屏老"开篇的自我写照的组词,既创新了《望江南》的叙事模式,也进一步加强了《望江南》的诙谐风格。"离别"词、"咏怀"词位置的上升,以及"节序"词、"世相"词的加入,又反映了南宋动荡苟安时期以及宋末易代时期词人的特殊情感体验。尤其值得注意的是宫廷乐师汪元量在被押北上后所写"幽州九日"一词,以及十位南宋旧宫女为送汪元量南还而唱和的赠别词,不仅继承了李后主抒写亡国之恨的抒情传统,而且也进一步深化了《望江南》感叹伤悲的声情特征。此外,赋咏道教生活的"道事"题材的词作在数量上超过了"风土"词,而名列南宋《望江南》题材排行榜的首位,以及与之相类似的"游仙"题材的出现,还有"祝颂"词也上升到与"风土"词齐驱并驾的位置,这些都反映了南宋《望江南》创作的发展与嬗变。

## 二　唐宋《望江南》词的题材内容

在勾勒和描述唐宋《望江南》歌词创作的发展历程之后,下面,我们试对唐宋《望江南》歌词创作的题材类型与创作模式加以考察和探讨。

### (一) 风土人物的歌咏

从现存作品来看,白居易是唐宋文人中第一个以《望江南》的同调异名《忆江南》进行创作的词人，自此拉开了唐宋词以《望江南》词调来歌咏风土人物的序幕。这类词作或咏地，或咏物，或咏人，从风土到人物，从自然到人事，在逐渐走上抒情化道路的同时，也在内容题材的表现上具有了一定的模式化特征。

(1) 咏江南之风物

白居易早年避乱行旅苏杭，长庆二年(822)除杭州刺史，宝历元年(825)除苏州刺史，次年，以病罢官归洛阳。在洛阳，白居易写下了回忆苏杭风物人情的3首《忆江南》。刘禹锡是白居易《忆江南》词的首个追和者，他写下《忆江南》2首，并题注云："和乐天春词，依《忆江南》曲拍为句。"①白居易的《忆江南》词不仅得到了同时代词人的追和，而且对后世的《望江南》歌词创作产生了深远的影响。这些影响首先体现在对"江南"风物的歌咏上。

在白居易以后的晚唐五代《望江南》词中，倚声该调进行风物歌咏的创作思路并没有得到很明显的继承。直到北宋前期的欧阳修，才写下了"江南蝶"一首、"江南柳"两首歌咏江南风物的词作，堪称对中唐白居易"江南好"这一叙写模式的接续。兹举"江南蝶"一首如下：

> 江南蝶，斜日一双双。身似何郎全傅粉，心如韩寿爱偷香。天赋与轻狂。　微雨后，薄翅腻烟光。才伴游蜂来小院，又随飞絮过东墙。长是为花忙。(P124)

首句三字便呈现了作为歌咏对象的江南风物——"蝶"，而后抓住蝶的形态、品质进行状写。与白居易词首句直揭"江南好"的主题，而后对"好"的原因和"好"的体现进行铺述描写有异曲同工之妙。欧阳修对江南风物的选择，应与他曾先后被贬到夷陵、滁州、扬州、颍州的特殊经历及其所产生的对江南风物的特殊感情有关。对《望江南》词调的选择和创作，则当是深受白居易词作的影响。从创作前提和创作心理来看，曾谪居江南的白居易及其脍炙人口的"江南好"，为欧阳修提供了创作灵感和榜样；从创作形式上看，以"江南"二字在句首提起全词，三、四句有意识地运用对偶的手法，都是白居易以后、欧阳修以前的《望江南》词作中所没有的。可以说，欧阳修是白式《望江南》创作模式的第一个继承者。但欧阳修在继承中又有所变通。除了单片与双片的不同外，白居易首

---

①《全唐五代词》，第60页。

句三字"江南好"和"江南忆"揭示的歌咏对象是宽泛的"江南之地",是"江南"的地域概念加上"好"或"忆"一类的形容词或动词,而欧阳修"江南蝶"和"江南柳"所揭示的歌咏对象则是具体的"江南之物",是由"江南"的地域概念加上"蝶"或"柳"一类的名物意象,可见是对"江南"题材创作的进一步拓展与细化。其中,"江南蝶"上下两片皆咏"蝶",上片描写日中之蝶,下片状写雨后之蝶。两首"江南柳"又有所变化,兹引录二词如下:

江南柳,花柳两相柔。花片落时粘酒盏,柳条低处拂人头。各自是风流。　　江南月,如镜复如钩。似镜不侵红粉面,似钩不挂画帘头。长是照离愁。

江南柳,叶小未成阴。人为丝轻那忍折,莺嫌枝嫩不胜吟。留着待春深。　　十四五,闲抱琵琶寻。阶上簸钱阶下走,恁时相见早留心。何况到如今。(P158)

二词的上片都状"柳",下片又有所变化,一首另状一物——"江南月",与上片共同构成月下花柳的缠绵景象和离愁别绪;一首则以柳兴怀,描写与江南嫩柳一样娇柔的"十四五"的活泼可爱的弹琵琶少女。三首词下片于对象和内容的不同尝试,可见词人有意于革新和突破的尝试与努力。

约与欧阳修同时,王琪一口气写了10首《望江南》词,"江南柳"、"江南酒"、"江南燕"、"江南竹"、"江南草"、"江南雨"、"江南水"、"江南岸"、"江南月"、"江南雪",皆于上片状物,下片兴怀,所写之物无一重复。兹举其中咏"江南雨"这首代表作为例:

江南雨,风送满长川。碧瓦烟昏沉柳岸,红绡香润入梅天。飘洒正潇然。　　朝与暮,长在楚峰前。寒夜愁敧金带枕,暮江深闭木兰船。烟浪远相连。(P166)

上片主要写江南雨景,梅雨之盛,使碧瓦柳岸都沉入烟雨中,充满香气的红绡也在雨季中变得湿润;下片寄远怀人,雨的缠绵和雨天的清静使深闭空闺的女子更落寞,愁由雨生。其咏"江南"风物的题材、以首句点题的句法、状物兴怀的构思,都与欧阳修《望江南》的创作相似,它们共同形成了《望江南》咏物词的一大模式特色。

我们也注意到,《望江南》这种在所咏风物前加以“江南”限定语的创作模式,主要在北宋前期欧阳修、王琪笔下形成一个小高潮,之后便让位于大量更具体的地方风物或家山风物的歌咏了,但仍有少量以咏物为主要题材的作品出现,如南宋后期黄公绍《望江南·雨》10首,便是一组代表作。黄公绍为福建邵武人,咸淳元年(1265)进士,已接近于南宋末代了,其仕宦不详,尝隐居邵武樵溪门外。作者不仅在《望江南》调下注明了咏“雨”的标题,而且这10首作品皆以“思晴好”为首句,正是与咏“雨”的标题相互发挥,盖因连日阴雨而“思晴好”也。兹举前面三首词作如下:

思晴好,去上竹山窠。自古常言光霁好,如今却恨雨声多。奈此坐愁何。

思晴好,试卜那朝晴。古木荒村云淰淰,孤灯败壁夜冥冥。不寐听檐声。

思晴好,小驻岂无因。花上半旬春社雨,松间三宿暮山云。转住是愁人。(P3368)

很明显,词人之所以用10首组词吟咏“思晴好”,正是因为“花上半旬春社雨”、“如今却恨雨声多”也。词人把阴雨的景象和愁绪写得越浓郁,所表达的“思晴好”的愿望也就越强烈。实际上,词人所歌咏的就是在王琪笔下曾出现过的“江南雨”,只不过他将“雨”字作了题,而将首句变换成与“雨”相对应的“思晴好”,在接续北宋前期《望江南》咏物传统的同时,又在叙写形式上有所变异和创新。另外,词人对单片体形式的运用,似乎也是有意对“白体”的一个复古。另有无名氏《望江南》咏梅词2首,皆以“梅花好”三字开篇,似是组词的形式;联系到词中所写“满树锦江边”、“江亭上,满树嗅清香”,这两首咏梅词当写于锦城之地;词载黄大舆所编选的咏梅词集《梅苑》卷六,则这位无名氏作者当为北宋词人。既不同于白居易“江南好”的开篇,也有别于欧阳修等人“江南蝶”等词的模式,而是淡化了“江南”的概念,直接以所咏物象点题,应该说这种写法也堪称一种新的变化。

(2) 咏各地之风情

如果说,欧阳修、王琪等词人对白居易《忆江南》词的继承是对描状“江南”之物这类题材的一种细化,那么,北宋另一批词人的词作就是对咏“江南”之地的题材加以深入，并推而广之以同样的方式歌咏江南以外的其他地方风情。与《望江南》词中典型的“咏物”词相同的是，这些“咏地”词也在首句三字点明了地点，明确了歌咏的具体对象。

较早出现并以组词的方式进行创作的有北宋僧人仲殊，10 首《南徐好》歌咏了南徐(今镇江)的十个地方景点或文化名胜，并以词题记录了这些景点与名胜之名称，既保持了组词的整体性与审美特征，又使这组歌词带有了鲜明的地域特色和文化风情。兹举《南徐好・京口》一首如下：

> 南徐好，直下控淮津。山放凝云低凤翅，潮生轻浪卷龙鳞。清洗古今愁。　天尽处，风水接西滨。锦里不传溪上信，杨花犹见渡头春。愁杀渡江人。(P547)

从抒写的对象上看，白居易“江南好”揭示的是对“江南”地方的总体印象；相较之下，仲殊“南徐”的地域化更强了，加上词题“京口”的进一步限制，便决定了他的描写更加细化。词题和词的首句，也揭示了词人旨在通过描写“京口”的形胜特点来突出“南徐好”的构思。词的上片揭示和描写京口的地理形胜、主要景物、文化承载和历史内涵；下片继续做水上文章，寓情于物，传递对远方的思念及难得音讯的焦急和无可奈何的感情。京口自古以来既是兵家必争之地，也是商旅往来的交通要津，不仅易于引发兴亡盛衰的历史感慨，而且也易于触起离别相思的人生情怀，故词人由景入情，赋予京口以浓郁的文化意蕴和人文风情。其他各首所咏，“瓮城”、“多景楼”、“金山寺化城阁”3 首，与“京口”一词略同，偏于描写自然的风景名胜，而“花山李卫公园亭”、“渌水桥”、“沈内翰宅百花堆”、“刁学士宅藏春坞”、“陈丞相宅西楼”、“苏学士宅绿杨村”6 首，则偏于赋咏人文的园林古迹，既各具特色，而又连贯一体。另外，仲殊还有首句为“成都好”之《望江南》2 首，又别有风采，兹引录如下：

> 成都好，蚕市趁遨游。夜放笙歌喧紫陌，春邀灯火上高楼。车马溢瀛洲。　人散后，茧馆喜绸缪。柳叶已饶烟黛细，桑条何似玉纤柔。立马看风流。
>
> 成都好，药市晏游闲。步出五门鸣剑佩，别登三岛看神仙。缥缈结灵烟。　云影里，歌吹暖霜天。何用菊花浮玉醴，愿求朱草化金丹。一粒

定长年。(P550—551)

这两首词皆以“成都好”开篇,一写春游“蚕市”,一写秋游“药市”。蜀有“蚕市”与“药市”,据历史文献的记载,可能是从古蜀国蚕丛氏开始形成和传存下来的一种市集风俗。“蚕市”大致于每年初春开市,买卖农桑器具及花果、药物等,以备春耕和桑织;“药市”则主要在秋季举行,盖秋冬宜于休养生息也。从仲殊词中,我们除了领略“茧馆喜绸缪”的农桑风情以及柳叶、桑条、菊花、玉醴之时令风物外,更多地则是感受到了“笙歌喧紫陌”、“灯火上高楼”、“歌吹暖霜天”、“车马溢瀛洲”这般绮丽的市井风情,以及词人“立马看风流”、“三岛看神仙”如此陶醉的凡俗情怀。

在“南徐好”中注入了浓厚的历史文化与人文内涵,在“成都好”中又表现了美好的市井风情与世俗情怀,将《望江南》进一步引向对江南都市的文化风情和人文景观的歌咏,这是仲殊在《望江南》创作中所做出的独特贡献。

北宋中后期以来,以上片首句二字揭示歌咏之地,以组词形式出现的《望江南》层出不穷。如谢逸有首句“临川好”词 2 首;廖刚有首句“无诸好”词 2 首;王安中有首句“安阳好”词 9 首。尤其值得注意的是,张继先有首句“西源好”词 12 首,其序云“次元规西源好韵”,可见他是对元规“西源好”的次韵之作,而元规“西源好”原唱已散佚不传;张词 12 首除了从各个角度歌咏“西源好”之外,其中还有 4 首描写春、夏、秋、冬四景,成为组词中的组词。此外,扬无咎有首句“钟陵好”词 4 首;吴潜有首句“家山好”词 14 首,其中有 4 首也是描写四季四景。对于这些地方风物之“好”的描述和歌咏,词人们各显其能,各抒其情,情、景、人、事、物,应有尽有。对江南之地或延伸到仕宦游乐之地以及家山之地的歌咏,形成了《望江南》词的又一创作模式,直到明清以来的《望江南》词的创作,还依然延续着这种歌咏地方风物的表现模式。

(3) 咏他人与自咏

《望江南》作为一个带有鲜明江南地域特色的歌咏之调,除了歌咏物“好”、地“好”,更有意思的是还歌咏人“好”。《望江南》现存词作中最早仿白居易之“江南好”而歌咏人好的是戴复古。戴复古作“壶山好”4 首,序曰:“壶山宋谦父寄新刊雅词,内有《壶山好》三十阕,自说平生。仆谓犹有说未尽处,为续四首。”(P2308)“石屏老”3 首,序曰:“仆既为宋壶山说其自说未尽处,壶山必有答语,仆自嘲三解。"(P2309)从词序中可以看出以下几点:一是首位模仿白居易《忆江南》词的结构形式,来歌咏"人物"的词人应不是戴复古,在戴复古之前,已有宋自逊(字谦父,号壶山)"三十阕";而宋自逊"自说平生"且多达"三十阕"的《望江南》已经失传,这也说明了唐宋《望江南》词的实际数量远大于现在传存与统计之数。二是戴复古之《望江南》"壶山好"4首是对宋自逊"未尽之处"的续作。所谓"未尽之处",应是指宋自逊"自说平生"过于自谦,这从他名"自逊"、号"谦父"即可略见一斑。所以,戴复古之"壶山好"都是对宋自逊的才学、胆气、风貌等人物形象和为人品行的歌咏与描写。三是"石屏"是戴复古之号,"石屏老"是戴复古自嘲自谦之词。所以当词人自我写照的时候,便改用同韵之"老"字而不用"好"字了。无论是"壶山好"还是"石屏老",都是词人对"江南好"有意识的模仿和改造。兹举例如下:

壶山好,博古又通今。结屋三间藏万卷,挥毫一字直千金。四海有知音。　门外路,咫尺是湖阴。万柳堤边行处乐,百花洲上醉时吟。不负一生心。(P2308)

壶山好,也解忆狂夫。转首便成千里别,经年不寄一行书。浑似不相疏。　催归曲,一唱一愁予。有剑卖来酤酒吃,无钱归去买山居。安处即吾庐。(P2309)

石屏老,家住海东云。本是寻常田舍子,如何呼唤作诗人。无益费精神。　千首富,不救一生贫。贾岛形模元自瘦,杜陵言语不妨村。谁解学西昆。(P2309)

第一首(四首其一)歌咏宋壶山博古通今的才学和隐逸潇洒的人生,与"壶山好,胆气不妨粗"、"壶山好,文字满胸中"二首(四首其二、其三)合起来,堪作一篇"壶山传"来欣赏。第二首(四首其四)叙写宋壶山与自己的交情,既见相互推赏之情,亦寓惺惺相惜之意。宋自逊有《赠戴石屏》诗云:"又是六年别,浑无一字书。性宽难得老,交久只如初。白发添诗集,黄金散酒垆。行程遍江海,何处是吾庐。"①对读之下,可见戴复古此词又有酬答宋自逊赠诗之意,词中有"催归曲,一唱一愁予"之句,自注云"壶山有《催归曲》赠仆,甚妙",亦可见二人交游

① 傅璇琮等主编:《全宋诗》,北京:北京大学出版社1998年版,第62册,第38831页。

唱酬的情形。第三首(三首其一),乃自咏之词,上片自谦,自认是农家子;下片自嘲,虽不得志,但有自己坚持的人生原则和创作主张。看似打趣调侃,信手拈来,十分随意,但逻辑严谨,铿锵有力。由于首句的限定,全词便只围绕中心人物的行为、品质、思想等来阐发与歌咏,专一但不单调,形成了这两组咏人词的共同特点。

在上述这7首咏他人与自咏的词作中,有严整之语,如“结屋三间藏万卷,挥毫一字直千金”(“壶山好”其一);有诗意之语,如“万柳堤边行处乐,百花洲上醉时吟”(“壶山好”其一);有典故之语,如“诗律变成长庆体,歌词渐有稼轩风”(“壶山好”其三)。但更多的是俚俗之语,如“画眉老妇出交租”(“壶山好”其二),“但愿有头生白发,何忧无地觅黄金”(“石屏老”其三)等,反映了戴复古《望江南》在赋咏人物上所表现出的诙谐情调,这也是由《望江南》内容题材的演变而带来的审美特色的变化。

综上所述,这类歌咏风土人物的《望江南》词,都是以首句三字点明歌咏之物、之地、之人。这是唐宋《望江南》词中成就最突出、特征最鲜明、影响最深远的一种创作模式,它创始于白居易,而在两宋又得到不断的改进与创新,以至生生不息,流响至今。

**(二)另类歌诀的创作**

在唐宋《望江南》词作中,还有相当一部分作品属于另类歌诀的类型,它们不以抒情性的文学形象取胜,而是以通俗质朴的语言、朗朗上口的音节编制而成的应用性歌诀或娱乐性乐章。按其规模与类型主要可分为三类:兵机要诀类、佛道义理类、诙谐戏语类。

(1) 兵机要诀

《望江南》词中有署名为晚唐易静撰《兵要望江南》720首,约占唐宋《望江南》词作总数的73%,数量如此巨大,实在不容忽略。

顾名思义,在《望江南》词调前面加上“兵要”二字,正揭示了这批《望江南》作品所要表现的内容,即兵法之要领。《兵要望江南》从“委任”到“马药方”,由三十个门类组成。每个门类篇数多少不一,多者达83首,少者只有4首;内容不一,但核心都是围绕治兵思想、用兵事项来进行概括与总结。

《委任》26首,记录的是有关统帅的责任与谋略,涉及用人、带兵、兵心、交战、赏罚、起兵等内容和事项,总结了一个良将必须具备的领军艺术。从《占风角》到《占斗》为占天象类,共计 320 首,主要通过观察各种天象来"言知"福祸凶吉,将帅可依此做出判断和采取应对措施。从《占地》到《占鸟》为占地象类,共计 177 首,主要内容包括对地理位置的审度、对地上突然出现异象的预言、对地上各类动物特殊行迹的观察等,以此揣测敌我情况,服务于统兵作战。《占怪》44 首,《占梦》9 首,这两类歌词的共同特点是对各种"怪"异现象(包括梦)的观察和预言,以服务于用兵和作战。《占禳压》13 首,"禳"是消灾除难之祭,所以"占禳压"这组作品就是各种有关如何消灾的口诀,主要指明在特定的"时"或"日",要用特殊的精明的方法进行排兵布阵,以期达到作战的成功。《〈周易〉占侯》37 首、《太乙式》31 首、《占六壬》45 首,都是根据卦象、奇门遁术、天干地支等中国传统占卜方法来预知凶吉,从而做出行动或防备的决定,与"占天象"、"占地象"等一起,构成了《兵要望江南》上到天、下至地、远溯古人、近及自身经验的一个完整的占卜系统。此外,《人药方》16 首、《马药方》4 首,涉及士兵和马匹遭受疾疫与突发创伤的治疗,也是一个良将不可忽略的统兵之道。

从上面的概述可以看到,《兵要望江南》的内容都是围绕着行军作战展开,也涉及一些有关朝廷政局、民生疾疫的问题。占卜的目的是为了"预知",以期预防或解决可能出现的问题。其中迷信的思想占大部分,但不可否认,它也反映了古人行军作战对"天时"、"地利"、"人和"的关注,具有其积极的一面。《兵要望江南》以《望江南》词调为载体,用记录的口吻或记叙的手法表现这些内容和思想。虽然数量庞大,但或因其历来著录于"兵家"类,或因词的内容平铺直叙,缺少抒情特色和艺术魅力,似乎没有进入流行歌坛来演唱,这样也就大大削弱了它在词史上的作用和地位。尽管如此,通过《兵要望江南》,我们对词的功用可有进一步的认识。如果说,诗在特定的时期或某些诗人笔下存在思想上的教化这一功能,那么《兵要望江南》的出现,则是以其便于记忆、琅琅上口等歌诀特点而具有了行为上的教导功能,体现了传播知识、承载文化的应用功能,这在金元《望江南》的创作中也有一些体现。

(2) 佛道义理

与晚唐《兵要望江南》的出现相呼应,从五代进入北宋时期以来,以《望江南》一调演绎叙写道家仙术的词作就接连不断。托名于吕岩的《望江南》12 首

(《梦江南》11 首、《望江南》1 首),介绍了"淮南法"、"王阳术"、"黄帝术"、"长生术"等仙道法术及其作用,并对"修身客"、"学道客"、"治身客"等提出了修炼要求。陈朴《望江南》9 首,把其研究的丹法系统寓声于《望江南》,以口诀式的歌词,讲述"九转成道"的修炼过程,以通俗易懂的方法教导人们怎么由凡人修炼成为仙人。

南宋净圆法师作有两组《望江南》,一组 6 首,皆以"娑婆苦"为首句;另一组也是 6 首,皆以"西方好"为首句,正好与"娑婆苦"一组形成对应关系。佛教认为,一太阳一月亮照耀的空间成为小世界,一千个小世界为小千世界,一千个小千世界为中千世界,一千个中千世界为大千世界。"娑婆世界"指的就是我们生活的大千世界。"娑婆世界"众生罪业深重,必须忍受种种苦难。"西方"即极乐世界,是佛教徒们所向往的理想世界。净圆"娑婆苦"6 首,揭示现世的种种苦难;"西方好"6 首,描绘理想世界的种种景象。其目的也是以歌曲口诀的方式来演绎佛教义理,期以教化黎民、普度众生。

除了道长与法师,文人仕女也相信自己的仙缘与佛性。王安石便以 4 首单片的《望江南》,表示希望通过"归依法"、"归依佛"等思想行为,来完成自己"六根常寂静"、"速登无上觉"等愿望。张镃《梦游仙》4 首,其一序曰:"小姬病起,幡然有入道之志,因书赠之"(P2127),词中对其小姬入道毫无劝解之意,也足见其时信仰的自由。

叙写道家炼丹养生之术也好,描述佛家苦乐世界也好,表达求仙学道和皈依佛法的愿望也好,这些出自于道士、僧徒或文人之手的《望江南》,与《兵要望江南》一样,也带有很明显的口诀性质和应用功能。

(3) 诙谐戏语

在唐宋《望江南》词作中,还有一些是诙谐戏语而倚声于《望江南》一调。如五代词人伊用昌之《望江南》写道:

> 江南鼓,梭肚两头栾。钉着不知侵骨髓,打来只是没心肝。空腹被人漫。(P442)

伊用昌的生卒、年里及仕宦皆不详,文献中记载他因性格狂逸、行为疯颠,而被世人呼为"伊风子",甚至死而复生,似乎有些荒诞不经,但像《十国春秋》这样的史书既为其立传①，则历史上确有其人，当是可以采信的。可惜这位“伊风子”所作《望江南》传存下来的只有这首“咏鼓词”。此词咏“江南鼓”，既是戏谑人生，也有自嘲意味，诙谐幽默，耐人寻味。

又如北宋王齐叟《望江南》词云：

> 居下位，常恐被人谗。只是曾填青玉案，何曾敢作望江南。请问马都监。（P358）

宋王灼《碧鸡漫志》卷二记载了这首词的创作本事：“王齐叟彦龄，元祐副枢岩叟之弟，任侠得声。初官太原，作《望江南》数十曲嘲府县同僚，遂并及帅。帅怒甚，因众入谒，面责彦龄：‘何敢尔！岂恃兄贵，谓吾不能劾治耶？’彦龄执手板顿首帅前曰：‘居下位（略）。’帅不觉失笑，众亦匿笑去。”②可见这首《望江南》词也显示了作者应急的智慧和调侃的风味，在伊用昌咏物嘲谑的基础上，又朝着娱乐调笑的方向做出了拓展。这样的创作，还有南宋康与之《望江南》咏重阳遇雨等词作。

综上所述，各类应用性、娱乐性歌诀，尤其是数量庞大的“兵要”类歌诀之所以择声于《望江南》，有赖于《望江南》一调在中、晚唐时期的流行，有赖于该调便于记忆、琅琅上口、富有力度、可响亮也可绵长的体式特色和声律特征，显示了《望江南》一调走向应用化、世俗化和娱乐化的创作趋向。

### （三）人生情怀的抒写

风物类歌咏与应用型娱乐性歌诀占了唐宋《望江南》词的大部分，是《望江南》一调的词作内容区别于其他词调的重要特征。“艳情”、“闺情”，本来是唐宋词中浓墨重彩的一类题材和一大主题，在许伯卿“全宋词题材构成”的排行榜中居第 3、第 6 位③，然而这类题材在《望江南》词中却较为少见。从人生情怀的表现来看，“闲愁别恨”可谓是唐宋《望江南》词中最为显见的情感内容，“愁”、“恨”等类的字眼也频频出现。经统计，在除去《兵要望江南》之外的两百多首词作中，“愁”字出现 21 次，“泪”字出现 20 次，“恨”字出现 15 次，“肠断”与“断肠”甚

---

① 吴任臣：《十国春秋》卷七十六《楚十・列传》为伊用昌立传云：“伊用昌，南岳道士也，有异术……”所记较简略。北京：中华书局 1983 年版，第三册，第 1043 页。

② 王灼：《碧鸡漫志》卷二载王齐叟词云：“居下位，只恐被人谗。昨日只吟《青玉案》，几时曾做《望江南》。试问马都监。”与《全宋词》所录相校，略有异文。岳珍《碧鸡漫志校正》（修订本），第 41 页。

③ 许伯卿：《宋词题材研究》，第 37 页。

至在一首词里就出现 3 次(周容淑“春去也”一词)。可见,在唐宋《望江南》词作中,也同样渗入了“闲愁”“别恨”一类的人生情怀,从而进一步提升了《望江南》的抒情品性。

(1) 浓淡不一的“闲愁”

“闲愁”,是一种无端而来、不期而至、飘忽不定、难以捕捉,而又令人心有悸动、情有感发、缠绵悱恻、难以排遣的愁绪。在许伯卿“全宋词题材构成”37 种题材排行榜中,“闲愁”排列第 11 位。可见“闲愁”的抒写在宋词题材中是居于较前列位置的。“闲愁”虽有浓淡、强弱之分,却并无高下、真假之别,无论它浓如云还是薄如雾,无论它深似海还是淡如烟,都是唐宋词人对于人生的真切体验,既普泛而又深幽,具有独特的审美价值。唐宋《望江南》词中所表现的这类闲情愁绪也不例外。

唐宋《望江南》词中最先抒发愁情的要数皇甫松同调异名《梦江南》词 2 首:

> 兰烬落,屏上暗红蕉。闲梦江南梅熟日,夜船吹笛雨萧萧。人语驿边桥。
>
> 楼上寝,残月下帘旌。梦见秣陵惆怅事,桃花柳絮满江城。双髻坐吹笙。(P92)

两首皆是前两句写夜间的背景与人事,或烬落屏暗,或人寝月残;后三句皆写梦中情事:梦中不仅有梅熟、夜雨、桃花柳絮之景,还有吹笛、吹笙、驿边言语之人,更有难以道明的惆怅之事,可谓人、景、事具备,应该是作者江南生活体验的审美写照。梦乡中江南之难忘,正反衬现实之失落;梦境中景色之朦胧,又反映了如今情怀之迷离。在看似愉悦的江南景色中,体会到的是词人似是非是的空虚与淡淡哀伤的愁情。

亡国后被囚拘汴京的南唐后主李煜,则是以“闲梦”南国春秋美景来寄托怀念江南故国的哀思。请看他的《望江梅》2 首:

> 闲梦远,南国正芳春。船上管弦江面绿,满城飞絮滚轻尘。忙杀看花人。(P755)
>
> 闲梦远,南国正清秋。千里江山寒色远,芦花深处泊孤舟。笛在月明楼。(P756)

"闲梦远",这三个字可谓形象而又真切地体现了词人渐渐陷入愁思的过程;也正如他在《浪淘沙》词中所揭示的那样——"梦里不知身是客,一晌贪欢",只有在梦中他的生命才会真正有"闲",也只有在梦中他的思想才能走得很"远"。而他梦见的都是"南国"的情事,由两幅鲜明的图画构成:一幅是"芳春图",一幅是"清秋图";而无论是芳春的繁华、热闹、温馨,还是清秋的辽阔、悠远、凄冷,这些美丽如画的南国风物,和带有迷离伤感色彩的游乐生活,共同构成了词人眼底心中永远无法忘怀的"江南"印象;而当往事如烟时,当置身"北国"时,突如其来的回忆哪怕只是一两幅深印脑海中的画面,也足以使人愁绝。李后主这两首《望江梅》虽然只咏"闲梦",而他灌注在"江南"美景中的却是深深的哀愁。

在唐宋《望江南》词中,另有一种愁绪却是寄托在咏物之中,睹物生愁,自成特色。北宋王琪《望江南》咏物词 10 首,便有 6 首写愁。他写"江南柳",便写其"愁黛",状其"离恨";写"江南酒",便写酒后"愁攻";写"江南竹",便写其"粉泪";写"江南雨",便写飘洒的朦胧之"愁";写"江南岸",便写两岸的"别离心";写"江南月",便状丹桂摇落之"恨",嫦娥别离之"愁"。无独有偶,仲殊歌咏"南徐"之地,也写西楼樽酒后的愁思,写其特殊风景、特殊地理位置带来的伤感与忧愁。这些词,情感不至于很强烈,但却反映了某些事物代表的普遍情感,如"柳"、"岸"之离别,"酒"后的愁上加愁等特殊通感,也反映词人一时一地的内心感受。

在这些《望江南》词中,可以看出闲愁的浓淡虚实。王琪之类的忧愁是言于词中而不强烈,反之,皇甫松、李煜之类的忧愁却是落在词外然而低徊深切。唐宋词人以不一样的手段和不一样的题材,却共同为《望江南》增添了忧愁的抒情色彩。

(2) 悲苦凄婉的"别恨"

离别之伤悲,自古有之,如《诗经》之《邶风·燕燕》,楚辞之《离骚》;离别之抒写,又遍及各种体裁,如诗之《古诗十九首》,赋之《别赋》;离别之类型,更是多种多样,亲人之别,友人之别,爱人之别,甚至家国之别。在唐宋《望江南》词中,除"闲愁"外,还有另一类表现更为强烈的情感——别恨。

唐宋《望江南》离别词的抒情模式多种多样。欧阳修咏江南月"长是照离愁"、赵长卿"此去几时还"、陈允平"归思越凄凄"等是亲人之别;张先"千里伴君行"、洪适“离恨落花当”等是友人之别；李纲“千里别沙阳”、“征骑远闽州”等是羁旅之别；黄静淑“回首隔天涯”、陶明淑“别君容易见君难”、吴昭淑“别后相思天万里”等，是南宋旧宫人被掳北上后与南还的宫廷乐师汪元量的生死之别。而内容最为特殊的，情感最为有力的，莫过于李后主由座上皇沦为阶下囚的家国之别：

> 多少恨，昨夜梦魂中。还似旧时游上苑，车如流水马如龙。花月正春风。
>
> 多少泪，断脸复横颐。心事莫将和泪说，凤笙休向泪时吹。肠断更无疑。（P746）

这两首词为李煜亡国被俘入宋后所作。词人开篇即以“多少恨”一声感叹点明心绪，并说明了此“恨”来自梦魂中。又以“还似”二字直贯到底，勾勒了梦之场景。词人以梦写醒，以乐写哀。梦境越是热闹繁华，与囚居的现实生活反差越大；对昔日生活越是眷恋，越显现今日处境的悲哀凄凉。“多少泪”，纵横满脸。想寻求情绪的缓解，于是拒绝今日之心事的浮现，拒绝往日之凤笙的响起。思考与回忆，令泪流难止的苦心人肠断欲绝。离乡之悲、亡国之痛在李后主身上得到了淋漓尽致的体现。

类似的悲恨发生在类似的朝代更替中。宋末元初的大批词人继续唱响亡国之恨，抒写离家之痛。请看宋末汪元量所作《望江南·幽州九日》一词：

> 官舍悄，坐到月西斜。永夜角声悲自语，客心愁破正思家。南北各天涯。　　肠断裂，搔首一长嗟。绮席象床寒玉枕，美人何处醉黄花。和泪捻琵琶。（P3340）

既题作“幽州九日”，可见此词作于汪元量随宋恭帝及宋宫室被掳北上抵达元大都（即今北京）之后的一个重阳节。词人守月长坐于寂静阴冷的官舍，漫漫长夜里听着悲凉的号角声，一颗漂泊的心灵深深地陷入思家怀乡的愁绪之中，然而此时词人远在天涯，与家乡已是南北分隔。上片思家，下片思国。肝肠断裂之余、长叹一声之后，他回想起故国宫殿的绮席象床与玉枕，却不知往日里那些貌美如花的妃嫔宫女如今又在何处醉度佳节，他只能流着眼泪弹一曲琵琶来排遣心中的忧伤。作为曾经的宫廷琴师，汪元量与宋王室有着更密切的接触，所以他不仅感受到亡国人臣之痛，还设身体会亡国王族之悲。

亡国之痛、离家之悲并不是男性的专利，在女性的人生中也时有发生。《全宋词》收录了十个被掠北上的宋宫人为送别汪元量南归而写下的《望江南》，也充满了凄婉的家国悲恨。兹举三首为例：

秋夜永，月影上阑干。客枕梦回燕塞冷，角声吹彻五更寒。无语翠眉攒。　天渐晚，把酒泪先弹。塞北江南千万里，别君容易见君难。何处是长安。——陶明淑《望江南》(P3346)

今夜永，说剑引杯长。坐拥地炉生石炭，灯前细雨好烧香。呵手理丝簧。　君且住，烂醉又何妨。别后相思天万里，江南江北永相忘。真个断人肠。——吴昭淑《望江南》(P3347)

春去也，白雪尚飘零。万里归人骑快马，到家时节藕花馨。那更忆长城。　妾薄命，两鬓渐星星。忍唱乾淳供奉曲，断肠人听断肠声。肠断泪如倾。——周容淑《望江南》(P3347—3348)

这些南宋旧宫人在送别昔日的宫廷琴师汪元量南归时，内心的情感是异常复杂的，既为他得以南归感到由衷的高兴，想象着"万里归人骑快马，到家时节藕花馨"的温馨美好，又为故人分别而伤心，吟唱着"塞北江南千万里，别君容易见君难"的依恋不舍，而更多地则是触起故国之思和亡国之悲，发出"何处是长安"、"忍唱乾淳供奉曲，断肠人听断肠声"的悲鸣。凄怆浓烈的家国悲恨，乃是亡宋臣子宫人的共同情感体验。

文学来源于真实的现实生活而又形象地反映现实生活。唐宋的亡国人主与人臣，以其深刻独特的人生体验为唐宋《望江南》注入了古往今来最为深沉悲苦的思想情感；《望江南》又以其为人所熟悉的音乐旋律，从亡唐到亡宋，把这种被词人们赋予的最感人的思想情感唱响了一代又一代，凝定为唐宋《望江南》词作中最为深婉动人的抒情篇章。

## 第四节　唐宋《望江南》艺术论

优美的声律，轻灵的形体，为《望江南》描绘风物、表现生活、抒写人生甚至是传播知识、宣传教义，提供了一种非常有利的音乐文学形式，那么唐宋《望江南》的歌词创作在艺术表现上又有何特征与成就呢？这将是我们需要进一步深入研究的问题。

## 一　唐宋《望江南》词的表达特点

词既是配合乐曲歌唱的歌词，也是形体独特的诗歌，因此既要讲究语言的运用，也非常注重表达的方式。《望江南》作为唐宋词坛存词数量最多的“第一调”，其语言的通俗性和歌词的叙事性，便成为该调歌词在艺术表现上的一个突出特色。

### （一）语言通俗性

《望江南》声调清越、和婉，不绮不艳，平淡而不落平庸。与其声调相应的是，倚声于《望江南》的大部分词作着笔自然平淡、朴实无华，语言通俗易懂、明白晓畅。无论是歌咏风物人情的题材，还是演绎“兵要”与宗教的歌诀，抑或个人情怀的表达，都在很大程度上体现了语言通俗易懂的特征。

在风物人情的歌咏上，最耳熟能详、明白晓畅的莫过于白居易的《望江南》词 3 首。李渔《窥词管见》道：“诗词无论美恶，先要使人可解，白香山一言，破尽千古词人魔障。”①白居易于诗歌创作上追求通俗可解、妇孺可诵的文学主张和审美理想，是众所周知的事情。其《望江南》3 首作为配合流行歌曲歌唱的歌词，在语言表达上也做到了明白晓畅、通俗自然，带有民歌的朴实风格。不仅是开篇的“江南好”、“江南忆”直接点题，类似口语，句中的“最忆是”、“其次忆”，句尾的“能不忆江南”、“何日更重游”、“早晚复相逢”，也都是明白如话，而且连句中的两个七言句虽然运用了对偶手法，也能做到自然而畅达。白居易的《忆江南》是现存《望江南》一调中最早的文人之作，它的成功效应不仅表现在融体物叙事抒情为一体的叙写模式上，也为后来文人词的创作定下了通俗朴实的语言风格。

唐宋《望江南》词在歌咏风物上另有许多通俗易懂之作。如欧阳修词“江南蝶”一词（见上文引录），词人歌咏江南的蝴蝶，在柔和的阳光下成双成对。上片对偶句采用了比喻、拟人、用典故的手法。何郎即何晏，与韩寿二人皆古之美男子。词人活用了魏明帝疑何晏傅粉、贾充女偷其御赐西域奇香赠韩寿两个典

① 李渔：《窥词管见》，《词话丛编》本，第 554 页。

故①。但即使是不知这两个典故的读者，从词人的表达中，也能知晓其意在描状蝴蝶身若傅粉，其采花如同偷香，不致有晦涩之感。而"轻狂"二字，自是以人拟蝶，亦以蝶喻人。上片写阳光中的蝴蝶，下片便写微雨后的蝴蝶。在"才伴"、"又随"关联词的连接下，更显语言的平白如话。又如欧阳修的另一首《望江南》词，把江南月不同时间中的不同形状比喻成镜与钩，"似镜不侵红粉面，似钩不挂画帘头"，也达到了通俗而生动的艺术效果。又如张继先述道情"不看人间三月景，常思天上万花香"，戴复古咏壶山"博古又通今"、吴潜赋家山"白白红红花面貌，丝丝袅袅柳腰身"等等，皆通俗如话，无雕刻痕迹。但这种通俗并没有削弱词的艺术美感，如上述欧阳修之"江南蝶"，疏朗、清爽，可视为咏物词的佳作！

在《望江南》词中，不仅歌咏风土人情的题材表达通俗，个人情感的抒发亦如是。苏轼"休对故人思故国，且将新火试新茶"、曾布"青山须待健时归"、张继先"随分也曾施手段，争先还恐费精神"、赵子发"今年人忆去年人"等等，或表现豁达情怀，或抒发人生理想，或比喻处世哲学，或忆念昔时昔人，都是毫不隐晦地以明白晓畅的语言表达出来。

至于歌诀性质的《望江南》词，与其传播知识、宣传宗教等实用功能目的相联系，其语言表达之通俗甚至俚俗就更不用说了。如《兵要望江南》开篇第一首便是："兵之道，切忌起无名。不止少功虚效力，逡巡反祸复危倾。容易勿言兵。"再如："当权将，其责重如山。社稷存亡全在尔，安危君父一时间。须要立功还。"宗教体悟类歌词也是如此，如王安石词云："归依法，法法不思议。愿我六根常寂静，心如宝月映琉璃。了法更无疑。"这些词作，除了一部分涉及兵法、宗教等专门内容和特殊术语者略感生涩之外，其他叙述性阐释性内容一般都能做到平白如话，娓娓道来，并且富有节奏感，形成《望江南》词的一大语言特色。

唐宋文人所作《望江南》在语言表现上的通俗性特征的形成，固然与其音乐曲调的声情特征和歌词所要表现的内容题材有关，但也可能受到敦煌民间词的影响。我们可以略举两例敦煌词来加以考察：

天上月，遥望似一团银。夜久更阑风渐紧，为奴吹散月边云。照见负

---

① 刘义庆：《世说新语》"容止"篇、"惑溺"篇，杭州：浙江古籍出版社 1986 年版，第 256、385 页。

心人。①

娘子面，硙了再重磨。昨来忙莫行里少，盖缘傍伴迸夫多。所以不来过。

莫攀我，攀我太心偏。我是曲江临池柳，者人折了那人攀。恩爱一时间。②

第一首敦煌词为单片体，内容乃写闺怨，表达的是一个古老的主题——“痴心女子负心汉”，不仅描写的语言俚俗质朴，如以“一团银”来描状“天上月”，而且抒情也真率明切，直呼夜风“为奴吹散月边云，照见负心人”！刘大杰评此词：“以短小的形式，明白如话的语言，表现出被压迫、被迫害者的强烈悲愤，显示出民间作品的鲜明特色。”③任半塘亦云：“此辞真挚泼辣，向受称美。”④第二首敦煌词原抄卷录作双片体一首，今人整理本或分作单片体二首，从内容来看，应该是反映青楼女子的风尘生活和不幸遭遇，语言之浅近通俗更有甚于前一首作品。又如前文所举“敦煌郡”双片体一首，任二北先生考订它大致作于唐肃宗大历年间，比白居易《忆江南》还早了约半个世纪，这首词可能经过了文人的加工润色，但语言仍然显得明白晓畅，自然质朴，它来源于边地军民的原声歌唱，则是可以肯定的。尽管现存敦煌词中的 7 首《望江南》，可考创作年代早于白居易等文人词的就“敦煌郡”一首，其他作品可考者多作于晚唐五代，而像上举“天上月”等词则难以详考年代，因此，我们推测唐宋文人所作《望江南》词可能受到敦煌民间词的影响，也许证据并不充分，但至少我们可以肯定，《望江南》语言表现的通俗性特征在唐五代敦煌民间词中也得到了有力的印证。

### （二）歌词叙事性

唐宋《望江南》还有一个显著的特点，就是歌词具有较普遍而鲜明的叙事性。词体文学虽然形成了最擅长抒情的体性特征，但在早期民间词如敦煌曲子词以及后来的一部分文人词中，叙事性仍然得到了较突出的表现和发展。《望江南》由于其形体、声情等因素的决定，叙事性似乎表现得比一般词调更为明

---

①《全唐五代词》，第 934 页。按，此词第二句盖添一衬字。

②《全唐五代词》，第 890 页。按，此词别本或分为单片二首。

③ 刘大杰：《中国文学发展史》，引自王兆鹏主编《唐宋词汇评》（唐五代卷），第 651 页。

④ 任半塘：《敦煌歌辞总编》卷二，第 345 页。

显，既体现在文体形式上，也体现在内容表现中。

《望江南》歌词的叙事性特征，从词题、词序的运用上即可得到体认。唐五代词是很少有题序的，但《望江南》一调的创作却运用了词题。最突出的例子当然是《兵要望江南》了。"兵要"二字冠于《望江南》词调之前，并非词调名称的有机组成部分，而是对歌词的题材内容的揭示，即这宗"寓声《望江南》"且多达 720 首的歌词作品，是用来演绎"兵机要诀"的，其叙事性特征也就昭然可见了。又如敦煌词中，有一首《望江南》单片体的作品，首句为"五梁台上月"，比通行体式多出了二字，或以为是衬字，而任二北先生则认为"五梁"二字当是词题，且为这首词拟题为"五梁咏月"①，应该是很有见地的。

宋代《望江南》词运用词题词序的就更多了，自张先开始，宋代 251 首《望江南》词中便有 86 首有词题，9 首有词序，共占宋代《望江南》词作总数约 37.8%的比例。这些词题具有明确题旨、引导叙事的功用，或标明节序，如"暮春"、"晚晴"、"元宵"、"秋日节景"、"幽州九日"；或标明所作之地，如"池阳道中"、"过分水岭"；或标明所咏之人，如"与龙靓"、"咏妓"；或标明所咏之物，如"柳"、"江景"、"江乡"、"金泉山"；或标明所赠答之人，如"送黄冕仲知福唐"、"贺毛检讨生辰"、"寿张仪真"、"寄朋权"、"答徐守韵"；或标明个人情事，如"闺情"、"感事"、"赋所见"、"观棋作"、"归依三宝赞"。词序则有长有短，短的如张镃词序云"小姬病起，幡然有入道之志，因书赠之"(P2127)，说明词乃缘事而发。长的往往多达百字以上，兹举张继先为例：

> 次元规《西源好》韵，并序。某喜西园壁立峻峙，无一俗状。疏松密竹，四通九达，青玉交辉。天作高山，地灵若此。常相谓曰：身处真人之墟，而不知也。登戏珠峰，以见虎蹲龙蹑，远壁遥岑，皆在其下。考室在靖，建名榜之，水中花、圃中蔬，山光翠竹，白屋逾静，得其居矣。昔之思归，见十二篇之曲。同声相应，故和之。(P761)

既有题，又有序，属于题序并用之例。既交代创作缘由，又道明所和之人，中间的写景感怀，就像一篇山水小品，又无疑是对词作内容的补充。《望江南》

① 任半塘：《敦煌歌辞总编》卷二注云："《望江南》调首句作五字，或加衬字者甚少。揣知此二字，并非曲辞。……姑将此二字列入题目。"又云："'五梁'当是'五凉'，即指瓜沙之城。"第 492—493 页。

单片体只有27字，双片体也只有54字，容量十分有限。词题与词序便从时、地、人、物、事、由等多种叙事要素着手，把有限的表达扩大化，使词收到有首有尾、情事兼备的艺术效果。

从篇章形式上看，《望江南》词多以联章组词的形式和手段，延伸时间和空间，达到叙事的完整性。仲殊组词"南徐好"10首，写了南徐的"瓮城"、"花山李卫公园亭"、"渌水桥"、"沈内翰宅百花堆"、"刁学士宅藏春坞"、"多景楼"、"金山寺化城阁"、"陈丞相宅西楼"、"苏学士宅绿杨村"、"京口"，一首一地，随着词人在空间上的跳跃和对各地特色的描述，在10首共540字的歌词中，我们仿佛随他游遍南徐。张继先"西源好"12首，除了分别歌咏西园的疏松密林、圃中蔬、水中花等，还系统地描写和表现了春、夏、秋、冬四个不同季节的不同景色以及词人的不同感受，使西园之好跃然于纸上。同样的四季组词还有吴潜的"家山好"4首①、李纲寄陆惇礼"渔父四时词"4首②，都是延伸了时间的长度和空间的广度以有利于叙事和表达。

从内容表现上看，《望江南》词也往往借助时、地、人、物、事等要素体现词在内容上的逻辑性，构成了一定的叙事效果。如方岳《望江南》云：

> 梅欲老，撑月过南徐。家口纵多难减鹤，路程不远易携书。只是废春锄。　霜满袖，茶灶借僧庐。湖海甚豪今倦矣，丘山虽寿竟何如。一笑荐冰蔬。(P2838)

该篇有词序云："乙未生日，时赴官淮东，以是日次南徐，泊舟普照寺下，侍亲俱汤饼。寺中门有扁曰寿丘山，亲意欣然，盖以丘山为岳字云。"词序具体地交代了作词的背景和缘起，甚至补充了词中未述之花絮。歌词正文则对一路行程加以具体描述。"梅欲老"，点明了时间；"过南徐"，是事件；家口多，路程近，携书易，展现的是一家老小"赴官淮东"的景象；不说搬迁的不容易，只说错过了"春锄"的时间。随着时间的推移与行程的推进，下片写来到了"僧庐"，看到了与自己的姓名暗合且带有"寿"字的寺门扁额，也可能与寺僧攀谈起来，谈话中

---

① 吴潜《望江南》"家山好"组词共14首，前4首开篇依次赋咏"家山好，好处是三春"；"家山好，好是夏初时"；"家山好，好处是秋来"；"家山好，好处是三冬"，盖按四季顺序描写，为一组。其他10首则杂咏"家山好"，如"家山好，结屋在山椒"，"家山好，一室白云中"等。《全宋词》，第2740—2741页。

② 李纲词序云："予在沙阳，尝作《满庭芳》一阕，寄陆惇礼。末句云：'何时得，恩来日下，蓑笠老江湖。'今蒙恩北归，当践斯言，因作渔父四时词以道意，调寄《望江南》。"《全宋词》，第907页。

词人不禁感叹:功名利禄、宦海浮沉使人疲倦,清蔬淡饭才是永恒。这样,词人便在有限的54字的《望江南》词中把迁徙途中的趣事叙述得明明白白。这样的例子还有不少,兹不一一赘述。

## 二　唐宋《望江南》词的结构特征

唐宋《望江南》词作在章法结构上也颇具特征,这不仅体现在单片体三段式的结构模式上,而且还体现在双片体灵动多变的章法结构上。

### (一) 独特的三段结构

从体式结构上来看,《望江南》单片体由三个平声韵分成三小节,即开篇由一个三字句和一个五字句构成一个小节,用一韵;中间由两个七字句构成一个小节,用一韵;末尾由一个单独的五字句构成一个小节,用一韵。这种结构模式可称之为“三段式”。很明显,《望江南》歌词的这种三段式结构乃是由曲调的音乐节奏和韵律特征所赋予的。而这种三段式结构,不仅特别擅长于体物言情,而且也非常有利于铺陈叙事,这大概正是《望江南》既被大量用来表现“忆江南”、“望江南”、“梦江南”、“家山好”一类的风物人情,也被大量用来演绎兵机要诀、宣述道情佛法的原因所在。

这种三段式结构模式,实际上从白居易创作《忆江南》3首组词时就得到了奠定。在创作这组描写“江南好”之景、抒写“江南忆”之情的作品时,白居易不仅在整体构思上运用了先总后分的布局,而且在每一首词作的表现中也采取了三段式的结构。我们可以将这种结构模式解构如下:

第一段为入题,即开头二句,揭示对象,表达主题;

第二段为正题,即中间二句,正面描写,印证主题;

第三段为结题,即末尾一句,回应开头,收束全篇。

以白词第一首为例,第一段第一句直陈赋咏对象为“江南”风物,第二句表达对“江南好风景”的熟谙难忘之情,此即开篇入题之法;第二段以两个七言对偶句,摄取两个印象最深的瞬间和特景,来正面描写江南最优美的两幅图画,以印证开篇所表达的“江南好”之主题;第三段则以一个反问式的五言句,来加强表达更为肯定的“忆江南”主题,既收束全篇,也回应开头。第二首、第三首分写“忆杭州”、“忆吴宫”,语言表达上虽略有变化,而结构模式则与第一首相同。

由于白居易的成功运用，这种三段式的结构模式几乎成为了唐宋《望江南》（尤其是单片体）表现“江南好”、“家山好”这类风物人情题材内容的普遍范式。刘禹锡的“和乐天春词，依《忆江南》曲拍为句”的唱和词，堪称最早接受这一结构模式的范例：

春去也，多谢洛城人。弱柳从风疑举袂，丛兰裛露似沾巾。独坐亦含嚬。（P60）

与白词相比，刘禹锡虽在三段式的第三段的表现上有所变化，而艺术构思的模式则基本相同，艺术效果也颇有异曲同工之妙。

这种三段式的结构特征，在敦煌民间词中也有表现。请看：

五梁台上月，一片玉无瑕。迤逦看归西海去，横云出来不敢遮。叆叇绕天涯。①

这是一首咏月词。开头二句为第一段，揭示所咏对象为“五梁台上月”，从总体上表现月之如玉无瑕的纯洁美丽。中间两个七言散句为第二段，正面描写月的运行轨迹和皎洁魅力。末尾一句为第三段，描写月轮在云气缭绕的天涯海角处落下的景象，回应开头，结束全篇。又如上文所举“天上月”一首，第一段写望中所见之明月，是全篇的歌咏对象，也是后文借以抒情的媒介；第二段写夜深风起的气候变化，表达呼风吹云的迫切愿望；第三段补足“为奴吹散月边云”的目的所在——“照见负心人”，揭示闺怨的主题。三段式的结构依然清晰可辨，只不过将主题的表达移到了末尾一段。

大概正是看中了《望江南》这种三段式结构，既层次清楚，又有脉络可寻，既长于体物抒情，又便于铺陈叙事，所以唐宋词人大量采用此调来创制演绎和表现“兵要”、养生、炼丹、归依一类题材的实用性歌诀，其中，题名晚唐易静所撰《兵要望江南》720 首，就是最典型的例子。我们发现，《兵要望江南》在演绎兵法时对三段式的运用更为普遍和娴熟，主要可归纳为两种基本模式：

模式一：提醒——（正面/反面）解释——强调措施/结果。

举“委任其二”一首如下：

---

①《全唐五代词》，第 935 页。

统军帅，不可比盐梅。相政乖亏犹可救，朝纲虽失亦能回。兵败国倾危。(P188)

第一韵为第一段，"统军帅"指出要说明和表述的对象，"不可比盐梅"是对这个对象的作用和地位的提醒与揭示；第二韵为第二段，是对提醒和表述内容的进一步解释，在这里具体表现为与其他方面作对比，递进解释"统军帅"这一对象和职位的重要性；第三韵为第三段，强调不依提醒的后果，即揭示如果统军帅失职将会直接导致兵败国亡的灾难。类似这种模式还有委任其五、委任其六、委任十三、委任十八等。第三韵也有表现为强调措施的，如委任其八、其九、其十、十一、十二等，兹不赘述。

模式二：现象——具体表现/预兆——措施/结果。

《兵要望江南》的占卜词，在构思和结构上大多采取这种从现象到表现到结果的三段式模式。如"占云"其七：

云起处，行色重而乌。暗伏贼兵军不见，露其形体在高隅。一半是番胡。(P214)

第一韵是揭示天象，描写云象"重而乌"的特征；第二韵是占测此种天象下敌军有可能的军事表现；第三韵是对埋伏敌兵的猜测(预兆)。即"现象——具体表现——预兆"的模式。又如"占梦"其二：

将军梦，云外见飞龙。急去战时须获捷，不过百日帝王封。位显立奇功。(P394)

第一韵讲梦象；第二韵讲"战捷"的预兆及"帝王封"的可能；第三韵是结果"立奇功"。即"现象——预兆——后果"的模式。再如"占雷"其七，是"现象——具体表现——措施"的模式，"占日"其五十，是"现象——预兆——措施"的模式。

《望江南》在唐宋词坛上的流行，应该与这种三段式结构特征有着密切关系。要之，首句三字，次句五字，既简捷明快，又富有节奏力度，可以提纲挈领式地标示所要表现和描写的对象；中间两个整齐的七言句式，有利于细致地描写和刻划，往往成为一片的重心和精彩所在；而收束和照应的任务，自然就落到了最后的五言单句上了。可见，由三个平声韵分成三小节的结构，非常有利于词人有条理地进行构思和创作。

（二）关系灵动的章法

单片的《望江南》有着较明显的独特的三段结构，而相比于单片，双片《望江南》上下两片的组合，又形成了多种关系灵动的章法。有平列对照者，有关系微妙者，有承接递进者。

上、下片平列对照者，如李好义《望江南》：

思往事，白尽少年头。曾帅三军平蜀难，沿边四郡一齐收。逆党反封侯。　　元宵夜，灯火闹啾啾。厅上一员闲总管，门前几个纸灯球。箫鼓胜皇州。①

此词上片回首往事，驰骋疆场，收复失地，意气风发，然而逆党反而封官加爵；下片感叹自己现状，闲散其职，百般无奈，元宵的热闹难以排解孤单与不平。词中上、下片分写昔与今，形成鲜明的对比。

上、下片关系微妙者，作品也较多，兹举华清淑一词为例：

燕塞雪，片片大如拳。蓟上酒楼喧鼓吹，帝城车马走骈阗。羁馆独凄然。　　燕塞月，缺了又还圆。万里妾心愁更苦，十春和泪看婵娟。何日是归年。（P3347）

上片写燕塞雪，下片写燕塞月。上、下片初看似各咏一物，但细细品味，又可以发现上、下片的情感是联系在一起的。上片写人困于寒雪天的羁馆中，听酒楼的热闹，看车马的喧嚣，更显自己独自一人的悲凉；下片写月亮月复一月的圆缺，却不知什么时候才能团圆，心里愁苦至极。上、下两片共抒离别之苦与期盼团圆的渴望。

上、下片承接递进者，在唐宋《望江南》中所占的数量是最多的，举王琪词为例：

江南月，清夜满西楼。云落开时冰吐鉴，浪花深处玉沉钩。圆缺几时休。　　星汉迥，风露入新秋。丹桂不知摇落恨，素娥应信别离愁。天上共悠悠。（P167）

---

①《全宋词》，第2283页。此词或考证为李好义之兄李好古作，参见蔡东洲、胡宁《〈望江南〉〈谒金门〉非李好义之作考》，载《文学遗产》2007年第1期，第135页。

天朗气清的夜晚月光洒满西楼。天上，云消散时月似寒冰悬挂苍穹；水中，浪花深处月如白玉沉落江心。圆圆缺缺，圆缺的轮回不见停休。下片用“星汉迴”提起，斗转星移，迢迢星河，把思绪延伸到更广阔的空间。月宫上的桂树感受不了凋谢的怨恨，而嫦娥应懂得离别的哀愁，天上的仙女也一样有着绵远的忧愁。词的上片主要是从月亮的形状及其作为物的常态上对其加以描绘歌咏，而下片既承接了上片对月的歌咏，又把人的思绪引导到更加广袤的空间，进一步借丹桂与素娥的典故传说来发挥。这种下片对上片的承接和递进的章法在《望江南》词中数不胜数，如上片写“江南水”，下片引申到“名利客”；上片写“江南岸”，下片引申到“兴废事”，等等。

在唐宋《望江南》双片体中，我们依然能看到单片体中的三段式结构，而因为增加了一叠的缘故，双片体在章法结构上又呈现出灵动多样的特征，一定程度地弥补了单片体三段式在结构和章法上的不足之处。

## 三　唐宋《望江南》词的艺术风格

唐宋《望江南》这一词调在宫调上主要属南吕宫，表现“感叹伤悲”的声情；又入大石调，有着“风流酝藉”的情韵；宋人记载“歌《望江南》词”，又有“音调清越”的描状和感受。可见《望江南》一调在音乐曲调的声情表现上原是具有多种审美风貌的，这对我们理解和考察唐宋《望江南》歌词的艺术风格当是有所帮助的。那么，唐宋《望江南》歌词创作在艺术风格上又有哪些主要特征呢？我们可以从以下几个方面来加以考察和分析。

### （一）感叹伤悲

从唐宋人的记载来看，《望江南》在曲调创制上最早当属南吕宫，《金奁集》所收温庭筠 2 词即属南吕宫，其入大石调，当是从北宋后期周邦彦开始的。尽管如此，《望江南》从唐至宋，仍以南吕宫为主。那么属于南吕宫曲调所具有的“感叹伤悲”的声情特征，在《望江南》歌词创作的艺术风格中是否有所体现呢？答案当然是肯定的。

推测《望江南》一调的“感叹伤悲”之情当源于一个“望”字。在中国文化和文学中，“江南”往往代表或象喻的是繁华富丽的故乡与家国；而“望”者虽有登望、眺望、遥望、回望、想望、希望之分别，但皆因阻隔不得而生者则一也。阻隔而望,望而不得,望极而生悲,感慨亦系之。所以《望江南》一调在音乐曲调的创制上带有忧愁伤感的特质,并不奇怪。《望江南》一调在盛、中唐之际人崔令钦所撰《教坊记》中已有记载,当为初、盛唐之际教坊采录与创制。文献记载中最早用此调作词的文人为李德裕,乃借教坊曲《望江南》而作悼亡妓之词,因改名《谢秋娘》。尽管这首《谢秋娘》词未能传存下来,但推测李德裕之所以择调于教坊曲《望江南》而为亡妓谢秋娘作词,大致原因有二:一者李德裕为官的浙西正是江南之地,谢秋娘亦当为江南名妓,“江南”的地域特点使他选择了《望江南》;二者《望江南》有着“感叹伤悲”的声情,也适合于用来表达悼亡妓的题材内容。

《望江南》一调虽在略晚于李德裕的白居易手中被改名《忆江南》,其以“忆江南”和“江南好”为情感线索和主题思想的3首组词,为《望江南》带来了清丽新颖的艺术风貌,但《望江南》的“感叹伤悲”,却仍在敦煌民间词和晚唐五代文人词中得到了较鲜明的体现。在今存敦煌抄卷《望江南》词中,除了“五梁台上月”一首咏物词外,其他作品或叙事,或抒情,皆不同程度地体现了“感叹伤悲”的艺术风格。如前举“天上月”、“莫攀我”二词,一写弃妇之怨,一写妓女之悲,即属典型例证。即使是带有叙事性质的作品,也具有悲慨感伤的色彩。如:“敦煌郡,四面六蕃围。生灵苦屈青天见,数年路隔失朝仪。目断望龙墀。”(P890)又如:“龙沙塞,远路隔烽波。每恨诸蕃生流滞,只缘当路寇仇多。抱屈争那何。”(P867)这些叙写敦煌边地诸郡军民在遭受“六蕃”围困或陷落时向唐王朝陈情和表达忠悃的作品中,字里行间也渗透着浓郁的“感叹伤悲”。

到了晚唐五代时期,《望江南》在皇甫松、温庭筠等人的笔下则又有了“梦江南”的别名。与白居易、刘禹锡的《忆江南》相比,温庭筠等人的《梦江南》则更多地继承了《望江南》原有的感伤情调。前文已引录皇甫松2首及温庭筠“千万恨”1首,兹再引温词另首如下(P123):

> 梳洗罢,独倚望江楼。过尽千帆皆不是,斜晖脉脉水悠悠。肠断白蘋洲。

此词抒写“独倚望江楼”的闺怨之情,“意境酷似《楚辞》,而声情绵渺,亦使人徒唤奈何也”[①]。而到了南唐后主李煜的笔下,“一旦归为臣虏”被囚中州汴京

---

① 李冰若:《花间集评注·栩庄漫记》,北京:人民文学出版社1993年版,第42页。

的他，一方面用《望江梅》2 首表达了对“南国正芳春”、“南国正清秋”的魂牵梦萦，一方面又以《望江南》2 首来倾诉连他自己也说不清道不明的“多少恨”与“多少泪”(已见前文引录)！清陈廷焯评曰：“后主词一片忧思，当领会于声调之外。”①唐圭璋先生亦评曰：“此词直揭哀音，凄厉已极。”②“望”也好，“梦”也罢，“江南”已成为李后主生命中最具悲剧意味的一个文化符号！

当南宋王朝的历史已成梦幻烟云的时候，由宫廷乐师汪元量和金德淑等十位宫女在被幽囚的北国的一次群体创作，则堪称唐宋词坛上《望江南》的一次最凄伤悲苦的合唱。大概是因为汪元量先用《望江南》作“幽州九日”一词，抒发“永夜角声悲自语，客心愁破正思家，南北各天涯”的亡国之痛，因此当汪氏后来南归时，共有十位宫女皆各用《望江南》作词一首以赠别，后人因结集成《宋旧宫人赠汪水云南归词》，又名《宋宫人赠水云词集》，《全宋词》据以收录。这 10 首由南宋旧宫人所写的《望江南》赠别词，堪称篇篇凄楚，字字哀伤。此时“望江南”不仅最能表达她们的内心情怀，而且已成为她们挥之不去的永远的伤与痛！

（二）清新俊爽

主要入南吕宫的《望江南》虽天生带有“感叹伤悲”的风情，而且在晚唐五代的衰乱时世和宋末元初的易代之际曾有两次集中的表现，即使是承平时代也延续不断，但自从白居易把它引向对“江南”风物人情的歌咏之路，并得到宋代词人的热烈响应和大量创作，扑面而来的“江南”风情也就为《望江南》带来了清新之气和俊爽之致，一定程度地淡化了它的感伤色彩。

清新就是明净而新鲜，俊爽就是秀丽而爽逸；它拒绝污浊，远离尘俗，涤荡浓艳，不落俗套；这是一种自然的风致，也是一种生动的情韵。因此在以香艳婉媚为一大审美情趣的唐宋词坛上，《望江南》的出现无疑是具有新人耳目的创新意义的。

白居易的《忆江南》组词第一首，开篇揭题，末尾照应，明白叙述，直抒胸臆，并没有多少新奇之处，而最精彩的地方则在中间两个七言句上。在整首词的关键部分，作者用对偶的技巧和比喻的手法，描绘出江南水乡清新秀丽的景色。用“红”、“火”与“绿”、“蓝”一热一冷两对色调，对江南的典型风物“江花”、“江

---

① 陈廷焯：《词则·别调集》卷一，第 555 页。

② 唐圭璋：《唐宋词简释》，第 15 页。

水”做了形象的概括与描写，色彩鲜明，优美如画。其第二首写“最忆是杭州”，第三首写“其次忆吴宫”，最令人难忘的也依然是中间两个七言句对苏杭风情的描写。“山寺月中寻桂子，郡亭枕上看潮头”，不仅有清新雅丽之风，而且也不乏洒脱俊爽之致；而“吴酒一杯春竹叶，吴娃双舞醉芙蓉”，虽略带香艳之风情，而依然贯注着清雅之气韵。《望江南》之所以能在唐宋词坛上很快流行起来，与白居易一开始对清新秀丽的“江南”风情的成功描写当是颇有关系的。可以说，白居易不仅给后来的唐宋词人提供了一种《望江南》的创作模式，而且也为原本感伤的《望江南》词调注入了一股清新秀逸的风神。

在白居易之后，《望江南》这种清新俊爽之风虽没有在晚唐五代的词坛上得到很好的继承，却被宋代词人予以大力地发扬。王琪即是北宋初期词坛上第一个用组词的形式来集中歌咏江南风物的词人。据宋人记载：“王君玉有《望江南》十首，自谓谪仙。荆公酷爱其‘红绡香润入梅天’之句。”①又云：“欧阳文忠公酷爱王君玉燕词云：‘烟径掠花飞远远，晓窗惊梦语匆匆。’”②王琪这 10 首《望江南》词作于庆历中出守兴国军（今湖北阳新）时，载《湖北通志》卷十五“古迹”门，《全宋词》据以录入。这 10 首《望江南》分咏江南之酒、柳、燕、雨、岸、雪、水、竹、月、草，每首开头皆以“江南”二字领起一物一景，王安石、欧阳修所赏爱的名句，即出自“江南雨”、“江南燕”二首中。“江南雨”一首（前文已引录），虽略有感伤迷离的色彩，却仍不失清新俊秀的风神。王琪为四川成都人，长期在江南一带为官，其自谓“谪仙”，可以想见其豪俊飘逸之风姿，这从《望江南》“十咏”中，也约略可见。

这种清新俊爽的风格，在宋代其他词人歌咏江南及“家山”风物的组词中也多有体现。兹举吴潜《望江南》“家山好”14 首组词的第一首为例（P2740）：

家山好，好处是三春。白白红红花面貌，丝丝袅袅柳腰身。锦绣底园林。　　行乐事，都付与闲人。挈榼携壶从笑傲，踏青挑菜恣追寻。赢得个天真。

这首词不仅描绘了三春时节明媚秀丽的家山景色，而且也抒写了词人优游

① 胡仔：《苕溪渔隐丛话前集》卷二六引《陈辅之诗话》，第 182 页。
② 吴曾：《能改斋漫录》卷十七，第 493 页。

其中清闲自在的生活情趣。

又如南渡名相李纲,在北宋末期从贬地南剑州沙县(今属福建)北归时,曾作"渔父四时词"而调寄《望江南》,以表达归隐之意。这组"渔父四时词"虽然并非写实,也不以吟咏"江南"为题旨,然词人本为岭南人(福建邵武),故其以虚拟之笔描写的渔隐生活仍带有鲜明的南方风物特色。兹举其中一首为例(P907):

> 清昼永,幽致夏来多。远岸参差风扬柳,平湖清浅露翻荷。移棹钓烟波。　凉一霎,飞雨洒轻蓑。满眼生涯千倾浪,放怀乐事一声歌。不醉欲如何。

此首咏夏日渔隐风情,不仅写景清幽,境界开阔,而且胸襟洒脱,风姿豪爽,与其性情人格正相印合。

即使在散见的其他题材的篇章中,我们也能领略到这种清新俊爽的风格特征。请看苏轼的《望江南·暮春》一词(P295):

> 春未老,风细柳斜斜。试上超然台上看,半壕春水一城花。烟雨暗千家。　寒食后,酒醒却咨嗟。休对故人思故国,且将新火试新茶。诗酒趁年华。

这首词是苏轼官密州时所写。密州即今山东诸城,其地则并不属"江南"范围。从词题来看,乃是写"暮春"景色与情怀。然而就在这首并非写"江南"风情的《望江南》中,苏轼却表现出了比其他写"江南"风情的《望江南》更豪俊旷达的艺术风神。上片写暮春之景,虽不乏"烟雨暗千家"的迷惘,然柳斜风细"春未老",仍蕴含无限生机;尤其是"半壕春水一城花"一句,将登览超然台所见山城暮春景色描绘得既灿烂又壮丽。下片抒思归之情,寒食过后,正是清明祭祖之时,词人却欲归不得,故借酒排遣,"酒醒却咨嗟";然而词人很快便"超然"起来,且将故人故国之思抑制下来,聊借新火新茶及时行乐。于是阴郁的景色变得明朗,感伤的心情转为清旷。俞陛云评此词曰:"'春水'两句,超然台之景宛然在目。下阕故人故国,触绪生悲,新火新茶,及时行乐,以此易彼,公诚达人也!"① 正道出了此词的精髓所在。

---

① 俞陛云:《唐五代两宋词选释》,第209页。

（三）流丽疏快

流丽，是流畅华美而不堆砌；疏快，是疏朗明快而不稠密。轻灵新颖的形体，明快疏宕的节奏，参差错落的句式，简明实用的三段式结构，加之“江南”风情的大量入歌，使得唐宋《望江南》一调的歌词创作呈现出较之其他词调更突出的流丽疏快的艺术风格。

这种流丽疏快的风格特征早在敦煌民间词中就有鲜明的表现，如上文所引“天上月”一首，由月到风，由风到人，一气贯注，直揭“照见负心人”的怨愤之情。刘永济评此词云：“此怨词也，写怨情而带怒意。”[①]任半塘也以“真挚泼辣”四字加以称赏[②]。又如“莫攀我”一首，其直述的语气，流畅的语言，明快的节奏，与“天上月”一首堪称姊妹篇。可见这种疏朗明快的风格在敦煌词中的表现，除了受音乐、形体与声律等因素的决定之外，与情感的真切充沛也是相互联系的。

至于唐宋《望江南》文人词的创作，也是从白居易开始，便奠定了这种疏朗之风，明快之美，只不过比之敦煌民间词来，在流畅之中又增添了一分婉丽的风采。从刘禹锡的唱和词中，我们也清晰地看到了他对白词风范的继承和发扬。如清代常州词派的代表陈廷焯即以“婉丽”二字来点评刘禹锡的“春去也”一词[③]，而清末著名词论家况周颐则加以更具体的评述：“唐贤为词，往往丽而不流，与其诗不甚相远。刘梦得《忆江南》云(略)。流丽之笔，下开北宋子野、少游一派。唯其出自唐音，故能流而不靡。所谓风流高格调，其在斯乎！”[④]丽而不流，流而不靡，堪称中的之论。

这种流丽而又疏快的词风，在晚唐本以密丽隐微的词风而著称的温庭筠的《梦江南》中也有体现。如果我们将温庭筠《梦江南》“梳洗罢”一词(已见上文引录)，与其《菩萨蛮》压卷之作做一个比较，便能见出词风的异同。兹引录其《菩萨蛮》如下：

小山重叠金明灭。鬓云欲度香腮雪。懒起画蛾眉。弄妆梳洗迟。照花前后镜。花面交相映。新帖绣罗襦。双双金鹧鸪。(P123)

---

① 刘永济：《唐五代两宋词简析》，上海：上海古籍出版社 1981 年版，第 16 页。
② 任半塘：《敦煌歌辞总编》卷二，第 345 页。
③ 陈廷焯《词则·别调集》卷一，第 545 页。
④ 况周颐：《蕙风词话》卷二，与《人间词话》合册，北京：人民文学出版社 1984 年版，第 22 页。

历代词评家对温词的鉴赏和评价，总结起来有以下关键词：流丽、藻丽、绮丽、艳丽、艳而促、秾艳、侧艳、绮怨、绮思、绮靡、精丽、精艳、婉雅、藻丽精工、深美闳约、风流秀曼、窈深幽约、镂金错彩等。这首《菩萨蛮》可谓温庭筠本色词风的代表作。“小山”、“鬓云”、“香腮”、“峨眉”、“镜”、“花”、“罗襦”、“鹧鸪”，密集的名物意象，足见其描写之精丽绮靡；而“懒起”、“弄妆”等行为细节的刻画，又见其抒情之深隐幽微。王国维《人间词话》评曰：“‘画屏金鹧鸪’，飞卿语也，其词品似之。”①可见温词总体特色的艳丽与精密。相较之下，其《梦江南》的流丽而不失疏快的风格特征也就得到了有力的凸显。首句只用“梳洗罢”三字，便交待了女主人公登楼前梳妆打扮的准备工作，没有像《菩萨蛮》一样对梳洗的经过做一番细致的描绘，但简洁的三个字，已足以表明她对相会的期盼以及等待之人的重要性。“独倚”一句平白如话，却展现了一幅女子孤独眺望的凄美画面；“过尽”、“斜晖”二句一气呵成，却凝聚了多少时间的流逝和情绪的起伏。词中无任何华丽辞藻，也没有密集的意象，连抒情也显得真率明朗起来。难怪对于温庭筠的两首《梦江南》，唐圭璋先生有此评释：“温词大抵绮丽浓郁，而此两首则空灵疏荡，别具丰神。”②这种风格并不是温庭筠的特色所在，它的出现应该与《望江南》一调的音乐与体式方面的因素有关。这种风格在与温氏同时的皇甫松《梦江南》词中也有表现，如清陈廷焯评曰：“凄艳似飞卿，爽快似香山。”③唐圭璋先生也评说：“两首《梦江南》，纯以赋体铺叙，一往俊爽。”④艳丽中带着凄清，伤感而又不失俊爽之致，的确堪称将温词与白词的风格融为了一体。

这种流丽疏快的风格，在两宋《望江南》词的创作中也形成了一大特色。兹以吴文英为例，其《望江南》词(P2935)，也与他一贯的密丽风格有别：

> 三月暮，花落更情浓。人去秋千闲挂月，马停杨柳倦嘶风。堤畔画船空。　　恹恹醉，长日小帘栊。宿燕夜归银烛外，啼莺声在绿阴中。无处觅残红。

梦窗词本以“密丽”而擅胜，相较之下，这首《望江南》便显得“疏快”多了。

---

① 王国维：《人间词话》，第195页。

② 唐圭璋：《唐宋词简释》，第9页。

③ 陈廷焯《云韶集》卷一，引自王兆鹏主编《唐宋词汇评》(唐五代卷)，第106页。

④ 唐圭璋：《唐宋词简释》，第12页。

刘永济甚至评说:“此词纯写春暮之景物而人情自见,为梦窗词之最疏快者。”①可以看出,此首《望江南》之所以“疏快”,一在意象的组合有脉络可寻,不再密集而跳跃;二在所用动词较简洁有力,如“落”、“挂”、“归”等;三是所绘色彩没有那么浓烈,如“银”、“绿”等;四为所表达的情感较为真切,既有“花落更情浓”的真率抒写,也有“闲”、“倦”、“空”、“残”的渲染烘托。连词风“密丽”的吴文英写起《望江南》也变得“疏快”起来,其他词人就更不用多说了。

(四) 风流酝藉

在现存唐宋《望江南》词中,明确标示属“大石调”宫调的作品,首见于周邦彦的词集《片玉集》。该集收周邦彦《望江南》词 2 首,皆标为“大石”调。另有张孝祥《于湖先生长短句》收《望江南》词 2 首,目录亦标明“大石调”。除此之外,南宋方千里、杨泽民各和韵周邦彦《望江南》1 首,陈允平则和韵周邦彦《望江南》词 2 首,当皆属“大石调”。尽管我们难以详考唐宋《望江南》词作中究竟有多少作品属“大石调”,但据上述资料推测,《望江南》之入大石调当是周邦彦之新创,在宋代可能作品并不多。元周德清《中原音韵》对大石调“风流酝藉”声情特征的揭示,则为我们探讨唐宋《望江南》歌词的风格特征提供了线索与启示。

所谓“风流”,用于描绘音乐声情,盖指深于风情,富于风韵;所谓“酝藉”,用于形容艺术风格,盖指含蓄不露,和婉有致。我们即以周词为例来加以体会:

> 歌席上,无赖是横波。宝髻玲珑敧玉燕,绣巾柔腻掩香罗。人好自宜多。　　无个事,因甚敛双蛾。浅淡梳妆疑见画,惺忪言语胜闻歌。何况会婆娑。(P615)

此词宋刊《片玉集》卷九题作“咏妓”,而宋人所记“周邦彦尝于亲王席上作小词赠舞鬟”②,亦即此词。从所写内容来看,其所咏之妓即为“歌席上”所见之“舞鬟”也。作者不仅描写了她玲珑的宝髻,柔腻的香巾,浅淡的梳妆,而且刻画了她流动的眼波,微敛的双蛾,惺忪的言语;于其歌舞只以“何况会婆娑”一句加以勾勒,而重在表现词人“无赖”的感受以及“疑见画”、“胜闻歌”的体验。全篇艳而不淫,丽而有则,含蕴有味,别饶风情。清陈廷焯对此词颇为称赏:“艳词至

① 刘永济:《微睇室说词》,《刘永济集》本,北京:中华书局 2010 年版,第 158 页。
② 周密:《浩然斋雅谈》卷下,第 58 页。

美成，一空前人，独辟机杼。如此词下半阕，不用香泽字面，而姿态更饶，浓艳益至，此美成独绝处也。”①“此词最芊绵而有则，他手自不及。”②况周颐也评说：“清真《望江南》云‘惺忪言语胜闻歌’，谢希深《夜行船》云‘尊前和泪不成歌’，皆熨帖入微之笔。”③一赏其风流韵致，一赞其熨帖入微。这的确是此前的《望江南》词所不及的新风采，当以周邦彦对宫调的创新有关。

这种风流蕴（酝）藉的风格，在南宋陈允平的和韵词中也得到了继承。请看：

> 娇滴滴，聪隽在秋波。六幅香裙拖细縠，一钩尘袜蹴轻罗。春意动人多。　　临宝鉴，石黛拂修蛾。燕子楼头蝴蝶梦，桃花扇底竹枝歌。杨柳月婆娑。（P3130）

从“燕子楼头蝴蝶梦，桃花扇底竹枝歌”二句，我们能感知到此词所写女子也是一位歌女。与周词相比，虽刻画心理略有逊色，而风流情致、含蓄风格却不相上下。

同时，我们也注意到，虽同标“大石调”，但周邦彦另一首《望江南》虽然精工而蕴藉，风流情致却并不突出。这种情况在张孝祥标示“大石调”的两首《望江南》词中表现得更明显。这两首词一题“赠谈献可”，一题“南岳铨德观作”，题材内容既与艳情无关，风格情调也不属“风流酝藉”一类，倒有些俊爽之致和清丽之风。这说明词作风格与宫调声情并非完全对应。因此，我们在唐五代至宋代大多属“南吕宫”的《望江南》中，也能找到有“风流酝藉”风格的作品。兹先举“花间词人”牛峤《梦江南》二词为例（P506）：

> 衔泥燕，飞到画堂前。占得杏梁安稳处，体轻唯有主人怜。堪羡好因缘。　　红绣被，两两间鸳鸯。不是鸟中偏爱尔，为缘交颈睡南塘。全胜薄情郎。

牛峤今存词凡 32 首，几乎都是艳情词，“大体皆莹艳缛丽，近于飞卿”，“善为闺情，儿女情多，时流于荡”④。这两首《梦江南》，一咏燕，一咏鸳鸯，“乃借咏

---

① 陈廷焯《词则·闲情集》卷一，第 902 页。

② 陈廷焯：《云韶集》，引自王兆鹏主编《唐宋词汇编》（唐五代卷），第 1020 页。

③ 况周颐：《蕙风词话》卷二，第 28 页。

④ 李冰若：《花间集评注·栩庄漫记》，第 88、95 页。

物以写闺人之怨情”，堪称咏物而“不粘不脱”的佳作①。与牛峤其他艳情词相比，这两首《梦江南》虽已明显淡化了缛丽浓艳的色彩，较有流丽疏快之风，然仍能见出其“儿女情多”的风流韵致。

我们再来看北宋前期词坛名家张先的《望江南》“与龙靓”一词(P79)：

> 青楼宴，靓女荐瑶杯。一曲白云江月满，际天拖练夜潮来。人物误瑶台。　醺醺酒，拂拂上双腮。媚脸已非朱淡粉，香红全胜雪笼梅。标格外尘埃。

据北宋后期陈师道《后山诗话》记载：“杭妓胡楚、龙靓，皆有诗名。……张子野老于杭，多为官妓作词，与胡而不及靓。靓献诗云：‘天与群芳十样葩，独分颜色不堪夸。牡丹芍药人题遍，自分身如鼓子花。’子野于是为作词也。”②可见此词是为杭州名妓龙靓所作。用《望江南》来写赠妓词，张先可能是第一个。此词的风流情韵当不让清真的那首“咏妓”词。张先另有一首《望江南》题作“闺情”，乃是对“花间词人”牛峤以《梦江南》咏闺情的继承，也表现出“风流酝藉”的风格特征。

最典型的例子当属欧阳修。请看：

> 江南柳，叶小未成阴。人为丝轻那忍折，莺嫌枝嫩不胜吟。留著待春深。　十四五，闲抱琵琶寻。阶上簸钱阶下走，恁时相见早留心。何况到如今。(P158)

欧阳修曾受“盗甥”之诬，此词即尝授人以口实。因其事出自钱惟演后裔钱世昭《钱氏私志》③，故后人多疑为钱氏诋毁之辞，甚至有疑为伪作者。夏承焘先生评议曰：“词人绮语，攻击之者乃资为口实；《醉翁琴趣》中艳体若‘江南柳’者尚多，吾人读欧词，固不致信以为真也。”④以为此本欧阳修“绮语”“艳体”之词，对于杂史笔记的穿凿附会，固不必当真也。实际上，此词乃以娇嫩柔弱的“江南

① 刘永济：《唐五代两宋词简析》，第 7 页。

② 陈师道：《后山诗话》，清何文焕辑《历代诗话》本，第 314 页。

③ 钱世昭：《钱氏私志》云：“欧后为人言其盗甥，表云：‘丧厥夫而无托，携孤女以来归。’张氏此时，年方七岁。内翰伯见而笑云：‘七岁正是学簸钱时也。’欧词云(略)。”《全宋笔记》第二编第七册，郑州：大象出版社 2013 年版，第 66 页。

④《夏承焘集·四库全书词籍提要校议》，杭州：浙江古籍出版社、浙江教育出版社 1997 年版，第 186 页。

柳"作比喻，描写了一个"十四五"年纪的女孩天真可爱的形象，虽有绮丽的情思，但并无淫邪的色调。然而可能正是这点风流绮思，才为欧阳修招来了麻烦。其实，这种风流酝藉的风格，在欧阳修另外两首咏"江南蝶"、"江南柳"的词中，也有表现，兹不赘述。

可见，唐宋《望江南》词无论是入大石调者，还是入南吕宫者，都一定程度地表现了"风流酝藉"的风格特征。实际上，这种风流情韵早在白居易"吴酒一杯春竹叶，吴娃双舞醉芙蓉"的描写中，便得到了奠定。江南风情既有清新的一面，也有绮丽的一面。因此，唐宋《望江南》词所表现的风流酝藉的风格特征，既与该词调的音乐声情特征有关，也与该调歌词大量表现"江南"风情的内容题材有关，还与南朝乐府民歌的传统乃至文人宫体诗的渊源不无关系。

（五）诙谐滑稽

在唐宋《望江南》歌词中，我们还发现了一些具有诙谐滑稽风格的作品。这可能与《望江南》的形体轻便灵活、三段式的结构便于叙事，而大量的实用性歌诀又促使它的语言表现多趋向于通俗浅近等特征有关。因此，当遇到某种特殊情形需要表现诙谐滑稽时，词人们便乐于选择《望江南》来进行创作。

最早表现这种诙谐情调的，竟是五代时有"风子"之称的伊用昌，其咏"江南鼓"一词(前文已引录)，即以咏物为嘲谑，开启了唐宋《望江南》诙谐滑稽之风。继承这种诙谐之风的还有北宋的王齐叟，在五代词人伊用昌咏物嘲谑的基础上，王齐叟又朝着诙谐俳调的方向做出了拓展。只可惜王齐叟"嘲府县同僚"的"《望江南》数十曲"今已不传，但他平时既作"数十曲"之多，则说明他对《望江南》一调的异常喜爱，而《望江南》一调也特别适合用来作嘲谑俳调。

在南宋初期，宫廷词人康与之所作《望江南》，也表现出这种诙谐俳调之风。请看其咏重阳遇雨一词(P1302)：

> 重阳日，四面雨垂垂。戏马台前泥拍肚，龙山路上水平脐。淹浸倒东篱。　茱萸胖，黄菊湿齑齑。落帽孟嘉寻蒻笠，漉巾陶令买蓑衣。都道不如归。

比康与之同时而略晚的周必大在其《二老堂诗话》中记载说："庆元丙辰重九，风雨中，七兄约登高于神冈西，喜，因记康与之在高宗时谑词云(略)。为之一笑。与之自语人云：末句或传‘两个一身泥’，非也。”①据周氏记载，宋宁宗庆元丙辰(1196)重阳节，因“七兄”邀约于“风雨中”登高，而想起康与之于宋高宗时所作重阳遇雨之“谑词”，为之开怀一乐。周氏的记载虽然简单，但真实性不容怀疑；他不仅载录了康与之全词，而且直指为“谑词”，并以自己深受感染的事实揭示了这首“谑词”的艺术效果。祝穆的记载则比周必大更为具体一些：“重阳日，常有疏风冷雨。康伯可在翰苑日，尝重九遇雨，奉敕撰词，伯可口占《望江南》一阕进云(略)。”②而明人蒋一葵的记载说：“康伯可从驾时，重阳遇雨，口占《望江南》云(略)。高宗大笑，问之，伯可对云：此蒜酪体也。”③这些记载可能有附会的成分，但大致还是可信的。刘永济评曰：“此词，除滑稽外，别无用意。滑稽乃促成用口语之一原因，滑稽又为人民口头创作中常具的性质，因之通俗词多带滑稽趣味。”④指出此词滑稽而通俗的特征，颇有见地。但此词除滑稽和通俗外，也并非别无可取。从艺术表现来看，此词句句写雨，又皆用重阳之典，构思灵巧，浑化自然；即使就滑稽而论，词人也并非只是为了博得主子一笑，在难堪中作笑乐，也一定程度地体现了词人的诙谐趣味和幽默精神。

这种诙谐幽默的风格，在戴复古的《望江南》3 首“自嘲”词中也得到了体现。前文已引录其第一首，兹再举其第三首为例(P2309)：

石屏老，悔不住山林。注定一生知有命，老来万事付无心。巧语不如喑。　贫亦乐，莫负好光阴。但愿有头生白发，何忧无地觅黄金。遇酒且须斟。

戴复古于词前有小序云：“仆既为宋壶山说其自说未尽处，壶山必有答语，仆自嘲三解。”词人此前尝作《望江南》4 首，为朋友宋自逊(号壶山)挥写人生不惜浓墨华彩，现在又以诙谐滑稽之笔来自我解嘲，更体现了一种任运自适、笑对人生的品格与风范。《望江南》到了戴复古的手中，不仅突破了赋咏江南风物的题材窠臼，而且将诙谐通俗的艺术风格推上了一个新的审美境界。

在今传两宋无名氏《望江南》共 7 首词作中，也有两首具有诙谐嘲谑之风的

① 周必大：《二老堂诗话》，《历代诗话》本，第 660 页。
② 祝穆：《古今事文类聚前集》卷十一，《文渊阁四库全书》本。
③ 沈雄：《古今词话・词品》下卷引，《词话丛编》本，第 875 页。
④ 刘永济：《唐五代两宋词简析》，第 110 页。

作品。兹引录如下：

江南竹，巧匠织成笼。赠与吾师藏法体，碧潭深处伴蛟龙。色即是成空。（P3747）

这痴骇，休恁泪涟涟。他是霸陵桥畔柳，千人攀了到君攀。刚甚别离难。　荷上露，莫把作珠穿。水性本来无定度，这边圆了那边圆。终是不心坚。（P3839）

前首为单片体，载录于罗烨《醉翁谈录》庚集卷二①，乃是戏谑方外和尚因风流成性而招致杀身之祸；后首为双片体，载录于《花草粹编》卷五引《古今词话》，题作"谕新及第友人"，则为讥讽刚及第的友人仍对青楼女子难舍难分的痴情。这两首无名氏词反映了《望江南》在民间创作中所表现的诙谐幽默、滑稽嘲谑一面的情调与词风，可与五代"伊风子"伊用昌的咏物嘲谑之作相呼应，和唐宋文人词形成一种对比与互补。

① 罗烨：《醉翁谈录》庚集卷二"判僧奸情"条："镇江僧，名法聪，犯童尼，诉之。判云，词名《望江南》。"《全宋笔记》第九编八册，第260页。

# 第九章　宋词小令“金曲”——《鹧鸪天》

《鹧鸪天》一调以 703 首的创作数量名列两宋“十大金曲”排行榜的第 3 名，仅次于《浣溪沙》(847 首)、《水调歌头》(764 首)2 调，却超过了《念奴娇》、《菩萨蛮》、《满江红》、《蝶恋花》、《西江月》、《临江仙》和《沁园春》7 调；就宋代“十大金曲”中的令词短调来看，《鹧鸪天》的创作数量则仅次于《浣溪沙》，而高居宋代小令“金曲”排行榜的第 2 位。创作数量之多，反映了《鹧鸪天》一调在宋代歌坛和词坛的流行程度和受欢迎程度非常之高；不仅如此，后人还评价说“《鹧鸪天》最多佳辞”①，即名篇名作也多，说明了《鹧鸪天》一调所取得的创作成就也非常卓著。

然而学术界对《鹧鸪天》一调的研究却非常薄弱，还缺少全面系统的专题研究。因此，我们拟对宋代小令“金曲”《鹧鸪天》进行初步考察与探讨，既拓展唐宋词分调研究的范围，也藉以加强和深化我们对唐宋词调、词体与词史的三维立体化研究。

## 第一节　宋代《鹧鸪天》词调考论

《鹧鸪天》一调既在两宋歌坛和词坛呈现出非常流行与繁荣的景象，自然与该调的音律、形体和声情有关。那么，《鹧鸪天》一调又具有怎样的音乐渊源、词

① 贺裳：《皱水轩词筌》，《词话丛编》本，第 708 页。

体形式、声情特征呢？这就是我们首先需要加以考察和探求的一项重要内容。

## 一　《鹧鸪天》的创调渊源

据明杨慎《词品》卷一考索：“词名多取诗句，如《蝶恋花》则取梁元帝‘翻阶蛱蝶恋花情’，《满庭芳》则取吴融‘满庭芳草易黄昏’，《点绛唇》则取江淹‘白雪凝琼貌，明珠点绛唇’，《鹧鸪天》则取郑嵎‘春游鸡鹿塞，家在鹧鸪天’。”①另外，在杨慎《艺林伐山》卷十八“鹧鸪天”条中也有类似的记载：“唐郑嵎诗：‘春游鸡鹿塞，家在鹧鸪天。’词名《鹧鸪天》本此。”②然而，《全唐诗》仅载录郑嵎诗一首，即《津阳门诗并序》，为七言歌行长篇，所咏为唐玄宗、杨太真之故事，并不见杨慎所引的这两句诗。今人辑补《全唐诗外编》下册《全唐诗续补遗》卷十“晚唐一”补录了郑嵎这两句诗，注明据杨慎《艺林伐山》卷十八③。尽管这个记载仅见于杨慎，而且并未注明文献出处，但鉴于杨慎博古多学，且在其著作中多次引录郑嵎此诗，则合理的解释也就是郑嵎此诗原作已湮没不传，故后人在言及《鹧鸪天》的词调名时，仍多沿用杨慎之说。

《鹧鸪天》一调，究竟创调于何时，已难详考。唐崔令钦撰《教坊记》“曲名”表中载有《山鹧鸪》一曲④，却没有《鹧鸪天》，唐五代词中也不见《鹧鸪天》的作品。《鹧鸪天》一调用于填词歌唱，始见于北宋前期。探寻《鹧鸪天》一调的音乐来源，或与《山鹧鸪》一曲的流行有渊源关系。

唐代诗人笔下，多有赋咏听歌《山鹧鸪》曲的诗作。较早者如李白《秋浦清溪雪夜对酒客有唱山鹧鸪者》一诗写道：“客有桂阳至，能吟山鹧鸪。清风动窗竹，越鸟起相呼。”（《全唐诗》卷一七九）此诗为天宝十三载（754）冬天李白在秋浦清溪（今安徽贵池）所作，那是在一个雪夜的酒筵上，李白听到一个来自湖南郴州的“桂阳客”的“吟”“唱”，不仅明确标示吟唱之曲为《山鹧鸪》，而且描绘出唱曲之清美真切，连越鸟（即指鹧鸪鸟）也为之感动与呼应。稍后，中唐顾况有《听山鹧鸪》云：“谁家无春酒，何处无春鸟。夜宿桃花村，踏歌接天晓。”（《全唐诗》卷二六七）则描写“夜宿桃花村”欣赏民间在酒宴聚会上集体歌舞《山鹧鸪》

① 杨慎：《词品》卷一，《词话丛编》本，第428页。
② 杨慎：《艺林伐山》卷十八，明嘉靖三十五年王询刻本。
③ 王重民、孙望、童养年编：《全唐诗外编·全唐诗续补遗》，北京：中华书局1982年版，第497页。
④ 崔令钦：《教坊记》，第19页。

的情形，从“踏歌接天晓”可以想见那种联袂踏舞、彻夜不绝的景象。晚唐诗人对《山鹧鸪》的记载和赋咏更多，如高骈《赠歌者》诗云：“酒满金尊花满枝，双蛾齐唱鹧鸪词。”①又如许浑《听歌鹧鸪辞》诗有序云：“余过陕州，夜燕将罢，妓人善歌鹧鸪者，词调清怨，往往在耳，因题是诗。”又有《韶州韶阳楼夜燕》云：“鹦鹆未知狂客醉，鹧鸪先让美人歌。”（《全唐诗》卷五三四）又如郑谷《迁客》云：“离夜闻横笛，可堪吹鹧鸪。”《鹧鸪》云：“游子乍闻征袖湿，佳人才唱翠眉低。”（《全唐诗》卷六七五）以上这些唐人诗歌，诗题及诗句中所写听歌、听唱、听吹之“鹧鸪”、“山鹧鸪”及“鹧鸪词”，应该指的都是《教坊记》“曲名”表中所载《山鹧鸪》一曲及其歌辞。其中，郑谷《鹧鸪》一诗乃七律，其内容虽为咏鹧鸪鸟，而诗中“佳人才唱翠眉低”之句，所咏则为歌女唱《山鹧鸪》曲者。此诗乃郑谷最为传诵的名篇，他因此而获得了“郑鹧鸪”的诗号②。可以看出，在晚唐的歌楼酒筵，《山鹧鸪》已不再像李白诗中所写由“桂阳客”吟唱，也不再像中唐顾况诗中呈民间集体歌舞的情形，而是转变为多由“妓人”、“美人”、“佳人”、“歌者”等专门的女性伎艺人来演唱，不仅多一人独唱，而且有“双蛾”合唱，还有以横笛吹奏者，其流行程度更为广泛，而演唱形式也愈加丰富。

因此，宋人葛立方《韵语阳秋》卷一五在引录许浑、郑谷、李白诸诗后考释曰：“则知《鹧鸪曲》效鹧鸪之声，故能使鸟相呼矣。”③今人任半塘先生《唐声诗》亦考论云：“《山鹧鸪》，鸟名，亦曲名也。在唐代，本为南方极流行之诗曲，中部湖南、西部陕州，亦皆有之。曲韵摹拟山鹧鸪啼声，哀苦不忍闻，南人歌之，尤动乡情；吹入横笛，益为凄怨！……此歌在当时民间流行之广，感人之深，概可想见。”④

鹧鸪，本为生长于南方山区的一种像雌雉的禽鸟。它并不以形貌美丽而闻名，而是以生性特别而著称。其一，此鸟“飞但南，不向北”，“其志怀南，不思北徂”⑤，只向南飞，因而有“怀南”鸟之称，其“怀南”之志特别令漂泊羁旅的迁客骚

① 《全唐诗》卷五九八录高骈《赠歌者二首》其一云：“酒满金船花满枝，佳人立唱惨愁眉。一声直入青云去，多少悲欢起此时。”注云：“一作：‘酒满金尊花满枝，双蛾齐唱鹧鸪词。清声揭入云间去，驻得春风花落迟。’”第1520页。

② 江休复：《嘉祐杂志》，《文渊阁四库全书》本。

③ 葛立方：《韵语阳秋》卷十五，《历代诗话》本，第603页。

④ 任半塘：《唐声诗》（上编），上海：上海古籍出版社1982年版，第290页。

⑤ 李昉等：《太平广记》卷四六一，第3778页。

人兴发思乡怀归之情；其二，此鸟“多对啼”，“其鸣自呼”，声如“钩辀格磔”[①]，又像“懊恼泽家”[②]，也颇能引起行役之人的联想与共鸣；其三，民间相传此鸟为守贞女魂魄所化，徐凝《山鹧鸪词》云：“南越岭头山鹧鸪，传是当时守贞女。化为飞鸟怨何人，犹有啼声带蛮语。”（《全唐诗》卷四七四）既增添了鹧鸪鸟的神异色彩，也说明了其叫声清怨悲苦的缘由。由此，我们基本可以推断，《山鹧鸪》是一支来自南方民间歌唱的山歌，它以鹧鸪鸟的传说为背景，以模仿鹧鸪鸟的啼叫为特征，大致产生于初唐之际，因为在南方民间广为流行而被采制为教坊曲，并得到《教坊记》的著录。至于此曲的音乐性质，任半塘先生基于“去胡乐为远”、“民间所制之曲”等体认与标准，以“清”字标注，即属于与“胡乐”相对应的“清商乐”或以“清商乐”为主质的燕乐曲子范畴[③]，应该是没有问题的。

《山鹧鸪》一曲既然在唐代传唱甚广，那是否有歌辞作品流存呢？宋代郭茂倩辑《乐府诗集》卷八十《近代曲辞》，收《山鹧鸪》2 首、《鹧鸪词》3 首。于《山鹧鸪》下，郭氏引《历代歌辞》曰：“《山鹧鸪》，羽调曲也。”[④]所录曲辞 2 首，未题作者（《全唐诗》卷七四属苏颋作），形式皆为五言四句，类同五绝，或作拗格。《鹧鸪词》3 首，其一为李益作，亦五言四句体，另二首为李涉作，则为五言八句体，类同拗格之五律。任半塘《唐声诗》下编《格调》收此调，亦不出《乐府诗集》所收范围，而仅以苏颋和李益各一首为例，列为“常体拗格”和“别体三平韵”二体。其实，在唐代，除了上文所引形诸赋咏的听唱、听吹《山鹧鸪》的诗作之外，还有一些以《山鹧鸪》、《鹧鸪词》、《山鹧鸪词》等为题名的诗作，如李白有《山鹧鸪词》（《全唐诗》卷一六七），为七言十句体；又如白居易有《山鹧鸪》（《全唐诗》卷四三五），以七言为主，共十八句，七言占十三句，在开头和结尾部分各夹杂三言一句和三五言两处四句，形成杂言体。另外上文所引徐凝《山鹧鸪词》，为七言四句体，类同七绝而为拗格。那么，这些作品是徒诗还是歌辞呢？任先生以为：“其他唐人五言四句、或八句、或七言古风之《山鹧鸪》甚多，只咏调名本意而已，并无音声舞容纪载或歌辞迹象，故暂不录。”[⑤]任先生说这些作品“只咏调名本意”，

---

① 李昉等：《太平广记》卷四六一，第 3778 页。
② 胡震亨：《唐音癸籤·诂笺五》卷二十，第 219 页。
③ 任半塘：《教坊记笺订》，第 112 页。
④ 郭茂倩编：《乐府诗集》卷八十，第 1131 页。
⑤ 任半塘：《唐声诗》（下编），第 104 页。

没有"歌辞迹象",理由和证据似乎并不充分。"咏调名本意"在唐声诗和唐五代曲子词的创作中本是一种较普遍的现象,因此似乎很难以这一点来否定李白、白居易、徐凝三人之作不是《山鹧鸪》的歌辞,不曾唱入《山鹧鸪》一曲。白居易七言古风之《山鹧鸪》一篇,后来即被收入《隋唐五代燕乐杂言歌辞集》中①。这些唐代《山鹧鸪》之作,皆属选诗入唱、以诗配乐的"声诗"类型,而非依调填词的曲子词形式。尽管如此,唐代《山鹧鸪》一曲兼及五言四句、五言八句、七言四句、七言十句、七言古风多种声诗歌辞,已是灿然可观。

宋代词调名称中含"鹧鸪"二字的只有《瑞鹧鸪》、《鹧鸪天》二曲。据《宋史·乐志》记载,在太宗朝教坊乐"因旧曲造新声者"五十八曲中,有中吕调(即中吕羽)的《瑞鹧鸪》一曲②。所"因旧曲",或与唐《山鹧鸪》有渊源关系。柳永是第一个用《瑞鹧鸪》来填词的作者,共存词 4 首,其中 64 字体 2 首,注般涉调,即太簇羽;86、88 字者 2 首,标南吕调,即南吕羽。柳永所作 4 词虽体式不同,所用词调应非同出一曲,但从标示的宫调来看,皆属羽调曲,与《宋史·乐志》所载太宗朝教坊乐"因旧曲造新声者"《瑞鹧鸪》同属羽调曲,其间应不无关系,或为柳永又采太宗朝新声而加以翻制者。

《鹧鸪天》用于填词歌唱亦始于北宋前期,直至北宋中后期才逐渐流行起来。依《全宋词》所载,《鹧鸪天》一调以夏竦"镇日无心扫黛眉"一词为最早。夏竦一作出于明杨慎编《词林万选》卷二,据《全宋词》校语云:"按此词末二句,《后村先生大全集》卷一百七十五引作无名氏词。《词林万选》所引,时有不可信者,此词殆非夏竦作。"③《词林万林》为明杨慎所编选的一部词选,其中收录此词为夏竦作,然未注明所据何书;又此词为夏竦作亦不见宋代及宋以后其他文献载籍,且杨慎此选又时有不可信者,故《全宋词》虽据《词林万选》收录为夏竦词,然于校语中疑非夏竦作,应该是有理由和根据的。南宋后期词人刘克庄《后村先生大全集》中引此词末二句,既标示为无名氏词,当比明杨慎《词林万选》录为夏竦词为可信,也许就是南宋时无名氏之作,故《全宋词》又将此词录作宋无名氏词。笔者倾向于认为此词非夏竦作,应该归为无名氏更为妥当。那么,宋代《鹧

① 任半塘,王昆吾编:《隋唐五代燕乐杂言歌辞集》,成都:巴蜀书社 1990 年版,第 323 页。
② 脱脱等:《宋史·乐志》卷一四二,第 3356 页。
③《全宋词》,第 9 页。

鸪天》词当以柳永一篇为最早。此调在《乐章集》中标注为“正平调”，即“林钟羽”，与唐代《山鹧鸪》一样，同属羽调曲。薛瑞生笺注《乐章集》，注此调为“柳永自制曲”①。任半塘先生虽然认为《瑞鹧鸪》一调“曰‘瑞’，显非《山鹧鸪》声情”②，但他所列《教坊记》“曲名流变表”③，仍将《鹧鸪天》、《瑞鹧鸪》二调与《山鹧鸪》联系在一起。因此，我们推测，《鹧鸪天》一调大致亦为柳永在唐教坊旧曲《山鹧鸪》的基础上翻制而成的新曲。

此外，有学者以为，《鹧鸪天》与唐五代词调《望远行》形体颇为接近，与宋词《瑞鹧鸪》一调形体亦近，因疑“或《鹧鸪天》乃从《望远行》和《瑞鹧鸪》中脱胎而出”④，或以为“此调实《瑞鹧鸪》之变声也，只后起两三字句微异”⑤，亦可备一说。

## 二　《鹧鸪天》的形体格律

宋词《鹧鸪天》一调的体式格律并不复杂，各种词律、词谱书籍多只列常用定格一体，即使有列出异体者，也不过多是字声平仄运用上的局部变化，而且这些变格异体用者不多，作品甚少。尽管如此，《鹧鸪天》一调之所以能够成为宋词小令“金曲”之一，必有其在形体格律上的特征所在，仍然值得我们加以考察和探求。

清万树编《词律》卷八收《鹧鸪天》，只列一体，以“枕上流莺和泪闻”一词为例，署名为秦观作⑥。兹依式移录词谱如下：

枕[可平]上流莺和[可仄]泪闻[韵]。新[可仄]啼痕[可仄]间旧啼痕[叶]。一[可平]春鱼[可平]鸟无消息[句]，千[可仄]里关山劳[可仄]梦魂[叶]。　　无一语[句]，对芳樽[叶]。安[可仄]排肠[可仄]断到黄昏[叶]。甫[可平]能炙[可平]得灯儿了[句]，雨[可平]打梨花深[可仄]闭门[叶]。

此词固然是宋词《鹧鸪天》中的名篇之一，但万氏以此篇作谱，却有可议之处。其一，此词并非秦观作，《类编草堂诗余》卷一误作秦观词，《全宋词》据《草

---

① 薛瑞生：《乐章集校注》（增订本），第 28 页。

② 任半塘：《唐声诗》（下编），第 108 页。

③ 任半塘：《教坊记笺订》，第 227 页。

④ 田玉琪：《词调史研究》，第 316 页。

⑤《词系》卷六，第 318 页。

⑥《词律》卷八，第 203 页。

堂诗余·前集》卷下录作宋无名氏词①;其二,此词既非最早的创始之作,也不是此调最典范之作。当然,万氏对此调体式格律的考察还是有草创之功的。他于例词后注云:"后起三字二句,与前异。和、劳、深三字,不妨用仄。然各调中,此等七字句,第五字,古人多用平。"②既标注和揭示了此调最基本的体式格律特征,而且还有两点意见值得注意,一是认为此调只有一体,没有其他异体;二是于七言句的第一、第三或第五字多标注"可平"或"可仄",尤其是第五字,"古人多用平",却"不妨用仄"。尽管如此,万氏此谱,仍嫌简略。

《词谱》卷十一收《鹧鸪天》,也只列一体,以晏几道"彩袖殷勤捧玉钟"一词为例。晏几道不仅以 19 首作品成为北宋词坛创作《鹧鸪天》数量最多的词人,而且在两宋词坛上他也堪称《鹧鸪天》创作成就最突出、名作较多的重要词人之一,《词谱》所选为例词的正是他的经典之作,比《词律》所选例词更具典范意义。兹亦依式移录词谱如下:

◎◎⊙⊙◎◎○韵⊙○⊙●●○○韵◎○⊙●⊙○●句⊙●○○◎●○韵

彩袖殷勤捧玉钟。当年拌却醉颜红。舞低杨柳楼心月,歌尽桃花扇影风。

⊙◎●句●○○韵◎○⊙●●○○韵⊙○◎●○○●句⊙●○○◎●○韵

从别后,忆相逢。几回魂梦与君同。今宵剩把银釭照,犹恐相逢是梦中。③

比较而言,《词谱》比《词律》对《鹧鸪天》体式格律的归纳更为细致,除了在调名下详列该调的宫调和异名之外,又于例词后总结说:"宋人填此调者,字、句、韵悉同。赵长卿词,前段起句'新晴水暖藕花红','新晴'二字俱平声,'水暖'二字俱仄声,'花'字平声,与此平仄全异。又晏词别首,前段起句'一醉醒来春又残','春'字平声(略)。俱与此词平仄小异,谱内可平可仄据之。按《花草粹编》赵介之词,后段第五句'杜宇一声肠断人',无名氏词'图得不知郎去时',

① 《全宋词》所录无名氏此词,首句第一字作"枝",第 3739 页。

② 《词律》卷八,第 203 页。

③ "当年拌却醉颜红"一句,"拌",《全宋词》作"拚",第 225 页。

'一'字、'不'字俱仄声。但宋元人此句,第三字从无用仄声者,此乃以入声字替平声,不可泛用上去声。"[1]指出宋人所作《鹧鸪天》在字数、句式、用韵上只有这一种常体定格,与《词律》正同,但对各句字声平仄运用上允许出现的一些局部变化,却比《词律》考察分析得更为全面而深入。比如上片首句,有以平起者,因而与定格常体平仄大异;又如下片第一句有作仄平仄者;又如下片结句第三字有以入替平者。这些都是《词谱》比《词律》发掘更多的精细之处。

如果说要划分异体,上述赵长卿"新晴水暖藕花红"首句平起式一词,似乎勉强可入"又一体"。另外,晏几道"陌上蒙蒙残絮飞"一词(《全宋词》第227页),可推为格律最为严整的一体。兹录晏词并标其平仄谱式如下:

入去平平平去平。去平平上去平平。平平上去入平去,去入平平平去平。

陌上蒙蒙残絮飞。杜鹃花里杜鹃啼。年年底事不归去,怨月愁烟长为谁。

平上去,上平平。上平平去入平平。去平平去平平去,去去平平平去平。

梅雨细,晓风微。倚楼人听欲沾衣。故园三度群花谢,曼倩天涯犹未归。

晏几道此词,上片一、四句和下片末句,尾三字一律作"平去平";上片第二句和下片第三句皆作"去(或上)平平去(或上)去(或入)平平";上片第三句作"平平上去入平去",下片第四句作"去平平去平平去"。虽然平仄运用整体上与常体并无差异,然而严密程度却超出常体,特别注重去声字和入声字的运用,有时一句之中四声兼备,极尽顿挫和婉之致。"惟晏词独能如此完整,成为最严调。"[2]

此外,陈允平有一词,在用韵上与正体定格有所不同,采用了两韵通押的方式,值得注意。兹引录其词如下(P3107):

谁向瑶台品凤箫。碧虚浮动桂花秋。风从帘幕吹香远,人在阑干待月

① 《词谱》卷十一,第201页。
② 盛配:《词调词律大典》(上),第460页。

高。　　金粟地，蕊珠楼。佩云襟雾玉逍遥。仙娥已有玄霜约，便好骑鲸上九霄。

此词上片第一韵“箫”、第三韵“高”，下片第二韵“遥”、第三韵“霄”，属同一部韵字；而上片第二韵“秋”字，下片第一韵“楼”字，则为另一部韵字。按清戈载所编《词林正韵》，以上两部韵字，分属第八部(三萧四宵五爻六豪)、第十二部(十八尤十九侯二十幽)①。在现代汉语普通话中，这两部韵字的音色已有鲜明的区别，但在宋词用韵的实践中这两部韵的通押却是较为普遍的现象，而以江西词人和江浙词人所用为多②，有学者甚至认为萧尤两部韵的通押是江西词人的方音特征③。陈允平为四明(今浙江宁波)人，在他的词作中萧尤通押者就有7例，比例高于其他词人。尽管异部韵通押在宋词创作中并非个别现象，但在两宋《鹧鸪天》词中却极为罕见，陈允平此词即属特例，似乎也可列为“又一体”。

在前人已有研究成果的基础上，我们可以对《鹧鸪天》一调的体式格律特征获得更深一层的体认与观照，做出更进一步的归纳与总结：

首先，从歌词的篇幅字数来看，此调以小巧擅胜。全篇共55字，属于较典型的小令体式，它所依凭和配合的音乐曲调也属于令曲类型，以短小轻便、灵活自由、旋律优美、节奏鲜明为特点，既便于创作，也易于流传。

其次，从歌词的形体结构来看，此调既有近体诗的整齐风貌，又比近体诗更为摇曳多姿。全篇分上下两片，上片为七言四句，下片除换头改为两个三言短句之外，其余三句仍为七言。这种形体结构从全篇整体来看，很像一首七言律诗的变体。龙榆生先生在“谈唐人近体诗和曲子词的演化”时，曾举《鹧鸪天》为例，以为“这又是一首七律，不过破第五句的七言为三言偶句并增一韵而已”④。而分从两片来看，则又很像两首七言绝句的连缀，上片完全是一首很规范的仄起用韵式的七绝，而下片则不过是将一首七绝的首句减去一字，再分解为两个三字句，并于第二个三字句用韵罢了，实际上仍相当于七绝首句用韵的体式。

① 戈载：《词林正韵》，第178、216页。

② 魏慧斌：《宋词用韵研究》第五章《异部通押》论“萧尤通押”云：“萧豪部与尤侯部通押也是宋词韵的普遍特点，萧豪部与尤侯部主元音发音部位和高低相似，在现代汉语方言中多数音色相近。”其统计韵例，江西词人31例、江浙词人29例，中原词人14例。西安：陕西人民教育出版社2009年版，第99、101页。

③ 鲁国尧：《宋辽金用韵研究》，香港：香港文化教育出版社2002年版，第431—433页。

④ 龙榆生：《词学十讲》，第19页。

单从歌词创作的角度来看，写惯了七律或七绝的文人们，对于这种近似于七律或七绝的词体自然会驾轻就熟，得心应手；而从词调音乐的层面来讲，上下片开头处的歌词句式的不同，表明两段歌词所依凭的音乐曲调有所变化，其他部分歌词句式的相同，则又表明音乐曲调的相同或重复，重复带来了对称与回环之美，换头则又增添了变化与新颖之美。因此，三言二句的运用不单是摊破一个七言句这么简单，它既是依调填词由音乐曲调所赋形的产物，而这一看似简单的改变，又打破了近体格律诗单调板滞的形体结构，为词调和词体带来了短促而新鲜的节奏，灵动而摇曳的风姿。这种形体特征在同属宋词“十大金曲”的《浣溪沙》、《菩萨蛮》以及其他名曲如《减字木兰花》等小令词调中都有所表现，这也正是它们在两宋词坛得以广泛流行的一个重要原因。

其三，从歌词的声律运用和修辞手法来看，此调也具有既严整又多彩的特征。在声律运用上，此调上片就是七绝体，常用的就是仄起用韵一式的格律，押三平韵，字声平仄讲究相对相粘的规则，于第二、四、六字的平仄不可移易，而于第一、三、五字的平仄往往可以通融。下片则是七绝的变体，换头两个三字句形成平仄相对的一个小结构，既改变了全篇的结构，也带来了新颖的节奏，而第三句的七言实际上可看成是换头两个三言句的重复，且与第二句平仄相粘，或者说两个三言是将第三句的七言减去首字再摊破而成，加之第四句又与第三句平仄相粘，因此也就比上片更具有一种连贯与回环的美感。由于类似一首七律或两首七绝的变体，因此此调在修辞手法上也就运用了对偶的形式，但比之律诗或绝句的对偶又自由多变。上片一般多是三四两句对偶，但也有一二两句对偶的，也有四句皆对的，这与绝句的格律规则是较为一致的；下片一般换头两个三字句要用对偶，结拍二句也有用对偶的。对偶为该调带来了近于格律诗的对称与严整之美，而对偶的灵活多变以及全篇都不用对偶，也使此调别具一种灵动与流畅之美。

## 三　《鹧鸪天》的声情特征

《鹧鸪天》一调具有怎样的声情美感特征，尽管可资考证的文献记载甚是稀少，但通过宋元有关词曲宫调声情的零星记载，以及对两宋《鹧鸪天》歌词作品的声律分析，我们仍能获得一些初步的观照与体认。

《词谱》卷十一收《鹧鸪天》一调,注云:“《乐章集》注正平调,《太和正音谱》注大石调。”①柳永的《乐章集》乃按宫调编排,其所作《鹧鸪天》一词入“平调”,即“正平调”,正名为“林钟羽”。此宫调之曲具有怎样的声情特征,已难详考。柳词之外,张先、周邦彦皆无《鹧鸪天》词,其他词人如姜夔、吴文英等所作《鹧鸪天》皆不注宫调。《词谱》据《太和正音谱》标注《鹧鸪天》为“大石调”,则为我们解读《鹧鸪天》之声情提供了另一线索。其实,《词谱》疏漏了张孝祥词集标注的宫调,今传宋乾道本《于湖先生长短句》②,即于目录标注了各词调所属宫调,于《鹧鸪天》即标注为“大石调”。《太和正音谱》为明朱权所编北曲曲谱,其所载《鹧鸪天》仍为大石调,当是对宋词宫调的继承。那么“大石调”的曲调具有怎样的声情特征呢?据元周德清《中原音韵》对金元词曲和戏曲音乐所用“六宫十一调”共十七宫调的考释,“大石风流酝藉”③。所谓“风流酝藉”,就音乐曲调和歌词作品的声情表现而言,大致指风韵美好、容色艳丽、声律流转、情致含蓄。这种体认,在宋人的赋咏中也略有涉及,如贺铸《燕子楼》一诗有句云:“醉袖舞鸜鹆,艳声歌鹧鸪。”④所谓“歌鹧鸪”,大致即指歌唱《山鹧鸪》或《鹧鸪天》一类歌曲,而用“艳声”来描写“歌鹧鸪”,也能见出其流美艳丽的声情特征。宋代《鹧鸪天》词调的曲谱虽已湮没不传,但我们仍能从流传至今的两宋《鹧鸪天》歌词作品中,体认到这种较普遍而浓郁的“风流酝藉”的声情特征。

《鹧鸪天》一调以柳永一词为最早。柳永精通音律,填词皆注明宫调,说明他对于词调与宫调、词情与声律的关系是颇为熟谙与讲究的,因此他的词尽管在当时曾招致士大夫文人“词语尘下”“浅近卑俗”一类的批评,却受到了“协音律”、“能择声律谐美者用之”等好评⑤。且看柳永的《鹧鸪天》(P53):

> 吹破残烟入夜风。一轩明月上帘栊。因惊路远人还远,纵得心同寝未同。　情脉脉,意忡忡。碧云归去认无踪。只应曾向前生里,爱把鸳鸯两处笼。

---

① 《词谱》卷十一,第 201 页。

② 张孝祥:《于湖先生长短句》,刘温父编,南宋孝宗乾道年间(1165—1173)刻本,宛敏灏《张孝祥词校笺》即以此本为底本。北京:中华书局 2010 年版,第 1 页。

③ 周德清:《中原音韵》,第 110 页。

④ 贺铸:《燕子楼》,载《全宋诗》卷一一一一,第 12519 页。

⑤ 胡仔:《苕溪渔隐丛话后集》卷三十三引李清照词论,第 254 页。王灼:《碧鸡漫志》卷二,岳珍《碧鸡漫志校正》(修订本),第 28 页。

此词赋咏男女恋情，将分隔两地、情爱受阻的离别相思之情抒写得既缠绵而又炽热。全篇并无很秾艳华丽的色彩，也不见浅近俗靡的情思，“残烟”“明月”的烘托，“碧云”“鸳鸯”的比拟，“路远人还远”“心同寝未同”的对比与对仗，“情脉脉”“意忡忡”的叠字，以及“风”“栊”“同”“忡”“踪”“笼”这 6 个以 ng 结尾的阳声韵字的运用，从整体的审美体验上来讲，大致是符合“风流酝藉”的声情特征的。柳永此调标示的虽是正平调，然从词作的情感内容来看，其声情特征却与大石调比较接近。

上文所举晏几道“彩袖殷勤捧玉钟”一词，虽未标示宫调，但从作品的抒情表现来看，也同样具有风流酝藉的声情美。龙榆生先生在“论句读长短与表情关系”时，曾以《鹧鸪天》等调为例：“例如以三、五、七言句式构成而又使用平韵的词牌调，音节是最流美的……《鹧鸪天》一类短调，它们的句式都属奇数，而在整体上看，必得加上一两个对称的句子，这就使参差和整齐取得一种调剂，而使它们的音容态度趋于流丽谐婉。”[①]龙先生用“流丽谐婉”来描绘《鹧鸪天》这类短调小令的声情特征，与元人周德清对“大石风流酝藉”的揭示应该是相合的。就晏几道“彩袖殷勤捧玉钟”一词来看，就曾被古人评为“风调闲雅”[②]、“词情婉丽”[③]。清陈廷焯评此词为抒情的极致之作：“仙乎丽矣！后半阕一片深情，低回往复，真不厌百回读也。言情之作，至斯已极！”[④]今人陈匪石《宋词举》更是称赏备至：“笔特夭矫，语特含蓄。其聪明处固非笨人所能梦见，其细腻处亦非粗人所能领会，其蕴藉处更非凡夫所能跂望。”[⑤]

晏几道此词之所以能取得如此风流酝藉的声情美，除了得力于长短句式的调剂和字声平仄的谐婉以外，用韵上也堪称匠心独运。如下片二十七个字中，共用了十六个阳声字，即汉语拼音以 m、n、ng 等鼻音结尾的字。就用韵来看，上片的“钟”、“红”、“风”，下片的“逢”、“同”、“中”，也都是以 ng 结尾的阳声字。据《词林正韵》来看，这些韵字同属第一韵部（一东二冬三钟通用），音调浑厚悠扬，具有流丽从容的声情美。正如缪钺先生所说：“使我们读起来，仿佛是听一

① 龙榆生：《词学十讲》，第 50 页。
② 赵令畤：《侯鲭录》卷七，第 84 页。
③ 胡仔：《苕溪渔隐丛话后集》卷三十三，第 254 页。
④ 陈廷焯：《词则 · 闲情集》卷一，第 885 页。
⑤ 陈匪石：《宋词举》，南京：江苏古籍出版社 2002 年版，第 153 页。

首谐美的乐曲，其中经常有嗡嗡的声音，引入一种似梦非梦的境界，恰与词中所要表达的情思相配合，而增强其感染力。”①正指出了晏几道此词所选韵部韵字对声情美所起到的重要作用。加之，晏几道用笔华丽，情感浓烈，风流酝藉之声情愈显悠远绵长。

晏几道词与柳永词在用韵上正属同部韵，且部分韵字相同（如“风”、“同”），题材亦皆写离别相思，故声情特征亦相近。柳词标注宫调属正平调，晏词宫调不详，究竟是同柳词用正平调，还是如张孝祥词为大石调，已难详考。但就词作题材及声律用韵所表现的声情来看，二作则同具蕴藉之致和谐婉之美。这种风流酝藉、婉转流美的声情特征，在两宋抒写恋情、闺情、艳情以及交游、宴乐、节令、写景等类题材的《鹧鸪天》中，都有较鲜明突出的表现，而尤以晏几道、贺铸、姜夔等婉约词风的代表作家最为擅长。而赵长卿甚至以《鹧鸪天》十首组词的形式，来赋咏“天下最号都会”的羊城“风轩月馆，艳姬角妓”②，也足显此调的艳丽风情。

除了以风流酝藉的声情而擅胜之外，两宋《鹧鸪天》词作中也充溢着程度不同的感伤哀怨的情调，而且往往与风流酝藉的声情交融在一起。这在上文所举柳词及晏词中都有所体现，而尤以《词律》采为例词的无名氏“枝上流莺和泪闻”一篇最具代表性。无名氏此词，曾被别本误录为秦观及李清照词。这首词写闺情，历代备受赞赏，尤其末二句无限含愁，婉约曲折有味，最入人心。宋杨湜《古今词话》评曰：“此词形容愁怨之意最工，如后叠‘甫能炙得灯儿了，雨打梨花深闭门’，颇有言外之意。”③清黄苏亦评云：“孤臣思妇，同难为情。‘雨打梨花’句，含蓄得妙，超诣也。”④可见这首闺情词既擅长抒写愁怨哀伤之情，又颇具含蓄深婉的言外之致。这种偏于愁怨哀婉一面的声情特征，在士大夫文人的创作中，尤其是在贺铸的悼亡词和姜夔等人的恋情词中，更有普遍而突出的表现。

上文第一小节考述宋代词调《鹧鸪天》或与唐教坊曲《山鹧鸪》有渊源关系，

---

① 缪钺：《论晏几道词》，载《灵谿词说》（正续编），北京：北京大学出版社 2014 年版，第 145 页。

② 赵彦端：《鹧鸪天》词序云：“羊城天下最号都会，风轩月馆，艳姬角妓，倍于他所，人以群仙目之，因赋十阕《鹧鸪天》。”《全宋词》，第 1461 页。

③ 杨湜：《古今词话》，据《词话丛编》本，第 49 页。

④ 黄苏：《蓼园词选》，据《清人选评词集三种》本，第 35 页。

这在声情特征上也有所表现。披检唐人歌诗，多有赋咏听歌《山鹧鸪》曲者，其中最突出的审美体验和声情特征便是"清怨"二字。如许浑有《听歌鹧鸪辞》诗序云："妓人善歌鹧鸪者，词调清怨，往往在耳。"其诗亦有"南国多情多艳词，鹧鸪清怨绕梁飞"之句(《全唐诗》卷五三四)。又有《听唱山鹧鸪》(一作《听吹鹧鸪》)诗云："金谷歌传第一流，鹧鸪清怨碧云愁。"(《全唐诗》卷五三八)《山鹧鸪》这种"清怨"的曲风与声情在宋代也得到了传存与延续，我们从宋人的歌咏中即能窥其端倪。如邵雍有诗云："无限春光都去尽，请君听唱鹧鸪吟。"①王安石亦有诗云："今日樽前千万恨，不堪频唱鹧鸪辞。"②诗中所描写的"鹧鸪吟""鹧鸪辞"，或许是唐代《山鹧鸪》的遗存，但也可能是指宋代新兴的《鹧鸪天》词曲。而宋末词人仇远在《西江月》词中所赋咏的"何人吹向内门前，一片鹧鸪清怨"③，则应该是指《鹧鸪天》词曲而言，"清怨"的声情似仍与唐代《山鹧鸪》一脉相承。

最后，我们需要指出的是，两宋《鹧鸪天》一曲的声情美感在具体的歌词创作中的表现，既具有整体的鲜明的主体性与稳定性，也具有局部的一定的丰富性与多样性。如晏几道既以《鹧鸪天》抒写离愁别恨，兼具风流酝藉和感伤哀婉的声情特征，也用同调来写节令祝颂、歌咏太平的题材内容，则又表现出一定的富丽气象和雍容情调，说明此曲在声情表现上本身就具有一定的音乐张力和审美弹性。因此晁端礼要对晏几道进行模仿，其词序云："晏叔原近作《鹧鸪天》曲，歌咏太平，辄拟之为十篇。野人久去辇毂，不得目睹盛事，姑诵所闻万一而已。"(P437)他拟作的十首《鹧鸪天》，便是对晏词富丽雍容一面声情特征的发扬。这一面的声情特征在后来蔚为壮观的《鹧鸪天》祝寿词中也得到了继承。此外，在北宋中后期的词坛上，苏轼、黄庭坚曾将中唐张志和等人的《渔父》词加以改写，以《浣溪沙》和《鹧鸪天》歌之，黄庭坚的外甥徐俯又踵事增华④，开掘出清新闲逸一面的声情美感，这在后来朱敦儒、辛弃疾等人用《鹧鸪天》来表现山水田园和隐逸闲适一类题材的创作中，得到了较突出的

---

① 邵雍:《鹧鸪吟二首》(其一)，载《全宋诗》卷三七九，第 4636 页。

② 王安石:《春日席上》，载《全宋诗》卷五七七，第 6732 页。

③ 仇远《西江月》下片云："折柳新愁未歇，落梅旧梦谁圆。何人吹向内门前。一片鹧鸪清怨。"《折柳》《落梅》皆指曲名，则《鹧鸪》当亦为曲名，且皆为笛曲，故云"吹向"。《全宋词》，第 3409 页。

④ 参见黄庭坚《鹧鸪天》词序、徐俯《鹧鸪天》词序，《全宋词》，第 395 页，第 744 页。

表现。

## 第二节　宋代《鹧鸪天》定量分析

《全宋词》共载录两宋《鹧鸪天》词凡 703 首,其中北宋 87 首,南渡 151 首,南宋 388 首,时代不详与无名氏 77 首。从创作数量上看,南渡的创作约为北宋的 2 倍,南宋的数量又约为北宋的 5 倍,可见该词调自北宋出现以后,在宋代词坛上的创作越来越多,呈现出十分繁荣的景象。除了无名氏外,参与创作的词人多达 169 位(含 12 个时代不详者)。如果加上无名氏这个群体,两宋创作《鹧鸪天》的词人数量应在 200 人左右。其中创作成就和词史影响尤为突出的,要数晏几道(19 首)和辛弃疾(63 首)二人。当然,还有不少像柳永、欧阳修、苏轼、黄庭坚、贺铸、李清照、朱敦儒、姜夔、吴文英这样的大家名家,以及知名度较小甚至不知名的词人也参与了这一词调的创作。

下面,我们试对两宋《鹧鸪天》歌词创作及其发展历程略做定量分析,主要从作者构成、作品数量、作者与作品的时代分布、地域分布以及题材分布等方面进行统计与分析,以把握宋代《鹧鸪天》词的创作风貌,并从中略窥其发展轨迹。

### 一　宋代《鹧鸪天》的作者构成

宋代《鹧鸪天》词作多达 703 首,从作者来看,题署姓氏及有姓名可考的词人凡 169 人,他们创作的作品数量共计 643 首,其中有 12 人(17 首)生平时代皆不详①,其余 157 人的生平和时代皆为可考。另有 60 首作品为无名氏创作,其作者的具体人数已难考求。那么,这些题署姓名有生平时代可考的《鹧鸪天》作者的创作数量各有多少,时代分布和地域分布等情况又如何,我们可以通过定量分析来获得观照与体认。兹统计列表如下:

① 有姓氏而生平时代不详之 12 人为:戴平之、石麟、黄夫人(各 1 首),《全宋词》,第 3172、3543、3853 页;徐叔至、臧鲁子、李朝卿(2 首)、臧余庆(2 首)、胡于(4 首)、申国章、陈日章、李景良、张思济,孔凡礼辑《全宋词补辑》,第 41、70、92、96、97、98 页。

**表 9-1　两宋《鹧鸪天》作者时代及创作数量一览表①**

| 时代简称 | 时代划分 | 主要词人群体 | 创作人数 | 词作数量 | 总计(人/首) | |
|---|---|---|---|---|---|---|
| 北宋 1 | 承平时代(1017—1067) | 台阁词人群 | 4 | 4 | 25 | 87 |
| 北宋 2 | 变革时代(1068—1126) | 元祐词人群 | 21 | 83 | | |
| 南渡 3 | 战乱时代(1110—1162) | 南渡词人群 | 39 | 151 | 39 | 151 |
| 南宋 4 | 中兴时代(1163—1207) | 中兴词人群 | 57 | 299 | 93 | 388 |
| 南宋 5 | 苟安时代(1208—1265) | 江湖词人群 | 25 | 59 | | |
| 南宋 6 | 亡国时代(1252—1310) | 遗民词人群 | 11 | 30 | | |
| 不详 | 有姓氏而生平时代皆不详 | | 12 | 17 | 12 | 77 |
| | 无名氏(人数时代不详) | | | 60 | | |
| **总计** | | | | | **169** | **703** |

由统计发现,宋代《鹧鸪天》词的词人数量和作品数量的时代分布,显现出该调的创作发展呈现出一个倒“U”的形状,先递增,达到一个顶峰,然后渐渐衰减。从北宋前期开始,创作人数由承平时代的 4 人到变革时代增加为 21 人。南渡这一战乱时代的创作人数也不断增多,出现了 39 个词人。南宋是该调创作数量最多的时期,人数飙升至 93 人之多,尤其是中兴时代以 57 人之数达到了最高峰。然而随着时代环境的变化,南宋的苟安时代和亡国时代的创作开始逐步走下坡路,人数上显然锐减,从 57 人到 25 人,再到 11 人。

从整体而言,宋代《鹧鸪天》词的创作,在北宋,相对于承平时代而言,变革时代可谓是一个小高峰,晏几道的创作对该调的流行起了不可缺少的推动作用。南渡时期,该调受到更多词人的关注,也得到了稳步的发展。而南宋的中兴时代,是整个宋代《鹧鸪天》词的大高峰,涌现了一大批积极创作的词人,这与该调的逐渐流行和词体逐渐受到更多关注是截然分不开的,而辛弃疾的大力创作对该调的繁荣无疑也做出了重要贡献。随后的苟安时代和亡国时代,《鹧鸪天》的创作队伍和作品数量逐渐减少。

两宋《鹧鸪天》词 157 位时代和姓氏可考的词人,在地域分布上大多是有籍可考的。唐圭璋先生在 20 世纪 40 年代就做过宋词作者地域方面的研究,撰写过《两宋词人占籍考》一文。此后有关两宋词人生平事迹的考证不断有新成果

① 对宋词时代的划分,参见王兆鹏《唐宋词史论》,第 48 页。

产生。借助相关研究成果，我们也能对两宋《鹧鸪天》词作者的占籍地域进行统计，兹列表如下：

**表 9－2　两宋《鹧鸪天》词作者地域分布一览表①**

| 省份<br>时代 | 江西 | 浙江 | 福建 | 江苏 | 河南 | 山东 | 四川 | 湖北 | 安徽 | 河北 | 山西 | 陕西 | 湖南 | 上海 | 广东 | 总计 |
|---|---|---|---|---|---|---|---|---|---|---|---|---|---|---|---|---|
| 北宋 1 | 2 | | 1 | | | | | 1 | | | | | | | | 4 |
| 北宋 2 | 4 | | 1 | 3 | 4 | 2 | 2 | 1 | | 2 | 1 | | | | | 20 |
| 南渡 3 | 6 | 8 | 3 | 4 | 5 | 3 | 1 | 1 | 2 | | 1 | 1 | 1 | | | 36 |
| 南宋 4 | 14 | 9 | 9 | 9 | 3 | 3 | 3 | 2 | 2 | | | | | 1 | | 55 |
| 南宋 5 | 4 | 7 | 6 | 1 | | | 2 | | 1 | | | | | | | 21 |
| 南宋 6 | 2 | 6 | 1 | | | 1 | | | | | | | | | 1 | 11 |
| 不详 | | | | | | | | | | | | | | | | 10 |
| **总计** | **32** | **30** | **21** | **17** | **12** | **9** | **8** | **5** | **5** | **2** | **2** | **1** | **1** | **1** | **1** | **157** |

由统计得知，157 位词人中有 147 位词人占籍可考，另有 10 位词人占籍不详。由于受迁徙及南渡的影响，一小部分词人祖籍在一个省份，后寓居于另一省份。故本文参照唐先生的做法，并结合新成果，亦将部分词人的寓居地作为其占籍进行统计。我们发现，这些词人分布在 15 个省份(市区)，即南方的江西、浙江、福建、江苏、四川、安徽、湖北、湖南、上海、广东，以及北方的河南、山东、河北、山西、陕西。尤其集中在南方的江西、浙江、福建、江苏、四川、湖北、安徽等省，以及北方的河南、山东等省。这些数据和比例，与我们对整个宋代词人地域分布的统计有着惊人的一致："几乎可以说宋词并不是'宋代'全境的人写出来的，而是宋代 8 省的人写出来的，作者地域的分布极不平衡。""而在上述 8 省中，尤以浙江、江西、福建和江苏 4 省的词作者为最多。"②这 4 个省份，在当时人口最为密集，文明程度也相当高。宋词成就的取得，与当时当地经济文化之发达，显然是密切相关的，二者相得愈彰。宋代整个词人队伍的分布如此，宋代《鹧鸪天》词的作者分布也大致相似。

相较于两湖、广东等当时偏远的南方之地而言，北方的河南、山东 2 省的

① 参见唐圭璋：《宋词四考》，南京：江苏文艺出版社 2009 年版，第 1—17 页。另参王兆鹏、刘尊明主编：《宋词大辞典》"词人"有关条目。

② 刘尊明、王兆鹏：《唐宋词的定量分析》，第 155 页。

《鹧鸪天》词作者则表现出了较为令人注目的成绩。在词作者人数上，它们分别以12、9人的数量，位列15省中的第5、6名，虽尚不及强劲的南方4省，但也已领先于其余的南方省份，并成为北方省份中的排头兵。词学研究者们不仅从题材、风格等方面揭示了唐宋词所具有的“南方文学”特色，而且通过定量分析的方法统计出宋词作者80%以上属于南方人的数据，这样看来，河南、山东等北方省份的词人在《鹧鸪天》的创作上能取得如此成就实属不易。尤其值得注意的是，山东出了两个成就斐然的著名词人，这便是被后人并称为“二安”的李清照和辛弃疾。他们作为女性词人和男性词人的领衔人物，在词的创作方面的影响力非同一般。就《鹧鸪天》的创作而言，李清照虽然只有两首作品流传下来，但她的“暗淡轻黄体性柔”咏桂一词①，不仅写出了“何须浅碧深红色，自是花中第一流”的名句，而且也堪称两宋咏物词中的杰作，在整个两宋《鹧鸪天》名作中也占有一席之地。至于辛弃疾，他的籍贯虽属山东济南，但他的生活年代和创作地域主要在南宋的江南地域，他不仅以63首的作品数量独占两宋《鹧鸪天》词排行榜的首位，而且也是两宋《鹧鸪天》词名作最多的词人之一。

在观照时代分布的基础上，从地域分布的角度来看宋代《鹧鸪天》词作者的构成，又有一番收获。从该调在北宋承平时代出现以后，北宋变革时代的词作者渐渐在多个省份出现，南渡战乱时代逐步增加，到南宋中兴时代时几乎遍及15省，南宋苟安时代和南宋亡国时代则逐步递减。明显可见，宋代《鹧鸪天》词的发展，在地域分布上的趋势特点，与其在时代分布上的倒“U”形的趋势特点，是如出一辙的。

两宋《鹧鸪天》词人队伍的构成与分布，我们还可以从风格流派等层面和视角来略加观照。从最初的创作和整体的情形来看，创作《鹧鸪天》的词人应以词风偏于本色阴柔的所谓婉约派词人为主体。如北宋承平时代最先创作《鹧鸪天》的词人有柳永、欧阳修、宋祁等人，所写皆为闺情恋情题材，以风流酝藉的声情和风格而擅胜。至北宋变革时代，创作达19首之多的晏几道固属词风本色的婉约词人，其他如李之仪、晁端礼、贺铸等人，词风也多属同类。其中，贺铸的词风虽兼具豪婉，但他的10首《鹧鸪天》虽略有变调之音，却仍以蕴藉哀婉之风为主体，尤其是写出了“重过阊风万事非”这首悼亡名篇。但我们也注意到，苏

① 《全宋词》，第930页。

轼及苏门词人黄庭坚、晁补之等人，也加入了《鹧鸪天》的创作行列，他们不仅将中唐张志和等人的《渔父》词加以改写，唱入《浣溪沙》和《鹧鸪天》，而且开启了两宋《鹧鸪天》赋咏隐逸、歌咏人生的先河，为两宋《鹧鸪天》词带来了清新婉丽、沉深雅健的新词风，其革新意义和词史影响是不容低估的。当然，苏轼创作的3首《鹧鸪天》中，仍有2首是赋咏“佳人”等香艳题材的，但他在谪居黄州时期所写“林断山明竹映墙”一词，不仅以“殷勤昨夜三更雨，又得浮生一日凉”的名句而著称，而且以新颖的题材和词风影响了南渡之际和中兴词坛朱敦儒和辛弃疾等人的创作。此后，《鹧鸪天》的创作队伍不断扩大，不仅吸引了大批的婉约词人，如陈克(6首)、周紫芝(13首)、李清照(2首)、吕渭老(6首)、扬无咎(4首)、赵彦端(14首)、范成大(7首)、姜夔(7首)、史达祖(4首)、高观国(6首)、卢祖皋(4首)、吴文英(5首)、陈允平(9首)、周密(2首)、张炎(2首)等，而且不少“苏辛”阵营或“辛派”群体的词人也加入进来，如叶梦得(7首)、向子諲(17首)、王以宁(4首)、韩元吉(6首)、陆游(8首)、张孝祥(18首)、陈亮(2首)、郭应祥(21首)、韩淲(10首)、葛长庚(3首)、刘克庄(2首)、刘辰翁(7首)等，使得《鹧鸪天》的题材疆域和风格美感不断走向拓展与丰富。即使是达60首之多的无名氏词，除了相当一部分祝颂词之外，也写出了不少咏梅词、节令词，而题作《春闺》的“枝上流莺和泪闻”一词，赋咏春闺恋情，其蕴藉之致、哀婉之情，丝毫不逊色于文人之作，以致有多种选本将此词误录作秦观词和李清照词。此外，在《鹧鸪天》的创作中还出现了不少女性词人，除李清照之外，还有朱淑真、聂胜琼、刘鼎臣妻、黄夫人、窃杯女子等。创作队伍构成成分及其所属风格流派的多样与丰富，既反映了《鹧鸪天》词调的艺术魅力，也说明了《鹧鸪天》创作成就取得的原因。

## 二　宋代《鹧鸪天》的作品分布

《鹧鸪天》在宋代词坛“十大金曲”词调排行榜上能取得季军的成绩，与169位(不含无名氏)词作者的创作是紧密相关的。尤其是一些创作数量较多的词人，更是贡献最大。从他们直接客观的词作数量上，便能够截然清楚地看到该调创作及发展的繁荣景象。以下是创作较多(5首及以上)的词人及其创作数量的列表统计：

**表 9-3　两宋《鹧鸪天》词主要作者创作数量一览表**

| 时代简称 | 词作 | 词人 | 词作 | 词人 | 词作 | 词人 | 备　注 |
| --- | --- | --- | --- | --- | --- | --- | --- |
| 北宋 2 | 19 | 晏几道 | 12 | 晁端礼 | 10 | 贺　铸 | 另有 4 首 2 人，3 首 4 人，2 首 3 人，1 首 8 人 |
| | 8 | 黄庭坚 | | | | | |
| 南渡 3 | 17 | 向子諲 | 14 | 朱敦儒 | 14 | 赵彦端 | 另有 4 首 7 人，3 首 2 人，2 首 5 人，1 首 15 人 |
| | 13 | 周紫芝 | 7 | 叶梦得 | 6 | 吕渭老 | |
| | 6 | 陈　克 | 5 | 葛胜仲 | 5 | 徐　俯 | |
| | 5 | 张　抡 | | | | | |
| 南宋 4 | 63 | 辛弃疾 | 21 | 赵长卿 | 21 | 郭应祥 | 另有 4 首 6 人，3 首 5 人，2 首 10 人，1 首 18 人 |
| | 18 | 张孝祥 | 13 | 石孝友 | 10 | 韩　淲 | |
| | 8 | 陆　游 | 8 | 廖行之 | 7 | 范成大 | |
| | 7 | 赵师侠 | 7 | 姜　夔 | 6 | 洪　适 | |
| | 6 | 韩元吉 | 6 | 赵善括 | 6 | 高观国 | |
| | 5 | 管　鉴 | 5 | 丘　崈 | 5 | 吕胜己 | |
| 南宋 5 | 13 | 魏了翁 | 7 | 严　仁 | 5 | 吴文英 | 另有 4 首 1 人，3 首 3 人，2 首 3 人，1 首 15 人 |
| 南宋 6 | 8 | 陈允平 | 7 | 刘辰翁 | 5 | 仇　远 | 另有 2 首 2 人，1 首 6 人 |

从以上统计发现，北宋承平时代没有在列，即没有创作超过 5 首的词人。《鹧鸪天》这一词调始见于这个时期，流传不广，参与创作的词人不多，仅有夏竦、柳永、宋祁、欧阳修共 4 位词人，而创作数量也极少，每位词人皆只有 1 首作品流传，即 4 人共计 4 首词作。其中，夏竦词存疑，应该是无名氏之作①。而时代不详的 12 位词人也不在列，亦没有创作超过 5 首的作者。

北宋变革时代，在此调流行尚不久而前人创作尚极少的情况下，晏几道一人就创作了 19 首作品，相对承平时代仅寥寥数人数首而言，他在创作数量上的飙升让人惊叹。同时，他也比同时代词人的创作要多得多，不少作品堪称经典，以北宋第一的姿态给两宋词人起了良好的示范作用，也使得该调受到更多的关

① 《全宋词》所录《鹧鸪天》703 首，其中有 6 首词重出互见，即：“镇日无心扫黛眉”一词，于夏竦和无名氏互见；“不怕微霜点玉肌”一词，于叶梦得和张元干互见；“笑擘黄柑酒半醒”一词，于晁公武和戴平之互见；“阿母蟠桃不记春”、“楚楚吾家千里驹”二词，于张孝祥和胡于两存；“御路东风拂醉衣”一词，于张镃和史达祖两存。《全宋词》，第 9、3839 页；第 778、1093 页；第 1513、3172 页；第 1695 页；第 2141、2345 页。《全宋词补辑》，第 97 页。

注。纵观整个宋代《鹧鸪天》的创作，晏几道的作品数量排名第4，虽远不及辛弃疾63首之多，但也仅比并列第2的赵长卿和郭应祥少2首而已。因此，晏几道19首的创作还是相当不容小觑的，而且其中名篇佳句尤为丰富，流传也非常广泛。大概正因为有了晏几道的大力创作，《鹧鸪天》一调的艺术魅力才得以展现，影响所及，此调才日益流行起来。创作12首的晁端礼，有10首作品便是在晏几道的影响下模拟而成的。贺铸、黄庭坚等名家的创作不俗，数量上也紧随其后。他们的努力创作，加上个别词人零散的创作，以83首之数远远超过了承平时代的3首，打开了《鹧鸪天》词调的创作局面。创作数量的攀升，使得该调逐渐流行开来，在宋代词坛上开始崭露其头角与风貌。

南渡时期，创作《鹧鸪天》词的词人有39位，比之北宋变革时代的21人，将近是两倍的数目。恰巧的是，39位词人创作的151首作品，相较于21人的83首作品来说，也将近翻了一番。还有，创作数量在5首以上的词人有10位，比起北宋变革时代的4位词人来说，刚好是两倍半。如此一来，《鹧鸪天》这一调，无论是从创作人数，还是创作数量来看，南渡时期的发展规模都将近是北宋变革时代的两倍。可见，该调在这个战乱时代，还是稳步发展的，创作人数和创作数量的上升，都见证了该调的不断繁荣。

进入南宋中兴时代后，《鹧鸪天》词调迎来了它发展的巅峰时期，这是一个相较于北宋变革时代这一小高峰而言的大高峰。中兴时代，词人辈出，他们在《鹧鸪天》的创作上也大显身手，57位词人共同创作了299首词作，约为南渡时期151首的两倍，更是轻松超越了前面三个时代的创作数量之和，并成为随后的苟安和亡国时代无法跨越的一座高峰。创作5首以上的词人有18人，也将近是南渡时期10人的两倍。这再一次地翻一番的发展速度，显然表明了该调在中兴时代取得的巨大进展。该调在中兴时代的发展，为《鹧鸪天》夺得宋代词调“十大金曲”之季军地位奠定了雄厚的基础。其中，贡献最大、成就最突出的自然要数创作了63首《鹧鸪天》的辛弃疾。该调的创作，不仅在他个人所用词调中高居榜首，而且让他坐上了宋代《鹧鸪天》词“第一人”的宝座，遥遥领先于随后以21首并列第2的赵长卿和郭应祥二人，也超越了以19首排名第3而成就和影响甚大的晏几道。辛弃疾的创作，既在数量上令人惊叹，也在质量上取胜，不愧是两宋《鹧鸪天》创作的“第一人”。其他词人虽不及辛弃疾创作之多，却也积极表现，共同谱写了《鹧鸪天》在中兴时代的辉煌篇章。

走过了巅峰时期，《鹧鸪天》在苟安时代和亡国时代迅速走了下坡路。这两个时代，分别有 25 个和 11 个词作者，但都仅有 3 个词人创作了 5 首以上的作品，作词 3 首的也只是为数不多的 3 个人，剩下的更多的作者则仅仅是填词 2 首或 1 首。从整体而言，创作人数上的 25 人和 11 人，跟北宋变革时代的 21 人相比，看似差不了太多，但是，创作数量的 59 首和 30 首，却是无法与变革时代的 87 首相提并论的。这不仅因为在数量上有差距，更重要的是与《鹧鸪天》词调蓬勃发展的势头恰恰背道而驰之故。在变革时代，该调在创作人数和创作数量方面相较承平时代而言，是迅速上升的，它逐渐在宋代词坛绽放异彩，可谓方兴未艾，发展前途一片大好。而到了苟安时代和亡国时代，创作人数和创作数量骤减，发展势头萎靡不振，创作人数、作品的数量和质量上都已昭示了该调的衰落之势，中兴时代的辉煌不可逆转地成为了过去。

考察两宋《鹧鸪天》作品的时代分布及其与词人的对应关系，我们还特别注意到该调名篇佳作层出不穷的现象。柳永为此调创始之人，他所作《鹧鸪天》虽然只有一首，在他的《乐章集》中算不得最优秀最流传的作品，但他依然为此调的流行和发展开了一个好头。相对而言，宋祁的“画毂雕鞍狭路逢”一词，因为有本事流传，比之柳词则更为闻名。在北宋变革时代，苏轼的“林断山明竹隐墙”一词咏叹人生，贺铸的“重过阊门万事非”一篇追悼亡妻，都堪称此调中的杰作。另外，李之仪、黄庭坚等也各有佳篇，而尤以晏几道名篇最多。小山此调之作共计 19 首，几乎一半以上的作品都广为流传而且颇得好评，而尤以“彩袖殷勤捧玉钟”一篇最为绝唱，甚至被清人评为“言情之作，至斯已极”①，“曲折深婉，自有艳词，更不得不让伊独步”②；而“小令尊前见玉箫”一首，能写出“梦魂惯得无拘检，又踏杨花过谢桥”的名句，连理学家程颐都惊赏为“鬼语也”③。南渡以后，《鹧鸪天》名篇佳作更是不断涌现。南渡词人朱敦儒共创作了 14 首《鹧鸪天》，以擅写隐逸潇洒情怀而著称，尤其是“我是清都山水郎”、“检尽历头冬又残”等篇，清奇俊爽，最为传诵。辛弃疾一人就创作了 63 首《鹧鸪天》，不仅是中

① 陈廷焯：《词则・闲情集》卷一，第 885 页。

② 陈廷焯：《白雨斋词话》卷一，第 11 页。

③ 邵博：《邵氏闻见后录》卷十九，北京：中华书局 1983 年版，第 151 页。

兴时代《鹧鸪天》创作的第一"大户",而且也堪称两宋词坛《鹧鸪天》创作的"巨擘"。他以《鹧鸪天》写山水,摹田园,绘风俗,咏人生,开疆拓土,各具风采,其中为历代传诵的名篇达十余首之多,而"壮岁旌旗拥万夫"一词,有题序云"有客慨然谈功名,因追念少年时事戏作"(P1943),虽然下片不无英雄失意的悲凉,而上片追怀青年时代的抗战生活,雄奇豪壮,则堪称两宋《鹧鸪天》一调中的最强音。即使是女词人李清照、朱淑真、聂胜琼乃至窈杯女子,以及无名氏,也都各有名篇传世。从历代选本选录和历代词话品评来看,两宋《鹧鸪天》之名篇佳作约有数十首之多,堪与《浣溪沙》、《望江南》、《菩萨蛮》等小令"金曲"词调相媲美。名篇佳作之多,也有力地反映了两宋《鹧鸪天》一调所取得的创作成就之高。

## 三　宋代《鹧鸪天》的题材分布

对两宋《鹧鸪天》词作的定量分析,我们还可以从题材的分布方面进行考察。通过题材的分类与统计,我们可以获取两宋《鹧鸪天》词在表现内容上的基本风貌及其演变情形。参照宋词题材分类研究的有关成果①,我们对两宋《鹧鸪天》词的题材进行了分类统计,兹列表如下:

**表 9-4　两宋《鹧鸪天》词作题材分类一览表**

| 序号 | 题材 | 北宋 1 | 北宋 2 | 南渡 3 | 南宋 4 | 南宋 5 | 南宋 6 | 时代不详无名氏词 | 总计 | 百分比 |
|---|---|---|---|---|---|---|---|---|---|---|
| 1 | 祝颂 |  | 6 | 22 | 53 | 16 | 5 | 29 | 131 | 18.63 |
| 2 | 交游 |  | 4 | 23 | 54 | 7 |  | 2 | 90 | 12.80 |
| 3 | 咏物 |  | 6 | 14 | 36 | 8 | 3 | 8 | 75 | 10.67 |
| 4 | 闺情 | 3 | 10 | 19 | 24 | 11 | 4 | 3 | 74 | 10.52 |
| 5 | 节序 |  | 9 | 19 | 18 | 6 | 3 | 18 | 73 | 10.38 |
| 6 | 写景 |  | 4 | 4 | 31 | 2 | 3 | 2 | 46 | 6.54 |
| 7 | 人物 |  | 4 | 13 | 8 | 1 | 2 | 1 | 29 | 4.13 |
| 8 | 艳情 |  | 5 | 6 | 14 |  | 2 | 1 | 28 | 3.98 |
| 9 | 咏怀 |  | 3 | 6 | 13 | 1 |  |  | 23 | 3.27 |
| 10 | 闲适 |  | 5 | 3 | 13 |  |  | 1 | 22 | 3.13 |

① 许伯卿:《宋词题材研究》,将宋词题材分为 37 类,第 27—37 页。

续表

| 序号 | 题材 | 北宋1 | 北宋2 | 南渡3 | 南宋4 | 南宋5 | 南宋6 | 时代不详无名氏词 | 总计 | 百分比 |
|---|---|---|---|---|---|---|---|---|---|---|
| 11 | 闲愁 | | 5 | 2 | 4 | 2 | 7 | 1 | 21 | 2.99 |
| 12 | 隐逸 | | | 7 | 10 | | | | 17 | 2.42 |
| 13 | 宫廷 | | 12 | 1 | 2 | | | | 15 | 2.13 |
| 14 | 羁旅 | | 3 | 2 | 3 | 1 | | | 9 | 1.28 |
| 15 | 科举 | | 2 | 1 | 2 | | | 3 | 8 | 1.14 |
| 16 | 游仙 | | | 3 | 2 | 3 | | | 8 | 1.14 |
| 17 | 隐括 | 1 | 2 | 2 | 1 | | | | 6 | 0.85 |
| 18 | 生活 | | | | 3 | | | 3 | 6 | 0.85 |
| 19 | 仕宦 | | | 2 | 3 | | | | 5 | 0.71 |
| 20 | 未详 | | | | | | | 5 | 5 | 0.71 |
| 21 | 风土 | | | 1 | 2 | | | | 3 | 0.43 |
| 22 | 哲理 | | 1 | | 1 | | | | 2 | 0.28 |
| 23 | 宗教 | | 1 | | | | | | 1 | 0.14 |
| 24 | 祭悼 | | 1 | | | | | | 1 | 0.14 |
| 25 | 世相 | | | 1 | | | | | 1 | 0.14 |
| 26 | 悯农 | | | | 1 | | | | 1 | 0.14 |
| 27 | 咏史 | | | | 1 | | | | 1 | 0.14 |
| 28 | 谈艺 | | | | | 1 | | | 1 | 0.14 |
| 29 | 怀古 | | | | | | 1 | | 1 | 0.14 |
| | **总计** | **4** | **83** | **151** | **299** | **59** | **30** | **77** | **703** | |

由以上统计发现，宋代《鹧鸪天》词的题材类型除了"未详"一类(5首皆为断句)外，仍有28种之多。其中，祝颂词以131首的绝对优势领跑第1，交游词以90首名列第2，咏物词以75首名列第3，闺情词以74首名列第4，节序词以73首名列第5。随后的写景、人物、艳情、闲适、咏怀和闲愁这6种题材的数量都在20首以上。比较宋代《鹧鸪天》词和《全宋词》题材的百分比可以发现，《鹧鸪天》词的祝颂、交游、闺情、节序、人物、闲适题材的百分比都超过了宋词在这几个题材上所占的比例。除了以上11种题材外，其余18种(含"未详"类)题材，仅宫廷、隐逸这两类词数量皆在10首以上，剩下的16种都只有几首或一首作品。

可见，宋代《鹧鸪天》词在内容题材的表现方面，作品数量较多的主要集中在前面 13 种题材类型中，从第 14 类羁旅词至第 19 类仕宦词，数量在 10 首以下 5 首以上，也值得注意，而第 20 类以后的题材虽包含少量名篇（如祭悼类中贺铸的“重过阊门万事非”），但大多数皆为零章单篇，不成气候。而亲情、故事、神话、军旅、边塞、时事、家庭、寓言这 8 类题材，则在《鹧鸪天》词作中没有涉及。与多达 37 类的宋词题材相对照，《鹧鸪天》在题材内容的表现上似乎要狭窄一些，应该说这是可以理解的正常现象。因为从词调音乐来源、声情特征和美感类型等方面来看，《鹧鸪天》大致属于一个婉约词调，如同《浣溪沙》、《菩萨蛮》、《蝶恋花》这些婉约词调一样，多写闺情、艳情、咏物、节序、写景、交游、闲愁等类题材，而不太适合去表现军旅、边塞、怀古、咏史等偏于豪放的题材类型。尽管如此，两宋《鹧鸪天》词在内容题材的表现上已是灿然可观了。

在北宋承平时代，《鹧鸪天》词以抒写闺情为主。柳永、宋祁、欧阳修凡 3 首作品都是表现闺情恋情题材，描写女子伤春、悲秋、怀人、相思之情，情感真挚，语美情柔。在北宋变革时代，宫廷词越过闺情词在题材分类中折桂，但这仅仅是偶然事件，12 首宫廷词中有 10 首为晁端礼模仿晏几道词而写成的。随后的南渡、南宋时期，也仅见 3 首宫廷词而已。因此，宫廷词的夺魁只是一时，不意味着它能代表一种发展趋势。在这一时代，闺情词虽跌下第 1 的宝座，却能在南渡、南宋几个时代里保持着第 4、第 5、第 2、第 3 等名列前茅的位置。可见，从这一词调在北宋前期出现直至南宋末期，74 首闺情词以屹立不倒之势稳稳地占据了宋代《鹧鸪天》题材榜第 4 的名次。

《鹧鸪天》闺情词的出现和发展，与词体本适宜多写闺情、艳情等题材，具有婉约曼妙、含蓄蕴藉等特质有关，也符合这一词调“风流酝藉”的声情特征。《鹧鸪天》从闺情题材发端，经过时代的变迁和创作的发展，表现题材也随之得以大大拓宽。北宋承平时代仅有 2 种题材，变革时代就增至为 18 种，南渡战乱时代有 20 种，南宋中兴时代达到 23 种之多，随后的苟安、亡国时代降至 12 和 9 种，时代不详与无名氏也有 13 种。

以叙事、议论为主，感情基调庄重华贵的祝颂题材，从北宋变革时代开始发展就名列第 4，在南渡和南宋中兴时代、亡国时代都位于第 2，苟安时代高居榜首，在时代不详与无名氏中也名列第 1。由此，祝颂以 131 首最后取得宋代《鹧鸪天》题材榜的第1名。以90首的创作数量名列第2的交游题材，其发展趋势如一个倒"U"形，在北宋变革时代数量不多，排名为中端，南渡却一跃而至第1的位置，南宋中兴时代继续保持第1，苟安时代降至第4，亡国时代则无所表现。以75首名列第3的咏物词，在北宋变革时代、南渡、南宋几个时代中分别排名第4、第5、第3、第3、第5。节序词在几个时代中名次也较靠前，以73首的总数夺得第5名。其他题材在宋代《鹧鸪天》词中都有不一样的精彩演绎。如写景词的清新脱俗，艳情词的缠绵悱恻，闲适词的悠闲恬适，羁旅词的伤感悲愁，仕宦词的忧心感慨等。703首词作，以20多种题材，共同开辟了《鹧鸪天》词调在宋代词坛上的灿烂天地。

## 第三节　宋代《鹧鸪天》题材述论

由上文对宋代《鹧鸪天》歌词题材分类的统计可知，宋代《鹧鸪天》词的表现题材呈现出较为丰富多样的创作特征。作为一支小令歌曲，《鹧鸪天》能表现二十多类的题材内容，既是该调表现功能强大的体现，也是该调创作成就的一个重要组成部分。其中，又尤以闺情、艳情、节序、咏怀、咏物、写景、闲适、隐逸、祝颂、宫廷等几类题材的作品较为突出。下面，我们即通过对各类重要题材作品文本的考察分析，来领略宋代《鹧鸪天》词所抒写和展现的丰富内容和广阔天空。

### 一　闺情词与艳情词

宋代《鹧鸪天》词中，闺情词有74首，艳情词有28首。这两类题材的作品相加，数量多达102首，占宋代《鹧鸪天》作品总数的比例已达七分之一，说明《鹧鸪天》一调是比较适宜抒写男女之情的。

这些词作，除了出自女性词人之手的2首外，其他都是男性词人所作。这些出自男子之手的词篇，或以男性视角对女性的体态容貌、闺房生活或欢爱情景进行描述，以表爱慕、相思之情；或"男子作闺音"，模拟女性口吻，抒写女性的闺阁生活、离别相思。可见闺情词和艳情词都离不开"情"，男女之情和两性之爱是这两类词作的灵魂所在。然而它们的风格却是有别的，闺情词深婉含蓄，艳情词风流缠绵,各具美感。

**(一)闺情词**

离别相思,是男女之间永恒的主题。《鹧鸪天》在抒写离别相思这类闺情题材上,不仅数量甚多,而且也产生了不少名篇佳作。这些离别相思之作,在宋代的各个时段皆有创作,往往都写得情真意切,哀婉动人。尤其是那些款款深情的佳作,似乎能穿越时代的界限,直达人心,感人备至。且看以下几首作品:

镇日无心扫黛眉。临行愁见理征衣。尊前只恐伤郎意,阁泪汪汪不敢垂。　　停宝马,捧瑶卮。相斟相劝忍分离?不如饮待奴先醉,图得不知郎去时。——无名氏《鹧鸪天》(P3839)

这首词写男女分别前的伤感,常见的题材却写出了新意。上片写郎君临行之际,女子"无心扫黛眉","愁见理征衣",因担心郎君伤心,而努力克制感情,泪眼汪汪却不敢垂落。下片写得尤为巧妙,不是像往常那般奉劝临行之人多饮几杯,而是自己反倒喝得多,为的是"图得不知郎去时"。末二句构思奇特,感人肺腑、凄美动人。明潘游龙《精选古今诗馀醉》如此评说:"待醉已是苦情,待奴先醉,其情愈苦。"①清陈廷焯《白雨斋词话》的评价也恰到好处:"语不必深,而情到至处,亦绝调也。"②

说着分飞百种猜。泥人细数几时回。风流可惯曾孤冷,怀抱如何得好开。　　垂玉箸,下香阶。凭肩小语更兜鞋。再三莫遣归期误,第一频教入梦来。——向子諲《鹧鸪天》(P970)

此词题为"宣和己亥代人赠别",即宣和元年(1119)所作。既题为"代人赠别",自是模拟闺情之作。上片从分别前的心理和情怀写起,把女子的百般猜测、千种缠绵、万分不舍,刻划得入木三分;下片写临别时的情景,"凭肩小语"承前续写缠绵悱恻,固然精彩,而"再三""第一"的反复叮嘱,尤见绮思深情。明卓人月评曰:"即使真正归来,与梦何异!"③清陈廷焯评曰:"临别绸缪,十分亲切。""结局更写出痴情。"④

---

① 潘游龙:《精选古今诗余醉》卷八,沈阳:辽宁教育出版社 2003 年版,第 268 页。
② 陈廷焯:《白雨斋词话》卷六,第 161 页。
③ 卓人月汇选、徐士俊参评:《古今词统》卷七,第 260 页。
④ 陈廷焯:《词则·闲情集》卷二,第 905 页。

晚日寒鸦一片愁。柳塘新绿却温柔。若教眼底无离恨，不信人间有白头。　　肠已断，泪难收。相思重上小红楼。情知已被山遮断，频倚阑干不自由。——辛弃疾《鹧鸪天》(P1878)

这首词题为“代人赋”，也是一首模拟闺情之作。辛弃疾的词以豪放著称，然而他的婉约词也是相当精彩，这首闺怨词便是其一。三、四句，“无离恨”只是假设，事实上“离恨”已生。这两句道出了“思君令人老”的无奈和不悔，给人心绪低回婉转、笔致摇曳生姿之感。下片，写女子因“离恨”而肝肠寸断。“重”字用得巧，点明了女子一次次地登上小楼。末二句，“频”与“重”正好相应，情郎已远无踪影，然而女子却依旧“频倚阑干”。俞陛云评曰：“人生容易白头，大抵怨别伤离所致，故下阕言相思不已，重上楼头，明知江上峰青，已曲终人远，而阑干独倚，极目云天，与东坡‘天一方’之歌，同共寓感。”①

玉惨花愁出凤城。莲花楼下柳青青。尊前一唱阳关后，别个人人第五程。　　寻好梦，梦难成。况谁知我此时情。枕前泪共帘前雨，隔个窗儿滴到明。——聂胜琼《鹧鸪天》(P1046)

聂胜琼是创作《鹧鸪天》闺情词的两个女词人之一。这首词题为“寄李之问”，应是她送别李之问归来后所作。上片，写离别时的情景。女词人巧妙地化用王维《送元二使安西》诗意，表达了她对李之问的不舍和留恋。下片，写别后的伤感。“寻好梦，梦难成”，点出了女词人因思念而难以成眠的状况。末二句，又化用了晚唐温庭筠《更漏子》下片的意象与意境：“梧桐树，三更雨，不道离情正苦。一叶叶，一声声，空阶滴到明。”②却又浑然无碍，别具风神。明卓人月引周邦彦《解蹀躞》词句评此词云：“美成词：‘泪珠都作，秋宵枕前雨。’泪与雨，吾不知其是一是二。”③可见此词所创造的“泪雨”意境，颇能打动人心。

聂胜琼与李之问有一段美好的情事，这首“寄李之问”词便是她对这段情爱的真实抒写。据杨湜《古今词话》所载：“李公之问仪曹解长安幕，诣京师改秩。都下聂胜琼，名娼也，资性慧黠，公见而喜之。李将行，胜琼送之别，饮于莲花楼，唱一词，末句曰：‘无计留君住。奈何无计随君去。’李复留经月，为细君督归

---

① 俞陛云：《唐五代两宋词选释》，第389页。

②《全唐五代词》，第107页。

③ 卓人月汇选、徐士俊参评：《古今词统》卷七，第266页。

甚切，遂别。不旬日，聂作一词以寄之，名《鹧鸪天》曰(略)。李在中路得之，藏于箧间。抵家为其妻所得，因问之，具以实告。妻喜其语句清健，遂出妆奁资募，后往京师取归。琼至，即弃冠栉，损其妆饰，奉承李公之室以主母礼，大和悦焉。”①聂胜琼得偿所愿，免去相思之苦，也不必再在风尘中打滚，这首《鹧鸪天》实在功不可没。

宋代《鹧鸪天》闺情词里，还有不少作品抒写春思春愁，展现的多是女子一个人的惆怅。词中没有直接描写离别的哀怨或相思的悲苦，而是刻画了一个个无精打采的弱女子，或表现她的慵懒无力、芳心无托的情态，或描写她在面对美好春景时所触发的春思春愁。这些描写因春思春愁而悄然泛起的惆怅，总给人以轻忽飘渺之感，看似淡淡的，细细感受又是撩人心绪的，别有一番滋味和美感。且看以下作品：

病去那知春事深。流莺唤起惜春心。桐舒碧叶悭三寸，柳引金丝可一寻。　　怜绣阁，对云岑。苦无多力懒登临。翠罗衫底寒犹在，弱骨难支瘦不禁。——严仁《鹧鸪天·春思》(P2548)

严仁共创作了7首《鹧鸪天》，几乎都是闺情词，用笔深情真切，可谓极能道闺闱之情。这首词题为“春思”。上片，写女主人公因生病已久，待痊愈之时方知春天已经快要过去了，于是在流莺声中唤起了“惜春心”。三、四句写梧桐舒展小小的碧叶，杨柳飘拂长长的金缕，把“春事深”写得形象可感，把“惜春心”写得细致入微。明卓人月《古今词统》激赏云：“妙在‘悭’字、‘可’字。”②下片，“苦无”一句，“苦”字道出了她对辜负美好春光的深深不愿，以及被困在“绣阁”中的无奈和闲愁。末二句，女主人公感觉“寒犹在”，“弱骨”一句又呼应了前面的“苦无多力”，点明了她身体极为孱弱的状态，深化了女主人公因自己身体不好、辜负春光而心生的愁思。

独倚阑干昼日长。纷纷蜂蝶斗轻狂。一天飞絮东风恶，满路桃花春水香。　　当此际，意偏长。萋萋芳草傍池塘。千钟尚欲偕春醉，幸有荼蘼与海棠。——朱淑真《鹧鸪天》(P1405)

① 杨湜：《古今词话》，《词话丛编》本，第43—44页。

② 卓人月汇选、徐士俊参评：《古今词统》卷七，第263页。

这首词以晚春为背景。上片，“独倚阑”、“昼日长”写出了词人的孤寂和百无聊赖。开始呈现败迹的晚春之景，不难让词人联想到自己因婚姻不如意，美好的年华不断流逝的无奈现实。下片，词人所幸尚有荼蘼和海棠与之相伴。其实，也只有荼蘼与海棠陪着她，说“幸有”不过是强颜欢笑罢了。这首词浑不见愁怨之字眼，细细品味之下，词人面对晚春之景、荼蘼与海棠，心中满是失落、寂寞，以及年华逝去的无力感。这些愁意难以排遣，词人只好倚阑黯然神伤。

这些春思春愁的作品，数量虽不及离别相思之作，情感表达方面也不如离别相思之作那般深刻沉郁，但其中表现的女子慵懒无力，以及面对春光而生发的春思和愁意，亦属“闺情”的一部分。

**（二）艳情词**

与闺情词不同的是，艳情词中的女子多为青楼女子或歌妓舞女，男子多以享乐的主体或两性来往中占主动一方的身份出现；在内容上，还涉及两性来往、寻欢作乐；情感方面，多由男子来表现恋慕、相思之情。这样一来，艳情词就表现出了有别于深婉含蓄的风流绮靡、妩媚香艳的风格特点。写得高雅的可称为爱情佳构，否则易于流为下品。

宋代《鹧鸪天》的艳情词共有28首，这些词中的女子往往娇艳动人，从形体容貌到歌舞饮酒，宜笑宜颦，能歌能舞，百般姿态，千种风情，都令人心神俱摇。在这类词中，男子往往出入筵席、流连欢场，对佳人表现出来的痴迷和动情，既有出于真情的恋慕，亦有酒筵上的逢场作戏，以及青楼里的寻欢作乐。

艳情词的创作，以晏几道最为独领风骚。作为北宋词坛继承南唐词风的代表作家，他的艳情词堪称经典。他的《鹧鸪天》词，一如《小山词》中其他的词调，多为表现男女悲欢离合之情。这看似是题材的狭窄之处，却恰恰是他创作的本色体现，其中最为出色的无疑是艳情词。

晏几道的创作与他的经历和性格密切相关。他出身于宰相之家，自有贵公子的倜傥风流。在父亲晏殊逝世后，门庭逐渐败落，晏几道依然不改其倜傥之风。他经常到好友沈廉叔、陈君龙家里饮酒听曲，尤为喜欢莲、云、鸿、蘋这四位歌女。无论是在朋友家或流落江湖，晏几道往往对歌女一见倾心，进而产生感情，在分别后不断思忆，并将其绮思艳情付诸笔墨。所以，晏几道的《鹧鸪天》词多写与歌女之恋情，表面上给人辞藻华丽、色彩鲜艳之感，而实际上却并无“花间词”的靡丽俗艳，堪称艳而不淫，清雅有度，正如黄庭坚在《小山词序》中所云为“狎邪之大雅”①。

晏几道由于经历了由富贵到困顿的生活变化，感受到其中的抑郁和失意后的悲哀，所以常常沉浸在对往事的追忆和对现实潦倒的矛盾中不可自拔，那种深深的愁苦和感伤便贯穿于他的词作中，《鹧鸪天》也不例外。我们可以发现，晏几道善于选取动人的往事片断，与眼前情景相对照，来烘托出一种凄迷怅惘的感伤怀旧心绪。如此的今昔与悲欢的对比，给人一种深深的感伤哀怨、婉曲幽峭的感觉。兹举其中最为传诵的一首为例(P225)：

彩袖殷勤捧玉钟。当年拚却醉颜红。舞低杨柳楼心月，歌尽桃花扇影风。　从别后，忆相逢。几回魂梦与君同。今宵剩把银釭照，犹恐相逢是梦中。

此词写词人与一个歌妓重逢时的惊喜之情。构思别致，层次分明又多转折。上片回忆从前相聚时欢歌艳舞的情景，以“彩袖”、“玉钟”、“颜红”等明艳绚烂的色彩进行渲染，以“舞低杨柳”和“歌尽桃花”烘托热烈的场面。下片写分离后难以割舍的柔情和重逢后的惊喜。换头三句，语似浅近，却包含着词人细密曲折的情感。待到在现实中重逢时，却怀疑这只是梦境。“今宵”两句，疑真似幻，虚实结合，写得十分真实感人，让人倍感心酸凄婉。清陈廷焯给予了极高评价：“仙乎丽矣。后半阕一片深情，低回往复，真不厌百回读也。言情之作，至斯已极。”②清黄苏也激赏此词：“‘舞低’二句，比白香山‘笙歌归院落，灯火下楼台’，更觉浓致。词愈浓，情愈深。今昔之感，更觉凄然。”③

晏几道这首词写得极好，言情婉丽，文心曲妙，恰是小山本色，可谓《鹧鸪天》的艳情词之最，对南宋《鹧鸪天》艳情词的创作也颇有影响。且看以下两首作品：

一曲清歌酒一钟。舞裙摇曳石榴红。宝筝弦矗冰蚕缕，珠箔香飘水麝风。　娇娅姹，笑迎逢。合欢罗带两心同。彩云不觉归来晚，月转觚棱夜气中。——陈允平《思佳客》(P3104)

---

① 黄庭坚：《小山词序》，施蛰存主编《词籍序跋萃编》，第 51 页。
② 陈廷焯：《词则・闲情集》，第 885 页。
③ 黄苏：《蓼园词选》，《清人选评词集三种》本，第 38 页。

指剥春葱去采蘋。衣丝秋藕不沾尘。眼波明处偏宜笑,眉黛愁来也解颦。　巫峡路,忆行云。几番曾梦曲江春。相逢细把银缸照,犹恐今宵梦似真。——陈三聘《鹧鸪天》(P2028)

陈允平词注明了"用晏小山韵",不仅在形式上严格依韵追和晏几道"彩袖殷勤捧玉钟"这首名作,而且在题材上也同属艳情词。不同的是,这首词没有小山词别后相思的悲苦和久别重逢的疑幻,而只就歌舞欢筵和两情相悦做尽情的抒写,艳丽或不减原作,而深情却略有不足。

陈三聘词乃追和范成大"荡漾西湖采绿蘋"一词,其末二句却灵活化用了晏几道"彩袖殷勤捧玉钟"一词的结尾二句。对比发现,陈三聘将晏几道的"相逢"提到前句,把"今宵"用到后句,词语位置的挪动并无太大影响,原句和改句都表达了今宵得以重逢,担心是做梦的惊喜之情。而陈三聘将"是梦中"改为"梦似真",似乎还多了一层意思,即词人在担心相逢是做梦的同时,又觉得今宵的梦比往常要真切,就像是真的一样。真真假假,让人分不清现实和梦境,这反映出词人平时常常梦见佳人,体现了词人心中深沉的思念。况周颐的评价甚是妥帖:"陈梦弼和石湖《鹧鸪天》云(略)。歇拍用晏叔原'今宵剩把银缸照,犹恐相逢是梦中'句,恐梦似真,翻新入妙。不特不嫌沿袭,几于青胜于蓝。"①

当然,艳情词除了晏几道的佳作和受其影响的词作之外,还不乏其他词人的佳作。艳情词中有许多关于男女之间的描写,当中不乏一些美丽的故事。张孝祥这首《鹧鸪天》就写了一段故事(P1696):

瞻跸门前识个人。柳眉桃脸不胜春。短襟衫子新来棹,四直冠儿内样新。　秋色净,晓妆匀。不知何事在风尘。主翁若也怜幽独,带取妖饶上玉宸。

这首词抒写了词人邂逅一个"风尘""妖娆"的香艳情事。上片开头直叙邂逅之事——"瞻跸门前识个人"。"瞻跸门",应指瞻迎帝王车驾之处。所识之人则"柳眉桃脸不胜春"。下片换头处转写伊人的素净与淡雅,接以"不知何事在风尘"的疑问,既交代了词人的困惑,也表明了伊人的身份。末二句,则托以虚拟的口吻,抒写词人的爱赏之情,既怜其幽独,因此希望"主翁"能予以拯救。本

① 况周颐:《蕙风词话》卷二,第32页。

是素不相识的人,词人在遇见这个妖娆女子后,却不由地对她产生了怜爱之心,这何尝不是一段美妙的邂逅呢?

美丽的邂逅,或许如昙花一现,那些载满久远的回忆和深沉的相思的艳情词,或者更能打动人。试看姜夔这首写尽相思的《鹧鸪天》(P2173):

肥水东流无尽期。当初不合种相思。梦中未比丹青见,暗里忽惊山鸟啼。　　春未绿,鬓先丝。人间别久不成悲。谁教岁岁红莲夜,两处沉吟各自知。

这首词题为“元夕有所梦”,乃庆元三年(1197)元宵节作于杭州。“所梦”之人,为早年所遇所恋合肥姊妹。夏承焘有笺校云:“白石怀人各词,此首记时地最显。时白石四十余岁,距合肥初遇,已二十余年矣。”①上片,词人因思念之苦,悔恨当年种下相思;然思极而梦,梦中却看不清恋人,遗憾中又无奈地被山鸟惊醒;如此之愁思,犹如肥水东流,绵绵无尽期。下片,因季节变化,发出岁月蹉跎之叹。词人想起二十余年前的恋情,却感叹“人间别久不成悲”。这句颇有新意,应是反语,表面是“不成悲”的麻木,实则是久别相思,那些外露的激情都转成了内敛的深情,是一种更深更浓的悲愁。末二句,触景生情,想像年年元宵团圆夜,双方都在苦苦相思,而相思的况味却只有各自心知。整首词写得空灵蕴藉,深情缱绻,缠绵哀婉,耐人咀嚼。

## 二　节序词与咏怀词

节序词和咏怀词中,不少作品堪称宋代《鹧鸪天》最具思想深度和抒情力度的篇章。节序词中,有应景酬和之作,更有抒发人生感怀、家国之思、羁旅之情的佳作。咏怀词在创作数量上虽不及节序词,但在情感的表达上却与节序词颇有相似之处,只不过节序词多借节序为触媒以咏怀,而咏怀词的抒情则更为直接与纯粹。实际上,包括节序词在内的很多题材也都不同程度地带有咏怀的因素,我们的分类只是为了更便于叙述罢了。

### (一) 节序词

两宋《鹧鸪天》节序词共 73 首,涉及的节序及创作数量大致如下:上元词 26

---

① 夏承焘:《姜白石词编年笺校》卷五,第 69 页。

首，重九词19首，中秋词7首，七夕词6首，寒食词4首，冬至词3首，立春词、除夕词、清明词、元日词各2首。显然，上元、重阳这两个节日尤为词人所重视。这些节序，除了具有欢庆的节俗功能以外，还引发了词人对季节更替、时光流逝的思考，有时难免给词作添上些许伤感。当然，并非所有的节序词都写得出彩。张炎在《词源》中如是看待节序词："昔人咏节序，不惟不多；付之歌喉者，类是率俗，不过为应时纳祜之声耳。"①这用来评价那些应景而作的节序词倒是确切的。然而，在两宋《鹧鸪天》73首节序词中，北宋时期不乏借节序表达人生感怀的佳作，南渡以后更是出现了不少借节序抒发南渡感慨和故国之思，以及羁旅情思和异乡情怀的佳作。

我们先看北宋时期的《鹧鸪天》节序词，9首词作中便有7首是重九词。其中黄庭坚创作了5首重九词，4首同韵，他在词中塑造了一个狂居士的形象。黄庭坚的重九词写得清健有骨，但从意象的选择上看，却与一般的重九词相差无几，往往涉及"菊"、"茱萸"、"登高"等意象，从感情基调上看，都偏向伤悲之情。而晏几道的这首《鹧鸪天》却写出新意来了：

> 九日悲秋不到心。凤城歌管有新音。风凋碧柳愁眉淡，露染黄花笑靥深。　　初见雁，已闻砧。绮罗丛里胜登临。须教月户纤纤玉，细捧霞觞滟滟金。(P227)

这首重九词，南宋王灼《碧鸡漫志》卷二记载了相关创作背景："叔原年未至乞身，退居京城赐第，不践诸贵之门。蔡京重九、冬至日，遣客求长短句，欣然两为作《鹧鸪天》，'九日悲秋不到心(略)'，'晓日迎长岁岁同(略)'，竟无一语及蔡者。"②北宋徽宗崇宁、大观年间，权相蔡京派人请晏几道应节填词，晏几道作了两首，其中便有这首重九词。晏几道打破常规写法，不写登高、怀人和悲秋，而是写不如在家饮酒听歌。"悲秋不到心"，开篇即奠定了不悲的基调；"风凋"二句，用了拟人手法，柳叶落是愁眉淡的表现，黄花开是笑靥深的反映，即在重九之日不愁反笑。不仅如此，在"绮罗丛里"尽情欢宴，享受美女的捧觞劝酒，气氛热烈欢乐。这般重九，让人读来的确别有一番情致，难怪夏敬观称赞为"重九词

---

① 张炎：《词源》卷下，《词话丛编》本，第262页。
② 王灼：《碧鸡漫志》卷二，岳珍《碧鸡漫志校正》(修订本)，第30页。

新意"①。从另一角度来看,晏几道或许不是单纯地翻陈出新写重九,而是带有嘲讽意味来作此词。晏几道是一个不慕权贵的耿介之人,即便家道中落,也不愿有违本心。黄庭坚在《小山词序》中说晏几道有"四痴","仕宦连蹇,而不能一傍贵人之门,是一痴也"②。蔡京位极权相,晏几道虽应承作词,却"无一语及蔡者",只是泛泛写来,淡淡点染,可见其并无攀附权贵之意,甚且不无反讽之意。

再看南渡以后的《鹧鸪天》节序词。南渡时期,宋人历经战乱动荡、艰难南迁,而南宋中兴时代虽偏安一隅,却一直面临金兵入侵的威胁,苟安和亡国时代更是走向衰落。于是,宋人对生命意识的感受更甚从前,他们对时间的不可挽回感到惋惜,对今是昨非感到伤感。反映到节序词中,词人增加了对南渡前安定繁盛生活的追忆,与如今流落异乡的萧条、悲凉处境两相比较,从而引发思乡之情、羁旅之感、故国之思,词作便带上了明显的时代烙印。尤其在赋咏上元节的词作中,有着更突出的抒写与体现。

> 客路那知岁序移。忽惊春到小桃枝。天涯海角悲凉地,记得当年全盛时。　　花弄影,月流辉。水精宫殿五云飞。分明一觉华胥梦,回首东风泪满衣。——赵鼎《鹧鸪天》(P944)

赵鼎是最早创作《鹧鸪天》上元词以抒写故国之思的词人之一。这首词题为"建康上元作",词人借元宵佳节,抒发了南渡感慨和爱国情怀。上片,一、二句点明自己身处客地。"那知"、"忽惊",紧密呼应,可见词人心绪之复杂。三、四句,抚今追昔,"天涯海角"是指离开开封,仓皇南渡到建康,回首来时路,却有如天涯海角。由此引发了对北宋"全盛时"的追忆,客愁和羁恨之深,令人沉痛。下片,词人转笔写"全盛时"的场景,不是铺陈叙写元宵夜的盛况,而是化实为虚,写花影撩人,月光溢彩,宫殿华丽,云彩祥和。末二句,笔锋一转,词人从回忆中顿醒。"华胥梦",用黄帝昼寝而梦游于华胥氏之国的故事来比喻北宋的升平景象;"分明一觉",如梦方醒,是指北宋已成为过去,那些盛况也如梦一般消失了。词人不由地潸然泪下,悲怆不已。这首词写得跌宕起伏,曲折多变,意境深沉,情感复杂。词中今昔对比强烈,由往日的全盛对比反衬当下的悲凉,情绪

① 张草纫:《二晏词笺注》引录,上海:上海古籍出版社 2008 年版,第 335 页。
② 黄庭坚:《小山词序》,施蛰存主编《词籍序跋萃编》,第 51 页。

汹涌而至，不可遏止。这首词因杂入故国之思和南渡感慨，将个人命运与国家命运结合在一起，具有深刻的历史内涵，显得刚健深挚，在悲婉中又有豪气，有别于一般的婉约词和豪放词。清况周颐评赵鼎词云：“清刚沉至，卓然名家。故君故国之思，流溢行间句里。”①即举到这首《鹧鸪天·建康上元作》，所评既切合赵鼎“南渡四名臣”的身份，也揭示了这首上元节序词的抒情特色。

紫禁烟花一万重。鳌山宫阙倚晴空。玉皇端拱彤云上，人物嬉游陆海中。　星转斗，驾回龙。五侯池馆醉春风。而今白发三千丈，愁对寒灯数点红。——向子諲《鹧鸪天》(P957)

真个亲曾见太平。元宵且说景龙灯。四方同奏升平曲，天下都无叹息声。　长月好，定天晴。人人五夜到天明。如今一把伤心泪，犹恨江南过此生。——无名氏《鹧鸪天》(P3669)

这两首作品都是写上元节，写法上颇为相似，表达的情感也相近。向子諲词是芗林致仕后所作，在前面铺陈叙写往日上元的繁华，最后以“而今白发三千丈，愁对寒灯数点红”来结尾，直言繁华的流逝，岁月的无情，也包含了词人被迫致仕的愤懑和愁苦。无名氏词，语言更平实浅近，而抒情之真挚深切则略无逊色。这两首词，在情感上，同是借上元节表达对南渡的感慨和故国之思；在写法上，都不约而同地采取了先扬后抑、先乐后悲的表现手法，抚今追昔的比较与反差，给人以强烈的冲击，易于打动人心，引起共鸣。

南渡以后，也有词人借其他的节序来表达身处异乡的羁旅情怀。请看以下两首作品：

露叶披残露颗传。明月著地月流天。不辞独赏穷今夜，应为相逢忆去年。　辜窈窕，负婵娟。谁知两处照孤眠。姮娥不怕离人怨，有甚心情独自圆。——石孝友《鹧鸪天》(P2034)

自唱新词送岁华。鬓丝添得老生涯。十年旧梦无寻处，几度新春不在家。　衣懒换，酒难赊。可怜此夕看梅花。隔年昨夜青灯在，无限妆楼尽醉哗。——吴文英《思佳客》(P2934)

石孝友词题为“旅中中秋”。花好月圆的中秋，词人却孤单一人在途中，只

① 况周颐：《蕙风词话》卷二，第29页。

能“独赏”今夜月景和“忆去年”之“相逢”情景。伤心之极,不禁质问“姮娥不怕离人怨,有甚心情独自圆”? 中秋羁旅的独特体验,不仅饱含着离别相思的痛楚,而且渗透了人生不如意的感慨,比之一般中秋词的应景应酬的虚泛,也就具有了更深刻的情感意蕴。

吴文英词题为“癸卯除夜”。上片,词人直言作此词用以送旧迎新,接着感叹岁月流逝,两鬓斑白,经常羁旅在外,不仅难以觅到以往美好的遗踪,又好几年都无法归家与亲人共度春节。下片,词人感叹自己贫困潦倒,又生性疏狂,因无钱置新衣,就连旧衣也懒得换洗了,酒也难以赊来过春节,惟有赏梅度过这除夜,这是词人在潦倒中仍保持的浪漫高雅情怀。末二句是说,除夕夜过后的大年初一,词人惟有隔年孤灯相伴,而外面高楼里人们醉后的喧哗声却不断传来。如此贫富对比,是词人对身处窘境的自嘲,也是对社会不公、命运不公的无言控诉。

**(二)咏怀词**

咏怀词,是指内容和主题偏重于抒发对社会、人生的感慨或思考,展示个人胸襟、抱负的作品。《鹧鸪天》咏怀词,在北宋变革时代有 3 首,南渡战乱时代有 6 首,南宋中兴、苟安时代分别有 15 首、1 首,共计 23 首。以南渡为分界线,北宋的咏怀词往往涉及个人的人生感慨或思考,而南渡和南宋的咏怀词则往往融入了时代和社会的因素,多见忧国怀乡之叹,以及壮志难伸的愤慨。

北宋时期,政局稳定,词人的咏怀词往往关注自我的内心,基本是从个人的经历出发,由此生发出人生的感慨和思考。下面以晏几道的一首咏怀词为例(P226):

> 斗鸭池南夜不归。酒阑纨扇有新诗。云随碧玉歌声转,雪绕红琼舞袖回。　　今感旧,欲沾衣。可怜人似水东西。回头满眼凄凉事,秋月春风岂得知!

这是词人中年以后感怀旧事之作。所感之事,是往日的歌舞酒宴的热闹,亦是感怀与歌妓舞女在一起的欢快。上片写往日的欢会,风流奢华而又不失富贵闲雅;下片陡然一转,由歌舞的欢乐转为满眼的凄凉。“今感旧,欲沾衣”可谓点睛之笔,浓缩了词人所要表达的哀婉之情。“可怜”句以水东西喻人分离,浅切而生动。“秋月”句更饱含了词人孤寂落寞、凄凉无力的心情。

南渡后,《鹧鸪天》咏怀词便不可避免地受到时代环境的影响,其中饱含词人的忧国怀乡之思,亦不乏报国无门、壮志难伸的愤懑之语。这时期的咏怀词,将个人遭遇与国家命运连接在一起,无论是忧愁、怀念,还是愤激、悲慨,都是词人对社会和人生真实的体验和抒写,很能打动人心。兹举胡铨词为例(P1244):

梦绕松江属玉飞。秋风莼羹更鲈肥。不因入海求诗句,万里投荒亦岂宜。　　青箬笠,绿荷衣。斜风细雨也须归。崖州险似风波海,海里风波有定时。

这首词题为"癸酉吉阳用山谷韵",作于绍兴二十三年(1153),时在吉阳军谪所,即词中提及的"崖州",为海南崖县。"山谷韵"指的是黄庭坚《鹧鸪天》(西塞山边白鹭飞)一词。胡铨是"南渡四名臣"之一,由于上书乞斩秦桧等奸党而屡遭贬谪,与"南渡四名臣"之中的赵鼎、李光先后被贬居海南岛,在谪居地惺惺相惜,诗词酬唱不绝,书信往来不止,为秦桧所忌恨,欲除之为快。这首词是胡铨被贬海南时所作,他戏称自己被贬是"入海求诗句",体现出了对奸党的迫害无所畏惧的乐观精神。末二句,词人相信险恶的宦海风波虽如南海那般惊涛骇浪,但终将有平息之时,自己总有一天能回到京城。词人虽身处逆境,有被迫害致死的危险,却仍不畏惧,表现出一种坚强不屈的乐观精神。

我们再举辛弃疾词为例(P1943):

壮岁旌旗拥万夫。锦襜突骑渡江初。燕兵夜娖银胡觮,汉箭朝飞金仆姑。　　追往事,叹今吾。春风不染白髭须。却将万字平戎策,换得东家种树书。

这首词有题序云"有客慨然谈功名,因追念少年时事,戏作",作于庆元六年(1200),时词人罢居瓢泉。这里的"少年时事",是指青年时期的一段抗金杀敌、生擒叛徒、投奔南宋的传奇经历。题序中虽言"戏作",实则感慨很深。上片,开头一、二句,展现了当年的勃勃英姿。三、四句,描绘了夜袭敌营和清晨突出重围的场面,一番惊心动魄,尽显英雄本色。下片,词人转笔感叹如今的罢居处境,突显激烈的战斗岁月和沉沦隐身的平庸时日之间的反差,倍感落寞和悲凉。末二句,看似玩笑的口吻,却蕴含了极深的悲愤。词人含辛茹苦所写的抗金战略文书,皆未能得到朝廷重视,空有壮志宏略,最后却落得英雄种树田园的境地。词人将自己被投闲置散的愤懑、讽刺和悲凉都浓缩在这两句中,极沉郁之至。显然,辛弃疾与客人谈论的"功名",非个人的功名,而是心中抗金复国的期盼,是与国家命运相联系的抱负。无奈辛弃疾不被重用,一切无从谈起,这是个人的悲剧,也是时代的损失。陈廷焯评曰:"稼轩《鹧鸪天》云:'却将万字平戎策,换得东家种树书。'哀而壮,得毋有烈士暮年之慨耶?"①

辛弃疾《鹧鸪天》中此类词作写得最多,也写得最好。如"江头未是风波恶,别有人间行路难"(P1879),词人由自然风波推及政治风波,深刻地暗示主战派的爱国事业难以实现,体现出深深的人生忧患;如"不知筋力衰多少,但觉新来懒上楼"(P1879),这是"烈士暮年"时发出的无穷悲慨;"十分筋力夸强健,只比年时病起时"(P1897),这是词人在人生艰难的道路上,老犹强健,壮志不衰的表现;"个中不许儿童会,只恐功名更逼人"(P1963),发出了世事沧桑、仕路沉浮的叹息;"随巧拙,任浮沉,人无同处面如心。不妨旧事从头记,要写行藏入笑林"(P1924),这是对俗人巧佞的郁愤和自我的纾解。这些词作中,给人奋勇不屈的英雄之气不得不盘旋郁结之感,实为环境压抑之故。情感表达呈现出沉郁顿挫、委婉曲折的悲壮美。

## 三　咏物词与写景词

在宋代《鹧鸪天》一调中,咏物词有 75 首,名列题材榜第 3;写景词有 47 首,名列第 6。这两种题材的词作都是以客观事物、自然景色为描写对象,在艺术表现上也颇有相似之处,往往借咏物写景来比兴寄托,具有较丰富深厚的思想意蕴。鉴于这两种题材在内容和写法上都比较接近,故放在一起加以考察。

### (一)咏物词

75 首咏物词,从分布上看,北宋变革时代有 6 首,南渡战乱时代有 14 首,南宋中兴、苟安、亡国时代分别有 36 首、8 首、3 首,时代不详与无名氏有 8 首。显然,咏物词的创作也完全符合了宋代《鹧鸪天》"倒 U"型的发展演变轨迹。

从所咏物象来看,大致可分为三大类型:一是咏花卉,约有 54 首,而以梅(21)、牡丹(7)、荼蘼(6)、菊(6)、海棠(5)、荷(5)为多,另有桂、芍药等;二是咏植物,约有 5 首,分咏荔枝、葡萄、垂杨、石榴等;三是杂咏其他物象,主要有雪(4)、

---

① 陈廷焯:《白雨斋词话》卷一,第 22 页。

蹴鞠(2)、酒、燕、梅雨、花台、阮、秋扇、汤等。可见两宋《鹧鸪天》咏物词以咏花卉为最多,占了咏物词的72%。而花类里,又以咏梅为最多,遥遥领先于其他花卉。这与整个宋代咏物词以咏花类的作品最多,其中又以咏梅词最多的情形是完全一致的。宋人咏物词多选择花类,这是受了宋代社会喜欢赏花的风气影响。而选择哪些花作为咏物对象,则与社会文化的变迁和时代审美心理不无联系。在繁华昌盛的唐代,人们的审美偏向丰腴妖娆、富丽堂皇、雍容华贵的花中之王——牡丹。而宋代随着文化的全面繁荣和国力的逐渐衰微,尤其是经历了"靖康之难"、宋室偏安江南以后,词人们多将审美的眼光转向了一些更为清雅内敛的花卉,于是梅的坚强高雅,菊的淡泊自然,荷的出淤泥而不染,桂的洁柔清幽,便更多地受到了词人们的青睐。其中,尤其是梅花,它是一种富有文化内涵和道德操守的花,蕴含民族的气节和君子的风度,象征着坚韧不拔、不屈不挠、自强不息的精神品质,最受宋人喜爱,所咏之作最多。

在北宋早期,词人对咏物词的写作,关注的是事物本身的颜色、形状和结构等外在特点,尤其偏爱花草的柔姿、色彩和香气等外在感性的美,基本属于"以物观物"的阶段。而在北宋中后期,咏物词不再仅局限于描写事物的外在形态,而是赋予事物以生命,并逐渐注重"以花比德",把花的品质和人的道德情操结合起来,事物的内涵得到了丰富,品质也得以提升,所咏之物即属"有我之物"。且看以下两首分别咏梅和咏桂的作品:

> 谁折南枝傍小丛。佳人丰色与梅同。有花无叶真潇洒,不向胭脂借淡红。　　应未许,嫁春风。天教雪月伴玲珑。池塘疏影伤幽独,何似横斜酒盏中。——郑少微《鹧鸪天》(P694)

郑少微是北宋后期词人,性情雅逸,词风婉约。这首咏梅词,充满了冰清玉洁的气息。表面上写梅,实为赞美具有跟梅花一样高尚品质的高士,这是对人格之美的崇尚。尤其是上片三、四句,写梅花无须过多的衬托,也无须颜色的点缀,而能以独立的风姿傲然挺立。下片换头处,是说梅花不与众花同,它不在春风吹拂、百花争艳的时节绽放,而是在寒风凛冽时不畏冰雪凌寒而开,有一种卓尔不群的清高。也许会"伤幽独",但却不移本性、不改本心,这是梅花的超脱之处,也正是词人所崇尚的人格品质。

暗淡轻黄体性柔。情疏迹远只香留。何须浅碧深红色，自是花中第一流。　　梅定妒，菊应羞。画阑开处冠中秋。骚人可煞无情思，何事当年不见收。——李清照《鹧鸪天》(P930)

李清照这首咏桂词，大致作于北宋末期。上片，词人咏物抒怀。一、二句，形神兼备，风韵独特；三、四句，既是对桂花的赞赏之语，又是借花自喻的宣言。下片，深入一层赞美桂花为群芳之冠。词人并不止步于“梅妒”、“菊羞”、“冠中秋”等描写，她因《楚辞》不曾提及桂花，而抱怨其“无情”。由此，女词人对桂花之赏爱可见一斑。这首词咏物而不滞于物，借花自喻，寓情于物，深含自喻自勉之意。

因社会变迁和时代环境的变化，南渡至南宋中期，咏物词的词风发生了变化。以《鹧鸪天》咏梅词为例，其中大多数作品都产生于南渡之后至中兴时代。这意味着，历经战乱动荡的南渡词人以及偏安一隅的南宋词人，对梅花的喜爱远胜从前，或借物抒情，或托物言志，已更具“以我观物”的审美特性。如叶梦得的“与君著意从头看，初见今年第一枝”(P778)，卢炳的“莫嫌竹外萧然处，忽有幽香透鼻清”、“不辞满引成痴客，且把梅花醉一觥”(P2167)，葛郯的“此中有句无人见，谁在樽前领略春”(P1546)，王炎的“老来尚可花边饮，惆怅相携失玉人”(P1853)，都是有感而作，词中不只有咏梅的描写，更渗入词人的身影和情感。

除此以外，词人往往将时代、社会的内容融入词中，或具有独特的个性意识，或带有政治抒情色彩。词人所咏之物，已不仅是具体的物象，更承载了词人的主观情感，达到了“物我合一”的境界。且看南渡时期向子諲的“咏红梅”(P957)：

江北江南雪未消。此花独步百花饶。青枝可爱难为杏，绿叶初无不是桃。　　多态度，足风标。蕊珠仙子醉红潮。绝怜竹外横斜处，似与芗林慰寂寥。

这首词，上片是赞美梅花，在“雪未消”中，梅花“独步百花”，并将其与杏、桃相比较。下片，“风标”一语与上片的“独步”相呼应；“醉红潮”用来形容红梅的色泽，尤为生动；末二句，点出了词人蕴含在咏红梅背后的真正用意。向子諲坚持抗金，曾率军民抵抗金兵。后因反对与金使议和，忤秦桧意，无奈致仕，抵清江芗林别墅隐居。"绝怜",体现了词人对红梅的怜爱之情;"寂寥",写出了词人被迫隐居、不能报效国家的愤懑和落寞;"慰",表明了词人因红梅的相伴而感到安慰。这首词所咏的红梅,已不是单纯的梅花,而是蕴含了词人坚韧高雅的品性,寄托了词人傲然清高的志向,词人已与梅花融为一体。

**(二)写景词**

宋代《鹧鸪天》有 47 首写景词,在北宋变革时代和南渡时期都各有 4 首,南宋中兴时代增至 32 首,随后苟安和亡国时代分别跌至 2 首、3 首,时代不详与无名氏有 2 首。写景词与咏物词既相类似又有区别,它以自然风景为主要歌咏对象,往往上片写景,下片自叙,写景中也常常夹杂着抒情,可谓亦景亦物,情景交融。

这些写景词的内容,涉及四季景致、村野风光、西湖之景、山景、雪景、赏花之景等等。其中,词人较偏爱春天的景色,常常对初春或春暮之景进行描摹,抒发对春天到来或离去的感情。以写春暮之景的词作为例,如张震以"衔泥燕子迎风絮,得食鱼儿趁浪花"写暮春,甚是欢快,不见落寞(P1851)。赵长卿写景之作非常多,其中有几首暮春词,一首题为"春暮"的词写出了依依不舍之情:"蜂蜜酿成花已飞。海棠次第雨胭脂。园林检点春归也,只有萦风柳带垂。"(P1770)一首题为"春残"的词饱含因春去而追忆往事的伤感:"绿肥红瘦春归去,恨逼愁侵酒怎宽。"(P1779)一首题为"送春"的词流露出无奈的离愁:"真个去,不饮留,落花流水一春休。"(P1784)再看黄昇这首"暮春"词(P2997):

> 沈水香销梦半醒。斜阳恰照竹间亭。戏临小草书团扇,自拣残花插净瓶。 莺宛转,燕丁宁。晴波不动晚山青。玉人只怨春归去,不道槐云绿满庭。

上片,写"玉人"慵懒而又恬适,"自拣"一句,表现了她对春归的留恋和不舍之情。下片,莺燕鸣叫,池水镜平,远山清幽,绿槐满庭,面对如此清丽的暮春初夏景色,她却偏偏"只怨春归去",可见其对春天的偏爱。整首词的描写,透着一股慵懒闲散、却又静幽怡人的味道。《古今词统》评曰:"心闲境自清。"[1]

除此之外,还值得关注的是村野风光这一取材,它在唐五代的写景词中是

---

[1] 卓人月汇选、徐士俊参评:《古今词统》卷七,第 264 页。

少见的，而宋人的笔触却时有涉及。在《鹧鸪天》写景词中，就有关于村野风光尤为出彩的创作，尤以辛弃疾写得最好。辛弃疾的创作与其为官经历相关，他因受主和派的排挤，有前后长达近二十年的被投闲置散的漫长岁月。他的《鹧鸪天》写景词便是作于归隐带湖时，词人对田野乡村风光尤为喜爱。请看此词(P1898)：

千丈清溪百步雷。柴门都向水边开。乱云剩带炊烟去，野水闲将日影来。　穿窈窕，历崔嵬。东林试问几时栽。动摇意态虽多竹，点缀风流却欠梅。

这首词题为“元溪不见梅”，写的是元溪风物。上片，描绘了富有村野气息的元溪之景。溪水从高处往下流淌，水声在百步开外响彻如“雷”，这是化静为动；后三句则从侧面描写元溪，溪边人家沿水而居，做饭升起的袅袅“炊烟”随“乱云”而去，而太阳的影子悠闲地倒映在流动的野水之中，动静结合，高低有致，表现出元溪风物幽静闲适之美。下片，以东林为点缀，刻画了清溪竹林的秀色，相映成趣。东林里竹影摇曳生姿，意态活泼，点缀美景，惟独缺少了梅花，略为惋惜。即便如此，词中叙写元溪风物，将村野之物与自然之景相结合，构思精巧，运笔自如，清新生动，足见词人对此处风物的喜爱。再请看另一首名篇(P1898)：

陌上柔条初破芽。东邻蚕种已生些。平冈细草鸣黄犊，斜日寒林点暮鸦。　山远近，路横斜。青旗沽酒有人家。城中桃李愁风雨，春在溪头野荠花。

此词题为“代人赋”，却与往日写闺情的“代人赋”不同，它描绘了一幅江南初春的农村风光画卷。从近处看，柔条破芽，幼蚕已孵，细草初绿，黄犊欢鸣，这就是充满了初春田园气息的风景画卷。往远处看，寒林斜阳，点带暮鸦，群山叠嶂，山路横斜，还有青旗飘扬，掩映酒家，更充满了山野气息。陈廷焯评曰：“‘斜日’七字，一幅图画，以诗为词，词愈出色。”①末二句尤为传诵，与城中畏风愁雨的桃李做对比，更彰显出田野里荠菜花的朴实无华、不畏风雨、迎春而开、生命力强的特点和魅力。语言看似朴素简单，却在写景中夹杂着抒情和哲理，融入

---

① 陈廷焯：《云韶集》卷五，《唐宋词汇评》(两宋卷)，第三册，第2429页。

了词人对生活的感悟，不仅桃李不如荠菜，城里生活也不如田园生活，足见词人的价值观念与审美趣味不同凡响。俞平伯评曰：“结句言桃李愁风雨，而菜花不愁风雨，意在言外。对比形容，清新明朗。”①俞陛云评曰：“稼轩集中多雄慨之词，纵横之笔，词调乃闲放自适，如听雄笳急鼓之余，忽闻渔唱在水烟深处，为之意远。”②所评皆称精妙。

## 四　闲适词与隐逸词

宋代《鹧鸪天》闲适词有 22 首，隐逸词有 16 首，名次虽不靠前，但它们都写得颇为出彩。闲适词是指描写优游生活，表现闲逸情趣的作品；隐逸词是指表现隐逸的生活情趣和思想感情的作品。二者有相似的地方，即多描写自然风光和田园景色，来抒发心中闲适或隐逸之情。但二者的区别在于，闲适词强调闲放冲淡的心境，野外风光、农村景象、山水景色都能让词人感到恬适放松；而隐逸词强调归隐的思想和决心，或享受隐逸过程的情趣和情怀，以此消解仕途带来的挫折感，表达厌弃功名富贵或万事皆空的想法。

### （一）闲适词

两宋《鹧鸪天》闲适词的创作，从北宋中期到南宋中期都有分布，北宋变革时代有 5 首，南渡战乱时代有 3 首，时代不详有 1 首，而以南宋中兴时代 13 首为最多。北宋的作品多是词人自身心境恬适的表达，南渡的作品隐约可见时代环境的影响。南宋中兴时代增至 13 首，皆由陆游、辛弃疾、韩淲 3 人创作。其中，辛弃疾一人创作了 9 首，这与时代环境的变化和词人的经历密切相关。辛弃疾因长期投闲置散，多接触山水和农村风光，故多闲适词。这些闲适词，描写了野外、农村、山水等自然风光，尤其较多地涉及农村景象，表达了词人闲放、恬淡的心境，而不同的词人对闲适也有着不同的演绎。

苏轼所作《鹧鸪天》一调虽仅有 3 首作品，与其“赤壁词”“中秋词”等杰作相比，其《鹧鸪天》词显得并不起眼，但其中有一首抒写闲适情怀的作品也颇为传诵。兹引录如下(P288)：

林断山明竹隐墙，乱蝉衰草小池塘。翻空白鸟时时见，照水红蕖细细

① 俞平伯：《唐宋词选释》，北京：人民文学出版社 2005 年版，第 182 页。

② 俞陛云：《唐五代两宋词选释》，第 379 页。

香。　村舍外,古城旁。杖藜徐步转斜阳。殷勤昨夜三更雨,又得浮生一日凉。

该词是苏轼贬谪黄州时所作,表达一种闲步村外、自得其乐的旷达之情,给人以超脱之感。开头勾勒了一幅高低、明暗、隐显相对照的山村远景。“乱”、“衰”二字多少透露出词人被贬后哀伤、忧愁的心境。三、四句,描写细致,动静结合,显得清幽又充满生机。下片意象疏朗,“村舍”、“古城”、“杖藜”更添田园风光之韵味。“徐步转斜阳”,在叙事中流露出恬适之感。末二句,乍看是因降雨驱散炎热的欣喜,实则寄寓了词人对人生的思考和态度,意蕴深远。“殷勤”充满了人情味,“浮生”具有超然的理趣,“凉”是超越自我后的一种平静。这两句表达了词人的旷达,一种对内心矛盾的超越和对生活的宠辱不惊。俞陛云评赏此词云:“情真景真,随手写来,盎然天趣。结尾二句,较‘一雨虚斋三日凉’诗尤耐吟讽。”①

南宋时期,陆游笔下的闲适词颇有顽趣。如“葭萌驿作”一词中,“慵服气,懒烧丹。不妨青鬓戏人间。秘传一字神仙诀,说与君知只是顽”(P1583),将词人的疏放的生活态度表现得淋漓尽致。词人不借助丹药来延寿,他的长寿秘诀在于“戏人间”和“只是顽”,如此觉悟,洒脱至极。卓人月《古今词统》评曰:“宁为顽仙,胜作才鬼。”②堪称知音。陆游也多以《鹧鸪天》来抒写他以船为家的闲适生活,兹举例如下(P1584):

懒向青门学种瓜。只将渔钓送年华。双双新燕飞春岸,片片轻鸥落晚沙。　歌飘渺,橹呕哑。酒如清露鲊如花。逢人问道归何处,笑指船儿此是家。

上片,一、二句表明词人不愿在长安青门外学人种瓜,只愿回到家乡过清闲的渔钓生活。三、四句,转写自然美景,用笔清新,以景移情。下片,描写泛舟湖上的情景。末二句,抒写词人已经安于渔钓生活的现状,且愿以船为家,“笑”字足见词人的傲世豪情和闲适心境。俞陛云赏析说:“此作虽笔少回旋,而襟怀闲适,纵笔写来,有清空之气。‘新燕’、‘轻鸥’二句,言心无挂碍,如鸥、燕之去往

① 俞陛云:《唐五代两宋词选释》,第209页。
② 卓人月汇选、徐士俊参评:《古今词统》卷七,第263页。

无心，即景以见意也。”①堪得此词之神韵。

辛弃疾的《鹧鸪天》闲适词多写农村生活，充满了朴实、清新的生活气息。这些词多创作于被迫闲居带湖和瓢泉时。词人隐居带湖时，曾到鹅湖山上游玩过，写下几首与此番游历有关的闲适词。词中通过描写自然风光、乡村景象以及农家人的活动，表达他身处其中的安闲意态和惬意情怀。如“鹅湖寺道中”一词写道：“一榻清风殿影凉，涓涓流水响回廊。千章云木钩辀叫，十里溪风䆉稏香。”(P1878)流露出词人忘情于林泉清赏的惬意和宁静；又如“游鹅湖醉书酒家壁”一词写道“青裙缟袂谁家女，去趁蚕生看外家”，又有“闲意态，细生涯”之句(P1898)，写出了词人对农家人淳朴闲细生活的欢悦羡慕之情；又如“戏题村舍”一词写道：“鸡鸭成群晚未收，桑麻长过屋山头。有何不可吾方羡，要底都无饱便休。”(P1924)表达词人对简单古朴、清心寡欲的农家生活的向往之心。再请看下面这首词作(P1897)：

> 着意寻春懒便回。何如信步两三杯？山才好处行还倦，诗未成时雨早催。　携竹杖，更芒鞋。朱朱粉粉野蒿开。谁家寒食归宁女，笑语柔桑陌上来。

这首词题为“鹅湖归，病起作”。辛弃疾游鹅湖归来，生了一场病，病愈后作了几首遣兴的同词调之作，这是其一。这首词通过描写农村质朴美好的风土人情，表现出一种消闲自适的感情，显得旷达冲淡。上片，写词人病愈出游的情状。“着意”点明词人久卧病榻急于外出呼吸新鲜空气的心理，“懒”则表明由于体力不足，只能量力而行，故尔“懒便回”。与其着意寻春，不如随意信步，“何如”表现了一种随缘自适的心境。下片，写路上所见。田野上一片红红白白，不是娇柔的桃李，而是给乡村带来烂漫春意的野花。趁着寒食的短暂空闲回娘家的农家女儿，从柔桑陌上笑语而来，与野花相映生辉。此情此景，令“病起”的词人心中充满了安宁和自适。明潘游龙评此词云：“善读此词，便许评陶，评王、孟。”②他认为读懂该词的闲适冲淡之情，便不难理解陶渊明、王维和孟浩然的作品。清黄苏《蓼园词选》则如此解读：“按通首总是随遇而安之意。山纵好行难

① 俞陛云：《唐五代两宋词选释》，第 348 页。

② 潘游龙：《精选古今诗馀醉》卷三，第 103 页。

尽，诗未成而雨已来，天下事往往如是。岂若随遇而乐，境愈近而情愈真乎！语意如此，而笔墨入化。故随手拈来，都成妙谛。末二句尤属指与物化。”①

**（二）隐逸词**

两宋《鹧鸪天》隐逸词的创作主要集中在两个时段，南渡战乱时代有 7 首，南宋中兴时代有 10 首。从这一现象来看，宋代《鹧鸪天》隐逸词的发展变化，与社会变迁和时代环境有莫大的关系。在时局稳定的北宋，尚不见《鹧鸪天》隐逸词；而南渡时期因形势动荡，词人开始萌发隐逸情怀，到了偏安一隅的南宋中兴时代，一部分词人亦从山水田园中寻求情感的安慰，《鹧鸪天》一调便出现了较多的隐逸词。

南渡时期，奸臣当权，政治上黑暗压抑，有志之士只能三缄其口，无奈忍让，退隐山林。如朱敦儒因发表主战言论，被弹劾罢免，从而被迫归隐；向子諲因上章反对与金使议和，忤秦桧意，而被迫致仕。南宋时期，朝廷偏安一隅，政治上软弱无能，有志之士亦经常遭受排挤打压，于是厌弃功名富贵和官场，有了归隐之心，悠游山水田园成为了退隐后的生活方式。如陆游几度被弹劾罢职，后长期蛰居农村；辛弃疾更是为朝廷主和派不满，被投闲置散长达二十余年；石孝友仕途不顺，不羡富贵，隐居于丘壑之间；韩淲不愿屈服于独相擅权的史弥远，年甫五十即休官不仕。另外，扬无咎也是南渡隐逸词人群中的一员，因不满秦桧所为，屡被征召而不就，一直过着隐士生活。他们都选择了《鹧鸪天》一调来描写隐逸生活，抒发隐逸情怀，而尤以朱敦儒和辛弃疾二人的表现最为突出。

朱敦儒经历复杂，词风变化很大。早年清高自许，隐居不起，颇有东坡词的“逸怀浩气”；中年遭逢国变，开始从政，词风悲慨苍凉；晚年消极退隐，词风清旷颓放。他的“希真体”对后世颇具影响，词集《樵歌》二百多首作品中，表现隐逸生活、思想的词作占了较大的比重，也写出了不少精彩之作。兹举其最为脍炙人口的《鹧鸪天》为例(P843)：

> 我是清都山水郎。天教分付与疏狂。曾批给雨支风券，累上留云借月章。　诗万首，酒千觞。几曾着眼看侯王。玉楼金阙慵归去，且插梅花醉洛阳。

---

① 黄苏：《蓼园词选》，《清人选评词集三种》本，第 34 页。

此词题为“西都作”，当作于宋徽宗宣和末，时词人隐居洛阳。这首词，词人以头插梅花、傲视侯王的“山水郎”自居，不恋世尘，留恋山水。上片，词人回忆自己的“疏狂”生涯。“清都”为传说中天帝的居处；“山水郎”为天帝管理山水的侍从。词人直言天帝教他不受礼法约束，并屡次上书天帝，才得天帝批准来支使风云雨露。这三句的描写，正是词人“天资旷达，有神仙风致”的生动写照①。下片，表现词人傲视权贵、不愿为官的思想。“几曾着眼看侯王”是这首词的关键句，亦是词人内心的真实独白，流露出他清标狂世、傲视王侯的情怀。对此词，吴世昌给予了很高的评价：“自然纯熟，古今罕匹。”②

辛弃疾是一位堪为国之栋梁的杰出政治家和军事家，但他的大半辈子人生刚好与四十多年的抗金低潮相始终。他虽然才识卓群，果敢能干，却苦于得不到重用，受尽主和派的排挤，被频频调动，只任一些无关轻重的官职。淳熙八年(1181)冬，辛弃疾被弹劾罢职，退居江西上饶城外的带湖，度过了十年闲居生活。辛弃疾无奈被迫成为僵卧孤村的隐士，表面淡泊平静，实则心中块垒难平，对黑暗的官场已经深感厌恶。这首《鹧鸪天》便是词人被迫退隐不久时所作，有如一篇决意归隐的宣言，表达了词人对官场生活的厌弃。全词如下(P1924)：

不向长安路上行。却教山寺厌逢迎。味无味处求吾乐，材不材间过此生。　宁作我，岂其卿。人间走遍却归耕。一松一竹真朋友，山鸟山花好弟兄。

这首词题为“博山寺作”。上片，第一、二句，词人以代指求取功名之路的“长安路”与博山的“山寺”作对比，是说自己不再热衷仕宦生活，常到寺庙里盘桓，表明了词人对今是而昨非的觉醒。三、四句，词人表示要学习老庄哲学推崇的生活态度，在有味和无味之间探索人生乐趣，在成材与不材之间度过一生。只有这样，才能远离杀戮和迫害。这是自我劝慰，也是无言控诉。下片，词人表示要保持独立的自我，不要做那些为功名富贵折腰屈膝、依附权贵的小人。“人间”一句，是说词人走遍黑暗污浊的官场，经历过人生的坎坷，最后还是以归耕为归宿，“却”字可感知词人内心的不平以及难以言喻的悲凉。末二句，词人既

① 黄昇：《花庵词选·中兴以来绝妙词选》，第171页。
② 吴世昌：《吴世昌全集·词林新话》，石家庄：河北教育出版社2003年版，第166页。

是在表达对自然的喜爱,又是在提醒自己要保持与官场不合的正直无伪的品质和高洁的志趣。

在《鹧鸪天》隐逸词中,词人多表达对功名富贵和官场的厌弃,是一种勘破的感悟和身心的归隐。除此之外,有些词人希望摆脱人间世事的是非和烦恼,加深了悟禅悟道,寻求禅机妙理,在词中表现出世的思想,有对世情的洞穿,万事皆不关心的淡漠,以及身心皆忘的怡然①。如向子諲致仕后有看破世事的感叹:“今朝得到芗林醉,白发相看万事休。”②陆游也有类似的慨叹:“家住苍烟落照间,丝毫尘事不相关。”(P1583)朱熹也以戏谑的语气表达了超尘出世的思想:“脱却儒冠著羽衣,青山绿水浩然归。看成鼎内真龙虎,管甚人间闲是非。”③兹再举朱敦儒词为例(P844):

> 不系虚舟取性颠。浮河泛海不知年。乘风安用青帆引,逆浪何须锦缆牵。　　云荐枕,月铺毡。无朝无夜任横眠。太虚空里知谁管,有个明官唤做天。

这首词,颇有超然尘世之致。上片,首句取庄子语意,“不系虚舟”,指不受拘牵的人生。接着,直言乘风无须“青帆引”和“锦缆牵”,即点明自己的人生不应受到拘牵,而应是自由自在地“浮河泛海”,自己把握自己的人生。下片,“任横眠”表现了词人不为尘世所束缚的率性人生。末句颇有深意,表面上是在说老天爷的公平公正,实则嘲讽朝廷的黑暗污浊。词人南渡后曾一度被迫出仕,又因与主战派交好而遭贬归隐,这无疑让词人对政治时局心生失望,从而明白了只有宽广的天地才能让他自由地翱翔。在经历了仕途的坎坷之后,朱敦儒《鹧鸪天》的创作又重新接续了早年的隐逸之风。

## 五　其他题材词概述

除了以上几类主要题材之外,两宋《鹧鸪天》还有其他一些内容题材的表现也值得关注。下面,我们试择要略做概述。

① 参见黄海:《宋南渡词坛研究》,贵阳:贵州人民出版社 2006 年版,第 175—188 页。
② 向子諲:《鹧鸪天・绍兴已未归休后赋》,《全宋词》,第 956 页。
③ 朱熹:《鹧鸪天・叔怀尝梦飞仙,为之赋此。归日以呈茂献侍郎,当发一笑》,《全宋词》,第 1674 页。

### （一）祝颂词

两宋《鹧鸪天》以祝颂词数量最多，且多为祝寿词，以南宋词为主，这既与两宋祝颂词数量庞大的整体创作现象相一致，也是宋词从"应歌"走向"应社"的功能转变和发展趋势的反映。当然，宋代词人多选择《鹧鸪天》来祝寿，也反映了该调所具有的艺术张力和审美魅力。

两宋《鹧鸪天》祝颂词共 131 首，其中 130 首都是祝寿词，北宋仅有 6 首，南渡有 22 首，南宋有 74 首，时代不详与无名氏有 29 首。作品数量虽多，但艺术成就并不突出。张炎在《词源》中指出："难莫难于寿词，倘尽言富贵则尘俗，尽言功名则谀佞，尽言神仙则迂阔虚诞，当总此三者而为之，无俗忌之辞，不失其寿可也。松椿龟鹤，有所不免，却要融化字面，语意新奇。"[①]沈义父《乐府指迷》亦云："寿曲最难作，切宜戒寿酒、寿香、老人星、千春百岁之类。须打破旧曲规模，只形容当人事业才能，隐然有祝颂之意方好。"[②]可见寿词创作并不容易，往往会落入俗套，难以出彩。尽管如此，我们仍能从两宋《鹧鸪天》祝寿词中披沙拣金，发现一些有意义有价值的作品。

且看张孝祥的一首寿父词(P1695)：

> 昼得游嬉夜得眠。农桑欲遍楚山川。问看百姓知公否，馀子纷纷定不然。　　思主眷，酌民言。与民称寿拜公前。只将心与天通处，合住人间五百年。

此词题为"淮西为老人寿"。这里的"老人"是张孝祥之父张祁，其时任淮西转运判官。张祁因暗中查探得知金人入侵之谋，几次向朝廷禀明，奈何不受重视，反而被安上"张皇生事"之罪名，后来罢官。第二年敌人果然入侵。张孝祥此词当作于绍兴三十年(1160)初夏。该年六月他即赴知抚州任，当时他父亲尚未罢官[③]。这首寿词不说松椿、龟鹤等华贵长寿之物，却多次提及"百姓"、"民言"，用语简单朴素，通俗近人。换头处"思主眷，酌民言"，明显侧重于强调使百姓得以安居乐业的"民言"之可贵。这首寿词细细读来，饱含着一个儿子对父亲为官为人正直的钦佩、心疼和抱打不平。无奈之下，只能在临出任之前，为父亲

---

① 张炎：《词源》卷下，《词话丛编》本，第 266 页。

② 沈义父：《乐府指迷》，《词话丛编》本，第 282 页。

③ 参见宛敏灏：《张孝祥词校笺》，第 150—151 页。

写下深深的祝愿。末二句言浅意深,拳拳赤子之心、浓浓祝愿之情表露无遗。

再看下面两首寿妻词:

玉篆题名在九天。而今且作地行仙。挂冠神武归休后,同醉芗林是几年。　　龟游泳,鹤翩跹。疏梅修竹两清妍。欲知福寿都多少,阁皂清江可比肩。——向子谭《鹧鸪天》(P957)

前日新冬举寿殇。今朝喜色又非常。一阳生后逢生日,日渐舒长寿更长。　　移晚宴,庆新堂。堂前高竹早梅芳。年年一为梅花醉,醉到千回鬓未霜。——管鉴《鹧鸪天》(P1568)

向子谭创作了不少寿妻词,饱含真情,这首题为"老妻生日"的《鹧鸪天》便是其一。此词作于绍兴十五年(1145),属于南渡战乱时代,词人时居清江芗林别墅,离他致仕已有六年。上片三、四句是词人的人生感叹,一个"同"字道出了夫妻相濡以沫的坚定和真情。如此这般,在寿词中渗入个人遭遇,是对妻子多年相伴的感谢,更是人到晚年经历战乱后仍能与妻子相知相伴的庆幸。下片,词人借助龟、鹤、"疏梅"、"修竹"等自然之物来相衬,给这寿辰染上了一份清朗雅致的美感。末二句,以清江水之多与福寿相提并论,饱含着一个丈夫对自己妻子深深的祝福。

管鉴这首词题为"为妻寿",也写得淳朴动人、真挚感人。才过新冬,又迎喜寿,"日渐舒长"的季节与"寿更长"的祝愿相得相映,"高竹早梅"的挺拔、芬芳代表着岁月的生机,蕴含着词人的欢愉心情和对妻子的美好祝愿。末二句,巧妙地以花喻人,词人愿就此沉醉,"年年"、"千回"、"鬓未霜"等字眼,表明了对妻子长寿且芳华常驻的祝愿,更道出了对妻子的深挚情爱。

再举两首自寿词为例:

云外青山是我家。两年城里作生涯。杜陵赏月延秋桂,彭泽无钱对菊花。　　初度日,感年华。三杯浊酒一瓯茶。尊前儿女休相笑,更有人穷似汝爷。——无名氏《鹧鸪天》(P3765)

屈指新年五十三。未嫌垂领雪毵毵。设弧届旦人交贺,题座无功我自惭。　　荣莫羡,富休贪。寿龄也不慕彭聃。只思了却痴儿事,一榻香凝晓梦酣。——郭应祥《鹧鸪天》(P2233)

无名氏此词题作“自寿”，语言朴实无华，而意蕴却并不浅薄。上片，词人把“青山”与“城里”作对比，点明“云外青山”才是自己的归宿；词人提及杜甫和陶渊明的原因在于，大家都“无钱”。下片，词人的寿辰过得甚是简单，遭到儿女“相笑”，词人却不以为意，还以“更有人穷似汝爷”作答。与那些庄重华贵的寿词相比，这首“自寿”词更充满了对人生的感悟，对生活的热爱。

郭应祥词题作“己巳生日自作”。上片，开头二句，直揭年龄，直述心情。屈指新年就五十三岁了，垂领的头发都已经花白了，但词人却不嫌弃，可见心态良好。寿辰之日，来宾热情贺寿，词人却因为“题座无功”而自我惭愧，体现了词人的自我反思。下片，写得尤为真切。词人不羡荣华，不贪富贵，也不羡慕彭祖和老聃的长寿，心境极为平和。末二句，给人余味悠长之感。词人只想着“痴儿了却公家事”，就能享受“一榻香凝晓梦酣”的自由闲适了。比之无名氏的自寿词，郭应祥此词对生命和人生的反省与感悟意识又有所增强。

**（二）交游词**

两宋《鹧鸪天》交游词有 90 首，数量仅次于祝颂词。这类作品主要是以人与人之间的交往为题材，涉及宴集、游览、往来、唱和、劝勉、馈赠、致谢、探望等社会生活的方方面面。虽然大多为即兴、应酬之作，但也不乏情真意切的佳篇。

兹举辛弃疾一词为例(P1898)：

> 千丈阴崖百丈溪。孤桐枝上凤便宜。玉音落落虽难合，横理庚庚定自奇。　人散后，月明时。试弹幽愤泪空垂。不如却付骚人手，留和南风解愠诗。

这首词题为“徐衡仲惠琴不受”，是一首退还别人赠物的答谢词，时词人罢居上饶带湖。上片，开头二句，描写孤桐傍崖临溪而生，最宜凤凰栖息，指的是此琴乃由桐木做成，从所赠的琴的出处和材质来点出琴的不同凡响。三、四句，描写琴发出的声音如玉般清脆美妙，琴身呈现出横向的纹理，这是从听视觉方面表现琴的美感。“虽难合”、“定自奇”，既指琴的难得和珍贵，也在赞美徐衡仲高洁慷慨的品性。词人对琴进行了多番赞美，不仅是在向徐衡仲的馈赠表示感谢，更是要向他表明自己不接受琴的原因。下片，阐明“惠琴不受”的原因。“人散后，月明时”，意境幽独，词人却弹奏《幽愤》这样的曲子，垂泪悲伤。词人心中充满幽愤，对琴只会徒添郁结伤感，这应与词人在官场受排挤和谗害而被罢居的经历有关。词人没有闲情逸致来弹琴作乐，与其让好琴束之高阁，不如把琴退还琴主，让他好与《南风》诗唱和，以传达天下大治之情。一首答谢词，词人运笔清奇，写得曲折多态，包含了词人对琴主的敬重和感谢，又借此抒发了自己被罢职的幽愤之情。

（三）祭悼词

宋代《鹧鸪天》词中，有关悼亡题材的词作虽然只有贺铸的一篇，但是这首词却写得感情深切，风格凄婉，与苏轼的《江城子》悼亡词并传不朽，堪称宋代悼亡词的“双璧”。兹引录全词如下(P502)：

> 重过阊门万事非。同来何事不同归。梧桐半死清霜后，头白鸳鸯失伴飞。　原上草，露初晞。旧栖新垅两依依。空床卧听南窗雨，谁复挑灯夜补衣。

此词别名《半死桐》，是词人重过苏州、寄托无限哀思的悼亡之作。“是时方回年五十，与‘头白鸳鸯’语合；上距其夫人之殁，至近仅可数月，至久亦无逾三年，亦与‘新垅’相符。”①上片，从“重过阊门”写起，引发物是人非之感。贺铸与妻子曾旅居苏州，妻子在此病逝，独留他一人北归，因此他才会发出“同来何事不同归”的悲痛哀号。“梧桐半死”“头白鸳鸯”的双重意象，将词人年老丧妻的悲情渲染得格外凄恻缠绵。下片，以“原上草，露初晞”比喻妻子离世不久，如露水初干。“旧栖新垅”一句，写词人面对两人从前住过的地方和妻子新起的坟墓，陷入深深的忆念之中。末二句，写词人夜里守着空床不能成寐，起坐听雨，夜气袭人，凄凉之时，忆起妻子曾经挑灯补衣的温馨情景。词中对贫贱夫妻同甘共苦、平凡度日的细节描写，散发着浓浓的生活气息，语言虽直白朴实，而抒情却真挚深笃，催人泪下，感人肺腑。陈廷焯《云韶集》评曰：“此词最有骨，最耐人玩味。”②对贺铸此词给予了很高的评价。

宋代《鹧鸪天》的歌词创作，内容题材较为广泛丰富，除了上述几类重要题材之外，我们还可以在其他题材中披检到一些有意义的作品，限于篇幅，兹不一一列述。

---

① 钟振振校注：《东山词》，第25页。

② 陈廷焯：《云韶集》，《唐宋词汇评》(两宋卷)，第754页。

## 第四节 宋代《鹧鸪天》艺术特征

宋代《鹧鸪天》词不仅创作成果丰硕，而且名篇佳作甚多；不仅表现了广泛丰富的内容题材，而且也具有多姿多彩的艺术风貌。《鹧鸪天》虽然是一支小令短调，但它在艺术上的表现却并不简单，在声律、语言、修辞、风格等各方面都颇有特征和成就。有关《鹧鸪天》的形体特征和声情特征，我们在第一节已有所探讨；有关《鹧鸪天》词的艺术手法和审美特征，我们在第三节对内容题材的考察中也略有涉及。下面，我们试从意象运用和艺术风格两个方面，来观照和考察宋代《鹧鸪天》词的艺术特征及其创作成就。

### 一 《鹧鸪天》的意象特征

宋代《鹧鸪天》在词调和形体上属于令曲短调，与七言律诗比较接近，没有长调慢词的摇曳多姿，难以在铺陈叙事上取胜，而是像近体诗一样注重比兴寄托，尤其擅长对意象的运用和意境的创造，以增强作品的抒情性和意境美。

下面，我们试以晏几道、黄庭坚和朱敦儒的创作为例，以管窥宋代《鹧鸪天》在意象运用和意境创造上所表现出的审美特征。

#### （一）梦与酒织造的意境美

在意象的使用、意境的营造方面，以晏几道的创作表现得颇为突出。晏几道 19 首《鹧鸪天》中，以悲欢离合为主题的词，所占一半有余，意象颇为独特，形成以“梦”和“酒”为主体的意象组，营造了一种迷离空幻的意境美。

晏几道经历了由富贵到困顿，昔日繁华不再，于是他常常沉浮于往事和回忆中，似乎特别钟情于“梦”。我们可以发现，在他的词作中，梦这个意象常常被运用。梦，成为了晏几道与现实世界截然不同的一个精神世界，他十分热衷于梦境的描写。在《小山词》里，“梦”字出现了 60 多次，这占了其 260 首词作中的四分之一，数量之多，颇为惊人。在 19 首《鹧鸪天》里，“梦”就出现了 5 次，所写都极为动人心弦。如“几回魂梦与君同”、“犹恐相逢是梦中”等，都堪称经典名句。而将“梦”写得最动人的则是这首《鹧鸪天》(P226)：

小令尊前见玉箫。银灯一曲太妖娆。歌中醉倒谁能恨，唱罢归来酒未消。　　春悄悄，夜迢迢。碧云天共楚宫遥。梦魂惯得无拘检，又踏杨花过谢桥。

词中“梦魂”二句，颇有惊心动魄之美，使人倾倒。“谢桥”是指通往谢秋娘家的一座桥，谢秋娘是唐代名妓，亦称谢娘，这里乃借指歌女“玉箫”。在上片写足昔日相见与欢会的美好情景之后，下片换头三句又极写别后的迢遥与阻隔，故逼出末尾“梦魂”二句来。现实中有着太多的限制，惟有自己的梦魂可以不受拘束，一次次地飞到她的身旁，今夜梦魂又带着他踏着杨花走过谢桥，去追寻他心心念念之人。据宋邵博《邵氏闻见后录》卷十九记载：“程叔微云：伊川闻诵晏叔原‘梦魂惯得无拘检，又踏杨花过谢桥’长短句，笑曰：‘鬼语也。’意亦赏之。”① 倡导“存天理，灭人欲”的理学家程颐竟对晏几道这首《鹧鸪天》词中的名句心有触动，其笑曰“鬼语”，实在是欣赏有加。这不禁让人联想到有“鬼才”之誉的李贺。可见，晏几道词中所流露出来的哀婉情思和飘渺境界，足以让人产生迷离空幻、心神摇曳之感。

晏几道钟情于“梦”，而“梦”的出现常常是在夜晚月亮高悬的时候。对“夜”和“月”这些与“梦”相关的意象进行把握，有助于理解词中“梦”的意象和意境。在《小山词》中，这两个意象是随处可见的，在 19 首《鹧鸪天》中，“夜”(包括一个“宵”)出现了 9 次，表示月色的“月”出现了 10 次，可见晏几道对这些意象的使用频率颇高，以突出夜晚的情思缭绕，为进入梦乡埋下伏笔。

除了“梦”的意象组以外，晏几道的词中也常常出现“酒”的意象组，除了“酒”，还有“醉”、“尊”等意象。在歌舞宴席中，酒是少不了的，喝着美酒，听着小曲，看着舞蹈，是很享受的。晏几道在家道尚未中落时，出身为贵公子的他，是经常参与这类歌舞宴席的，那时喝酒的心情，想必与后来家道中落、生活困顿后喝着酒的心情很不一样。在 19 首《鹧鸪天》里，“酒”出现了 6 次，“醉”(包括“酩酊”)出现了 5 次，“尊”(包括“玉钟”、“觞”)出现了 6 次。晏几道为什么要常常喝酒和醉酒？除了交际应酬等因素之外，恐怕更主要的原因还在于词人要借醉酒来达到与“梦”的邂逅与契合。请看下面这首《鹧鸪天》(P227)：

手捻香笺忆小莲。欲将遗恨倩谁传？归来独卧逍遥夜，梦里相逢酩酊

---

① 邵博：《邵氏闻见后闻》卷十九，第 151 页。

天。　　花易落，月难圆。只应花月似欢缘。秦筝算有心情在，试写离声入旧弦。

这是一首思念歌女小莲的词，“归来”二句，是指从沈家或陈家听完曲回到家中，一个人无聊地躺着，对小莲的情思就更加真切，只有靠喝得酩酊大醉，才能与小莲相逢在梦中。我们不难发现，在晏几道的词中，很多时候，“酒”与“梦”是紧密联系的。为了做更多的梦，为了在梦中实现在现实中无法实现的愿望，往往要借助“酒”的作用。如“归来”二句，其中“酩酊”便是“梦”产生的条件。另一首《鹧鸪天》也有异曲同工之妙(P226)：

醉拍春衫惜旧香。天将离恨恼疏狂。年年陌上生秋草，日日楼中到夕阳。　　云渺渺，水茫茫。征人归路许多长。相思本是无凭语，莫向花笺费泪行。

“醉拍”二句是说，醉后朦胧，仍然不能忘情，遂把伊人穿过的春衫，轻轻抚摸，寻找往日留下的香味。这里说喝醉了，虽然没有与“梦”相连，却也达到了似“梦”的那种状态。词人醉后朦胧，睹物思人，以物载情，似乎也找到了在梦中与佳人相逢的感觉。

晏几道写“梦”与“酒”意象的作品不止这几首，它们共同营造了迷离空幻的意境，让人沉醉其中，难以自拔。晏几道在《鹧鸪天》词调上表现出来的实力，堪称“北宋第一人”，他的作品受到后人的模仿、次韵、化用等，尤对梦意象着力不少。如李光的“魂梦相逢笑楚襄”(P787)，向子諲的“几年梦魂绕江头”(P956)，吕胜己的“几番魂梦转天涯”(P1762)，辛弃疾的“又待今宵滴梦魂”(P1937)，陈三聘的“相逢细把银釭照，犹恐今宵梦似真”等(P2028)，都或多或少能看到受晏几道影响的迹象。

### (二) 酒意象与“狂居士”形象

黄庭坚有5首重九词，在意象的运用上极为相似，多用重九意象与“酒”的意象组合，营造一种萧瑟的意境，刻画了一个醉饮尽欢、放荡自我的“狂居士”形象，抒发了傲岸不屈的抗争精神。其中4首作品用韵相同，属于和韵之作。兹引录5首如下：

塞雁初来秋影寒。霜林风过叶声干。龙山落帽千年事，我对西风犹整

冠。　　兰委佩，菊堪餐。人情时事半悲欢。但将酩酊酬佳节，更把茱萸仔细看。(P409)

黄菊枝头生晓寒。人生莫放酒杯干。风前横笛斜吹雨，醉里簪花倒著冠。　　身健在，且加餐。舞裙歌板尽清欢。黄花白发相牵挽，付与时人冷眼看。(P394)

万事令人心骨寒。故人坟上土新干。淫坊酒肆狂居士，李下何妨也整冠。　　金作鼎，玉为餐。老来亦失少时欢。茱萸菊蕊年年事，十日还将九日看。(P394)

紫菊黄花风露寒。平沙戏马雨新干。且看欲尽花经眼，休说弹冠与挂冠。　　甘酒病，废朝餐。何人得似醉中欢。十年一觉扬州梦，为报时人洗眼看。(P394)

节去蜂愁蝶不知。晓庭环绕折残枝。自然今日人心别，未必秋香一夜衰。　　无闲事，即芳期。菊花须插满头归。宜将酩酊酬佳节，不用登临送落晖。(P409)

这5首词作于同年，即元符二年(1099)。黄庭坚因参修《神宗实录》，被诬不实，遭到贬谪，先在黔州安置，后徙戎州。词人作这5首词时，已在贬所五年，内心郁郁难舒，便借对重九节日的赋咏以抒写内心的愤懑。这5首作品，除了多用相似的重九意象，如“菊”、“黄花”、“茱萸”、“佳节”外，还多用“酒”的意象组合。“酒”意象出现3次，“酩酊”和“醉”各出现2次，“杯”出现1次，“肆”出现1次，形成“酒”的意象组合。词人在重九之日，纵情醉饮，如“狂居士”一般，是心中悲愤所致。

上引5首中的第2首，是黄庭坚《鹧鸪天》词中最为著名的一首，有题序曰：“坐中有眉山隐客史应之和前韵，即席答之。”正值重九日，黄菊破寒而开，词人把酒应节，在横笛吹雨、簪花倒冠中放任自我。“倒著冠”是引晋代山简经常大醉后反戴帽子的典故，以此描述自己的醉相。“冷眼”一句，十分直白，冷硬瘦新。词人在看似放荡、率性之中，埋藏了自己在新旧党争的夹缝中经受的坎坷和辛酸，唯有用侮世慢俗的方式来表达内心的愤懑之情。这首词塑造了一个对现实不满，欲挣脱世俗的醉饮狂居士的形象，流露出一股放旷达观却又倔强兀傲之气。清代黄苏的评价很是中肯：“菊称其耐寒则有之，曰‘破寒’，更写得精神出。曰‘斜风吹’、‘倒著冠’，则有傲兀不平之气在。末二句，尤有牢骚。然自清迥独出，骨力不凡。”①今人缪钺《论黄庭坚词》亦评赏说：“襟怀旷达，意气倔强，不以得丧休戚萦心。词笔也很苍老。”②

第 3 首词题曰“明日独酌呈史应之”，写于重阳节次日，也表现了黄庭坚放达率性的“狂居士”形象。“淫坊酒肆狂居士，李下何妨也整冠”二句，写得尤为大胆狂放。“淫坊酒肆”指妓院酒楼。“李下”一句，是对古乐府《君子行》中的“君子防未然，不处嫌疑间。瓜田不纳履，李下不整冠”的逆其道而行。黄庭坚描写的“狂居士”，不仅敢于直言寻欢、恣意痛饮，也不拘于李下整冠，这正是他放达率性的写照。

在重阳时节，词人用重九意象和秋天景象营造了萧飒的意境。在如此氛围中，词人“甘酒病”，直呼“但将酩酊酬佳节”，不顾“醉里簪花倒著冠”的失态，愿为“淫坊酒肆狂居士”。这是一个醉饮尽欢、放荡自我、襟怀旷达、意气倔强的“狂居士”形象。

### （三）酒意象与“神仙风致”

意象，作为一种象征性的文化符号，其中蕴含着丰富的内涵。尤其是高频出现的意象，不仅有其本身包含的信息，还代表了词人的内心情感，以及词人的审美理想。晏几道借助梦与酒，织造了迷离空幻的美境。而朱敦儒通过酒，将其潇洒出尘的“神仙风致”也表现得淋漓尽致。

朱敦儒有《樵歌》词集传世，《全宋词》收其词凡 246 首，位列南渡词人之首。朱敦儒爱酒，词中包括“酒”、“醉”、酒器名、饮酒动作、酒名等，直接或间接涉及“酒”的意象的作品将近 150 首，占总数一半有余。《鹧鸪天》一调的创作，亦很好地证明了这一点。14 首词中，“酒”出现 5 次，“醉”出现 6 次，饮酒动作包括斟、饮、酌、捧等共出现 6 次，酒器名包括觞、尊、卮、瑶觥、甁、盏等共出现 10 次，酒名“甘露”出现 1 次。因此，与“酒”有关的意象共计出现 28 次，恰是其《鹧鸪天》词作数量的两倍。

朱敦儒词中多写“酒”的意象，是借此吐露心迹，以表早年清高自许、裘马轻狂的逸趣快意，中年遭逢国变、漂泊流离的悲慨苍凉，晚年消极隐退、重归岩壑

① 黄苏：《蓼园词选》，《清人选评词集三种》本，第 36 页。

② 缪钺、叶嘉莹：《灵谿词说》(正续编)，第 221 页。

的清旷颓放。这些情感,皆可从其词作中找到相关的表达。如北宋时,“诗万首,酒千觞”,表现了词人的超脱心境;南渡时,“尊前忽听当时曲,侧帽停杯泪满巾”,流露出词人的感伤;南宋时,“春似旧,酒依前”,“曾为梅花醉不归,佳人挽袖乞新词”,抒发了回忆以往欢娱享乐时心头涌上的悲凉之感;“拖条竹杖家家酒,上个蓝舆处处山”,表达了词人的奇趣闲情。朱敦儒对“酒”可谓嗜爱备至,不仅在词作中穿插“酒”意象,而且专门写了一首咏酒词(P844):

> 天上人间酒最尊。非甘非苦味通神。一杯能变愁山色,三盏全迴冷谷春。　　欢后笑,怒时嗔。醒来不记有何因。古时有个陶元亮,解道君当恕醉人。

这首词,开篇就将酒捧上至高无上的位置,“天上人间”惟有“酒最尊”。接着从酒的味道、喝酒的妙用、醉后的表现,以及酒醒后的反映等方面进行描述。称赞酒非甘非苦,而有至味通神;喝一杯能使愁山变色,喝三杯能使冷谷回春,即酒能消愁,能使冷漠的心又恢复热情。“欢后笑,怒时嗔”,酒能使人欢笑怒嗔,这既是酒力的作用,也是词人真性情的表现。末二句,以陶渊明饮酒避祸、独善其身的例子,表面上是在为醉后失言寻求挽救办法,实则是羡慕陶渊明那般洁身自好,在饮酒和田园中找到归宿,以寄寓自己不同流合污的精神世界。此词语言浅显洒脱,境界明净空旷,风格俊爽飘逸,透着一股“一心多在尘世外”的超脱之感。

其实,朱敦儒不必羡慕陶渊明,他也在酒中开辟了一片属于自己的天空。酒,可谓陪伴了朱敦儒浮沉不定的一生,能较完整地表现出他一生行藏出处和心态情感变化。而词人复杂的人生经历,又使“酒”呈现出了不同的情感内涵和美学意蕴。然而,其中最奇妙的,还是酒与朱敦儒的“神仙风致”的结合,给人以清新飘逸、超然世外的感受。

朱敦儒是一个追求清雅旷逸、超然不群,又醉心于诗酒风流、浸染世俗声色的词人。南宋黄昇称许朱敦儒云:“南渡初,以词章擅名。天资旷远,有神仙风致。”①又据《宋史》本传记载,朱敦儒早年隐居洛阳,北宋末年尝被征召入京,固

① 黄昇:《花庵词选·中兴以来绝妙词选》卷一,第171页。

辞曰:"麋鹿之性,自乐闲旷,爵禄非所愿也。"①遭遇国变后,应友人举荐,于南宋方出仕。晚年隐居嘉禾,重归山水云壑。他的词中,反映他放浪烟霞、遁世隐居生活情趣的词作数量丰富,写得非常出彩。这当中,自然少不了"酒"的相伴。如前引《鹧鸪天・西都作》"我是清都山水郎"一词,便典型地体现了词人诗酒风流的"神仙风致"。词人不仅夸言"几曾着眼看侯王",而且宣称"玉楼金阙慵归去",他只醉心于"诗万首,酒千觞","且插梅花醉洛阳"!清黄苏《蓼园词选》评曰:"希真作梅词最多,性之所近也。"②词人这是取梅花高洁的品性以自比。这般尽情欢饮,不恋世尘,只愿斜插梅花醉倒的"山水郎",活脱脱一个满身醇香酒气的"谪仙人"。如此浪漫、超现实的奇妙构思,体现了"酒"与"神仙风致"结合的完美诠释!

朱敦儒不但具有浪漫的隐逸豪情,而且还信奉神仙道教,故词中多用"仙道"意象,如飞仙、姮娥、老人星、神仙、仙人等。"仙道"意象脱离现实,有些虚无的色彩,而朱敦儒很巧妙地将"仙道"意象与"酒"意象相结合,在虚无之外,不乏飘逸之意和超然世外的风姿,是另一番"神仙风致"的体现。且看这首《鹧鸪天》(P844):

> 有个仙人捧玉卮。满斟坚劝不须辞。瑞龙透顶香难比,甘露浇心味更奇。　　开道域,洗尘机。融融天乐醉瑶池。霓裳拽住君休去,待我醒时更一瓻。

在这首词中,与"仙道"有关的意象有"仙人"、"道域"、"天乐"、"瑶池"、"霓裳"等;与"酒"有关的意象有"玉卮"、"满斟"、"甘露"、"醉"、"醒"和"瓻"。词中不仅描绘了与仙人一起饮酒的豪爽兴致,品尝"甘露"仙酒的奇妙美味,享受融融天乐的陶醉之情,以及流连忘返的不舍之意,而且还抒发了词人在饮酒中所获得的"开道域,洗尘机"的审美体验。"道域"指得道的境界;"尘机"指世俗的机心杂念。这首词实际上是一首游仙词,写词人幻想中或梦境中与仙人饮酒的情景,将酒当成了通往道域仙界的桥梁,如同晏几道借酒来入梦一般。

---

① 脱脱等:《宋史》卷四四五《文苑传・朱敦儒》,第三七册,第13141页。
② 黄苏:《蓼园词选》,《清人选评词集三种》本,第104页。

## 二 《鹧鸪天》的艺术风格

随着时代环境的变化和社会文化的嬗变，宋代《鹧鸪天》词的创作，不仅题材内容呈现出多元化的发展格局，而且艺术风格也在不断地发展演变。北宋词人多写相思愁情，词风较为婉约；南渡时期，词人们开始咏唱时代的变迁，词风渐见豪放；南宋词人抒情与言志相结合，豪放与婉约也得以兼融。由此，宋代《鹧鸪天》词的艺术风格也呈现出丰富多彩的审美特征。下面，我们试就两宋《鹧鸪天》词所表现的几类主要风格特征进行考察和分析。

### （一）风流酝藉

由《词谱》、《太和正音谱》和今传宋乾道本《于湖先生长短句》等书的记载，我们可获知《鹧鸪天》一调在宫调上曾用入“大石调”；又据元周德清《中原音韵》对大石调“风流酝藉”声情特征的考释，我们对宋代《鹧鸪天》词风格特征的体认也就获得了重要的线索和启示。“风流”盖指其音乐声情，即富有风情韵味；“酝藉”盖指其风格，即为婉约含蓄。“风流酝藉”，既是《鹧鸪天》一调的声情特征，也是宋代《鹧鸪天》词中很突出的一个风格特征。

从北宋到南渡再到南宋，不少《鹧鸪天》词都表现出了风流蕴(酝)藉的风格特征，如闺情词、艳情词、人物词等。这些词多写闺阁之思、男女之情和歌妓舞女，笔调绮靡柔媚，风格婉约含蓄。

> 枝上流莺和泪闻。新啼痕间旧啼痕。一春鱼鸟无消息，千里关山劳梦魂。　　无一语，对芳尊。安排肠断到黄昏。甫能炙得灯儿了，雨打梨花深闭门。——无名氏《鹧鸪天》(P3739)

此词题为“春闺”，写女子的闺怨相思，极哀婉动人。上片，写思妇满眼噙泪地听着枝上流莺的啼鸣，衣衫和衾枕上新啼痕间杂着旧啼痕，不知已流下了多少泪水；整整一个春天都没有丈夫的消息了，只有她的梦魂常常萦绕着千里关山。下片，写女子借酒浇愁。她常常独对芳尊，默默无语，挨过一个又一个断肠的黄昏。末二句，写女子在雨打梨花的凄凉环境中掌灯闭门的情景，借景抒情，最为蕴藉精妙。宋杨湜的《古今词话》评曰：“此词形容愁怨之意最工，如后叠

‘甫能炙得灯儿了，雨打梨花深闭门’，颇有言外之意。”①清黄苏亦评曰：“孤臣思妇，同难为情。‘雨打梨花’句，含蓄得妙，超诣也！”②

南浦舟中两玉人。谁知重见楚江滨。凭教后苑红牙版，引上西川绿锦茵。　　才浅笑，却轻颦。淡黄杨柳又催春。情知言语难传恨，不似琵琶道得真。——陆游《鹧鸪天》(P1584)

迷蝶无踪晓梦沉。寒香深闭小庭心。欲知湖上春多少，但看楼前柳浅深。　　愁自遣，酒孤斟。一帘芳景燕同吟。杏花宜带斜阳看，几阵东风晚又阴。——吴文英《思佳客》(P2941)

前一首词题为“薛公肃家席上作”，用笔迂回含蓄，语浅情深，颇有风流酝藉之致。俞陛云解析说：“此在薛公肃席上逢旧时歌妓而作。质言之，不过云英重现，未免有情耳。结句乃藉琵琶传意，以迂回之笔写之。盖一落言诠，便无余味，不若空中传恨，见声音之感人。故曰香山之悲商妇琵琶，不在整衣自言之际，而在急弦转拨之时，为之青衫泪湿也。”③正道出了此词委婉含蓄的风格特征。

后一首词为吴文英所作，应为写景怀人之词。吴文英是南宋婉约派的好手，由此词之情致韵味便可见一斑。俞陛云评析说：“梦窗词喜雕镌字句，间有晦滞处；亦尽有不著气力而含情韵者，此类是也。首二句不过事矜炼，遂觉深婉有味。下阕‘燕同吟’三字颇新。花映夕阳，最为妍妙之景，而东风不许，掩以暮阴，令人怅挹。芳景易失，犹年华易老，题为《思佳客》，其咏花而有人在耶？”④此词恰如俞先生所言，似乎不费气力便已极具情韵。词中深怀思旧的惆怅，用笔深婉有味，其情自见，富有风流酝藉之美。

（二）沉郁悲壮

《鹧鸪天》是一个音节谐婉的词调，从它发展之初来看，风流酝藉可谓是它本身带有的风格特征。然而，随着《鹧鸪天》一调题材内容的逐步拓展，《鹧鸪天》的风格特征也在不断地丰富，如出现了沉郁悲壮、清新活泼、超然闲淡、典雅

① 杨湜：《古今词话》，《词话丛编》本，第49页。
② 黄苏：《蓼园词选》，《清人选评词集三种》本，第35页。
③ 俞陛云：《唐五代两宋词选释》，第346页。
④ 俞陛云：《唐五代两宋词选释》，第490页。

富丽等多种风格，各具独特的风貌和魅力。

就沉郁悲壮而言，这一风格的表现，除去个人真实的人生感怀外，在很大程度上是受了时代环境变化的巨大影响。南渡战乱、南宋偏安的社会现实，给享受繁华安逸的宋人以巨大的打击，词人们开始在词中融入了与时代和社会相关的人生体验，抒发南渡感慨，表达忧国怀乡之情，诉说壮志未酬的愤懑。节序词和咏怀词当中不少佳作，堪称宋代《鹧鸪天》词中最具思想深度和抒情力度的篇章，它们的思想情感深沉、浓郁、悲凉，在艺术风格的表现上也带有一种沉郁悲壮之美。

较之风流酝藉这样的婉约风格来说，沉郁悲壮更偏于沉郁顿挫、豪迈悲壮，具有更深沉的历史感和悲剧美。这一风格在《鹧鸪天》一调的创作上，也体现了对整个宋词风格发展演变趋势的顺应。宋代词坛经历了从以婉约风格为宗，到开拓豪放风格，再到二者各自发展、结合、深化的过程。沉郁悲壮这种风格的出现，明显地丰富和拓展了宋代《鹧鸪天》词的风格类型和审美内涵。试举几首作品为例：

> 寒日萧萧上锁窗。梧桐应恨夜来霜。酒阑更喜团茶苦，梦断偏宜瑞脑香。　秋已尽，日犹长。仲宣怀远更凄凉。不如随分尊前醉，莫负东篱菊蕊黄。——李清照《鹧鸪天》(P929)

这首词写于南渡后，借秋景寄乡愁，是一首较典型的易安晚期作品，颇有沉郁之风。此词开篇写深秋景色，透出无限悲秋伤时的凄凉。由于倍感孤独与寂寞，词人惟有借酒排遣，酒后却喜茶苦，梦醒偏宜熏香，含蓄道出词人悲愁之沉重。“仲宣”一句用典，以王粲思乡自况，借古寄怀，表明了在凄清深秋倍加思乡的凄凉心境。末二句自我宽解，表面故作达观，内心却深含无限乡愁和悲慨。况周颐《蕙风词话》卷四评曰：“以词格论，淑真清空婉约，纯乎北宋；易安笔情近浓至，意境较沉博，下开南宋风气。非所诣不相若，则时会为之也。”①通过与朱淑真的比较，揭示了易安后期词风趋于沉郁的时代因素。

> 枕簟溪堂冷欲秋。断云依水晚来收。红莲相倚浑如醉，白鸟无言定自愁。　书咄咄，且休休。一丘一壑也风流。不知筋力衰多少，但觉新来

① 况周颐：《蕙风词话》卷四，第 98 页。

懒上楼。——辛弃疾《鹧鸪天》(P1879)

这首词题为"鹅湖归，病起作"，是词人春游鹅湖归来生了一场病，病将好时所作的几首《鹧鸪天》词之一。此词看似心情闲适慵懒，实则深含"烈士暮年"的沉郁与悲壮。词人满腔抗金复国的热血，无奈屡遭主和派的打击和谗毁，投闲置散长达近二十年，实在是壮志难酬！此词尤以两片结尾二句写得最好。陈廷焯《词则·放歌集》卷一评曰："'定是'妙。壮心不已，稼轩胸中有如许不平之气。"[①]又在《白雨斋词话》中评说："余所爱者，如'红莲相倚深如怨，白鸟无言定是愁'，又'不知筋力衰多少，但觉新来懒上楼'……之类，信笔写去，格调自苍劲，意味自深厚。不必剑拔弩张，洞穿已过七札，斯为绝技。"[②]俞平伯《唐宋词选释》也说道："懒上层楼，虽托之筋力衰减，仍有烈士暮年的感慨。"[③]这些评点，都揭示了此词所具有的沉郁悲壮的风格特征。

梦里瞢腾说梦华。莺莺燕燕已天涯。蕉中覆处应无鹿，汉上从来不见花。　今古事，古今嗟。西湖流水响琵琶。铜驼烟雨栖芳草，休向江南问故家。——张炎《思佳客》(P3519)

这首词题为"题周草窗《武林旧事》"。张炎与周密是好友，为宋末四大词家之二。周密《武林旧事》记载了绍兴二十一年十月高宗驾幸张俊府邸的盛事，张俊是张炎的六世祖，南宋之初的名将。身处南宋亡国时代的张炎以书中的故家盛事，对比今日之愁苦流离，心中尤感沉郁悲凉。此词开篇便说临安繁华不再，都成了梦影，"梦"字表现了词人深沉的悲痛。接着说，往日的歌妓舞姬已各自散走天涯，旧欢难续，盛况不再。"蕉中"二句对偶，深含理蕴，蕉中无鹿、汉上无花，即书中所言之"梦华"，皆是空。词人思及自己富贵的前半生，以及如今家道中落、贫难自给的境地，不由悲从中来。下片，感慨古今兴亡盛衰之无常，流露出对国仇家恨的哀痛。末二句，抒发人生难料、家国变迁的感慨，"休向"二字写出了词人心中哀痛至极。整首词情感沉郁，弥漫着悲戚之感，令人伤感不已。

---

① 陈廷焯：《词则·放歌集》卷一，第320页。
② 陈廷焯：《白雨斋词话》卷一，第24页。
③ 俞平伯：《唐宋词选释》，第182页。

### （三）清新活泼

清新活泼，是宋代《鹧鸪天》所表现的又一风格特征。宋代《鹧鸪天》词中，不少咏物词、写景词都给人以清新活泼之感，还有一些其他题材的词作也一定程度地表现出清新活泼的风格特征。且看以下几首作品：

并蒂芙蓉本自双。晓来波上斗新妆。朱匀檀口都无语，酒入圆腮各是香。　　辞汉曲，别高唐。芳心应解妒鸳鸯。不封虢国并秦国，应嫁刘郎与阮郎。——晁端礼《鹧鸪天》(P435)

这是一首咏物词，词人用比拟的手法将“并蒂芙蓉”写得活灵活现，极具人性。上片，“斗新妆”、“朱匀檀口”、“酒入圆腮”等描写，表现了芙蓉的娇艳美。尤其是“斗”、“匀”、“入”等动词的运用，清美新颖，十分生动。下片，不仅将芙蓉与鸳鸯作比较，还用典使事，说芙蓉不学那被封为虢国夫人、秦国夫人的杨贵妃姊妹，而应嫁与刘晨与阮肇。此词将比拟用得极妙，写法独特，笔调活泼。

两两维舟近柳堤。菱歌迤逦过前溪。曲中自诉衷肠事，岸上行人那得知。　　金齿屐，翠云篦。女萝为带蕙为衣。惜花贪折归时晚，急桨相呼入翠微。——丘崈《鹧鸪天》(P1745)

这首词题为“采莲曲”，描写采莲女泛舟采莲之情事，写得尤为生动有趣。上片，写采莲姑娘们一边划着小船，一边唱着采菱之歌，前溪留下了她们如鸟鸣般悠扬圆转的歌声。“曲中”二句，婉转表达了采莲女有着不与人知的情思。下片，从采莲女的歌声拉近距离，转写采莲女的装扮，表现出采莲女的清纯与娇美。末二句，描写极为鲜活生动。采莲姑娘们“惜花贪折”，等到发现天色已晚，便“急桨相呼”，把小船划入那青翠飘渺的山光水色之中，与李清照《如梦令》颇有异曲同工之妙。全词用笔清新活泼，将采莲女的生活和情态描写得趣味盎然，引人入胜。

句里春风正剪裁。溪山一片画图开。轻鸥自趁虚船去，荒犬还迎野妇回。　　松菊竹，翠成堆。要擎残雪斗疏梅。乱鸦毕竟无才思，时把琼瑶蹴下来。——辛弃疾《鹧鸪天》(P1923)

此词题为“黄沙道中”，为词人隐居带湖时，在前往黄沙岭上的书堂途中，为初春景象欣喜而作。全词展现了一幅溪山如画的美景：轻鸥凫水、荒犬迎妇、松菊翠竹、残雪疏梅、乱鸦纷跳、踩落残雪。一句一景，动静结合，巧妙展现风景的神韵。“轻鸥”二句，用词妥帖，同写动态，一闲适一温馨，透着一股超然物外的人生意趣。松竹“擎残雪”要“斗疏梅”，显得颇有稚趣，“斗”字表现了松竹的气概。末二句，乱鸦“无才思”，时不时踩落残雪，甚是可爱。“无才思”是拟人的手法，韩愈《晚春》有诗句“杨花榆荚无才思，惟解漫天作雪飞”①，两处用法颇似。词人不言松竹与梅之间的“争斗”，而以乱鸦落雪收尾，似乎有些漫不经心，实则栩栩如生，充满诗情画意。该词写得生气盎然、颇有情趣，更具有清新活泼的风采。

**（四）超然闲淡**

超然闲淡，亦是宋代《鹧鸪天》词的艺术风格特征之一。这一风格特征，可以从《鹧鸪天》的闲适词、隐逸词中得以体现。词人往往借助自然风光或乡野景色，抒发自己内心闲适或隐逸之情，字里行间充满了超然闲淡的意趣。试举几首作品为例：

> 我本飘然出岫云。挂冠归去岸纶巾。但教名利休缰锁，心地何时不是春。　　竹叶美，菊花新。百杯且听绕梁尘。故乡父老应相贺，林下方今见一人。——史浩《鹧鸪天》(P1268)

这首词题为“次韵陆务观贺东归”，“陆务观”指的是陆游。史浩于淳熙五年(1178)十一月罢相，授太傅、保宁军节度使。词有“竹叶美，菊花新”句，当作于罢相次年秋。史浩因对宋孝宗和张浚不听劝告执意挥师北伐不满，为坚持个人立场而不惜辞官。词人将自己比喻为“出岫云”，带有一种自由自在、散淡悠然之味。“挂冠归去”、“休缰锁”、“竹美”、“菊新”、“应相贺”等描写，无不表现了词人对闲居隐逸生活的向往和追求。

> 一只船儿任意飞。眼前不管是和非。鱼儿得了浑闲事，未得鱼儿未肯归。　　全似懒，又如痴。这些快活有谁知。华堂只见灯花好，不见波平月上时。——王质《鹧鸪天》(P1639)

这首词题为“咏渔父”，所咏颇有意趣。“船儿任意飞”、“不管是和非”，是渔

---

① 钱仲联：《韩昌黎诗系年集释》，上海：上海古籍出版社 1998 年版，下册，第 969 页。

父“似懒”“如痴”的表现，写来饶有超然意趣。尤其是末三句，更见闲淡心境。“快活有谁知”，似在发问，却已有答案。渔父的快活，并非身在华堂之人所能体会的。比起“灯花”，波平时升起的皎皎明月更能让他感到自在的愉悦。整首作品，胸襟豁达，充满了闲情逸致，令人神往。

雨湿西风水面烟。一巾华发上溪船。帆迎山色来还去，橹破滩痕散复圆。　　寻浊酒，试吟篇。避人鸥鹭更翩翩。五更犹作钱塘梦，睡觉方知过眼前。——韩淲《鹧鸪天》(P2241)

这首词题为“兰溪舟中”，当作于庆元六年(1200)自临安归上饶途中。韩淲词多写闲情逸致，此词以清幽淡静之笔，营造了空江烟雨的朦胧意境，词人已然与大自然融为一体。上片，描写了舟行之景。细雨湿秋风，溪面一片烟，给人以清新、迷蒙之感；“一巾华发”传神地展现了词人洒脱的意态；“帆迎”二句，动态写山，静态写水，动静结合，别具理趣，且对仗工整，形象生动，表现出行舟之轻快，以及遏浪向前的气势。下片，抒发了泛舟之情。换头处的“寻”和“试”，既流露出词人悠然自得的心情，又表现了词人寄情山水的心境。词人本因山河破碎满怀幽愤，无奈壮志难酬，只能借诗酒自娱和借山水寄情。末三句，写出人和鸟各自得其乐，尤其是末二句一气贯注，写一觉钱塘梦醒来，方知钱塘果然在眼前，梦与现实连成了一片，甚有意趣。船到钱塘，词便收尾，留下的是满幅的溪行余韵和闲淡情致。

**（五）典雅富丽**

典雅富丽，指言辞和风格正派庄重，优雅不粗俗，用笔华丽。在宋代《鹧鸪天》词中，祝颂词、宫廷词，以及部分节序词，都表现出了这种典雅富丽的风格特征。

祝颂词是宋代《鹧鸪天》创作最多的一类题材，其中的寿词大多写得典雅富丽。寿词数量虽多，却多出于应景、应酬的需要，多为歌颂功绩、粉饰太平之作，风格庄重华贵、典雅富丽，自然不足为奇。披沙拣金，其中也不乏佳作。兹以魏了翁一词为例(P2399)：

谁把璇玑运化工。参旗又挂玉梅东。三三律琯声馀亥，九九玄经卦起中。　　新岁月，旧游从。一觞还似去年冬。人间事会无终极，分付翘关老令公。

魏了翁，号鹤山先生。黄昇曾评点魏了翁：“有词附《鹤山集》，皆寿词之得体者。”①杨慎《词品》在品赏魏了翁词时，亦以此词为例说：“宋代寿词，无有过之者。”②饶宗颐《词集考》的说法更详细：“宋人词皆具调名，惟鹤山词止以事为题而不标何调。又百余首中，十九为寿词，皆宋人所罕有。《词源》云：‘难莫难于寿词，倘尽言富贵则尘俗，尽言功名则谀佞，尽言神仙则迂阔虚诞。’鹤山词虽不必语法新奇，然学养所臻，意多规勉，亦少犯玉田所举三蔽。黄花庵称为寿词之得体者。”③

魏了翁这首词写于宝庆三年(1227)，有题序云：“范静州良辅生日，十月二十一日。二十三日交十一月节。”可见是写给一个叫范良辅的地方官的贺寿词。词人在词后自注：“郭令公以武举翘关负米科。”“翘关”与“负米”皆为武试科目名。与寻常寿词不同，这首词给人学识渊博之感。上片，“璇玑”、“参旗”，皆是星名。在星辰闪耀的晚上，“律琯”所发的声响，在夜里九点到十一点尚余音袅袅，而以《玄经》所起的卦还在占卜中，想必是祝寿之故。下片，虽写到举觞以关合生日祝颂，但更以新旧交替寓意岁月如梭，慨叹人间俗事永无止境，不必事事躬亲，以表达对范良辅的真切关怀与勉励。这首词表现出来的学养之深厚，情感之平实，深得明人潘游龙之好评：“寿词如此典雅奇确，真可法。”④这一点评，便揭示出了此词典雅富丽的风格特征。

宫廷词数量虽不算多，各种歌功颂德、歌舞升平的描写虽极为雍容华丽，然而并无太多深意。另有部分节序词，亦有不少写得典雅富丽，如无名氏15首上元词，极力铺写了北宋承平时代的繁荣鼎盛之况，除去少量作品有今昔对比的凄凉之感外，大都写得庄重华贵、喜庆欢腾。试举一首为例：

> 春晓千门放钥匙。万官班从出祥曦。九重彩浪浮龙盖，一点红云护赭衣。　车马过，打球归。芳尘洒定不教飞。钧天品动回銮曲，十里珠帘待日西。——无名氏《鹧鸪天》(P3668)

这首上元词，描摹了北宋承平时代的繁华之景，用语华丽，笔调庄重华贵。

---

① 黄昇：《花庵词选·中兴以来绝妙词选》卷七，第292页。

② 杨慎：《词品》卷五，《词话丛编》本，第515页。

③ 饶宗颐：《词籍考》(唐五代宋金元编)卷五，北京：中华书局1992年版，第201页。

④ 潘游龙：《精选古今诗馀醉》卷十五，第434页。

尤其是“九重”二句,色彩鲜明,对仗工整,显得气势非凡,典雅富丽。宋刘昌诗《芦浦笔记》卷十评曰:“上元词十五首,备述宣教之盛,非想象者所能道,当与《梦华录》并行也。”①

① 刘昌诗:《芦浦笔记》,北京:中华书局1986年版,第78页。

# 第十章 宋词长调“金曲”——《满江红》

在宋词“十大金曲”词调中,《满江红》以551首的作品数量排名第6位;在宋词“四大长调金曲”中,《满江红》排名第3位,仅次于《水调歌头》、《念奴娇》而位居《沁园春》之前。《满江红》一调从柳永创始之后,在北宋词坛即得到张先、张昪等人尤其是苏轼及苏门词人的沿用,进入南宋更形成创作的高潮,尤其是产生了像岳飞那样慷慨悲壮的最强音,千百年来一直传诵人口,激荡人心。

然而回顾二十世纪以来的词学研究,对《满江红》这一长调金曲却关注不够,还缺少全面而深入的系统研究。这正是我们选取《满江红》一调来做专题研究的原因所在。同时,我们也希望通过对《满江红》这一长调“金曲”的个案考察,与我们对唐宋词坛“第一调”《望江南》、宋词小令“金曲”《鹧鸪天》的探讨一起,共同构成一个分调词史研究的小系列,从而为唐宋词调的整体研究做出拓展与深化。

## 第一节 《满江红》词调探源

《满江红》这个词调,并不见于唐五代词坛的歌唱。翻开《全宋词》,我们看到最早的《满江红》词,出自北宋前期柳永的创作。那么,这个词调究竟是柳永创制的新调,还是柳永对前代旧曲或当世新声的采用?作为 支用于填词歌唱的歌曲,《满江红》又表现了怎样的音乐内容,具有何等的声情美感?对此,历代词论家和研究者多含糊而过,语焉不详。因此,我们有必要首先对《满江红》的创调做一番探源的工作。

## 一　《满江红》源于《上江虹》不可信

唐宋历史典籍和音乐文学文献中并不见有对《满江红》一曲的记载,对唐宋曲调多有考证者如唐段安节《乐府杂录》、宋王灼《碧鸡漫志》等,也都没有涉及这一曲调。直到明代,杨慎才第一个对《满江红》这一词调的创制来源发表看法。他在《词品》中指出:“唐人小说《冥音录》载曲名有《上江虹》,即《满江红》。《红窗影》,即《红窗迥》也。”①之后,明末清初毛先舒在《填词名解》中又承袭杨氏之说:“《满江红》,唐《冥音录》载曲名《上江虹》,后转易二字,得今名。”②这一说法虽并无史料佐证,也未加细致考察,不过是一个简单的揣测与推断,却对后世有关《满江红》词调的理解和接受产生了一定的影响。那么情形是否真的如此呢?

所谓《冥音录》,实际上是一篇唐人的传奇小说,今见载于北宋初李昉等所编《太平广记》卷四八九。此文篇幅不长,兹全文引录如下:

> 庐江尉李侃者,陇西人,家于洛之河南。太和初,卒于官。有外妇崔氏,本广陵倡家,生二女,既孤且幼,孀母抚之以道,近于成人,因寓家庐江。侃既死,虽侃之宗亲居显要者,绝不相闻。庐江之人,咸哀其孤藐而能自强。崔氏性酷嗜音,虽贫苦求活,常以弦歌自娱。有女弟菃奴,风容不下,善鼓筝,为古今绝妙,知名于时。年十七,未嫁而卒,人多伤焉。二女幼传其艺。长女适邑人丁玄夫,性识不甚聪慧,幼时,每教其艺,小有所未至,其母辄加鞭棰,终莫究其妙。每心念其姨曰:“我姨之甥也。今乃死生殊途,恩爱久绝。姨之生乃聪明,死何蔑然,而不能以力祐助,使我心开目明,粗及流辈哉?”每至节朔,辄举觞酹地,哀咽流涕。如此者八岁。母亦哀而悯焉。开成五年,四月三日,因夜寐,惊起号泣,谓其母曰:“向者梦姨执手泣曰:‘我自辞人世,在阴司簿属教坊,授曲于博士李元凭。元凭屡荐我于宪宗皇帝,帝召居宫一年,以我更直穆宗皇帝宫中,以筝导诸妃,出入一年。

---

① 杨慎:《词品》卷一,《词话丛编》本,第428页。

② 毛先舒:《填词名解》卷三,清查继超辑《词学全书》本,第58页。

上帝诛郑注，天下大酺，唐氏诸帝宫中互选妓乐，以进神尧、太宗二宫，我复得侍宪宗。每一月之中，五日一直长秋殿，余日得肆游观，但不得出宫禁耳。汝之情恳，我乃知也，但无由得来。近日襄阳公主以我为女，思念颇至，得出入主第，私许我归，成汝之愿。汝早图之。阴中法严，帝或闻之，当获大谴，亦生累于主。'”复与其母相持而泣。翼日，乃洒扫一室，列虚筵，设酒果，仿佛如有所见。因执筝就坐，闭目弹之，随指有得。初授人间之曲，十日不得一曲。此一日获十曲，曲之名品，殆非生人之意，声调哀怨，幽幽然鸮啼鬼啸，闻之者莫不歔欷。曲有《迎君乐》（正商调，二十八叠）、《槲林叹》（分丝调，四十四叠）、《秦王赏金歌》（小石调，二十八叠）、《广陵散》（正商调，二十八叠）、《行路难》（正商调，二十八叠）、《上江虹》（正商调，二十八叠）、《晋城仙》（小石调，二十八叠）、《丝竹赏金歌》（小石调，二十八叠）、《红窗影》（双柱调，四十叠）。十曲毕，惨然谓女曰：“此皆宫闱中新翻曲，帝尤所爱重《槲林叹》《红窗影》等，每宴饮，即飞球舞盏，为佐酒长夜之欢。穆宗敕修文舍人元稹撰其词数十首，甚美。宴酣，令宫人递歌之。帝亲执玉如意，击节而和之。帝秘其调极切，恐为诸国所得，故不敢泄。岁摄提，地府当有大变，得以流传人世。幽明路异，人鬼道殊。今者人事相接，亦万代一时，非偶然也。会以吾之十曲，献阳地天子，不可使无闻于明代。”于是县白州，州白府。刺史崔璹亲召试之，则丝桐之音，枪摐可听。其差琴调不类秦声，乃以众乐合之，则宫商调殊不同矣。母令小女再拜，求传十曲，亦备得之。至暮诀去，数日复来曰：“闻扬州连帅欲取汝，恐有谬误，汝可一一弹之。”又留一曲曰《思归乐》。无何，州府果令送至扬州，一无差错。廉使故相李德裕议表其事。女寻卒。①

《太平广记》所载此篇《冥音录》，不著撰人姓氏，与题名牛僧孺撰（宋人以为乃李德裕门人韦瓘所伪托）《周秦行记》一篇载于同卷。考《太平广记》卷四百八十四以下至卷四百九十二共九卷，在文体分类上皆题作“杂传记”，其中《女娃传》、《东城老父传》、《柳氏传》、《长恨传》、《无双传》、《霍小玉传》、《莺莺传》、《谢小娥传》、《杨娼传》、《非烟传》等，皆为中晚唐时期传奇小说中的代表作品。《冥

① 李昉等编：《太平广记》卷四八九，第十册，第 4021—4022 页。

音录》一篇，从题目的意思来看，即记幽冥之音、传玄怪之事的意思，而内容记庐江崔氏女幼从其姨学筝未成，后梦见其亡姨传授她“十曲”的离奇故事，与篇名恰相符合，也正是传奇的写法。则此文属传奇小说性质，盖作于中晚唐之际，殆无疑义也。既是传奇小说，其所写梦见死人传授属于“冥音”“十曲”的事情，当然不可信以为真。其实这篇小说的立意无非在于表现唐代倡女的不幸遭遇，反映乐伎学艺的艰辛历程，同时也借以折射唐代音乐和歌曲在宫廷和民间的流行情况，而作者之所以借助于这种“幽明路异”“人事相接”的叙事模式，无非是藉以增强其动人心魄的艺术魅力和审美效应。

当然，唐人传奇小说中的情节虽属虚构，但情事素材往往仍有社会生活的基础。如此篇小说中所写崔氏女自幼学艺，“小有所未至，其母辄加鞭棰”，与唐孙棨《北里志》所记唐代倡女乐妓的学艺生活非常相似：“诸女自幼丐育，……初教之歌令而责之，其赋甚急。微涉退怠，则鞭朴备致。”①又如崔女亡姨所述“在阴司簿属教坊，授曲于博士李元凭”等，应该也是唐代宫廷教坊制度的反映；至于其亡姨“此皆宫闱中新翻曲”至“帝亲执玉如意，击节而和之”一段描述，简直就是盛唐宫廷音乐文化生活的写照，很容易让我们联想到唐玄宗沉香亭赏牡丹，李白应制《清平调》的情景。那么，《冥音录》小说所记“十曲”，是否能够在唐代文献中找到记载和依据呢？经考察，除《广陵散》原为汉魏古琴曲，入唐曾演变为教坊曲，及《行路难》为乐府古题外，其余诸曲皆不见唐代文献记载。《广陵散》一曲虽收入唐崔令钦所撰《教坊记》“曲名”中，但并未转化为词调，唐五代及两宋并不见用此曲填词歌唱②；《行路难》这一乐府古题，唐人虽然沿用不衰，但所作皆为乐府诗性质③，也并未转化为词调，而北宋贺铸的《行路难》一词，实是《小梅花》(即《梅花引》)一调的寓声别名。此外《红窗影》一曲，上引杨慎《词品》

---

① 孙棨：《北里志》“海论三曲中事”条，上海：古典文学出版社1957年版，第25页。

② 任半塘：《教坊记笺订》云：“《广陵散》，原琴曲名。……按此曲唐时犹盛传，顾况有《王氏广陵散记》，谓琅邪王淹兄女善此曲……《春渚纪闻》亦谓政和五年听弹《广陵散》……乃此曲传于两宋之情形。”第115—116页。

③ 郭茂倩：《乐府诗集》卷七十“杂曲歌辞”收《行路难》，引《乐府解题》曰：“《行路难》，备言世路艰难及离别悲伤之意，多以君不见为首。”此卷收南朝宋鲍照及唐卢照邻等作多首，卷七十一又收唐李白等人诗多首，皆为乐府。第997、1008页。

以为即《红窗迥》一调①，也缺少唐五代史料依据和词作例证。至于《思归乐》一曲，北宋柳永虽有同名词一首（《全宋词》P32），但唐五代文献既不见此曲之记载，唐五代词坛更不见有词作传世，则柳词调名，是否和《冥音录》所记《思归乐》有关，亦无从而定。至于小说作者在十个曲名之下多注明其宫调和体式，如注《上江虹》为“正商调，二十八叠”等，并借崔女亡姨之口交待“此皆宫闱中新翻曲”，虽然一定程度地反映了唐代宫廷大曲的繁盛景象和体制特征，但更主要的目的恐怕还是为了迷惑读者，增强其可信性也。其所注“正商调”、“小石调”固有其名，但“分丝调”、“双柱调”则不知所云。因此，通过考察唐五代文献记载和词坛创作实际，我们也可进一步认定，《冥音录》所记包括《上江虹》在内的“十曲”，除《广陵散》、《行路难》外，主要出自传奇小说作者的杜撰与虚构，不足采信。

既然《上江虹》一曲在唐五代找不到史料的佐证，不过是唐人传奇小说的杜撰与虚构，那么推断宋代词调《满江红》来源于《上江虹》，《上江虹》就是《满江红》，即为杨慎的武断虚妄之见；而毛先舒所谓《满江红》是由《上江虹》“转易”二字而得名，即转“上”字为“满”字，易“虹”字为“红”字，貌似有理，实则也不过是望文生义，如海市蜃楼，虚幻不实。

## 二　从《满江红》曲名及意象做探源

与其像杨氏那样凭主观臆断，或者像毛氏那样缺少例证而曲为训解，我们还不如直接从《满江红》曲名本身的含义和内容方面来加以探源。

与古代诗文的标题相比，唐宋曲名，尤其是转化为歌曲的词调名，多为意蕴丰富、情辞兼胜的三字句；而从曲调名的含义即可考察其音乐歌曲所表现的内容情感，这也是唐宋词调探源的途径和方法之一。

《满江红》这个词调名称，从其命名来看，大致和唐宋词调中的《满宫花》（见《花间集》）、《满路花》、《满庭芳》（见宋词）等属同一类型，其含义乃描绘一种满江红艳的自然景象。从其用辞和意象来看，“满江红”既具有绚烂鲜艳的色彩，

---

① 《全宋词》载《红窗迥》词共5首，柳永、周邦彦、曹豳各1首，无名氏2首，第55页等。清万树《词律》卷八收此调，以周邦彦词为例，注云“又名《虹窗影》”，当是承杨慎“《红窗影》即《红窗迥》”之说，第215页。

也表现出一种阔大壮美的情调。从语意角度来分析,“江”字是这个词调的中心语,而“满”字、“红”字皆为描状修饰语。据此我们可以推测,这个词调在作为歌曲创制的时候,其内容乃描绘江上风光、抒写水乡风情,或表现与这种江景水色相关的人文题材,大致应该不会有错。

问题在于这种“满江红”的景象是怎样形成的呢,或者说是哪些具体的因素与环境构成了这种“满江红”的景象呢,在宋前或唐宋时代的文学创作中是否能找到类似的意象描写,来帮助我们理解这个词调命名的语源呢?

首先,我们当然会联想到“满江红”的主体是——花(包括树、叶、果),是鲜艳的花映入江水构成了“满江红”的景象。最典型的例子便是中唐白居易《忆江南》这首小词中的名句:“日出江花红胜火,春来江水绿如蓝。”①江岸上的春花在朝阳的照耀下比火焰还要红艳!有人因此便认为这就是《满江红》这个词调命名的语源所在。如谢桃坊先生即持此论,他说:“唐代诗人白居易《忆江南》词有‘日出江花红胜火’,描绘了太阳出来光照江水,浪花鲜红似火的美丽奇特景象。《满江红》调名当是江南这种美丽奇特景象的概括,具有诗情画意。”②又说:“唐代诗人白居易《忆江南》词有‘日出江花红胜火’之句,描绘太阳出来光照江水的美丽景象,(《满江红》)调名本此。”③只不过他把“江花”理解为江水和浪花了。而按照原文,此句与下句对偶,“江花”与“江水”相对,如果把“江花”解为江水和浪花,则与下文“江水”语意重复,似不可取。不过谢先生从唐诗意象中来寻求《满江红》词调命名语源的思路,还是可行的。其实,这种将“江”与“花”的景色联系在一起进行描写和审美的例子,在六朝乐府歌曲《春江花月夜》中便得到了典型的体现。此曲相传为南朝陈后主创制,宋郭茂倩编《乐府诗集》卷四十七将它列于“清商曲辞”之“吴声歌曲”中,收有隋炀帝及唐张若虚等人之作共七首,都有对江与花的相伴描写,如隋炀帝诗云“暮江平不动,春花满正开”等④。这种构思和描写在宋诗中也能找到不少例证,如彭汝砺《江花四首》其一云:“江水挼蓝绿,江花泼火红。”⑤显然是化用白居易《忆江南》词句与意象而成。又如范纯

---

①《全唐五代词》,第 72 页。

② 谢桃坊:《中国历代词分调评注 · 满江红》“前言”,成都:四川文艺出版社 1998 年版,第 13 页。

③ 谢桃坊:《唐宋词谱校正》,上海:上海古籍出版社 2012 年版,第 364 页。

④《乐府诗集》卷四十七,第 678 页。

⑤ 傅璇琮等主编:《全宋诗》,第十六册,第 10643 页。

仁《和吴仲庶游碑楼大慈二寺》诗云:“烟染翠行环郭柳,波摇红影隔江花。”(《全宋诗》P7427)描写江花倒映、波摇红影的景象,与“满江红”的意象也较为接近。还有更为具体而多彩的描写,如唐韦庄《章江作》“一江红树乱猿哀”(《全唐诗》卷六九八),宋陈弼《醉石》“林果映江红”(《全宋诗》P5002),宋孙应时《新滩见桃杏书事》“桃杏照江红”(《全宋诗》P31756),宋严仁《贺新郎》“正愁予、一江红叶,水程孤驿”(《全宋词》P2545),可见“映江红”“照江红”的不仅有夭桃艳杏之类的花卉,还有与花卉相类的“红树”、“红叶”与“林果”。最值得注意的是宋代浣花女《江畔芙蓉》一绝,诗云:“芙蓉花发满江红,尽道芙蓉胜妾容。昨日妾从堤上过,如何人不看芙蓉。”(《全宋诗》P45546)描写江上莲花盛开的景象,虽然可能受到南朝梁刘孝威《采莲曲》“荷叶满江鲜”之句的影响①,但她却是第一次在诗歌中完整地运用了“满江红”这一审美意象。因无法考证浣花女在宋代的具体年代,我们不能断言《满江红》词调名即来源于此诗,而此诗的构思和意象,倒极有可能是从《满江红》这个词调名得到的灵感。

其次,我们也会特别注意到,日照的作用也是“满江红”景色生成的重要因素。最典型的例子也是中唐白居易的诗歌,即《暮江吟》:“一道残阳铺水中,半江瑟瑟半江红。可怜九月初三夜,露似真珠月似弓。”此诗盖白居易贬江州时作,约在元和十一年至十三年(816—818)之间②。此诗赋咏暮江景色,一道残阳铺照于流过江州的长江之中,江水呈现出一半色碧而一半鲜红的奇特景观③。白居易的这首《暮江吟》七绝和他的那首《忆江南》小词一样脍炙人口,如果说认为《满江红》这个词调的命名来源于对“江花红”意象的联想,似乎还有些迂曲与牵强,那么推测由“半江红”意象而延伸和演化为“满江红”,则不过是一字之“转易”,而“半”和“满”在语意和语音上也都相差无几,似乎更为自然而合理。其实,这种因阳光照耀而形成的“满江红”景象比之“江花红”更具普遍性,也更富壮观美,因此也更容易成为文学描写的对象,被诗人们大量地形诸歌咏。如比白居易还早的“大历十才子”之一的钱起,在《江行无题一百首》(其五十二)中就

① 刘孝威:《采莲曲》:“金桨木兰船,戏采江南莲。莲香隔蒲渡,荷叶满江鲜……”《乐府诗集》卷五十“清商曲辞”,第731页。

② 谢思炜:《白居易诗集校注》,第四册,第1569页。

③ 瑟瑟,为宝珠名,其色碧,故借以影指碧色之物,如瑟瑟幕、瑟瑟裙等。白诗“半江瑟瑟”非为萧瑟之意,而是描写没有受到残阳照射的一半江水呈现深碧的颜色。

有这样的描写:“岸绿野烟远,江红斜照微。撑开小渔艇,应到月明归。”①其中“江红斜照微”一句,描写的也正是夕阳照江红的景观。又如贾宗《旅泊江津言怀》诗有句云:“云归全岭暗,日落半江红。”②其中“日落”句即是对白居易《暮江吟》中“半江红”意象的化用。相同的意象描写在宋代诗词中也能找到不少的例证,如唐庚《登越王台》“楼前西日堕江红”(《全宋诗》P15033)、刘克庄《咏潇湘八景·渔村夕照》“何妨千嶂黑,犹作半江红”(《全宋诗》P36400)、徐瑞《饶娥祠》“再拜下山去,日射春江红”(《全宋诗》P44703)、严仁《菩萨蛮·双溪亭》“返照落平洲,半江红锦流”(《全宋词》P2550)。虽然在用语上有“半江红”、“堕江红”、“春江红”等细微差别,诗人观察的角度、创作的背景乃至情感心理也各有不同,而由“返照”“日射”生成“江红”的景象则是完全一样的。

此外,还有一些较特殊的名物意象也值得关注,对于我们考察《满江红》一曲的音乐内容及曲调命名或许也有参考意义。

其一,有一种水草叫“满江红”。《辞海》所收“满江红”辞条,其第一个义项就是“植物名”:“亦称‘红蘋’、‘绿蘋’。蕨类植物,满江红科。植物体小,三角形,飘浮水面。根丛生。叶小型,肉质,排列成两行,春季绿色,夏季转红褐色。繁殖很快。生于水田或湖沼中,我国东南或西南部均普遍分布。全草可作鱼类及家畜的饲料,也可供药用,能发汗、利尿、祛风湿、治顽癣。”③可见这是一种类似于“蘋”的飘浮水草,主要生长于江南地区的水田或湖沼之中,其叶春季为绿色,故名“绿蘋”,夏季转红褐色,所以又名“红蘋”。只是在唐宋文献中,我们几乎看不到对这种叫“满江红”水草的记载。倒是到了明代,在李时珍所撰《本草纲目》卷二十一“草之十”中列有“满江红”一名,记其药用价值为:“主痈疽,入膏用。”④因此,宋代《满江红》一曲的创制是否与这种水草有关,似乎难以遽断。

其二,有一种江船叫“满江红”。《辞源》所收“满江红”辞条第二义项云:“一种大型江船、坚实可载重者。相传明太祖初得和阳,欲图集庆,与徐达乘小舟于元旦渡江,舟子发口号曰:‘圣天子六龙护驾,大将军八面威风。’明太祖得此吉

---

① 《全唐诗》卷二三九,第 603 页。
② 《全唐诗》卷七七七,第 1921 页。按,贾宗一作贾琮,生平无考,盖晚唐之际诗人。
③ 《辞海》编辑委员会编:《辞海》(缩印本),上海:上海辞书出版社 1986 年版,第 981 页。
④ 李时珍:《本草纲目》卷二十一。《文渊阁四库全书》本。

语,与达蹑足相庆。登极后访得之,舟子无子,遂官其侄,并将原乘船涂红色,称满江红。参阅明董榖《碧里杂存》、清赵翼《陔余丛考》三三《满江红船》、俞樾《茶香室续钞》十六《红船白船》。”①尽管在宋代诗词中已出现“红船”的意象②,但以“满江红”为江船命名则是明太祖朱元璋的创举;明代“满江红”船的名称与意象自然不会成为宋代词调《满江红》的创调来源,相反明太祖对开国前曾经有功于他的这种江船的诗意化的命名,倒有可能是受到早已广泛流传的宋词《满江红》的启示。但是这一事例和现象也启示我们思考,在《满江红》这一曲调的创制及其音乐内容中,除了反映花发江红、日照江红等自然景象之外,是否也融入了有关战争、历史等方面的人文内容呢?我们认为颇有这种可能。不仅是岳飞的那首“怒发冲冠”“壮怀激烈”的杰作,使得千百年来的读者早已将《满江红》与抗金战争和民族英雄联系起来,而且南宋江湖词人戴复古用《满江红》所写“赤壁怀古”一词,“千艘列炬鱼龙怒”的描写,也让我们觉得《满江红》这个词调不正是赤壁之战的熊熊烈火的形象写照吗?其实,我们读唐代诗歌,已有近似的描写。如李白《赤壁歌送别》云:“二龙争战决雌雄,赤壁楼船扫地空。烈火张天照云海,周瑜于此破曹公。”③又如胡曾《咏史诗·赤壁》云:“烈火西焚魏帝旗,周郎开国虎争时。交兵不假挥长剑,已挫英雄百万师。”④都有对赤壁之战“烈火”意象的突出描写,“满江红”的意蕴已经呼之欲出了。在宋代诗歌所描写的“江红”景象中,也涉及与军事和战争相关的意象。如孙觌《和州饯交代赵朝议乐语》诗云:“画角孤吹千嶂晓,彩舟横曳半江红。”(《全宋诗》P17022)这里所描写的“半江红”,已和“画角”“彩舟”叠映为一幅画面。又如张纲《次韵苏养直破虏谣》诗云:“旌旗千里照江红,学语小儿争挽弓。……苏侯笔力壮三军,破虏长谣入眼惊。”(《全宋诗》P17890)虽然是次韵之作,但他次韵的是“破虏谣”,描写的也是“旌旗千里照江红”的战斗场面。尤其值得注意的是周紫芝《艨艟行》诗云:“汉作楼船三百尺,江南父老何曾识。船头击鼓转红旗,船尾踏车人不知。君王英略似汉武,要挽江心射蛟弩。天戈指日殄匈奴,先遣偏舟下江浦。三年血满秋

---

① 商务印书馆编辑部编:《辞源》(修订本),北京:商务印书馆1982年版,第三册,第1873页。

② “红船”这一意象,在宋代诗词中均有出现,如苏轼《与胡祠部游法华山》诗云“绿棹红船舞澎湃”(《全宋诗》第9291页),又《瑞鹧鸪》词云“朱舰红船早满湖”(《全宋词》第323页)。

③ 《全唐诗》卷一六七,第394页。

④ 《全唐诗》卷六四七,第1633页。

江红,洞庭摇落悲秋风。漫山栅水作城寨,逆气不腥河伯宫。惊涛卷地喷飞雪,艨艟一出千艘空。将军自驾木城去,莫叹龙骧作阿童。”(《全宋诗》P17090)艨艟,又称艨冲,是一种古老的战船,三国赤壁大战时周瑜火攻曹操水军已用到这种艨艟斗舰。南渡之初,韩世忠率宋军与金兀术大战黄天荡,也用到这种艨艟大舰。周紫芝此诗以《艨艟行》名篇,描写的可能就是宋军与金兵水战的情景,在“三年血满秋江红”的悲壮意境中,既有红旗的映照,更有鲜血的浸染,简直就是一篇以歌行体写成的《满江红》。

## 三 从早期《满江红》的内容来探源

早期词的创作,如唐五代时期的民间词和文人词,一般都带有“缘题而赋”或“赋咏本调”的特征。也就是说,初期阶段词的内容往往与曲的本意相符合,词调名称常常起着代词题的作用;但是时间长了,写得多了,词与音乐歌唱的联系不再那么紧密了,歌词内容便慢慢与调名本意相剥离,或者说歌词内容才逐渐突破了词调本意的限制。因此,从词的内容与曲的本意是否相合以及相合的程度如何这一角度入手,既可考察词作的创作年代与曲调的创制年代之远近疏密关系,也可为词调的含义及其渊源的探测提供参考。

《满江红》的创作发轫于北宋前期。这是一个新声鼎沸、词调繁兴的时代,也是词的创作与音乐歌唱结合得较为紧密的时期。因此,从早期《满江红》词作的内容题材方面来探寻《满江红》的创调情况,应该也是可行的途径之一。

从现存宋词作品来看,第一个创作《满江红》的词人是柳永,《乐章集》卷下载《满江红》词共 4 首,皆编排在“仙吕调”下。与柳永同时稍后,张先也有同调词 1 首。此后,北宋词坛上创作此调的词人相继有张昪(1 首)、苏轼(5 首)、李婴(1 首)、黄裳(1 首)、晁端礼(1 首)、秦观(1 首)、贺铸(2 首)、晁补之(3 首)、周邦彦(1 首)。即使我们把整个北宋时期《满江红》的词人词作加起来,也不过 11 人 21 首。就时代而言,柳永和张先是最早者;从作品数量来看,柳永、苏轼、晁补之较多。下面,我们试以柳永、张先为主,兼及苏轼等人,来考察他们的词作内容与《满江红》调名含意的关系究竟如何。

柳词 4 首,从题材来看,写羁旅和恋情(艳情)大致各占一半。其中“访雨寻云”一词属艳情题材,据薛瑞生先生《乐章集校注》:“此为恋妓词,作年莫考。综观词义，当作于离开汴京在外地时。"[①]大致应为早期或出仕前之作。"万恨千愁"一词，谢桃坊先生以为"此词是作者青年时代流落京都、为歌妓们写的"，"模拟女性语气的代言体词"[②]；薛注本则编订为"出仕前之什"，系年于咸平六年(1003)，时柳永 17 岁，"综观词义，当为与妻子感情龃龉后远游江浙两湖之作"[③]。二说并不相同，且薛著的编年亦属推测，但订为早年之作还是可信的。观此词上片所写："万恨千愁，将年少、衷肠牵系。残梦断、酒醒孤馆，夜长无味。可惜许枕前多少意，到如今两总无终始。独自个、赢得不成眠，成憔悴。"(《全宋词》P42)应是"年少"的词人在羁旅途中"酒醒孤馆"时所写，抒情主人公应是词人自己，而并非为代言体。因此在内容题材的表现上，这首词实兼"羁旅"与"恋情"为一体。

"匹马驱驱"一词，已属于艺术上相对成熟且比较典型的羁旅词了，兹引录如下：

> 匹马驱驱，摇征辔、溪边谷畔。望斜日西照，渐沉山半。两两栖禽归去急，对人相并声相唤。似笑我、独自向长途，离魂乱。　　中心事，多伤感。人是宿，前村馆。想鸳衾今夜，共他谁暖。惟有枕前相思泪，背灯弹了依前满。怎忘得、香阁共伊时，嫌更短。(P42)

谢桃坊认为此词"由景生情，备述羁旅行役之苦与思念恋人之情"[④]，对主题和写法揭示得很清楚，但并未对创作时代做出考订。据《乐章集校注》，此词列于"万恨千愁"一词之后，亦编年于咸平六年(1003)，笺注云："观首句，知其为出仕前之作(略)，亦当为与妻子感情龃龉后远游江浙两湖之作。此词写对妻子的思念，用前景后情手法。以并禽归巢反衬长途孤身，形象新颖。"[⑤]是否一定是咸平六年柳永 17 岁时所作，所思念的对象究竟是不是妻子，似乎难以遽断，但订此词大致作于出仕前或年轻时代，应该相差不远。虽然也穿插了对恋情的抒写，但词人对羁旅行役况味和意境的表现，与《满江红》曲调本来的审美意蕴已较为接近了。

---

① 薛瑞生：《乐章集校注》(增订本)第 437 页。
② 《中国历代词分调评注·满江红》，第 2 页。
③ 薛瑞生：《乐章集校注》(增订本)，第 43 页。
④ 《中国历代词分调评注·满江红》，第 4 页。
⑤ 薛瑞生：《乐章集校注》(增订本)，第 44—45 页。

柳永写得最好、也是最有影响的一首《满江红》,则是出仕之后所作。词云:

> 暮雨初收,长川静,征帆夜落。临岛屿,蓼烟疏淡,苇风萧索。几许渔人飞短艇,尽载灯火归村落。遣行客、当此念回程,伤漂泊。　桐江好,烟漠漠。波似染,山如削。绕严陵滩畔,鹭飞鱼跃。游宦区区成底事?平生况有云泉约。归去来,一曲仲宣吟,从军乐。(P41)

关于此词的创作,北宋释文莹在《湘山野录》中有一段本事记载云:

> 范文正公谪睦州,过严陵祠下,会吴俗岁祀,里巫迎神,但歌《满江红》,有"桐江好,烟漠漠。波似染,山如削。绕严陵滩畔,鹭飞鱼跃"之句。公曰:"吾不善音律,撰一绝送神,曰:汉包六合网英豪,一个冥鸿惜羽毛。世祖功臣三十六,云台争似钓台高。"吴俗至今歌之。[①]

这段记载反映吴地(今浙江桐庐一带)祭祀风俗中"里巫迎神,但歌《满江红》"的情景,所歌正是柳永之词。薛注本考订柳永此词作于景祐二年(1035)夏秋间,为柳永登进士第后任睦州团练推官届满一年而移官余杭县令时经过桐江严陵滩所作[②]。陶然、姚逸超《乐章集校笺》则考订云:"据词中'桐江'、'严陵滩'、'游宦'诸语,知其作于柳永任睦州团练推官期间,即景祐元年(1034)秋至景祐二年前后。"[③]虽然两家对这首作品创作年代的考订略有出入,但相差并不太大。与上述作品相比,此词在题材上虽同属羁旅一类,但创作时间已在出仕之后。词的上片侧重写傍晚泊舟所见桐江景色,下片侧重写白昼江行所见严陵滩风光,而于两片的末尾略抒"漂泊"之感、"游宦"之情、"归去"之意,不过是曲终奏雅的点缀之笔罢了。上文所引释文莹的记载,一方面反映了《满江红》一曲在江南一带的流行情况,说明吴地民间对此曲非常熟悉与喜爱,另一方面也表现了柳永此词在吴地民间的流行事实,在祭祀严陵祠的时候也用以"迎神"歌唱。我们推想吴地民间之所以如此喜爱柳永此词,当然不会是因为词中所抒发的"漂泊""游宦""归去"一类的文人情怀,而应该主要在于柳词对桐江严陵滩一带自然景色和人文风情的描写。

---

① 文莹:《湘山野录》卷中,北京:中华书局1984年版,第35页。

② 薛瑞生:《乐章集校注》(增订本),第171—172页。

③ 陶然、姚逸超:《乐章集校笺》,下册,第558页。

将柳永的4首《满江红》加以比较与综合,我们可以获得一些有益的认知。柳永的4首《满江红》词并非一时一地之作,前3首大致都作于年轻时代至少是出仕之前,在内容题材上,一首写艳情,两首写羁旅(或兼及恋情),似乎都与《满江红》的调名本意不相符合;只有"暮雨初收"一首作于出仕之后,虽然题材仍属羁旅一类,但词中用了主要篇幅来描写桐江景色和严陵滩风光,反而与《满江红》的调名本意较为相符,可以算作在调名本意范围之内。由此我们可以基本推断,《满江红》一调虽首见于柳永的创作,但并非柳永的创调;如果是出自柳永的创调,其词作不会呈现先创作者内容与调名本意不符而后创作者反而相合的现象。我们大致可以推测,《满江红》一调应该来自北宋初期的民间新声。据南宋叶梦得《避暑录话》卷三记载:"柳永,字耆卿,为举子时多游狭邪,善为歌辞。教坊乐工每得新腔,必求永为辞,始行于世,于是声传一时。"①柳永很可能是在为举子时从教坊乐工处或市井歌楼间获得《满江红》这一"新腔"的,便用它来创作与调名本意不甚相合的艳情词以交付歌妓演唱;在稍后的漫游生活中他又用它来写羁旅行役之词,并穿插对恋情的抒写,此时的柳永还很年轻,他可能对《满江红》一调有了新的体认,但仍然不够细腻深刻,故所写二词仍属平常;最后到了年近半百登进士第为官之后,当他舟行桐江之上欣赏到美丽的严陵滩风光之时,他才对《满江红》这一曲调的本意和精髓有了新的认识,反而写出了最符合曲调本意的优秀篇章。

最后,我们再来看看同期或稍后其他词人的创作。张先词题作"初春",写初春明丽景色,抒迷离愁闷情怀,从题材的表现来看,属写景一类,与《满江红》的调名本意大致还是相合的,反映出了早期创作的一些迹象。之后,张昪用《满江红》写人生哲理,抒闲淡情怀,苏轼、李婴、秦观、晁补之等人用《满江红》写人物,写交游,写节俗,写祭悼,写仕宦,写闺情,可以看出北宋中后期《满江红》的创作在内容题材的表现上已呈现出越来越开阔的境界。但是,我们也注意到,从内容题材的表现来看,符合《满江红》本调之意的创作仍时有表现,而以苏轼最为典型。请看:

江汉西来,高楼下、蒲萄深碧。犹自带、岷峨云浪,锦江春色。君是南山遗爱守,我为剑外思归客。对此间、风物岂无情,殷勤说。　江表传,

① 叶梦得:《避暑录话》卷三,《宋元笔记小说大观》本,第2628页。

> 君休读。狂处士，真堪惜。空洲对鹦鹉，苇花萧瑟。不独笑书生争底事，曹公黄祖俱飘忽。愿使君、还赋谪仙诗，追黄鹤。(P280)

此词题作“寄鄂州朱使君寿昌”，盖苏轼元丰四年(1081)谪居黄州时寄鄂州长官朱寿昌之作。从词题看，此词可归为交游一类，而词作内容实兼写景、怀古与咏怀为一体。上片描写奔腾壮丽的大江景色，下片凭吊鹦鹉洲缅怀狂处士，都与《满江红》的调名本意有相合之处，而风格的清雄激越，尤与《满江红》一调之声情特征相契合。在柳永之后，苏轼堪称对《满江红》本调的声情美感体认最深刻发掘最有力的一位重要词人，这种表现早在他熙宁九年(1076)于密州创作的《满江红・东武会流杯亭》一词中已初露端倪，清人评此词“风雅疏狂，音流弦外”①，与“江汉西来”一词可谓前后辉映。再请看苏门词人晁补之一词：

> 莫话南征，船头转、三千余里。未叹此、浮生飘荡，但伤佳会。满眼青山芳草外，半篙碧水斜阳里。问此中、何处芰荷深，渔人指。　　清时事，羁游意。尽付与，狂歌醉。有多才南阮，自为知己。不似朱公江海去，未成陶令田园计。便楚乡、风景胜吾乡，何人对。(P563)

此词有题序云：“赴玉山之谪，与诸父泛舟大泽，分题为别。”乃元符二年(1099)官贬信州临行时告别亲故而作②，将官宦生活与人生感怀相结合，其中对“泛舟大泽”情景的描写，如“满眼青山芳草外，半篙碧水斜阳里”之句，与《满江红》本调的意象颇为切近，其声情风格也与《满江红》本调较为相合，堪称对柳永、苏轼词风的一脉相承。

综上所述，我们通过对《满江红》这一宋词长调“金曲”所做的探源工作，大致可以获得以下一些基本的认识与结论：

其一，唐人传奇《冥音录》所记《上江虹》一曲，并无唐前及唐五代文献记载和作品实例以为佐证，应出自小说作者之虚构与杜撰，因此明人杨慎等所谓《上江虹》即《满江红》、《满江红》乃《上江虹》“转易”二字而得名之说，也就是没有事实依据的主观臆断之论。

其二，从《满江红》曲名意义及唐宋(含唐前)诗词中相关意象来考察，《满江

---

① 陈廷焯：《词则・别调集》卷一，第587页。按：苏轼此词，陈廷焯误收为晁补之词。

② 刘乃昌、杨庆存校注：《晁氏琴趣外篇・晁叔用词》，上海：上海古籍出版社1991年版，第85页。

红》一曲的创制当以描写日照江红或花映江红一类的自然景象为主，也可能兼及对旌旗、战火、鲜血一类与战争和历史有关的人文意象的摄取；《满江红》曲调命名的语源与其说与白居易《忆江南》“日出江花红胜火”词句有关，不如说来源于白居易《暮江吟》“半江瑟瑟半江红”诗句更为切近；从曲名含义及其语源的考察中可以看出，《满江红》一曲既具有鲜艳的色彩、明丽的画面、阔大的境界，又具有丰富的文化意蕴、多样的声情美感、富于弹性的艺术张力。

其三，从现存《满江红》早期词作来考察，柳永乃此调创作的最早作者，柳词共 4 首，其中 3 首大致作于年轻时代，内容或写艳情，或写羁旅（兼恋情），与《满江红》本调意蕴并不相符；只有“暮雨初收”一首作于出仕之后，题材虽属羁旅一类，而用主要篇幅描写桐江景色，反而与《满江红》本调之意相合；考察柳词的创作内容与《满江红》调名含义的关系，说明柳永并非《满江红》一曲的创制者，《满江红》当来自北宋初期的民间新声，柳永在作举子时盖从教坊乐工处或市井歌楼间获得此曲，为应歌而作艳情词，后来失意浪游时又作羁旅词，而至登第为官后游历桐江时方真正领略此调的本意与精髓，因此创作出与调名本意相合的优秀篇章。此外，张先、苏轼、晁补之等人，也都写出了与《满江红》调名本意相合的词作，为我们认识《满江红》曲调的渊源和内涵提供了佐证。

## 第二节　《满江红》词体特征

词的形体格律是指有关词调的字数、句式、平仄、用韵及篇章、结构等形式方面的格式或规范。词调形体格律特征的形成，应是歌词与曲调相配合的产物，既与音乐旋律节奏密切相关，又吸收了近体诗的格律经验，从而演变成以长短句为主体、声韵格律更富于变化的一种新型音乐文学形式或诗歌体裁。除了少数词调在形体格律方面有相同或相近之处外，大多数词调在形体格律方面都是相互区别、各不相同的，而同一词调除了基本的主体的格律形体之外，又有着局部有所变化的多样体式。这正是词在形体格律方面区别于古体诗尤其是近体诗的一大特征所在。那么，作为宋词长调“金曲”之一的《满江红》，在形体格律方面又具有怎样的表现特征呢？这也是我们在走入《满江红》艺术世界之门的时候，不得不有所了解和需要加以考察的内容。

关于《满江红》这一宋词“金曲”长调的谱式格律的归纳分析，古人和时贤虽有所作为，但仍有缺漏与不足，在微观的考订和宏观的探讨方面都有待加强。

## 一　清人归纳的《满江红》谱式格律

我们先看清人所编词谱词律一类书籍对《满江红》词调格律的归纳和总结。

《词谱》卷二十二收《满江红》一调，于调下注云：“此调有仄韵、平韵两体。仄韵词，宋人填者最多，其体不一。今以柳词为正体，其余各以类列。《乐章集》注仙吕调，元高栻词注南吕调。平韵词，只有姜词一体，宋元人俱如此填。”[①]按用韵的不同分为仄韵体和平韵体两大类型，仄韵体以柳永词为正体（定格），兹录其谱式如下：

◎●○○句⊙⊙●读⊙○◎●韵⊙◎◎读◎○⊙●句◎○○●韵◎

暮雨初收，长川静、征帆夜落。临岛屿、蓼烟疏淡，苇风萧索。几

●⊙○○●●句◎○⊙●○○●韵●⊙◎读⊙●●○○句○○●韵

许渔人横短艇，尽将灯火归村落。遣行客、当此念回程，伤漂泊。

○⊙●句○◎●韵 ○◎●句○○●韵◎⊙⊙⊙◎句◎⊙○●韵⊙●

桐江好，烟漠漠。波似染，山如削。绕严陵滩畔，鹭飞鱼跃。游宦

⊙○○●●句⊙○◎●○○●韵⊙◎⊙读◎●●○○句○○●韵

区区成底事，平生况有云泉约。归去来、一曲仲宣吟，从军乐。[②]

《词谱》于柳词调下注云：“双调九十三字，前段八句四仄韵，后段十句五仄韵。”于谱式后又注云：“此调押仄声韵者，以柳词此体为定格。若张词之多押两韵，戴词之多押一韵，吕词之减字，苏、赵、辛、柳、杜词之添字，以及叶词之句读异同，王词之句读全异，皆变格也。”在首列柳永“暮雨初收”一词为仄韵“正体”“定格”之后，《词谱》又分别以“又一体”列述仄韵体的各种“变格”，共有十二种，兹汇列简述如下：

变格一：九十三字，添韵体，以张元幹“春水连天”为例，上片第五句、下片第七句各添一韵；

---

① 《词谱》卷二十二，第 392 页。

② 《词谱》所录柳永此词，与《全宋词》所录略有异文，主要是上片第五、六两句，“横”字，《全宋词》作“飞”；“将”字，《全宋词》作“载”。

变格二:九十三字,添韵体,以戴复古“赤壁矶头”为例,换头多押一韵;

变格三:九十一字,减字体,以吕渭老“燕拂危檣”为例,上片第三句减二字;

变格四:八十九字,减字体,以吕渭老“晚浴新凉”为例,上片第三句减四字;

变格五:九十四字,添字体,以苏轼“东武城南”为例,下片第七句添一字;

变格六:九十四字,添字体,以赵鼎“惨结秋阴”为例,下片第八句添一字;

变格七:九十四字,添字体,以辛弃疾“点火樱桃”为例,上片第三句添一字;

变格八:九十七字,添字添韵体,以柳永“万恨千愁”为例,上片第五六句、下片第七八句每句各添一衬字,皆成上三下五的八言句式,且四句皆用韵;

变格九:九十四字,添字且摊破句法体,杜衍(实为张昪)“无名无利”一词,上片开头为三个四言句,即第二句变七言为两个四字句;

变格十:九十一字,减字且摊破句法体,叶梦得“雪后郊原”一词,上片第三四句减二字,作三、六句式;

变格十一:九十三字,句读变异体,叶梦得“一朵黄花”一词,下片换头作六言一句;

变格十二:九十二字,减字、添韵及句读变异体,王之道“竹马来迎”一词,上下片两结及换头三处句读与正体不同,且下片第五句减一字,第五句、第七句各添一韵。

《词谱》最后列姜夔平韵词为“又一体”,盖亦视为变格。兹据以录其谱式如下:

⊙●○○句◎◎●读○◎●○韵○⊙●读◎○⊙●句⊙●○○韵◎●
仙姥来时，正一望、千顷翠澜。旌旗与、乱云俱下，依约前山。命驾
○○○●●句⊙○⊙●●○○韵●◎○读⊙●●○○句○●○韵
群龙金作轭，相从诸娣玉为冠。向夜深、风定悄无人，闻佩环。

○⊙●句⊙●○韵◎⊙●句●○○韵●◎○⊙●句◎●○○韵⊙●
神奇处,君试看。奠淮右,阻江南。遣六丁雷电,别守东关。应笑
⊙○○●●句◎○⊙●●○○韵●◎○读⊙●●○○句○●○韵
英雄无好手，一篙春水走曹瞒。又怎知、人在小红楼，帘影间。①

① 按:下片第二句“君试看”,《词谱》于第二字“试”上原误标“○”,兹据律校改为“●”。

《词谱》于姜词调下注云:“双调九十三字,前段八句四平韵,后段十句五平韵。”又于姜词谱后释云:“此调押平声韵者,只有此体,句读与仄韵词同。”姜词有序云:“《满江红》旧调用仄韵,多不协律。如末句云‘无心扑’三字,歌者将‘心’字融入去声,方谐音律。予欲以平韵为之,久不能成。因泛巢湖,闻远岸箫鼓声。问之舟师,云:‘居人为此湖神姥寿也。’予因祝曰:‘得一席风径至居巢,当以平韵《满江红》为迎送神曲。’言讫,风与笔俱驶,顷刻而成。末句云‘闻佩环’,则协律矣。……”(《全宋词》P2176)姜夔认为《满江红》仄韵体多不协律,自有夸大之处。从篇章结构、字数句读来看,平韵体与仄韵体相同,没有什么改变。此后南宋词人如赵以夫、吴文英、彭元逊、李琳、张炎、彭芳远所作《满江红》,都使用过平韵体。《词谱》于姜词后又注云:“此词两结三字句,并用平仄平,吴文英、彭元逊、彭芳远、李琳诸词皆然。”可见南宋诸家使用平韵体,大多奉姜词为法式。

总计,《词谱》收《满江红》一调,共归纳十四种体式,主要分为仄韵体和平韵体两大类,而以仄韵体为多,共十三种体式,始创于柳永,亦以柳词为正体定格,另有十二种变格;平韵体创始于姜夔,仅一种体式,亦属变格,南宋词人所作平韵体皆遵姜词为法式。

清万树编著《词律》卷十三,收《满江红》一调,共列六种体式,兹亦简述如下:

第一体:八十九字体,即吕渭老“晚浴新凉”一词,已见上述《词谱》所列变格四。《词律》注云:“第三句七字,初疑有误,及查本集,又有别作,亦是如此,始知有此八十九字一体也。”[①]按《词律》于《满江红》首列吕渭老此词,以下五种体式皆名为“又一体”,似以吕词为正体,其余为别体也,实非正本探源之举。

第二体:九十一字体,即吕渭老“燕拂危樯”一词,已见上述《词谱》所列变格三。《词律》注云:“‘正暗潮’二句九字,与前词异。”即吕词于上片第三、四两句作“正暗潮生渚,暮风飘席”,与此体正格比,第三句减二字。

第三体:九十三字体,以程垓“门掩垂杨”一词为例,注云:“各家词多从此体。”则此体即为此调正体也。然此体始创于柳永“暮雨初收”一词,故《词谱》列为此体正格,《词律》以程垓词为例,而谓“各家词多从此体”,乃源流颠倒也。

① 《词律》卷十三,第298页。

《词律》又注云：“按前后段中，俱用七字两句，多作对偶，万无用八字，而前后参差者。惟坡公二首，于后段上句，两用‘君不见’，多一‘君’字；孏窟前段，亦用‘君不见’；文溪后段下句，多一‘望’字；稼轩于‘罗衣’句，多一‘见’字。皆系误传，即当时偶笔，亦是差处，不可学也。”强调此调上下片中间位置两个七言句多用对偶，固然有识见，然谓东坡等人添字者为误传，则未必属实。

第四体：九十三字又一体，即张元幹“春水迷天”一词，已见上述《词谱》所列变格一。注云：“两段中七字句，俱叶韵。客有见余收此体者，谓此‘若’‘却’二字，乃是偶合，非故叶者。余因检程洺水词示之。程词用‘语’字韵，前七字句云：‘当日卧龙商略处。秦淮王气真何许。’后七字句云：‘可笑唐人无意度。却言此虎凌波去。’岂非四句俱叶乎？客大笑而服。”按：程洺水即程珌，所引词句出自程珌“颇恨登临”一词，有题序曰“登石头城，归已月生”。

第五体：九十三字平韵体，以吴文英“云气楼台”一词为例。注云：“用平韵。‘无路通’、‘凌晓风’、‘移钓篷’，用平仄平，乃是定格。”（按：所引三个三字句，分别为梦窗此词上片结句、换头第二句、下片结句。）强调平韵体于上下两结及换头三字句字声以用平仄平为定格，无误。然平韵体始创于姜夔，万氏反以宋末的吴文英词为例，亦为可议。

第六体：九十七字体，即柳永“万恨千愁”一词，已见上述《词谱》所列变格八。注云：“两段七字句，俱作八字。此则另为一体，非前后参差者比也。其用‘意’字‘事’字，亦凿然是韵，愈足知前张芦川是叶韵矣。”

可见，《词律》编著虽在《词谱》之前，于《满江红》格律谱式的归纳有创始之功，但较为简易，疏漏甚多，且有处理不当与可议之处。

## 二　《满江红》体式格律的重新考订

《词律》《词谱》对《满江红》一调的体式和格律虽有分类和归纳，但还有遗漏，也不够精细。今人所编词律词谱一类著作，比清人略有改进，但变化不大，兹不赘述[①]。在此基础上，我们对《全宋词》所收《满江红》词作重新进行了考察

① 谢映先编著：《中华词律》（增订本），列《满江红》仄韵格十四例，平韵格一例，比清人略有增补。所列“格三”，所举第十六、十七两例，为金侯善渊二词，分别为142、143字，字数、句式、平仄和用韵，皆与宋词大异，当为同名异调。第1022—1027页。

和分析，对两宋《满江红》一调的体式类型和格律特征有了更全面更准确的认识和把握。

两宋词人依《满江红》一调所作 551 首词作①，其格律体式，从用韵层面来考察，可划分为两大类型：

第一大类型，我们姑且称之为"仄韵型"，为柳永所首创，亦以柳永"暮雨初收"一词为正体、定格。两宋《满江红》词用仄韵体者共 542 首（含 10 首残篇断句），绝大多数作品皆用柳词所开创的正体、定格，约有 437 首，占词作总数的比例高达 79%，只有一部分为变格、异体，约 95 首，占总数的比例约为 17%；另有残篇断句 10 首，用韵虽皆属仄韵，而从篇章字数来看，有的仅残存两句，多者残存半片，其全篇的句式格律是否用柳词正体定格，尚难确定，故不计入统计数据。在仄韵体中，含有少量两仄韵间杂使用、两片各用一仄韵、局部添韵等变格，这些体式，我们都不再单列为一种类型，而是放在仄韵体的异体中择要加以归纳分析。

第二大类型，我们姑且称之为"平韵型"，为姜夔所新创。仅见南宋词作，有姜夔、赵以夫、吴文英（2 首）、刘辰翁、彭元逊、李琳、张炎、彭芳远共 8 人凡 9 首作品。除换用平韵外，篇章体式与仄韵体正格无异。

从用韵、字数和句式等多个层面来做综合考察，两宋《满江红》一调则共有二十九种体式，其中平韵型者只有一种体式，其他二十八种体式全部都在仄韵型中。仄韵正格一体和平韵一体，已见上述《词律》《词谱》所列，兹就仄韵体凡二十七种变格异体，一一考述如下：

1. 异体之一，93 字，下片第五六句变五四句式为三六句式，字数不变，只是句式分合略有变化。此体首见柳永"访雨寻云"一词，另有程过"春欲来时"、蔡伸"人倚金铺"、赵彦端"津鼓冬冬"、游次公"一舸归来"、徐安国"挥手华堂"、杨炎正"寿酒如渑"、戴复古"赤壁矶头"各 1 首，共 8 首，用此体。《词律》《词谱》均未列这一变格，兹为补列。

2. 异体之二，97 字，上片第五六句及下片第七八句共四个七言句各添 1

---

① 《全宋词》收《满江红》词共 550 首，其中无名氏《壶中天·寿溪园》"潇洒幽居"1 首，按律实为《满江红》，乃误题调名为《壶中天》（《念奴娇》别名）。此外，二十世纪八十年代后期学术界据《须江郎峰祝氏族谱》发现了宋祝允哲《满江红·和岳元帅述怀》一词（参见周少雄《祝氏谱及岳飞〈满江红〉词考议》等文，载《文学遗产》1988 年第 5 期等），《全宋词》未予收录，故总计两宋《满江红》传词凡 551 首。

字,皆为八言句,且多用2韵。仅见1例,即柳永“万恨千愁”一词,已见《词律》《词谱》所列变格“又一体”。上片两句为:“可惜许枕前多少意,到如今两总无终始。”下片两句为:“不会得都来些子事,甚恁底抵死难拚弃。”(《全宋词》无“抵”字)与柳永此词体式相类似的,还有只在某一个七言句上添加衬字者,亦各列一体。

3. 异体之三,91字,上片第三四句为五四句式,上句变七言为五言,比正体少2字。《词律》《词谱》已列此体为变格,而举吕渭老词为例,非首创之作;另外《词谱》述此体别作,仅及程垓、吕本中、康与之、严羽词各一例,遗漏甚多。此体首见柳永“匹马驱驱”一词,另有叶梦得“一朵黄花”、吕本中“东里先生”、胡仔“泛宅浮家”、吕渭老“燕拂危樯”及“山绕吴城”、康与之“恼杀行人”、姜特立“听说梅山”及“小小华堂”、李洪“梅雨成霖”、程垓“葺屋为舟”、韩淲“归锦堂成”、魏了翁“玉质金相”及“宇宙中间”、严羽“日近觚棱”、戴山隐“醉倚江楼”、草(章)夫人“清晓新妆”、无名氏“王母当年”及“好景欣逢”,凡18首,皆同柳词体式,共计19首。

4. 异体之四,94字,上片开头变正体的四七句式为四四四句式,比正体多1字,且多1句。《词谱》已列为变格,仅以杜衍(实为张昪)词为例。此体首见张昪“无利无名”一词,另有徐元杰“似玉仙人”一词,仅此2例。张昪词下片七言二句上句多用1韵,徐词否。

5. 异体之五,94字,下片第七句8字,比正体多出1字。此体已见柳永“万恨千愁”一词,只不过柳词于四个七言句皆各添1字(一本于下片第八句仍作七言句),而此体则只于下片第七句添1字。此体有苏轼“忧喜相寻”、“江汉西来”(一本仍作七字)、“东武南城”,李婴“荆楚风烟”、向子諲“雁阵横空”、侯寘“天阔江南”、吕胜己“小立危亭”、吴泳“梦绕家山”、“伶俐聪明”、无名氏“林外溪边”,共计10首。《词谱》已列此体为变格,以苏词“东武城南”为例,另外述及苏词“忧喜相寻”及李婴词各一例,仍有遗漏,兹为补出。

6. 异体之六,95字,下片第七八句皆8字,比正体多出2字。此体与苏轼等人下片第七句8字体一样,皆柳永“万恨千愁”一词之变体。仅见2例,即黄裳“绿盖纷纷”、赵鼎“惨结秋阴”二词。按:《词谱》已录赵鼎词为变格,惟所据版本与《全宋词》不同,仅第八句为8字,又未及黄裳词,兹为补出。

7. 异体之七,93 字,两片七言二句的上句各添 1 韵,下片换头第一句添 1 韵,共添 3 韵。《词谱》已列换头添 1 韵为变格,以戴复古“赤壁矶头”一词为例,而兼及晁补之“莫话南征”一词。戴词下片第五六句变五四句式为三六句式,与柳永“访雨寻云”一词之变格同类,已见上述异体之一,故不重复统计。而晁补之词添韵实非换头一处,上片七言二句之上句亦用韵。另有晁端礼“五两风轻”一词,用韵与补之词同,盖和韵之作。端礼词除换头添韵与补之词相同外,两片七言二句的上句皆用韵,则全篇实添 3 韵。故此体姑以晁端礼词为例,而以晁补之词为同类,另有梁大年“九十炎光”一词,共计 3 例。另有王之道“竹马来迎”一词亦添 3 韵,惟下片添韵在第三句,略异,且此词更以句式变格为主,已另列一体,故不重复统计;另有金段克已 1 首属同类,亦未计入。又有刘克庄“金甲雕戈”一词换头第一句添 1 韵,与戴词同,亦不另列。

8. 异体之八,94 字,下片第五句 6 字,比正体多 1 字。仅见 1 例,即秦观“越艳风流”一词。《词律》《词谱》未列此体,兹为补出。

9. 异体之九,93 字,上下片两个连用的七言句的上句各添 1 韵,共用 11 韵,比正体多用 2 韵。此体《词律》《词谱》已列为变格,惟仅以张元幹“春水连天”一词为例,另述及程珌“颇恨登临”一词。实则此体首见于柳永“万恨千愁”一词,只不过柳词此体乃于四个七言句各添 1 字,而又于上句各添 1 韵,《词谱》乃列为添字之变格。此后又有贺铸“火禁初开”一词,于四个七言句不添字,而于上句各添 1 韵。同时又有晁补之“华鬓春风”、“月上西窗”二词,亦属同类。张词及程词亦同属同类,然为时皆属南宋。南宋另有辛弃疾“曲几蒲团”、“过眼溪山”、“可恨东君”、“敲碎离愁”四词,卢炳“媚景良时”、刘仙伦“快阁东西”、刘克庄“天上人间”、吴潜“把手西园”、卫宗武“弧矢开祥”、无名氏“不作三公”、游子蒙“雪坞霜林”各一首,亦同此体。此体姑以贺词为首例,总计 16 例。何师心“一水飞空”一词,亦添 2 韵,惟此词更以减字和句式变异为主,已列为另一种变体(见下文所列第十六种异体),故不重复计入。另有一部分只于上片七言二句的上句(或下片七言二句的上句)单添 1 韵者,如张昇“无利无名”、贺铸“山缭平湖”、韩元吉“寂寞山城”、赵彦端“千种繁春”、王质“惨淡轻阴”、岳密“楚甸云收”等,皆属此类变格,不予单列,亦不计入统计。

10. 异体之十,91 字,上片第三四句为三六句式,比正体七四句式少 2 字。

仅有2例,即叶梦得“雪后郊原”、陈著“梦里京华”二词。此体与上片第三四句作五四句式之异体者盖属同类,都比正体减少了2字,只不过句式分合上略有不同。按:《词谱》已列此体,只是仅以叶词为例,未及陈词,兹为补述。

11. 异体之十一,89字,上片第三四句仅七言一句,作上三下四句法,而少第四句4字。仅见2例,即吕渭老“晚浴新凉”、“笑语移时”二词。二词皆用此体,说明并非抄写或刊刻的脱误所致。按:此体《词律》《词谱》皆已列为变格,均以吕词为例,且兼及吕词别作。

12. 异体之十二,93字,上片结句为六五句式,换头为六六句式,下片结句为三三五句式,且添3韵。仅见1例,即王之道“竹马来迎”一词。按:此体《词谱》已列为变格,惟仅以句读为变格。实则此体添韵亦为变格,除于上下片两处连用的七言句之上句各添1韵外,又于下片第三句添1韵,兹为补述。

13. 异体之十三,95字,下片第五六句为七四句式,比正体五四句式多出2字,而七言句多于三字处读,呈上三下四句法。首见赵彦端“千种繁春”一词,另有王质“纸帐梅花”、吕胜己“屈指重阳”、“忆昔西来”、“檀扳频催”、吴渊“秋后钟山”、“投老未归”、李曾伯“春日何来”,凡7首,皆为此体,共计8首。惟王质词七言句分作三言、四言两句,赵词又于上片第五句添1韵,为小异处。按:《词律》《词谱》皆遗漏此体,兹为补列。

14. 异体之十四,94字,下片第八句为八字句,比正体多1字。仅见2例,即耿时举“问月杯空”一词,李昴英“薄冷催霜”一词。按:《词谱》已列此体为变格,惟以赵鼎“惨结秋阴”一词(所录94字)为例,又兼及李词,而未及耿词,兹为补述。

15. 异体之十五,94字,上片第三四句为三五四句式,比正体七四句式多1字,且句式分合略有变化。仅见1例,即辛弃疾“点火樱桃”一词,此三句为:“春正好,见龙孙穿破,紫苔苍壁。”按:此体《词谱》已列为变格,后面四字一句皆同,惟前面一句于“好”字处用读,成上三下五结构的八言一句,而《全宋词》所录作三言一句,五言一句。

16. 异体之十六,89字,开头四句为四六/四四句式,比正体少了4字,即第二句少了1字,第三句少了3字。仅见1例,即何师心“一水飞空”一词,此四句为:“一水飞空,揭起珠帘全幅。不须人卷,不须人轴。”《全宋词》校云:“起四句疑有脱文。"是否有脱文,难以遽断,姑订为减字造成的异体。按:《词律》《词谱》均未列此体,兹为补出。

17. 异体之十七,91 字,上片第三句为六言,比正体少 1 字,下片第五六句为三、五句式,比正体五四句式略有变化,且少 1 字。仅见 1 例,即锦溪"蓬岛仙翁"一词。《词律》《词谱》均未列此体,兹为补出。

18. 异体之十八,93 字,上片第三四句为五六句式,与正体七四句式字数及长度不变,而分合不同。首见吴泳"白鹤山人"一词,另见岳甫"碧海迢遥"、无名氏"一点阳和"、游子蒙"春玉苍山"、刘将孙"正好花时"各一词,总计 5 首。《词律》《词谱》未列此体,兹为补出。

19. 异体之十九,93 字,上结为七三句式,比正体八三句式少 1 字;下片第五六句为三、七句式,比正体五四句式多出 1 字,且合为上三下七之十字一句。仅见 1 例,即莫起炎"法在先天"一词。《词律》《词谱》未列此体,兹为补出。

20. 异体之二十,91 字,前后两结皆七三句式,比正体八三句式各少 1 字,与莫起炎词上片结句相同。仅见 1 例,即无名氏"才入新年"一词。《词律》《词谱》未列此体,兹为补出。

21. 异体之二十一,92 字,上片第三句 6 字,比正体少 1 字。仅见 2 例,即无名氏"指日中秋"、"曲水流觞"二词。《词律》《词谱》未列此体,兹为补出。

22. 异体之二十二,92 字,后结为七三句式,比正体八三句式少 1 字。仅见 1 例,即无名氏"雪意垂垂"一词。与莫起炎词前结句式相同,与无名氏"才入新年"词两结皆为七三句式者为同类。《词律》《词谱》未列此体,兹为补出。

23. 异体之二十三,90 字,上片第三四句为五四句式,比正体七四句式少 2 字;下片结拍二句为七三句式,比正体八三句式少 1 字。这两种异体都有单见者,此体则二者并见。仅见 1 例,即无名氏"万里无云"一词。此词下片结拍作:"款陪王母宴瑶池,蟠桃熟。"上句为七言,《全宋词》校此句缺一字,然从语意看,似较完整,或非缺字。《词律》《词谱》未列此体,兹为补出。

24. 异体之二十四,91 字,上片第二三句皆六言,比正体各少 1 字。仅见 1 例,即无名氏"旧日皆春"一词,题曰"贺人开酒店药铺",上片开头四句云:"旧日皆春,气象、又重妆束。做得新丰酒肆,济康堂局。"第二句为六言,且于二字处小顿,或脱漏一字所致;第三句六字,语意似较完整,或无脱误。《词律》《词谱》未列此体,兹为补出。

25. 异体之二十五,93字,上片第三四句为三、六句式,比正体七四句式少2字,且合为一句;下片结拍为十(3、7)三句式,比正体八(3、5)三句式多2字。仅见1例,即无名氏"雪后郊原"一词。按:此词与叶梦得"雪后郊原"一首字句多同,只有少量异文,或为一词异传。叶词上片第三四句亦作三六句式,然下片结拍作"问何如、两桨下苕溪,吞云泽",与正体同。按,《词谱》已列叶词为变格,未及无名氏词,兹为补列。

26. 异体之二十六,93字,两仄韵间杂使用,仅见2例,即赵希篷"缟兔黔乌"一词、无名氏"浪蕊浮花"一词。二词所用韵数和韵序,皆与仄韵体正格无异,变化主要表现在上下片各用一仄韵,或两仄韵相间而用。赵词上片所押仄韵属同部,韵字分别为:晓、扰、少、扫,属萧豪韵部(按《词林正韵》属第八部上声韵),而下片则换用另一部仄韵,韵字依次为:柳、酒、手、到、首,属尤侯韵部(按《词林正韵》属第十二部上声韵),而其中又间杂"到"字一韵,则与上片用韵为同部(按《词林正韵》属第八部去声韵)。赵词大致为两片各用一仄韵,惟下片所用另一仄韵中又夹杂了与上片同部的1个仄韵。无名氏词的用韵则更为特别,韵字分别为:了、昼、酒、眺;少、杳、柳、有、首,则是将赵词所用的两部仄韵中的韵字相间使用,构成更为复杂多变的用韵关系。据考察,萧豪部与尤侯部虽分属不同韵部,但因其主元音发音部位与高低相似,在宋词创作中可以通押,属异部通押[①]。尽管如此,这两首词在《满江红》中仍属特例。《词律》《词谱》未列此体,兹为补出。

27. 异体之二十七,91字,上片第三四句为四六句式,与正体七四句式结构有异,且少1字;第五六句为六七句式,上句比正体亦少1字。仅见1例,即范成大"天气新晴"一词。《词律》《词谱》未列此体,兹为补出。

以上我们归纳出《满江红》仄韵型共二十七种变格异体,加上仄韵正格一体和平韵一体,总计《满江红》共有二十九种体式,比《词谱》所列共十四种体式翻了一番,足见《满江红》体式之丰富多样。

---

① 魏慧斌:《宋词用韵研究》第五章《异部通押》,第99—102页。

## 三 《满江红》形体声律的特征总结

古人前贤对《满江红》词调的研究，往往局限于对格律谱式的考订与归纳，多是为填词创作服务的，至于从宏观的理论层面来考察和探析《满江红》词调的体式格律特征，则极为薄弱①。下面，我们试以上述分类分体考订为基础，对《满江红》一调的形体声律特征做进一步的揭示与总结。

首先，从歌词作品的篇章结构等所反映的词调音乐体式来看，《满江红》属于“长调”、“慢词”的性质和类型，具有对称和谐而又富于变化的音乐体式特征。

全篇 93 字，减字异体者少至 89 字，增字者多至 97 字，按明清人的划分可归入“长调”范围；上片八句用四韵，下片十句用五韵，虽然句式长短不一参差错落，而始终保持两句一韵均衡分布，应该属于比较典型的“慢曲”“慢词”的类型。两片歌词的句式结构，既有不同，也有相同；上片共八句，下片共十句，上片前四句与下片前六句的句式结构不同，而上下片最后四句的句式结构和字数则完全相同，字声平仄也大体相同，表明此调的两段音乐曲调前半部分不同，而后半部分又相同；既有变化，又有重复，重复增加了音乐旋律和节奏的对称与和谐，不同则反映了音乐曲调的变化与张力。两宋《满江红》一调的歌词作品之所以能表现丰富的题材和多样的风格，当是由词调所具有的这种音乐特性所决定的。

其次，从歌词作品的句式句法来看，《满江红》也具有很突出的整散结合、奇偶相生、灵活多变、摇曳多姿的形体格律特征。

全篇句式为：上片四七(3、4)/七(3、4)四/七七/八(3、5)三；下片三三/三三/五四/七七/八(3、5)三。句式的组合，主要有三言、四言、五言、七言、八言共五种句式，完全是参差不齐的“长短句”，具有摇曳多姿的形体美。句式句法的特点在于：上片起首四句，以四七、七四两种句式形成一种呼应回环的关系，其中七言句多于三字处形成一个小顿，呈上三下四的折腰句法结构，皆合奇偶相生之理；接下来第五六句为两个七言句，可用对偶的修辞手法，造成一种精严整饬之美，下片第七八句也是如此；上结以八三两句组成，八字句多于三字处作小

---

① 谢桃坊：《〈满江红〉词调溯源》一文（《中国韵文学刊》1997 年第 1 期），主要是对词调创制的探源，略及词体与声情。孙亚男《宋代词调〈满江红〉格律用韵分析》一文（《湖北科技学院学报》2013 年第 9 期），归纳出十二种体式，仍不出清人范围，对声情特征的分析也较为简略。

顿，呈上三下五的折腰句法结构，又极尽长短错落之致；下片，换头为三三三三句式，连用四个三言，在整齐严正之中又带来了一种节奏的急促感，在结构上也起到了承转的作用，为此调句式一大特色；接下来第五六句以五四句式为常格，亦收奇偶相生之效；末尾四句与上片相同。单从正体定格来看，《满江红》一调的歌词作品在句式句法的运用上已呈现出整散结合的特点，具有奇偶相生的美感，句式灵活多样，形体摇曳多姿，而上述《满江红》二十多种变格异体又主要表现在句式句法的运用上，几乎全篇每一韵断处的句式句法都出现过变格和异体，使得《满江红》这一词调在形体格律特征上特别富于张力和弹性。

这种句式句法上的变格异体，主要是通过局部的添字、减字或改变句式分合方式而造成的，一般不会改变词调的整体结构，对词调的音律和歌唱也不会造成什么影响。试略举数例如下：

如上片第一、二两句，正体作四七两句，而张昇和徐元杰则变为四四四句式，不仅多了 1 字，而且多了 1 句，表面看来变化较大，而实际上不过将第二句的七言（一般于三字处读断、作上三下四折腰句法）添加 1 字，再分成两个四言句，这样开篇就变成了三个四言句，带来了一种更整饬的特点，但仍在词调音乐的旋律节奏所允许的范围之内。

又如上片第三四两句，柳词正体为七四句式，而柳词别首改为五四句式，即第三句少了 2 字，属于减字而造成的异体类型，由七言减二字而成五言句，节奏上略有变化，即少了一个二字的音节，也没有了三字处的停顿，使得音节和节奏更简短更疏朗了，但对配曲歌唱应无大碍，两宋另有 18 首词作皆用此体，便是明证。

又如上下片两个连用的七字句，既处于两片的中心位置，往往是全篇的重心所在或用力之处，又形成上下片的对应与映照关系，本当作为定格遵守，但仍有多种变格，或于某一句添加一字，或于某两句各添一字，或四句各添一字，也带来了一种化整为散、自由洒脱之感。

又如上下片两结拍各二句，正体皆为八三句式，结尾处的三字句一般很少变格，但也有例外，而八字句更出现了多种灵活的形式和句法。如王之道词前结云“已验康沂富国，千古曾无别”，为六五句式，句式分合变了，而两句的字数和长度并没有变；其后结云“忽相思，吾当往，谁谓三墩隔”，为三三五句式，不过将正体末尾的三字句提到中间了，而又将正体八字句分成了三字一句、五字一句，故结拍二句的总字数和长度也没有改变。又如莫起炎及无名氏等人词，或前结作七三句式，或后结作七三句式，或前后两结皆作七三句式，都比正体少了1字；又如无名氏“雪后郊原”一词后结作“试与问、何如两桨下苕溪，吞梦泽”，八字句处作上三下七的十字句，又比正体多了2字。此外，也有两结的八字句在三字处可以不作小顿而连成一气的，如张先“记画桥深处水边亭”、张昪“便假饶百岁拟如何”、康与之“道不如归去不如归”、侯寘“念良辰美景赏心时”、赵磻老“纵茂林修竹记山阴”等，共有35句，《全宋词》所录皆作八字一句，在三字处都没有加顿号；尤以刘克庄为多，他一人就有11句，如“叹臣之壮也不如人”、“况醉能同乐醒能文”等，句法颇有散文化的倾向，也具有领字句的特征，即以一字领起一个七言句，所以不能在第三字处读断，从而带来了一种更新颖更晓畅的节奏特征。在《全宋词》中还有不少《满江红》两结拍于三字处读断的八言句，实际上也可以或者说更应该连成一气来歌唱或诵读，如洪适“算六分、春色五分休”、朱熹“但一年、一度一归来”、吕胜己“玩春来、夏去复秋冬”、石孝友“叹浪萍、风梗又天涯”、刘仙伦“涨一篙、江水送归鸿”、高观国“任天河、落尽玉杯空”、洪咨夔“况登高、节过又登高”等，皆属此类。

其三，从平仄、用韵和对偶手法的运用来看，《满江红》一调也具有融谐婉与拗怒为一体、宽严相济、富于变化的形体特征和声律美感。

从《满江红》歌词的字声平仄运用来看，大致符合近体诗一句之中平仄相间、两句之间平仄对应的格律规则，造成一种谐婉之美。如柳词开头“暮雨初收，长川静、征帆夜落”二句：仄仄平平，平平仄、平平仄仄，字声平仄就显得较为平顺和婉。仄韵体上下两结也是如此，八字句以平声字收尾，而三字句以平平仄为定格，婉中有拗，而平韵体两结末句皆以平仄平为定格，更显和婉。但从全篇字声平仄来看，仄韵体除了两结的八字句用平声收脚之外，其他各句皆以仄声收脚，加上押韵各句又是仄声韵字，遂形成整体偏于拗怒峭拔的声律特征。《词律》在所列第三体即程垓“门掩垂杨”一词后注云：“此调平顺，字之平仄，可以游移。然如‘眉间月’‘鞏空切’之平平仄，自不可改。《图谱》谓俱可三仄，若用三仄，岂不落腔乎！”①认为此调在字声平仄运用上有灵活之处，然亦有谨严之

① 《词律》卷十三，第299页。

处，较有见地，但以“平顺”概括此调特色，则不够细致与准确。

从用韵来看，《满江红》以用仄韵为主，而又以用入声韵为多，部分用上去声韵，便形成了此调以高亢激越为主体的声情与风格特征。姜夔认为仄韵体“多不协律”，不免有夸大之嫌，他创制平韵之体，固然为此调带来了更为和婉谐美的声律，但也失去了《满江红》以拗峭为主的“本调”特色。从用韵数量和位置来看，正体皆以上片 4 韵、下片 5 韵为规范，但也有在两片或一片的七言二句的上句处添韵者，另有在换头处添韵者，还有两片各用一韵或两韵相间使用者，可能都是因为要表达某种特定的内容情感而添加或转换的，这些变格也体现了《满江红》一调在用韵上宽严相济的灵活性和多样性。

此调全篇有三处用到对偶句，即上下片两个七言句及换头四个三言句，都用到了对偶的修辞手法，但可对可不对，又颇具灵活性。上下片两个连用的七言句是此调关键位置之所在，对偶句的运用既可突出主旋律，又可起到上下映照前后呼应的作用；也有不少作品在这两处用散句，或一处对偶一处用散句，也别有潇洒灵活的风姿。尤其是换头处的对偶形式特别丰富多样，有前二句不用对偶而后二句对偶的，如柳永“桐江好，烟漠漠；波似染，山如削”；有前二句对偶而后二句不对的，如王清惠“龙虎散，风云灭；千古恨，凭谁说”；有四句构成一个对偶的，如柳永“鳞鸿阻，无信息；梦魂断，难寻觅”，又如岳飞“靖康耻，犹未雪；臣子恨，何时灭”；有四句作两对的，如李婴“横琴膝，携筇手；旷望眼，闲吟口”，又如辛弃疾“佳丽地，文章伯；金缕唱，红牙拍”。对偶虽然不一定是由音乐曲调的旋律节奏所规定的，但只有字数结构相同的句式才能运用对偶，而对偶句式一旦形成，既有利于歌词内容和情感的表达与抒写，也会对词调特征和词体稳定起到一定的强化作用。《满江红》一调拥有三个重要位置的对偶句及其灵活多样的表现，也是此调之所以能成为宋词长调“金曲”的重要元素之一。

## 第三节　《满江红》发展历程

唐宋词史既是由作家作品和风格流派组合而成的创作史和发展史，也是由一个一个的“金曲”词调串联起来的“大合唱”和“交响乐”。《满江红》作为宋代词坛“十大金曲”中“四大长调金曲”之一，其歌词创作经历了怎样的发展历程，也是我们需要加以关注和考察的一个重要内容。

根据我们的检索、考订和统计，在整个两宋时期，创作《满江红》的词人共185人(无名氏姑作一人计)，词作共551首。这些词人词作的时代分布如下：北宋时期共计11人21首，南渡时期共计15人21首，南宋时期共计150人458首，另外时代不详8人9首，无名氏42首。下面，我们即依据以上统计数据，按北宋、南渡、南宋这三个大的历史时段，对两宋《满江红》歌词创作的发展历程进行初步考察与宏观描述。我们力图将《满江红》的创作放置于两宋的社会变迁和历史时空中进行考察，历时态地观照两宋《满江红》一调歌词创作从题材、主题到形体、风格等各方面的发展演变情况，并借以管窥和映照一代词史的发展轨迹和历史风貌。

## 一　北宋：《满江红》创作之奠基

北宋初期是词的创作的历史冰封期，在整个太祖太宗朝甚至真宗朝的中前期，词人词作都寥寥无几，词坛显得非常萧条沉寂。南宋初期王灼《碧鸡漫志》卷二较早揭示了这一文化现象与文学景观："国初平一宇内，法度礼乐浸复全盛，而士大夫乐章顿衰于前日，此尤可怪。"①一方面是国家的统一和文化的复兴，另一方面却是作为流行歌曲的"乐章"反而比晚唐五代曲子词还要衰落的创作局面，这一鲜明对比所形成的巨大反差的确令人惊异不解。众所周知，词兴起于初盛唐，至晚唐五代，温庭筠与李煜已经从格律化和抒情化两个方面将词的发展推上了一个发展的高峰。但为什么北宋建国之后，已经在唐五代初具规模的曲子词却在一个相当长的历史时期里得不到延续和繁衍呢？也许原因是多方面的，而北宋初期长达半个多世纪的词坛萧条则是有目共睹的事实。

直到柳永的出现才打破了词坛的沉寂。李清照《词论》评"本朝"乐章，就是以柳永为开端的："逮至本朝，礼乐文武大备，又涵养百余年，始有柳屯田永，变旧声作新声。"②柳永不仅是唐宋词史上第一个大力创作慢词长调的词人，他也是两宋词坛上为《满江红》这支长调"金曲"作词的第一人！

柳永创作的《满江红》词共4首，其中"万恨千愁""匹马驱驱"两首，薛瑞生

① 王灼：《碧鸡漫志》卷二，岳珍《碧鸡漫志校正》(修订本)，第82页。

② 胡仔：《苕溪渔隐丛话后集》卷三三引录，第168页。

《乐章集校注》皆编年于真宗咸平六年(1003),时柳永17岁;"访雨寻云"一篇,薛著亦推断为早年离开汴京在外地所作①。前两首是否一定作于真宗咸平六年,尚无确切证据,但根据内容判断,这三首词可能皆属柳永尚未出仕的青年时代的作品,大致创作于真宗朝的中期或后期(1006—1022),还是基本可信的。这也是两宋现存《满江红》歌词创作年代最早的作品了。柳永另一首《满江红》"暮雨初收",乃是他晚年出仕之后的作品,薛著编年于仁宗景祐二年(1035)②,陶著考订作于景祐元年(1034)秋至景祐二年前后③,此时柳永年近半百,虽比前三首晚了十数年甚至数十年,却是他写得最好最为传诵的一首《满江红》。从内容题材的表现来看,青年时代所作三首《满江红》主要写羁旅与恋情甚至是艳情,都不是赋咏"本调",可见此调盖采自民间新声,而并非属于柳永创调;"暮雨初收"一篇所写虽仍属羁旅行役范围,却以主要笔墨描写桐江景色和严陵风物,反而更为切近《满江红》"本调"的声情特色(参见第一节)。柳永的4首《满江红》虽然因为大多作于早年而以表现恋情和艳情为主,但他对羁旅情怀的铺叙和对自然风物的描写,仍为两宋《满江红》的创作奠定了基本的题材类型;而他由早年的通俗、香艳、婉媚、感伤之风,转为后期的清新、绵邈、淡雅、高远之致,也为两宋《满江红》词风和美感的演进和嬗变指明了方向;在形体声律上,柳永不仅以"暮雨初收"一词的双片共93字、上片八句四仄韵、下片十句五仄韵(皆用入声韵),为两宋《满江红》的创作提供了典范与样板,被《词谱》列为正体与定格,而且其他三篇在局部的句式与用韵乃至对偶手法的运用等方面又各有变化,也开启了两宋《满江红》主体稳定而异体多样、极富声律特色和艺术张力的先河。

与柳永同时稍后,张先的《满江红·初春》一词,也表现出以写景抒怀为主要题材内容而较为切近《满江红》"本调"声情的初期创作特征;而在词体声律上,张词则不仅与柳词正体保持完全一致,而且在柳词于上片两个七言句对偶的基础上,又增加了下片相同位置的两个七言句的对偶。之后,《满江红》一调出现了第一首哲理词。张昇的"无利无名"一篇,以议论入词,富于哲理,风格旷

---

① 薛瑞生:《乐章集校注》(增订本),第43、44页,第437页。
② 薛瑞生:《乐章集校注》(增订本),第171—172页。
③ 陶然、姚逸超:《乐章集校笺》,下册,第558页。

达诙谐，令人耳目一新。不仅如此，张昇在柳词正体和三种异体的基础上，又创作出第四种异体和变格，即上片开头变正体的四七两句为四四四共三句，以及重字叠句的运用，昭示了作者的创新精神和《满江红》的形体张力。

英宗、神宗至哲宗词坛，苏轼带领着自己的门人天真而又奔放地歌唱，他们的作品不拘一格，将《满江红》的创作题材拓展到新的领域：人物、亲情、节序、交游、祭悼等，都得到了涉及和表现。这是《满江红》创作的一个小小的高峰期，词人数量明显增加，作品数量也相应增多，7 人共 16 首的数量和成果，已占到了整个北宋时期《满江红》作者和作品总数的 63％和 66％的较高比例。苏轼一人就创作了 5 首《满江红》，他不仅是北宋创作《满江红》最多的词人，而且使该调的内容题材得以拓展、风格也有所创新。在两宋词坛上，苏轼并不以“创调”而擅胜，但他却往往能以“创意”带动“创调”，为两宋词调的流行和繁衍起到引领和推动作用①。宋词的四大长调“金曲”《水调歌头》《念奴娇》《满江红》《沁园春》皆非苏轼“创调”或始作，但四调的发展和繁兴却都与苏轼的创作密不可分。就《满江红》一调而言，在苏轼之前也仅有柳永、张先、张昇 3 人共 6 首作品，苏轼是第 4 位作者，而他却创作了 5 首《满江红》，不仅在数量上独占北宋词坛之鳌头，而且在思想和艺术的整体成就上也超越了前贤和时辈。从苏轼的 5 首词作可以看出，《满江红》的表现题材已从柳词偏于羁旅和恋情的范围中拓展开来，走向人物写照、人际交游与亲情抒写，面对自然山川、节序风俗与社会人生，尤其是进一步深入到创作主体的内心世界来咏怀抒情，堪称对柳词功能和词境的开拓与深化。在形体声律上，苏词除了遵循柳永开创的正体定格之外，有三首作品都在下片的七言二句的上句添加一个衬字，以适应独特的情感内容表达的需要；不仅如此，苏轼还进一步地体认到了此调用入声韵所独具的声情特色，5 首作品全用入声韵，对此后《满江红》一调多用入声韵也产生了深远的影响；尤其值得关注的是，由于内容题材的拓展，苏轼的创作也表现出清雄雅健一面的词风，进一步刷新了《满江红》一调的审美特色。在苏门词人中以及元祐词人群体周围，虽然秦观和贺铸的创作又沿袭了柳词表现艳情和恋情的传统，如秦观“越艳风流”一词即题作“姝丽”，描写歌妓美艳风情，但是李婴、晁补之和晁端礼

① 参见刘尊明：《从用调与创意看苏轼的词史地位：以〈浣溪沙〉〈水调歌头〉〈念奴娇〉为例》，载《文艺研究》2007 年第 5 期。

等人的创作，则受到苏词的影响，在唱和交游之中继续沿着咏怀抒情的方向发展，而多种新异体的出现，也依然体现了《满江红》一调的无限张力。

在徽宗、钦宗两朝的词坛，似乎只有周邦彦一个人在吟唱《满江红》。在两宋词坛上，周邦彦以精通音律、善于“创调”而著称。《满江红》虽然不属清真“创调”之例，他也仅留下了“昼日移阴”一词，但他能选用在北宋词坛还并不太流行的《满江红》这一长调来创作，这一事实本身就表明了他对此调所给予的关注与重视。周邦彦此词在南宋被选入流行唱本《草堂诗余》并题作“春闺”，赋咏春闺女子睡起情景，属“闺情”题材，虽然是对柳永、秦观、贺铸等人写恋情和艳情传统的接续，但在艺术表现上措辞更含蓄，刻画更精美，章法更细密，音韵更谐婉，堪称北宋后期对《满江红》一调婉约一面词风的提升与深化。周邦彦的创作对南宋《满江红》发展演变所产生的影响也是延续不断的，不仅有姜夔平韵体的呼应，而且还有方千里、杨泽民、陈允平的追和次韵，将闺情的赋咏和委婉的风情一直延续到南宋后期。

综上所述，可以看出，北宋时期《满江红》的创作才刚刚起步，在创始初期，《满江红》虽然并没有表现社会现实、理想抱负、忧民爱国一类的较重大的题材和主题，也不是以激越豪放、慷慨悲壮、雄浑阔大的声调情采开篇的，它的表现内容主要局限在恋情、艳情、羁旅、节序、写景、咏物、交游、感怀等生活情感的范围之内，它的风格情韵也多偏向于幽怨缠绵、委婉含蓄、清新雅丽一类的阴柔审美类型，但是它毕竟为两宋《满江红》的发展繁兴奠定了基础，既创制了稳定规范而又丰富多样的形体声律，也在内容题材的拓展和风格美感的创新方面做出了初步的探索与贡献。

## 二　南渡：《满江红》发展之新变

刘永济先生说：“文艺之事，言派别不如言风会。”[①]在两宋词史上，南渡词坛便格外显现了“时代风会”所打上的深深烙印。公元 1126 年的“靖康之难”是“时代风会”的一个转折点，这场巨变不仅摧毁了北宋王朝，也对词人们的精神世界造成强大冲击，以表达心绪情感见长的曲子词在南渡时期也悄然发生了改

① 刘永济：《词论》卷上“风会第五”，《刘永济集》本，第 45 页。

变。吴世昌先生论两宋词风之异时指出："盖言情为汴梁所尚，述志以南宋为善。"①宋代词史这种由"言情"向"述志"的根本性转变，就是在南渡时期得以基本完成的。南渡时期《满江红》一调的创作新变，也正好与宋代词史的发展演变形成呼应与映照。

所谓的南渡时期是一个特殊的时间概念，起于"靖康之难"北宋覆亡后宋室仓皇南迁(1127)，一直到"隆兴和议"(1164)宋金南北对峙的稳定局面形成，大致与高宗一朝的词坛重合。在这一时期，金人不断南侵，中原的文明和汉族的优秀文化传统遭到极大破坏，北方广大士庶百姓因金兵的烧杀抢掠而无法生存，便追随赵宋小朝廷而大举南迁，文人士大夫也加入到南渡的大洪流中。我们所要考察和论述的创作《满江红》的南渡词人，包括叶梦得、朱敦儒、吕本中、赵鼎、向子禋、张元幹等都卷入了这股漂泊奔涌的难民潮。于是，风月场中的吟唱变成了时代风雷的鸣响，慷慨悲凉的怒吼取代了柔婉软媚的低唱，雍容舒缓之音被翻制为悲愤感伤之调，一代词风的转变也在《满江红》这一长调慢曲中得到了体现。

赵鼎是第一个用《满江红》来反映"南渡"题材的词人。其"惨结秋阴"一词有题序云："丁未九月南渡，泊仪真江口作。"丁未即南宋高宗建炎元年(1127)，也就是"靖康之变"的次年。据词序可知，此词作于此年九月，词人"南渡"时泊船于仪真(今属江苏仪征)江口之际。赵鼎(1085—1147)为徽宗崇宁五年(1106)的进士，因对策时指斥章惇误国，及第后赵鼎的仕途并不通达，在"靖康之难"前他不过官至洛阳令。至高宗即位，他始除权户部员外郎，后来成为南渡名相，力荐张浚，图谋兴复，反对和议，致遭秦桧迫害，贬窜而死。南渡的时候，赵鼎已是四十三岁的年纪，虽得高宗任用，但面对国破家亡、宋室南渡的惨痛现状，他的心情也如"秋阴"般"惨结"凝重。当南渡的船只停泊在大运河与长江交汇的仪真江口的时候，词人自然选择了《满江红》这支在北宋已逐渐流行起来的长调歌曲，来抒写和吟咏他此时此刻的所见所感。词人虽然没有正面描写宋室南渡的历史画卷，但是词篇所着意描绘的"水云浩荡迷南北"的阴郁凄迷的秋江景色，所倾力抒写的"天涯路，江上客"的沉痛悲愤的内心情怀，皆源自"靖康之

① 吴世昌：《罗音室诗词存稿(增补本)·词跋》，《吴世昌全集》第十一卷，石家庄：河北教育出版社 2003 年版，第十一册，第 59 页。

变"的国家民族的危难这个社会历史的大背景，从而给《满江红》第一次注入了悲怆幽愤、沉郁激楚的声情。在两宋词坛上，这是第一首以"南渡"为题序的《满江红》，也是所有词调词作中唯一的一首。即使是披检《全宋词》，在所有词调词作的题序或正文中涉及"南渡"、"渡江"一类语词，而真正属于赋咏宋室南渡历史题材的篇章，也寥寥无几。因此，赵鼎的这首词作的意义在于，不仅使"南渡"这一重大的社会历史事件在《满江红》这支流行歌曲中烙下了不灭的印迹，而且也为南宋《满江红》歌词创作走向叙事写实和言志咏怀之路、展现激越悲壮之美和慷慨豪放之风导夫先路。

与赵鼎沉郁悲愤的歌咏相呼应，岳飞则唱出了两宋《满江红》最慷慨激越的高调和强音。"怒发冲冠"一词题作"写怀"，抒写的就是"靖康耻""臣子恨"的国仇家恨，面对国家民族危难现实的忧愤之心，功业未就、国耻未雪的悲慨之情，抗金北伐、收复山河的豪情壮志！岳飞(1103—1141)于三十九岁遇害，从"三十功名尘与土"一句来看，此词当作于岳飞三十岁以后，即在高宗绍兴年间(1031—1162)的初期至其被害之前大约十年之间①，比赵鼎的那首以"南渡"为题材的《满江红》不过晚了几年或十几年的时间。如果说赵鼎词虽然带有了纪实叙事的功能和色彩，但其词情还略显含蓄和沉郁、声调也较为低沉和幽愤，堪称《满江红》的初次"变调"之声的话，那么，岳飞的这首"写怀"词则堪称对《满江红》本色声情的"回归"，它进一步向着咏怀言志的方向拓展，极大地突出和强化了爱国主义的思想主题，第一次显现出慷慨激越、豪迈悲壮的审美风格，从而把《满江红》的声情音域提升到前所未有的高度和宽度。岳飞另有一首《满江红》，题为"登黄鹤楼有感"，依然是以登览凭眺的视角，遥望中原，直面现实，抒写伤时忧国的情怀和抗金兴复的壮志，其慷慨激越的声情与"写怀"一词相互映衬，堪称同调。

在南渡词坛上，除了赵鼎幽愤的"低吟"和岳飞慷慨的"高歌"之外，《满江红》的创作也出现了有似"尘外之音"的闲适隐逸之作。吕本中"东里先生"一词，描写山野自然之景，抒发村居闲适之乐，语言朴实，风格清新，堪称开《满江

① 关于岳飞《满江红》"写怀"一词的创作时间，学界的考订和编年不尽相同，主要有绍兴元年(1131)、绍兴三年(1133)、绍兴四年(1134)等几种意见。参见杨佐义《八三年以来岳飞〈满江红〉词真伪问题研究综述》等文，《长春师范学院学报》1995年第2期等。近年来又有人提出此词为岳飞入狱前不久所作，参见孙果达《〈满江红·怒发冲冠〉确为岳飞所作新证》，《北京日报·理论周刊》，2007年1月22日。

红》闲适词先河的典范之作。吕本中(1084—1145)南渡时已是四十四岁的年纪,这首《满江红》究竟作于北宋末抑或南渡后,因缺少确切的资料,似乎难以详考。从题材来看,这样的作品好像与南渡后的历史背景和社会现实不合,而应该为北宋后期的产物。然而事实也许并非如此。观词中所写"叹古今得失,是非荣辱。须信人生归去好,世间万事何时足",在达观背后寓含着深沉的感慨,似非年轻人的口吻;而黄昇收吕本中及其此词于《中兴以来绝妙词选》卷一①,也是作为南渡后的词人词作来编排的。

实际上,在南渡后的词坛上,闲适之趣的兴起、隐逸之风的流行,也是"时代风会"的反映。正因为如此,在此后的南宋词坛上,吕本中这首题为"幽居"表现闲适隐逸情怀的词作广为传诵,曹冠、葛郯、留元刚、吴潜、陈著等人皆有追和次韵之作,反映了共同的创作倾向和文化心理。如果说吕本中的这首《满江红》还有可能作于北宋末期的话,那么胡仔抒写隐逸之乐的"泛宅浮家"一词,则确切作于南渡之后,为其晚年归隐霅溪时所写。胡仔曾评述晁补之《摸鱼儿》和吕本中《满江红》二词说:"余性乐闲退,一丘一壑,盖将老焉。二词能具道阿堵中事,每一歌之,未尝不击节也。"②可见他对吕本中这首歌咏闲适隐逸情怀的《满江红》是十分欣赏的。他还自述说:"余卜居苕溪,日以渔钓自适,因自称苕溪渔隐,临流有屋数椽,亦以此命名。僧了宗善墨戏,落笔潇洒,为余作《苕溪渔隐图》,览景摅怀,时有鄙句,皆题之左方。既久益多,不能尽录,聊举其一二云。"③在其列述的归隐后创作的闲适之作中就有这首《满江红》。胡仔之所以性乐闲退,卜居苕溪,主要还是与他父亲胡舜陟被秦桧迫害而死有关,他用"日以渔钓自适"的方式来对抗险恶的政治和苟安的现实,也借以排遣胸中的悲慨与幽愤。词中所抒写的"苕溪清境"之美、"泛宅浮家"之乐,所表现的淡雅色彩、清远风调,都堪称对吕本中的接续与拓展。

综观南渡词坛《满江红》的创作,从内容题材来看,节序、写景、咏物、交游、羁旅等各类题材仍在继续表现,甚至不乏艳情之作的泛滥。这些作品除了一小部分有可能作于北宋末期之外,大多应皆属南渡之际或之后的作品。虽然题材

---

① 黄昇:《花庵词选·中兴以来绝妙词选》卷一,第168页。
② 胡仔:《苕溪渔隐丛话前集》卷五十一,第347页。
③ 胡仔:《苕溪渔隐丛话前集》卷五十五,第373页。

与北宋相同,但毕竟映现和折射了时代和社会的一些新内容与新信息。赵鼎带有纪实性的“南渡”悲吟,岳飞以“写怀”为题的慷慨高歌,吕本中、胡仔及朱敦儒等人的闲适隐逸之音,则是南渡词坛为《满江红》所开拓和贡献的新题材和新主题,其影响贯穿南宋,具有十分重要的词史意义。从艺术风格和审美特色来看,委婉沉郁之声,激越悲壮之调,清新悠远之风,堪称三面风景,三大亮点,进一步刷新和强化了两宋《满江红》的主体风格和美感。在声律形式上,南渡词人似乎无暇也无意于精雕细琢,除了少数作品用正体之外,大多数作品或沿用前人的异体,或另创新的异体,在对偶的形式上也不够讲究和精严,但对入声韵的运用却是大多数词人的共同选择。总之,南渡词坛的《满江红》创作主要显现了承上启下的新变特色,尤其是启下之功不容忽略。

## 三　南宋:《满江红》繁盛之高峰

经过北宋的艺术积累和南渡的时代变迁,宋词的创作正在酝酿着一个大爆发。《满江红》一调的题材由之前的闺情、艳情、羁旅、咏怀、节序、交游等类型,拓展出隐逸、闲适、祝颂、怀古、游仙、军旅等新题材,与此相适应,《满江红》歌词的审美创造境界和艺术表现空间也有了空前的扩展与提升,因此在南宋中后期,终于迎来了《满江红》创作最为繁盛的艺术高峰。

孝宗词坛创作《满江红》的词人共 47 位,作品凡 176 首,作品数量在 5 首及以上的词人有 11 位:洪适(7 首)、侯寘(5 首)、范成大(7 首)、王质(7 首)、丘崈(6 首)、吕胜己(10 首)、京镗(8 首)、辛弃疾(34 首)、赵善括(6 首)、黄人杰(8 首)、杨炎正(6 首)。无论从词人总数及词作总量来看,还是从思想内容及艺术成就来看,这一时期都堪称两宋《满江红》创作的最高峰。

经过高宗词坛的“变调”与“变奏”,预想中的孝宗词坛《满江红》的创作应该是旋律节奏和音调音域越来越激越悲壮,感时爱国的情感主题越来越鲜明突出!然而情形却并非完全如此。这里出现了一个令人疑惑的现象,岳飞的《满江红》“怒发冲冠”一词似乎并没有发挥多少典范效应,鲜有和词不说,连相同题材主题的词作也并不是很多。《满江红》在这个时期的创作虽呈现全面而空前的繁荣景象,却没能再展现岳飞那样高亢的歌喉和悲壮的旋律。是妥协势力的强大和政治迫害的高压所致,还是苟安局面的影响和消极遁世心态的作用,抑或是那些慷慨激越的吟唱被视为异调别腔而不被主流认可？原因似乎较为复杂，但有一点是可以肯定的，即与岳飞此词在南宋没能得到广泛流传是颇有关系的①。

尽管如此，在孝宗词坛上，《满江红》中爱国主题的吟唱仍如草蛇灰线般时隐时现，延续不断。这一时期是以辛弃疾、陆游、陈亮、张孝祥等为代表的“中兴词人群”的天下。与爱国抗战的题材和主题一脉相承的，是辛弃疾所作的“鹏翼垂空”和“汉水东流”二词，都表达了收复失地、坚持抗战的决心。辛弃疾共作《满江红》34首，仅次于后来的吴潜(36首)，他对《满江红》一调的创作有两点重要贡献：一是把《满江红》词的表现功能发挥到最大限度，不仅可以抒情言志，还可以同诗文一样参悟人生和阐释哲理，词作与社会现实生活、词人的人生命运和人格个性联系得更为紧密，更能彰显词人独特的艺术个性。二是意象群的转变。在《满江红》创作初期，柳永、张先词的意象主要来源于闺房、情场和冶游生活的情景；到了元祐词坛，苏轼开始创造出与文人士大夫日常生活相关的人文意象以及自然山水意象；南渡后，词中又开始出现与民族苦难、时代变迁相关的纪实性意象；到了中兴时代，早年曾参加抗金义军而以文武双全著称的辛弃疾，又创造出一系列与战争和军旅相关的阳刚型意象，使《满江红》词的意象群得到极大的丰富和拓展。

值得注意的是，《满江红》在北宋和南渡时期并没有出现贺寿词，而从孝宗词坛开始往后出现了大量的贺寿词，要么贺人寿诞，贺人升迁，颂扬君主美德，要么自寿，要么答和别人为自己所作的寿词，到最后发展成所有题材中数量最多的一类。刘珙的“南郭新居”一词，大概是《全宋词》所载此调较早的一首贺寿词。贺寿词的大量涌现跟南宋的政治环境有关，不只是《满江红》，像其他一些长调如《沁园春》、《水龙吟》、《水调歌头》等以及小令如《玉楼春》、《鹧鸪天》等，也都频繁地被用来写作贺寿词。究其原因，一是社会现实使然，南宋君臣偏安

---

① 关于岳飞《满江红·写怀》一词，二十世纪在学界曾产生真伪之争，一个重要的原因就在于此词未能收入岳珂所编《金陀粹编》中，在宋元的文献典籍中也绝少记载，所以有学者怀疑为明人伪托。但不少学者则从岳飞遇害、家存文件被查抄、以秦桧为首的主和势力对抗战爱国之士的迫害，以及元朝的异族统治和民族歧视政策等方面，来寻求岳飞词未能在宋元得到公开传播和广泛流行的原因。直到二十世纪八十年代，《须江郎峰祝氏族谱》中所载岳飞与祝允哲唱和《满江红》原稿的面世，才使争议逐渐得以消解。参见熊迟《关于岳飞〈满江红〉词的真伪问题》(《文学遗产》1985年第3期)、周少雄《祝氏谱及岳飞〈满江红〉词考议》(《文学遗产》1988年第5期)等文。

一隅，享乐之风盛行，借庆寿游乐活动来粉饰太平，文人士大夫以此来麻醉自己，不思进取；二是上行下效的作用，南宋的“圣节”即皇帝的生日，宫中都要举行盛大的祝寿庆典，歌舞尽欢，与民同乐，当这种风气传至民间，随着民间各种各样社会组织的兴盛，文人阶层有社会交往和感情联络的需要，因此贺寿之词大量涌现。《满江红》作为长调作品容量大，且具有以清新绵邈、慷慨激昂为主体特征的声情与风格，符合贺寿词喜庆、热闹、享乐、祝颂的多重需求，因此成为贺寿词的常用之调。

光宗、宁宗词坛和理宗词坛是江湖词人群重点活跃的时期，从生卒年和主要活动来看，许多词人也横跨这两个断朝词坛，在《满江红》的创作上表现出一定的共性，所以可合在一起进行观照和描述。

光宗仅在位 5 年(1190—1194)，而宁宗(1195—1224)、理宗(1225—1264)却是两个在位分别长达 30 年和 40 年的皇帝，所以光宁宗词坛和理宗词坛合起来占时长达 75 年。而就《满江红》的创作来看，这两个断朝词坛的词人加起来共有 67 人(37＋30)，词作共 231 首(93＋138)，堪称孝宗词坛之后《满江红》创作继续繁荣的时期。

这一时期基本上是江湖名士的天下，《满江红》词风走向分双线发展：一是继承辛弃疾爱国主题的吟唱，他们豪壮之气不足，却狂傲之气有余，不免流于粗豪叫嚣，而缺乏辛词的深沉刚健之美。刘过、戴复古、刘克庄、李曾伯等属于此类。二是师法周邦彦和姜夔，注重炼字琢句，审音守律，词风偏于委婉清雅。写恋情、状物态，是他们词作的主要题材。姜夔、吴文英、张炎等是这类词人的代表。姜夔创作了第一首平韵体《满江红》，对《满江红》的声律体式做出了拓展。此后的词人如赵以夫、吴文英、彭元逊、李琳、张炎、彭芳远等都使用过平韵体，大多是对周、姜词风的承袭与推进。

公元 1206 年，开禧北伐失败后，南宋君臣对收复失地、北定中原已经彻底失去了信心。此时的文人士大夫，无论是对民族的命运，还是对个人的前途，大都灰心绝望，正如王淮词所描写的那样——“看剑功名心已死”①。由于对社会和人生的灰心绝望，转而厌世，只求个人生活的清闲自在，于是在《满江红》词中

---

① 王淮：《满江红》“踏遍江南”，《全宋词》，第 3023 页。

出现了很多“闲”字，如“万事全将风雪看，一闲且问苍天借”①、“已没风云豪壮气，只思烟水闲踪迹”②。因此这一时期词人所反映出来的灰心绝望、弃世厌世的心理，是词史上从未有过的崭新的心理体验，从而也开拓了《满江红》一调的审美表现空间。

这一时期出现了三位创作《满江红》20 首以上的词人，分别是刘克庄(32 首)、吴潜(36 首)、李曾伯(23 首)。频繁出现密集创作《满江红》的词人，说明宋人对《满江红》一调喜爱程度的增强以及对此调的把握越来越娴熟。

值得注意的是，《满江红》的咏物词开始大量涌现，这当然与时代环境有关。理宗朝已经隐隐流露出南宋末世阴影，一方面贾似道当权，强力压制舆论，文人士大夫不敢高声言语，只能寄希望于咏物词来托物言志；一方面词人们无所凭据的灵魂，无法改变国势，只能沉迷于玩物丧志来转移痛苦、逃避现状。之前的《满江红》咏物词多咏梅、莲、牡丹、海棠等植物类或者雨、雪等气象类，且都是单首词来咏一件事物。到理宗词坛，刘克庄用同韵同题的组词来咏一种植物——丹桂。此组词共 6 首，描写了不同天气、不同阶段的丹桂的不同风姿。《满江红》用组词的形式来写一种事物，确是极大地拓展了作品容量和表现空间，给词人更多可以自由发挥的余地。其后的吴潜也多用同韵的组词来写景状物，而且与其兄吴渊唱和，共同创作了一组咏乌衣园的怀古词，使怀古词在理宗词坛出现数量上的激增。李曾伯也用同韵的组词来咏怀摹物。正因为组词的出现和成功词作的范例作用，导致南宋后期出现了众多的同韵体。而词人们对一种韵体的驾轻就熟，也促使词人在写景书怀、缘情状物的时候，更多地使用自己熟练的韵体，这是一个良性循环的过程。因为相比再创造一种新的韵体，所花费的时间跟精力远远比用前人范例或自己用过的韵体要多得多。前者是一个再创造的过程，后者是一个模仿的过程。因此理宗词坛《满江红》数量的增长主要是由于同韵体的大量涌现。这在某种程度上体现了词人运用《满江红》的熟练程度，另一方面也体现了一种事物的发展趋于饱和，词人们消释了自己再创造的能力。这种现象也跟南宋人安于现状、得过且过的整体心理有关。

在这一时期，《满江红》在体式上有了新的拓展，出现平韵体。题材上也有

---

① 赵希迈：《满江红》“三十年前”，《全宋词》，第 2691 页。

② 吴渊：《满江红》“秋后钟山”，《全宋词》，第 2693 页。

了新的扩展，如隐括词和军旅词。词章中出现的人物形象多为心如死灰的江湖清客，文人士大夫们大多呈现未老心先衰的颓败感。咏物词和贺寿词的大量涌现，都反映了词人们苟且偷安、不思进取、得过且过的心态，这一切都折射出南宋末日行将来临。

度宗至元初词坛是一个合并杂糅的断朝词坛。公元1265年度宗登基，在位仅10年，此后5年里恭帝、端宗、帝昺相继更替，前后不过15年时间，南宋王朝就彻底覆亡了。入元以后，南宋遗民词人并没有停止歌唱，直到元成宗大德二年(1298)前后，南宋遗民词人中的两大家刘辰翁和周密相继去世，宋词的帷幕才慢慢落下①。总之，这是一个宋元易代的特殊时期，《满江红》的创作也表现出浓烈的末代色调和遗民声情。

这一时期，创作《满江红》的词人共36位，51首作品，创作数量比较分散，没有出现创作5首以上作品的词人，但从作者和作品总量来看，仍超出了北宋时期和南渡词坛。度宗至元初词坛是遗民词人群活跃的时期，以周密、刘辰翁、张炎、蒋捷为代表，他们主要生活在宋末元初、风雨飘摇的亡国时代。《满江红》的创作仍然是双向发展并有所融合：一是刘辰翁、文天祥、王清惠、汪元量、蒋捷等属于辛派后劲，但无辛词的豪迈雄武之气，多为低沉的哀吟之声，其风格曲折哽咽，亦吸收了姜夔、吴文英词的长处；二是周密、张炎、陈允平、仇远等属于姜夔的继承者，只是他们填写的音律精严的雅词中，多了亡国的哀思和沉痛的悲剧意味，也对苏轼、辛弃疾的写词手法多有借鉴。这期词人在词艺和词境上没有多少开拓和创新，只是融合和深化。从整个《满江红》创作发展的进程来看，既是一种词调高峰状态的结束期，也是多种词风的融合期。

这一时期《满江红》最具代表性而且引起强烈反响的作品，无疑是女词人王清惠的“太液芙蓉”一词。词人以南宋末年宫人的身份，写出了亡国的沉痛和被掳的屈辱，虽然没有岳飞“写怀”词的慷慨激烈，却比赵鼎的“南渡”词更为沉咽凄怆。此词因女词人被掳北上时题写在汴京夷山驿壁上，所以很快传诵开来，并引起宋末爱国词人和遗民词人的强烈共鸣，和者众多，有文天祥的“燕子楼中”和“试问琵琶”、邓剡的“王母仙桃”、汪元量的“天上人间”和“一霎浮云”等。

① 肖鹏：《宋词通史》第一章划分的度宗至元初词坛，设定终结点为元成宗大德二年(1298)，这不过是一个虚拟推算的终结点，其实宋代遗民词人在入元后的创作大致延续了约三十年的时间。第16页。

一个旧宫人的创作之所以能引起宋末词坛的广泛关注和唱和，正在于这首词不仅反映了宋王朝覆灭的惨痛历史，而且唱出了那个时代广大词人都能引起共鸣的悲咽心声。由此，我们又会联想和感叹，如果南渡词坛上岳飞的《满江红》能及时而广泛地流传开来，也许南渡词坛和南宋词史会大为改观。

当然，末世词坛和易代时期的《满江红》创作，仍有不少词人还是在浅斟低唱、雕红刻翠，抒写一己的悲欢离合，也不乏酬赠、交游、唱和、祝寿之类的篇什，抒写亡国之恨、爱国之情和遗民心绪的，只是其中的一小部分。但就是这一小部分，却是宋代《满江红》词调中的精品。就像悲怆的咏叹调，就像高贵的鸡血石，两宋《满江红》最终以浸染血泪的歌唱而终结，而凝定。

总而言之，这一时期是《满江红》各种词风的融合期，也是哀婉悲咽词风的最后显现；在题材类型上已经趋于饱和，而最突出的主旋律还是亡国的哀思和遗民的心态，出现最多的抒情形象为落魄孤苦的亡国者和悲泣偷生的流浪者。至于词体的声律形式，已经没有什么新的变异和拓展了。

## 第四节　《满江红》题材表现

作为一支流行于两宋词坛的长调金曲，《满江红》究竟表现了怎样的内容题材和思想情感，则是我们需要重点加以考察和探讨的问题。长调慢词的声律体式，丰硕巨量的作品成果，流派众多的词人队伍，跌宕起伏的时代变迁，既为两宋《满江红》的创作提供了有利的形式和丰富的素材，也为我们观照和描述两宋《满江红》的题材内容增添了很大的困难。尽管如此，在检索统计和分类考察的基础上，我们依然能够对两宋《满江红》歌词创作的题材内容做出初步的梳理与描述。

### 一　两宋《满江红》题材分类

在参考和借鉴许伯卿《宋词题材研究》分类原则、题材定义和类目名称的基础上①，我们对两宋《满江红》共 551 首作品进行了题材的梳理、划分和统计，共分出 30 个类别。兹列表如下：

① 许伯卿：《宋词题材研究》，北京：中华书局 2007 年版。

**表 10-1　两宋《满江红》题材分类分期一览表**

| 序号 | 题材 | 北宋 | 南渡 | 南宋 | | | | 时代不详无名氏词 | 总数 | 百分比 |
|---|---|---|---|---|---|---|---|---|---|---|
| | | | | 孝宗 | 光宗、宁宗 | 理宗 | 度宗至元初 | | | |
| 1 | 祝颂 | | | 27 | 26 | 21 | 7 | 38 | 119 | 21.59 |
| 2 | 咏怀 | 3 | 4 | 19 | 15 | 26 | 12 | 1 | 80 | 14.51 |
| 3 | 交游 | 1 | 3 | 33 | 7 | 15 | 3 | | 62 | 11.25 |
| 4 | 咏物 | 1 | 3 | 7 | 10 | 29 | 5 | 6 | 61 | 11.07 |
| 5 | 节序 | 1 | 1 | 24 | 4 | 11 | 5 | | 46 | 8.34 |
| 6 | 写景 | 1 | 1 | 13 | 6 | 7 | 2 | | 30 | 5.44 |
| 7 | 闺情 | 2 | | 8 | 6 | 1 | 4 | 3 | 24 | 4.35 |
| 8 | 怀古 | | | 5 | 2 | 10 | 1 | 2 | 20 | 3.62 |
| 9 | 艳情 | 3 | 4 | 9 | 2 | | 1 | | 19 | 3.44 |
| 10 | 羁旅 | 4 | 1 | 8 | 2 | 0 | 2 | | 17 | 3.08 |
| 11 | 闲适 | | 2 | 6 | 1 | 2 | | | 11 | 1.99 |
| 12 | 人物 | 1 | | 3 | | 3 | 1 | 1 | 9 | 1.63 |
| 13 | 隐逸 | | 1 | 4 | | 3 | | | 8 | 1.44 |
| 14 | 隐括 | | | | 5 | | 1 | | 6 | 1.08 |
| 15 | 哲理 | 1 | | 2 | 1 | 2 | | | 6 | 1.08 |
| 16 | 亲情 | 2 | | 2 | 1 | 1 | | | 6 | 1.08 |
| 17 | 谈艺 | | | 2 | | 1 | 2 | | 5 | 0.90 |
| 18 | 军旅 | | | | 2 | 1 | | | 3 | 0.54 |
| 19 | 游仙 | | | | 2 | 1 | | | 3 | 0.54 |
| 20 | 闲愁 | | | 1 | | | 1 | | 2 | 0.36 |
| 21 | 宗教 | | | | | 1 | 1 | | 2 | 0.36 |
| 22 | 宫廷 | | | | | | 2 | | 2 | 0.36 |
| 23 | 祭悼 | 1 | | 1 | | | | | 2 | 0.36 |
| 24 | 咏史 | | | | | 2 | | | 2 | 0.36 |
| 25 | 时事 | | 1 | | | | | | 1 | 0.18 |
| 26 | 世相 | | | | | | 1 | | 1 | 0.18 |
| 27 | 生活 | | | | 1 | | | | 1 | 0.18 |

续表

| 序号 | 题材 | 北宋 | 南渡 | 南宋 | | | | 时代不详无名氏词 | 总数 | 百分比 |
|---|---|---|---|---|---|---|---|---|---|---|
| | | | | 孝宗 | 光宗、宁宗 | 理宗 | 度宗至元初 | | | |
| 28 | 风土 | | | 1 | | | | | 1 | 0.18 |
| 29 | 边塞 | | | | | 1 | | | 1 | 0.18 |
| 30 | 仕宦 | | | 1 | | | | | 1 | 0.18 |
| | **总计** | **21** | **21** | **176** | **93** | **138** | **51** | **51** | **551** | |

能分出30种类别,已可见两宋《满江红》题材内容的丰富多彩了。从作品数量上来看,排名前4位的题材分别是:祝颂(119首)、咏怀(80首)、交游(62首)、咏物(61首),每类均达到60首以上。这4类题材的作品共计322首,已经占据宋代《满江红》词作总数58.4%的高比例。紧随其后的有7类题材,即节序(46首)、写景(30首)、闺情(24首)、怀古(20首)、艳情(19首)、羁旅(17首)、闲适(11首),每类作品也都在10首以上,共计167首。以上排名前11位的题材每类作品皆在10首以上,作品总数达489首,占两宋《满江红》作品总数的比例高达88.7%。余下的人物、隐逸、隐括、哲理、亲情、谈艺、军旅、游仙、闲愁、宗教、宫廷、祭悼、世相、时事、生活、风土、边塞等,虽然分类达19种之多,然而每类作品的数量都在10首以下,其中只有1—2首作品的就占了11类,另外8类每类作品也只在10首以下3首以上,19类的作品加起来也只有62首,只占《满江红》作品总数11%的较小比例。当然,其中如隐逸、哲理、军旅、边塞、时事等类,作品数量虽然不多,但作品的内容和意义却不容忽略。

参照许伯卿《宋词题材研究》,宋代《满江红》的题材类型跟整个宋词的题材类型相比,既有共同性,也有独特性。在排名前10位的题材中,"祝颂"都以最多的作品数量排在二者的第1位,"交游"、"咏物"、"节序"、"写景"、"闺情"、"羁旅"6类,二者的排名虽略有参差,但仍比较接近。变化较为突出的主要有4类:一是"咏怀"在整个宋词的题材表现中排名第10位,而在《满江红》的创作中则上升到第2位,可见《满江红》的咏怀特征得到了较大幅度的加强;二是在整个宋词题材排名中占第3位的"艳情",在《满江红》的创作中则下降至第9位,说明《满江红》在表现艳情题材方面已大为淡化;三是"怀古"在整个宋词题材的表现中排名仅为第16位,而在《满江红》的创作中则排名第8位,反映了《满江红》

在内容题材的表现方面凭吊古迹感怀历史的特征有所加强；四是在整个宋词题材排名中占第9位的"隐逸"，在《满江红》的创作中则排名第13位，与宋词的一般创作情形相比略有收缩与淡化。如果换一个视角来观察，即看《满江红》各类题材的作品数量在整个宋词同类题材中所占比例，我们也会有新的发现。一是《满江红》"哲理"类作品虽只有6首，占宋词同类题材作品总数的比例却高达17.64%，反映了《满江红》在议论说理方面的突出表现；二是"人物"、"军旅"、"怀古"、"咏史"、"咏怀"、"亲情"各类，所占宋词同类题材作品总数的比例也都比较高，值得我们进一步加以关注和考察。

下面，我们即选取两宋《满江红》歌词创作中几类主要题材进行考察和分析。

## 二　咏怀词、怀古词与军旅词

在咏怀和怀古两类题材中，《满江红》出现了较多的思想性和艺术性兼善并美的精品和名作，足以代表《满江红》的最高成就。军旅类（包括边塞类）作品虽不多，但与怀古类（包括咏史类）一样，都是咏怀词的延伸，都具有很强的言志抒情特征，而且三类题材的声情特征和艺术风格也比较接近，所以归并到一起来考察。

### （一）咏怀词

两宋《满江红》80首咏怀词，主要是抒发对社会、人生的感慨或思考，吟咏和表现个人胸襟、抱负和情怀的词作。大致可分为三种主要类型：一是抒写个人对人生的思考和感慨之作，多表现为看透世俗、淡泊名利、远离官场的豁达之情；二是吟咏在逆境或动乱中对社会人生的体验与感怀，多抒写遭谗受贬、块垒不平、怀才不遇、报国无门的幽怨愤懑之情；三是跟时代背景相关联，将个人遭遇与国家命运紧密联系，多抒写国破家亡之痛、忧民爱国之心、抗敌恢复之志、慷慨悲壮之情。

(1) 达观淡泊之情

《满江红》抒发达观淡泊之情的咏怀词，较多展示词人的内心世界，基本都是从个人经历出发，以此衍生出对人生的思考和感慨，或淡泊名利，或看透人生，或回首往事，表现的多是对人生淡然处之的态度，亦有年华流逝、事业无成的惆怅。兹先以吕胜己词为例：

> 往事千端，都笑道、衰翁宦拙。今会得、人情物态，尽皆休说。广厦尽堪舒笑傲，层楼又见凌空阔。试闲思、画戟比衡门，谁优劣。　　尘里事，无休歇。楼上趣，真奇绝。有一川虚旷，万山环列。识破古今如旦暮，肯将物我刚分别。愿时时、与客坐楼心，谈风月。(P1757)

开篇抒写的便是词人的感悟，回首往事，暗笑自己当年追名逐利是何等拙劣，如今看透人情物态，放下一切执念，什么都不用多说了。接下来，词人登高望远，更觉得身心洒脱，眼界开阔，体悟到与其为世俗困扰，不如好好欣赏自然美景。词中塑造了一位遗世独立、萧散淡泊的抒情主人公形象。

再试看吴泳的《满江红》“洪都生日不张乐，自述”：

> 手摘桐花，怅还是、春风婪尾。按锦瑟、一弦一柱，又添一岁。紫马西来疑是梦，朱衣双引浑如醉。较香山、七十欠三年，吾衰矣。　　红袖却，青尊止。檀板住，琼杯废。淡香凝一室，自观生意。事业不堪霜满镜，文章底用花如绮。笑江滨、游女尚高歌，滕王记。(P2506)

此词作于淳祐七年(1247)，乃作者六十七岁生日“自述”之作。题序中虽然标示了“生日”，“自述”也兼有“自寿”之意，但从词作内容来看，此词的重心却在咏怀，所以将其归入咏怀类。词人在六十七岁寿辰时，并没有大肆铺排、张乐庆祝，摒弃了红袖檀板与青尊琼杯，而是手摘桐花，格物致知，“淡香凝一室，自观生意”，超脱于尘世功名之外。词人的生活既充满理趣又朴实无华，实在难能可贵。

在此类作品中，还有侯寘的“老矣何堪”、吕胜己的“物理分明”、赵善括的“一雨连春”、魏了翁的“物象芸芸”等作，或从自然景物中得到解脱，或从自我心态上看淡世事，或在晚年回首往事中领悟到人生真谛，都表现了一种达观超脱、淡泊名利的心境。

从以上分析可以得出，写作这类词作的词人所处的时代多为南宋中期。此时南北对峙局面已经形成，政治局势较为稳定与苟安，士大夫文人难以扭转社会政治的颓势，于是回归自我，所作词章多表现看透世事、达观淡泊的心态。

(2) 幽怨愤懑之情

北宋前期，国家较为太平，此时《满江红》咏怀词的创作，多与个人宦海沉浮的命运相关联，在政治抱负不得舒展、怀才不遇、遭谗被贬等情况下，词人们会抒发自己的怨愤不满之情。如苏轼的“江汉西来”一词(见前文引录)，此词题曰“寄鄂州朱使君寿昌”，乃元丰四年(1081)春苏轼谪居黄州时，为即将离任知鄂州的朱寿昌而作。东坡谪居黄州时，朱使君对他多有关照，故寄赠此词以抒怀。词中使用事典较多，寄托的情感也较为丰富，而重点实在借与黄鹤楼和鹦鹉洲有关的历史和人物，来抒发词人遭谗被贬的郁勃幽愤之情。但东坡毕竟旷达，长江雪浪固然触起了他的思乡怀归之情，狂处士和鹦鹉洲也勾起了他对祢衡遭遇的愤懑与同情，但他更对能写出《黄鹤楼》等不朽杰作的崔颢和谪仙李白充满景仰，因此到词的最后，作者又一洗自己的怨愤之情，反而鼓励友人积极追寻人生的真谛。

南渡之际的《满江红》咏怀词，将个人遭遇与国家命运联系在一起，无论是愤激悲慨还是幽怨沉郁，都有较高的艺术感染力。请看赵鼎此词：

惨结秋阴，西风送、霏霏雨湿。凄望眼、征鸿几字，暮投沙碛。试问乡关何处是，水云浩荡迷南北。但一抹、寒青有无中，遥山色。　　天涯路，江上客。肠欲断，头应白。空搔首兴叹，暮年离拆。须信道消忧除是酒，奈酒行有尽情无极。便挽取、长江入尊罍，浇胸臆。(P944)

此词有序云：“丁未九月南渡，泊舟仪真江口作。”即建炎元年(1127)九月，作者“南渡”时有感而作。当时，“二帝蒙尘，偷安南渡，苟有人心者，未有不拔剑斫地也”①。此词开篇意象凄惨，氛围阴沉压抑，为全篇定下了沉郁悲愤的感情基调。中间写词人回望江北，但见征鸿飘渺，不见乡关何处，一片水云浩荡，一抹遥山青寒，不胜迷惘感伤之至；回到眼前，有感于国破家亡，仓皇南渡，暮年离拆，天涯漂泊，更添幽愤凄黯之情。结句振起，欲借长江之水浇涤胸臆，排遣幽愤，解脱苦闷。陈廷焯评此词曰：“通首无一字涉南渡事迹，只摹眼前景物，而一片忠爱之诚、幽愤之气溢于言表，人品既高，词亦超脱。”②

---

① 陈廷焯：《白雨斋词话》卷六，第154页。
② 陈廷焯：《词则·放歌集》卷一，第306页。

南宋后期至宋亡前夜，朝政日趋黑暗，贾似道当权，竭力压制“忧边”愤世的言行，使得朝野上下敢怒不敢言，此时《满江红》咏怀词也多发为低沉幽愤的哀吟。兹以吴潜词为例：

日薄寒空，正泽国、一汀霜叶。过万里、西风塞雁，数声哀咽。耿耿有怀天可讯，悠悠此恨谁能说。倚阑干、老泪落关山，平芜隔。　提短剑，腰长铗。昔壮志，今华发。有江湖征棹，水云深阔。要斩䶄鼯埋九地，可怜乌兔驰双辙。羡渠侬、健笔扫磨崖，文章别。(P2726)

此词是绍定三年(1230)至四年，吴潜为嘉兴府通判时所作。吴潜的一生除在宁宗朝屏废十年外，先后从政三十余年，以忠亮鲠直，受贾似道等人排挤，遭劾贬窜，被毒死于循州(今属广东)贬所。照射寒空的太阳，泽国汀洲的霜叶，西风哀咽的塞雁，这一系列苍凉的意象烘托出词人幽怨凄婉之情，而“倚阑干、老泪落”的细节描写，“昔壮志，今华发”的强烈对比，更刻划出一个“耿耿有怀”“悠悠此恨”的失意志士的悲剧形象；下片后半部分，以南宋中兴的有名无实和唐代中兴的统一基业做对比，进一步抒发和深化了词人怀古伤今、感时忧国的思想情感。

在此类作品中，还有辛弃疾的“倦客新丰”、宋自逊的“举扇西风”、吴潜的“红玉阶前”等词，多抒发的是抑郁不得志之情，或者官场不顺、功名难就，或者为主和派所压抑，救国主张不得伸展。可以看出，《满江红》咏怀词中的幽愤类词作贯穿了整个两宋时期，无论是政治稳定的北宋，还是动荡混乱的南渡，还是苟安一隅的南宋。

(3) 激越悲壮之情

这类咏怀词灌注了词人的国破家亡之痛、爱国救世之志，大多高亢激昂、雄浑悲壮，出现了较多的杰作，思想性和艺术性都达到了很高的程度。从主题思想上来看，这类作品唱出了两宋《满江红》词调的最强音；从艺术审美上来看，这类作品也堪称两宋《满江红》词调中最优秀的篇章。兹以岳飞词为例：

怒发冲冠，凭阑处、潇潇雨歇。抬望眼、仰天长啸，壮怀激烈。三十功名尘与土，八千里路云和月。莫等闲、白了少年头，空悲切。　靖康耻，犹未雪。臣子恨，何时灭。驾长车踏破，贺兰山缺。壮志饥餐胡虏肉，笑谈

渴饮匈奴血。待从头、收拾旧山河，朝天阙。（P1246）

此词题作“写怀”，是一篇典型的“咏怀”之作。据清初沈雄记载：“《话腴》曰：武穆收复河南罢兵表云：‘莫守金石之约，难充溪壑之求。暂图安而解倒悬，犹之可也。欲远虑而尊中国，岂其然乎！’故作《小重山》云：‘欲将心事付瑶琴。知音少，弦断有谁听。’指主和议者。又作《满江红》，忠愤可见，其不欲‘等闲白了少年头’，可以明其心事。”①可见岳飞此词的“写怀”，既是以北宋灭亡的惨痛现实为背景，也悲慨于主和派妥协苟安的投降政策，有感于自己功业无成壮志未酬，一腔忠愤，喷涌而出。尽管心中郁结着悲凉、沉郁、忧患、愤懑相交织的复杂情怀，但词人没有颓废和绝望，更没有胆怯和退让，而是慷慨高歌，气吞山河，大声疾呼，直抒胸臆，爱国之情、忠正之气，充满字里行间，足以起顽振懦。古人评曰：“字字剑拔弩张！”②“胆量、意见，俱超今古！”③

面对北宋王朝的覆灭，抗金民族英雄岳飞唱出了最慷慨激越的豪壮之声；当亡国的历史再度重演的时候，被掳北上的宋室宫妃王清惠的歌声虽慷慨豪迈不及岳飞，而激越悲壮之情仍然令人扼腕动容。请看：

太液芙蓉，浑不似、旧时颜色。曾记得、春风雨露，玉楼金阙。名播兰簪妃后里，晕潮莲脸君王侧。忽一声、鼙鼓揭天来，繁华歇。　　龙虎散，风云灭。千古恨，凭谁说。对山河百二，泪盈襟血。客馆夜惊尘土梦，宫车晓碾关山月。问嫦娥、于我肯从容，同圆缺。（P3344）

王清惠为宋度宗昭仪。宋恭帝德祐二年（1276）元兵破城，王清惠随帝后被掳北上，过汴京夷山，题《满江红》词于驿壁。据元陶宗仪《南村辍耕录》卷三“贞烈”条记载：“至元十三年丙子春正月十八日，淮安王伯颜以中书右相统兵入杭，宋谢、全两后以下皆赴北。有王昭仪者，题《满江红》词于驿云（略）。昭仪名清蕙，字冲华，后为女道士。五月二日，抵上都，朝见世皇。十二日夜，故宋宫人安定夫人陈氏、安康夫人朱氏与二小姬，沐浴整衣焚香，自缢死。朱夫人遗四言一篇于衣中云：‘既不辱国，幸免辱身。世食宋禄，羞为北臣。妾辈之死，守于一贞。忠臣孝子，期以自新。’丙子五月吉日，泣血书。明日，奏闻，上命断其首悬

① 沈雄：《古今词话·词话》上卷，《词话丛编》本，第762页。
② 卓人月编、徐士俊评：《古今词统》卷十二，第445页。
③ 潘游龙：《精选古今诗余醉》卷十五，第444页。

全后寓所。夫此四人之贞烈,视前日之托隐忧于辞章者,相去盖万万矣。”①这段记述,虽将王清惠与自缢而死的朱夫人等相比较而略含褒贬之意,但仍然可以帮助我们更好地理解王清惠写作此词的历史背景和思想感情。词作开篇回忆了亡国前“玉楼金阙”的宫廷生活,宫人们沉浸在歌舞升平、醉生梦死的光景里,不知今夕何夕。“忽一声、鼙鼓揭天来”,元兵的铁蹄踏进江南,所有的歌舞繁华和美好生活,瞬间烟消云散。突然的转折,使人猝不及防,也揭示了南宋江山的迅速凋零以及宋末统治者的昏庸无能,从侧面衬托出南宋宫人面对突变而不知所措的恐慌和惊异。下片开端,承上片歇拍的转折,用“龙虎散,风云灭”六字,大笔挥洒出南宋灭亡江山易代的悲壮画面,接下来“千古恨,凭谁说”数句,直抒国破家亡的悲愤与凄咽。末端叙写被掳北上途中的凄惶悲凉,表达对生死未卜的人生忧思。这首词虽出自宫妃之手,但它在特定的历史环境下已超越了宫人的局限,写出了易代之际广大民众所共有的亡国之恨,所以能引起宋末遗民词人的共鸣,产生很多的追和词。在宋末元初,就有文天祥、邓剡和汪元量等人写出多首追和次韵之作。然而正如清陈廷焯评述王清惠词所言,“凄凉怨慕,和者虽多,无出其右”②,所有的追和之作,包括民族英雄文天祥所作,虽在思想内容和艺术风格等方面有所变化和提升,但从整体艺术成就而言,尤其是以思想感情的真实深切而论,都未能超越原作。

(二)怀古词

两宋《满江红》怀古词占 20 首,在 30 种题材类型中,怀古词排名第 8。怀古词是凭吊古迹、追念往昔人事的词作,多通过凭吊有关古迹,或慨叹历史兴衰,或寄托时代身世之感,或借以讽喻朝政,或抒发个人襟怀。怀古词是咏怀词的延伸,只是以古迹为载体来抒怀。《满江红》怀古词中亦不乏名篇。试看张孝祥的“于湖怀古”:

千古凄凉,兴亡事、但悲陈迹。凝望眼、吴波不动,楚山丛碧。巴滇绿骏追风远,武昌云旆连江赤。笑老奸、遗臭到如今,留空壁。　边书静,烽烟息。通轺传,销锋镝。仰太平天子,坐收长策。蹙踏扬州开帝里,渡江

① 陶宗仪:《南村辍耕录》卷三,第 38 页。
② 陈廷焯:《词则·放歌集》卷二,第 367 页。

天马龙为匹。看东南、佳气郁葱葱，传千亿。（P1693）

张孝祥在隆兴二年(1164)被劾落职，罢归芜湖。据元吴师道记载："于湖玩鞭亭，晋明帝觇王敦营垒处。自温庭筠赋诗后，张文潜又赋《于湖曲》，以正湖阴之误。词皆奇丽警拔，脍炙人口。徐宝之、韩南涧亦发新意。张安国赋《满江红》云(略)。虽间采温、张语，而词气亦不在其下。尝见安国大书此词，后题云：'乾道元年正月十日。'笔势奇伟可爱。"[①]可见此词作于乾道元年(1165)正月，即张孝祥罢归芜湖的次年。宛敏灏笺注此词云："词咏东晋在芜湖发生的故事。太宁二年(324)，王敦自长江上游举兵向建康，明帝乘骏马微行至于湖，阴察敦营垒。敦昼寝梦日绕城惊觉，遣骑追帝，帝留七宝鞭与逆旅卖食妪，嘱示追骑。五骑传玩良久，帝得脱(见《晋书·明帝纪》)。"[②]有学者以为词中的"老奸""当指奸相蔡京，由其专权误国，以致北宋灭亡"，似为误解，但认为此词"借怀古以颂今，作者从北宋的灭亡与南宋建立的历史巨变中试欲总结历史教训，虽然错误地夸大了统治阶级中个人的作用，却也间接地表达了爱国的思想感情，而且对南宋政权充满了信心"[③]，还是不无道理的。我们可以这样理解，此词虽然表面所咏为芜湖玩鞭亭古迹，所写为东晋在芜湖发生的史事，但词人内心深处则不无以东晋历史和古迹影射宋代历史和现实的用意，不仅"老奸"容易使人联想到徽宗朝和高宗朝的奸臣蔡京和秦桧等人，而且东晋王室渡江的情形也与宋室南渡的历史颇为相似，堪称前后映衬。难能可贵的是，张孝祥这首怀古词虽不无凄凉怅惘的历史感慨，却展现了阔大壮丽的意境，充满了积极乐观的情绪，给人鼓舞与振奋。

在贬谪黄州的元丰年间，苏轼用《念奴娇》写出了"赤壁怀古"那首宋词经典中第一名篇，而南宋后期的江湖词人戴复古也写出了一首与东坡同题的词作，只是他改用《满江红》这个词调来写"赤壁怀古"。请看：

> 赤壁矶头，一番过、一番怀古。想当时、周郎年少，气吞区宇。万骑临江貔虎噪，千艘列炬鱼龙怒。卷长波、一鼓困曹瞒，今如许。　江上渡，江边路。形胜地，兴亡处。览遗踪，胜读史书言语。几度东风吹世换，千年

---

① 吴师道：《吴礼部诗话》附录，丁福保辑《历代诗话续编》，北京：中华书局1983年版，第620页。

② 宛敏灏：《张孝祥词校笺》，第143页。

③ 谢桃坊：《中国历代词分调评注·满江红》，第54页。

往事随潮去。问道傍、杨柳为谁春，摇金缕。(P2302)

开篇即直揭赤壁怀古的主题，两个“一番”的重叠，渲染出一种浓烈深沉的怀古情绪，笼罩全篇。上片着力描写当年赤壁大战的壮丽场面，充满激情地追怀和颂扬周郎的气概和功业，其豪迈奔放的气势力量似乎并不逊色于东坡的《念奴娇》；而“万骑临江貔虎噪，千艘列炬鱼龙怒”的描写，简直就是对《满江红》这个词调本色声情旋律的最好演绎。下片由历史拉回现实，发现物是人非、今非昔比，更添感慨。“风吹世换”、“往事随潮”，昔日的雄风已难以再现。结拍试问“杨柳为谁春”，与姜夔“念桥边红药，年年知为谁生”有异曲同工之妙，尽显黍离之悲与惆怅落寞之感。

此外，处于理宗词坛的吴潜也写作了多首怀古词，是《满江红》词人中创作怀古词最多的作者。兹举其咏“金陵乌衣园”一词为例：

柳带榆钱，又还过、清明寒食。天一笑、满园罗绮，满城箫笛。花树得晴红欲染，远山过雨青如滴。问江南、池馆有谁来，江南客。　　乌衣巷，今犹昔。乌衣事，今难觅。但年年燕子，晚烟斜日。抖擞一春尘土债，悲凉万古英雄迹。且芳尊、随分趁芳时，休虚掷。(P2725)

乌衣巷历来多被古人凭吊。三国时东吴于乌衣巷置乌衣营，以兵士服乌衣而名。东晋时，王谢诸望族居此，是江左风流的象征。唐代刘禹锡有《乌衣巷》绝句，已见证了它的没落：“旧时王谢堂前燕，飞入寻常百姓家。”吴潜此词咏乌衣园，更带有南宋后期的时代烙印。开篇点明是清明寒食刚过的暮春时节。上阕主要描写雨过天晴，“满园罗绮”，树红欲染，山青如滴的美景。过片文气一转，眼前美景虽在，但当年乌衣巷的繁华却已难觅。结尾振起，力求摆脱惆怅之感，英雄陈迹总是悲凉万古，不如抖擞精神，莫使光阴虚掷。

怀古词也展现了《满江红》词调所具有的豪迈深沉的风采，词人借助历史古迹的媒介来抒情言志，更具苍凉感和悲壮感。除上举作品之外，其他如丘崈“渚宫怀古”之“嗟往事、豪华无限，梦回何许”(P1740)，程珌“石头城怀古”之“颇恨登临，浪自作、骚人愁语”(P2292)，吴潜“雨花台怀古”之“叹俯仰，成今昔。愁易揽，欢难觅”等(P2745)，都具有这个特点。

《满江红》怀古词的大量出现主要是在南宋后期，吴渊、吴潜两兄弟唱和而衍生出数量较多的怀古词，吴潜一人就作了6首怀古词，堪称创作怀古词最多的词人。在南宋后期出现的怀古词有15首，占怀古词总数的75%。怀古词之所以在南宋后期大量涌现，主要是跟政治时局有关。南宋后期已经透露出末世阴影，词人们无力扭转国家大势，每每登高望远，借古讽今，一诉心中惆怅。

**（三）军旅词**

宋代《满江红》军旅词虽然只有3首，数量不多，却以鲜明的特色取胜。军旅词是以军营生活和战争内容等为题材的词作。在两宋时期，尤其是南宋，长期边境不宁、战争较多。而军旅词的创作正是时代风采的反映，其中也包含咏怀的成分，多表现杀敌报国、收复失地的决心或者复国无望、怀才不遇的惆怅。兹以黄机词为例：

> 万灶貔貅，便直欲、扫清关洛。长淮路、夜亭警燧，晓营吹角。绿鬓将军思饮马，黄头奴子惊闻鹤。想中原、父老已心知，今非昨。　　狂鲵剪，於菟缚。单于命，春冰薄。政人人自勇，翘关还槊。旗帜倚风飞电影，戈铤射月明霜锷。且莫令、榆柳塞门秋，悲摇落。（P2532）

此词作于开禧北伐前夕，表现出对宋军北伐必胜的乐观信念。开篇直言千万铁骑出师的阵容和“扫清关洛”荡平贼寇的气势。下片预料狂鲵必剪，神州必复。但词人于期待胜利之中含蓄地流露出一种隐忧，“今非昨”、“悲摇落”都表现了词人力不从心的忧虑。宋金自隆兴和议后，南北局面较为太平。南宋爱国志士却不肯苟安，时时渴望报仇雪耻，收复中原。虽然开禧北伐最终失败，但此词表现的主战要求和求胜心理，却代表了广大人民的心声。

再以刘克庄词为例：

> 金甲雕戈，记当日、辕门初立。磨盾鼻、一挥千纸，龙蛇犹湿。铁马晓嘶营壁冷，楼船夜渡风涛急。有谁怜、猿臂故将军，无功级。　　平戎策，从军什。零落尽，慵收拾。把茶经香传，时时温习。生怕客谈榆塞事，且教儿咏花间集。叹臣之壮也不如人，今何及。（P2612）

此词上阕回忆早年辕门草檄、倚马而就的俊迈风华，金甲雕戈、铁马楼船的征战生活，抒发最终落得如李广一样功成未赏的结局；下阕感慨晚年投闲置散、老厌言兵，只把茶经香传、花间小调作为消遣。南宋末年，国内政治日益黑暗，宋理宗昏聩无能，偏听偏信，统治者晏安鸩毒，不思进取，江左沉酣，西湖歌舞。朝廷求和苟安，用利诱软化手段，销磨尽了一代志士的豪气。刘克庄早年时的英姿飒爽、壮志豪情亦被消磨殆尽，只留下一声悲怆的感叹，英雄末路的凄怆和心灰意冷尽显其中。

除此两首外，还有李曾伯的“千古襄阳”一词，兹不赘述。在南宋特殊的政局背景下，军旅词带有鲜明的时代特色，具有振奋人心、鼓舞士气的作用，也使宋代《满江红》词调的表现内容又有了进一步的拓展。

### 三　闺情词、艳情词和羁旅词

在《满江红》创调初期，艳情、闺情和羁旅三类题材所占比重较大。这三类题材比较能反映《满江红》创作初期的一些特点：一是此三类题材较多细致幽婉、绵邈悠远的词作，与《满江红》创调初期的声情特征相契合；二是此三类题材主要表现个人的生活体验与内心情感，适合抒发悲欢离合之类的情感。其中闺情和艳情两类题材同为描写相思、离愁、怨慕等男女情感。在宋代《满江红》一调的词作中，鲜有女词人，艳情、闺情两种题材的作者皆为男性。二者的区分点在于作品的主体：艳情词的主体是男子，闺情词的主体是女子。羁旅词则是男子宦游在外、漂泊异乡时所作，除了功业仕途的人生咏叹之外，多兼及对佳人或恋人的思念。闺情词深婉含蓄，艳情词风流缠绵，羁旅词幽怨凄黯，各具美感。

#### （一）闺情词

宋代《满江红》闺情词约 24 首，虽然绝对数量并不多，但在约 30 类的题材分类的排名中占据第 7 的位置，仍能显示其重要性。闺情词的创作既丰富了《满江红》歌词的内容题材，也拓展了《满江红》词调的审美空间。

《满江红》闺情词中，抒写伤春情怀的作品较多。古代多以春花喻美人，而春天是繁花似锦、万紫千红的时节，因此女子皆喜春天到来，而悲春光流逝，只因春光的消逝暗示着容颜的衰老。以贺铸词为例：

> 火禁初开，深深院、尽重帘箔。人自起、翠衾寒梦，夜来风恶。肠断残红和泪落。半随经雨飘池角。记采兰、携手曲江游，年时约。　　芳物大，都如昨。自怨别，疏行乐。被无情双燕，短封难托。谁念东阳销瘦骨。更堪白纻衣衫薄。向小窗、题满杏花笺，伤春作。(P512)

贺铸此词以《伤春曲》为调名，乃依词中所抒写的内容情感而另拟调名，实际上则是“寓声”于《满江红》。从下片“谁念东阳销瘦骨，更堪白纻衣衫薄”二句，用南朝沈约出为东阳太守因病消瘦革带移孔的典故，可知词中的抒情主人公应该就是词人自己，但词中所描写的深院重帘之环境、翠衾残红之风物，所抒写的采兰题笺之活动、怨别怀远之情思，简直就是一篇闺情词，或者说词人就是模拟或托身于闺中女子来抒写其伤春怨别的情怀。俞陛云评曰：“咏风雨摧花，而词心宛转随之，情与景皆臻妙境。”①正道出了此词的妙处所在。

《满江红》闺情词更多的是抒写离别相思之情。古代青年男女相识相恋的时光总是短暂，因男子多奔波前程，不得不离别。离别之时，女子肝肠寸断，难舍难分；离别之后，女子更反复思念，回忆往昔，直到形容憔悴、伤心欲绝。兹以辛弃疾词为例：

> 敲碎离愁，纱窗外、风摇翠竹。人去后、吹箫声断，倚楼人独。满眼不堪三月暮，举头已觉千山绿。但试将、一纸寄来书，从头读。　　相思字，空盈幅。相思意，何时足。滴罗襟点点，泪珠盈掬。芳草不迷行客路，垂杨只碍离人目。最苦是、立尽月黄昏，栏干曲。(P1888)

此篇以“敲碎离愁”起笔，想象奇特，措语精湛。“离愁”本为虚无缥缈的情绪，词人将其实物化，化虚为实，则更见愁绪之重，思念之深。接着，词人以环境事物的描写、时序空间的变化，暗示分别的时间跨度之长，刻划女子形单影只、百无聊赖、愁苦凄怨的形象。下片前半部分，直抒相思之苦，粉泪盈盈，情致楚楚，低徊宛转，一往情深。结拍以倚栏望尽、幽怨凄苦、黯然神伤的形象收束，读来使人泪下。清陈廷焯《白雨斋词话》卷一评曰：“稼轩最不工绮语。‘寻芳草’一章，固属笑柄，即‘蓦然回首，那人却在，灯火阑珊处’及‘玉觞泪满却停觞，怕酒似、郎情薄’，亦了无余味。惟‘尺书如今何处也，绿云依旧无踪迹’，又‘芳草不迷行客路，垂杨只碍离人目’为婉妙。”②陈廷焯认为稼轩“最不工绮语”，即认为稼轩不善于写“艳情”，但所举“婉妙”二例，却皆为《满江红》之句，此词即属其

---

① 俞陛云：《唐五代两宋词选释》，第259页。

② 陈廷焯：《白雨斋词话》卷一，第23页。按：“尺书”二句，出自辛弃疾《满江红》“家住江南”一词，“尺书”、“绿云”，《全宋词》录作“尺素”、“彩云”。

一。陈廷焯尤其赞赏此词:“低徊宛转,一往情深,非秦、柳所能及。”①

《满江红》亦有对一般闺愁闺怨的抒写。闺愁闺怨亦是闺中女子的代表性情感,一般多表现为未嫁女子处在深闺之中百无聊赖的淡淡愁绪或者少女怀春的情愫萌动。兹以周邦彦词为例:

> 昼日移阴,揽衣起、春帷睡足。临宝鉴,绿云撩乱,未忺妆束。蝶粉蜂黄都褪了,枕痕一线红生肉。背画栏、脉脉悄无言,寻棋局。　重会面,犹未卜。无限事,萦心曲。想秦筝依旧,尚鸣金屋。芳草连天迷远望,宝香薰被成孤宿。最苦是、蝴蝶满园飞,无人扑。(P598)

此词于《草堂诗余》、《花草粹编》等选本中皆题作“春闺”,堪称一首典型的闺情词。全篇以一种缠绵的情绪和顿挫的节奏,写闺中女子睡起无聊、伤春念远的生活情境及心理活动,刻画出一个忧思百结、仿佛有满腹愁绪无法排遣的女性形象。上片写伊人揽衣临镜的细节神态。“背画栏”三句以背影让读者揣摩其内心世界,画面新颖,构思独到,格调高雅。下片写重会难卜、物是人非的孤独寂寞。“芳草”两句凝炼深稳,似写眼前景,仍寓心中情。芳草连天,黯黯空闺,唯余孤冷,百无可为,蝴蝶满园,都无心扑,哪有心情去寻棋局?首尾两节遥相呼应,不必有意,而无可捉摸之闺情,却尽在不言之中。周邦彦此词为《满江红》表现闺情题材树立了成功的艺术典范,南宋词人方千里、杨泽民、陈允平都有次韵之作。

**(二)艳情词**

艳情词在两宋《满江红》一调30种题材中排名第9,共有约19首作品。艳情词多描写男子的冶游猎艳生活,或以男子口吻来描写女性形象及男女欢爱之情。兹以柳永词为例:

> 访雨寻云,无非是、奇容艳色。就中有、天真妖丽,自然标格。恶发姿颜欢喜面,细追想处皆堪惜。自别后、幽怨与闲愁,成堆积。　鳞鸿阻,无信息。梦魂断,难寻觅。尽思量,休又怎生休得?谁恁多情凭向道,纵来相见且相忆。便不成、常遣似如今,轻抛掷。(P41)

---

① 陈廷焯:《云韶集》卷五,《唐宋词汇评》(两宋卷),第2411页。

这是一首很典型的艳情词，也是两宋词坛上《满江红》创作的最早作品之一，大致写于柳永年轻时期。早年的柳永在汴京时曾有过一段“访雨寻云”的冶游生活，结识了很多“奇容艳色”的歌妓舞女，其中就有这样一位“天真妖丽，自然标格”的女子。词人离京后十分思念此女子，以致“幽怨与闲愁，成堆积”。音信阻断，梦魂难觅，而思念之情又挥之不去，因此词人十分痛苦和悔恨，不该轻易抛掷当初的情分。由于是早年所作，所以带有很明显的俚俗而香艳的色彩。

再看秦观词的描写：

越艳风流，占天上、人间第一。须信道、绝尘标致，倾城颜色。翠绾垂螺双髻小，柳柔花媚娇无力。笑从来、到处只闻名，今相识。　脸儿美，鞋儿窄。玉纤嫩，酥胸白。自觉愁肠搅乱，坐中狂客。金缕和杯曾有分，宝钗落枕知何日。谩从今、一点在心头，空成忆。(P471)

秦观此词题作“姝丽”，开篇即夸赞“越艳风流，占天上、人间第一”，可见词中描写的这位“姝丽”乃是一位风流绮艳的越中女子，大致也属于歌妓舞女。以下词中着力描绘了这位姝丽绮艳妩媚的容貌身姿，抒写词人相见恨晚的绮思柔情，其轻艳的色彩、绮靡的情调，甚至过于柳词，应该也是秦观早年狂游狭斜的产物。

艳情词在两宋《满江红》的创作中数量虽然并不少，也一定程度地反映了《满江红》创作初期的题材特征和声情风貌，但从总体上看，其思想意义和艺术成就都不高。

（三）羁旅词

在宋代《满江红》30 种题材中，羁旅词排名第 10，共有约 17 首作品。柳永的典范之作“匹马驱驱”和“暮雨初收”两篇均是羁旅词，可见羁旅题材出现的时间也很早，大致与艳情词同时或略晚。

《满江红》羁旅词早期的典范之作，当首推柳永的“暮雨初收”一词，另有“匹马驱驱”一词也写得不错，前文已有引录和分析。这里我们再举张元幹词为例：

春水迷天，桃花浪、几番风恶。云乍起、远山遮尽，晚风还作。绿卷芳洲生杜若，数帆带雨烟中落。傍向来、沙觜共停桡，伤飘泊。　寒犹在，衾偏薄。肠欲断，愁难著。倚篷窗无寐，引杯孤酌。寒食清明都过却，最怜轻负年时约。想小楼、终日望归舟，人如削。(P1073)

此词原题"自豫章阴风吴城山作"，《花庵词选》选录此词亦题曰"旅思"①，可见这是一首典型的羁旅词。据作者自述："元榦以宣和元年三月出京师，六月至乡里。""往年自豫章下白沙，尝作《满江红》词。"据此可考订："此词作自豫章下白沙时在宣和元年(1119)三月出都返乡途中。"②开篇即描写水路风恶、行途迷茫、羁旅漂泊的景象。过片写自己处境的艰难、生活的困苦，倚窗无寐，引杯独酌，更衬托自己的形单影只、满腹愁绪。拉长时间的跨度，表示自己已经在外多年，后悔当初轻言离别，辜负誓约。词尾作者妙于改变抒情角度，设想家乡妻子在终日思念，盼望自己早日归来，以至于人都瘦削了。明人批点《草堂诗余》评此词曰："上言风帆飘泊之象，下言归舟在家之思。前后俱在舟帆上写情景，想所思之人，尚是江湖浪客。"③所评堪称恰切。

又如赵善括"舣舟南康作"云：

三十年前，曾向此、舞风歌月。今依旧、江山如画，鬓须如雪。故友冥鸿随净社，旧时秋蚓横尘壁。赖庐峰、对我眼偏青，曾相识。　　开岫幌，携山屐。泉泻布，星飞石。为收帆舣棹，小留终日。休问重湖吹碧浪，且同五老浮琼液。待明朝、鹢首向东飞，清风力。(P1982)

据词题可知，此词乃词人舣舟南康军(在今江西境内)所作。题材虽属羁旅词，但写法和风格却较为独特。开篇从故地重游写起，以兴发物是人非之感、世态变迁之慨。但词人很快便从感慨中超脱出来，着意去欣赏"曾相识"、"眼偏青"的庐山美景，抓住"收帆舣棹，小留终日"的短暂机会，以琼液美酒聊慰旅途行役之劳顿，一扫一般羁旅词的凄凉感伤，给人一种清新洒脱之美。

《满江红》羁旅词在北宋时期就已经有了较成熟的艺术表现，至南宋又有进一步的发展演进。应该说，与闺情和艳情等题材相比，羁旅词还是与《满江红》的本色声情较为契合的。它以较为阔大悠远的时空境界，非常深沉丰富的思想情感，偏于感伤而又不失清新或苍凉的词风，为《满江红》拓展了题材的表现范

① 黄昇：《花庵词选·中兴以来绝妙词选》卷一，第175页。
② 曹济平校注：《芦川词》卷上，上海：上海古籍出版社1991年版，第10页。
③ 吴从先：《草堂诗余隽》卷二眉批和评点，引自曹济平校注《芦川词》，第11页。

围，也为宋词带来了新颖多姿的艺术风采。

## 四　闲适词、隐逸词和哲理词

闲适、隐逸和哲理三类题材是较为相似的类型，但三者亦有细微的分别：闲适词追求平和冲淡的心境，多描写优游生活，表现闲情逸趣；隐逸词偏重抒写归隐的决心和心态，展现隐逸的生活情趣；哲理词则更多地表达对于生活和人生的哲理思考。在两宋《满江红》一调中，闲适词 11 首，隐逸词 8 首，哲理词 6 首，名次虽不靠前，但都不乏精彩的表现。

### （一）闲适词

《满江红》一调中闲适词的创作和歌咏，最早是由南渡之际的吕本中开端的，影响所及，便拓展为一类颇有特色的表现题材，为《满江红》灌注了一股平和冲淡的气息，带来了一种清新自然的风采。兹以吕本中词为例：

> 东里先生，家何在、山阴溪曲。对一川平野，数间茅屋。昨夜冈头新雨过，门前流水清如玉。抱小桥、回合柳参天，摇新绿。　　疏篱下，丛丛菊。虚檐外，萧萧竹。叹古今得失，是非荣辱。须信人生归去好，世间万事何时足。问此春、春酝酒何如，今朝熟。（P938）

上阕描写家居周围的自然环境：山阴溪曲，一川平野，门前流水，柳树新绿，读来令人神往，真是宜居的世外桃源。过片描写词人喜爱菊竹，因此疏篱虚檐外到处可见。菊竹皆是高洁正直的象征，暗示词人看淡得失荣辱、知足常乐的心境。与其流连世俗、争名逐利，不如怜取眼前之景，享受田园的淡泊宁静，品尝“今朝熟”的美酒。全词语言通俗质朴，词风清新自然，因此甚为南宋词人欣赏，和韵者很多。曹冠的“味道韬光”、葛郯的“家住苕西”和“卷尽珠帘”、留元刚的“风送清篙”、吴潜的“拟卜三椽”和“把手西园”、陈著的“梦里京华”，都是追和之作。胡仔尤其喜爱此词，“每一歌之，未尝不击节也”①。明人杨慎也评说：“每独行吟歌之，不惟有隐士出尘之思，兼如仙客御风之游矣。”②清人黄苏评云：“写村居乐趣，骨秀神清，玲玲高韵，由其天机胜也。朗吟一过，觉陶渊明《归去

① 胡仔：《苕溪渔隐丛话前集》卷五一，第 347 页。
② 杨慎：《词品》卷二，《词话丛编》本，第 461 页。

来》词后，有此杰作。”①可见吕本中此词的影响是非常深远的。

再以辛弃疾词为例：

几个轻鸥，来点破、一泓澄绿。更何处、一双鸂鶒，故来争浴。细读离骚还痛饮，饱看修竹何妨肉。有飞泉、日日供明珠，三千斛。　春雨满，秧新谷。闲日永，眠黄犊。看云连麦垄，雪堆蚕簇。若要足时今足矣，以为未足何时足。被野老、相扶入东园，枇杷熟。（P1909）

此词题作“山居即事”，开头写得空灵跳跃，点破澄绿的“轻鸥”、争浴的“鸂鶒”、日日明珠三千斛的“飞泉”，构成一幅充满生机的自然生态图画。下阕写得暖意洋洋，春雨润新谷、闲眠的黄犊、成片的麦垄、成熟的枇杷，一派沁人心脾的田园风光。全篇主旨突出在一个“闲”字，意味深远。看似“身闲”，实则是“心闲”，所以才会发出知足常乐的欢愉。词人畅快饮酒，熟读《离骚》，饱看修竹，悠然自得，“无处着一分缘饰，是山居真色”②。

由此可见，在南渡之后国家动乱之际以及仁人志士遭受打击之时，词人们内心向往安适稳定的生活，故时有闲适词的创作。一是表现自己理想的生活状态，二是转移痛苦、麻痹神经，来忘掉现实中的苦痛。所以闲适词在宋代《满江红》词调中占据一定的地位，也颇能代表当时社会状态下一部分词人的心理和愿望。

**（二）隐逸词**

隐逸词在两宋《满江红》一调中占 8 首，从北宋末期才开始出现这类作品，南渡后逐渐增多。可见宋代《满江红》隐逸词的创作带有较明显的时代印迹，是北宋末期政治腐败尤其是南渡之后动荡时局和偏安现实的产物。兹先以晁端礼词为例：

五两风轻，移舟向、斜阳岛外。最好是、潇湘烟景，自然心会。倒影芙蓉明镜底，更折花嗅西风里。待问君、明日向何州，东南指。　人生事，谁如意。剩拚取，尊前醉。想升沉有命，去来非己。菊老松深三径在，田园已有归来计。问甚时、重此望归舟，远相对。（P428）

① 黄苏：《蓼园词选》，《清人选评词集三种》本，第 81 页。

② 卓人月编、徐士俊评：《古今词统》卷十二，第 438 页。

此词应为晁端礼与侄子晁补之唱和之作。晁补之有《满江红》“莫话南征”一词，题序云：“赴玉山之谪，与诸父泛舟大泽，分题为别。”(《全宋词》P563)乃元符二年(1099)贬监信州酒税时离别家乡与“诸父”辞别之作。晁补之词中有“不似朱公江海去，未成陶令田园计”之语，感叹未能像范蠡和陶渊明那样隐逸江湖和归来田园。晁端礼此词上片写与侄子泛舟游览情景，下片既为侄子遭受贬谪而宽解，更希望他能早日实现田园归来之计。这首词兼有交游唱和的性质，但已初露北宋后期《满江红》隐逸词的端倪。

我们再举稼轩词为例：

> 老子平生，原自有、金盘华屋。还又要、万间寒士，眼前突兀。一舸归来轻似叶，两翁相对清如鹄。道如今、吾亦爱吾庐，多松菊。　人道是，荒年谷。还又似，丰年玉。甚等闲却为，鲈鱼归速。野鹤溪边留杖屦，行人墙外听丝竹。问近来、风月几篇诗，三千轴。(P1954)

此词为稼轩赋闲隐居瓢泉时期之作。题曰“呈赵晋臣敷文”，虽然是写给朋友的一首作品，却带有很浓郁的倾诉性质和抒情特征。除了自述平生怀抱之外，此词主要还是抒发归来之后的隐逸生活情趣。“一舸归来轻似叶，两翁相对清如鹄”，尽显轻快清雅的感受和心理；“爱吾庐，多松菊”，化用陶渊明诗、辞之句，反映隐逸自适之情，更是有如己出；下片写野游之乐、赋诗之多，更显隐逸风采。

当然，《满江红》隐逸词所表现的隐逸，更多的是被迫隐逸，所以在表面的隐逸之乐背后，隐含着抑郁不平之气。这类作品在辛弃疾、陆游的创作中都有表现，兹不一一论述。

**(三) 哲理词**

宋代学术文化的繁荣尤其是理学的兴盛，催生了一部分哲理词的出现。哲理词跟咏怀词有相同之处，都是表达对人生的思考。不同的一点是：咏怀词所表达的思想多是词人个体的思考，具有特殊性；哲理词则会上升到宇宙自然或具有普遍意义的人生哲理上去，具有普世价值，因此比咏怀词更具议论色彩和理性特征。

两宋《满江红》第一首哲理词是北宋前期张昪的“无利无名”一词。到南宋，哲理词才逐渐多起来。晦庵的“胶扰劳生”一词，写出“得意浓时休进步，须知世事多翻覆”，“枉费心神空计较，儿孙自有儿孙福”的议论词句(P1678)，劝谕世人知足安命，虽带有宣扬宿命观念的痕迹，但颇有箴言意义，故在民间广为流传。葛长庚也用此调写出这样的哲理名句：“古往今来天地里，人间那有扬州鹤！”(P2572)“扬州鹤”典出南朝梁殷芸编纂的《殷芸小说》：“有客相从，各言所志。或愿为扬州刺史，或愿多赀财，或愿骑鹤上升。其一人曰：‘腰缠十万贯，骑鹤上扬州。’欲兼三者。”①葛词用此典以喻世人贪图太多，异想天开，劝谕世人不要心存妄念，返朴归真，萧散淡泊，才是生活真谛。又如刘克庄词写道：

> 嫌杀双轮，驾行客、之燕适粤。也不喜、船儿无赖，载他江浙。荡子不归鸳被冷，昭君远嫁毡车发。叹子规、闲管昔人愁，啼成血。　　渭城柳，争攀折。关山月，空圆缺。有琵琶改语，锦书难说。若要人生长美满，除非世上无离别。算古今、此恨似连环，何时绝。(P2619)

此词赋咏和阐释千古以来人生永远无法“长美满”的一件事情，那就是离别。全篇一气直下，泛写古今历史上的种种离别，有驾车远行的旅客，有乘舟远去的游子，有抛却情人的荡子，有远嫁的昭君，都是堪令子规啼血的离别恨事；“渭城柳”、“关山月”都是稍纵即逝、不能长久的事物；最后通过具体客观事物将激烈之情绪升华为具有普世价值的人生哲理：“若要人生长美满，除非世上无离别。”然而离别之恨如同牢不可解的连环，循环往复，无法断绝。在叙事、抒情中中说理，情、景、理交融一体，与辛弃疾的《贺新郎》“绿树听鹈鴂”一词有异曲同工之妙。

## 五　交游词、咏物词和节序词

在宋代《满江红》一调中，交游、咏物和节序三类题材较为接近，数量也都比较多，共有约 169 首，因此将三者放在一起加以考察。三类题材数量较多的原因，亦跟文学传统、社会环境和创作背景相关。集会结社之风在两宋更趋兴盛，文人士大夫在一起往来唱和，必然促进交游词的发展。中国古代的节俗文化非常发达，而词人们的集会活动往往亦与节令相结合，加上词人们多喜伤春悲秋，对时序交替变化格外敏感，也一定程度上促进了节序词的发展。中国古代的感

① 殷芸：《殷芸小说》卷六“吴蜀人”，上海：上海古籍出版社 1984 年版，第 131 页。

物美学发展甚早，咏物文学也颇为发达，而两宋词人的生活体验更趋丰富多彩，情感表达也更趋委婉细腻，因此咏物词的创作也走向繁荣。这些题材也都在《满江红》一调的创作中得到体现。通过交游、咏物、节序三类题材的赋咏，两宋词人在《满江红》的创作中表现出较为广泛丰富的思想内容和多姿多彩的艺术风貌。

（一）交游词

交游词在宋代《满江红》一调中占 62 首，仅次于祝颂和咏怀。交游词是描述人与人之间社会交往的词作，范围涉及宴集、送别、游览、往来、唱和、劝勉、馈赠、致谢、探望等社会生活的方方面面。《满江红》交游词的表现题材主要集中在送别、唱和、宴集等几个方面。兹以游次公词为例：

> 云接苍梧，山莽莽、春浮泽国。江水涨、洞庭相近，渐近空阔。江燕飘飘身似梦，江花草草春如客。望渔舂、樵市隔平林，寒烟色。　方寸乱，成丝结。离别近，先愁绝。便满篷风雨，橹声孤急。白发论心湖海暮，清樽照影苍浪窄。看明年、天际下归舟，应先识。（P1628）

淳熙二年(1175)，范成大离桂林赴成都，游次公作词相送别。开篇点明苍茫之景，喻友人的行路渺茫和再会之期的难测。过片直抒胸臆，言离别愁绝，不舍友人。“满篷风雨，橹声孤急”喻舟发在即，催别难忍。结拍词人安慰自己，明年还会再见，足见相知情谊之深厚。

再看辛弃疾词：

> 鹏翼垂空，笑人世、苍然无物。还又向、九重深处，玉阶山立。袖里珍奇光五色，他年要补天西北。且归来、谈笑护长江，波澄碧。　佳丽地，文章伯。金缕唱，红牙拍。看尊前飞下，日边消息。料想宝香黄阁梦，依然画舫青溪笛。待如今、端的约钟山，长相识。（P1870）

此词题作“建康史致道留守席上赋”，作于乾道五年(1169 年)，时稼轩在建康通判任上。虽为与友人的酬赠之作，但豪迈之情溢于言表。借助大鹏的形象，可以感受到稼轩傲视群雄、指点江山的气概，呐喊着“他年要补天西北”，寄寓了收复失地的爱国思想，故为辛词传世名篇。

在交游词中，地点多为宴集或送别的场所，多表达朋友之间交往、唱和、酬赠之中所蕴含的思想感情,或者鼓励劝勉友人,或者趁酒酣热血之时恣意抒发自己的抱负,或者表达依依不舍的分别之意。交游词的数量较多且大部分涌现在南宋中期,在一定程度上反映了当时的社会现实,因时局无法改变,所以更多的人通过交往唱和来交流思想感情,也借以疏解心中的郁闷不平,表达自己的内心情怀。

**(二)咏物词**

咏物词从南宋中期开始数量激增,跟当时的集会风气以及偏安一隅的时代环境相关。两宋《满江红》咏物词共有约 61 首,其中咏花类所占的数量是最多的。在各种花卉中,梅以格为高,海棠以韵胜,桃花以秾艳著称,牡丹以雍容闻名,各极其美。在《满江红》咏花题材中,咏梅又是最多的,词人多赞颂梅花傲雪而开、高标绝世的风姿与品格。如吕胜己的“见深红蒂萼,方认早梅消息”(P1759),吴潜的“自有山中幽态度,谁知世上真颜色”(P2727),李曾伯的“长共竹君松友伴,岂容蝶使蜂媒人”(P2825),徐元杰的“雪里水中霜态度,腊前冬后春消息”等(P2860),皆为咏梅名句。兹以吴文英的咏菊词为例:

> 露浥初英,早遗恨、参差九日。还却笑、萸随节过,桂凋无色。杯面寒香蜂共泛,篱根秋讯蛩催织。爱玲珑、筛月水屏风,千枝结。　芳井韵,寒泉咽。霜着处,微红湿。共评花索句,看谁先得。好漉乌巾连夜醉,莫愁金钿无人拾。算遗踪、犹有枕囊留,相思物。(P2933)

此词题作“刘朔斋赋菊和韵”,是吴文英与友人刘朔斋“评花索句”所作之词。梦窗词一向以章法严谨、意象密集著称。此篇精细摹状,刻意雕琢,抒写情事,化用典故,亦不例外。首六句谓菊之初英在重阳节那天已被采摘食用得参差不齐,但比起紫萸与桂花的命运来说,还是略胜一筹。紫萸乃重阳节物,节日一过,便不再被人提及。菊花枯死枝头而不落,色亦不变,桂花则不然,落且色变。“杯面”二句写菊的“出现”场合。泛于杯中的菊花酒,香惹蜂蝶;开于篱畔,则促织伴唱。“爱玲珑”二句写菊花筛月吟风于篱边千枝盛开的情景。过片写菊花荐清泉,经秋霜,还可以做菊花酒,用处之多,不用担心无人拾捡,零落成泥。末韵谓菊残之后仍有遗踪可寻。菊花可取而实枕,有明目安神之效,于人有所裨益。此词较为全面地刻画了菊花的性情、花期、用途,用语隐晦繁复,镂玉雕琼,是典型的以模写刻划为工的咏物词。

再举刘克庄"二月廿四夜海棠花下作"一词为例：

老子年来，颇自许、心肠铁石。尚一点、消磨未尽，爱花成癖。懊恼每嫌寒勒住，丁宁莫被晴烘坼。奈暄风、烈日太无情，如何得。　　张画烛，频频惜。凭素手，轻轻摘。更几番雨过，彩云无迹。今夕不来花下饮，明朝空向枝头觅。对残红、满院杜鹃啼，添愁寂。(P2613)

刘克庄为辛派词人之后劲，此词虽赋咏海棠花，抒写伤春意，却颇有辛派之风。俞陛云评曰："起四句便表出惜花本意，下阕有莫折空枝之感。以抗爽之笔，写芳悱之怀，若剑器舞公孙，刚健与婀娜相杂也。"①堪称精辟之论。

(三) 节序词

节序词是描写不同时节的气候、物候和习俗的词作。在宋代《满江红》一调中，节序词共有约 46 首。这些节序词几乎涉及四季中所有节令，而以赋咏中秋、重阳、上巳、冬至、元夕、端午、立春、立夏、七夕为主。《满江红》节序词早在与柳永同时的张先的创作中就已经出现了，其"初春"一词就是最早的节序词。之后，苏轼即对节序词加以了拓展。请看：

东武南城，新堤固、涟漪初溢。隐隐遍、长林高阜，卧红堆碧。枝上残花吹尽也，与君更向江头觅。问向前、犹有几多春，三之一。　　官里事，何时毕。风雨外，无多日。相将泛曲水，满城争出。君不见兰亭修禊事，当时坐上皆豪逸。到如今、修竹满山阴，空陈迹。(P281)

此词题作"东武会流杯亭"，是苏轼于熙宁九年(1076)春知密州时所作。东武为密州州治，即今山东诸城。词写上巳日词人与城中士民一起集会于江边水滨，曲水流觞，赏花嬉乐。当年的兰亭雅集，王羲之已感到"向之所欣，俯仰之间，已为陈迹"，所以苏轼在修禊时劝说人们珍惜眼前的残春，感叹欢乐的时光总是短暂，美好的事物总是容易逝去，寓含了词人轻淡缥缈的惆怅之感。

再以辛弃疾的"暮春"一词为例：

家住江南，又过了、清明寒食。花径里、一番风雨，一番狼藉。流水暗随红粉去，园林渐觉清阴密。算年年、落尽刺桐花，寒无力。　　庭院静，

① 俞陛云：《唐五代两宋词选释》，第 471 页。

空相忆。无说处，闲愁极。怕流莺乳燕，得知消息。尺素如今何处也，彩云依旧无踪迹。谩教人、羞去上层楼，平芜碧。(P1889)

此词既题作“暮春”，全篇亦主要描写暮春的风物与人情，并将节序描写与闺阁情怀融为一体，既惜花伤春，亦念远怀人，写得音韵和婉，思致细密，流宕沉切，含蓄优雅。

## 六　写景词、人物词和祝颂词

以上我们对两宋《满江红》所表现的主要题材内容进行了分类探讨，共涉及十二个题材类别。除此之外，还有几类题材也需要略加考察和概述，这就是写景词、人物词和祝颂词，也各有一定的成就和特色。

### （一）写景词

两宋《满江红》写景词共有约 30 首作品，排名在第 6 位，紧接于咏物、节序两类题材之后，在内容表现和艺术特征上也与前二类较为接近，其中也不乏名篇佳作。兹以范成大“雨后携家游西湖，荷花盛开”一词为例：

柳外轻雷，催几阵、雨丝飞急。雷雨过、半川荷气，粉融香浥。弄蕊攀条春一笑，从教水溅罗衣湿。打梁州、箫鼓浪花中，跳鱼立。　山倒影，云千叠。横浩荡，舟如叶。有采菱清些，桃根双楫。忘却天涯漂泊地，尊前不放闲愁入。任碧筒、十丈卷金波，长鲸吸。(P1611)

此词描写西湖之景，赋咏荷花之美。词中对景物的描写充满俏皮和动感，如轻雷催、雨丝急、浪花腾、“跳鱼立”、金波卷、长鲸吸，都很鲜明生动，对荷花的描写也显得清新自然。词人驾一叶小舟，于雨后携家人游湖，弄蕊攀条，水溅嬉戏，山明水秀，天高云淡，在这如画的风景里，词人的心情是欢呼雀跃的，因此看待周围的事物也是活泼欢快的，暂时忘却了天涯漂泊，抛掷了诸多闲愁，尽情享受眼前的美景。

再以辛弃疾“题冷泉亭”一词为例：

直节堂堂，看夹道、冠缨拱立。渐翠谷、群仙东下，佩环声急。闻道天峰飞堕地，傍湖千丈开青壁。是当年、玉斧削方壶，无人识。　山木润，琅玕湿。秋露下，琼珠滴。向危亭横跨，玉渊澄碧。醉舞且摇鸾凤影，浩歌

莫遣鱼龙泣。恨此中、风月本吾家,今为客。(P1886)

开头先写去冷泉亭路上的情景,两旁是直节堂堂的竹子,暗示冷泉亭是清静幽雅的所在,而“冠缨拱立”的拟人化,也将挺拔傲岸的竹子写活了。沿着翠谷往下走,便听到了环佩叮咚的泉水声。眼前的景象就如同是天峰坠地,壁立千仞,如同玉斧削方壶,鬼斧神工。词人想象之独特,描写之瑰丽,令人叹为观止。之后描写泉水如同秋露琼珠造福山木。然而眼前的景象却触动词人的思乡之情,因辛弃疾本来家在济南,而济南有大明湖、趵突泉等名胜,景色佳丽,可媲美西湖,故词人作此联想,面对眼前之景难掩惆怅之意。

写景词既拓展了《满江红》描写自然世界的题材范围,也为《满江红》一调带来了清新明丽的审美特征,其意义和价值也不容低估。

**(二) 人物词**

宋词以《满江红》一调来赋咏人物之作共有约 9 首,排在羁旅、闲适词之后,隐逸词之前,位居第 12 名。此类题材数量虽不多,但颇具开拓意义和创新价值,值得关注。

苏轼是北宋词坛上创作《满江红》最多的词人,也是开《满江红》人物词创作先河的第一人。请看:

> 忧喜相寻,风雨过、一江春绿。巫峡梦、至今空有,乱山屏簇。何似伯鸾携德耀,箪瓢未足清欢足。渐粲然、光彩照阶庭,生兰玉。　　幽梦里,传心曲。肠断处,凭他续。文君婿知否,笑君卑辱。君不见周南歌汉广,天教夫子休乔木。便相将、左手抱琴书,云间宿。(P280)

《全宋词》所载此词,于调名下引录“杨元素《本事曲集》”所记本事云:“董毅夫名钺,自梓漕得罪归鄱阳,遇东坡于齐安。怪其丰暇自得。曰:‘吾再娶柳氏,三日而去官。吾固不戚戚,而忧柳氏不能忘怀于进退也。已而欣然同忧患,如处富贵,吾是以益安焉。’乃令家童歌其所作《满江红》。东坡嗟叹之,次其韵。”(P280)可见此词是东坡有感于董钺夫妇事迹并追和董钺词韵之作。各本多将此词编订于元丰五年壬戌(1082)三月东坡谪居黄州时所作。从《本事曲》的记载可知,董钺再娶柳氏不久即得罪去官,而柳氏却能与他同处忧患,故董钺作《满江红》以歌咏之。东坡既嗟叹有感,复次韵以为褒扬。词中不仅以梁鸿、孟光夫妻贤德之典故,比拟董钺和柳氏夫妇不忧贫苦之事迹,以卓文君之婿司马相如不堪贫贱的卑辱,映衬董钺夫妇不畏困难之坚强,而且对他们的未来给予了真挚而美好的祝愿,尤其赞赏他们“忧喜相寻,风雨过、一江春绿”的平静与安然。实际上,东坡通过对董钺夫妇的歌咏,也折射出他自己贬谪黄州时期的人生体验和旷达风采。

王质有一首题为“牧童”的《满江红》,歌咏牧童自由自在的放牧生活,“行熟更教羊引着,睡浓却被鸦惊醒”,“虽云乌、月黑路蒙笼,何曾窘”,“人世里,嫌他蠢;牛背上,输他稳”(P1644),既描写生动,亦寓含感慨,令人耳目一新。此外,辛弃疾的“汉水东流”、陈亮的“怀韩子师尚书”、杨炎正的“寿稼轩”等,亦皆为人物词,皆能以叙述事迹、刻划形象而擅胜。

（三）祝颂词

在宋代《满江红》一调中,以祝颂词的数量为最多,共有约 119 首。这些作品既涉及对诞辰、建房、中举、娶妻、生子等表示庆贺,也涉及对神灵、祖先、帝王、尊长的歌颂。在祝颂词中,最多的就是贺寿词。《满江红》祝颂词从南宋孝宗词坛才开始涌现,既与寿诞庆贺等风俗礼仪以及南宋苟安嬉乐的社会现实有关,也反映了词在南宋时期逐渐走向应社与应用的发展趋势。和其他词调的创作情形相类似,《满江红》一调虽以祝颂词数量为最多,但名篇佳作并不多。尽管如此,《满江红》祝颂词仍具有一定的思想意义和审美价值。

在宋代《满江红》一调中,较早的贺寿词大致是刘珙的“遥寿仲固叔宜”:

> 南郭新居,忆乡社、久成疏隔。乘暇日、风吹衣袂,花迎村陌。果核鸡豚张燕豆,儿童父老聊宾席。想笋舆、到处水增光,山添色。　　应情念,天涯侄。随官牒,飘萍迹。叹离多聚少,感今思昔。鬓影羞临湘水绿,梦魂常对屏山碧。凭画栏、搔首望归云,情无极。(P1483)

据词题可知,此词乃词人为其叔父祝寿之作,因为游宦在外,不能回乡拜寿,聊作此词以表祝贺,故题作“遥寿”。全篇皆从“遥”字生发,回忆与乡社久成疏隔,想象庆寿的热闹场面和欢馨气氛,更想象叔父对漂泊在外的侄子的思念,最后抒写自己的离别之叹和今昔之感,而以凭栏搔首、“望归云,情无极”结束全篇。应该说,这是一首较为真切朴实的祝寿词。

再举黄人杰两首寿词为例:

老子生朝，萧然坐、离骚窟宅。更莫诧、才雄屈宋，诗高刘白。不向凤凰池上住，不逃鹦鹉洲边迹。谩一官、如水过称呼，诸侯客。　平生志，水投石。首已皓，心犹赤。算陆沉雄奋，总非人力。广武成名惟孺子，高阳适意须欢伯。睨醉乡、一笑抚青萍，乾坤窄。(P58)

季琯灰融，盛寒里、梅香乍放。元道是、酿成和气，间生名将。马革裹尸男子志，虎头食肉通侯相。更胸中、十万拥奇兵，人皆仰。　腰金印，垂玉帐。忠胆锐，雄心壮。倚辕门几望，北州驰想。且倒长江为寿酒，却翻银浦千寻浪。算时来、一笑洗胡尘，迎天仗。(P58)

这两首祝寿词都载录于《全宋词补辑》。从内容来看，前一首乃自寿之作，后一首乃为一名将庆寿之作。而无论是自寿还是他寿，词人皆能借祝寿来抒情言志。在自寿词中，词人萧然独坐，回顾平生，自述情志，虽有牢骚和不平，然而"首已皓，心犹赤"，仍然有坚守和执着。在为名将祝寿词中，词人不仅有真挚的赞颂，更有"算时来、一笑洗胡尘，迎天仗"的勉励和信心。实际上，这两首祝颂词都堪称咏怀词，也表现出忧时爱国的思想感情。

在《满江红》祝颂词中，我们披沙拣金，还可以发现一些闪光可取的篇章。至于其他类别的题材，因数量较少，成就不大，兹不一一缕述。

## 第五节　《满江红》风格特征

在两宋传存下来的五百多首《满江红》词作中，以岳飞的《满江红·写怀》一词最为著名，在宋词"十大名篇"中排名第二位，仅次于苏轼的《念奴娇·赤壁怀古》而超越了其他名家名作。不仅如此，在宋词"百首经典"中，也只有岳飞的《满江红》这一首作品榜上有名。跻身于"宋词三百名篇"榜单的《满江红》名作还有王清惠的"太液芙蓉"、吕本中的"东里先生"、刘克庄的"金甲雕戈"、赵鼎的"惨结秋阴"、张元幹的"春水迷天"、苏轼的"东武南城"等 6 首，已排位在百名之后甚至两百多名了[①]。由于岳飞一词影响最大，同时也因为传统的词学批评习惯于以"婉约""豪放"二分法来划分宋词的风格流派，所以千百年来，广大读者

① 刘尊明、王兆鹏：《唐宋词的定量分析》，第 174—185 页。

不仅已经将《满江红》一词与岳飞这个民族英雄、爱国词人紧密地联系在一起，而且也俨然将《满江红》一调与激越的声情、豪放的风格及阳刚的美感等同起来。其实，《满江红》一调的本色声情虽或偏于激越豪壮，但两宋《满江红》的创作却并不以豪放风格的作品居多，而是表现出较为丰富多样的艺术风格。下面，我们即试从艺术风格的探讨来一窥两宋《满江红》创作的艺术成就。

## 一　宫调、声情与风格

柳永《乐章集》载《满江红》词共 4 首，是现存宋词此调最早之作，皆标注宫调名为“仙吕调”，但清劳权本《乐章集》却标注为“仙吕宫”。与柳永同时稍后的张先，其词集亦多有标注宫调者，却于所收《满江红》一调未标宫调。直至北宋后期，周邦彦《片玉集》载《满江红》词 1 首，于调名下仅标注“仙吕”二字，今人罗忼烈先生的笺注本以为是“仙吕”宫之省称①。至南宋前期，张孝祥《于湖居士长短句》收《满江红》词 3 首，目录标宫调为“仙吕调”②；至南宋后期，吴文英《梦窗词》载《满江红》5 首，两首同姜夔平韵体，三首用柳永仄韵体，其第一首题“淀山湖”，注云：“夷则宫，俗名仙吕宫。”③仅从宋人词集的标注来看，《满江红》的宫调似乎有两种，一为仙吕调，一为仙吕宫。但从柳永词集的不同版本来看，则有既标“仙吕调”，又注“仙吕宫”的，似乎有所混淆。当代学者有人倾向于认为，宋人所注《满江红》的宫调中，“仙吕调即仙吕宫，雅称夷则宫”④，我们大致可以接受这个理解。但是，《满江红》于宋人词集中标注宫调的作品只是极少的数量，大部分作品都没有标注宫调，究竟是否同属仙吕宫，或者有无别的宫调，我们却已经难以详考了。

考察宫调的意义，主要在于理解其声情特征，而声情特征的把握有助于我们理解作品的艺术风格和审美特征。那么，《满江红》究竟具有怎样的声情特征呢？元人为我们提供了线索。周德清曾将宫调与情感联系起来，他在《中原音韵》中说：“大凡声音，各应于律吕，分于六宫十一调，共计十七宫调。仙吕调清

---

① 罗忼烈：《清真集笺注》，第 65 页。
② 宛敏灏：《张孝祥词校笺》（目次），第 1 页、第 3 页。
③《全宋词》，第 2876 页。
④ 谢桃坊：《中国历代词分调评注 · 满江红》（前言），第 6 页。

新绵邈，南吕宫感叹伤悲……"[①]对元曲所用十七宫调的声情，一一加以四字语的概括与描述。此前，燕南芝庵在《唱论》中也将宫调与声情的关系作为一种歌唱理论总结出来。元陶宗仪《南村辍耕录》卷二十七载《燕南芝庵先生唱论》云："凡声音各应律吕，分六宫十一调，共十七宫调。仙吕宫唱清新绵邈，南吕宫唱感叹伤悲……"[②]唯周氏所谓"清新绵邈"指的是"仙吕调"，而燕南芝庵同样的描述指的是"仙吕宫"。而按周氏的描述顺序来看，先六宫、后十一调，"仙吕调"位于开端，下接南吕宫、中吕宫、黄钟宫、正宫、道宫，与"仙吕"一起，数量正好为六，与"六宫"相符，以下"大石"至"越调"，正好符合"十一调"之数。由此看来，周氏所述"仙吕调清新绵邈"，应指"仙吕宫"之调而言。如果这个理解不错的话，周德清与芝庵所描述的"清新绵邈"的声情，所指向的应该都是"仙吕宫"这个宫调的词曲。

我们倾向于这样理解和操作：宫调声情与词作风格既有对应关系，也有不同的表现；元人所描述的仙吕宫"清新绵邈"的声情特征只是为我们提供了一种启示和借鉴，两宋《满江红》歌词作品究竟表现了哪些风格特征，我们还是应该通过作家作品来加以具体分析与探讨。

## 二　清新绵邈

尽管元人所概括和描述的"清新绵邈"，主要指向的是仙吕宫这个宫调下的词曲声情，尽管我们所能考知的两宋《满江红》歌词属仙吕宫的作品数量极其有限，但是，当我们走进《满江红》的艺术世界进行审美体验的时候，仍然觉得借用元人所概括的"清新绵邈"一语，来概括两宋《满江红》歌词所体现的一种较为主体而普遍的艺术风格，还是较为客观和恰切的。从风格特征来看，"清新"主要指的是清纯明丽、新颖不俗，"绵邈"谓含蓄隽永、情意深长。这种风格既适合于写景咏物，也能用来叙事抒情，表现题材比较广泛丰富，而偏于委婉阴柔一类的审美范型。

《满江红》一调虽非出自柳永的创制，但柳永却是北宋词坛上第一个创作《满江红》的词人，而且也是北宋词坛创作《满江红》数量最多的词人之一，因此

---

① 周德清：《中原音韵》，第110页。

② 陶宗仪：《南村辍耕录》卷二十七，第338页。

柳永对奠定《满江红》一调艺术风格的基本类型起到了重要作用。他一共创作了4首《满江红》词，其中3首皆属于未出仕的年轻时代所作，题材兼及艳情与羁旅，既有艳丽之风，也有感伤之调；只有一词为他后期出仕之后所作，这首作于后期的羁旅词便体现了与《满江红》一调的本色声情较为贴近的清新绵邈的艺术风格。此词即"暮雨初收"一篇，前文已引录，兹从略。

此词可能作于景祐元年(1034)至二年秋季前后，为词人任睦州团练推官时期游桐江过严陵滩时所作。此时柳永已年近半百，虽然考中进士进入了仕途，但沉沦下僚，游宦无定，所以在欣赏桐江风景之余，尤其是舟过严陵滩之时，想起历史上严子陵隐逸桐江的事迹，触景生情，自然难免滋生羁旅之情，漂泊之感，并产生功业之望与归隐之念的矛盾心情。此词两片末尾部分便抒发了词人这种较为复杂的内心情怀。但是，与柳永前期的羁旅行役词相比，此词所抒写的羁愁旅情已大大减淡了感伤的色彩，词人用笔着墨的重心在于对桐江风物人情的描写。上片描写暮雨初收、征帆夜落时分所见长川景色和岛屿风情，疏淡萧索之中不乏温馨明丽；下片描写白日行舟所见桐江美景和严陵滩风光，更是清丽如画，宛如一幅泼墨山水。全篇思清神爽，格调遒上，语言自然流畅，意境开阔悠远，结拍曲终奏雅，抒情亦含蓄不尽，堪称两宋《满江红》清新绵邈风格的奠基之篇和典范之作。据宋释文莹《湘山野录》卷中记录，"范文正公谪睦州，过严陵祠下，会吴俗岁祀，里巫迎神，但歌《满江红》，有'桐江好，烟漠漠，波似染，山如削。绕严陵滩畔，鹭飞鱼跃'之句"①。吴地民间在严陵祠下举行祭祀迎神活动时所唱《满江红》词，正是柳永所作。里巫之所以选唱柳词以娱神，自然不是因为共鸣于词中所抒写的羁旅行役的文人情怀，而应该是因为喜爱词中所描写的桐江风情的清新明丽。

张先也是北宋前期《满江红》的作者之一，与柳永多写羁旅与艳情不同，张先则用《满江红》来写"初春"风情：

飘尽寒梅，笑粉蝶游蜂未觉。渐迤逦、水明山秀，暖生帘幕。过雨小桃红未透，舞烟新柳青犹弱。记画桥深处水边亭，曾偷约。　　多少恨，今犹昨。愁和闷，都忘却。拚从前烂醉，被花迷着。晴鸽试铃风力软，雏莺弄舌

① 文莹：《湘山野录》卷中，第35页。

春寒薄。但只愁、锦绣闹妆时，东风恶。(P83)

《满江红》一调创制的具体情形已难详考，但从调名命意来看，大致是一首描写江上景色、歌咏自然风物的歌曲，盖来自北宋民间新声(参见第一节)。柳永用它写艳情，盖为歌妓而作，自非赋咏本调；但柳永用它写羁旅之情，写桐江景色，张先用它写“初春”风情，犹与本调相合，皆具早期创作特征。张先这首题作“初春”的《满江红》，也写得风流婉转、明丽清秀。上片描写春天演变的进程，突出“初春”的特征，体物工细，用词精巧，色彩鲜明，刻划生动。换头抒写因春遣怀、为花所迷的沉醉情怀，结拍因景生情，担心美好的春光和春情被东风摧残，于是愁上心来，亦饶有缠绵不尽之意。“过雨小桃红未透”、“晴鸽试铃风力软”两组七言对句，写景体物尤为清丽精巧，而上片结拍于写景中穿插密约幽欢的情事，也为此词平添了几分风流酝藉的情致。明杨慎《词品》卷三评曰：“张子野《满江红》‘晴鸽试铃风力软，雏莺弄舌春寒薄’，清新自来无人道。”①乃拈取词中名句，以“清新”评其风格。清陈廷焯《白雨斋词话》卷一评张先词风曰：“子野适得其中，有含蓄处，亦有发越处；但含蓄不似温韦，发越亦不似豪苏腻柳。”②就此词而论，发越处主要体现在换头以下六句，而全篇仍以清新为主，擅含蓄之风。

苏轼对《满江红》清新绵邈的词风也颇有建树，其代表作即“东武会流杯亭”一词，前文已引录，兹从略。

此词为熙宁九年(1076)苏轼知密州时所作，是一首描写上巳节在郑淇水边举行曲水流觞活动的节令风俗词。上片着力描写郊游所见暮春景色：城南新堤加固，江边春水初涨，隐隐长林高阜，处处卧红堆碧，清言清丽，风情悠远；抒发寻花惜春之情：城中已然花残，更向江头寻觅，问讯残春消息，犹有三分之一，哀而不伤，语淡情深。下片则以叙写节日风俗为主：官务冗烦，风雨苦多，能遇晴和之日，为节令游赏，自弥足珍惜，故吏民相携，享流觞之乐，士女争出，行祓除之礼；追忆东晋名士兰亭修禊故事，点化王羲之《兰亭集序》名句，映衬感喟，兼而有之，勾连古今，言近旨远。这是苏轼所作5首《满江红》中较早的一首，不仅题材写江边景色和节日风情，与《满江红》本调之意较为切合，而且语言流利，意

① 杨慎：《词品》卷三，《词话丛编》本，第477页。
② 陈廷焯：《白雨斋词话》卷一，第11页。

境清逸，亦以清新绵邈的风格情韵而擅胜。宋胡仔《苕溪渔隐丛话后集》卷二十六云："子瞻佳词最多，其间杰出者，如……'东武城南新堤固，涟漪初溢'，宴流杯亭词(略)。凡此十余词，皆绝去笔墨畦径间，直造古人不到处，真可使人一唱而三叹。"①所举东坡十余首"杰出"的"佳词"中，便有这首《满江红》节令词，可见其在南宋之初已是脍炙人口，当对《满江红》清新绵邈之风的发展也起到了重要的推动作用。

柳永在创作《满江红》的早期已有对恋情和艳情的表现，情调虽不乏感伤与哀婉，而风格却涉于艳丽或俚俗。这种题材和词风在北宋中后期秦观、贺铸等人的创作中也得到了沿袭，只不过秦词偏重于秾艳香软，而贺词则趋向于清丽哀婉，后者对《满江红》清新绵邈之风又做出了新的发展，至周邦彦则又进一步走向典丽深婉的艺术高度。

周邦彦"昼日移阴"一词，前文已引录。此词咏闺情，古人多赏其"蝶粉蜂黄都褪了，枕痕一线红生肉"二句，善于化用李商隐诗句，咏美人晨起时宿妆消褪、枕痕印脸，"其形容睡起之妙，真能动人"②。俞平伯《清真词释》对此词的评赏则最为细致和精彩："此阕描写纤琐，措词含蓄，既非以主体作词，又不尽是代人言之。只是泛拟闺襜，已觉得春愁欲活。""多少情怀，只此两句(指"想秦筝依旧"二句)，轻轻点过，抑何微婉。""下两句(指"芳草"二句)凝炼深稳，本篇主句，似写眼前景，仍寓心中情。""首尾两节遥应，不必有意，而无可捉摸之闺情，即于中活现，似乎趁韵，又似乎不，神味最远。仅以疏密论之，尚非真赏也。"③不仅分析了此词描写精细、章法严密、凝炼深稳等表现特征，而且尤其激赏此词"措词含蓄"、"抑何微婉"、"神味最远"的艺术风韵。周邦彦值北宋末期，他对《满江红》一调的选用，主要继承了柳永至秦观、贺铸写闺情和艳情题材的传统，虽清新之风略有逊色，却对绵邈之致做出了深化，"以柔婉细腻的笔触，写千回百转的相思"，"南宋以后用《满江红》来写柔情者，大都不同程度地受了周邦彦这首词的影响"④，如方千里、杨泽民、陈允平三人都有追和清真《满江红》一词，词风也极为相近。

---

① 胡仔：《苕溪渔隐丛话后集》卷二十六，第192页。
② 王世贞：《艺苑卮言》，《词话丛编》本，第389页。
③ 俞平伯：《读词偶得·清真词释》下卷，第122—123页。
④ 夏承焘等：《宋词鉴赏辞典》(上册)，上海：上海辞书出版社2003年版，第687页。

我们再来看一首无名氏的作品：

斗帐高眠，寒窗静、潇潇雨意。南楼近，更移三鼓，漏传一水。点点不离杨柳外，声声只在芭蕉里。也不管、滴破故乡心，愁人耳。　　无似有，游丝细；聚复散，真珠碎。天应分付与，别离滋味。破我一床蝴蝶梦，输他双枕鸳鸯睡。向此际、别有好思量，人千里。（P3741）

这首无名氏词载《草堂诗余后集》卷下，创作时代难以详考，从词中咏及“芭蕉”“故乡”等意象来揣测，或为南渡之后所作。此词咏雨，词人将雨滴声贯穿全篇，且通过听觉形象联想到更丰富细微的生活体验和人生感受，可谓别出心裁。清人黄苏《蓼园词选》录此词为张孝祥作，评曰：“写雨写情，是一是二，笔极清婉流丽。至其托兴处，当于言外细细参之。”①全词别具清新韵味，且寄托遥深，含蓄蕴藉。

清新绵邈风格在《满江红》创作初期就开始呈现，即使在南渡后词坛上已唱响慷慨激越的歌声之后，这种以清新含蓄为主质的词风也依然得到继承和流行，所占词作数量较多，是该调较本色的声情面貌和审美特征的鲜明体现。

## 三　慷慨悲壮

如果按明代张綖以来长期流行的“婉约”与“豪放”两分法来衡量，清新绵邈之风偏于阴柔的审美范畴，当属于“婉约”的风格类型，而慷慨悲壮之风则偏于阳刚型的审美特征，应属于“豪放”的风格类型。我们发现，在两宋《满江红》的创作中，慷慨悲壮的歌声虽迟至南渡之际才在词坛上唱响，但其词史影响和审美意义的深远与巨大却是超越清新绵邈之风的。相同的词调，之所以能表现出不同的风格，既是《满江红》词调声情富于艺术张力的表现，也是词风演变突破词调固有声律的反映。而就《满江红》词调的音乐构成及其所具有的本色声情来看，它应该天生就富含着阔大雄壮、豪迈奔放一面的旋律和声情，只是在转化为词调的创作初期，它清新绵邈一面的风格得到了柳永等人的优先开发，而慷慨悲壮一面的风格受到抑制罢了。风格的多样化，既出现在一个作家的创作中，也在各种文体的演变中有所表现，对于两宋词坛上《满江红》这个“金曲”词

① 黄苏：《蓼园词选》，《清人选评词集三种》本，第80页。

调的创作而言，自然也不会例外。

慷慨悲壮风格的发展，当然也是“时代会风”的产物。清陈廷焯《白雨斋词话》卷六云：“二帝蒙尘，偷安南渡，苟有人心者，未有不拔剑斫地也。南渡后词，如赵忠简《满江红》云：‘欲待忘忧除是酒，奈酒行有尽愁无极。便挽将江水入尊罍，浇胸臆。’……此类皆慷慨激烈，发欲上指。”①即指出了南渡后词坛上之所以出现慷慨激烈之风，乃是靖康之难所激起的民族危机和爱国情感使然，所举词作即有赵鼎以南渡为题材的《满江红》等篇章。北宋覆灭，江山沦陷，社会政治的沧桑巨变，既打破了北宋末期词坛倚红偎翠、浅斟低唱的创作环境，词风的转变也就是必然的趋势。南渡后的词人开始在创作中大胆直面社会现实，深切关注国家命运，表达抗金恢复的志向，抒写杀敌报国的情怀，倾诉壮志难酬的悲愤，既将描写的笔触深入内心情怀和历史时空，更将表现范围扩展到军旅边塞和自然世界，题材的拓展自然也会促进词风的创新。上述陈廷焯论南渡词的慷慨激烈之风，即首举赵鼎以南渡以题材的那首《满江红》，另外也涉及方岳的《满江红》“九日冶城楼”一词。实际上，南渡以后的词坛表现慷慨激烈之风的代表作，还有岳飞的“怒发冲冠”和“遥望中原”、辛弃疾的“鹏翼垂空”和“汉水东流”、刘克庄的“金甲雕戈”、戴复古的“赤壁矶头”、黄机的“万灶貔貅”、张孝祥的“于湖怀古”、王清惠的“太液芙蓉”及文天祥等人的和韵之作等，大致多属表现咏怀、怀古、军旅、边塞、时事、宫廷等题材的作品。

其实，《满江红》一调偏于激越豪壮一面的风格特征，早在苏轼创作于黄州谪贬时期的词作中即已初露端倪了。如前文已引录的“江汉西来”一词，即是一例。这首词，傅幹《注坡词》题作“寄鄂州朱使君寿昌”，盖元丰四年(1081)春为送别即将离任的鄂州太守朱寿昌而作。词中除了表达对太守的称扬勉励之意、寓含自己受谗遭贬的幽愤之情外，上片对江汉壮阔景色的描写、下片对三国历史人物的感怀，都充溢着奔放、豪壮、慷慨、激越的风力和情韵，实际上已经开发出了《满江红》豪壮激越一面的声情特征和风格美感。

赵鼎是南渡词坛上第一个唱响《满江红》幽愤悲壮之音的词人。他的词明确题为“丁未九月南渡，泊舟仪真江口作”，可见此词作于宋高宗建炎元年(1127)北宋已经覆灭宋室南渡途中，是一篇反映靖康之难抒写亡国之痛的作

---

① 陈廷焯：《白雨斋词话》卷六，第 154 页。

品。此词前文已引录，兹从略。上引清陈廷焯《白雨斋词话》论“南渡后词”有“慷慨激烈”之音的作品，即举到赵鼎这首《满江红》。陈廷焯还在《词则·放歌集》卷一中收录此词，并评点说：“通首无一字涉南渡事迹，只摹眼前景物，而一片忠爱之诚、幽愤之气溢于言表。”①此外，清黄苏《蓼园词选》也选录此词并称赏云：“忠简公此词，当与‘身骑箕尾归天上，气作山河壮本朝’二语同不朽。”②实际上这首词写于南渡之初，面对刚刚发生的靖康之难，充塞词人心胸更多的还是惊愕、迷惘、悲痛与幽愤相交织的复杂情怀，故发为吟咏，歌声还较为凄凉悲郁，格调也略显局促低沉，但慷慨激越之气已蕴积至深、豪迈悲壮之风已初步显现。

在南渡之后的词坛上，继赵鼎的低吟悲鸣之后，岳飞则以怒吼之声和长啸之音，唱出了两宋词坛《满江红》最高亢悲壮的主旋律。岳飞的这首杰作以“写怀”为题，不仅淋漓尽致地抒写了一个爱国将帅悲悼亡国、痛恨侵略、有志雪耻、誓死报国的赤诚心怀，而且细致生动地塑造了一个民族英雄感愤时事、忧患人生、壮怀激烈、敢爱敢恨的伟岸形象，真堪称生气淋漓，力透纸背，声可裂石，响遏行云，尽显慷慨激越之音，豪迈悲壮之风。与赵鼎“南渡”词形成鲜明对照的是，同样以风雨中登览远眺开篇，赵鼎词渲染的是“惨结秋阴”、“凄望眼”、“水云浩荡迷南北”的凄凉迷惘之情，而岳飞词唱响的则是“怒发冲冠”、“抬望眼、仰天长啸，壮怀激烈”的慷慨豪壮之声；同样面对的是靖康之难的背景和国家残破的现实，赵鼎词还主要沉浸于一己的天涯漂零、暮年离拆的悲叹幽愤之中，而岳飞词则上升到杀敌报国、抗战恢复的有关民族大义的思想高度。因此，岳飞此词不仅唱出了两宋《满江红》的最强音，而且也成为了宋词经典中的翘楚。

至南宋中兴时期，辛弃疾不仅以 34 首的作品数量将《满江红》的创作推向高潮，而且也以博大的胸襟和沉雄的笔力深化了《满江红》慷慨悲壮的风格美感。其“建康史致道留守席上赋”一词，即为代表作之一（前文已引录）。此词大致作于宋孝宗乾道五年(1169)前后，时稼轩正当而立之年，担任建康通判。这是一首交游应酬的词作，也是稼轩创作《满江红》较早期的作品。作为下级的词人虽不无对上级的称美与歌颂，但稼轩却能以抗战恢复的大业相激励，挥洒凌

① 陈廷焯：《词则·放歌集》卷一，第 306 页。

② 黄苏：《蓼园词选》，《清人选评词集三种》本，第 80 页。按：据《宋史》卷二百六十《赵鼎传》，赵鼎因反对和议触犯秦桧而被罢相，并遭贬谪迫害致死，临死前书铭旌云：“身骑箕尾归天上，气作山河壮本朝。”第三二册，第 11294 页。

云之志，寄托爱国之情，写得大气磅礴，颇有豪迈奔放之风。陈廷焯《云韶集》卷五评曰："幼安《满江红》、《水调歌头》诸阕，俱能独辟机杼，极沉着痛快之致。"①既痛快又沉着，足见豪中有婉，刚中有柔，这正是辛词对《满江红》艺术风格所做出的丰富与深化。

我们再来看稼轩"江行和杨济翁韵"一词：

> 过眼溪山，怪都似、旧时曾识。是梦里、寻常行遍，江南江北。佳处径须携杖去，能消几两平生屐。笑尘埃、三十九年非，长为客。　　吴楚地，东南坼。英雄事，曹刘敌。被西风吹尽，了无陈迹。楼观才成人已去，旌旗未卷头先白。叹人间、哀乐转相寻，今犹昔。(P1870)

此词作于宋孝宗淳熙五年(1178)，时稼轩三十九岁，由大理少卿出领湖北漕，由京口溯江舟次扬州时，与杨济翁唱和而作此词②。同样是交游唱和的题材，但稼轩同样能借江行所见溪山之景的点染，勾连自己三十九年的仕途人生，缅怀三国时的英雄豪杰，俯仰古今，感慨兴亡，哀乐相寻，慷慨悲歌。陈廷焯曾于多处评点此词，或赏其"起数语便超绝，回头一击，鱼龙飞舞，淋漓痛快"，或赞其"于悲壮中见浑厚"③，或称其"悲壮苍凉，却不粗卤"④。俞陛云《唐五代两宋词选释》评曰："《满江红》词易于纵笔，以稼轩之才气，更如阵马风樯。但豪放则易近粗率，此作独疏爽而兼低回之思。"⑤可见稼轩对《满江红》慷慨悲壮艺术风格的创造已更趋于成熟与深化。

《满江红》的创作贯穿了稼轩的大半个人生，四十五岁的时候，他又作"送李正之提刑入蜀"一词：

> 蜀道登天，一杯送、绣衣行客。还自叹、中年多病，不堪离别。东北看惊诸葛表，西南更草相如檄。把功名、收拾付君侯，如椽笔。　　儿女泪，君休滴。荆楚路，吾能说。要新诗准备，庐江山色。赤壁矶头千古浪，铜鞮陌上三更月。正梅花、万里雪深时，须相忆。(P1869)

---

① 陈廷焯：《云韶集》卷五，《唐宋词汇评》(两宋卷)，第2376页。
② 邓广铭：《稼轩词编年笺注》(定本)，上海：上海古籍出版社2007年版，第63页。
③ 陈廷焯：《云韶集》卷五，《唐宋词汇评》(两宋卷)，第2377页。
④ 陈廷焯：《词则·放歌集》卷一，第314页。
⑤ 俞陛云：《唐五代两宋词选释》，第376页。

此词为淳熙十一年(1184)冬稼轩在上饶闲居时送李大正入蜀任利州路提刑时所作,是一首送别词。词中虽不无“还自叹、中年多病,不堪离别”之句,但全篇却不写流泪与感伤,而是以蜀中历史人物诸葛亮、司马相如的功勋业绩相勉励,以由信入蜀途中必经之地赤壁、庐山的壮美风物为激发,既有深切沉挚之情,更饶慷慨豪壮之风。陈廷焯《白雨斋词话》卷六评此词云:“龙吟虎啸之中,却有多少和缓。不善学之,狂呼叫嚣,流弊何极!”①又云:“气魄之大,突过东坡,古今更无敌手。其下笔时,早已目无余子矣。龙吟虎啸。”②多次以“龙吟虎啸”形容此词的艺术风格,而且指出了辛词并非一味地“狂呼叫嚣”,其中“却有多少和缓”,亦堪称豪婉兼济,刚柔相融。

经过辛弃疾的继承与深化,慷慨激越、雄放悲壮之风一直贯穿于南宋中后期的词坛,在吴潜、方岳、黄机、戴复古、刘克庄、王清惠、文天祥等人的创作中都有较突出的表现,已俨然成为《满江红》一调最具代表性和影响力的一种主体风格。

## 四　闲淡超逸

闲淡超逸,是宋代《满江红》歌词创作所体现的又一种较主体的风格特征,应是清新绵邈风格的自然延伸,仍总属阴柔的审美类型,而又颇具自然之色和清刚之美。此类风格的词作主要集中在闲适、隐逸、咏物、节序、写景等题材类型,多表现与世无争、妙解山水、恬淡闲适、宁静致远的思想感情和审美情趣。审美主体的情怀既达至超凡脱俗之境,歌词作品的风格也就自然趋向于闲淡超逸了。比起清新绵邈风格的清丽疏朗和细致幽婉,则更具冲淡淳朴之风、通脱超逸之致。

早在北宋中前期,继柳永、张先之后,张昇所作《满江红》一词就已初露旷达超逸之风了。兹引录其词如下:

> 无利无名,无荣无辱,无烦无恼。夜灯前、独歌独酌,独吟独笑。况值群山初雪满,又兼明月交光好。便假饶百岁拟如何,从他老。　知富贵,谁能保。知功业,何时了。算箪瓢金玉,所争多少。一瞬光阴何足道,但思

① 陈廷焯:《白雨斋词话》卷六,第151页。

② 陈廷焯:《词则·放歌集》卷一,第314页。

行乐常不早。待春来携酒殢东风，眠芳草。(P111)

这是两宋词坛上出现的第一首咏叹人生的哲理词，说理的成分虽然较为浓重，但表达并不深奥晦涩，反而较为平易浅近。据宋吴处厚《青箱杂记》卷八记载："枢相张公昪……退归阳翟，生计不丰，短毡轻緆，翛然自适。乃结庵于嵩阳紫虚谷，每旦晨起焚香读《华严》。庵中无长物，荻帘、纸帐、布被、革履而已。年八十余，自撰《满江红》一首，闻者莫不慕其旷达。"①据此可知，张昪作此词时已年过八十，其时约在宋神宗熙宁五年(1072)后，比苏轼守密州时作"东武会流杯亭"等词略早。据吴书记载，张昪虽然曾官至枢相，但晚年退归后不求名利，性情恬淡，《满江红》一词便是他夫子自道的人生写照，"闻者莫不慕其旷达"，既是慕其性情昭旷达观、恬淡自适，也是赏其词风有闲适之趣、超逸之致。

稍晚于张昪这首哲理词，苏轼也写出了一首歌咏人物的《满江红》，也颇有旷达超逸之风。这首词即"忧喜相寻"一篇，前文已有引录和分析。词中热情歌咏了柳氏能与夫君"欣然同忧患"的可贵品格和乐观精神，对董钺夫妻寄予了相偕相爱、平安幸福的美好祝愿，也表达了词人"忧喜相寻，风雨过、一江春绿"的人生体悟和旷达胸怀，词情明快，风韵洒脱，堪称对柳永、张先《满江红》清新绵邈之风的突破与创新。

以上张昪、苏轼二词，虽然一写哲理，一咏人物，题材略有不同，而表现旷达的人生态度和洒脱的艺术风格则是一致的，这对南渡以后以表现闲适隐逸题材为主体的《满江红》闲淡超逸之风的发展也起到了引领作用。

朱敦儒(1081—1159)前半生主要在北宋后期渡过，以隐居不仕、疏狂闲逸而闻名，其前期词的创作也主要吟唱着"且插梅花醉洛阳"一类樵隐之歌与逍遥之调②。在南渡漂泊之际、入仕之前，朱敦儒曾写下一首表现闲适生活情趣的《满江红》，词云：

竹翠阴森，寒泉浸、几峰奇石。销畏日、溪蒲呈秀，水蕉供碧。筠簟平铺光欲动，纱裯高挂空无色。似月明、蘋叶起秋风，潇湘白。　不敢笑，红尘客。争肯羡，神仙宅。且披襟脱帽，自适其适。靖节窗风犹有待，本初

① 吴处厚：《青箱杂记》卷八，北京：中华书局1985年版，第88页。

② 朱敦儒《鹧鸪天》"我是清都山水郎"一词末句，《全宋词》，第843页。

朔饮非长策。怎似我、心闲便清凉，无南北。(P838)

词前有小序云：“大热卧疾，浸石种蒲，强作凉想。”据《樵歌》笺注云：“本篇作于宋高宗绍兴三年癸丑(1133)秋，在湖南。”是词人南渡之际来往两广途中寓居湖南时所作①。盖夏末秋初，湘中天气犹然酷热，词人“卧疾”之中，浸石种蒲，勉强以缓解暑热之气，果然生“心闲便清凉”之效。尽管此时词人正处于靖康之难后飘零无定的乱世之中，其卧疾之中的“自适其适”也带有强自排遣的况味，但这首词依然是两宋《满江红》表现闲适题材和冲淡风格的较早之作，既是朱敦儒对早年隐逸词风的接续，也对南渡以后《满江红》闲淡词风的发展导夫先路。

南北宋之交或南渡之际，以《满江红》表现闲淡超逸之风的最著名的代表作，当推世称“东莱先生”的南渡词人吕本中(1084—1145)所写“东里先生”一词(已见前文引录)。此词黄昇《中兴以来绝妙词选》卷一收录，题作“幽居”②，盖作于南渡之后也。词中所写“东里先生”家居村野风物和恬淡闲适情怀，或为其南渡后或晚年时落职闲居生活的自我写照。正因为词人看穿了“古今得失”和“是非荣辱”，怀抱着“归去好”的信念和“万事足”的心态，平淡质朴的村野风物和家居生活才会在他的眼中笔下显现得那样清新可人，闲逸有致。清黄苏评此词云：“写村居乐趣，骨秀神清，玲珑高韵，由其天机胜也。朗吟一过，觉陶渊明《归去来辞》后，有此杰作。”③俨然视之为词坛上的《归去来辞》，对其清逸自然的风韵给予了高度评价。

吕本中这首大致创作于南宋初期的闲适词，对南宋《满江红》一调闲淡超逸词风的发展影响甚大。首先对吕本中此词及其词风加以推赏和发扬的，是稍晚于吕本中的著名隐逸文人胡仔(1110—1170)。其《苕溪渔隐丛话前集》卷五十一云：“《摸鱼儿》一词，晁无咎所作也；《满江红》一词，吕居仁所作也。余性乐闲退，一丘一壑，盖将老焉。二词能具道阿堵中事，每一歌之，未尝不击节也。”④不仅将吕本中《满江红》与晁补之《摸鱼儿》并称为闲适词的代表作，而且还步其后尘，用《满江红》来写其“卜居苕溪”的“渔隐”生活。词云：

① 邓子勉校注：《樵歌》卷上，上海：上海古籍出版社 1998 年版，第 81—82 页。
② 黄昇：《花庵词选·中兴以来绝妙词选》卷一，第 168 页。
③ 黄苏：《蓼园词选》，《清人选评词集三种》本，第 81 页。
④ 胡仔：《苕溪渔隐丛话前集》卷五十一，第 347 页。

泛宅浮家，何处好、苕溪清境。占云山万叠，烟波千顷。茶灶笔床浑不用，雪蓑月笛偏相称。争不教、二纪赋归来，甘幽屏。　红尘事，谁能省。青霞志，方高引。任家风舴艋，生涯笭箵。三尺鲈鱼真好脍，一瓢春酒宜闲饮。问此时、怀抱向谁论，惟箕颍。(P1071)

胡仔在《苕溪渔隐丛话前集》卷五十五中尝自叙云："余卜居苕溪，日以渔钓自适，因自称苕溪渔隐，临流有屋数椽，亦以此命名。僧了宗善墨戏，落笔潇洒，为余作《苕溪渔隐图》，览景摅怀，时有鄙句，皆题之左方。既久益多，不能尽录，聊举其一二云(略)。"①其所写隐逸之作即有这首《满江红》。词中所描写的"泛宅浮家"的"渔隐"生活和"苕溪清境"，比之中唐张志和的《渔父》小词更为细致生动，所表现的闲淡超逸词风也丝毫不逊色于吕本中的"幽居"一词。

在追和吕本中词韵之外，闲淡超逸的词风在其他南宋词人《满江红》的创作中也有着较普遍而多样的表现。辛弃疾在几度被罢职而闲居江西上饶带湖及瓢泉期间，曾用多种小令和长调写下了不少的闲适词和农村词，其中就有《满江红》"山居即事"一词(前文已引录)。此词乃宁宗庆元二、三年(1196、1197)间稼轩闲居瓢泉时所作，仅从词题来看，"山居即事"便与吕本中"幽居"一词属于同类题材，而词中所描写和表现的"山居"生活中的所见所闻，所作所为，所思所感，一派清新之景，一份闲淡之情，一种自然之风，一股潇洒之趣，比之吕词更有过之而无不及，故明人在《古今词统》中评赞此词云："无处着一分缘饰，是山居真色！"②此外，这种闲淡超逸的词风，在写景、咏物、节序、交游乃至咏怀、祝颂等多类题材的《满江红》词作中皆有表现，其例尚多，不烦遍举。

闲淡超逸之风，既与清新绵邈之风相互生发与映照，又形成对慷慨悲壮之风的突破与补充，堪称两宋《满江红》第三种较主体的艺术风格。

最后需要说明的是，两宋《满江红》一调的歌词创作所表现的艺术风格，除了清新绵邈、慷慨悲壮、闲淡超逸三种主要特征之外，还有典雅富丽、恢弘奇丽、诙谐滑稽等其他几种次要特征，它们共同反映了该调歌词艺术风格的丰富多彩，限于篇幅，兹不赘述。

---

① 胡仔：《苕溪渔隐丛话前集》卷五十五，第373页。

② 卓人月编，徐士俊评：《古今词统》卷十二，第438页。

# 主要引用书目

（按拼音为序）


**B**

《白居易年谱》,朱金城著,上海:上海古籍出版社 1982 年版。

《白居易诗集校注》,谢思炜校注,北京:中华书局 2009 年版。

《白氏长庆集》,(唐)白居易撰,《文渊阁四库全书》本。

《白雨斋词话》,(清)陈廷焯撰,北京:人民文学出版社 1983 年版。

《褒碧斋词话》,(清)陈锐撰,唐圭璋编《词话丛编》本,北京:中华书局 1986 年版。

《北里志》,(唐)孙棨撰,上海:古典文学出版社 1957 年版。

《北梦琐言》,(五代)孙光宪撰,北京:中华书局 2002 年版。

《北宋词谱》,田玉琪编著,北京:中华书局 2018 年版。

《本草纲目》,(明)李时珍撰,《文渊阁四库全书》本。

《碧鸡漫志》,(宋)王灼撰,岳珍《碧鸡漫志校正》(修订本),北京:人民文学出版社 2015 年版。

《避暑录话》,(宋)叶梦得撰,上海古籍出版社编《宋元笔记小说大观》本,上海:上海古籍出版社 2001 年版。

**C**

《草堂诗余》,宋佚名编,吴昌绶、陶湘辑《景刊宋金元明本词・景明洪武本草堂诗余》,上海:上海古籍出版社 1989 年版。

《唱道与乐情:宋代禅宗渔父词研究》,伍晓蔓、周裕锴著,北京:中国社会科学出版社 2014 年版。

《晁氏琴趣外篇 · 晁叔用词》,(宋)晁补之、晁冲之撰,刘乃昌、杨庆存校注,上海:上海古籍出版社 1991 年版。

《朝野佥载》,(唐)张鷟撰,《丛书集成初编》本,北京:中华书局 1985 年新版。

《春渚纪闻》,(宋)何薳撰,北京:中华书局 1983 年版。

《词籍考》(唐五代宋金元编),饶宗颐著,北京:中华书局 1992 年版。

《词籍序跋萃编》,施蛰存主编,北京:中国社会科学出版社 1994 年版。

《词乐曲唱》,洛地著,北京:人民音乐出版社 1995 年版。

《词林正韵》,(清)戈载撰,上海:上海古籍出版社 2009 年版,影印本。

《词论》,刘永济著,《刘永济集》本,北京:中华书局 2010 年版。

《词律》,(清)万树编撰,上海:上海古籍出版社 1984 年版,影印本。

《词名索引》(增补本),吴藕汀编著,北京:中华书局 2006 年版。

《词品》,(明)杨慎撰,《词话丛编》本。

《词曲概论》,龙榆生著,北京:北京出版社 2009 年版。

《词体声律研究与词谱编纂》,田玉琪、陈水云、江合友主编,石家庄:河北人民出版社 2017 年版。

《词调词律大典》,盛配编著,北京:中国华侨出版社 1998 年版。

《词调史研究》,田玉琪著,北京:人民出版社 2012 年版。

《词调溯源》,夏敬观著,上海:商务印书馆 1931 年版。

《词系》,(清)秦巘编著,邓魁英、刘永泰整理,北京:北京师范大学出版社 2010 年版。

《词心笺评》,邵祖平著,上海:复旦大学出版社 2007 年版。

《词学》,梁启勋著,北京:中国书店出版社 1985 年版,影印本。

《词学论丛》,唐圭璋著,上海:上海古籍出版社 1986 年版。

《词学筌蹄》,(明)周瑛撰,《续修四库全书》本,上海:上海古籍出版社 2002 年版,影印本。

《词学十讲》,龙榆生撰,北京:北京出版社 2005 年版。

《词与音乐关系研究》,施议对著,北京:中国社会科学出版社 1985 年版。

《词源》,(宋)张炎撰,《词话丛编》本。

《词源疏证》,蔡桢著,北京:中国书店出版社 1985 年版,影印本。

《词苑丛谈校笺》,(清)徐釚编撰,王百里校笺,北京:人民文学出版社 1998 年版。

《词则》,(清)陈廷焯编,上海:上海古籍出版社 1984 年版,影印本。

《词徵》,(清)张德瀛撰,《词话丛编》本。

《辞海》(缩印本),《辞海》编辑委员会编,上海:上海辞书出版社 1986 年版。

《辞源》(修订本),商务印书馆编辑部编,北京:商务印书馆 1982 年版。

**D**

《大鹤山人词话》,(清)郑文焯撰,孙克强、杨传庆辑校,天津:南开大学出版社 2009 年版。

《大晟府及其乐词通考》,张春义著,北京:中国社会科学出版社 2017 年版。

《东坡词》,(宋)苏轼撰,(明)毛晋辑,《宋六十名家词》本,上海:上海古籍出版社 1989 年版,影印本。

《东坡词编年笺证》,(宋)苏轼撰,薛瑞生笺证,西安:三秦出版社 1998 年版。

《东坡乐府》,(宋)苏轼撰,朱祖谋辑校,《彊村丛书》本,上海:上海书店出版社、扬州:江苏广陵古籍刻印社 1989 年版。

《东坡乐府编年笺注》,(宋)苏轼撰,石声淮、唐玲玲笺注,台北:华正书局 1993 年版。

《东坡乐府笺》,(宋)苏轼撰,龙榆生笺注,上海:上海古籍出版社 2009 年版。

《东坡诗集注》,(宋)苏轼撰,(宋)王十朋集注,《文渊阁四库全书》本。

《东山词》,(宋)贺铸撰,钟振振校注,上海:上海古籍出版社 1989 年版。

《读词偶得·清真词释》,俞平伯著,北京:人民文学出版社 2000 年版。

《赌棋山庄词话》,(清)谢章铤撰,《词话丛编》本。

《敦煌歌辞总编》,任半塘编著,上海:上海古籍出版社 2006 年版。

《敦煌曲初探》,任二北著,上海:上海文艺联合出版社 1954 年版。

《敦煌曲子词地域文化研究》,汤珺著,上海:上海古籍出版社 2004 年版。

**E**

《二老堂诗话》,(宋)周必大撰,《历代诗话》本。

《二晏词笺注》,(宋)晏殊、晏几道撰,张草纫笺注,上海:上海古籍出版社 2008 年版。

**F**

《斐然集》,(宋)胡寅撰,《文渊阁四库全书》本。

**G**

《高丽史》,[朝鲜]郑麟趾撰,《四库全书存目丛书》本,济南:齐鲁书社 1996 年版。

《姑溪居士后集》,(宋)李之仪撰,《文渊阁四库全书》本。

《古今词话》,(清)沈雄编,《词话丛编》本。

《古今词话》,(宋)杨湜撰,《词话丛编》本。

《古今词论》,(清)王又华编,《词话丛编》本。

《古今词统》,(明)卓人月编、徐士俊评,沈阳:辽宁教育出版社 2000 年版。

《古今事文类聚》,(宋)祝穆编,《文渊阁四库全书》本。

《观林诗话》,(宋)吴聿撰,丁福保辑《历代诗话续编》,北京:中华书局 1986 年版。

《观堂集林》,王国维著,北京:中华书局 1959 年版。

《国朝词综》,(清)王昶编,清嘉庆七年王氏三泖渔庄刻增修本。

《国朝畿辅诗传》,(清)陶梁撰,清道光十九年红豆树馆刻本。

**H**

《韩昌黎诗系年集释》,(唐)韩愈撰,钱仲联集释,上海:上海古籍出版社

1998 年版。

《浩然斋雅谈》,(宋)周密撰,北京:中华书局 2010 年版。

《侯鲭录》,(宋)赵令畤撰,北京:中华书局 2002 年版,第 183 页。

《后村诗话》,(宋)刘克庄撰,吴文治主编《宋诗话全编》,南京:江苏古籍出版社 1998 年版。

《后山诗话》,(宋)陈师道撰,何文焕《历代诗话》本,北京:中华书局 1981 年版。

《花庵词选·唐宋诸贤绝妙词选》,(宋)黄昇编,沈阳:辽宁教育出版社 1997 年版。

《花庵词选·中兴以来绝妙词选》,(宋)黄昇编,沈阳:辽宁教育出版社 1997 年版。

《花草粹编》,(明)陈耀文编,保定:河北大学出版社 2007 年版。

《花间集评注·栩庄漫记》,李冰若著,北京:人民文学出版社 1993 年版。

《画墁录》,(宋)张舜民撰,《宋元笔记小说大观》本。

《蕙风词话》,况周颐著,与《人间词话》合册,北京:人民文学出版社 1984 年版。

**J**

《嘉祐杂志》,(宋)江休复撰,《文渊阁四库全书》本。

《稼轩词编年笺注》(定本),(宋)辛弃疾撰,邓广铭笺注,上海:上海古籍出版社 2007 年版。

《鉴诫录》,(五代)何光远撰,《丛书集成初编》本,上海:商务印书馆 1935 年版。

《姜白石词编年笺校》,(宋)姜夔撰,夏承焘笺注,上海:上海古籍出版社 1981 年版。

《教坊记》,(唐)崔令钦撰,北京:中华书局 2012 年版。

《教坊记笺订》,任半塘著,北京:中华书局 2012 年版。

《羯鼓录》,(唐)南卓撰,上海:古典文学出版社 1957 年版。

《金奁集》,(唐)温庭筠等撰,《彊村丛书》本。

《金元词通论》,陶然著,上海:上海古籍出版社 2001 年版。

《精选古今诗余醉》,(明)潘游龙辑,沈阳:辽宁教育出版社 2003 年版。

《旧唐书》,(后晋)刘昫撰,北京:中华书局 1987 年版。

《菊花新曲破:胡忌学术论文集》,胡忌著,北京:中华书局 2008 年版。

《菌阁琐谈》,(清)沈增植撰,《词话丛编》本。

K

《柯亭词论》,蔡嵩云撰,《词话丛编》本。

《窥词管见》,(清)李渔撰,《词话丛编》本。

L

《类说》,(宋)曾慥编,《文渊阁四库全书》本。

《莲子居词话》,(清)吴衡照撰,《词话丛编》本。

《蓼园词选》,(清)黄苏编撰,程千帆主编《清人选评词集三种》本,济南:齐鲁书社 1988 年版。

《灵谿词说》(正续编),叶嘉莹、缪钺著,北京:北京大学出版社 2014 年版。

《柳永及其词之研究》,梁丽芳著,香港:三联书店香港分店 1985 年版。

《龙榆生词学论文集》,龙榆生著,上海:上海古籍出版社 1997 年版。

《芦川词》,(宋)张元幹撰,曹济平校注,上海:上海古籍出版社 1991 年版。

《芦浦笔记》,(宋)刘昌诗撰,北京:中华书局 1986 年版。

M

《梅苑》,(宋)黄大舆编,《文渊阁四库全书》本。

《梦窗词汇校笺释集评》,(宋)吴文英撰,吴蓓校注,杭州:浙江古籍出版社 2007 年版。

《梦溪笔谈》,(宋)沈括撰,成都:巴蜀书社 1995 年版。

《明道杂志》,(宋)张耒撰,《全宋笔记》本,郑州:大象出版社 2013 年版。

《明清词谱史》,江合友著,上海:上海古籍出版社 2008 年版。

**N**

《南村辍耕录》，(元)陶宗仪撰，北京：中华书局1997年版。

《能改斋漫录》，(宋)吴曾撰，上海：上海古籍出版社1984年版。

**O**

《欧阳修诗编年笺注》，(宋)欧阳修撰，刘德清等笺注，北京：中华书局2012年版。

**P**

《片玉集》，(宋)周邦彦撰，陈元龙集注，福建省文史研究馆编《宋元闽刻精华》本，福州：福建人民出版社2008年版。

《萍洲可谈》，(宋)朱彧撰，《宋元笔记小说大观》本。

**Q**

《七颂堂词绎》，(清)刘体仁撰，《词话丛编》本。

《七修类稿》，(明)郎瑛撰，《续修四库全书》本，上海：上海古籍出版社2002年版。

《憩园词话》，(清)杜文澜撰，《词话丛编》本。

《钱氏私志》，(宋)钱世昭撰，《全宋笔记》本。

《樵歌》，(宋)朱敦儒撰，邓子勉校注，上海：上海古籍出版社1998年版。

《钦定词谱》，(清)王奕清等编著，北京：中国书店出版社2010年版。

《琴曲谱录》，(宋)释居月撰，元陶宗仪编《说郛》，《文渊阁四库全书》本。

《青琐高议》，(宋)刘斧撰辑，上海：上海古籍出版社1983年版。

《青箱杂记》，(宋)吴处厚撰，北京：中华书局1985年版。

《清真集》，(宋)周邦彦撰，吴则虞校点，北京：中华书局1981年版。

《清真集笺注》，(宋)周邦彦撰，罗忼烈笺注，上海：上海古籍出版社2008年版。

《清真集校注》，(宋)周邦彦撰，孙虹校注，薛瑞生订补，北京：中华书局2007

年版。

《軥辀集》,(清)陈大章撰,《玉照亭诗钞》,清乾隆九年陈师晋刻本。

《曲洧旧闻》,(宋)朱弁撰,北京:中华书局 2002 年版。

《全宋笔记》,戴建国等主编,郑州:大象出版社 2018 年等版。

《全宋词》,唐圭璋编纂,繁体修订本,北京:中华书局 1965 年版。

《全宋词》,唐圭璋编纂,王仲闻参订,孔凡礼补辑,简体增订本,北京:中华书局 1999 年版。

《全宋词补辑》,孔凡礼辑,北京:中华书局 1981 年版。

《全宋词评注》,周笃文、马兴荣主编,北京:学苑出版社 2011 年版。

《全宋诗》,傅璇琮等主编,北京:北京大学出版社 1998 年版。

《全唐诗》,(清)彭定求等编,上海:上海古籍出版社 1986 年版,缩印本。

《全唐诗外编》,王重民、孙望、童养年编,北京:中华书局 1982 年版。

《全唐五代词》,曾昭岷、曹济平、王兆鹏、刘尊明编著,北京:中华书局 2008 年版。

**R**

《人间词话》,王国维撰,与《蕙风词话》合册,北京:人民文学出版社 1984 年版。

**S**

《山谷词》,(宋)黄庭坚撰,马兴荣、祝振玉校注,上海:上海古籍出版社 2001 年版。

《邵氏闻见后闻》,(宋)邵博撰,北京:中华书局 1983 年版。

《渑水燕谈录》,(宋)王辟之撰,北京:中华书局 1997 年版。

《诗余图谱》,(明)张綖撰,《四库全书存目丛书》本,济南:齐鲁书社 1997 年版。

《十国春秋》,(清)吴任臣撰,北京:中华书局 1983 年版。

《石林词笺注》,(宋)叶梦得撰,蒋哲伦笺注,上海:上海古籍出版社 2014 年版。

《世说新语》,(南朝宋)刘义庆撰,杭州:浙江古籍出版社 1986 年版。

《蜀梼杌》,(宋)张唐英撰,王文才、王炎《蜀梼杌校笺》本,成都:巴蜀书社 1999 年版。

《四库全书总目》,(清)永瑢等撰,北京:中华书局 1965 年版。

《宋词大辞典》,王兆鹏、刘尊明主编,南京:凤凰出版社 2003 年版。

《宋词鉴赏辞典》,夏承焘等撰,上海:上海辞书出版社 2003 年版。

《宋词举》,陈匪石著,南京:江苏古籍出版社 2002 年版。

《宋词排行榜》,王兆鹏等著,北京:中华书局 2012 年版。

《宋词四考》,唐圭璋著,南京:江苏文艺出版社 2009 年版。

《宋词题材研究》,许伯卿著,北京:中华书局 2007 年版。

《宋词通论》,薛砺若著,上海:上海书店 1985 年版。

《宋词通史》,肖鹏著,南京:凤凰出版社 2013 年版。

《宋词研究》,[日]村上哲见著,杨铁婴等译,上海:上海古籍出版社 2012 年版。

《宋词研究》,胡云翼著,成都:巴蜀书社 1989 年版。

《宋词音乐研究》,郑孟津著,北京:中国文史出版社 2004 年版。

《宋词用韵研究》,魏慧斌著,西安:陕西人民教育出版社 2009 年版。

《宋代词学资料汇编》,张惠民编,汕头:汕头大学出版社 1993 年版。

《宋代歌舞剧曲录要》,刘永济著,北京:中华书局 2010 年版。

《宋代古琴音乐研究》,章华英著,北京:中华书局 2013 年版。

《宋辽金用韵研究》,鲁国尧著,香港:香港文化教育出版社 2002 年版。

《宋南渡词坛研究》,黄海著,贵阳:贵州人民出版社 2006 年版。

《宋人择调之翘楚:〈浣溪沙〉》,林钟勇著,台北:万卷楼图书股份有限公司 2002 年版。

《宋史》,(元)脱脱等撰,北京:中华书局 1985 年版。

《宋元南戏考论续编》,俞为民著,北京:中华书局 2004 年版。

《宋元戏曲史》,王国维著,天津:百花文艺出版社 2002 年版。

《苏诗补注》,(宋)苏轼撰,(清)查慎行补注,王友胜校点,南京:凤凰出版社 2013 年版。

《苏轼词编年校注》,(宋)苏轼撰,邹同庆、王宗堂校注,北京:中华书局 2002 年版。

《苏轼年谱》,孔凡礼著,北京:中华书局 1998 年版。

《苏轼全集校注》,(宋)苏轼撰,张志烈等主编,石家庄:河北人民出版社 2010 年版。

《苏轼诗词艺术论》,陶文鹏著,上海:上海古籍出版社 2001 年版。

《隋书》,(唐)魏征撰,北京:中华书局 1994 年版。

《隋唐五代燕乐杂言歌辞集》,任半塘、王昆吾编著,成都:巴蜀书社 1990 年版。

《隋唐音乐及其周边:王小盾音乐学术文集》,王小盾著,上海:上海音乐学院出版社 2012 年版。

**T**

《太平广记》,(宋)李昉等编,北京:中华书局 1986 年版。

《太平御览》,(宋)李昉等编撰,北京:中华书局 1960 年版。

《唐会要》,(宋)王溥编撰,北京:中华书局 1990 年版。

《唐声诗》,任半塘著,上海:上海古籍出版社 1982 年版。

《唐宋词的定量分析》,刘尊明、王兆鹏著,北京:中华书局 2012 年版。

《唐宋词汇评》(两宋卷),吴熊和主编,杭州:浙江教育出版社 2002 年版。

《唐宋词简释》,唐圭璋著,上海:上海古籍出版社 1999 年版。

《唐宋词流派史》,刘扬忠著,福州:福建人民出版社 1999 年版。

《唐宋词谱校正》,谢桃坊著,上海:上海古籍出版社 2012 年版。

《唐宋词史论》,王兆鹏著,北京:人民文学出版社 2000 年版。

《唐宋词通论》,吴熊和著,北京:商务印书馆 2003 年版。

《唐宋词选释》,俞平伯著,北京:人民文学出版社 2005 年版。

《唐宋词综论》,刘尊明著,北京:中国社会科学出版社 2004 年版。

《唐宋诗词的文体观照》,曹辛华著,北京:中华书局 2011 年版。

《唐五代两宋词简析》,刘永济著,上海:上海古籍出版社 1981 年版。

《唐五代两宋词选释》,俞陛云著,上海:上海古籍出版社 1985 年版。

《唐音癸籤》,(明)胡震亨撰,上海:上海古籍出版社 1981 年版。

《填词名解》,(明)毛先舒撰,清查继超辑《词学全书》本,北京:书目文献出版社 1986 年版。

《填词浅说》,(清)谢元淮撰,《词话丛编》本。

《苕溪渔隐丛话后集》,(宋)胡仔编撰,北京:人民文学出版社 1981 年版。

《苕溪渔隐丛话前集》,(宋)胡仔编撰,北京:人民文学出版社 1981 年版。

《通典》,(唐)杜佑撰,北京:中华书局 1988 年版。

**W**

《微睇室说词》,刘永济著,《刘永济集》本,北京:中华书局 2010 年版。

《文献通考》,(元)马端临撰,《文渊阁四库全书》本。

《吴礼部词话》,(元)吴师道撰,《词话丛编》本。

《吴礼部诗话》,(元)吴师道撰,《历代诗话续编》本,北京:中华书局 1983 年版。

《吴世昌全集·词林新话》,吴世昌著,石家庄:河北教育出版社 2003 年版。

《吴熊和词学论集》,吴熊和著,杭州:杭州大学出版社 1999 年版。

《武经总要前集》,(宋)曾公亮等撰,《文渊阁四库全书》本。

《武林旧事》,(宋)周密撰,杭州:浙江人民出版社 1984 年版。

**X**

《西河词话》,(清)毛奇龄撰,《词话丛编》本。

《西圃词说》,(清)田同之撰,《词话丛编》本。

《西溪丛语》,(宋)姚宽撰,北京:中华书局 1993 年版。

《夏承焘集》,夏承焘著,杭州:浙江古籍出版社、浙江教育出版社 1997 年版。

《湘山野录》,(宋)释文莹撰,北京:中华书局 1984 年版。

《啸余谱·诗余谱》,(明)程明善辑,《四库全书存目丛书》本,济南:齐鲁书社 1997 年版。

《新兴与传统:苏轼词论述》,[日]保苅佳昭著,上海:上海古籍出版社 2005

年版。

《须溪集》,(宋)刘辰翁撰,《文渊阁四库全书》本。

《宣和奉使高丽图经》,(宋)徐兢撰,《文渊阁四库全书》本。

《映庵词评》,夏敬观撰,葛渭君《词话丛编补编》,北京:中华书局 2013 年版。

**Y**

《乐府诗集》,(宋)郭茂倩编,北京:中华书局 1993 年版。

《乐府雅词》,(宋)曾慥编,沈阳:辽宁教育出版社 1997 年版。

《乐府余论》,(清)宋翔凤撰,《词话丛编》本。

《乐府杂录》,(唐)段安节撰,北京:古典文学出版社 1957 年版。

《乐府指迷》,(宋)沈义父撰,《词话丛编》本。

《乐书》,(宋)陈旸撰,《文渊阁四库全书》本。

《乐章集校笺》,(宋)柳永撰,陶然、姚逸超校笺,上海:上海古籍出版社 2016 年版。

《乐章集校注》(增订本),(宋)柳永撰,薛瑞生校注,北京:中华书局 2012 年版。

《燕乐新说》,刘崇德著,合肥:黄山书社 2003 年版。

《艺概》,(清)刘熙载撰,上海:上海古籍出版社 1982 年版。

《艺林伐山》,(明)杨慎撰,明嘉靖三十五年王询刻本。

《艺苑卮言》,(明)王世贞撰,《词话丛编》本。

《殷芸小说》,殷芸编,上海:上海古籍出版社 1984 年版。

《于湖先生长短句》,(宋)张孝祥撰,《景刊宋金元明本词》本。

《玉海》,(宋)王应麟编,《文渊阁四库全书》本。

《爰园词话》,(明)俞彦撰,《词话丛编》本。

《远志斋词衷》,(清)邹祇谟撰,《词话丛编》本。

《云麓漫抄》,(宋)赵彦卫撰,北京:中华书局 1996 年版。

《韵语阳秋》,(宋)葛立方撰,《历代诗话》本。

## Z

《增订注释全宋词》,朱德才主编,北京:文化艺术出版社 1997 年版。

《张孝祥词笺校》,(宋)张孝祥撰,宛敏灏笺校,北京:中华书局 2010 年版。

《张子野词》,(宋)张先撰,《丛书集成初编》本,北京:中华书局 1985 年版。

《直斋书录解题》,(宋)陈振孙撰,上海:上海古籍出版社 2006 年版。

《中国古代散曲史》,李昌集著,上海:华东师范大学出版社 1991 年版。

《中国古代音乐史稿》,杨荫浏著,北京:人民音乐出版社 1981 年版。

《中国历代词分调评注·满江红》,谢桃坊评注,成都:四川文艺出版社 1998 年版。

《中国历史大辞典·宋史卷》,中国历史大辞典·宋史卷编纂委员会编,上海:上海辞书出版社 1984 年版。

《中国文学家大辞典·宋代卷》,曾枣庄主编,北京:中华书局 2004 年版。

《中国文学家大辞典·唐五代卷》,周祖譔主编,北京:中华书局 1992 年版。

《中国文学史》(第三卷),袁行霈主编,北京:高等教育出版社 2002 年版。

《中华词律》(增订本),谢映先编著,长沙:湖南大学出版社 2010 年版。

《中华词律辞典》,潘慎等编著,长春:吉林人民出版社 2005 年版。

《中吴纪闻》,(宋)龚明之撰,《宋元笔记小说大观》本。

《中原音韵》,(元)周德清撰,台北:艺文印书馆 1979 年版。

《周邦彦词研究》,韦金满著,台北:庄严出版社 1984 年版。

《周邦彦选集》,蒋哲伦编,开封:河南大学出版社 1999 年版。

《周邦彦研究》,钱鸿瑛著,广州:广东人民出版社 1990 年版。

《皱水轩词筌》,(清)贺裳撰,《词话丛编》本。

《朱淑真集注》,(宋)朱淑真撰,(宋)魏仲恭辑,(宋)郑元佐注,冀勤辑校,北京:中华书局 2013 年版。

《注坡词》,(宋)苏轼撰,(宋)傅幹注,刘尚荣校证,成都:巴蜀书社 1993 年版。

《醉翁谈录》,(宋)罗烨撰,《全宋笔记》本,第九编第八册。

# 主要成果目录

（以发表年代先后为序）

（一）前期成果

1.《浅谈词的名称与形体特征》，刘尊明、赵晓涛，《湖大成人教育学院学报》1999 年第 5 期。

2.《“词之为体如美人”：唐宋词形体美初探》，刘尊明，《文艺研究》2001 年第 6 期。

3.《唐宋词调之冠：〈浣溪沙〉初探》，白静、刘尊明，《湖北大学学报》2004 年第 2 期。

4.《唐宋词“第一调”中“第一人”：论苏轼〈浣溪沙〉的创作成就》，刘尊明，《湖北大学学报》2005 年第 2 期；《中国古代、近代文学研究》2005 年第 9 期复印。

5.《论宋词“金曲”〈念奴娇〉》，刘尊明、陈欣，《庆祝叶嘉莹教授八十华诞暨国际词学研讨会论文集》，天津：南开大学出版社 2005 年 12 月版。

6.《论宋代〈渔家傲〉词的创作与嬗变》，陈欣、刘尊明，《齐鲁学刊》2006 年第 1 期。

7.《宋词“金曲”〈念奴娇〉审美探幽》，陈欣、刘尊明，《江汉论坛》2006 年第 1 期。

8.《从用调与创意看苏轼的词史地位：以〈浣溪沙〉〈水调歌头〉〈念奴娇〉为

例》，刘尊明，《文艺研究》2007 年第 5 期。

9.《试论唐五代词中的“小夜曲”：〈更漏子〉》，刘尊明、李志丽，《深圳大学学报》2011 年第 4 期。

10.《唐五代词调及用调的统计与分析》，刘尊明、李志丽，《黄冈师范学院学报》2011 年第 4 期。

11.《宋代词人词调运用的定量分析》，刘尊明、杨东林，《中国文化研究》2012 年第 1 期(春之卷)。

## (二) 阶段成果

1.《宋代词调及用调的统计与分析》，刘尊明、范晓燕，《齐鲁学刊》2012 年第 4 期。

2.《唐宋〈望江南〉歌词创作的发展历程》，刘尊明、余泽薇，《2012 词学国际学术研讨会论文集》(唐宋卷)，《马来亚大学华人研究》丛书，吉隆坡：马来亚大学 2012 年 8 月版。

3.《试论唐宋〈望江南〉词的艺术风格》，刘尊明，《学术研究》2012 年第 8 期；《中国古代、近代文学研究》2012 年第 12 期复印。

4.《试论晏几道〈鹧鸪天〉词的创作成就》，刘尊明、陈晶，《深圳大学学报》2013 年第 3 期。

5.《唐宋〈望江南〉词调的创制源流与声情特征》，刘尊明、余泽薇，《湖北大学学报》2013 年第 3 期。

6.《唐宋〈望江南〉词调溯源》，刘尊明，《第七届宋代文学国际研讨会论文集》，开封：河南大学出版社 2013 年 8 月版。

7.《唐宋〈望江南〉词的题材类型及创作模式》，刘尊明、余泽薇，《宋代都市文化与文学景观》，北京：北京语言大学出版社 2013 年 9 月版。

8.《宋词小令“金曲”〈鹧鸪天〉创作发展的定量分析》，刘尊明、陈晶，《中文论坛》第二辑，武汉：长江出版社 2015 年 8 月版。

9.《论宋词长调“金曲”〈满江红〉的风格特征》，刘尊明，《齐鲁学刊》2016 年第 1 期。

10.《宋词小令金曲〈鹧鸪天〉创调渊源与声律特征》，刘尊明、陈晶，《中国文化研究》2016 年第 3 期。

11.《论宋词长调"金曲"〈满江红〉的形体格律特征》,刘尊明,《厦大中文学报》第三辑,厦门:厦门大学出版社 2016 年版。

12.《宋词长调"金曲"〈满江红〉词调探源》,刘尊明,《第九届宋代文学国际研讨会论文集》,杭州:浙江大学出版社 2017 年 8 月版。

13.《柳永、周邦彦、姜夔三家词用调的比较分析》,苏怡充、刘尊明,《乐山师范学院学报》2017 年第 5 期。

14.《宋代无名氏词所用词调的数量与成就》,刘尊明,《深圳大学学报》2017 年第 3 期。

15.《宋代无名氏词中首见词调之考辨》,刘尊明,《徐州工程学院学报》2017 年第 4 期。

16.《宋代无名氏词中的孤调及其词史意义》,刘尊明,《南京师大学报》2017 年第 6 期;《中国古代、近代文学研究》2018 年第 3 期复印。

17.《宋代无名氏词中的首见词调及其创调成就》,刘尊明,《词学》第三十八辑,上海:华东师范大学出版社 2017 年 12 月版。

18.《东坡词中首见词调和创调的词史价值》,刘尊明,《学术研究》2018 年第 4 期。

19.《东坡长调慢词的创作数量与发展历程》,刘尊明,《社会科学战线》2018 年第 7 期。

20.《东坡词用调数量和成就的统计与分析》,刘尊明,《齐鲁学刊》2018 年第 5 期。

21.《东坡长调慢词的用调成就与声律特征》,刘尊明,《乐山师范学院学报》2019 年第 5 期。

22.《论两宋〈满江红〉歌词创作的发展历程》,刘尊明、殷玉纯,《徐州工程学院学报》2019 年第 5 期。

23.《论清真新创词调的艺术特征》,刘尊明,《词学》第四十一辑,华东师范大学出版社 2019 年 7 月版。

# 后　记

校对完这部国家社科基金课题结项成果稿的最后一页，已是农历己亥年端午节了。欣慰之余，便陷入了沉思，该写后记了。每次为拙著写后记，尤其是为课题结项成果的出版稿写后记，并不是一件轻松的事情，总有一些不一样的体验、感慨、反思和遗憾，这次也不例外。

我虽然在三十三岁的时候就破格评上了教授，但当时并不是靠什么“国家级”的课题，而主要是凭六篇所谓“权威期刊”的论文和一部博士学位论文的著作。在上个世纪八、九十年代，高校和学术界对课题还没有那么看重，再加上我较早就解决了教授职称的评聘问题，所以也就缺少了为晋升职称而申报课题的压力和动力。我第一次参加的科研课题是一个集体项目，即在上个世纪九十年代中期，跟随两个导师曾昭岷先生、曹济平先生和同门王兆鹏师兄一起编纂《全唐五代词》。虽然这是由中华书局最早约请的一个总集编纂的任务，随后又被列为《中国古籍整理出版十年规划和“八五”计划》的重点项目，但国家古委会和中华书局并没有投入研究经费，只是得到了湖北省教育委员会社科研究基金较微薄的资助。尽管如此，我们师徒四人却能通力合作，顺利完成了《全唐五代词》这部断代词总集的重新整理编纂的工作。我个人在这个课题中虽然只是忝列末位，却得到了很好的学习和锻炼的机会。此后，在较长一段时间内，我都没有单独去申报什么国家级或省部级的研究项目。

然而，进入二十一世纪以后，高校和科研机构乃至学术界对课题越来越重视,研究项目不仅是职称晋升的必要条件,而且也进入到对高校研究水平和学位点申报等一系列相关的评价体系之中。形势所逼之下,尤其是为了我所在高校湖北大学文学院博士学位授予权的申请,被推上学科带头人的我也不得不申报课题了。2002 年,当我以“宋词与宋代文化”为题第一次获得国家社科基金立项时,我已是进入“不惑”的中年人了。然而在随后的时间里,我被推举担任了文学院行政领导工作,也为申报中国古代文学这个二级学科的博士学位授予权付出了艰苦的努力和辛勤的汗水,从而影响和耽搁了对课题的研究。当我将课题调整为“唐宋词与唐宋文化”,并申请延期两年结题时,已到了 2007 年下半年了。虽然最后的结项鉴定等级为“良好”,但我自知我所主持的第一个国家社科基金的项目并没有达到预期的目标,遗憾沉在了心底,检讨也留在了后记中。

我所主持的第二个国家社科基金的课题是一个后期资助的项目,时间已经到了 2008 年。这时我既辞去了原单位的行政工作,感到一身轻松,也刚调入了深圳大学,第一个学期只有一门研究生的课程,时间比较充裕,再加上前一个国家社科基金课题已经结项,就想着要为深大的学科建设做点事情。有了第一次的经验教训之后,这次我就选择了申报国家社科规划办启动不久的后期资助项目,觉得这种形式既以前期研究成果为基础和主体,也就比较有把握能够做得更好一些。于是我将与师兄王兆鹏教授一起从事了十多年的有关唐宋词定量分析方面的研究成果整理出来,以“唐宋词的定量分析”为题申报了该年度的国家社科基金后期资助项目。本来是抱着尝试的态度和心理,没想到较顺利地获得了立项,而且成为深大获得国家社科基金后期资助项目的第一例,记得当年深大社科处还在全校公文通网页上专门发布了公告并致以祝贺。因为有了较坚实的基础,再加上不用赶时间,所以本项目在三年后的 2011 年也就得以顺利结项,并结集为五十万字的成果稿,于 2012 年由国家社科规划办指定的北京大学出版社出版。然而,一来尽管后期资助项目是国家社科规划办经过严格评审而遴选出来的优秀科研成果,但结项证书上并没有标明鉴定等级;二来该项目主体部分虽然由我完成,但为了体系的完整也吸收了王兆鹏师兄的部分成果,因此成果出版稿也由我们二人共同署名;三者我们所从事的唐宋词定量分析虽具有创新性和启示性,但也还带有尝试性和摸索性,还有待学术界的进一步检验与认同,所以仍然难言满意和理想,遗憾和自省也同样留在了后记中。

在完成上述后期资助项目后近一年的时间里，我于轻松之中夹杂着彷徨，彷徨之余也在思考和寻觅。此时国家学位办已停止对二级学科博士点的申报，按一级学科申报博士学位授予权也已暂停好几年了。深大还没有获得中国语言文学专业的二级学科博士点，自然也就缺少了学科发展的平台和资源，所以科研的氛围和动力都有所欠缺。如果说上一次的课题申报我还有着为深大学科建设出份力的良好愿望，那么现在这种动力也就被大大消解了。但是我转而又想，我才刚刚届入“知天命”之年，不能就这样“轻松”下去；即使不能为学科建设做点贡献，也要为自己的内心世界找块栖息之地；何况机会是留给有准备之人，也许将来有机会申报博士点时还用得着！所以我还是决定继续申报国家社科基金项目，问题是申报什么课题。前两个课题从唐宋词的文化学研究到唐宋词的定量分析，虽然跨度有些偏大，也不无分歧和争议，但毕竟都具有方法论上的开拓性和创新性，也多少反映了一个中青年学者的锐气和追求。现在既然到了“知天命”的时候，研究的方向自然应该向着文学本体回归了。于是，我选择了“以词调为中心的唐宋词体与词史研究”这个题目，申报了 2012 年度的国家社科基金项目，并获得立项。本书就是这个课题的结项成果稿。

回顾起来，作为词学重要组成部分的唐宋词体和词调研究进入我的学术视野，大致始于上个世纪之末至新世纪之初。最先是从唐宋词的形体特征出发而关联到词调，并撰写和发表了《“词之为体如美人”：论唐宋词的形体美》等论文；继而伴随着定量分析而对唐宋词坛的一些“金曲名调”或“常用词调”的排名及相关数据产生兴趣，并选取《浣溪沙》、《念奴娇》等调进行分调研究的个案尝试，相关论文在学术会议和期刊上的交流和发表也引起了学界的关注；与此同时，我一方面指导门下硕士生以及在武汉大学招收的博士生，分别选取《杨柳枝》《菩萨蛮》等小令词调和《水调歌头》这一“长调金曲”作为学位论文进行分调研究，另一方面我也进一步将研究的范围扩展到对苏轼《浣溪沙》一调创作成就的探讨，并以《浣溪沙》《水调歌头》《念奴娇》三调为例来考察东坡词“用调”与“创意”的相互关系，同时也开始运用定量分析的方法对唐宋词坛和词人的用调数据进行统计与分析。这样，在我申报这个国家社科基金课题之前，我已经具有了十余年的相关学术积累，相继发表了“以词调为中心”的学术论文达十余篇，这就为本课题的申报和完成打下了良好的基础。

尽管如此，在本课题立项之后，我不仅没有急于求成地赶着在三年内完成任务，而且还在主体框架已经基本成型的情况下申请延期两年来做进一步深入和完善的工作；对于前期研究成果，我也没有采取囫囵吞枣、全盘接受的方式，而是根据本课题的理论思路和整体框架加以合理地利用，舍弃了有关《浣溪沙》《念奴娇》《渔家傲》《更漏子》等分调研究的零散成果，而对苏轼的用调研究以及唐宋词调的定量分析，则在前期成果的基础上做了进一步系统深入的拓展与完善。当然，本课题主要的研究内容还是在立项之后按课题的论证计划加以完成的。不仅在吸收前期有关唐宋词调定量分析的基础上，分三章进一步细化和深化对唐宋词坛和词人用调创调数据和成就的统计分析，构成对唐宋词调发展演进历程及其整体艺术风貌的量化分析和宏观描述，而且在将苏轼用调研究加以拓展深化之后，又进一步选取了柳永、周邦彦、无名氏来做个案研究，共以四章的篇幅构成一个有机系列，来考察和观照以柳永为代表的杰出词人和无名氏词人对词调、词体和词史的发展演进所做出的贡献；最后，本课题又重新选取了唐宋词"第一调"《望江南》、宋词小令"金曲"《鹧鸪天》、宋词长调"金曲"《满江红》这三个各具特色的"金曲名调"，分三章来做词体与词史的分调研究，以三个词调的创作和演进为线索，来考察和观照唐宋词调、词体和词史的发展轨迹和创作成就。

本课题于 2017 年底全部完成，2018 年元月申请结项，至 2018 年暑期通过结项，鉴定等级为"优秀"。当我拿到国家社科规划办颁发的"优秀"结项证书的时候，虽然表面上是一派淡然处之的样子，但内心里还是充满了喜悦与欣慰。我深知这个"优秀"成绩的获得固然是自己长期努力的结果，但是我也要由衷地感谢那些不知名的评审专家们所给予的奖掖和鼓励！当然，我要感谢的人还有不少。我要感谢门下的几位硕士研究生的支持与合作，她(他)们是余泽薇、李志丽、陈晶、李晓妍、殷玉纯、苏怡充，有的与我合作发表有关词调研究的论文，有的参与本课题的数据统计及资料搜集等工作，有的则在我的指导下选择与本课题相关的内容来做研究，我们相互切磋，教学相长，形成对本课题的呼应与推动，本课题在经过修订加工之后也吸收了我们的一些合作成果，以留作我们师生合作的见证与纪念。我也要感谢作为课题组成员的湖北大学的陈鑫副教授和本校的李松荣博士，虽然二人后来因为自己也申请到国家社科基金项目以及其他特殊原因，而未能实际参加本课题的工作，但二人对我申报课题的支持以及对本课题的关注仍然令我感记在心。我还要感谢深大人文学院沈金浩院长、李立教授、范晓燕教授、杨东林副教授等人在本课题的申报和进行过程中所给予的支持和关心，感谢学校社科部田启波主任对本课题获得“优秀”结项所给予的肯定和嘉奖。最后，我还要感谢凤凰出版社姜小青社长亲自邀约和热情接受本成果的出版，感谢责任编辑王清溪博士为本成果的编辑排校所付出的辛勤劳动。

这已是我为拙著所写后记中最长的一篇了，但在回顾和总结之后，仍然免不了留下遗憾和感慨。虽然取得了“优秀”的结项成绩，但这并不意味着本成果就完美无缺了。在结项之后，笔者虽然又用了半年多的时间来进行修订和加工，改正了一些数据统计和词调考订等方面的遗漏和错误，也对柳永、苏轼、周邦彦用调创调的研究进行了深化与完善，但毕竟时间有限，能力不足，难以做到尽善尽美。这次校对全稿，仍然发现对少量同调异体及同名异调的考订还不够精细，尚存在一些偏差和失误；有关《望江南》等三个分调的研究在篇章结构方面不无单调之感，也略有一些内容或表述重复雷同之处；此外，有关唐宋词调词体发展演进的特征与规律的概括与总结，原先是想反映在绪论中的，修订时几经思索与踌躇，终于未能成文，这些都只好留待他日修订和补充了。可能还有一些我没能发现的错误和不足，尚祈方家名贤批评指正。

原本打算在做完这个课题后就不再申报什么项目了，但就在我这个课题临近结项的 2017 年，国家学位办又重新启动了一级学科博士学位授予权的申报，我的这个项目也终于为深大成功获得中国语言文学一级学科博士点出了一份力。在今后博士点的招生培养和学科建设工作中，国家级和省部级的课题也仍然是一个重要条件和评估指标，正所谓树欲静而风不止啊！与此同时，也就在我等待结项而不能申报课题的 2018 年，华东师范大学中文系朱惠国教授申报国家社科基金重大项目《明清词谱研究与〈词律〉〈钦定词谱〉修订》，邀请我做子课题负责人，我虽勉为其难，仍予大力支持，令人欣喜的是本课题在当年底就成功获得了立项。看来我的项目之旅还得继续进行！

农历己亥年端午节后于

鹏城绿海湾花园望海庐